DANIELLE STEEL

Väter
Abschied von St. Petersburg

Autorin

Danielle Steel, als Tochter eines deutschstämmigen Vaters und einer portugiesischen Mutter in New York geboren, lebte als junges Mädchen lange Jahre in Europa. Seit 1977 schreibt Danielle Steel – die heute Mutter von neun Kindern ist und in San Francisco lebt – große Romane, die sie innerhalb weniger Jahre zur meistgelesenen Autorin der Welt machten.

www.daniellesteel.com

Danielle Steel Collection

Abschied von St. Petersburg (41351) · Alle Liebe dieser Erde (06671) · Auf den Flügeln der Freiheit (35219) · Das Geschenk (43741) · Das Haus hinter dem Wind (09412) · Das Haus hinter dem Wind/Es zählt nur die Liebe (35202) · Das Haus von San Gregorio (06802) · Der Preis des Glücks (09921) · Der Ring aus Stein (06402) · Die Erscheinung (35800) · Die Liebe eines Sommers (06700) · Die Ranch (35605) · Doch die Liebe bleibt (06412) · Ein zufälliges Ereignis (43970) · Es zählt nur die Liebe (08826) · Familienbilder (09230) · Fünf Tage in Paris (35273) · Gesegnete Umstände (35079) · Glück kennt keine Jahreszeit (06732) · Herzschlag für Herzschlag (42821) · Jenseits des Horizonts (09905) · Jenseits des Horizonts/Der Preis des Glücks (35112) · Juwelen (35160) · Liebe zählt keine Stunden (06692) · Nachricht aus der Ferne (43037) · Nichts ist stärker als die Liebe (35023) · Nie mehr allein (06716) -Nur einmal im Leben (06781) Palomino (06882) · Sag niemals adieu (08917) · Schiff über dunklem Grund (08449) · Schiff über dunklem Grund/Herzschlag für Herzschlag (35792) · Sternenfeuer (42391) · Stiller Ruhm (35503) -Töchter der Sehnsucht (41049) · Träume des Lebens (06860) · Unter dem Regenbogen (08634) · Unter dem Regenbogen/ Sternenfeuer (35376) · Unverhofftes Glück (35722) · Väter (42199) · Verborgene Wünsche (09828) · Verlorene Spuren (43211) · Verlorene Spuren/Nie mehr allein (35527) · Vertrauter Fremder (06763) · Vertrauter Fremder/Die Liebe eines Sommers (35055) Wer Unrecht tut (35284) · Wie ein Blitz aus heiterem Himmel (35284)

Danielle Steel

Väter

Abschied von St. Petersburg

Zwei Romane
in einem Band

Aus dem Amerikanischen
von Ingrid Rothmann

BLANVALET

Umwelthinweis:
Alle bedruckten Materialien dieses Taschenbuches
sind chlorfrei und umweltschonend.

Blanvalet Taschenbücher erscheinen
im GoldmannVerlag, einem Unternehmen der
Verlagsgruppe Random House GmbH.

2. Auflage
Taschenbuchausgabe August 2003
Väter
Titel der Originalausgabe: Daddy
Originalverlag: Delacorte Press, New York

Abschied von St. Petersburg
Titel der Originalausgabe: Zoya
Originalverlag: Delacorte Press, New York

Umschlaggestaltung: Design Team München
Satz: IBV Satz- und Datentechnik, Berlin
Druck: Elsnerdruck, Berlin
Verlagsnummer: 35906
MD · Herstellung: H. N.
Made in Germany
ISBN 3-442-35906-6
www.blanvalet-verlag.de

Väter

Aus dem Amerikanischen
von Dr. Ingrid Rothmann

DADDY

Dem allerbesten Daddy,
den ich kenne – dem neunfachen!
Ihr Daddy ...
    Unser Daddy ...
        Mein Daddy!
Aus ganzem Herzen,
Mit aller Liebe,
Für Popeye von neuem,
Diesmal aber von
Uns allen,
        aus ganzem Herzen,
            von ganzer Seele,
                mit aller Liebe
                    Deine Olive

DADDY

Erste Liebe,
erster Sohn,
oder gar
eine Tochter, so kostbar,
Kinderlachen,
schnell
und so lieb,
seine Hand so fest,
seine Liebe so rein,
seine Hingabe
an die Kinder
ein Wunder,
seine Geduld
unendlich,
und sein Herz
weiter
als das Himmelszelt,
Fundament
ihres Lebens,
die helle Sonne
ihres Himmels,
derjenige,
zu dem sie rennen,
der Mensch, für den
sie entbrennen,
die Flamme
der Liebe,
stets leuchtend,

seine Weisheit
immer bereit,
seine Hand
so fest,
so selten
im Irrtum,
so lieb,
so nahe,
so teuer,
so sehr Mittelpunkt,
um den sich alles dreht,
und damals, vor langer Zeit
so groß,
mit einer Liebe immerwährend,
stets zu Späßen aufgelegt,
hübsch,
flott,
voller Wissen,
mit dem Griff
nach den Sternen,
in komischen Autos unterwegs,
Hand und Herz voller Liebe
für Mädchen
und Jungen,
geliebter Mann,
ewiger Freund,
wie glücklich
seid ihr,
liebe Kinder,
ihn zum
Daddy
zu haben.

1

Große weiße Schneeflocken wirbelten vom Himmel wie auf den Bildern der Märchenbücher, aus denen Sarah den Kindern vorzulesen pflegte. Sie saß an ihrem Schreibtisch und blickte aus dem Fenster, sah zu, wie der Schnee den Rasen bedeckte und als feines Kristallgebilde auf den Bäumen lag, und vergaß dabei die Geschichte, die ihr seit dem frühen Morgen im Kopf herumging. Es war so malerisch. So hübsch. Hier war alles hübsch. Es war ein Bilderbuchleben in einer Bilderbuchstadt, und die Menschen ihrer Umgebung kamen ihr vor wie Bilderbuchmenschen. Sie waren genauso, wie sie selbst nie hatte werden wollen, und jetzt war sie eine der Ihren, seit Jahren schon. Und sie würde es wahrscheinlich immer sein. Sarah McCormick, die Rebellin, stellvertretende Redakteurin von *Crimson,* das Mädchen, das 1969 als Beste seines Jahrgangs das Radcliffe absolviert und gewußt hatte, daß es anders war. Sie war nun eine von ihnen. Über Nacht. Oder beinahe. Tatsächlich hatte es fast zwanzig Jahre gedauert. Aber jetzt war sie Sarah Watson, Mrs. Oliver Wendell Watson. Sie lebte in Purchase im Staate New York in einem schönen Haus, das ihnen nach vierzehnjährigem Kampf gegen die Hypothek zum größten Teil gehörte. Sie hatte drei Kinder und einen Hund. Der Hamster war vor einem Jahr gestorben. Und sie hatte einen Mann, den sie liebte. Den lieben guten Ollie. Als sie auf dem Radcliffe ihren Abschluß machte, besuchte er die Harvard Business School. Seit dem ersten Semester waren sie verliebt gewesen. Ollie war das genaue Gegenteil von ihr. Er war konservativ, während sie temperamentvoll war, er hatte geglaubt, daß Amerika in Vietnam eine Aufgabe zu erfüllen hatte, und sie hatte ihn deswegen eine Zeitlang gehaßt. Nach Beendigung des Studiums hatte sie sich vorübergehend nicht mehr mit ihm getroffen, da sie überzeugt war, sie seien zu verschieden. Sie war damals nach SoHo in New York gezogen und hatte zu schreiben versucht, und es war recht gut gelaufen. Zweimal waren Arbeiten von ihr in *The Atlantic Monthly* erschienen, und einmal ... gütiger Himmel ... sogar im *New Yorker*. Sie war gut, und sie wußte es. Oliver wohnte während dieser Zeit an der Neunundsiebzigsten Straße in einer Wohnung mit zwei Freunden. Nach seinem Studienabschluß bekam er einen guten Job in einer Werbeagentur an der Madison Avenue. Sie hätte ihn am liebsten gehaßt, ja, sie hätte ihn gern gehaßt, weil er sich anpaßte, aber sie tat es nicht. Schon damals war sie sich trotz allem bewußt, wie sehr sie ihn liebte.

Er schwärmte von einem Leben auf dem Land, wollte sich einen Irish Setter halten, wünschte sich vier Kinder und eine Frau, die nicht berufstätig war, und sie machte sich deshalb über ihn lustig. Er aber lächelte nur sein unglaublich jungenhaftes Lächeln, das ihr vom ersten Augenblick an Herzklopfen bereitete – auch wenn sie sich weiszumachen versuchte, daß sie eigentlich einen Mann wollte, der das Haar länger trug als sie – einen Maler, einen Bildhauer, Schriftsteller, einen ›Kreativen‹. Oliver war kreativ, und er war gescheit. Er war mit erstklassigen Zensuren von Harvard abgegangen, die Trends der Sechziger hatten ihn nie berührt. Hatte sie demonstriert, hatte er sie aus der Haft herausgeholt. Wenn sie mit ihm debattiert und ihn sogar beschimpft hatte, war er ruhig geblieben und hatte ihr vernünftig erklärt, woran er glaubte. Dazu kam, daß er so verdammt anständig war, so gutherzig. Er war ihr bester Freund, auch wenn er sie auf die Palme brachte. Sie trafen sich ab und zu im Village oder noch weiter draußen zum Kaffee, zu Drinks oder zum Lunch. Dabei erzählte er ihr immer, was er trieb, und erkundigte sich nach dem Stand ihrer jeweiligen Arbeit. Er wußte, daß auch sie gut war, wollte aber nicht einsehen, warum sie nicht ›kreativ‹ und gleichzeitig verheiratet sein konnte.

»... eine Ehe ist etwas für Frauen, die jemanden suchen, der sie erhält. Ich möchte selbständig sein, Oliver Watson.« Und sie war sehr wohl dazu imstande oder war es damals irgendwie gewesen. Sie hatte stundenweise in einer Galerie in SoHo gearbeitet und nebenher geschrieben. Und sie hatte Geld damit verdient. Hin und wieder. Jetzt aber fragte sie sich mitunter, ob sie sich selbst erhalten könnte, ob sie ihre Steuerformulare hätte ausfüllen können und ob sie darauf geachtet hätte, mit den Zahlungen für die Krankenversicherung nicht in Rückstand zu geraten. In den achtzehn Jahren ihrer Ehe war sie von ihm völlig abhängig geworden. Er kümmerte sich um all die kleinen Probleme ihres Lebens und um die meisten großen. Es war, als lebte sie in einer hermetisch abgeschlossenen Welt, in der Ollie stets zur Stelle war, um sie zu beschützen.

Sie rechnete in allem mit ihm, und das jagte ihr sehr oft Angst ein. Was, wenn ihm etwas zustieße? Würde sie es dann schaffen? Wäre sie imstande, das Haus zu halten, sich und die Kinder durchzubringen? Zuweilen versuchte sie, mit ihm darüber zu reden, doch er lachte nur und riet ihr, sich keine Sorgen zu machen. Ein Vermögen hatte Oliver zwar nicht erworben, aber er hatte es zu etwas gebracht und war sehr verantwortungsbewußt. Die vielen Versicherungen, die er abgeschlossen hatte, bewiesen es. Die Madison Avenue hatte es gut mit ihm gemeint. Mit vierundvierzig Jahren war er bei Hinkley, Burrows and Dawson, einer der größten Werbeagenturen des Landes, die Nummer drei. Er hatte dem Unternehmen die vier größten Kunden gebracht, war für die Firma praktisch unersetzlich und bei seinen Vorgesetzten beliebt und geachtet. Er war einer der jüngsten stellvertretenden Direktoren der ganzen Branche, und sie war stolz auf ihn. Und dennoch litt sie unter Angstgefühlen. Was machte sie eigentlich hier draußen, im hübschen kleinen Purchase, während sie die Schneeflocken beobachtete und wartete, daß die Kinder nach Hause kamen, während sie so tat, als schriebe sie eine Geschichte, die nie ein Ende finden würde, die nirgendwohin gelangen würde, wie alle anderen, die sie in den vergangenen zwei Jahren zu schreiben versucht hatte? Am Vorabend ihres neununddreißigsten Geburtstages hatte sie sich entschlossen, wieder mit dem Schreiben anzufangen. Es war für sie eine bedeutsame Entscheidung gewesen. Neununddreißig zu werden war eigentlich schlimmer als der vierzigste Geburtstag. Mit vierzig hatte sie sich mit dem ›drohenden Untergang‹ abgefunden, wie sie es schmerzlich nannte. Oliver war seinerzeit allein mit ihr für einen Monat nach Europa gefahren ... Die Kinder waren unterdessen im Ferienlager, zwei zumindest, und ihre Schwiegermutter hatte Sam übernommen. Damals war er erst acht gewesen, und es war das erste Mal, daß sie ihn allein ließ. In Paris war ihr, als hätten sich die Pforten des Himmels für sie geöffnet – keine Fahrgemeinschaften, keine Kinder, keine Haustiere, keine Elternversammlungen, keine Wohltätigkeitsveranstaltungen für die Schule oder das örtliche Krankenhaus, die zu organisieren gewesen wären – niemand und nichts, nur sie beide und vier unvergeßliche Wochen in Europa.

Paris, Rom, eine Fahrt durch die Toskana, ein kurzer Aufenthalt an der italienischen Riviera, anschließend ein paar Tage auf einem gemieteten Boot, mit dem sie zwischen Cannes und St. Tropez die Küste entlanggebummelt waren, Ausflüge nach Eze und Saint-Paul-de-Vence, ein Besuch im Colombe d'Or und als Abschluß ein paar turbulente Tage in London. Auf der Reise hatte sie ständig gekritzelt und sieben Hefte vollgeschrieben.

Doch als sie dann nach Hause kam – nichts. Nichts hätte zu Geschichten, Erzählungen, Artikeln oder gar Gedichten getaugt. Sie saß nur da, starrte ihre Hefte an und den leeren Bogen in der Schreibmaschine, den sie nicht zu füllen vermochte. Eineinhalb Jahre später ging es ihr nicht anders. Mit einundvierzig hatte sie das Gefühl, ihr ganzes Leben läge hinter ihr. Wenn sie Oliver davon erzählte, lachte er nur.

»Menschenskind, Sarrie ... seit wir uns kennen, hast du dich nicht geändert.« Er meinte es tatsächlich so. Fast stimmte es auch. Aber nicht ganz. Sie und jeder, der sie mit kritischen Augen betrachtete, konnte den Unterschied sehen. Das schimmernde dunkelrote Haar, das ihr früher wie leuchtendes Kupfer offen über den Rücken flutete, war zu rötlichem Braun verblaßt. Sie trug es nun schulterlang, und die Silberfäden darin waren nicht nur vereinzelt, ein Umstand, der den Kindern mehr zu schaffen machte als Sarah selbst. Die strahlenden blauen Augen waren dieselben, sie waren von einem dunklen lebendigen Blau. Die sahnige Haut war noch immer zart und wies kaum Falten auf, bis auf ein paar Spuren, die die Zeit da und dort hinterlassen hatte; Oliver aber sagte nur, sie verliehen ihrem Gesicht mehr Ausdruck. Sie war eine hübsche Frau und war ein hübsches Mädchen gewesen, groß und schlank, mit einer guten Figur, mit schmalen Händen und mit viel Sinn für Humor, der in ihren Augen funkelte. Das war es, was er von Anfang an an ihr geliebt hatte. Ihr Lachen und ihr Feuer, ihren Mut und die eiserne Entschlossenheit, an ihren Grundsätzen festzuhalten. In ihrer Jugend hatten viele sie für schwierig gehalten, nicht aber Ollie. Ollie niemals. Ihm sagte zu, was sie dachte, was sie sagte und wie sie es sagte. Ihre Beziehung beruhte auf gegenseitiger Achtung und Fürsorge, und im Bett hatten sie viel Spaß miteinander – immer schon und jetzt auch noch. Manchmal hatte er sogar den Eindruck, daß es nach zwanzig Jahren noch besser geworden war. Und das war es in gewisser Hinsicht auch. Sie kannten sich bis ins letzte, wie seidenglattes Holz, das von liebenden Händen voll zärtlichem Besitzerstolz tausendmal berührt, liebkost und erkundet worden war.

Er hatte genau zwei Jahre gebraucht, um Sarah nach ihrer Zeit in SoHo zur Ehe zu überreden. Mit dreiundzwanzig war sie seine Frau geworden. Immer noch störrisch wie üblich, hatte sie sich einer traditionellen Hochzeit widersetzt. Sie waren im Garten seines Elternhauses in Pound Ridge getraut worden. Sarahs Eltern und ihre jüngere Schwester waren eigens aus Chikago angereist. In ihrem hellroten Kleid und mit dem großen romantischen Hut sah sie eher wie ein einem Gemälde entsprungenes junges Mädchen aus und nicht wie eine Braut, aber beide waren sie glücklich gewesen.

In den Flitterwochen, die sie auf den Bermudas verbrachten, war das Wetter lausig gewesen, doch sie hatten es gar nicht wahrgenommen. Sie lachten und schmusten und blieben bis zum Spätnachmittag im Bett, ließen sich nur ganz kurz im ruhigen Speisesaal des Hotels blicken, um anschließend sofort wieder kichernd wie Kinder auf ihr Zimmer zu verschwinden.

Drei Wochen später freilich war Sarah alles andere als heiter zumute. Sie bewohnten eine kleine Wohnung an der Second Avenue, in einem Haus voller Stewardessen und junger Aufsteiger, ›Singles‹, die das ganze Gebäude für eine ununterbrochene Party benutzten.

Oliver war nach der Arbeit nach Hause gekommen, und Sarah hatte ein Gesicht gemacht, als sei ihre beste Freundin gestorben. Das Ausbleiben ihrer Periode nach der Rückkehr hatte sie zwar gewundert, da sie aber immer peinlich ›aufgepaßt‹ hatten, wäre sie nie auf den Gedanken gekommen, daß sie schwanger sein konnte. Aber irgendwie war offensichtlich doch etwas schiefgegangen, und seit heute wußte sie, daß sie schwanger war. Und jetzt wollte sie unbedingt einen Abbruch.

Oliver war entsetzt, daß sie überhaupt einen Gedanken daran verschwendete. Aber Sarah war noch entsetzter bei dem Gedanken, so bald ein Kind zu haben.

»Wir wollen noch keine Familie ... ich möchte wieder arbeiten ... etwas tun ...« Sie hatte erwogen, sich einen Job als Redakteurin eines literarischen Magazins zu suchen, da ihre Geschichten sich in letzter Zeit nicht so gut verkauften, und sie hatte sich an der Columbia Graduate School beworben, weil sie ein Studium ins Auge faßte. Nach der Hochzeit hatte sie den Job in der Galerie aufgegeben, da die tägliche Fahrt nach SoHo zu umständlich war.

»Später kannst du dir immer noch Arbeit suchen!« Oliver hatte mit ihr gestritten, sie getröstet, ihr geschmeichelt, er tat alles, damit sie sich besser fühlte. Doch sie war untröstlich, und allabendlich auf dem Nachhauseweg wurde er von einer Woge des Entsetzens übermannt: Was, wenn sie es getan hatte, wenn sie, während er im Büro war, jemanden aufgesucht und eine Abtreibung veranlaßt hatte? Doch sie tat es nicht. Sie fühlte sich zu elend und war zu erschöpft, um auch nur einen Versuch zu unternehmen, und als nächstes wußte sie nur, daß sie in ihrer Wohnung herumwatschelte und sich fragte, wie sie das nur hatte geschehen lassen können. Oliver hingegen war entzückt. Er wollte vier Kinder, das hatte er immer schon gesagt, und auch wenn es für ihr Budget eine arge Belastung darstellte, war er gewillt, sich der Verantwortung zu stellen. Beruflich ging es ihm gut. Er kletterte die Stufenleiter in der Firma rasch hoch, und auch wenn sie hätten verhungern müssen, er wollte nichts von einer Abtreibung wissen. Er wollte nicht. Es war ihrer beider Kind, das er schon lange vor seiner Geburt liebte.

Benjamin Watson kam mit einem hellroten Haarschopf und einem Ausdruck des Erstaunens in den hellen Augen zur Welt. Er schien es kaum erwarten zu können, die Welt zu entdecken, brüllte viel und glich seiner Mutter fast aufs Haar, sehr zur Freude Olivers, der begeistert war, einen Sohn zu haben, besonders einen, der Sarah ähnelte. Benjamin, der sehr rasch wuchs, hatte aber mehr als nur Sarahs Aussehen mitbekommen. Er besaß ihre Entschlossenheit, ihren Eigensinn und ihr hitziges Temperament. Es gab Tage, an denen Sarah glaubte, sie müßte den Kleinen erwürgen, ehe Oliver heimkam und beide beruhigte. Minuten nachdem er erschienen war, brachte er das Baby dazu, glücklich zu krähen und zu lachen. Er spazierte mit dem Kind auf den Armen in der Wohnung herum, während Sarah mit einem Glas Wein in einem Sessel zusammensank und sich fragte, wie sie das alles überleben sollte. Die Mutterschaft gehörte offensichtlich nicht zu ihren Stärken, und die Wohnung war so klein, daß sie wahnsinnig wurde. War das Wetter schlecht, wie so oft in jenem Jahr, konnten sie nicht hinaus, und das Gebrüll des Kleinen hallte in den engen Räumen, bis sie glaubte, sie müßte überschnappen. Oliver hätte seine Familie gern aufs Land in ein eigenes Haus verfrachtet, doch das war ein Traum, dessen Erfüllung noch lange auf sich warten lassen würde. Sie konnten es sich einfach nicht leisten. Sarah bot an, sich Arbeit zu suchen, doch immer wenn sie nachrechneten, erschien es ihr sinnlos, denn ihr Verdienst wäre zur Gänze für einen Babysitter draufgegangen. Immerhin wäre Sarah aus ihren vier Wänden herausgekommen – eine Vorstellung, die ihr sehr gefiel, während Oliver der Meinung war, daß sie bei dem Kind bleiben sollte.

»Sei nicht so chauvinistisch, Ol! Was erwartest du eigentlich? Soll ich den ganzen Tag hier hocken und Selbstgespräche führen, während Benjamin brüllt?« Es gab immer wieder Tage, da glaubte sie, daß sie es nicht mehr aushalten könnte. Und die Aussicht, die vier Kinder aufziehen zu müssen, die Oliver immer noch wollte, brachte sie dem Selbstmord nahe.

Ihre eigenen Eltern waren keine Hilfe, da sie in Chikago lebten, und trotz aller guten Absichten waren Ollies Eltern wenig besser. Seine Mutter hatte nur ein Kind gehabt, und sie konnte sich nicht mehr erinnern, wie sie mit ihm fertig geworden war. Benjamin schien sie nur nervös zu machen. Aber nicht so nervös, wie er Sarah machte.

Allmählich aber wurde es mit dem Kleinen leichter, und als er zu laufen anfing, war alles nur mehr halb so schlimm. Sie waren endlich aus dem Gröbsten heraus. Für den Sommer wurde ein Haus auf Long Island gemietet, und im nächsten Jahr konnte Benjamin in einen Kindergarten gehen – ein Jahr noch, dann war Sarah fast frei und konnte sich wieder ans Schreiben machen. Den Gedanken an einen Job hatte sie aufgegeben. Lieber wollte Sarah einen Roman schreiben. Alles ging bergauf, bis sie krank wurde. Es war die schlimmste aller Erkältungen, und nach einem Monat war sie überzeugt, sterben zu müssen. So krank war sie noch nie im Leben gewesen. Sie hatte einen entsetzlichen Husten, der sich nicht besserte, und litt von früh bis spät an Übelkeit. Nach einem vierwöchigen Kampf gegen die Krankheit entschloß sie sich schließlich, zum Arzt zu gehen. Sie hatte eine Grippe, aber damit nicht genug – sie erwartete wieder ein Kind. Diesmal folgten kein Zorn, keine Wutausbrüche, kein Toben, sondern nur simple Verzweiflung und stundenlange Heulkrämpfe. Sie wollte sich nicht damit abfinden und auf keinen Fall noch einmal alles durchmachen. Sie konnte nicht noch ein Kind aufziehen, denn

Benjamin war noch nicht aus den Windeln, und jetzt sollte alles von vorn beginnen! Es war das einzige Mal, daß sie auch Oliver am Boden zerstört sah. Er wußte nicht, wie er sie aufheitern konnte. Wie beim ersten Mal war er begeistert von dem Baby, doch wenn er es ihr sagte, weinte sie nur um so heftiger.

»Ich kann nicht ... ich kann einfach nicht, Ollie ... bitte ... verlang es nicht von mir ...« Wieder stritten sie sich um die Abtreibung, und beinahe wäre es Sarah gelungen, seine Zustimmung zu erreichen. Oliver hatte Angst, sie würde den Verstand verlieren, wenn er sich dagegen aussprach. Aber er redete es ihr wieder aus, und während ihrer Schwangerschaft bekam er eine Gehaltserhöhung und verwendete jeden Penny für ein Mädchen, das drei Nachmittage wöchentlich kam und Sarah mit Benjamin half. Sie war Irin und kam aus einer Familie mit dreizehn Kindern – genau das, was Sarah brauchte. Plötzlich konnte sie ausgehen, in Bibliotheken sitzen, sich mit Freundinnen treffen, Galerien und Museen besuchen, und ihre Stimmung hob sich gewaltig. Fast fing sie an, das Zusammensein mit Benjamin zu genießen, und nahm ihn ein-, zweimal sogar ins Museum mit. Und Oliver wußte, daß sie sich auch ein wenig auf ihr zweites Kind freute, obwohl sie es nie zugegeben hätte.

Melissa kam zur Welt, als Benjamin zwei Jahre alt war, und Oliver erwog ernsthaft, aufs Land zu ziehen. Nahezu jedes Wochenende sahen sie sich Häuser in Connecticut an und gelangten schließlich zu der Einsicht, daß sie sich keines leisten konnten. Sie versuchten es in Westchester auf Long Island, und allmählich sah es aus, als täten sie an den Wochenenden überhaupt nichts mehr außer Häuser besichtigen. Pound Ridge, Rye, Bronxville, Katonah, und schließlich fanden sie nach einem Jahr, was sie suchten – in Purchase. Ein altes Farmhaus, das seit zwanzig Jahren unbewohnt und ziemlich renovierungsbedürftig war. Es war Teil eines großen Anwesens, und sie wurden für einen Pappenstiel Besitzer des Hauses, aber der Umbau kostete sie noch einiges. Sie sparten, verrichteten die nötigen Arbeiten selbst und verwandelten es im Laufe eines Jahres in ein bemerkenswert hübsches

Haus, auf das beide sehr stolz waren. »Das bedeutet aber nicht, daß ich noch mehr Kinder bekomme, Oliver Watson!« Für Sarah war es schon ein großes Opfer, aufs Land zu ziehen. Als sie sich noch nicht lange kannten, hatte sich Sarah geschworen, die Stadt nie zu verlassen, aber jetzt mußte sie zugeben, daß es sinnvoller war, auf dem Land zu wohnen. In der Wohnung an der Second Avenue war es unerträglich geworden, und alles, was sie sich in der Stadt angesehen hatten, war winzig und viel zu teuer. Hier hatten die Kinder ihre eigenen Zimmer.

Es gab ein riesiges, aber gemütliches Wohnzimmer mit Kamin, eine Bibliothek, die sie liebevoll mit Büchern füllten, eine behagliche Küche mit zwei rohen Ziegelwänden, schweren Holzbalken an der Decke und einem altmodischen Backofen, den Sarah unbedingt instand setzen und benutzen wollte. Die Küche hatte große Erkerfenster, die auf das hinausblickten, was Sarah wie durch Zauberhand in einen Garten verwandelte, so daß sie beim Kochen die spielenden Kinder beaufsichtigen konnte. Mit dem Umzug aufs Land hatte sie das irische Mädchen verloren, aber sie konnten sich im Moment ohnehin keine Hilfe leisten.

Benjamin war schon drei und ging täglich in den Kindergarten, und zwei Jahre darauf konnte auch Melissa in den Kindergarten. Sarah nahm sich vor, jetzt endlich mit dem Schreiben anzufangen. Irgendwie sollte sie aber nicht mehr dazu kommen. Immer gab es etwas zu tun. Sie betätigte sich ehrenamtlich im Krankenhaus, arbeitete einen Tag in der Woche im Kindergarten, machte Erledigungen, beteiligte sich an Fahrgemeinschaften, hielt das Haus in Ordnung, bügelte Ollies Hemden und arbeitete im Garten. Für die ehemalige stellvertretende Redakteurin von *Crimson* war das eine gewaltige Veränderung. Das Komische daran war, daß es ihr nichts ausmachte.

Sobald sie New York den Rücken kehrten, hatte sie das Gefühl, einen Teil ihrer selbst dort gelassen zu haben, jenen Teil, der sich noch immer gegen Ehe und Mutterschaft wehrte. Und plötzlich schien sie zu einem Teil der friedlichen kleinen Welt um sie herum zu werden. Sie lernte andere Frauen mit Kindern kennen. An den Wochenenden spielten Sarah und Ollie Tennis und Bridge mit anderen Ehepaaren, ihre ehrenamtlichen Tätigkeiten nahmen sie immer mehr in Anspruch, und alles Kämpfen und Streben war nahezu vergessen. Und damit war es auch aus mit ihren schriftstellerischen Versuchen. Das Schreiben fehlte ihr nicht einmal mehr. Sie war mit dem, was sie hatte, zufrieden und führte ein glückliches, ausgefülltes Leben mit Mann und Kindern.

Benjamins von Gebrüll geprägte Babyzeit verblaßte als ferne Erinnerung. Er verwandelte sich in ein süßes sonniges Kind, das ihr nicht nur äußerlich ähnlich sah, sondern auch ihre Interessen, ihre Leidenschaften und Wertvorstellungen teilte. Er war wie ein kleiner Schwamm, der alles aufsaugte, was sie selbst war, so daß er in mancher Hinsicht zu Sarahs Spiegelbild wurde. Oliver, dem dies nicht entging, lachte darüber. Sarah war irgendwie geschmeichelt und fand es lustig, obschon sie es kaum einmal zugab. Auch Melissa war ein süßes Kind, einfacher, als Benjamin gewesen war, und in gewisser Weise wie ihr Vater. Sie lachte gern und hatte eine glückliche Einstellung dem Leben gegenüber. Und sie schien nichts zu fordern. Es genügte ihr, wenn sie Sarah überallhin mit einem Buch, einer Puppe, einem Puzzlespiel folgen konnte. Hin und wieder geschah es, daß Sarah überhaupt vergaß, daß Melissa im Raum nebenan war. Melissa war ein anspruchsloses kleines Ding, mit Olivers blondem Haar und grünen Augen ausgestattet. Dennoch sah sie ihm nicht ähnlich. Eigentlich sah sie aus wie seine Mutter, ein Umstand, der Sarah unweigerlich ärgerte, wenn ihre Schwiegereltern darauf zu sprechen kamen.

Sie und Olivers Mutter hatten sich nie richtig angefreundet. Mrs. Watson hatte von Anfang an ihrem Sohn unverblümt gesagt, was sie von Sarah hielt – noch vor der Hochzeit. Sie hielt sie für ein dickköpfiges, schwieriges Mädchen, das sich um jeden Preis durchsetzen wollte, und sie wurde die Angst nicht los, daß Sarah ihrem Sohn eines Tages sehr weh tun würde. Bislang aber war Sarah ihm eine gute Frau gewesen, mußte sie ihrem Mann grollend beipflichten, der Sarahs Partei ergriff, trotzdem hatte Sarah immer das Gefühl, daß die Ältere sie ständig beobachtete, als warte sie auf einen Fauxpas, der ihr am Ende recht geben würde. Die einzige gemeinsame Freude der zwei Frauen waren die beiden Kinder, die Mrs. Watson entzückten und die Sarah nun so liebhatte, als hätte sie sie von Anfang an gewollt, was nicht der Fall gewesen war, wie Mrs. Watson nicht vergessen hatte. Oliver hatte ihr zwar nichts gesagt, aber sie hatte auch so gespürt, was vor sich ging. Als intelligente Frau mit Scharfblick war ihr nicht entgangen, daß Sarah über die Schwangerschaften nicht glücklich gewesen war und sich in der ersten Zeit nicht über Benjamin gefreut hatte, andererseits aber mußte sie zugeben, daß er kein unkompliziertes Kind gewesen war. Er war ihr mit seinem von Koliken hervorgerufenen Gebrüll auch gehörig auf die Nerven gegangen. Das alles aber war nun vergessen. Die Kinder wuchsen heran, Sarah und Oliver ging es blendend, beide waren viel beschäftigt, glücklich und gut versorgt. Sarah schien endlich ihre literarischen Ambitionen aufgegeben zu haben, die Mrs. Watson immer ein wenig übertrieben erschienen waren.

»Sie ist ein gutes Mädchen, Phyllis. Beurteile sie nicht so hart. Sie war ja noch so jung, als sie geheiratet haben. Und sie macht Oliver sehr glücklich.« Ihr Mann hatte alles immer philosophischer gesehen.

»Ich weiß ... aber ich habe immer das Gefühl, daß sie mehr möchte, etwas Unerreichbares ... etwas, das Oliver teuer zu stehen kommen wird.« Diese Feststellung war scharfsinniger, als ihr selbst bewußt war. Aber George Watson schüttelte nachsichtig lächelnd den Kopf.

»Ollie wird gut mit ihr fertig.«

»Ich glaube, er würde Sarah ihren Willen lassen, koste es, was es wolle. Er gehört zu den Männern dieses Typs.« Sie lächelte ihren Mann an, den sie seit mehr als vierzig Jahren liebte – Jahre, zu kostbar, um gezählt zu werden. Sie waren zu einem Körper verschmolzen, zu einer Seele, seit langem schon. An eine Zeit ohne ihn konnte sie sich gar nicht mehr erinnern. »Er ist wie sein Vater. Viel zu gut. In den Händen der falschen Frau kann das sehr gefährlich werden.« Ständig war sie in Sorge um ihren

Sohn und betrachtete nach all den Jahren Sarah noch immer mit einem gewissen Argwohn.

Das Kompliment war ihrem Mann nicht entgangen. Er sah seine Frau nun mit jenem Blick an, der noch immer etwas in ihr anrührte. »Phyllis, du mußt Sarah mehr Vertrauen entgegenbringen. Sie hat unserem Jungen nichts getan. Im Gegenteil, sie hat ihm und uns zwei prächtige Kinder geschenkt ...« Ja, es waren prächtige Kinder. Obwohl keines der beiden seinem Vater wirklich ähnelte, hatten sie etwas von seinem im klassischen Sinn guten Aussehen mitbekommen. Oliver war groß und schlank, dabei von athletischem Körperbau. Um sein dichtes blondes Haar hatten ihn in seiner Kindheit alle Mütter und in seiner College-Zeit alle Mädchen beneidet. Sarah hätte es Oliver gegenüber nie erwähnt, weil sie seiner Eitelkeit nicht über Gebühr schmeicheln wollte, aber sie hatte mehr als einmal jemanden flüstern hören, daß er der am besten aussehende Mann in Purchase sei. Im Sommer war er braungebrannt, und in seinen Augen funkelte es jungenhaft. Daß er sich seines guten Aussehens nicht bewußt war, machte ihn noch attraktiver.

»Glaubst du, daß sich die beiden noch Kinder wünschen, George?« fragte Phyllis ihren Mann hin und wieder, hätte aber nie gewagt, ihrem Sohn oder gar Sarah diese Frage zu stellen.

»Liebling, ich weiß es nicht. Ich glaube, ihr Leben ist ausgefüllt, so wie es jetzt ist. Und heutzutage weiß man ja nie, was noch kommt. Oliver arbeitet in einer kurzlebigen Branche. Die Werbung ist mit dem Bankgeschäft nicht zu vergleichen. Von Sicherheit kann keine Rede sein. Wahrscheinlich ist es vernünftiger, wenn sie es bei zwei Kindern belassen.«

In letzter Zeit gab George Watson immer häufiger dieser Meinung Ausdruck. Er war nun in die Jahre gekommen und hatte viele seiner einst als bombensicher gepriesenen Geldanlagen dahinschmelzen sehen. Die Lebenskosten waren erstaunlich hoch, er und Phyllis mußten mit ihren Mitteln haushalten. Sie besaßen ein hübsches kleines Haus in Westchester, das sie vor fünfzehn Jahren, zu der Zeit, als Oliver auf dem College war, gekauft hatten. Sie hatten gewußt, daß der Junge nie wieder für längere Zeit nach Hause kommen würde und es unvernünftig gewesen wäre, das weitläufige alte Haus in New London zu behalten. Gegenwärtig machte sich George große Sorgen über ihre finanzielle Lage. Zwar waren sie alles andere als mittellos, aber wenn sie noch weitere fünfundzwanzig Jahre lebten, was im Alter von neunundfünfzig und zweiundsechzig durchaus im Bereich des Möglichen lag und was er auch hoffte, würden ihre Ersparnisse ziemlich knapp. George hatte sich erst vor kurzem aus dem Bankgeschäft zurückgezogen und bekam eine anständige Pension. Dazu kamen zahlreiche im Laufe der Jahre getätigte kluge Investitionen, aber dennoch – man konnte nie vorsichtig genug sein. Das predigte er Oliver jedesmal, wenn sie beisammen waren. Er hatte im Laufe seines Lebens viel gesehen, einen großen Krieg und mehrere kleine. Er hatte auf Guadalcanal gekämpft und war zum Glück unversehrt davongekommen. Er wußte alles über den großen Börsenkrach von 1929 und die damalige Depression. Er hatte das Auf und Ab der Wirtschaft miterlebt. Deswegen wollte er, daß sein Sohn sich vorsah. »Ich kann mir nicht vorstellen, daß sie sich noch mehr Kinder wünschen.«

Und Sarah war mit ihm einer Meinung, einer der wenigen Punkte, in denen sie und George übereinstimmten. Wann immer sie mit Oliver auf das Thema zu sprechen kam, hin und wieder spätabends im Bett oder bei einem gemächlichen Waldspaziergang in einer stillen Ecke von Purchase, immer sagte sie ihm, daß es Wahnsinn sei, auch nur einen Gedanken daran zu verschwenden. »Warum sollten wir uns jetzt noch Kinder wünschen, Ollie? Melissa und Benjamin wachsen rasch heran. Mit ihnen ist es jetzt schon viel einfacher, sie leben ihr eigenes Leben. Noch ein paar Jahre, dann können wir tun, was uns gefällt. Warum sollten wir uns noch einmal alle diese Sorgen aufhalsen?« Allein der Gedanke daran jagte ihr Schauer über den Rücken.

»Diesmal wäre es ganz anders. Wir könnten uns jetzt eine Hilfskraft leisten. Ich weiß nicht recht – ich glaube, es wäre ganz einfach nett. Eines Tages werden wir vielleicht bereuen, daß wir nicht mehr Kinder haben.« Er sah sie mit jenem zärtlichen Blick an, der einige Frauen im Elternverein dahinschmelzen ließ, aber Sarah tat so, als würde sie es nicht bemerken.

»Nicht einmal die Kinder wären begeistert. Benjamin ist sieben, Melissa fünf. Ein Baby wäre für sie nur ein Eindringling. Das solltest du bedenken. Wir sind ihnen auch etwas schuldig.« Das hörte sich so entschieden, so sicher an. Er lächelte und nahm ihre Hand, während sie zu der Stelle zurückgingen, wo sie ihren Wagen geparkt hatten. Oliver hatte sich vor kurzem einen Mercedes gekauft. Sarah wußte noch nicht, daß er ihr zu Weihnachten einen Pelz schenken wollte. Er hatte ihn bei Bergdorf-Goodman ausgesucht und veranlaßt, daß das Futter mit ihren Initialen versehen wurde.

»Das klingt so überzeugt.« Er wirkte enttäuscht.

»Ich bin überzeugt.« Und das war sie tatsächlich. Es gelang ihm nicht, sie zu einem dritten Kind zu überreden. Sie war einunddreißig, und ihr gefiel das Leben, das sie nun führte. Ihre Tage waren ausgefüllt mit Vereinsarbeit, sie verbrachte viel Zeit mit Fahrgemeinschaften, mit der Pfadfindergruppe ihres Sohnes und Melissas Ballettunterricht. Ihr reichte es. Er hatte sie gezähmt, soweit sie sich eine Zähmung gefallen ließ. Sie besaßen einen adretten Staketenzaun, zwei Kinder, ein Haus auf dem Land, und im Vorjahr hatten sie sich sogar einen Irish Setter zugelegt. Mehr vermochte sie nicht zu geben, nicht einmal Ollie zuliebe ...

»Was hältst du davon, wenn wir nach Weihnachten mit den Kindern Skiurlaub machen?« fragte er beim Einsteigen. Die Feiertage verbrachte er lieber zu Hause, weil er der Meinung war, daß es daheim viel lustiger war, zudem war es für seine Eltern netter. Sarahs Eltern hatten noch eine Tochter mit Kindern, die sie jedes Jahr in Chikago besuchten, seine Eltern aber hatten nur ihn. Zudem lag Sarah nicht viel daran, die Feiertage mit ihren Eltern zu verbringen. Sie hatten es einmal getan, und hinterher hatte sie sich drei Jahre lang darüber beklagt. Ihre Schwester war für sie ein ständiges Ärgernis, und mit ihrer Mutter war sie ohnehin nie ausgekommen, also war die jetzige Lösung ideal.

»Das wäre ein Mordsspaß. Wohin? Nach Vermont?«

»Vielleicht sollten wir uns dieses Jahr etwas Rasanteres leisten. Wie wär's mit Aspen?«

»Im Ernst? Dein Weihnachtsscheck muß ja astronomisch ausgefallen sein!« Er hatte für seine Firma den größten Kunden an Land gezogen. Wie groß sein Bonus war, hatte Oliver ihr noch gar nicht erzählt. Und Sarah hatte nicht danach gefragt, da sie beide zu beschäftigt gewesen waren.

»Na ja, groß genug jedenfalls, um ein wenig über die Stränge zu schlagen, wenn einem danach zumute ist. Wir könnten auch zu Hause bleiben und allein verreisen, wenn die Ferien für die Kinder zu Ende sind. Meine Mutter könnte kommen und sich um sie kümmern.« Das hatte sie schon des öfteren getan, und jetzt, da die beiden schon größer waren, klappte es immer besser. »Na, was hältst du davon?«

»Das klingt ja fabelhaft!« Sie umarmte ihn, und es endete damit, daß sie in dem neuen Wagen, in dem es nach Herrenparfum und frischem Leder duftete, schmusten.

Schließlich unternahmen sie beides. In der Woche zwischen Weihnachten und Neujahr fuhren sie mit den Kindern nach Aspen, und einen Monat später verbrachten Oliver und Sarah eine romantische Woche in Round Hill auf Jamaica, wo sie eine eigene kleine Villa mit Blick über die Montego Bay bewohnten. Sie dachten oft an ihre Flitterwochen, in denen sie kaum aus dem Zimmer gekommen waren und es im Speisesaal nicht einmal so lange ausgehalten hatten, um satt zu werden, und lachten bei der Erinnerung daran. Dieser Urlaub war aber nicht viel anders. Sie spielten Tennis, schwammen viel und verbrachten jeden Vormittag am Strand, doch am späten Nachmittag liebten sie sich leidenschaftlich in der Zurückgezogenheit ihrer Villa. Und von den insgesamt sechs Abenden ließen sie sich an vieren das Abendessen ins Haus bringen. Es war die romantischste Reise, die sie je unternommen hatten. Beide fühlten sich wie neu geboren, als sie den Heimweg antraten. Sarah wunderte sich immer wieder, wie leidenschaftlich sie Oliver noch immer liebte. Sie kannte ihn seit zwölf Jahren, war seit acht Jahren mit ihm verheiratet, und dennoch hatte sie das Gefühl, daß ihre Romanze noch ganz jung war, und es war offensichtlich, daß Oliver ähnlich empfand. Er liebte sie mit der Energie eines Achtzehnjährigen und tat nichts lieber, als sich stundenlang mit ihr zu unterhalten. Der Sex, den sie miteinander hatten, war immer toll gewesen, doch mit den Jahren war ihre Beziehung fester geworden – sie hatten neue Ideen, neue Horizonte, so daß ihre Ansichten nicht mehr so diametral entgegengesetzt waren wie früher. Mit den Jahren waren sie allmählich zusammengewachsen. Oliver zog Sarah damit auf, daß sie konservativer geworden war, während er sich mit der Zeit etwas liberalere Ansichten zugelegt hatte. Er spürte, daß sie allmählich zu einer einzigen Persönlichkeit verschmolzen waren, mit einem Verstand, einem Herzen, einer Richtung.

Nach ihrer Rückkehr aus Jamaica fühlten sie sich wie von einem Nebel eingehüllt – sanfter, verhaltener im Tempo, und am Morgen saß Oliver am Frühstückstisch und gestand ihr, wie ungern er sie allein ließ und ins Büro fuhr. Sie wechselten einen heimlichen Blick über die Köpfe der Kinder hinweg. Sarah hatte den Toast verbrannt, die Haferflocken waren klumpig, und der Speck war noch fast roh, als sie ihn zu Tisch brachte.

»Ein tolles Frühstück, Mom!« maulte Benjamin. »Die Ferien müssen ja sagenhaft gewesen sein, weil du sogar das Kochen verlernt hast!« Er lachte über seinen eigenen Scherz, und Melissa kicherte. Sie war viel schüchterner als Benjamin, den sie wie einen Helden anhimmelte.

Die Kinder gingen aus dem Haus und wurden von Fahrgemeinschaften zur Schule gebracht, während Oliver zum Bahnhof lief. Sarah gelang es nicht, richtig in Schwung zu kommen. Den ganzen Tag über trödelte sie herum und hatte das Gefühl, überhaupt nichts fertigzubringen. Es wurde Zeit fürs Abendbrot, und sie war noch nicht aus dem Haus gekommen. Den ganzen Tag hatte sie vor sich hin gewerkelt, ohne etwas geschafft zu haben. Das war wohl der Preis dafür, daß sie es sich im Urlaub zu gut hatte gehen lassen.

Doch dieser Zustand sollte über Wochen andauern. Sie hatte Mühe, den Tag irgendwie hinter sich zu bringen. Allein die Aufgabe, die Kinder von da nach dort zu befördern, schien alle ihre Energie zu beanspruchen. Um zehn Uhr abends lag sie schlafend im Bett.

»Das muß das Alter sein«, beklagte sie sich stöhnend eines Samstagmorgens bei Oliver, während sie den Versuch unternahm, einen Stapel Rechnungen durchzusehen. Aber auch diese leichte Tätigkeit erschöpfte sie, und es fiel ihr schwer, sich zu konzentrieren.

»Vielleicht ist es wieder Blutarmut.« Ein- oder zweimal hatte sie daran gelitten. Es schien eine einfache Erklärung dessen, was sich für sie zu einem ärgerlichen Problem auswuchs. Im Laufe eines ganzen Monats hatte sie so gut wie nichts geschafft, dabei stand ihr die Organisation zweier Wohltätigkeitsveranstaltungen, die im Frühjahr stattfinden sollten, bevor, etwas, das ihr plötzlich viel zu anstrengend erschien.

An einem Montagmorgen ging sie zum Arzt, um einen Bluttest vornehmen und sich untersuchen zu lassen, und als sie an jenem Nachmittag die Kinder abholte, fühlte sie sich schon besser.

»Ich glaube, es war alles nur Einbildung«, sagte sie zu Oliver, als er anrief, um ihr mitzuteilen, daß er noch arbeiten mußte und zum Essen nicht nach Hause käme. »Ich habe mich heute untersuchen lassen, und jetzt geht's mir schon besser.«

»Und was hat der Arzt gesagt?«

»Nicht viel.« Sie verschwieg ihm, daß der Arzt sie gefragt hatte, ob sie an Depressionen leide oder unglücklich sei oder ob sie und Ollie Probleme hätten. Offenbar gehörten chronische Erschöpfungszustände zu den ersten Symptomen einer Depression. Was immer es war, es konnte nichts Ernstes sein, davon war sie jetzt überzeugt. Sogar der Arzt hatte festgestellt, daß sie sich in guter Verfassung befand. Sie hatte seit ihrem Jamaica-Urlaub sogar fünf Pfund zugenommen. Kein Wunder, wenn sie nichts tat, außer herumzuhocken und zu schlafen, und sogar zum Lesen zu faul war. Auch ihre wöchentliche Tennispartie hatte sie nicht wiederaufgenommen. Für den nächsten Tag hatte sie eine Verabredung im Klub. Gerade als sie mit dem Tennisschläger in der Hand losgehen wollte, rief der Arzt an.

»Alles in Ordnung, Sarah!« Er war persönlich am Apparat, was ihr zunächst einen Schrecken einjagte. Sicher war es nur Freundlichkeit, nach all den Jahren, die sie ihn kannte. »Sie sind kerngesund, keine Blutarmut, keine größeren Probleme.« Fast glaubte sie, ein Lächeln herauszuhören. Sie war so müde, daß sein Ton sie erbitterte.

»Warum dann die ständige Müdigkeit? Ich kann kaum einen Fuß vor den anderen setzen.«

»Meine Liebe, Ihr Gedächtnis hat Sie wohl im Stich gelassen?«

»Großartig, wollen Sie mir zu verstehen geben, daß ich senil werde? Wunderbar. Genau das, was ich um Viertel nach neun am Morgen hören möchte.«

»Na, und was halten sie von guten Nachrichten?«

»Zum Beispiel?«

»Zum Beispiel ein Baby.« Er sagte es so triumphierend, als würde er ihr ein Millionen-Dollar-Geschenk machen. Sarah war einer Ohnmacht nahe.

»Das ist wohl ein Scherz. Nun, in diesem Haus gibt es kein Baby. Meine Kinder sind schon ziemlich groß ... ich ... ich kann nicht ... ach, Mist!« Sie ließ sich schwer auf einen in der Nähe stehenden Stuhl fallen, während sie gegen die Tränen ankämpfte. Es konnte nicht sein. Und doch wußte sie, daß es so war. Und plötzlich wußte sie auch, daß sie alle Anzeichen geflissentlich ignoriert hatte. Dieses Ausweichen hatte sie daran gehindert, die Wahrheit zu erkennen. Ihre Periode war nicht ausgeblieben, weil sie anämisch oder überarbeitet oder über das Alter hinaus war, sondern weil sie schwanger war. Nicht einmal Ollie hatte sie etwas davon erzählt. Sie hatte sich eingeredet, daß es nichts zu bedeuten hatte. Irgendein Nichts. Diesmal bestand für sie kein Zweifel, wie sie sich verhalten würde. Man schrieb das Jahr 1979. Ihre Kinder waren relativ selbständig. Sie selbst war über dreißig, und Abtreibungen waren legal. Diesmal konnte Ollie sie nicht umstimmen. Sie würde das Kind nicht zur Welt bringen. »Wie weit bin ich?« Sie wußte es ohnehin ... es mußte ... ja, es mußte auf Jamaica passiert sein ... sowie sie auf den Bermudas in den Flitterwochen Benjamin empfangen hatte ... verdammte Ferien ...

»Wann war die letzte Periode?« Sie zählte rasch zurück und nannte ihm das Datum. Aus medizinischer Sicht war sie in der sechsten Woche, mit anderen Worten im ersten Monat, genug Zeit also, eine Abtreibung zu planen. Einen Augenblick lang erwog sie sogar abzutreiben, ohne Ollie etwas davon zu sagen. Ihren Hausarzt wollte sie auch nicht einweihen. Sie würde ihren Frauenarzt anrufen und ihn um einen Termin bitten. »Meinen Glückwunsch, Sarah. Hoffentlich freut Oliver sich auch«, hörte sie den Hausarzt sagen.

»Sicher wird er sich freuen.« Ihre Kehle wurde eng, als sie sich bedankte und auflegte, um sogleich mit zitternden Fingern die Nummer ihres Gynäkologen zu wählen und sich für den nächsten Morgen einen Termin geben zu lassen. Trotz ihrer Verzweiflung fiel ihr nun ein, daß ihre Tennispartnerinnen sie im Westchester Country Club auf dem Platz erwarteten. Am liebsten wäre sie gar nicht hingegangen, aber das wäre unfair gewesen, deshalb lief sie aus dem Haus und startete ihren Kombi. Dabei erhaschte sie zufällig einen Blick auf ihr Spiegelbild. Nein, das durfte ihr nicht passieren ... es konnte nicht sein ... es war ungerecht ... schon als junges Mädchen hatte sie Schriftstellerin werden wollen ... wenn ... vielleicht aber auch nicht. Vielleicht würde sie nie etwas anderes als Hausfrau sein. In ihrer College-Zeit hatte das für sie wie ein Todesurteil geklungen. Hausfrau hatte sie niemals sein wollen. Und jetzt war sie es doch. Mehr war sie wohl nicht, oder? Eine Hausfrau. Sie sprach es laut aus, als wäre es ein schmutziges Wort ... ein Baby ... Allmächtiger ... ein Baby ... und was machte es schon aus, daß es diesmal anders wäre und sie sich eine Hilfe leisten konnten und das Haus groß genug für alle war? Das Kleine würde dennoch die ganze Nacht brüllen, es mußte gebadet, angezogen, gefüttert und umhegt werden, es mußte ausgefahren und eines schönen Tages zum Kieferorthopäden gebracht werden. Sie würde nie die Möglichkeit bekommen, das zu tun, was sie eigentlich tun wollte. Niemals. Sie hatte das Gefühl, als würde das ungeborene Kind, oder vielmehr allein schon das Wissen um dieses Kind, ihre Existenz bedrohen. Und das wollte sie nicht zulassen.

Sie legte den Rückwärtsgang ein und schoß aus der Auffahrt. Zehn Minuten später stand sie auf dem Tennisplatz, blaß und elend, ganz von der Aussicht auf ihr Vorhaben erfüllt.

Irgendwie schaffte sie es, am allgemeinen Geplauder teilzunehmen, und abends war sie froh, daß Ollie, der an einer Präsentation für einen neuen Kunden arbeitete, Überstunden machen mußte. Es handelte sich um einen sehr wichtigen Kunden. Aber welche Rolle spielte es schon, wie groß die Kunden waren? Sarah hatte das Gefühl, daß ihr Leben aus und vorbei war.

Als Oliver nach Hause kam, schlief sie, und am nächsten Morgen brachte sie sogar ein Frühstück zustande. Ollie fragte sie, was sie bedrücke, und sie behauptete, bohrende Kopfschmerzen zu haben.

»Na, was hat die Untersuchung ergeben? Sind die Befunde schon da? Jede Wette, daß etwas mit deinem Blut nicht stimmt.« Plötzlich sah er richtig besorgt drein, und anstatt ihn deswegen zu lieben, haßte sie ihn bei dem Gedanken an das, was er ihr angetan hatte.

»Sie haben sich noch nicht gemeldet.« Sarah wandte sich ab, um das Geschirr in die Spülmaschine zu räumen, damit er die Lüge in ihrem Blick nicht lesen konnte, und gleich darauf war er fort, und die Kinder wurden abgeholt. Eine Stunde später saß sie in der Praxis des Frauenarztes, mit dem sie über einen Schwangerschaftsabbruch sprechen wollte, aber er durchkreuzte ihren Plan, indem er sie fragte, was Ollie von ihren Plänen hielt. »Ich ... er ... hm ...« Sie konnte den Arzt nicht anlügen. Er kannte sie zu gut, dazu kam, daß sie ihn mochte. Mit einem sonderbaren Schimmer im Blick sah sie ihn herausfordernd an. »Ich habe ihm nichts gesagt.«

»Von der Abtreibung oder von dem Baby?« Er schien irritiert, da er der Meinung gewesen war, daß sie eine glückliche Ehe, in der man vertrauensvoll und offen miteinander redete, führten.

»Weder noch. Und ich werde ihm auch nichts sagen.«

Seine Miene verfinsterte sich, als er dies hörte. Mißbilligend schüttelte er den Kopf. »Sarah, ich glaube, Sie begehen einen Fehler. Er hat ein Recht darauf, davon zu erfahren. Es ist ja auch sein Kind.« Da fiel ihm etwas Unangenehmes ein. Womöglich waren Dinge vorgefallen, von denen er nichts wußte. Es war ja alles möglich. »Er ist doch der Vater, oder?«

Ihre Antwort war ein Lächeln. »Natürlich ist es sein Kind. Ich möchte es nur nicht zur Welt bringen.« Sie zählte die Gründe auf, und er hörte kommentarlos zu, aber als sie fertig war, wiederholte er, daß sie die Sache mit ihrem Mann besprechen sollte. Er drängte sie, sich alles noch einmal gründlich zu überlegen. Dann erst wollte er ihr einen Termin geben, nicht eher.

»Sie sind noch jung ... auf keinen Fall zu alt für dieses Kind.«

»Ich möchte endlich meine Freiheit. In elf Jahren kommt mein Sohn aufs College, zwei Jahre darauf meine Tochter. Wenn ich dieses Kind bekomme, bin ich für weitere zwanzig Jahre gebunden. Ich bin nicht gewillt, alles noch einmal durchzumachen.« Das hörte sich unglaublich selbstsüchtig an, auch in ihren Ohren, und doch konnte sie nicht anders. Es entsprach ihren Gefühlen, und daran konnte niemand etwas ändern.

»Ist Oliver auch dieser Meinung?« Darauf blieb sie ihm lange die Antwort schuldig. Sie wollte ihm nicht sagen, daß sich Oliver seit jeher mehr Kinder gewünscht hatte.

»Ich habe nicht mit ihm darüber gesprochen.«

»Das sollten Sie aber, Sarah. Rufen Sie mich in ein paar Tagen an. Sie haben noch genügend Zeit, Ihre Entscheidung zu überlegen und dann alles zu veranlassen.«

»Die Bedenkzeit wird nichts an meiner Meinung ändern.« Sie verspürte Trotz und Wut. Ziemlich niedergeschlagen ging sie aus der Praxis. Der Arzt hätte das Problem für sie lösen sollen, aber er hatte ihr nicht die geringste Unterstützung angeboten.

Sie ging nach Hause und weinte sich aus, und als Oliver um elf Uhr abends nach Hause kam, lag sie schon im Bett und schützte wieder Kopfschmerzen vor. Die Kinder schliefen schon längst, im Schlafzimmer lief das Fernsehgerät, während Sarah auf Ollie wartete. Sie war noch immer fest entschlossen, ihre Schwangerschaft vor ihm geheimzuhalten.

»Na, wie war's heute? Du siehst müde aus.« Niedergeschlagen sah sie auf, als er heimkam.

»Alles ist prächtig gelaufen«, sagte Ollie, der sich auf dem Bettrand niederließ und seinen Schlips lockerte. Sein blondes Haar war noch vom Wind zerzaust, er sah unglaublich hübsch aus, trotz seiner Erschöpfung. Wie konnte er nur so aussehen? Für ihn war das Leben so einfach. Er brauchte nur täglich ins Büro zu fahren und sich mit wirklichen Menschen in einer wirklichen Welt abzugeben. Er hatte sein Vergnügen, während sie jede wache Stunde mit Frauen und Kindern zubrachte. Es gab Dinge im Leben, die nicht fair waren, und in ihren Augen gehörte dies dazu. Es gab Momente, in denen sie sich wünschte, ein Mann zu sein oder ihr Leben anders gestaltet zu haben. Sie hätte schon vor Jahren einen Job annehmen sollen, anstatt ihre Zeit mit Haushalt und Familie zu vertun. Aber es war für sie am einfachsten gewesen. Sie hatte den Weg des geringsten Widerstandes gewählt und zwei Kinder in die Welt gesetzt. Sie war in einen Vorort gezogen und hatte ihre Träume aufgegeben. Und jetzt sollte sie noch ein Kind bekommen ... Das tue ich nicht, sagte sie sich hastig. Sie würde die Schwangerschaft abbrechen lassen. »Was ist los, Sarrie?« Ollie beugte sich mit besorgter Miene über sie, um sie zu küssen. Ollie kannte sie zu gut und las den Schmerz in ihrem Blick, den Schmerz, der nicht aus Schuldbewußtsein ihrer Absichten wegen erwuchs, sondern aus dem Zorn über das, was geschehen war.

»Nichts. Ich bin auch müde.«

»Haben dich die Kinder heute sehr in Anspruch genommen?«

»Nein ... sie waren wunderbar.«

»Na, was ist dann los?« drängte er weiter.

»Nichts«, log sie.

»Unsinn.« Er zog sein Jackett aus, knöpfte sein Hemd auf und rückte näher. »Versuch nicht, mich hinters Licht zu führen. Du machst dir aus irgendeinem Grund große Sorgen.« Und dann überfiel ihn eine Woge der Angst. Vor einem halben Jahr war es einem Kollegen aus der Firma passiert. Man hatte bei seiner Frau Krebs diagnostiziert, und vier Monate später war sie gestorben und hatte ihn mit drei Kindern total verzweifelt zurückgelassen. Oliver wußte, daß er einen solchen Verlust nicht überlebt hätte. Er liebte Sarah schon zu lange, sie bedeutete ihm alles. »Sind die Befunde schon da? Gibt es etwas, was ich wissen sollte?«

Einen Augenblick dachte sie an das, was der Arzt gesagt hatte ... Sie sollten es ihm sagen, Sarah ... er hat ein Recht, davon zu erfahren ... es ist auch sein Kind ... Aber ich will nicht! rief eine innere Stimme. »Die Befunde waren in Ordnung.«

Von jener Aufrichtigkeit getrieben, die stets zwischen ihnen geherrscht hatte, sagte sie etwas, was sie, wie sie wußte, später sehr bereuen würde. »Mehr oder weniger.«

Angst durchschnitt ihn messerscharf, als er sanft nach ihrer Hand faßte. »Was soll das heißen?« Er brachte die Worte kaum heraus. »Was hat man dir gesagt?«

Sie wußte sofort, was er befürchtete, und sie wußte auch, daß sie ihm nicht noch länger Grund zur Besorgnis liefern durfte. Sie wollte kein Kind mehr von ihm, aber sie liebte ihn. »Nein, nicht, was du denkst. Mach kein so erschrockenes Gesicht.« Sie gab ihm einen Kuß, und als er sie festhielt, spürte sie, wie er zitterte.

»Was ist es dann?«

Widerstrebend gestand sie: »Ich bin schwanger.« Ihre Stimme klang verzweifelt und war kaum mehr als ein Flüstern.

Im ersten Moment verharrten beide reglos, während ihre Worte in Ollies Bewußtsein drangen. Sein Körper schien nachzugeben, als die Spannung von ihm wich. »Gott im Himmel ... warum hast du mir kein Wort gesagt?« Er lehnte sich lächelnd zurück, aber sein Lächeln erlosch, als er ihren Blick bemerkte. Sarah sah aus, als hätte sie eine Krebsdiagnose vorgezogen.

»Bis gestern hatte ich keine Ahnung. Ziemlich dumm von mir. Es muß wohl in Jamaica passiert sein.«

Er konnte ein Schmunzeln nicht unterdrücken, und in diesem Augenblick hätte sie ihm am liebsten ins Gesicht geschlagen. »Nicht zu fassen! Daran hatte ich nie gedacht. Es ist auch schon lange her, mein Gedächtnis ist eingerostet ...« Stimme und Blick waren sanft, doch sie entzog ihm ihre Hand und legte sich in die Kissen. Sie schien möglichst viel Distanz zwischen sich und ihn legen zu wollen. Es war allein seine Schuld.

»Ich bin zu einem Abbruch entschlossen.«

»Ach? Wann hast du dich dazu entschlossen?«

»Eine halbe Minute nachdem ich es erfuhr. Ollie, ich kann nicht anders.«

»Stimmt etwas nicht?«

Langsam schüttelte sie den Kopf. Schlagartig wurde ihr klar, welch erbitterten Kampf es zwischen ihnen geben würde, aber diesmal war sie nicht bereit nachzugeben. Dieses Kind würde sie nicht zur Welt bringen. »Ich bin zu alt. Und es ist den Kindern nicht zuzumuten.«

»Das ist blanker Unsinn, das weißt du genau. Vermutlich werden sie begeistert sein, wenn sie davon erfahren.«

»Sie werden es nicht erfahren. In ein paar Tagen ist alles vorüber.«

»Und das ist deiner Meinung nach der richtige Weg?« Er stand auf und fing an, den Raum zu durchmessen. »So einfach geht das? Was ist denn mit dir los? Jedesmal wenn du schwanger wirst, müssen wir diesen verdammten Unsinn mit der Abtreibung hinter uns bringen.«

»Es ist kein Unsinn. Im Gegenteil – für mich ist es sinnvoll. Ich will kein Kind mehr. Du fährst täglich ins Büro und führst dein eigenes Leben. Ich hänge hier draußen herum, spiele Fahrgemeinschafts- und Elternbeiratsmutter und habe nicht die Absicht, mich für weitere zwanzig Jahre festnageln zu lassen. Ich habe es lange genug getan und die Hälfte der Zeit überstanden. Es wird dir nicht gelingen, mich umzustimmen.«

»Und was passiert dann? Aus welchem Grund möchtest du dieses Kind töten? Möchtest du etwa Gehirnchirurgin werden? Um Himmels willen, du leistest hier wichtige Arbeit, indem du unsere Kinder erziehst. Ist für eine Radcliffe-Absolventin das Opfer für Gott und Vaterland zu groß? Ich weiß, ich weiß, du wolltest in SoHo bei den großen Ungewaschenen leben, Gedichte und den großen amerikanischen Roman schreiben. Persönlich bin ich der Meinung, daß dies hier verdienstvoller ist, und ich habe gedacht, daß du mittlerweile auch zu dieser Einsicht gelangt bist. Um Himmels willen, Sarah, werde endlich erwachsen!«

»Ich bin erwachsen, verdammt noch mal. Ich bin erwachsen, ausgewachsen und alt geworden, und ich werde niemals wieder mein Leben für jemanden wegwerfen. Gib endlich mir eine Chance, um Himmels willen. In dieser Welt gibt es mehr als nur Kinder, oder sollte dir das entgangen sein, Ollie?«

»Mir ist nicht entgangen, daß du hier draußen ein verdammt gutes Leben führst. Während ich mich in New York abrackere, spielst du mit Freundinnen Tennis, bäckst Plätzchen mit Melissa, und so soll es auch sein. Aber komm mir nicht damit, daß dies eine Härte darstellt, Sarah, denn das nehme ich dir nicht ab, und ein Baby wird daran nichts ändern.«

»Mist!«

Der Streit tobte bis zwei Uhr morgens, und in der nächsten und übernächsten Nacht, und in der Nacht darauf. Sie stritten das ganze Wochenende über, bis in die folgende Woche. Beide vergossen Tränen, knallten Türen und warfen sich häßliche Anschuldigungen an den Kopf. Die Auseinandersetzung endete schließlich damit, daß Oliver Sarah anflehte, das Kind zu bekommen, und zu guter Letzt hob er hilflos die Hände und sagte, sie sollte tun, was sie für richtig hielt.

Zweimal vereinbarte sie einen Termin für den Abbruch. Sie beging den großen Fehler, ihre Schwester in Grosse Pointe anzurufen, was ihr einen noch heftigeren Streit einbrachte, denn ihre Schwester beschuldigte sie, unanständig, unmoralisch und höchstwahrscheinlich verrückt zu sein.

Sarah war wochenlang unschlüssig, und am Ende waren Ollie und sie ausgelaugt, verletzt, desillusioniert, aber irgendwie schafften sie es, alles wieder ins Lot zu rücken, und Sarah entschied sich gegen die Abtreibung. Oliver war damit einverstanden, daß sie sich nach der Geburt sterilisieren ließ. Er hielt es zwar für eine unglückliche Lösung, gleichzeitig war ihm jedoch klar, daß sie einen solchen Angriff auf die Grundfesten ihrer Ehe nicht noch einmal überstehen würden. Sarah versicherte ihm, daß sie unter keinen Umständen mit vierzig noch ein Kind zur Welt zu bringen gedachte.

Das Baby kam am Tag der Präsidentschaftswahlen zur Welt, während Oliver bei Sarah im Kreißsaal war und ihr, die ihm bei jeder Wehe versicherte, wie sehr sie ihn haßte, Mut zusprach. Schon in den vergangenen Monaten hatte sie fast stündlich beteuert, daß sie sich aus diesem Kind niemals auch nur einen Deut machen würde. Ollie erwiderte ihr immer wieder, daß er es für sie beide lieben würde. Auch die Kinder hatten sich begeistert gezeigt. Der achtjährige Benjamin war neugierig und erwartungsvoll, und für die sechsjährige Melissa war es, als würde sie eine lebendige Puppe zum Spielen bekommen. Nur Sarah schien von dem bevorstehenden Familienzuwachs alles andere als begeistert zu sein. Und als der Kopf des Babys sichtbar wurde, sah Oliver verwundert zu, wie Samuel Watson sich seinen Weg auf die Welt bahnte, mit einem lauten Schrei und einem erstaunten Blick auf seinen Vater. Das Baby wurde erst Oliver gereicht, der es liebevoll in Sarahs Arme legte. Sarah brach in Tränen aus, als sie an all die häßlichen Dinge dachte, die sie über das Baby gesagt hatte. Der Kleine hatte schwarzes Haar und Ollies grüne Augen, dazu eine helle Haut und einen Blick, der viel Weisheit und Humor vorausahnen ließ. Er gehörte zu den Babys, in die man sich auf den ersten Blick verliebte. So heftig sie ihn abgelehnt hatte, so glühend verliebte sie sich in ihn, als sie ihn in den Armen hielt. Sam wurde ›ihr‹ Baby, kein Schreihals, kein Brüller, sondern ein unkompliziertes, friedliches, glückliches Baby von Anbeginn an. Er sollte zu ihrer großen Liebe werden. Allabendlich tischte sie Oliver Geschichten über die genialen Fortschritte des Kleinen auf. Sam war ein goldiges kleines Kerlchen, in das alle vernarrt waren, Ollie, Sarah, seine Geschwister und seine Großeltern. Insofern hatte Ollie also recht behalten. Er verlor jedoch kein Wort darüber. Beide waren froh über Sarahs Entscheidung, das Baby zur Welt zu bringen. Alles an ihm war problemlos, liebenswert und drollig. Nie wurde Sam zu der Last, vor der sich Sarah gefürchtet hatte.

Um ihr das Leben zu erleichtern, hatte Ollie eine Haushälterin eingestellt, eine Frau aus dem Ort, die fünfzehn Jahre bei einem Bischof gearbeitet hatte und nun einen Haushalt suchte, in dem es lebendiger und lustiger zuging. Sie mochte Melissa und Benjamin und verliebte sich wie alle anderen auf den ersten Blick in Sam. Der Kleine hatte runde Bäckchen und das passende Lächeln dazu, und seine gepolsterten Ärmchen und Beinchen forderten alle dazu heraus, ihn ständig zu herzen und zu drücken. Immer wieder geschah es, daß Agnes, sein Schutzengel, und Sarah, seine ihn anbetende Mutter, je ein Bäckchen küßten und die drei Nasen zusammenstießen. Sie lachten, während Sam vor Wonne kreischte. Agnes war genau das, was Sarah gebraucht hatte, und sie wünschte sich, sie hätte sie schon damals gehabt, als Benjamin vor Bauchweh brüllte, daß die Wände an der Second Avenue wackelten, doch damals hätten sie sich ohnehin keine Hilfe leisten können. Jetzt war alles anders. Wie Ollie vorausgesagt hatte, gestaltete sich alles erstaunlich einfach.

Sarah brauchte sich nicht mehr um das Frühstück zu kümmern und kein Abendessen mehr zu kochen. Sie machte nicht mehr sauber und hatte auch nichts mehr mit der Wäsche zu tun. Zweimal wöchentlich kam eine Putzfrau, und die wunderbare Agnes war ständig im Haus. Sie bewohnte einen kleinen Raum neben Sams Zimmer. Sam hatte Tag und Nacht Gesellschaft – seine Schwester sah ständig nach ihm, sein Bruder schenkte ihm schon Baseballhandschuhe und Fußbälle, und Sarah, Oliver und Agnes hatten stets ein Auge auf ihn. Seltsamerweise wurde aus Sam kein verzogener Fratz – im Gegenteil, er entwickelte sich zu einem bemerkenswert angenehmen Kind, einer stetigen Quelle der Freude, die seine Umgebung mit Sonnenschein erfüllte. Der Alptraum, daß dieses Kind Sarahs Leben zerstören könnte, war vergessen. Sam brauchte keine zusätzliche Aufmerksamkeit, machte in der Schule keinen Ärger, spielte mit Agnes, Melissa oder mit Benjamin und seinem Vater ebensogern wie mit Sarah. Sarah hatte also keinen Grund mehr, Ausflüchte zu suchen.

Und ehe sie wußte, wie ihr geschah, war Benjamin siebzehn und in seinem letzten High-School-Jahr. Die fünfzehnjährige Melissa hing ständig am Telefon, das sie merkwürdigerweise in einen Einbauschrank im Oberstock zerrte, in dem sie sich inmitten alter Skibekleidung auf den Boden hockte und mit Jungen plauderte, die kein Mensch je zu Gesicht bekam. Und Sam war neun, spielte selbstzufrieden in seinem Zimmer, von eigenen Interessen in Anspruch genommen, ohne die Aufmerksamkeit seiner Mutter über Gebühr zu strapazieren ... Sarah hatte also keinen Grund, sich nicht der Schreiberei zu widmen. Sie konnte die leeren Seiten oder das Schweigen der Schreibmaschine nicht ihren Kindern anlasten.

Und während sie dasaß und zusah, wie es schneite, fragte sie sich, wie sie es Ollie beibringen sollte. Sie wünschte, er würde sie nicht fragen, wie ihr das Schreiben von der Hand ging. Seit zwei Jahren zeigte er sich aufrichtig besorgt deswegen, und das machte sie wahnsinnig. Sie konnte ihm nicht sagen, daß sie nichts zustande brachte, daß das alles zu nichts führte und sich ihre schlimmsten Befürchtungen mit einundvierzig erfüllt hatten. Ihr Leben war gelaufen. So abgestanden, alt und müde hatte sie sich noch nie gefühlt, und diesmal wußte sie, daß sie nicht schwanger sein konnte. Vereinbarungsgemäß hatte sie gleich nach Sams Geburt eine Tubenligatur vornehmen lassen. Nein, diesmal war es etwas anderes. Es war die allmähliche und demoralisierende Erkenntnis, daß das Leben nirgendwohin führte, daß die Träume, die man mit zwanzig gehabt hatte, schon vor Jahren verflogen waren und überdies nie nennenswerten Wahrheitsgehalt besessen hatten. Sie würde nie eine echte Schriftstellerin werden. Dieses Wissen hätte sie mit fünfunddreißig vernichtet, mit neununddreißig hätte es sie vielleicht um den Verstand gebracht. Mit einundvierzig erfüllte es sie mit abgrundtiefer Traurigkeit. Es war ihr nichts geblieben als die tägliche Routine, während Ollie immer mehr Erfolg hatte. Ein sonderbares Gefühl. Sogar ihre Kinder waren wichtiger als sie. Jedes hatte etwas Lohnendes im Leben. Benjamin war ein hervorragender Sportler und ein großartiger Schüler. Melissa verfügte über eine unglaubliche künstlerische Begabung und war eine richtige Schönheit. Zuweilen äußerte sie den Wunsch, Schauspielerin zu werden, und sie und Benjamin redeten davon, nach Harvard zu gehen. Sam sang mit einer wahren Engelsstimme im Chor, viel wichtiger aber war seine warmherzige Wesensart, die ihn zum Liebling aller machte. Und was hatte sie selbst? Die Kinder. Ollie. Das Haus. Die Tatsache, daß sie vor zwanzig Jahren in Radcliffe ihren Abschluß gemacht hatte. Na und? Wer wußte überhaupt davon? Ihr war nur eine Hoffnung geblieben, eine winzige nur, ein weiteres Stückchen Unwirklichkeit in ihrem großen Nichts. Außerdem sah sie keine Möglichkeit, ihren Plan zu verwirklichen. Wie denn? Sie lebte hier. Man brauchte sie hier. Oder nicht? Sie hatten ja Agnes ... aber sie konnte es Ollie nicht antun. Sie lächelte betrübt, als Agnes den Hund hinausließ und dieser japsend im Schnee tollte. Alle waren so glücklich. Alle. Sogar Agnes. Wieso fühlte sie selbst sich so ausgehöhlt? Was hatte sie verloren? Was hatte sie nie besessen? Was wollte sie jetzt? Etwas. Alles. Sie wollte einfach alles. Ruhm. Erfolg. Erfüllung. Ein tolles Leben. Tolle Menschen. Gleichzeitig wußte sie, daß sie das alles nie haben würde. Sie würde für ewige Zeiten hier hocken und dem Schneetreiben zusehen, während das Leben an ihr vorüberzog und Ollie seiner Firma neue Kunden verschaffte. Sie fuhr sogar ihren eigenen Mercedes und besaß nun zwei Pelze. Sie hatte dank Ollies Beharrlichkeit drei prächtige Kinder, einen phantastischen Ehemann – und nichts Eigenes, was der Rede Wert gewesen wäre, nicht einmal Talent. Sie hatte nichts erreicht. Alles war vorbei. Das Mädchen, das sie gewesen war, gab es nicht mehr.

»Die Post, Mrs. Watson«, hörte sie Agnes, die die Briefe auf den Schreibtisch neben Sarah legte, leise sagen.

»Danke, Agnes. Ist etwas dabei, das halbwegs gut aussieht?«

»Meist Rechnungen. Und ein Brief von Benjamins Schule. Er ist an Sie adressiert.« Benjamin war im Begriff, sich fürs kommende Jahr in Harvard zu bewerben, hatte aber seine Unterlagen noch nicht abgeschickt. Er konnte noch keine Zuschrift bekommen haben, auch keine, die an seine Mutter gerichtet gewesen wäre. Dieser Brief war etwas anderes, und das wußte sie. Sie wußte ohnehin, was er enthielt, dennoch zitterte ihre Hand, als sie den Brief von Agnes entgegennahm. Einen Augenblick stand sie reglos da und starrte ihn an, dachte zurück ... als alles anders war – aber das war vorbei. Alles war vorbei. Sie mußte sich zwingen, daran zu denken, als sie den Umschlag aufriß. Dann ging sie langsam ins Wohnzimmer und blieb umgeben von hellen Chintzüberzügen und geblümten Druckdessins stehen, die auch mitten im Winter Sommer und Frühling ins Haus zauberten.

Langsam faltete sie das Blatt auseinander, als gelte es, eine Schale zu öffnen, als bräche sie ihr Leben auf – doch diesen Gedanken gestattete sie sich nicht. Langsam ließ sie sich in einem Sessel nieder, ohne zu bemerken, daß Agnes sie voller Verwunderung beobachtete. Sarah las langsam, bevor sie verblüfft den Atem anhielt. Das konnte nicht sein! Es mußte sich um einen Irrtum handeln. Sie hatte sich beim Lesen geirrt. Es mußte so sein. Und doch war es wahr. Die Worte standen da. Mein Gott ... die Worte standen da, und plötzlich hatte sie das Gefühl, ihr Körper sei von Licht und Musik erfüllt. Sie empfand keine Leere mehr, ihr war, als sei nun etwas in ihr. Etwas Besseres als ein Kind. Es war ihr Ich. Sie war wieder da. Sie war wieder am Leben. Und sie las die Zeilen immer wieder.

»Wir freuen uns, Ihnen mitteilen zu können, daß Sie an der Harvard University zu dem mit dem akademischen Grad eines Magisters abschließenden Studiengang zugelassen wurden ... freuen uns, Ihnen mitzuteilen ... freuen uns, Ihnen mitzuteilen ...« Die Worte verschwammen, während ihr die Tränen übers Gesicht liefen. Es war ein Traum. Nur ein Traum. Es gab ja keine Möglichkeit, ihn zu verwirklichen. Sie konnte die Familie nicht im Stich lassen. Sie konnte das Studium nicht wiederaufnehmen. Und doch hatte sie sich vor Monaten beworben – im September, als die Kinder wieder mit der Schule anfingen und sie sich gelangweilt und einsam gefühlt hatte. Es war nur ein Versuch gewesen. Sie wollte nur sehen, ob ... und jetzt teilte man ihr mit, daß man sie aufnehmen wollte. Aber sie konnte nicht annehmen. Doch als sie aufblickte, sah sie, daß es draußen noch immer schneite, daß der Hund noch immer herumtollte und daß Agnes sie von der Tür her beobachtete. Sie wußte, daß sie es tun mußte. Die anderen würden gewiß Verständnis aufbringen. Sie mußten ... und es würde nicht für lange sein. Sie konnte wieder eine eigene Persönlichkeit sein. Ja, eine eigene Persönlichkeit. Sie würde wieder wirklich sein. Sie würde Sarah sein.

2

»Schlechte Nachrichten, Mrs. Watson?« Agnes hatte gesehen, daß Sarah bleich geworden war, und ihr war auch nicht entgangen, daß Tränen auf ihren Wangen schimmerten, als sie aus dem Fenster blickte. Agnes konnte nicht verstehen, was in ihr vorging. Die Erregung, die Fassungslosigkeit, die Hoffnung und die Angst. Sie hatte sie im Arbeitszimmer ihren Gedanken überlassen, und es verging eine ganze Stunde, bis Sarah wieder in die Küche kam.

»Nur eine Überraschung ...« Sarahs Miene verriet nichts, fast war es, als stünde sie unter Schockeinwirkung. Sie wirkte weder glücklich noch traurig, während sie geistesabwesend in der Küche auf und ab lief, Dinge zurechtrückte, ohne sie zu sehen, einen Stuhl an den Tisch schob, ein Stückchen Papier vom Boden aufhob, als wüßte sie nicht, was sie jetzt tun sollte. Sie tat, als sähe sie ihr Zuhause zum ersten oder zum letzten Mal. Was, zum Teufel, sollte sie bloß tun? Sie konnte jetzt unmöglich nach Harvard.

Sie konnte die Familie nicht verlassen. Insgeheim fragte sie sich, warum sie sich überhaupt beworben hatte. Es war lächerlich, nur ein Traum, Ollie würde sie auslachen ... und doch – irgendwie war es jetzt nicht mehr komisch. Es war furchteinflößend, traurig und wundervoll – und eine Chance, die sie sich nicht entgehen lassen wollte, auch nicht der Familie zuliebe. Nie im Leben hatte sie sich so hin- und hergerissen gefühlt. Und sie wußte, daß sie es Ollie nicht sagen konnte. Noch nicht. Vielleicht nach den Feiertagen. Bis Weihnachten waren es ja nur mehr zwei Wochen. Anschließend wollte sie es ihm gestehen. Vielleicht würden sie ein paar Tage zum Wintersport fahren, und bei dieser Gelegenheit könnte sie mit ihm darüber reden. Aber wie sollte sie sich, um Gottes willen, entscheiden? Sollte sie sagen: Ich möchte wieder auf die Schulbank – ich ziehe für ein, zwei Jahre nach Boston – ich muß hier raus? Wieder stiegen ihr die Tränen in die Augen, und einen verzweifelten Augenblick lang wußte sie, daß sie ihre Familie nicht verlassen wollte.

Agnes behielt Sarah im Auge, da sie ihrer Erklärung nicht traute. In dem Brief mußte es um mehr gehen als um eine Überraschung. Und wenn es eine war, dann konnte es keine gute sein.

»Wann kommen die Kinder?« Sarah sah die zierliche kleine Frau an, die sich in der Küche zu schaffen machte und das Abendessen vorbereitete. Für gewöhnlich war sie froh über ihre Anwesenheit. Plötzlich aber gab ihr Agnes das Gefühl, nutzlos zu sein. Ihr schimmerndes weißes Haar war straff zu einem Knoten zusammengefaßt, die Miene gesammelt, die Lippen geschürzt, als sie den Küchentisch deckte. Wenn Sarah und Ollie ausgingen, aßen die Kinder mit Agnes in der Küche. Hin und wieder aßen auch alle gemeinsam in der Küche. Blieben Ollie und sie zu Hause, nahmen sie das Abendessen meist im Eßzimmer ein, da Ollie darauf Wert legte. Er liebte eine gewisse Förmlichkeit, Traditionen und sprach gern über die Ereignisse des Tages während des Essens. Auf diese Weise löste er sich aus dem Berufsstreß und hielt sich über das Leben und Treiben der Kinder auf dem laufenden. Heute wollten sie und Ollie mit Freunden ein neues Restaurant im benachbarten Rye besuchen.

Das Schrillen des Telefons unterbrach ihre Gedanken, ehe Agnes ihr antworten konnte. Sarah lief an den Apparat. Vielleicht rief Ollie an. Plötzlich hatte sie Sehnsucht nach seiner Nähe, wollte seine Stimme hören, ihn an sich drücken. In einem einzigen Augenblick hatte sich plötzlich alles geändert – mit dem Brief, den sie eben gelesen hatte.

Der Anruf kam von einer Freundin. Sie mußte die Verabredung absagen wegen Halsschmerzen, und ihr Mann mußte noch arbeiten. Sarah wandte sich nachdenklich Agnes zu. »Ich glaube, wir bleiben heute daheim und essen mit den Kindern. Unsere Freunde haben abgesagt.«

Agnes nickte, ohne Sarah aus den Augen zu lassen, bevor sie sagte: »Warum gehen Sie nicht mit Mr. Watson allein aus?« Sarah machte den Eindruck, als könne sie etwas Zerstreuung gebrauchen. Sarah lächelte Agnes an. Die beiden Frauen kannten sich sehr gut, wenngleich Agnes stets respektvoll Distanz wahrte. Sie hatte keine Scheu, ihre Meinung deutlich zu sagen, wenn sie es für notwendig hielt, insbesondere der Kinder wegen, aber auch wenn Agnes die Stimme erhob, was hin und wieder der Fall war, waren die beiden für sie immer ›Mr. und Mrs. Watson‹. »Mr. Watson mag Hackbraten nicht besonders.«

Sarah lächelte. Agnes hatte recht. Ollie konnte Hackbraten nicht ausstehen. Vielleicht war es wirklich besser, wenn sie auswärts aßen. Aber plötzlich schreckte sie davor zurück, mit ihm allein zu sein. Während sie noch nach einer Ausrede suchte, hörte sie das Knallen der Haustür und eine laute Stimme, im nächsten Moment schlenderte Benjamin in die behagliche Küche. Mit seinen siebzehn Jahren war er stattliche einsachtzig. Das leuchtend rote Haar und die dunkelblauen Augen hatte er von seiner Mutter geerbt. Die Kälte hatte seine Wangen gerötet. Mit einem Ruck riß er sich die Mütze vom Kopf und warf sie auf den Tisch.

»Schrecklicher Junge!« Agnes schwenkte mißbilligend einen Kochlöffel in seine Richtung, während aus ihrem Blick die überströmende Liebe sprach, die sie dem Jungen entgegenbrachte. »Nimm die Mütze von meinem Küchentisch!«

Lachend stopfte er sie in seine Jackentasche. »Entschuldige, Aggie ... Hi, Mom.« Statt der Mütze landete nun ein Stapel Bücher auf dem Tisch. »Mensch, saukalt ist es draußen!«

Seine Hände waren rot, da er nie Handschuhe trug. Benjamin war noch ein ganzes Stück zu Fuß gelaufen, nachdem ein Freund ihn abgesetzt hatte. Mit einem einzigen Schritt war er am Kühlschrank und suchte etwas zu essen, um die Zeit bis zum Abendessen zu überbrücken. Er vertilgte geradezu furchteinflößende Mengen. Trotzdem war er dünn wie ein Faden, schlank wie sein Vater und mit dessen kraftvollen Schultern ausgestattet.

»Hände weg! In einer knappen halben Stunde gibt's Abendessen!« Wieder schwenkte Agnes drohend den Kochlöffel, und Benjamin grinste.

»Nur ein Häppchen, Agnes. Ich bin am Verhungern.« Er stopfte sich unter Sarahs belustigtem Blick ein paar Scheiben Salami in den Mund. Benjamin war ein Mann, ein sehr gut aussehender sogar. Er führte sein eigenes Leben, hatte einen eigenen Freundeskreis, und in einigen Monaten ging er aufs College. Mit einemmal konnte Sarah sich nicht vorstellen, daß ihm ihre Anwesenheit hier noch etwas bedeutete. Da drehte er sich um und sah betroffen ihren ernsten Blick. »Ist etwas, Mom?«

»Nein, nein«, gab sie mit heftigem Kopfschütteln zurück, so wie sie vorhin auf Agnes' Frage reagiert hatte. »Ich bin nur unentschieden, ob ich heute mit deinem Vater ausgehen soll. Was hast du vor? Lernst du für die Prüfungen?«

Er nickte. Benjamin war ein guter Schüler, ein prächtiger junger Mann, der einem Bewunderung abnötigte. Ihr Erstgeborener, von den drei Kindern dasjenige, das ihr am ähnlichsten war, obschon er viel weniger rebellisch zu sein schien als sie in seinem Alter. »Ja, morgen ist die letzte. Chemie. Ich gehe nachher zu Bill, um mit ihm zu lernen. Kann ich den Wagen haben?« Mehr brauchte er von ihr nicht. Den Kühlschrank und die Wagenschlüssel.

Ihr Lächeln kam zögernd. Er würde ihr fehlen, falls sie das Haus verließ. Alle würden ihr fehlen – besonders Sam. O Gott – und Ollie. »Sicher, aber sei vorsichtig. Wenn es friert, sind die Straßen spiegelglatt. Ach, übrigens – könnte dieser Bill nicht zu uns kommen?«

Benjamin schüttelte entschlossen den Kopf.

»Die letzten drei Male war er bei uns. Ich habe mit ihm ausgemacht, daß ich diesmal zu ihm komme. Außerdem geht Mel auch aus. Hat sie angerufen?«

Sarah schüttelte den Kopf. »Noch nicht.« Melissa rief nie an. Sie vergaß es einfach. Sie machte immer nur das, was sie wollte – ohne Umschweife. Melissa führte ihr eigenes Leben. Mit fünfzehn war das Mädchen erstaunlich selbständig. »Was heißt das, sie ist aus? Wir haben Dienstag.« Melissa durfte erst seit September einen Abend am Wochenende mit Jungen ausgehen, die ihre Eltern kannten, in Lokale, die sie billigten. »Und wie kommt sie nach Hause?«

»Ich habe ihr versprochen, sie abzuholen.« Ben nahm sich einen Apfel aus dem Korb auf der Küchentheke und biß hinein. »Sie hat heute Probe. Sie spielt in einem Stück des Theaterklubs mit. Melissa ist in Ordnung, Mom.«

Wieder hörten sie die Haustür, und Sarah sah, daß Agnes mit heimlichem Lächeln einen Blick auf die Uhr und gleich darauf auf den Braten warf.

Schwere Schritte waren zu hören, wie von einem Mann, ein wildes ›Wuff‹ ertönte, ein gedämpfter Laut, das Zuschlagen einer anderen Tür, wieder Gebell, und dann platzten Sam und Andy, der Irish Setter, in die Küche. Der Hund hinterließ überall Schmutzspuren und sprang an dem dunkelhaarigen Jungen hoch, der grüne Augen hatte wie sein Vater. Sam lächelte unbefangen, sein Haar war naß, seine Stiefel hinterließen Pfützen auf dem Boden, während Andy Sam das Gesicht leckte, indem er zwei Pfoten auf seine Schultern legte.

»Hallo, allerseits! Mensch, hier riecht's aber gut! Was gibt es denn? Etwa Hackbraten?«

Agnes wandte sich mit breitem Lächeln um und bemerkte jetzt erst die Katastrophe, die der Junge verursachte. Sarah und Benjamin lachten. Sam war hoffnungslos. Er schaffte es mühelos, ein Zimmer in wenigen Augenblicken in einen Müllhaufen zu verwandeln.

»Raus hier, du Schlingel! Wo ist deine Mütze? Du wirst dir mit dem nassen Haar noch den Tod holen!« Agnes drohte ihm mit dem Kochlöffel wie vorhin Benjamin, diesmal aber mit mehr Überzeugung, und lief grollend und scheltend davon, um einen Lappen zu holen.

»Hi, Mom!« Sam lief auf Sarah zu, um ihr einen Kuß zu geben, während Andy schweifwedelnd zusah. Dann schlüpfte Sam aus seinen Stiefeln, die er mitten in der Küche liegenließ. Andy stürzte sich mit Wonne auf sie, schnappte einen und zerrte ihn zur Wohnzimmercouch. Agnes schrie erschreckt auf, als der Hund den nassen Stiefel auf dem geblümten Bezug deponierte.

»Raus hier, ihr beiden! Sam, geh hinauf und nimm ein Bad!« rief sie ihm nach, als Sam mit Andy zur Treppe lief und seine Jacke auf den Boden warf.

»Komm zurück und heb dein Zeug auf!« rief Sarah ihm nach. Aber Sam war schon auf dem Gang und spielte mit dem kläffenden Hund. Agnes wischte eifrig die Küche auf. Benjamin ging ebenfalls hinauf, um sich die Bücher für den Abend zu holen, und als auch Sarah langsam die Treppe hinaufstieg, durchschoß sie wieder der Gedanke, wie sehr ihr alle fehlen würden.

Im Schlafzimmer angekommen, hörte sie das Telefon. Es war Melissa, die sagen wollte, was Sarah ohnehin schon wußte, nämlich daß sie noch in der Schule blieb, weil sie Probe hatte, und daß Benjamin sie auf dem Heimweg abholen wollte. Und dann kam ein Anruf von Ollie. Er wollte auch ohne ihre Bekannten auswärts essen – wie Agnes es vorausgesehen hatte.

»Ein gemütliches, stilles Essen zu zweit. Das ist mir ohnehin viel lieber.« Sie spürte selbst auf die Entfernung die Wärme, die aus seinem Ton sprach, und als sie auflegte, standen Tränen in ihren Augen. Was sollte sie ihm noch sagen? Nichts. Nicht heute.

Sie mußte warten. Sie hatte sich vorgenommen, erst nach Weihnachten die Neuigkeit bekanntzugeben.

Sarah machte sich im Schlafzimmer zu schaffen, räumte auf, hörte die Kinder in ihren Zimmern, berührte vertraute Gegenstände und dachte dabei an ihren Mann. Und dann legte sie sich aufs Bett und dachte an alle und daran, wieviel sie ihr bedeuteten. Aber zugleich kostete die Familie sie auch etwas, unwissentlich und unbeabsichtigt, jeder hatte auf seine Weise etwas von ihr genommen und ihr auch etwas gegeben. Aber jetzt reichte ihr nicht mehr, was man ihr gab, und es war auch nicht mehr das, was sie wollte. Ein niederschmetterndes Eingeständnis, so niederschmetternd, daß sie nie imstande wäre, es ihnen zu sagen. Das änderte aber nichts daran, daß sie jetzt ihr Leben selbst in die Hand nehmen wollte. Sie war bereit. Sie wollte mehr sein als Agnes, die täglich in der Küche stand und darauf wartete, daß sie zum Essen kamen und eines Tages das Haus für immer verließen. Das würde nicht mehr lange dauern. Benjamin ging im Herbst aus dem Haus, Melissa in zwei Jahren. Blieb nur noch Sam – bis er erwachsen war, würde Sarah ihr Vorhaben längst zu Ende geführt haben. Was machte es also aus? Warum konnte sie zur Abwechslung nicht auch tun, was sie wirklich wollte? Doch während sie sich das vorsagte, machten sich unerträgliche Schuldgefühle bemerkbar.

Wieder unterbrach das Telefon ihre Gedanken. Es war ihr Schwiegervater, der entmutigt und müde klang. Neuerdings hatte er Probleme mit dem Herzen, und Phyllis ging es auch nicht gut.

»Hallo, George, was gibt's?«

»Ist Oliver da?« George war ungewöhnlich kurz angebunden.

»Nein.« Sarah runzelte die Stirn. Sie mochte ihn mehr als Phyllis. »Ist etwas passiert?«

»Ich ... nein, eigentlich weiß ich nicht recht. Phyllis ist seit Mittag zum Einkaufen, allein, und jetzt ist sie noch immer nicht zurück. Und bei diesem Wetter ... nun, ich machte mir Sorgen, weil sie nicht einmal angerufen hat. Das sieht ihr gar nicht ähnlich.« Sie war neunundsechzig und rüstig, in letzter Zeit aber ein wenig zerstreut, wie ihre Umgebung übereinstimmend feststellte. Vor einigen Monaten hatte sie eine Lungenentzündung überstanden, und seither war sie nicht mehr so wie früher. Sarah wußte, daß George in ständiger Sorge um sie war. Mit seinen zweiundsiebzig Jahren schien er geistig frischer zu sein als seine Frau, zugleich aber auch körperlich gebrechlicher. Er sah noch immer gut aus – seinem Sohn sehr ähnlich, groß und aufrecht, mit sanftem Blick und einem freundlichen Lächeln, und doch sah er zuweilen älter aus, als es seinen Jahren entsprach. Oliver machte sich deswegen Sorgen.

»Sicher hat sie die Zeit vergessen. Du weißt ja, wie Frauen sind, wenn sie einkaufen.« Sarah wollte ihn beruhigen. Es konnte seinem Herzen schaden, wenn er sich aufregte. Zweifellos würde Phyllis jeden Moment nach Hause kommen.

»Ich wollte mich auf die Suche nach ihr machen, da fiel mir ein, ob vielleicht Oliver ...« In letzter Zeit verließ er sich immer häufiger auf Oliver.

»Ich werde ihm sagen, daß er zurückrufen soll, wenn er kommt.« Damit war das Essen im Restaurant wohl gelaufen, falls Phyllis nicht zuvor nach Hause kam. Vielleicht war das nicht einmal schlecht, denn plötzlich wollte Sarah mit ihrem Mann nicht allein sein.

Aber George rief noch einmal an, bevor Oliver nach Hause kam. Phyllis war wohlbehalten nach Hause gekommen. Sie hatte nur mit Mühe ein Taxi bekommen und hatte kein Kleingeld bei sich gehabt, um anzurufen. Er verschwieg Sarah, daß Phyllis ihm irgendwie verändert vorkam und der Taxifahrer ihm anvertraut hatte, daß sie sich nur mit Mühe auf ihre Adresse hatte besinnen können. Und als George sie danach fragte, stellte er entsetzt fest, daß sie ihre Telefonnummer nicht mehr wußte. Deshalb hatte sie ihn nicht angerufen. »Entschuldige, meine Liebe, daß ich dich behelligt habe.«

»George, sei nicht komisch. Du kannst uns doch jederzeit anrufen. Das weißt du.«

»Danke.« George warf seiner Frau, die vor sich hin summend in der Küche auf und ab lief, einen besorgten Blick zu. In letzter Zeit hatte er das Kochen übernommen, nur um sich zu betätigen, wie beide vorgaben. Er brüstete sich damit, daß seine Kochkünste denen von Phyllis überlegen seien. »Richte Oliver meine Grüße aus. Er soll mich anrufen, falls er Zeit hat.«

»Mach' ich«, versprach Sarah und vergaß es prompt, als Oliver Minuten später kam. Er beeilte sich, unter die Dusche zu kommen und sich umzuziehen, weil er mit ihr ausgehen wollte. »Aber Sam ist den ganzen Abend allein.« Sie wünschte sich verzweifelt, zu Hause bleiben zu können, um ihm nicht bei Tisch gegenübersitzen zu müssen. Es gab nichts, was sie ihm hätte sagen können. Noch nicht. Es war einfacher, sich hier in ihren eigenen vier Wänden hinter den Kindern und dem Fernsehgerät zu verstecken. Alles war besser, als sich ihm zu stellen.

»Hat Agnes heute frei?« fragte Ollie sie beim Rasieren und warf einen Blick auf die Fernsehnachrichten. Er war voller Vorfreude auf den gemeinsamen Abend und hatte sogar eine Überraschung parat. Er war befördert worden und hatte eine Gehaltserhöhung bekommen. Die oberste Sprosse der Firmenleiter war greifbar nahe. Mit vierundvierzig hatte Oliver Watson eine Traumkarriere gemacht. Er wußte, daß er erfolgreich war, und er war dankbar für alles, für den Beruf, den er liebte, für die Frau, die er anbetete, und für die drei Kinder, an denen er mit ganzem Herzen hing. Er konnte sich nicht mehr im Leben vorstellen.

»Nein, Agnes ist da, aber ich dachte ...«

»Denk nicht, zieh dich lieber um.« Er versetzte ihr einen zärtlichen Klaps auf die Kehrseite, als sie an ihm vorbeiging, um sie sodann aufzuhalten und in die Arme zu nehmen, nachdem er den Rasierapparat abgeschaltet hatte. »Weißt du, daß ich dich liebe?« Sie wußte es nur zu gut. Sie liebte ihn auch, und genau das machte ihr in diesem Augenblick zu schaffen.

»Ich liebe dich auch.« In ihrem Blick lag Traurigkeit.

Er zog sie enger an sich. »Na, allzu glücklich siehst du nicht aus. Harter Tag heute?«

»Ach, eigentlich nicht.« Es gab keine großen Probleme mehr. Die Kinder waren mit sich beschäftigt und so oft außer Haus, Agnes kümmerte sich um den Haushalt, sie selbst hatte die Vereinsarbeit in den letzten zwei Jahren eingeschränkt, damit ihr mehr Zeit zum Schreiben blieb, aber das nützte nichts. Was also hätte in diesem perfekten Leben schwierig sein sollen? Nichts, wenn man von der ständigen Leere und Langeweile absah. »Ich bin nur müde. Ach, fast hätte ich es vergessen. Dein Vater hat angerufen. Er möchte, daß du zurückrufst.«

»Ist alles in Ordnung?« Um seine Eltern machte sich Ollie ständig Sorgen. Sie waren betagt, und seit der Herzattacke wirkte sein Vater so hinfällig. »Fühlt er sich nicht wohl?«

»Es geht ihm gut, zumindest seit deine Mutter nach Hause gekommen ist. Er rief an, weil sie von ihren Einkäufen so lange nicht zurückkam. Ich glaube, er war ein wenig beunruhigt.«

»Er regt sich wegen allem und jedem auf. Deswegen hatte er den Herzanfall. Mutter kann gut auf sich selbst achtgeben, das versuche ich ihm ständig klarzumachen. Aber er behauptet, daß sie immer verwirrter wird. Sie ist viel weniger verwirrt, als er glaubt. Wenn wir nicht zu spät nach Hause kommen, rufe ich ihn noch an. Komm jetzt«, drängte er. »Beeil dich. Der Tisch ist für sieben Uhr reserviert.«

Sie gaben Sam einen Gutenachtkuß und hinterließen Agnes die Nummer des Restaurants. Benjamin war schon fort, ohne sich zu verabschieden. Er hatte Sarahs Autoschlüssel genommen und sich auf den Weg gemacht, nachdem er den Großteil des Hackbratens, zwei Portionen Gemüse und ein Stück vom Apfelauflauf verschlungen hatte. Sarah war überzeugt, daß er bei Bill sofort weiteressen und nach der Heimkehr vermutlich den Rest des Apfelauflaufs vertilgen würde. Manchmal hatte sie Angst, daß er dick wurde, aber er schien ein schlechter Futterverwerter zu sein. Wenn er nicht so breite Schultern gehabt hätte, hätte er wie die sprichwörtliche Bohnenstange ausgesehen.

Das Restaurant hatte Atmosphäre, wie sie gleich beim Eintreten feststellten. Es war gemütlich, ein wenig verspielt und im französischen Landhausstil eingerichtet. Im Kamin loderte ein Feuer. Das Essen war hervorragend, und Oliver bestellte dazu einen erstklassigen kalifornischen Chardonnay. Beide spürten, wie der Streß des Tages sie freigab, und Sarah hörte ihm aufmerksam zu, als er von der Beförderung und seiner Gehaltserhöhung berichtete. Sonderbar, ihm so zuzuhören. Jahrelang hatte sie nur durch ihn gelebt, und jetzt stand ihr schlagartig ein eigenes Leben bevor. Ihr war, als höre sie nicht Oliver, sondern einem Fremden zu. Sie freute sich für ihn, sein Erfolg war für sie aber keine gemeinsame Errungenschaft mehr. Er war allein seine Sache, das war Sarah jetzt deutlich bewußt. Nach dem Essen lehnte er sich zurück und sah sie prüfend an. Oliver spürte eine Veränderung, hatte aber keine Ahnung, was es war. Für gewöhnlich spürte er, was Sarah beschäftigte, nicht aber heute abend. In ihrem Blick lag etwas Entrücktes und Trauriges, und plötzlich fühlte er, wie Angst sein Herz anrührte. Was, wenn sie eine Affäre hatte? Auch wenn es nur eine flüchtige war ... eine jener Affären, die grüne Witwen häufig erlebten, mit dem Versicherungsagenten, dem Zahnarzt oder einem ihrer Bekannten. Das konnte er nicht glauben. Sarah war immer loyal, geradeheraus, anständig und aufrichtig. Es gehörte zu ihrem Wesen, das er so liebte. Nein, das konnte es nicht sein. Auch er hatte sie nie betrogen. Dennoch konnte er sich nicht vorstellen, was mit ihr los war, und als er das Dessert und Champagner bestellte, musterte er sie im Kerzenlicht. Nie hatte sie schöner und jünger ausgesehen. Mit einundvierzig sah sie besser aus als die meisten Frauen mit dreißig. Ihr dunkelrotes Haar schimmerte seidig. Ihre Figur war großartig, ihre Taille fast so schmal wie vor der Geburt der Kinder.

»Was bekümmert dich, mein Schatz?« Seine Stimme war wie eine Liebkosung, als er nach ihrer Hand faßte. Oliver war ein guter, anständiger Mensch, das wußte sie, und sie wußte auch, wie sehr er sie liebte.

»Nichts. Warum? Warum sagst du das? Der heutige Abend war wundervoll.« Sie schwindelte und hoffte, daß er es nicht merkte. Aber er durchschaute sie immer – er kannte sie zu gut. Zwanzig gemeinsame Jahre waren eine lange, lange Zeit.

»Nun, ich würde sagen, auf einer Zehnerskala wäre der heutige Abend eine Zwei. Vielleicht eine Eins. Wenn man den Zahnarztbesuch als Null wertet.«

Da lachte sie, und er grinste, als er ihr Champagner einschenkte. »Du bist verrückt, weißt du das?« sagte sie vorwurfsvoll.

»Ja, nach dir. Stell dir vor, ein alter Knacker wie ich, der noch immer verrückt nach seiner Frau ist. Ziemlich komisch, nach achtzehn Ehejahren.«

»Du willst mit vierundvierzig ein alter Knacker sein? Wann hast du dich dazu ernannt?«

Im Verschwörerton gab er halblaut zurück: »Als ich dich letzten Sonntag nicht zum dritten Mal lieben konnte ... ich glaube, da landete ich endgültig in dieser Kategorie.«

Sie lächelte. Was ihr Liebesleben betraf, so waren sie fast immer große Klasse ... »Zweimal in eineinhalb Stunden ist gar nicht mal so übel. Außerdem hast du ordentlich getrunken, vergiß das nicht.«

Nach einem Blick auf die leere Weinflasche und die Champagnerflasche vor ihnen grinste er sie an. »Ich schätze, damit ist auch der heutige Abend gelaufen.«

»Na, ich weiß nicht. Vielleicht sollten wir heimfahren und es ausprobieren, bevor du mehr in dich hineinschüttest.« Dabei lachte sie und war froh, daß sie ausgegangen waren. Von ihrer Anspannung war nichts mehr zu spüren.

»Vielen Dank. Aber erst sag mir, was dich bekümmert.«

»Absolut nichts.« In diesem Augenblick meinte sie es aufrichtig.

»Na ja, jetzt vielleicht nicht, aber gerade eben war es noch so. Als ich nach Hause kam, hast du ein Gesicht gemacht, als wäre dein bester Freund gestorben.«

»Nein, habe ich nicht.« Ganz unrecht hatte er nicht. Schließlich war er ihr bester Freund, und wenn sie mit dem Studium begann, würde sie ihn in gewisser Weise verlieren. »Sei nicht albern, Ol.«

»Versuch ja nicht, mich hinters Licht zu führen. Dich bedrückt oder bekümmert etwas. Ist es deine Schreiberei?« Er wußte, daß sie seit zwei Jahren nichts mehr geschrieben hatte, eine Tatsache, die ihn selbst nicht weiter berührte. Er wollte nur, daß sie glücklich war.

»Vielleicht. Ich komme damit nicht weiter. Vielleicht ist mir das Schreibtalent abhanden gekommen. Wäre ja möglich, daß es bei mir nur ein jugendlicher Geniestreich war.« Ihre Worte waren von einem Achselzucken begleitet. Zum erstenmal seit zwei Jahren machte sie den Eindruck, als sei ihr das gleichgültig.

»Sarah, das glaube ich nicht. Du warst sehr gut. Mit der Zeit wirst du auch wieder schreiben können. Vielleicht bist du dir noch nicht ganz im klaren, worüber du schreiben möchtest. Vielleicht solltest du mehr unter Menschen, etwas anderes machen ...« Unwissentlich hatte er ihr eine Brücke gebaut, aber sie hatte Angst, sie zu betreten. Egal, was sie tat oder sagte oder wie sie es sagte, sobald es ausgesprochen war, würde sich ihr ganzes Leben ändern – für immer.

»Hm, daran dachte ich auch schon.« Sie tastete sich behutsam weiter.

»Und?« Er wartete.

»Was meinst du mit ›und‹?« Sie empfand plötzlich Angst vor ihm. Das war noch nie der Fall gewesen. Zum erstenmal im Leben fürchtete sie ihren Mann.

»Du stellst ja sonst nie Überlegungen an, ohne zu irgendwelchen Folgerungen zu gelangen oder aktiv zu werden.«

»Du kennst mich wirklich gut.« Sarahs Lächeln leuchtete kurz auf, um sofort einem ernsten Ausdruck zu weichen. Nein, sie durfte es ihm jetzt nicht sagen.

»Sarrie, was verschweigst du mir? Nicht zu wissen, was in deinem Kopf vorgeht, macht mich verrückt.«

»In meinem Kopf geht nichts vor.« Damit überzeugte sie weder sich noch ihn. »Vielleicht ist es nur die Midlife-crisis.«

»Ach, schon wieder?« Er lächelte. »Die hast du doch vor zwei Jahren durchgemacht, und jedem steht nur eine zu. Beim nächsten Mal bin ich an der Reihe. Ach komm, Baby, was ist es?«

»Ollie ... ich weiß nicht ...«

»Geht es um uns?« Er stellte die Frage mit traurigem Blick.

»Natürlich nicht. Wie auch? Du bist wunderbar ... Ich bin selbst schuld. Ich mache mir künstlich Kopfschmerzen. Oder aber es ist das völlige Fehlen von Kopfweh. Ich leide unter dem Gefühl, auf der Stelle zu treten, seit wir verheiratet sind.« Er wartete mit angehaltenem Atem. Champagner, Wein und die lockere Partyatmosphäre waren vergessen. »Ich habe nichts geleistet, während du so viel erreicht hast.«

»Mach dich nicht lächerlich. Ich unterscheide mich nicht von Millionen anderen Männern.«

»Unsinn! Sieh dich an. Denk an das, was du mir vorhin erzählt hast. In *fünf* Jahren wirst du bei Hinkley, Burrows and Dawson an der Spitze stehen. Du spielst in einer der größten Erfolgsstorys deiner Branche die Hauptrolle.«

»Sarah, das ist doch unwichtig, und das weißt du. Meine Arbeit ist nichts, was Bestand hat. Eine ganz nette Sache, gewiß. Na und? Du hast drei prächtige Kinder großgezogen.«

»Aber was bleibt für mich noch zu tun? Sie sind so gut wie erwachsen, in ein, zwei Jahren werden sie aus dem Haus sein, Mel und Benjamin zumindest, und was dann? Dann sitze ich herum und warte darauf, daß auch Sam uns verläßt. Anschließend verbringe ich meine Tage damit, Seifenopern im Fernsehen anzusehen und mit Agnes zu schwatzen.« Diese Aussicht trieb ihr Tränen in die Augen. Oliver mußte lachen. Viel eher konnte er sich vorstellen, daß sie sich auf die Lektüre von Baudelaire oder Kafka stürzte.

»Du zeichnest ein sehr düsteres Bild, meine Liebe. Nichts wird dich davon abhalten zu tun, was du möchtest.« Er meinte es aufrichtig, hatte jedoch keine Vorstellung vom Umfang ihrer Ambitionen. Sie hatte ihren Ehrgeiz schon lange zusammen mit ihrem Radcliffe-Diplom begraben.

»Das meinst du doch nicht im Ernst?«

»Aber sicher. Du kannst dich sozial engagieren, dir einen Teilzeitjob suchen, wieder Geschichten schreiben. Du kannst machen, was du dir in den Kopf setzt.«

Sie holte tief Luft. Jetzt war der Augenblick gekommen, ob sie bereit war oder nicht. Sie mußte es ihm sagen. »Ich möchte studieren.« Das sagte sie so leise, daß ihre Stimme kaum über den schmalen Tisch drang.

»Großartig.« Er wirkte erleichtert. Also war sie nicht in einen anderen Mann verliebt. Sie wollte einfach ein paar Kurse belegen. »Du könntest dich auf der Uni in Purchase einschreiben. Und wenn du dir die Zeit nimmst, schaffst du sogar einen Abschluß.« Wie er das sagte ... sie ärgerte sich. Sie sollte hier studieren und sich Zeit nehmen? Wieviel Zeit? Zehn Jahre? Zwanzig? Wie eine der zahlreichen Großmütter, die ›kreatives Schreiben‹ belegten und nichts zustande brachten.

»Nun, das hatte ich mir eigentlich anders gedacht.« Ihr Ton war schlagartig fester und lauter geworden. Jetzt war Oliver der Gegner, derjenige, der sie daran gehindert hatte, ihre Ziele zu verfolgen.

»Was hast du dir vorgestellt?« Er wirkte ein wenig ratlos.

Sie schloß die Augen, um sie sofort wieder zu öffnen und ihn anzusehen. »Ich bin in Harvard angenommen worden, ich könnte meinen Magister machen.«

Endlos scheinende Stille trat ein, während er sie anstarrte und zu begreifen versuchte, was sie eben gesagt hatte.

»Was soll das heißen?« Jetzt verstand er gar nichts mehr. Was redete sie da ... die Frau, die er zu verstehen geglaubt hatte, die zwei Jahrzehnte mit ihm gelebt hatte, und jetzt war sie mit einem Wimpernschlag zur Fremden geworden. »Wann hast du dich beworben?«

»Ende August.« Sie sagte es ganz leise. Die Entschlossenheit, die er in ihrer Jugend an ihr kennengelernt hatte, war von neuem in ihrem Blick aufgeflammt. Vor seinen Augen verwandelte sich Sarah in einen fremden Menschen.

»Hm, reizend. Es wäre nett gewesen, wenn du ein Wort gesagt hättest. Und was hattest du für den Fall, daß man dich aufnimmt, geplant?«

»Damit habe ich nie gerechnet. Ich habe es nur so versucht – als Benjamin davon sprach, sich in Harvard zu bewerben.«

»Wie rührend, Mutter und Sohn im gleichen Semester. Und jetzt? Welche Absichten hast du?« Sein Herz pochte wie wild, und er wäre jetzt am liebsten zu Hause, um im Raum auf und ab laufen zu können. In der Nische des Restaurants fühlte er sich wie ein Gefangener. »Was redest du da? Das ist doch wohl nicht dein Ernst, oder?«

Ihre Augen waren wie blaues Eis, als sie langsam nickte. »Doch, es ist mein Ernst, Ollie.«

»Du willst nach Cambridge und an der Harvard studieren?« Er hatte sieben Jahre und Sarah vier Jahre dort gelebt, aber das lag ein Menschenalter zurück. Nie hätte er selbst erwogen, dorthin zurückzukehren.

»Ich ziehe es in Erwägung.« Sie tat sogar mehr, aber sie brachte es noch nicht übers Herz, ihm dies zu sagen. Es war zu hart.

»Und was soll ich machen? Meinen Job aufgeben und mitkommen?«

»Ich weiß nicht. Darüber habe ich noch nicht nachgedacht. Von dir erwarte ich eigentlich gar nichts. Es ist meine alleinige Entscheidung.«

»Ist es das? Wirklich? Und was soll aus uns werden? Was sollen wir deiner Meinung nach tun, während du wieder Studentin spielst? Darf ich dich daran erinnern, daß Melissa noch zwei Jahre zu Hause sein wird und Sam noch ein Kind ist, hast du das vergessen?« Er war wütend, und die Handbewegung, mit der er vom Kellner die Rechnung forderte, verriet Ungeduld. Sarah war übergeschnappt. Sie war verrückt geworden. Lieber wäre ihm gewesen, sie hätte ihm eine Affäre eingestanden. Damit wäre er leichter fertig geworden, zumindest bildete er es sich ein.

»Das habe ich keineswegs vergessen. Ich brauche nur Zeit, um eine Lösung zu finden«, flüsterte sie, während er ein paar Geldscheine aus seiner Brieftasche fischte und sie auf den Tisch legte.

»Du solltest einen erfahrenen Psychiater aufsuchen, wenn du dich aufführst wie die typische gelangweilte, neurotische Hausfrau.« Als er entschlossen aufstand, sah sie mit flammendem Blick auf. Der aufgestaute Frust der vergangenen zwanzig Jahre brodelte in ihr so heftig, daß sie nicht mehr an sich halten konnte.

»Du weißt gar nichts von mir, gar nichts!« Jetzt stand auch sie auf und stellte sich ihm, vom Personal aus einiger Entfernung diskret beobachtet, während die Gäste an den umstehenden Tischen sich blind und taub stellten. »Du weißt ja nicht, was es heißt, all seine Träume aufgeben zu müssen! Du hast alles, Beruf, Familie, eine Frau, die dich zu Hause wie ein gehorsames Hündchen erwartet, die dir die Zeitung bringt und die Pantoffeln holt. Und was ist mit mir, verdammt noch mal? Wer holt mir die Pantoffeln? Wann kann ich endlich tun, was ich möchte? Wenn du tot bist, wenn die Kinder aus dem Haus sind, wenn ich neunzig bin? So lange will ich nicht warten. Ich möchte es jetzt, bevor ich zu alt bin, um noch etwas Nennenswertes zu schaffen, und es mich kaltläßt und mich nicht mehr reizt. Ich werde nicht warten, bis du unsere Kinder anrufst, weil du dir Sorgen machst, wenn ich nicht rechtzeitig vom Einkaufen zurückkomme. Ich will auch nicht warten, bis ich mein Leben so satt habe, daß ich mich entschließe, einfach nicht mehr nach Hause zu kommen. So lange werde ich nicht warten, Oliver Watson!«

Eine Frau an einem Nachbartisch, die seinerzeit ihrem Mann zuliebe ihr Medizinstudium aufgegeben hatte, wäre am liebsten aufgestanden und hätte Sarah Beifall geklatscht. Sie hatte vier Kinder und einen Ehemann, der sie seit zwanzig Jahren betrog und ihre Anwesenheit als Selbstverständlichkeit betrachtete. Oliver marschierte hinaus, Sarah nahm Mantel und Tasche und folgte ihm. Erst auf dem Parkplatz machte er wieder den Mund auf. Diesmal hatte er Tränen in den Augen. Sie konnte nicht unterscheiden, ob die Kälte oder seine Wut daran schuld war. Sarah war nicht klar, daß sie im Moment all das zerstörte, woran er glaubte. Er war gut zu ihr gewesen, er liebte sie, er liebte die Kinder, er hatte nie gewollt, daß sie arbeitete, weil er für sie sorgen und sie lieben, ehren, hochhalten und beschützen wollte. Und jetzt haßte sie ihn dafür und wollte weiterstudieren, aber schlimmer noch, wenn sie nach Harvard ging, mußte sie die Farnilie verlassen. Es war nicht das Studium, gegen das er sich auflehnte – er hatte etwas dagegen, daß sie die Familie allein lassen wollte, um in einem anderen Ort zu studieren.

»Willst du mir damit zu verstehen geben, daß du mich verlassen möchtest? Geht es darum? Läßt du uns im Stich? Und seit wann hast du diese Absicht schon?«

»Oliver, ich habe die Zusage erst heute bekommen. Ich habe sie selbst noch nicht richtig verdaut. Nein, ich habe nicht die Absicht, dich zu verlassen.« Sie bemühte sich, ruhiger zu werden. »Ich kann zu den Wochenenden und in den Ferien nach Hause kommen.«

»Ach, um Himmels willen ... und was soll unterdessen aus uns werden? Was ist mit Mel und Sam?«

»Die haben ja Agnes.« Sie standen in der Kälte und schrien sich an. Sarah wünschte sich sehnlichst, sie hätte sich mit der Eröffnung Zeit gelassen. Sie hatte die Neuigkeit selbst noch nicht richtig überdacht.

»Und was ist mit mir? Steht Agnes auch für mich zur Verfügung? Sie wird entzückt sein, davon zu erfahren.«

Sarah lächelte. Auch in höchster Erregung blieb er anständig und verlor seinen Humor nicht. »Ach komm, Ollie ... lassen wir die Sache fürs erste auf sich beruhen. Wir beide brauchen Zeit zum Überlegen.«

»Nein, wir brauchen keine Zeit.« Seine Miene war plötzlich ernster als je zuvor. »Da gibt es kein Überlegen. Du bist eine verheiratete Frau mit einem Ehemann und drei Kindern. Es gibt keine Möglichkeit, daß du an einem zweihundert Meilen weit entfernten Ort studierst – es sei denn, du verläßt uns schlicht und einfach.«

»So einfach ist das nicht. Mach es dir nicht so leicht, Ollie. Was ist, wenn ich beides will?«

»Du bist hemmungslos.« Er riß die Autotür auf und glitt hinters Steuer. Als Sarah einstieg, starrte er sie, von neuen Fragen bewegt, an. »Und wie stellst du dir die finanzielle Seite vor? Erwartest du, daß ich gleichzeitig dein und Benjamins Studium finanziere?« Ein Kind auf dem College stellte eine gewisse Belastung für ihn dar, außerdem mußte er daran denken, daß Mel auch bald soweit war. Sarah als zusätzlicher Kostenfaktor wäre absurd, aber ausgerechnet diesen Punkt hatte sie sich schon lange und gründlich überlegt, für den Fall, daß sie aufgenommen wurde.

»Ich habe noch immer das Geld von meiner Großmutter. Von dem neuen Hausdach abgesehen, ist es unangetastet.«

»Ich dachte, dieses Geld sei für die Kinder bestimmt. Wir waren übereingekommen, daß wir es nicht anrühren.«

»Vielleicht wird es ihnen einmal mehr bedeuten, eine Mutter zu haben, die etwas im Leben erreicht, die etwas schreibt oder einen Beruf ergreift, in dem sie etwas Nützliches leisten kann.«

»Ein verlockender Gedanke, aber ehrlich gesagt, glaube ich, daß deine Kinder eine richtige Mutter einem literarischen Vorbild vorziehen.« Er redete voller Verbitterung auf sie ein, während er die kurze Strecke nach Hause fuhr. An ihrem Ziel angekommen, blieb er im Wagen sitzen. »Dein Entschluß steht also fest? Du läßt dich nicht davon abhalten?« Das klang sehr traurig, und als er sich ihr diesmal zuwandte, wußte sie, daß seine Tränen echt waren.

Auch ihre Augen waren feucht. Sie zögerte erst und starrte ins Schneetreiben, bevor sie ihn wieder ansah. »Ich weiß nicht, ob ich es dir jemals erklären kann, aber ich muß es tun. Nicht für lang, das verspreche ich. Ich möchte möglichst rasch weiterkommen ...« Damit konnte sie niemanden hinters Licht führen. Beide wußten, daß ihr Studium zwei Jahre dauerte.

»Wie kannst du das nur tun?« Am liebsten hätte er gesagt ›wie kannst du mir das antun‹, aber das hätte zu egoistisch geklungen.

»Ich muß«, flüsterte sie. Ein Wagen hielt hinter ihnen an, und das Scheinwerferlicht erhellte ihre Gesichter. Sarah sah, daß Oliver Tränen über die Wangen liefen, und sie verspürte den Wunsch, ihn in die Arme zu nehmen. »Es tut mir so leid. Ich wollte es dir noch nicht sagen … erst nach Weihnachten.«

»Was hätte das geändert?« Er schaute nach hinten. Benjamin und Melissa stiegen aus dem Wagen. Dann sah er wieder seine Frau an, die Frau, die er bald verlor und die ihre Familie verlassen wollte, um zu studieren, und vielleicht nie wieder zurückkommen würde, mochte sie jetzt auch das Gegenteil behaupten. Er wußte, daß es nie wieder so sein würde wie früher. Beide wußten es. »Was wirst du den Kindern sagen?«

Mel und Ben warteten, daß ihre Eltern ausstiegen, und unterhielten sich in der Nachtkälte. Sarah betrachtete sie traurig. »Ich weiß es noch nicht. Warten wir die Feiertage ab.« Oliver nickte und öffnete die Tür. Zuvor wischte er sich eilig die Tränen ab, damit die Kinder nichts merkten.

»Hallo, Dad. Na, wie war's?« Benjamin schien bester Laune, und Melissa, die nur aus Beinen und blondem Haar zu bestehen schien, lächelte. Sie hatte sich nach der Kostümprobe noch nicht abgeschminkt und war ziemlich aufgedreht.

»Es war ein schöner Abend«, antwortete Sarah rasch an Olivers Stelle. »Ein tolles Lokal.« Oliver streifte sie mit einem Blick. Wie sie das nur schaffte … wie brachte sie es überhaupt fertig, mit ihnen zu sprechen, wie konnte sie so tun, als ob alles in Ordnung wäre, wie konnte sie ihnen überhaupt ins Gesicht sehen? Womöglich gab es Seiten an ihr, die er nie kennengelernt hatte und vielleicht auch gar nicht kennen wollte.

Er ging ins Haus, wünschte den Kindern eine gute Nacht und schleppte sich langsam die Treppe hinauf, in dem Gefühl, alt, müde und aller Illusionen beraubt zu sein.

Sarah schloß leise die Tür des gemeinsamen Schlafzimmers und sah ihn an. »Es tut mir leid, Ollie … wirklich.«

»Mir auch.« Er hatte noch immer Hoffnung. Vielleicht würde sie ihre Absicht ändern, wenn sie die Krise überwunden hatte.

Oder hatte sie einen Gehirntumor? Oder waren das die ersten Anzeichen einer Gemütskrankheit? Vielleicht war sie verrückt, war es immer schon gewesen. Aber eigentlich war ihm das jetzt einerlei. Sie war seine Frau, und er liebte sie. Er wollte, daß sie bei ihm blieb und alles zurücknahm, was sie gesagt hatte. Er wünschte verzweifelt, sie würde ihm erklären, daß sie es nicht fertigbrachte, *ihn* zu verlassen, um nichts in der Welt ... doch als sie dastand und ihn mit ernstem Blick musterte, wußte er, daß sie es nicht tun würde. Sie hatte Wort für Wort ernst gemeint. Sie wollte nach Harvard und die Familie verlassen. Und als diese Erkenntnis wie ein Messerstich in sein Herz drang, fragte er sich, was er ohne sie anfangen sollte. Allein der Gedanke trieb ihm fast die Tränen in die Augen. Und als er im Bett neben ihr lag und ihre Wärme spürte, war ihm sterbenselend zumute. Er sehnte sich nach ihr und nach den Jahren, die verflogen waren. Er begehrte sie mehr als je zuvor, aber er rollte sich auf die Seite, damit sie seine Tränen nicht sehen konnte, und rührte sie nicht an.

3

Die Tage vor Weihnachten krochen quälend langsam dahin. Oliver kam jeden Abend nur noch widerstrebend nach Hause. Er schwankte zwischen Haß und Liebe, einer Liebe, die größer war als je zuvor, und er versuchte sich Möglichkeiten auszudenken, wie er Sarah umstimmen konnte. Aber jetzt stand ihr Entschluß fest. Sie hatten endlos darüber diskutiert, spätabends, wenn die Kinder im Bett waren, und Ollie merkte, daß Sarah ihre jugendliche Starrköpfigkeit nicht abgelegt hatte.

Sie versprach hoch und heilig, daß sie jeden Freitagabend nach Hause kommen wolle und ihre Liebe und das Familienleben nicht unter ihren Ambitionen leiden würden, und doch wußten beide, daß sie sich etwas vormachten. Sie würde Arbeiten schreiben und für Prüfungen lernen müssen, es gab keine günstige Verkehrsverbindung, und wenn sie nach Hause kam, nur um sich in ihre

Bücher zu vergraben, hatten er und die Kinder auch nichts von ihr. Wenn sie tatsächlich ein Studium in Harvard begann, würde alles anders werden, ob sie es sich nun eingestand oder nicht. Oliver beschwor sie, an eine Uni zu gehen, die näher lag – sogar die Columbia wäre besser gewesen als Harvard. Aber Sarah war für seine Argumente unzugänglich. Manchmal fragte er sich, ob sie ihre Jugend nachholen und das Uhrwerk zurückdrehen wollte. Er selbst war mit seiner Familie glücklich, und es war ihm unbegreiflich, wie Sarah ihre Kinder verlassen konnte, die von den Plänen ihrer Mutter noch immer keine Ahnung hatten. Die beiden älteren spürten zwar, daß eine gewisse Spannung in der Luft lag, und Melissa fragte Sarah einige Male, ob sie und Oliver Krach hätten. Sarah tat ihre Fragen unbefangen ab, um den Kindern das Weihnachtsfest nicht zu verderben – sie wußte, daß ihr Vorhaben alle in Aufregung versetzen würde. Sie hatte sich vorgenommen, gleich nach den Feiertagen mit ihnen darüber zu sprechen, und Ollie war einverstanden, weil er insgeheim die Hoffnung hegte, sie bis dahin von ihrem Entschluß abbringen zu können. Die ganze Familie besuchte die Schulaufführung, in der Melissa mitwirkte, und schmückte dann in scheinbar völliger Harmonie den Christbaum. Sie sangen Weihnachtslieder und scherzten, während Oliver und Benjamin sich mit den Kerzen abmühten und Sam das Zuckerwerk rascher vertilgte, als Melissa und Sarah es aufhängen konnten. Oliver brach fast das Herz, als er seine Kinder beobachtete. Sarah konnte ihnen das nicht antun. Er konnte sich doch nicht allein um die Kinder kümmern! Agnes war schließlich nur eine bezahlte Hilfe, so lieb und fürsorglich sie auch war. Und er verbrachte den ganzen Tag in New York. Er befürchtete ernsthaft, daß Benjamin und Melissa jeden Halt verlieren könnten und Sam in der Schule nichts mehr leistete, während ihre Mutter Studentin an der Harvard spielte.

Am Abend vor Weihnachten setzte sich Ollie vor das lodernde Feuer in der Bibliothek und bat Sarah, sich zu ihm zu gesellen. Er betrachtete sie nachdenklich und flehte sie mit ernster Miene an, von ihren Plänen Abstand zu nehmen.

»Du kannst den Kindern so etwas nicht antun.« Oliver hatte in vierzehn Tagen zehn Pfund verloren, und die im Haus herrschende Spannung drohte beide umzubringen, aber Sarah blieb eisern. Sie hatte in der Woche zuvor einen Brief nach Harvard abgeschickt und zugesagt. In zwei Wochen wollte sie abreisen und sich in Boston eine Wohnung suchen. Vorlesungsbeginn war Mitte Januar. Sie brauchte also nur noch die Feiertage hinter sich zu bringen, ihre Sachen zu packen und mit den Kindern zu sprechen.

»Ollie, ich möchte das alles nicht noch einmal durchkauen.«

Am liebsten wäre er aufgesprungen und hätte sie tüchtig geschüttelt. Sie war so uneinsichtig und hartnäckig! Vermutlich konnte sie selbst nicht ertragen, was sie ihm und den Kindern antat.

Die Kinder hatten ihre Strümpfe neben dem Baum aufgehängt, und spätabends holten er und Sarah die Geschenke herunter. Seit Wochen schon hatte Sarah mit Agnes' Hilfe die Sachen liebevoll verpackt. Diesmal war sie besonders großzügig gewesen – fast so, als handle es sich um ihr letztes Weihnachtsfest. Ollie hatte bei Van Cleef einen Smaragdring für Sarah erstanden – ein Prachtstück, das sie sich immer schon gewünscht hatte. Es war ein schlichter, mit rechteckigen Diamanten besetzter Goldreif, in dessen Mitte ein herrlich geschliffener Smaragd saß. Oliver hatte sich vorgenommen, ihn Sarah an diesem Abend zu schenken, aber plötzlich hatte er das Gefühl, daß sein Präsent wie ein Bestechungsversuch aussehen mußte, und er bereute schon, ihn gekauft zu haben.

Vor dem Zubettgehen stellte Sarah den Wecker auf sechs Uhr. Sie wollte zeitig aufstehen, um den Truthahn vorzubereiten. Auch Agnes, die ohnehin die meiste Arbeit erledigte, würde schon früh auf den Beinen sein, aber den Truthahn wollte Sarah selbst füllen – auch ein letztes Geschenk an die Familie.

Nachdem sie das Licht ausgeknipst hatte, lag sie im Bett, dachte nach und lauschte Ollies Atemzügen. Sie ahnte, daß er wach war, und wußte nur zu gut, woran er dachte. Die letzten zwei Wochen war er völlig aus den Fugen geraten. Sie hatten gestritten, geweint, geredet, diskutiert, und dennoch war sie sicher, daß sie das Richtige tat – für sich jedenfalls. Sie wünschte sich jetzt nur, alles rasch hinter sich bringen zu können. Sie mußte ihr neues Leben beginnen und hatte dann die Chance, den Schmerz, den sie Ollie zufügte, zu vergessen.

»Tu doch nicht so, als ginge ich für immer.« Ihre Stimme drang leise durch die Dunkelheit.

»Aber du gehst für immer.« Das klang unerträglich traurig.

»Wir haben doch besprochen, daß ich möglichst jedes Wochenende nach Hause komme und in den Ferien hier bin.«

»Und wie lange wird das deiner Meinung nach klappen? Du kannst nicht hin und her fahren und zugleich studieren. Ich kann mir einfach nicht vorstellen, daß du das schaffst.« Das hatte er ihr in den vergangenen Wochen schon oft vorgehalten. Genausooft hatte er darüber nachgedacht, was er in all den Jahren getan haben könnte, das Sarah aus dem Haus trieb. Bestimmt hatte er einen Fehler begangen, denn niemand, der seine Familie wirklich liebte, konnte sie so ohne weiteres im Stich lassen und sich ein völlig anderes Leben aufbauen.

»Vielleicht kannst du mich später besser verstehen. Wenn ich mein Studium beendet habe und einen interessanten Beruf ergreife, wirst du stolz auf mich sein und erkennen, daß das alles der Mühe wert war.«

»Ich bin auch so auf dich stolz – ich war es schon immer.«

Er drehte sich im Mondlicht zu ihr um. Sie sah so bezaubernd aus und übte einen solchen starken Reiz auf ihn aus, weil der Schmerz des drohenden Verlustes seine Liebe nur noch verstärkte. »Wann wirst du die Kinder informieren?« fragte er vorsichtig.

»Morgen abend, wenn deine Eltern gegangen sind, wäre es vermutlich am günstigsten.«

»Ein scheußlicher Abschluß für Weihnachten.«

»Ich glaube nicht, daß ich die Aussprache länger hinausschieben sollte. Die Kinder spüren, daß etwas nicht in Ordnung ist.

Mel war die ganze Woche schon argwöhnisch, und Ben läßt sich kaum blicken. Das ist bei ihm immer ein Zeichen, daß er Schwierigkeiten wittert und nicht weiß, wie er ihnen begegnen soll.«

»Und wie wird ihnen zumute sein, wenn sie deinen Entschluß kennen ... was meinst du?«

»Ähnlich wie uns. Sie werden aufgebracht und durcheinander sein. Vielleicht freuen sie sich aber auch für mich. Bei Benjamin und Melissa werde ich vielleicht auf Verständnis stoßen. Sam hingegen macht mir Sorgen.« Das sagte sie ganz leise und faßte behutsam nach Ollies Hand. Als sie wieder zum Reden ansetzte, klang ihre Stimme unsicher. »Ollie, gib gut acht auf ihn ... Sam braucht dich viel mehr als mich.«

»Er braucht dich auch. Ich sehe ihn ja nur ein paar Stunden am Tag, und dann sprechen wir nur über Football, Baseball und Hausaufgaben.«

»Das ist immerhin ein guter Anfang. Vielleicht kommt ihr euch durch meine Abwesenheit näher.«

»Ich dachte eigentlich, daß wir uns schon nahestehen.« Dies war das schmerzlichste an der Sache. Er war fest davon überzeugt gewesen, daß die Familie ein perfektes Leben und daß er mit Sarah eine perfekte Ehe führte. »Immer dachte ich, zwischen uns sei alles wunderbar. Mir war nie klar, daß du andrer Meinung bist ... na ja, als du schwanger warst, bist du nicht besonders glücklich gewesen, aber ich dachte immer, daß sich das – besonders nach Sam – geändert hätte.« Der Gedanke schmerzte, daß er ihr nicht alles hatte geben können, was sie wollte.

»Ich war glücklich ... immer ... ich wollte nur auch noch etwas, was du mir nicht geben kannst. Es muß aus mir selbst kommen, und ich habe es bis jetzt noch nicht gefunden.« Sie litt Höllenqualen, weil sie ihm damit das Gefühl der Unzulänglichkeit vermittelte, obwohl er immer ein idealer Ehemann gewesen war.

»Und wenn du es jetzt auch nicht finden kannst?«

»Dann muß ich wohl aufgeben.« Doch sie wußte, daß sie es finden würde – zum Teil hatte sie es bereits, denn allein schon ihr Entschluß hatte sie verändert.

»Ich glaube, du könntest es auch hier finden. Vielleicht brauchst du nur mehr Freiheit.«

Sie rückte in ihrem breiten Bett näher zu ihm, und er legte einen Arm um sie. »Ich hatte alle Freiheit, die ich wollte. Ich wußte nur nichts damit anzufangen.«

»O Liebes ...« Er vergrub sein Gesicht in ihrem Haar. Wieder bekam er feuchte Augen, und als sie sich an ihn schmiegte, spürte er ihre Tränen und das Beben ihrer Schultern. »Warum tun wir das alles? Können wir nicht einfach die Zeit ein paar Wochen zurückdrehen und vergessen, daß etwas geschehen ist?«

Sie schüttelte den Kopf unter Tränen und blickte zu ihm auf. »Nein, das geht nicht. Ich würde immer das Gefühl haben, ich hätte etwas versäumt. Ich werde zurückkommen ... das verspreche ich ... das schwöre ich. Ich liebe dich zu sehr.« Doch die Stimme seines Herzens sagte ihm, daß es nie dazu kommen würde, auch wenn sie es jetzt behauptete. Es war sicherer, sie zu Hause zu halten und sie gar nicht erst gehen zu lassen.

Lange lagen sie so da und hielten sich fest, Wange an Wange, während ihre Lippen sich immer wieder fanden und schließlich Ollies Sehnsucht die Oberhand gewann. Zum erstenmal seit zwei Wochen liebte er sie mit einer Leidenschaft, die er längst vergessen hatte. Jetzt haftete ihrer Liebe etwas Verzweifeltes an, das sie nie zuvor empfunden hatten, ein Durst, eine Einsamkeit, ein unstillbarer Hunger. Auch Sarah spürte dies alles, und dazu plagten sie noch Schuldgefühle, Reue und Sorgen. Sie erlebten gemeinsam den Höhepunkt, um anschließend wieder Seite an Seite dazuliegen und Küsse zu tauschen, bis Ollie schließlich in ihren Armen einschlief ... Oliver ... der Junge, den sie schon so lange liebte ... der Mann, der aus ihm geworden war ... die Liebe, die in Harvard begonnen hatte und dort nun vielleicht enden würde.

4

Am Morgen des Weihnachtstages herrschte hektisches Durcheinander: das Frühstück, der Truthahn, die Geschenke, das ständig klingelnde Telefon. George rief an, um mitzuteilen, daß Phyllis nicht ganz bei sich sei. Oliver tat dies einfach als unbedeutend ab und meinte, daß sich sein Vater über Bagatellen aufrege. Phyllis und George hatten sich für Mittag angesagt und kamen um zwei, die Arme voller Geschenke für alle, darunter ein Kaschmirschal für Agnes und ein großer Suppenknochen für Andy. Und als ob sie Georges Befürchtungen Lügen strafen wollte, schien Phyllis in bemerkenswert guter Verfassung zu sein, und sie sah in ihrem neuen dunkelroten Wollkleid, das sie an dem Tag gekauft hatte, als sie stundenlang ausgeblieben war und ihren Mann in tausend Ängste versetzt hatte, hervorragend aus.

Das Auspacken der Geschenke schien ewig zu dauern. Sarah war wie erschlagen von dem Smaragdring, den Ollie ihr früh am Morgen zugesteckt hatte, während sie mit dem Truthahn beschäftigt gewesen war. Sie hatte ihm einen Ziegenfellmantel geschenkt, ein paar Tonbandkassetten, von denen sie wußte, daß er sie sich wünschte, Krawatten, Socken, ein paar alberne Kleinigkeiten und einen schönen neuen schwarzen Aktenkoffer aus Leder. Von Oliver scherzhaft gemeint waren eine kleine rote ›Schultüte‹, um ihr in Erinnerung zu rufen, daß sie für ihn ›nur ein Kind sei‹, und dazu ein goldener Kompaß, damit sie wieder nach Hause fände. Darauf hatte er die Worte eingravieren lassen: »Komm bald nach Hause, ich liebe dich. Ollie.«

»Was soll das, Dad?« hatte Sam gefragt, der das Geschenk sah, als Sarah es auspackte. »Gehst du mit Mom zelten? Ein komischer Kompaß.«

»Deine Mutter ist eine komische Frau. Ich dachte, das Ding könnte ihr nützen, falls sie verlorengeht.« Er lächelte, und Sam kicherte, während Sarah die Hand ausstreckte, um Ollies Arm zu berühren. Sie gab ihm einen zärtlichen Kuß, und er begleitete sie in die Küche, um ihr beim Tranchieren des Truthahns zu helfen.

Das Essen verlief ohne Zwischenfälle, wenn man davon absah, daß Grandma Phyllis bei Tisch auffallend nervös wurde. Sie schien bei jeder sich bietenden Gelegenheit aufzuspringen, reichte Platten weiter, die niemand brauchte, holte Sachen aus der Küche, die gar nicht paßten, und fragte jeden zehnmal, ob er sich nicht noch nachnehmen wollte.

»Was ist denn mit Grandma los?« flüsterte Sam seinem Vater zu, als Phyllis Agnes in die Küche nachlief und darauf bestand, ihr zu helfen. »Sie hat doch sonst nicht gern in der Küche gearbeitet.«

Auch Oliver war aufgefallen, daß sie sich irgendwie unbehaglich zu fühlen schien. Seine Mutter wirkte ungewöhnlich ruhelos.

»Sie will Mom und Agnes helfen. Ältere Menschen sind manchmal so, alle sollen sehen, daß sie noch nicht zum alten Eisen gehören.«

»Ach so.« Sam nickte zufrieden.

Den anderen war Phyllis' seltsames Benehmen ebenfalls aufgefallen. Mel warf ihrer Mutter einen besorgten Blick zu, aber Sarah schüttelte nur den Kopf. Sie wollte nicht, daß darüber gesprochen wurde. Ihr war schlagartig aufgegangen, daß ihre Schwiegermutter große Schwierigkeiten hatte.

Bis auf diesen Umstand verlief das Essen reibungslos. Alle aßen zuviel von allen Gängen und ließen sich anschließend ermattet im Wohnzimmer in den Sesseln nieder, während Sarah, Agnes und Phyllis die Küche in Ordnung brachten. Melissa half ein wenig mit, setzte sich aber bald zu den Männern und ihren beiden Brüdern.

Sie nahm ihrem Großvater gegenüber Platz und fragte besorgt: »Was ist denn los mit Grandma? Sie wirkt so nervös.«

»Hin und wieder ist sie richtig aufgedreht und läßt sich nur schwer wieder beruhigen. Am besten, man läßt sie gewähren, solange sie keinen Schaden anrichtet. Ist in der Küche alles in Ordnung?«

»Ich denke schon. Sie fegt wie ein Wirbelwind herum.« In Wahrheit brachte Phyllis dabei nichts Vernünftiges zustande. Sie redete nur ununterbrochen, schob schmutziges Geschirr hin und her und wieder zurück, ohne etwas zu erledigen. Auch Sarah und Agnes fiel das auf, aber sie schwiegen dazu, bis sie schließlich Mel nach nebenan schickten. Bei der Nennung von Melissas Namen hatte ihre Großmutter aufgehorcht und ihre einzige Enkeltochter eindringlich angesehen.

»Mel? Ist sie denn da? Ach, wie gern würde ich sie sehen. Wo ist sie denn?« Melissa war so verblüfft, daß sie kein Wort herausbrachte, und ihre Mutter bedeutete ihr wortlos, ins Wohnzimmer zu gehen. Sie war immer noch völlig durcheinander, als sie ihren Großvater um eine Erklärung bat. »Sie ist völlig verwirrt. Noch nie habe ich sie so gesehen.«

»Das passiert jetzt immer häufiger.« George Watson sah seinen Sohn bekümmert an. Genau das versuchte er Ollie schon seit einiger Zeit zu erklären. Zuweilen war Phyllis ganz klar im Kopf, und dann fragte er sich, ob er sich nicht nur eingebildet hatte, daß sie nicht ganz bei sich war. Wirklich, man wußte nicht, was man davon halten sollte. An einem Tag tat sie die merkwürdigsten Dinge, und am nächsten war sie wieder normal. Es konnte auch vorkommen, daß sie sich von Stunde zu Stunde änderte. Das war beängstigend und verwirrend zugleich. »Mel, ich weiß nicht, was es ist«, antwortete George. »Ich wünschte, ich wüßte es. Vielleicht ist es das Alter, aber sie ist ja noch nicht einmal siebzig!« Phyllis Watson war erst neunundsechzig, drei Jahre jünger als ihr Mann.

Einige Minuten später kamen Phyllis und Sarah aus der Küche. Die Ältere schien nun viel ruhiger. Sie setzte sich hin und plauderte mit Benjamin, der ihr von seiner Bewerbung in Harvard erzählte. Daneben hatte er sich noch in Princeton und Stanford sowie an einigen anderen Colleges beworben. Bei seinen Zensuren und mit seinen sportlichen Leistungen hatte er keine Schwierigkeiten, an einem College seiner Wahl unterzukommen. Er hoffte aber, in Harvard aufgenommen zu werden, und Sarah teilte seine

Hoffnungen. Es mußte herrlich sein, mit ihm gemeinsam zu studieren. Vielleicht würde er ihr dann verzeihen, daß sie das Haus acht Monate vor seinem Schulabschluß verließ. Ollie hatte sogar vorgeschlagen, daß sie auf Benjamin warten solle, aber sie wollte nichts mehr aufschieben. Sie hatte zu viele Jahre gewartet, um sich jetzt noch eine einzige Stunde gedulden zu können. Eine solche Handlungsweise hatte Phyllis schon vor Jahren vorausgesehen, aber in ihrem derzeitigen Zustand hätte sie sich nicht mehr daran erinnert und wäre nicht imstande gewesen, überhaupt zu begreifen, was Sarah vorhatte.

»Wann erwartest du die Bescheide von den Colleges?« George Watson freute sich für seinen Enkel.

»Ach, erst gegen Ende April.«

»Na, das ist für einen Jungen deines Alters eine lange Wartezeit.«

»Ja, das stimmt.« Benjamin lächelte und warf seinem Vater einen liebevollen Blick zu. »Dad und ich wollen im Frühjahr eine Besichtigungstour machen und uns die Colleges ansehen. Die meisten kenne ich ohnehin, nur das Duke und Stanford möchte ich noch anschauen.«

»Das ist viel zu weit weg. Ich bin immer noch der Meinung, du solltest nach Princeton gehen.« Es war Georges ehemalige Schule, und alle lächelten. George trat immer vehement für ein Studium in Princeton ein.

»Mach' ich vielleicht, wenn ich von Harvard nicht genommen werde. Vielleicht kannst du Mel auch noch überreden, nach Princeton zu gehen.«

Diese Bemerkung bewirkte, daß Mel aufstöhnte und ein angebissenes Plätzchen nach ihm warf. »Du weißt doch, daß ich an die UCLA und Schauspielerei studieren möchte.«

»Ja, falls du nicht vorher heiratest.« Für gewöhnlich pflegte er zu sagen ›falls dir nicht jemand einen dicken Bauch macht‹, aber das hätte er vor seinen Eltern und Großeltern nicht gewagt. Melissa erlebte momentan eine glühende Romanze mit einem Jungen aus seiner Klasse. Zwar glaubte Benjamin nicht, daß sie schon ›alles‹ gewagt hatten, aber er war ziemlich sicher, daß alles darauf zusteuerte. Melissa hingegen war hinter seinen Flirt mit einer gewissen Sandra Carter gekommen – einer hübschen Blondine mit Traumfigur.

Der Abend zog sich hin, bis die Großeltern endlich gingen. Kaum hatten sie das Haus verlassen, warf Oliver Sarah einen fragenden Blick zu. Sie hatte sich in der letzten halben Stunde sonderbar schweigsam gezeigt, und er wußte, daß sie sich überlegte, wie sie den Kindern die Neuigkeit beibringen sollte. Alle waren so müde, daß es besser gewesen wäre, noch einen Tag zu warten, aber Sarah hatte sich schon solange auf dieses Gespräch vorbereitet, daß sie es nicht mehr aufschieben wollte.

Benjamin wollte sie eben um die Autoschlüssel bitten, und Melissa ging zum Telefon, um eine Freundin anzurufen. Sam gähnte, und Agnes sagte: »Für Sam ist es Zeit, ins Bett zu gehen. Wenn es Ihnen recht ist, bringe ich ihn hinauf, Mrs. Watson.« In der Küche war alles aufgeräumt, und Agnes wollte sich auf ihr Zimmer zurückziehen und das Weihnachtsgeschenk der Watsons, ein Fernsehgerät, genießen.

»Ich bringe ihn heute selbst zu Bett. Wir haben noch etwas zu besprechen. Danke, Agnes.« Sarah lächelte ihr zu, und einen Augenblick stutzte Agnes. Im Blick der Dame des Hauses lag etwas Sonderbares, doch dann nickte Agnes nur und wünschte allen frohe Weihnachten, bevor sie sich auf ihr Zimmer zurückzog. Sam blickte mit großen, müden Augen zu seiner Mutter auf.

»Was wollen wir besprechen?«

»Mom ... darf ich ... ich wollte ausgehen ...« Benjamin konnte es kaum erwarten fortzukommen, wie der Blick bewies, den er auf seine neue Uhr warf, aber Sarah schüttelte den Kopf.

»Ich möchte, daß du hierbleibst. Es gibt etwas, das ich mit euch allen besprechen möchte.«

»Ist etwas passiert?« Er wirkte verdutzt, und Mel, die bereits die halbe Treppe hinter sich hatte, drehte sich erstaunt um. Sarah wartete, bis alle wieder beisammensaßen. Oliver ließ sich in einen Sessel vor dem Feuer nieder. Er war gespannt, wie Sarah es ihnen beibringen würde, und vor allem interessierte ihn, wie die Kinder darauf reagieren würden.

»Ich weiß nicht recht, wie ich anfangen soll.« Plötzlich wurde es Sarah eng ums Herz, als sie alle musterte, ihren großen hübschen Sohn, ihre Tochter, die schon so erwachsen und doch noch ein Kind war, und dann Sam, der sich an sie gekuschelt hatte. »Es gibt etwas, was ich schon seit langem gern gemacht hätte, und jetzt habe ich mich entschlossen, es zu tun, obwohl es für uns alle nicht leicht sein wird. Aber als erstes möchte ich, daß ihr wißt, wie lieb ich euch habe und wieviel mir an euch liegt ... Ich habe euch immer wieder gesagt, wie wichtig es ist, daß man sich selbst gegenüber ehrlich ist.« Sie drückte Sams Hand und wich Olivers Blick aus, als sie fortfuhr: »Man muß das tun, was man für richtig hält, auch wenn es einem manchmal schwerfällt.« Wieder holte sie tief Atem. Im Raum herrschte Totenstille, und alle warteten. Plötzlich hatten die Kinder Angst vor dem, was sie zu sagen hatte. Sie sah so ernst aus, und Benjamin fiel auf, daß Oliver blaß geworden war. Vielleicht wollten sie sich scheiden lassen ... oder es würde noch ein Baby kommen ... ein Baby war nicht so schlimm, eine Scheidung aber wäre der Weltuntergang. Keiner von ihnen konnte sich vorstellen, wie das war. »Ich werde weiterstudieren.« Sarah sprach die Worte mit einem Seufzer aus.

»Ach, wirklich?« Mel glaubte, sich verhört zu haben.

»Wo?« fragte Benjamin.

»Wieso?« wollte Sam wissen. Für ihn hörte sich das ziemlich dämlich an. Schule war etwas für Kinder, und er selbst konnte es kaum erwarten, sie hinter sich zu bringen. Sich vorzustellen, daß ein Erwachsener freiwillig die Schulbank drückte ... Er war sicher, daß er später vor solchen Wünschen gefeit war. »Geht auch Dad wieder zur Schule?«

Sarah lächelte, aber Oliver blieb ernst. Es wäre für alle einfacher gewesen, wenn er auch ein Studium angefangen hätte. Dann hätten sie alle nach Cambridge ziehen können. Aber sie war die einzige, die umzog. Die Familie blieb hier, mit ihrem gesicherten und behaglichen Leben. Nur Sarah lief aus dem Hafen in unbekannte Gewässer aus. Diese Vorstellung erheiterte sie mehr, als daß sie ihr Angst einflößte. Eines Tages würde sie ihren Kindern alles erklären können, nur jetzt nicht. Jetzt brauchten sie nur zu wissen, was ihr Entschluß für sie bewirkte. Natürlich würde sich einiges verändern, das war nicht zu leugnen. Besonders Sam, der dasaß und den Blick erwartungsvoll auf sie gerichtet hatte, mußte sich umstellen. Ihn so zu sehen, brach Sarah fast das Herz. Und dennoch wußte sie, daß sie das Haus verlassen mußte.

»Nein, Dad wird nicht studieren. Nur ich. Ich werde in zwei Wochen an die Harvard gehen.«

»Harvard?« Benjamin war schockiert. »Du? Warum?« Er konnte es nicht begreifen, wie konnte sie in Boston studieren? Erst allmählich begriff er, was das alles zu bedeuten hatte. Er suchte den Blick seines Vaters und erkannte alles: die Einsamkeit, den Schmerz und die Sorgen, die Sarahs Entscheidung verursacht hatte. Aber auch im Blick seiner Mutter lag nun etwas Furchtsames und Bekümmertes.

»Ich werde so oft wie möglich nach Hause kommen. Und ihr habt ja Dad und Agnes, die sich um euch kümmern.«

»Du willst uns allein lassen?« Sam setzte sich neben ihr kerzengerade auf. Aus seinen aufgerissenen Augen sprach Angst. »Für immer?«

»Nein, nicht für immer«, beeilte sie sich zu versichern. »Nur eine Zeitlang. An den Wochenenden und in den Ferien kann ich nach Hause kommen.« Sie entschloß sich, ihnen reinen Wein einzuschenken, das war sie ihnen schuldig. »Das Studium dauert zwei Jahre.«

»Zwei Jahre?« Sam brach in Tränen aus. Niemand sagte ein Wort, als sie versuchte, die Arme um ihn zu legen, und er sich losriß und schutzsuchend zu seinem Vater lief. »Du gehst weg und läßt uns hier allein? Wieso? Hast du uns nicht mehr lieb?« Sie stand auf und streckte ihm die Arme entgegen, aber der Junge wollte nichts mehr von ihr wissen. Nun standen auch in Sarahs Augen Tränen. Daß es schwer sein würde, hatte sie erwartet, aber sie hatte nicht mit einer solchen Reaktion gerechnet, und plötzlich empfand sie selbst den Schmerz, den sie ihrer Familie zufügte. Dennoch stand ihr Entschluß fest – sie konnte um ihrer selbst willen nicht mehr zurück.

»Natürlich habe ich dich lieb, Sam ... euch alle ... aber ich muß das tun – für mich ...« Sie versuchte ihren Kindern zu erklären, warum sie sich zu einem Studium entschlossen hatte, aber Sam verstand vor lauter Schluchzen kein Wort. Er hatte sich an Mel geklammert, die nun auch zu weinen anfing. Sie umarmte ihren kleinen Bruder wie einen Ertrinkenden und sah mit anklagendem Blick zu ihrer Mutter auf.

»Warum, Mom?« Es waren die zwei schmerzlichsten Worte, die Sarah je vernommen hatte. Auf ihren hilfesuchenden Blick reagierte Ollie mit Schweigen. Er hatte das Gefühl, daß sein Herz beim Anblick seiner fassungslosen Kinder brach.

»Es ist schwer zu erklären. Ich wollte mich schon seit sehr langer Zeit weiterbilden.«

»Ist es wegen dir und Dad?« fragte Mel, die noch immer Sam an sich drückte und Tränen in den Augen hatte. »Wollt ihr euch scheiden lassen?«

»Nein, nein, nichts wird sich ändern. Ich werde nur für eine Weile das Haus verlassen ... um ein Ziel zu erreichen. Ich möchte aus eigener Kraft – ohne euch alle – etwas vollbringen.« Daß die Kinder wie Mühlsteine auf ihr lasteten und sie daran hinderten, kreativ zu sein, verschwieg sie. Es wäre unfair gewesen, aber die ganze Situation war unfair, wie sie jetzt merkte. In gewisser Weise hatte Oliver recht behalten – wie immer –, aber sie wußte zugleich, daß auch sie recht hatte. Die Kinder würden es überleben, und sie würde eines Tages zurückkommen – hoffentlich als besserer Mensch. Wenn sie jedoch ihr altes Leben weiterführte, würde es sie über kurz oder lang umbringen. Das wußte Sarah jetzt mit absoluter Sicherheit.

»Kannst du nicht hier Kurse belegen?« fragte Benjamin erschüttert. Er war schon zu erwachsen, um zu weinen, aber er betrachtete sie argwöhnisch. Er wollte seine Mutter verstehen, war aber überzeugt, daß hinter ihrem Entschluß noch etwas anderes steckte. Womöglich wollten sich seine Eltern doch scheiden lassen und schreckten davor zurück, mit ihren Kindern unverblümt darüber zu reden. Aber warum verließ ausgerechnet ihre Mutter die Familie? Das erschien ihm so sinnlos. Er wußte nur, daß seine Familie auseinanderbrach, und er hatte keine Ahnung, warum. Er hoffte, daß seine Mutter gute Gründe für ihr Vorgehen hatte, denn er hatte sie sehr lieb. Er wollte sie verstehen, aber genau das fiel ihm ausgesprochen schwer.

»Benjamin, ich glaube nicht, daß ich hier erreichen könnte, was ich mir vorgenommen habe. Harvard ist für mich genau das Richtige.« Ihr Lächeln wirkte unendlich traurig, während sie Sams Schluchzen wie körperlichen Schmerz empfand und nicht wagte, sich dem Jungen zu nähern. Jedesmal wenn sie es versuchte, schlug er wild um sich. Und auch Oliver hielt Distanz. »Vielleicht sind wir im Herbst beide in Harvard.«

»Das wäre schön.« Benjamin lächelte. Er würde immer an sie und an die Dinge glauben, die sie tat, auch wenn er jetzt innerlich aus dem Gleichgewicht geraten war. Er hatte das Gefühl, daß sein ganzes Leben in einem einzigen Augenblick zerstört worden war. Niemals wäre er auf den Gedanken gekommen, daß ein Elternteil die Familie verlassen könnte. Eltern mußten sich um die Kinder kümmern ... aber vielleicht auch nicht. Noch weniger aber hätte er gedacht, daß ausgerechnet Sarah gehen würde. Benjamin war kaum imstande, einen klaren Gedanken zu fassen, während er bemüht war, ruhig zu bleiben, bis er schließlich aufstand, seinen Dad ansah und ihn unumwunden fragte: »Dad, was hältst du davon?«

»Es ist die Entscheidung deiner Mutter, mein Sohn. Wir dürfen ihr nicht im Weg stehen. Sie stellt uns ja auch vor vollendete Tatsachen. Sie glaubt, richtig zu handeln, und wir müssen das Beste daraus machen und ihr helfen.« Er begegnete Sarahs Blick und spürte, daß sich für ihn etwas geändert hatte. Sie hatte jetzt auch seinen Kindern weh getan, nicht nur ihm allein, und das würde er nie vergessen. Ebenso wußte er auch, daß er sie immer lieben würde. »Sarrie, du wirst uns fehlen.« Vergessen war die schöne Stimmung des Weihnachtsfestes, das Lachen und die Geschenke. Es war der härteste Abend ihres Lebens, aber es hätte auch noch schlimmer kommen können. Immerhin wollte sie ja nicht für immer weggehen ... das behauptete sie jedenfalls. Zwei Jahre. Den Kindern kam es vor wie eine ganze Ewigkeit, als Sarah wieder den Versuch unternahm, mit Mel und Sam zu reden. Sam heulte nur noch heftiger, und Mel hob abwehrend die Hand und funkelte ihre Eltern wütend an.

»Du belügst uns. Du willst für immer fort und traust dich nicht, es uns zu sagen. Warum nimmst du uns nicht mit?«

»Mel, ich lüge nicht. Was würdet ihr in Cambridge tun? Ihr müßtet eure Freunde verlassen und auf eine neue Schule gehen. Wollt ihr mit mir in einer winzigen Wohnung leben, während ich schriftliche Arbeiten schreibe und für Prüfungen lerne? Benjamin ist im letzten Schuljahr, und du wirst in zwei Jahren fertig. Möchtest du das alles wirklich aufs Spiel setzen? Während ich studiere, könnte ich mich nicht um euch kümmern. Ihr seid hier viel besser dran, mit Daddy und Agnes, im eigenen Haus, auf einer Schule, die ihr gern besucht, mit Freunden, die ihr schon lange kennt, in vertrauter Umgebung.«

»Du läßt uns im Stich.« Aus Mels Blick sprachen Zorn und Kummer, und Sams Schluchzen hatte keine Sekunde nachgelassen. Jetzt wandte Mel sich anklagend an ihren Vater. »Dad, du mußt ihr etwas Schreckliches angetan haben, weil sie uns im Stich läßt.« Sie haßte alle beide für immer und in alle Ewigkeit.

Sarah ergriff sofort für Oliver Partei. »Mel, das stimmt nicht. Dein Vater hat damit nichts zu tun.«

»Man geht nicht einfach auf und davon und fängt ein Studium an. Jedenfalls macht das kein Erwachsener. Du mußt uns sehr hassen, wenn du einfach fortgehen kannst.« Sams Schluchzen steigerte sich zu lautem Wehklagen. Mel stand auf und nahm ihn in die Arme. Der kleine Kerl drehte sich zu seiner Mutter um, mit einem von Tränen verwüsteten Gesicht, und diesmal tat sie keinen Schritt auf ihn zu. Er gehörte jetzt nicht mehr zu ihr. Er gehörte zu den anderen.

Sam brachte kaum ein Wort heraus. »Ist ... ist das wahr?«

Sarah brach das Herz bei dem Gedanken, und Tränen liefen über ihre Wangen, als sie den Kopf schüttelte. »Nein, es ist nicht wahr. Ich liebe euch aus ganzem Herzen ... euch alle und Daddy.« Jetzt weinte sie ungehemmt, und Oliver wandte sich ab. Plötzlich waren alle still und sahen sich an. Keiner wußte, was er tun sollte. Die Familie war mit einem Schlag zerstört worden. Leise ging er auf Mel zu und nahm Sam in die Arme. Der Junge klammerte sich an ihn wie seinerzeit, als er noch ein Baby gewesen war.

»Es wird alles gut werden, mein Junge ... wir schaffen das schon.« Er beugte sich vor, um Mel zu küssen, sie aber wich ihm aus und lief auf ihr Zimmer. Gleich darauf schlug sie die Tür zu, und Oliver führte Sam langsam in den Oberstock, während Sarah und Benjamin allein im Wohnzimmer blieben. Ben schaute seine Mutter an, noch immer fassungslos, obwohl er wußte, daß das Unbegreifliche tatsächlich geschehen würde.

»Mom, warum?«

Er war alt genug, und Sarah konnte offen mit ihm reden – sie hatte es immer so gehalten. »Ich bin gar nicht sicher, ob ich selbst weiß, warum ich mich dazu entschlossen habe. Ich weiß nur, daß ich so nicht weiterleben kann. Was ich tun werde, erscheint mir als das einzig Richtige. Mehr weiß ich nicht. Ich möchte mehr sein, als ich bin. Mehr als jemand, der Kinder durch die Gegend kutschiert und darauf wartet, daß Sam von der Schule kommt.«

Mit einemmal hatte Benjamin das Gefühl, daß Sarah es verabscheute, Mutter von drei Kindern zu sein.

»Könntest du nicht noch ein wenig warten?« Andere Mütter wurden auch erst aktiv, wenn ihre Kinder aus dem Haus waren.

»Nicht so lange. Ich muß die Gelegenheit nutzen.« Sie putzte sich die Nase, aber ihre Tränen wollten kein Ende nehmen. Es war schrecklich, den Kindern weh tun zu müssen, aber unwissentlich verletzten sie sie auch.

Seit Jahren schon. Und Ollie war keine Ausnahme.

Benjamin nickte. Er hätte viel darum gegeben, sie verstehen zu können – er liebte sie und wünschte ihr Glück, insgeheim aber war er der Meinung, daß sie einen folgenschweren Entschluß gefaßt hatte. Er konnte sich einfach nicht vorstellen, daß eine Mutter ihre Kinder verlassen konnte. Nie hätte er gedacht, daß *seine* Mutter so etwas fertigbrächte. Aber sie hatte es vor, und mit einem Schlag änderte sich das ganze Leben. Was war übriggeblieben? Nichts; drei Kinder, ein Vater, der immer nur arbeitete, und eine bezahlte Hilfe, die für alle kochte. Plötzlich konnte er es kaum erwarten, ins College zu kommen. Er wäre gleich gegangen, wenn es möglich gewesen wäre. Er hatte keine Familie mehr, nur ein paar Leute, mit denen er zusammenlebte. Fast war es, als wäre seine Mutter gestorben, nein, ärger noch, weil sie ja hätte bleiben können, wenn sie nur gewollt hätte. Und das Wissen, daß sie nicht wollte, verletzte ihn. All dieser Humbug, wie sehr sie an ihnen hing ... wenn es so gewesen wäre, würde sie bleiben, aber sie ließ sie im Stich. Das sagte alles. Er starrte auf seine Füße, dann warf er Sarah einen Blick zu – Schuldgefühle plagten ihn wegen seiner Überlegungen. Am liebsten wäre er auf der Stelle aus dem Haus gegangen. Immer hatte er an sie geglaubt, mehr noch als an seinen Vater, und plötzlich ließ seine Mutter sie allein. Einfach so. Ihn, Mel, Sam, sogar seinen Dad.

»Es tut mir leid, dich jetzt darum bitten zu müssen ... ich wollte eben ... meinst du, daß Dad etwas dagegen hätte, wenn ich den Wagen heute abend nehme?«

Sie schüttelte den Kopf und fragte sich, was er wirklich dachte. Benjamin hatte ihr immer besonders nahegestanden. »Sicher hat er nichts dagegen.« Fast war es so, als hätte sie selbst keine Autorität mehr. Sie hatte ihre Schlüssel abgegeben. Dieses Erlebnis war ein kleiner Vorgeschmack darauf, wie sich ihre Aufenthalte an den Wochenenden gestalten würden. Die Kinder würden nicht mehr gewöhnt sein, sie um sich zu haben, und sie würde dann überhaupt nichts mehr zu sagen haben – leicht würde es nicht sein, egal, wie sie sich verhielt. »Alles in Ordnung mit dir?« Sie machte sich Sorgen um Benjamin. Auch wenn er nicht viel Worte verlor, hatte ihn die Sache schwer getroffen, das wußte sie. Benjamin war ja erst siebzehn. Sie wollte nicht, daß er ausging und sich betrank und dann versuchte, sich ans Steuer zu setzen, oder sonst etwas Verrücktes unternahm. »Wohin möchtest du um diese Zeit?« Es war Weihnachten und nach zehn Uhr. Der Gedanke, daß er in der Nacht in der Gegend herumkurvte, bereitete ihr Unbehagen.

»Einen Freund besuchen. Ich bin bald wieder da.«

»Na schön.« Sarah nickte, und Ben wandte sich zum Gehen. Da streckte sie plötzlich die Arme nach ihm aus und erfaßte seine Hand. »Ich habe dich lieb ... bitte, denk immer daran ...« Sie fing wieder zu weinen an, und Ben wollte etwas sagen, ließ es aber dann doch bleiben. Sie hatte ihn zu sehr verletzt – sie alle. Er beschränkte sich auf ein Nicken und griff auf dem Weg zur Tür nach seiner Jacke. Im nächsten Moment war er fort. Sarah überlief ein Frösteln, als die Tür ins Schloß fiel.

Sie ging langsam in ihr Schlafzimmer. Aus Mels Zimmer war noch immer Weinen zu hören, und als Sarah an die Tür klopfte, gab Mel keine Antwort. Aus Sams Zimmer drang kein Laut. Sarah wagte nicht, hineinzugehen und ihn zu wecken. Statt dessen ging sie in ihr Zimmer und setzte sich aufs Bett. Sie fühlte sich wie von einem schweren Laster plattgewalzt. Es dauerte eine Stunde, bis Oliver schließlich hereinkam. Er traf sie in Tränen aufgelöst.

»Wie geht es Sam?« Sie war nicht zu ihm gegangen. Er gehörte jetzt zu Oliver und nicht mehr zu ihr. Alle gehörten zu ihm. Sie hätte ebensogut schon fort sein können. Plötzlich war ihr klar, daß sie so bald wie möglich gehen mußte. Das wäre bestimmt für alle eine Erleichterung – jetzt, da sie von ihrem Plan wußten.

»Er schläft.« Mit einem erschöpften Seufzer ließ Oliver sich in einen Sessel sinken. Es war ein langer Tag und ein endloser Abend gewesen, und er wollte mit Sarah keine Spielchen mehr spielen. Sie zerstörte ihrer aller Leben, nur um durchzusetzen, was sie sich vorgenommen hatte. Seine Mutter hatte recht behalten, aber diese Überlegung half jetzt auch nicht weiter. Das Wasser stand ihnen bis zum Hals, und wenn seine Kinder überleben sollten, dann mußte er ganz tüchtig schwimmen. Er hatte sich bei Sam eben die Füße naßgemacht, blieben noch Mel und Benjamin, an die er denken mußte. Ihm war Bens Blick nicht entgangen. Er war von Sarahs Vorhaben ziemlich erschüttert. »Ich weiß nicht, ob sie jemals darüber hinwegkommen.«

»Sag doch nicht so was. Ich fühle mich schon elend genug.«

»Vielleicht doch nicht. Wenn du dich elend genug fühlen würdest, könntest du es nicht tun. Sie werden niemals wieder jemandem Vertrauen schenken, am allerwenigsten mir. Wenn die eigene Mutter einen im Stich läßt – was soll man da vom Rest der Welt erwarten? Wie wird sich das deiner Meinung nach auf sie auswirken? Wird es bessere Menschen aus ihnen machen? Zum Teufel, nein! Sie können von Glück reden, wenn sie es einigermaßen überstehen. Wenn wir alle es überstehen.«

»Und was wäre, wenn ich sterben würde?«

»Dann wäre es leichter für sie. Das wäre dann wenigstens nicht deine eigene Entscheidung. Daß du sie freiwillig verläßt, weckt in den Kinder das Gefühl, zurückgestoßen zu werden.«

»Vielen Dank. Du willst mir also klarmachen, daß ich abgrundtief schlecht bin.« Zorn flammte in ihr auf. Oliver versuchte, ihr Schuldgefühle einzureden – als ob sie die nicht ohnehin schon gehabt hätte.

»Ja, vielleicht will ich dir das sagen, Sarah. Vielleicht bist du schlecht. Vielleicht bist du auch nur ein egoistisches Biest, dem wir nichts mehr bedeuten. Ist doch möglich, oder?«

»Ja, das wäre möglich. Willst du mir damit zu verstehen geben, daß du mich ganz wegschicken möchtest?«

»Leg mir nicht etwas in den Mund.« Das Problem war, daß er sie haben wollte, daran würde sich nie etwas ändern – nicht einmal nach allem, was sie ihm und den Kindern antat, und dennoch haßte er sie dafür. Sam hatte sich wie ein Ertrinkender an ihn geklammert, und das war er ja auch. Er würde sehr, sehr lange unter der Abwesenheit seiner Mutter leiden, und Oliver fragte sich allen Ernstes, ob sie alle nicht für ihr Leben gezeichnet sein würden, wenn Sarah nicht mehr zurückkam, was Oliver nun als Möglichkeit durchaus in Betracht zog, auch wenn sie es noch abstritt. Aber für Sarah würde sich auch alles ändern. Ganz andere Menschen traten in ihr Leben, und Oliver und die Kinder rückten in weite Ferne. Es gab jetzt keine Garantien mehr – für keinen von beiden.

»Ich glaube, ich sollte schon in den nächsten Tagen nach Boston fahren. Wenn ich noch zwei Wochen hierbleibe, wird es für uns alle viel schwerer.«

»Das hängt von dir ab.« Er ging ins Bad und zog sich aus. Plötzlich war jedes Gefühl der Nähe verschwunden. Erst letzte Nacht hatten sie sich geliebt, und jetzt war Sarah für ihn wie eine Fremde. Eine Fremde, die in sein Haus eingedrungen war und seine Kinder seelisch verletzt hatte. »Wann willst du abreisen?« fragte er, als er zurückkam und sich aufs Bett setzte.

»Übermorgen vielleicht. Ich muß erst noch einiges vorbereiten.«

»Vielleicht sollte ich mit den Kindern für diese Zeit wegfahren, damit sie nicht zusehen müssen, wie du uns verläßt.«

»Gute Idee.« Dabei sah sie ihn bekümmert an. Es gab nichts mehr zu sagen. Alles war schon gesagt worden. Anklagen, Bedauern, Entschuldigungen, Erklärungen. Jetzt gab es nur noch Tränen, und sie gestand: »Ich weiß nicht mehr, was ich dir sagen soll.« Nicht nach dem heutigen Abend, nachdem sie gesehen hatte, wie betroffen ihre Kinder gewesen waren. Trotz allem aber hielt sie an ihrem Vorhaben fest.

»Ich auch nicht«, gab Oliver zurück.

Sarah wirkte wie betäubt und war völlig am Ende.

Wortlos lagen sie in der Dunkelheit nebeneinander, bis Oliver schließlich um zwei Uhr morgens einschlief. Sarah aber lag bis in die Morgendämmerung wach. Dann erst hörte sie Benjamin nach Hause kommen. Sie verlor keine Wort darüber. Er war ein guter Junge, und er litt sehr unter der Situation. Es würde für ihn sehr schwer werden. Er ist ja noch ein Junge – das dachte sie zumindest.

In jener Nacht war Benjamin ein Mann geworden, und das Erlebnis war für ihn sonderbar und beglückend gewesen. Sandras Eltern waren außer Haus gewesen, und er war zum erstenmal mit ihr intim geworden. Fast war es so, als hätte er eine eigene Frau bekommen, quasi als Ersatz für die Mutter, die er am Abend verloren hatte. Für ihn war es eine sonderbare, bittersüße Nacht gewesen, und anschließend hatten sie sich bis tief in die Nacht über das, was Benjamins Mutter vorhatte und was er deswegen empfand, unterhalten. Mit Sandra konnte er reden wie mit niemandem sonst, und dann hatten sie sich wieder geliebt. Schließlich war er nach Hause gefahren und zu Bett gegangen, um an seine neue Liebe und an die Mutter, die er verloren hatte, zu denken. Nun kam ihm alles weniger beängstigend vor, weil es Sandra gab.

Sarah lauschte auf die Geräusche des Hauses, als alle endlich schliefen, und sie wünschte, sie wäre wieder eine von ihnen. Doch das war sie nicht mehr. Es war, als wäre sie von einer Minute zur anderen eine Außenseiterin geworden. Als einziges blieb ihr das neue Leben, das es jetzt zu planen galt. Trotz allem, was es sie gekostet hatte, erfüllte die Aussicht sie noch immer mit freudiger Erregung. Als nun alle schliefen, stand sie auf und fing an zu packen. Sie verstaute alles, was sie brauchte, in drei Koffern, und als Oliver am Morgen aufstand, war sie fertig. Sie hatte geduscht, war angezogen, hatte ein Flugticket bestellt und in einem Hotel in Cambridge, das sie von früher kannte, ein Zimmer reservieren lassen. Sie war entschlossen, am Nachmittag das Haus zu verlassen.

»Wohin willst du denn um diese Zeit?« Oliver registrierte verwundert, daß sie schon angezogen war.

»Nirgendwohin. Ich reise heute abend ab. Sobald die Kinder aufstehen, sage ich es ihnen. Das kann sie kaum mehr aus der Fassung bringen, als sie es ohnehin schon sind. Warum unternimmst du mit ihnen nicht einen Ausflug?«

»Ich werd's versuchen. Mal sehen, was sich machen läßt.« Oliver duschte, zog sich an und erledigte einige Anrufe. Und beim Frühstück erfuhren die Kinder, daß Sarah das Haus früher als geplant verlassen würde und daß Oliver mit ihnen zum Skilaufen nach Vermont fahren wollte. Ollie bat Agnes, für Sam die Sachen zu packen, aber Benjamin schien zu zögern. Er sagte, er hätte in den Ferien noch einiges für die Schule zu erledigen.

»Während der Weihnachtsferien?« Oliver, der argwöhnte, daß ein Mädchen dahintersteckte, ließ ihn seine Skepsis spüren.

»Wie lange werden wir fort sein?«

»Drei, vier Tage.« Lange genug, um ihnen Ablenkung zu verschaffen, falls dies überhaupt möglich war. Dann mußten sie wieder in das Haus zurückkehren, aus dem nach Sarahs Abschied Wärme und Leben geschwunden sein würden. Es war jetzt schon deutlich spürbar. Die Kinder waren betroffen, als sie hörten, daß Sarah noch am gleichen Tag abreisen wollte, aber sie waren vom Schmerz des Vorabends noch so benommen, daß sie über dem kaum berührten Frühstück nur matt nickten. Benjamin, der müde aussah, blieb wortkarg und aß kaum etwas, während Mel überhaupt nichts sagte und Sam unausgesetzt seinen Vater anstarrte, als wollte er sich vergewissern, daß wenigstens er noch an seinem Platz war und sie nicht auch verlassen wollte.

Schließlich zeigte sich Benjamin doch einverstanden, mit ihnen nach Vermont zu fahren. Sie verließen das Haus, bevor Sarah zum Flughafen fuhr. Der Abschied war schrecklich. Sam schluchzte haltlos, während Agnes starr vor Enttäuschung in der Tür stand. Diesmal hatte auch Benjamin feuchte Augen. Sarah brachte kein Wort heraus, und Oliver weinte ungeniert, als sie losfuhren. Nur einmal warf er einen Blick in den Rückspiegel und spürte fast körperlich, wie ihm das Herz brach, als er Sarah vor dem Haus stehen und den Arm zu einem letzten Winken heben sah. Sein ganzes Leben war dahin – in einem einzigen Augenblick war die Frau, die er liebte, und alles, was er aufgebaut hatte, zerstört. Verschwunden für den Irrsinn, der ihr vorschwebte. Es störte ihn nicht, wenn die Kinder ihn weinen sahen. Er litt ebenso wie sie. Erst als er zu Sam hinunterblickte, lächelte er unter Tränen und zog den Jungen an sich.

»Komm, mein Junge, es wird schon wieder.« Mit feuchten Augen versuchte er Sam und den anderen zuzulächeln.

»Werden wir sie denn überhaupt wiedersehen?« Sam sprach damit Olivers eigene Befürchtungen aus. Der Junge traute niemandem mehr, und Ollie war nicht sicher, ob er selbst noch jemandem trauen konnte. Kein Wunder.

»Aber natürlich. Und bald schon werden wir uns nicht mehr so elend fühlen. Im Moment ist es noch schrecklich, nicht?« Seine Stimme klang erstickt, und Benjamin auf dem Hintersitz putzte sich die Nase. Mel weinte. Sie war schon seit dem Morgen in ihre eigenen Gedanken versunken, von denen sie niemandem etwas sagte.

Es würde eine sonderbare Erfahrung sein, für die Kinder Vater und Mutter spielen zu müssen, die Dinge zu tun, die Sarah getan hatte ... mit ihnen zum Arzt gehen ... zur Zahnkorrektur ... Sam Schuhe kaufen ... wann sollte Oliver dafür Zeit finden? Wie sollte er ohne Sarah zurechtkommen? Wichtiger noch, wie sollte er ohne die Frau, die er liebte, leben, ohne ihre Hand, ihren Trost und ihr Lachen? Es wurde eine lange, stille Fahrt nach Vermont. Keiner sprach ein Wort, bis sie in Massachusetts waren und zum Abendessen eine Pause einlegten.

Inzwischen war Sarah schon in Boston und unterwegs nach Cambridge, um ein neues Leben zu beginnen, das Leben, das sie sich gewünscht hatte – ein Leben ohne Familie.

5

Das Skilaufen machte den vier Watsons doch noch Spaß, denn nach den ersten schlimmen Stunden erwachten sie wieder zum Leben, die einen langsamer, die anderen rascher. Sam litt unter Alpträumen und war oft den Tränen nahe, aber er lachte auch und fand es großartig, mit seinem Vater Ski zu laufen. Benjamin nahm sogar an einem Rennen teil, aber wenn er nicht auf den Skiern stand, telefonierte er mit Freunden, als hätten sie die Lösung für alle seine Probleme parat. Nur Mel blieb verschlossen. Sie betrieb das Skilaufen nur halbherzig und ging allen aus dem Weg. Sie war nun das einzige weibliche Wesen in der Familie, und Oliver versuchte mehrfach, sie aufzurichten, aber sie ließ ihn nicht an sich heran und schien auch nichts mehr zu sagen zu haben. Der einzige, mit dem sie sprach, war Sam, und auch ihm gegenüber war sie zurückhaltend.

Oliver hatte alle Hände voll zu tun. Er borgte Ski und Stiefel für alle aus, be- und entlud den Wagen, sorgte für die Mahlzeiten, brachte Sam zu Bett, behielt Mel im Auge, achtete darauf, daß alle richtig angezogen waren, und um acht Uhr abends war er jedesmal völlig erschöpft. Nachdem er das Abendessen mühsam hinter sich gebracht hatte, fiel er gleichzeitig mit Sam ins Bett. Er teilte sich das Zimmer mit dem Jungen, damit Sam sich nicht so allein fühlte. Sam machte das Bett zweimal naß und hielt Oliver damit auch nachts in Trab, da er das Laken wechseln, Matratzen umdrehen und frisches Bettzeug suchen mußte. Es lag auf der Hand, daß Sam zutiefst verstört war, wie sie alle, aber Ollie war so beschäftigt, daß ihm kaum Zeit blieb, an Sarah zu denken. Erst abends, wenn er im Bett lag, spürte er das Herzweh, und beim Erwachen am Morgen traf ihn der Schmerz der Erinnerung mit voller Wucht. Fast war es, als sei sie gestorben, und erst am dritten Tage ihres Urlaubs sprach Ollie von ihr. Er erwähnte ›Mom‹, und alle wandten sich ihm blitzartig zu, und auf ihren Mienen zeichnete sich überdeutlich der Kummer ab. Sofort tat es Oliver leid, daß er das Thema angeschnitten hatte.

Am Neujahrstag ging es wieder heimwärts. Alle waren schon besserer Stimmung und sahen gut aus. Erst zu Hause plagte sie die Traurigkeit von neuem. Das Haus war viel zu still, der Hund schlief, sogar Agnes war ausgegangen. Oliver merkte, daß die Kinder insgeheim gehofft hatten, Sarah hätte sich anders entschieden. Es war nicht der Fall. Sie war schon längst fort, und Ollie rief sie nicht einmal an, obwohl er die Nummer ihres Hotels in Cambridge kannte. Er brachte Sam zu Bett, nachdem Mel ihm bei der Zubereitung des Abendessens geholfen hatte. Benjamin ging aus. Er erschien, gekleidet für eine Verabredung, in der Küche, als die anderen um den Küchentisch saßen.

»So rasch?« Ollie lächelte. Sie hatten ihre Koffer noch nicht ausgepackt. »Das muß eine ganz besondere Verabredung sein.«

Benjamin schenkte seinem Vater ein nichtssagendes Lächeln. »Nur eine Freundin. Kann ich den Wagen haben, Dad?«

»Komm nicht zu spät nach Hause, mein Sohn. Und fahr vorsichtig. Heute sind jede Menge Betrunkene unterwegs.« Er konnte froh sein, daß sein Sohn vorsichtig war und sich niemals ans Steuer setzte, wenn er auch nur einen Tropfen Alkohol getrunken hatte. Wie oft hatte Benjamin zu Hause angerufen und gebeten, daß man ihn abholte, wenn er nur ein Bier mit Freunden getrunken hatte. Das hatte Sarah ihm eingebleut – dies und viele andere Dinge. Sie hatte allen ihren Stempel aufgedrückt, und jetzt war sie fort. Oliver fragte sich schon, ob sie am Wochenende heimkommen würde. Obwohl sie erst seit sechs Tagen fort war, hatte er bereits das Gefühl, daß ein ganzes Menschenalter vergangen war.

Es war sonderbar, an jenem Abend allein zu Bett zu gehen. Er lag da und dachte an Sarah wie schon die ganze Woche. Um Mitternacht machte er endlich Licht und versuchte ein paar Unterlagen durchzuarbeiten, die er aus dem Büro mitgebracht hatte. Sein Chef hatte sich sehr verständnisvoll gezeigt und ihm kurzfristig eine Woche freigegeben. Jetzt war er schon in etwas besserer Verfassung. Als Benjamin um eins nach Hause kam und vor der Tür innehielt, um seinem Vater gute Nacht zu wünschen, war er noch wach. Oliver hatte die Tür offengelassen, damit er Sam hören konnte. Benjamin stand da und sah ihn traurig an, während er die Autoschlüssel auf einen Tisch legte.

»Muß schwer für dich sein, da ... ich meine ... da Mom nun nicht mehr da ist.«

Oliver nickte. Was hätte er sagen sollen? Es war für alle schwer. »Wir werden uns daran gewöhnen – und außerdem ... sie wird bald wiederkommen.« Sehr überzeugend klang das nicht. Benjamin nickte. »Na, hast du dich amüsiert? Es ist spät, und morgen ist Schule.«

»Ja ... ich muß wohl die Zeit übersehen haben. Tut mir leid,

Dad.« Er lächelte und sagte gute Nacht. Eine Stunde später hörte Oliver Sam weinen und ging zu ihm. Der Junge schlief fest. Oliver setzte sich neben ihn und strich ihm über den Kopf. Sams dunkles Haar war ganz feucht. Schließlich beruhigte sich der Junge. Um vier spürte Oliver, daß Sam neben ihn ins Bett schlüpfte. Er kuschelte sich an ihn, und Oliver erwog, ihn wieder zurück in sein Zimmer zu tragen. In Wahrheit aber war er froh, ihn bei sich zu haben. Er drehte sich um und schlief weiter. Vater und Sohn schlummerten friedlich bis zum Morgen.

Am nächsten Morgen herrschte beim Frühstück das übliche Chaos. Aggie buk Waffeln und briet Speck für alle ... besondere Leckerbissen, die den Wochenenden oder besonderen Anlässen vorbehalten waren. Sie wußte, daß die Familie etwas Besonderes brauchte, und für Sam hatte sie ein ganz spezielles Frühstückspaket bereitet, das alle seine Lieblingshäppchen enthielt. Jetzt war sie es, die die Kinder in die Schule brachte, und als Ollie zum Bahnhof ging, fühlte er sich überfordert – für ihn sehr untypisch. Er hatte Anweisungen für alle zurückgelassen und alle ermahnt, rechtzeitig zu Hause zu sein und die Hausaufgaben zu machen. Das hatte Sarah doch auch getan, oder? Oder nicht? Alles hatte immer so reibungslos funktioniert, solange sie dagewesen war. Alles war friedlich und in guter Stimmung verlaufen, wenn er aus dem Haus ging.

Im Büro erwartete ihn viel Arbeit, die in der letzten Woche liegengeblieben war, und dazu die Berichte über laufende Projekte. Er konnte erst um sieben Uhr weg, und es war fast neun, als er zu Hause ankam. Benjamin war wieder ausgeflogen. Mel hing am Telefon und schwatzte mit Freundinnen, und Sam hockte im Bett seines Vaters und sah fern. Er hatte seine Hausaufgaben vergessen, und Agnes hatte ihn nicht gedrängt. Sie habe ihn nicht aufregen wollen, erklärte sie Oliver.

»Dad, kann ich bei dir schlafen?«

»Meinst du nicht, du solltest es im eigenen Bett versuchen?« Oliver befürchtete schon, es könne zur Gewohnheit ausarten.

»Nur heute ... ich bin auch ganz brav, das verspreche ich.«

Oliver lächelte und bückte sich, um ihm einen Kuß aufs Haar zu drücken. »Ich wäre sehr viel glücklicher, wenn du deine Hausaufgaben gemacht hättest.«

»Hab' ich vergessen.«

»Offensichtlich.« Oliver legte Jacke und Krawatte ab, stellte seinen Aktenkoffer neben dem Schreibtisch ab und setzte sich zu Sam aufs Bett. Er hätte zu gern gewußt, ob Sarah angerufen hatte, wagte aber nicht, danach zu fragen. »Was hast du heute so getrieben?«

»Nicht viel. Aggie hat erlaubt, daß ich fernsehe, als ich aus der Schule kam.« Beide wußten, daß Sarah so etwas nie gutgeheißen hätte. In ihrer Abwesenheit änderte sich alles sehr rasch, viel zu rasch für Ollies Geschmack.

»Wo steckt Benjamin?«

»Ausgegangen«, antwortete Sam völlig desinteressiert.

»Dachte ich mir's doch.« Auch damit mußte Oliver jetzt fertig werden. Benjamin durfte an Wochentagen nicht ausgehen, auch wenn es sein letztes Schuljahr war. Er war erst siebzehn, und Ollie hatte nicht die Absicht, die Zügel schleifen zu lassen, nur weil Sarah nicht da war. »So, nun will ich dir was sagen: Heute lasse ich dich bei mir schlafen, aber damit ist dann Schluß. Morgen schläfst du wieder in deinem eigenen Bett. Abgemacht?«

»Gute Nacht, Dad.« Sam sah richtig glücklich aus, als er sich ins große Bett schmiegte und Sarahs Hälfte ganz in Anspruch nahm.

»Schlaf schön ...« Oliver blieb in der Tür stehen und betrachtete seinen Jüngsten nachdenklich. »Ich hab' dich lieb«, flüsterte er, dann drehte er sich um und ging, um nach Mel zu sehen, die das Telefon vom Gang in ihr Zimmer geschleppt hatte, in dem heillose Unordnung herrschte. Überall lagen Kleidungsstücke, Bücher, Lockenwickler, Schuhe. Ein Wunder, daß sie es schaffte, den Raum überhaupt zu betreten. Neugierig sah sie zu ihrem Vater auf. Oliver wartete, daß sie das Gespräch beendete, aber sie begnügte sich damit, die Hand auf den Hörer zu legen.

»Willst du etwas, Dad?«

»Ja, eine Begrüßung und ein Kuß wären ganz nett. Hast du deine Hausaufgaben gemacht?«

»Hallo, ja hab' ich.«

Schon die Frage an sich schien ihr die Laune zu verderben.

»Möchtest du mir beim Abendessen Gesellschaft leisten?« Nach kurzem Zögern nickte sie ohne Begeisterung. Lieber wäre ihr gewesen, weiter mit ihrer Freundin plaudern zu können, ihr Vater aber schlug einen Ton an, der keine Widerrede duldete. In Wahrheit widerstrebte es ihm, sich allein zu Tisch zu setzen.

»Schön, ich komme gleich.« Oliver bahnte sich behutsam einen Weg durch das Zimmer und ging hinunter, um sich das Abendessen zusammenzusuchen, das Aggie für ihn vorbereitet hatte. Der in Alufolie eingeschlagene Teller stand im Backrohr zum Warmhalten, doch als er die Folie abnehm, fand er nichts, was ihm geschmeckt hätte. Die Lammkotteletts waren lasch, die Folienkartoffel noch hart, und der Brokkoli war bestimmt schon vor Stunden weich. Nicht einmal der Duft machte ihm Appetit, so daß er alles in den Mülleimer warf, sich Spiegeleier und frischgepreßten Orangensaft machte und auf Mel wartete. Als sie sich endlich herunterbequemte, hatte er schon gegessen.

»Wo ist Benjamin?« Vielleicht wußte es Mel, aber sie zog nur die Schultern hoch.

»Bei Freunden, denke ich.«

»An einem Wochentag? Nicht sehr vernünftig.« Wieder reagierte sie mit einem Achselzucken. Es behagte ihr ganz und gar nicht, Babysitter für ihren Vater spielen zu müssen. »Kümmerst du dich ein wenig um Sam, wenn du aus der Schule kommst?« Sam bereitete Ollie am meisten Sorgen, besonders dann, wenn er selbst nicht pünktlich nach Hause kommen konnte. Der Junge brauchte eine Bezugsperson.

»Dad, ich habe selbst jede Menge Hausaufgaben.«

»Na, na, in deinem Zimmer sah es eben nicht gerade nach Hausaufgaben aus.«

»Er ist doch jetzt im Bett, oder?«

»Als ich heimkam, war er es nicht. Mel, er braucht dich jetzt. Wir alle brauchen dich.« Er lächelte matt. »Wenn Mom nicht da ist, bist du die Dame des Hauses.« Es war eine Verantwortung, um die Mel nie gebeten hatte. Sie wollte frei sein, um mit ihren Freundinnen zusammensein oder wenigstens mit ihnen telefonieren zu können. Ihre Schuld war es nicht, daß Mom gegangen war. Es war allein seine Schuld. Hätte Dad nicht getan, was er getan hatte und was sie sich nicht vorstellen konnte, hätte Sarah sie nie verlassen. »Ich möchte, daß du dich mit ihm ein wenig abgibst, daß du mit ihm redest, ihm ein wenig Gesellschaft leistest und seine Hausaufgaben kontrollierst.«

»Wieso das? Er hat doch Agnes?«

»Das ist nicht dasselbe. Ach komm, Mel, sei doch lieb zu ihm. Du hast ihn doch immer behandelt wie dein Baby.« Sie hatte ihn in den Armen gewiegt an dem Abend, als Sarah ihnen sagte, was sie vorhatte. Und jetzt war es, als wolle Mel mit ihnen allen nichts mehr zu tun haben. Wie Sarah hatte sie sich von ihnen losgesagt. Und Oliver fragte sich plötzlich, ob Benjamin eine ähnliche Reaktion zeigte. Der Junge schien seine gesamte Freizeit außer Haus zu verbringen. Damit mußte schleunigst Schluß gemacht werden. Oliver wünschte nur, er hätte mehr Zeit für alle, um ihnen helfen zu können, ihre Probleme zu bewältigen.

Das Telefon läutete, und Oliver wäre fast ein Seufzer entschlüpft, als sich sein Vater meldete. Er war viel zu müde, um jetzt noch mit ihm zu plaudern. Es war zehn Uhr vorbei, und Ollie wollte nur noch duschen und zu Sam ins Bett kriechen. Im Büro hatte er einen harten Tag gehabt, und jetzt bot auch das Nachhausekommen keine Erholung mehr.

»Hi, Dad. Na, wie geht's?«

»Gut, danke.« George schien zu zögern, und Oliver beobachtete Mel, die sich vorsichtig davonstahl. »Aber deiner Mutter geht es nicht besonders.«

»Ach? Ist sie krank?« Oliver war zu erschöpft, um sich ernsthaft Sorgen zu machen.

»Mein Sohn, das ist eine lange Geschichte.« Der alte Mann seufzte tief, während Oliver wartete. »Heute hat man einen Gehirn-Scan bei ihr vorgenommen?«

»Mein Gott ... weswegen?«

»Sie ist total verwirrt ... und vorige Woche, als du nicht da warst, war sie wieder verschwunden. Sie stürzte über eine Treppe und verstauchte sich den Knöchel.« Oliver hatte ein schlechtes Gewissen, weil er von Vermont aus nicht angerufen hatte, auch wenn er dort alle Hände voll zu tun gehabt hatte. »Sie hat dabei noch Glück gehabt, denn in ihrem Alter hätte sie sich die Hüfte brechen oder noch schlimmere Verletzungen davontragen können.« Aber was man ihm eröffnet hatte, war schlichtweg eine Katastrophe.

»Dad, man macht doch keinen Gehirn-Scan wegen eines verstauchten Knöchels. Was ist los?«

Auch sein Vater schien seine Gedanken nicht mehr beisammenhalten zu können, und Oliver war zu müde, um sich eine langatmige Geschichte anzuhören.

Wieder schien der alte Herr zu zögern. »Ich dachte eben ... ob ich wohl zu dir rüberkommen könnte?«

»Jetzt?« Oliver war verdutzt. »Dad, was ist passiert?«

»Ich muß mit dir reden, mehr nicht. Margaret Porter, unsere Nachbarin, paßt unterdessen auf Phyllis auf. Sie war mir eine große Hilfe. Ihr Mann litt seinerzeit unter ähnlichen Problemen.«

»Was für Probleme? Wovon redest du? Was hat man festgestellt?« Oliver war ungeduldig – bei ihm eine Seltenheit –, aber er war müde, und plötzlich erschreckte ihn das Benehmen seines Vaters.

»Keine Tumore, nichts dergleichen ... Das wäre natürlich eine Möglichkeit gewesen. Sieh mal ... falls es dir zu spät ist ...« Es war klar, daß er sich aussprechen wollte, und Ollie brachte es nicht übers Herz, ihn abzuweisen.

»Nein, schon gut, Dad, komm ruhig rüber.«

Er setzte Kaffeewasser auf und nahm sich eine Tasse, noch immer von der Frage bewegt, wo Benjamin steckte und wann er endlich nach Hause kommen würde. Es war viel zu spät für einen Wochentag, und das wollte er ihm klar und deutlich zu verstehen geben. Aber erst kam sein Vater. George war abgespannt und bleich und sah um Jahre älter als noch zu Weihnachten aus. Oliver dachte sofort an die Herzschwäche seines Vaters. Ob er sich überhaupt noch allein in der Nacht ans Steuer setzen sollte? Er wollte ihn jetzt aber nicht mit einer Frage in dieser Richtung aufregen.

»Komm herein, Dad.« Er hoffte, daß die Türklingel Sam nicht geweckt hatte, als er seinen Vater in die große, wohnliche Küche führte. Sein Vater lehnte den Kaffee ab, nahm statt dessen eine Tasse koffeinfreien Pulverkaffee und ließ sich langsam auf einen Küchenstuhl sinken. Oliver musterte ihn forschend und sagte: »Du siehst abgespannt aus.« Es wäre besser gewesen, er hätte ihn gar nicht kommen lassen, und doch hatte er den Eindruck gehabt, daß sich sein Vater aussprechen wollte. Er hatte sich nicht getäuscht. Stockend berichtete der alte Herr Oliver von den Ergebnissen der Gehirnuntersuchung.

»Deine Mutter leidet an der Alzheimerschen Krankheit. Ihr Gehirn schrumpft sichtbar zusammen, wie die Untersuchung ergeben hat. Ganz sicher sind sich die Ärzte nicht, aber die Ergebnisse der Untersuchung und ihr Benehmen in letzter Zeit deuten darauf hin.«

»Ach was, lächerlich!« Oliver wollte es nicht glauben. »Geh zu einem anderen Arzt.«

George Watson schüttelte nur den Kopf. Er wußte es besser. »Es hat keinen Sinn. Ich weiß, daß es stimmt. Du hast ja keine Ahnung, was sie in letzter Zeit getrieben hat. Sie verliert die Orientierung, sie ist verwirrt, sie vergißt die einfachsten Dinge, die sie ihr Leben lang wußte, zum Beispiel, wie man ein Telefon benutzt, die Namen von Bekannten.« Tränen stiegen ihm in die Augen. »Manchmal weiß sie nicht mal mehr, wer ich bin. Sie weiß nicht mehr, ob ich vor ihr stehe oder du. Sie nannte mich tagelang Oliver und bekam einen Wutanfall, als ich sie korrigierte. Und sie verwendet Ausdrücke, die ich von ihr noch nie gehört habe.

Die Dame am Bankschalter, mit der wir jede Woche zu tun haben, nannte sie neulich ›verdammtes Arschloch‹. Die Ärmste war einer Ohnmacht nahe.« Oliver lächelte unwillkürlich, obwohl es nicht komisch war, sondern tieftraurig. Plötzlich stutzte George Watson und blickte um sich. »Wo ist Sarah? Ist sie schon zu Bett gegangen?«

Einen kurzen Augenblick war Oliver versucht, ihm weiszumachen, daß sie ausgegangen sei, aber es hatte keinen Sinn, ihm die Wahrheit zu verheimlichen. Irgendwann mußte er es doch erfahren. Das Merkwürdige daran war, daß sich Oliver schämte, als hätte er es nicht geschafft, seine Frau zu halten, als sei alles ganz eindeutig seine Schuld. »Dad, sie ist fort.«

»Fort – wohin?« Sein Vater sah ihn verständnislos an. »Ausgegangen?«

»Nein, zurück auf die Schulbank. Nach Harvard.«

»Sie hat dich verlassen?« George war wie vor den Kopf geschlagen. »Wann ist das passiert? Zu Weihnachten war sie noch da ...«

Es war für George unfaßbar, aber er erkannte den Kummer im Blick seines Sohnes und begriff. »O Gott, Ollie ... das tut mir aber leid ... Wann hat sich das alles ergeben?«

»Vor drei Wochen ist sie damit herausgerückt. Sie hat sich im Herbst für die Zulassung beworben, aber ich glaube, es steckt mehr dahinter. Sie sagt zwar, sie käme zurück, aber ich bin nicht so sicher. Sie macht sich da selbst mehr vor als uns. Wir müssen abwarten und sehen, wie sich alles entwickelt.«

»Wie haben die Kinder es aufgenommen?«

»Oberflächlich gesehen, sehr gut. Letzte Woche war ich mit ihnen beim Skilaufen, und das hat uns allen sehr gutgetan. Deswegen konnte ich dich nicht anrufen. Am Tag nach Weihnachten ist sie auf und davon. In Wahrheit haben wir alle den Schock noch gar nicht verarbeitet. Mel gibt mir die Schuld, Sam hat Alpträume, und Benjamin verkriecht sich Tag und Nacht bei Freunden. Ich kann es ihm nicht verübeln. Wäre mir dies in seinem Alter zugestoßen, ich hätte nicht anders reagiert.« Die Vorstellung, seine Mutter hätte ihn und seinen Vater verlassen, war für beide unvorstellbar. Damit waren sie in Gedanken wieder bei Phyllis angelangt. »Und was wirst du wegen Mom unternehmen?«

»Ich weiß gar nicht, was ich tun kann. Der Arzt sagt, daß es mit ihr, wenn sie so weitermacht, sehr rasch bergab gehen könnte. Mit der Zeit wird sie dann niemanden mehr erkennen, nicht mal mich.« Wieder kamen ihm die Tränen. Der Gedanke war ihm unerträglich, und er hatte das Gefühl, sie Tag für Tag ein Stück mehr zu verlieren. Mit dieser Erfahrung konnte er Olivers Schmerz über Sarahs Verlust stärker mitempfinden. Doch Oliver war noch jung, er würde eines Tages eine andere Frau finden, aber Phyllis war die einzige Frau, die George jemals geliebt hatte. Nach siebenundvierzig Jahren war ihm der Gedanke, sie zu verlieren, unerträglich. Er zog ein Taschentuch hervor, putzte sich die Nase und fuhr, tief Atem holend, fort: »Es könnte ein halbes oder ein Jahr dauern – oder sogar nur wenige Monate –, bis sie völlig verwirrt sein wird. Es läßt sich nicht voraussagen. Aber wenn es einmal soweit ist, wird sie nicht mehr zu Hause wohnen können. Ich weiß nicht, was ich tun soll ...« Seine Stimme bebte, und Oliver wurde von Mitgefühl überwältigt. Er griff nach Georges Hand. Schwer zu glauben, daß von seiner eigenen Mutter die Rede war, von der Frau, die immer so viel Verstand und Kraft bewiesen hatte und die nun ihr Gedächtnis verlor und damit seinem Vater das Herz brach.

»Du darfst nicht zulassen, daß dich die Sache zu sehr mitnimmt, sonst wirst auch du noch krank.«

»Das sagt Margaret auch. Sie ist die Nachbarin, von der ich dir erzählt habe. Sie war sehr nett zu uns. Ihr Mann hatte auch die Alzheimersche Krankheit, schließlich mußte sie ihn in ein Heim geben. Sie selbst hat zwei Herzanfälle erlitten und konnte ihn nicht mehr pflegen. So ging es sechs Jahre, bis er im letzten Sommer starb.« Er sah seinen Sohn verzweifelt an. »Ollie ... ich ertrage es nicht, sie zu verlieren ... es ist, als könnte man mit ansehen, wie sie Stück für Stück dahinschwindet. Sie ist sehr schwierig geworden, dabei war sie immer so ausgeglichen.«

»Zu Weihnachten kam sie mir irgendwie konfus vor, aber ich hatte ja keine Ahnung, was das zu bedeuten hatte. Vermutlich war ich von meinen eigenen Problemen zu stark in Anspruch genommen. Wie kann ich dir helfen?« Es war schlimm – er stand im Begriff, seine Mutter zu verlieren, seine Frau war schon weg, und seine Tochter würdigte ihn kaum mehr eines Wortes. Die Frauen in seinem Leben schienen sich alle zur gleichen Zeit davonzumachen, aber er mußte jetzt an seinen Vater denken und nicht an sich. »Dad, was kann ich für dich tun?«

»Einfach dasein.« Die Blicke der beiden trafen sich. Oliver fühlte sich seinem Vater so nahe wie schon seit Jahren nicht mehr.

»Dad, ich habe dich sehr lieb.« Jetzt schämte sich George nicht mehr, so etwas zu hören. Vor Jahren hätten ihn Worte wie diese in große Verlegenheit gebracht, denn er hatte Oliver als Kind sehr hart angefaßt. Im Laufe der Jahre war seine Strenge väterlicher Milde gewichen, und jetzt brauchte er seinen Sohn verzweifelt – mehr, als er jemals einen Menschen gebraucht hatte.

»Mein Sohn, ich liebe dich auch.« Jetzt ließen beide ihren Tränen freien Lauf, bis George sich wieder die Nase putzte. Oliver hörte, wie die Haustür leise geöffnet und geschlossen wurde. Er drehte sich um und sah Benjamin eilig die Treppe hinauflaufen.

»Nicht so hastig, junger Mann!« rief er ihm nach. »Wo warst du an einem Wochentag bis um halb zwölf?«

Benjamin drehte sich um, hochrot vor Kälte und Verlegenheit.

Als er seinen Großvater bemerkte, nahm seine Miene einen überraschten Ausdruck an. »Ich war mit Freunden aus ... tut mir leid, Dad. Ich dachte, daß du nichts dagegen hast. Hi, Grandpa, was machst du denn hier? Ist etwas passiert?«

»Deiner Großmutter geht es nicht gut«, erwiderte Oliver in strengem Ton. Plötzlich fühlte er sich wieder stark, die Wärme seines Vaters schien ihm neue Kraft zu verleihen. Einen Menschen wenigstens gab es, dem etwas an ihm lag. Sein Vater und die Kinder brauchten ihn, auch wenn Sarah vielleicht ohne ihn besser zurechtkam. »Ben, du weißt verdammt gut, daß du nicht ausgehen darfst, wenn am nächsten Tag Schule ist. Noch ein solches Vorkommnis, und du hast zwei Wochen Hausarrest. Verstanden, Mister?«

»Schon gut, schon gut ... es tut mir leid, Dad.«

Oliver nickte. Merkwürdig, wie der Junge aussah. Nicht angesäuselt oder gar volltrunken, aber so, als hätte er sich irgendwie verändert. Er wirkte männlicher und schien bedacht, einen Streit zu vermeiden. »Was fehlt Großmama?«

Sein Großvater sah ihn bekümmert an, und Oliver antwortete an seiner Stelle. »Sie hat gesundheitliche Probleme.«

»Wird sich das bessern?« Benjamin wirkte plötzlich wieder ganz jung und war sehr erschrocken, fast als ertrüge er den Gedanken nicht, noch jemanden zu verlieren. Er sah die beiden Männer so besorgt an, daß Oliver sich bemüßigt fühlte, ihm auf die Schulter zu klopfen. »Es wird schon wieder. Dein Grandpa braucht ein bißchen Beistand, das ist alles. Vielleicht könntest du etwas Zeit erübrigen, wenn deine Freunde, die dir so wichtig sind, dich nicht so stark in Anspruch nehmen.«

»Aber sicher. Am Wochenende komme ich mal rüber.« Der Junge hing an seinem Großvater, und George Watson war versessen auf seine Enkelkinder. Manchmal hatte Oliver den Eindruck, sie stünden ihm näher als er selbst. Sein Vater war jetzt gereifter und besser imstande, mit Kindern umzugehen.

»Deine Großmutter und ich wir würden uns sehr über deinen Besuch freuen.« Er war von dem Gefühl überwältigt, abgekämpft und alt zu sein, und berührte den Arm des Jungen, als könne er damit etwas von seiner Jugend gewinnen. »Ich danke euch beiden. Jetzt muß ich gehen. Mrs. Porter wird selbst nach Hause wollen. Ich habe deine Großmutter in ihrer Obhut gelassen.«

Benjamin und Oliver begleiteten ihn zur Haustür.

»Dad, schaffst du es allein?« Oliver überlegte, ob er ihn nicht fahren sollte, sein Vater aber zog es vor, unabhängig zu bleiben. »Dann ruf wenigstens an, wenn du zu Hause bist.«

»Sei nicht albern!« entgegnete George heftig. »Mir geht es tadellos. Deine Mutter hat die Probleme.« Dann wurden seine

Züge wieder weich, und er zog Oliver an sich. »Danke, mein Sohn ... für alles ... und es tut mir leid wegen ...« Er sah zuerst Benjamin an, dann Oliver. »... wegen Sarah. Ruf mich an, wenn du etwas brauchst. Wenn deine Mutter sich besser fühlt, könnte Sam ja übers Wochenende zu uns kommen.« Er hörte sich nicht an, als ob er ernsthaft damit rechnete.

Beide sahen George nach, als er davonfuhr. Seufzend schloß Oliver die Haustür. Nichts war mehr einfach. Für niemanden. Das Leiden seiner Mutter wirkte auf ihn sehr ernüchternd. Er drehte sich zu Benjamin um, von der Frage bewegt, was im Leben seines Sohnes vor sich ging.

»Na, wo treibst du dich neuerdings immer herum, wenn du stundenlang wegbleibst?« Oliver musterte Ben eingehend, bevor sie die Lichter ausmachten und hinaufgingen.

»Ich war mit Freunden zusammen. Immer dieselbe alte Clique.« Etwas an der Art, wie er die Lippen bewegte, verriet Ollie, daß sein Ältester log.

»Ich wünschte, ich hätte den Eindruck, daß du die Wahrheit sagst.«

Benjamin fuhr jäh auf und drehte sich dann um. »Warum sagst du das?«

»Ein Mädchen, nicht wahr?« Oliver kannte ihn besser, als er dachte. Benjamin wich mit einem Lächeln, das alles sagte, seinem Blick aus.

»Vielleicht. Keine große Sache.« Und doch war es so. Es war eine größere Sache. Seine erste Affäre, und er war verrückt nach Sandra. Jede freie Minute verbrachten sie im Bett, da ihre Eltern nie daheim waren. Beide arbeiteten und gingen viel aus, und Sandra war das letzte noch zu Hause wohnende Kind, deshalb hatten sie viel Zeit für sich und wußten genau, wie sie sie nutzen wollten. Sandra, ein hübsches Mädchen von seiner Schule, war seine erste große Liebe. Sie besuchten denselben Chemiekurs, und er half ihr, denn Sandra war ständig in Gefahr, von der Schule zu fliegen. Allerdings gingen ihr die schlechten Zensuren nicht sehr unter die Haut. Ihr Interesse galt in erster Linie Benjamin, und er wiederum genoß es, wie sich ihr Körper anfühlte. Er liebte alles an ihr.

»Warum bringst du sie nicht mal mit? Kennt Mel sie? Ich möchte sie kennenlernen.«

»Hm ja ... könnte sein ... irgendwann ... gute Nacht, Dad.« Benjamin trollte sich in sein Zimmer. Mit einem Lächeln auf den Lippen ging Oliver in sein Schlafzimmer. Sein Blick fiel auf Sam, als das Telefon schrillte. Er lief mit dem Apparat ins Bad, die lange Schnur im Schlepptau, die Sarah hatte anbringen lassen, damit sie von der Wanne aus telefonieren konnte. Er meldete sich im Flüsterton, weil er glaubte, daß sein Vater ihn doch noch anrief. Sein Herz drohte auszusetzen, als sich Sarah meldete.

»Hallo?«

»Bist du es?«

»Ja.« Es folgte eine lange Pause, die Oliver benötigte, um seine Fassung wiederzuerlangen. »Sarah, wie geht es dir?«

»Mir geht's gut. Heute habe ich endlich eine Wohnung gefunden. Was machen die Kinder?«

»Sie halten sich wacker.« Er lauschte angestrengt, von Sehnsucht nach ihr verzehrt. Und plötzlich erwachte in ihm der Haß, weil sie ihn verlassen hatte. »Es war für sie nicht einfach.«

Sie überging die Bemerkung. »Wie war's beim Skilaufen?«

»Sehr schön. Den Kindern hat es Spaß gemacht.« Aber ohne dich war es nicht dasselbe ... wollte er hinzufügen, aber er sprach es nicht laut aus. Statt dessen sagte er das, was er sich vorgenommen hatte, nicht zu sagen. »Kommst du übers Wochenende?«

»Ich bin doch erst eine Woche weg.« Vergessen war das Versprechen, jedes Wochenende zu kommen. Er hatte es gewußt, und sie hatte es glühend abgestritten. Jetzt hörte sie sich auf einmal so fremd an – so herb und abweisend. Unglaublich, daß sie vor kurzem gemeinsam Tränen vergossen hatten. Jetzt klang sie wie eine flüchtige Bekannte, nicht wie die Frau, mit der er seit achtzehn Jahren verheiratet war und die in ein Hotel bei Boston gezogen war. »Ich dachte, es wäre besser, allen Zeit zu lassen, um sich umzugewöhnen. Nach allem, was wir in der letzten Woche durchgemacht haben, brauchen wir eine Atempause.« Vor allem deswegen hatte sie ihre Familie verlassen, um sich eine ›Atempause‹ zu verschaffen.

»Und wie lange soll diese Atempause dauern?« Er haßte sich, weil er weiterbohrte, aber er konnte nicht anders. »Eine Woche? Einen Monat? Ein Jahr? Ich glaube, die Kinder möchten dich sehen.«

»Ich möchte sie auch sehen. Aber wir sollten uns ein paar Wochen Zeit lassen. Zeit, damit sie sich beruhigen.« Und was ist mit mir? Am liebsten hätte er ihr die Worte entgegengebrüllt und tat es doch nicht.

»Du fehlst ihnen sehr.« Und er vermißte sie auch.

»Sie fehlen mir auch«, gestand sie unbehaglich. Sie hatte es plötzlich eilig, das Gespräch zu beenden. Ihr war das Schuldgefühl unerträglich, das sie während des Gespräches erfaßt hatte. »Ich wollte dir nur meine neue Adresse geben. Samstag ziehe ich ein. Sobald ich ein Telefon habe, melde ich mich.«

»Und in der Zwischenzeit? Wenn bei den Kindern ein Notfall eintritt?« Allein der Gedanke daran jagte ihm Angst ein. Er hatte ein Recht zu wissen, wo sie sich aufhielt. Er mußte es wissen, auch seinetwegen.

»Du kannst im Hotel eine Nachricht für mich hinterlassen. Und danach könntest du an meine Adresse telegrafieren, wenn es unbedingt sein muß.«

Olivers eisiger Ton sollte seinen Schmerz überdecken. »Das hört sich wie ein lächerliches Arrangement an.«

»Anders geht es nicht. Hör zu, ich muß Schluß machen.«

»Erwartet dich jemand?« Auch für diese Frage haßte er sich, doch seine Eifersucht regte sich, während er sie sprechen hörte.

»Lächerlich. Es ist schon spät, das ist alles. Sieh mal, Ollie … du fehlst mir …« Etwas Grausameres hätte sie nicht sagen können. Sarah war aus freien Stücken gegangen, sie hatte ihm das Herz aus der Brust gerissen, und jetzt wagte sie, ihm zu sagen, daß er ihr fehlte.

»Sarah, du hast Mut. Ich begreife das Spiel nicht, das du spielst.«

»Es ist kein Spiel. Du weißt genau, weswegen ich hier bin. Ich brauche es.«

»Du hast aber auch gesagt, daß du jedes Wochenende heimkommen willst. Du hast gelogen.«

»Ich habe nicht gelogen. Aber ich habe mir überlegt, daß wir dann alle nur noch mehr leiden. Ich, du und die Kinder.«

»Unter diesem lächerlichen Studium leiden wir genauso, und was soll ich eigentlich machen, wenn du fort bist? Soll ich mich mit dem ›Playboy‹ im Bad einschließen?«

»Ollie ... nicht ... bitte ... es ist schwer für uns beide.« Doch es war ihre Entscheidung gewesen und nicht seine.

»Ich habe dich nicht verlassen. Ich hätte das nie getan.«

»Ich konnte nicht anders.«

»Ach was, du verdammtes Weibsstück! Meine Mutter hat schon vor Jahren gesagt, daß du egoistisch bist.«

»Fangen wir nicht wieder damit an. Um Himmels willen, Ollie, es ist Mitternacht vorbei.« Plötzlich war ihre Neugierde erwacht. »Wieso flüsterst du?« Sie hatte erwartet, ihn im Bett anzutreffen, aber jetzt hörte sie ein Echo beim Sprechen.

»Sam schläft in unserem Bett. Ich bin im Bad.«

»Ist er krank?« Das klang plötzlich sehr besorgt, und sein Zorn erwachte jäh. Was hätte sie getan, wenn Sam wirklich krank gewesen wäre? Wäre sie nach Hause geflogen? Vielleicht hätte er ihr weismachen sollen, daß Sam krank war, aber die Wahrheit war viel schlimmer.

»Er leidet jede Nacht unter Alpträumen. Und er macht ins Bett. Heute wollte er bei mir schlafen.«

Nun trat Stille ein, während Sarah sich vorstellte, wie Sam in dem Bett lag, das vor wenigen Tagen noch ihr eigenes gewesen war. »Ein Glück, daß er dich hat«, sagte sie verhalten. »Gib acht auf ihn. Ich rufe dich an, sobald ich den Anschluß habe.«

Oliver wollte noch mehr sagen, aber er spürte, daß Sarah das Gespräch beenden wollte. »Paß auf dich auf.« Er wollte ihr sagen, daß er sie immer noch liebte, aber auch das verkniff er sich. Sarah machte sich selbst etwas vor – über ihre Rückkehr nach zwei Jahren, über die Wochenenden und Ferien, die sie zu Hause verbringen wollte. Sie hatte die Familie verlassen, so sah die simple Wahrheit aus. Sie hatte sie alle im Stich gelassen. Und das schlimmste war, daß Oliver sie – egal, was passiert war – immer lieben würde.

6

Die ersten Wochen ohne Sarah waren für Oliver sehr hart. Die Eier waren nie richtig, der Orangensaft zu dicklich, der Toast zu dunkel oder zu hell, und sogar der Kaffee schmeckte seiner Meinung nach anders. Er wußte, daß es lächerlich war. Aggie kochte jetzt seit zehn Jahren für sie, und alle liebten sie innig, aber sie waren Sarahs Frühstück gewöhnt. Sam schien die ganze Zeit über zu maulen, und nicht nur einmal ertappte Ollie ihn dabei, wie er dem Hund einen Tritt versetzte. Mel verharrte in ihrem Trübsinn, und Benjamin beehrte die Familie kaum mehr mit seiner Anwesenheit. Statt dessen verdrückte er sich mit der Behauptung, er würde nie frühstücken. Und auf einmal schien Ollie in ständigem Streit mit seinen Kindern zu liegen. Mel wollte an beiden Wochenendabenden ausgehen, Benjamin kam an Wochentagen noch immer zu spät nach Hause, behauptete aber, er würde zusammen mit Freunden lernen, und Sam war nachts unruhig und landete unweigerlich in Ollies Bett, was anfangs ziemlich tröstlich war, ihm aber mit der Zeit auf die Nerven ging. Die friedliche Familie, die sie einmal gewesen waren, gab es nicht mehr.

Sarah rief an, als sie ihren Anschluß hatte – zwei Wochen später als versprochen, und sie war noch immer nicht zu Besuch nach Hause gekommen, da sie der Meinung war, es sei zu früh. Ihre Telefonate waren knapp und von Bitterkeit gefärbt. Fast schien sie die Kinder zu fürchten, als brächte sie es nicht über sich, ihnen Trost und Mut zuzusprechen. Noch immer klammerte sie sich an die Vorstellung, eines Tages klüger, gebildeter und erfolgreich zur Familie zurückzukehren. Aber Ollie wußte es besser. Über Nacht war die Ehe, die er achtzehn Jahre lang hochgehalten hatte, in Scherben zerbrochen. Und dies beeinflußte ihn in allem – im Umgang mit den Kindern, mit Freunden und sogar mit seinen Kunden in der Firma. Er war wütend auf alle, speziell auf Sarah, und ebenso auf sich, weil er insgeheim wie Mel überzeugt war, daß er etwas falsch gemacht hatte und alles seine Schuld sei.

Die alten Bekannten riefen immer wieder an und luden Oliver ein. Die Neuigkeit hatte allmählich die Runde gemacht, sobald Aggie Sarahs Stelle in der Fahrgemeinschaft einnahm. Aber er wollte niemanden sehen. Alle waren neugierig, klatschsüchtig und schlicht aufdringlich. Und in diesen turbulenten Zeiten rief George Tag und Nacht an und lieferte gräßliche Zustandsberichte von Phyllis' Verfall. Sie wurde täglich vergeßlicher und war in gewisser Weise eine Gefahr für sich selbst. Der verzweifelte George klammerte sich trostsuchend an seinen Sohn, aber Ollie war kaum imstande, sein eigenes Lebensschiff zu steuern. Es fiel ihm schon schwer genug, mit den Kindern fertig zu werden, so daß er erwog, mit allen zu einem Psychiater zu gehen. Er rief Sams Lehrerin an und sprach mit ihr darüber, aber sie versicherte ihm, daß Sam ganz normal auf die Veränderung reagieren würde. Es sei verständlich, daß er schwierig, streitsüchtig und wehleidig geworden sei. Seine Noten waren entsprechend abgesunken und die von Mel ebenso. Es war klar, daß sie noch immer ihrem Vater die Schuld an der Abwesenheit ihrer Mutter gab. Die Schulpsychologin behauptete, daß auch eine solche Reaktion gesund und normal sei. Das Mädchen brauche jemanden, dem es alle Schuld zuschieben könne, und ihr Vater sei der passendste Sündenbock.

Ebenso normal sei es, daß Benjamin bei seinen Freunden Zuflucht suchte, um dem Zuhause zu entfliehen, das ohne seine Mutter nun so verändert war. Mit der Zeit würde sich das alles geben, urteilten die Fachleute, und alle würden sich den veränderten Gegebenheiten anpassen. Dennoch gab es Augenblicke, in denen Ollie daran zweifelte, ob er alles überleben würde.

Jeden Abend kam er erschöpft und ausgelaugt von der täglichen Arbeit nach Hause und fand das Haus in Unordnung, die Kinder unglücklich und zerstritten vor. Die Abendmahlzeiten waren ungenießbar, in Alufolie gewickelt und zu lange im Rohr warm gehalten. Und wenn Sarah anrief, hätte er am liebsten den Apparat gegen die Wand geschleudert und sie angebrüllt. Er wollte nichts mehr von ihren Vorlesungen oder ihren Ausflüchten, warum sie wieder nicht kommen konnte, hören. Er wollte, daß sie zurückkam und mit ihm schlief, ihn liebte, für ihn kochte und sich um die Kinder kümmerte. Aggie war großartig, aber sie konnte den Kindern die Mutter niemals ersetzen.

Eines Nachmittags saß Ollie in seinem Büro, starrte aus dem Fenster in den für New York Ende Januar typischen Schneeregen und fragte sich, ob Sarah je zurückkommen würde. Im Moment hätte er sich mit einem Wochenende zufriedengegeben. Inzwischen war sie einen Monat fort, und er war so einsam, daß er glaubte, es nicht länger aushalten zu können.

»Was für ein Gesicht ... darf ich reinkommen?« fragte Daphne Hutchinson, die stellvertretende Vizepräsidentin der Firma. Er kannte sie seit vier Jahren, und sie arbeiteten im Moment an einer Präsentation für einen neuen Kunden zusammen. Daphne war eine gutaussehende Frau, die ihr dunkles Haar zu einem straffen Nackenknoten zusammengefaßt trug und sich auffallend elegant kleidete. Alles an ihr wirkte sehr dezent und dabei modisch – das große dekorative Halstuch, die teuren Schuhe oder ihr schlichter, geschmackvoller Schmuck. Oliver schätzte sie ungemein, da sie tüchtig, klug, diskret und fleißig war. Sie war mit achtunddreißig noch ledig, aus welchem Grund auch immer, und ihre Freundschaft mit Oliver hatte den Bereich des Platonischen nie überschritten. Von allem Anfang an hatte sie in der Firma ganz allgemein signalisiert, daß Büroaffären nicht ihrem Stil entsprachen. Trotz einiger hartnäckiger

Attacken hatte sie ihre Haltung nie aufgegeben, und auch dafür zollte Oliver ihr Hochachtung. Zudem war sie dank ihrer Arbeit unentbehrlich. »Ich habe ein paar Entwürfe für die nächste Woche.« Daphne, die mit ihrer großen Mappe unter dem Arm in der Tür stand, schien zu zögern. »Sie sind wohl nicht in der richtigen Stimmung. Soll ich später kommen?« Ihr war zu Ohren gekommen, daß Sarah ausgezogen war, und sie hatte schon seit Wochen in Olivers Miene die Anspannung gelesen, ohne darüber ein Wort zu verlieren.

»Schon gut, Daph, kommen Sie ruhig rein. Jetzt oder später – was macht das schon aus?«

Ihre Besorgnis erwachte jäh, als sie ihn genauer betrachtete. Oliver schien abgemagert, sein Gesicht war bleich, alles in allem machte er einen sehr unglücklichen Eindruck. Sie setzte sich und zeigte ihm ihre Entwürfe, aber er konnte sich nicht konzentrieren. Schließlich gab sie auf und bot ihm eine Tasse Kaffee an. »Kann ich etwas für Sie tun? Man sieht es mir nicht an, aber ich verfüge über breite Schultern«, sagte sie mit einem Lächeln, aus dem freundschaftliche Anteilnahme sprach.

Oliver lächelte auch. Daphne hatte soviel Format und Stil, daß man geneigt war zu vergessen, wie klein und zierlich sie war. Ja, sie war eine großartige Frau, und wieder stellte er sich die Frage, wieso sie wohl nie geheiratet hatte. Vielleicht war sie immer zu beschäftigt gewesen, zu sehr in ihre Arbeit vertieft. Das erging vielen so, die dann mit vierzig in Panik gerieten. Daphne aber machte nicht den Eindruck, als litte sie unter Torschlußpanik. Sie wirkte vielmehr zufrieden und in sich ruhend, und ihr Blick war teilnahmsvoll, als er sich seufzend zurücklehnte und den Kopf schüttelte. »Ich weiß nicht, Daphne ... sicher haben Sie davon gehört ...« Aus seinem Blick sprach so viel Schmerz, daß sie ihn am liebsten tröstend in die Arme genommen hätte. »Sarah ist letzten Monat aus dem Haus gegangen, um in Boston zu studieren ...«

»Das ist doch kein Weltuntergang. Ich dachte, es sei viel schlimmer.« Sie hatte Gerüchte gehört, daß eine Scheidung bevorstünde, aber das sagte sie Ollie nicht.

»Sehr wahrscheinlich ist es schlimmer, als es aussieht. Sarah hat nur nicht den Mut, es sich einzugestehen. Seit fünf Wochen haben wir sie nicht mehr zu Gesicht bekommen. Die Kinder sind außer Rand und Band, und ich werde langsam, aber sicher verrückt. Abend für Abend bin ich dem Wahnsinn nahe, wenn ich versuche, hier pünktlich wegzukommen. Vor acht bin ich nie zu Hause, und dann klappt nichts mehr. Mein Abendessen ist zu Pappe geworden, wir schreien uns an, die Kinder heulen, und am nächsten Morgen fängt alles von neuem an.«

»Das klingt nicht sehr amüsant. Warum nehmen Sie sich nicht vorübergehend eine Wohnung in New York? Dann hätten Sie es nicht so weit ins Büro, und die Abwechslung täte den Kindern gut.« Daran hatte er noch nicht gedacht, aber er konnte auch jetzt nicht einsehen, welchen Sinn das haben sollte – ein Wechsel von Schule und Freunden hätte für die Kinder einen neuen Schock bedeutet. Er wußte, daß sie die vertraute Umgebung brauchten, als Trost sozusagen.

»Ich schaffe es ja kaum, mit den täglichen Problemen fertig zu werden, ganz zu schweigen von den Umständen, die ein Umzug mit sich bringt.« Er erzählte ihr nun von Mels Trotz, von Benjamins ständiger Abwesenheit und von Sams Bettnässen und seiner Gewohnheit, bei ihm zu schlafen.

»Sie brauchen Abwechslung, mein Lieber. Warum fahren Sie mit den Kindern nicht irgendwohin? Eine Woche Karibik oder Hawaii, in eine warme und sonnige Gegend, wo Sie abschalten und sich ein wenig amüsieren können?«

Gab es denn einen solchen Ort? Würden sie jemals wieder zusammen glücklich sein können? Das erschien ihm unwahrscheinlich, zudem war es ihm ein wenig peinlich, daß er seine Sorgen und Kümmernisse so ungeniert vor Daphne ausbreitete, aber sie schien nichts dabei zu finden.

»Irgendwie hoffe ich noch immer, daß Sarah zurückkommt und wir die Uhr zurückdrehen können, wenn wir uns nur nicht vom Fleck rühren.«

»Meist kommt es aber anders.«

»Ja.« Er fuhr sich durchs Haar. »Das ist mir nicht entgangen. Sie müssen entschuldigen, daß ich Sie mit diesem Kram behellige. Manchmal setzt mir das alles ziemlich zu, so daß ich mich schwer auf meine Arbeit konzentrieren kann. Andererseits bin ich froh, wenn ich aus dem Haus komme und ins Büro fahren kann. Die Abende sind so bedrückend, und die Wochenenden sind noch schlimmer. Es ist, als hätte man uns alle so auseinandergerissen, daß wir nicht mehr zueinanderfinden. Vorher war alles anders...« Mittlerweile konnte er sich kaum mehr erinnern, wie es gewesen war. Ihm kam vor, als durchlitten sie den Trennungsschmerz schon ein ganzes Lebensalter.

»Kann ich etwas für Sie tun?« Sie kannte seine Kinder nicht und hätte sie gern kennengelernt. An den Wochenenden stand ihr viel freie Zeit zur Verfügung. »Ich würde mich sehr freuen, Ihre Kinder kennenzulernen. Vielleicht täte es ihnen ganz gut – oder glauben Sie, daß die drei dann das Gefühl hätten, ich würde mich in die Familie drängen?«

»Ich bin gar nicht sicher, ob sie überhaupt Notiz davon nehmen würden.« Beide wußten, daß das nicht ausgeschlossen war. Er lächelte ihr zu, dankbar für ihre Anteilnahme. »Vielleicht könnten Sie uns einmal einen Tag besuchen. Das wäre für uns alle eine Abwechslung, wenn sich die Dinge ein wenig beruhigt haben – falls es je dazu kommt. Meine Mutter ist seit einiger Zeit erkrankt, müssen Sie wissen. Ein Unglück kommt eben selten allein, wie es so schön heißt. Ist Ihnen das auch schon aufgefallen?« Er lächelte sein jungenhaftes Lächeln, das die Frauenherzen zum Schmelzen brachte, und Daphne lachte.

»Sie machen mir Spaß! Es ist die Geschichte meines Lebens. Was macht der Hund?«

»Der Hund?« Oliver war erstaunt über diese Frage. »Es geht ihm gut. Warum?«

»Geben Sie gut acht auf den Burschen. Es könnte sein, daß er verrückt spielt und vierzehn Nachbarn beißt.« Beide lachten, aber dann seufzte Oliver wieder.

»Daph, ich hätte nie geglaubt, daß uns so etwas zustoßen

könnte. Sarah hat mich buchstäblich überrumpelt. Ich war gar nicht darauf vorbereitet, ebensowenig wie die Kinder. Immer war ich der Meinung, daß unser Leben vollkommen ist.«

»Tja, hin und wieder passiert so etwas. Menschen erkranken und sterben, die Dinge ändern sich, man verliebt sich auf einmal in einen anderen oder tut irgend etwas Verrücktes. Das alles ist nicht fair, aber so ist es nun einmal, und man muß das Beste daraus machen. Eines Tages werden Sie zurückblicken und dann vielleicht begreifen können, was eigentlich geschehen ist.«

»Es war vermutlich meine Schuld.« Das glaubte er noch immer. »Vielleicht fühlte Sarah sich vernachlässigt oder einsam, oder sie hatte das Gefühl, daß ich sie als Selbstverständlichkeit hinnehme.«

»Oder sie glaubte zu ersticken, langweilte sich oder war gar nicht der wunderbare Mensch, den Sie in ihr sahen.«

Daphne war der Wahrheit näher gekommen, als sie ahnte. Oliver war aber noch nicht bereit, es sich einzugestehen.

»Vielleicht wollte sie auch nur zur Abwechslung ihr eigenes Leben führen. Die Beweggründe anderer sind oft schwer nachvollziehbar. Für die Kinder muß es noch schwieriger sein.« Daphne verfügte über viel Lebensklugheit, und Oliver dachte unwillkürlich daran, wie sehr sie ihm immer gefallen hatte – nicht als Flirt, sondern weil sie alle gesunden, köstlichen Werte anzubieten hatte, die eine echte Freundschaft ausmachten. Es war Jahre her, seitdem er mit einer Frau befreundet gewesen war – nicht mehr seit er Sarah geheiratet hatte.

»Wenn ich es nicht begreife, dann ist es nicht weiter verwunderlich, daß auch die Kinder ratlos sind. Und Sarah macht's uns schwer, indem sie einfach fortbleibt, obwohl sie ursprünglich versprochen hat, jedes Wochenende zu kommen.«

»Es ist hart, aber vielleicht für alle besser. Bis sie wirklich kommt, haben sich alle ein wenig beruhigt.«

Das ließ ihn verbittert auflachen. Eine Möglichkeit, die nicht viel Wahrscheinlichkeit besaß. »Davon kann in unserem Haus keine Rede mehr sein. Schon beim Frühstück fängt das allgemeine Gejammer an, und wenn ich nach Hause komme, hat es nicht aufgehört, oder aber die Kinder sind gar nicht da, was noch schlimmer ist. Mir war nie bewußt, daß die Kinder so viel Energie und Aufmerksamkeit in Anspruch nehmen. Mir kamen sie immer so unkompliziert und gut vor, so gut geraten und glücklich. Und jetzt ... ich erkenne sie kaum wieder, wenn ich abends heimkomme ... das ständige Gemaule, die sauren Mienen, die Streitigkeiten, das Gezeter. Ich kann es kaum erwarten, wieder ins Büro zu kommen.« Und saß er erst an seinem Schreibtisch, hielt er es da auch nicht aus. Vielleicht hatte Daphne recht, wenn sie ihm vorschlug, Urlaub zu nehmen.

»Lassen Sie nicht zu, daß Ihr Leben auf diese Weise weitergeht«, sagte sie mit einem bedeutungsvollen Blick. »Auch Sie bezahlen jetzt einen Preis. Geben Sie Sarah eine Chance, falls sie zurückkommt – was großartig wäre. Wenn nicht, dann ändern Sie die Situation. Bauen Sie sich ein zufriedenstellendes Leben anstatt dieses Wirrwarrs auf. Das ist kein Ersatz für einen richtigen, lebendigen Menschen. Ich spreche aus Erfahrung, glauben Sie mir.«

»Haben Sie deshalb nie geheiratet?« Unter den gegebenen Umständen erschien es ihm nicht mehr zu dreist, diese Frage zu stellen.

»Mehr oder weniger. Aus diesem Grund und ein paar anderen Komplikationen. Ich habe mir geschworen, bis zum dreißigsten Lebensjahr Karriere zu machen, und danach passierten einige andere Dinge, die mich in Anspruch genommen haben, und ich habe mich wieder in meine Arbeit geflüchtet. Und dann ... nun, das ist eine lange Geschichte. Es genügt, wenn ich sage, das war's wohl für mich. Mir ist es sehr recht so, und es klappt. Aber für die meisten Menschen wäre es zuwenig. Und Sie haben Kinder, Oliver, aber Sie brauchen dennoch mehr als das. Eines Tages werden die Kinder aus dem Haus sein, und dieser Schreibtisch stellt nach Mitternacht eine höchst unzulängliche Gesellschaft dar.« Alle wußten, daß Daphne manchmal bis zehn Uhr im Büro blieb. Das war auch der Grund, weshalb ihre Entwürfe die besten waren. Sie arbeitete wie eine Besessene und brillierte in ihrem Fach.

»Sie sind eine kluge Frau.« Mit einem Lächeln sah er auf die Uhr. »Sollten wir es noch mal mit dem Zeug versuchen, das Sie mir zeigen wollten?« Es war kurz vor fünf, und er mußte eigentlich an die Heimfahrt denken.

»Warum gehen Sie nicht mal zur Abwechslung früher nach Hause? Es würde Ihren Kindern und Ihnen selbst guttun. Gehen Sie irgendwohin mit ihnen essen.«

Der Vorschlag schien ihn zu erstaunen, er hatte selbst nie daran gedacht, weil er sich so krampfhaft an die alten Gewohnheiten geklammert hatte. »Eine großartige Idee! Danke. Es macht Ihnen doch nichts aus, wenn wir uns Ihre Entwürfe morgen ansehen?«

»Ach was, dann kann ich Ihnen noch mehr zeigen.« Sie stand auf und ging zur Tür, um ihm noch einen Blick über die Schulter zuzuwerfen. »Kopf hoch, Oliver. Das Unwetter hat zwar tüchtig zugeschlagen, aber es dauert nicht ewig.«

»Soll das ein Versprechen sein?«

Sie hob lächelnd zwei Finger. »Bei meiner Pfadfinderehre.«

Damit ging sie, und er rief zu Hause an. Agnes hob ab. »Hallo, Aggie.« Oliver fühlte sich glücklicher als seit Tagen. »Heute brauchen Sie nicht zu kochen. Ich dachte, ich könnte mit den Kindern essen gehen.« Daphnes Idee war großartig, sie war eben auch eine großartige Frau.

»Ach so.« Agnes hörte sich an, als hätte er sie überrumpelt.

»Ist etwas?« Die Realität hatte ihn wieder. Einfach war jetzt nichts mehr. Nicht einmal ein Restaurantbesuch mit den Kindern.

»Melissa hat wieder Probe, Benjamin Basketballtraining, und Sam liegt mit Fieber im Bett.«

»Ach du lieber Gott ... tut mir leid ... na schön, macht nichts. Aufgeschoben ist nicht aufgehoben.« Stirnrunzelnd fragte er: »Geht es Sam einigermaßen?«

»Keine große Sache. Nur eine Erkältung und ein Anflug von

Grippe. Schon gestern hatte ich den Verdacht, daß etwas mit ihm nicht stimmte, und heute kam ein Anruf von der Schule, ich sollte ihn sofort abholen.« Und sie hatte ihn nicht angerufen. Sein Kind war krank, und er wußte nichts davon. Armer Sam.

»Wo ist er?«

»In Ihrem Bett, Mr. Watson. In sein eigenes wollte er nicht, und ich dachte, Sie hätten nichts dagegen.«

»Sehr schön.« Er und ein krankes Kind gemeinsam in einem Bett. Das war meilenweit von dem Leben entfernt, das er gewohnt war, aber damit war es ohnehin vorbei. Er legte mit finsterer Miene auf, als Daphne wieder hereinkam.

»Ach, wieder schlechte Nachrichten, etwa der Hund?«

Ollie lachte. Sie heiterte ihn auf, fast wie eine Lieblingsschwester. »Noch nicht. Sam hat Fieber. Die anderen sind nicht zu Hause. Mit dem Dinner wird es wohl heute nichts.« Da kam ihm eine Idee. »Hören Sie, würden Sie uns am Sonntag besuchen? Dann könnten wir die Kinder gemeinsam ausführen.«

»Sind Sie sicher, daß es den Kindern nichts ausmacht?«

»Ganz sicher. Sie werden begeistert sein. Wir können in einem kleinen italienischen Lokal essen, das die Kinder über alles lieben. Dort gibt es herrlichen Fisch und eine einmalige Pasta. Na, wie hört sich das an?«

»Hört sich gut an. Aber verbleiben wir doch so: Falls Sarah übers Wochenende unerwartet kommen sollte, wird das Unternehmen abgeblasen, ganz problemlos. Klar?«

»Miß Hutchinson, mit Ihnen kommt man wirklich wunderbar aus.«

»Das ist mein Gütesiegel. Wie hätte ich sonst so weit kommen können? Mein Aussehen hilft mir nicht weiter.« Sie war so bescheiden wie klug und verfügte über viel Humor.

»Unsinn.«

Sie winkte ihm zu und lief davon, und ehe er das Büro verließ, fragte er sich, warum er sich nicht körperlich zu ihr hingezogen fühlte. Daphne sah gut aus und hatte eine tolle Figur; sie war klein und verbarg ihre Formen geschickt unter sachlichen Kostümen und schlichten Kleidern. Vielleicht war er noch nicht bereit dafür, denn immerhin war er noch mit Sarah verheiratet. Aber das war nicht der entscheidende Punkt. Daphne trug ein Banner vor sich her, auf dem stand: ›Ich will gern allzeit deine Freundin sein, aber komm mir ja nicht zu nahe. Faß mich nicht an.‹ Oliver hätte gern gewußt, was dahintersteckte, falls es einen Grund gab, oder ob es nur ihre Taktik am Arbeitsplatz war. Vielleicht ergab sich eines Tages die Gelegenheit, mit ihr darüber zu sprechen.

Um Viertel nach sieben war er zu Hause. Sam schlief mit fieberheißem Kopf in seinem Bett. Die beiden Älteren waren ausgeflogen. Ollie ging in die Küche, um sich Spiegeleier zu braten. Diesmal wartete kein Abendessen auf ihn. Aggie hatte für Sam Hühnersuppe und dazu französischen Toast gemacht. Sie war der Meinung, daß sich Ollie selbst versorgen könnte. Das tat er dann auch und wartete auf Ben und Mel. Es wurde eine lange Wartezeit. Melissa kam glücklich und gut gelaunt um zehn, begeistert von dem Stück, in dem sie eine größere Rolle hatte, aber kaum sah sie Oliver, setzte sie ihre verschlossene Miene auf und lief wortlos auf ihr Zimmer. Mitternacht war vorüber, als Benjamin nach Hause kam. Oliver saß im Arbeitszimmer, aber als er die Haustür hörte, ging er rasch hinaus ... mit einem Gesichtsausdruck, der alles sagte. Benjamin sah große Schwierigkeiten voraus.

»Wo warst du?«

»Am Dienstag habe ich Basketballtraining.« Sein Blick verriet nichts. Gesund und kräftig, wie er war, rief alles an ihm nach Unabhängigkeit.

»Bis Mitternacht?« Ollie war nicht gewillt, ihm die Geschichte so einfach abzunehmen.

»Anschließend hab' ich mir noch einen Hamburger genehmigt – keine große Sache.«

»Nein, ist es nicht. Ich weiß zwar nicht, was mit dir los ist, aber du scheinst der Meinung zu sein, du könntest tun, was du möchtest, seit deine Mutter nicht mehr da ist. Nun, das ist nicht der Fall. An den Regeln hat sich nichts geändert. Hier hat sich gar nichts geändert, bis auf den Umstand, daß sie fort ist. Ich erwarte noch immer, daß du nach Hause kommst und an Wochentagen die Abende zu Hause verbringst, deine Arbeit tust und mit dem Rest der Familie Kontakt hast und zur Stelle bist, wenn ich nach Hause komme. Ist das klar?«

»Ja, sicher. Aber was bringt das schon?« Benjamin war außer sich.

»Wir sind noch immer eine Familie. Mit deiner Mutter oder ohne sie. Und Sam und Mel brauchen dich ... und ich auch ...«

»Das ist Unsinn, Dad. Sam braucht Mom. Mel hängt ohnehin den halben Tag am Telefon, und die andere Hälfte schließt sie sich in ihrem Zimmer ein. Du kommst nicht vor neun heim und bist dann zu müde, um mit uns auch nur ein Wort zu reden. Warum also soll ich zu Hause herumhocken und meine Zeit vertun?«

Man sah Oliver an, wie gekränkt er war. »Weil du hier wohnst. Und ich komme nicht erst um neun. Ich schaffe es spätestens bis acht und erwarte, daß du zur Stelle bist. Benjamin, noch einmal sage ich dir das nicht. Jetzt geht das schon einen Monat so. Abend für Abend bist du weg. Wenn du nicht damit aufhörst, gebe ich dir einen Monat Hausarrest.«

»Den Teufel wirst du!« Benjamin ließ seiner Wut freien Lauf, Und Oliver war schockiert. So hatte sein Sohn ihm noch nie zu antworten gewagt. Plötzlich bot er ihm offen die Stirn.

»Das wär's dann, junger Mann. Du hast es geschafft. Ab jetzt gilt Ausgehverbot.«

»So eine Scheiße!« Benjamin sah aus, als wolle er auf ihn losgehen.

»Keine Widerrede!« Sie waren immer lauter geworden. Keiner hatte bemerkt, daß Mel leise die Treppe heruntergekommen war und sie nun von der Küchentür aus beobachtete. »Deine Mutter ist nicht mehr da, und jetzt setze ich die Regeln durch.«

»Wer sagt das?« Als hinter ihnen eine erzürnte Stimme diese Worte äußerte, fuhren beide überrascht herum. »Was gibt dir das

Recht, uns so herumzuschubsen? Du bist ohnehin nie zu Hause und kümmerst dich einen Dreck um uns. Wäre es anders, hättest du Mom nicht aus dem Haus getrieben. Es ist allein deine Schuld, daß sie weg ist, und jetzt verlangst du, daß wir alle Scherben aufklauben.«

Am liebsten hätte Ollie losgebrüllt, als er seine Kinder so reden hörte. Sie begriffen gar nichts. Aber wie hätten sie seine Situation auch verstehen sollen? »Hört gut zu, ich möchte, daß euch eines klar ist.« Tränen standen in seinen Augen, als er sie ansah. »Ich hätte alles getan, um eure Mutter zu halten, vielleicht habe ich etwas getan, was sie zu diesem Verhalten getrieben hat. Andererseits vermute ich, daß sie so etwas immer schon beabsichtigte, daß sie immer schon weiterstudieren und ihr eigenes Leben ohne uns führen wollte. Aber ob es nun meine Schuld ist oder nicht, ich habe euch sehr lieb.« Seine Stimme bebte schmerzlich, so daß er kaum weitersprechen konnte. »Und eure Mom liebe ich auch. Wir dürfen nicht zulassen, daß die Familie auseinanderbricht – das wäre ein zu hoher Preis ... und ich brauche euch ...« Als er in Tränen ausbrach, machte Mel ein entsetztes Gesicht. »Ich brauche euch sehr ... und ich habe euch lieb ...« Oliver wandte sich ab, und plötzlich spürte er Benjamins Hand auf der Schulter, im nächsten Moment war Melissa an seiner Seite, die ihn umarmte.

»Dad, wir haben dich auch lieb«, flüsterte sie mit belegter Stimme. Benjamin sagte nichts, er stand nur hilflos da. »Es tut mir leid, daß wir uns so abscheulich aufgeführt haben.« Mel warf einen Blick auf ihren älteren Bruder, dem jetzt auch Tränen in den Augen standen. So leid ihm sein Vater auch tat, er führte sein eigenes Leben und hatte seine eigenen Probleme.

»Es tut mir leid.« Es dauerte eine Weile, bis Oliver wieder ein Wort herausbrachte. »Es ist für uns alle schwer. Für eure Mutter vermutlich auch.« Er wollte Sarah Gerechtigkeit widerfahren lassen und die Kinder nicht gegen sie aufhetzen.

»Und warum ist sie nicht gekommen wie versprochen? Warum ruft sie uns nie an?« fragte Melissa anklagend, als sie zu dritt in die Küche gingen. Seit sie nach Boston gezogen war, hatte sich Sarah sehr selten gemeldet.

»Ich weiß es nicht, mein Schatz. Vermutlich hat sie mehr Arbeit, als sie zunächst glaubte. Das habe ich von Anfang an befürchtet.« Allerdings hatte er nicht erwartet, daß sie sich gleich fünf Wochen nicht blicken lassen würde. Das war besonders Sam gegenüber grausam, es war grausam für alle, und das hatte er ihr auch wiederholt am Telefon zu verstehen gegeben. Sarah aber hatte behauptet, sie sei noch nicht bereit für einen Besuch. Nachdem der Bruch, so schmerzlich er auch sein mochte, vollzogen worden war, flog sie nun ohne Netz dahin, auch wenn die anderen darunter litten. »Sie wird sicher bald kommen.«

Melissa ließ sich mit nachdenklichem Nicken am Küchentisch nieder. »Es wird nie mehr so wie früher, oder?«

»Mag sein. Aber es könnte ja sein, daß das gar nicht so übel ist, auch wenn sich einiges ändert. Wenn wir unsere Probleme eines schönen Tages bewältigt haben, sind wir vielleicht sogar besser dran als früher.«

»Aber vorher war alles so gut.« Sie blickte zu ihm auf, und er nickte. Wenigstens hatten sie wieder zueinandergefunden, wenigstens war jetzt etwas in Ordnung gebracht. Nun wandte er sich an seinen Sohn. »Was ist mit dir los, Benjamin?« Oliver spürte, daß einiges im Gange war, aber offensichtlich wollte sein Sohn ihm das nicht anvertrauen. Und auch das war neu für ihn, denn Benjamin war immer sehr offen und umgänglich gewesen.

»Nicht viel.« Verlegen setzte er hinzu: »Ich muß jetzt zu Bett.« Als er sich zum Gehen wandte, erwachte in Oliver jäh der Wunsch, ihn festzuhalten.

»Benjamin ...« Der Junge blieb stehen. Oliver ahnte etwas. »Möchtest du mich vor dem Zubettgehen noch unter vier Augen sprechen?«

Benjamin zögerte erst und schüttelte dann den Kopf. »Nein, danke, Dad, bei mir läuft alles gut.« Ängstlich hängte er die Frage an: »Gilt noch immer das Ausgehverbot?«

Oliver zögerte keine Sekunde. Allen mußte klargemacht werden, daß er jetzt hier das Sagen hatte. Das war ungeheuer wichtig, andernfalls würden alle über die Stränge schlagen. Ihnen zuliebe durfte er das nicht zulassen. »Ja, du hast Hausarrest, mein Sohn. Du mußt jeden Abend zum Essen zu Hause sein, auch an den Wochenenden. Einen ganzen Monat lang. Ich habe dich gewarnt.« Er blieb unbeugsam, während sein Blick Benjamin zu verstehen gab, daß er es nur tat, weil er ihn liebte.

Benjamin nickte und ging hinaus. Keiner der Anwesenden ahnte, wie verzweifelt Benjamin über Olivers Entscheidung war.

Ben mußte abends bei Sandra sein ... er mußte ... sie brauchte ihn. Und er brauchte sie. Er wußte gar nicht, wie sie beide diesen Monat überleben sollten.

Oliver sah Melissa an, nachdem Benjamin gegangen war. Langsam ging er zu ihr und beugte sich über sie, um ihr einen Kuß zu geben. »Ich habe dich sehr lieb, mein Schatz. Wirklich. Ich glaube, wir alle müssen jetzt Geduld zeigen. Es wird sich mit der Zeit alles zum Besseren wenden.«

Sie nickte nachdenklich. Melissa wußte mehr von Benjamin, als sie zu sagen bereit war. Sie hatte ihn unzählige Male mit Sandra gesehen, und sie wußte auch, daß er den Unterricht oft schwänzte. Das sprach sich auf ihrer Schule schnell herum. Daß Benjamin es mit dem Mädchen sehr ernst meinte, merkte sie daran, daß er sich seinem Vater widersetzte.

Sam rührte sich die ganze Nacht über nicht, und am Morgen war er fieberfrei. Alle schienen ruhiger zu sein, als Oliver leichteren Herzens zur Arbeit fuhr. Es tat ihm leid, daß er Benjamin zu Hause festnagelte, aber es war zu seinem Besten. Er hatte den Eindruck, daß Benjamin dafür Verständnis hatte. Der Durchbruch bei Mel war die Trauer am Abend wert gewesen, und als er im Büro eine Nachricht auf dem Schreibtisch vorfand, fiel ihm ein, daß er Daphne für den Sonntag eingeladen hatte. Zum ersten Mal seit einem Monat regte sich bei ihm Freude auf ein Wochenende.

7

Daphne kam am Sonntag mit der Bahn nach Purchase, Oliver holte sie ab und erzählte ihr auf der Fahrt nach Hause von den Kindern. Mel war die ganze Woche über zugänglicher gewesen, Sam hatte seine Erkältung noch nicht ganz überwunden, und Benjamin hatte kaum ein Wort mit ihm gewechselt, seitdem das Ausgehverbot ausgesprochen worden war. Immerhin hielt er sich an die Regeln und war allabendlich zum Essen zu Hause. Nach Tisch verschwand er sofort in seinem Zimmer.

»Daphne, ich muß Sie darauf aufmerksam machen, daß die drei nicht ganz einfach sind, aber es sind im Grunde liebe Kinder.« Er lächelte ihr zu, glücklich über ihr Kommen. Sarah hatte seit Tagen nicht mehr angerufen, und dieses Schweigen lastete spürbar auf allen, besonders auf Ollie.

»Ich werde ihnen zu verstehen geben, daß ich keine Bedrohung darstelle.« Wieder lächelte Daphne ihm zu. Sie trug eine fabelhaft geschnittene schwarze Hose aus Leder und eine Pelzjacke.

»Warum sagen Sie das?« Sicher war er seiner Sache nicht, aber sie schien ihm andeuten zu wollen, daß sie keinerlei romantisches Interesse an ihm hatte.

»Ich sage es, weil ich gern aufrichtig und geradeheraus bin.«

»Gibt es einen Grund für Ihr Desinteresse an Männern?« fragte er obenhin und deutete damit an, daß er in dieser Hinsicht noch kein Interesse an ihr hatte ... aber eines Tages wäre es vielleicht ganz nett, mit ihr auszugehen. Sie hatte einem Mann viel zu bieten – Verstand, Aussehen, Charme, Geist. »Ich weiß, daß Sie sich niemals mit Kollegen verabreden.«

»Ja, weil ich vor langer Zeit meine Lektion gelernt habe. Auf die harte Tour.« Sie entschloß sich zur Offenheit. Sie wollte es so, vielleicht weil sie Oliver anziehend fand. »Nach drei Jahren in meinem ersten Job habe ich mich in den Chef der Werbeagentur, für die ich arbeitete, verliebt.« Sie lächelte andeutungsweise, als er einen Pfiff ausstieß.

»Sie gehen wohl aufs Ganze, wie?«

»Er war einer der aufregendsten Typen der Branche – er ist es noch immer. Damals war er sechsundvierzig. Verheiratet, zwei Kinder. Er lebte in Greenwich, und er war katholisch.«

»Also keine Scheidung.«

»Sehr gut. Sie bekommen den Preis: zweihundert Dollar.« Das klang gar nicht verbittert, sondern nur sachlich. Sie wollte, daß Oliver davon erfuhr, obwohl sie sich noch keiner Menschenseele anvertraut hatte. »Seiner Familie gehört die Firma. Er ist ein einmaliger Mann. Und ich habe mich Hals über Kopf in ihn verliebt und mir eingeredet, daß es keine Rolle spielt, ob er verheiratet ist oder nicht.« Sie schwieg eine Weile und betrachtete die Landschaft, als hänge sie Erinnerungen nach, aber Oliver drängte sie weiterzusprechen. Er wollte alles wissen und erfahren, was der Kerl ihr angetan hatte, weil sie so männerscheu geworden war. Es erschien ihm bedauernswert, daß sie ihr Leben allein verbrachte, obschon sie gar nicht unglücklich wirkte.

»Wie lange hat die Sache gedauert? Was ist passiert?«

»Wir haben eine herrliche Zeit verlebt, Reisen unternommen und die Dienstag- und Donnerstagnächte zusammen in seiner Stadtwohnung verbracht. Es klingt nicht sehr nett, aber man könnte sagen, daß ich seine Geliebte wurde. Und schließlich hat er mir den Laufpaß gegeben.«

»Wie charmant.«

»Er befürchtete, jemand könnte dahinterkommen. Natürlich haben einige Leute davon gewußt – gottlob nur vereinzelt. Wir waren immer sehr diskret. Und er war zu mir immer aufrichtig. Er liebte seine Frau und seine Kinder, die damals noch sehr klein waren. Seine Frau war nur wenig älter als ich. Aber er liebte auch mich. Und ich ihn. Und ich war gewillt, mich mit dem wenigen zu begnügen, das er mir geben konnte.« Sie machte keinen verbitterten Eindruck, als sie das sagte, und Ollie war erstaunt, wie gelassen sie alles hinnahm.

»Wie lange ist es her, seit Sie ihn zuletzt gesehen haben?«

Lachend blickte sie ihn an. »Drei Tage. Er verschaffte mir

einen anderen Job, wir haben eine gemeinsame Wohnung. Jetzt verbringen wir drei Nächte in der Woche zusammen, und das wird auch immer so bleiben. Im März werden es dreizehn Jahre. Es mag sich verrückt anhören, aber ich bin glücklich und liebe ihn.«

Sie wirkte tatsächlich völlig zufrieden – eine Tatsache, die Oliver verblüffte. Sie hatte eine Beziehung zu einem verheirateten Mann und wirkte zufrieden und glücklich.

»Im Ernst? Es macht Ihnen nichts aus?«

»Natürlich macht es mir etwas aus. Seine Kinder sind jetzt auf dem College. Und seine Frau ist mit dem Gartenklub und mit über einem Dutzend wohltätiger Organisationen vollauf beschäftigt. Ich nehme an, es muß etwas in ihrem gemeinsamen Leben geben, das er sehr schätzt, weil er nie auch nur einen Augenblick schwankend wurde. Ich weiß, daß er sie nie verlassen wird.«

»Für Sie ist das ein miserabler Handel. Sie verdienen etwas Besseres.«

»Wer sagt das? Wenn ich einen anderen heirate, könnte ich unglücklich werden, oder aber es könnte zu einer Scheidung kommen. Es gibt keine Garantien. Früher wollte ich unbedingt Kinder haben, vor fünf Jahren aber hatte ich gesundheitliche Probleme, und jetzt kann ich keine mehr bekommen. Ich glaube, das reicht. Vielleicht bin ich ein Sonderling oder nicht ganz normal, aber es klappt. Und das, lieber Freund, ist meine Geschichte. Ich dachte, das sollten Sie wissen.« Sie lächelte wieder. »Da ich Sie sehr mag.«

»Ich Sie auch.« Er lächelte ein wenig verlegen. »Ich glaube sogar, Sie haben mir gerade das Herz gebrochen ...« In gewisser Hinsicht war er erleichtert. Damit war der Druck von ihm genommen, und sie konnten richtige Freunde sein. »Glauben Sie, daß er seine Frau jemals verlassen wird?«

»Das bezweifle ich sehr. Ich bin nicht mal sicher, ob ich ihn heiraten würde, wenn er es täte. Wir fühlen uns in unserer gegenwärtigen Situation sehr wohl. Ich führe ein eigenes Leben, habe einen Beruf und Freunde und ihn. An Feiertagen und übers

Wochenende kann es schon einsam werden. Vielleicht ist uns das, was wir gemeinsam haben, um so wichtiger, weil wir unsere Grenzen kennen.«

Sie war noch klüger, als er gedacht hatte, und er bewunderte sie für ihre Aufrichtigkeit und für alles andere. »Ich wünschte, ich könnte alles von der philosophischen Seite sehen wie Sie.«

»Das kommt eines Tages vielleicht noch.«

Er fragte sich, ob er sich begnügen könnte, mit Sarah nur zwei Tage wöchentlich zu verbringen. Es erschien ihm unglaublich. Er wünschte sich so viel mehr als das. Er wollte das, was er zuvor mit ihr gehabt hatte, aber es sah nicht danach aus, daß er es je wieder bekommen würde.

Vor dem Haus angekommen, blieb er stehen und sah Daphne an. »Danke, daß Sie so offen waren.« Er meinte es aufrichtig.

»Ich vertraue Ihnen.« Das war ihre Art, ihn zu bitten, ihr Geheimnis nicht weiterzugeben, doch sie wußte ohnehin, daß er es nie tun würde. »Ich war der Meinung, daß Sie es wissen sollten. Die Kinder sollen sich meinetwegen keine unnötigen Sorgen machen.«

»Großartig.« Er schmunzelte. »Was soll ich ihnen dann bei der Vorstellung sagen? Kinder, alles ist klar, sie hat ein Verhältnis mit einem verheirateten Mann, den sie liebt?« Er wurde wieder ernst, und aus seinem Blick sprach Wärme. »Sie sind eine tolle Frau, Daph. Falls Sie je einen Freund brauchen, der etwas für Sie tun kann, dann rufen Sie mich ...«

»Keine Angst, mach' ich. Hin und wieder kann es sehr einsam sein. Aber man lernt, sich durchzubeißen und in der Nacht nicht nach dem Hörer zu greifen, um ihn anzurufen, wenn man glaubt, man hätte eine Blinddarmentzündung. Man ruft Freunde an, und man lernt, selbständig zu handeln. Ich glaube, das alles war für mich sehr gut.«

Er schüttelte den Kopf. »Ich kann mir nicht denken, daß ich selbst jemals so werde.« Mit seinen vierundvierzig Jahren erwartete er noch immer, daß sich Sarah um ihn kümmerte, wenn er Kopfweh hatte.

»Machen Sie sich deshalb keine Gedanken. Ich bin vielleicht verrückt. Meine Eltern halten mich sowieso für verdreht.«

»Ach, sie wissen alles?« Er staunte nicht schlecht. Das mußten sehr liberale Eltern sein.

»Ich habe sie schon vor Jahren darüber aufgeklärt. Meine Mutter vergoß monatelang Tränen, aber inzwischen konnten sich beide damit abfinden. Gottlob hat mein Bruder sechs Kinder in die Welt gesetzt. Damit bin ich aus dem Schneider.« Beide lachten und stiegen aus, und Andy sprang sofort an Daphs eleganter Hose hoch, was ihr nichts auszumachen schien.

Als sie ins Haus kamen, saß Sam vor dem Fernseher, und Mel machte sich bei Agnes in der Küche nützlich. Oliver bat Daphne einzutreten und machte sie mit Sam bekannt. Sie benahm sich locker und gelassen und ließ sich von Sam ausgiebig begutachten.

»Sie arbeiten mit meinem Dad zusammen?«

»Ja, genau. Und ich habe einen Neffen in deinem Alter, der sich auch gern die Ringer im Fernsehen ansieht.« Sie schien zu wissen, wofür sich Kinder interessierten, und Sam nickte beifällig. Die Person war in Ordnung.

»Mein Dad hat mich mal zu einem Kampf mitgenommen. Das war toll.«

»Ich hab' mir mit Sean auch mal einen Ringkampf angeschaut. Er war begeistert – ich fand es gräßlich.« Da lachte Sam, und Melissa kam aus der Küche, Oliver stellte sie vor.

»Daphne Hutchinson, meine Tochter Melissa.« Sie wechselten einen artigen Händedruck, und Agnes verschwand unauffällig, nicht ohne sich zu fragen, ob sich Oliver schon für andere Frauen interessierte. Hier hatte sich allerhand geändert, aber nach allem, was Mrs. Watson getan hatte, konnte man es ihm nicht verübeln. Er brauchte eine Frau, und wenn Sarah so töricht war, eine gute Sache aufzugeben, dann war es nur recht und billig, wenn eine andere mit beiden Händen danach griff.

Mel und Daphne plauderten unbefangen miteinander, und Oliver beobachtete, daß seine Tochter den Gast einer genauen Musterung unterzog. Die elegante Hose aus schwarzem Leder, das schimmernde Haar, die Pelzjacke und die schwarze Hermès-Tasche, die Daphne lässig über der Schulter trug, erregten eindeutig Mels Beifall. Daphne verfügte über ganz speziellen Chic, und jetzt war Oliver auch klar, warum. Sie war von der Aura einer Frau umgeben, die von einem älteren Mann beschenkt wird und durch ihn die edleren Dinge des Lebens kennenlernt. Sogar ihr Schmuck wäre für die meisten alleinstehenden Frauen zu kostspielig gewesen. Die Geschichte, die Daphne ihm anvertraut hatte, ließ ihn nicht los. Eine sehr interessante Geschichte. Melissa ahnte offensichtlich, daß diese Frau keine Bedrohung darstellte und daß zwischen ihr und ihrem Vater nur Freundschaft bestand. Zunächst hatte sie Daphne eingehend taxiert, und die Signale, die sie setzte, bekundeten Freundschaft und kein sexuelles Interesse.

»Wo steckt Benjamin?« fragte Oliver schließlich.

»Ausgegangen, vermutlich«, antwortete Mel. »Was hast du denn erwartet?« Mit einem Achselzucken lächelte sie Daphne zu.

»Ich habe auch einen älteren Bruder, den ich achtzehn Jahre lang gehaßt habe. Mit den Jahren hat er sich sehr gebessert.« Jetzt war ihr Bruder im gleichen Alter wie Oliver.

Zu viert saßen sie im gemütlichen Wohnzimmer beisammen und plauderten stundenlang, bis sie schließlich mit Andy einen Spaziergang unternahmen. Kurz bevor es Zeit fürs Abendessen wurde, tauchte Benjamin auf, zerzaust und zerstreut. Angeblich hatte er mit Freunden Football gespielt, in Wahrheit war er wie immer bei Sandra gewesen. Ihre Eltern hatten sich auch getrennt – ein Umstand, der ihnen das Zusammensein erleichterte. Sandras Mutter war nie zu Hause, und ihr Vater war nach Philadelphia gezogen.

Benjamin begegnete Daphne völlig cool und sprach auf dem Weg zum Restaurant kaum ein Wort. Sie gingen zu dem Italiener, von dem Oliver Daph erzählt hatte, und es wurde ein netter Abend, an dem viel gelacht, geschwatzt und Witziges erzählt wurde.

Schließlich taute auch Benjamin auf, wenngleich er seinen Vater und Daphne immer wieder mit fragenden Blicken bedachte.

Das Dessert aßen sie zu Hause, da Agnes ihnen etwas Besonderes versprochen hatte. Andy lag vor dem Kamin, während sie einen köstlichen Apfelauflauf und selbstgebackene Plätzchen verspeisten. Es war ein vollkommener Tag, der erste seit langem, und alle schienen glücklich zu sein.

Das Telefon läutete, während sie gespannt Sam zuhörten, der Gespenstergeschichten zum besten gab. Oliver ging an den Apparat. Es war sein Vater. Die anderen bekamen nur die Hälfte des Gespräches mit.

»Ja ... schon gut, Dad ... jetzt mal langsam ... wo ist sie? Ist bei dir alles in Ordnung ...? Ich komme sofort ... Bleib, wo du bist. Ich hole dich ab. Du sollst nicht allein nach Hause fahren. Du kannst den Wagen dort lassen und ihn morgen holen.« Er legte sichtlich nervös auf, und die Kinder waren so erschrocken, daß er sich beeilte, sie zu beruhigen, obwohl seine Hände zitterten. »Schon gut, Kinder. Es geht um Grandma. Sie hatte einen kleinen Unfall. Sie ist allein mit dem Wagen gefahren und hat einen Nachbarn angefahren. Keinem ist viel passiert. Sie ist nur ziemlich durcheinander, so daß sie die Nacht über zur Beobachtung im Krankenhaus bleiben muß. Grandpa hat sich auch sehr aufgeregt. Zum Glück hat das Unfallopfer rasch reagiert und ist auf die Motorhaube gesprungen. Trotzdem hat er sich den Knöchel gebrochen. Es hätte für beide viel schlimmer ausgehen können.«

»Und ich dachte, sie dürfte gar nicht mehr allein fahren«, sagte Melissa, noch immer besorgt.

»Darf sie auch nicht. Grandpa war in der Garage und hat sein Werkzeug aufgeräumt, als sie sich entschloß, ein paar Erledigungen zu machen.« Er verschwieg ihnen, daß sie dem Arzt gesagt hatte, sie hätte ihren Sohn von der Schule abholen wollen. Oliver sagte auch nicht, daß sein Vater am Telefon geweint hatte. Die Ärzte hatten ihm eben eröffnet, daß Phyllis in einem Heim untergebracht werden mußte, wo sie ständig unter Aufsicht war. Mit einem Blick auf Daphne sagte er: »So ungern ich jetzt gehe, aber ich muß nach meinem Vater sehen. Ich habe den Eindruck, daß ihn dieser Zwischenfall härter trifft als meine Mutter. Soll ich Sie unterwegs am Bahnhof absetzen?« Der Zug fuhr zwar erst in einer Stunde ab, aber er wollte sie nicht einfach so zurücklassen.

»Ach, ich nehme ein Taxi. Fahren Sie nur.« Sie sah die drei Kinder an. »Wenn es die Kinder wollen, kann ich bei ihnen bleiben.« Mel und Sam schienen begeistert, Benjamin sagte kein Wort.

»Das wäre großartig.« Ollie lächelte ihr zu und gab Mel Anweisungen, um Viertel nach neun ein Taxi zu rufen. Daphne konnte dann bequem den Zug um halb zehn erreichen. »Benjamin könnte Sie auch fahren.«

»Ein Taxi ist mir lieber. Sicher weiß Benjamin mit seiner Zeit etwas Besseres anzufangen, als alte Damen zum Bahnhof zu kutschieren.« Ihr war seine Zurückhaltung nicht entgangen, und sie wollte ihm nicht zur Last fallen. Gleich darauf verabschiedete Oliver sich, und Benjamin verschwand in seinem Zimmer und ließ Daphne mit den beiden anderen allein.

Sam ging in die Küche, um sich noch eine Portion vom Dessert zu holen, und Mel lief hinauf, da sie Daphne ihren Rollentext zeigen wollte. Agnes war, ihrer Gewohnheit folgend, zu Bett gegangen, nachdem sie die Küche aufgeräumt hatte. Daphne saß also allein im Wohnzimmer, als das Telefon läutete und läutete und nicht aufhören wollte. Erst warf sie nervöse Blicke um sich, bis sie sich schließlich entschloß abzuheben, weil sie befürchtete, es könnte Ollie sein, der sich sonst Sorgen machen würde. Sie nahm den Hörer ab, und am anderen Ende der Leitung war es lange still, bevor eine Frauenstimme Oliver verlangte.

»Tut mir leid, er ist nicht da. Soll ich etwas ausrichten?« bot Daphne geschäftsmäßig an, denn ihr Instinkt sagte ihr, daß es Sarah war. Sie irrte sich nicht.

»Sind die Kinder da?« fragte Sarah ärgerlich.

»Gewiß. Soll ich sie holen?«

»Ich ... ja ...« Und dann fragte sie: »Entschuldigen Sie, aber mit wem spreche ich?«

Daphne zögerte keinen Augenblick, obwohl Mel das Zimmer gerade betrat. »Die Babysitterin«, sagte sie. »Ich übergebe an Melissa.« Sie reichte dem Mädchen den Hörer und ging in die Küche, um zu sehen, was Sam trieb. Er war dabei, den Auflauf zu vertilgen und sich mit Riesenbissen vollzustopfen und trotzdem eine Portion für Daphne auf einen Teller zu balancieren.

»Ich glaube, deine Mom ist am Apparat. Sie spricht mit Mel«, verkündete Daphne.

»Wie?« Sam erschrak, ließ alles fallen und lief ins Wohnzimmer. Es dauerte zehn Minuten, bis die Kinder in die Küche kamen. Sie waren sichtlich bekümmert, und Daphne hatte Mitleid mit ihnen. In ihren Blicken las sie, wie sehr ihnen die Mutter fehlte. Sam wischte sich mit dem Ärmel über die Augen.

Er mußte geweint haben. Melissa hingegen wirkte ernüchtert von dem Gespräch.

»Noch eine Portion Nachtisch für jemanden?« Daphne wollte sie ablenken, war aber nicht sicher, wie sie Mels fragendem Blick ausweichen sollte.

»Warum haben Sie gesagt, daß Sie der Babysitter sind?«

Daphne blickte sie offen an. Sie wollte zu Mel aufrichtig sein, so wie sie zu Ollie aufrichtig gewesen war. »Weil ich deine Mutter nicht aufregen wollte. Dein Dad und ich sind nur Freunde. Es gibt jemanden in meinem Leben, den ich sehr liebe. Dein Dad und ich werden daher nie mehr als Freunde sein. Es wäre sinnlos gewesen, deine Mutter aufzuregen oder ein Mißverständnis zwischen deinen Eltern zu provozieren. Für euch ist ohnehin schon alles schwer genug, ohne daß ich noch zusätzlich für Ärger sorge.«

Insgeheim dankbar, nickte ihr Mel zu. »Mom sagte, sie könnte nächstes Wochenende nicht kommen, weil sie eine Arbeit schreiben müßte.«

Sam weinte leise. Spontan zog Daphne ihn an sich und hielt ihn fest. Mögliche Befürchtungen der Kinder hatte sie durch die Bemerkung über den Mann in ihrem Leben ausgeräumt, und sie war sehr erleichtert. Noch erleichterter war sie, daß sie sich Ollie anvertraut hatte. Dies waren Menschen, die man, anstatt ihnen

Kränkungen zuzufügen, lieben und verwöhnen sollte. Das Wissen, daß Sarah diese wunderbare Familie verlassen hatte, erregte Daphnes Zorn.

»Vielleicht ist es im Moment zu schmerzlich für sie herzukommen.« Sie versuchte, gerecht zu sein. Mel aber ließ sich davon nicht beruhigen.

»Warum können wir nicht hinfahren und sie besuchen?« fragte Sam.

»Ich weiß es nicht, Sam.« Daphne wischte ihm die Tränen von den Wangen. Zu dritt saßen sie nun um den Küchentisch versammelt. Der Appetit war ihnen vergangen, und der Nachtisch war vergessen.

»Mom sagt, daß ihre Wohnung noch nicht fertig ist und daß sie für uns keinen Platz zum Schlafen hat, aber das ist dummes Zeug.« Sams Schluchzen verstummte. Sie saßen da und redeten, und ohne daß sie es merkten, wurde es Viertel nach neun.

»Ach, du meine Güte!« rief Daphne, als sie auf die Uhr sah. »Gibt es noch einen späteren Zug?« Im Notfall konnte sie immer noch ein Taxi bis nach New York nehmen.

Melissa nickte. »Um elf.«

»Ich glaube, den nehme ich.«

»Gut.« Sam umklammerte ihre Hand. Beide Kinder machten plötzlich einen erschöpften Eindruck, so daß Daphne Sam zu Bett brachte und mit Mel noch bis kurz nach zehn plauderte. Dann schlug sie dem Mädchen vor, ebenfalls zu Bett zu gehen. Sie konnte sich die nächste halbe Stunde allein die Zeit vertreiben, bis sie ein Taxi bestellen mußte. Schließlich ließ Mel sich bewegen hinaufzugehen, tief in Gedanken versunken. Als Ollie um halb elf kam, war er sehr erstaunt, Daphne, in eine Lektüre vertieft, noch anzutreffen.

»Wie geht es Ihrem Vater?«

»Ganz gut, denke ich.« Ollie wirkte sehr abgespannt. Er hatte seinen Vater wie ein Kind zu Bett bringen müssen und ihm versprochen, am nächsten Tag zu kommen und ihm bei der Entscheidung zu helfen, was nun mit seiner Mutter geschehen sollte.

»Eine schlimme Situation. Meine Mutter leidet an der Alzheimerschen Krankheit, und das wird meinen Vater noch ins Grab bringen.«

»O Gott, schrecklich.« Daphne war froh, daß ihre eigenen Eltern noch rüstig waren, obwohl sie siebzig und fünfundsiebzig Jahre alt waren. Da fiel ihr Sarahs Anruf ein. »Ihre Frau hat angerufen.«

»Allmächtiger ...« Ollie fuhr sich durchs Haar. Ob die Kinder ihr gesagt hatten, daß Daphne da war? Sie las die Frage in seinem Blick und beruhigte ihn. »Was haben die Kinder erzählt?«

»Ich weiß nicht, ich war nicht dabei, als sie mit ihr gesprochen haben. Da niemand zur Stelle war, als es läutete, hab' ich abgenommen und behauptet, ich wäre der Babysitter.« Daphne lächelte, und Oliver schmunzelte zufrieden.

»Danke.« Mit neuerwachter Sorge fragte er sodann: »Wie waren die Kinder nach dem Gespräch?«

»Irgendwie aufgewühlt. Ich glaube, sie hat ihnen eröffnet, daß sie nächstes Wochenende nicht kommt und daß sie die Kinder auch nicht bei sich beherbergen kann. Sam hat geweint, aber als ich ihn zu Bett gebracht habe, war alles wieder in Ordnung.«

»Sie sind wirklich eine erstaunliche Frau.« Ollie sah bedauernd auf die Uhr. »Ich tue es nur ungern, aber jetzt muß ich Sie zur Bahn bringen. Wir schaffen es gerade noch.«

»Oliver, es war ein herrlicher Tag«, bedankte sie sich auf der Fahrt zum Bahnhof.

»Für mich auch. Es tut mir leid, daß ich wegmußte.«

»Machen Sie sich darüber keine Gedanken. Sie können sich über Mangel an Arbeit wirklich nicht beklagen. Aber warten Sie nur – mit der Zeit werden sich die Wogen glätten.«

»Falls ich es überlebe.« Er lächelte matt.

Er wartete gemeinsam mit ihr auf den Zug und verabschiedete sich mit einer freundschaftlichen Umarmung. Am nächsten Tag würden sie sich im Büro wieder begegnen. Sie winkte, als der Zug sich in Bewegung setzte, und Ollie fuhr langsam nach Hause, voller Bedauern, daß die Dinge nicht anders waren. Vielleicht, wenn Daphne frei gewesen wäre ... aber er wußte gleichzeitig, daß es eine Lüge war. Gleichgültig was mit Daphne auch los war – sein Sinnen und Trachten galt allein Sarah. Zu Hause wählte er ihre Nummer, aber sie hob nicht ab.

8

In der darauffolgenden Woche brachte George Watson seine Frau in einem Pflegeheim unter. Es war eine Anstalt für Patienten, die an der Alzheimerschen Krankheit oder ähnlichen Symptomen litten. Rein äußerlich war es ein anheimelndes und geradezu fröhlich wirkendes Haus, doch ein Blick auf die Insassen genügte, um bei Oliver Depressionen hervorzurufen, als er seine Mutter besuchte. Diesmal erkannte sie ihn nicht und hielt George für ihren Sohn.

Beim Weggehen wischte sich der alte Herr verstohlen über die Augen, und Oliver faßte nach seinem Arm, als sie draußen im Wind standen. Ollie brachte seinen Vater nach Hause und hatte das Gefühl, ihn im Stich zu lassen, weil er kurz darauf zu seinen Kindern fuhr.

Merkwürdig, daß er und sein Vater gleichzeitig ihre Frauen verloren, wenn auch auf verschiedene Weise. Es war für beide ein schwerer Schlag. Oliver hatte wenigstens die Kinder, die ihn beschäftigten, und seine Arbeit, die ihn ablenkte. Sein Vater aber hatte außer seiner Einsamkeit, seinen Erinnerungen und den täglichen, sehr schmerzlichen Besuchen bei Phyllis gar nichts.

Und dann kam der große Tag. Sarah meldete sich am Valentinstag und kündigte an, daß sie die Kinder am folgenden Wochenende sehen wollte – in Boston.

»Warum kommst du nicht her?« Sie war nun sieben Wochen fort, und Oliver hatte wie die Kinder Sehnsucht nach ihr und wollte zu Hause mit ihr zusammensein.

»Sie sollen sehen, wie ich jetzt lebe.«

Ollie wollte etwas einwenden, unterließ es aber. Statt dessen zeigte er sich einverstanden und rief zurück, nachdem er ungefähr angeben konnte, wann sie in Boston eintreffen würden.

»Wir müßten so um elf am Samstagmorgen dasein, wenn wir die Maschine um neun nehmen.« Er wäre gern schon Freitagabend geflogen, aber das ließ sich mit Schule und Arbeit schwer vereinbaren, zudem hatte Sarah den Samstag vorgeschlagen. »Hast du denn auch Platz für uns alle?« Es war seit Wochen das erste Mal, daß er lächelte. Auf seine Frage hin wurde es am anderen Ende sonderbar still.

»Nein ... ich dachte, Mel und Ben könnten auf zwei alten Sofas in meinem Wohnzimmer schlafen – und Sam ... bei mir.« Irgendwie blieb der Satz in der Luft hängen, während Oliver wie versteinert zuhörte und die Worte in seinem Kopf widerhallten. Sam kann bei mir schlafen, hatte sie gesagt ... nicht bei uns.

»Und wo bleiben wir, oder sollte ich eher sagen ich?« Er entschloß sich zur Offenheit. Er wollte ein für allemal wissen, woran er war. Die Qual der Ungewißheit war unerträglich.

»Ich dachte, vielleicht ...« Sarahs Stimme war kaum mehr als ein Flüstern. »... daß du vielleicht in einem Hotel übernachten könntest. Es ... es ist einfacher, Ollie«, meinte Sarah mit tränenerstickter Stimme, und Ollies Herz wurde bleischwer.

»Leichter für wen? Du warst diejenige, die vor gar nicht langer Zeit versprochen hat, daß sich nichts ändert. Du hast gesagt, es wäre nur vorübergehend. Oder hast du das vergessen?«

»Nein, habe ich nicht. Es ist nur so, daß die Dinge anders liegen, wenn man fortgeht und einen anderen Blickwinkel gewinnt.«

Warum hatte er dann immer noch die gleichen Gefühle? Warum sehnte er sich noch immer so nach ihr? Am liebsten hätte er sie geschüttelt, bis ihre Zähne aufeinanderschlugen, und dann wollte er sie küssen, bis sie ihn anflehte, sie zu lieben. Aber das würde sie nie wieder tun. Niemals.

»Du gibst mir damit also zu verstehen, daß es aus ist. So ist es doch, Sarah?« Seine Stimme war zu laut, und sein Herz hämmerte.

»Ollie, ich bitte dich nur, in einem Hotel zu übernachten ... dieses eine Mal ...«

»Hör auf! Hör auf, mit mir zu spielen, verdammt noch mal!« Sie hatte eine grausame Seite, von deren Vorhandensein er nichts geahnt hatte.

»Es tut mir leid ... ich bin genauso durcheinander wie du«, gestand Sarah und meinte es in diesem Moment sogar aufrichtig.

»Den Teufel bist du, Sarah. Du weißt ganz genau, was du tust. Du wußtest es schon an dem Tag, als du von hier fortgingst.«

»Ich möchte nur mit den Kindern das Wochenende allein verbringen.«

»Sehr schön.« Sein Ton war eisig. »Ich setze sie um elf bei dir ab.« Damit beendete er das Gespräch, damit sie ihn nicht länger quälen konnte. Es würde für ihn ein einsames Wochenende werden, während Sarah mit den Kindern ein glückliches Wiedersehen feierte.

Er hätte die drei allein fliegen lassen können, wollte es aber nicht. Er wollte bei ihnen sein – besonders auf dem Rückflug. Im tiefsten Herzen wußte er aber auch, daß er in Sarahs Nähe sein wollte. Seine Besorgnis galt in erster Linie Sam, um die anderen machte er sich weniger Gedanken. Benjamin war von diesem Ausflug gar nicht begeistert, weil er ein Spiel versäumen würde, aber Oliver machte ihm klar, daß er sich nicht drücken konnte. Mel freute sich sehr, und Sam war aus dem Häuschen. Oliver hatte große Bedenken, wie sich die Kinder am Sonntagabend fühlen würden, nachdem sie ihre Mutter wiedergesehen hatten.

Auf dem Flug nach Boston, den Oliver auf der anderen Seite des Mittelganges sitzend verbrachte, herrschte bereits Hochstimmung. Während der Fahrt zu Sarahs Wohnung in der Brattle Street wurde Ollie nervös. Er hatte angekündigt, daß er die Kinder absetzen wollte, aber als Sarah die Tür öffnete, stockte ihm der Atem. Sarah sah so reizvoll aus wie immer – nein, noch viel reizvoller. Ihr Haar trug sie nun länger und offen, und ihre Jeans saßen so perfekt, daß Ollie den Anblick kaum ertrug, aber er versuchte vor den Kindern Haltung zu bewahren. Sie gab ihm einen leichten Kuß auf die Wange, umarmte die Kinder und führte sie hinein zu dem Lunch, den sie vorbereitet hatte, während Oliver im Taxi davonfuhr. Er verzehrte sich mit jeder Faser seines Körpers nach ihr.

Sarah bewohnte eine kleine Wohnung mit einem hübschen Wohnzimmer, einem winzigen Schlafraum und einem verwilderten Garten dahinter. Die Kinder, die beim Essen tüchtig zulangten und kaum den Blick von ihrer Mutter wandten, redeten ungeniert durcheinander, erleichtert, endlich lange aufgestauten Ängsten und Gefühlen Luft machen zu können. Sam klebte an Sarah, und sogar Benjamin wirkte lockerer als seit langem. Alle waren glücklich – bis auf Oliver, der allein in seinem Hotelzimmer saß.

Es war also doch soweit gekommen, sie hatte ihn abgeschoben. Sarah liebte ihn nicht mehr, diese Erkenntnis brachte ihn fast um den Verstand. Tief bekümmert wanderte er stundenlang auf dem Campus von Harvard umher und dachte an die Vergangenheit. Er suchte alle Plätze auf, die ihm vor Jahren vertraut gewesen waren, und auf dem Rückweg ins Hotel merkte er, daß er weinte.

Er konnte es nicht fassen. Sarah hatte doch behauptet, daß sich zwischen ihnen nichts ändern würde, und doch hatte sie ihn jetzt aus ihrem Leben ausgeschlossen. Es war alles aus, sie waren Fremde geworden. Wie ein verlassenes Kind kam er sich vor. Allein im Hotelzimmer sitzend, faßte er sich ein Herz und rief Sarah an.

Er hörte laute Musik, Stimmen und Gelächter im Hintergrund und fühlte sich sofort noch einsamer. »Entschuldige, Sarah, ich wollte dein Zusammensein mit den Kindern nicht stören.«

»Schon gut. Sie fabrizieren in der Küche Popcorn. Kann ich später zurückrufen?« Sie meldete sich erst nach Mitternacht.

»Was ist nur mit uns passiert?« fragte Oliver – er mußte Klarheit haben. Nach zwei Monaten konnte er an nichts anderes denken als an Sarah, und er sehnte sich mehr denn je nach ihr. Falls sie nicht mehr zu ihm zurückwollte, mußte er es wissen. »Ich begreife es nicht. Als du uns allein gelassen hast, wolltest du jedes

Wochenende zu Besuch kommen. Jetzt, nach fast zwei Monaten, hältst du mich auf Distanz und tust ganz so, als wären wir geschiedene Leute.«

»Ollie ... ich weiß auch nicht ...« Sarahs Stimme war weich, eine vertraute Liebkosung, die Ollie vergessen wollte und nicht konnte. »Kaum war ich hier, hat sich für mich alles geändert. Mir wurde klar, wie sehr ich mir dies alles gewünscht hatte und daß ich nicht mehr zurückkann. Vielleicht schaffe ich es eines Tages ... dann müßte aber alles ganz anders sein.«

»Wie denn? Sag es mir ... ich muß es wissen ...« Er haßte sich wegen seiner Tränen. An diesem Wochenende war etwas Schreckliches passiert. Er wußte jetzt, daß er mit seiner Sehnsucht und seinen Wünschen an Sarah gefesselt war und nichts daran ändern konnte. Aber er würde sie nie mehr dazu bringen, zu ihm zurückzukehren.

»Ich kenne die Antworten auch nicht. Ich weiß nur, daß ich hierbleiben muß.«

»Und was ist mit uns? Warum tust du das alles?« Er war ohne Scham, ohne Stolz. Er liebte sie zu sehr und begehrte sie zu heftig.

»Ich denke, ich hatte vor dem Wiedersehen Angst.«

»Aber das ist Wahnsinn! Warum?«

»Ich weiß es nicht. Vielleicht verlangst du zuviel von mir, Oliver. Es ist jetzt fast so, als wäre ich eine andere geworden. Jemand, der ich ganz früher einmal war und der ich immer sein wollte. Jemand, der all die Jahre geschlafen hat, in die Ecke gestellt, vergessen. Jetzt bin ich wieder zum Leben erwacht, und das möchte ich nicht aufgeben. Nicht mal für dich.«

»Und was ist mit uns? Hast du die schöne Zeit so schnell vergessen?« Sie war erst sieben Wochen fort, aber sie hörte sich an, als wäre inzwischen eine Ewigkeit vergangen.

»Ich bin nicht mehr derselbe Mensch. Ich bin nicht sicher, ob ich es je wieder sein könnte. Deshalb fürchte ich ein Wiedersehen mit dir, glaube ich. Ich möchte dich nicht enttäuschen, Ollie. Vielleicht war ich schon sehr lange nicht mehr die Frau, die du dir wünschst, und wußte es nur nicht.«

Sein Atem stockte, doch er mußte die Frage stellen. »Gibt es einen anderen?« Schon? So rasch? Möglich war es. Sarah hatte toll ausgesehen, als er ihr die Kinder gebracht hatte. Die Jahre schienen von ihr abgefallen zu sein, obwohl sie auch vorher ungemein reizvoll gewesen war. Jetzt aber war sie es noch viel mehr.

»Nein, es gibt niemanden.« Sie schien zu zögern. »Noch nicht. Ich möchte aber frei sein für andere Menschen.« Herrgott ... er konnte seinen Ohren nicht trauen. Und doch sprach sie es aus. Es war vorbei.

»Ich glaube, das sagt alles. Willst du die Scheidung einreichen?« Seine Hand, die den Hörer umklammert hielt, zitterte.

»Noch nicht. Ich bin nicht sicher, was ich möchte.«

Noch nicht! Am liebsten hätte Ollie laut geschrien, obwohl es ohnehin klar war, daß sie an eine Scheidung dachte. Ebenso klar war es, daß ihr gemeinsames Leben ein Ende gefunden hatte.

»Laß es mich wissen, wenn du dich entschieden hast. Ich bin jedenfalls der Meinung, daß du eine verdammte Närrin bist, Sarah. Wir haben achtzehn wundervolle Jahre miteinander erlebt, und du wirfst alles einfach weg«, sagte Oliver verbittert und traurig. Er hatte Angst und war gleichzeitig wütend.

»Ollie ...« Es hörte sich an, als sei sie den Tränen nahe. »Ich liebe dich noch immer.«

»Ich will es nicht hören.« Es war jetzt zu schmerzlich, zu belastend für ihn. »Morgen um vier hole ich die Kinder ab. Schick sie einfach hinunter. Ich warte im Taxi.« Plötzlich wollte er eine Begegnung vermeiden. Als er den Apparat neben das Bett stellte, tat er es so vorsichtig, als würde er sein Herz damit abstellen. Die Frau, die er als Sarah Watson gekannt und geliebt hatte, gab es nicht mehr. Sie hatte zu existieren aufgehört. Falls sie überhaupt jemals existiert hatte.

9

Am Nachmittag, als Oliver die Kinder abholte, hatte er Herzklopfen. Er ließ das Taxi warten, stieg aus, klingelte und stieg wieder ein. Er konnte es kaum erwarten, die Kinder wiederzusehen, sie bei sich zu haben, nur um nicht mehr allein sein zu müssen. Der allein in Boston verbrachte Sonntag hatte ihn sehr deprimiert. Dieses Wochenende würde er nie vergessen.

Melissa kam als erste aus dem Haus. Selbstsicher, erwachsen und sehr hübsch. Sie winkte ihrem Vater zu, und er war erleichtert, daß sie guter Laune war. Das Wiedersehen mit ihrer Mutter hatte ihr sichtlich gutgetan. Benjamin kam als nächster. Er wirkte ernst und verschlossen wie so häufig in letzter Zeit. In den zwei Monaten seit Sarahs Neuanfang hatte er sich grundlegend verändert – vielleicht weil er erwachsen wurde. Oliver war sich dessen nicht sicher und machte sich seinetwegen große Sorgen. Und dann kam Sam schleppenden Schrittes, ein großes, ungeschickt zusammengeschnürtes Bündel in den Armen. Sarah hatte ihm einen Teddybären geschenkt, voller Zweifel, ob ihm das Geschenk zusagen würde, aber er hatte die ganze Nacht mit dem Stofftier geschlafen und drückte es jetzt wie eine Kostbarkeit an sich.

Benjamin setzte sich vorne hin, und Mel war bereits eingestiegen, als Sam mit großen traurigen Augen neben seinem Vater auf den Sitz sank. Man sah ihm an, daß er geweint hatte.

»Na, mein Großer, was hast du da?«

»Mom hat mir einen Teddy geschenkt. Als Glücksbringer ... weißt du?« Es war ihm peinlich einzugestehen, wie begeistert er war. Sarah hatte mit sicherem Instinkt das für ihn Geeignete ausgesucht. Sie kannte ihre Kinder sehr gut. Oliver roch noch ihr Parfum an dem Jungen, als er ihn umarmte. Allein dieser Duft machte ihn traurig. Und als Sam über ihn hinwegkletterte, blickte Oliver auf und sah Sarah im Eingang stehen. Sie winkte zum Abschied, und er wäre am liebsten aus dem Taxi gesprungen und zu ihr gelaufen, um sie festzuhalten und mitzunehmen. Vielleicht würde es ihm doch noch gelingen, sie zur Vernunft zu bringen, und wenn nicht, dann hätte er sie wenigstens einmal berührt, sie gespürt und ihren Duft eingesogen. Doch er zwang sich, den Blick abzuwenden, und wies den Taxifahrer mit heiserer Stimme an, zum Flughafen zu fahren. Unwillkürlich warf er einen Blick zurück. Hübsch und jung sah sie aus, und während er sie noch betrachtete, spürte er, daß Melissa ihm etwas in die Hand drückte. Es war ein kleiner weißer Beutel, und als Oliver ihn öffnete, sah er darin den Smaragdring, den er Sarah zu Weihnachten geschenkt hatte. Auf einem beigelegten Zettel stand die Bitte, er solle ihn für Melissa aufbewahren. Das war eine sehr aussagekräftige Mitteilung. Ja, für ihn war es ein hartes Wochenende gewesen. Wortlos ließ er den Beutel in seine Tasche gleiten und preßte die Lippen zusammen. Sein Blick war kalt, als er nun aus dem Fenster sah.

Oliver hörte dem Geplapper der Kinder zu. Sie sprachen über das Essen, das Sarah gekocht hatte, das Popcorn und darüber, wie sehr ihnen die Wohnung gefallen hatte. Sam hatte von dem Besuch am meisten profitiert. Man sah ihm an, wie gut ihm das Wiedersehen mit seiner Mutter getan hatte. Sie alle waren wie aus dem Ei gepeilt, und Sam war akkurat so gekämmt, wie es Oliver am besten gefiel. Es war für ihn schmerzlich, die Kinder so zu sehen, so unmittelbar aus ihren Händen entlassen, wie neugeboren und ihr eben erst entschlüpft. Plötzlich wollte er kein Wort mehr von diesem Wochenende hören – wie wundervoll es gewesen war, wie toll Sarah ausgesehen hatte, wie hübsch der Garten war und wie schwierig ihre Kurse waren. Er wollte nur hören, wie verzweifelt ihr die Familie fehlte, er vor allem, und daß sie bald zurückkommen würde, wie sehr sie Boston haßte und daß es ein Fehler gewesen war, dorthin zu gehen. Und doch wußte er jetzt, daß er das nie zu hören bekommen würde.

Der Rückflug nach New York war ziemlich turbulent, doch die Kinder nahmen kaum Notiz davon. Um acht Uhr waren sie zu Hause. Aggie erwartete sie schon und bot an, rasch ein Abendessen zu kochen. Die Kinder erzählten Aggie alles von Boston, was ihre Mom gemacht und gesagt hatte, was sie dachte und alles, was sie vorhatte, bis Ollie es nicht mehr bei Tisch aushielt. Er stand auf und warf seine Serviette vor den erstaunten Kindern auf den Tisch.

»Ich habe es satt, mir das alles anzuhören! Es freut mich, daß es für euch schön war, aber könnt ihr nicht mal von etwas anderem reden?« Zerknirscht sahen sie ihn an, so daß er vor Verlegenheit weder aus noch ein wußte. »Tut mir leid ... ich ... ach, einerlei ...« Er ließ sie allein und ging hinauf, um die Tür seines Zimmers hinter sich zu schließen, in der Dunkelheit dazusitzen und in den Mondschein zu starren. Es war so schmerzlich, ständig von Sarah zu hören. Die Kinder hatten Sarah wiedergefunden, aber er hatte sie verloren. Es gab kein Zurück, keinen Ausweg mehr. Sie liebte ihn nicht mehr, mochte sie am Telefon auch das Gegenteil behauptet haben. Es war aus zwischen ihnen. Unwiderruflich.

Er saß in der Dunkelheit auf seinem Bett, sehr lange, wie es ihm vorkam, dann legte er sich hin und starrte auf die Zimmerdecke. Noch mehr Zeit verging, bis endlich an seine Tür geklopft wurde. Mel öffnete die Tür einen Spaltbreit, und zunächst konnte sie ihn gar nicht sehen. »Dad?« Sie kam herein und entdeckte ihn erst jetzt auf dem Bett. »Es tut mir leid ... wir wollten dich nicht ärgern ... es ist nur ...

»Ich weiß, Kleines, ich weiß. Es ist euer gutes Recht, euch zu freuen. Sie ist eure Mutter. Ich habe die Fassung verloren. Auch Väter drehen hin und wieder durch.« Lächelnd setzte er sich auf und machte Licht. Es war ihm peinlich, daß sie ihn in der Finsternis beim Trübsalblasen ertappt hatte. »Sie fehlt mir sehr ... so wie euch.«

»Sie sagt, daß sie dich noch immer liebhat, Dad.« Er tat Mel unbeschreiblich leid, und sein Blick war abgrundtief traurig.

»Das ist nett, mein Schatz. Ich habe sie auch lieb. Man kann es oft nur schwer begreifen, wenn sich die Dinge ändern ... wenn man einen geliebten Menschen verliert ... wenn man das Gefühl hat, das ganze Leben sei vorüber ... Ich werde mich daran gewöhnen.«

Melissa nickte. Ihrer Mutter hatte sie versprochen, alles zu tun, um Ollie eine Hilfe zu sein, und das war auch ihre feste Absicht. An jenem Abend brachte sie Sam samt Teddy zu Bett und überredete ihn, Daddy zur Abwechslung in Ruhe zu lassen und in seinem eigenen Bett zu schlafen.

»Ist Dad krank? Er war so komisch«, fragte Sam ängstlich.

Mel schüttelte den Kopf. »Nur aufgewühlt, das ist alles. Ich glaube, das Wiedersehen mit Mom war für ihn nicht leicht.«

»Es war toll.« Sam lächelte selig, umarmte den Bären und Mel, die sich tausend Jahre älter fühlte. Sie lächelte ihm zu.

»Finde ich auch. Aber für die beiden ist es sicher schwieriger.«

Sam nickte, als würde er alles verstehen, während er in Wahrheit gar nichts begriff. Und dann fragte er seine Schwester, was er weder Vater noch Mutter zu fragen wagte: »Mel, glaubst du, sie wird zurückkommen ...? Ich meine, so wie früher ... zu Dad und uns allen ...«

Seine Schwester überlegte lange, aber wie ihr Vater kannte sie die Antwort. »Ich weiß nicht ... aber ich glaube eigentlich nicht.«

Wieder nickte Sam, der nun besser imstande war, damit fertig zu werden, seit er Sarah besucht hatte und ihm versprochen worden war, daß er in wenigen Wochen wiederkommen durfte. »Glaubst du, Dad ist sauer auf sie?«

Mel schüttelte den Kopf. »Nein, ich glaube, er ist nur sehr traurig. Deshalb war er heute so zornig.«

Sam nickte und legte sich zurück. »Gute Nacht, Mel ... ich hab' dich lieb.« Sie beugte sich über ihn, um ihm einen Kuß zu geben, und strich ihm liebevoll übers Haar, wie Sarah es in Boston getan hatte.

»Ich hab' dich auch lieb, auch wenn du manchmal eine Landplage bist.« Beide mußten lachen, und Mel löschte das Licht und schloß die Tür, und als sie in ihrem Zimmer war, beobachtete sie, daß Benjamin aus dem Fenster kletterte, verhielt sich aber still.

Sie zog nur die Jalousie herunter und legte sich aufs Bett. Es gab viel, worüber sie nachdenken mußte. An diesem Abend hatten alle viel Stoff zum Nachdenken, und alle lagen lange wach und dachten an Sarah. Wohin Benjamin sich auch schleichen mochte, es war allein seine Sache, fand Mel, obwohl sie ahnte, wohin er wollte. Trotz des noch bestehenden Ausgehverbotes machte er einen Besuch bei Sandra.

10

Am nächsten Morgen kam Daphne kurz nach zehn in Olivers Büro. Im ersten Moment dachte sie, daß alles in Ordnung war, denn sie wußte, daß Ollie die Kinder übers Wochenende zu Sarah nach Boston gebracht hatte.

»Na, wie war's?« Kaum waren die Worte ausgesprochen, las sie die Antwort in seinen Augen. Er sah sie an, als hätte ihn der Blitz getroffen.

»Fragen Sie bloß nicht weiter.«

»Tut mir leid.« Es tat ihr wirklich leid, um seinet- und der Kinder willen.

»Mir auch. Haben Sie die Dia-Serie schon bekommen?« Daphne nickte, und beide sprachen nicht mehr über das Wochenende, während sie bis vier Uhr durcharbeiteten. Wieder einmal brachte die Arbeit Oliver Ablenkung. Es war wunderbar, nicht an Sarah oder die Kinder denken zu müssen.

Abends kam er um neun nach Hause, und von da an wurde es jeden Abend so spät, weil ein wichtiger Kunde dem Büro einen großen Auftrag erteilt hatte. Und zur Abwechslung schien mit den Kindern alles glattzulaufen. Drei Wochen nach dem ersten Besuch lud Sarah die Kinder wieder nach Boston ein, diesmal aber begleitete Oliver sie nicht. Mel und Sam flogen zu Sarah, aber Benjamin hatte sich mit Freunden zum Skilaufen verabredet, und er wollte seine Pläne nicht mehr ändern.

Am Freitagabend, als Ollie spät nach Hause kam, war das

Haus still und dunkel. Sogar Aggie hatte sich ein paar Tage freigenommen und war zu ihrer Schwester nach New Jersey gefahren. Es war sonderbar, allein zu sein, andererseits auch eine Erleichterung. Seit Sarahs Abschied waren drei Monate vergangen, ein Vierteljahr voller Tränen und Sorgen um die Kinder – eine Zeit der Verantwortung. Oliver war den ganzen Tag über vollauf beschäftigt gewesen, während er zwischen Purchase und seiner Firma hin- und herraste. Manchmal mußte er zugeben, daß Daphne recht hatte – es wäre tatsächlich einfacher gewesen, nach New York zu ziehen, aber er konnte sich nicht vorstellen, daß die Kinder dafür schon bereit wären. Vielleicht in einem oder zwei Jahren ... merkwürdig, daß er jetzt schon so weit vorausdachte, ohne Sarah miteinzubeziehen. Sein Leben erschien ihm öde und leer.

Am Samstag aß er mit seinem Vater zu Abend, und am Sonntagnachmittag besuchte er seine Mutter, die einen mitleiderregenden Anblick bot und in einem fort davon redete, daß sie nach Hause und im Garten arbeiten wolle. Sie hatte noch nicht ganz begriffen, wo sie sich befand, aber sie hatte auch helle Momente.

»Und dir geht es gut, Dad?« fragte Oliver eines Abends beim Essen im Restaurant.

»Mehr oder weniger.« Der Alte lächelte. »Ohne Phyllis fühle ich mich entsetzlich einsam.«

Ollie seufzte und lächelte mitfühlend. »Dad, ich weiß, was du meinst.« Noch immer erschien es ihm als Ironie des Schicksals, daß sie beide ihre Frauen zur gleichen Zeit verloren hatten. Es war seltsam, tragisch und unendlich schmerzlich.

»Du hast wenigstens die Kinder, die dir Gesellschaft leisten.«

»Du solltest häufiger zu uns kommen und sie besuchen. Sam würde sich riesig freuen.«

»Vielleicht morgen am Nachmittag.«

Aber Ollie erzählte ihm, daß sie in Boston bei Sarah waren.

Auch diesmal kamen sie hochgestimmt und bester Dinge zurück. Mel hatte Sam klargemacht, daß er seinem Vater nicht zuviel erzählen sollte, und ihm vor allem eingehämmert, Jean-

Pierre nicht zu erwähnen. Das war ein Freund ihrer Mutter, der Samstagabend zu Besuch gekommen war, um die Kinder kennenzulernen. Mel war sicher, daß er in ihre Mutter verschossen war. Er war fünfundzwanzig, französischer Austauschstudent, der mit seinen Witzen alle zum Lachen brachte und eine herrliche Pizza aus Resten zauberte. In Sams Augen war Jean-Pierre ein Superbursche, aber Melissa machte ihm klar, daß Oliver bestimmt nicht gern über ihn sprechen wollte.

»Glaubst du, Jean-Pierre geht mit Mom aus?« Sams Neugierde kannte keine Grenzen, zumal er sicher war, daß sich die beiden in der Küche geküßt hatten.

Mel beeilte sich, ihn von seinen Theorien abzubringen. »Sei nicht albern.«

Beide waren voller Vorfreude, weil Sarah versprochen hatte, in den Semesterferien mit ihnen zu verreisen. »Wohin wird sie mit uns fahren?« fragte Sam.

»Keine Ahnung, wir werden sehen.«

Schließlich entschied sich Sarah für eine Woche Frühjahrsskilauf in Massachusetts, und sogar Benjamin wollte mitkommen. Erst fünf Tage vor Ferienbeginn erreichte Oliver der Anruf von Benjamins Schule im Büro. Der Junge schwänzte schon seit Monaten den Unterricht und stand kurz vor dem Schulverweis. Der Direktor teilte Oliver mit, daß Benjamin noch eine kurze Bewährungsfrist hatte.

»Benjamin?« Oliver war wie vor den Kopf geschlagen. Er kam gerade von einer Besprechung und hatte schon das Schlimmste befürchtet, als die Schule sich meldete. »Das kann ich nicht glauben. Er war doch immer einer der Besten.«

»Jetzt nicht mehr, Mr. Watson. Seit Januar haben wir ihn im Unterricht kaum zu Gesicht bekommen. Dieses Trimester hat er in nahezu allen Fächern ungenügende Zensuren.«

»Und warum erfahre ich erst jetzt davon? Warum haben Sie so lange gewartet?« Oliver war schockiert und wütend, auf den Jungen, auf sich, auf die Schule und besonders auf Sarah, weil sie die eigentliche Verursacherin aller Schwierigkeiten war.

»Seit einem Vierteljahr schicken wir Ihnen Benachrichtigungen und haben nie eine Antwort bekommen.«

»Dieser Dreckskerl …« Oliver ahnte, was passiert war. Benjamin mußte die Benachrichtigungen abgefangen haben, um zu verhindern, daß Oliver etwas von der drohenden Katastrophe erfuhr. »Und was wird aus seinen College-Bewerbungen?«

»Das kann ich Ihnen nicht sagen. Natürlich müssen wir die Anstalten, die er angeschrieben hat, benachrichtigen, aber bis vor kurzem war er ja immer ein guter Schüler. Uns ist klar, daß er mildernde Umstände beanspruchen kann. Wenn er sich bereit erklärt, Sommerkurse zu belegen … natürlich hängt auch einiges von den Zensuren ab, die er von jetzt an erbringt. Das letzte Trimester wird für ihn sehr, sehr wichtig.«

»Ich verstehe.« Oliver schloß die Augen, bemüht, diese Neuigkeit zu verarbeiten. »Gibt es noch ein Problem in der Schule, von dem ich wissen müßte?« Er spürte, daß es noch andere Schreckensnachrichten gab, und fürchtete sich fast davor, sie zu hören.

»Nun, es gibt da einiges, was nicht in unseren Aufgabenbereich fällt …«

»Was soll das heißen?«

»Ich meine damit die kleine Carter. Wir sind der Meinung, daß sie einen Teil von Benjamins Problem darstellt. Sie hatte in diesem Jahr genug eigene Probleme – ihre Eltern haben sich getrennt –, und sie ist nicht … nun, sie hat nie die Leistungen erbracht, die Benjamin bringen konnte, außerdem stellt ihre Beziehung eine zu große Ablenkung dar. Ihr droht übrigens auch der Schulverweis, und wir haben ihrer Mutter schon mitgeteilt, daß sie dieses Jahr das Klassenziel nicht erreicht …« Verdammt … Oliver hatte dem Jungen Hausarrest gegeben und ihm befohlen, jeden Tag zum Abendessen zu Hause zu sein, dafür hatte Benjamin den Unterricht geschwänzt, um sich mit einer dummen Gans abzugeben, die schon fast von der Schule geflogen wäre.

»Ich werde mich um die Sache kümmern, und ich wäre Ihnen sehr dankbar, wenn wir uns soweit einigen könnten, daß Benjamins College-Bewerbungen nicht beeinträchtigt werden.« Täglich konnten die Antwortschreiben eintreffen ... von Harvard, Princeton, Yale – und jetzt drohte dem Jungen der Ausschluß!

»Vielleicht könnten Sie mehr Zeit zu Hause mit den Kindern verbringen. Uns ist natürlich klar, wie schwierig das ist, seit Mrs. Watson nicht mehr im Haus ist ...« Die Worte trafen ihn ins Mark. Er tat alles Menschenmögliche, um mit den Kindern zusammenzusein, und doch klangen ihm Benjamins Worte in den Ohren. Du kommst doch nie vor neun Uhr heim ...

»Ich werde tun, was ich kann. Noch heute nehme ich mir Benjamin vor.«

»Sehr schön. Wir halten Sie über seine Leistungen auf dem laufenden.«

»Rufen Sie mich bitte wieder im Büro an.«

»Geht in Ordnung.«

Oliver legte auf und saß einen Augenblick mit gesenktem Kopf da. Fast hatte er das Gefühl, keine Luft mehr zu bekommen. Und dann wählte er Sarahs Nummer in Boston. Er wußte nicht, was er sonst hätte tun sollen. Zum Glück war sie nicht da. Zudem war es nicht ihr Problem. Sie hatte die Familie verlassen, und er trug jetzt die volle Verantwortung für die Kinder.

An diesem Tag verließ er das Büro um vier Uhr und traf vor sechs zu Hause ein. Er wartete schon, als Benjamin, offensichtlich zufrieden mit sich, nach Hause kam. Mit einem stählernen Blick hielt sein Vater ihn auf.

»Komm ins Arbeitszimmer, Benjamin.«

»Ist etwas passiert?« Die Miene seines Vaters verriet Ben, daß etwas nicht in Ordnung sein mußte, aber auf das, was nun kam, war er nicht im geringsten gefaßt. Kaum war er eingetreten, versetzte ihm Oliver eine heftige Ohrfeige. Es war das erste Mal, daß er eines seiner Kinder schlug, wenn man von der Tracht Prügel absah, die er Benjamin verabreicht hatte, als er mit vier Jahren eine Gabel in eine Steckdose gesteckt hatte. Damals hatte er ein Zeichen setzen wollen – ebenso wie jetzt. Mehr aber entsprang die Ohrfeige seiner Enttäuschung und dem Schuldgefühl, unter dem er litt. Benjamin geriet unter dem Schlag ins Wanken und lief hochrot an, als er sich wortlos setzte. Oliver schloß die Tür. Jetzt wußte Benjamin, daß sein Vater hinter sein Geheimnis gekommen war oder zumindest von einigen Dingen wußte. Ben ahnte, was jetzt kommen würde.

»Entschuldige ... das wollte ich nicht. Aber ich habe das Gefühl, hintergangen worden zu sein. Heute hat mich dein Schuldirektor angerufen ... was, zum Teufel, hast du dir dabei gedacht?«

»Ich ... es tut mir leid. Da ....« Ben starrte zu Boden und richtete dann den Blick wieder auf Oliver. »Ich konnte einfach nicht ... ach, ich weiß nicht.«

»Weißt du, daß dir der Hinauswurf droht?« Benjamin nickte.

»Ist dir auch klar, daß dich danach vielleicht kein renommiertes College mehr nehmen wird? Daß du womöglich ein ganzes Jahr dranhängen oder zumindest Sommerkurse belegen mußt? Und was, zum Teufel, ist mit den Benachrichtigungen passiert, die man mir angeblich geschickt hat?«

»Die habe ich weggeworfen«, gestand Ben wahrheitsgemäß. Er sah jetzt aus wie ein Zehnjähriger, als er seinen Vater unglücklich anschaute. »Ich dachte, ich könnte alles wieder in den Griff kriegen und du würdest nie etwas davon erfahren.«

Oliver durchmaß nervös den Raum, um unvermittelt stehenzubleiben und seinen Sohn anzustarren. »Und was hat das Mädchen damit zu tun? Ich glaube, sie heißt Carter.« In Wahrheit war der Name deutlich in Olivers Bewußtsein eingraviert, und er argwöhnte schon lange, daß Benjamins Romanze außer Kontrolle geraten war, aber hätte nie im Traum daran gedacht, daß es so weit gekommen war. »Ich nehme an, du schläfst mit ihr? Wie lange läuft die Sache schon?«

Benjamin, der betreten auf den Boden schaute, gab keine Antwort.

»Antworte mir, verdammt! Was geht da vor? Der Direktor hat mir eröffnet, daß das Mädchen von der Schule fliegt. Was für ein Mädchen ist sie, und wieso kenne ich sie nicht?«

»Sandra ist ein nettes Mädchen, Dad.« Benjamin blickte trotzig zu ihm auf. »Ich liebe sie, und sie braucht mich.« Auf die zweite Frage seines Vaters ging er lieber nicht ein.

»Wie schön. Braucht sie einen Leidensgenossen, der ebenfalls von der Schule fliegt?«

»Sie fliegt nicht ... noch nicht ... sie hat eine schwere Zeit hinter sich ... ihr Vater hat ihre Mutter verlassen und ... na, egal. Das ist eine lange Geschichte.«

»Rührend. Und deine Mutter hat dich im Stich gelassen, deshalb wandert ihr beide Hand in Hand in der Weltgeschichte herum und schwänzt die Schule. Und was dann? Willst du den Rest deines Lebens an der Zapfsäule stehen, während sie in einer Kneipe kellnert? Das ist weder das, was ich von dir erwarte, noch ist es das, was du für dich selbst möchtest. Du verdienst etwas Besseres und sie vermutlich auch. Um Himmels willen, Benjamin, so nimm endlich Vernunft an!« Oliver funkelte seinen Sohn so wütend an wie noch nie. Die letzten dreieinhalb Monate hatten ihren Preis gefordert, und das sah man ihm jetzt an. »Ich verbiete dir, das Mädchen noch einmal zu treffen. Hörst du mich? Wenn du nicht gehorchst, schicke ich dich, wenn es sein muß, auf eine Militärschule. Ich werde nicht zulassen, daß du dein Leben wegwirfst, nur weil du aus dem Tritt geraten bist und wir alle es nicht leicht hatten. Das Leben verläuft nicht immer in geraden Bahnen, mein Sohn. Man wächst oder zerbricht an der Art, wie man Hindernisse bewältigt.«

Benjamin schaute ihn ganz ruhig und fest an. »Dad, ich bringe meine Zensuren in Ordnung, und ich schwänze nicht mehr, aber ich werde mich weiter mit Sandra treffen.«

»Den Teufel wirst du tun, wenn ich es dir verbiete. Verstanden?«

Benjamin stand auf. Seine blauen Augen blitzten kampflustig. »Ich werde mich weiterhin mit ihr treffen, das sage ich dir offen und ehrlich. Du kannst es mir nicht verbieten. Ich werde ausziehen.«

»Ist das dein letztes Wort in dieser Sache?«

Benjamin nickte nur.

»Gut. Du hast Hausarrest bis zum Ende des Schuljahres, bis deine Zensuren sich wieder gebessert haben, bis ich von der Schule erfahre, daß du nicht mal fünf Minuten den Unterricht versäumt hast, bis du dein Abgangszeugnis hast und ein College besuchst, das deinem Niveau entspricht. Dann können wir über Sandra weitersprechen.« Die beiden musterten sich mit stählernem Blick, keiner gab nach. »Jetzt geh auf dein Zimmer. Ich warne dich, Benjamin Watson, ich kontrolliere dich Tag und Nacht, also laß dir keine Dummheiten mehr einfallen. Wenn es sein muß, nehme ich mit der Mutter des Mädchens Kontakt auf.«

»Das kannst du dir sparen. Sie ist nie zu Hause.«

Oliver nickte unglücklich. Er war entsetzt, daß sein Sohn unbeirrt an dem Mädchen festhielt. »Das hört sich ja sehr nett an.«

»Darf ich jetzt gehen?«

»Bitte ...« Als Benjamin an der Tür stand, sagte Oliver in milderem Ton: »Es tut mir leid wegen der Ohrfeige. Ich fürchte, ich bin auch an meine Grenzen gestoßen. Der Unsinn, den du im Moment treibst, erleichtert die Situation nicht.«

Benjamin nickte und ging hinaus. Er schloß die Tür hinter sich, als Oliver sich, am ganzen Leib zitternd, in einen Sessel fallen ließ.

Nach gründlichem Nachdenken wurde ihm in der darauffolgenden Woche klar, was er tun mußte, oder vielmehr, was er tun konnte, um das Familienleben wenigstens einigermaßen zu verbessern. Er suchte den Direktor der Schule auf und bat ihn um eine Unterredung. Nach anfänglichem Zögern wurde ihm zugesagt, daß man auf seinen Vorschlag eingehen würde, falls Oliver Benjamin auf einer vergleichbaren Schule unterbringen konnte. Es war die einzige Möglichkeit, die ihm geblieben war. Für die Kinder würde es anfangs sehr hart sein, aber es könnte sich für sie alle als Patentrezept erweisen. Über die Ferien schickte Oliver die Kinder zu Sarah. Benjamin wehrte sich dagegen, und Oliver drohte ihm mit allen möglichen Strafen, bis der Junge sich schließlich doch entschloß mitzufahren. Während der Woche, die er allein war, nahm Oliver mit vier verschiedenen Schulen Kontakt auf und fand eine, die gewillt war, Benjamin aufzunehmen. Ollie wollte mit der ganzen Familie schleunigst nach New York ziehen, sich eine Mietwohnung suchen und die Kinder auf neue Schulen schicken. Damit war gesichert, daß Benjamin von dem Mädchen und eventuellen Freunden, die eine Ablenkung bedeuteten, getrennt wurde, und es bedeutete außerdem, daß Oliver jeden Abend schon um sechs zu Hause sein konnte. Es war genau das, was Daphne ihm vor zwei Monaten geraten hatte. Damals hatte er den Vorschlag von sich gewiesen, zumindest für die nächste Zeit, nun aber erschien ihm diese Idee als einzige Lösung.

Die Schule in Purchase war sogar gewillt, Benjamin ein Abgangszeugnis zu geben, wenn er die restlichen zwei Monate des Schuljahres in New York anständig hinter sich brächte und die Sommerkurse in Purchase belegte. Einfach ideal. Mel wurde ohne weitere Umstände von einer exklusiven Schule an der Upper East Side aufgenommen, und Sams Schulwechsel bereitete ohnehin keine Probleme. Es war ein glänzender, wenngleich übereilt durchgeführter Schachzug. In den letzten zwei Tagen vor der Rückkehr der Kinder liefen sich Oliver und Daphne die Sohlen ab, bis er eine schöne Wohnung gefunden hatte. Ein Bankkaufmann, der mit Frau und Kindern ein Jahr in Paris verbringen wollte, überließ sie ihm. Sie umfaßte vier geräumige Schlafzimmer, hatte einen hübschen Ausblick und eine große Traumküche, hinter der ein geräumiges Zimmer für Agnes lag. Die Miete war ziemlich hoch, aber nach Olivers Ansicht lohnte sich die Investition. In zehn Tagen hatte Ollie alles geschafft, was er sich vorgenommen hatte. Blieb nur noch, den Kindern die Neuigkeit beizubringen, sobald sie aus den Ferien heimkamen.

Daphne saß mit Oliver im Wohnzimmer, nachdem er den Vertrag unterschrieben hatte, und sie musterte ihn besorgt. Für einen Mann, der sich noch vor zwei Monaten geweigert hatte, seine Lebensumstände zu ändern, hatte er nun sehr überstürzt gehandelt.

Seit ihm klargeworden war, daß Sarah nicht mehr zurückkehren würde, hatte sich seine Einstellung geändert.

»Ich glaube, der Ortswechsel wird uns allen guttun.« Unwillkürlich verteidigte er seine Entscheidung, obwohl er Daphne keine Rechtfertigung schuldete.

»Das glaube ich auch, aber was werden die Kinder dazu sagen?«

»Was können sie schon sagen? Ich habe keine Möglichkeit, Benjamin im Auge zu behalten, wenn ich täglich pendle. Und wenn er sich bis Juni nicht aus dem Schlamassel befreit hat, können wir immer noch zurück nach Purchase. Die Kinder würden im Herbst wieder von ihren alten Schulen aufgenommen. Vielleicht hätte ich von allem Anfang an nach New York ziehen sollen.«

Daphne nickte. Er hatte recht. Es war ja keine endgültige Entscheidung, und zumindest war es ein Versuch, die Flut abzuwehren, die Benjamin in Purchase zu verschlingen drohte. »Meinen Sie nicht, daß die Veränderung zu radikal ist?« fragte Daphne vorsichtig.

»Möchten Sie mir damit zu verstehen geben, daß ich verrückt geworden bin?« Das Lächeln, das Oliver ihr schenkte, ließ Nervosität erkennen, weil er sich dieselbe Frage selbst stellte. Zugleich aber staunte er nicht schlecht, was er geschafft hatte, während die Kinder mit ihrer Mutter in den Ferien waren. Einerseits hatte er Angst, mit ihnen darüber zu sprechen, andererseits freute er sich darauf. Es würde ein aufregendes neues Leben für alle werden, ungeachtet der Gründe, die zu dieser Veränderung geführt hatten. Nach wie vor erschien es ihm als die beste Lösung für Benjamins Probleme.

»Ich glaube, Sie haben richtig gehandelt, falls Ihnen das eine Hilfe ist. Ich glaube nur, daß diese große Veränderung den Kindern zunächst sehr zu schaffen machen wird.«

»Vielleicht ist es diesmal eine Veränderung zum Guten.« Oliver wanderte im Wohnzimmer auf und ab. Es war eine hübsche Wohnung, die den Kindern, besonders Melissa, gefallen würde.

Ihr neues Zuhause lag an der East 84th Street, einer baumgesäumten Straße, zwei Blocks vom Central Park entfernt. Es war genau das, was Oliver gesucht hatte. »Daph, halten Sie mich wirklich für verrückt?« Plötzlich hatte er Angst vor der Aussprache mit den Kindern. Was sollte er tun, wenn sie sich ihm widersetzten? Bis jetzt war er sicher gewesen, die richtige Entscheidung getroffen zu haben, aber nun kamen ihm Zweifel.

»Nein, ich halte Sie nicht für verrückt, und ich glaube, daß sich der Umzug günstig auf alles auswirken wird. Sie sollten bloß nicht erwarten, daß Ihre Kinder vor Freude Luftsprünge machen und Ihre großartige Idee bejubeln. Zuerst werden sie tüchtig erschrecken, auch wenn Sie ihnen alles noch so verlockend schildern. Lassen Sie ihnen Zeit, sich an den Gedanken zu gewöhnen.«

»Genau das hatte ich mir vorgenommen.«

Auf die Heftigkeit ihrer Reaktionen war Oliver jedoch nicht im mindesten gefaßt. Er holte sie vom Flughafen ab und fuhr mit ihnen in die Stadt. Blendend gelaunt, erzählten die Kinder ihm zuerst alles, was sie getrieben und gesehen hatten und wie herrlich das Skilaufen mit ihrer Mutter gewesen war. Diesmal blieb Oliver ruhig, weil er an das dachte, was er ihnen in New York zeigen würde.

»Werden wir Daphne treffen, Dad?« wollte Melissa wissen.

Ollie schüttelte den Kopf und fuhr weiter. Agnes hatte er schon am Morgen eingeweiht, und sie war, nachdem sie sich vom ersten Schreck erholt hatte, einverstanden gewesen mitzukommen. Der Umzug nach New York war für sie nicht so tragisch, wenn sie nur mit den Kindern zusammenleben konnte.

Oliver fand vor dem Haus einen Parkplatz und komplimentierte die verwundert um sich blickenden Kinder hinein.

»Dad, wer wohnt hier?« wollte Sam wissen. Ollie schüttelte nur den Kopf, betrat den Aufzug und sagte: »Siebenter Stock.«

»Jawohl, Sir.« Der Liftboy lächelte zuvorkommend. Auch der Portier hatte den neuen Mieter sofort erkannt, als er sie eingelassen hatte.

Oliver drückte auf die Klingel, und als niemand die Wohnungstür öffnete, machte er sich mit einem Achselzucken daran, einen Schlüssel aus der Tasche zu ziehen. Er öffnete die Tür für seine Kinder, die ihm aus aufgerissenen großen Augen zusahen und an seinem Verstand zweifelten.

»Hereinspaziert, Herrschaften.«

»Wessen Wohnung ist das?« flüsterte Mel, die zögernd eintrat, während Sam ungeniert hereinspazierte und neugierig um sich blickte. Es war niemand zu Hause. Er gab den anderen ein Zeichen einzutreten.

Als Benjamin plötzlich ein Licht aufging, verfinsterte sich seine Miene, während Mel lautstark ihr Entzücken über die schönen alten Möbel äußerte.

»Schön, daß es dir gefällt, mein Schatz«, sagte Ollie lächelnd. »Das ist unser New Yorker Quartier. Na, wie gefällt es euch?«

»Wumm!« Mel war hingerissen. »Wann werden wir hier wohnen, Daddy?« Eine Wohnung in New York hatte nie zur Debatte gestanden, und plötzlich erwachte Sams Argwohn.

»Kommst du übers Wochenende nicht mehr nach Hause, Dad?«

»Natürlich komme ich. Und noch dazu viel früher als bis jetzt. Wir werden alle bis zum Ende des Schuljahres hier wohnen.« Oliver war bemüht, den Umzug wie ein Abenteuer zu schildern, aber die Kinder hatten begriffen, was auf sie zukam, und waren sehr betroffen.

»Du meinst, wir alle ziehen hierher?« Mel war entsetzt. »Und was wird aus unseren Freunden?«

»Die könnt ihr an den Wochenenden und im Sommer sehen. Und wenn es uns gar nicht gefällt, bleiben wir nächstes Jahr wieder in Purchase. Aber einen Versuch ist es wert.«

»Wir sollen alle die Schule wechseln?« Mel konnte nicht fassen, was sie hörte. Oliver nickte und ließ den Blick von einem zum anderen wandern. Sam war wie vor den Kopf geschlagen. Mel ließ sich auf einen Stuhl fallen und fing zu weinen an. Benjamin schwieg, aber sein Blick war eisig. Er wußte, daß dies hauptsächlich seine Schuld war, aber dieser Gedanke milderte seine Wut keineswegs. Sein Vater hatte kein Recht, ihnen das anzutun, überhaupt kein Recht. Es war schon schlimm genug, daß ihre Mutter fort war, jetzt sollten sie auch noch die Schule wechseln und nach New York ziehen! Plötzlich würde alles, einfach alles anders werden. Und genau das strebte Oliver an. Besonders für Benjamin, wie dieser genau spürte.

»Kommt, Leute, es wird ein Riesenspaß. Alles ist neu und aufregend.

»Und was ist mit Aggie?« Sams Sorge wuchs. Er wollte niemanden mehr verlieren, an dem er hing, und sein Vater beeilte sich, ihn zu beruhigen.

»Sie wohnt auch hier.«

»Und Andy?«

»Der bleibt auch bei uns, solange er sich benimmt. Wenn er die Möbel anknabbert, müssen wir ihn zu Grandpa bringen und ihn an den Wochenenden holen.«

»Er wird artig sein, das schwöre ich.« Sams Augen waren angstvoll geweitet, aber wenigstens weinte er nicht. »Kann ich mein Zimmer sehen?«

»Aber sicher.« Ollie war angenehm überrascht. Zumindest Sam war bemüht, sich zu freuen, auch wenn seine Geschwister fassungslos waren. Melissa war untröstlich, und Benjamin starrte finster aus dem Fenster. »Im Moment ist es noch nicht richtig gemütlich, aber wenn wir eure Sachen herbringen, wird es sicher großartig sein.« Zum Glück hatte auch der Wohnungsbesitzer zwei Söhne und eine Tochter, es gab also zwei Zimmer für Jungen, und eines war ganz in Rosa. Melissa weigerte sich, auch nur einen Blick hineinzuwerfen. Das Zimmer war doppelt so groß wie ihres zu Hause und sehr viel schicker eingerichtet. Sam erstattete Bericht, als er wieder ins Wohnzimmer zurückkam.

»Alles in Ordnung, Mel. Es ist rosa, es wird dir gefallen ...«

»Mir einerlei. Ich ziehe nicht um. Ich bleibe bei Carole oder Debbie.«

»Nein, das wirst du nicht«, sagte Oliver leise und mit Nachdruck. »Du wirst mit uns hier wohnen. Ich habe dich auf einer erstklassigen Schule angemeldet. Ich weiß, daß die Veränderung nicht einfach ist, im Moment ist das aber die beste Lösung, wirklich, Mel, glaube mir.«

Plötzlich drehte sich Benjamin wie der Blitz zu ihnen um. »Damit will er sagen, daß er mich aus nächster Nähe im Auge behalten möchte und mich von Sandra fernhalten will. Was ist mit den Wochenenden, Dad? Darf ich sie dann auch nicht sehen?« Er war zornig und verbittert.

»So lange nicht, bis deine Leistungen sich bessern. Das habe ich dir schon einmal gesagt, und es war mein Ernst. Deine Pläne, auf ein anständiges College zu kommen, kannst du sonst in den Wind schreiben.«

»Das ist mir einerlei. Mir bedeutet das nichts mehr.«

»Das war aber ganz anders, als du deine Bewerbungen abgeschickt hast, oder hast du das schon vergessen?«

»Seit damals hat sich vieles geändert«, murmelte der Junge finster und nahm seinen Platz am Fenster wieder ein.

»Na, hat jetzt jeder genug gesehen?« Oliver schaffte es trotz allem, einen munteren Ton anzuschlagen, aber nur Sam war gewillt, darauf einzugehen.

»Gibt es einen Hof zum Spielen?«

Oliver lächelte. »Nein, aber der Central Park ist ganz in der Nähe. Das müßte reichen.« Sam nickte zustimmend. »Sollen wir gehen?«

Melissa lief zur Tür, und Benjamin folgte langsam und mit nachdenklicher Miene. Es wurde eine stille Fahrt nach Purchase, da alle ihren Gedanken nachhingen. Nur Sam stellte hin und wieder eine Frage.

Agnes wartete mit dem Essen, und Sam erstattete genau Bericht über die neue Wohnung. »Ich kann im Central Park Ball spielen ... und ich habe ein schön großes Zimmer ... und wenn Schulschluß ist, kommen wir hierher zurück für den ganzen Sommer. Wie heißt meine Schule, Dad?«

»Collegiate.«

»Collegiate«, wiederholte er vor Aggie, die, obwohl ganz Ohr, die zwei anderen Kinder genau im Auge behielt. Weder Benjamin noch Mel hatten ein Wort von sich gegeben, seit sie bei Tisch saßen. »Wann ziehen wir um?«

»Nächstes Wochenende.« Kaum waren die Worte ausgesprochen, brach Melissa in eine wahre Flut von Tränen aus, und wenig später stand Benjamin abrupt auf. Unauffällig nahm er die Autoschlüssel vom Dielentisch und fuhr gleich darauf, von Oliver beobachtet, davon.

An jenem Abend kam Melissa nicht mehr aus ihrem Zimmer, und als Oliver ihre Tür öffnen wollte, war sie verschlossen. Nur Sam freute sich auf den Umzug. Für ihn war es etwas Neues und Aufregendes. Nachdem er den Jungen zu Bett gebracht hatte, ging Oliver wieder hinunter, um auf Benjamin zu warten. Er wollte ernsthaft mit ihm über seine Trotzreaktion reden.

Benjamin kam erst um zwei Uhr morgens, und Ollie wartete noch immer, von ständig wachsender Besorgnis erfüllt. Schließlich hörte man das Knirschen von Kies auf der Auffahrt und ein Motorengeräusch. Leise wurde die Tür geöffnet. Oliver ging in den Flur, um seinen Sohn zu empfangen.

»Möchtest du in die Küche kommen und mit mir reden?« Eine rein rhetorische Frage.

»Es gibt nichts zu besprechen«, erwiderte Benjamin.

»Ich bin andrer Meinung. Jedenfalls gibt es genug Gesprächsstoff, daß du bis zwei Uhr morgens wegbleibst, oder handelt es sich dabei um eine andere Art von Unterhaltung?« Ohne eine Antwort abzuwarten, ging Oliver in die Küche voraus und rückte zwei Stühle zurecht, doch dauerte es eine Sekunde, ehe Benjamin sich setzte. Es war ihm anzusehen, daß er es widerwillig tat. »Benjamin, was ist los mit dir?«

»Nichts, was ich mit dir besprechen möchte.« Schlagartig waren sie zu Gegnern geworden – fast über Nacht.

»Warum bist du gegen mich eingestellt? Ist es wegen Mom? Gibst du mir immer noch die ganze Schuld?«

»Ach was, das ist eure Sache. Und was ich treibe, die meine. Ich mag es nicht, wenn man mich gängelt. Dazu bin ich zu alt.«

»Du bist siebzehn, noch nicht ganz erwachsen, auch wenn du es gern wärest. Und du kannst dich nicht einfach über alle Regeln hinwegsetzen, sonst wirst du früher oder später einen höllischen Preis dafür bezahlen. Im Leben sind ständig Regeln zu beachten, ob dir dies nun zusagt oder nicht. Im Moment ist sogar deine Aufnahme in ein College gefährdet.«

»Scheißcollege!«

Diese Äußerung erschreckte Ollie. »Was soll das heißen?«

»Ich habe jetzt an wichtigere Dinge zu denken.« In diesem Augenblick fragte sich Oliver, ob der Junge betrunken war, aber er sah eigentlich nicht danach aus. Nein, das konnte nicht der Grund sein.

»Woran beispielsweise? An Sandra Carter? In deinem Alter ist das eine Sache ohne Bestand. Und falls nicht, wirst du sehr lange warten müssen, bis es eine feste Beziehung wird. Erst mußt du die Schule abschließen, aufs College gehen, Arbeit suchen, den Unterhalt für Frau und Kinder verdienen. Vor dir liegt ein langer Weg, und du tust gut daran, dich jetzt an die Spur zu halten, sonst landest du, ehe du dich versiehst, im Dreck ...«

Benjamin sank in sich zusammen, als er das hörte. Bedrückt blickte er zu seinem Vater auf. »Ich ziehe nicht mit nach New York. Das kommt für mich nicht in Frage.«

»Es bleibt dir nichts anderes übrig. Das Haus hier wird, von den Wochenenden abgesehen, zugesperrt. Allein lasse ich dich hier nicht wohnen. Und wenn du die Wahrheit wissen willst – unser Umzug findet auch deinetwegen statt. Du sollst deine Angelegenheiten in Ordnung bringen, bevor es zu spät ist, und ich möchte an den Abenden mehr Zeit für euch alle haben.«

»Dafür ist es schon zu spät. Und ich gehe nicht mit.«

»Warum nicht?« Das nun eintretende Schweigen schien endlos. Oliver wartete.

Schließlich bequemte sich Ben zu einer Antwort. »Ich kann Sandra nicht verlassen.«

»Warum nicht? Auch nicht, wenn ich dir erlaube, sie an den Wochenenden zu treffen?«

»Ihre Mutter zieht nach Kalifornien. Sie hat kein Dach mehr über dem Kopf.« Das Bild, das Benjamin zeichnete, entlockte Oliver fast einen Seufzer.

»Geht Sandra nicht mit?«

»Die beiden verstehen sich nicht, und Sandra haßt ihren Vater. Sie denkt nicht daran, zu ihm nach Philadelphia zu ziehen.«

»Was hat sie dann vor?«

»Sie will die Schule sausen lassen, sich einen Job suchen und hierbleiben. Ich lasse sie nicht allein.«

»Wie edel. Aber mir scheint diese Sandra sehr selbständig zu sein.«

»Das ist sie nicht. Sie braucht mich.« Es war das erste Mal seit langem, daß Benjamin ein wenig aus sich herausging und von ihr sprach. Oliver war gerührt und entsetzt zugleich von dem, was er zu hören bekam. Sandra schien seinem Gefühl nach eher zu den Mädchen zu gehören, von denen man lieber die Finger ließ, weil man sich mit ihnen viel Ärger einhandelte. »Dad, ich kann sie nicht verlassen«, wiederholte Ben.

»Im Herbst, wenn du aufs College kommst, wirst du sie so oder so allein lassen müssen. Dann kannst du es jetzt gleich hinter dich bringen, bevor noch größere Probleme entstehen.«

Die Ironie dieser Worte entlockte Benjamin ein Lächeln. »Ich kann nicht fort.« Seine Antwort sorgte bei Oliver für Verwirrung.

»Nicht aufs College oder nicht nach New York?« Das war eine völlig neue Situation.

»Beides nicht.« In Benjamins Eigensinn mischte sich Verzweiflung.

»Aber warum nicht?« Wieder trat bedrückendes Schweigen ein, bis Benjamin aufblickte und sich entschloß, endlich mit der Wahrheit herauszurücken. Er hatte seine Probleme lange genug für sich behalten, und wenn sein Vater unbedingt alles wissen wollte, na bitte.

»Weil sie schwanger ist.«

»Mein Gott ... mein Gott ... warum, zum Teufel, hast du mir das nicht eher gesagt?«

»Ich dachte, du würdest es nicht wissen wollen ... und außerdem ist es mein Problem.« Benjamin ließ den Kopf hängen. Es war eine Bürde, die ihn seit Monaten schon drückte.

»Ist das der Grund, weshalb ihre Mutter sie allein läßt und nach Kalifornien übersiedelt?«

»Zum Teil. Dazu kommt aber, daß sie sich nicht vertragen und daß ihre Mutter einen neuen Freund hat.«

»Und was hält sie von der Schwangerschaft ihrer Tochter?«

»Sie ist der Meinung, daß das Sandras Problem ist und nicht das ihre. Sie hat ihr zu einem Abbruch geraten.«

»Und? ... Hat Sandra sich dazu entschlossen?«

Benjamin schüttelte den Kopf. Als er wieder zu seinem Vater aufblickte, erkannte Oliver in seinen Augen alles das, woran er selbst glaubte. »Das lasse ich nicht zu.«

»Um Himmels willen, Benjamin ... « Oliver stand auf und fing an, in der Küche auf und ab zu laufen. »Du läßt es nicht zu? Warum nicht? Was um alles in der Welt soll eine Siebzehnjährige mit einem Baby anfangen? Oder will sie es zur Adoption freigeben?«

Wieder schüttelte Benjamin den Kopf. »Sie sagt, daß sie es behalten möchte.«

»Benjamin, bitte, so nimm doch Vernunft an! Du richtest drei Leben zugrunde, nicht nur eines. Bring das Mädchen dazu, daß sie einem Abbruch zustimmt.«

»Das kann sie nicht.«

»Warum nicht?«

»Sie ist im vierten Monat.«

Oliver ließ sich mit dumpfem Aufprall auf einen Stuhl fallen. »In was für einen Schlamassel hast du dich da hineinmanövriert! Kein Wunder, daß du die Schule geschwänzt und nichts gelernt hast – aber eines laß dir gesagt sein: Wir werden dieses Tief gemeinsam durchstehen. Du kommst nächste Woche mit mir nach New York, und dann werden wir weitersehen.«

»Dad, ich habe dir schon einmal gesagt, daß ich Sandra nicht allein lasse.« Benjamin stand ungeduldig auf. »Sie ist allein und schwanger, und es ist mein Kind, das sie erwartet. Sie und das Kind bedeuten mir sehr viel.« Plötzlich standen Benjamins Augen voller Tränen, er war müde und ausgelaugt und wollte nicht mehr streiten. Es war für ihn schon alles schwer genug, ohne daß er sich gegen seinen Vater zur Wehr setzen mußte. »Daddy, ich liebe sie ... bitte, halte dich aus der Sache heraus!« Benjamin verschwieg, daß er angeboten hatte, Sandra zu heiraten. Aber Sandra hatte nichts für die Ehe übrig und keine Lust, wie ihre Eltern auf eine Scheidung zuzusteuern.

Oliver ging zu ihm und legte den Arm um ihn. »Sei vernünftig ... du mußt jetzt das Richtige tun ... für euch beide. Wenn du dein Leben wegwirfst, ist niemandem geholfen. Wo wohnt sie im Moment?« Tausend Gedanken jagten durch Ollies Kopf – er dachte sogar an die Möglichkeit, Sandra den Aufenthalt in einem Heim für ledige Mütter zu bezahlen.

»Zu Hause, aber sie zieht bald in eine Wohnung in Port Chester um. Ich habe ihr geholfen, die Miete zu bezahlen.«

»Sehr großzügig von dir, aber sehr bald wird sie mehr als das brauchen. Hast du eine Ahnung, was ein Baby kostet? Wieviel es kostet, eines in die Welt zu setzen?«

»Was schlägst du vor, Dad?« fragte Ben verbittert. »Sollen wir das Kind abtreiben, weil es billiger ist? Sie trägt mein Kind in sich. Ich liebe das Kleine, und ich liebe sie, und ich gebe die beiden nicht auf, verstehst du das denn nicht? Und ich ziehe nicht nach New York. Ich mache hier die Schule zu Ende, damit ich bei ihr sein kann.«

»Ich weiß gar nicht, was ich sagen soll. Bist du sicher, daß sie im vierten Monat ist?«

Benjamin nickte, und die Erkenntnis, daß der kleine ›Unfall‹ zeitmäßig mit Sarahs Auszug zusammenfiel, war für Oliver bedrückend. Sie alle hatten eine Zeitlang verrückt gespielt, aber Benjamins Verrücktheit würde ihn ein ganzes Leben lang belasten.

»Wird sie das Kind austragen?« fragte Ollie.

Benjamin nickte. »Natürlich, Dad. Komisch, ich dachte, du wärest immer gegen Abtreibungen.« Das saß. Er war derjenige, der dreimal mit Sarah einen Kampf ausgefochten hatte, um seine Kinder zu retten, und jetzt verlangte er, daß Benjamins Kind abgetrieben wurde. Aber dieser Fall lag völlig anders.

»In den meisten Fällen bin ich dagegen. Aber du zerstörst damit dein Leben, und du bist mir wichtiger als das Kind.«

»Das Kind ist ein Teil von mir und ein Teil von dir und Mom und von Sandra. Ich lasse nicht zu, daß es getötet wird.«

»Und wie willst du für das Kind sorgen?«

»Wenn es sein muß, kann ich nach der Schule arbeiten. Und auch Sandra wird arbeiten. Sie ist ja nicht schwanger geworden, um mich unter Druck zu setzen. Es ist einfach passiert, und jetzt wollen wir die Lage meistern, so gut es geht.« Und das würde sehr schwer werden, wie er genau wußte.

»Wie lange weißt du es schon?« Damit war erklärt, weshalb Benjamin in den letzten Monaten so wortkarg gewesen war, weshalb er sich zu Hause so rar gemacht und ständig auf alles mit Trotz reagiert hatte.

»Ach, schon eine ganze Weile. Zwei Monate, glaube ich. Zuerst war Sandra nicht sicher, weil sie keine regelmäßige Periode hat, aber dann habe ich sie zum Arzt geschickt.«

»Na, das war wenigstens etwas Vernünftiges. Und jetzt? Wird sie entsprechend betreut?«

»Ich gehe einmal im Monat mit ihr zum Arzt.« Unglaublich – sein Junge, sein Erstgeborener wurde Vater. »Das reicht doch, oder?« fragte Ben ängstlich.

»Im Moment schon. Glaubst du, sie würde in ein Heim für ledige Mütter gehen? Dort könnte man sich um sie kümmern und nachher auch für das Kind Arrangements treffen.«

»Was für Arrangements?« Benjamins Argwohn erwachte jäh.

»Das hängt von ihr und von dir ab ... aber es wäre eine anständige Unterbringung, gemeinsam mit Mädchen, die in derselben Lage sind.«

Benjamin nickte. Vielleicht war das keine schlechte Idee. »Ich werde sie fragen.«

»Und wann soll das Baby kommen?«

»Ende September.«

»Dann wirst du auf dem College sein.«

»Möglich.« Aber das gehörte erst zur nächsten Kampfrunde. Beide waren jetzt zu erschöpft. Kein Wunder, es war vier Uhr vorbei, und das Wortgefecht hatte Kraft gekostet.

»Geh zu Bett. Morgen reden wir weiter.« Ollie berührte sanft Benjamins Schulter. »Es tut mir leid, mein Sohn. Es tut mir leid, daß euch beiden das passieren mußte. Aber wir werden schon einen Ausweg finden.«

»Danke, Dad.«

Aber keiner schien überzeugt, als sie ins Obergeschoß gingen, in ihre eigenen Gedanken und Sorgen versunken. Leise schlossen sich die Türen hinter ihnen.

11

Die ganze Woche über führten sie Gespräche bis tief in die Nacht und kamen doch zu keinem Ergebnis. Eines Abends suchte Oliver sogar Sandra auf. Es war eine Begegnung, die ihn erschütterte. Sandra war hübsch, nicht sonderlich intelligent, dazu verängstigt und einsam, als käme sie aus einer anderen Welt. Sie klammerte sich an Benjamin, als ob er ihre einzige Rettung wäre. Und in einem Punkt zeigte sie sich ebenso unbeugsam wie Benjamin: Sie wollte das Kind behalten.

Diese Hartnäckigkeit brachte Oliver zur Verzweiflung, und er rief Sarah an, um mit ihr darüber zu sprechen.

»Weißt du überhaupt, was im Leben deines Ältesten vor sich geht?« Das hörte sich sogar in seinen Ohren reichlich dramatisch an, aber man mußte unbedingt etwas unternehmen. Benjamin konnte nicht den Rest seines Lebens mit diesem Mädchen und dem Baby verbringen.

»Er hat mich gestern angerufen. Ich glaube, du solltest dich nicht einmischen«, erwiderte Sarah.

»Bist du wahnsinnig?« Am liebsten hätte er sie mit der Telefonschnur erdrosselt. »Begreifst du denn nicht, was das für sein Leben bedeutet?«

»Was sollte er deiner Meinung nach tun? Das Mädchen umbringen?«

»Rede keinen Unsinn, ich bitte dich.« Nie hätte er gedacht, so etwas von ihr zu hören zu bekommen. »Sie könnte es abtreiben lassen oder das Kind wenigstens zur Adoption freigeben. Und Benjamin sollte endlich Vernunft annehmen.«

»Das hört sich aber nicht so an wie der Oliver, den ich kannte ... seit wann hast du dich zu einem Verfechter der Abtreibung entwickelt?«

»Seit mein siebzehnjähriger Sohn seine siebzehnjährige Freundin geschwängert hat und beabsichtigt, ihrer beider Leben durch seinen Edelmut zu ruinieren.«

»Du hast kein Recht, Ben zu verbieten, das zu tun, was er für richtig hält.«

»Unglaublich, das aus deinem Mund zu hören. Was ist denn los mit dir? Liegt dir denn nichts mehr daran, daß er eine Ausbildung bekommt? Ist dir denn nicht klar, daß er die Schule aufgibt und ans College keinen Gedanken mehr verschwendet?«

»Er wird schon zur Vernunft kommen. Warte ab, bis das Baby Tag und Nacht brüllt. Dann wird er dich um Hilfe anflehen, aber bis dahin muß er tun, was er für richtig hält.«

»Du kannst es an Verrücktheit mit ihm aufnehmen. Das muß wohl erblich sein. War das der Rat, den du ihm gegeben hast?«

»Ja. Ich habe ihm gesagt, daß er tun muß, was er für richtig hält.«

»Das ist blanker Unsinn.«

»Was würdest du ihm denn raten?«

»Er muß sich zusammenreißen, seine Zensuren verbessern, wieder zur Schule gehen, das Mädchen in einem Heim für ledige Mütter unterbringen und das Kind zur Adoption freigeben.«

»Eine nette und saubere Lösung. Zu schade, daß er nicht deiner Meinung ist.«

»Das ist auch nicht nötig, Sarah. Er ist noch minderjährig. Er muß tun, was wir wollen.«

»Er wird dir sagen, daß du dich zum Teufel scheren sollst, wenn du ihm zu heftig zusetzt.«

»So wie du?« Er war wütend auf sie. Sarah spielte mit Benjamins Leben, wenn sie zuließ, daß er sich unglücklich machte.

»Wir sprechen nicht von uns, sondern von ihm.«

»Wir sprechen von einem unserer Kinder, das im Begriff steht, sein Leben kaputtzumachen, und du redest Unsinn.«

»Oliver, sieh doch den Tatsachen ins Auge. Es ist sein Kind und sein Leben, und er wird genau das tun, was er möchte, ob es dir gefällt oder nicht, also spar dir die Magengeschwüre.« Es war hoffnungslos mit ihr, deshalb beendete Oliver das Gespräch noch ratloser als zuvor.

Am Samstagmorgen tauchte Benjamin bei seinem Vater auf, gerade als der Wagen der Spedition in der Auffahrt erschien. Sie mußten ein paar Sachen nach New York mitnehmen.

»Na, bist du reisefertig, mein Sohn?« Oliver schlug einen unbefangenen, munteren Ton an, als könnte dies eine Sinnesänderung herbeiführen. Aber Benjamin blieb in sich gekehrt und unbeugsam.

»Ich wollte mich nur verabschieden, Dad.« Nun trat scheinbar nicht enden wollendes Schweigen zwischen ihnen ein.

»Du mußt mitkommen. Dir selbst zuliebe und vielleicht sogar Sandra zuliebe.«

»Kommt nicht in Frage. Ich bleibe hier. Mein Entschluß steht fest. Und mit der Schule ist ab sofort Schluß. Ich habe Arbeit in einer Kneipe gefunden und kann bei Sandra wohnen.«

In gewisser Weise hatte Oliver ihn mit dem Umzug zu diesem Schritt gezwungen, und das bedauerte er jetzt sehr.

»Und wenn ich dich im Haus wohnen lasse? Würdest du in diesem Fall weiter zur Schule gehen?«

»Ich habe die Schule satt. Ich muß Sandra helfen.«

»Benjamin, bitte ... mit einer guten Ausbildung kannst du mehr für sie tun.«

»Später kann ich mich immer noch weiterbilden.«

»Weiß man auf der Schule schon Bescheid?«

Benjamins Blick machte die letzten Hoffnungen seines Vaters zunichte.

»Ja, gestern habe ich mich abgemeldet.«

»Und ... was haben sie gesagt?«

»Alle haben uns Glück gewünscht. Sandra hat ihrer Klassenlehrerin von dem Baby erzählt.«

»Ich kann noch immer nicht glauben, daß es so weit kommen konnte.«

»Ich möchte bei ihr sein ... und bei meinem Kind. Dad, du hättest nicht anders gehandelt.«

»Schon möglich, aber bestimmt hätte ich mich um eine Lösung bemüht. Du tust das Richtige, aber auf falsche Weise und aus den falschen Gründen.«

»Ich tue mein Bestes.«

»Das weiß ich. Du könntest einen High-School-Test für Externe machen, dir jetzt etwas Zeit nehmen und im Herbst doch noch aufs College gehen. Das wäre immerhin eine Möglichkeit.«

»Ja, aber das möchte ich nicht. Ich will endlich raus in die richtige Welt. Ich habe jetzt Verantwortung zu tragen und eine Frau, die ich liebe ... und im September ein Baby.« Es war lächerlich, wenn man sich das vorstellte, und doch war es so. Oliver hätte am liebsten losgeheult, während er den Umzugsmännern zusah, die nach Aggies Anweisungen Kartons ins Haus und wieder heraus schleppten. Der reinste Irrsinn. Innerhalb von vier Monaten hatte Sarah ihr Leben zerstört. So wie früher würde es nie wieder sein. Plötzlich drängte sich ihm die Frage auf, wieso er überhaupt nach New York zog, wenn Benjamin gar nicht mitkam. Dennoch gab es einige Aspekte an dem Plan, die ihm noch immer gefielen. Er würde abends früher nach Hause kommen und konnte sich um Mel und Sam besser kümmern. Mel hatte sich in der letzten Woche beruhigt, da sie wußte, daß sie nur für zwei

Monate umziehen und die Wochenenden und die Ferien wieder in Purchase verbringen würden. Und was die Sache noch interessanter machte, war der Umstand, daß ihre Freundinnen sich überaus beeindruckt gezeigt hatten und es kaum erwarten konnten, sie in New York zu besuchen. »Dad, ich muß gehen. Um zwei Uhr fange ich mit der Arbeit an, und Sandra erwartet mich in der Wohnung.«

»Wirst du mich anrufen?«

»Sicher. Komm und besuch uns, wenn du in die Gegend kommst.«

»Benjamin, ich hab' dich lieb, wirklich.« Er schlang die Arme um den Jungen und drückte ihn an sich. Beide konnten die Tränen nicht zurückhalten.

»Danke, Dad. Alles wird gut werden ...«

Oliver nickte, obgleich er diese Meinung nicht teilte. Nichts würde jemals wieder gut werden, zumindest für sehr lange Zeit nicht.

Oliver sah dem davonfahrenden Benjamin nach und winkte. Als der Wagen außer Sicht war, ging er ins Haus. Er hatte den ganzen verdammten Schlamassel satt. Benjamin war jetzt ein Schulversager, der in einer Kneipe arbeitete und mit einer kleinen Schlampe zusammenlebte, aber vielleicht würde eines Tages doch noch alles gut ... eines fernen, ganz fernen Tages ...

Im Haus herrschte totales Chaos. Überall waren die Männer vom Umzugsunternehmen zugange, der Hund kläffte wie verrückt, und Sam war so aufgeregt, daß er kaum zu bändigen war. Der Junge drückte seinen Bären an sich und jagte unaufhörlich durchs Haus. Mel hing bis zum Augenblick der Abfahrt am Telefon, und Aggie bestand darauf, alles geordnet zu hinterlassen. Aber schließlich schlossen sie die Tür hinter sich und folgten nach einem letzten Blick, der dem Haus, das sie liebten, galt, dem Umzugsauto in das Abenteuer New York. In der neuen Wohnung standen eine Zimmerpflanze, Früchte und Süßigkeiten für die Kinder, dazu eine Packung Hundekuchen für Andy. – Daphne hatte ihnen einen wunderbaren Empfang bereitet, und Mel stieß einen aufgeregten Schrei aus, als sie ihr Zimmer sah. Ihr erster Griff galt auch dort dem Telefon.

Doch während sie sich häuslich einrichteten, war Oliver in Gedanken ständig bei Benjamin. Eines Tages würde der Junge bitter bereuen, daß er sich heute so entschieden hatte – falls die Reue überhaupt so lange auf sich warten ließ. Oliver hatte das Gefühl, die Menschen, die er liebte, der Reihe nach zu verlieren.

12

Schon nach wenigen Tagen zeigte sich, daß der Umzug nach New York eine der besten Ideen gewesen war, die Oliver je gehabt hatte. Sam war begeistert von seiner neuen Schule und schloß problemlos neue Freundschaften. Auch Mel fand ihre Schule toll. Sie war oft mit Daphne zusammen, trieb sich mit ihr häufig bei Bloomingdale's herum und rief sämtliche Freundinnen in Purchase an, um über jeden neuen Schritt ihres glanzvollen Stadtlebens Bericht zu erstatten.

Und das beste war, daß Oliver jeden Abend rechtzeitig zum Essen nach Hause kam und so viel Zeit mit den Kindern verbringen konnte, wie er beabsichtigt hatte. Mel war zwar noch immer die meiste Zeit mit Telefonieren beschäftigt, aber sie wußte, daß Oliver für sie da war. Er verbrachte viele Stunden mit Sam, sie plauderten, lasen oder spielten, und als es im Mai allmählich wärmer wurde, gingen sie ab und zu in den Park und spielten nach dem Abendessen Ball. Es war ein ideales Leben – von Benjamin abgesehen. Er fehlte allen sehr, und Oliver machte sich seinetwegen große Sorgen. Er hatte das Gefühl, zwei Menschen verloren zu haben, obwohl er größten Wert darauf legte, sich mit dem Jungen an den Wochenenden in Purchase zu treffen. Er forderte ihn jedesmal auf, zum Abendessen zu kommen, aber Benjamin arbeitete abends. Seinem Vater brach es fast das Herz, als er ihn einmal im Restaurant besuchte, wo er sich für geringen Lohn als Kellner abrackerte. Oliver machte Ben erneut das Angebot, im Haus zu wohnen, obwohl ihm die Vorstellung nicht behagte, daß der Junge dort allein hauste, und er bat ihn inständig, wieder zur Schule zu gehen. Aber Benjamin wollte Sandra jetzt auf keinen Fall im Stich lassen. Als Ollie sie einmal am Samstag nachmittag flüchtig zu sehen bekam, war er bestürzt. Sie sah aus, als sei sie über den fünften Monat längst hinaus, so daß Oliver sich fragte, ob das Baby wirklich von seinem Sohn stammte. Er sprach Benjamin bei nächster Gelegenheit darauf an, und der Junge war zutiefst gekränkt und beharrte darauf, daß Sandra sein Kind erwarte. Er sei seiner Sache ganz sicher, sagte er. Oliver wollte nicht weiter in ihn dringen.

Der ärgste Schlag aber kam, als die Antwortbriefe der Colleges ankamen. Oliver fand sie jedesmal vor, wenn er an den Wochenenden das Haus betrat, denn Benjamin wollte, daß die Post für ihn dorthin geschickt würde. Die Schule hatte die Colleges nie benachrichtigt, daß Benjamin vorzeitig abgegangen war, und mit Ausnahme des ›Duke‹ hatten alle Colleges ihn angenommen. Er hätte nach Harvard, Princeton oder Yale gehen können, statt dessen kratzte er die Speisereste anderer Leute von den Tellern und würde mit achtzehn Vater werden. Ollie war außer sich, wenn er daran dachte. Oliver beantwortete die Briefe selbst und erklärte den jeweiligen College-Behörden, daß sein Sohn wegen schwieriger familiärer Umstände momentan nicht studieren könnte, sich aber im nächsten Jahr gern erneut bewerben würde. Ollie hoffte immer noch, Ben dazu zu bringen, in New York das Schuljahr abzuschließen. Ein Jahr seines Lebens wäre verloren, aber nicht mehr. Er hütete sich, mit Benjamin noch einmal darüber zu sprechen, da es ein heikles Thema war und der Junge das Leben mit Sandra zu genießen schien.

»Wie wär's, wenn du bei Gelegenheit für ein paar Tage nach New York kämst?« Oliver hätte alles getan, um Ben dorthin zu locken, aber der Junge nahm seine Verantwortung sehr ernst und lehnte immer mit der Begründung ab, er könne Sandra nicht allein lassen, und Oliver bezog sie in die Einladung nie mit ein. Auch in Boston war Benjamin nicht gewesen, seitdem er ausgezogen war, aber er schien von Zeit zu Zeit mit Sarah zu telefonieren. Mel und Sam hatten ihre Mutter besucht, nachdem sie sich in ihrem neuen Zuhause eingelebt hatten. Diesmal wirkten sie nach der Rückkehr viel gedämpfter, und Oliver hatte den Eindruck, daß Sam aus irgendeinem Grund unglücklich war. Ollie versuchte Mel darüber auszufragen, aber sie ließ sich nicht näher aus und sagte nur, daß Sarah mit dem Studium sehr beschäftigt sei. Oliver spürte aber, daß es da noch etwas anderes geben mußte, und es kam eines Abends auch heraus, während er mit Sam Karten spielte. Es war ein stiller Abend, den sie allein verbrachten, denn Mel hatte sich in ihr Zimmer zurückgezogen, um zu lernen.

»Dad, was hältst du von Leuten aus Frankreich?« Eine sonderbare Frage, die Oliver überrascht aufblicken ließ.

»Franzosen? Ach, die sind in Ordnung. Wieso?«

»Nur so. Ich wollte nur mal wissen ...« Ollie spürte, daß mehr dahintersteckte und daß Sam sein Herz ausschütten wollte, sich aber nicht recht traute.

»Gibt es einen Jungen aus Frankreich auf eurer Schule?«

Sam schüttelte den Kopf und konzentrierte sich eine Weile auf das Spiel. Dann strich er Andy über den Kopf. Er liebte diese Abende mit seinem Vater. Langsam fing er an, ihrem neuen Leben etwas abzugewinnen, wenn ihm auch seine Mutter und Benjamin fehlten, wie ihnen allen. »Mom hat diesen Freund ...« begann Sam unvermittelt und brach gleich wieder ab. Oliver fuhr sämtliche Antennen blitzartig aus. Das also war es. Sie hatte einen Freund.

»Was für einen Freund?«

Der Junge zog die Schultern hoch. »Keine Ahnung. Ich denke, er ist soweit in Ordnung.«

Mel ging zufällig an der Tür vorüber, hielt inne und versuchte Sam ein Zeichen zu geben, er aber sah sie gar nicht. Nur Oliver blickte auf und nahm wahr, was für ein Gesicht sie machte, als sie langsam auf die beiden zukam.

»Na, wer gewinnt?« Mel versuchte, sie von dem abzulenken,

was Sam eben entschlüpft war. Sie wußte, daß sie darüber nicht sprechen sollten, obwohl Sarah es ihnen nicht ausdrücklich untersagt hatte. Es war sozusagen ein stillschweigendes Übereinkommen.

»Sam gewinnt. Wir haben eben ein wenig geplaudert.«

»Ja.« Mel betrachtete Sam mißbilligend. »Das habe ich gehört.«

»Deine Mutter hat einen neuen Freund? Einen Franzosen?«

»Ach, neu ist er nicht«, beeilte sich Sam zu versichern. »Er war früher auch schon da. Wir kennen ihn schon. Jean-Pierre heißt er. Jetzt wohnt er bei Mom. Er ist so eine Art Freund, weißt du, ein Franzose ... fünfundzwanzig Jahre alt, und er studiert zwei Jahre lang in Boston.«

»Wie schön für ihn.« Olivers Miene verriet nichts, als er nach einer Karte griff, ohne zu sehen, was er da nahm. »Auch für Mom ist es vermutlich sehr schön. Wie ist er denn so?« Er horchte den Jungen höchst ungern aus, aber er wollte jetzt alles wissen. Sie lebte mit einem Fünfundzwanzigjährigen zusammen und setzte ihre Kinder seinem Umgang aus. Allein die Vorstellung machte ihn fast wahnsinnig.

»Dad, das war keine große Sache. Als wir da waren, hat er auf der Couch geschlafen.« Und wenn Sarah allein mit ihm ist, hätte er am liebsten gefragt, wo schläft er dann? Doch das wußten sie ohnehin alle. Sogar Sam hatte auf dem Rückflug eine diesbezügliche Bemerkung zu Mel gemacht. Er hatte wissen wollen, ob ihre Mutter in den Burschen verliebt war. Und er hatte ihr fest versprechen müssen, ihrem Vater nichts zu sagen.

»Wie schön«, wiederholte Oliver. »Ist er wenigstens nett?«

»Ja, er ist okay.« Sam schien nicht über Gebühr beeindruckt. »Er macht viel Getue um Mom. Ich glaube, das machen alle Franzosen. Er hat ihr Blumen und anderes Zeug gebracht, und er wollte, daß wir ›Croissants‹ essen. Mir schmecken Muffins besser, aber die französischen Dinger waren auch ganz gut. Weißt du, das alles war keine große Sache.«

Oliver war wie gelähmt. Er konnte es kaum erwarten, Sam zu

Bett zu bringen, aber es schienen Stunden zu vergehen, bis er ihn endlich los wurde. Mel trat ihm sofort entgegen, da sie ahnte, wie ihm nach allem, was Sam gesagt hatte, zumute sein mußte.

»Er hätte dir das alles nicht sagen sollen. Es tut mir leid, Dad. Ich glaube, Jean-Pierre ist einfach einer von Moms Freunden. Es war nur ein bißchen komisch, weil er bei ihr übernachtet hat.«

»Kann ich mir denken.«

»Er hat behauptet, daß sein Mietvertrag abgelaufen wäre und Mom ihn auf der Couch schlafen läßt, bis er eine neue Wohnung gefunden hat. Zu uns war er sehr nett. Ich glaube nicht, daß es etwas Besonderes ist.« Mels Augen waren groß und traurig, und beide wußten, daß die Sache mehr Gewicht hatte, als sie ihrem Vater eingestehen wollte. Es bedeutete, daß es einen Mann in Sarahs Leben gab, einen anderen als Oliver, der seine Frau noch immer jede Nacht begehrte und sich seit ihrem Abschied von ihr mit keiner anderen Frau getroffen hatte und es auch nicht wollte.

»Mel, mach dir keine Gedanken.« Oliver bemühte sich seiner Tochter zuliebe um mehr Gleichmut, als er empfand. »Deine Mutter hat jetzt das Recht zu tun, was ihr beliebt. Sie ist frei und ungebunden. Wir beide sind es – vermutlich.«

»Aber du gehst doch nie aus, Dad, oder?« Sie sah ihn mit einem gewissen Stolz an, und er lächelte. Ein sonderbarer Grund, um auf ihn stolz zu sein.

»Dazu fehlt mir wohl die Zeit. Ich habe mit euch viel zu tun.«

»Vielleicht solltest du aber raus. Daphne meint auch, es wäre gut für dich.«

»Ach, meint sie das? Sag ihr, sie soll sich um ihre eigenen Angelegenheiten kümmern. Ich habe schon genug Chaos in meinem Leben, ich könnte zusätzliche Probleme nicht verkraften.«

Da sah seine Tochter ihn an und erkannte die Wahrheit. Und er tat ihr leid. »Du liebst Mom noch immer, nicht wahr?«

Oliver zögerte lange, weil er sich albern vorkam, es auszusprechen, doch dann nickte er. »Ja, Mel. Manchmal glaube ich, daß sich daran nie etwas ändern wird. Aber es hat wohl keinen Sinn mehr. Für uns ist alles vorbei.« Es war höchste Zeit, daß Mel

Bescheid wußte, nur argwöhnte er, daß es ohnehin schon allen klar war. Seit Sarahs Auszug waren fünf Monate vergangen, und nichts war so gekommen, wie sie vorausgesagt hatte. Keine Wochenenden, keine Ferien, sie meldete sich auch kaum mehr telefonisch. Jetzt wußte Oliver auch, warum. Sie lebte mit einem fünfundzwanzigjährigen Jungen aus Frankreich namens Jean-Pierre zusammen.

»Ich dachte es mir.« Mel machte ein bekümmertes Gesicht. »Werdet ihr euch scheiden lassen?«

»Irgendwann sicher. Ich hab's nicht eilig. Mal sehen, was deine Mutter vorhat.«

Nachdem Mel zu Bett gegangen war, rief Oliver Sarah an. Er kam gleich zur Sache. Anders hätte es keinen Zweck gehabt. Er war längst darüber hinaus, Spielchen mit ihr zu spielen.

»Meinst du nicht auch, daß es reichlich geschmacklos ist, einen Mann bei dir wohnen zu lassen, wenn die Kinder zu dir kommen?« Diesmal lag kein Zorn in seinem Ton, nur Ekel. Sarah war nicht mehr die Frau, die er kannte und liebte. Sie war eine andere geworden. Und sie gehörte zu einem Jungen namens Jean-Pierre. Aber sie war auch die Mutter seiner Kinder, und das war ein Punkt, der ihm Sorgen bereitete.

»Ach ... das! Er ist ja nur ein Freund. Und er hat auf der Couch übernachtet. Die Kinder haben mit mir in meinem Zimmer geschlafen.«

»Ich glaube nicht, daß du jemanden damit hinters Licht führen konntest. Sam und Mel wissen, was vorgeht. Zumindest weiß es Mel, das kann ich dir sagen, und auch Sam kommt mit seinen Ahnungen der Wahrheit sehr nahe. Ist es dir nicht unangenehm, einen Liebhaber bei dir wohnen zu lassen?« Das war eine Anschuldigung, und was ihn am meisten wurmte, war das Alter des Burschen. »Ich habe das Gefühl, dich nicht mehr zu kennen. Und ich bin gar nicht sicher, ob ich es noch möchte.«

»Oliver, das ist deine Sache. Wie ich lebe und mit wem, ist meine Sache. Vielleicht täte es den Kindern ganz gut, wenn dein Leben in normaleren Bahnen verliefe.«

»Was soll das heißen? Soll ich Neunzehnjährige anschleppen, nur damit ich den Kindern meine Männlichkeit beweise?«

»Ich will gar nichts beweisen. Wir sind gute Freunde. Das Alter ist unwichtig.«

»Darauf pfeife ich. Wenn meine Kinder bei dir sind, möchte ich mir etwas Anstand ausbitten. Sieh zu, daß er gewahrt wird.«

»Oliver, komm mir nicht mit Drohungen. Ich bin nicht eines deiner Kinder. Ich bin auch nicht deine Magd. Ich arbeite nicht mehr für dich. Und wenn du meinst, mich nicht mehr zu kennen, dann hast du recht. Du hast mich nie gekannt. Für dich war ich nie mehr als eine bezahlte Kraft für deine Kinder und deine Wäsche.«

»Das ist eine Gemeinheit ... wir hatten mehr als das, und das weißt du. Wir wären nicht fast zwanzig Jahre zusammengeblieben, wenn du mir nicht mehr bedeutet hättest als eine Dienstmagd.«

»Nun, vielleicht ist es uns beiden gar nicht aufgefallen.«

»Und was ist jetzt anders ... mal abgesehen von dem Umstand, daß du deine Kinder verlassen hast? Was ist besser? Wer kocht? Wer macht sauber? Wer trägt den Müll raus? Jemand muß es machen. Ich habe meine Arbeit geleistet, du die deine. Und gemeinsam haben wir etwas Großartiges aufgebaut, bis du alles niedergerissen und es mit Füßen getreten hast, alles und uns auch. Es war abscheulich, was du getan hast, für uns alle, aber besonders für mich. Aber ich weiß wenigstens, was wir zusammen hatten. Wir hatten etwas Schönes, etwas Anständiges, etwas, das sich lohnte. Mach es jetzt nicht schlecht, nur weil du plötzlich alles im Stich gelassen hast.«

Sarah schwieg lange, und Oliver war nicht sicher, ob sie weinte. »Tut mir leid ... vielleicht hast du recht ... aber ... Ollie ... ich konnte das alles nicht mehr ertragen«, stammelte sie schließlich.

Er hatte etwas Dampf abgelassen, und sein Ton war gemäßigter, als er sagte: »Mir tut es leid, daß du es nicht konntest.« Das hörte sich freundlich und grollend zugleich an. »Ich habe dich so geliebt, Sarah, und als du gegangen bist, glaubte ich, es würde mich umbringen.«

Sie lächelte unter Tränen. »Du bist zu gut und zu stark, um zuzulassen, daß dich etwas umwirft. Ollie, du weißt es selbst nicht, aber du bist ein Siegertyp.«

»Was ist dann mit mir los?« Er grinste. »Ich habe nicht den Eindruck, ich hätte gesiegt. Als ich mich letztes Mal umgesehen habe, hast du in meinem Schlafzimmer gefehlt.«

»Vielleicht gewinnst du doch noch. Vielleicht bekommst du nächstes Mal etwas Besseres. Jemanden, der besser zu dir paßt und mehr deinen Erwartungen entspricht. Du hättest ein unbeschwertes, kluges Mädchen heiraten sollen, das nichts lieber getan hätte, als dir ein schönes Zuhause zu bereiten und dir viele Kinder zu schenken.«

»Genau das hatte ich mit dir.«

»Aber es war nicht echt. Ich habe es nur getan, weil ich mußte, und das war falsch. Ich wollte ein ungebundenes Bohemien-Leben ohne Pflichten führen und nur an mich denken müssen. Ich wollte frei sein. Und das bin ich jetzt.«

»Das Gemeine daran ist, daß ich nie etwas davon wußte ... daß es mir nie klar war ...«

»Lange Zeit war es mir auch nicht klar. Deswegen hast du auch nichts gemerkt.«

»Bist du jetzt glücklich?« Er mußte es um seines Seelenfriedens willen wissen. Sarah hatte ihr gemeinsames Leben auf den Kopf gestellt, aber wenn sie gefunden hatte, was sie suchte, hatte es sich vielleicht gelohnt. Vielleicht ...

»Ich denke schon. Glücklicher als vorher jedenfalls. Und ich werde noch viel glücklicher sein, wenn ich etwas erreiche, von dem ich glaube, daß es sich lohnt.«

»Das hast du schon ... du weißt es nur nicht. Du hast mir zwanzig herrliche Jahre geschenkt und drei wunderbare Kinder. Mir hat es genügt. Man darf offenbar nicht damit rechnen, daß so etwas von Bestand ist.«

»Manchmal schon. Da bin ich ganz sicher. Beim nächsten Mal

wirst du wissen, was du suchst und was du nicht willst, und mir wird es ebenso gehen.«

»Und dein französischer Freund? Ist er das Richtige für dich?« Es war ihm unbegreiflich, daß ihr ein Fünfundzwanzigjähriger so viel bedeuten konnte, aber Sarah war eine merkwürdige Frau. Vielleicht war der junge Mann genau das, was sie im Moment brauchte.

»Für den Augenblick ist er für mich genau richtig. Es ist ein sehr existentielles Arrangement.«

Wieder lächelte Oliver. Diese Worte hatte er schon einmal zu hören bekommen – vor langer Zeit. »Du hörst dich an wie damals, als du in SoHo gewohnt hast. Gib nur acht, daß du vorwärts gehst und nicht zurück. Sarrie, ein Zurück gibt es nicht. Das klappt nie.«

»Ich weiß. Deswegen bin ich auch nie wieder nach Hause gekommen.« Jetzt verstand er. Es machte ihn noch immer traurig, aber er verstand sie wenigstens.

»Möchtest du die Scheidung einreichen?« Es war das erste Mal, daß er sie direkt fragte, und er war erstaunt, daß es ihm nicht das Herz brach, die Worte auszusprechen. Vielleicht war er endlich dazu bereit.

»Wenn du irgendwann Zeit hast ... ich hab's nicht eilig.«

»Es tut mir leid, Liebes ...« Er hatte Tränen in den Augen.

»Das soll es nicht.« Und dann sagte sie gute Nacht, und er war allein, seinen Erinnerungen und seinem Bedauern überlassen und seinen Phantasien über Jean-Pierre, diesen Glückspilz ...

In jener Nacht suchte Sam wieder im Bett seines Vaters Zuflucht. Oliver störte es nicht. Er empfand die Nähe des Jungen als ausgesprochen tröstlich.

Als sie übers Wochenende nach Purchase fuhren, gab es kein Wiedersehen mit Benjamin. Die Kinder waren mit ihren Freunden beschäftigt, und Sarahs Garten stand in voller Blüte, so daß Aggie alle Hände voll zu tun hatte, alles abzuschneiden, was sie mit in die Stadt nehmen wollte, und am Samstagmorgen lag Oliver, stillen Träumen hingegeben, im Bett, als das Telefon schrillte.

Es war George, sein Vater, und als Oliver hörte, was er zu sagen hatte, fuhr er kerzengerade im Bett auf. Viel Sinn ergab es nicht, was er hörte, er verstand nur, daß seine Mutter von einem Bus angefahren worden war und im Koma lag. Sie war jetzt wieder im Krankenhaus, und sein Vater schluchzte, als er von dem Unfall berichtete.

»Dad, ich komme gleich. Wann ist es passiert?« Es war um acht Uhr morgens passiert.

Nach einer Stunde war er im Krankenhaus, flüchtig gekämmt, in Khakihosen und dem Hemd vom Vortag, und er traf seinen gebrochenen Vater in der Eingangshalle an. Als George ihn sah, streckte er ihm die Arme wie ein verlorenes Kind entgegen.

»O Gott, Dad, was ist passiert?«

»Es ist allein meine Schuld. Seit ein paar Tagen ging es ihr besser, und ich wollte sie unbedingt übers Wochenende nach Hause nehmen.« Sie hatte ihm gefehlt, und er hatte sich nach ihrer Nähe gesehnt. Und als er den Eindruck gewann, ihr Zustand hätte sich ein wenig gebessert, hatte er sich eingeredet, es würde ihr guttun, wenn sie ein paar Tage zu Hause sein konnte. Die Ärzte waren dagegen, er aber hatte behauptet, er könnte sie genauso gut umsorgen wie das Krankenhauspersonal. »Sie muß aufgestanden sein, als ich noch schlief. Und als ich wach war, war sie fertig angezogen. Sie war etwas verwirrt und sagte, daß sie das Frühstück machen wollte. Ich dachte, es täte ihr gut, wenn sie eine vertraute Tätigkeit verrichtet, deswegen ließ ich es zu. Ich stand auf, duschte und rasierte mich, und als ich in die Küche kam, war sie verschwunden, und die Haustür stand offen. Ich hab' Phyllis überall gesucht, konnte sie aber nicht finden. Ich bin die ganze Gegend abgefahren, und dann ...« Er fing an zu schluchzen. »Dann habe ich den Krankenwagen gesehen. Der Fahrer sagt, daß sie ihm direkt vor den Bus gelaufen ist. Er hat zwar gebremst, konnte aber nicht rechtzeitig anhalten. Als sie eingeliefert wurde, war sie dem Tode nahe, und man weiß nicht ... Ach, Ollie, mir ist, als hätte ich sie auf dem Gewissen. Ich wünschte mir so verzweifelt, die Uhr zurückdrehen zu können.

Ich habe mir vorgemacht, daß sie wieder wie früher wäre, obwohl davon nicht die Rede sein konnte, und jetzt ...«

Sie lag auf der Intensivstation, und als Ollie sie sah, war er erschüttert. Seine Mutter hatte schwere Kopfverletzungen und zahlreiche Knochenbrüche davongetragen. Man sagte ihm, daß sie zum Glück sofort bewußtlos gewesen war – falls dies ein Trost war.

Die zwei Männer warteten gemeinsam in der Halle, und zu Mittag bestand Ollie darauf, seinen Vater in die Cafeteria zu bringen. Sie schauten stündlich nach Phyllis, ihr Zustand blieb unverändert. Um Mitternacht war ihnen klar, daß ihre Wache umsonst war. Die Ärzte hatten wenig Hoffnung, und im Morgengrauen erlitt sie einen schweren Schlaganfall. George war inzwischen nach Hause gegangen, während Oliver noch immer wartete. Er rief mehrmals zu Hause an und erstattete Aggie einen Lagebericht, bat sie aber, den Kindern noch nichts zu sagen. Sie hatte ihnen erklärt, daß Oliver ins Büro gerufen worden war. Im Moment wollte er ihnen Aufregung ersparen.

Als er um sechs Uhr morgens in der Halle vor sich hin döste, kam der Arzt zu einem Gespräch. Oliver hatte zwei Stunden zuvor seine Mutter zum letzten Mal gesehen. Auf der Intensivstation gab es weder Tag noch Nacht, es gab nur helles Licht, das Summen von Maschinen, das Pumpen der Beatmungsapparate und hin und wieder das Piepsen eines Computers und dazu ein paar todtraurige, einsame Stöhnlaute. Seine Mutter aber hatte sich nicht gerührt, als er sie das letzte Mal gesehen hatte.

Der Arzt berührte Oliver am Arm, und er fuhr auf. »Ja?«

»Mr. Watson ... Ihre Mutter hat eine schwere Gehirnblutung erlitten.«

»O Gott! Hat sie ...? Ist sie ...?« Er brachte die Worte nicht über die Lippen. Trotz seiner vierundvierzig Jahre wollte er seine Mutter für sich haben. Lebendig. Für immer.

»Das Herz arbeitet noch, und wir beatmen sie. Aber die Gehirntätigkeit hat ausgesetzt – leider. Der Kampf ist ausgestanden.«

Eigentlich war sie schon tot, sie wurde nur noch künstlich am Leben erhalten. »Wir können sie maschinell nach Belieben am Leben erhalten, aber das ist sinnlos. Die Entscheidung liegt bei Ihnen«, sagte der Arzt.

Oliver fragte sich, ob sein Vater einverstanden war, daß er allein die Entscheidung traf, und wußte plötzlich, daß er es nicht tun durfte. Der Arzt erriet seine Gedanken. »Wie sollen wir weiter verfahren? Wir können warten, falls Sie sich noch mit Ihrem Vater beraten möchten.«

Oliver nickte. Die Einsamkeit durchschnitt ihn wie ein Messer. Seine Frau hatte ihn vor fünf Monaten verlassen, und jetzt war er nahe daran, seine Mutter zu verlieren. Doch er durfte jetzt nicht selbstsüchtig sein. Er mußte vielmehr an seinen Vater denken, den der Verlust seiner Frau nach siebenundvierzigjähriger Ehe noch viel härter treffen würde, obwohl sie ihn in Wahrheit schon vor Monaten verlassen hatte, als ihr Denkvermögen langsam nachgelassen hatte. Wie oft hatte sie sogar vergessen, wer sie selbst war. Und im Laufe des nächsten Jahres wäre es mit ihr rapide bergab gegangen. Vielleicht war für sie ein rasches Ende besser, wenn es auch im Moment für alle, die sie liebten, schrecklich war.

»Ich rufe ihn an.« Unterwegs zum Telefon besann er sich aber anders und ging in den würzigen Frühjahrsmorgen zu seinem Wagen. Es war wunderschön draußen, die Luft war dufterfüllt, die Sonne schien warm, und die Vögel zwitscherten. Es war nicht zu fassen, daß seine Mutter so gut wie tot war und er seinem Vater nun diese Schreckensnachricht überbringen mußte.

Er öffnete die Haustür mit dem Schlüssel, den er für alle Fälle stets bei sich hatte, und betrat lautlos das Schlafzimmer seiner Eltern. Es war, wie es immer gewesen war, nur lag sein Vater allein in dem alten Himmelbett, das Phyllis und er seit ihrer Hochzeit besaßen.

»Dad?« flüsterte Oliver, worauf sein Vater sich bewegte. Dann berührte Oliver ihn sachte. »Dad ...« Er hatte Angst, ihn zu erschrecken. Sein Herz war nicht in Ordnung, die Lungen waren angegriffen, aber er besaß mit zweiundsiebzig noch immer Würde und Kraft und den Respekt seines Sohnes. Erschrocken fuhr George auf und sah Ollie an.

»Ist es soweit? Ist sie …« Seine Miene zeigte den Grad seines Schocks an.

»Sie ist noch am Leben, aber wir müssen etwas besprechen …«

»Wieso, was ist los?« George wirkte noch immer verdattert, nachdem er aus tiefstem Schlaf gerissen worden war. »Ist was passiert?«

»Mom hatte einen Schlaganfall.« Seufzend ließ sich Ollie auf dem Bett nieder und faßte nach der Hand seines Vaters. »Man hält sie nur mit Apparaten am Leben … man kann ihr nicht mehr helfen …« So widerwärtig es ihm war, die Worte auszusprechen, es war die Wahrheit. »Der Gehirntod ist eingetreten.«

»Und was sollen wir jetzt tun?«

»Man kann die Apparate abschalten. Das hängt von dir ab.«

»Und dann stirbt sie?« Auf Ollies Nicken hin liefen dem alten Mann die Tränen übers Gesicht. Er ließ sich in die Kissen zurücksinken. »Sie war so wunderschön, Oliver … so reizend, als sie jung war … bildhübsch, als wir heirateten. Wie kann man jetzt von mir erwarten, daß ich ihrem Leben ein Ende bereiten soll? Das wäre nicht recht. Wie könnte ich ihr das antun?« Ein tieftrauriges Schluchzen folgte, und Oliver mußte gegen die eigenen Tränen ankämpfen.

»Soll ich es allein entscheiden? Ich dachte nur, du würdest es wissen wollen … es tut mir schrecklich leid, Dad.« Beide weinten ungehemmt, von der Tatsache erschüttert, daß der Mensch, den sie beide liebten, gestorben war. Was übriggeblieben war, zählte nicht viel.

Langsam setzte George sich wieder auf und wischte sich über die Augen. »Ich möchte bei ihr sein, wenn abgeschaltet wird.«

»Nein«, wehrte sein Sohn sofort ab. »Das möchte ich nicht.«

»Das ist eine Entscheidung, die ich selbst treffen muß. Das bin ich ihr schuldig. Ich war fast fünfzig Jahre für sie da und werde sie jetzt nicht im Stich lassen.« Wieder überwältigten ihn seine Gefühle, und er schluchzte. »Oliver, ich liebe sie.«

»Dad, das weiß ich, und sie wußte es auch. Sie hat dich auch geliebt. Du brauchst dies alles jetzt aber nicht durchzumachen.«

»Es ist meine Schuld, daß es passiert ist.«

Oliver nahm die Hand des Alten und hielt sie ganz fest. »Jetzt hör mir zu. Von Mom ist nichts mehr vorhanden, nichts von dem, was wir gekannt und geliebt haben. Sie war nicht mehr anwesend, schon einige Zeit nicht mehr, und was gestern passiert ist, war nicht deine Schuld. Vielleicht ist es sogar gut, daß es so gekommen ist. Hätte sie überlebt, wäre sie dahingekümmert und schließlich auch gestorben. Sie hätte niemanden mehr erkannt, sie hätte alles vergessen, was ihr etwas bedeutet hatte, alles, was sie liebte ... dich, ihre Enkel, mich, ihre Freunde, ihr Haus und ihren Garten. Sie hätte in einem Pflegeheim dahinvegetiert. Es wäre ein Leben gewesen, wie sie es im Vollbesitz ihrer geistigen Kräfte vehement abgelehnt hätte. Nun bleibt ihr das alles erspart. Nimm es als Schicksalsfügung, als göttliche Fügung, wenn du willst, und hör auf, dir die Schuld zu geben. Du hattest keinen Einfluß darauf. Was immer du jetzt tust und was auch passiert ist, es hat so sein sollen. Und wenn wir sie nun gehen lassen, wird sie frei sein.«

Der alte Mann nickte, dankbar für die Worte seines Sohnes. Vielleicht hatte er recht. Außerdem ließ sich ohnehin nichts mehr ändern.

George Watson kleidete sich sorgfältig an – einen dunklen Nadelstreifenanzug, ein gestärktes weißes Hemd, dazu den dunkelblauen Schlips, den Phyllis ihm vor zehn Jahren geschenkt hatte. Er sah sehr würdevoll aus, als sie aus dem Haus gingen und er sich ein letztes Mal umdrehte, als erwarte er, Phyllis zu sehen, dann sah er seinen Sohn traurig an.

»Merkwürdig, sich vorzustellen, daß sie gestern noch da war.«

Ollie schüttelte den Kopf. »Nein, das war sie nicht, Dad. Sie war schon sehr lange nicht mehr hier, das weißt du.«

George nickte und sagte auf der Fahrt zum Krankenhaus kein

Wort mehr. Es war ein schöner Morgen ... ein schöner Morgen, um zu sterben, dachte Oliver. Und dann stiegen sie die Stufen hinauf und nahmen den Lift bis ins dritte Geschoß, wo sie nach dem diensthabenden Arzt fragten. Es war derselbe, der nur zwei Stunden zuvor mit Oliver gesprochen hatte. Mrs. Watson hatte noch mehrere kleine Schlaganfälle erlitten, was nach der Blutung zu erwarten war. Insgesamt aber hatte sich an ihrem Zustand nichts geändert. Der Gehirntod war eingetreten, und dieser Zustand konnte ewig andauern, wenn die Apparate nicht abgeschaltet wurden.

»Mein Vater wollte selbst hiersein«, erklärte Oliver.

»Ich verstehe.« Der Arzt, der noch jung war, zeigte Mitgefühl und Verständnis.

»Ich will dabeisein, wenn Sie ... wenn ...« Georges Stimme versagte ihm den Dienst, so daß er die Worte nicht aussprechen konnte. Der Arzt nickte. Er hatte schon Dutzende ähnlicher Fälle miterlebt, ohne daß er abgehärtet worden wäre.

Als sie eintraten, war eine Schwester bei Phyllis. Die Apparate pulsierten und piepsten, die Anzeige auf dem Monitor aber verlief in einer einzigen geraden Linie. Es war das endgültige Todesurteil, wie alle wußten. Dabei sah Phyllis so friedlich aus, als schliefe sie nur. Die Augen waren geschlossen, das Haar ordentlich, die Hände lagen locker seitlich ausgestreckt. George faßte nach einer Hand, führte sie an die Lippen und küßte die Finger.

»Phyllis, ich liebe dich ... ich werde dich immer, immer lieben ... und eines Tages werden wir wieder zusammensein.«

Der Arzt und Ollie mußten sich abwenden. Ollie liefen die Tränen über die Wangen. Er wünschte verzweifelt, daß alles anders gekommen wäre und seine Mutter noch sehr lange leben könnte. Er wünschte sich, daß nichts sich verändert hätte, daß sie noch erlebt hätte, wie Sam heranwuchs und selbst Kinder in die Welt setzte.

»Schlaf in Frieden, mein Liebling«, flüsterte George ein letztes Mal, um sodann mit bangem Blick den Arzt anzusehen. Ihre Hand ließ er nicht los, als der Apparat abgeschaltet wurde. Und langsam und friedlich, während ihr Mann ihr die Hand hielt, hauchte Phyllis Watson ihr Leben aus.

George schloß die Augen, dann beugte er sich über sie und küßte sie, legte ihre Hand hin, berührte ihre Wange, sah sie lange und zärtlich an, um ihren Anblick auf ewig im Herzen zu bewahren, ehe er, geblendet von Tränen, hinausging ... siebenundvierzig Jahre ihres Lebens hatten sie geteilt, die Liebe, die sie aneinander gebunden hatte, hatte ein Ende gefunden, auf eine würdevolle und schöne Weise, so wie es dem Wesen der Beteiligten entsprach. Sogar der Arzt war gerührt, als er sie allein ließ, um den Totenschein auszustellen. Oliver drängte seinen Vater, sich kurz in der Halle auszuruhen, bevor er ihn nach Hause brachte. Bis Mittag blieb er bei ihm, dann ging er kurz nach Hause, um alle nötigen Vorbereitungen zu treffen.

Die Kinder erwarteten ihn bereits, und Mel wußte sofort, daß etwas passiert war. Ihr Vater sah abgespannt und übernächtigt aus. »Dad, was ist passiert?«

Sofort schossen ihm die Tränen in die Augen. »Grandma ist gerade gestorben, mein Schatz. Es war sehr traurig ... und zugleich irgendwie schön. Für Grandpa ist es furchtbar schwer.« Mel brach in Tränen aus, gleich darauf lief Sam, der spürte, daß etwas in der Luft lag, zu ihnen. Ollie sagte es ihm, und nun fing auch er zu weinen an. Sam hatte sehr an seiner Großmutter gehangen.

»Können wir Grandpa besuchen?«

»In einer Weile. Erst muß ich noch einiges erledigen.«

Für die Beerdigung mußte alles in die Wege geleitet werden, und im Krankenhaus waren auch noch Formalitäten zu erledigen. Am Nachmittag entschloß sich Ollie, die Kinder und Agnes per Bahn nach New York zu schicken. Vorher rief er Daphne an und bat sie, die Kinder in der Wohnung zu besuchen. Sie drückte ihm ihr Beileid aus, indem sie sagte, sie fände es ungerecht, daß dies alles ihm zustieße. Oliver war gerührt und dankbar.

Auch Benjamin rief er an und teilte ihm die traurige Nachricht mit. Er bat ihn, zu seinem Großvater zu fahren, falls es sich einrichten ließe, und versprach, ihn zu verständigen, wann die Beerdigung stattfände. Seiner Einschätzung nach würde seine Mutter am Mittwoch zur letzten Ruhe gebettet werden.

Und dann fuhr er zu seinem Vater. Als er sah, daß sich Mrs. Porter, die tatkräftige, hilfsbereite Nachbarin seiner Eltern, um seinen Vater kümmerte, empfand er große Erleichterung. In ihrer ruhigen und freundlichen Art war sie ein sehr angenehmer Mensch. Und als Oliver allein und ausgelaugt wieder zu Hause eintraf, kam ein Anruf von Sarah. Sie drückte ihm ihre Anteilnahme aus und entschuldigte sich im voraus, daß sie nicht zur Beerdigung kommen konnte, da sie Examen hätte.

»Ich werde es Dad erklären.«

»Bitte, sprich ihm mein inniges Beileid aus«, sagte Sarah mit tränenerstickter Stimme.

»Danke, Sarah.« Es war das erste Mal, daß er nichts mehr für sie empfand. Er dachte nur noch an das Gesicht seines Vaters, als dieser die Hand seiner Mutter gehalten hatte, und an den Blick voller Liebe und Zärtlichkeit. Das war es, was Ollie sich vom Leben wünschte, und er hoffte, daß er es eines Tages finden würde. Daß er es nicht gemeinsam mit Sarah finden konnte, wußte er nun.

Am Morgen ging er wieder zu seinem Vater. Inzwischen waren alle Vorbereitungen getroffen worden. Dic Kinder sollten am Dienstagabend kommen, da die Beerdigung tatsächlich am Mittwoch stattfand. Es wurde eine würdige, schlichte Feier, mit Musik, wie sie seine Mutter geliebt hatte, und einer ganzen Wagenladung Blumen aus ihrem Garten. Als dann der Sarg langsam ins Grab gesenkt wurde und sie Phyllis hier zurücklassen mußten, brachte er seinen Vater nach Hause, in ein einsames Leben, das er allein und ohne die Frau, der seine ganze Hingabe gegolten hatte, beenden mußte.

13

Erst im Juni kamen sie alle wieder zu Atem. Das Schuljahr ging zu Ende, und den Sommer über zogen sie aufs Land. George, der müde und um Jahre gealtert war, kam gelegentlich zu Besuch. Man sah ihm an, daß er verzweifelt und einsam war – viel einsamer als damals, als Phyllis ins Pflegeheim gekommen war. Dort hatte er sie wenigstens besuchen können, während er jetzt nicht mehr tun konnte, als mit seiner Familie und seinen Bekannten von ihr zu sprechen.

Ollie hatte sich entschlossen, den Sommer über wieder zu pendeln. Jetzt war er doppelt froh, daß er die Wohnung in New York gemietet hatte. Das abendliche Nachhausekommen zu den Kindern wurde zwar wieder komplizierter, im Sommer aber erschien es ihm irgendwie erträglicher. Nach dem Essen schwammen sie noch lange im Pool, da die Kinder viel später ins Bett mußten als im Winter.

Den vierten Juli feierten sie mit ein paar Freunden bei einem Barbecue, und zwei Wochen später fuhren Mel und Sam für den Rest des Sommers zu Sarah. Sie beabsichtigte, die beiden mit nach Frankreich zu nehmen und dort einen Monat mit Jean-Pierre Urlaub zu machen. Sarah hatte Oliver telefonisch von ihrem Vorhaben unterrichtet, und er hatte sich entschieden, sie gewähren zu lassen. Die Kinder waren groß genug, um der Situation mit Verständnis zu begegnen. Mel war sechzehn und Sam fast zehn, und beide freuten sich riesig auf die bevorstehende Reise.

Auch George kam zum Barbecue und brachte Margaret Porter mit, die nette Nachbarin, die sie alle schon kannten. Margaret war eine sehr gutaussehende, grauhaarige Dame, intelligent und von angenehmer Wesensart. In jüngeren Jahren hatte sie als Krankenschwester gearbeitet, ihr Mann war Arzt gewesen. Sie schien sich sehr intensiv um George zu kümmern. So achtete sie unauffällig darauf, daß er sich hinsetzte, wenn er es nötig hatte, brachte ihm sein Essen und scherzte gutgelaunt mit ihm und den anderen Gästen. George, dem dies alles sehr behagte, sprach noch immer sehr viel von Phyllis. Ollie wußte, daß er sich an dem Unfall, dem Phyllis zum Opfer gefallen war, schuldig fühlte und sich nur langsam von dem schweren Schlag erholte. Sie alle erholten sich nun auf ihre ureigene Weise von den Schicksalsschlägen des letzten Jahres. Sogar Ollie fand wieder irgendwie zu sich selbst. Im Juni hatte er die Scheidung eingereicht und sich auf Daphnes Drängen hin mit einem Mädchen verabredet – eine glatte Katastrophe, wie sich zeigen sollte. Sie war eine Kreative aus einer anderen Werbeagentur, und am nächsten Tag hatte Oliver behauptet, mit einer Irren ausgegangen zu sein. Sie hatte ihn animieren wollen, Kokain zu probieren, und ihr Lieblingssport war Damenfreistilringen. Daphne hatte Oliver ausgiebig geneckt, aber immerhin hatte er einen Versuch unternommen.

Benjamin und Sandra kamen auch zum Grillfest. Sandra war inzwischen im siebten Monat. Ollie empfand Mitleid mit ihr, sie schien nicht sonderlich intelligent, und ihr Kindergesicht nahm sich zu ihrem umfangreichen Leibesumfang geradezu lächerlich aus. Sie redete dauernd von dem Baby, so daß Oliver schon befürchtete, es stünde eine Heirat bevor. Aber Benjamin sagte, als er ihn danach fragte, sie hätten diesbezüglich keine Pläne. Beide seien noch zu jung.

Mel versuchte einige Male, Sandra in ein Gespräch zu ziehen, sie schien jedoch nicht viel zu sagen zu haben, so daß Mel es schließlich aufgab und wieder mit ihren Freundinnen plauderte. Auch Daphne war gekommen und verbrachte die meiste Zeit mit Margaret Porter in angeregter Unterhaltung am Pool.

»Es war wunderbar«, sagte Daphne zu Ollie und küßte ihn zum Abschied. In der letzten Zeit waren sie wirklich sehr gute Freunde geworden. »Eine richtige altmodische Vierte-Juli-Feier mit guten Freunden. Mehr kann man vom Leben nicht erwarten.« Sie war bester Laune, und Oliver lächelte wehmütig in Erinnerung an vergangene Zeiten.

»Doch, man kann. Aber ich tue es nicht. Noch so eine Verabredung wie die letzte, und ich schnappe über.« Beide lachten eingedenk der Episode mit der Ringerin.

»Deinem Vater scheint es ja recht gutzugehen. Kein Wunder, seine Bekannte ist besonders nett. Zudem eine höchst interessante Person, finde ich. Sie hat mit ihrem Mann den Fernen Osten bereist und zwei Jahre lang ein Krankenhaus in Kenia geleitet.«

»Ja, sie scheint Dad richtig gutzutun. Das ist schon wenigstens was. Ich wünschte nur, Benjamin würde endlich zur Besinnung kommen. Sandra ist ja ganz lieb, aber wenn er nichts dagegen unternimmt, wird sie noch sein Leben zerstören.«

»Gib ihm eine Chance. Er bemüht sich, das Richtige zu tun. Leider weiß er noch nicht, was das Richtige ist.«

»Man kann sich Benjamin mit einem eigenen Kind nicht vorstellen. Er ist ja selbst noch fast ein Kind, und sie sieht aus wie vierzehn. Und ... ach, Daph, sie ist so schrecklich dumm.«

»Ach was, sie fühlt sich hier fremd, und du mußt zugeben, daß sie im Moment in keiner günstigen Position ist. Sie weiß genau, was ihr alle von ihr haltet und was Benjamin aufgeben mußte, um bei ihr bleiben zu können. Das ist für sie eine große Belastung.«

Ollie lächelte seiner Freundin bedauernd zu. »Sie sieht aus, als würde sie Drillinge erwarten.«

»Sei nicht so lieblos«, schalt sie ihn.

»Warum nicht? Sie zerstört das Leben meines Sohnes.«

»Vielleicht auch nicht. Könnte ja sein, daß das Baby großartig wird.«

»Mir wäre lieber, sie würde es zur Adoption freigeben.«

Daphne schüttelte den Kopf. Sie hatte mit beiden lange darüber gesprochen und wußte es besser. »Ich glaube nicht, daß Benjamin das zulassen würde. Er ist so wie du – viel zu moralisch, zu anständig, nur allzu bereit, für das einzustehen, woran er glaubt, und das Richtige für alle zu tun. Er ist ein großartiger Junge. Warte nur, es wird sich alles zum Guten wenden.«

»Warum bist du da so sicher?«

»Er ist doch dein Sohn, oder nicht?«

Und dann fuhr sie zurück nach New York, und die anderen Gäste gingen kurz darauf. Ollie half Agnes beim Aufräumen, und als er dann spätabends noch am Pool lag, fiel ihm unwillkürlich Sarah ein. Was sie wohl treiben mochte? Den vierten Juli hatten sie immer besonders begangen. Und in diesem Sommer hätten sie den neunzehnten Hochzeitstag gefeiert. Daraufhin wanderten seine Gedanken weiter – zu seinen Eltern, zu seinem Vater und zu Margaret Porter. Er fragte sich allen Ernstes, ob sein Vater sich für sie interessierte oder ob er nur dankbar für ihre Hilfe war und glücklich darüber, daß er jemanden zum Plaudern hatte. Vielleicht von allem etwas. Es war sonderbar, daß sein Vater sich mit einer fremden Frau so angeregt unterhielt.

Komisch, daß alle jemanden hatten ... Sarah hatte Jean-Pierre, sein Vater hatte Margaret, was immer auch dahinterstecken mochte, und sogar sein Sohn hatte jemanden – das Mädchen, das sein Kind unter dem Herzen trug. Nur er selbst war allein und wartete darauf, daß jemand in sein Leben trat und es wieder in Ordnung brachte. Er zweifelte sehr daran, ob es je passieren würde.

»Dad?« Mels Flüstern durchdrang die Dunkelheit. Sie war auf der Suche nach ihrem Vater. »Bist du hier draußen?«

»Ich bin am Pool. Was gibt's?«

»Ach, ich wollte nur wissen, wie es dir geht.« Sie kam auf ihn zu und ließ sich neben ihm nieder.

»Mir geht es gut, mein Liebes.« Er faßte lächelnd in ihr langes blondes Haar. Melissa war ein liebes Mädchen, zwischen ihnen bestanden jetzt keine Mißverständnisse mehr. Seit dem Umzug nach New York schien sie ihr Gleichgewicht wiedergefunden zu haben, vor allem aber hatte sie zu ihm zurückgefunden. Ihr Verhältnis zu Oliver war nun enger als das zu Sarah.

»Heute war es nett, findest du nicht?«

»Ja.« Und wie als Echo auf seine eigenen Überlegungen fragte sie: »Was hältst du von Grandpas Freundin?«

»Margaret? Sie gefällt mir sehr gut.«

»Glaubst du, sie werden heiraten?« Mel konnte ihre Neugierde nicht zügeln.

Ollie lächelte. »Das bezweifle ich sehr. Er hat Grandma zu lieb gehabt. So eine Liebe findet man nur einmal im Leben.«

»So ... na ja, es war ja nur eine Frage.« Und dann kam mit frisch erwachter Besorgnis die Frage: »Meinst du, daß Mom diesen Jean-Pierre heiraten wird? Er ist so viel jünger ...« Ein Einwand, den sie ihrer Mutter gegenüber nie geäußert hätte.

»Ich glaube nicht. Ich meine, daß sie einfach nur eine schöne Zeit miteinander verleben.«

Melissa nickte erleichtert. »Ist die arme Sandra nicht schrecklich?«

Oliver amüsierte sich insgeheim, daß sie nach dem Aufbruch der Gäste alle durchhechelten wie ein altes Ehepaar. Plötzlich fühlte er sich weniger einsam. »Ich drehe noch durch, wenn ich mit ansehen muß, wie Benjamin sein Leben mit ihr vertut und die dreckigsten Arbeiten macht, um sie zu ernähren.«

»Und was sollen sie mit dem Baby machen?«

»Tja, weiß Gott ... meiner Ansicht nach sollten sie es zur Adoption freigeben, aber Benjamin will es ja unbedingt behalten. Und was dann? Verdammt will ich sein, wenn ich einer Heirat zustimme.«

»Ich glaube, heiraten möchte er gar nicht. Er versucht einfach, gut zu ihr zu sein, obwohl er sich mit ihr ziemlich langweilt. Und sie schaut dauernd anderen Jungen nach. Ich glaube, sie weiß nicht, was sie will. O Gott, Daddy ... man stelle sich vor ... siebzehn Jahre und schon ein Baby.«

»Denk daran, meine Liebe, falls der Ruf der Wildnis dich je ereilen sollte!« Er hob drohend den Zeigefinger, und Mel, die laut auflachte, errötete in der Dunkelheit.

»Keine Angst, so dumm bin ich nicht.« Was das heißen sollte, wußte er nicht recht. Meinte sie damit, sie würde es nie tun, oder wollte sie damit sagen, daß sie vorsichtiger sein wollte, wenn sie es tat? Oliver nahm sich vor, Daphne zu bitten, ein offenes Wort mit Mel zu reden, bevor sie nach Frankreich abreiste.

»Schläft Sam schon?«

»Wie ein Murmeltier.«

»Vielleicht sollten wir auch zu Bett gehen.« Ollie stand auf und streckte sich. Hand in Hand gingen sie langsam ins Haus. Es war ein schöner Tag gewesen, sonnig und heiß, und am Abend hatte es sich angenehm abgekühlt. Genauso wie Oliver es mochte.

Er gab Mel vor ihrer Zimmertür einen Gutenachtkuß, und als er gleich darauf im Bett lag, dachte er wieder daran, was die letzten Monate alles passiert war. Wieviel hatte sich geändert, wie sehr hatten sie sich selbst verändert. Sarah war vor einem Jahr noch bei ihnen gewesen und auch seine Mutter. Benjamin war noch ein Kind gewesen. In diesem Jahr waren sie alle erwachsen geworden, einige zumindest, denn von Sarah wußte Oliver nichts und argwöhnte, daß sie noch immer dabei war, ihren Weg zu suchen. Er selbst hatte das Gefühl, endlich festen Boden unter den Füßen bekommen zu haben, und bevor er einschlief, wanderten seine Gedanken noch einmal zu seinem Vater und Margaret Porter.

14

Im Juli fuhren Mel und Sam mit Sarah und Jean-Pierre nach Frankreich, und Oliver zog wieder in die New Yorker Wohnung. Solange die Kinder fort waren, hatte es keinen Zweck, täglich hin und her zu fahren. Für ihn war es vernünftiger, länger zu arbeiten und dann die Stadtwohnung zu benutzen. Oliver und Daphne arbeiteten nun sehr viel zusammen, die Spaghetti-Abende montags und freitags waren zur ständigen Einrichtung geworden. Die anderen drei Abende in der Woche verbrachte sie mit ihrem Freund. Hin und wieder sprach sie mit Ollie über ihn. »Warum tust du dir das an?« schalt er sie immer wieder. »In deinem Alter solltest du heiraten und mit jemandem beisammen sein, der dir mehr als nur drei Nächte in der Woche geben kann. Daph, du würdest es verdienen.«

Auf Bemerkungen wie diese pflegte sie immer mit den Achseln zu zucken und zu lachen. Sie war mit dem gegenwärtigen Stand der Dinge sehr zufrieden. Er sei ein wunderbarer Mensch, sagte sie, und sie wolle nur ihn. Ihr Freund sei intelligent, lieb und großzügig, und sie liebte ihn. Und ohne Kinder erschien ihr eine Ehe nicht sehr erstrebenswert.

»Eines schönen Tages wirst du es bereuen.«

Sie teilte Ollies Meinung nicht. Was sie hatte, war für sie genau richtig, obwohl sie sich allein fühlte, wenn ihr Freund nicht bei ihr war. »Ollie, das glaube ich nicht.«

Oliver gestand ihr, wie einsam er jetzt ohne die Kinder war. Er hatte niemanden, mit dem er abends plaudern konnte, vor allem aber vermißte er die Gemeinschaft, die er zwanzig Jahre mit Sarah gehabt hatte.

Nach Purchase fuhr er nur, wenn er Benjamin und seinen Vater besuchen wollte. Sandra wurde von Mal zu Mal umfangreicher, und zum erstenmal im Leben kam Benjamin ihm zu blaß vor. Der Junge kam ja auch kaum mehr an die Sonne, da er ständig arbeitete. Er hatte jetzt zwei Jobs, tagsüber verdingte er sich als Tankwart und abends als Kellner, da er Geld für Sandras ärztliche Betreuung und für die Miete brauchte. Außerdem wollte er etwas für die Zeit nach der Geburt des Babys sparen. Als Oliver ihm seine Hilfe anbot, lehnte Benjamin ab.

»Dad, das ist jetzt meine Verantwortung, nicht deine.«

»Lächerlich. Du bist ein Kind, solltest noch die Schulbank drücken und Unterhalt und eine Ausbildung bekommen.« Stattdessen lernte Ben jetzt andere Dinge. Er lernte, wie hart das Leben war, wenn man mit achtzehn eine Familie ernähren mußte und nicht einmal den High-School-Abschluß vorweisen konnte. Sandra hatte mit der Arbeit aufhören müssen, ihre Fesseln waren zum Umfang von Melonen aufgequollen, so daß der Arzt schon eine Schwangerschaftstoxikose befürchtete. Benjamin hastete mittags nach Hause, um für sie zu kochen, während sie auf der Couch lag und jammerte, daß sie ihn überhaupt nicht mehr zu Gesicht bekäme. Abends kam er so früh nach Hause, wie es ging, aber meist arbeitete er bis zwei Uhr morgens. Allein der Gedanke daran machte Oliver wütend. Er versuchte immer wieder, ihm Geld zuzustecken, um ihm das Leben zu erleichtern, bis er eine einfache Lösung fand. Er gab das Geld Sandra, die es immer überglücklich akzeptierte. Er drängte sie, im Haus zu wohnen oder wenigstens den Pool zu nutzen, aber Sandra wollte nirgendwohin gehen, und Benjamin hatte keine Zeit. Seine Jobs nahmen ihn zu stark in Anspruch.

Er ist seiner Mutter nicht unähnlich, dachte Oliver eines Tages, nachdem er für Sandra einen Scheck über fünfhundert Dollar ausgestellt und ihr geraten hatte, für das Baby alles Nötige zu kaufen. Seit Sarah von zu Hause weggegangen war, hatte sie von ihm keinen Penny genommen und lebte jetzt von dem Geld, das sie von ihrer Großmutter geerbt hatte. Sarah behauptete, es wäre nicht richtig, wenn Ollie ihr Unterhalt zahlen würde. Sie mußte knapp kalkulieren, und die Kinder hatten immer wieder von diesem und jenem zu berichten, das sie bei ihren Besuchen nicht unternehmen konnten, weil ›Mom es sich nicht leisten konnte‹, aber das war genau der Lebensstil, der Sarah immer vorgeschwebt hatte. Das Leben, das Oliver ihr geboten hatte, bedeutete ihr nichts mehr. Sie hatte Mel Unmengen von Klamotten geschenkt und den Rest im Haus in Purchase gelassen. Nun trug sie Jeans, T-Shirts und Sandalen. Sie und Jean-Pierre waren stolz darauf, daß sie die Europareise praktisch auf Schusters Rappen unternahmen. Oliver hatte von den Kindern schon einige Ansichtskarten bekommen, da sie aber nie angerufen hatten, wußte er nicht, wo sie sich zur Zeit aufhielten. Das machte ihn hin und wieder ziemlich nervös, denn Sarah hatte ihm nur mitgeteilt, daß sie Verwandte von Jean-Pierre in Frankreich besuchen und in den anderen Ländern, die sie bereisten, in Jugendherbergen übernachten wollten. Für die Kinder würde das alles nicht einfach sein, andererseits konnte es ihnen auch nicht schaden, und Oliver vertraute darauf, daß Sarah die beiden gut im Auge behalten würde. Sie war schließlich ihre Mutter, und er hatte sich immer auf sie verlassen können. Da jetzt aber alle ausgeflogen waren, stellte er betroffen fest, wie sehr sie ihm fehlten. Wenn er abends die leere Wohnung betrat, traf es ihn fast wie ein körperlicher Schmerz. Er hatte Aggie den Sommer über Urlaub gegeben und eine Reinigungsfirma mit dem wöchentlichen Saubermachen der Wohnung betraut. Das Haus in Purchase war zugesperrt, der Hund bei seinem Vater untergebracht. So hatte George wenigstens Gesellschaft. Und als Oliver eines Sonntags hinausfuhr, war er richtig gerührt, als er seinen Vater dabei antraf, wie er sich liebevoll um den Garten seiner verstorbenen Frau kümmerte. Gartenarbeit hatte George immer gehaßt, und nun war es für ihn lebenswichtig, die Rosen zu pflegen, die Phyllis so viel bedeutet hatten.

»Na, Dad, wie geht's?«

»Wunderbar. Es ist hier zwar ziemlich ruhig geworden, seitdem ihr alle fort seid. Hin und wieder gehen Margaret und ich zum Abendessen aus, aber ich habe ja soviel Arbeit mit der Hinterlassenschaft deiner Mutter.« Dieses Ordnen der Hinterlassenschaft hielt ihn ziemlich auf Trab, nicht zuletzt, weil sie ihm Aktien hinterlassen hatte, die er nun Ollies Kindern überschreiben wollte.

Ollie, den der mit seinem Vater verbrachte Nachmittag irgendwie bedrückt hatte, war noch auf der Rückfahrt mit der Bahn sehr nachdenklich. Seinen Wagen hatte er in der Reparatur, und es kam ihm sonderbar vor, mit der Bahn zu fahren, anstatt selbst am Steuer zu sitzen. Er setzte sich in den Salonwagen und griff zu dem Buch, das er bei sich hatte. Nach einigen Stationen setzte sich jemand neben ihn. Aufblickend gewahrte er eine junge Frau mit langem dunklem Haar und sonnengebräunter Haut. Sie hatte unauffällig auf dem Sitz neben ihm Platz genommen.

»Verzeihung«, entschuldigte sie sich, als sie mit ihrer Tasche gegen ihn stieß. Sie schien eine komplette Wochenendausrüstung mit sich zu führen, der an die Reisetasche geschnallte Tennisschläger stieß wiederholt gegen Ollies Bein, bis sie die Tasche zur Seite schob. »Ich muß mich noch mal für meinen Kram entschuldigen.«

Oliver versicherte ihr mit einem Kopfnicken, daß alles in Ordnung sei, worauf er sich weiter seinem Buch widmete, während sie etwas herauszog, das wie ein Manuskript aussah. Sie machte sich eifrig daran, Anmerkungen hineinzukritzeln. Hin und wieder spürte Ollie, wie ihn ihr Blick streifte, bis er endlich aufschaute und ihr zulächelte. Jetzt erst fiel Oliver auf, wie attraktiv sie war. Sie hatte blaue Augen und ein paar Sommersprossen im Gesicht. Er schätzte sie auf höchstens fünf- bis sechsundzwanzig. Das Haar trug sie glatt aus dem ungeschminkten Gesicht gekämmt.

»Wie gefällt Ihnen das Buch?« fragte sie ihn, als der Zug an der nächsten Station anhielt.

»Nicht übel.« Es war der Bestseller des Sommers, der ihm recht gut gefiel, obwohl er sonst von Romanen nicht viel hielt. Daphne hatte ihm das Buch gegeben und behauptet, es würde ihm sicher gefallen. »Ist das Ihr eigenes Manuskript, das sie da bearbeiten?« Ollies Neugierde war erwacht. Sie schüttelte lachend den Kopf und sah plötzlich etwas älter aus. Tatsächlich war sie dreißig, doch ihr natürliches gutes Aussehen ließ ihn glauben, eine von Mels Freundinnen vor sich zu haben. Ihre Stimme war wohltönend und kultiviert, ihre Augen klug, als sie erklärte, was und warum sie las.

»Ich arbeite in einem Verlag. Das Buch, das Sie lesen, haben wir herausgebracht. Deswegen interessiert es mich, ob es Ihnen gefällt. Leben Sie hier draußen?« Auch sie war neugierig, aufgeschlossen und umgänglich. Ihr luftiges Sommerkleid gab den Blick auf auffallend schöne Arme und Schultern frei.

»Früher habe ich hier draußen gewohnt. Jetzt lebe ich in der Stadt, die meiste Zeit jedenfalls.«

Aha, folgerte sie insgeheim. Ein Wochenendvater. »Besuchen Sie Ihre Sprößlinge?«

Er schüttelte belustigt von ihrer direkten Frage den Kopf. »Nein, meinen Vater.«

»Ich auch.« Sie lächelte. »Er und seine Frau haben vor kurzem ein Baby bekommen.« Sie erklärte ihm, daß ihr Vater dreiundsechzig und zum dritten Mal verheiratet sei. Auch ihre Mutter hatte wieder geheiratet und lebte jetzt in London.

»Das hört sich an, als hätten Sie eine interessante Familie.«

»Ja, die habe ich.« Sie lächelte spitzbübisch. »Vaters Frau ist vier Jahre jünger als ich. Daddy war nie der Typ, der viel Zeit verliert.« Sie verschwieg ihm, daß ihre Mutter mit Lord Bronsin verheiratet war und dank ihrer Schlösser und Landsitze, auf denen sie glänzende Partys veranstaltete, eine beherrschende Rolle in der europäischen Gesellschaft spielte. Sie selbst hatte sich aus diesem Getriebe lösen wollen und war deshalb nach New York gegangen, um hier zu arbeiten. »Und was machen Sie?«

Ganz überraschend lachte er sie an. Ein komisches Mädchen, komisch und geradeheraus. Nett und auffallend hübsch.

»Ich bin in der Werbebranche.« Zu gern hätte sie gewußt, ob er verheiratet war, ließ die Frage aber unausgesprochen.

»Mein Dad auch.« Sie schien sich zu amüsieren. »Robert Townsend, vielleicht kennen Sie ihn.«

Ach, aus dieser Ecke stammte sie also! Townsend war einer der wichtigsten Leute der Branche. »Ich habe ihn mal kennengelernt, könnte aber nicht behaupten, daß ich ihn wirklich kenne.« Es war der passende Moment, um sich selbst vorzustellen. »Ich bin Oliver Watson.«

Sie umfaßte seine Hand mit festem Griff. »Megan Townsend.« Nun legte sie ihr Manuskript aus der Hand, und sie plauderten den Rest der Strecke bis New York. Oliver genoß die Unterhaltung so sehr, daß er sein Buch ganz vergaß, und als sie in die Grand Central Station in New York einfuhren, bot er seiner neuen Bekannten an, sie mit dem Taxi nach Hause zu bringen.

Sie wohnte Park Ecke Neunundsechzigste, nur fünfzehn Blocks von seiner Wohnung entfernt. Nachdem er sie abgesetzt hatte, stieg er aus dem Taxi und entschloß sich, das kurze Stück nach Hause zu laufen. Es war ein lauer Abend, und er liebte New York im Sommer. Die Stadt war so gut wie ausgestorben, und nur ein paar Verrückte, die nicht von ihrer Arbeit lassen konnten wie er, und eine Handvoll Touristen verbrachten den Sommer hier.

Als er zu Hause ankam, läutete das Telefon. Oliver nahm an, es sei Daphne. Niemand sonst rief ihn an, seit die Kinder fort waren, außer sein Vater, der sich ab und zu meldete. Um so mehr erschrak er, als er die Stimme der Frau erkannte, die er gerade abgesetzt hatte. Es war Megan Townsend.

»Hallo, ich habe eine Idee. Möchten Sie nicht auf einen Drink und einen Salat rüberkommen? Ich bin eine miserable Köchin, aber ein Salat liegt im Bereich meiner Möglichkeiten. Ich dachte nur ...« Plötzlich schien ihre Sicherheit sie zu verlassen, denn ihr schoß der Gedanke durch den Kopf, daß er womöglich verheiratet war. In seinem Alter waren es die meisten Männer. Andererseits ging sie davon aus, daß er es ihr offen sagen würde, wenn sie sich in eine falsche Spur verrannt hatte. Er hatte einen sehr aufrichtigen Eindruck gemacht.

»Das wäre sehr nett.« Für Oliver war es eine ganz neue Erfahrung, von einer Frau zum Dinner eingeladen zu werden. Ihm war gar nicht der Gedanke gekommen, sie um ihre Nummer zu bitten. Plötzlich ging ihm auf, daß Daphne recht hatte. Er war total aus der Übung. »Soll ich was mitbringen?«

»Ich habe alles. Sagen wir um acht?«

»Großartig.« Und nach kurzem Zögern fügte er hinzu: »Freut mich riesig, daß Sie angerufen haben.«

»Sonst ist das nicht meine Art«, gestand sie lachend und ohne die geringste Verlegenheit, und Oliver fragte sich, ob das stimmte, »aber das Leben ist ohnehin so kurz. Auf der Fahrt haben wir so nett geplaudert.«

»Finde ich auch.«

Und dann entschloß sie sich, ihn einfach zu fragen, bevor sie zuviel Zeit verlor. Verheiratete Männer waren nicht ihr Fall, obzwar sie einer gelegentlichen Verabredung auch nicht abgeneigt war. »Ach, übrigens ... sind Sie verheiratet?«

»Ich ...« Er wußte nicht recht, was er sagen sollte. Er war es, aber nicht so, daß es zählte, so entschloß er sich, bei der Wahrheit zu bleiben. »Ich bin verheiratet, aber seit sieben Monaten leben wir getrennt.«

Seine Antwort schien ihr zu genügen. »Zuerst dachte ich, daß Sie Ihre Familie auf dem Land besucht haben.«

»Meine Kinder verbringen den Sommer in Europa, zwei zumindest. Der Älteste arbeitet in Chester.« Daß Benjamin achtzehn war und mit einer Schicksalsgefährtin ohne Schulabschluß zusammenlebte und auf das gemeinsame Kind wartete, ließ er unausgesprochen.

»Also, um acht.« Sie legte auf, zufrieden mit ihrem Entschluß, und auch Oliver machte einen zufriedenen Eindruck, als er eine halbe Stunde später die Park Avenue zurückschlenderte.

Megans Wohnung lag im obersten Geschoß und hatte einen ausnehmend schönen Dachgarten. Das Gebäude war klein und exklusiv, und Oliver vermutete ganz richtig, daß die Wohnung ihr gehörte. Sie war nicht irgendein berufstätiges Mädchen, und Robert Townsend besaß nicht nur eine sehr erfolgreiche Werbeagentur, sondern stammte aus einer der vornehmsten Bostoner Familien. Diese Herkunft konnte Megan nicht verleugnen, angefangen von der Frisur und den Schuhen bis zum kultivierten Ton und der teuren weißen Seidenbluse, die ihre Jeans edel ergänzte. Das Haar trug sie jetzt lose, und Oliver gefiel, wie es ihr über den Rücken und die Schultern fiel. Sie war nicht nur hübsch, sondern schön und besaß eine besondere Ausstrahlung, die durch den Hauch Make-up, den sie aufgelegt hatte, noch betont wurde. Sie führte ihn in den geräumigen, ganz in Weiß und Chrom gehaltenen Wohnraum. Auf dem schwarzweißen Marmorboden lagen unter einem gewaltigen Glastisch zwei Zebrafelle. Eine Spiegelwand reflektierte die großartige Aussicht, der Tisch im winzigen Eßzimmer war für zwei Personen gedeckt. Eine Aura von Raffinesse und Eleganz umgab Megan, obwohl sie sich ganz lässig kleidete.

»Donnerwetter, das ist aber eine tolle Wohnung!« Oliver bewunderte die Aussicht, und Megan führte ihn, nachdem sie ihm einen Gin Tonic gereicht hatte, auf die Terrasse.

»Es ist die einzige Extravaganz, die ich mir leiste.« Ihr Vater hatte ihr zum dreißigsten Geburtstag unbedingt ein Stadthaus kaufen wollen, das sie vehement ablehnte. Sie liebte die Wohnung, die für sie völlig ausreichend war, und Oliver konnte ihr nachfühlen, warum. »Ich verbringe hier sehr viel Zeit. An den Wochenenden vergrabe ich mich hier in Manuskripten«, sagte sie lachend, und Ollie reagierte darauf mit einem Schmunzeln.

»Na, ich könnte mir ein schlimmeres Los vorstellen.« Und dann entschloß er sich, auf ihr Spiel einzugehen. Es gab sehr vieles, was er von Megan Townsend wissen wollte. »Und was ist mit Ihnen? Verheiratet? Geschieden? Ein Dutzend Kinder?« Letzteres war eher unwahrscheinlich. Alles an ihr deutete darauf hin, daß sie ungebunden und ledig war.

»Nie verheiratet gewesen. Keine Kinder. Keine Katzen, Hunde oder Vögel. Und keine verheirateten Liebhaber.« Beide lachten, und er ließ ein wehmütiges Aufseufzen folgen.

»Damit bin ich wohl von der Liste gestrichen.«

»Möchten Sie zu Ihrer Frau zurück?« wollte sie wissen, als sie sich in den weißen Liegestühlen draußen niederließen.

»Nein, diese Absicht habe ich nicht!« Er sah ihr offen in die Augen, verschwieg jedoch, daß er bis vor kurzem noch liebend gern zu Sarah zurückgekehrt wäre. »Unser beider Leben hat sich in verschiedene Richtungen entwickelt. Sie studiert jetzt in Harvard und strebt eine Karriere als Schriftstellerin an.«

»Wie sich das anhört – bewundernswert.«

»Eigentlich nicht.« Wenn er mit Fremden über Sarah sprach, stahl sich noch immer Bitterkeit in seinen Ton. »Um das zu erreichen, hat sie mich und drei Kinder sitzenlassen.«

»Das muß ein schwerer Schlag für Sie gewesen sein.«

»War es auch.«

»Noch immer?« fragte sie ganz rasch, voller Ungeduld, ihn näher kennenzulernen.

»Ab und zu schon. In letzter Zeit ist es viel besser geworden. Man kann seinen Groll nicht ewig pflegen«, sagte er mit traurigem Lächeln, »obwohl ich es sehr lange versucht habe. Sie hat immer behauptet, sie würde zurückkommen, aber dieses Verwirrspiel haben wir hinter uns, denke ich. Die Kinder sind auf dem besten Weg, sich an die neue Situation zu gewöhnen – und ich auch.« Er lächelte sie an, ehe er plötzlich unvermittelt auflachte. »Aber ich muß gestehen, daß dies für mich die erste Verabredung mit einer Frau seit zwanzig Jahren ist. Mein Benehmen mag Ihnen daher etwas antiquiert erscheinen.«

»Sie waren mit niemandem aus, seit Ihre Frau Sie verlassen hat?« Megan zeigte sich beeindruckt. Seine Frau mußte beachtliches Format gehabt haben. Sie selbst war nie länger als einen Monat ohne Mann gewesen und wollte es auch nicht anders haben. Ihr letzter Liebhaber war erst vor drei Wochen gegangen, nach einem herrlichen halben Jahr, das er zwischen ihrem Penthouse und seinem an der Fifth Avenue gelegenen Stadthaus pendelnd verbracht hatte. Ihr Freundeskreis war eine sehr freizügige flotte Clique, doch an Oliver reizte sie etwas – sein Aussehen, sein verhaltener Charme, und dann noch etwas, das erkennen ließ, wie einsam er war. »Im Ernst?«

Da fiel ihm die Ringkämpferin ein, und er lachte. »Nein, gelogen ... ich hatte vor ein paar Monaten eine Verabredung. Das war die reinste Katastrophe. Fast wäre ich ein für allemal geheilt worden.«

»O Gott, Oliver«, sagte sie lachend und setzte ihr Glas ab. »Sie sind ja praktisch eine Jungfrau.«

»Ja, so könnte man es nennen.« Er stimmte in ihr Lachen ein und fragte sich flüchtig, ob es ihn diesmal erwischt hatte. Sieben Monate lang hatte er keine Frau gehabt, und plötzlich ertappte er sich bei der Frage, was passieren würde, wenn er es versuchte. Vielleicht würde es gar nicht klappen. Sieben Monate hatte er keine andere als Sarah haben wollen. Und in den zwanzig Jahren davor hatte er mit keiner anderen geschlafen. Er hatte seine Frau nie hintergangen, und dieses Mädchen erweckte den Eindruck, als sei sie es gewöhnt, jeden Mann zu bekommen. Der kleine Junge in ihm wäre am liebsten nach Hause gelaufen, und er kam sich ein bißchen vor wie Sam, als er aufstand und wieder ans Geländer trat, um die Aussicht zu bewundern. Megan ging in die Küche, um den versprochenen Salat zu machen.

»Ich muß Sie darauf aufmerksam machen, daß ich nicht kochen kann. Salate und Carpaccio – damit sind meine Fähigkeiten ausgeschöpft. Davon abgesehen gibt es bei mir nur Pizza oder einen Besuch beim Chinesen.«

»Ich kann es kaum erwarten. Lauter Sachen, die mir zusagen.« Und sie sagte ihm auch zu, obwohl sie ihm auch ein wenig Angst einjagte.

Sie setzten sich zu Tisch, sprachen von ihrem und seinem Beruf, und Ollies Befangenheit wich allmählich. Schließlich fragte Megan ihn nach seinen Kindern aus, und er versuchte, sie zu beschreiben.

»Als ihre Mutter ausgezogen ist, waren alle schockiert, ich natürlich auch. Aber ich denke, langsam erholen sie sich.« Alle bis auf Benjamin, der in eine Katastrophe geschlittert war.

»Und Sie? Wie fühlen Sie sich jetzt?« Nach dem guten französischen Weißwein, den sie getrunken hatten, schien Megan gelöster zu sein, und auch Oliver fühlte sich entspannter. Es war jetzt einfacher, mit ihr zu sprechen, während sie bei ihrem frugalen Abendessen über das Leben nachsannen.

»Ich weiß nicht ... sehr viel denke ich darüber nicht mehr nach, die Kinder und mein Beruf halten mich auf Trab. Schon eine ganze Weile habe ich mir nicht mehr den Kopf darüber zerbrochen, wie ich mich fühle. Vielleicht ist das ein gutes Zeichen.«

»Fehlt Ihnen Ihre Frau noch?«

»Ja, aber das ist nach so vielen Jahren ganz normal. Wir waren achtzehn Jahre verheiratet, und davor waren wir vier Jahre befreundet. Das ist eine lange Zeit, für jeden Menschen. In meinem Fall ein halbes Leben.«

»Ach, Sie sind vierundvierzig?« Megan lächelte, und er nickte. »Ich habe Sie auf neununddreißig geschätzt.«

»Und ich Sie auf fünfundzwanzig.«

»Ich bin dreißig.« Beide lachten.

»Und wie fühlt man sich da? So schrecklich, wie alle behaupten? Sarah hat ihrem Dreißigsten voller Bangen entgegengesehen, weil sie glaubte, ihr ganzes Leben läge dann hinter ihr.

Das war aber noch gar nichts, verglichen mit neununddreißig ... und vierzig ... und einundvierzig ... ich glaube, deshalb hat sie auch durchgedreht. Sie hatte panische Angst, daß sie nichts mehr schaffen und alt werden würde, ohne etwas erreicht zu haben, und deshalb hat sie die Flucht ergriffen. Das Dumme war nur, daß sie sehr viel erreicht hat, zumindest in meinen Augen, aber nicht in ihren.«

»Ich belaste mich nicht mit solchen Gedanken. Vermutlich ist das einer der Gründe, warum ich nicht verheiratet bin und mich nicht von Kindern festnageln lasse. Mein Leben lang habe ich nur getan, was ich wollte. Man könnte auch sagen, daß ich durch und durch verwöhnt bin«, sagte Megan frohlockend, und Oliver lachte. Er vermutete, daß es die Wahrheit war. Ein Blick auf ihr aufwendig eingerichtetes Appartement verriet alles.

»Was ist Ihnen wichtig? Ich meine, woran liegt Ihnen wirklich etwas?«

An mir selbst, hätte sie fast laut gesagt, entschied sich aber lieber für eine Spur weniger Aufrichtigkeit. »An meiner Arbeit, denke ich. An meiner Freiheit. Daß ich mein eigenes Leben führen und genau das tun kann, was mich freut. Ich habe nicht viel Gemeinschaftssinn, und mir fällt es schwer, die Erwartungen anderer zu erfüllen. Wir alle leben nach unseren eigenen Regeln, und ich habe mir solche zurechtgelegt, die mir entsprechen. Ich sehe nicht ein, weshalb jemand das alles tun muß: heiraten, Kinder bekommen, sich gewissen Regeln beugen. Ich lebe auf meine Art, und das gefällt mir.«

»Sie sind wirklich verwöhnt«, stellte Oliver sachlich fest. Im Moment war er gar nicht sicher, ob es ihm etwas ausmachte.

»Meine Mutter hat mir immer geraten, mich nie nach den Regeln anderer zu richten, und diesen Rat habe ich beherzigt. Ich war immer imstande, darüber hinauszusehen. Das kann eine Stärke, manchmal aber auch eine schreckliche Schwäche sein. Mitunter ist es ein Handicap, weil ich nicht begreife, warum Menschen ihr Leben dermaßen komplizieren. Man sollte im Leben das tun, was man möchte, das ist das einzige, was zählt.«

»Und wenn man damit Menschen weh tut?« Sie hatte sich auf heikles Terrain vorgewagt, war aber klug genug, um es zu merken.

»Manchmal ist es der Preis, den man bezahlt. Damit muß man leben, aber man muß mit sich selbst auch leben können, und das ist eigentlich viel wichtiger.«

»Ich glaube, genau das hat Sarah empfunden. Aber ich bin damit nicht einverstanden. Manchmal schuldet man anderen Menschen mehr, als man sich selbst schuldet, und dann muß man eben zurückstecken und so handeln, wie es für die anderen gut ist, auch wenn man selbst dabei zu kurz kommt.« Das war der grundlegende Unterschied zwischen ihm und seiner Frau, möglicherweise auch der Unterschied zwischen ihm und Megan.

»Der einzige Mensch, dem ich etwas schulde, bin ich selbst, und so möchte ich es auch in Hinkunft halten. Deswegen habe ich keine Kinder und fühle auch nicht das Verlangen zu heiraten, obwohl ich dreißig bin. In gewissem Sinn gebe ich Ihnen recht. Wenn man Kinder hat, ist man ihnen und nicht nur sich selbst verpflichtet. Und wenn man eine solche Verantwortung nicht tragen will, sollte man sie gar nicht bekommen. Aber Ihre Frau hatte Kinder. Ich glaube, der größte Fehler, den sie gemacht hat, bestand darin, überhaupt zu heiraten und drei Kinder in die Welt zu setzen.« Sie war scharfsinniger, als sie ahnte, und hatte Sarahs Philosophie genau durchschaut. Oliver war darüber sehr verwundert.

»Das war vermutlich meine eigene Schuld. Ich habe ihr alles eingeredet. Und dann, zwanzig Jahre später, wurde sie wieder zu dem, was sie war, als wir uns begegnet sind, und nahm Reißaus.«

»Sie dürfen die Schuld nicht bei sich suchen. Es war ja auch ihre Verantwortung. Sie haben sie ja nicht mit vorgehaltener Waffe zur Ehe gezwungen. Sie taten das, woran Sie glaubten. Sie können doch nicht auch noch für das Verhalten anderer die Verantwortung übernehmen.« Megan war eine völlig unabhängige Frau, an nichts und niemanden gebunden, aber wenigstens war sie in diesem Punkt offen.

»Was hält Ihre Familie von Ihrer Lebensweise?« Auch das interessierte Oliver, und Megan wurde nachdenklich. »Ach, ich nehme an, meine Lebensweise stört sie. Aber sie haben mich längst aufgegeben. Mein Vater läßt die Finger nicht vom Heiraten und Kinderkriegen. Zwei hat er mit meiner Mutter, vier mit seiner zweiten Frau, und vor kurzem hat er sein siebtes Kind bekommen. Meine Mutter heiratet zwar auch ständig, das Kinderkriegen vergißt sie aber, was ein wahres Glück ist, weil Kinder eigentlich nicht ihr Fall sind. Für uns war sie eher wie eine Tante. Meine Schwester und ich verbrachten unsere Kindheit größtenteils in exklusiven Internaten.«

»Wie schrecklich.« Oliver war entsetzt. Nie wäre ihm der Gedanke gekommen, seine eigenen Kinder fortzuschicken. »Hat Sie das Internatsleben geprägt?« Kaum hatte er die Frage ausgesprochen, wurde ihm bewußt, daß es eine dumme Frage war. Die Gründe für ihre Scheu vor Bindungen lagen auf der Hand.

»Ich denke schon. Die Bildung von ›dauernden Beziehungen‹, wie die Engländer es nennen, ist nicht eben meine Stärke. Menschen kommen und gehen. Das war in meinem Leben immer so, und ich bin es gewöhnt – mit wenigen Ausnahmen.« Ihr Blick wirkte plötzlich traurig und verhangen. Sie machte sich daran, den Tisch abzuräumen.

»Haben Sie zu Ihrer Schwester ein enges Verhältnis?«

Sie sah ihn mit sonderbarem Blick an. »Ja, das hatten wir. Ein sehr enges sogar. Sie war der einzige Mensch, auf den ich mich jemals verlassen konnte. Wir waren eineiige Zwillinge, falls Sie sich darunter etwas vorstellen können. Ein doppeltes Ärgernis eigentlich. Nur war sie genau das, was ich nicht war. Gut, lieb, artig, anständig, höflich. Sie hielt sich immer an die Regeln und glaubte alles, was man ihr einredete. Mit einundzwanzig Jahren verliebte sie sich in einen verheirateten Mann und beging Selbstmord, als er seine Frau nicht verlassen wollte.« Danach hatte sich für Megan alles geändert, das las Oliver an ihren Augen ab.

»Das tut mir leid.«

»Mir auch. Eine Freundin wie sie hatte ich nie wieder. Es war, als hätte ich eine Hälfte von mir selbst verloren – die bessere Hälfte. Sie war das Gute, das Liebenswerte, was ich nie war und nie sein werde.«

»Sie gehen zu hart mit sich ins Gericht«, erwiderte Oliver sanft, und seine Sanftheit machte alles nur schmerzlicher.

»Nicht wirklich. Ich bin ehrlich. An ihrer Stelle hätte ich diesen Schweinehund umgebracht oder seine Frau erschossen. Mich selbst hätte ich nie umgebracht.« Und dann schloß sie mit schmerzlichem Blick: »Bei der Autopsie stellte sich heraus, daß sie im vierten Monat schwanger war. Das hat sie mir nie gesagt. Ich war damals hier auf der Schule. Meine Schwester lebte bei meiner Mutter in London.« Ihr Blick fiel auf Oliver. »Möchten Sie Kaffee?«

»Ja, bitte.« Eine erstaunliche Geschichte. Unglaublich, sich vorzustellen, was in einem Menschenleben alles passieren konnte, die Tragödien, der Schmerz, die Wunder, die Augenblicke, die ein ganzes Leben veränderten. Er vermutete, daß Megan vor dem Tod ihrer Schwester ganz anders gewesen war, aber das würde er nie erfahren.

Als er ihr in die Küche nachkam, sah sie mit warmem Lächeln zu ihm auf. »Oliver Watson, Sie sind ein netter Mensch. Für gewöhnlich breite ich die Geschichte meines Lebens nicht aus, schon gar nicht nach so kurzer Bekanntschaft.«

»Ich fühle mich geschmeichelt.« Das erklärte vieles an ihr.

Sie gingen wieder auf die Terrasse, um das starke Gebräu zu trinken, das Megan der Espressomaschine entlockt hatte, und sie saß dicht neben Oliver, als sie wieder den Ausblick genossen. Er spürte, daß sie etwas von ihm wollte, aber irgendwie war er noch nicht bereit, es ihr zu geben. Es war für ihn zu früh, er hatte noch immer Angst davor, eine Frau zu berühren, die nicht Sarah war.

»Möchten Sie am Wochenende mit mir essen?«

»Ja, sehr gern.« Sie lächelte. Oliver war so lieb und unschuldig, dabei aber stark und anständig und nett. Er war alles das, was sie immer gefürchtet und sich nie gewünscht hatte. »Möchten Sie mit mir hier die Nacht verbringen?« Diese unverblümte

Frage überrumpelte Oliver. Er setzte abrupt die Tasse ab. Das Lächeln, mit dem er sie ansah, ließ ihn sehr attraktiv und jungenhaft aussehen.

»Hoffentlich ist Ihnen klar, daß es keine Zurückweisung ist, wenn ich nein sage ... aber ich überstürze die Dinge nicht gern. Sie verdienen etwas Besseres. Wir beide verdienen es.«

»Aber ich will nicht mehr.« Aufrichtigkeit gehörte zu ihren wenigen Tugenden.

»Aber ich. Und Sie sollten es auch wollen. Wir verbringen die Nacht gemeinsam, wir amüsieren uns, wir gehen auseinander, na und? Was gibt es uns? Auch wenn wir nur eine Nacht zusammen verbringen, wäre es netter für beide, wenn es etwas bedeuten würde.«

»Ach, Sie messen all dem zuviel Bedeutung bei.«

»Wäre es einfacher zu sagen: ›Ich bin nicht bereit?‹ Oder stemple ich mich damit zum Versager?«

»Wissen Sie noch, was ich vorhin gesagt habe, Oliver? Sie müssen nach Ihren eigenen Regeln spielen. Und Ihre Regeln sehen nun mal so aus. Ich habe auch meine eigenen. Ich begnüge mich mit dem Lunch, wenn es Sie nicht zu sehr schockiert ...«

Ollie lachte, weil die Befangenheit von ihm gewichen war. Alles war für sie annehmbar, sie war flexibel und anspruchslos und so sexy, daß er sich am liebsten geohrfeigt hätte, weil er auf ihr Angebot nicht sofort und auf der Stelle eingegangen war, bevor sie ihre Absicht änderte.

»Ich rufe Sie morgen an.« Er stand auf. Es war Zeit zum Gehen. Ehe er etwas tat, was er später bedauern würde. »Vielen Dank für das wundervolle Dinner.«

»Keine Ursache.« Sie schaute ihn eindringlich an, als sie zur Tür gingen, und sah ihm dann in die Augen, mit einem Blick, den nur wenige Männer zu sehen bekamen. Obwohl sie mit vielen ins Bett gegangen war, gab es nur wenige, die sie kannten. »Oliver, danke ... danke für alles.«

»Ich habe ja nichts getan als gegessen, geplaudert und Ihre Gesellschaft genossen. Sie brauchen mir nicht zu danken.«

»Danke dafür, daß Sie das sind, was Sie sind ... auch wenn Sie mich nie mehr anrufen.« Das war sie gewöhnt, aber meistens genoß sie vorher eine Nacht ungezügelter Leidenschaft. Sie war es gewöhnt, aber wenn sich Oliver nicht mehr meldete, würde er ihr irgendwie fehlen.

»Ich rufe an.« Und damit beugte er sich zu ihr, nahm sie in die Arme und küßte sie. Sie war die erste Frau, die er küßte, seit seine Frau ihn verlassen hatte. Ihr Mund war einladend und warm, ihr Körper kraftvoll und verlockend. Der Wunsch, sie zu lieben, war übermächtig, ebenso aber wußte er, daß er gehen mußte. Er wollte erst darüber nachdenken.

Sie war eine Frau mit zuviel Kraft, um leichtgenommen zu werden.

»Gute Nacht«, flüsterte Megan, als der Lift kam. Lächelnd registrierte sie, daß er ihr direkt in die Augen sah, als die Türen zuglitten. Sie stand noch lange da, dann ging sie langsam in ihre Wohnung und schloß die Tür. Sie setzte sich auf die Terrasse und dachte an Oliver und die Schwester, von der sie seit Jahren nicht mehr gesprochen hatte. Ohne zu wissen, warum oder um welchen der beiden, fing sie leise zu weinen an.

15

Wie versprochen, rief er sie gleich am Morgen an und lud sie noch für denselben Tag zum Lunch in das Four Seasons ein. Er hatte in der Nacht zuvor stundenlang dagelegen und an sie gedacht, wütend auf sich, weil er nicht geblieben war und sie geliebt hatte. Das Schicksal hatte ihm das Glück auf einem silbernen Tablett serviert, und er hatte Reißaus genommen. Er kam sich wie ein Riesentrottel vor und war felsenfest überzeugt, daß Megan seine Meinung teilte.

Sie trafen sich zu Mittag im Four Seasons. In ihrem hellroten Seidenkleid und den hochhackigen schwarzen Lacksandaletten war sie die aufregendste Frau, die er je zu Gesicht bekommen hatte, und er fühlte sich wie ein riesengroßer Trottel. Das sagte er ihr auch, als sie Platz nahmen. Der Springbrunnen in der Mitte des Raumes versprühte Düfte, überall saßen Leute aus seiner und ihrer Branche. Das Restaurant war beim besten Willen nicht als ein diskretes Plätzchen für ein Stelldichein zu bezeichnen, andererseits hatten sie nichts zu verbergen.

Megan erzählte von dem neuen Buch, das sie herauszubringen gedachte, und Oliver erklärte ihr, was einer seiner neuen Kunden von ihm erwartete. Es war drei Uhr, als sie sich erstaunt umblickten und feststellten, daß sie die einzigen Gäste waren. Megan lachte, und Oliver machte ein verlegenes Gesicht.

»Wie wär's morgen abend mit einem Dinner?« fragte er schon im Gehen.

»Können Sie kochen?«

»Nein.« Er lachte. »Aber ich kann so tun als ob. Was möchten Sie? Pizza? Chinesisches Essen? Ein Pastrami-Sandwich? Einen Cheeseburger aus dem Hamburger Heaven?«

Sie lachte. »Am besten, ich hole ein paar Sachen aus meinem Lieblingsdelikatessenladen, und wir bereiten uns gemeinsam etwas zu.«

»Klingt toll.« Ihr gefiel die Vorstellung, weil es so am gemütlichsten war, aber vor allem sagte ihm die Aussicht zu, sie wiederzusehen.

»Mögen Sie Moussaka?«

»Ich bin ganz verrückt danach.« Sein Interesse galt aber nicht so sehr dem Essen als vielmehr ihr, und er gab ihr einen flüchtigen Kuß auf die Wange, bevor er sie in ein Taxi setzte und in sein Büro lief.

»Ein neuer Kunde?« fragte Daphne ihn um vier, als sie bei ihm vorbeischaute, um ihm ein paar Texte zu zeigen.

»Wer?«

»Die Superfrau, mit der ich dich beim Lunch gesehen habe.« Sie sah ihn sichtlich belustigt an, und Oliver lief rot an, während er vorgab, sich auf die Werbetexte zu konzentrieren.

»Was treibst du denn? Spionierst du mir nach?«

»Wittere ich Frühlingsluft, oder ist das ihr Parfum?«

»Kümmere dich gefälligst um deine eigenen Angelegenheiten. Vermutlich riechst du ein Insektenspray. Heute morgen habe ich eine Küchenschabe unter dem Schreibtisch erwischt.«

»Hm, nicht sehr wahrscheinlich. Hier gehen sogar die Plastikblumen ein, ganz zu schweigen von einer hübschen gesunden Küchenschabe. Sie ist großartig. Wer ist sie?«

»Ach, ein Mädchen, das ich gestern kennengelernt habe.«

»Sehr nett. Etwas Ernstes?« Daphne war für Oliver wie eine Schwester, und Oliver schätzte sie sehr.

»Noch nicht. Wahrscheinlich nie. Sie gehört wie meine Exgattin zu den großartigen, unabhängigen Frauen. Sie glaubt an Beruf und Freiheit und an ein Leben ohne Bindungen.« Es war das erste Mal, daß er Sarah so beschrieb. Das war an sich schon ein Schritt in die richtige Richtung.

»Das klingt nach gewaltigen Kalamitäten. Amüsier dich schön, bevor sie dir das Herz bricht.«

»Ich bin dabei.«

»Gratuliere.«

»Danke. Aber jetzt zurück an die Arbeit, oder spielst du lieber Ratgeberin in Herzensangelegenheiten?«

»Ach, sei nicht so empfindlich.«

Am Abend arbeiteten sie sehr lange. Und als Oliver nach Hause kam, rief er Megan an. Sie war nicht zu Hause und hatte ihren Anrufbeantworter eingeschaltet. Er hinterließ seinen Namen und sagte nur, er hätte sich melden und die Verabredung für den nächsten Abend bestätigen wollen.

Pünktlich um acht stand sie vor seiner Tür, beladen mit Köstlichkeiten, die sie gemeinsam auspackten.

»Hübsch ist es hier«, bemerkte sie höflich, obwohl es ganz anders war als bei ihr, irgendwie kühl und ungemütlich – wie in einer fremden Wohnung eben. Nur in den Zimmern der Kinder hatte eine gewisse persönliche Note Einzug gehalten. Ollie hingegen hatte den übrigen Räumen keine besondere Sorgfalt zuteil werden lassen. Da Agnes nicht da war, fehlten sogar frische

Blumen. Das war ihm zu spät eingefallen – erst, als er schon zu Hause war und eine Flasche Wein für das Abendessen entkorkte.

»Wie war der Tag?«

»Nicht so übel. Und bei Ihnen?« Megan wirkte gelöst und glücklich. Ihr weißer Seidenrock, zu dem sie eine türkisfarbene Bluse trug, die ihre honigbraune Haut noch dunkler erscheinen ließ, war fast bis zum Oberschenkel geschlitzt.

Oliver erzählte, was er den Tag über gemacht hatte, während sie das Moussaka am Küchentisch verspeisten. Es war herrlich, mit jemandem reden zu können.

»Wenn die Kinder fort sind, muß es hier für Sie ganz schön einsam sein.«

Er lächelte, insgeheim von der Frage bewegt, ob das als Einladung gemeint war, zu ihr zu gehen. »Ja, ohne Kinder ist es hier ruhig. Aber an den meisten Abenden arbeite ich ohnehin sehr lange.« Plötzlich hatte er das Gefühl, daß sich die Zeit der Überstunden dem Ende zuneigte.

Sie redeten von den verrücktesten Dingen, von Polo und Baseball, dann wieder von ihren Eltern und von ihrer Abneigung gegen Engländer. Er argwöhnte, daß diese Haltung dem Mann zuzuschreiben war, der den Grund für den Selbstmord ihrer Schwester geliefert hatte. Megan hatte sehr ausgeprägte Ansichten über alles, und als sie ihm half, den Tisch abzuräumen, fiel ihm wieder der Rockschlitz auf, und er spürte, daß eine unwiderstehliche Woge der Erregung ihn erfaßte.

Anschließend saßen sie im Wohnzimmer beim Wein und plauderten, und dann – ganz plötzlich – küßte er sie, ohne zu wissen, wie ihm geschah. Sie lagen auf der Couch, und Oliver wünschte sich verzweifelt, mit ihr intimer zu werden. Ihr Rock war hochgerutscht, ihre Schenkel entblößt, und als seine Hand über ihre seidige Haut glitt, merkte er, daß sie unter dem Rock nichts anhatte. Er stöhnte vor Begierde, als er sie spürte und fand, was er suchte. Sie wimmerte leise, und Oliver fühlte sich wieder jung – jung und verliebt und rasend vor Leidenschaft. Er zog ihr die Bluse aus, und sie entledigte sich auf wunderbare Weise ihres

Rockes, so daß sie nackt und herrlich unter seinen Händen lag. Ihr Anblick raubte ihm den Atem, so schön war sie.

»Mein Gott, Megan ... mein Gott ...« Und dann fing sie an, ihm gekonnt, verführerisch und lockend ein Kleidungsstück nach dem anderen auszuziehen. Schließlich lagen sie auf der Couch und liebten sich, wie Oliver es noch nie erlebt hatte. Megan tat Dinge, von denen er nie zu träumen gewagt hatte, und weckte in ihm eine so gewaltige Begierde, daß er sie fast mit Gewalt nahm und in ihr den Höhepunkt wie ein Erdbeben erlebte. Dann lag er auf ihr, spürte ihre Leidenschaft, spürte, wie sie sich wollüstig drehte und wand. Er wollte nicht glauben, daß sie mehr wollte, aber sie lenkte seine Hände zu sich zurück, drückte seinen Kopf zwischen ihre Beine, und seine Zunge liebkoste sie an ihren geheimsten Stellen. Sie stöhnte und schrie und erbebte, und gleich darauf drang er wieder in sie ein. So lagen sie stundenlang da und liebten sich immer von neuem. Megan zog ihn auf den Boden, und dann führte Oliver sie in sein Schlafzimmer. Schließlich lagen sie erschöpft Seite an Seite, und sie lachte ein tiefes kehliges Lachen und zog ihn wieder an sich.

»Allmächtiger, du wirst mich noch umbringen«, stöhnte er.

»Was für ein schöner Tod!« Beide lachten, und wenig später ließ Megan ein Bad einlaufen, und das Liebesspiel fand in der Wanne seine Fortsetzung. Es war für beide eine unvergeßliche Nacht, und als die Sonne aufging, lagen sie noch immer selig in der Wanne. Einer Frau wie ihr war Oliver noch nie begegnet. Sie gab sich ganz ihrer Leidenschaft hin und war befähigt, ihn zu den höchsten Gipfeln der Ekstase mitzureißen. Nie hätte er geglaubt, zu all dem fähig zu sein, was sie forderte, und er war hingerissen.

»Ist dir klar, daß wir seit zehn Stunden ununterbrochen Liebe machen? Es ist sieben Uhr morgens.« Oliver konnte es nicht fassen, was sie getrieben hatten. Was er erlebt hatte, war nicht mit dem zu vergleichen, was er mit Sarah geteilt hatte, und dabei war er immer der Meinung gewesen, ihr Liebesleben sei perfekt.

»Meinst du nicht, daß du es dir nach sieben Monaten redlich verdient hast?« Sie lächelte ihn an, und er lachte.

»So habe ich es eigentlich nicht gesehen. Vielleicht sollten wir es noch einmal versuchen«, scherzte er, aber Megan nahm in sofort beim Wort. Während er noch immer lachte, setzte sie sich auf ihn, und zu seiner Verwunderung war er in Sekundenschnelle wieder bereit, und sie wälzten sich prustend und spritzend wie Delphine in der Wanne, bevor er sie seitlich gegen die Wannenwand drückte und in sie eindrang. Megan stöhnte und flehte ihn an, nicht aufzuhören. Schließlich schrie sie, als beide aus den Tiefen des warmen, seifigen Wassers ruckartig auftauchten. »O Megan ... was tust du mit mir?« rief Oliver mit belegter Stimme und küßte ihren Hals. Sie öffnete die Augen, sah ihn an und streichelte sein blondes Haar. »Eine Frau wie dich habe ich noch nie gekannt«, flüsterte Oliver.

»Für mich war es auch noch nie so.« Das hatte sie noch nie zu einem Mann gesagt, und sie meinte es ehrlich. »Oliver, du bist wirklich bemerkenswert.«

»Und du bist umwerfend.« Er brachte es kaum fertig, sich anzuziehen, um ins Büro zu gehen. Kurz vor dem Gehen berührte Megan den Körperteil, der eigentlich hätte erschöpft sein sollen, es aber nicht war. »Nicht zu fassen ... Megan ... so kommen wir hier nie raus ...« Langsam gelangte er zu der Ansicht, daß sie den Tag hier verbringen sollten.

»Vielleicht sollten wir uns krank melden«, flüsterte sie, während sie ihn auf den Boden im Flur zog, ihm in den Nacken biß, an seinem Gesicht knabberte und ihn am ganzen Körper streichelte und erregte. Wieder nahm er voller Leidenschaft von ihr Besitz, mit so viel Hitze und Kraft, die er sich nach zwölf Stunden intensiven Liebesspiels niemals zugetraut hätte.

Schließlich machten sie genau das, was Megan vorgeschlagen hatte. Sie riefen in ihren Büros an und meldeten sich krank. Dann verbrachten sie den Tag im Bett, auf dem Boden, auf der Couch und in der Wanne. Sie liebten sich sogar in der Küche. Es war eine Art Wahnsinn, der beide befallen hatte. In der Nacht lagen sie aneinandergeschmiegt im Bett, und Oliver fütterte Megan mit Schokoladeplätzchen.

»Meinst du nicht, daß wir besser einen Arzt rufen sollen?« fragte er glücklich. »Vielleicht ist es eine Krankheit ... oder wir stehen unter Drogeneinfluß.«

»Vielleicht sind es die Plätzchen.«

»Hm ... köstlich ... ich will mehr davon ...« Es war fast nicht vorstellbar, daß sie sich jemals wieder trennen oder auch nur die Kleider am Leib halten konnten. Und dann drängte sich ihm plötzlich eine Frage auf, an die er schon am Tag zuvor hätte denken sollen, und er fragte sie, ob sie nicht Bedenken hätte, schwanger zu werden.

»Unsinn.« Sie wirkte völlig sicher. »Ich habe schon vor neun Jahren eine Tubenligatur vornehmen lassen.«

»Mit einundzwanzig?« Er erschrak, aber dann fiel ihm ein, daß damals ihre Schwester gestorben war – im vierten Monat.

»Ich wußte, daß ich keine Kinder wollte, und ich wollte nicht zulassen, daß irgendein Arschloch mir das antut, was Priscilla passiert ist.«

»Und du hast es nie bedauert? Was ist, wenn du eines Tages Kinder möchtest?«

»Das wird nie der Fall sein. Und wenn, dann kann ich welche adoptieren. Ich bezweifle sehr, daß es dazu kommt. Ich will mir diese Sorgen ersparen. Warum auch? Möchtest du noch Kinder?«

»Früher wollte ich viele. Aber Sarah war nicht damit einverstanden. Sie hat sich nach Sam ebenfalls eine Tubenligatur machen lassen. Ich habe es immer bedauert, sie aber nie.«

»Möchtest du jetzt noch Kinder?« Sie schien nicht besorgt, sondern nur neugierig zu sein. Es war für sie unvorstellbar, daß er noch Kinder wollte und sie sich überhaupt jemals welche wünschen könnte.

»Ich bin mir nicht sicher. Jetzt ist es schon etwas spät. Aber wenn es passierte, würde es mir nichts ausmachen.«

»Na, dann rechne aber nicht mit mir.« Sie ließ sich träge in die Kissen sinken.

Da er ihr gegenüber jede Scheu abgelegt hatte, vertraute er

ihr seine Sorgen mit Benjamin an. »Mein achtzehnjähriger Sohn wird im September Vater. Das ist die reinste Katastrophe ... Er jobbt als Kellner und sorgt für das Mädchen. Beide haben keinen Schulabschluß, dabei hätte man ihn in Harvard zugelassen.«

»Na, vielleicht geht er eines Tages doch noch hin.« Plötzlich tat Ollie ihr leid. Man merkte, daß sein Sohn ihm große Sorgen machte. »Werden sie das Kind behalten?«

»Sie haben die Absicht. Ich habe alles getan, um sie zu entmutigen. Es ist ein wahres Glück, daß sie nicht heiraten wollen.« Oliver war dankbar, daß Sandra sich in diesem Punkt als unbeugsam erwies.

»Vielleicht kommen sie zur Vernunft, sobald sie mit den Tatsachen konfrontiert werden. Babys sind nur in der Windelwerbung niedlich. In Wahrheit sind sie kleine Ungeheuer.«

»Und wie viele Babys haben Sie kennengelernt, Miß Townsend?«

»So wenig wie möglich, ich danke bestens.« Sie rollte sich zu ihm und spielte mit seinem Lieblingsglied. Dann zog sie die Decke zurück und spielte mit ihrer Zunge weiter. »Ich persönlich ziehe Daddys vor ...«

»Was für ein Glück für mich.« Lächelnd schloß er die Augen und zog sie dann an sich, um sie ähnlich zu beglücken. Schließlich schliefen sie nach Mitternacht erschöpft ein. Hinter ihnen lag ein Marathontag, ein Tag, den Oliver nie vergessen würde.

16

Die Romanze loderte durch den wärmsten Monat des Jahres. Der August war sengend heiß, und ihre Leidenschaft ebenso. Sie wechselten zwischen Megans und Olivers Wohnung hin und her, und einmal verbrachten sie sogar eine Nacht im Freien und liebten sich auf ihrer Terrasse, die zum Glück höher lag als die umliegenden Häuser.

Oliver blieb kaum noch Zeit, sich mit Daphne zu treffen, die ahnte, was vor sich ging, und sich für ihn freute. In Olivers Blick lag ständig etwas Verklärtes, und dazu kam seine ständige Zerstreutheit. Sie hoffte sehr, daß er sich den Verstand aus dem Kopf bumsen würde.

Eines Tages fuhren Megan und Oliver aufs Land. Oliver wollte seinen Vater und Benjamin besuchen. Unterwegs hatte er Megan bei ihrem Vater abgesetzt und sie auf der Rückfahrt wieder abgeholt. In sein Haus brachte er sie nicht, weil es ihm widerstrebte.

Insgesamt dachte er nur selten an Sarah. Er war besessen von Megan, von ihrer Art zu lieben und von ihrem Körper. An einem sengenden Sonntagnachmittag liefen sie nackt in seiner Wohnung umher – als das Telefon klingelte.

Oliver hatte keine Ahnung, wer anrief. Wahrscheinlich war es Daphne, die sich nach seinem Befinden erkundigen wollte, obwohl sie sich nur ganz selten bei ihm meldete, um nicht zu stören.

Als er den Hörer abhob, hörte er das Knistern und Krachen einer Fernleitung, dann war die Verbindung tot. Kurze Zeit später läutete es wieder, und die Übersee-Vermittlung kündigte ein Ferngespräch aus San Remo an. Oliver konnte kaum etwas hören und sah lächelnd zu, wie Megan vor ihm hin und her stolzierte. Einen Augenblick lang war er traurig, da er daran dachte, welche Veränderungen nun bevorstanden. Die Kinder sollten nächstes Wochenende heimkommen.

»Hallo?« Er konnte von ganz fern etwas hören, etwas, das sich wie Schluchzen anhörte, aber er wußte, daß es nur Geräusche in der Leitung waren.

»Hallo?« rief er wieder, und plötzlich hörte er Mels Stimme. Sie weinte und stammelte immer wieder: »Daddy ... Daddy.«

»Melissa? Melissa? So sag doch etwas!« Wieder war die Leitung gestört, gleich darauf war die Leitung wieder klar. »Was ist passiert?« schrie Oliver.

»... ein Unfall ...« O Gott, nein! Sam – doch nicht Sam! Bitte, auch nicht Sarah ...

»Kleines, ich kann dich nicht gut hören! Sprich lauter!« Während er wartete, wurden seine Augen feucht, und Megan sah es. In seinem verzweifelten Bemühen, seine Tochter zu verstehen, hatte er sie völlig vergessen.

»... ein Unfall ... tot ... Mommy ...« Allmächtiger! Sarah!

Oliver stand auf, als würde sich dadurch die Verbindung bessern, und brüllte ins Telefon. In Italien war es Mitternacht. »Was ist mit deiner Mutter passiert?« Megan las in seiner Miene, daß er seine Frau noch immer liebte. Nach so vielen Jahren war das allzu verständlich. Auch sie war wie erstarrt vor Angst. Die Situation erinnerte sie an den Anruf, den sie vor fast zehn Jahren bekommen hatte ... von ihrer Mutter: »Liebling ... O Liebling ... es ist Priscilla ...«

»Mom ist nichts passiert ...«

Die Tränen liefen ihm über die Wangen, als er das hörte. »Und Sam? Was ist mit ihm?«

»... Sam hat sich den Arm gebrochen ... Daddy, es war so schrecklich ...« Und dann fing Melissa wieder zu heulen an, und er konnte nichts mehr verstehen. Aber wenn Sam am Leben war ... das war er doch, oder? ...und Sarah ... und Melissa ...

»Ein Wagen ist mit uns zusammengestoßen ... in voller Fahrt ... der Fahrer kam ums Leben ... und zwei Kinder ... und Jean-Pierre ... er war auf der Stelle tot ... o Daddy ... es war schrecklich ...«

O Gott, der Ärmste, aber wenigstens waren die Kinder am Leben. Eine sehr egoistische Einstellung, doch Oliver empfand tiefe Dankbarkeit.

»Und du, Melissa, bist du verletzt?«

»Mir geht es gut ...«

»Wo ist Mom?«

»Im Krankenhaus ... sie wollte, daß ich dich anrufe ... wir müssen zur Beerdigung zurück nach Frankreich ... am Freitag sind wir zu Hause.«

»Und du bist in Ordnung? Sicher? Was ist Mom passiert?«

»... ein schwarzes Auge ... Schnitte ... sonst nichts ...« Es war, als spiele man Telegraphieren, aber sie alle waren mit dem

Leben davongekommen, wenn auch mit Knochenbrüchen und Schrammen. Und sie hatten mit ansehen müssen, wie der Geliebte ihrer Mutter ums Leben kam, dazu noch ein anderer Mann und zwei Kinder. Der Gedanke machte ihn schaudern.

»Soll ich zu euch rüberkommen?«

»... glaube nicht ... werden bei Jean-Pierres Eltern wohnen ... fahren heute zurück ... Mom sagt, du hättest die Nummer.«

»Ja, hab' ich. Ich rufe euch an. Und, Kleines ...« Oliver schniefte. »Ich ... habe dich lieb ... sag Sam, daß ich ihn liebhabe, und sag Mommy, daß es mir leid tut.«

Mel weinte wieder, und schließlich wurde die Verbindung so miserabel, daß sie auflegen mußten. Man konnte Ollie seine Erschütterung ansehen, als er auflegte und zu Megan aufblickte. Das Gespräch mit Mel hatte ihn ihre Gegenwart vergessen lassen.

»Ist ihnen etwas passiert?« Megan reichte ihm ein Glas Brandy. Sie war nackt und wunderschön.

»Nein, ich glaube nicht. Die Verbindung war sehr schlecht. Es hat einen Unfall gegeben ... mit mehreren Toten, soviel ich verstehen konnte. Der Freund meiner Frau war auf der Stelle tot. Er saß am Steuer. Es passierte in San Remo.«

»O Gott, wie schrecklich!« Sie ließ sich neben ihm nieder und nahm einen Schluck Brandy. »Sind die Kinder verletzt?«

»Sam hat einen gebrochenen Arm. Melissa ist nichts passiert. Sarah hat ein paar Schnitte abgekriegt, das ist alles. Es muß entsetzlich gewesen sein.« Noch immer erschüttert, blickte er Megan an. »Als sie zu sprechen anfing, dachte ich zuerst ... ich dachte, daß Sam ... oder vielleicht Sarah ... Es ist schrecklich, so etwas zu sagen, wenn andere Menschen ums Leben gekommen sind, aber ich bin froh, daß es nicht meine Familie getroffen hat ...«

»Ich weiß.« Megan legte einen Arm um ihn und drückte ihn an sich.

Lange Zeit saßen sie nur da. Sie blieb über Nacht bei ihm, und zum ersten Mal seit einem Monat liebten sie sich nicht. Olivers

Gedanken galten einzig seinen Kindern. Und allmählich brachte dieser Schock Megan zur Besinnung. Ihre wilde Romanze würde sich mit dem Eintreffen der Kinder ändern. Oliver konnte nicht mehr über Nacht wegbleiben, und sie würden in Gegenwart seiner Kinder sehr viel umsichtiger sein müssen. In gewisser Weise weckte dieser Gedanke den Wunsch, es noch wild zu treiben, solange es möglich war, andererseits hatte allein das Wissen um das Bevorstehende schon eine Änderung bewirkt.

Am Donnerstag abend waren beide nervös und bedrückt. Sie lagen die ganze Nacht wach und redeten und wünschten sich, die Dinge wären anders.

»Wir könnten eines Tages heiraten«, sagte Oliver nur halb scherzhaft, und Megan schaute ihn mit gespieltem Entsetzen an.

»Sei nicht albern. Das ist doch ziemlich übertrieben.«

»Ach, wirklich?« Eine Frau wie Megan war ihm noch nie begegnet, und er stand noch immer völlig in ihrem Bann.

»Für mich schon. Oliver, ich kann nicht heiraten. Ich bin nicht der Typ, und das weißt du.«

»Du kannst großartig Moussaka aufwärmen.«

»Dann heirate den Knaben aus dem Laden, wo sie das Zeug fabrizieren.«

»So entzückend wie du kann er nicht sein, obwohl ich ihm nie begegnet bin.«

»Mal im Ernst – was sollte ich wohl mit einem Mann und drei Kindern anfangen?«

Er tat so, als überlegte er, und sie lachte. »Ich könnte mir einiges denken ...«

»Zum Glück braucht man dazu nicht verheiratet zu sein.« Sie hatten zusammen einen herrlichen Monat verlebt, und schon tat sie, als sei alles vorbei. »Mehr möchte ich gar nicht.«

»Das könnte sich eines Tages ändern.«

»Wenn das der Fall sein sollte, dann bist du der erste, der es erfährt, mein Wort darauf.«

»Im Ernst?«

»So ernst ich bei diesem Thema sein kann. Für mich ist die Ehe nichts. Und du wiederum brauchst nicht schon wieder eine Frau, die dir schreiend davonläuft. Du brauchst ein wundervolles, kluges, schönes Mädchen, das dich über alles liebt, sich deiner Kinder annimmt und dir vierzehn weitere beschert.«

»Was für ein Gedanke! Ich glaube, du verwechselst mich mit deinem Vater.«

»Nicht ganz. Ich bin jedenfalls ganz entschieden nicht das, was der Arzt dir verordnen würde, Oliver. Ich weiß, was ich bin. Manches ist ganz in Ordnung, manches wiederum nicht. Auf meine Art bin ich deiner Frau wahrscheinlich sehr ähnlich, und das ist genau das, was du nicht brauchst. Sei ehrlich.«

Er fragte sich, ob sie wirklich recht hatte und ob er in ihr nicht auf eine jüngere und kessere Version von Sarah gestoßen war. Es wäre ihm nie in den Sinn gekommen, aber möglich war es immerhin, obschon der Gedanke ihm nicht behagte.

»Was passiert jetzt?«

»Wir genießen es als das, was es ist, solange wir können, und wenn es für einen von uns zu kompliziert wird, sagen wir uns Lebwohl – mit einem Kuß, einer Umarmung und einem Dankeschön.«

»So einfach?«

»So einfach.«

»Das nehme ich dir nicht ab. Man entwickelt im Leben Bindungen. Meinst du nicht, daß zwischen uns eine Bindung besteht, nachdem wir so viel Zeit miteinander verbracht haben?«

»Sicher. Aber verwechsle großartigen Sex nicht mit Liebe. Diese beiden Gefühle gehen nicht immer Hand in Hand. Du gefällst mir, ich hänge an dir, vielleicht liebe ich dich sogar. Doch das alles wird anders, wenn deine Kinder hier sind. Vielleicht wird die Veränderung zu groß für beide, und wenn es so kommt, müssen wir es akzeptieren und weitergehen. Man kann sich wegen dieser Dinge nicht kaputtmachen. Das lohnt sich nicht.« Sie war so verdammt lässig, so nonchalant – wie damals, als sie ihn im Zug angesprochen und ihn nachher angerufen und eingeladen hatte. Solange es Spaß machte, sehr gut, wenn nicht, dann

Schluß damit. Sie hatte recht. Er hatte sich eingeredet, in sie verliebt zu sein. Aber vielleicht hatte sie auch in diesem Punkt recht, und er war nur in ihren Körper verliebt.

»Vielleicht hast du recht. Ich weiß es nicht.« Und wieder liebten sie sich, aber diesmal war es anders.

Am nächsten Morgen beseitigte Megan alle Spuren, die sie im vergangenen Monat in seiner Wohnung hinterlassen hatte. Ihre Schminkutensilien, ihr Deodorant, ihre Kopfwehtabletten, das Parfum, das er ihr gekauft hatte, die elektrischen Lockenwickler, ihre Tampons und die wenigen Kleider, die sie in seinen Schrank gehängt hatte, verschwanden. Allein der Anblick des leeren Schrankraumes genügte, um in Oliver ein Gefühl der Einsamkeit hervorzurufen, und wieder wurde er an den Schmerz erinnert, den er erlitten hatte, als er Sarah verloren hatte. Warum mußte alles ein Ende haben? Warum diese ständigen Veränderungen, dieses Weiterentwickeln? Am liebsten hätte er alles für immer unverändert behalten.

Als er jedoch seine Kinder nach der Ankunft abholte und Sarah sah, bekamen diese Argumente noch mehr Gewicht. Ihr Gesichtsausdruck zeigte die Nachwirkungen des Schocks und ließ Kummer und Einsamkeit erkennen. So hatte er sie noch nie gesehen. Es war schlimmer als jeglicher Schmerz, den sie seinetwegen empfunden hatte, und ihr Blick aus dunkel umrandeten Augen traf ihn kummervoll. Ein Kinnverband verdeckte vierzehn Stiche. Auch Sam, der sich mit dem heilen Arm an seine Mutter klammerte, wirkte ziemlich erschüttert. Der andere Arm war von der Schulter bis zu den Fingerspitzen eingegipst. Und Melissa brach in Tränen aus, als sie ihren Vater sah. Schluchzend warf sie sich ihm in die Arme, und gleich darauf war Sam zur Stelle und umarmte seinen Daddy.

Und dann sah Oliver zu dem Menschen auf, der seine Frau gewesen war und es jetzt nicht mehr war. Die Erkenntnis, wie sehr sie den Jungen geliebt hatte, der in San Remo ums Leben gekommen war, traf ihn in diesem Augenblick mit voller Wucht.

»Es tut mir leid, Sarrie ... es tut mir ja so leid ...« Sie so gebrochen zu sehen war, als hätte er einen Teil seiner selbst verloren. »Kann ich etwas für dich tun?« Sie waren schon auf dem Weg zum Gepäckförderband, als sie den Kopf schüttelte. Melissa schilderte die Beerdigung. Jean-Pierre war das einzige Kind seiner Eltern ... es war schrecklich gewesen. Oliver nickte und versuchte sie zu trösten. Dann sah er über Sams Kopf hinweg Sarah an. »Möchtest du vorübergehend im Haus in Purchase wohnen? Ich könnte mit den Kindern in der Stadt bleiben und nur zum Labor-Day-Wochenende kommen.«

Sarah schüttelte nur den Kopf und lächelte. Sie kam ihm stiller und abgeklärter, wenn auch nicht älter vor. »Das Semester beginnt am Montag. Ich muß zurück, es gibt viel zu tun.« Sie sagte ihm nicht, daß sie im Sommer endlich ihren Roman begonnen hatte. »Trotzdem vielen Dank. Die Kinder wollen mich in ein paar Wochen besuchen, und ich komme unterdessen gut zurecht.«

Doch sie hatte Angst, Jean-Pierres Sachen in der Wohnung in Cambridge auszusortieren und zu verpacken. Sie würde dabei nachvollziehen, was Oliver nach ihrem Weggang durchgemacht haben mußte. In gewisser Weise war ein Abschied dem Tod nicht unähnlich. Sie hatte Jean-Pierre wie einen Sohn, wie einen Freund, Liebhaber und Vater geliebt, und sie hatte ihm alles das geben können, was Oliver in den letzten Jahren nicht von ihr haben wollte. Jean-Pierre hatte ihr sehr viel über Geben und Lieben ... und Sterben beigebracht ...

Sarah flog direkt nach Boston weiter, nachdem sie die Kinder bei Oliver abgeliefert hatte.

Im Taxi, das sie in die Stadt brachte, waren Mel und Sam still, niedergeschlagen und zugleich aufgewühlt. Oliver fragte Sam besorgt, ob sein Arm schmerzte. Zur Sicherheit wollte er einen amerikanischen Arzt konsultieren und hatte um einen Termin für diesen Tag gebeten. Nach der Untersuchung beruhigte ihn der Orthopäde. Der Arm war in San Remo fachgerecht eingerichtet worden. Mel war trotz des erlebten Traumas größer, blonder und noch hübscher geworden.

Das Zusammensein mit den Kindern war so wundervoll, daß Oliver erst jetzt merkte, wie sehr er sie vermißt hatte. Plötzlich erschien ihm daneben der Wahnsinn seiner heißen Affäre mit Megan äußerst fragwürdig. Übers Wochenende wollten sie nach Purchase fahren, und für Sonntag hatte er Megan eingeladen, damit sie seine Kinder kennenlernte. Aggie würde erst am Montag zurück sein, so daß sie in der Zwischenzeit allein zurechtkommen mußten. In der Wohnung angekommen, machte er für alle Rühreier und Toast, und allmählich fingen sie an, ihm Stück für Stück zu berichten, was sie den Sommer über erlebt hatten. Es zeigte sich, daß bis zum Unfall alles wunderbar gelaufen war. Beim Zuhören wurde Oliver von neuem klar, wie sehr sich Sarah von seinem Leben entfernt hatte – so sehr, daß er gar nicht mehr sicher war, ob er für sie noch etwas empfand.

Gleich nach dem Essen gingen die Kinder zu Bett, Sam war sogar schon am Küchentisch eingenickt. Der Zeitunterschied hatte sie eingeholt, und beide waren total erschöpft.

Oliver brachte Sam zu Bett und achtete darauf, daß der eingegipste Arm auf ein Kissen zu liegen kam, wie der Arzt es ihnen geraten hatte, und dann sah er nach Melissa, die in ihrem Zimmer stand und mit spitzen Fingern ein rätselhaftes Objekt hochhielt. »Was ist das?« Es war eine Bluse mit einem darin hängengebliebenen BH, und als sie ihm das Ding vor die Nase hielt, erstarrte er. Er hatte vergessen, daß er sie einmal bis in Mels Zimmer verfolgt hatte, um ihr unter Lachen die Kleider vom Leib zu reißen, bevor sie wieder in der Wanne Unfug trieben.

»Ich weiß nicht ...« Er wußte wirklich nicht, was er sagen sollte, denn er konnte seiner Tochter unmöglich erklären, was sich im vergangenen Monat zugetragen hatte – nicht seiner sechzehnjährigen Tochter. »Gehört es dir?« fragte er mit Unschuldsmiene, und Mel war fast noch jung genug, um darauf hereinzufallen.

»Nein, mir nicht«, sagte sie im Ton einer scheltenden Ehefrau. Da schlug er sich mit der flachen Hand an die Stirn wie der Held einer Situationskomödie.

»Ach, jetzt weiß ich es wieder! Ich habe Daphne für ein Wochenende die Wohnung überlassen, während ich in Purchase war. Bei ihr waren die Maler.« Melissa war sichtlich erleichtert, und er zog sich mit einem Gutenachtkuß und dem Gefühl, dem Urteil »lebenslänglich« knapp entgangen zu sein, in sein Zimmer zurück.

Spätabends rief er Megan an und gestand ihr, wie sehr sie ihm fehlte. Er konnte den Sonntag kaum erwarten. Und am nächsten Morgen fuhren Oliver, Mel und Sam aufs Land. Sie schlossen das Haus auf, in dem es stickig und ungelüftet roch. Erst wurde die Klimaanlage eingeschaltet, dann gingen sie einkaufen, und nach dem Essen fuhren sie zu George, um Andy abzuholen. Sie trafen den alten Herrn, der in einer blendenden Verfassung zu sein schien, im Garten an, wo er, tatkräftig unterstützt von seiner Nachbarin Margaret Porter, arbeitete. Sie hatte sich eine neue Frisur zugelegt, er trug einen neuen hellblauen Leinenblazer, und als Ollie und die Kinder vorfuhren, standen die beiden alten Herrschaften beisammen und lachten. Oliver war erleichtert, ihn wieder so gut gelaunt anzutreffen. Bei jedem Zusammensein hatte er im Geist zugleich das Bild vor sich gesehen, wie sein Vater die Hand der sterbenden Mutter gehalten und ihr einen Abschiedskuß gegeben hatte. Es brach ihm jedesmal das Herz, aber endlich – nach drei Monaten – war der Bann gebrochen. George lebte wieder auf.

»Willkommen daheim!« rief er den Kindern zu, und Margaret ging hinein, um Limonade und selbstgemachte Plätzchen zu holen. Es war fast wie früher, nur die Plätzchen wären besser, meinte Sam. Aber Margaret ergriff sofort die Partei ihrer verstorbenen Freundin.

»Deine Großmutter war die beste Köchin, die man sich denken kann. Sie hat den besten Zitronen-Baiser-Auflauf gemacht, den ich je kosten durfte.« Die Erinnerung entlockte George ein Lächeln, und Ollie dachte an seine Kindheit.

»Na, Dad, was hast du so getrieben?« fragte Ollie, als sie sich draußen unter einer alten Ulme niedergelassen hatten. Einen Pool hatten seine Eltern nie anlegen lassen, weil George behauptete, sie hätten nie einen gebraucht. Wenn sie schwimmen wollten, hatten sie immer die Kinder in Purchase besucht.

»Wir waren mit dem Garten sehr beschäftigt. Er macht viel Arbeit. Und letzte Woche waren wir in New York, Margaret hatte dort etwas zu erledigen. Wir haben die Gelegenheit genutzt und uns ein Off-Broadway-Stück angesehen. Ein sehr gutes Stück.« Das sagte er irgendwie verwundert, und er lächelte, als er Margaret ansah. Oliver staunte nicht schlecht, denn sein Vater war immer höchst ungern ins Theater gegangen. Dann musterte George Sam und fragte: »Na, mein Junge, was hast du so getrieben?« Sam berichtete nun von dem Unfall, und als Melissa alle Einzelheiten schilderte, waren die alten Herrschaften entsetzt und zugleich froh wie Oliver, daß sie unversehrt davongekommen waren. »So etwas führt einem vor Augen, wie kostbar das Leben ist‹, meinte George zu den zwei Enkelkindern, »und wie kurz. Euer Freund war erst fünfundzwanzig. Ein Jammer ... schrecklich ...« Ollie entging nicht, daß George nach Margarets Hand faßte, und er fragte sich, was das zu bedeuten hatte. Gleich darauf ging sie mit den Kindern ins Haus, um Nachschub an Limonade und Plätzchen zu holen.

»Dad, du siehst gut aus«, sagte Oliver bedeutungsvoll, nachdem die Kinder gegangen waren. Er wollte wissen, ob ein bestimmter Grund dahintersteckte. Unwillkürlich mußte er an seine tolle Zeit mit Megan denken. Vielleicht unterhielt sein Vater einen kleinen Flirt mit seiner Nachbarin, was nicht weiter schlimm gewesen wäre. Beide waren einsame alte Menschen in den Siebzigern und hatten ein Anrecht auf nette Gesellschaft. Er wußte, wie einsam sein Vater ohne seine Mutter war.

»Es geht mir gut, mein Sohn. Margaret ist rührend bemüht um mich. Sie war mal Krankenschwester, mußt du wissen. Und ihr Mann war Arzt.«

»Ja, ich weiß.«

»Wir möchten mit dir bei Gelegenheit mal essen gehen. Vielleicht in der Stadt. Margaret fährt von Zeit zu Zeit gern nach

New York. Sie sagt, es erhalte sie jung. Ich weiß ja nicht, ob das der Grund ist, jedenfalls hat sie mehr Energie im Leib als manche andere, die nur halb so alt ist. Ein großartiges Mädchen!«

Oliver lächelte über den Ausdruck – eine Frau von über siebzig war bestimmt kein Mädchen mehr. Dann kam die Überraschung, die ihn fast umwarf. Sein Vater sah ihn lächelnd und mit spitzbübischem Blick an. »Oliver, wir wollen nächsten Monat heiraten. Ich weiß, daß dir das unverständlich erscheinen mag. Aber wir sind nicht mehr jung. Uns bleibt nicht viel Zeit. Und wir wollen nichts von dem vergeuden, was uns noch bleibt. Ich glaube, deine Mutter hätte dafür Verständnis.«

»Du willst was?« Oliver drehte sich halb im Sessel um und starrte seinen Vater an. »Mom ist erst ein Vierteljahr unter der Erde, und du stehst im Begriff, deine Nachbarin zu heiraten?« War der Alte übergeschnappt? War er schon senil? Was war nur los mit ihm? Wie konnte er an so etwas auch nur denken? Einfach widerwärtig! »Das kann nicht dein Ernst sein.« Oliver spürte, wie ihm heiß wurde, und das sah man ihm an.

»Es ist mein voller Ernst. Meinst du nicht auch, ich hätte ein Anrecht auf mehr, als nur im Lehnstuhl zu hocken? Oder ist dir die Vorstellung peinlich, daß Leute unseres Alters ›etwas miteinander‹ haben könnten, wie ihr Jungen das nennt? Wir hätten uns ja mit einer Affäre begnügen können, aber ich denke, daß ich Margaret aus Anstand eine Ehe schulde.«

»Du schuldest Mom den Anstand, ihr Gedächtnis in Ehren zu halten. Sie ist ja noch nicht mal kalt!« Oliver stand auf und fing an, erregt hin und her zu marschieren. George beobachtete ihn seelenruhig, während Margaret vom Küchenfenster aus mit einiger Besorgnis registrierte, was da vor sich ging. Sie hatte George eine ähnliche Reaktion vorausgesagt, und er hatte ihr entgegengehalten, sie hätten ein Recht auf ein eigenes Leben. Noch waren sie nicht tot, und George wollte die Zeit, die ihnen noch vergönnt war, nicht vertun. Obwohl es natürlich anders war als das gemeinsame Leben mit Phyllis, empfand er für Margaret eine tiefe Liebe.

»Oliver, ich denke an deine Mutter mit allergrößtem Respekt. Aber ich habe ein Recht auf mein eigenes Leben – wie du auch. Und eines Tages wirst du wahrscheinlich auch wieder heiraten. Du kannst doch nicht den Rest deines Lebens Sarah nachtrauern.«

»Danke für den Rat.« Unvorstellbar! Bis vor wenigen Wochen hatte er selbst in keuschem Zölibat gelebt, während sein Vater eine Affäre mit einer Nachbarin angefangen hatte. »Ich glaube, du solltest gründlich darüber nachdenken.«

»Das habe ich bereits getan. Wir beabsichtigen am Vierzehnten zu heiraten und hätten dich und die Kinder gern dabei, falls ihr wollt.«

»Fällt mir nicht ein. Und du – du solltest Vernunft annehmen.« Kaum hatte Oliver das ausgesprochen, kam Margaret mit Georges Strohhut, einem kühlen Drink und den Herztabletten, die George jeden Nachmittag nehmen mußte, zu ihnen. Oliver bemerkte den liebevollen Blick, den die beiden tauschten.

Er blieb bis zum Ende des Besuches starr und unnachgiebig. Eilig verfrachtete er die Kinder in den Wagen, nachdem er sich höflich bei Margaret bedankt hatte. Auf halbem Weg nach Purchase fiel ihm dann ein, daß sie Andy vergessen hatten. Zu Hause angekommen, rief er seinen Vater an und sagte, daß er den Hund am nächsten Wochenende abholen wollte.

»Sehr schön. Wir haben ihn gern bei uns.« Und dann setzte George hinzu: »Es tut mir leid, daß ich dich verärgert habe, Oliver. Ich kann mir denken, was du empfindest. Aber versuch es doch auch von meinem Standpunkt aus zu sehen. Margaret ist eine wundervolle Frau.«

»Dad, ich freue mich für dich«, erwiderte Oliver zähneknirschend. »Aber ich bin dennoch der Meinung, daß du übereilt handelst.«

»Vielleicht, aber wir müssen tun, was wir für richtig halten. Und in unserem Alter wird die Zeit knapp. Die gute Zeit vor allem, denn man weiß ja nie, was für Kümmernisse lauern.«

»Um so mehr Grund, sich nicht in eine Ehe zu stürzen.«

»Das hängt vom Standpunkt ab. Du denkst anders darüber, wenn du in meinem Alter bist.« Als er auflegte, wurde Oliver klar, daß er vor allem die Vorstellung widerwärtig fand, daß sein Vater und Margaret intim miteinander sein könnten. Und das sagte er an jenem Abend zu Megan, als er sie anrief.

»Mach dich nicht lächerlich. Glaubst du, dein Sextrieb stirbt vor dir? Das will ich nicht hoffen. Dein Vater hat ganz recht und handelt vernünftig. Warum soll er allein bleiben? Du hast dein eigenes Leben, und deine Kinder auch. Er hat ein Recht auf mehr, als den Rest seines Lebens allein zu verbringen und ständig in Erinnerungen an deine Mutter zu schwelgen. Möchtest du, daß er das tut?« Oliver wollte es nicht, andererseits aber doch, und Megans Meinung verärgerte ihn.

»Du bist so schlimm wie er. Ihr seid übertrieben sexuell ausgerichtet.« Dann erzählte Oliver, daß Mel ihre Bluse samt BH gefunden hatte, und sie lachte nur.

»Ich kann mich an jene Nacht sehr gut erinnern«, erklärte sie spitzbübisch.

»Ich auch. O Gott, wie du mir fehlst. Ich verkümmere nahezu.«

»Dann wird morgen im Pool eine schnelle Nummer fällig.« Die Vorstellung, mit ihr Sex zu haben, wenn die Kinder in der Nähe waren, jagte ihm Schauer über den Rücken. Die Situation hatte sich tatsächlich grundlegend geändert.

»Wir werden vielleicht bis Montag warten müssen.«

»Damit rechne lieber nicht. Na, wir werden uns schon was ausdenken.« Lächelnd legte er auf und fragte sich, ob sie in bezug auf seinen Vater recht hatte. Aber darüber wollte er nicht mal nachdenken. Sich vorzustellen, daß sein Vater in seinem Alter heiratete! Allein der Gedanke war absurd.

17

Oliver holte Megan von der Bahn ab. Sie trug knappe Shorts und ein winziges weißes Top mit schwarzen Punkten. Am liebsten hätte er ihr alles vom Leibe gerissen und sie im Wagen geliebt, aber er hielt sich zurück, während sie lachte und ihn auf der Fahrt zwischen den Beinen streichelte.

»Hör auf ... Megan Townsend, du machst mich wahnsinnig.«

»Genau darum geht's mir.« Und so als wechsle sie abrupt in einen anderen Gang, erzählte sie ihm ausführlich über die erfolgreiche Auktion vom vergangenen Freitag ...

Als sie ankamen, waren die Kinder im Pool, Sam hatte einen großen Müllsack um den Arm gebunden, damit er im Wasser nicht unterging. Melissa sonnte sich in ihrem neuen, aus Südfrankreich stammenden Bikini auf einer Luftmatratze. Beide blickten voller Interesse auf, als ihr Vater und Megan eintrafen. Er machte alle bekannt und führte Megan ins Haus, damit sie sich umziehen konnte, aber als Oliver ihr das kleine Ankleidezimmer zeigte, zog sie ihn rasch mit sich hinein, faßte in seine Shorts und fing an, ihn zu liebkosen, bis er stöhnte und mit belegter Stimme stammelte: »Megan ... nicht ... die Kinder.«

»Pst ... die merken doch nichts.« Er hatte ihr ebenso gefehlt wie sie ihm. Nach einem Monat orgiastischer Schwelgerei hatten sie drei Tage ohne einander auskommen müssen. Megan schloß die Tür ab, streifte seine Hose im nächsten Moment herunter und küßte ihn, während er ihr Top und Shorts auszog. Wie gewöhnlich hatte sie nichts darunter an. Und dann war sie auf den Knien, küßte ihn, und er drückte sie sanft nieder und liebte sie wie wahnsinnig auf dem Boden des Ankleideraumes, bis Megan bebte und stöhnte, und just in dem Moment, als Oliver mit einem Laut animalischer Wonne den Höhepunkt erlebte, hörte er Sam rufen und auf der Suche nach ihm gegen mehrere Türen hämmern, bevor er auch gegen die Tür des Ankleideraumes schlug. Oliver zuckte zusammen, den Blick schreckensstarr auf Megan gerichtet. Er legte den Finger an die Lippen und bat sie wortlos, ihn nicht zu verraten. Megan kicherte.

»Dad? Bist du hier drinnen?« Es war ein kleines Kämmerchen, und Oliver war sicher, daß der Junge seinen keuchenden Atem hören konnte. Er schüttelte den Kopf, um Megan zu verstehen zu geben, sie solle ihn verleugnen.

»Nein, er ist nicht hier. Ich komme gleich«, rief Megan vom Boden aus, während sein Vater starr vor Entsetzen über ihr war.

»Okay. Wissen Sie, wo er ist?«

»Keine Ahnung. Ich glaube, er wollte etwas holen.«

»Na gut.« Dann folgte weiteres Türenknallen, und fort war er.

Ollie sprang auf, spritzte sich kaltes Wasser ins Gesicht, zog die Hosen hoch und versuchte sein Haar zu glätten.

Megan lachte. »Ich wußte doch, daß wir es irgendwie schaffen.«

»Megan, du bist verrückt!« flüsterte Oliver. Er war überzeugt, daß Sam gemerkt hatte, was los war – eine Befürchtung, die sie nicht teilte.

»Beruhige dich. Er ist zehn Jahre und hat keine Ahnung, wozu sein Vater imstande ist.«

»Da wäre ich nicht so sicher.« Er küßte sie hastig und öffnete die Tür, während Megan in aller Ruhe in ihrer Tasche nach dem Bikini suchte. »Wir sehen uns am Pool.« Ollie konnte nur hoffen, daß sich Megan dezent benahm, um Mel keinen Grund zur Empörung zu bieten. Andererseits hatte seine Tochter den Sommer mit ihrer Mutter und deren fünfundzwanzigjährigem Liebhaber verbracht. Er selbst hatte auch ein Recht auf sein eigenes Leben, oder nicht? Und gerade als ihm dieser Gedanke durch den Kopf ging, glaubte er die Worte seines Vaters zu hören ... aber das war etwas ganz anderes. Oder etwa nicht?

Er traf Sam in der Küche an. Der Junge wartete auf ihn, denn er hatte ein Coke haben wollen und keines gefunden. »Wo warst du, Dad?«

»In der Garage. Ich habe einen Schraubenschlüssel gesucht.«

»Warum?«

O Gott, laß mich in Ruhe, ich weiß nicht ... in Abwesenheit der Kinder war alles so einfach gewesen, und jetzt herrschte heilloses Chaos.

Oliver gab Sam ein Coke und ging an den Pool. Megan begab sich gerade in einem knappen roten Bikini ins Wasser. Mel beobachtete sie mit einem Blick, aus dem weibliche Anerkennung sprach.

Die zwei Frauen wechselten kein Wort miteinander, und Oliver kam sich vor wie ein großer junger Hund, der den Pool umkreiste, beide ständig beobachtete und sich unglaublich nervös fühlte.

»Dein Bikini gefällt mir«, bemerkte Megan obenhin zu Mel. Er war rosarot und rüschenverziert und, verglichen mit den zwei winzigen Stoffstückchen auf den Brüsten und dem Lendentuch mit Schnur, die Megan trug, verhältnismäßig züchtig. Doch Megan trug dieses Nichts mit bewundernswerter Haltung und hatte eine unglaubliche Figur.

»Den habe ich aus Frankreich.«

»War es schön dort?«

»Ja, es war soweit in Ordnung.« Sie wollte nicht mehr von dem Unfall sprechen. Daß Megan Bescheid wußte, davon hatte sie keine Ahnung. Ihr Vater hatte behauptet, sie sei eine flüchtige Bekannte. »Wir sind erst seit zwei Tagen wieder da.« Megan schwamm mit geübten Stößen an ihr vorüber, und ein paar Minuten später tauchte Mel mit einem spektakulären Sprung ins Wasser. Fast sah es aus, als stünden die beiden miteinander im Wettstreit. Die Spannung war den ganzen Nachmittag über spürbar.

Zu Mittag gab es Hot dogs, und Megan erzählte von ihrer Kindheit in England. Mel zeigte sich nicht gerade beeindruckt, und Megan gab sich um sie und Sam auch keine besondere Mühe. Oliver war gar nicht wohl, als er sie beobachtete, und er war fast erleichtert, daß er Megan abends in New York vor ihrer Wohnung absetzen konnte. Ihre Augen warfen ihm einen

Kuß zu, sie verschwand mit einem Winken, während Mel erleichtert aufatmete und Sam ein verächtliches Schnauben hören ließ.

»Sie ist nett, nicht wahr?« fragte Ollie, der sich am liebsten die Zunge abgebissen hätte, kaum daß diese Worte ausgesprochen waren. Mel fuhr mit zornig funkelnden Augen wie eine Schlange zu ihm herum.

»Wie eine Hure sieht sie aus!«

»Melissa!«

»Hast du den Bikini gesehen?«

»Ja.« Sam grinste und wurde sofort wieder ernst, als ihn der vernichtende Blick seiner Schwester traf.

»Sie ist ein sehr nettes Mädchen«, verteidigte Oliver seine Freundin.

»Ich glaube, aus Kindern macht sie sich nicht viel«, gab Sam nachdenklich von sich.

»Warum glaubst du das?«

»Weiß nicht.« Sam zog die Schultern hoch. »Viel geredet hat sie jedenfalls nicht. Aber sie sieht toll aus, findest du nicht, Dad?«

»Megan ist auch sehr klug. Sie ist Lektorin in einem Verlag.«

»Na, wenn schon – das einzige, was sie wirklich interessiert, ist ihr Körper, den sie unverschämt zur Schau stellt.« Mel hatte Megans Sinnlichkeit gespürt und haßte sie dafür – anders als die männlichen Familienmitglieder, die sie die ganze Zeit über nicht aus den Augen gelassen hatten.

Oliver ließ das Thema auf sich beruhen. Nachdem Sam schon zu Bett gegangen war, kam Mel mit gerunzelter Stirn aus ihrem Zimmer. »Ich glaube, die Sachen kannst du ihr zurückgeben.« Sie übergab ihm die Bluse und den BH, die sie zwei Tage zuvor in ihrem Zimmer gefunden hatte. »Sie gehören doch Megan, oder nicht?«

»Wie kommst du darauf?« Oliver kam sich vor, als wäre er in flagranti ertappt worden oder als hätte er Mels Elternhaus entehrt, was er tatsächlich getan hatte. Und doch war es sein gutes Recht zu tun, was er wollte, oder nicht? Schließlich war er ein erwachsener Mensch. »Ich hab' dir doch schon erklärt, daß es Daphnes Sachen sind.«

»Nein, das sind sie nicht. Daphnes Busen ist viel größer. Das da gehört Megan«, rief Mel in anklagendem Ton, und Ollie spürte, wie er errötete, als er seine Tochter ansah.

»Sieh mal, Mel, es gibt gewisse Dinge, die Erwachsene tun, Dinge, die mit Kindern nichts zu tun haben und die man besser nicht erwähnt.«

»Sie ist eine Schlampe!« In Mels Augen loderte ein Feuer, und Oliver wurde wütend.

»Wie kannst du so etwas sagen? Du kennst sie ja gar nicht.«

»Nein, und ich möchte sie auch gar nicht kennenlernen. Wir sind ihr außerdem völlig schnuppe. Sie hechelt bloß hinter dir her wie ein Hund. Ich kann sie nicht ausstehen.« Die Rivalität der beiden Frauen, die um ihn kämpften, berührte Oliver irgendwie, und er begriff nicht, warum Mel so heftig reagierte und weshalb Megan sich nicht die Mühe gemacht hatte, die Kinder für sich einzunehmen. Sie hatte sich fast nur mit ihm unterhalten und nur hin und wieder das Wort an seine Kinder gerichtet. Die Begegnung war beileibe nicht so verlaufen, wie er gehofft hatte.

»Sie ist nur eine Freundin, nicht mehr. Mel, es ist wirklich nichts dahinter. Du kannst ganz beruhigt sein.«

»Ehrlich?« Sie schien erleichtert.

»Was meinst du?«

»Du bist nicht in sie verliebt?«

»Ich weiß nicht. Ich mag sie.«

»Na, sehr viel macht sie sich nicht aus dir. Sich selbst hat sie viel lieber.«

Ollie fragte sich, ob Mel damit recht hatte. War sie eifersüchtig oder hellsichtig?

»Mach dir keine Gedanken deswegen.« Als er hinausging, fiel ihm unwillkürlich sein Vater ein. War er selbst eifersüchtig wie Mel, oder stand es ihm zu, sich gegen die Ehe mit Margaret Porter zu stellen? Und welches Recht hatte er, sich einzumischen? Hatte er etwa die Absicht, seinem Vater nachts und an den Wochenenden Gesellschaft zu leisten? Wollte er ständig für ihn dasein und ihm seine Herztabletten bringen? Oliver wollte sein eigenes Leben führen, und sein Vater hatte dasselbe Anrecht darauf, auch wenn Oliver das aus Liebe zu seiner Mutter ablehnte.

Ollie entschloß sich, seinen Vater noch an diesem Abend anzurufen, und als er es tat, hob Margaret ab. Das brachte ihn aus der Fassung, aber er hatte sich rasch wieder in der Gewalt und verlangte seinen Vater zu sprechen.

»Hallo, Dad ... ich wollte dir nur sagen ...« Oliver wußte nicht, wie er es formulieren sollte. »Ich habe dich sehr lieb, das ist alles. Und du sollst das tun, was für dich das Richtige ist, und alles andere vergessen. Du bist alt genug, um zu wissen, was du möchtest und was du brauchst. Und wenn Margaret dich glücklich macht«, als er dies sagte, brannten ihm Tränen in den Augen, »dann heirate sie! Meinen Segen hast du.«

George Watson schniefte, räusperte sich und sagte: »Mein Junge, sie ist eine großartige Frau ... versteh mich richtig – sie ist nicht wie deine Mutter« – George hoffte inständig, daß Margaret das Gespräch nicht mithören konnte, aber er war Oliver eine solche Erklärung schuldig, schließlich war Phyllis seine Mutter gewesen – »sie ist eine gute Seele, und ich liebe sie.«

»Dann viel Glück euch beiden.«

»Kommst du zur Hochzeit?«

»Und ob!«

»Am vierzehnten September. Vergiß es nicht.«

Oliver lachte erleichtert auf. Sein Vater wirkte um Jahre jünger, und er freute sich aufrichtig für ihn. Verdammt, der alte Herr hatte ein bißchen Glück verdient! Um so besser, wenn er eine Frau gefunden hatte, die er liebte und mit der er glücklich sein konnte.

Nach dem Telefonat mit seinem Vater rief er Megan an. Sie war nicht zu Hause, und er hinterließ seinen Namen auf dem Anrufbeantworter. Dann legte er sich aufs Bett und fragte sich, ob alles nur ein irrer Traum gewesen war und Mel mit ihrer Einschätzung recht hatte. Aber Megan hatte nie vorgegeben, etwas anderes zu sein als das, was sie war. Sie wollte sich amüsieren, ohne jemandem weh zu tun. Mehr wollte sie nicht – sie wollte keine Bindungen oder einen Ehemann oder ein Haus oder Kinder. Während er dalag und an sie dachte, fragte er sich, ob seine Sommerromanze ein jähes Ende gefunden hatte. Es war eine tolle Episode gewesen, doch mit der Rückkehr der Kinder hatte sich alles geändert und war komplizierter geworden. Megan würde nicht zu Hause sitzen und auf ihn warten. Und die Kinder hatten sie nicht eben in ihr Herz geschlossen. Zuweilen konnte das Leben ziemlich schwierig sein.

18

Das Labor-Day-Wochenende verbrachten sie in Purchase. Sie grillten wie immer am Pool, die Kinder hatten Freunde eingeladen, und sein Vater kam mit Margaret zu Besuch. Sie brachten hausgemachtes Backwerk und andere Köstlichkeiten wie selbstgebackenes Brot mit und dazu den Hund. Bei dieser Gelegenheit gratulierte Oliver den beiden herzlich und bat seinen Vater, den Kindern die Neuigkeit zu sagen. Zunächst waren sie erstaunt, aber Oliver gab ihnen einen heimlichen Wink. Wenn Oliver es für richtig hielt, daß Großvater heiratete, mußte es wohl richtig sein. Daphne war auch gekommen und wollte sogar übers Wochenende bleiben. Megan hatte Olivers Einladung abgelehnt. Sie war nach East Hampton gefahren, und Ollie hatte sie nicht überreden können zu kommen. Sie sagte, Kinder, Hunde und Grillerei seien nicht ihr Stil, und sie wolle nicht stören. In Wahrheit langweilte es sie. Oliver hatte sie die ganze Woche über nicht gesehen und war ohne sie dem Wahnsinn nahe, doch sie arbeitete abends immer sehr lange und er ebenso. Die Kinder waren wieder zu Hause, und er wollte abwarten, bis sie sich einigermaßen eingelebt hatten – eine Vorsichtsmaßnahme, die Megan für überflüssig hielt.

Auch Benjamin und Sandra waren beim Grillfest. Diesmal

sah das Mädchen geradezu mitleiderregend aus. Ihr Gesicht war zu doppeltem Format aufgedunsen, und sie konnte wegen ihres gewaltigen Umfanges kaum mehr gehen. Man konnte kaum glauben, daß sie jemals hübsch gewesen sein sollte. Benjamin wirkte neben ihr dünn und bleich, die Belastung durch zwei Jobs machte sich bemerkbar, dazu kam Sandras ständiges Gejammer, und manchmal war Benjamin der Verzweiflung nahe. Sein Vater reichte ihm ein Bier, nachdem Mel Sandra ins Haus geführt hatte, damit diese sich ein wenig hinlegen konnte. Oliver musterte Benjamin eingehend und fragte sich, wann der Junge endlich zugeben würde, daß er überfordert war, oder ob er lieber in Kauf nahm, daß dieses Leben ihn ruinierte.

»Na, wie läuft es, mein Junge?«

»Ganz gut, denke ich. Ich muß mich bald nach einem anderen Job umsehen. An der Tankstelle wird in ein paar Wochen Schluß sein. Und in der Kneipe verdiene ich nicht genug. Ich habe schon ein paar Dinge in Aussicht, und sobald das Baby geboren ist, möchte Sandra auch wieder arbeiten.«

Er war um einen hoffnungsvollen Tonfall bemüht, aber Oliver erkannte klar, daß Benjamin mutlos war – und wer wäre das an seiner Stelle nicht gewesen? Mit achtzehn Jahren Vater zu werden, eine siebzehnjährige Frau zu ernähren und zwei Jobs zu bewältigen, entsprach kaum irgend jemandes Vorstellung von einem glücklichen Leben, am allerwenigsten jener seines Vaters.

»Wirst du zulassen, daß ich dir helfe, bevor wir beide verzweifeln, oder bleibst du auch weiterhin stur?«

Der Junge lächelte. Er sah älter und abgeklärter aus als zuvor. Die letzten paar Monate hatten ihn viel gelehrt, und nichts davon war leicht oder gar amüsant gewesen. Benjamin so zu sehen, belastete Oliver sehr.

»Wir werden sehen, Dad. In drei Wochen kommt das Kind auf die Welt, und danach ist alles in Ordnung.«

»Ein Baby um sich zu haben ist nicht einfach.«

»Ja, ich weiß. Wir haben einen Säuglingspflegekurs gemacht und Schwangerschaftsgymnastik. Ich möchte bei der Entbindung dabeisein und Sandra helfen.« Was er sich aufgehalst hatte, wollte er bis zuletzt durchstehen. Oliver konnte ihm seine Bewunderung nicht versagen, gleichzeitig aber wuchs seine Besorgnis.

»Rufst du mich an, wenn du Unterstützung brauchst?«

»Sicher.«

»Ehrenwort?«

Benjamin grinste wieder und sah in diesem Augenblick fast so aus wie früher. »Aber sicher, Dad. Vielen Dank.«

Danach gingen sie zu den anderen und sprachen über Grandpas Hochzeit. Benjamin versprach zu kommen, und Ollie bot an, den Brautführer zu spielen. Daphne freute sich für die Familie, und später – unter vier Augen – erkundigte sie sich nach Megan. Oliver reagierte mit einem resignierten Achselzucken und sagte, er hätte im Moment keine Ahnung, wie es ihr ging.

»Letzte Woche war sie da, um die Kinder kennenzulernen. Es war nicht das, was man einen rauschenden Erfolg nennt. Sie ist wohl nicht der Typ, und im Moment habe ich alle Hände voll zu tun. Solange die Kinder verreist waren, war alles anders. Aber jetzt ... ich weiß nicht, Daph.«

»Na, sie scheint mir nicht der warmherzige, mütterliche Typ zu sein, aber dein Interesse ging ja vielleicht auch in eine andere Richtung.«

Oliver lächelte seine Freundin an, dann lachte er auf. »So könnte man es auch ausdrücken.«

»Wenigstens bist du aus deinem Schneckenhaus hervorgekommen.« Das stimmte. »Und genau das ist deinem Vater auch gelungen.«

»Ein bißchen verrückt ist es schon, meinst du nicht? Benjamin wird Vater, mein Vater heiratet, nur ich hocke allein herum.«

»Auch das wird sich ändern.« Oliver hatte es ohnehin nicht eilig. Auch wenn die Affäre mit Megan zu Ende sein sollte, bedeutete das für ihn keinen Weltuntergang. Er war nicht mal geschieden, und eine neue Verbindung überstieg im Moment sein Vorstellungsvermögen. Er war mit seinem Leben, mit den Kindern und seiner Arbeit sehr beschäftigt. Alles andere hatte noch Zeit.

Sie feierten bis spät in den Abend hinein, die Kinder sangen, und schließlich verabschiedeten sich George und Margaret, und Benjamin mußte zur Arbeit. Daphne half Oliver beim Aufräumen, obwohl Aggie nach einem erholsamen Sommer wieder bei ihnen war. Irgendwie hatte man das Gefühl, daß sie alle seit Sommeranfang einen langen Weg zurückgelegt hatten. Und es gab Oliver einen Stich, wenn er an das Jahr zuvor zurückdachte, als Sarah noch dagewesen und das Leben noch unkompliziert und in sicheren Bahnen verlaufen war. Jetzt war nichts mehr unkompliziert und gesichert auch nicht. Aber das Leben war dennoch schön, und Oliver war dankbar für das, was er hatte. Selbst wenn er nie das ganz große Glück finden sollte, war es ihm auch recht.

An dem Abend, als sie nach New York fuhren, besuchte er Megan in ihrer Wohnung. Nachdem sie sich stundenlang geliebt hatten, sprachen sie sich aus, und sie gestand, daß sie mit einem ihrer früheren Liebhaber nach East Hampton gefahren war. Oliver war verletzt, aber er hatte ohnehin etwas dergleichen geahnt.

»Es ist vorbei, nicht wahr?«

»Nicht wirklich.« Wollüstig lag sie in ihrem Bett und sah ihn an. »Ich werde mich immer sehr freuen, wenn ich dich sehe. Aber ich denke nicht daran, Mami für deine Kinder zu spielen, falls du dir das erhofft hast. Und du hast nicht mehr so viel Zeit wie im Sommer. Die Dinge entwickeln sich manchmal ganz anders als geplant, Oliver. Aber zwischen uns hat sich nichts geändert.« Sie war gleichmütig, alles war einfach und ohne Tiefe. Anfangs hatte Oliver ihr rein sexuelles Interesse gefallen, jetzt aber genügte es ihm nicht mehr. Er wollte sie nicht mit einem anderen teilen und kein Leben führen, das ihn von seinen Kindern trennte. Es war zu schwierig, mit jemandem zusammenzusein, der sich nichts aus den Kindern machte und den sie ablehnten. Er wußte jetzt auch, daß sie sich niemals um die Kinder bemühen würde. Es lag ihr einfach nicht. Das war ein Grund für ihre Bemühung, allen Beziehungen auszuweichen. Am Ende hatte Megan den Sieg davongetragen. Und doch war es ein Spiel, bei dem sie zu guter Letzt verlieren mußte.

»Es tut mir leid, daß alles so gekommen ist«, sagte Oliver aufrichtig, als er sich anzog. Diesmal kämpfte sie mit ihm nicht um jedes Kleidungsstück. Auch für sie hatte sich einiges geändert, ob sie es sich nun eingestehen wollte oder nicht.

»Es hat gar nicht anders kommen können, das habe ich dir von Anfang an gesagt. Oliver, eine Frau wie ich ist nichts für dich. Du verdienst etwas Besseres, auch etwas Besseres als Sarah, und du solltest dich nächstes Mal nicht mit weniger zufriedengeben, mein Freund. Wenn du es tust, wird man dir immer weh tun, und das wäre nicht fair.«

»Warum möchtest du nicht mehr?« Warum nicht? Warum waren sie so verschieden?

»Vermutlich bin ich nicht dazu geschaffen. Priscilla war es ... ich nicht. Wahrscheinlich ist es zu schmerzlich. Ich bin nicht gewillt, ein solches Risiko auf mich zu nehmen und mein Herz und mein Leben aufs Spiel zu setzen. Ich möchte ein angenehmes Leben, das ist alles. So einfach ist es.«

Und so war es auch. Sie hatten Spaß miteinander gehabt. Viel Spaß. Sie hatten eine wilde, wundervolle Zeit verbracht. Wäre es nach Oliver gegangen, hätte es ewig so laufen können, nur wäre mit der Zeit das Moussaka schal geworden. Man brauchte mehr als das. Zumindest brauchte er mehr.

»Was sage ich jetzt zum Abschied?« fragte Ollie traurig, als er in der Diele stand und ihm klar wurde, daß er nie wieder kommen würde. »Danke?«

»Man sagt: ›Lebwohl bis zum nächsten Mal‹, ›danke für die schöne Zeit‹.«

»Danke für mehr als das ... danke für etwas ganz Besonderes. Du bist einzigartig, vergiß das nicht. Und vielleicht faßt du in absehbarer Zeit mehr Mut.«

»Damit rechne lieber nicht.« Sie drückte ihm einen leichten Kuß auf die Lippen und drückte auf den Lift. Und als die Türen zuglitten, sah er sie zum letzten Mal, in einen weißen Seidenkimono gehüllt, lächelnd, die ebenholzschwarze Haarflut umrahmte das elfenbeinhelle Gesicht.

Er wußte, daß sie ihm fehlen würde. Und sie tat ihm leid, als er an jenem Abend nach Hause ging. Leid für das, was sie nie haben würde, leid für das, was sie nicht wollte, weil sie Angst hatte, danach zu greifen. Megan stand auf der Terrasse, sah ihm nach und winkte ihm heimlich zu. Dann ging sie hinein und hörte Musik. Sie trank den Brandy aus, den Ollie zurückgelassen hatte, setzte sich auf die Couch und rief sich in Erinnerung, wie sich seine Haut angefühlt hatte.

»Er hätte dir sehr gefallen«, flüsterte sie dem Erinnerungsbild ihrer toten Zwillingsschwester zu. Für Priscilla wäre er wie geschaffen gewesen, und Megan hätte ihre Schwester weidlich geneckt wegen seiner Offenheit und Zahmheit. Megan lächelte, als sie daran dachte, und ging langsam ins Schlafzimmer. Sie hatte morgen viel zu tun. Sie zwang Oliver und Priscilla aus ihrem Herzen wie Möbelstücke, für die ihr der Platz fehlte, putzte sich die Zähne, löschte das Licht und ging zu Bett. Für eine Weile war es sehr nett gewesen, mit Oliver Watson zusammenzusein, aber jetzt war es aus. Sie vergoß keine Träne, sie trauerte nicht. Sie war es gewöhnt, mit diesen Dingen fertig zu werden, und als sie einschlief, zwang sie sich, an etwas anderes zu denken. Ihre Romanze mit Oliver war vorbei.

19

George Watsons Hochzeit mit Margaret Porter war genauso, wie sie sein sollte. Es war eine schlichte, herzergreifende Feier, und Daphne standen Tränen in den Augen, als das Paar das Ehegelübde tauschte. Hochzeiten wirkten unweigerlich rührend auf sie, wahrscheinlich weil sie selbst nie geheiratet hatte. Diese aber war für sie von besonderer Bedeutung, weil so liebe Menschen getraut wurden.

Die Braut, die in einem dezenten cremefarbenen Spitzenkleid

und einem eleganten kleinen Hut erschien, hielt einen Strauß winziger beigefarbener Orchideen in der Hand. Oliver führte sie wie versprochen dem Bräutigam zu und nahm dann neben den Kindern Aufstellung, als die Orgel feierlich zu spielen anfing.

Nach der Zeremonie, die nicht viel Zeit beanspruchte, fuhren alle zu einem kleinen Empfang, der im Haus in Purchase stattfand. Oliver hatte es vorgeschlagen und dazu einige der engsten Freunde eingeladen. Viele waren erst ziemlich schockiert gewesen und hatten sich wie Oliver erst nach einer Weile an den Gedanken gewöhnt, daß zwei alte Leute heirateten. Weshalb aber hätte man ihnen das Glück nicht gönnen sollen, das ihnen zuteil wurde und das sie verdienten?

Es war ein sonniger Septembernachmittag. Braut und Bräutigam brachen um fünf Uhr in die Stadt auf. Sie beabsichtigten die Nacht im Plaza Hotel zu verbringen und dann für zwei Wochen nach San Francisco zu fliegen. Margaret wollte Verwandte besuchen, und außerdem hatten sie Opernkarten. Ein paar Tage in Carmel waren zusätzlich eingeplant, und anschließend würden sie von San Francisco aus wieder den Rückflug antreten. Es war eine ideale Hochzeitsreise. Margaret hatte es zwar nicht direkt ausgesprochen, aber sie wollte sich nicht weit von der Zivilisation entfernen. Weil sie Georges Probleme mit dem Herzen kannte, zog sie es vor, dorthin zu fahren, wo ärztliche Hilfe gewährleistet war. Als sie sich verabschiedeten, sah George jedoch aus, als hätte er außer ihrer liebevollen Berührung nichts nötig. Die Gäste warfen Rosenblätter, als die zwei alten Leute strahlend und winkend abfuhren.

»Es war perfekt, absolut perfekt!« rief Daphne blendend gestimmt aus, als sie sich anschließend im Wohnzimmer niederließen. »Vielleicht werde ich heiraten, wenn ich in ihr Alter komme.«

Oliver schüttelte lächelnd den Kopf. »Das sähe dir ähnlich. Vielleicht mache ich es dir nach.« Er hatte ihr gestanden, daß seine Romanze mit Megan zu Ende war. So sehr sie es seinetwegen bedauerte, so wunderte sich Daphne keineswegs darüber.

Die Affäre hatte Oliver eine wunderbare Ablenkung geboten, aber jetzt war alles vorbei, und er wirkte wieder einsam wie vorher, obwohl er behauptete, glücklich zu sein.

»Du mußt einfach wieder zurück an den Ausgangspunkt.«

»Eine Zumutung!« Die Aussicht, wieder Verabredungen mit Frauen treffen zu müssen, erschreckte ihn. Er erkannte aber auch, daß der Taumel, den er mit Megan erlebt hatte, mehr als kräfteraubend und gelinde gesagt ungewöhnlich war. Eine Frau von alltäglicherem Format wäre auf längere Sicht viel problemloser.

Abends brachte er Daphne zum Bahnhof, da sie unbedingt nach New York wollte. Am nächsten Tag mußte sie an einem Geschäftsessen teilnehmen, zudem war die Frau ihres Freundes verreist, so daß sie die Nacht mit ihm verbringen konnte. Er ging niemals mit Daphne aus, weil er größten Wert darauf legte, nicht mit ihr zusammen gesehen zu werden. Daphne fügte sich auch in diesem Punkt, so wie sie sich in allem fügte.

»Ein richtiger Glückspilz«, hatte Oliver ihn mehr als einmal genannt, worauf sie nur lachte. Sie wollte nicht mehr als das, was sie mit ihm hatte. Sie liebte ihn aus ganzem Herzen und gab sich damit zufrieden, mit sämtlichen Einschränkungen zu leben, die diese Beziehung ihr auferlegte. Oliver hatte es längst aufgegeben, ihr zuzureden, sich nach einem anderen Mann umzusehen.

Später saß er noch mit Mel zusammen im Wohnzimmer und plauderte mit ihr über die Hochzeit. Das Telefon läutete, und Mel nahm ab in der Meinung, es sei eine ihrer Freundinnen. Sie hatte sich geirrt und reichte den Hörer ihrem Vater. Es war Benjamin, der Oliver verlangt hatte. Mel gab Oliver einen Kuß und ging zu Bett.

»Gute Nacht, Dad.«

»Wir sehen uns morgen, Liebling. Schlaf gut«, rief Oliver Melissa nach, ehe er seine Aufmerksamkeit seinem Ältesten zuwandte. »Was gibt's, Benjamin?« Nachmittags war er bei der Feier gewesen. Er hatte sich den Tag freigenommen und war allein gekommen. Sandra fühlte sich nicht wohl. Sie hätte die Grippe, hatte Benjamin gesagt, was angesichts ihres Zustandes nicht sehr günstig war. Das Baby wurde in zehn Tagen erwartet, und man sah Benjamin die Nervosität an. Er sah absolut verheerend aus.

»Hallo, Dad.« Das hörte sich sehr aufgeregt an. »Sandra liegt in den Wehen. Wir sind schon im Krankenhaus. Seit acht Uhr.«

»Geht alles normal?« Oliver erinnerte sich an damals, als seine Kinder zur Welt kamen, und wie nervös er gewesen war. Benjamin aber schien eher verängstigt zu sein.

»Es geht nicht so toll. Sie macht keine Fortschritte ... und, Dad, sie hat große Schmerzen. Man hat ihr zwar irgend etwas gegeben, das hilft aber nicht.«

»Und die Lamaze-Methode – ihr habt es doch gelernt.«

»Sandra will sich nicht daran halten. Dad, die Ärzte glauben, daß das Baby Probleme hat.« O Gott, ein Kind mit Geburtsschäden!

»Soll ich kommen?«

»Ja ... es tut mir leid, und es ist schon so spät. Würdest du kommen?«

»Das ist doch selbstverständlich.« Benjamin nannte ihm den Namen des Krankenhauses. »Ich komme gleich«, rief Ollie, legte auf und nahm im Laufen die Autoschlüssel an sich. Er war sehr erleichtert, daß Benjamin ihn angerufen hatte. Wenigstens wandte er sich in dieser schwierigen Situation an ihn, und er konnte ihm vielleicht beistehen. Natürlich war damit Sandra wenig geholfen, und sie tat ihm sehr leid. Sie hatte keine Familie, die sich um sie kümmerte, keine Mutter, die ihre Hand hielt. Aber wenigstens konnte er für Benjamin dasein, und die Ärzte würden alles übrige für Sandra tun.

Als er ankam, lief Benjamin in einem grünen Pyjama, über dem er einen weißen Kittel trug, nervös den Gang auf und ab. Auf dem Kopf hatte er eine komische grüne Duschhaube. Sein Anblick entlockte Oliver ein Lächeln. Er mußte an die Zeiten denken, als Benjamin sich zu Halloween als Arzt verkleidet hatte. Damals war er vier Jahre alt gewesen. »Du siehst aus wie der Fernsehdoktor. Wie geht's Sandra?«

»Schrecklich. Sie schreit fast ununterbrochen. Man hat mich gebeten hinauszugehen, weil man sie untersuchen wollte, und sie hat mich angefleht zu bleiben ... ich weiß nicht, was ich für sie tun kann, Dad.«

»Immer mit der Ruhe, mein Sohn. Das wird schon alles. Möchtest du eine Tasse Kaffee?«

Benjamin schüttelte den Kopf, und Ollie ging zum Automaten und holte für sich eine Tasse. Er hatte auf dem Hochzeitsempfang dem Wein reichlich zugesprochen und wollte nicht schläfrig werden, wenn Benjamin ihn brauchte. Als er mit der dampfenden Tasse wieder zurückkam, sah er, daß zwei Ärzte mit seinem Sohn sprachen. Oliver blieb in einiger Entfernung stehen. Er sah, daß Benjamin ergeben die Augen schloß und nickte.

»Es soll ein Kaiserschnitt gemacht werden, weil das Baby irgendwie nicht in Ordnung ist. Ich weiß, daß Sandra das nicht wollte, aber die Ärzte sagen, es wäre die einzige Möglichkeit.« Er zog die Duschhaube vom Kopf. »Man will mich nicht zu ihr lassen. Sie soll eine Vollnarkose bekommen.«

»Ach was, sie schafft das schon. Setz dich erst mal.« Oliver umfaßte Benjamins Schulter und führte ihn sanft zu einem Stuhl.

»Und wenn das Kind geschädigt zur Welt kommt?« stieß Benjamin verzweifelt hervor, als sein Vater sich neben ihn setzte.

»Damit wollen wir uns zu gegebener Zeit befassen, aber ich möchte wetten, daß das Kind gesund ist.« Er wollte ihm wieder nahelegen, das Kleine zur Adoption freizugeben, wußte aber, daß dies nicht der richtige Zeitpunkt war.

Stunden vergingen, und sie beobachteten, wie die Uhrzeiger sich quälend langsam bewegten. Nun war es schon ein Uhr vorüber. Und dann kam endlich eine Schwester und fragte nach Mr. Watson. Beide Männer standen auf, und gleich darauf fiel Oliver, der sich ziemlich dämlich vorkam, zurück auf den Stuhl. Es war klar, daß Benjamin gemeint war. Der Junge lief zur Tür.

»Mr. Watson?«

»Ja?«

»Wir haben hier jemanden, der Sie kennenlernen möchte.«

Ohne ein weiteres Wort übergab man ihm, der mitten in der Nacht in seinem grünen Pyjama auf dem Gang stand, seinen Sohn. Das Neugeborene, ein winziges Bündel, fing zu brüllen an, als die Schwester ihn Benjamin in die Arme legte. Er hielt ihn sanft an seiner Brust und sah mit hingerissenem Staunen auf ihn nieder, während ihm Tränen über die Wangen liefen und er gleichzeitig grinste und sich an Oliver wandte.

»Ein Junge, Dad! Es ist ein Junge!« Oliver lief zu ihm, und als er das winzige Neugeborene ansah, spürte er, wie sein Herz einen Satz machte. Ihm war, als würde er in Benjamins Gesicht schauen – wenige Augenblicke nach seiner Geburt. Es war dasselbe Gesicht, dasselbe rote Haar, dieselben verwunderten Augen – und der Kleine hatte soviel von Sarah. Als Oliver ihn ansah, wurde ihm plötzlich etwas klar, woran er zuvor nie gedacht hatte. Das war nicht nur Benjamins und Sandras Kind, es war auch sein Enkelkind ... Es war ein Teil von ihm, Teil all jener, die vor ihm gewesen waren – von seinem Vater, seiner Mutter und seinen Großeltern. Das Kind war Teil von ihnen allen, das konnte er nicht länger leugnen. Mit tränenfeuchten Augen berührte er sanft das Kind, das jetzt zu ihnen gehörte.

»Wie geht es Sandra?« fragte Benjamin ein wenig schuldbewußt, weil es ihm jetzt erst eingefallen war. »Ist alles in Ordnung?«

»Ihr geht es gut«, antwortete die Schwester. »Sie bleibt noch eine Zeitlang im Narkoseraum. Würden Sie jetzt wohl mit uns auf die Säuglingsstation kommen? Sie können das Baby halten, während wir es untersuchen.«

»Ist bei ihm auch alles in Ordnung?«

»Ganz tadellos. Er wiegt über acht Pfund, seine sonstigen Werte sind ideal. Mit einem Wort, ein strammer, kerngesunder Junge.« Sie nahm Benjamin das Baby ab und ging dem strahlenden jungen Vater voraus auf die Säuglingsstation, während Oliver blieb, wo er war. Es war ein ganz besonderer Augenblick in seinem Leben – mit fünfundvierzig war er plötzlich Großvater. Noch immer war er beeindruckt, weil sein Enkel seinem eigenen Sohn wie aus dem Gesicht geschnitten war. Da er die freudige Nachricht nicht für sich behalten wollte, ging er zu einer Telefonzelle und wählte Sarahs Nummer.

Als sie sich meldete, begrüßte er sie mit einem »Hallo, Großmama« und lächelte.

»Wer ist dran?« Sarah glaubte, daß sich jemand einen Scherz mit ihr erlaubte, und wollte schon auflegen.

»Sarah, du hast einen Enkelsohn.« Wieder standen Tränen in Olivers Augen, als er an die Kinder dachte, die sie gemeinsam in die Welt gesetzt hatten.

»O mein Gott! Ist er gesund?«

»Kerngesund. Über acht Pfund. Er sieht aus wie Benjamin kurz nach der Geburt.«

»Wie geht es Sandra?«

»Nicht besonders, glaube ich. Sie hat einen Kaiserschnitt hinter sich. Aber sie wird sich sicher bald erholen. Der Kleine ist so süß, Sarrie ... warte, bis du ihn zu sehen bekommst.«

»Sie wollen ihn behalten?« Jetzt war Sarah hellwach.

»Ja«, sagte Oliver, von einem Gefühl für das Kind erfüllt, wie er es nie erwartet hatte – fast so, als sei es sein eigenes Kind. »Ich glaube, sie wollen ihn behalten.« Jetzt, da er seinen Enkel gesehen hatte, war er nicht mehr imstande, für eine Freigabe zur Adoption zu plädieren.

»Und wie hält sich Benjamin?«

»Er war sehr nervös, aber jetzt ist er ganz der stolze junge Vater. Ach, Sarah, du solltest das Baby sehen.«

Oliver war stolz und glücklich, zugleich aber auch ein wenig melancholisch.

»Oliver Watson, du bist ein alter Softie. Du solltest dir in nächster Zeit noch einige eigene Kinder zulegen.« Es war sonderbar, Sarah so etwas sagen zu hören, obwohl sie jetzt in getrennten Welten lebten.

»Du bist nicht die erste, die mir dazu rät. Wie geht es dir übrigens?«

»Mir geht es gut.«

»Und deine Augen?«

»Noch ein wenig schwarz umrandet, aber es wird besser. Richte Benjamin meine Glückwünsche aus. Ich werde ihn morgen anrufen.«

»Gib gut acht auf dich.« Das klang nun wieder traurig. Irgendwie schmerzte es immer noch, wenn er mit ihr sprach, trotzdem war er froh, daß er sich zu dem Anruf entschlossen hatte. Das Baby war auch Sarahs Enkelkind, zudem hatte er selbst mit ihr reden wollen.

»Meinen herzlichen Glückwunsch.« Sie lächelte den Hörer an. »Grandpa.«

»Dir dasselbe. Plötzlich sind wir uralt, findest du nicht?«

»Na, ich weiß nicht. Mir gefällt es irgendwie.«

Oliver legte auf und wartete, daß Benjamin wieder auftauchte. Dann brachte er ihn nach Purchase. Es war das erste Mal seit einem halben Jahr, daß Benjamin in seinem alten Zimmer schlief. Der Junge war aus Trotz gegangen und kehrte als junger Vater zurück. Eine sonderbare Welt, dachte Oliver bei sich, als er in sein Zimmer ging und an das in dieser Nacht geborene Kind dachte. Er wünschte ihm ein leichteres Leben, ein leichtes Fortkommen und einen leichteren Weg ins Erwachsenenleben, als es seinem Vater beschieden war. Benjamin schlief lächelnd in seinem eigenen Bett – in Gedanken bei seinem Baby.

20

Oliver brachte Eltern und Kind vom Krankenhaus zu ihrer schäbigen Wohnung in Port Chester. Kein Bitten und Betteln vermochte die jungen Leute dazu zu bringen, nach Purchase zu ziehen. Er vermutete zwar, daß Sandra sehr gern zugestimmt hätte, aber Benjamin beharrte darauf, selbständig zu sein. Er wollte allein für Sandra und das Kind sorgen und hatte sich zwei Wochen Urlaub genommen. Danach, so hoffte er, würde alles leichter werden. Doch jedesmal wenn Oliver anrief, brüllte das Kind, und als er in der Woche darauf zu Besuch kam, sah Sandra entsetzlich aus. Sie war bleich und hatte dunkle Ringe unter den Augen, offensichtlich hatte sie Schmerzen. Benjamin machte einen völlig geknickten Eindruck, die Wohnung war eine totale Katastrophe.

Vier Tage später erreichte Oliver mitten in der Nacht ein Anruf von Benjamin. Sandra war wieder im Krankenhaus, die Operationsnarbe hatte sich infiziert, er mußte jetzt mit dem Kind allein zurechtkommen. Er war in Tränen aufgelöst. Oliver fuhr sofort zu ihm, holte ihn ab, packte alle Babysachen ein und nahm Vater und Sohn mit sich nach Hause.

»Agnes kann sich um Alex kümmern, und du kannst dich zur Abwechslung mal ausschlafen.« Diesmal fügte sich Benjamin, der noch nie so schlecht ausgesehen hatte. Er war erleichtert, die Initiative jetzt jemandem überlassen zu können. Am nächsten Tag, als Oliver aus dem Büro kam, setzte er sich mit Benjamin zu einer Aussprache zusammen. Das Baby schrie ununterbrochen, und Ben konnte keinen zweiten Job mehr finden und kam mit seinem Geld nicht aus. Ganz plötzlich wurde ihm alles zuviel, und er geriet in Panik. Mochte das Kleine auch noch so niedlich sein, Oliver fand es bedauerlich, daß sie es in die Welt gesetzt hatten.

»Mein Sohn, du mußt dir die Sache gründlich überlegen. Möchtest du wirklich nicht mehr in deinem Leben erreichen? Hast du wirklich das Gefühl, daß du das Kind behalten kannst? Und was noch viel wichtiger ist, was gedenkst du mit dir selbst anzufangen? Willst du dein Leben lang als Aushilfskraft arbeiten? Und was ist mit Sandra?«

Diese und ähnliche Fragen beschäftigten Benjamin seit Monaten, und jetzt hatten ihn seine Schwierigkeiten in die Knie gezwungen. Er gestand seinem Vater, daß er Sandra nicht mehr liebte und sich fragte, ob er sie je richtig geliebt hatte. Der Gedanke, den Rest seines Lebens mit ihr verbringen zu müssen, brachte ihn zur Verzweiflung. Daß er sein Söhnchen über alles liebte, machte die ganze Sache noch schwieriger.

»Dad, er ist mein Sohn. Ich kann ihn nicht verlassen. Das könnte ich ihm und mir nicht antun. Aber ich kann mir auch nicht vorstellen, noch länger mit Sandra zusammenzusein ... aber wenn ich sie verlasse, müßte ich ihr Alex überlassen.« Dazu kamen seine ernsten Zweifel an Sandras mütterlichen Fähigkeiten. Ihr schienen alle jene Instinkte zu fehlen, deren Vorhandensein er als selbstverständlich vorausgesetzt hatte. Und jetzt drehte sich ihr gesamtes Sinnen und Trachten wie früher nur um sich selbst und nicht um das Kind.

»Wieso gibst du ihr nicht die Chance, wieder auf die Beine zu kommen? Vielleicht solltest du dir überlegen, ob du sie nicht nur unterstützen solltest, ohne mit ihr zusammenzuleben.«

Aber wie sollte er das schaffen? Als Tellerwäscher? Als Tankwart? »Ich werde alles tun, um dir zu helfen. Warum ruhst du dich nicht ein paar Tage aus und bringst Ordnung in deine Gedanken?« Doch als Benjamin es versuchte, meldete sich wieder sein Verantwortungsgefühl. Sandra kam aus dem Krankenhaus, und da sie ihm leid tat, ging er mit dem Baby zu ihr zurück. Aggie brach fast das Herz, weil sie den Kleinen hergeben mußte, und Oliver empfand ähnlich, als er mit ansah, wie Benjamin wieder den Weg einschlug, den er für den richtigen hielt, und sich seinen Verpflichtungen stellte. Oliver durfte gar nicht daran denken, was für ein Leben Benjamin mit dem Baby und dem Mädchen führte. Ollie hatte ihm fünftausend Dollar gegeben, aber Benjamin hatte sich mit Händen und Füßen dagegen gewehrt und sie ihm zurückgeben wollen.

»Dann betrachte das Geld als Darlehen. Ich lasse nicht zu, daß du bei dem Versuch, deine kleine Familie zu ernähren, verhungerst. Nimm doch Vernunft an, um Himmels willen!« Und schließlich gab Benjamin nach, nicht ohne zu versprechen, das Geld so bald wie möglich zurückzuzahlen.

Es vergingen zwei Wochen, und alles wurde nur noch komplizierter. Oliver wurde zu seinem Chef gerufen, der ihn mit einem Angebot überrumpelte. Der Leiter der Filiale in Los Angeles hatte Krebs und würde noch vor Ablauf der Woche seinen Posten für immer aufgeben. Das bedeutete, daß rasch ein Ersatz gefunden werden mußte. Mehr noch – man beabsichtigte, das Büro zu erweitern und der Größe und Bedeutung des New Yorker Firmensitzes anzugleichen. Man strebte ein ›Gleichgewicht zwischen den Küsten‹ an, wie es hieß, um mit den für die Branche so wichtigen Fernsehanstalten engen Kontakt zu pflegen und an der Westküste insgesamt größere und potentere Kunden zu gewinnen. Und der Firmenvorstand hatte entschieden, daß Oliver der geeignete Mann sei, um die Niederlassung zu übernehmen.

»Um Himmels willen ... das geht doch gar nicht ... meine Kinder gehen hier zur Schule, ich habe hier ein Haus, ein ganzes Leben ... ich kann doch nicht einfach die Familie entwurzeln und mich dreitausend Meilen entfernt niederlassen.« Und dazu kamen noch Benjamin und seine Probleme. Er konnte ihn nicht im Stich lassen, wie Sarah sie alle im Jahr zuvor im Stich gelassen hatte. »Ich muß mir erst alles gründlich überlegen.« Doch das Gehalt, das man ihm bot, die übrigen Bedingungen und eine Umsatzbeteiligung waren so, daß eine Ablehnung reiner Wahnsinn gewesen wäre, und das wußte er genau.

»Um Himmels willen, Oliver, nimm Vernunft an! Greif zu! Eine solche Chance kommt niemals wieder. Eines schönen Tages wirst du noch Vorstandsvorsitzender.« Daphne versuchte, ihn zur Vernunft zu bringen. Sie saßen im Büro noch zusammen, nachdem alle anderen gegangen waren.

»Und meine Kinder? Mein Haus? Mein Vater?«

»Mach dich nicht lächerlich! Dein Vater führt ein eigenes Leben, er hat eine Frau, die für ihn sorgt. Und auch Benjamin ist jetzt ziemlich selbständig. Früher oder später wird er schon klarkommen, ob du nun hier bist oder nicht. Er gehört zu den Typen, die alles schaffen können. Er ist so wie du. Und Mel und Sam würde es im Westen gefallen. Bedenke, wie gut ihnen der Umzug nach New York getan hat.«

»Ich bitte dich, Daph, das ist doch etwas anderes. Nach Purchase sind es nur dreißig Meilen. Bis Kalifornien wären es dreitausend.«

»Nicht, wenn du dich drüben richtig häuslich niederläßt. Melissa hat die Schule fast hinter sich. In zwei Jahren wird sie irgendein College besuchen. Die Kinder kannst du als Ausrede nicht vorschieben. Greif zu! Es ist ein tolles Angebot!« Aber Los Angeles? Kalifornien? Oliver war hier an der Ostküste zu Hause.

»Na, ich weiß nicht recht. Ich muß es mir überlegen. Vor allem muß ich mit den Kindern darüber sprechen und abwarten, was sie dazu sagen.«

Mel und Sam waren erstaunt über die Neuigkeit, aber keineswegs so schockiert, wie Oliver es erwartet hatte. Nach einiger Überlegung schien ihnen die Idee sogar zuzusagen. Zwar behagte ihnen die Vorstellung nicht, ihre Freunde aufgeben zu müssen, und Sam hatte Angst, Sarah nicht mehr so oft sehen zu können, Ollie aber beruhigte ihn und sagte, er würde ihn und Mel regelmäßig zu ihr schicken, und in den Ferien könnten sie ohnehin mit ihr zusammensein. Für ihn selbst aber war der Gedanke an einen Umzug noch immer unvorstellbar, ja beängstigend. Und was das schlimmste war, man wollte ihn so schnell wie möglich in Kalifornien haben.

»Na, was ist, Leute?« fragte er die Kinder nach tagelangem Beratschlagen. Bis zum Wochenende mußte er eine Entscheidung getroffen haben. »Was meint ihr dazu? Sollen wir nach Kalifornien ziehen, oder bleibt ihr lieber hier?«

Mel und Sam tauschten einen langen Blick, und Ollie wünschte insgeheim, daß sie sich dagegen aussprechen würden.

»Ich meine, wir sollten es tun.« Mel setzte ihn mit ihrer Äußerung in Erstaunen, und Sam lehnte sich grinsend zurück.

»Ja, Dad. Ziehen wir hin. Dann können wir jeden Sonntag nach Disneyland.«

Oliver starrte sie verdutzt an. Es war nicht zu fassen! »Ist das euer Ernst?« Sie nickten. Kaum hatte er am nächsten Tag in der Firma seinen Entschluß kundgetan, ging alles wie im Traum. Am Sonntag flog er nach Los Angeles, suchte dort ein Haus, sah sich Schulen an und lernte seine neuen Mitarbeiter kennen. Nach zehn Tagen kehrte er nach New York zurück.

Aggie, die treue Seele, wollte die Familie nicht verlassen. Oliver hatte sich entschlossen, das Haus in Purchase nicht zu verkaufen, bis er sah, wie er an der Westküste zurechtkam. Am schlimmsten für ihn war, daß er Benjamin allein lassen mußte. Er traf mit ihm ein Abkommen, das sein Gewissen seinem Sohn gegenüber entlastete. Benjamin und Sandra waren einverstanden, mit dem Baby ins Haus in Purchase zu ziehen. Oliver hatte behauptet, daß ohnehin jemand das Haus hüten mußte. Für ihn sei es eine große Erleichterung, wenn sie ihm ›helfen‹ könnten.

»Willst du uns nicht nur einen Gefallen tun?«

»Nein, bestimmt nicht, mein Junge. Es gäbe da noch eine andere Möglichkeit.« Mit angehaltenem Atem fuhr er fort: »Du könntest Sandra und Alex hier in einer Wohnung zurücklassen und mit uns an die Westküste kommen.« Aber Benjamin schüttelte nur traurig den Kopf. Er würde die beiden nicht verlassen. Das brachte er nicht übers Herz. Sandra war der Situation nicht gewachsen, wie er jetzt klar sah, und Alex war sein Sohn.

»Nein, wir schaffen das hier schon.« Er hatte inzwischen nach einen Job gefunden, und da nun die Miete wegfiel, würden sie besser über die Runden kommen.

Alles ging nun im Eiltempo über die Bühne. Sie packten, sie fuhren, sie weinten und winkten. Und in der Woche vor Thanksgiving zogen sie nach Los Angeles und begannen in Kalifornien ein ganz neues Leben.

Als die Maschine in Los Angeles aufsetzte, sah Oliver Mel und Sam an, noch immer von Zweifeln geplagt, ob er richtig gehandelt hatte.

»Na, seid ihr bereit?« Er lächelte ihnen nervös zu und hoffte inständig, daß ihnen das Haus, das er in Bel Air gemietet hatte, zusagte. Es war ein geradezu unglaublich luxuriöses Haus, mit Sonnenterrasse, Sauna, einer Jacuzzi-Wanne in jedem Badezimmer und einem Swimmingpool, der doppelt so groß wie der in Purchase war. Das Anwesen hatte einem Schauspieler gehört, der Pleite gegangen war und es vermietete, bis er sich zu einem Verkauf entschließen konnte.

Sie holten Andy, der in einem großen Käfig den Flug überstanden hatte, an der Gepäckaufbewahrung ab, und Aggie rückte ihren Hut zurecht und lächelte.

Eine Limousine stand bereit. Die Kinder stiegen ein, während Andy freudig kläffte und wie wild mit dem Schwanz wedelnd seiner Wiedersehensfreude Ausdruck verlieh.

Oliver stellte sich zum hundersten Mal die Frage, ob er sich nicht auf etwas total Verrücktes eingelassen hatte. Falls dies der Fall war, schien es niemanden zu stören – noch nicht jedenfalls. Er lehnte sich zurück, nahm die Hände seiner Kinder und hielt sie fest.

»Leute, ich hoffe sehr, daß euch das Haus gefällt.«

»Sicher, Dad.« Sam sah lächelnd aus dem Fenster, und Mel wirkte plötzlich sehr erwachsen, während sich der Wagen durch den Verkehr in Los Angeles schlängelte. Es war eine ganz neue Welt und ein neues Lebens für sie, doch es schien ihnen nichts auszumachen. Aber als Oliver aus dem Fenster sah, hatte er wieder Bedenken, wenn er daran dachte, worauf er sich eingelassen hatte.

21

Das Haus war genauso, wie die Kinder es sich erträumt hatten, geradezu ideal für sie, und Oliver freute sich. Nach wenigen Wochen hatten sie sich völlig eingelebt – so sehr, daß alle drei richtig aufblühten. Sogar Agnes war begeistert von dem neuen Zuhause, nachdem sie – nach ausgedehnten Streifzügen durch die umliegenden Läden – festgestellt hatte, daß sie hier alles bekam, was sie brauchte. Mel fand die neue Schule toll, und Sam lud zwei neue Freunde über das Thanksgiving-Wochenende zum Schwimmen im Pool ein. Nur der Feiertag selbst kam ihnen fremd vor, ohne Benjamin, ohne ihren Großvater und so weit weg von ihrer Mutter. Die Weihnachtsfeiertage wollten sie bei ihr verbringen. Es kam ihnen schier unglaublich vor, daß sie schon nach einem Monat wieder ihre Koffer packen mußten, um über Weihnachten nach Boston zu fliegen.

Oliver brachte sie zum Flughafen. So sehr sie ihm während der Feiertage fehlen würden, war er doch froh, länger im Büro bleiben zu können. Er brauchte die Zeit, um sich in alle Projekte zu vertiefen, die ihn schon bei seiner Ankunft erwartet hatten. Der einzige Mensch, der ihm wirklich fehlte, war Daphne. Er vermißte ihren scharfen Verstand, ihr klares Urteil und die kreativen Lösungen mancher Probleme im Berufsalltag. So kam es, daß er des öfteren telefonisch ihren Rat suchte oder ihr per Eilpost Unterlagen schickte, um ihre Meinung zu neuen Werbestrategien oder Präsentationen zu hören. Er wünschte sich, man hätte auch Daphne nach Los Angeles versetzt, und zugleich wußte er, daß sie niemals gegangen wäre. Die Beziehung zu dem Mann in New York bedeutete ihr zuviel. Eher hätte sie ihren Job aufgegeben als den verheirateten Mann, für den sie sich vor dreizehn Jahren entschieden hatte.

Die nächsten Wochen vergingen wie im Flug, und ehe Oliver wußte, wie ihm geschah, stand Weihnachten vor der Tür. Die Kinder hatten vor ihrer Abreise den Weihnachtsbaum geschmückt und mit ihrem Vater Geschenke ausgetauscht. Als er am Tag ihres Abfluges ins Haus zurückkam, registrierte er, daß ihm sein erstes einsames Weihnachtsfest bevorstand, das erste ohne Kinder und ohne Sarah. Es würde sicher einfacher für ihn sein, wenn er das Fest vergaß und sich in die Arbeit stürzte. In den zwei Wochen des Alleinseins gab es mehr als genug davon. Am Nachmittag des nächsten Tages, als eine seiner Mitarbeiterinnen schüchtern an die Tür seines Büros klopfte, fuhr er zusammen.

»Mr. Watson, Harry Branston war der Meinung, das würde Sie vielleicht interessieren.« Die junge Frau legte eine Einladung auf seinen Schreibtisch, auf die er nur einen flüchtigen Blick warf. Oliver war so beschäftigt, daß er sie erst einige Stunden später lesen konnte. Es war die Einladung zu einer Weihnachtsparty, die eine der großen Fernsehgesellschaften alljährlich für ihre Stars, für alle Mitarbeiter, Freunde und für die wichtigsten Werbekunden veranstaltete. Diese Fernsehanstalt war einer der bedeutendsten Klienten von Olivers Firma. Das Vernünftigste wäre natürlich gewesen hinzugehen, aber er wußte nicht, ob er die Zeit erübrigen konnte, zudem war er auch nicht in der richtigen Stimmung. Also legte er die Einladung beiseite. Erst wollte er sehen, wie der Tag verlief. Bis zu der Party waren es noch vier Tage, und an jenem Freitagnachmittag, als ihm die Einladung wieder in die Hände fiel, war eine Party das Allerletzte, wonach ihm der Sinn stand. Er kannte ja keine Menschenseele und konnte sich nicht denken, daß jemandem seine Abwesenheit auffallen würde. Deshalb wollte er die Einladung wieder beiseite legen, aber plötzlich war ihm, als könne er Daphnes Stimme hören, die ihn drängte hinzugehen. Es war genau das, wozu sie ihm geraten hätte, der Firma zuliebe und um sich als neuer Chef des Büros in L. A. vorzustellen. »Schon gut ... schon gut ...« murmelte er vor sich hin. »Ich geh' ja schon.« Er lächelte in Gedanken an Daphne und die Spaghetti-Abende, die ihm sehr fehlten. Es war das Schwerste an dem Umzug nach L. A. Hier hatte er keine Freunde. Und schon gar keine Freundin wie Daphne.

Er ließ die Firmenlimousine vorfahren, die er nur selten brauchte, bei Gelegenheiten wie dieser aber sehr nützlich war. Der Chauffeur würde die Adresse kennen, und er selbst hatte keine Parkplatzprobleme.

Die Party fand in einem der großen Studios statt, und als die Limousine auf das Studiogelände rollte, suchte der Pförtner am Tor in einer Liste Olivers Namen, um den Wagen dann durchzuwinken. Für Oliver war das alles immer noch ein wenig wie ein Traum oder wie eine Rolle in einem Film, den er nicht kannte.

Zwei junge Frauen wiesen ihm den Weg, und gleich darauf fand er sich inmitten Hunderter festlich gekleideter, champagnertrinkender Menschen auf einem Set, das aussah wie eine riesige Hotellobby. Ein gigantischer Christbaum überragte die Gäste, die von den Bossen der Fernsehgesellschaft begrüßt wurden. Zunächst kam Oliver sich hier so dämlich vor wie ein Kind in einer neuen Schule, doch das schien niemandem aufzufallen.

Er stellte sich einigen anderen Gästen vor und war insgeheim beeindruckt, als er bekannte Gesichter sah, Stars erfolgreicher Shows in Glitzergala. Die Frauen waren schön, die Männer gutaussehend, und plötzlich tat es ihm leid, daß Mel nicht hiersein konnte. Sie wäre wie erschlagen gewesen und zugleich hellauf begeistert. Er sah sogar den Star von Sams Lieblingsshow, einen sommersprossigen Jungen, dessen flotte Sprüche Sam bis zum Überdruß zu wiederholen pflegte.

Er drehte sich um, weil er Platz machen wollte, und trat dabei unabsichtlich jemandem auf die Zehen. Mit einer Entschuldigung auf den Lippen sprang er beiseite. Neben ihm stand die schönste Frau, die er je gesehen hatte. Ihr Gesicht war makellos, die Augen grün, das Haar von der Farbe flammenden Kupfers. »Es ... es tut mir leid ... ich habe nicht bemerkt ...« Oliver war klar, daß er sie schon gesehen hatte, nur wo – das wollte ihm nicht einfallen. Als sie ihn ansah, lächelte sie und zeigte perfekte Zähne. Trotz ihres unglaublichen Aussehens war sie ganz lässig zurechtgemacht und trug rote Hosen aus Leder und einen schlichten schwarzen Pulli. Dazu hatte sie das Lächeln eines kleinen Mädchens und nicht das eines Filmstars. Sie war erstaunlich klein, alles an ihr schien zierlich und vollkommen zu sein. »Es tut mir schrecklich leid«, wiederholte er, sie aber lachte nur und ließ den Blick über die Menge schweifen, die sich um sie drängte.

»Irre, nicht? Ich komme jedes Jahr und frage mich immer wieder, warum. Hier sieht es immer aus, als hätten die Bosse das zentrale Besetzungsbüro angerufen und gesagt: ›Hör mal, Joe, du schickst uns ein paar Typen für eine Party herauf.‹ Dann drücken sie jedem ein Glas Champagner in die Hand und raten ihm, sich gefälligst zu amüsieren.« Wieder lachte sie, ohne den Blick von der Menschenmenge zu wenden. Dann sah sie Oliver direkt in die Augen. Für ihn war dies ein ganz neuer Typ, das perfekte Gesicht, das gepflegte, herrliche Haar. Ihm kamen alle Menschen in Los Angeles so großartig vor, so ausgesucht gekleidet und so gestylt. Hier war das Aussehen lebenswichtig, und doch spürte er irgendwie, daß dieses Mädchen anders war.

»Ich weiß, daß ich eigentlich nicht fragen sollte, weil ich es vermutlich wissen müßte, aber arbeiten Sie hier?«

»So könnte man es nennen. Sie aber nicht, oder?« Wäre er hier beschäftigt gewesen, hätte er gewußt, wer sie war, aber es störte sie nicht, daß er sie nicht kannte.

»Ich bin für eine Werbeagentur tätig.« Daß er der Chef war, wollte er ihr nicht sagen. »Vor ein paar Wochen bin ich aus New York hierhergezogen. Eine große Umstellung, aber es gefällt mir hier.«

»Warten Sie eine Weile. Hier draußen geht's ziemlich verrückt zu. Ich bin zehn Jahre in dieser Stadt und komme mir immer noch vor wie Alice im Wunderland.« Das war ein Gefühl, das ihm nicht ganz unbekannt war, und plötzlich fragte er sich, wie sie ohne kunstvolle Frisur und ohne geschickt aufgetragenes Make-up aussehen mochte.

»Und wo waren Sie davor?«

»In Nebraska.« Sie lachte. »Nicht zu fassen, wie? Ich bin hierhergekommen, um an der UCLA zu studieren und ein ›Star‹ zu werden. Meine Familie hält mich noch immer für total verrückt, weil es mir hier gefällt. Hin und wieder glaube ich selbst fast, daß ich nicht ganz bei Trost bin, aber nach einer gewissen Zeit läßt einen die Branche nicht mehr los. Ich liebe diesen Beruf.« Sie wirkte ungemein lebendig, als sie dies sagte, und Oliver gefiel der Ausdruck in ihren Augen. Diese Frau war vital und lebensfroh und schien viel Humor zu haben. Und dann kam, während sie noch miteinander plauderten, jemand und bat sie um ein Autogramm. Sie kritzelte ihren Schriftzug ohne viel Getue, lächelte, bedankte sich und wandte sich wieder Ollie zu. Er machte ein ziemlich verlegenes Gesicht, weil ihm klar war, daß er sie hätte kennen müssen.

»Also gut, morgen werde ich schreckensstarr sein. Ich werde herausfinden, wer Sie sind, und mich dann wie ein Trottel fühlen. Warum sagen Sie es mir nicht gleich, damit ich es hinter mich bringe?« Auch er lächelte. »Wer sind Sie?«

»Das Rotkäppchen«, scherzte sie. »Ehrlich gesagt, ich genieße den Umstand, daß Sie mich nicht kennen. Und ich möchte nicht daran rühren.«

»Ich verspreche, daß ich es sofort vergessen werde, sobald Sie es mir sagen.«

»Also gut.« Sie reichte ihm förmlich die Hand. »In diesem Fall bin ich Charlotte Sampson.« Sie war Star einer der größten Serien der Gesellschaft, einer sehr dramatischen, zur Hauptsendezeit ausgestrahlten Serie, die wöchentlich gesendet wurde. Sie hatte einen berühmten Partner und ein Publikum von etwa achtzig Millionen.

»Meine Güte ...« Jetzt kam er sich tatsächlich wie ein Narr vor. Mel würde glatt umfallen, wenn sie erfuhr, daß er mit Charlotte Sampson gesprochen hatte. »Ich kann es nicht glauben.«

»So, jetzt haben wir diesen Teil hinter uns gebracht, aber wer sind Sie?« Er hatte einen Händedruck mit ihr gewechselt und vergessen, ihr seinen Namen zu nennen. Noch immer war es für ihn unfaßbar, daß er sie nicht erkannt hatte, aber er hätte nie gedacht, daß sie so klein war, so jung, so natürlich und ungekünstelt. Im Fernsehen war sie meist ernst und hatte eine andere Frisur. Er starrte sie wieder an und kam sich wie ein richtiger Hinterwäldler vor, als er sich schließlich vorstellte.

»Entschuldigen Sie. Aber Sie haben mich total überrumpelt. Ich bin Oliver Watson. Für uns aus New York ist das hier alles sehr – Hollywood. Leider bin ich es nicht gewöhnt, täglich Stars zu begegnen, ganz zu schweigen, ihnen auf die Füße zu treten.«

»Keine Angst, als mein Vater letztes Mal da war, marschierte er im Studio schnurstracks auf Joan Collins zu und erklärte ihr, sie sehe genauso aus wie eine Sonntagsschullehrerin, die er zu Hause in Nebraska kannte. Es war das erste Mal, daß ich sie sprachlos erlebt habe. Aber mein Vater klopfte ihr nur auf den Rücken und ging weiter.«

»Vielleicht sollte ich es auch versuchen. Aber meiner Meinung nach sehen Sie so gar nicht aus wie eine Sonntagsschullehrerin.« Vielmehr wie das Mädchen von nebenan. Aber ein ausnehmend schönes. Sie gefiel ihm ungemein, ihr flammendrotes Haar hatte es ihm besonders angetan. Der helle Teint verriet ihm, daß es ihre natürliche Haarfarbe war.

»Sie sehen aber gar nicht aus wie einer dieser Werbefritzen, sondern eher wie die Jungs in unserer Serie.« Ihr Lachen verriet ihm, daß sie gern lachte. Sie war ein völlig natürliches Mädchen ohne geziertes und affektiertes Gehabe, das man bei einem Star ihrer Größenordnung erwartet hätte.

»Leider bin ich nicht dieser Meinung.«

»Aus welchem Grund sind Sie hier in Kalifornien?« Hier wimmelte es von Leuten, die sie kannte, die ihr zuwinkten, Kußhändchen zuwarfen, ihr Zeichen gaben, aber sie schien völlig zufrieden zu sein, sich mit Ollie unterhalten zu können.

»Meine Agentur hat mich hierhergeschickt. Jemand wurde krank und mußte ersetzt werden. Ich mußte mich ziemlich kurzfristig entscheiden, und bislang hat alles gut geklappt.« Plötzlich kam er sich sehr schuldbewußt vor. »Miß Sampson, ich nehme Sie doch nicht über Gebühr in Beschlag? Ich könnte mir denken, daß Sie sich mit weitaus bedeutenderen Leuten unterhalten sollten als mit dem Werbefritzen der Fernsehgesellschaft.«

»Meine Pflichtübungen habe ich erledigt. Ich war sehr früh hier, habe ein Glas Champagner getrunken und dem obersten Boß ein Küßchen gegeben. Ich wüßte nicht, was man noch von mir erwartet. Eine kleine Steptanzeinlage etwa? Die habe ich schon im Studio geliefert. Jetzt bin ich sozusagen privat hier. Und ich unterhalte mich gern mit Ihnen. Das ist viel einfacher, als mit einem Haufen nervöser Stars zu quasseln, deren Serien in den Einschaltquoten abrutschen.« Bei ihr war das nicht der Fall, soviel stand fest. Sie war in diesem Jahr für den Emmy nominiert worden, wenn sie ihn auch nicht bekommen hatte. Diese Tatsache bewirkte, daß sich Oliver noch tölpelhafter vorkam, weil er sie nicht erkannt hatte. »Was haben Sie ins Los Angeles getrieben, seit Sie hier sind, Oliver?«

»Arbeit ... Arbeit ... noch mehr Arbeit ... mich eingerichtet ... ehrlich gesagt, habe ich außer meinem Haus und dem Büro nicht viel gesehen.«

»Das hört sich nicht sehr lustig an. Waren Sie schon mal schön essen?«

»Nur einmal mit den Kindern. Wir waren im Hard-Rock-Café, sie waren hellauf begeistert, während ich mir vorkam wie vierhundert Jahre alt und halbtaub.«

Sie lachte. Ihr gefiel es auch im Hard Rock, aber auch sie hatte dort Schwierigkeiten, weil man sich nicht unterhalten konnte. Die Einrichtung war sagenhaft, ganz besonders der alte Wagen von Elvis Presley, der so angebracht war, daß er durch die Decke durchzubrechen schien. Jedesmal wenn Charlotte es sah, erwachte das Kind in ihr. »Waren Sie schon im ›Spago‹?«

»Leider nein.«

»Na, dann müssen wir unbedingt mal hin.« Das hörte sich an wie die hier übliche Version von ›Wir müssen mal zusammen essen gehen‹, eine Äußerung, die Ollie nicht ernst nahm. Interessiert fragte sie ihn als nächstes: »Wie alt sind Ihre Kinder?«

»Meine Tochter ist sechzehn, ein Sohn ist zehn, und der andere, der an der Ostküste geblieben ist, ist achtzehn.«

»Wie schön«, meinte sie lächelnd und mit einem Anflug von Bedauern. Er gefiel ihr wirklich. »Und wie alt ist Ihre Frau?« Sie sah ihm direkt in die Augen, und er mußte lachen, weil sie ohne Umschweife zur Sache kam.

»Zweiundvierzig, wir sind geschieden.« Oder so gut wie. Die Scheidung sollte in acht Wochen rechtskräftig sein. In seinem Herzen war das Band endlich zerrissen. Charlotte Sampson begrüßte seine Antwort mit breitem Lächeln.

»Ach, was für eine gute Nachricht! Ich habe es schon mit der Angst zu tun bekommen!« Ihre Worte schmeichelten ihm, und auch die Aufmerksamkeit, die sie ihm zuteil werden ließ, tat ihm gut. Eigentlich hatte er das Gefühl, das gar nicht zu verdienen. Vielleicht war sie nur schüchtern und haßte große Partys. »Sind Ihre Kinder über die Feiertage hier?«

»Nein, sie sind vor ein paar Tagen an die Ostküste geflogen und verbringen die Feiertage bei ihrer Mutter in Boston.«

»Sagten Sie nicht, daß Sie in New York gelebt haben?« Plötzlich war sie verwirrt. »Und warum bleiben die Kinder nicht über Weihnachten bei Ihnen?«

»Weil sie das ganze Jahr bei mir leben. Und wir wohnten tatsächlich in New York. Meine Frau ist vor einem Jahr nach Boston gezogen, um zu studieren ...« Er sah sie an. Hollywood oder nicht, er wollte ihr die Wahrheit sagen, obwohl er gar nicht sicher war, ob es sie interessierte. Immerhin tat sie so, als ob sie alles wissen wollte, und sie schien ein nettes Mädchen zu sein. »Sie hat uns verlassen .. mich und die Kinder ... deshalb leben sie jetzt bei mir.«

Mit einemmal wurde sie ganz ernst, als sie das lange rote Haar von den Schultern strich. »Das klingt ja wie eine lange und sehr schmerzliche Geschichte.«

»Das war es auch. Eine Weile jedenfalls. Jetzt ist es nur eine kurze Geschichte. Sie ist glücklich. Uns geht es gut. Wenn es sein muß, gewöhnt man sich an alles.«

»Auch die Kinder?«

Er nickte. »Ja, denen geht es auch gut. Mittlerweile sind sie hart im Nehmen. Eine prima Bande.«

»Und Sie sind ganz der stolze Vater.«

»Vielen Dank, Madam.« Er vollführte eine knappe Verbeugung, und beide lachten, als einer der Gastgeber auf sie zukam, um sie zu begrüßen. Der Fernsehboß küßte Charlotte auf beide Wangen, wechselte mit Oliver einen Händedruck und sagte ihm, er hätte die ganze letzte Stunde nach ihm Ausschau gehalten.

»Ich möchte Sie mit ein paar Freunden bekannt machen, aber wie ich sehe, kennen Sie meinen Lieblingsstar bereits.«

»Als ich durch die Tür kam, habe ich versucht, sie niederzutrampeln, und sie war so liebenswürdig, mich nicht hinauswerfen zu lassen oder anzuzeigen. Vermutlich hinkt sie oder kann sich nicht rühren, deswegen stehen wir hier und plaudern, und ich langweile sie mit Geschichten über meine Kinder.«

»Oliver, ich unterhalte mich sehr gerne mit Ihnen.« Fast wirkte sie gekränkt, als der andere lachte. Dann wandte sie sich schmollend an ihren Boß: »Vermutlich entführen Sie ihn mir jetzt.«

»Ich muß. Aber wenn Sie wollen, bringe ich ihn wieder zurück.« Und dann wandte er sich mit einer Warnung an Oliver: »Hüten Sie sich vor ihr, sie haßt Filmstars, liebt Kinder und Hunde und vergißt nie ihren Text. Bei solchen Frauen ist höchste Vorsicht geboten, finden Sie nicht auch? Und dazu dieses Aussehen ... Sie sollten Charlotte um vier Uhr morgens sehen, nicht auszuhalten, keine Spur Make-up und ein Gesicht wie ein Engel!«

»Ach, komm, Howie, spar dir das Süßholzraspeln! Du weißt genau, wie ich am Morgen aussehe!« Sie lachte, und Oliver amüsierte sich königlich. Sie kam ihm vor wie ein richtiger Kumpel, und er hätte sie zu gern um vier Uhr morgens gesehen – mit oder ohne Make-up. »Er erzählt Lügen, lauter Lügen, denn ich hasse Kinder und Hunde.« Diesen Eindruck hatte er während ihres Gesprächs nicht gehabt.

»Okay, Charlie, geh und spiel schön, während ich Oliver herumführe. In einer Weile bringe ich ihn wieder.« Doch als sie Charlotte, sehr zu Olivers Bedauern, allein ließen, machte Howie ihn mit jedem Menschen von einiger Bedeutung bekannt, so daß eine Stunde verging, bis sie wieder zu der Stelle kamen, an der sie Charlotte zurückgelassen hatten. Natürlich war sie fort. Oliver hatte nicht erwartet, daß sie nach ihm Ausschau halten würde ... nicht wirklich ... nur wäre er überglücklich gewesen, wenn ... Unauffällig verließ er die Szene und machte sich auf die Suche nach seiner Limousine, und dann sah er Charlotte zu seiner großen Überraschung in einen roten Mercedes einsteigen. Sie hatte das Haar zu zwei Rattenschwänzchen zusammengefaßt, trug kein Make-up mehr und hatte einen alten schwarzen Ledermantel übergezogen. Er winkte ihr zu, sie bemerkte ihn, winkte zurück und zögerte dann, als erwarte sie, daß er näher kam. Er ging zu ihr, um ihr zu sagen, wie sehr ihn die Begegnung gefreut habe, und sie lächelte.

»Sie wollen schon nach Hause?« Sie nickte auf seine Frage und blickte wie ein Kind zu ihm auf. Ein sehr hübsches Kind.

»Ich habe zwei Wochen frei bis nach den Feiertagen. Heute haben wir eine Fortsetzungsstaffel zu Ende gedreht. Und Sie? Haben Sie Ihre Verpflichtungen hinter sich gebracht?« Sie lächelte ihm unbefangen zu, und er nickte. Am liebsten hätte er sie eingeladen, wagte es aber nicht, aber nach einem kurzen Augenblick schickte er alle Bedenken zum Teufel. Mehr als ablehnen konnte sie nicht, auch wenn sie Charlotte Sampson war.

»Haben Sie schon gegessen?«

Sie schüttelte den Kopf, dann erhellte sich ihre Miene. »Möchten Sie auf eine Pizza ins ›Spago‹ gehen? Es ist zwar nicht sicher, daß wir Platz bekommen, aber ein Versuch kann nicht schaden. Meistens ist es dort ziemlich voll.« Es war die Untertreibung des Jahres. Die Leute standen dicht an dicht, um auf die von Wolfgang Puck komponierten Köstlichkeiten zu warten und einen Blick auf die zahllosen Stars zu erhaschen, die dort speisten.

»Sehr gern.« Oliver war erfreut und warf einen Blick über die Schulter auf seine Limousine. »Soll ich Sie mitnehmen? Oder soll ich Ihnen nachfahren?«

»Warum steigen Sie nicht bei mir ein?«

»Macht es Ihnen auch nichts aus?« So war es am unkompliziertesten.

Wieder ließ sie ihr herzliches Lächeln sehen. Ihr gefielen sein Aussehen und seine Redeweise. Auch seine lockere Art sagte ihr zu, zudem hatte er auch etwas Stilles und Vertrauenerweckendes an sich. Er machte den Eindruck eines Menschen, dem man vertrauen konnte. »Natürlich nicht.«

Oliver beeilte sich, den Fahrer fortzuschicken, als befürchte er, sie könnte ihre Absicht ändern. Dann stieg er neben ihr ein. Und plötzlich wandte sie sich ihm zu. »Ich wüßte noch etwas Besseres. Im ›Spago‹ kann es hin und wieder sehr laut zugehen. Ich kenne einen Italiener am Melrose, ›Chianti‹ heißt das Restaurant. Dort ist nicht so viel los, niemand wird uns da sehen. Wir rufen an und fragen, ob ein Tisch frei ist.« Sie deutete auf ein kleines rotes Telefon am Armaturenbrett und bediente es mit einer Hand, während sie mit der anderen den Wagen startete. Er sah es mit einiger Belustigung. »Ist etwas?« fragte sie.

»Nein, ich bin nur beeindruckt.«

»Tja, von Lincoln, Nebraska, ist es ein langer Weg«, meinte sie vergnügt.

Im Restaurant wurde nach dem ersten Klingelton abgehoben. Selbstverständlich, man sei überglücklich, für Miß Sampson einen Tisch zu reservieren. Es war die ideale Entscheidung. Das ›Chianti‹ war klein, in schummriges Halbdunkel getaucht und sehr intim. Es hatte nichts Hochgestochenes an sich und sah aus wie jedes andere italienische Restaurant, und die Speisenkarte weckte köstliche Erwartungen. Nachdem der Ober ihre Bestellung aufgenommen hatte, lehnten sie sich aufatmend in ihrer Nische zurück. Oliver war bemüht, die neuen Eindrücke zu verarbeiten. Nicht zu fassen, er saß hier mit Charlotte Sampson beim Dinner. Aber man war schließlich in Hollywood, nicht? Und einen Sekundenbruchteil dachte er an Megan in New York. Wie anders es hier war. Dort war alles so raffiniert und ein wenig dekadent gewesen, und hier kam ihm alles so simpel vor, nicht zuletzt, weil Charlotte einen realitätsnahen und normalen Eindruck machte.

»Wirklich, eine großartige Idee«, lobte er ihren Einfall, und beide stürzten sich auf das Brot, da sie am Verhungern waren.

»Herrlich, wenn man weiß, daß man nicht am nächsten Morgen um vier zur Arbeit muß. Das Frühaufstehen kann einem die ganze Geselligkeit verderben. Meistens bin ich viel zu müde, um abends noch auszugehen, also fahre ich nach Hause und lege mich hin. Zuvor bade ich, um mich dann mit dem Text für den nächsten Tag zu verkriechen, und um neun schlafe ich ein.«

»Und was ist mit den berühmten Hollywood-Partys?«

»Ach, die sind für schräge Vögel. Ausgenommen die Pflichtpartys wie heute. Alle übrigen können Sie vergessen. Aber einen gesellschaftlichen Anlaß wie den heutigen zu schwänzen ist nicht ganz ungefährlich. Man will ja niemanden in den oberen Etagen verärgern.«

»Ja, das habe ich schon gehört. Geht es hier wirklich so streng zu?«

»Manchmal schon, besonders wenn man keine guten Einschaltquoten aufweisen kann. Ein lausiges Geschäft, wirklich.« Dann lachte sie wieder. »Aber ich liebe es. Ich liebe die Aufregung, die harte Arbeit, die Herausforderung, die schwierige Drehbücher darstellen. Es gibt Dinge, die ich noch lieber machen würde, aber die Arbeit hier ist schon eine tolle Erfahrung.« Sie spielte jetzt schon zwei Jahre bei dieser Serie mit.

»Was würden Sie lieber machen?«

»Beruflich?« Eine interessante Frage. »Wahrscheinlich Shakespeare. Auf dem College habe ich viele verschiedene Stücke gespielt, anschließend oft Sommertheater, wenn ich keine andere Arbeit hatte. Ich liebe die Bühne, die Notwendigkeit, den Text parat zu haben, Abend für Abend präsent zu sein. Ich glaube, für mich wäre ein Broadway-Stück der absolute Gipfel.«

Oliver nickte, denn er konnte es ihr nachfühlen. Das Theater mochte tatsächlich der Gipfel für einen Schauspieler sein, aber auch das, was sie im Moment tat, hatte einen gewissen Wert. Und es war schwieriger, als es gemeinhin den Anschein hatte.

»Haben Sie schon Filme gedreht?«

»Einen.« Charlotte lachte. »Eine Katastrophe! Der einzige Mensch, dem der Film gefiel, war meine Großmutter in Nebraska.«

Beide lachten, und dann kam das Essen, während sie endlos plauderten, über ihre Arbeit, seine Kinder, über ihren und seinen Berufsstreß und was es für ihn bedeutet hatte, praktisch über Nacht das Büro in L. A. übernehmen zu müssen. »Die Werbebranche soll beinhart sein. Einmal Mist gebaut, und der Kunde ist weg, stimmt das?« Horrorgeschichten dieser Art hatte Charlotte schon oft gehört, aber Oliver wirkte erstaunlich ruhig, wenn man den Druck in Betracht zog, unter dem er arbeiten mußte.

»Es ist nicht viel anders als das, was Sie machen. Bei Ihnen ist der Spielraum für Fehler auch nicht sehr groß.«

»Deswegen braucht man daneben noch etwas anderes, damit man sein Herz nicht zu sehr an den Beruf hängt. Es muß noch etwas anderes geben, was zählt.«

»Zum Beispiel?«

Ohne zu zögern, sagte sie: »Einen Mann, eine Ehe, Kinder. Menschen, die man liebt, eine andere Begabung. Eines schönen Tages haben die Arbeit, die Autogramme und der ganze Rummel ein Ende, und man muß zusehen, wie man sich beschäftigt.« Es war eine sehr vernünftige Einschätzung ihres Berufes, mit der sie seine Achtung gewann, aber ihre Worte hatten auch seine Neugierde auf den Plan gerufen.

»Miß Sampson, verschweigen Sie mir nicht etwas? Wird womöglich in Kürze Ihr Ehemann durch die Tür hereinstürmen und mir eins auf die Nase geben?«

Sie lachte und machte sich kopfschüttelnd über ihre Pasta her. »Leider, diese Möglichkeit besteht nicht. Ich war mit einundzwanzig einmal verheiratet, aber das ist schon lange her. Die Ehe hat meine Collegezeit um etwa zehn Minuten überlebt.«

Was ist passiert?«

»Ganz einfach. Er war Schauspieler. Ende. Und ich begegnete nie wieder jemandem, den ich hätte heiraten mögen. In meiner Branche lernt man nur selten Menschen kennen, mit denen man den Rest seines Lebens verbringen möchte.« Sie war einige Jahre mit einem Produzenten ausgegangen, aber daraus war nichts geworden. Und danach hatte sie über längere Zeitabschnitte hinweg allein gelebt oder nur Umgang mit Leuten gehabt, die nicht aus der Branche kamen. »Ich bin wohl zu wählerisch. Meine Mutter sagt immer, ich wäre schon jetzt nicht mehr anzubringen.« Sie sah ihn ernst an, nur in ihren Augen blitzte es spitzbübisch auf. »Demnächst werde ich vierunddreißig. Für eine Ehe etwas zu reif.«

Ihre Bemerkung brachte ihn zum Lachen, denn sie sah nicht älter aus als zwanzig. »Nun, das würde ich so nicht sagen, oder sieht man die Sache hier so?«

»Über fünfundzwanzig ist man praktisch tot. Mit dreißig läßt man sein Gesicht das erste Mal liften. Mit fünfunddreißig hat man zwei größere Schönheitsoperationen hinter sich und dazu mindestens einmal die Augen liften lassen. Vielleicht auch zweimal. Mit vierzig ist ohnehin alles aus. Sie sehen also, was ich meine, wenn ich sage, daß man im Leben noch etwas anderes haben muß.« Sie sagte es, als sei es ihr voller Ernst.

»Und wenn kein Mann und Kinder in Sicht sind, was dann?«

»Etwas, das den Verstand in Anspruch nimmt. Ich habe früher viel mit behinderten Kindern gearbeitet. In letzter Zeit war ich beruflich zu eingespannt.«

»Na, dann borge ich Ihnen meine Sprößlinge.«

»Wie sind sie?« Ihr aufrichtiges Interesse rührte ihn. Unglaublich, daß Erfolg und Ruhm ihrer Warmherzigkeit und Natürlichkeit nichts hatten anhaben können. Das vor allem gefiel ihm an ihr. Alles, was er bis jetzt von ihr kannte, gefiel ihm. Plötzlich erschien ihm ihre Schönheit vergleichsweise unwichtig. Auch ihr Wesen war schön, und das bedeutete ihm noch viel mehr. Und während ihm das alles durch den Kopf ging, versuchte er ihre Fragen nach seinen Kindern zu beantworten.

»Mel ist verantwortungsbewußt und intelligent und wünscht sich sehnlichst, Schauspielerin zu werden. Zumindest bildet sie sich das im Moment ein. Gott weiß, was sie später einmal werden möchte. Auf dem College will sie jedenfalls die Schauspielfächer belegen. In zwei Jahren hat sie die High-School hinter sich. Sie ist groß und blond, ein nettes Mädchen. Ich glaube, sie würde Ihnen gefallen.« Auf einmal ging er davon aus, daß Charlotte seine Kinder kennenlernen würde, und fragte sich sogleich, ob er nicht zuviel verlangte, aber Charlotte zuckte nicht mit der Wimper, als sie es hörte. »Sam ist ein lieber Kerl, er ist erst zehn und ein kleines Temperamentsbündel. Alle Welt liebt ihn.« Und dann erzählte er ihr von Benjamin und Sandra und dem Baby.

»Na, da hat er sich etwas aufgehalst. Muß schwer für ihn sein.«

»Ja, er ist entschlossen, das Richtige zu tun, auch wenn es ihn umbringt. Aus dem Mädchen scheint er sich nicht mehr viel zu machen, aber nach dem Baby ist er ganz verrückt.«

»Dann sind Sie also schon Großvater.« Wieder sah sie ihn spitzbübisch an. Ihre Augen waren so grün wie seine, obwohl es ihnen beiden nicht aufgefallen war. »Das haben Sie mir verschwiegen.« Ihr Tonfall brachte Ollie zum Lachen.

»Macht das viel aus?«

»Und wie. Warten Sie, bis ich meinen Leuten erzähle, daß ich mit einem Großvater ausgegangen bin. Die werden sich fragen, was plötzlich in mich gefahren ist.« Das hörte sich an, als hätte sie ein enges Verhältnis zu ihrer Familie, und auch das berührte ihn angenehm. Er erzählte ihr sogar von seinem Vater und Margaret.

»Sie wollen im Januar kommen und die Kinder besuchen. Margaret ist das Beste, was ihm passieren konnte, obwohl ich anfangs nicht dieser Meinung war. Im Gegenteil, für mich war es ein richtiger Schock, daß er so rasch nach dem Tod meiner Mutter wieder heiraten wollte.«

»Komisch, unabhängig vom Alter ist man, was die Eltern betrifft, immer Kind. Meinen Sie nicht auch?«

»Genau. Zuerst stand ich Margaret total ablehnend gegenüber. Aber mein Vater hat ein Recht auf ein bißchen Glück in seinen letzten Jahren.«

»Nun, er könnte uralt werden.« Sie lächelte.

»Das hoffe ich sehr.«

»Und ich hoffe, ich werde die beiden kennenlernen«, erwiderte sie leise.

Unterdessen hatten sie fertig gegessen und plauderten noch eine Weile beim Kaffee, bevor sie gingen. Auf dem Weg zu ihrem Wagen wurde Charlotte aufgehalten und um Autogramme gebeten, was sie nicht zu stören schien. Sie blieb unverändert freundlich und nett, fast dankbar. Oliver machte eine Bemerkung darüber, als sie im Wagen saßen, und sie sah ihn ernst an.

»Dieser Beruf läßt einen nicht vergessen, daß diese Menschen einen zu dem machen, was man ist. Ohne sie ist man gar nichts. Das vergesse ich niemals.« Das Schöne war, daß ihr Erfolg ihr nicht zu Kopf gestiegen war. Sie war erstaunlich bescheiden, fast demütig.

»Ich danke Ihnen, daß wir zusammen essen waren.«

»Oliver, es war herrlich.« So wie sie es sagte, klang es ganz aufrichtig.

Sie fuhr ihn zurück zu seinem Haus in Bel Air. Vor dem Haus angekommen, schien er zu zögern, ob er sie hereinbitten sollte oder nicht, und tat es schließlich, aber sie entschuldigte sich mit Müdigkeit. Da fiel ihr plötzlich etwas ein.

»Was haben Sie eigentlich während der Feiertage vor, wenn Ihre Kinder nicht da sind?«

»Nicht viel. Ich wollte aufarbeiten, was im Büro liegengeblieben ist. Es ist mein erstes Weihnachten ohne Kinder.«

»Ich bin gewöhnlich auch nach Hause gefahren. Dieses Jahr aber ging es nicht. Nächste Woche drehe ich einen Werbefilm, und außerdem wollte ich die nächsten Drehbücher durcharbeiten. Wir haben jetzt nämlich einen neuen Autor. Möchten Sie am Sonntag etwas unternehmen?« Das war der Heilige Abend, und er hatte schon Angst davor. Ihr Angebot war sehr verlockend.

»Sehr gern. Wir könnten bei uns essen.« Agnes war da, obwohl die Kinder weggefahren waren, aber Charlotte hatte einen besseren Einfall.

»Wie wär's, wenn ich den traditionellen Truthahn brate? Was meinen Sie?«

»Wunderbar!«

»Anschließend könnten wir in die Kirche gehen. Am Christtag besuche ich meistens Freunde. Möchten Sie mitkommen?«

»Charlotte, sehr gern. Sind Sie denn sicher, daß Sie sich nicht lieber mit etwas anderem beschäftigen würden? Ich möchte mich nicht aufdrängen, denn ich komme auch allein tadellos zurecht.« Tadellos, aber einsam.

»Nein«, sagte sie mit weichem Lächeln. »Wenn Sie nicht kommen, bin ich echt enttäuscht. Weihnachten ist für mich sehr wichtig, und ich verbringe es gern mit Menschen, die ich mag. Ich bin ein Gegner von unechten, silbrig angesprayten Weihnachtsbäumen und dem ganzen dazugehörigen Klimbim. Das typische Hollywood-Weihnachten, meine ich.«

»Dann komme ich gern. Wann?«

»Kommen Sie um fünf. Wir können um sieben essen und um Mitternacht zur Mette gehen.« Sie kritzelte ihre Adresse auf einen Zettel, und er stieg wie benommen aus, während sie sich noch einmal bedankte und winkend davonfuhr. Noch lange stand er da und sah dem roten Wagen nach, der den Hügel hinunterfuhr. Dabei fragte er sich noch immer, was eigentlich passiert war. Alles war für ihn wie ein Traum. Aber der Heilige Abend mit Charlotte würde noch traumhafter sein.

Sie erwartete ihn am Weihnachtsabend in einem weißen Hauskleid in ihrem wunderschön eingerichteten Haus, das in den Hügeln von Hollywood am Spring Oak Drive lag und so anheimelnd aussah wie eine alte Farm. Gutgelaunt erklärte Charlotte, es erinnere sie irgendwie an ihre Heimat Nebraska. Der Boden bestand aus blanken Dielenbrettern, die Decke wurde von dicken Balken gestützt, es gab zwei riesige offene Kamine, und vor den Kaminen standen große, vor Kissen überquellende Couches. Die Küche war fast so groß wie das Wohnzimmer. Auch hier gab es einen Kamin, dazu einen gemütlichen Tisch, der für zwei Personen gedeckt war. In der Ecke funkelte hell ein großer Weihnachtsbaum.

Im Obergeschoß lagen zwei hübsche Schlafräume, der in Rosarot und geblümtem Chintz gehaltene mußte der ihre sein, während der in fröhlichem Gelb prangende von ihren Eltern bewohnt wurde, wenn sie zu Besuch kamen, was allerdings nicht oft der Fall war, wie Charlotte sagte. Das Haus war nicht annähernd so raffiniert wie Megans Wohnung in New York, dafür aber strahlte es zehnmal mehr Wärme aus. Oliver fühlte sich sofort heimisch.

Charlotte hatte eine Flasche Weißwein kalt gestellt, der Truthahn brutzelte verlockend im Rohr. Dazu gab es Kastanienpüree, Kartoffelbrei, Yamwurzelgemüse, Erbsen, Preiselbeergelee und eine herrliche Füllung. Das Mahl erinnerte Oliver auf behagliche Art an die Feste, die er mit Sarah und lange davor mit seinen Eltern gefeiert hatte. Und er hatte damit gerechnet, am Heiligen Abend ein Pastrami-Sandwich in seinem Büro oder auf der Heimfahrt bei einem Hamburger-Imbiß einzunehmen. Diese Einladung war völlig unerwartet gekommen, ebenso unerwartet wie die Begegnung mit Charlotte Sampson. Es war, als sei sie ihm wie ein Geschenk des Himmels in die Arme gefallen. Und als er sich zu Tisch setzte, legte er ein kleines Päckchen zu ihrem Gedeck. Ihre Einladung hatte ihn so sehr gerührt, daß er ihr unbedingt etwas Nettes zu Weihnachten hatte schenken wollen. Deshalb war er am Tag zuvor zu Cartier gegangen, um ihr einen einfachen Goldanhänger zu kaufen. Sie war zutiefst gerührt und verlegen, weil sie kein Geschenk für ihn hatte.

»Aber das hier ist doch mein Weihnachtsgeschenk, dummes Mädchen. Ein Weihnachtsdinner wie aus einem Märchen.« Sie freute sich, daß es ihm soviel bedeutete, und sie lachten und plauderten angeregt. Nach dem Essen rief Oliver unter Zuhilfenahme seiner Kreditkarte die Kinder bei Sarah an. Es war höchst sonderbar, mit ihnen zu sprechen, sie aber nicht bei sich zu haben, aber er hatte den Eindruck, daß sie einen vergnügten Weihnachtsabend verbrachten. Es wurde gelacht, durcheinander geredet und das Telefon weitergereicht. Und als er mit Sarah redete, war es ihm nicht mal peinlich. Er wünschte ihr frohe Weihnachten und beendete dann das Gespräch, um anschließend auch seinen Vater anzurufen, der auf ihn ausgeglichen wirkte – ausgeglichener als seit langem. Oliver fand es erstaunlich, als ihm einfiel, daß Sarah vor genau einem Jahr das Haus verlassen hatte. Er sprach davon ganz beiläufig zu Charlotte, da er das Gefühl hatte, mit ihr über alles reden zu können. Sie waren beim Dessert angelangt, das aus Apfelauflauf mit Sahne bestand.

»Fehlt sie Ihnen noch immer, Oliver?« fragte Charlotte.

Oliver schüttelte den Kopf und sagte ganz aufrichtig: »Jetzt nicht mehr. Rückblickend erscheint es mir sogar merkwürdig, jemals mit ihr verheiratet gewesen zu sein. Sie kommt mir vor wie eine Fremde – die sie vermutlich mittlerweile auch ist. Anfangs war es hart. Ich dachte wirklich, ich könnte es nicht überstehen. Der Kinder wegen mußte ich weitermachen. Sie haben mich funktionstüchtig erhalten.« Charlotte nickte, das konnte sie ihm nachfühlen. Ein wahres Glück, daß er seine Kinder hatte. »Ich glaube, wir hatten niemals dieselben Wünsche und Ziele. Ich versuchte dies all die Jahre hindurch zu ignorieren, während Sarah nie aus den Augen verlor, was sie wollte.«

»Komisch ... mitunter kann diese Standhaftigkeit eine Tugend sein und in anderen Fällen wiederum eine Sünde ...«

»Für Sarah war die Ehe nichts weiter als ein großer Irrtum, aber ich bin froh, daß wir geheiratet haben, andernfalls hätten wir nicht die Kinder bekommen.«

»Sie bedeuten Ihnen wohl alles?«

»Ja«, gestand er, »vielleicht zuviel. Im letzten Jahr habe ich mich fast ausschließlich mit ihnen befaßt.« Nur Megan hatte eine vorübergehende Verwirrung dargestellt und ihm einen Monat totalen und köstlichen Wahnsinns beschert.

»Vielleicht brauchten Sie die Zeit, um sich darüber klarzuwerden, was Sie jetzt wollen.«

»Ja, so war es wohl. Ich bin zwar nicht sicher, jetzt die Antwort darauf zu haben. Vielleicht ist es im Moment auch nicht nötig.« Oliver lächelte ihr zu, als sie ihm eine Tasse köstlich duftenden Tees eingoß. Oliver hatte das Gefühl, platzen zu müssen, und der eigentliche Zweck aller Weihnachtsessen war wohl damit erfüllt. Trotzdem war er sehr glücklich und zufrieden, weil er das Zusammensein mit dieser Frau ungemein genoß. Er war überzeugt, daß Charlotte wie für ihn geschaffen war.

»Und was ist mit Ihnen?« wechselte er das Thema. »Wissen Sie, was Sie wollen, Charlotte?«

Sie lächelte. »Mir wäre lieber, Sie würden mich Charlie nennen. Wie alle guten Freunde.« Er fand es erstaunlich, daß sie ihn schon zu ihren Freunden zählte, doch er mußte zugeben, daß ihm die Vorstellung gefiel. »Diese Gedanken kommen mir immer zum Jahreswechsel ... wohin ich steuere ... wo ich nächstes Jahr sein möchte und was ich tun möchte. Dasselbe vermutlich, solange es klappt.« Beide wußten, daß damit ihre Serie gemeint war. »Und was den Rest betrifft, nun, wie es kommt, soll es mir recht sein. Wie alle anderen habe auch ich meine Träume, von denen allerdings schon viele wahr geworden sind.« Sie schien mit ihrem

Leben rundherum zufrieden zu sein. Ihr Trachten und Streben ging nicht viel über das Erreichte hinaus. »Ich würde gern heiraten und Kinder haben, aber wenn es das Schicksal für mich nicht vorgesehen hat, dann war es mir eben nie bestimmt. Man soll sich wegen dieser Dinge nicht verrückt machen. Sie passieren ja nur, wenn sie einem bestimmt sind.« Das klang sehr philosophisch und gelassen.

Oliver half seiner Gastgeberin beim Aufräumen, dann tranken sie noch eine Tasse Kaffee, bevor sie kurz vor Mitternacht nach Beverly Hills zur Kirche vom guten Hirten fuhren. Während der Mette saßen sie ganz eng beieinander. Es war genauso, wie es sein sollte, und zum Schluß wurden inmitten dieser lichterseligen, weihrauchduftenden Atmosphäre Weihnachtslieder gesungen. Es war halb zwei, als sie die Kirche verließen. Oliver fuhr Charlotte in gemächlichem Tempo nach Hause, glücklich, wohlig warm und von einem so intensiven Gefühl der Vollkommenheit erfüllt, daß ihm die Kinder in diesem Augenblick fast gar nicht fehlten.

Als er Charlotte vor ihrem Haus absetzen wollte, sah sie ihn mit einem sonderbaren Blick an.

»Oliver, ich weiß, das mag sich jetzt komisch anhören, aber es ist schrecklich, wenn man am Weihnachtsabend allein ist. Möchten Sie nicht in meinem Gästezimmer übernachten?« Ihre Bekanntschaft war erst zwei Tage alt, er hatte gerade den Weihnachtsabend mit ihr verbracht, und jetzt lud sie ihn für die Nacht in ihr Haus ein – nicht mit jener Sinnlichkeit, die Megan an den Tag gelegt hatte, sondern voller Güte, Wärme und Zartgefühl. Plötzlich verspürte Oliver den Wunsch, bei ihr zu bleiben. Er wollte mit ihr zusammensein, heute nacht, eine Woche, eine Jahr, vielleicht ein ganzes Leben.

»Ja, sehr gern, Charlie.« Er beugte sich zu ihr und küßte sie. Es war ein keuscher, sanfter Kuß. Hand in Hand gingen sie ins Haus, die Treppe hinauf, ins Gästezimmer, wo Charlotte das Bett abdeckte. An das Zimmer schloß sich ein eigenes Bad an. Charlotte hatte auch Nachtzeug und einen Bademantel für Freunde parat, die eventuell über Nacht blieben. Sie war sehr um Olivers Wohl bemüht, ehe sie ihn schließlich mit einem warmherzigen Lächeln und einem ›Fröhliche Weihnachten‹ allein ließ. Oliver lag noch sehr lange wach im Bett ihres Gästezimmers, dachte an Charlotte und wünschte sich, zu ihr zu gehen. Er wußte jedoch, daß es unfair gewesen wäre, ihre Gastfreundschaft auszunutzen. Also lag er da wie ein Kind, das sich wünschte, zu seiner Mutter ins Bett zu kriechen, aber nicht den Mut aufbrachte.

Als er am nächsten Tag erwachte, stieg ihm der Duft von Pfannkuchen, Würstchen und Kaffee in die Nase. Er putzte sich mit der neuen Zahnbürste, die Charlotte für ihn bereitgelegt hatte, die Zähne, rasierte sich, um dann, in den Bademantel gehüllt, hinunterzugehen und nachzusehen, was sie trieb.

»Fröhliche Weihnachten, Oliver!« rief sie, als er die Küche betrat. Lächelnd sah er ihr bei der Arbeit zu, bis wenige Minuten später ein üppiges Frühstück auf dem Tisch stand. Es gab alles, was er gerochen hatte, und noch mehr: Schinken, Eier, frisch ausgepreßten Orangensaft und Kaffee.

»Fröhliche Weihnachten, Charlie. Wenn Sie mich so verwöhnen, werden Sie mich nie wieder los. Sie führen ja ein richtiges Hotel.«

Charlie lachte beglückt auf. »Freut mich, daß es Ihnen gefällt, Sir.«

Und dann beugte er sich ohne Vorwarnung über sie und küßte sie. Diesmal fiel der Kuß glutvoller aus als am Abend zuvor. Und als sie sich endlich losmachte, waren beide ziemlich atemlos. »Meine Güte, Oliver. Der Morgen fängt ja gut an.«

»Er entspricht der Qualität des Frühstücks.« Er aß zwei Bissen von den Eiern, griff dann wieder nach ihr, nicht mehr imstande, sich zurückzuhalten. Charlotte war zu gut, um wahr zu sein, und er fürchtete schon, sie würde sich vor seinen Augen in nichts auflösen, wenn er sie nicht festhielt.

»Sei ein braver Junge, Oliver«, schalt sie ihn lächelnd, »und iß schön dein Frühstück auf.«

»Ich weiß nicht, was ich lieber möchte.« Er grinste wie ein

Kind zu Weihnachten in einem Spielzeugladen. »Dieses Frühstück oder dich.« Er blickte mit breitem Lächeln zu ihr auf. »Im Moment gewinnst du die Oberhand.«

»Sei brav, sonst bringt dir der Weihnachtsmann nichts. Iß schön auf.«

»Sehr wohl, Gnädigste.« Oliver war überzeugt, daß ihm der Weihnachtsmann Charlie in den Strumpf gesteckt hatte, und er sah jetzt, daß der Studioboß ganz recht gehabt hatte, denn ungeschminkt, mit glatt zurückgestrichenen Haaren, frisch und sauber, sah sie am Morgen absolut hinreißend aus.

Nach dem Frühstück verschwand Charlotte und kam mit einem kleinen blauen Samtetui wieder, das sie vor Oliver auf den Tisch legte. Es war ihr spät in der Nacht nach der Kirche eingefallen, und jetzt sah sie mit Freude zu, wie er es öffnete. Es war eine schöne alte Taschenuhr mit glattem, elegantem Zifferblatt mit römischen Zahlen. Entgeistert starrte Oliver die Uhr an.

»Ollie, sie hat meinem Großvater gehört ... gefällt sie dir?«

»Sie ist einmalig! Aber du kannst mir doch nicht so etwas schenken!« Er kannte sie kaum. Was, wenn er ein Betrüger und Tunichtgut gewesen wäre und sie ihn nie wieder zu Gesicht bekommen hätte? Es kam ihm nicht richtig vor, aber als er versuchte, sie ihr zurückzugeben, wollte sie nichts davon wissen.

»Du sollst die Uhr haben. Du bist ein ganz besonderer Mensch, und für mich waren dies ganz besondere Weihnachten. Ich sagte schon, daß ich jedes Jahr nach Hause fahre und es diesmal nicht geschafft habe. In meinem großen Bekanntenkreis gab es niemanden, mit dem ich Weihnachten verbringen wollte, von dir abgesehen. Das sagt sehr viel, also gehört die Uhr dir. Behalte sie, und denk immer an dieses Weihnachtsfest.«

Als er aufblickte, um ihr zu danken, standen Tränen in seinen Augen. Anstatt eines Dankeschöns zog er sie an sich und küßte sie unendlich zärtlich. Ihre Lippen schmeckten nach Orangensaft, Pfannkuchen und Würstchen, und sie roch nach Lavendel und Veilchen. Er hätte sie zu gern auf Lebenszeit festgehalten.

»Charlie, ich bin verrückt nach dir«, flüsterte er. »Ergibt das nach drei Tagen für dich einen Sinn? ...entschuldige, heute sind es vier.« Am Donnerstag waren sie sich zum erstenmal begegnet, nun war es Montag.

»Nein«, flüsterte sie als Antwort, »und es erschreckt mich zu Tode, aber ich teile deine Gefühle, und das gefällt mir.«

»Was werden wir nun tun? Uns wie zwei ausgelassene Kinder benehmen? Ich kenne dich kaum und verliebe mich in dich. Und du, ein berühmter Fernsehstar, was fängst du mit mir an? Was soll das alles?«

»Ich weiß es nicht.« Sie wirkte nachdenklich, fast traurig. »Aber meine Arbeit beim Fernsehen hat damit nichts zu tun. So viel weiß ich. Ich glaube, wir sind einfach zwei Menschen, die sich zur rechten Zeit begegnet sind. Wir hatten einfach Glück.«

»Ist es das?« Oder war es mehr? War es eine Fügung des Schicksals? War es Bestimmung? War es Lust oder Einsamkeit? Was auch immer – es war wunderbar, ein Geheimnis, das sie miteinander verband.

»Möchtest du mit zu mir nach Hause kommen, damit ich frische Sachen anziehen kann?« fragte er lächelnd.

Sie nickte beglückt. Es war Christtag, und nachher wollte sie ihn mit zu ihren Freunden nehmen. Anschließend würde sie wieder für ihn kochen. Sie wünschte, daß es immer so bleiben könnte und dieser Zauber nie aufhörte, und Ollie ging es ebenso. Er wollte nur mit ihr zusammensein. Er wartete, bis sie sich angezogen hatte, dann fuhr er sie zu seinem Haus in Bel Air. Da Agnes nun doch freigenommen hatte, konnte er Charlie ungehindert herumführen. Er zeigte ihr die Zimmer der Kinder und die unzähligen Fotos, die sie aus New York mitgebracht hatten.

Wie zwei Kinder saßen sie stundenlang beisammen und betrachteten die Bilder, während Oliver Erklärungen zu den Aufnahmen abgab.

»Die Kinder sind bildhübsch, Oliver.«

»Du auch«, flüsterte er heiser und küßte sie wieder. Er wußte nicht, wie lange seine Zurückhaltung noch andauern konnte, denn er begehrte sie sehr. Sie war zu verlockend, wie sie neben ihm auf der Couch saß. »Möchtest du dich eine Weile an den Pool setzen?« Es war ein schöner Tag, sonnig und warm. Vielleicht konnte er das Äußerste verhindern, wenn sie ins Freie gingen. Er wollte sich zurückhalten, wollte warten, bis sie beide sicher waren, daß der richtige Zeitpunkt gekommen war. Seite an Seite lagen sie in der Sonne und redeten, ohne zu merken, wie die Zeit verging. Es gab so viel zu sagen, so viel zu erfahren, so viel zu erklären, um einander zu verstehen.

An jenem Nachmittag rief Oliver Benjamin an, und Charlotte hörte mit verständnisvollem Lächeln, was er mit seinem Sohn zu besprechen hatte. Dem Baby gehe es gut, Sandra sei ausgegangen. Das Haus sei herrlich. Und sie hofften, ihn bald zu sehen, nein, nichts sei passiert. Wieder lächelte sie, als er auflegte. »Du hängst wohl sehr an dem Jungen.«

»Ja«, gestand er. »Ich wünschte nur, er würde aus diesem Schlamassel bald herauskommen und zu uns ziehen, damit ich ihn im Auge behalten und dazu bringen kann, einen Schulabschluß zu machen. Er vergeudet sein Leben an dieses Mädchen, in seinem Alter ist so etwas eine richtige Sünde.«

»Gib ihm eine Chance. Mit der Zeit wird er selbst alles einsehen, das geht uns allen so.« Und dann fiel ihr ein: »Heiraten werden sie wohl nicht, oder?«

»Nein, das glaube ich nicht.« Seufzend legte Oliver den Arm um sie, und wenig später fuhren sie zu Charlies Freunden. Beide waren Regisseure, die sich mit interessanten Produktionen einen Namen gemacht hatten und über einen großen Bekanntenkreis verfügten. Etliche Prominente waren gekommen, aber auch ganz unbekannte Menschen. Alle benahmen sich ungekünstelt und offen. Niemand schien erstaunt, Charlotte mit Oliver zusammen zu sehen, so daß er sich auf Anhieb wie zu Hause fühlte. Sie blieben länger als geplant, so daß sie erst um neun zurück nach Bel Air fuhren. Spontan faßten sie den Entschluß, noch im Pool zu schwimmen. An Eßbarem war nichts im Hause, sie waren aber noch satt vom Frühstück, vom Lunch und den Häppchen, die man ihnen im Haus ihrer Freunde serviert hatte.

Oliver borgte Charlotte einen von Mels Badeanzügen und ging dann ins Haus, um sich umzuziehen. Als er zurückkam, war sie bereits im Wasser und schwamm gemächlich eine Länge, ehe sie an seinem Ende anhielt.

»Du schwimmst sehr gut. Gibt es etwas, was du nicht kannst?«

»Ja, sehr viel.« Sie lächelte ihn an. »Ich schwimme sehr viel, es hält mich in Form.« Und das stimmte. Die Figur, die er zu sehen bekam, als sie aus dem Wasser stieg, um vom Sprungbrett zu springen, raubte ihm den Atem. Die Proportionen waren perfekt, ihre Gliedmaßen von vollendetem Ebenmaß. Sie war ein unglaublich schönes Mädchen, naß oder trocken, morgens oder abends, zu jeder Tageszeit, jederzeit und überall. Er wollte sie jetzt, hier in diesem Pool, und zugleich wußte er, daß er ihr so etwas nicht zumuten konnte. Sie hatten sich gerade erst kennengelernt, und in gewisser Hinsicht schien sie ein altmodisches Mädchen zu sein. Sie tauchte ganz in seiner Nähe ein und kam neben ihm an die Oberfläche, um Luft zu holen. »Schwimmen wir um die Wette?« Daß sie mit ihm spielen wollte, entlockte ihm ein Lächeln. Vor langer Zeit war er Kapitän des Schwimmteams seiner Schule gewesen, sie hatte gegen ihn also nicht die geringste Chance. Er hielt ihre Hände fest, drückte Charlotte gegen die Wand des Pools und küßte sie. »Du bist nicht schlecht.«

»Auf welche Fertigkeit spielst du an, meine Liebe?« neckte er sie.

»Auf beide, ehrlich gesagt.« Und dann tauchte sie an ihm vorbei und schwamm unter Wasser wie ein Fisch zur anderen Seite. Das Verlangen überwältigte ihn, und er hielt es nicht länger aus. Er schwamm ihr nach, umspannte ihre Mitte mit beiden Händen, bevor beide langsam auftauchten. So hielt er sie fest, und sie legte die Arme um seinen Hals und küßte ihn.

»Ehrlich gesagt, ich bin nicht sicher, ob ich noch für mein Benehmen garantieren kann.« Er wollte von Anbeginn an bei der Wahrheit bleiben.

»Und ich bin gar nicht sicher, ob ich das möchte, Ollie.« Und dann küßte sie ihn heftig, und die Leidenschaft übermannte ihn, als er ihr den Badeanzug langsam abstreifte und seine Hände über ihre samtweiche Haut gleiten ließ. Im nächsten Moment atmeten und bewegten sie sich, als wären sie eins, sie streifte seine Schwimmhose ab und umfaßte ihn mit beiden Händen.

»O Baby«, stöhnte Oliver unter ihrer Berührung auf. »Charlotte ... ich liebe dich ...« Es war ihm peinlich, diese Worte auszusprechen, und doch tat er es. Er liebte die Art, wie sie dachte und empfand und wie sie sich anfühlte. Seine Finger berührten sie sacht an der Innenseite ihrer Schenkel, und dann schwammen sie langsam zur Treppe, vor Begehren ausgehungert. Er legte sie behutsam zurück, und als sie ihn küßte, drang er in sie ein. Sie wölbte sich ihm entgegen und bewegte sich mit ihm im Gleichklang, umgeben vom lauen Wasser. So ging es endlos weiter, sanft und schön, als wären sie zwei Menschen, die, von Zeit und Raum zusammengeführt, hier in der Schwebe waren, solange sie es aushalten konnten, und schließlich verlor Oliver die Beherrschung, ein Schauer überlief ihn, während sich Charlie an ihn klammerte und im gleichen Augenblick kam. Sie öffnete die Augen, blickte zu ihm auf, küßte ihn und sagte alles das, was er vom Augenblick ihrer ersten Begegnung an hatte hören wollen. So verrückt es auch sein mochte, er wußte, daß es für beide die Wahrheit war.

»Ollie«, flüsterte sie in der weichen Nachtluft. »Ich liebe dich.« Er führte sie sanft fort vom Pool, wickelte sie in Badetücher und brachte sie in sein Zimmer. Und sie lagen auf seinem Bett, flüsterten bis tief in die Nacht und kicherten wie zwei Kinder, die Geheimnisse und Träume miteinander teilen. Und als sie sich wieder liebten, wußten beide, daß es richtig war. Zum erstenmal im Leben waren beide dort, wo sie sein wollten – mit dem richtigen Menschen zur richtigen Zeit, genauso wie sie es wollten.

»Es ist wie ein Traum, nicht?« flüsterte Charlie, ehe sie wie zwei glückliche Kinder einschliefen.

»Fröhliche Weihnachten, Charlie«, murmelte er und schlang den Arm fest um ihre Taille. Es war das einzige, das sie je ersehnen würden. Und falls es ein Traum war, hoffte er, nie daraus zu erwachen.

22

Nach zwei Wochen in Boston kamen die Kinder wieder heim, und Oliver holte sie ab, glücklich und locker und von seiner Liebe zu Charlotte innerlich erwärmt. Die Kinder hatten ihm so gefehlt wie immer, wenn sie nicht bei ihm waren, diesmal aber hatte er während ihrer Abwesenheit ein eigenes Leben geführt. Zugleich war er nervös, da er befürchtete, die Kinder würden die Veränderung an ihm wahrnehmen. Gleichzeitig hoffte er sehr, daß sie für Charlotte Sympathie entwickeln konnten. Schon einmal war eine Romanze in die Brüche gegangen, weil die Dame seines Herzens und seine Kinder nicht miteinander ausgekommen waren. Er empfand noch immer Unbehagen, wenn er daran zurückdachte, wie die Begegnung mit Megan verlaufen war. Doch was er nun mit Charlotte gemeinsam hatte, war etwas ganz anderes. Sie war sanft und warmherzig, dabei sehr umgänglich und heiter. Sie interessierte sich für sein Fühlen und Denken, und anders als Megan konnte sie es kaum erwarten, seine Kinder kennenzulernen und mit ihnen Freundschaft zu schließen.

Sam fiel Oliver um den Hals, dicht gefolgt von der knackigbraunen, lächelnden Mel. Sarah war mit ihnen über das Neujahrswochenende für ein paar Tage nach New Hampshire zum Skilaufen gefahren.

»Donnerwetter, ihr beide seht ja großartig aus!« Sie hatten sich blendend erholt, und auf der Heimfahrt erwähnte Mel beiläufig, daß ihre Mutter allmählich über den Verlust Jean-Pierres hinwegkäme. Sarah hatte sich in die Arbeit an ihrem Roman gestürzt, den sie Jean-Pierre widmen wollte. Oliver fragte nicht, ob es bereits einen anderen Mann in ihrem Leben gab. Er wollte es gar nicht wissen, da er das Gefühl hatte, es sei Sarahs Sache und gehe ihn nichts mehr an.

»Na, Dad, haben wir dir gefehlt?« Sam rückte im Wagen näher an ihn heran.

»Das soll wohl ein Scherz sein? Das Haus war ohne euch so still wie eine Gruft.« Aber nicht immer, dachte er mit geheimem Lächeln, denn es hatte Charlotte gegeben ... »Es war schrecklich einsam ohne euch.« Er lächelte über Sams Kopf hinweg Mel zu. Dabei fiel ihm auf, wie erwachsen sie geworden war. In den letzten Monaten war sie zur Frau erblüht, was ihm jetzt, nach zwei Wochen Trennung, um so deutlicher ins Auge sprang.

»Wie geht es Andy?« erkundigte sich Sam nach dem Hund.

»Er ist unartig wie immer«, erklärte sein Vater lächelnd. »Unlängst lag er auf der weißen Couch, nachdem er sich im Pool naßgemacht hatte. Aggie ging wutentbrannt mit dem Besen auf ihn los. Wer den Sieg davontrug, weiß ich nicht mehr. Hinterher zerkaute Andy jedenfalls die Gardinen.« Alle lachten über seine Schilderung, und Oliver war um besondere Lässigkeit bemüht, als er seine nächsten Worte sorgfältig formulierte: »Heute kommt eine Freundin zum Dinner, eigentlich nur eine Bekannte.«

So kühl er es auch sagte, so hatte er doch seine Zweifel, ob er seine aufgeweckten Sprößlinge hinters Licht zu führen vermochte. »Ich dachte, ihr würdet sie gern kennenlernen.«

»Jemand Besonderer, Dad?« Mel ließ ein neugieriges Lächeln sehen, wobei sie eine Braue hochzog. Auch das war eine Veränderung. Noch vor einem halben Jahr wäre sie entschlossen gewesen, jede Frau zu hassen, die auch nur annähernd Interesse an ihrem Vater erkennen ließ. Aber plötzlich war alles anders. Mit ihren bald siebzehn Jahren war sie so gut wie erwachsen. In der Schule gab es einen Jungen, für den sie schwärmte, und nach dem mit ihrer Mutter und Jean-Pierre verbrachten Sommer war ihr klargeworden, daß ihre Eltern niemals wieder zusammenleben würden. Für Sam war es härter, dies zu akzeptieren, aber er war noch unschuldiger und schien den Unterton in der Bemerkung seines Vaters zu überhören, der Mel nicht entgangen war.

»Nur eine Bekannte.«

Mel ließ nicht locker. »Wer ist sie?«

»Sie heißt Charlie ... eigentlich Charlotte ... und sie stammt aus Nebraska.« Etwas anderes fiel ihm nicht ein, da er nicht damit angeben wollte, daß sie in einer erfolgreichen TV-Serie mitwirkte. Das würden sie ohnehin bald selbst entdecken. Genau wie Aggie dahintergekommen war. Als sie Charlie das erste Mal gesehen hatte, war ihr der Mund buchstäblich vor Staunen offengeblieben. Die beiden hatten sich aber schnell angefreundet, und auf Aggies Bitte hin brachte Charlie ihr ein mit einem Autogramm versehenes Foto und ein paar Andenken an die Serie mit, die Aggie an Freunde verschicken konnte ... Inzwischen hatte Charlotte Aggies totale Billigung erlangt.

Als sie auf die Zufahrt fuhren, wartete Aggie schon, um die beiden in die Arme zu schließen. Diverse von ihr selbst zubereitete Köstlichkeiten standen bereit, und Andy raste vor Wiedersehensfreude. Bis zum Essen waren noch zwei Stunden Zeit, und Sam konnte es kaum erwarten, in den Pool zu kommen und das milde kalifornische Klima auszukosten, nachdem er zwei Wochen im eisigen Osten verbracht hatte. So wie in Boston hätte er noch nie im Leben gefroren, behauptete er.

Noch bevor sich Mel daranmachte, ihre Sachen auszupacken, steuerte sie aufs Telefon zu, um ihre Freundinnen anzurufen. Sie mußte wissen, wer was mit wem gemacht hatte und was ihr während der Ferien entgangen war. Beide waren sichtlich froh, wieder zurück zu sein, für Oliver ein Grund zur Freude. Leid tat ihm nur, daß keiner der beiden Zeit gehabt hatte, Benjamin zu besuchen, der wieder zwei Jobs hatte. Er und Sandra waren mit dem Baby ziemlich unbeweglich. Es sah so aus, als hätte sich an der Situation nicht viel geändert. Als Oliver Mel noch im Wagen danach fragte, sagte sie, er hätte sehr niedergeschlagen geklungen, aber vielleicht war es nur die Müdigkeit gewesen. Sandra war bis nach Mitternacht aus gewesen, und Benjamin hatte beide Male, als Mel anrief, Babysitter gespielt.

Pünktlich um sieben, während Oliver voller Nervosität in seinem Arbeitszimmer wartete und die vertrauten Geräusche der

Kinder von oben hörte, sah er den roten Mercedes vorfahren. Das Herz hüpfte ihm in der Brust, am liebsten wäre er hinausgelaufen und hätte Charlotte zur Begrüßung geküßt, doch er hielt sich zurück und beobachte, wie sie ausstieg. Dann erst ging er gemessenen Schrittes zur Haustür, um sie einzulassen.

»Hallo, Kleines«, flüsterte er, als er ihr flüchtig einen Kuß auf die Wange drückte. »Du hast mir gefehlt.« Ihm war zumute, als wären Tage seit ihrem letzten Beisammensein vergangen, in Wahrheit waren sie noch am Morgen zusammengewesen.

»Du hast mir auch gefehlt«, flüsterte sie im Verschwörerton. »Wie geht es den Kindern?«

»Großartig. Die Ferien müssen herrlich gewesen sein, trotzdem sind sie froh, wieder zurück zu sein.« Es war schlimmer, als wenn man ein Mädchen seiner zukünftigen Schwiegermutter vorstellte, und er wußte, wie grausam Kinder sein konnten. Auch Charlotte schien wegen der Begegnung nervös zu sein. Wie zwei verlegene Kinder sahen sie aus, als Oliver Charlotte ins Arbeitszimmer führte und sie sich in Polstersessel setzten, die durch die gesamte Länge des Raumes voneinander getrennt waren, doch damit konnten sie niemanden hinters Licht führen. Der Blick, der zwischen ihnen gewechselt wurde, war Ausdruck reinster Anbetung. Ihnen war in den letzten zwei Wochen etwas Besonderes widerfahren, und das wußten beide. Charlotte war zudem bewußt, daß das etwas war, das man nicht für sich allein behalten durfte, sondern teilen mußte.

Plötzlich sprang Ollie auf und lief hinauf, um die Kinder zu rufen, während Charlie im Raum auf und ab wanderte, ins Leere starrte und dann wieder die Bilder betrachtete, ohne etwas wahrzunehmen. Was, wenn die Kinder sie verabscheuten? Wenn seine Tochter sich als Biest entpuppte und sein geliebter Sam als kleines Monstrum? Aber noch ehe sie Reißaus nehmen konnte, stürmte der Hund herein, dicht gefolgt von Sam und Mel und Oliver. Es war ein Überraschungsangriff, und plötzlich schien der Raum voller Lärm, Stimmengewirr und Gelächter, bevor unvermittelt totale Stille eintrat, als die Kinder Charlotte sahen.

Oliver trat vor und machte sie bekannt. Mel drückte ihr die Hand, während sie sie unverhohlen abschätzte und zu billigen schien, was sie sah. Tatsächlich war sie tief beeindruckt. Und Sam starrte den Gast aus zusammengekniffenen Augen an, als versuche er, sich an etwas zu erinnern, ohne zu wissen, woran. Charlotte war unleugbar bildhübsch. Dem Anlaß entsprechend hatte sie einen dezenten dunkelblauen Rock gewählt, dunkelblaue gemusterte Strümpfe und farblich darauf abgestimmte Pumps, einen weißen Rollkragenpulli und einen Blazer. Sie war dezenter geschminkt als Mel, und ihr Haar war zu einem langen schimmernden Pferdeschwanz zurückgekämmt. Ihr Haar hatte genau denselben Farbton wie das von Benjamin – das fiel Mel sofort auf.

»Nett, euch kennenzulernen«, sagte Charlotte lächelnd. »Von eurem Vater habe ich schon viel über euch zu hören bekommen.«

»Ja? Was denn?« Sam grinste sie entzückt an. Sie war so hübsch, daß er Sympathie seinerseits nicht für ausgeschlossen hielt. »Hat er Ihnen von meinem wissenschaftlichen Experiment erzählt?« Darauf war er besonders stolz, und Mel stöhnte.

»Nein, nicht, bitte ...« Sie ahnte ganz richtig, was nun kam.

»Möchten Sie es sehen?« bot Sam an, und als Charlotte nicken wollte, wehrte Mel mit einer Handbewegung ab.

»Hören Sie auf meinen Rat, und lassen Sie sich nicht darauf ein. Er hat eine Würmerfarm angelegt. Einfach widerlich.« Sie und Aggie hatten Sam gezwungen, damit in die Garage auszuwandern, und er lechzte jetzt danach, die Würmer der Freundin seines Vaters zu zeigen, teils um anzugeben, teils um sie zu testen.

»So etwas habe ich nur einmal versucht.« Charlotte lächelte dem Jungen zu. »Dann hat meine Mutter die Würmer hinausgeworfen. Ich hatte Schlangen und weiße Mäuse ... und ein Meerschweinchen. Sam, hast du jemals ein Meerschweinchen gehabt?« Sichtlich beeindruckt schüttelte er den Kopf. Die war richtig. »Meerschweinchen sind ganz toll. Ich hatte ein langhaariges. Es sah aus wie eine Kreuzung zwischen Hund und Kaninchen.«

»Mensch, das muß ja prima sein!« Er wandte sich mit großen Augen an Oliver und fragte: »Dad, kann ich eines halten?«

»Frag lieber erst Aggie. Sie wird wahrscheinlich saubermachen müssen.«

In diesem Augenblick rief Agnes sie zum Essen, und sie nahmen im Eßzimmer an dem schön gedeckten Tisch Platz. Charlotte breitete artig die gestärkte weiße Serviette auf dem Schoß aus, während sie Mels kritischen Blick auf sich spürte, der alles registrierte, vom glänzenden Haar angefangen bis zu den perfekt manikürten Nägeln.

Es gab Hamburger und Pommes frites, Sams Lieblingsgericht, dazu grünen Salat und hausgemachte Muffins. Oliver erinnerte sich an die einfachen Mahlzeiten, die sie in den letzten zwei Wochen in Charlottes Küche zubereitet hatten. Plötzlich wurde ihm klar, wie sehr er die mit ihr allein und ungestört verbrachte Zeit vermissen würde, aber er hatte sich bereits vorgenommen, möglichst viel Zeit mit ihr zu verbringen, auch nach der Rückkehr der Kinder. Er hatte schließlich ein Recht darauf. Höchste Zeit, daß die beiden das zur Kenntnis nahmen. Und dann, ganz unvermittelt während des Essens, stieß Sam einen Schrei aus und starrte Charlotte entgeistert an. Er riß den Mund auf, und seine Augen wurden groß. Dann schüttelte er den Kopf ... es konnte nicht sein ... sie war es nicht ... oder doch ...?

»Sind Sie ... haben Sie je ...« Er wußte nicht mal, wie er die Frage formulieren sollte, und Charlotte lachte verständnisvoll. Natürlich hatte sie sich gefragt, ob man sie erkennen würde, und sie war der Meinung gewesen, daß Mel als erste draufkam – ein Irrtum, wie sie jetzt sah.

»Ich glaube, ich bin es«, sagte sie bescheiden und mit spitzbübischem Lächeln. »Falls du mich das fragen möchtest.«

»Sie sind beim Fernsehen. Mensch ... Sie sind es wirklich? Ich meine ...«

»Ja, ja ... ganz recht.« Sie sah beide Kinder entschuldigungheischend an. Ein wenig peinlich war ihr diese Situation schon.

»Warum haben Sie kein Wort davon gesagt?« Sam schien gekränkt zu sein, und Mel war verwirrt. Charlotte war ihr zwar irgendwie bekannt vorgekommen, sie wußte aber immer noch nicht, weshalb, und wagte nicht, danach zu fragen, weil sie es offenbar hätte wissen müssen. Jetzt kam sie sich richtig dämlich vor.

»Sam, es erschien mir nicht so wichtig.« Und das Schöne daran war, daß sie es aufrichtig meinte.

»Sie haben gesagt, Sie hätten ein Meerschweinchen gehabt! Warum haben Sie kein Wort von der Fernsehserie verraten?«

Alle lachten über diese Folgerung, und Charlotte schüttelte den Kopf. »Das ist ja nun wirklich etwas anderes.«

Plötzlich ging auch Mel ein Licht auf, und sie machte große Augen. »Mein Gott ... Sie sind ja Charlotte Sampson!«

»Ja, die bin ich.« Sie sagte es leise, als Aggie wieder ein gehäuft volles Körbchen der köstlichen Muffins herumreichte und sie voller Stolz ansah, als wären sie und Charlotte alte Freundinnen. Charlotte warf ihr einen dankbaren Blick zu und flüsterte: »Danke, Aggie«, als sie sich noch ein Muffin aus dem Körbchen nahm.

»Warum haben Sie das nicht gleich gesagt?« wollte nun auch Mel wissen, und Charlotte sah sie ernst an.

»Hättet ihr mich dann netter gefunden? Das wäre falsch. Diese Fernsehgeschichten sind ja ganz hübsch, aber nicht wirklich wichtig.«

»Ich weiß, aber ...« Mel konnte es kaum erwarten, ihren Freundinnen von dieser Sensation zu erzählen: Sie hatte mit Charlotte Sampson zu Abend gegessen! Hier kannten viele Mitschüler bekannte Schauspieler oder waren sogar verwandt mit ihnen, aber sie selbst hatte bislang niemanden aus der Filmbranche kennengelernt, und als sie Charlotte noch einmal einer Betrachtung unterzog – diesmal noch eingehender –, gelangte sie zu der Ansicht, daß sie großartig war. Derselben Meinung war ihr Vater. Ihm gefiel es, wie sie mit seinen Kindern umging, was sie sagte und wie sie aussah, und er schätzte ihre Vorzüge, die sie zu dem machten, was sie war, nämlich nicht nur eine beliebige Schauspielerin, die es zu einiger Berühmtheit gebracht hatte. »Wumm, das ist ja richtig aufregend!« gab Mel von sich, und Charlotte lachte. Es war ein Kompliment, das sie zu schätzen wußte, da es von Ollies Tochter kam.

»Danke, Mel. Für mich ist es auch sehr aufregend. Bevor ich zu euch kam, war ich so nervös, daß ich mich mindestens zehnmal umgezogen habe!«

Ollie war gerührt, und Mel staunte nicht schlecht. »Sie? Nervös, weil Sie uns kennenlernen sollten? Wieso das? Wie ist es, wenn man beim Fernsehen ist?« Und jetzt schossen Sam und Mel wie auf Kommando Hunderte von Fragen auf Charlotte ab, wen sie kannte, wen sie schon gesehen hatte, mit wem sie arbeitete, wie es war, wenn man Schauspielerin war, wie man Texte erarbeitete, ob sie nie Angst hätte, ob der Beruf ihr gefiel ...

»Mal langsam, Leute«, warf Oliver schließlich ein, »gebt Charlie eine Chance, wenigstens aufzuessen.« Seit sie dahintergekommen waren, wen sie zu Gast hatten, waren sie nicht mehr zu bremsen, und plötzlich stellte Mel in die Stille hinein eine einzige Frage.

»Wie haben Sie unseren Dad kennengelernt?« Es war eine neugierige und gar nicht mehr kritische Frage, die Charlie ein zärtliches Lächeln entlockte.

»Es war ein glücklicher Zufall – vor ein paar Wochen auf der Weihnachtsparty meiner Fernsehgesellschaft.«

Und dann entschloß sich Oliver, die Wahrzeit zu erzählen, oder zumindest teilweise, denn er war der Meinung, daß die beiden reif dafür waren. »Charlie war so lieb, mich am Heiligen Abend zum Essen einzuladen.« Ungesagt blieb, daß er die Nacht in ihrem Haus verbracht, daß sie sich am Christtag im Pool leidenschaftlich geliebt hatten und daß es vom ersten Moment an zwischen ihnen gefunkt hatte, aber Mel spürte es, und sogar Sam vermutete, daß es etwas Ernstes war. Oliver und Charlie sahen sich oft so seltsam an, mehr noch als Mom und Jean-Pierre. Aber ihm sollte es recht sein, denn Charlotte Sampson war seiner Meinung nach eine Wucht.

Kaum hatten sie den Nachtisch hinter sich, als Sam sie wieder einlud, mit ihm in der Garage die Würmerfarm zu besichtigen. Zu Mels Entsetzen war Charlotte einverstanden, die anschließend verkündete, die Wurmfarm sei viel großartiger als ihre seinerzeit. Als Sam stolz erklärte, er habe dafür den Wissenschaftspreis gewonnen, beschimpfte ihn seine Schwester.

Um neun ging Sam zu Bett, aber Mel blieb noch unten und unterhielt sich mit Charlotte über Drehbücher, Agenten und über die Schauspielerei. Charlotte gestand ihr, daß es immer schon ihr größter Wunsch gewesen sei, in einem Broadway-Stück mitzuwirken. Schließlich sah sie mit Bedauern auf die Uhr und sagte, daß sie am nächsten Tag um vier Uhr morgens im Studio erwartet würde. Es ging um eine schwierige Szene, die sie zu Hause noch probieren wollte. »Es steckt viel harte Arbeit dahinter, Mel, falls es dir damit ernst sein sollte. Aber ich muß zugeben, daß ich meinen Beruf liebe.«

»Könnte ich mal kommen und bei den Dreharbeiten zusehen?« wagte Mel einen Vorstoß, verwundert über ihren eigenen Mut, aber Charlie gab sich so unbefangen, daß es ihr vorkam, wie mit einer alten Freundin zu plaudern. Charlie nickte.

»Aber sicher, wenn dein Dad nichts dagegen hat. Vor ein paar Tagen hat er mir bei den Aufnahmen zu einem Werbefilm zugesehen. Ich fand es sehr nett.« Sie lächelte schüchtern, und Ollie berührte ihre Hand, so daß Mel es nicht sehen konnte. Das Mädchen war ohnehin viel zu beeindruckt, um das Knistern zwischen ihnen zu bemerken.

»Donnerwetter, Dad, und wie war es?«

»Interessant und ermüdend.« Er sah Charlie mitfühlend in die Augen. »Wie oft wurde die eine Szene gedreht?«

»Zweiunddreißigmal, glaube ich, vielleicht auch öfter. Ich weiß es nicht mehr.«

»Ihr Partner vergaß ständig seinen Text, so daß immer wieder von neuem gedreht werden mußte«, erklärte Oliver. »Trotzdem hat das Zusehen Spaß gemacht. Unglaublich, wie viele Menschen an solchen Aufnahmen beteiligt sind.«

»Du solltest sehen, was los ist, wenn wir an der Serie arbeiten, was mich wieder daran erinnert ...« Langsam ging Charlie zur Tür und winkte Mel zum Abschied zu. Mel raste sofort die Treppe hinauf, um ihre Freundin anzurufen und damit zu prahlen, wen sie gerade kennengelernt hatte. Oliver brachte Charlie zu ihrem Wagen, von immer wachsender Bewunderung erfüllt.

»Weißt du, daß du unglaublich bist? Würmerfarm ... Geduld mit Teenagern ... gibt es sonst noch etwas, das ich wissen sollte?«

»Ja.« Beglückt sah sie zu ihm auf. Es war ein wunderbarer Abend gewesen, an dem alle ihre Befürchtungen zerstreut worden waren. Sie hoffte sehr, bei den Kindern Anklang gefunden zu haben. »Ich liebe dich sehr, Oliver Watson.«

»Ich dich auch, Charlie«, flüsterte er, als er sie küßte. Von seinem Fenster aus beobachtete Sam verdutzt die Szene und wandte sich sodann an Aggie, die die Bettdecke zurückschlug.

»Menschenskind, Aggie, Dad hat Charlotte Sampson geküßt!« Das war wirklich sensationell, aber Aggie ließ ein mahnendes Zungenschnalzen hören.

»Junger Mann, kümmere dich um deine eigenen Angelegenheiten und putz dir die Zähne!«

»Glaubst du, sie mag ihn?«

»Ich denke schon. Dein Vater ist ein netter Mensch, wem würde er nicht gefallen?«

»Aber sie ist ein Filmstar, Aggie ... oder Fernsehstar, oder ... na, du weißt schon ...«

»Was macht das schon aus?« Während er, noch immer kopfschüttelnd, ans Zähneputzen ging, dachte Aggie bei sich, daß sowohl Oliver als auch Charlotte sich glücklich schätzen konnten. Und nach allem, was sie heute mitbekommen hatte, auch die Kinder.

23

Am Wochenende fuhr Charlotte vor, stieg aus und klingelte feierlich. Und als Sam öffnete, entzückt, sie wiederzusehen, überreichte sie ihm einen seltsam geformten, mit einer hellblauen Decke abgedeckten Käfig, aus dem sonderbare Quietschtöne hervordrangen, dazu ein strenger Geruch, der Sam aber nicht störte. Und als er die Decke entfernte, stieß er einen Freudenschrei aus. Es war ein langhaariges Meerschweinchen. Und Charlie hatte recht gehabt, es sah aus wie eine Kreuzung zwischen einem Hündchen und einem Kaninchen.

»Mensch ... sieh dir das an, Dad!« rief er seinem Vater zu, der frisch rasiert und geduscht die Treppe herunterkam. »Darf ich es behalten?« Sein Blick wanderte von Charlotte zu Ollie. Und Charlotte sah Watson senior flehentlich an.

»Ja dann ... also behalte es.« Er schenkte Charlotte ein Lächeln voller Liebe. Sie hatte die Gabe, alle glücklich zu machen.

»Darf ich es im Zimmer halten?«

»Wenn dich der Geruch nicht stört, dann schon.« Die beiden Erwachsenen lachten, und Sam nahm Charlie den Käfig aus der Hand und lief die Treppe hinauf, bevor einer der beiden es sich anders überlegen konnte.

Nachmittags fuhren sie nach Malibu und tollten am Strand herum. Abends sahen sie sich auf Mels Drängen einen Film an, eine lächerliche Teenagerstory, die Charlie an einen ihrer ersten Filme erinnerte, und dann gingen sie ins Hard-Rock-Café, wo ihr diesmal der Lärm gar nicht so arg vorkam. In der Woche darauf machten sie einen Besuch in Disneyland. Das Leben mit Charlotte war wie ständige Ferien. Sie dachte sich himmlische Vergnügungen aus, fand aufregende Veranstaltungen, die man sich ansehen konnte, und lud die Kinder sogar zu sich nach Hause ein und kochte für sie. Hinterher mußte Sam zwar widerstrebend zugeben, daß Agnes die bessere Köchin war, in jeder anderen Hinsicht zog er aber Charlie vor. Das Meerschweinchen wurde sogar nach ihr benannt, nämlich Charles oder Charlie. Und Mel hatte schon in ihrem gesamten Bekanntenkreis damit renommiert, daß ihr Vater mit Charlotte Sampson ausging.

Keines der Kinder hatte etwas gegen sie einzuwenden, und sie schienen es auch nicht übelzunehmen, wenn Oliver ankündigte, daß er abends ausging, was an Wochentagen nicht oft vorkam, da Charlotte hart arbeitete und immer im Morgengrauen auf dem Set sein mußte. Zweimal war sie übers Wochenende bei ihnen geblieben und hatte das Gästezimmer bewohnt. Charlie lag sehr daran, den Anstand zu wahren und die Kinder nicht in Verlegenheit zu bringen, die nicht ahnten, daß ihr Vater zu später Stunde auf Zehenspitzen den Gang entlangschlich und mit glücklichem Lächeln zu Charlie ins Bett stieg, während sie ihn kichernd ermahnte, leise zu sein. Es war für alle ein perfektes Arrangement.

George und Margaret kamen einen Monat nach der Heimkehr der Kinder zu Besuch, und auch ihnen gefiel Charlotte auf Anhieb. Natürlich waren sie erst ungemein beeindruckt, sie kennenzulernen, vergaßen aber sehr rasch, daß sie einen Star vor sich hatten. Sie war sowenig eingebildet, so diskret, was ihren Erfolg betraf, so warmherzig zu denen, die sie liebte, und freundlich zu jedermann, daß sich alle in die junge Frau verliebten und nicht in den TV-Star. Wie sie schon Mel bei der ersten Begegnung erklärt hatte, war der Erfolg für sie sehr schön, aber nicht das Wichtigste in ihrem Leben. Wichtig waren für sie die Menschen, die sie liebte.

Dennoch wurden sie immer wieder an ihren Ruhm erinnert, denn wo immer sie sich mit ihr zeigten, wurden sie von Autogrammjägern belagert, oder es kamen Neugierige auf sie zu und fragten, ob sie wirklich Charlotte Sampson sei, und gestanden ihr, wie sehr ihnen die Serie gefiel. Manche wollten sogar wissen, wer Sam und Mel waren. Manchmal waren diese Störungen richtig ärgerlich, so daß es Oliver oft schwerfiel, ihrem Beruf mit Nonchalance zu begegnen. Aber Charlie war zu ihren Fans immer äußerst liebenswürdig, geduldig und verständnisvoll. Sie benahm sich, als hätte sie den ganzen Tag nur darauf gewartet, ausgiebig mit ihnen zu schwatzen, ja, es schien sie richtig zu freuen, wenn die Leute auf sie zukamen. Manchmal fragte Mel sie, wie sie das alles aushielt, ohne die Ruhe zu verlieren.

»Das gehört zu meinem Beruf, Kleines. Man muß es akzeptieren, wenn man sich für dieses Leben entschieden hat, andernfalls wird man nicht viel erreichen. Man tut es fürs Publikum ebenso wie für sich selbst. Und wenn einem die Fans gleichgültig werden, gelingen einem auch keine guten Auftritte mehr ...«

Besonders Olivers Vater hatte es Charlie angetan. Er war begeistert von ihr und hielt sie für das schönste Mädchen, das er je gesehen hatte. Insgeheim betete er darum, sie würde seinen Sohn heiraten. Vor der Abreise erkundigte er sich bei Oliver, ob er sie schon gefragt hätte.

»Ach komm, Dad, wir kennen uns nicht mal zwei Monate, also dräng mich nicht. Außerdem hat sie einen Beruf, der sie sehr in Anspruch nimmt. Ich weiß gar nicht, ob sie sich mit einem gewöhnlichen Sterblichen und einer Kinderschar belasten möchte.«

Sie behauptete zwar immer, daß sie sich eine Familie wünschte, aber in Wahrheit hatte Ollie Angst, sie zu fragen.

»Ich denke schon. Ihre Ansichten sind ziemlich konservativ und bürgerlich.«

»Ich weiß, aber sie könnte buchstäblich jeden bekommen. Also laß uns ein wenig Zeit.« Oliver konnte sein Glück noch immer nicht fassen, und Charlie war ebensosehr erstaunt.

Eines Abends, als sie wieder allein waren und gemütlich beisammensaßen und plauderten, läutete das Telefon. Benjamin schluchzte so heftig, daß Ollie ihn kaum verstand.

»Jetzt mal ganz ruhig, mein Junge ... ist ja gut ... tief Atem holen ...« Er warf Charlie einen besorgten Blick zu, weil er befürchtete, daß es einen Unfall gegeben hatte. Seit Wochen hatte er nichts von Benjamin gehört, und nie hatte jemand abgehoben, wenn er anrief. Oliver hatte seinen Vater gebeten, im Haus in Purchase nach dem Rechten zu sehen. »Benjamin, so sag schon, was los ist.« Noch immer brachte der Junge kein Wort heraus.

»Ich ertrage es nicht mehr, Dad ... ich ertrage es nicht ... ich hasse sie ...«

»Was ist passiert?«

»Ach, nichts. Ich bin nur so erledigt ... ich tue nichts außer schuften und für sie und das Kind bezahlen ... sie hat ihren Job aufgegeben, und sie glaubte schon, sie wäre wieder schwanger, es war aber ein Irrtum.« Diesmal wäre das Kind nicht von ihm gewesen, er hatte sie seit zwei Monaten nicht angefaßt. »Sie ist mit Billy Webb und Johnny Pierson unterwegs gewesen ... ich weiß nicht, Dad ... sie streunt ständig herum. Manchmal muß ich den Kleinen sogar mit zur Arbeit nehmen ... Ich habe Alex lieb, ich will ihn nicht verlassen, aber ich kann nicht mehr ...« Wieder brach er in Tränen aus. »Ich schaffe es nicht mehr ... ich kann nicht. Letzte Woche wollte ich mich umbringen. Eine Stunde lang hockte ich in der Garage und versuchte, meinen ganzen Mut zusammenzunehmen und den Motor anzulassen, aber ich konnte es nicht. Immer mußte ich an Alex denken und daran, was aus ihm werden würde, wenn er ihr allein ausgeliefert wäre. Dad, sie kümmert sich überhaupt nicht um ihn. Es kommt vor, daß sie den ganzen Tag über vergißt, ihn zu füttern, so daß er sich die Lungen aus dem Leib brüllt, wenn ich nach Hause komme. Letzte Woche wäre er beinahe in den Pool gefallen, als ich ihn zehn Minuten mit Sandra allein gelassen habe. Dad ... hilf mir, bitte ... hol mich da raus ...« Das abgehackte Schluchzen schien nicht enden zu wollen, aber als Oliver seinem Sohn vorschlug, schleunigst nach Kalifornien zu kommen, wandte dieser ein, daß er das Kind nicht im Stich lassen könnte.

»Warum bringst du ihn nicht mit?«

»Sie sagt, daß sie das nicht zulassen würde. Letzte Woche drohte ich ihr, ihr das Kind wegzunehmen. Da sagte sie, sie würde die Polizei holen, falls ich es versuchte. Sie meint, ich hätte kein Recht auf ihn, sie sei seine Mutter. Und wenn ich ihr Alex nähme, würden alle ihre Freunde denken, sie hätte wirklich etwas Schlechtes getan, und sie würde schlecht dastehen. Aber andererseits will sie sich auch nicht um ihn kümmern.«

»Was ist mit Sandras Mutter? Meinst du, sie könnte einspringen?«

»Ich weiß es nicht. Ihr Freund hat sie verlassen, und sie ist von L. A. nach Bakersfield gezogen.«

»Hast du ihre Nummer?«

»Ja. Sandra hat sie an die Küchenwand gepinnt.« Endlich hatte sich Ben gefaßt. Er war erst achtzehn und unter seiner großen Belastung ins Taumeln geraten. »Seit gestern morgen war Sandra nicht mehr zu Hause. Gleich nach Alex' Geburt hat sie angefangen, mit anderen Jungs zu schlafen.« Der Kleine war fünfeinhalb Monate alt. »Dad, ich habe wirklich alles versucht, aber es geht nicht, ich kann nicht mehr mit ihr zusammenleben.« In einem Ton, der verriet, wie sehr er sich schämte, setzte er hinzu: »Manchmal hasse ich sie.« Oliver konnte es ihm nicht verdenken. An seiner Stelle hätte er sie vermutlich umgebracht, oder aber er hätte sie längst verlassen. Oliver war unendlich dankbar, daß der Junge sie nicht geheiratet hatte. In diesem Punkt waren wenigstens keine Komplikationen zu erwarten.

»Jetzt beruhige dich. Warum gehst du übers Wochenende nicht zu Grandpa?«

»Und was wird aus Alex?« Das hörte sich so ratlos an, als wäre Ben ein verlassenes Kind. Nach einem knappen Jahr, in dem er in zwei Jobs geackert und ein Mädchen erhalten hatte, das nicht seine Frau war, und nach einem halben Jahr der Fürsorge für sein Kind war der Junge so ausgelaugt, daß er kaum mehr einen klaren Gedanken fassen konnte.

»Nimm ihn mit. Margaret wird dir helfen, sie war Krankenpflegerin. Pack dein Zeug und verschwinde. Ich rufe Grandpa an und sage ihm Bescheid. Und jetzt gib mir die Nummer von Sandras Mutter.« Benjamin nannte ihm die Nummer und legte auf, nachdem er versprochen hatte, noch am selben Abend zu seinem Großvater zu ziehen.

Anschließend rief Oliver seinen Vater an und erklärte ihm die Situation. George wiederholte alles für Margaret und versicherte seinem Sohn, er würde alles tun, um Benjamin zu helfen.

»Oliver, du mußt ihn aus diesem Elend befreien.«

»Ich werde alles tun, was in meiner Macht steht, Dad.« Daß Benjamin praktisch vor dem Selbstmord gestanden hatte, erzählte Oliver nicht, er war deswegen selbst noch zu erschüttert.

Aber er sprach mit Charlotte darüber, nachdem er aufgelegt hatte, und sie war entsetzt.

»O Gott, Ollie, hol ihn da schleunigst heraus. Warum fliegst du nicht hin und holst ihn?«

»Erst möchte ich mit der Mutter des Mädchens reden und feststellen, ob sie gewillt ist, Sandra und das Kind aufzunehmen.« Er wählte die Nummer in Bakersfield. Die Frau hob schon beim ersten Läuten ab. Sie schien nicht ganz nüchtern und von beschränktem Verstand zu sein, doch sie wußte, wer Oliver war, sie wußte auch über Sandra, Benjamin und das Kind Bescheid. Oliver erklärte ihr nun geduldig, daß er und Benjamin das Gefühl hätten, es sei der Zeitpunkt für eine andere Regelung gekommen. Oliver fragte sie, ob sie willens sei, ihre Tochter und das Kind bei sich aufzunehmen. Nach einigem Zögern und Herumreden stellte sie schließlich Oliver die einzige Frage, die sie wirklich interessierte.

»Und wenn ich es täte, würden Sie für das Kind zahlen? Und für Sandra?«

»Möglich.« Um Benjamin von Sandra zu befreien, hätte Oliver alles getan, aber das wollte er ihr nicht verraten, um ihre Habgier nicht noch anzuheizen. »Es hängt davon ab, wieviel Sie sich vorstellen. Ich gehe davon aus, daß Sandra sich selbst erhält, es sei denn, sie ginge wieder zur Schule.«

Die Frau schien an einem Schulabschluß ihrer Tochter nicht besonders interessiert zu sein.

»Na, was haben Sie sich vorgestellt?« fragte Sandras Mutter.

»Sagen wir mal, fünfhundert monatlich für Sandra und das Kind.« Ein Vermögen war es nicht, aber es war ausreichend, schon gar, wenn Sandra bei ihrer Mutter wohnte.

»Hm, ich schätze, das haut hin.« Sie wollte zugreifen, bevor er es sich überlegte. Für das Kleine brauchte man kaum Geld, dachte sie, es aß ja nur das bißchen Babynahrung, so daß sie und Sandra das restliche Geld verpulvern konnten.

»Würden Sie es mir schriftlich geben, daß Sie mit diesem Betrag einverstanden sind?«

»Aber sicher.«

»Und wie bald könnten Sie Ihre Tochter aufnehmen?«

»Mensch, keine Ahnung. Im Moment arbeite ich nicht. Ich könnte ihr mit dem Kleinen helfen ...« Sie ließ den Satz unvollendet in der Luft hängen, denn die Vorstellung, mit einem brüllenden Balg und mit Sandra zusammenleben zu müssen, war nicht ganz nach ihrem Geschmack, andererseits konnte sie das Geld gut brauchen – falls sich nicht noch mehr herausschlagen ließe. »Wenn ich es recht bedenke, wären siebenhundert auch nicht übel.«

»Sechshundert.« Oliver war angewidert. Er fand es scheußlich, mit ihr herumfeilschen zu müssen. Allein ihre Stimme war ihm zuwider und der Gedanke, daß Benjamin mit ihrer Tochter zusammengelebt hatte ...

»Geht in Ordnung. Ich nehme es.«

»Die beiden kommen morgen mit dem Flugzeug an.«

Nach diesem Gespräch setzte sich Ollie wieder mit Margaret in Verbindung und bat sie, zum Haus in Purchase zu fahren und das Mädchen und das Baby in die Maschine nach Los Angeles zu setzen. Außerdem sollte sie Benjamin übers Wochenende bei sich behalten. Er mußte sich ein wenig beruhigen, zudem wollte er es ihm ersparen, mit Sandra und dem kleinen Alex den ganzen langen Flug nach L. A. machen zu müssen.

Margaret, die in seinen Augen zu einem wahren Engel der Barmherzigkeit aufgerückt war, zeigte sich sofort hilfsbereit. Sie war weder aufgeregt noch verwirrt, sondern völlig ruhig und bereit, alles in ihren Kräften Stehende zu tun, um Benjamin zu helfen, ohne Olivers Vater über Gebühr aufzuregen. Oliver dankte ihr aus tiefstem Herzen, und Margaret versprach ihm, daß sie das Haus in Purchase zusperren, die Alarmanlage einschalten und es auch weiterhin im Auge behalten würde. Ehe nicht feststand, daß er für immer in Kalifornien bleiben wollte, war an einen Verkauf des Hauses nicht zu denken. Es war Ollies Rückversicherung, der Grund dafür, weshalb er in Kalifornien zur Miete wohnte.

Und dann rief Oliver Benjamin an, der sich anhörte, als hätte er neben dem Apparat auf der Lauer gelegen. »Mein Junge, alles ist geregelt. Ich habe mit Sandras Mutter gesprochen. Sie freut sich, sie aufzunehmen.« Er schilderte ihm das Gespräch in einem günstigeren Licht, als es in Wahrheit gewesen war, und erklärte, daß sie sich den Unterhalt für das Kind teilen würden, so daß Benjamin sich deswegen keine Sorgen zu machen brauchte. »Ich werde veranlassen, daß morgen ein bezahltes Ticket für Sandra am Flughafen bereit ist. Margaret wird Sandra beim Packen helfen und dich zu Grandpa bringen. Ich dachte, du könntest anschließend ein, zwei Tage bei ihnen verbringen und dann zu uns kommen.« Dann würde Benjamin endlich wieder zu Hause sein. Nach all diesen Monaten kehrte er ins Nest heim, begann ein neues Leben oder knüpfte an sein altes Leben wieder an. Oliver wußte, daß es zwar nie so werden würde wie früher, denn Benjamin konnte das Geschehene nicht ausradieren oder das Kind vergessen, aber er hatte ein Recht, seinen eigenen Weg weiterzugehen und sich nicht mit einem Mädchen, das er nicht liebte, und mit einem Kind, das er nie wirklich gewollt hatte, zu belasten. Er hatte lange genug Verantwortungsbewußtsein bewiesen. Jetzt, da die Tür wieder offenstand, wollte Oliver ihn schleunigst aus dem Schlamassel ziehen, bevor Benjamin es sich anders überlegte. Erst widersetzte Benjamin sich dem Plan, Sandra das Kind zu überlassen, doch er war zu erschöpft und abgekämpft, um länger zu debattieren. Zudem beteuerte sein Vater immer wieder, daß sich Sandras Mutter um Alex kümmern würde. Wie benommen erklärte sich Benjamin mit allem einverstanden und dann, nach längerem Schweigen, bedankte er sich geknickt bei seinem Vater.

»Alex wird mir sehr fehlen. Er ist so niedlich. Und jetzt krabbelt er schon. Ich weiß nicht ...« Wieder schien er zu zögern. »Vielleicht ist es doch nicht die richtige Lösung.« Doch ein Teil seiner selbst strebte nach Erlösung von dieser Verantwortung. Die vergangenen Monate kamen ihm jetzt wie ein Alptraum vor.

»Du tust das Richtige«, beruhigte Oliver ihn. »Du kannst ihn ja in Bakersfield besuchen, dorthin sind es nur zwei Stunden von hier. Etwas Besseres hätte euch gar nicht passieren können. Für dich, Sandra und für das Kind. Du kannst ja nicht ewig so weiterwursteln. Bislang hast du dich tapfer geschlagen, und ich bin stolz auf dich. Aber du mußt auch an dich denken. In deinem Alter kannst du dem Kleinen nichts bieten, zumal du ja nicht mal einen High-School-Abschluß hast.«

»Ich weiß.« In besorgtem Ton fragte Benjamin sodann: »Hat Sandras Mutter wirklich gesagt, daß sie auf Alex achtet? Ich traue Sandra nämlich nicht zu, daß sie es allein schafft.«

»Sie sagte, sie würde es tun, da sie im Moment keinen Job hat. Also, leg dich schlafen.« Und während Oliver dies sagte, konnte er von weitem den Kleinen schreien hören. Benjamin entschloß sich, im Haus auf Sandra zu warten, und Margaret wollte am Morgen kommen. »Morgen abend rufe ich dich bei Grandpa an.« Aber als sich Oliver am nächsten Tag bei seinem Vater meldete, erfuhr er von Margaret, daß Benjamin schlief. Ihm sei fast das Herz gebrochen, als Sandra und das Baby fortgefahren waren. Er hatte darauf bestanden, das Haus in Purchase selbst in Ordnung zu bringen, und als er dann bei seinem Großvater eintraf, war er vor Müdigkeit und Trennungsschock fast zusammengebrochen. Die Trennung von Sandra mußte erbittert und lautstark über die Bühne gegangen sein. Margaret hatte ihn wie ein Kind zu Bett gebracht. Sie schlug vor, daß sich Benjamin einige Tage bei ihnen erholte, aber Oliver bestand darauf, daß er nach Kalifornien kommen sollte, sobald er reisefähig war. Der Junge hatte einen Tapetenwechsel dringend nötig, um zwischen sich und den Alptraum des vergangenen Jahres eine größtmögliche Distanz zu legen.

»Oliver, du kannst sehr stolz auf ihn sein. Bis zum Schluß hat er wie ein Mann gekämpft. Und als er sich von seinem Kind trennen mußte, ist er fast zusammengebrochen.«

»Ich weiß.« Nie hatte er erwartet, daß Benjamin eine so intensive Beziehung zu dem Kleinen entwickeln würde. Das war eine unvorhersehbare Komplikation, aber mit der Zeit würde sich vielleicht alles ändern. Vielleicht war dann die Bindung nicht mehr so groß, oder aber Sandra verzichtete eines Tages auf ihre Rechte und ließ es zu, daß Benjamin Alex adoptierte. Oliver hatte in dieser Sache bereits einen Anwalt konsultiert, der ihm versicherte, daß es keine Möglichkeit gab, ihr das Kind wegzunehmen, wenn sie nicht gewillt war, es freiwillig aufzugeben. Es war richtig gewesen, ihr das Kind zu überlassen, daher war es nur recht und billig, daß Benjamin Alex besuchen durfte. »Nochmals vielen Dank, Margaret, daß du dich um alles gekümmert hast«, sagte Oliver. »Du mußt entschuldigen, daß ich dir dies alles aufgehalst habe. Aber ich wußte nicht, an wen ich mich sonst hätte wenden können.« Er hatte erwogen, Daphne in New York anzurufen. Aber sie hatte es zu weit nach Purchase und war mit ihrem Beruf ausgelastet. Margaret hatte sich bei der Lösung des Problems als wahres Geschenk des Himmels erwiesen. Sein Vater hatte recht. Sie war wirklich eine tolle Frau.

»Dein Vater sagt, Benjamin sei dir sehr ähnlich. Stark, gütig und eigensinnig.« Sonderbar, dies zu hören, denn Oliver war immer der Meinung gewesen, Benjamin sei nach Sarah geraten. »Er wird seinen Weg machen, keine Angst. Morgen oder übermorgen setze ich ihn in die Maschine nach L. A.«

Oliver bedankte sich nochmals und legte auf, um gleich darauf Sandras Mutter in Bakersfield anzurufen und sich zu vergewissern, daß Sandra und der Kleine wohlbehalten angekommen waren. Sie bejahte und wollte sofort wissen, wann der erste Scheck zu erwarten sei.

»Ich habe ihn gestern abgeschickt, Mrs. Carter«, antwortete Oliver reserviert. »Geht es dem Kleinen gut?«

»Ein niedliches Kerlchen«, sagte sie, mehr, um ihm einen Gefallen zu tun, als aus echter Zuneigung zu ihrem Enkel. Und dann kam Oliver endlich zur Ruhe, als er sich neben Charlotte, die alles mit ihm durchgestanden hatte, auf der Couch niederließ.

Die Prüfung war so gut wie vorüber.

Mit mattem Lächeln wandte er sich ihr zu, als sie ihm sacht übers Haar strich. »Charlie, für den Jungen war das letzte Jahr die reinste Hölle. Gottlob ist er ihr jetzt entkommen.« Doch auch Oliver empfand Bedauern, daß der kleine Alex jetzt für sie nicht mehr so leicht zu erreichen war.

»Es muß ihn viel Überwindung gekostet haben, dich anzurufen. Man muß es ihm hoch anrechnen, daß er das Handtuch geworfen hat, solange er dazu noch imstande war.«

»Das tue ich. Ich habe große Achtung vor ihm. Mir tut nur leid, daß er dies alles durchmachen mußte.« An jenem Abend genossen sie ein stilles Abendessen, nachdem Mel und Sam hinaufgegangen waren. Inzwischen hatte sich Benjamin gemeldet, und sie wußten, daß ihr Bruder am nächsten Tag eintreffen würde. Oliver hatte ihnen erklärt, daß schwere Zeiten hinter ihm lagen, und Mel hatte sofort versprochen, alles zu tun, um ihm die Situation zu erleichtern. Alle waren neugierig, was Benjamin nun vorhatte, denn er hatte nichts darüber verlauten lassen.

Spätabends brachte Ollie Charlotte nach Hause und blieb nur auf einen raschen Drink bei ihr. Sie sprachen ausschließlich von Benjamin, so daß die Zeit nur für ein paar Küsse in der Küche langte. Diese Beziehung war Welten entfernt von seiner wilden, ungezügelten Episode mit Megan. Oliver sah Charlotte mit bedauerndem Lächeln an, ehe er ging, und entschuldigte sich für den Wirbel.

»Meine Liebe, du wirst leider selbst entdecken müssen, daß es bei Kindern nie so wie geplant läuft. Im Laufe der Jahre habe ich mich wohl daran gewöhnt, aber für dich ist es sicher nicht sehr lustig. In den letzten Tagen war ich kein angenehmer Zeitgenosse.«

»Ach, du warst wunderbar. Ich hätte ein anderes Verhalten von dir gar nicht erwartet.«

Dann kam ihr ein Gedanke. Sie war so gern mit ihm und seinen Kindern zusammen, daß sie den Jungen, den sie noch gar nicht kannte, schon in ihr Herz geschlossen hatte. »Soll ich dich morgen zum Flughafen begleiten, oder möchtest du lieber mit Benjamin allein sein?« Immer war sie bedacht, ihm ausreichend gemeinsame Zeit mit den Kindern einzuräumen, und auch dies wußte er zu schätzen. Es schien nichts zu geben, wofür sie nicht Verständnis aufbrachte, nichts, wobei sie nicht Hilfsbereitschaft an den Tag gelegt hätte.

»Zu Hause haben wir noch genug Zeit, um uns auszusprechen. Mir wäre es sehr lieb, wenn du mitkämest, Charlie.« Ollie lächelte und küßte sie wieder, um sich nach ein paar Minuten total erschöpft zu verabschieden.

Wie Benjamin sich nach allem, was er hinter sich hatte, fühlen mochte, konnte er sich nicht annähernd vorstellen. Und doch war er nicht im entferntesten auf den hageren, bleichen, verängstigt wirkenden Jungen gefaßt, den er am nächsten Abend vom Flughafen abholte. Er konnte nur die Arme um ihn legen, während Benjamin weinte und Charlotte in diskretem Abstand wartete. Schließlich wischte sich Benjamin über die Augen und blickte seinen Vater an wie einen längst verloren geglaubten Freund. Charlotte wandte sich ab, damit man ihre Tränen nicht sehen konnte, als die beiden langsam auf sie zukamen.

»Charlotte, ich möchte dich mit meinem Sohn Benjamin bekannt machen«, sagte Oliver leise. Es war ein ernster Anlaß, und sie hatte Verständnis dafür. Der Junge unternahm tapfer den Versuch, etwas weniger verzweifelt auszusehen, und schüttelte ihr mit einem Lächeln die Hand.

»Meine Schwester hat mir schon viel von Ihnen erzählt, und ich kenne Ihre Fernsehserie. Von Sam bin ich über das Meerschweinchen informiert worden. Bei meiner Familie haben Sie richtig eingeschlagen, Miß Sampson.« Charlie war geschmeichelt und gab ihm sanft einen Kuß auf die Wange. Oliver fiel dabei auf, wie sehr sich die beiden ähnelten, so sehr, daß man sie mit ihrem hellroten Haar, der hellen Haut und den Sommersprossen für nahe Verwandte hätte halten können.

»Benjamin, ich fühle mich geschmeichelt. Aber es wäre mir lieber, wenn du mich Charlie nennst. Wie war der Flug?«

»Ganz gut, denke ich. Ich habe die meiste Zeit geschlafen.« Er war seelisch noch immer ausgelaugt und körperlich erschöpft. An jenem Tag hatte er bis Mittag geschlafen, dann hatte Margaret ihn wie versprochen zum Flughafen gebracht. Jetzt wandte er sich besorgt an seinen Vater und fragte halblaut: »Hast du gestern mit Sandra gesprochen? Geht es dem Kleinen gut?«

»Beiden geht es gut.« Oliver führte Ben zum Gepäckschalter, bedrückt, daß sein Sohn sich solche Sorgen um die beiden machte. Noch immer galt Alex sein erster Gedanke. Es schmerzte zu sehen, wie sehr er an dem Kleinen hing. Das sagte er auch zu Charlotte, als sie eine Minute allein waren, während sie Benjamins Gepäck auf sein Zimmer brachten.

»Er wird ihn nicht vergessen, Ollie.«

»Nein, das ist mir klar. Aber es wird Zeit, daß er wieder an sich selbst denkt.«

»Das kommt schon, gönne ihm etwas Ruhe. Er steht noch unter Schock. Vergiß nicht, was er alles durchmachen mußte.«

Dann gingen sie wieder hinunter zu den anderen. Alle Kinder, so auch Benjamin, waren in der Küche versammelt, und als Oliver und Charlotte eintraten, vertilgte Benjamin eben ein Klubsandwich und Nußschokoplätzchen, die Aggie für ihn gemacht hatte. Mel redete aufgeregt auf ihn ein, und Sam hielt ihm ständig das Meerschweinchen unter die Nase, um ihm dessen Schönheit vorzuführen. Benjamin hörte sich alles lächelnd an. Es war schön, wieder zu Hause zu sein, schöner, als seine jüngeren Geschwister ahnten. Er wurde das Gefühl nicht los, ein Jahr lang auf einem fremden Planeten zugebracht zu haben.

»Und wie läuft es in der Schule?« fragte er Mel.

»Einfach irre. Es wird dir gefallen.« Gleich darauf hätte sie sich am liebsten die Zunge abgebissen, aber ihr Bruder bemerkte ihren Blick und lächelte.

»Mach dir nicht ins Hemd, Kleines. So empfindlich bin ich nicht. Ich weiß noch gar nicht, was ich anfangen werde. Erst möchte ich nach Bakersfield und nach Alex sehen, dann werde ich mich mal informieren, wie es mit einem externen High-

School-Abschluß aussieht. Wenn ich den schaffe, könnte ich versuchen, an der UCLA aufgenommen zu werden.« Dahin war der Traum von Princeton, von Yale und Harvard, aber die UCLA war eine gute Universität, die es ihm ermöglichte, in der Nähe der Familie zu bleiben. Das war jetzt sein einziges Bestreben.

Dasselbe sagte er zu Oliver, nachdem die anderen zu Bett gegangen waren, und Charlie eröffnete ihm, daß auch sie an der UCLA studiert hätte. Sie bot sogar an, eine Empfehlung zu schreiben, falls es für ihn eine Hilfe wäre.

»Ja, das wäre großartig.« Benjamin bedankte sich bei ihr und versuchte den Eindruck zu verwischen, daß er sie ununterbrochen anstarrte. Den ganzen Abend war er schon beeindruckt, wie nett, wie hübsch und wie verliebt in seinen Vater sie war. Sie bestand darauf, allein nach Hause zu fahren, denn sie wollte, daß die beiden Männer Zeit für sich hatten. Nachdem sie gegangen war, hatte Benjamin nur Gutes über sie zu sagen.

»Sieht aus, als hättest du gewaltig Glück gehabt, Dad. Sie ist einmalig.«

»Ja, das glaube ich auch«, sagte Ollie lächelnd, um sofort wieder ernst zu werden, als er seinen Sohn musterte. Es war ihm nichts anzusehen, bis auf seine Augen, die um hundert Jahre gealtert schienen. »Geht es dir gut? Ich meine, wirklich gut?«

»Ja. Könntest du mir einen Wagen borgen, Dad? Morgen möchte ich Alex in Bakersfield besuchen.«

»Glaubst du wirklich, daß das empfehlenswert wäre? So bald, meine ich. Vielleicht ist es für Sandra eine unnötige Härte. Ihr solltet euch voneinander erholen und Abstand gewinnen.«

Benjamin lehnte sich seufzend in der weichen Couch zurück und streckte erleichtert die Beine aus. »Ich wäre heilfroh, wenn ich sie nie wiedersehen müßte. Aber ich möchte nach dem Baby sehen.«

»Du hängst sehr an ihm, nicht?« Oliver wußte noch, was er für seine eigenen Kinder empfunden hatte, als sie auf die Welt gekommen waren. Irgendwie hatte er erwartet, daß Benjamin anders reagieren würde, aber er hatte sich geirrt.

»Dad, er ist mein Sohn. Du kannst doch nicht erwarten, daß ich nichts für ihn empfinde, oder?« Seine Verwunderung war unüberhörbar. Für ihn spielte es keine Rolle, ob das Kind ehelich war oder nicht. Er liebte seinen Sohn.

»Du hast recht. Ich habe seinerzeit ähnlich für dich empfunden.« Nie hätte er es fertiggebracht, seinen Sohn im Stich zu lassen oder ihn in der Obhut einer Person zu wissen, der er mißtraute. Schlagartig ging Ollie auf, wie Benjamin zumute sein mußte. »Wenn du willst, dann nimm den Kombi. Sag bloß Aggie Bescheid, falls sie ihn braucht, um einzukaufen oder Sam abzuholen.«

»Danke. Ich verspreche dir, daß ich mich um die Schule kümmern werde, sobald mit Alex alles geregelt ist. Und wenn ich lange auf die Aufnahme an der UCLA warten muß, suche ich mir eine Arbeit. Ich werde mir nicht den Hintern plattsitzen. Dad, ich möchte mich für alles, was du für mich getan hast, erkenntlich zeigen.« Diese Worte trieben Oliver die Tränen in die Augen. Liebevoll tätschelte er Benjamins Knie, als er aufstand, selbst völlig übermüdet und sehr erleichtert, seinen Sohn wieder unter seinem Dach zu wissen.

»Benjamin, sieh zu, daß du dir jetzt ein gutes Leben machst. Denn eines Tages wirst du das alles wieder haben. Eine gute Frau, so viele Kinder, wie du haben willst, zur richtigen Zeit, auf die richtige Weise und mit der richtigen Frau ... mit etwas Glück.«

Benjamin lächelte, als er diesen Rat hörte. Er blickte neugierig zu Oliver auf. »Dad, wirst du sie heiraten? Charlie, meine ich.«

»Wer sollte sonst wohl gemeint sein?« Der Ältere lächelte. Er wollte aufrichtig sein, denn Benjamin war kein Kind mehr. »Ich würde ja gern, aber wir hatten noch nicht viel Zeit, darüber zu sprechen.« Den ganzen letzten Monat war er diesem Thema ausgewichen. Er wußte, wie wichtig Charlie ihr Beruf war, und fürchtete einen Korb. Er wollte nichts verderben, indem er sie zu früh fragte, doch er hatte von allem Anfang an gewußt, daß sie die Richtige war. Es war nur eine Frage der Zeit, bis er ihr einen Antrag machen würde. Ihre Beziehung war anders als alles, was er bislang erlebt hatte, und was er für sie empfand, hatte er nicht einmal für Sarah empfunden. Jetzt erst war ihm bewußt, wie schwierig alles mit ihr gewesen war, weil sie einfach nicht zusammengepaßt hatten. Mit Charlie war alles perfekt. Sie verkörperte all das, wovon er geträumt hatte.

»Charlie ist eine großartige Frau. Sie gefällt mir wirklich.«

»Mir auch«, sagte Ollie lächelnd, als er Benjamin in sein Zimmer brachte. Dann ging er langsam in sein eigenes, erleichtert, daß sie alle wieder unter einem Dach vereint waren. Seine drei Küken wuchsen sehr rasch heran, sogar Sam, der jetzt keinerlei Neigung mehr zeigte, zu seinem Vater ins Bett zu kriechen. Er fühlte sich in seinem eigenen Zimmer wohl – mit dem Meerschweinchen.

24

Am Tag nach seiner Ankunft fuhr Benjamin nach Bakersfield. Was ihn dort erwartete, war nicht dazu angetan, seine Stimmung zu heben, aber dem Baby ging es gut. Sandra war zur Stelle, und ihre Mutter schien alles im Griff zu haben. Mehr war nicht zu erwarten. Der Zustand des heruntergekommenen Hauses störte ihn zwar gewaltig, ebenso der Umstand, daß Alex im Wohnzimmer in einem Bettchen neben dem lautstark laufenden Fernsehapparat schlief. Das Baby kreischte vor Freude, als es erwachte und Benjamin sah. Um so schlimmer war es, es wieder allein lassen zu müssen, aber Benjamin war froh, von Sandra fortzukommen.

Etwas beruhigter fuhr er wieder nach Bel Air zurück. Und in den folgenden Wochen bestand er den High-School-Abschluß für Externe, bewarb sich an der UCLA und wurde einen Monat später aufgenommen. Inzwischen hatte er im Bücherladen auf dem Campus einen Teilzeitjob ergattert, den er unbedingt behalten wollte, damit er sich an den monatlichen Zahlungen für Alex beteiligen konnte.

Wieder war er nach Bakersfield gefahren und hatte die Situation unverändert vorgefunden, wenngleich Sandra diesmal nicht zu Hause gewesen war. Ihre Mutter, die ein Bier nach dem anderen trank, war jedoch zur Stelle, und das Baby machte einen glücklichen Eindruck. Benjamin spielte eine Stunde mit ihm, bevor er die Rückfahrt antrat. Diesmal verschwieg er seinem Vater den Besuch. Er hatte das deutliche Gefühl, Oliver billige es nicht, wenn er sich zuviel mit dem Kind befaßte, doch er spürte ebenso deutlich, daß er es tun mußte. Mochte er eines Tages auch noch so viele Kinder haben, Alex würde stets sein Erstgeborener sein – ein wichtiger Teil seines Lebens. Er hatte die feste Absicht, den Kontakt nicht abreißen zu lassen. Sandras Mutter hatte nichts dagegen, nicht zuletzt der Zahlungen wegen, die pünktlich eintrafen, wie sie befriedigt registrierte. Alex war für sie ein wahrer Glücksfall. Sandra hatte genau gewußt, was sie tat, als sie sich von Benjamin Watson das Kind machen ließ. Die Watsons waren zwar nicht steinreich, sie waren aber einigermaßen betucht. Ihre kleinen Schnüffeleien drüben an der Ostküste hatten ergeben, daß der Vater des Jungen sehr anständig verdiente. Und ein paar Wochen später hatte sie in einer Klatschspalte eine Notiz entdeckt, die ihr reges Interesse auf den Plan rief. Der Alte war doch tatsächlich mit Charlotte Sampson liiert! Im Moment mochte das zwar nicht viel wert sein, aber später einmal, falls es ihnen einfallen sollte, die monatlichen Zahlungen einzustellen, konnte man mit ein wenig Erpressung vielleicht etwas nachhelfen.

Doch das war etwas, was Ollie nicht im entferntesten in den Sinn gekommen wäre, während seine Romanze blühte und gedieh und Charlie zum Entzücken seiner Kinder immer mehr Zeit mit der Familie verbrachte. Im April schließlich faßte sich Oliver ein Herz und stellte Charlie die große Frage.

Wieder einmal saßen sie bei einem ihrer trauten, intimen Abendessen im ›Chianti‹. Oliver überraschte Charlotte nicht mit einem Ring, sank vor ihr auch nicht in die Knie, sondern wartete, bis sie gegessen hatten. Dann sah er sie sichtlich nervös an, und sie kicherte. Sie ahnte, was nun kommen würde, war aber nicht ganz sicher.

»Wie war's heute im Büro?« neckte sie ihn, und er stöhnte.

»Tu mir das nicht an ... ich wollte etwas ganz Ernstes mit dir besprechen. Das möchte ich schon seit langem, aber ich war nicht sicher, wie du darüber denkst ... bei deinem Beruf und ...«

»Möchtest du mir einen Job anbieten?« Sie lächelte voller Unschuld.

»Ach, sei still. Aber eigentlich, wenn man es recht bedenkt, könnte man es so nennen. Eine Dauerstellung mit lausiger Bezahlung, verglichen mit dem, was du jetzt verdienst. Eine Verpflichtung auf Lebenszeit gegen Kost und Quartier, drei große Handicaps, ein paar Vergünstigungen und zu guter Letzt eine Altersversorgung. «

»Wage es ja nicht, deine Kinder als Handicaps zu bezeichnen, Oliver Watson! Ich mag sie zufällig sehr gern.« Oliver hielt Charlies Hand fest, ehe er sie an die Lippen führte und ihre Finger küßte.

»Ich auch. Aber ich liebe zufällig auch dich. Was würdest du davon halten, wenn wir in absehbarer Zeit heiraten?« Sein Herz klopfte wild, denn eine Ablehnung hätte ihn nicht gewundert, aber Charlie sagte kein Wort und küßte ihn nur.

»Das ist das Netteste, was ich je gehört habe«, sagte sie schließlich. Eine richtige Antwort war das aber nicht. Das Warten wurde ihm zur Qual.

»Na, was ist?«

»Ich glaube, wir beide sollten uns das gründlich überlegen. Du mehr als ich. Ich weiß, was ich bekomme, Ollie, und ich liebe euch alle vier, aber du warst noch nie mit einer berufstätigen Frau verheiratet, das kann ziemlich hart werden, besonders in einem Beruf wie meinem. Wir hätten kaum Privatleben, sosehr wir uns auch darum bemühten, denn der Rummel um mich wird weitergehen, zumindest solange ich bei der Serie mitmache. Das kann einem manchmal richtig lästig werden.« Diese Erfahrung hatte Ollie bereits gemacht, wenn sie ausgingen – die ständigen

Autogrammbitten, die Journalisten, die gutgemeinten Aufdringlichkeiten. Das alles machte ihm nichts aus, weil er stolz auf sie war. Es störte ihn nicht, hinter ihr zurückstehen zu müssen, während sie als Star im Rampenlicht stand.

»Das alles macht mir nichts aus.«

»Sicher? Eines Tages werde ich das aufgeben, aber um ehrlich zu sein – jetzt noch nicht, ich habe zu lange und zu hart gearbeitet, um Schluß zu machen, bevor ich nicht den allerletzten Tropfen Befriedigung herausgepreßt habe.«

»Das kann ich gut verstehen. Ich erwarte auch nicht, daß du alles aufgibst. Das wäre ein großer Fehler.«

»Das meine ich auch. Auch wenn ich dich noch so liebe, ich würde es bereuen. Was, glaubst du, halten die Kinder davon?« Auch dieser Punkt machte ihr Kopfzerbrechen. Sie bedeuteten ihr viel und ihm ebenso, und sie wollte, daß auch die Kinder mit ihr zusammenleben wollten. Ollie grinste nur.

»Sie haben gedroht, sich von mir scheiden zu lassen, wenn ich dich nicht frage. Und wenn du nicht einwilligst, suchen sie sich glatt einen anderen Vater.«

»Da wären sie schön dumm. Einen besseren finden sie nicht.«

»Das stimmt gar nicht. Ich mache vieles falsch.«

»Doch, es stimmt. Und ich habe noch keinen Fehler bemerkt. Du machst deine Sache fabelhaft.« Benjamin war wieder auf dem richtigen Weg. Mel brillierte in der Schule, und Sam war nie im Leben glücklicher gewesen. Es lief für alle sehr gut. Mit scheuem Lächeln sah sie zu ihm auf. »Eines Tages möchte ich eigene Kinder haben. Eines oder zwei zumindest, vielleicht sogar drei, wenn ich nicht zu spät damit anfange. Was hältst du davon? Dann wäre das Haus ganz schön voll, dazu Meerschweinchen, weiße Mäuse und eine Würmerfarm.« Beide lachten, obwohl es ein ernstes Thema war. Mit gerunzelter Stirn ließ sich Oliver die Sache durch den Kopf gehen. Ihm selbst war schon der Gedanke gekommen, er hatte sich jedoch beim besten Willen nicht vorstellen können, je wieder Kinder in die Welt zu setzen. Mit fünfundvierzig war es zumindest ein interessanter Aspekt.

Wenigstens hat er noch nicht laut protestiert, dachte Charlie.

»Ich weiß nicht recht. Ich glaube, ich bin schon eine Spur zu alt und zu verbraucht, um noch mal von vorne anzufangen. Kinder sind nicht so problemlos, wie es den Anschein hat.« Das hatte er im letzten Jahr am eigenen Leib erfahren müssen, aber er wußte nun auch, wie lohnend es war, und um diesen Lohn wollte er Charlie nicht bringen. Er liebte sie zu sehr. Und sie hätte eigenen Kindern viel zu bieten – ebenso wie den seinen. Es war wert, darüber nachzudenken, wenn es bedeutete, daß er sie damit von einer gemeinsamen Zukunft überzeugen konnte. »Aber ich glaube, ich könnte mich mit der Zeit dazu überreden lassen.« Er sah ihren Blick, und sein Herz schmolz dahin, als sie lächelte. »Aber treib es nicht zu weit. Ich bin schon Großvater, wie du weißt.«

»Das zählt nicht«, meinte sie, weil er noch so jung war, aber Oliver machte ein trauriges Gesicht.

»Für Benjamin schon.«

»Ich meinte ja nur, daß du noch nicht alt genug bist, um dich so zu nennen.«

»Hin und wieder spüre ich es. Außer wenn ich mit dir zusammen bin, Charlie. Ich glaube, wir könnten zusammen wunderbare Dinge machen. Es gibt so vieles, was ich mit dir unternehmen möchte. Wir werden reisen, uns amüsieren, und ich helfe dir in deinem Beruf. Zum erstenmal im Leben habe ich das Gefühl, daß etwas richtig ist. Ich spüre es bis hinunter zu den Zehen und tief in meiner Seele. Ich habe nicht die geringsten Zweifel, was uns betrifft.« Und dazu kam bei ihm ein Gefühl tiefsten inneren Friedens.

»Komisch, ich auch nicht, denn ich weiß, wie sehr ich dich liebe, Oliver. Ich möchte nur meiner Sache ganz sicher sein.«

Sie zögerte nur lange genug, um ihn abermals zu küssen und ihm leise ins Ohr zu flüstern: »Für den Ernstfall bist du bei mir vorgemerkt. Ich möchte den Jahrestag unseres Kennenlernens abwarten, um eindeutig klarzusehen. Wir wär's mit Weihnachten?«

»Im Ernst?« Oliver war fassungslos. Seine Scheidung war seit einem Monat rechtskräftig, Sarah war seit über einem Jahr fort, und er liebte Charlotte aus ganzem Herzen, und jetzt wollte sie ihn tatsächlich heiraten. Sie nickte lächelnd und lachte plötzlich laut auf, sichtlich ebenso beglückt wie er.

»Natürlich ist es mein Ernst. Es macht dir doch nichts aus, bis Weihnachten zu warten?«

»Ein wenig schon. Andererseits gefällt mir eine altmodische Verlobung.«

»Im Juni ist Serienpause. Wir könnten im Sommer einen oder zwei Monate Urlaub machen. Ich hatte für diese Zeit zwar ein Filmangebot, ein zweitklassiges allerdings. Da fahre ich lieber mit dir und den Kindern in die Ferien, falls Sarah sie nicht irgendwohin mitnimmt.«

»Das tut sie, aber erst im August.«

Den Rest des Abends verbrachten sie mit Pläneschmieden, und als Oliver Charlie später nach Hause brachte, blieb er bei ihr, und sie liebten sich und feierten ihre Verlobung.

25

Am nächsten Tag wurden die Kinder eingeweiht, die vor Begeisterung kaum an sich halten konnten. Sam wollte wissen, ob er auf die Hochzeitsreise mitdürfte. Das Ansinnen entlockte Oliver ein Aufstöhnen, und Charlotte bat Mel, bei der Hochzeit Brautjungfer zu spielen. Bis dahin waren es noch acht Monate, was die Beteiligten nicht abhielt, wie aufgeregte Kinder davon zu schwärmen.

Am nächsten Tag holte Oliver Charlie vom Studio ab, und als sie ins Auto stieg, lag ein kleines viereckiges Schächtelchen auf ihrem Sitz – in türkisblaues Papier gewickelt, mit einem weißen Seidenschleifchen. Mit zitternden Händen öffnete sie es und schnappte nach Luft, als ihr ein Ring aus dem schwarzen Samtetui entgegenfunkelte. Es war ein exquisiter, wie ein Smaragd geschliffener Diamant. Charlotte standen Tränen in den Augen.

»Ach, Ollie ... er ist wundervoll!«

»Du auch.« Er küßte sie und hielt sie fest, und sie schmiegte sich an ihn, als sie nach Hause zu den Kindern fuhren.

Binnen weniger Tage bekam die Presse Wind von der Verlobung, und die Produzenten der Serie ließen sich diese publikumswirksame Gelegenheit nicht entgehen. Die PR-Leute des Studios wollten Fotos von Charlotte mit Oliver und den Kindern. Verschiedene Zeitungen und Magazine fragten nach Interviews, und die Nachricht von ihrer Verlobung erschien sowohl in ›Newsweek‹ als auch in ›Time‹. Plötzlich wurde sogar Jagd auf die Kinder gemacht – eine Unannehmlichkeit, die Charlotte erbitterte. Auch Oliver war alles andere als erfreut, als er mehrmals vor dem Haus Paparazzi entdecken mußte.

»Wie hältst du das nur aus?« fragte er Charlotte wiederholt, und als Folge davon entschlossen sie sich, die Sommerferien in aller Abgeschiedenheit in einem Haus in Trancas zu verbringen, das sie für diese Zeit mieten wollten.

Die nächsten Wochen gestalteten sich ziemlich strapaziös, aber schließlich beruhigte sich alles wieder. Sarah rief an und gratulierte Oliver. Sie hatte die Neuigkeit von Sam erfahren, war aber auch aus den Medien darüber informiert.

»Die Kinder sind ganz versessen auf sie, Ollie. Ich freue mich für dich.«

»Ich auch. Nur der Presserummel ist leider ziemlich nervtötend.«

»Daran wirst du dich gewöhnen müssen. Das ist Hollywood!« neckte sie ihn. Ihr Ton verriet, wie sehr sie sich freute. Auch Olivers Vater und Margaret waren von der Nachricht sehr angetan. Es war eine glückliche Zeit, und Oliver und Charlie steckten bis zum Hals in Arbeit, bis sie mit den Kindern nach Trancas in die Ferien fahren konnten.

Schließlich beendete Charlotte die letzte Folge dieser Saison, für die Kinder war Schulschluß, und Oliver trat seinen vierwöchigen Urlaub an. Zu fünft machten sie sich auf den Weg in ihren Ferienort, wo sie einen herrlichen Monat am Strand verbrachten, und anschließend flogen Mel und Sam an die Ostküste zu ihrer Mutter.

Charlie hatte ein paar Werbespots zu drehen, Oliver mußte wieder ins Büro, und Benjamin sollte Ende August sein Studium an der UCLA beginnen.

Kurz vorher kam der Anruf. Benjamin war spätnachmittags nach Hause gekommen, um sich umzuziehen, weil er mit Charlie und seinem Dad zum Dinner ausgehen wollte. Als das Telefon läutete, glaubte er, daß sich sein Vater aus dem Büro meldete. Um so erstaunter war er, die Stimme von Sandras Mutter zu hören, die ihn sprechen wollte. Als er sie erkannte, blieb ihm fast das Herz stehen.

»Ist etwas passiert, Mrs. Carter? Ist Alex ...«

»Dem geht's gut, glaube ich.« Das hörte sich merkwürdig an. Sie hatte lange überlegt, ob sie Benjamin anrufen sollte. Es ging ihr vor allem darum, wie sie Kapital aus der Sache schlagen konnte, schließlich aber hatte sie sich entschlossen, einfach mit ihm zu telefonieren. Er hatte ein Recht darauf, von der Sache zu erfahren, denn er war kein übler Bursche. Er schien auf den Kleinen ganz versessen zu sein, und vielleicht war es besser, man tat diesen Watsons einen Gefallen, zumindest redete sie sich das ein, als sie seine Nummer wählte. »Gestern morgen hat Sandra das Kind ins Heim gebracht. Sie gibt es zur Adoption frei. Ich dachte, Sie würden das vielleicht wissen wollen.«

»Sie hat was getan?« Benjamin schlug das Herz bis zum Hals. »Das kann sie nicht machen! Er ist auch mein Sohn. Wo ist er, Mrs. Carter? Das lasse ich nicht zu. Ich werde mich selbst um ihn kümmern. Das habe ich ihr schon gesagt, als wir noch in Purchase waren.«

»Ich dachte, daß Sie so reagieren, deshalb rufe ich an. Ich habe Sandra gebeten, mit Ihnen zu sprechen. Aber sie hat den Kleinen einfach im Heim abgeliefert und ist abgehauen. Heute morgen ist sie ab nach Hawaii.«

»Danke ... danke ... sagen Sie dort Bescheid, daß ich Alex

auf der Stelle abhole ... ich ... ach, einerlei ... ich rufe selbst im Heim an.« Als er in dem Fürsorgeheim anrief, das Mrs. Carter ihm genannt hatte, erfuhr er, daß sein Sohn nun Mündel des Gerichtes sei. Benjamin mußte den Nachweis seiner Vaterschaft erbringen, das Sorgerecht und die Tilgung von Sandras Rechten beantragen. Es war Aufgabe der Behörden, darüber zu entscheiden. Benjamin rief verzweifelt seinen Vater an und holte ihn sogar aus einer Besprechung mit einem neuen Kunden. Inzwischen war er der Panik nahe, und Oliver bat ihn, sich zu beruhigen und alles langsam zu erklären.

»Schon gut ... schon gut ... ich verstehe schon. Ich werde mich mit einem Anwalt in Verbindung setzen. Und jetzt faß dich endlich, Benjamin. Bevor ich in der Sache etwas unternehme, möchte ich, daß du dir gründlich überlegst, was du willst. Möchtest du wirklich das uneingeschränkte Sorgerecht für den Jungen? Mein Sohn, das hängt von dir ab.« Endlich hatte Benjamin die Möglichkeit, sich aus der Situation zu befreien, falls er es wollte, und Oliver war entschlossen, ihn in allem zu unterstützen. Benjamin hingegen wußte, daß es nur eine Möglichkeit gab. Er wollte seinen Sohn zurück, auch wenn das bedeutete, daß nichts aus dem Studium wurde und er jeden Job nehmen mußte, den er bekommen konnte. Er wollte seinen Sohn behalten und ihn großziehen – koste es, was es wolle. Es waren Gefühle und Überlegungen, gegen die man nichts vorbringen konnte, und Oliver wollte es auch gar nicht. Er riet ihm, sich nicht von der Stelle zu rühren, bis er ihn zurückgerufen hatte. Eine halbe Stunde später meldete er sich wieder und sagte Benjamin, er solle um vier zu einem Termin in die Anwaltspraxis von Loeb und Loeb in Century City kommen.

Benjamin war zehn Minuten zu früh dort. Der Anwalt, den sie konsultierten, war ein freundlicher Mann, der es meist mit Fällen von weit größerer Bedeutung zu tun hatte. Weil er zu den Rechtsberatern von Ollies Firma gehörte, hatte er sich bereit erklärt, Benjamin zu vertreten.

»Wenn Sie Ihren Sohn wirklich adoptieren wollen, junger Mann, ist die Sache gar nicht so kompliziert, wie sie auf den ersten Blick scheint. Ich habe heute mit allen Beteiligten gesprochen, auch mit den Behörden, und die Rechtslage ist klar. Ihre Vaterschaft wird nicht bestritten. Das Mädchen hat bereits Dokumente unterzeichnet, in denen es beurkundet, daß es das Kind aufgeben möchte. Wenn sie uns das schriftlich bestätigt – leider konnten wir noch keinen Kontakt zu ihr aufnehmen –, dann bekommen Sie das alleinige Sorgerecht für das Kind, und die Rechte der Mutter erlöschen. Benjamin, es ist eine große Verantwortung, deshalb sollten Sie sich alles gründlich überlegen, bevor Sie sich endgültig entscheiden.«

»Das habe ich bereits getan, Sir. Ich weiß, daß ich das Sorgerecht bekommen möchte. Ich liebe das Baby über alles.« Tränen stiegen ihm in die Augen. Mit seinem roten Haar und den Sommersprossen sah er selbst aus wie ein Kind. Oliver kämpfte auch mit den Tränen, als er ihn so sah. Er war entschlossen, alles zu tun, um ihm beizustehen.

»Mrs. Carter ist bereit, eine Erklärung zu unterschreiben, daß Sie sich rührend um den Jungen gekümmert und dabei großes Verantwortungsgefühl bewiesen haben. Und damit wäre die Sache eigentlich gelaufen. Sie hat mehr oder weniger deutlich durchblicken lassen, daß sie gegen ein kleines ›Geschenk‹ von Ihnen oder Ihrem Vater nichts einzuwenden hätte. Wir müssen in diesem Punkt jedoch Vorsicht walten lassen. Kinderkauf oder auch nur annähernd ähnliches gilt in diesem Staat als Verbrechen, was ich ihr auch klipp und klar gesagt habe. Sie war enttäuscht, versicherte aber, sie würde jede Erklärung unterschreiben, die wir ihr vorlegen. Nächste Woche haben wir einen Gerichtstermin in Bakersfield, und wenn alles klappt, werden Sie Ihren Sohn noch am gleichen Tag mit nach Hause nehmen können.«

»Und in der Zwischenzeit?« Benjamins Ängste kamen wieder hoch.

»Bis dahin können wir nichts machen. Er ist in guten Händen

und in Sicherheit.« Benjamin war darüber nicht sehr erbaut, man konnte jedoch nichts weiter unternehmen, deshalb gab er sich mit dem Datum in der folgenden Woche zufrieden und betete darum, daß man Sandra in Maui ausfindig machen konnte und daß sie die Papiere unterschrieb, die für ihn den Weg zu Alex freimachten.

26

Die Fahrt nach Bakersfield stellte für Benjamin eine große Geduldsprobe dar. Oliver hatte sich den Tag freigenommen, um ihm beizustehen. Beide waren auf der Fahrt wortkarg und nervös und hingen ihren eigenen Gedanken über Alex nach und über das, was er ihnen bedeutete ... Für Oliver war er das Symbol eines neuen Lebens und neuen Anfangs, ein Fingerzeig im Hinblick auf Charlies Kinderwunsch. Der kleine Alex würde ihm wieder vor Augen führen, wie es war, mit einem Baby zusammenzuleben. Teils war er entzückt, teils fürchtete er das Chaos und den Wirbel, aber Benjamin hatte versprochen, mit etwas Hilfe von Agnes alles allein zu bewältigen.

Während der Fahrt auf dem Highway 5 versuchte Oliver Benjamin in ein belangloses Gespräch zu ziehen, der Junge aber war viel zu aufgeregt. Er und Aggie hatten in seinem Zimmer ein Kinderbett aufgestellt, und sechs Packungen Windeln standen bereit. Benjamin wollte bei Mrs. Carter vorbeifahren und die Sachen für Alex abholen, Oliver hielt es aber für klüger, das auf der Rückfahrt zu erledigen. Er fürchtete immer noch, daß etwas schiefgehen könnte und Alex im Heim bleiben müßte. Sandra war auf Maui nicht ausfindig zu machen, aber der Anwalt behauptete, die Chancen, daß man das Kind Benjamin geben würde, stünden gut, da die Kindesmutter vor dem Flug nach Hawaii alle Papiere unterschrieben hatte, die eine Adoption des Kindes ermöglichten.

Das Gerichtsgebäude in Bakersfield lag an der Truxton Avenue. Ollie ließ seinen Wagen auf dem Parkplatz stehen und folgte seinem Sohn ins Innere des Gebäudes. Es war die letzte Augustwoche, das Wetter entsprechend strahlend und heiß.

Der Anwalt erwartete sie bereits, und Benjamin nahm mit beklommener Miene seinen Platz im Gerichtssaal ein. In seinem dunkelblauen Jackett, zu dem er Khakihosen, ein blaues Button-Down-Hemd und einen dunkelblauen Schulschlips trug, sah er ganz so aus wie der Student, der er in Harvard hätte sein können – adrett gekämmt und wohlerzogen. Oliver lächelte ihm ermutigend zu, als der Gerichtsdiener sie bat, sich zu erheben.

»Es wird alles gut, mein Junge.« Ollie drückte ihm die Hand, und Benjamin lächelte matt.

»Danke, Dad.« Beide wußten jedoch, daß es keine Sicherheit gab. Der Anwalt hatte sie davor gewarnt, allzu sicher zu sein. In einem Gerichtssaal gab es keine Sicherheiten, für niemanden. Der Richter betrachtete sie ernst, bevor er sie anredete.

Der Fall wurde dem Gericht vorgetragen, und Mrs. Carters schriftliche Erklärung wurde verlesen. Beide Watsons waren sehr erleichtert, der Frau hier nicht zu begegnen. Die von Sandra unterzeichneten Papiere wurden als Beweise vorgelegt, es folgte eine Schilderung der Umstände, unter denen das Kind leben sollte. Der Kleine würde in dem in Bel Air gemieteten Haus der Familie Watson zusammen mit Benjamins Vater, mit seiner Schwester und dem jüngeren Bruder leben. Eine Haushälterin, die bei der Kinderpflege half, stünde zur Verfügung, während Benjamin an der UCLA studierte. Er sollte in der kommenden Woche mit den Sommerkursen beginnen und hatte daneben noch seinen Teilzeitjob im Buchladen. Der Richter schien ziemlich beeindruckt zu sein und winkte ihren Anwalt zu sich. Es folgte eine im Flüsterton geführte Besprechung, die vom eifrigen Nicken des Richters begleitet wurde. Dann richtete er das Wort an Benjamin und bat ihn, in den Zeugenstand zu treten, damit man ihn vereidigen könne, denn er wolle ihm ein paar Fragen stellen. Benjamin erklomm mit zitternden Knien die wenigen Stufen und setzte sich, den Blick unverwandt auf seinen Vater gerichtet.

»Mr. Watson, Sie sollen wissen, daß dies kein Verhör ist, es handelt sich jedoch um eine ernste Sache, bei der über die Zukunft eines Kindes entschieden wird. Sicher haben Sie Verständnis dafür.«

Benjamin wirkte bleich, aber gefaßt, als er nickte. »Ja, Sir, selbstverständlich.«

»Das Kind, Alexander William Carter, ist Ihr Sohn? Erkennen Sie die Vaterschaft an?«

»Ja, Sir, das tue ich.«

»Leben Sie momentan mit der Mutter des Kindes zusammen?«

»Nein, Sir.«

»Haben Sie jemals mit ihr unter einem Dach gelebt?«

»Ja, ein Jahr lang.«

»Waren Sie verheiratet?«

»Nein.«

»Haben Sie je den Unterhalt für das Kind oder seine Mutter bestritten?«

»Ja, ein halbes Jahr vor Alex' Geburt und danach auch, bis wir uns im März trennten. Seit damals habe ich ... mein Vater und ich schickten jeden Monat Geld. Sechshundert Dollar.« Der Richter nickte und fuhr mit seinen Fragen fort.

»Sind Sie sich darüber im klaren, welche Pflege und Aufsicht ein Kind dieses Alters benötigt?«

»Ja, ich habe mich bis März selbst um ihn gekümmert. Sandra war ... nun, sie ging oft aus und konnte mit einem Kind eigentlich nicht viel anfangen.«

»Sie aber konnten es?« Der Richter war skeptisch, aber Benjamin war der Situation gewachsen.

»Nein, zuerst nicht. Aber ich mußte es ja lernen. Ich kümmerte mich abends nach der Arbeit um ihn, und manchmal habe ich ihn sogar mitgenommen. Ich hatte damals zwei Jobs, um für ... na, für alles aufkommen zu können ... Sandra hat die Arbeit vor der Geburt aufgegeben.«

›Sie haben das Kind zur Arbeit mitgenommen?«

»Ja, gelegentlich, wenn Sandra nicht zu Hause war. Ich hatte niemanden, bei dem ich Alex lassen konnte, und einen Babysitter konnten wir uns nicht leisten.« Die Miene des Richters verriet nichts. Egal, was nun geschehen mochte. Oliver war noch nie so stolz auf seinen Sohn gewesen wie in diesem Augenblick. Er war ein richtiger Mann und kein Junge mehr – und ein verdammt guter Vater. Er verdiente es, daß er das Sorgerecht für seinen Sohn bekam. Er hoffte sehr, daß der Richter der gleichen Ansicht war.

»Und jetzt würden Sie mit dem Kind bei Ihrem Vater leben?«

»Ja, Sir.«

»Ist ihm das zuzumuten? Hat er sich damit einverstanden erklärt?«

Oliver nickte auf diese Frage hin, und Benjamin bejahte sie laut. »Und was ist, wenn Sie sich entscheiden auszuziehen oder wenn Sie beispielsweise wieder von der Schule abgehen oder sich eine andere Freundin zulegen?«

»Dann nehme ich Alex mit. Er ist mir wichtiger als alles andere. Und wenn ich das Studium aufgebe, werde ich arbeiten und ihn erhalten wie früher auch schon.«

»Mr. Watson, Sie können den Zeugenstand verlassen. Das Gericht zieht sich zu einer kurzen Beratung zurück. In fünfzehn Minuten verhandeln wir weiter.« Er klopfte mit seinem Hammer auf den Tisch und ging hinaus, während Benjamin äußerlich ruhig, aber schweißnaß den Zeugenstand verließ.

»Sie waren großartig«, flüsterte der Anwalt ihm zu. »Weiter so.«

»Warum wurde die Sitzung unterbrochen?« wollte Oliver wissen.

»Vermutlich möchte der Richter noch mal die Dokumente durchsehen, um sich zu vergewissern, daß alles in Ordnung ist. Aber Benjamin hat sich wacker gehalten. Dem würde ich meine Kinder anvertrauen, wenn er sie nähme.« Sein Lächeln sollte den Jungen beruhigen. Und nach einer Viertelstunde, in der sie nervös die Korridore durchmessen hatten, nahmen sie ihre Sitze wieder ein, bevor der Richter eintrat.

Er ließ den Blick durch den Raum schweifen, sah Oliver, den

Anwalt und dann Benjamin an, als er wieder auf den Tisch klopfte. »Die Sitzung ist eröffnet. Bitte, behalten Sie Platz.« Dann heftete sich sein Blick auf Benjamin, und er sagte ernst: »Junger Mann, was Sie sich da aufladen, ist eine große Bürde. Eine Verantwortung, vor der man sich niemals drücken kann, die man nie vergessen und der man nie ausweichen kann. Von der Vaterschaft kann man sich keinen einzigen Tag freimachen ... Man kann nicht aufgeben, es sich anders überlegen oder einfach nicht dasein. In den nächsten achtzehn Jahren, wenn nicht länger, sind Sie für das Kind allein verantwortlich, falls Ihnen das Gericht das Sorgerecht zuspricht. Mir scheint jedoch, Sie sind dieser Verantwortung geradezu bewundernswert gewachsen gewesen. Ich ermahne Sie daher, sich ernsthaft zu überlegen, was Sie auf sich nehmen. Sie dürfen keinen Augenblick vergessen, was Sie Ihrem Sohn schuldig sind.

Das Gericht bestimmt Benjamin Oliver Watson zum alleinigen Vormund von Alexander William Carter. Vom heutigen Tag, dem neunundzwanzigsten August, an übernehmen Sie das volle Sorgerecht für den Jungen. Das Gericht bestätigt, daß die Rechte der Mutter nach der gesetzlichen Frist erlöschen. Es steht Ihnen frei, dem Kind Ihren Namen zu geben, mit diesem Datum oder zu jedem anderen Zeitpunkt Ihrer Wahl.« In seinem Blick lag tiefe Güte, als er ihn lächelnd ansah. »Der Junge gehört Ihnen, Mr. Watson.« Daraufhin gab er dem Gerichtsdiener ein Zeichen. Dieser stand auf und öffnete eine Tür. Eine Sozialarbeiterin trat ein. Sie hielt das Baby, das zufrieden, wenn auch ein wenig verängstigt von der ungewohnten Umgebung, dreinsah, auf dem Arm. In den Augen seines Vaters, seines Großvaters und sogar in denen des Anwalts standen Tränen. »Sie können Alexander zu sich nach Hause nehmen«, sagte der Richter verständnisvoll, als die Frau direkt auf Benjamin zuging und den fröhlich krähenden Alexander seinem Vater übergab. Der Anwalt bekam einen Karton mit den spärlichen Habseligkeiten des Kleinen ausgehändigt. Sie beschränkten sich auf einen Schlafanzug, einen Overall und einen Teddy, den Benjamin ihm gleich nach der Geburt geschenkt hatte. Alle weinten und lachten durcheinander, und Benjamin sah den Richter verwundert an.

»Danke, Sir ... vielen Dank!« Der Richter erhob sich und verließ den Richtertisch. Der Anwalt geleitete sie aus dem Gerichtssaal, während Benjamin den Jungen hielt und Oliver seinem Sohn auf die Schulter klopfte, sodann dem Anwalt die Hand schüttelte und sich bedankte. Benjamin stieg hinten ein und hielt den Kleinen an sich gedrückt, bevor er ihn in den mitgebrachten Kindersitz setzte.

Sie kamen überein, nun nicht mehr zu Alice Carter zu fahren, um den Rest von Alex' Sachen zu holen. Benjamin wollte sie nie wiedersehen. Er wollte nur seinen Sohn nach Hause bringen und ihn für immer bei sich behalten. Sogar der Gedanke, am nächsten Tag mit den Kursen an der Uni beginnen zu müssen, behagte ihm nicht sehr. Er wollte Alex keinen Augenblick mehr allein lassen.

Nach Hause ging es in gemächlichem Tempo über den Highway 99. Benjamin redete sich seine Aufregung von der Seele, während das Baby krähte. Er sprach vom Richter, dem Gericht und schließlich auch von Sandra. Die Sozialarbeiterin hatte dem Anwalt von Loeb und Loeb gesagt, Sandra habe sehr bestimmt und deutlich geäußert, daß sie der Verantwortung für das Kind nicht gewachsen wäre und es gar nicht erst versuchen wollte. Da Benjamin nicht mehr bei ihr war und sich um den Kleinen kümmerte, hatte sie sich der Situation auf diese Weise entziehen wollen. Die Wartezeit war nun eine reine Formalität, Probleme waren nicht mehr zu erwarten. Benjamins nächster Schritt würde es sein, eine Namensänderung des Kindes zu beantragen – eine Sache, die Loeb und Loeb im Gerichtsbezirk L. A. für ihn erledigen wollte.

»Na, mein Herr, was halten Sie davon?« plauderte er überglücklich mit dem Kind. »Wird es dir bei Grandpa, Mel und Sam gefallen?«

Alex deutete glucksend auf einen vorüberfahrenden Laster, und Ollie lächelte ihn voller Stolz an.

»Wenn es ihm bei uns nicht paßt, wird er in der Garage bei

Sams Würmerfarm schlafen müssen.« Der Großvater spielte den Strengen, obwohl ihm anzusehen war, wie sehr er den Kleinen ins Herz geschlossen hatte.

Mel, Sam und Aggie hatten den Nachmittag atemlos vor Spannung in der Küche verbracht. Das erste, was Mel zu sehen bekam, war ihr Vater allein auf dem Vordersitz, so daß sie schon glaubte, es sei etwas schiefgegangen. Dann stieg plötzlich ihr Bruder mit dem Baby in den Armen aus, und sie stieß einen Schrei aus und lief hinaus. Alex sah ihr mit großen Augen entgegen.

»Achtung ... erschreck ihn nicht ... das hier ist alles neu für ihn.« Benjamin war ganz der besorgte Vater, als das Baby zu schreien anfing, aber Aggie war rasch mit einem Plätzchen zur Stelle, und Sam hielt das Meerschweinchen hoch, bis das Baby wieder lustig krähte und versuchte, die Schnauze des sich windenden Tieres zu berühren.

Aggie hatte irgendwo ein hohes Kinderstühlchen aufgetrieben und stellte es in der Küche auf, als Oliver eine Flasche Champagner für seinen Sohn entkorkte und sogar ein paar Tropfen für Sam eingoß.

»Auf Alexander Watson!« sagte er mit breitem Lächeln. Er spürte, wie die Anspannung des Nachmittags allmählich von ihm wich. »Hoch soll er leben, möglichst lange und glücklich, mit dem besten Daddy, den es je gab!«

»O nein.« Benjamin wandte sich ihm lächelnd zu. »Das bist du, Dad.«

»Ihr beide seid es«, prostete Mel ihnen glücklich zu, und alle hatten feuchte Augen, während sie lachten und beglückt das Baby betrachteten.

27

Am nächsten Tag fingen für Benjamin die Kurse an der UCLA an, aber er kam zweimal nach Hause, um nach Alex zu sehen, trotz Aggies Beteuerungen, daß sie keine Hilfe brauchte.

Benjamin hielt offenbar eine Trennung nicht aus und mußte ihn ständig sehen. Als er abends heimkam, saß Alexander in seinem hochbeinigen Stuhl und verspeiste das Abendessen, das Aggie liebevoll für ihn zubereitet hatte.

Charlotte kam an jenem Abend und bestand darauf, Alex etwas vorzusingen, während sie ihn wiegte, und Benjamin half, ihn zu Bett zu bringen. Mel, Aggie und Oliver standen als Schutzgeister daneben, und Sam legte seinen Lieblingsteddy in das Bettchen des Kleinen. Es war der Teddy, den Sarah ihm bei seinem ersten Besuch in Boston geschenkt hatte.

Alex stieß versuchsweise einen Heulton aus, als alle hinausgingen, gleich darauf aber verstummte er.

»Eine Woche, und der Bursche wird total verdorben sein«, stellte Oliver mißbilligend fest, doch Charlotte erkannte klar, daß Ollie einer der Hauptschuldigen sein würde.

»Na, wie ist es, wieder ein Baby im Haus zu haben?«

»Eine gute Übung. Heute morgen hat er uns alle um sechs Uhr geweckt. Aber ich muß gestehen, daß Benjamin großartig mit ihm umgehen kann. Besser noch als Aggie«, schloß er flüsternd.

»Du scheinst selbst nicht ungeschickt zu sein. Ich fühle mich bei Babys immer so unbeholfen.«

Oliver zog sie zärtlich an sich. Am Wochenende besuchten sie mit Alexander allein den Zoo – ohne Benjamin. Es war herrlich für sie beide, und diesmal blieben sie ungestört, denn die Autogrammjäger blieben aus.

Ein paar Leute guckten zwar neugierig, entschieden dann aber, daß dies unmöglich Charlotte Sampson sein konnte. Das war einfach ein glückliches Pärchen, das an einem Septembersonntag mit seinem Baby in den Zoo ging. Nur der große Diamant an Charlies Hand ließ vermuten, daß sie vielleicht reich oder bedeutend war, doch der fiel niemandem auf.

Dieser Ausflug stellte für Charlotte eine angenehme Erfahrung dar, da die Presse sie seit der Emmy-Nominierung im August unermüdlich gejagt hatte. Charlotte und ihre Serie waren in diesem Jahr neuerlich nominiert worden. Die Preise sollten in der folgenden Woche vergeben werden, und alle Welt wollte sich mit Storys über die Kandidaten eindecken, während Charlotte nur ihre Ruhe haben wollte. Sie befürchtete, daß zuviel Presserummel im voraus ihr die Chancen verderben würde. Sie steckte wieder mitten in den Dreharbeiten, mußte um vier Uhr morgens aufstehen und um fünf beim Friseur und Maskenbildner im Studio sein. Abends holte Oliver sie ab und führte sie irgendwohin zu einem stillen Dinner aus oder brachte sie zu sich nach Hause, wo sie mit den Kindern aßen. Alle fieberten schon der Hochzeit im Dezember entgegen, und dabei hatten sie sich noch gar nicht entschieden, wo sie die Flitterwochen verbringen wollten, auf Hawaii oder vielleicht beim Skilaufen. Sam wollte unbedingt mit, wo immer sie hinfahren würden, bislang aber war Ollie taub für seine Bitten gewesen. Er wollte keine Meerschweinchen, keine Kinder und keine Babys in den Flitterwochen sehen. Im Alltag hatten sie schon genug um die Ohren, deswegen wollte er bei aller Liebe zu den Kindern auf der Hochzeitsreise Ruhe haben.

In der Woche darauf kam Charlottes großer Augenblick, und der Presserummel erreichte seinen Höhepunkt. Täglich lauerte eine Fotografenmeute vor dem Studio, man verfolgte sie sogar bis zu ›Giogio‹, wo sie sich ein Kleid kaufte – eine gewagte pailletten- und perlenbesetzte Robe von Bob Mackie. Charlotte war später noch einmal hingegangen, um für Mel ein Kleid auszusuchen, ein bildschönes pinkfarbenes Satinkleid von Oscar de la Renta. Oliver hatte sie zwar gerügt, weil sie Mel verwöhnte, aber Charlotte hatte ihm geraten, sich um seine eigenen Angelegenheiten zu kümmern. Mel und Charlie hatten einen Riesenspaß daran, Kleider anzuprobieren und zu kichern.

Schließlich war der große Tag gekommen. Charlotte und Oliver fuhren mit Benjamin und Mel in einer großen Limousine zur Preisverleihung, während Aggie und Sam sich mit der Fernsehübertragung begnügten. Alex war noch wach, als sie losfuhren, und verschmierte glückstrahlend Schokoplätzchen über sich, die Couch und seinen Schlafanzug. Am Tag zuvor hatte er seinen ersten Geburtstag gefeiert und prompt seine ersten Schritte getan.

Sie trafen vor dem Pasadena Civic Auditorium ein, Charlotte stieg mit gespielter Ruhe aus und nahm Ollies Arm. Mel und Benjamin waren ihnen dicht auf den Fersen. Es war der aufregendste Abend ihres Lebens, der auch Oliver in eine gewisse Spannung versetzte. Charlotte hatte feuchte Hände, und als die Paparazzi sie umdrängten, spürte Oliver, daß sie leicht bebte. Kaum hatten sie ihre Plätze im Publikum eingenommen, als sich sofort die Kameras auf sie richteten. Dutzende Stars kamen und wechselten ein paar Worte mit ihnen. Schließlich nahm die Zeremonie ihren Anfang, und die übliche Zahl unbedeutenderer Preise wurde verliehen. Stunden schienen zu vergehen, bis die größeren Auszeichnungen an der Reihe waren. Unterdessen gähnte Sam zu Hause und schlief fast ein, während Alex in Aggies Armen längst eingeschlafen war. In Pasadena aber herrschte knisternde Spannung. Die Kandidaten für den Preis der besten Fernsehserie wurden aufgerufen, und Mel und Benjamin stießen einen Schrei aus, als Charlottes Serie das Rennen machte. Beide Produzenten eilten im Laufschritt den Mittelgang entlang, während ihre Frauen in Tränen ausbrachen und Charlotte sich mit strahlendem Lächeln an Ollie schmiegte. Sie freute sich riesig für ihre Produzenten und redete sich ein, daß sie gar nicht mehr brauchte, als bei einer preisgekrönten Serie mitzuwirken, bevor sie ihre Aufmerksamkeit der Preisverleihung für den besten Darsteller zuwandte.

Einer ihrer besten Freunde, der in einer konkurrierenden Serie mitwirkte, gewann den Preis. Und dann kam der große Augenblick. Endlich war sie an der Reihe. Sie konnte es kaum mehr aushalten. Ihr Leben lang hatte sie sich eingeredet, daß Ruhm nicht alles sei, und doch war er für sie wichtig. Sie hatte so schwer dafür gearbeitet, und ob sie nun gewann oder nicht, sie wußte in ihrem Herzen, daß sie den Preis verdient hatte.

Wieder richteten sich die Kameras auf Charlie, als sie nach Ollies Hand faßte und er ein Stoßgebet zum Himmel schickte. Er wollte, daß sie gewann, ihretwegen. Auch die Namen der anderen Darstellerinnen wurden vorgelesen, und dann kam eine lange, lange Pause, während jemand »den Umschlag bitte« sagte, und dann fuhr es Oliver wie ein Blitz mitten durchs Herz, als er Charlies Namen hörte. Sie starrte ihn an, legte fassungslos die Hand auf den Mund. Oliver schubste sie sanft und half ihr beim Aufstehen, dann ging sie zur Bühne. Ihr locker fallendes Haar schimmerte, und das raffinierte schwarze Kleid mit der Perlenstickerei schmiegte sich verführerisch knapp um ihre phantastische Figur. »Ich glaube es nicht!« hatte sie noch gestammelt, bevor sie aufstand, und sie konnte es noch immer nicht fassen, als sie lächelnd Kollegen und Freunde übers Mikro begrüßte und den Emmy eng an sich drückte.

»Ich ... weiß gar nicht, was ich sagen soll«, brachte sie schließlich lachend heraus. »Ich habe kein Rede vorbereitet, weil ich nie gedacht hätte, daß ich gewinne ... ich möchte den Produzenten und Regisseuren danken, den Drehbuchautoren und Kameraleuten, kurzum all jenen zauberhaften Menschen, die die Serie ermöglichten ... meinem Schauspiellehrer John Drum, der so verrückt war, mir die Rolle zu verschaffen ... meiner Agentin dafür, daß sie mich dazu überredete ... Annie, du hattest doch recht ... und am allermeisten ...« Sie sah jetzt Oliver direkt an »meiner Familie ... meinem zukünftigen Mann Oliver, der mit mir so liebevoll umgeht ... und unseren Kindern Benjamin, Melissa und Sam.« Nun standen Tränen in ihren Augen und auch in denen von Ollie. Sam, der die Szene im Fernsehen miterlebte, war wie gebannt. »Ich liebe euch alle und hoffe, nächstes Jahr noch bessere Arbeit zu liefern.« Dann winkte sie ihren Kollegen und Fans zu und ging zurück zu ihrem Sitz. Fanfaren ertönten, die Verleihungsshow war vorbei. Nun wurde Charlie vom Ansturm der Presseleute auf ihrem Sitz fast erdrückt, obwohl Oliver sie abschirmte und immer wieder küßte, und sie küßte ihn und Benjamin und Mel und drückte deren Hände. Später brachten sie die Kinder nach Hause und leerten mit ihnen, Aggie und Sam eine Flasche Champagner, bevor sie zu der Party, die zu Ehren der Preisträger gegeben wurde, fuhren. Es war ein Abend, den Charlie nie vergessen würde. Sie hatte es wirklich geschafft.

Ehe sie aus dem Haus gingen, läutete das Telefon. Es waren

Margaret und Olivers Vater, die Charlotte gratulieren wollten. Und Aggie vergoß noch immer Freudentränen, als Charlie ihre glückliche Familie in Nebraska anrief. Es war eine richtige Zaubernacht, und Charlotte konnte es noch immer nicht glauben, als Benjamin ihr zuprostete. Sie alle redeten und lachten und waren vergnügt und sahen sich die Verleihung in den Nachrichten an.

»Nie hätte ich gedacht, daß ich gewinne«, sagte sie immer wieder zu Ollie, als sie von Bel Air zurück nach Beverly Hills fuhren.

»Ich wußte, daß du den Emmy bekommst!« Oliver war so stolz auf sie und fand es außergewöhnlich, mit ihr gemeinsam an diesem Ereignis teilgenommen zu haben. Es war vier Uhr morgens, als sie schließlich nach Hause kamen. Charlie ließ sich auf ihr Bett fallen, und Ollie legte sich neben sie. Vom Toilettentisch her starrte sie der Emmy an. Charlotte konnte sich ein zufriedenes Schmunzeln nicht verkneifen, als sie es bemerkte.

»Ein hübsches Kerlchen«, meinte Oliver lächelnd, der zu müde war, um auch nur seinen Schlips zu lockern.

»Nicht so niedlich wie du.« Sie drehte sich in ihrem exquisiten Kleid zu ihm herum und lächelte. »Du siehst meiner Meinung nach viel besser aus.« Sie war ziemlich beschwipst und von den Ereignissen des Abends überwältigt.

»Du bist verrückt, ist dir das klar? Du bist der größte Star Hollywoods – was fängst du mit mir an?«

»Ich liebe dich. Los, legen wir heute den Grundstein zu einer Schwangerschaft.«

»Benimm dich. Du stehst im Begriff, die Mutter dreier Kinder zu werden.« Dreier Kinder, die unglaublich stolz auf sie waren. »Und eines Enkels!« Die Vorstellung, sie würde Großmutter, reizte beide zum Lachen.

Charlotte strahlte. Es war ein unvergeßlicher Abend gewesen. Für alle.

Oliver küßte sie, und fünf Minuten später war sie in seinen Armen eingeschlafen, in voller Abendgala, während der Emmy sie in all seiner Herrlichkeit anstarrte. Sie sah aus wie ein Kind, als Oliver auf sie hinuntersah, beglückt, daß diese bemerkenswerte Frau bald die seine war. Er verließ sie um sechs Uhr morgens, um sich fürs Büro umzuziehen. Die Kinder schliefen noch, als er nach Hause kam, und die vorangegangene Nacht erschien ihm nun wie ein Traum. Und doch war es wirklich passiert. Es war Realität. Sie hatte den Preis gewonnen, und in drei Monaten würde sie seine Frau sein. Unglaublich, sich das vorzustellen. Er konnte es kaum erwarten. Drei Monate erschienen ihm viel zu lange ... er lächelte unter der Dusche ... drei Monate ... dann würden er und Charlie verheiratet sein.

28

Die nächste Woche ging es noch sehr wild zu, denn die Presse verfolgte Charlie auf Schritt und Tritt. Sie erhielt einen dicken Bonus, und ihr Vertrag wurde für das kommende Jahr verlängert. Daneben bekam sie Dutzende anderer Angebote, für alle möglichen Specials und Mini-Serien sowie für Fernsehfilme, darunter drei Feature-Filme. Und dann kam das Angebot, auf das sie ihr Leben lang gewartet hatte. Ihre Agentin rief sie im Studio an, und Charlotte wußte zunächst gar nicht, was sie antworten sollte. Sie wünschte es sich mehr als alles auf der Welt, trotzdem sagte sie, sie müsse erst mit Oliver darüber sprechen. Er hatte ein Stimmrecht bei ihrer Entscheidung, weil sie einige Konsequenzen nach sich zog.

Sie würde bitten und betteln müssen, daß ihr Vertrag mit der TV-Serie gelöst wurde, die ihr den Emmy eingebracht hatte. Andernfalls mußte sie kontraktbrüchig werden.

Als Oliver sie an jenem Abend nach Drehschluß abholte, wirkte sie überaus nervös. Sie hatten die Absicht gehabt, einen ruhigen Abend bei Charlie zu Hause zu verbringen und ihre Hochzeitsreise zu planen. Oliver plädierte überzeugend für Bora Bora, doch noch ehe er ihr die Prospekte zeigen konnte, merkte er, daß etwas passiert sein mußte.

»Charlie, was ist los?« Er hatte mittlerweile einen guten Instinkt entwickelt, was Charlie betraf. Und es war nicht ihre Art, daß sie sich ihm gegenüber so gab. Sie zögerte auch nicht, es ihm zu sagen. Man hatte ihr eine Rolle in einem Broadway-Stück geboten, in einem seriösen Stück jener Güteklasse, die sie sich immer gewünscht hatte. Es war eine Chance, wie sie sich ihr vielleicht niemals wieder bieten würde. Die Proben sollten im Dezember beginnen. Das bedeutete, daß sie für mindestens ein Jahr nach New York ziehen mußte, vielleicht sogar für etwas länger. Falls dem Stück eine lange Laufzeit beschieden war, dann mindestens zwei Jahre. Oliver sah sie entgeistert an und traute seinen Ohren nicht. Man sah ihr an, wie hin- und hergerissen sie war. Und er hatte das Gefühl, das Herz müßte ihm brechen. »Und was ist mit der Fernsehserie? Und was ist mit mir?« hätte er am liebsten laut herausgeschrien.

»Ich muß zusehen, wie ich aus dem Vertrag komme. Meine Agentin meint, daß wir es schaffen, wenn wir die Sache geschickt angehen.«

»Möchtest du das?«

»Ich weiß es nicht. Ich habe es mir immer gewünscht. Ich sage dir jetzt genau, wo ich stehe. Noch habe ich mich nicht entschieden. Meiner Agentin habe ich gesagt, daß ich die Sache erst mit dir besprechen muß. Aber ... Ollie ... ich habe mir immer ein Broadway-Stück gewünscht, besonders eines wie dieses.«

»Und was bedeutet das für unsere Beziehung? Und was soll ich die zwei Jahre über tun? Soll ich etwa hier hocken? Ich kann unser Büro nicht im Stich lassen, ich bin ja erst ein Jahr hier, und für mich ist das mein Wohnort – für sehr lange jedenfalls, falls nicht gar für immer. Meine Kinder gehen hier zur Schule. Ich kann sie nicht allein lassen oder sie schon wieder aus ihrer gewohnten Umgebung herausreißen. Das haben sie in einem Jahr bereits zweimal mitgemacht. Charlie, es geht nicht. Ich kann nicht alles stehen- und liegenlassen und wegziehen, auch wenn ich noch so gern möchte, daß du dir deinen Wunsch erfüllst.« Oliver mußte an seinen Beruf und an seine Familie denken, Charlie aber machte ein Gesicht, als ginge die Welt für sie unter. Sie wollte den Plan nicht aufgeben, nicht mal ihm zuliebe, das sah man ihr deutlich an.

»Ich könnte ja pendeln.« Als sie das sagte, zuckte Oliver zusammen wie unter einem elektrischen Schlag. Er sprang auf, um wortlos auf- und abzugehen.

»Damit komm mir nicht, Charlie«, sagte er schließlich. »Das habe ich mit einer Frau, die ich geliebt habe, schon einmal durchgemacht. Die hat mit der Fahrerei erst gar nicht angefangen. Aber auch wenn du es versuchst – wie lange würde es wohl gehen? Übermüdet von da nach dort zu fliegen und einmal wöchentlich einen Tag gemeinsam zu verbringen? Einfach lächerlich, das klappt doch nie. Wir haben unsere Beziehung noch nicht mal gefestigt, und du willst sie schon dieser Belastung aussetzen? Da mache ich lieber gleich jetzt Schluß. Es wäre für uns beide viel weniger schmerzlich, als abzuwarten und im nächsten Jahr einen Schlußstrich zu ziehen. Vergiß es. Kein Wort von Pendeln mehr.« Er versuchte, sich zu fassen und sich ihren Standpunkt zu eigen zu machen. »Sieh mal, Charlie, du mußt tun, was du für richtig hältst.« Er liebte sie. Seine Liebe war groß genug, daß er sie gehen lassen würde ohne Rücksicht auf seine eigenen Gefühle. Er wußte, daß er nicht das Recht hatte, ihr im Weg zu stehen. Und wenn er es täte, würde er sie am Ende erst recht verlieren. Auch diese Lektion hatte er auf die harte Tour lernen müssen. »Überleg dir die Sache und tu, was du möchtest.« Er schloß die Augen für einen Moment. Er hatte die Verzweiflung des Trennungsschmerzes schon einmal überstanden und würde dies alles auch ein zweites Mal überleben. Er war entschlossen, alles auf sich zu nehmen, ihr zuliebe. »Ich glaube, du solltest zugreifen. Lehnst du ab, dann wirst du es immer bereuen, und wir müßten den Preis so oder so bezahlen. Also, greif zu, Baby ... hol dir den Stern vom Himmel. Du hast ein Recht darauf. Im Moment stehst du am Gipfel deiner Karriere. Diese Gelegenheiten bieten sich nie wieder. Aber erwarte nicht, daß ich ständig über den Kontinent fliege ... und glaube ja nicht, wir könnten alles haben ... Es geht nicht. Ab und zu muß man im Leben Entscheidungen treffen. Triff die richtige für dich. Mehr wünsche ich mir nicht für dich.« In seinen Augen standen Tränen, und er drehte sich um, damit sie es nicht sehen konnte.

»Willst du damit sagen, daß es zwischen uns aus ist, wenn ich das Angebot annehme?« Charlotte war wie vor den Kopf geschlagen und sichtlich getroffen.

»Ja. Aber nicht deswegen, weil ich dich unter Druck setzen möchte oder dich dazu bringen will, meinetwegen hierzubleiben. Ich will damit nur sagen, daß ich ähnliches schon einmal durchgemacht habe und es nicht noch einmal schaffe. Es geht nicht. Zu guter Letzt würden wir doch den kürzeren ziehen. Das nehme ich nicht mehr auf mich. Da wünsche ich dir lieber alles Gute und gebe dir mit Tränen im Herzen einen Abschiedskuß. Aber besser jetzt als in einem oder in zwei Jahren, dann womöglich schon mit einem Kind. Ich glaube nicht, daß meine Kinder einen Verlust dieser Art noch einmal verkraften könnten. Ich muß auch an sie denken, ich liebe dich, Charlie. Ich liebe dich so sehr, daß ich dich tun lasse, was du willst. Ich fahre jetzt heim, und du läßt dir die Sache durch den Kopf gehen. Ruf mich an, wenn alles ausgestanden ist. Ich werde Verständnis haben ... ehrlich.« Seine Augen waren feucht, und sie weinte. Sie konnte nicht fassen, was er gesagt hatte, und doch verstand sie ihn sehr gut. »Aber ich möchte deine Entscheidung nicht aus der Presse erfahren müssen.« Ohne sich umzudrehen, ging er und fuhr nach Hause.

Sam war noch auf, als Oliver heimkam, und spielte in der Küche mit dem Meerschweinchen. Oliver trat mit einem Gesicht ein, als wäre er um Haaresbreite einem Unfall entgangen.

»Hallo, Dad.« Grinsend blickte Sam auf und erstarrte abrupt. Das Meerschweinchen war vergessen. »Was ist los?«

»Nichts. Im Büro war ein schrecklicher Tag. Ich gehe gleich schlafen.« Er fuhr Sam durchs Haar und ging ohne ein weiteres Wort hinauf. Sam lief daraufhin mit entsetztem Gesicht ins Zimmer seiner Schwester.

»Mit Dad stimmt was nicht!« berichtete er aufgeregt. »Sein Gesicht ist ganz grün.«

»Vielleicht ist ihm übel. Hast du ihn gefragt, was los ist?«

»Er meint, daß es im Büro wild zugegangen ist.«

»Mag ja sein. Am besten, du läßt ihn in Frieden. Morgen ist bestimmt alles wieder in Ordnung.«

Das war nicht der Fall, und es fiel allen auf. Oliver war in sich gekehrt und blaß und sagte kein Wort. Er kam erst spät herunter und rührte seine Frühstückseier nicht an. Sam warf seiner Schwester einen vielsagenden Blick zu.

»Dad, bist du krank?« fragte er beiläufig.

Ohne es zu wollen, traf Sam ins Schwarze. Sein Vater zuckte zusammen, als es der Junge aussprach. »Oder hast du dich gestern mit Charlie gezankt?«

»Nein, wo denkst du hin.« Charlie hatte nicht angerufen, nachdem er weggefahren war, und er hatte die ganze Nacht nicht schlafen können. Die Angst, sie zu verlieren, war unerträglich. Und um welchen Preis! Er liebte sie zu sehr, um auch nur den Versuch zu unternehmen, sich an etwas Unerreichbares zu klammern. Daß er Sarah nie wirklich besessen hatte, war eine Erkenntnis, die viel zu spät gekommen war.

Auf der Fahrt ins Büro fühlte er sich wie ein Scheintoter, und als ihm seine Sekretärin nachmittags meldete, daß Charlotte im Vorraum seines Büros wartete, überlief es ihn kalt. Plötzlich hatte er Angst, sie zu sehen, Angst vor dem, was sie ihm sagen würde. Er fühlte sich wie in einer Falle gefangen, als die Sekretärin sie mit bewunderndem Blick hereinbat. Aufstehen konnte er nicht, da ihm seine Beine den Dienst versagten.

»Ist dir nicht gut?« Charlie sah ihn besorgt an. Sie ging langsam auf den Schreibtisch zu, den Blick eindringlich auf ihn gerichtet. Auch sie war blaß, aber nicht bleicher als Ollie.

»Du hast dich entschieden?«

Sie nickte und ließ sich in den Sessel vor seinem Schreibtisch fallen. »Ich mußte jetzt kommen. Um sechs Uhr geht die Meldung über alle Medien. Die Produzenten des Broadway-

Stücks konnten sich mit den Fernsehleuten einigen, man wird meine Rolle zu Weihnachten aus der Serie herausnehmen.«

...Weihnachten ... ihr Hochzeitstag ... beinahe.

»Und du spielst am Broadway?« Er brachte die Worte kaum heraus.

Sie nickte langsam. Ihr Blick verriet Beklommenheit. »Ich glaube schon.« Und dann griff sie nach seinen Händen, hielt sie fest und bat ihn: »Könnten wir die Sache nicht noch einmal besprechen? Vielleicht könnten wir einen Kompromiß wenigstens versuchen. Ich liebe dich. Es hat sich zwischen uns nichts geändert.« Das hörte sich ziemlich verzweifelt an. Aber Ollie wußte es besser.

»Jetzt noch nicht, das mag ja sein. Mit der Zeit aber würde uns das alles über den Kopf wachsen. Wir würden uns fremd werden. Du führst in New York ein eigenes Leben und spielst Theater, und ich bleibe hier, mit meiner Arbeit und den Kindern. Was für ein Leben soll das sein?«

»Ein schwieriges, eines, das eine Herausforderung wäre, aber ein lohnendes Leben. Andere haben es geschafft, Ollie. Ich schwöre, daß ich die Hin- und Herfliegerei auf mich nehme.«

»Wie denn? Du hast zwei Tage frei. Einen für den Herflug, den anderen für den Rückflug. Und was bliebe uns? Eine Nacht am Flughafen? Wie lange würde das wohl gutgehen?« Er stand auf und kam hinter dem Schreibtisch hervor, um vor ihr stehenzubleiben. »Du hast die richtige Entscheidung getroffen. Du bist eine Frau mit großem Talent, Charlotte. Du hast ein Recht darauf, dieses Angebot anzunehmen.«

»Aber ich liebe dich.«

»Ich dich auch. Trotzdem schaffe ich es nicht, etwas aufrechtzuerhalten, was nicht funktionieren kann. Diese Lektion mußte ich schon einmal lernen. Auf die harte Tour.« Die Narben waren zu tief, der Schmerz zu groß, und als er die Frau, die er über alles liebte, ansah, wußte er, daß er sie bereits verloren hatte.

»Was geschieht jetzt?« Charlotte schien gebrochen zu sein, brachte jedoch keine Einwände vor.

»Wir werden eine Zeitlang leiden. Aber wir wachsen daran, und das Leben geht weiter. Du hast deine Arbeit, ich habe meine Kinder. Daraus beziehen wir Trost, und schließlich vergeht auch der Schmerz.« So wie es bei Sarah gewesen war. Nur hatte es ihn lange Zeit ständiger Qual gekostet. Und irgendwie erschien ihm die Aussicht, Charlotte zu verlieren, noch schlimmer, denn sie hatten so viel Hoffnung, Freude und Liebe geteilt und so viele Pläne für die Zukunft geschmiedet, und das alles war jetzt vorbei.

»So wie du das sagst, hört es sich furchtbar an, Ollie.« Sie sah ihn mit kummervollem Blick an, und er faßte sanft nach ihren Händen.

»Einfach wird es bestimmt nicht.«

Minuten später verließ sie ihn unter Tränen, und er goß sich an der Bar einen großen Drink ein, bevor er nach Hause fuhr. Aggie und Sam saßen vor dem laufenden Fernsehgerät, während Alex gefüttert wurde. Die Sprecherin verkündete eben ganz Los Angeles, daß Charlotte Sampson, Gerüchten zufolge, ihre Rolle in der TV-Serie aufgeben und nach New York übersiedeln wollte, um dort eine Rolle in einem Broadway-Stück zu übernehmen.

Sam lachte laut auf, während Aggie dem Baby noch ein Plätzchen zusteckte. »Dad, das ist doch Blödsinn. Charlie geht nicht nach New York. Sie bleibt hier, und wir heiraten.« Mit breitem Lächeln sah er zu seinem Vater auf und erstarrte plötzlich.

Auch Ollie sah aus wie versteinert, als er sich vom Fernsehgerät ab- und Sam zuwandte und wie betäubt den Kopf schüttelte.

»Nein, ich glaube nicht, mein Sohn. Sie hat ein sehr gutes Angebot für ein wichtiges Theaterstück bekommen. Das bedeutet für sie sehr viel, Sam.« Aggie und der Junge starrten ihn an, als Benjamin hereinkam und sofort erfaßte, daß sich hier ein Drama abspielte. Alex streckte jauchzend seinem Vater runde Ärmchen entgegen, diesmal aber erreichte er damit nichts.

»Gehen auch wir zurück nach New York, Dad?« Sams Miene

verriet Angst und Hoffnung, sein Vater aber schüttelte den Kopf. Er hatte das Gefühl, an einem einzigen Tag um hundert Jahre älter geworden zu sein.

»Sam, das geht nicht. Ihr alle geht hier zur Schule. Und ich habe hier meine Arbeit. Ich kann doch nicht jedes Jahr meine Zelte abbrechen und umziehen.«

»Ja, möchtest du sie denn nicht hierbehalten?« Sam begriff nicht, was sich zugetragen hatte. Ollie ging es nicht viel anders.

»Doch, ich möchte schon. Andererseits möchte ich mich auch nicht in das Leben eines anderen einmischen. Sie muß ihr eigenes Leben leben, und wir haben das unsere.«

Nun trat Stille ein, dann nickte Sam, wobei er sich heimlich eine Träne von der Wange wischte. »So ähnlich wie bei Mom, nicht?« fragte er.

»Ja, irgendwie.«

Sam nickte wieder und sah zu, daß er hinauskam, während Benjamin sanft den Arm seines Vaters berührte und Aggie Alex aus dem hohen Stuhl hob und ihn mit sich nahm, um Sam beim Zubettgehen überwachen zu können. Es lag auf der Hand, daß nun wieder schwierige Zeiten ins Haus standen und daß es Sam besonders hart traf, weil er große Zuneigung zu Charlotte entwickelt hatte. Sein Vater nicht weniger.

»Kann ich etwas für dich tun, Dad?« fragte Benjamin leise, von dem Kummer in Olivers Blick bewegt. Doch Oliver schüttelte den Kopf, drückte den Arm seines Sohnes und begab sich in sein Zimmer. Er legte sich aufs Bett und dachte die ganze Nacht an Charlotte, um sich am Morgen so zu fühlen, als wäre er in einer Bar in eine Prügelei geraten.

Es war nicht fair, daß es ausgerechnet ihn wieder traf. Es war nicht fair, daß er sie verlor. Als er allein im Bett lag, hätte er sie gern gehaßt, aber er konnte es nicht. Er liebte sie zu sehr, und die Ironie der Situation traf ihn noch einmal mit voller Wucht, als er nach einer schlaflosen Nacht die Prospekte von Bora Bora in den Papierkorb warf. Er hatte die unheilvolle Neigung, sich in

Frauen zu verlieben, die vom Leben mehr erwarteten als eine biedere Ehe. Im Moment konnte er sich gar nicht vorstellen, jemals wieder jemanden zu lieben. Und als er aus dem Fenster starrte und an Charlie dachte, konnte er die Tränen nicht zurückhalten. Er begehrte sie verzweifelt und wußte doch, daß es nie mit ihnen klappen würde. Er mußte sie gehen lassen, mochte es auch noch so schmerzhaft sein, das Band zu zerreißen, das ihn an sie gefesselt hatte.

Den ganzen Tag über verspürte er das Verlangen, sie anzurufen, aber er kämpfte tapfer dagegen an. An diesem Tag waren die Zeitungen voll von Meldungen über Charlotte, und auch die nächsten Tage wurde die Neuigkeit breitgetreten, doch auf ihren Anruf wartete Oliver vergebens. Es dauerte bis Thanksgiving, ehe er ihren Namen hören konnte, ohne daß ihm die Tränen in die Augen schossen, und er hoffte, sie würde bald nach New York gehen, damit ihn nicht mehr die Versuchung plagte, an ihrem Haus vorbeizufahren oder sie im Studio zu besuchen. In New York war sie außer Reichweite, in einem anderen, von seinem sehr entfernten Leben. Für immer.

29

Am Tag vor Thanksgiving kam Sarah, um Mel und Sam zu einer Fahrt nach San Francisco abzuholen, wo sie Freunde besuchen wollte. Sie war einverstanden, auch Aggie und Alex mitzunehmen, weil Benjamin zu einem frühen Skiurlaub nach Squaw Valley wollte. Sarah hatte ihr Buch einige Wochen zuvor zu Ende geschrieben und sah blendend aus, wie Oliver feststellte. Merkwürdig war nur, daß sie ihm wie eine Fremde vorkam, als er ihr einen Kuß auf die Wange gab. Er begehrte sie nicht mehr, ihr Parfum war ein Duft, der ihm nicht mehr vertraut war. Die Frau, die nun nachts seine Träume heimsuchte, war Charlie. Noch immer traf es ihn bis ins Herz, wenn er an sie dachte oder ihren Namen in der Presse las.

»Na, Ollie, wann werdet ihr heiraten?« fragte Sarah, die am Morgen der Abfahrt Alex auf den Knien wiegte. Oliver zuckte zusammen.

»Ich dachte, die Kinder hätten es dir gesagt.« Das kam leise und irgendwie gezwungen.

»Was hätten sie mir sagen sollen?« Sie war so erstaunt, daß ihr entging, daß das Baby ihre saubere Bluse ansabberte. Aggie war nach oben gegangen, um die Sachen des Kleinen zu holen, und Sarah wartete in der Küche.

»Charlotte wird am Broadway spielen und will sehr bald nach New York ziehen. Und, na ja ... wir sind zu der Einsicht gekommen, daß es für sie ein günstigerer Schritt ist als eine Ehe.« Er lächelte matt, aber Sarah ließ sich nicht täuschen. Sie kannte ihn zu gut. Und er tat ihr leid. Sie wußte, wie sehr es ihn schmerzen mußte ... es war zwar anders als das, was sie mit Jean-Pierre durchgemacht hatte, aber ein Verlust – gleich welcher Art – war immer schmerzhaft. »Ich schätze, ich habe eine Schwäche für diese Art Frauen. Für die Klugen, die Ehrgeiz entwickeln.«

»Ach, Ollie, du wirst sehr bald die Richtige finden. Du verdienst es auch.« Sarah meinte es ganz aufrichtig.

»Ich bin nicht sicher, ob ich Zeit für sie hätte, wenn ich ihr begegne«, meinte er mit einem Lächeln, das seinen Kummer verbergen sollte, und sah dabei Alex an. »Dieser Bursche hält uns ständig auf Trab.« Benjamin nahm Alex auf den Arm und trug ihn hinaus, um ihn in dem Kindersitz in Sarahs gemieteten Pontiac zu setzen. Er ließ den Kleinen ungern wegfahren, aber Oliver hatte ihm klargemacht, daß das Skilaufen ihm guttun würde. Oliver selbst war froh, daß Sarah die Kinder übernahm. Der Schlag, den ihm Charlottes Entschluß versetzt hatte, schmerzte noch zu heftig, so daß bei ihm von Feiertagsstimmung keine Rede sein konnte.

Sarah und die Kinder fuhren gleich darauf los, und wenig später wurde Benjamin von seinen Freunden abgeholt. Ollie, der nun ganz allein im Haus war, machte sich über einen Stapel Post und

Rechnungen her. Die Stille mutete ihn sehr merkwürdig an, und als er sich seufzend zurücklehnte, versuchte er sich darüber klarzuwerden, ob ihm das Alleinsein gefiel oder nicht. Zu rasch wanderten seine Gedanken zu Charlie und sogar zu Sarah. Er fragte sich, ob es möglicherweise, wenn er sich anders verhalten hätte, mit beiden gutgegangen wäre. Wenn wir es von Anfang an anders angepackt hätten, dann hätte Sarah sich später vielleicht nicht so aufgebäumt, dachte er bei sich. Ein törichter Gedanke, wie ihm sofort klar wurde. Nichts von allem ließ sich umgeschehen machen. Sarah war geschaffen, frei zu sein und ihre Romane zu schreiben, so wie Charlie für den Broadway geschaffen war und Megan für ihr Single-Dasein im Penthouse in New York. Sogar Daphne mit ihrem Geliebten, der nie seine Frau in Greenwich verlassen würde, war ein ähnlicher Typ.

Es verdroß ihn nur, daß Charlie den Mund so voll genommen und von Ehe und Kindern geschwärmt hatte. Sie hatte behauptet, das ›wirkliche Leben‹ sei für sie wichtiger als der Beruf. Und dann hatte sie dennoch dieselbe Entscheidung getroffen wie die anderen. Unabhängigkeit. Ihr Theaterstück. New York. Und das Versprechen, hin- und herzufahren, ein Arrangement, das zum Scheitern verurteilt war, mochten ihre Absichten auch die redlichsten gewesen sein.

Am späten Nachmittag verließ er seinen Schreibtisch und machte sich ein Sandwich zurecht. Plötzlich sah er sie neben dem Wagen in der Auffahrt. Es war Charlie, in T-Shirt und Jeans, die Haare zu Rattenschwänzchen zusammengebunden, so daß sie Mels Freundinnen ähnlicher war als der Frau, die sein Herz und ihre Verlobung gebrochen hatte. Sie stand da, sehr lange und starrte ihn durchs Fenster an, und Oliver wußte nicht, ob er die Tür öffnen sollte oder nicht. Wenn sie ihm noch einmal Lebewohl sagen wollte, war es eine unnötige Quälerei. Schließlich aber konnte er nicht widerstehen und öffnete langsam die Tür. Charlie sah es und kam befangen näher.

»Ich wußte nicht, ob du da bist oder nicht … ich wollte dir eine Nachricht einwerfen …« Er sah, daß sie einen Zettel in der

Hand hielt, aber er wollte gar nicht wissen, was darauf stand. »Ich hätte lieber vorher anrufen sollen.«

»Noch einfacher wäre es gewesen, du hättest mir deine Nachricht mit der Post zugeschickt.« Er hatte ihr nichts mehr zu sagen. Es war alles gesagt, und es waren zu viele Tränen geflossen.

Sie sah an ihm vorbei in die Küche, als hoffe sie, die Kinder zu sehen. Der Raum war leer und still.

»Wie geht es allen?« Ihr Blick suchte den seinen, und er nickte, noch immer ratlos, weshalb sie gekommen war.

»Gut.«

»Sie fehlen mir so«, gestand sie mit einem Blick, aus dem schlechtes Gewissen sprach. Sie hatte es nie übers Herz gebracht, den Kindern alles zu erklären. Es wäre zu schmerzlich gewesen.

»Du fehlst ihnen auch sehr.«

»Wie geht's dem Baby?«

»Sehr gut.« Ollie lächelte. »Benjamin kommt großartig mit ihm zurecht.«

»Und wo sind sie alle?«

»Über Thanksgiving weggefahren.« Einen verrückten Moment lang wollte er sie hereinbitten, aber das hätte nichts gebracht, nur noch mehr Herzweh. Dann aber trat er mit einem unmerklichen Achselzucken zurück und bat sie dennoch ins Haus. »Möchtest du nicht kurz hereinkommen?«

Sie nickte und folgte ihm in die Küche. Wie gut er aussah! Er hatte ihr so gefehlt! Sie sah sich wehmütig um und steckte die für ihn bestimmte Nachricht in die Tasche.

»Wann geht es endgültig nach New York?« fragte er.

Sie schien zu zögern, als wäre sie nicht sicher, was sie sagen sollte, denn ihr war deutlich bewußt, wie tief sie ihn verletzt hatte. Es gab keine Möglichkeit, dies wiedergutzumachen. Und jetzt wollte sie plötzlich so viel erklären. Sie wußte nicht, wo sie beginnen sollte und ob überhaupt. »Das ist eine lange Geschichte.«

»Du freust dich sicher schon sehr.« Er war um einen gleichmütigen Ton bemüht, es mißlang ihm jedoch kläglich. Wut, Kummer und Schmerz und Liebe schwangen in seiner Stimme mit – eine Liebe, die nicht gestorben war, mochte er sich auch noch so bemüht haben, sie zu töten.

»Es ist viel passiert«, unternahm sie den Versuch einer Erklärung. Die letzten Tage waren für sie die reinste Hölle gewesen, aber das verschwieg sie ihm lieber. Sie las in seinem Blick, daß es zu spät war. Es war dumm von ihr gewesen, zu ihm zu kommen, das wußte sie jetzt.

»Möchtest du eine Tasse Kaffee?« bot er ihr an. Teils wollte er, daß sie ging, damit er wieder mit seinem Schmerz allein sein konnte, teils wollte er, daß sie blieb. Für immer.

Sie sah ihn lange und eindringlich an, und ihre Augen verrieten, daß sie kein Mädchen, sondern eine Frau war, trotz ihrer Rattenschwänzchen. Es waren die Augen eines Menschen, der für das, was er getan hatte, einen Preis bezahlte. Und dann sagte sie ganz leise: »Ollie, ich gehe nicht an den Broadway.«

»Nein?« Er war wie vom Donner gerührt. Was, zum Teufel, sollte das wieder heißen? Sie hatte es ihm gesagt, und später hatte er es in den Nachrichten gehört und in den Zeitungen gelesen. Was hatte sich geändert? Wann und weshalb?

»Nein, ich gehe nicht. Ich mache mit der Serie weiter.«

»Hat man dich aus dem Kontrakt nicht entlassen?«

»Doch, das wäre möglich gewesen, aber ...« Er wartete wie betäubt auf den Rest der Geschichte. »Ich bin zu der Einsicht gelangt, daß es falsch wäre zu gehen.«

»Für deine Karriere?« flüsterte Oliver kaum hörbar.

»Für uns. Obwohl es jetzt wohl ohnehin zu spät ist, aber es war ein Fehler, das wurde mir schnell klar. Dauernd habe ich davon geredet, wieviel mir eine Ehe und Kinder bedeuten, und dann wollte ich plötzlich alles liegen- und stehenlassen und davonlaufen, ohne Rücksicht, wieviel Schmerz ich allen zufüge, dir und mir und den Kindern.

Es war die falsche Entscheidung. Der Preis war zu hoch – einen geliebten Menschen aufzugeben, auch wenn ich mir es noch so sehr gewünscht habe, in New York zu spielen. Es war nicht richtig, und deshalb habe ich das Angebot abgelehnt. Auch wenn ich dich jetzt nicht mehr zurückbekomme, war diese Entscheidung doch richtig.« Sie lächelte traurig. »Als ich absagte, habe ich mich sofort besser gefühlt.«

Oliver sah sie fassungslos an, und dann grinste er. »Die müssen ja ganz schön wütend gewesen sein.«

»Ja, für mich ist damit der Broadway endgültig erledigt. Aber dafür liebt mich die Fernsehgesellschaft um so inniger.« Gedämpft setzte sie hinzu: »Ich hatte Hemmungen, dich anzurufen, Ollie.«

»Warum?«

»Weil ich dir so weh getan habe. Ich habe dir eröffnet, daß ich nach New York gehe, und im nächsten Moment komme ich zurück und erkläre dir, daß alles wieder in Ordnung ist. So etwas konnte ich dir nicht antun. Darum geht es auch in meiner Nachricht an dich. Ich wollte es dich wissen lassen, bevor du es in der Zeitung liest. Ich dachte, du würdest dich mit mir in Verbindung setzen, falls dir noch etwas an mir liegt – was eigentlich nicht zu erwarten ist.«

Ihre Miene verriet, daß sie es tatsächlich nicht erwartete, daß sie aber bis zum letzten Atemzug bereuen würde, was sie getan hatte. Während ihm dies alles durch den Kopf ging, sah sie sich in der Küche nach dem Meerschweinchen um und sagte, um ein wenig Humor in die Situation zu bringen: »Wie geht es übrigens meinem Namensvetter?« Das Tierchen war nirgends zu sehen. Ollie hatte das Gefühl, daß ihm ein tonnenschweres Gewicht von den Schultern genommen worden war.

»In Sams Abwesenheit wurde er in die Garage verbannt, der unruhige kleine Teufel. Mir fällt es auch ohne seine Spielgeräusche schwer, in der Nacht Schlaf zu finden.«

»Um meinen Schlaf war es auch nicht gut bestellt. Ich habe unsere Beziehung total vermasselt, nicht wahr?« sagte sie betrübt. Oliver nickte.

»Schon möglich.« Sein Lächeln kam zögernd. »Kann sein ...

oder auch nicht. Der letzte Entschluß ist es aber, auf den es im Leben ankommt. Ein Stolpern unterwegs kann uns allen mal passieren.« Sie standen noch immer ein wenig verlegen in der Küche, ihr Leben stand auf der Kippe, aus ihren Augen sprachen Angst, Schmerz und Anspannung. Sie hatten so viel zu verlieren ... und so viel zu gewinnen. Jetzt kam es auf Olivers Entscheidung an.

»Ollie, du hast mir so gefehlt. Wenn du mir nicht verzeihst, werde ich dich sehr lange nicht vergessen können.« Sie liebte ihn so sehr, daß sie zurückgekommen war und ihn um Vergebung bat. »Täglich wollte ich dich anrufen ... wollte kommen ... und dir sagen, wie leid es mir tut ... wie dumm ich gewesen war ... wie falsch der Gedanke war, das Broadway-Stück sei wichtiger als du. Es war eine niederträchtige Entscheidung, auch wenn ich zu guter Letzt noch zur Besinnung gekommen bin.«

»Aber es war ein ehrlicher Entschluß«, verteidigte er sie, »es war das, was du immer schon wolltest. Du hattest ein Recht darauf, Charlie.«

»Noch mehr aber wollte ich dich. Ich wußte es nur nicht sicher, bevor ich dich verloren habe. Und dann war es zu spät.« Seine Augen sagten, daß es tatsächlich zu spät war, und es tat ihr in diesem Moment leid, daß sie überhaupt gekommen war. Einen Moment später ging er mit sonderbarem Ausdruck auf sie zu.

»Wer sagt denn das?« flüsterte er, als er sie an sich zog. »Wer sagt denn, daß es zu spät ist? Und wer sagt, daß du dich geirrt hast und ich recht hatte? Wie oft habe ich mir seither gesagt, daß ich wieder nach New York hätte ziehen können, gemeinsam mit dir, daß wir das Haus in Purchase hätten bewohnen können ... welches Recht hatte ich also, dir im Weg zu stehen?«

»Du hattest jedes Recht dazu ... du mußtest ja auch an deine Kinder denken. Und ich dachte nur an mich.«

»Und jetzt?« Er brachte die Worte kaum über die Lippen, als er sie in den Armen hielt. Er liebte sie noch immer so sehr, daß schon allein ihre Nähe schmerzte.

»Ollie, ich liebe dich so sehr.« Diese Worte hauchte sie ihm zu, und dann küßte er sie bedächtig. Es war alles, was er hören wollte, alles, woran ihm lag und wofür er gelebt hatte, nachdem sie sich gegen ihn entschieden hatte.

»Ich liebe dich auch ... du ahnst ja nicht, wie sehr ich dich vermißt habe. Eine Zeitlang hatte ich das Gefühl, ich würde überschnappen.«

»Ich auch.« Ganz plötzlich leuchtete ihr Lächeln auf, als er sie hochhob und durchs Haus trug. Dann lachte sie laut auf. »Wohin bringst du mich?« Mit einem Schlag war das Glück wieder da. Sie lag in den Armen des Mannes, den sie liebte. Er haßte sie nicht, und er hatte ebenso gelitten wie sie. Sie war ja so dumm gewesen, aber zum Glück war sie nicht fortgegangen. »Was hast du vor?«

Er marschierte feierlich die Treppe hinauf, auf sein Schlafzimmer zu. »Ich bringe dich in mein Bett, wo du hingehörst, bis du lernst, dich zu benehmen ... du gottverdammter Schauspielstar ... daß du mir nie wieder einen Stunt wie diesen hinlegst!« schalt er sie. Sie schüttelte sich vor Lachen, als er sie über die Schwelle seines Zimmers trug, das sie vertraut und warm und wundervoll umfing. Sie sah ihm in die Augen.

»Ollie, es tut mir so leid ...« Er hielt sie noch immer fest, als wolle er sie diesmal nie wieder loslassen.

»Sei still, ich war genauso dumm wie du«, meinte er mit einem Lächeln.

»Und jetzt?« Sie blickte zu ihm auf, nachdem er sie auf sein Bett gelegt hatte.

»Wir waren beide Dummköpfe, wir verdienen einander.«

Lächelnd streckte sie ihm die Arme entgegen. Die nächsten Tage verbrachten sie hauptsächlich im Bett. Als Sarah die Kinder am Sonntag abend auf dem Weg zum Flughafen zu Hause absetzte, trafen sie Charlotte in Jeans und in Olivers Hemd barfüßig in der Küche an. Sarah kam kurz herein, um Lebewohl zusagen. Ihre Neugierde erwachte jäh, als sie Charlotte in der Küche sah.

»Ist das die Frau, von der ich glaube, daß sie es ist?« flüsterte Sarah Oliver zu, der sie zum Wagen brachte. Er hatte versucht, die beiden miteinander bekannt zu machen, aber Sam und Alex hatten sich so wild gebärdet, daß man sein eigenes Wort nicht verstehen konnte, zudem schien es Charlotte peinlich zu sein, bloßfüßig in Olivers Küche ertappt zu werden.

»Sie ist es.«

»Heißt das, daß du wieder nach New York ziehst?« Sarah schien belustigt, zugleich freute sie sich für Oliver, als sie sich ans Steuer ihres Wagens setzte. Sie und die Kinder hatten ein herrliches Wochenende verlebt.

»Nein, ich ziehe nicht nach New York.« Das sagte er in einem Ton, in dem unbeabsichtigt ein Anflug von Selbstgefälligkeit mitschwang. »Charlotte bleibt hier.«

»Ach?« Sarah war beeindruckt.

Er lächelte ihr zu. »Ich hatte Glück.«

»Nein, Ollie.« Sie erwiderte sein Lächeln. Die Vergangenheit schmerzte nicht mehr. »Sie ist ein sehr kluges Kind. Euch beiden herzlichen Glückwunsch, oder bin ich voreilig?«

»Ein wenig schon.« Er grinste, und beide lachten.

»Also dann, viel Glück.« Sie winkte ihm zu und fuhr davon. Oliver ging in die Küche, noch immer ein wenig durcheinander, und betrachtete Charlotte, die einen Arm um Sam gelegt hatte, während sie Alex im anderen Arm hielt, und sich über die Köpfe der Kinder hinweg angeregt mit Mel unterhielt. Inmitten des Durcheinanders machte Aggie heiße Schokolade.

»Ich kann mein Glück nicht fassen«, flüsterte Charlie Ollie zu, als sie sich an den Küchentisch gesetzt hatten.

»Ich bin der Glückliche.«

»Wir beide.« Charlie dachte an den Ring und fragte sich, was wohl aus ihm geworden war. Dabei warf sie unwillkürlich einen Blick auf ihre Hand, und als sie wieder aufblickte, lachte Oliver sie an. »Was ist so komisch?«

»Du. Und die Antwort auf deine Frage ist: Ich habe ihn weggeworfen.«

In Wahrheit hatte er nicht das Herz gehabt, ihn an den Juwelier zurückzuschicken. Jetzt lag der Ring im Schlafzimmersafe.

»Woher wußtest du, was ich dachte?«

»Weil ich klüger geworden bin und dich liebe.« Über den Kopf des Babys hinweg tauschten sie ein zärtliches Lächeln. Oliver hatte das Gefühl, daß ein Wunder geschehen war. Ein Wunder, das sie zu ihm zurückgeführt hatte, ob er es nun verdient hatte oder nicht. »Möchtest du ihn gegen einen schlichten Goldring eintauschen?«

Er wollte sie festnageln, bevor sie ihre Absicht noch einmal änderte oder sich eine andere berufliche Chance ergab. Er war nicht mal sicher, ob er noch gewillt war, die vier Wochen bis Weihnachten zu warten.

Charlie nickte als Antwort auf seine Frage, und ihr Blick sagte ihm alles, was er wissen wollte. Sie war zurückgekommen, um zu bleiben, und sie würde nun alles haben, das gemeinsame Leben mit Oliver und ihren Beruf, solange sie wollte. Diesmal wußten beide, daß sie es schaffen würde. Sie hatte ihre Entscheidung getroffen, eine Entscheidung, die bewies, daß sie ein Leben mit ihm und den Kindern wollte.

Charlotte hatte ihre Serie und einen Emmy, ein Meerschweinchen und den Mann, den sie liebte, drei prachtvolle Kinder und sogar ein Enkelkind. Und sie würde eigene Kinder bekommen, falls sie welche wollte. Oliver war bereit, ihr dies alles zu geben. Auch er hatte in ihrer Abwesenheit viel dazugelernt.

»Wann?« Aus seinen Augen sprach glühende Liebe, als er ihr Alex abnahm und Aggie übergab. Aggie nahm das Baby und führte Sam rasch hinaus, damit die beiden allein miteinander sein konnten.

»Morgen? Nächste Woche?« Charlotte lachte ihn an.

»Keinesfalls später.« Er zog sie stirnrunzelnd an sich und wollte sie küssen, als Benjamin, seinen Skisack über der Schulter, hereinkam.

»Entschuldigung, Dad«, gab er grinsend von sich, als er Charlotte bemerkte. Oliver deutete energisch über seine Schulter zur

Tür, und Benjamin beeilte sich, noch immer grinsend, hinauszukommen, während Oliver einen erneuten Anlauf zu einem Kuß nahm und beide lachten.

»Nächstes Wochenende?« fragte er gutgelaunt, aber mit wachsender Verzweiflung.

»Morgen«, erwiderte Charlie ruhig und entschied damit das Datum ihrer Hochzeit, die sie beinahe verspielt hätten, wenn sie nicht zur Vernunft gekommen wäre.

»Ich liebe dich«, murmelte Oliver. Er spürte Charlottes Herzschlag fast so heftig wie seinen.

»Ich liebe dich auch«, flüsterte sie als Antwort. Von weitem hörte er die Kinder die Treppe hinaufpoltern. Sie lachten und besprachen die gute Nachricht, die am Wochenende in allen Zeitungen stehen würde. So kam es tatsächlich, aber zu diesem Zeitpunkt waren Charlotte Sampson und Oliver Watson schon ein Ehepaar und unterwegs nach Hawaii, wo sie mit Erlaubnis von Charlottes Produzenten eine Woche verbringen wollten. Wie vorauszusehen war, waren bei ihrer Rückkehr die Paparazzi zur Stelle, die am Flughafen ein wahres Blitzlichtgewitter veranstalteten.

Ein strahlender Benjamin mit Alex, der glücklich und zufrieden in den Armen seines Daddys schlummerte, holte sie ab.

»Na, hoffentlich wird unseres auch so niedlich«, flüsterte Charlie Oliver zu, als sie Benjamin zum Gepäckförderband folgten. Er legte lächelnd den Arm um seine Frau. Er selbst machte sich in diesem Punkt keine Sorgen. Er hatte jetzt alles – ein Leben, wie er es sich immer gewünscht hatte, dazu eine Frau, die es richtig lebenswert machte. Und er wußte mit absoluter Sicherheit, daß er der glücklichste Mensch der Welt war.

»Alles in Ordnung?« fragte er Benjamin, der ihm mit dem Gepäck half. Als sie langsam hinausschlenderten, steuerte eine Frau aufgeregt und gestikulierend auf sie zu.

»Sind Sie nicht Charlotte Sampson?« rief sie laut.

»Nein.« Charlie schüttelte liebenswürdig den Kopf. »Ich heiße Watson.«

»Ach so.« Die Frau entschuldigte sich und verschwand in der Menge. Die drei lachten laut, aber das Baby schlief unbeirrt weiter.

Oliver und Charlotte kehrten heim zu ihren Kindern.

Abschied von St. Petersburg

Aus dem Amerikanischen
von Dr. Ingrid Rothmann

Mein Liebling Maxx

Sei nie zu jung und nie zu alt,
sei immer stark genug,
zu leben, zu lieben und Fragen zu stellen,
stets voller Liebe,
stets voller Güte.
Möge dich das Leben an seinen vielfältigen Segnungen
teilhaben lassen
und dir nicht zu viel Lasten aufbürden.
Den Wind im Rücken,
voller Sonne das Wesen,
unsere Liebe im Herzen,
jetzt und immerdar.
Dir und deinem Daddy
für immer mein Herz,
meine Liebe und mein Leben
in alle Ewigkeit.

DS

ZOYA

Welten durchwandernd,
Orte magischen Zaubers,
teure Gesichter,
ein Raunen der Vergangenheit,
Wolken der
Erinnerung
vorüberschwebend,
und das Leben,
ihres Namen ureigener Sinn,
nie wieder so
wie es einst war –
vor langer Zeit.
Paläste,
Erinnerungen,
Träume,
Bilder,
von allem, was war,
von allem, was
hätte sein können
oder sollen,
und was sie einst gesehen,
ein Leben voller Zauber,
in Palästen,
auf Bällen,
und alles nur bestimmt,
wie Schnee zu fallen,
wie Regen zu vergehen.
Lachen,

Musik,
Schönheit, Schmerz,
Freunde,
deren Lächeln
geblieben.
Erinnerungen,
sanft wie Tau,
seidenweich
an ihrer Wange ...
ein ganzes Menschenleben lang
um neu zu suchen,
was allzu rasch vergangen –
ein sanftes, teures
Winterlied,
umhüllt vom Kokon der Liebe,
dem Feuer des Lebens,
rasch entflammt
und viel zu rasch
erloschen.

1

Zoya saß mit geschlossenen Augen in der Troika, die über den vereisten Boden flog. Die sanften Schneeflocken fielen wie winzige, feuchte Küsse auf ihre Wangen und verwandelten ihre Wimpern in einen weißen Spitzensaum. Sie lauschte auf das Läuten der Schlittenglöckchen, das in ihren Ohren wie eine lustige Musik klang. Dieses Geräusch liebte sie seit ihren Kindertagen. Mit siebzehn fühlte sie sich erwachsen, ja fast schon als Frau, und doch war ihr noch immer zumute wie einem kleinen Mädchen, wenn Feodor die glänzenden Rappen mit der Peitsche antrieb ... schneller ... immer schneller ... durch den Schnee. Als sie die Augen wieder aufschlug, sah sie schon das Dorf, das in der Nähe von Zarskoje Selo lag. Sie lächelte und kniff die Augen zusammen, um die Zwillingstürme besser ausmachen zu können. Dann schob sie einen pelzgefütterten Handschuh zurück und stellte mit einem Blick auf die Uhr fest, wie lang die Fahrt gedauert hatte. Sie hatte ihrer Mutter versprochen, rechtzeitig zum Abendessen zu Hause zu sein – und das würde sie auch schaffen, wenn sie sich nicht verplauderten, aber das war fast unmöglich, denn Marie, ihre beste Freundin, stand ihr nahe wie eine Schwester.

Der greise Feodor warf einen Blick über die Schulter und schmunzelte, als sie vor freudiger Erregung laut auflachte. Sie hatte einen geradezu vollkommenen Tag erlebt, denn ihre Ballettstunden waren für sie stets eine reine Freude. Sie betrachtete ihre Ballettschuhe, die neben ihr auf dem Sitz lagen. Dem Ballett galt ihre besondere Vorliebe, ja es war schon seit vielen Jahren ihre Leidenschaft. Wie oft hatte sie Marie verstohlen zugeflüstert, daß sie nichts lieber täte, als von zu Hause davonzulaufen – ins Marjinskij-Institut, um dort zu bleiben und Tag und Nacht mit den anderen Tänzerinnen zu trainieren. Allein der Gedanke daran entlockte ihr wieder ein Lächeln. Es war ein schöner Traum, den sie lieber für sich behielt, da man in den Kreisen, aus denen sie kam, nicht Tänzerin wurde. Aber das Talent dazu hatte sie, das hatte sie schon gewußt, als sie fünf Jahre alt war, und im Ballettunterricht bei Madame Nastowa konnte sie das tun, was sie am liebsten tat. In diesen Übungsstunden arbeitete sie sehr hart, stets von dem Wunschtraum beflügelt, Fokine, der große Tanzmeister, würde sie eines Tages entdecken.

Ihre Gedanken aber schweiften rasch vom Ballett ab, als die Troika durch das Dorf flog und sie ihrem Ziel, ihrer Kusine Marie, immer näher brachte. Zoyas Vater Konstantin und der Zar waren entfernte Vettern, und wie Maries Mutter war auch ihre eigene Mutter Deutsche. Zoya und Marie teilten alles, ihre Vorlieben, ihre Geheimnisse, ihre Träume, ihre Welt. Schon als Kinder hatten sie dieselben Ängste und Freuden erlebt. Und jetzt wollte Zoya Marie unbedingt sehen, obwohl sie ihrer Mutter versprochen hatte, sie nicht zu besuchen. Warum nur hatte sie ihr verboten, mit der Kusine zusammen zu sein – es war wirklich zu dumm. Sie würde die Kranken gar nicht zu sehen bekommen, und Marie selbst war gesund. Sie hatte Zoya am Tag zuvor eine Nachricht zukommen lassen und ihr mitgeteilt, wie schrecklich sie sich mit all den Kranken um sie herum langweilte. Ohnehin waren sie nicht wirklich ernsthaft erkrankt – sie hatten nur die Masern.

Die Bauern stoben auseinander und machten die Straße frei, als die Troika vorüberflog und Feodor die drei Rappen mit lauten Rufen anfeuerte. Er hatte schon als Junge für Zoyas Großvater gearbeitet, und vor ihm hatte sein Vater in den Diensten der Familie gestanden. Nur Zoya zuliebe riskierte er es, den Zorn ihres Vaters und die wortlose hoheitsvolle Mißbilligung ihrer Mutter auf sich zu ziehen. Zoya hatte ihm versprochen, daß niemand von diesem Ausflug erfahren würde. Außerdem hatte er sie schon unzählige Male hierhergebracht. Normalerweise besuchte Zoya fast täglich ihre Kusinen, also konnte es heute auch nicht falsch sein, selbst wenn der kleine, schwächliche Zarewitsch und seine älteren Schwestern die Masern hatten. Alexej war noch ein Kind und nicht bei guter Gesundheit, wie alle Welt wußte. Mademoiselle Zoya hingegen war jung, gesund und robust – und sehr, sehr hübsch. Sie war auch schon vor Jahren das hübscheste Kind gewesen, das Feodor je zu Gesicht bekommen hatte. Ludmilla, Feodors Frau, hatte Zoya vom ersten Tag an umhegt und gepflegt. Sie war im Jahr zuvor an Typhus gestorben. Für ihn war das ein schrecklicher Verlust gewesen, zumal sie keine Kinder hatten. Seine Familie war nun die, in deren Diensten er stand.

Die Kosakengarde am Tor hielt sie auf, und Feodor zügelte die dampfenden Rösser. Es schneite nun heftiger, und die zwei berittenen Posten mit ihren hohen Pelzmützen und grünen Uniformen musterten die Ankömmlinge mit ziemlich bedrohlichen Mienen, bis sie erkannten, wer sie waren. Zoya war in Zarskoje Selo ein bekanntes Gesicht. Die Posten salutierten und ließen die Troika passieren, die nun an der Feodorowskij-Kapelle vorüber auf das Alexander-Palais zufuhr. Von den zahlreichen kaiserlichen Residenzen bevorzugte die Zarin diese besonders. Das Winterpalais in Petersburg wurde eigentlich nur für Bälle oder festliche Anlässe benutzt. Alljährlich im Mai bezog die Familie die Villa auf dem Gut Peterhof, die Sommer verbrachte sie auf der Yacht ›Polarstern‹ und in Spala in Polen, während man sich anschließend – im September – nach Liwadia auf die Halbinsel Krim begab. Dort war Zoya auch häufig zu Gast, ehe sie wieder zur Schule ins Smolnyj-Institut mußte. Im Alexander-Palais jedoch gefiel es ihr am besten. Sie liebte das berühmte malvenfarbene Boudoir der Zarin und hatte sich gewünscht, ihr eigenes Zimmer in denselben gedämpften Violettönen zu gestalten wie jenes der Zarin. Ihre Mutter belächelte Zoyas Wunsch nachsichtig, aber sie war im Vorjahr endlich dazu bereit gewesen, ihn zu erfüllen. Jedesmal wenn Marie zu Besuch kam, neckte sie die Kusine, und Zoya mußte sich sagen lassen, daß das Zimmer viel zu sehr an die Zarin erinnere.

Feodor stieg vom Kutschbock, während zwei Pagen die unruhigen Pferde hielten. Schneeflocken umwirbelten ihn, als er Zoya beim Aussteigen die Hand reichte. Ihr schwerer Pelzmantel war mit Schnee bedeckt, und ihre Wangen waren gerötet von der Kälte und von der zweistündigen Fahrt von St. Petersburg hierher. Jetzt bleibt mir nur knapp Zeit für eine Tasse Tee, dachte sie, ehe sie das ehrfurchtgebietende Portal des Alexander-Palais durchschritt und Feodor zurück zu seinen Pferden eilte. Er hatte hier Freunde, die in den Stallungen arbeiteten, und berichtete ihnen gern Neuigkeiten aus der Stadt, während er mit ihnen beisammensaß und auf seine junge Herrin wartete.

Zwei Mädchen nahmen ihr den Mantel ab, während Zoya langsam die große Zobelmütze vom Kopf nahm, so daß die rote Haarflut ungehindert auf ihre Schultern fiel. Ihrem Haar hatte sie es zu verdanken, daß die Menschen oft stehenblieben und sie anstarrten, wenn sie es, wie im Sommer in Liwadia, offen trug. Alexej, der Zarewitsch, neckte sie gern wegen ihres leuchtenden roten Haares. Und wenn sie ihn an sich drückte, dann strich er sacht mit seinen Händchen darüber. Für ihn war Zoya fast eine Schwester. Sie war nur zwei Wochen älter als Marie und im Wesen fast so wie die Kusine. Beide bemutterten den kleinen Jungen – wie übrigens seine anderen Schwestern auch. Von Zoya, seiner Mutter und der engeren Familie wurde er ›Baby‹ genannt, daran hatte sich bis jetzt nichts geändert, obwohl er inzwischen schon zwölf war. Zoya erkundigte sich sofort nach dem Befinden des Thronfolgers.

Das ältere der Hausmädchen schüttelte den Kopf. »Der arme Kleine, er ist mit Flecken übersät und hustet stark. Heute hat Monsieur Gilliard den ganzen Tag bei ihm gesessen. Ihre Majestät mußte sich um die Mädchen kümmern.« Olga, Tatjana und Anastasia hatten sich bei ihrem Brüderchen angesteckt, so daß man fast von einer Masern-Epidemie sprechen konnte. Dies war auch der Grund, weshalb Zoyas Mutter darauf bestanden hatte, daß sie ihre Freundin nicht besuchte. Aber Marie, bei der sich bislang keine Symptome bemerkbar gemacht hatten, hatte Zoya in einem Brief um ihr Kommen gebeten ... *Du mußt mich besuchen, liebe Zoya, wenn Deine Mutter es nur erlauben würde ...*

Zoyas grüne Augen blitzten, als sie ihre Mähne schüttelte und das Kleid aus schwerem Wollstoff glattstrich. Nach der Ballettstunde hatte sie ihre Schuluniform nicht mehr angezogen. Jetzt ging sie über den endlosen Korridor zu der Tür, die sie in den ersten Stock und zum spartanisch eingerichteten Schlafzimmer von Marie und Anastasia bringen würde. Unterwegs passierte sie lautlos den Raum, in dem Fürst Meschtscherskij, der Adjutant des Zaren, immer saß und arbeitete. Er bemerkte sie nicht einmal, denn ihre Schritte waren lautlos, als sie die Treppe hinaufging, um im nächsten Moment an die Schlafzimmertür ihrer Freundin zu klopfen.

»Ja?« hörte sie eine wohlbekannte Stimme.

Mit einer schmalen, anmutigen Hand drückte Zoya die Klinke nieder. Als sie den Kopf durch die Tür steckte, sah es aus, als lodere ihr eine rote Haarflamme voraus. Marie, die reglos am Fenster gestanden hatte, drehte sich um. Ihre großen blauen Augen leuchteten auf, und sie lief Zoya entgegen und umarmte sie herzlich.

»Ich bin gekommen, um dich zu erlösen, Maschka, meine Liebe!«

»Gott sei Dank! Ich dachte schon, ich müßte vor Langeweile sterben. Bei uns sind jetzt alle krank. Gestern sind auch bei Anna die Masern ausgebrochen. Sie liegt in dem Zimmer neben dem Appartement meiner Mutter. Mama will sich unbedingt selbst um alles kümmern. Den ganzen Tag tut sie nichts anderes, als die Kranken mit Suppe und Tee zu versorgen, und wenn die Mädchen schlafen, kümmert sie sich um die Verwundeten. Statt eines Lazaretts haben wir jetzt zwei ...« Sie zupfte andeutungsweise an ihrem weichen braunen Haar, und Zoya lachte. Der neben dem Palais liegende Katarinen-Palast war bei Ausbruch des Krieges in ein Lazarett umgewandelt worden. Die Zarin war dort in der Tracht einer Rotkreuzschwester unermüdlich tätig und erwartete von ihren Töchtern ähnlichen Eifer. Von allen war Marie diejenige, die diese Verpflichtungen am wenigsten mochte. »Ich kann es kaum mehr aushalten und hatte schon Angst, du würdest nie mehr kommen. Mama wäre sehr böse, wenn sie wüßte, daß ich dich zu einem Besuch aufgefordert habe.« Arm in Arm gingen die beiden Mädchen durch den Raum und ließen sich vor dem Kamin nieder. Das Zimmer, das Marie mit Anastasia teilte, war einfach und sparsam möbliert. Wie in den Räumen ihrer Geschwister standen auch hier schlichte Eisenbetten mit weißen Bettdecken und ein kleiner Schreibtisch. Auf dem Kaminsims war eine Anzahl kunstvoller Ostereier aufgereiht. Marie bewahrte diese kleinen Kunstwerke, die sie von ihren Freundinnen und Geschwistern geschenkt bekommen hatte, das ganze Jahr über auf. Es waren Ostereier aus den verschiedensten Materialien – aus Malachit, Porzellan und Holz –, die kunstvoll mit Schnitzarbeiten oder mit Edelsteinen verziert waren. Marie hing an diesen Ostereiern wie an allen ihren kleinen Schätzen. In den Kinderzimmern, wie sie noch immer genannt wurden, war vom Prunk und Luxus der Zaren-Gemächer und des übrigen Palastes nichts zu sehen. Über einem der zwei Stühle des Zimmers lag ein wundervolles Tuch, das Anna Wyrubowa, die vertraute Freundin der Zarin, bestickt hatte. Nun war Anna Wyrubowa also auch krank – ihre Freundschaft war mit Masern gelohnt worden. Der Gedanke daran entlockte den Mädchen ein Lächeln. Marie kam sich einigermaßen erhaben vor, weil sie die Krankheit bislang verschont hatte.

»Und du bist gesund?« fragte Zoya. Sie sah in ihrem grauen Wollkleid noch zierlicher aus als sonst. Sie war kleiner und noch zarter als Marie, die als Familienschönheit galt und die auffallenden blauen Augen ihres Vaters und dessen Charme geerbt hatte. Die Vorliebe für Juwelen und elegante Kleider war bei ihr viel ausgeprägter als bei ihren Schwestern. Auch diese Leidenschaft hatte sie mit Zoya gemeinsam. Die Mädchen konnten sich stundenlang über die herrlichen Toiletten unterhalten, die sie gesehen hatten, und wenn Marie zu Besuch kam, dann probierten sie die Hüte und Kleider von Zoyas Mutter.

»Mir geht es gut ... leider meint Mama, daß ich kommenden Sonntag nicht mit Tante Olga in die Stadt fahren kann.« Es war eine Gewohnheit, die Marie über alles liebte. Allsonntäglich wurden sie und ihre Schwestern von ihrer Tante, der Großfürstin Olga Alexandrowna, in die Stadt ausgeführt. Bei diesen Gelegenheiten aßen sie mit ihrer Großmutter im Anitschkow-Palais und besuchten Freundinnen. Durch die Erkrankung der Geschwister war dieser Ausflug nun ernsthaft in Frage gestellt.

Zoya zog ein enttäuschtes Gesicht.

»Das hatte ich befürchtet. Und ich hätte dir so gern mein neues Kleid vorgeführt. Großmutter hat es mir aus Paris mitgebracht.« Zoyas Großmutter Eugenia Petrowna Ossupowa war eine außergewöhnliche Frau, in deren Augen trotz ihrer einundachtzig Jahre noch immer ein smaragdenes Feuer funkelte. Alle Welt beteuerte, Zoya sei ihr Ebenbild. Zoyas Mutter hingegen, eine hochgewachsene, noble Erscheinung, war eine hellblonde Schönheit, deren traurige blaue Augen einen Hang zur Melancholie erkennen ließen. Sie gehörte zu den Frauen, die man am liebsten ständig vor dieser Welt beschützen würde, und genau dies hatte Zoyas Vater stets getan. Er behandelte seine Frau – anders als seine lebenssprühende Tochter – wie ein überempfindliches Kind. »Großmama hat mir ein herrliches Kleid geschenkt – aus rosa Satin und über und über mit winzigen Perlen benäht. Ich wollte es dir so gern zeigen!« So wie sie als Kinder von ihren Teddybären gesprochen hatten, plauderten sie jetzt über ihre Kleider, und Marie klatschte entzückt in die Hände.

»Ich kann es kaum erwarten! Nächste Woche müßten eigentlich alle wieder gesund sein. Dann kommen wir ganz sicher, das verspreche ich dir. Und in der Zwischenzeit male ich dir ein Bild für dein komisches malvenfarbenes Zimmer!«

»Wage es nicht, über mein Zimmer zu spotten! Es ist fast so schön wie das deiner Mutter!« Die beiden lachten übermütig und überhörten fast, daß Joy, der Cockerspaniel der kaiserlichen Kinder, hereinkam. Der Hund sprang an Zoya hoch, die sich vor dem Feuer die Hände wärmte und Marie von den anderen Mädchen am Smolnyj-Institut erzählte. Marie hörte diese Geschichten sehr gern, da sie mit ihren Geschwistern ein sehr abgeschiedenes Leben führte und von den Hauslehrern Pierre Gilliard und Mr. Gibbes unterrichtet wurde.

»Wenigstens haben wir im Moment keinen Unterricht. Monsieur Gilliard verbringt sehr viel Zeit mit Baby. Und Mr. Gibbes habe ich schon seit einer Woche nicht mehr gesehen. Papa sagt, er hätte große Angst, sich anzustecken.«

Wieder kicherten sie, und Marie machte sich daran, Zoyas rote Mähne zu Zöpfen zu flechten – ein Zeitvertreib, den sie seit ihrer Kindheit liebten: miteinander zu plaudern, über St. Petersburg und ihre Bekannten zu klatschen und sich dabei gegenseitig Zöpfe zu flechten. Seit Ausbruch des Krieges ging es in St. Petersburg jedoch sehr viel ruhiger als früher zu. Zoyas Eltern gaben auch nicht mehr so häufig Gesellschaften – ein Umstand, den Zoya sehr bedauerte. Sie hatte sich gern mit den Herren in ihren schmucken farbenprächtigen Uniformen unterhalten und die raffinierten Toiletten und den kostbaren Schmuck der Damen bewundert. Der Gesprächsstoff, mit dem sie Marie und ihre Schwestern erfreute, war ihr nie ausgegangen ... sie erzählte von den Flirts, die sie beobachtet hatte, wer schön war und wer nicht und wer das prachtvollste Diamantkollier besaß. Die Welt des zaristischen Rußland war eine Welt, wie sie sonst nirgends mehr existierte, eine Welt, in deren Mittelpunkt Zoya ein glückliches Leben führte. Sie war adelig, väterlicherseits sogar mit der Zarenfamilie verwandt, und erfreute sich mit ihrer Familie aller Privilegien ihres Standes. Ihr Zuhause war eine bescheidenere Ausgabe des Anitschkow-Palais, ihre Freunde waren Personen, die Geschichte machten – für Zoya war das alles selbstverständlich.

»Joy scheint wieder ganz munter zu sein.« Sie sah dem Hund zu, der um ihre Füße herumtollte. »Wie geht es den Jungen?«

Marie zog mit der Andeutung eines Lächelns eine hagere Schulter hoch. »Die sind niedlich. Ach, warte mal ...« Sie ließ den langen Zopf fallen, zu dem sie Zoyas Haar geflochten hatte, und lief an den Schreibtisch, um etwas zu holen, das sie fast vergessen hatte. Zoya war der Meinung, es handle sich um den Brief einer Freundin oder um ein Foto von Alexej oder den Schwestern. Immer hatte Marie Schätze, die es zu bewundern galt, wenn sie beisammen waren. Diesmal aber holte sie einen kleinen Flakon aus der Lade und überreichte ihn stolz der Freundin.

»Was ist das?«

»Etwas Wunderbares ... für dich.« Sie drückte Zoya einen Kuß auf die Wange, als diese sich über das Fläschchen beugte.

»Ach, Maschka ... Ja, es ist wirklich wunderbar!« bestätigte sie, nachdem sie kurz daran gerochen hatte. Es war ›Lilas‹, das Lieblingsparfum von Marie, an dem Zoya schon seit einiger Zeit Gefallen gefunden hatte. »Woher hast du das?«

»Lili hat es aus Paris mitgebracht. Ich dachte, du würdest dich darüber freuen. Ich habe noch genug von dem, was Mama mir geschenkt hat.« Zoya sog mit geschlossenen Augen den Duft ein. Sie sah glücklich und unschuldig aus. Ihre Vergnügungen waren so harmlos – die Hunde, das Parfum und im Sommer ausgedehnte Spaziergänge über die duftenden Wiesen von Liwadia oder Spiele an Bord der kaiserlichen Yacht, während diese zwischen den Schären dahinglitt. Es war ein Leben in Vollkommenheit, vom Krieg abgesehen, von dem bisweilen gesprochen wurde. Nach einem Tag mit den Verwundeten im Lazarett war Marie immer ganz verstört und niedergeschlagen. Es erschien ihr als sinnlose Grausamkeit, daß die Ärmsten verletzt und verstümmelt waren und daß viele von ihnen sterben mußten, aber nicht weniger grausam war für sie die Bluterkrankheit ihres Bruders, die oft das Thema ihrer ernsteren und vertrauteren Gespräche war. Außerhalb der allerengsten Familie wußte niemand etwas über die wahre Natur seines Leidens.

»Es geht Alexej doch gut, oder? Ich meine, die Masern werden doch nicht ...« In Zoyas Blick lag Besorgnis, als sie das Parfumfläschchen auf den Schreibtisch stellte.

»Ich glaube nicht, daß ihm die Masern ernsthaften Schaden zufügen können«, beruhigte Marie sie. »Mama meint, daß Olga viel kränker als er ist.« Olga war vier Jahre älter als die beiden

Mädchen und viel ernster. Anders als Zoya und Marie und die anderen beiden Schwestern litt sie unter großer Schüchternheit.

»Heute war es herrlich in der Ballettstunde.« Zoyas Worte wurden von tiefen Seufzern begleitet. »Ich wünschte, ich könnte einmal etwas Wunderbares aus meiner Begabung machen.«

Marie, die geklingelt hatte, um den Tee kommen zu lassen, kannte die Träume ihrer geliebten Freundin.

»Was denn? Möchtest du etwa von Diaghilew entdeckt werden?«

Wieder kicherten die Mädchen, doch aus Zoyas Augen strahlte ein Licht, das intensiv war, wie alles an ihr – ihr Haar, ihre Augen, ihre Bewegungen, wenn sie durch den Raum ging oder ihre Arme um die Freundin schlang. Sie war zierlich und wirkte energiegeladen, lebendig und gefühlvoll. Schon ihr Name bedeutete soviel wie ›Leben‹ und paßte ideal zu dem Mädchen, das sie gewesen war, und zu der Frau, zu der sie allmählich heranreifte.

»Ich meine es ernst ... und Madame Nastowa behauptet, daß ich sehr gut bin.«

Wieder lachte Marie auf, und die beiden tauschten einen Blick, der zeigte, daß sie dasselbe dachten – nämlich an Mathilde Kschessinskaja, eine Ballerina, die die Geliebte des Zaren gewesen war, bevor er Alexandra geheiratet hatte ... ein verbotenes Thema, das nur im Flüsterton in dunklen Sommernächten und außer Hörweite der Erwachsenen besprochen werden durfte. Als Zoya einmal in Gegenwart ihrer Mutter zufällig die Ballerina erwähnt hatte, war diese empört gewesen und hatte ihrer Tochter verboten, jemals wieder von dieser Frau zu sprechen. Für junge Damen schickte es sich nicht, über solche Dinge zu reden. Zoyas Großmutter reagierte nicht so streng – sie hatte nur in amüsiertem Ton erklärt, daß die Frau eine begabte Tänzerin gewesen sei.

»Träumst du noch immer davon, dich ins Marjinskij zu flüchten?« Zoya hatte lange nicht mehr davon gesprochen, aber Marie kannte sie gut, gut genug jedenfalls, um zu wissen, wann Zoya scherzte und wann nicht und wie ernst sie ihre Träume nahm.

Ebenso genau wußte sie, daß es für Zoya ein unerfüllbarer Traum bleiben würde. Eines Tages würde sie heiraten, Kinder bekommen und wie ihre Mutter ein Leben in Eleganz und Luxus führen. Der Aufenthalt in der berühmten Ballettschule würde für immer ein Traum bleiben. Und doch war es schön, wenigstens an einem Februarnachmittag beim Tee davon zu sprechen, während sie dem Hund zusahen, der im Zimmer herumsprang. Trotz der in der kaiserlichen Familie ausgebrochenen Masern war das Leben sehr angenehm. War Zoya bei ihr, dann konnte Marie ihre Sorgen und Probleme eine Zeitlang vergessen. Sie wünschte sich sehnlichst, eines Tages so frei zu sein wie Zoya, denn sie wußte sehr gut, daß ihre Eltern für sie einen Ehemann aussuchen würden. Aber erst mußten ihre beiden älteren Schwestern unter die Haube kommen ... und während sie den Blick unverwandt auf das Feuer im Kamin gerichtet hielt, fragte sie sich, ob sie den ihr zugedachten Mann auch würde lieben können.

»Woran hast du eben gedacht?« Zoyas Stimme übertönte sanft das Knistern der Holzscheite. Draußen schneite es noch immer, und die Dunkelheit vertiefte sich. Zoya hatte völlig vergessen, daß sie pünktlich zum Abendessen zu Hause hatte sein wollen. »Maschka? Du siehst so ernst aus.« Marie wirkte oft sehr ernst. Ihre Augen waren so lebhaft und blau, warm und freundlich – ganz anders als die ihrer Mutter.

»Ich weiß nicht ... dummes Zeug, vermutlich ...« Sie lächelte ihrer Freundin zu. Beide waren sie fast achtzehn, und langsam rückte der Gedanke an eine Ehe näher ... vielleicht nach dem Krieg. »Ich habe mich gefragt, wen du oder ich eines Tages heiraten werden.« Zu Zoya war sie immer aufrichtig.

»Daran denke ich auch hin und wieder. Großmama meint, es wäre allmählich Zeit, daran zu denken. Sie glaubt, Fürst Orlow wäre für mich der passende Mann.« Und plötzlich fing Zoya zu lachen an und schüttelte den Kopf, so daß sich ihr Haar aus dem Zopf löste. »Hast du jemals jemanden gesehen und dir gedacht, das könnte er sein?«

»Nicht sehr oft. Olga und Tatjana müßten zuerst heiraten.

Aber Tatjana ist so ernst – ich kann mir gar nicht vorstellen, daß sie sich für Verehrer interessiert.« Von allen vier Töchtern stand Tatjana der Mutter am nächsten, und Marie argwöhnte, daß sie es vorziehen würde, für immer im Kreis der Familie zu bleiben. »Aber es wäre nett, Kinder zu haben.«

»Wie viele?« zog Zoya sie auf.

»Mindestens fünf.« Marie hatte vier Geschwister – fünf Kinder waren ihr immer ideal erschienen.

»Ich möchte sechs«, entgegnete Zoya mit Nachdruck und Überzeugung. »Drei Jungen und drei Mädchen.«

»Und alle mit leuchtendrotem Haar«, lachte Marie, beugte sich über den Tisch und strich ihrer Freundin liebevoll über die Wange. »Du bist wirklich meine beste Freundin.« Ihre Blicke trafen sich, und Zoya ergriff Maries Hand und küßte ihre Kusine voll kindlicher Innigkeit.

»Immer habe ich mir eine Schwester wie dich gewünscht.« Statt dessen hatte sie einen älteren Bruder, der ständig einen Grund fand, sie zu ärgern. Daß er sie ihres Haares wegen besonders aufzog, lag auf der Hand. Er selbst war dunkel wie der Vater, dessen stille Kraft und Würde er auch mitbekommen hatte. Nur seine Augen waren grün wie die von Zoya. Er war dreiundzwanzig, fünfeinhalb Jahre älter als seine Schwester.

»Und was macht Nikolaj?«

»Schreckliche Dinge wie immer. Mama ist überglücklich, daß er hier bei der Preobraschenskij-Garde dient und nicht irgendwo an der Front. Großmama meint, er sei hiergeblieben, um kein gesellschaftliches Ereignis zu versäumen.« Wieder lachten sie, und der ernste Augenblick war vorüber, als die Tür leise geöffnet wurde und eine hochgewachsene Dame lautlos hereinkam und sie einen Moment beobachtete, ehe die Mädchen ihre Anwesenheit bemerkten. Eine große graue Katze war der Dame auf den Fersen und hielt jetzt neben ihr inne. Die Zarin Alexandra kam direkt aus dem Krankenzimmer ihrer drei Töchter.

»Guten Tag, Kinder.« Sie lächelte, als Zoya sich umwandte. Sofort standen die Mädchen auf, und Zoya lief auf die Tante zu, um ihr einen Kuß zu geben. Da die Zarin die Masern schon vor Jahren gehabt hatte, brauchte sie keine Angst vor Ansteckung zu haben.

»Tantchen! Wie geht es allen?«

Die Zarin umarmte Zoya, ehe sie mit einem matten Seufzer antwortete: »Ach, nicht gut. Am schlimmsten ist aber die arme Anna dran.« Sie sprach von ihrer Freundin Anna Wyrubowa, die zusammen mit Lili Dehn dem Kreis ihrer engsten Vertrauten angehörte. »Und du, Kleines? Wie geht es dir?«

»Gut, danke.« Zoya errötete wie so oft. Das häufige Erröten ließ sie bedauern, daß ihr Teint hell war wie der aller Rothaarigen und unweigerlich Sonnenbrand erleiden mußte, wenn sie sich auf der kaiserlichen Yacht oder in Liwadia der Sonne aussetzte.

»Mich wundert, daß deine Mutter dir diesen Besuch erlaubt hat.« Die Zarin wußte, wie sehr sich die Gräfin Ossupowa vor Ansteckung ängstigte. Zoyas noch tieferes Erröten verriet der Zarin, was das Mädchen getan hatte, ohne daß es eines Geständnisses bedurfte. Die Zarin unterdrückte ein Schmunzeln. »Ach so, du bist also heimlich gekommen? Und was wirst du deiner Mutter sagen, wo du heute warst?« Sie drohte Zoya scherzhaft mit dem Finger.

Schuldbewußt lachte Zoya auf und gestand dann, was sie ihrer Mutter zu sagen beabsichtigte. »Ich war in der Ballettstunde und habe mit Madame Nastowa intensiv gearbeitet.«

»Ich verstehe. Es ist zwar gar nicht gut, zu lügen, aber ich hätte wissen müssen, daß man euch beide nicht getrennt halten kann.« Damit wandte sie sich ihrer Tochter zu: »Hast du Zoya das Geschenk gegeben?« Die Zarin lächelte verhalten. Meist gab sie sich sehr zurückhaltend, aber die Übermüdung schien sie verletzlicher und auch warmherziger zu machen.

»Ja!« antwortete Zoya voller Entzücken, auf das Fläschchen auf dem Tisch deutend. »Mein Lieblingsparfum!« Die Zarin sah Marie bedeutungsvoll an, worauf das Mädchen kichernd hinauslief, während Zoya mit der Zarin angeregt plauderte. »Wie geht es Onkel Nikolaus?«

»Dem Zaren geht es gut. Leider habe ich ihn in letzter Zeit kaum zu Gesicht bekommen. Der Ärmste ist von der Front nach Hause gekommen, um sich auszuruhen, und geriet in eine Masernepidemie!« Beide lachten, als Marie wieder eintrat, in den Armen ein kleines, in ein Tuch gehülltes Bündel. Ein leises Piepsen ertönte. Im nächsten Moment wurde ein braun-weißes Hundegesichtchen mit langen seidigen Ohren und glänzenden dunklen Augen sichtbar. Es war eines der Jungen von Joy.

»Ach, ist der aber süß! Ich habe die Jungen seit Wochen nicht mehr gesehen!« Zoya streckte die Hand nach dem jungen Hund aus, der ein Winseln von sich gab und ihr die Finger leckte.

»Es ist eine Hündin, und sie heißt Sawa«, erklärte Marie stolz und sah dabei Zoya erwartungsvoll an. »Mama und ich, wir wollen, daß du sie bekommst.« Sie streckte ihr die Arme mit dem Hündchen entgegen, während Zoya sie fassungslos anstarrte.

»Für mich? Oh ... aber ... was wird ...« Sie hatte sagen wollen: ›Was wird meine Mutter dazu sagen?‹, doch sie wollte das Geschenk nicht zurückweisen, deshalb ließ sie den Satz unvollendet. Dennoch hatte die Zarin verstanden.

»Ach ja ... deine Mutter macht sich nicht viel aus Hunden. Ich hatte es vergessen. Wird sie mir böse sein?«

»Nein ... aber gar nicht«, stieß Zoya hervor, faßte nach dem Hündchen und drückte es an sich, während Sawa ihr Nase, Wange und Augen ableckte. Zoya versuchte sich den Liebkosungen des kleinen Spaniels zu entziehen, weil sie um ihr Haar fürchtete. »Sie ist zu niedlich! Soll sie wirklich mir gehören?«

»Du würdest mir einen großen Dienst erweisen, wenn du sie mitnähmest.« Die Zarin sagte es mit einem Lächeln und ließ sich matt auf einen der beiden Stühle sinken. Sie sah erschöpft und mitgenommen aus, und Zoya fiel jetzt erst auf, daß sie noch immer ihre Rotkreuzschwestern-Tracht trug. Ob sie diese für die Pflege ihrer Freundin und ihrer Kinder angezogen hatte oder ob sie an diesem Tag auch im Lazarett tätig gewesen war, blieb unerwähnt. Die Arbeit im Lazarett lag der Zarin sehr am Herzen, und sie bestand darauf, daß ihre Töchter sich daran beteiligten.

»Mama, möchtest du Tee?«

»Sehr gern, danke, Maschka.« Marie klingelte nach dem Mädchen, das rasch kam, da es wußte, daß die Zarin bei ihrer Tochter war. Eine Tasse und eine frische Teekanne waren fast augenblicklich zur Stelle, so daß Marie ihrer Mutter Tee eingießen konnte. »Danke, mein Liebling«, sagte die Zarin, um sich sogleich wieder an Zoya zu wenden. »Zoya, wie geht es deiner Großmutter? Ich habe sie seit Monaten nicht mehr gesehen, weil ich sehr beschäftigt bin. Mir scheint, nach Petersburg komme ich überhaupt nicht mehr.«

»Es geht ihr gut, danke, Tante Alix.«

»Und deinen Eltern?«

»Sehr gut. Mama steht zwar Todesängste aus, weil Nikolaj an die Front befohlen werden könnte. Papa sagt, daß die ständige Ungewißheit sehr an ihren Nerven zehrt.« Alles zehrte an Natalja Ossupowas Nerven. Sie war sehr zart und anfällig, und ihr Mann gab deshalb allen ihren Launen nach. Die Zarin hatte Marie unter vier Augen des öfteren anvertraut, daß sie diese Nachgiebigkeit für falsch hielt. Zoya hatte gottlob ein anderes Naturell und zeigte keinerlei Allüren. Sie war lebensfroh, temperamentgeladen und weder schüchtern noch empfindlich. Alexandra sah im Geiste Zoyas Mutter vor sich, in einem Sessel ruhend, in weiße Seide gekleidet, mit heller Haut und blondem Haar, um den Hals ihre herrlichen Perlen, in den Augen Angst und Zaghaftigkeit – ganz so, als ob das Leben für sie eine Last sei. Nach Ausbruch des Krieges hatte Alexandra sie gebeten, für das Rote Kreuz zu arbeiten, Natalja aber hatte klipp und klar erklärt, daß sie dazu nicht imstande sei. Mit ihrer Widerstandskraft war es wirklich nicht weit her. Die Zarin enthielt sich jetzt einer Bemerkung und beschränkte sich auf ein Nicken.

»Du mußt ihr meine besten Grüße bestellen.« Als sie das aussprach, warf Zoya einen Blick zum Fenster und sah, wie dunkel es geworden war. Nach einem erschrockenen Blick auf die Uhr sprang sie auf.

»Ich muß sofort nach Hause! Mama wird außer sich sein!«

»Zu Recht!« Die Zarin lachte und stand ebenfalls auf. Sie überragte das junge Mädchen beträchtlich. »Du darfst deine Mutter nicht anlügen! Ich weiß, wie sehr sie befürchtet, daß du dich ansteckst. Hast du die Masern schon gehabt?«

Zoya lachte. »Nein, aber ich stecke mich nicht an, und wenn ...« Sie zog lachend die Schultern hoch und sah, daß auch Maschka schmunzelte. Genau das liebte Marie an Zoya, ihren Mut und ihre Unbekümmertheit. Im Laufe der Jahre hatte sie ziemlich oft Unfug ausgeheckt, aber nie etwas Gefährliches oder Schädliches.

»Jetzt schicke ich dich nach Hause. Ich muß zurück zu den Kindern und zu der armen Anna ...« Die Zarin küßte beide und ging hinaus, während Marie das Hündchen nahm und es Zoya reichte.

»Vergiß Sawa nicht!«

Wieder trafen sich ihre Blicke, und aus Zoyas Augen leuchtete ihre Zuneigung. »Kann ich sie wirklich mitnehmen?«

»Sie gehört dir. Sie war dir von Anfang an zugedacht, aber ich wollte dich überraschen. Steck sie auf der Fahrt unter deinen Mantel, damit sie nicht friert.« Das Hündchen, am russischen Weihnachtstag geboren, war erst sieben Wochen alt. Zoya hatte sich sehr gefreut, als sie die Jungen zu Weihnachten nach dem Dinner bei Hof, zu dem sie mit ihrer Familie geladen worden war, zum erstenmal gesehen hatte. »Deine Mutter wird sehr ungehalten sein, nicht wahr?«

»Ja, aber ich werde einfach sagen, daß die Zarin sehr gekränkt wäre, wenn wir Sawa zurückschicken. Mama wird die Zarin keinesfalls beleidigen wollen.«

Lachend liefen die Mädchen die Treppe hinunter. Marie half Zoya in den Mantel. Nachdem sie die Zobelmütze aufgesetzt hatte, umarmten sich die Mädchen.

»Gib schön acht auf dich und bleib gesund!«

»Das will ich!« Zoya nahm von Marie das Parfumfläschchen entgegen, da meldete eine Bedienstete auch schon, daß Feodor bereit wäre.

»Ich komme wieder, in ein paar Tagen ... das verspreche ich ... und vielen Dank!« Nach einer raschen Umarmung lief Zoya zur Troika, neben der Feodor bereits wartete. Seine geröteten Wangen und die ebenso rote Nase verrieten, daß er im Stall mit seinen Freunden dem Wodka zugesprochen hatte, aber das spielte keine Rolle. Er brauchte den Alkohol, um sich für die Rückfahrt nach St. Petersburg anzuwärmen. Fürsorglich half er seiner jungen Herrin in den Wagen, und Zoya sah mit Erleichterung, daß es nicht mehr schneite.

»Feodor, wir müssen uns beeilen ... Mama wird sehr böse sein, wenn ich mich verspäte.« Dabei wußte sie schon, daß sie es bis zum Abendessen nicht mehr rechtzeitig schaffen würde. Wenn sie ankäme, würde man schon bei Tisch sitzen – und dann noch der Hund! Sie lachte, als die Peitsche in der kalten Nachtluft knallte und die Troika hinter dem Dreiergespann losfuhr. Gleich darauf passierten sie das Tor, und die Kosaken auf ihren Pferden verschwanden rasch hinter ihnen, während sie durch Zarskoje Selo fuhren.

2

Während Feodor die Troika den Newskij-Prospekt entlangkutschierte, drückte Zoya das Hündchen an sich und bemühte sich, nicht die Nerven zu verlieren. Gleichzeitig dachte sie verzweifelt über eine Ausrede nach, mit der sie ihre Mutter besänftigen konnte. Da sie mit Feodor unterwegs war, würde man sich um ihre Sicherheit keine Sorgen machen, aber ihre Mutter würde gewiß wegen der Verspätung böse sein, vor allem aber, weil sie den Welpen mitbrachte. Aber der Hund hatte noch Zeit. Als sie an der Fontanka scharf nach rechts abbogen, liefen die Pferde plötzlich viel schneller, da sie wußten, daß sie fast am Ziel waren, und es kaum erwarten konnten, wieder in den Stall zu kommen. Feodor ließ die Zügel locker, und wenig später half er Zoya aus dem Schlitten. Einer plötzlichen Eingebung folgend, holte sie den eingehüllten Welpen hervor und drückte ihn dem Alten mit einem flehenden Blick in die Hand.

»Bitte, Feodor ... die Zarin hat mir das Hündchen geschenkt ... es heißt Sawa. Nimm es mit in die Küche und übergib es Gallina. Später komme ich dann hinunter und sehe nach ihm.« Aus ihren Kinderaugen sprach so viel Angst, daß Feodor sich erweichen ließ.

»Die Gräfin wird mich dafür um einen Kopf kürzer machen, Mademoiselle! Und Sie vielleicht auch«, meinte er kopfschüttelnd, konnte aber das Lachen nicht unterdrücken.

»Ich weiß ... vielleicht kann Papa ...« Papa, der immer für sie Fürsprache einlegte, der immer so lieb war und so fürsorglich ... er war ein wundervoller Mann, den Zoya anbetete. »Rasch, Feodor, ich habe es eilig.«

Es war schon sieben Uhr vorbei, und sie mußte sich noch umziehen, ehe sie im Eßzimmer erschien. Feodor nahm ihr Sawa ab, und Zoya lief erleichtert die Marmortreppe zum Portal des kleinen Palais hinauf. Es war ein Haus, dessen Architektur russische und französische Stilelemente harmonisch vereinte und das seinerzeit von ihrem Großvater für seine Braut erbaut worden war. Zoyas Großmutter bewohnte nun einen Pavillon am anderen Ende der parkähnlichen Gartenanlage. Zoya hatte jetzt aber keine Zeit, an sie zu denken. Sie war in größter Eile. Hastig nahm sie die Mütze ab und übergab ihren Mantel einem bereitstehenden Hausmädchen, ehe sie die breite Treppe zu ihrem Zimmer hinaufflog. Sie war noch nicht oben angekommen, als sie eine vertraute Stimme hinter sich hörte, die sie mit dem lauten Ruf »Halt! Wer da?« innehalten ließ.

»Sei still!« Sie drehte sich zu ihrem am Fuße der Treppe stehenden Bruder um und stieß in erregtem Flüsterton hervor: »Was machst du denn hier?« Die Uniform ließ Nikolaj sehr stattlich und männlich aussehen. Zoya wußte, daß allein sein Anblick genügte, um ihre Freundinnen im Smolnyj in Ohnmacht fallen zu lassen. Daß er die Uniform der berühmten Preobraschenskij-Garde trug, beeindruckte Zoya freilich schon lange nicht mehr.

»Wo ist Mama?« Sie kannte die Antwort auf diese Frage ohnehin.

»Im Eßzimmer, wo sonst? Wo warst du?«

»Aus. Ich habe es eilig ...« Sie mußte sich umziehen, und er hielt sie nur auf. »Ich bin schon spät dran.«

Als er lachte, blitzte es in seinen grünen Augen, die den ihren so ähnlich waren. »Am besten, du gehst gleich hinein, wie du bist, Mama gerät sonst völlig aus dem Häuschen, wenn du dich noch mehr verspätest.«

Zoya zögerte kurz, den Blick auf ihren Bruder gerichtet. »Hat sie etwas gesagt ... Hast du sie gesehen?«

»Noch nicht. Ich bin eben erst angekommen. Ich wollte nach Tisch eigentlich Papa sprechen. Vielleicht solltest du doch lieber etwas anderes anziehen. Ich werde sie indessen ablenken.« Nikolaj brachte ihr mehr Liebe entgegen, als sie ahnte. Sie war die kleine Schwester, mit der er vor seinen Freunden, die alle schon längst ein Auge auf sie geworfen hatten, angab. Hätte es jedoch einer gewagt, sie anzurühren, er hätte ihn glatt umgebracht. Zoya war eine kleine Schönheit, nur wußte sie es noch nicht. Und sie war viel zu jung, um sich mit seinen Freunden abzugeben. Eines Tages würde sie sicher einen Großfürsten heiraten oder zumindest jemanden, der ähnlich bedeutend war wie ihr Vater, der, einem alten gräflichen Geschlecht entstammend, in der Armee den Rang eines Obersten bekleidete und allseits Respekt und Bewunderung genoß.

»Lauf schon, du kleines Ungeheuer«, rief er ihr nach. »Beeil dich!«

Zoya lief in ihr Zimmer, um zehn Minuten später in einem dunkelblauen Seidenkleid mit Spitzenkragen wieder herunterzukommen. Es war ein Kleid, das sie haßte, sie wußte aber, daß ihre Mutter sie gern darin sah, weil es sehr sittsam und kindlich wirkte. Zoya lag sehr daran, ihre Mutter milde zu stimmen, und trat betont artig und leise ein. Ihr Blick fiel als erstes auf ihren Bruder, der zwischen Mutter und Großmutter saß und ihr mit lausbübischem Grinsen entgegensah. Die Gräfin Natalja wirkte in ihrem grauen Satinkleid, zu dem sie ein Halsband aus schwarzen Perlen und Diamanten trug, besonders blaß. Ihre Augen schienen grau wie ihr Kleid, als sie gemessen aufblickte und ihre einzige Tochter strafend ansah.

»Zoya!« Nie erhob sie die Stimme, und dennoch war ihre Mißbilligung unüberhörbar. Zoya begegnete offen ihrem Blick, als sie auf ihre Mutter zuging und einen Kuß auf die kühle Wange drückte. Ihr nächster, schon etwas nervöser Blick galt Vater und Großmutter.

»Mama, es tut mir ja so leid ... ich wurde aufgehalten ... nach der Ballettstunde ... ich mußte eine Freundin besuchen ... entschuldige bitte ... ich ...«

Die Augen aller ruhten auf Zoya, als ihre Mutter sie in frostigem Ton fragte: »Und wo warst du?«

»Ich ... ich mußte ...«

Natalja sah ihr in die Augen, während Zoya versuchte, ihr Haar zu glätten, das noch immer so aussah, als hätte sie sich in großer Eile gekämmt. »Ich möchte die Wahrheit hören. Warst du in Zarskoje Selo?«

»Ich ...« Es war sinnlos. Ihre Mutter war zu schön, zu beängstigend und zu beherrscht. »Ja, Mama«, sagte sie und kam sich dabei vor wie eine Siebenjährige. »Es tut mir leid.«

»Du bist wirklich töricht.« In Nataljas Augen blitzte es auf. Im nächsten Moment sah sie ihren Mann mit einer Leidensmiene an. »Konstantin, ich habe es ihr ausdrücklich untersagt. Bei Hof haben alle Kinder die Masern, und Zoya ist mit ihnen in Berührung gekommen. Wie konnte sie nur so ungehorsam sein!«

Zoya schaute ihren Vater an, in dessen Augen ein ähnliches smaragdenes Feuer tanzte wie in den ihren, so daß sie ein Lächeln kaum unterdrücken konnte. So wie er seine Frau liebte, betete er auch seine Tochter an. Und diesmal machte sich Nikolaj auch noch zu Zoyas Fürsprecher – das war außergewöhnlich, aber seine Schwester machte ein so unglückliches Gesicht.

»Mama, vielleicht haben die Mädchen sie gebeten zu kommen, und eine Ablehnung wäre wirklich peinlich gewesen.«

Zu Zoyas hervorstechendsten Eigenschaften gehörte Aufrichtigkeit. Als sie sich setzte und darauf wartete, daß das Essen serviert wurde, sah sie ihre Mutter offen an. »Mama, ich wollte Marie besuchen. Es war meine Schuld und nicht ihre. Marie hat sich so einsam gefühlt.«

»Zoya, das war sehr töricht. Wir wollen darüber nach Tisch noch sprechen.«

»Ja, Mama.« Zoya senkte den Blick und starrte auf ihren Teller, während die anderen eine Unterhaltung begannen. Gleich darauf aber sah sie wieder auf und nahm erst jetzt bewußt die Anwesenheit ihrer Großmutter wahr. Sofort erhellte sich ihre Miene. »Ach, Großmama, Tante Alix bat mich, dich zu grüßen.«

»Geht es ihr gut?« Ihr Vater stellte diese Frage, während ihre Mutter schwieg, weil sie wegen Zoyas Ungehorsam noch immer verärgert war.

»Alix geht es immer gut, wenn sie sich um Kranke kümmern kann«, antwortete ihre Großmutter an Zoyas Stelle. »Das ist das Merkwürdige an ihr – sie leidet an allen möglichen Wehwehchen, bis jemand sie braucht, der noch kränker ist als sie. Dann übertrifft sie sich selbst.« Die alte Dame warf ihrer Schwiegertochter einen vielsagenden Blick zu, um dann Zoya mit stolzem Lächeln anzusehen. »Die kleine Marie hat sich gewiß sehr gefreut, dich zu sehen.«

In Zoyas Lächeln lag Dankbarkeit. »Ja, das hat sie, Großmama.« Und um ihre Mutter zu beruhigen, setzte sie hinzu: »Die anderen habe ich gar nicht zu Gesicht bekommen – sie liegen in einem anderen Flügel des Palais. Im Moment ist sogar Madame Wyrubowa krank«, schloß sie und bereute die Bemerkung augenblicklich, als ihre Mutter sie entsetzt betrachtete.

»Wie gedankenlos von dir, Zoya ... ich begreife gar nicht, warum du hingefahren bist. Möchtest du dich anstecken?«

»Nein, Mama. Es tut mir wirklich sehr leid.« Ihre Miene aber strafte ihre Worte Lügen. »Ich wollte pünktlich sein. Und ich war im Begriff zu gehen, als Tante Alix ins Zimmer kam und mit uns Tee trank. Da wollte ich nicht unartig sein ...«

»Daran hast du gut getan. Schließlich ist sie die Zarin und nicht nur unsere Kusine«, entgegnete ihre Großmutter mit besonderer Betonung. Ihre Augen waren von demselben Grün wie die von Zoya und den Männern am Tisch. Nataljas Augen hingegen wirkten wie ein kalter Winterhimmel ohne Hoffnung auf den Sommer. Das Leben war für Zoyas Mutter immer eine Bürde gewesen. Ihr energiegeladener und robuster Mann, der sie über alles liebte, hatte sich mehr Kinder gewünscht, als sie ihm schenken konnte. Nach zwei totgeborenen Kindern und mehreren Fehlgeburten waren die Schwangerschaften von Zoya und Nikolaj sehr schwierig verlaufen. Für jedes ihrer Kinder hatte sie ein Jahr im Bett verbringen müssen – Grund genug, daß sie schon seit vielen Jahren eigene Räume bewohnte. Konstantin, der sehr gesellig war und es liebte, seine Freunde um sich zu versammeln, hätte gern häufiger zu Bällen eingeladen und Gesellschaften gegeben, Natalja aber fand solche Veranstaltungen viel zu strapaziös. Ihre angegriffene Gesundheit diente ihr als Vorwand für ihre mangelnde Lebensfreude und krankhafte Menschenscheu. Hinter ihrer eisigen Verachtung steckte vor allem Angst vor Menschen. Am glücklichsten war sie, wenn sie sich in einem Sessel vor dem Feuer entspannen konnte. Zoya aber war Konstantin nachgeraten. Nachdem sie im Frühling in die Gesellschaft eingeführt worden war, freute Konstantin sich auf die Aussicht, daß Zoya ihn nun auf Gesellschaften begleiten konnte. Schon seit langem hatten sie den Gedanken an einen Ball so gut wie aufgegeben, und Natalja beharrte darauf, daß während des Krieges nicht daran zu denken war, aber schließlich hatte Zoyas Großmutter zu Konstantins großer Erleichterung eine Entscheidung getroffen. Nach Zoyas Abgang vom Smolnyj-Institut sollte im Juni ein Ball stattfinden, kein so großer, wie man ihn in Friedenszeiten gegeben hätte, aber immerhin ein kleines Fest mit erlesenen Gästen.

»Was hört man Neues von Nikolaus?« erkundigte sich Konstantin. »Hat Marie etwas erzählt?«

»Nicht viel. Tante Alix sagte, er wäre zurück von der Front, aber ich glaube, er wird nicht lange zu Hause bleiben.«

»Ich weiß. Vergangene Woche habe ich ihn gesehen. Es geht ihm doch gut, oder?« Konstantins Miene verriet Besorgnis, wie sein Sohn feststellte. Seinem Vater mußte dies in der Armee umgehende Gerücht zu Ohren gekommen sein, daß der Zar niedergeschlagen sei und die Last des Krieges ihm schwer zu schaffen machte. Sogar von einem Zusammenbruch war die Rede, wenn auch nur im Flüsterton. Wegen der sanften Liebenswürdigkeit des Zaren und seiner ständigen Besorgnis, die allem und allen galt, wagte niemand daran zu denken, was passieren würde, wenn er den Mut verlor. Er wurde von seiner ganzen Familie sehr geschätzt und geliebt, ganz besonders aber von Zoyas Vater. Wie Zoya und Marie so waren auch Nikolaus und Konstantin seit frühen Kindertagen Freunde. Der Zar war Nikolajs Taufpate, und schon der Vater des Zaren war mit Konstantins Vater eng befreundet gewesen. Es war eine gegenseitige Zuneigung, die über die Familienbande hinausging. Als jeder von ihnen eine deutsche Frau geheiratet hatte, hatte es viel Grund zur gegenseitigen Neckerei gegeben. Mit der Zeit hatte es sich gezeigt, daß Nikolaus die bessere Wahl getroffen hatte, denn Alix war viel tatkräftiger als Natalja und zeigte sich auch Notsituationen gewachsen, wie ihre Arbeit als Rotkreuzschwester und die Krankenpflege bei ihren Kindern bewiesen. Natalja wäre dazu nicht imstande gewesen. Konstantins Mutter, die alte Gräfin Eugenia, hatte aus ihrer Enttäuschung keinen Hehl gemacht, als ihr Sohn eine Deutsche heiratete. Die Tatsache, daß sich auch der Zar für eine Deutsche entschieden hatte, war nur ein kleiner Trost.

»Was führt dich übrigens zu uns?« Konstantin wandte sich Nikolaj mit einem warmherzigen Lächeln zu. Er war sehr stolz auf seinen Sohn und freute sich, daß er bei den Preobraschenskijs Dienst tat und nicht an der Front, und er machte auch gar kein Geheimnis daraus. Er wollte seinen einzigen Sohn nicht verlieren. Die Verluste der russischen Armee waren sehr hoch, angefangen von der Schlacht bei Tannenberg im Sommer 1914 bis zum schrecklichen Stellungskrieg auf den vereisten Ebenen Galiziens.

Konstantin wollte Nikolaj in St. Petersburg haben, in Sicherheit. Es war für ihn und Natalja eine große Erleichterung.

»Papa, ich wollte nach Tisch mit dir sprechen.« Nikolaj sagte das mit Nachdruck, so daß Natalja ihm einen nervösen Blick zuwarf. Sie hatte gehofft, daß er keine unangenehmen Neuigkeiten zu verkünden hätte. Kürzlich hatte sie von einer Freundin gehört, daß ihr Sohn eine Beziehung zu einer Tänzerin unterhielt. Falls er vorhatte, seinem Vater zu gestehen, daß er sich verheiraten wollte, dann beabsichtigte sie, ihm gehörig die Meinung zu sagen. »Es ist nichts Wichtiges.« Seine Großmutter, die ihn mit weisen alten Augen ansah, wußte genau, daß er nicht die Wahrheit sagte. Nikolaj machte sich Sorgen, und zwar so große, daß er nach Hause gekommen war und mit ihnen einen Abend verbrachte – das sah ihm gar nicht ähnlich. »Eigentlich bin ich gekommen, um sicherzustellen, daß unser kleiner Wildfang sich nicht unartig benimmt«, sagte er mit einem liebevollen Blick auf Zoya, die ihn wütend anfunkelte.

»Nikolaj, ich bin erwachsen. Ich bin nicht mehr ›unartig‹.« Sie rümpfte die Nase und aß ihr Dessert auf, während er sie auslachte.

»Das soll ich glauben? Man stelle sich vor ... vor ein paar Minuten habe ich dich die Treppe hinaufstürmen sehen – wie immer zu spät zum Abendessen, mit nassen Schuhen, mit einer Frisur, die aussah, als hättest du dich mit einer Mistgabel gekämmt ...«

Er wollte weitersprechen, aber Zoya schleuderte ihm ihre Serviette entgegen. Natalja war über dieses Benehmen empört und sah ihren Mann flehentlich an.

»Konstantin, bitte sag den Kindern, daß sie aufhören sollen. Sie machen mich schrecklich nervös.«

»Ach, was sich liebt, das neckt sich«, ließ sich darauf Gräfin Eugenia vernehmen. »In diesem Lebensabschnitt ist dieses Geplänkel das einzige Verständigungsmittel zwischen Geschwistern. Meine Kinder haben sich ständig an den Haaren gerissen und sich mit ihren Schuhen beworfen. War es nicht so, Konstantin?«

Er lachte und sah verlegen auf seinen Teller. »Leider war ich in meiner Jugend nicht sehr manierlich, meine Liebe.« Er sah seine Frau liebevoll an, ehe er den Blick glücklich um den Tisch wandern ließ, aufstand, eine Verbeugung andeutete und seinem Sohn in den kleinen Salon vorausging, wo sie unter vier Augen sprechen konnten. Wie seine Frau, so hoffte auch er, daß Nikolaj nicht gekommen war, um eine Heirat anzukündigen.

Als sie sich unweit des Kamins niederließen, bemerkte Konstantin das goldene Zigarettenetui, das Nikolaj aus der Tasche zog. Es war eine typische Schöpfung von Carl Fabergé in Rot- und Gelbgold mit einem schönen Saphir am Verschluß. Konstantin glaubte, sicher zu sein, daß der Goldschmied entweder Hollming oder Wigstrom gewesen sein mußte.

»Ach, ist das neu?« Auch er hatte die Geschichte von Nikolajs Beziehung zu der reizenden kleinen Tänzerin gehört.

»Das Geschenk einer Freundin, Papa.«

Konstantin reagierte mit einem nachsichtigen Lächeln. »Mehr oder weniger habe ich es befürchtet.« Beide lachten, aber gleich darauf runzelte Nikolaj die Stirn. Er war zwar noch sehr jung, für sein Alter aber sehr ernst und verfügte neben seinem guten Aussehen auch über einen scharfen Verstand. Alles in allem war er ein Sohn, auf den man stolz sein konnte.

»Vater, du brauchst keine Angst zu haben. Ungeachtet aller Gerüchte, die dir zu Ohren gekommen sein mögen, amüsiere ich mich nur. Es ist nichts Ernstes, das versichere ich dir.«

»Gut. Was hat dich dann heute zu uns geführt?«

Nikolajs Miene verdüsterte sich, während er in die Flammen starrte und einige Augenblicke später seinen Vater ansah. »Es geht um etwas viel Wichtigeres. Man hört allgemein sehr unerquickliche Dinge über den Zaren ... er soll erschöpft sein, ja, er soll so krank sein, daß er nicht mehr die Truppen befehligen dürfte. Sicher hast du selbst davon gehört.«

»Ja, gewiß.« Konstantin nickte bedächtig, ohne seinen Sohn aus den Augen zu lassen. »Aber ich glaube noch immer, daß er uns nicht im Stich lassen wird.«

»Gestern habe ich den französischen Gesandten Paléologue getroffen. Er hat ein sehr düsteres Bild unserer Lage gezeichnet. Er hält die Knappheit an Lebensmitteln und Treibstoff für weitaus ernster, als wir es uns eingestehen. Die Lasten des Krieges fordern allmählich einen gefährlich hohen Tribut. Wir müssen sechs Millionen Männer an der Front versorgen und sind daher kaum imstande, die Menschen zu Hause zu ernähren. Die Anzeichen mehren sich, daß alles zusammenbricht ... daß Nikolaus zusammenbrechen könnte ... ja, ganz Rußland dem Zusammenbruch nahe ist ... und was dann, Vater? Glaubst du, daß Paléologue recht hat?«

Konstantin überlegte gründlich, ehe er den Kopf schüttelte. »Nein, das glaube ich nicht. Ich bin der Meinung, daß wir alle kriegsmüde sind. Nikolaus ist da keine Ausnahme. Aber wir sind in Rußland, Nikolaj, nicht in einem kleinen, schwachen Land irgendwo auf der Welt. Wir sind ein Volk, das über viel Kraft und Mut verfügt. Mögen die Bedingungen innerhalb und außerhalb auch noch so schwierig sein – wir werden nicht aufgeben. Niemals.« Daran glaubte er fest, und für Nikolaj stellten seine Worte eine Beruhigung dar.

»Die Duma tritt morgen zusammen. Sicher wird daraufhin einiges passieren.«

»Nichts wird passieren, mein Sohn. Rußland wird immer und ewig bestehen. Das mußt du doch wissen.« Er sah seinen Sohn mit einem Blick voller Wärme an. Der junge Mann fühlte sich wie von einer Zentnerlast befreit.

»Ja, ich weiß. Vielleicht wollte ich das nur hören.«

»Wir alle brauchen hin und wieder diese Bestätigung. Du mußt stark sein für den Zaren, für uns alle, für unser Land. Wir alle müssen stark sein, denn es werden wieder bessere Zeiten kommen. Der Krieg kann schließlich nicht ewig dauern.«

»Er ist zu schrecklich.« Beiden war bewußt, daß die Verluste groß waren. Aber das mußte beileibe nicht das Ende all dessen bedeuten, was ihnen lieb und teuer war. Wenn Nikolaj es sich recht überlegte, dann kam er sich töricht vor, weil er sich so große Sorgen gemacht hatte. Der französische Botschafter hatte mit seinen düsteren Voraussagen aber auch sehr überzeugend geklungen. Jetzt war Nikolaj froh, daß er sich mit seinem Vater ausgesprochen hatte. »Geht es Mutter gut?« Nikolaj glaubte bemerkt zu haben, daß sie noch nervöser gewesen war als sonst.

Konstantin lächelte. »Auch sie sorgt sich wegen des Krieges ... und deinetwegen ... und meinetwegen ... und Zoyas wegen ... Zoya ist manchmal ein wenig ungestüm.«

»Aber bildhübsch, findest du nicht?« Er sprach von Zoya mit einer Wärme und Bewunderung, die er ihr selbst nie gezeigt hätte. »Mein halbes Regiment ist in sie verliebt. Ich habe schon unzählige Morddrohungen ausgestoßen.«

Sein Vater lachte, um sogleich bekümmert den Kopf zu schütteln. »Ein Jammer, daß Zoya ihr Debüt im Krieg hatte. Na, vielleicht ist bis Juni alles vorüber.« Es war eine Hoffnung, die beide teilten, aber Nikolaj fürchtete, daß sie sich nicht erfüllen würde.

»Hast du schon einen Bewerber für sie ins Auge gefaßt?« Nikolaj konnte seine Neugierde nicht zügeln. Unter seinen Freunden brachten einige alle Voraussetzungen mit, die ein Anwärter auf Zoyas Hand erfüllen mußte.

»Ich kann den Gedanken, sie zu verlieren, nicht ertragen. Das ist ziemlich töricht, nehme ich an. Sie ist viel zu temperamentvoll, um noch viel länger bei uns zu bleiben. Deine Großmutter hat von Fürst Orlow eine sehr hohe Meinung.«

»Der ist doch viel zu alt für sie.« Der Fürst war fünfunddreißig – ein Umstand, der Nikolaj unwillig die Stirn runzeln ließ. Tatsächlich war er gar nicht sicher, ob es jemanden gab, der für seine reizende kleine Schwester gut genug war.

Konstantin stand auf und klopfte seinem Sohn auf die Schulter. »Wir sollten zurück zu den Damen. Wenn wir länger hierbleiben, wird sich deine Mutter wieder Sorgen machen.« Er legte den Arm um die Schulter seines Sohnes, und sie gingen hinaus. Als sie sich in einem der kleineren Salons wieder zu den Damen gesellten, redete eben Zoya flehentlich auf ihre Mutter ein.

»Na, was hast du wieder angestellt, du Wildfang?« Nikolaj

lachte, als er ihre Miene bemerkte, und er entdeckte auch, daß seine Großmutter sich abgewendet hatte, um ihre Belustigung nicht sehen zu lassen. Nataljas Gesicht war kreidebleich, Zoyas hingegen puterrot, als sie wütend ihren Bruder anblitzte.

»Misch dich ja nicht ein!«

»Na, was gibt es, Kleines?« Konstantin schien alles erheiternd zu finden, bis er den tadelnden Blick seiner Frau bemerkte. Sie war der Meinung, daß er viel zu nachgiebig mit seiner Tochter war.

»Offenbar hat Alix ihr ein absolut lächerliches Geschenk gemacht. Ich bin strikt dagegen, daß Zoya es behält«, stieß Natalja aufgebracht hervor.

»Allmächtiger, was ist es denn? Etwa ihre berühmten Perlen? Die nimm um Himmels willen an, denn die kannst du später tragen.« Konstantin war nach seinem Gespräch mit Nikolaj bester Laune. Die beiden tauschten über die Köpfe der Damen hinweg einen herzlichen Blick.

»Konstantin, ich finde das gar nicht amüsant, und ich erwarte, daß du meiner Meinung bist. Zoya muß das Ding schleunigst loswerden.«

»Was ist es denn? Die Pest? Oder eine dressierte Schlange?« zog Nikolaj sie auf.

»Nein, es ist eines von Joys Jungen.« In Zoyas Augen glitzerten Tränen, als sie ihren Vater flehend ansah. »Papa, bitte ... wenn ich verspreche, daß ich mich selbst um den Hund kümmere und ihn nie aus den Augen lasse und ihn von Mama fernhalte ... bitte! ...« Die Tränen in ihren Augen rührten ihren Vater. Plötzlich trat Natalja auf sie zu – in ihren Augen gewitterte es.

»Niemals! Hunde sind Krankheitsüberträger! Ihr wißt genau, wie empfindlich ich bin!« Wie sie so in der Mitte des Raumes stand, das Urbild des Zorns, wirkte sie alles andere als empfindlich. Konstantin wurde an den Moment ihrer ersten Begegnung erinnert und daran, wie hingerissen er gewesen war, aber inzwischen hatte er erkennen müssen, daß Natalja ein schwieriger Mensch war.

»Vielleicht wenn er sich immer in der Küche aufhält ...« Er sah seine Frau hoffnungsvoll an, als sie zur Tür ging.

»Du mußt ihr wohl immer nachgeben, Konstantin, oder?«

»Aber Liebling ... sehr groß kann der Hund nicht sein. Joy ist ja auch nur ganz klein.«

»Und dazu haben sie noch zwei Hunde und eine Katze, obwohl ihr Sohn am Rande des Grabes steht.« Damit meinte sie Alexejs chronisches Leiden.

»Das hat doch mit den Hunden nichts zu tun. Vielleicht würde Großmama den Hund bei sich behalten ...« Er sah seine Mutter fragend an, und sie lächelte, denn insgeheim genoß sie diesen Streit. Es sah Alix ähnlich, Zoya einen jungen Hund zu schenken, obwohl sie wußte, daß es Natalja rasend machen mußte. Zwischen den beiden Frauen hatte stets eine gewisse Rivalität geherrscht, aber Alexandra war schließlich die Zarin.

»Ich nehme den Hund gern«, bot die alte Dame an.

»Sehr gut.« Konstantin hatte das Gefühl, die Ideallösung gefunden zu haben. Da fiel die Tür mit einem resoluten Knall ins Schloß, und er wußte, daß er seine Frau nicht vor dem nächsten Morgen wiedersehen würde.

»Und mit diesem glücklichen Abschluß«, sagte Nikolaj mit einer förmlichen Verbeugung vor seiner Großmutter und mit einem Lächeln, das allen galt, »kehre ich in meine ach so friedliche Kaserne zurück.«

»Ja, tu das, mein Lieber«, meinte seine Großmutter mit einem vielsagenden Stirnrunzeln. Als er ihr einen Gutenachtkuß gab, flüsterte sie ihm ins Ohr: »Du sollst ja ein richtiger Lebemann geworden sein.«

»Glaub bloß nicht alles, was du zu hören bekommst. Gute Nacht, Großmama.« Er küßte sie auf beide Wangen und legte zum Abschied seinem Vater die Hand auf die Schulter. »Und du, kleiner Wildfang ...« Er zog Zoya sanft an ihrem roten Haar, als er sie küßte, und Zoya blickte mit unverhohlener Liebe zu ihm auf. »Benimm dich, du Fratz. Und bring keine Tiere mehr mit nach Hause, sonst verliert Mama noch den Verstand.«

»Wer fragt dich denn nach deiner Meinung«, schmollte Zoya und küßte ihn noch einmal. »Leb wohl, du dummer Junge, du.«

»Ich bin kein Junge, ich bin ein Mann, wenngleich ich bezweifle, ob du den Unterschied bemerkst.«

»Wenn es einen gäbe, würde ich es gewiß tun.«

Von der Tür winkte er ihnen noch einmal gutgelaunt zu und war gleich darauf verschwunden, höchstwahrscheinlich war er auf dem Weg zu seiner kleinen Tänzerin.

»Was für ein liebenswerter Junge er ist, Konstantin! Er erinnert mich an dich in deiner Jugend«, stellte die alte Gräfin voller Stolz fest. Die Bemerkung entlockte ihrem Sohn ein Lächeln.

Zoya warf sich mit einem Blick, aus dem Abscheu sprach, in einen Sessel. »Ich finde ihn abscheulich.«

»Zoya Konstantinowna, von dir spricht er in weitaus liebevolleren Tönen«, wies ihr Vater sie sanft zurecht. Er war stolz auf beide Kinder und liebte sie. Nachdem er Zoya auf die Wange geküßt hatte, lächelte er seiner Mutter zu. »Mama, hast du wirklich die Absicht, den Hund zu dir zu nehmen?« fragte er Gräfin Eugenia. »Ich befürchte, Natalja wird uns das Haus verbieten, falls ich ihr noch mehr zusetze.« Er unterdrückte einen Seufzer. Manchmal wünschte er, seine Frau wäre nicht so exzentrisch und launisch, besonders wenn seine Mutter zu Besuch war und ihre Auftritte kritisch beobachtete. Eugenia Ossupowa hatte sich ihre Meinung über die Schwiegertochter schon längst gebildet und hätte sich davon nicht einmal abbringen lassen, wenn Natalja plötzlich ganz fügsam geworden wäre.

»Natürlich. Ich hätte gern einen kleinen Gefährten.« Sie wandte sich an Zoya. »Von wem stammt der Welpe? Von Alexejs oder Tatjanas Hund?«

»Von keinem der beiden, Großmama. Er ist ein Junges von Maries Cockerspaniel, Joy, Großmama. Das Hündchen ist einfach zu süß. Es ist eine Hündin, sie heißt Sawa.« Mit einem strahlenden Lächeln ging Zoya zu ihrer Großmutter und setzte sich auf deren Schoß. Die alte Dame legte zärtlich eine knotige Hand auf Zoyas Schultern. »Bring ihr bloß bei, daß sie nicht meinen geliebten Aubussonteppich tauft, und wir werden die besten Freunde sein.«

Sie strich über Zoyas feuerrotes Haar. Zoya hatte die Zärtlichkeiten ihrer Großmutter seit frühen Kindertagen geliebt und drückte ihr nun einen Kuß auf die Wange.

»Danke, Großmama. Ich möchte Sawa so gern behalten.«

»Das sollst du auch, mein Kind, das sollst du auch ...« Die alte Dame stand auf und trat ans Feuer. Sie war müde, aber erleichtert und guter Dinge, als Zoya verschwand, um den Hund aus dem Dienstbotentrakt zu holen. Gräfin Eugenia drehte sich langsam zu Konstantin um. Es kam ihr vor, als seien nur wenige Augenblicke vergangen, seitdem er in Nikolajs Alter oder sogar noch viel jünger gewesen war. Die Jahre schienen wie im Flug vergangen zu sein, aber die Zeit war gnädig mit ihr umgegangen. Ihr Mann, der vor drei Jahren mit neunundachtzig gestorben war, hatte ein erfülltes Leben geführt. Seine Liebe war für sie immer das größte Glück gewesen. Konstantin sah ihm jetzt sehr ähnlich, und er erinnerte sie auf glückliche Weise an den Verstorbenen, besonders wenn sie ihn zusammen mit Zoya sah. »Sie ist ein reizendes Kind, Konstantin Nikolajewitsch ... ein schönes junges Mädchen.«

»Mama, sie ist dir sehr ähnlich.«

Eugenia schüttelte den Kopf, er las jedoch in ihrem Blick, daß sie mit ihm einer Meinung war. Mitunter erkannte sie sich selbst in dem Mädchen wieder und war insgeheim erleichtert, daß Zoya von ihrer Mutter nur wenig mitbekommen hatte. Auch wenn Zoya ungehorsam war, fand es die alte Gräfin bewundernswert und sah darin ein Merkmal ihres eigenen Wesens, genau das aber brachte Natalja noch mehr gegen sie auf.

»Zoya ist ein anderer Mensch ... eine eigene Persönlichkeit. Wir dürfen ihr nicht unsere Fehler und Schwächen aufbürden.«

»Mama, du redest von Schwächen und Fehlern? Du warst immer so gut zu mir ... zu uns allen ...« Sie war eine Frau, der man Achtung und Liebe entgegenbringen mußte. Eine Frau, die wußte, was sie wollte, und feste Wertvorstellungen hatte. Er kannte die Klugheit seiner Mutter und verließ sich auf ihre sehr eigenwilligen, aber im allgemeinen vernünftigen Ansichten.

»Da ist sie, Großmama!« Zoya war mit dem jungen Hund wiedergekommen, der kaum größer war als ihre Hand. Vorsichtig nahm die Gräfin ihr das Tier ab. »Ist sie nicht süß?«

»Sie ist wundervoll ... und das wird sie auch bleiben, solange sie sich mit meinem besten Hut oder meinen Lieblingsschuhen begnügt ... aber wehe, wenn meinem Aubusson-Teppich etwas passiert. Wenn du es tust«, sagte sie und strich dem Hund über den Kopf, wie sie kurz zuvor Zoya über den Kopf gestrichen hatte, »dann ziehst du dir meinen Unwillen zu.« Die kleine Sawa gab bellend ihre Antwort. »Es war nett von Alix, dir den Hund zu schenken. Hoffentlich hast du dich entsprechend bedankt.«

Zoya hielt sich die Hand vor den Mund, um ihr Kichern zu verbergen. »Sie hat befürchtet, daß Mama zornig wird.«

Ihre Großmutter lächelte, während Konstantin sich bemühte, aus Hochachtung für seine Frau, ernst zu bleiben. »Nun, sie scheint deine Mutter ja ganz gut zu kennen, findest du nicht auch, Konstantin?« Eugenia sah ihm in die Augen, und ihm war die Bedeutung ihrer Worte klar.

»In letzter Zeit macht Natalja ihre Gesundheit sehr zu schaffen. Vielleicht wird sie ...« Er versuchte seine Frau zu verteidigen.

»Ach, schon gut, Konstantin.« Die Gräfinwitwe vollführte eine ungeduldige Handbewegung, während sie den jungen Hund an sich drückte und ihre Enkelin zum Abschied küßte. »Zoya, morgen mußt du kommen und uns besuchen. Oder fährst du wieder nach Zarskoje Selo? Ich sollte dich eigentlich demnächst begleiten und Alix und den Kindern einen Besuch abstatten.«

»Nicht solange alle krank sind, Mama, bitte ... die Fahrt wird dir bei diesem Wetter sicher zuviel.«

Da lachte seine Mutter laut. »Konstantin, sei nicht albern. Masern hatte ich schon vor hundert Jahren, und das Wetter hat mir noch nie etwas ausgemacht. Es geht mir wunderbar, vielen Dank, und ich habe die Absicht, daß sich daran nichts ändert – ein Dutzend Jahre lang oder länger nicht. Und wie es so meine Art ist, pflege ich meine Absichten auszuführen.«

»Das sind ja schöne Aussichten.« Er lächelte. »Ich begleite dich zum Pavillon.«

»Unsinn.« Sie verscheuchte ihn mit einer Handbewegung, während sie sich von Zoya ihren Mantel um die Schultern legen ließ. »Ich kann sehr wohl allein durch den Garten gehen. Das tue ich mehrmals am Tag.«

»Nimm mir doch nicht die Freude, noch ein Weilchen deine Gesellschaft zu genießen.«

Lächelnd sah sie zu ihm auf und glaubte ihn als Kind vor sich zu sehen – in ihrem Herzen zumindest würde er sein Leben lang ein kleiner Junge bleiben. »Also gut, Konstantin. Gute Nacht, Zoya.«

»Gute Nacht, Großmama. Und vielen Dank dafür, daß du Sawa zu dir nimmst.« Die alte Frau küßte sie noch einmal, bevor Zoya in ihr malvenfarbenes Zimmer lief. Vater und Großmutter traten hinaus in die kalte Nacht. Zoya gähnte und lächelte bei dem Gedanken an den Hund. Es war ein herrlicher Tag gewesen. Leise schloß sie die Tür. Zoya nahm sich fest vor, in den nächsten Tagen wieder nach Zarskoje Selo zu fahren, und in der Zwischenzeit mußte sie sich für Maschka ein ganz besonderes Geschenk ausdenken.

3

Zwei Tage danach plante Zoya einen Besuch bei Marie in Zarskoje Selo, als am Morgen ein Brief eintraf, der von Dr. Fedorow persönlich überbracht wurde. Alexejs Leibarzt wollte in der Stadt Medikamente besorgen und nutzte die Gelegenheit, die schlechte Nachricht zu überbringen, daß die Masern nun auch bei Marie ausgebrochen waren. Enttäuscht las Zoya den Brief. Das bedeutete nicht nur, daß aus dem Besuch nichts wurde, es hieß auch, daß sie sich wochenlang nicht sehen konnten, weil

Dr. Fedorow Besuche verboten hatte. Anastasia hatte als Folge der Masern bereits Schwierigkeiten mit den Ohren, und es stand zu befürchten, daß der Thronfolger eine Lungenentzündung bekommen würde.

»O mein Gott …« klagte Natalja. »Und du hattest Kontakt mit ihnen, Zoya, ich habe dir verboten hinzufahren, und doch warst du mit Marie zusammen … wie konntest du nur so töricht sein und mir das antun? Woher nimmst du diese Dreistigkeit?«

Bei dem Gedanken an die Ansteckungsgefahr erlitt sie fast einen hysterischen Anfall. Konstantin traf gerade noch rechtzeitig ein, um zu erleben, wie seine Frau in Ohnmacht fiel. Sofort schickte er ein Mädchen um das Riechfläschchen nach oben. Er hatte bei Fabergé dafür ein Etui herstellen lassen, das die Form einer Erdbeere hatte und reich mit Edelsteinen verziert war. Natalja bewahrte es neben dem Bett auf.

Dr. Fedorow war so zuvorkommend, sich um Natalja zu kümmern, während Zoya hastig eine Nachricht für ihre Freundin zu Papier brachte. Sie wünschte ihr baldige Genesung, damit einem Besuch nichts mehr im Weg stand, und unterschrieb in ihrem und Sawas Namen, die den berühmten Aubusson-Teppich am Abend zuvor reichlich bewässert hatte. Zoyas Großmutter war dennoch nicht mehr dazu zu bewegen, den Hund wieder abzugeben, wenngleich sie mit heftigen Strafen drohte für den Fall, daß Sawa nicht bald bessere Manieren an den Tag legen würde.

»… ich habe Dich sehr lieb, teure Marie. Und jetzt beeile Dich mit dem Gesundwerden, damit ich kommen und Dich besuchen kann.« Zoya schickte ihr zwei Bücher, eines davon war ›Helen's Babies‹, das sie selbst erst vor kurzem mit Begeisterung gelesen hatte und das Marie ohnehin als Geschenk zugedacht war. Dann setzte sie eilig ein Postskriptum darunter, indem sie Maschka warnte, dies nicht als Vorwand zu benutzen, wieder beim Tennis zu mogeln, wie sie es beide im Sommer zuvor getan hatten, als sie in Liwadia mit Maries Schwestern gespielt hatten. Es war ihr Lieblingssport, und Marie war darin die Beste, auch wenn Zoya ihr immer drohte, sie zu besiegen. »… ich werde Dich besuchen, sobald Deine Mama und der Arzt es zulassen. Aus ganzem Herzen, Deine Dich liebende Zoya ...«

An jenem Nachmittag sah sie ihren Bruder wieder – eine willkommene Ablenkung. Während sie auf die Heimkehr des Vaters wartete, unternahmen sie eine kurze Ausfahrt in der Troika. Ihre Mutter hatte den ganzen Tag das Zimmer nicht verlassen. Daß Zoya mit der inzwischen masernkranken Marie zusammen gewesen war, machte ihr noch immer zu schaffen. Zoya wußte aus Erfahrung, daß sie selbst jetzt bestimmt tagelang nicht hinauskommen würde, und nahm dankbar zu der Ablenkung Zuflucht, die ihr Bruder ihr bot.

»Warum besuchst du Papa schon wieder? Ist etwas passiert?«

»Sei nicht albern. Was sollte passiert sein? Du bist ein kleiner Spottvogel. Ein sehr kluger allerdings.« Nikolaj konnte sich nicht genug darüber wundern, daß sie instinktiv seine Sorgen spürte, derentwegen er seinen Vater erneut aufsuchte. Als am vorangegangenen Tag die Duma zusammengetreten war, hatte Alexander Kerenskij eine Brandrede gehalten, in der er zu einem Attentat auf den Zaren aufrief. Nikolaj hatte nun doch Angst, daß der Botschafter Paléologue recht behalten könnte. Vielleicht stand es schlechter, als man ahnte, und die Regierung unterschätzte die Mißstimmung unter der Bevölkerung, die wegen der Lebensmittelknappheit erbittert war. Sir George Buchanan, der britische Botschafter, hatte sich ähnlich geäußert, ehe er seinen zehntägigen Urlaub in Finnland angetreten hatte. Nikolaj hatte in letzter Zeit allerlei gehört, was ihm Sorgen bereitete. Deswegen legte er Wert darauf, die Meinung seines Vaters zu hören.

»Nikolaj, du kommst doch immer nur, wenn etwas geschehen ist«, bohrte Zoya weiter, während sie den herrlichen Newskij-Prospekt, die Prachtstraße von St. Petersburg, entlangfuhren. Der frischgefallene Schnee ließ die Stadt so schön aussehen wie nie zuvor. Nikolaj beharrte eigensinnig darauf, daß alles in Ordnung wäre. Zoya, die ein seltsames Angstgefühl nicht los wurde, entschloß sich, ihm Glauben zu schenken.

»Sehr liebenswürdig, wie du das sagst, Zoya. Und außerdem stimmt es gar nicht. Ach, übrigens ... ist es wahr, daß du Mama wieder zu einem hysterischen Anfall verholfen hast? Wie ich hörte, muß sie deinetwegen wieder das Bett hüten und hat zweimal Besuch vom Arzt gehabt.«

Zoya zog mit einem lausbübischen Grinsen die Schultern hoch. »Ach, das kam doch alles nur, weil Dr. Fedorow ihr erzählt hat, daß Maschka die Masern hat.«

»Und du wirst die nächste sein?«

Zoya tat seine Frage lachend ab. »Sei nicht albern, ich werde nie krank.«

»Da wäre ich nicht so sicher. Du wirst doch Maschka nicht wieder besuchen, oder?« Er schien ernsthaft besorgt zu sein, aber Zoya schüttelte den Kopf, wobei ein Ausdruck kindlicher Enttäuschung über ihr Gesicht huschte.

»Das darf ich nicht. Jetzt sind Besuche nicht mehr erlaubt. Die arme Anastasia hat schreckliche Ohrenschmerzen.«

»Ach was, bald sind alle wieder gesund, und du kannst deine Freundin wieder sehen.«

Zoya nickte, um gleich darauf zu fragen: »Übrigens ... wie geht es deiner Tänzerin?«

Er zuckte zusammen und zog sie sogleich an einer Locke, die vorwitzig unter ihrer Pelzmütze hervorlugte. »Wieso glaubst du, ich hätte eine Tänzerin?«

»Das weiß doch jeder, du Dummer ... sowie man es von Onkel Nikolaus wußte, ehe er Tante Alix heiratete.« Mit Nikolaj konnte sie ganz offen sein – er war schließlich nur ihr Bruder. Dennoch schien er einigermaßen schockiert zu sein. Daß sie frisch von der Leber weg sprach, war er gewohnt, dennoch hätte er ein wenig mehr Anstand erwartet.

»Zoya, du wagst es, von solchen Dingen zu sprechen?«

»Zu dir kann ich sagen, was ich will. Wie ist sie? Ist sie hübsch?«

»Sie ist gar nichts! Sie existiert gar nicht. Bringt man dir diese Dinge im Smolnyj bei?«

»Dort bringt man mir gar nichts bei«, entgegnete sie keck und tat damit die solide Erziehung ab, die sie genoß, wie Nikolaj sie vor Jahren im Kaiserlichen ›Corps des Pages‹, der Militärakademie, die den Söhnen der Adels-Offiziersfamilien vorbehalten war, genossen hatte. »Außerdem bin ich fertig mit der Schule.«

»Ich könnte mir denken, daß man froh ist, dich loszusein, meine Liebe.« Sie tat seinen Spott mit einem Achselzucken ab, worauf beide lachen mußten. Nikolaj glaubte schon, er hätte sie erfolgreich abgelenkt, aber sie war hartnäckiger, als er angenommen hatte, und fing mit schalkhaftem Lächeln wieder davon an.

»Nikolaj, du hast mir noch immer nichts von deiner Freundin erzählt.«

»Du bist ein schreckliches Mädchen, Zoya Konstantinowna.«

Zoya lachte hell auf, und Nikolaj kutschierte langsam nach Hause zu ihrem Palais an der Fontanka. Inzwischen war ihr Vater zu Hause eingetroffen, und die beiden Männer zogen sich in die Bibliothek zurück, deren Fenster Ausblick in den Garten boten. Der Raum war angefüllt mit prachtvollen, in Leder gebundenen Büchern und mit Kunstgegenständen, die Konstantin im Laufe der Jahre gesammelt hatte. Seine kostbaren Malachit-Stücke waren sein ganzer Stolz. Er besaß auch eine stattliche Sammlung kunstvoller Fabergé-Ostereier, mit denen Natalja ihn alljährlich beschenkt hatte und die jenen ähnelten, die der Zar und die Zarin sich bei denkwürdigen Anlässen schenkten. Konstantin stand am Fenster und hörte seinem Sohn zu, während er Zoya im Schnee beobachtete. Sie wollte ihre Großmutter und Sawa besuchen.

»Nun, Vater, was hältst du davon?« Als Konstantin sich wieder umdrehte, sah er, daß sich Nikolaj ernsthaft Sorgen machte. »Ich glaube nicht, daß man den Ereignissen viel Bedeutung beimessen darf. Auch wenn es heftige Straßenunruhen gibt, wird General Kabalow spielend damit fertig. Also, mach dir keine Sorgen, Nikolaj«, antwortete er mit beruhigendem Lächeln. Daß sich sein Sohn um das Wohl der Stadt und des ganzen Landes so besorgt zeigte, war für Konstantin Grund zur Freude. »Alles ist in Ordnung. Aber es schadet nichts, wenn man auf der Hut ist. Wachsamkeit ist das Kennzeichen eines guten Soldaten.« Und ein guter Soldat war Nikolaj ebenso wie sein Vater und Großvater vor ihm. Wenn es nach Konstantin gegangen wäre, dann hätte er selbst an der Front gestanden, aber er war dazu zu alt, und er mußte sich aus Liebe zu seinem Herrscher und seinem Vaterland fügen.

»Vater, findest du die Rede Kerenskijs vor der Duma nicht bedenklich? Was er vorschlägt, ist doch Hochverrat!«

»Das ist es, aber kein Mensch kann seine Forderungen ernst nehmen. Niemand wird deswegen einen Anschlag auf den Zaren verüben. Das würde kein Mensch wagen. Außerdem ist Nikolaus klug genug, um sich keiner Gefahr auszusetzen. Meiner Meinung nach ist es in seinem eigenen Haus, umgeben von masernkranken Kindern, viel gefährdeter ...« Konstantin lächelte seinem Sohn zu, »als unter seinem Volk. Für alle Fälle werde ich mit Botschafter Buchanan nach dessen Rückkehr Kontakt aufnehmen und selbst mit ihm sprechen. Er scheint ernsthaft besorgt zu sein. Sein Standpunkt sowie auch der Paléologues würden mich wirklich sehr interessieren. Ich werde die Herren zum Dinner einladen. Es würde mich freuen, wenn du auch dabei wärst.« Vor allem lag ihm aber daran, die Karriere seines Sohnes zu fördern. Nikolaj war ein hochintelligenter Junge, der eine blendende Zukunft vor sich hatte.

»Vater, immer wenn ich mich mit dir unterhalte, fühle ich mich besser.« Diesmal aber ließen sich seine Sorgen nicht so einfach zerstreuen, und als er aus dem Haus ging, litt er noch immer an einer bohrenden Vorahnung drohenden Unheils, so heftig, daß er erwog, nach Zarskoje Selo zu fahren und ein privates Gespräch mit seinem kaiserlichen Vetter zu führen. Zugleich wußte er, daß der Zeitpunkt höchst unpassend war, da der Zar an Erschöpfungszuständen litt und sich große Sorgen um seinen Sohn machte. Es war klüger, ihn nicht noch zusätzlich zu behelligen.

Eine Woche später, am achten März, verließ Zar Nikolaus St. Petersburg und kehrte an die fünfhundert Meilen entfernte Front von Mogilew zurück. Es war der Tag, an dem es erste Unruhen auf der Straße gab, weil um Brot anstehende Menschen die Geduld verloren und unter wütendem Geschrei in die Bäckereien eindrangen. »Gebt uns Brot!« hörte man überall rufen, bis gegen Abend eine Abteilung Kosaken gegen die Demonstranten eingesetzt wurde. Ein ernsthafter Grund zur Besorgnis schien jedoch nicht vorzuliegen. Der Gesandte Paléologue ließ sich nicht abhalten, eine Gesellschaft zu geben. Fürst und Fürstin Gortschakow waren zugegen, Graf Tolstoi, Alexander Benois und der spanische Gesandte, der Marquis de Villasinda. Natalja, die sich noch immer nicht wohl fühlte, bestand darauf, zu Hause zu bleiben, und Konstantin wollte sie nicht allein lassen. Im nachhinein war er froh, daß er zu Hause geblieben war, denn am nächsten Morgen erfuhr er, daß es in einem Außenbezirk zu Ausschreitungen gekommen war und Demonstranten eine Straßenbahn umgestoßen hatten. Im großen und ganzen aber schien die Obrigkeit die Lage zu beherrschen. Wie um die Bevölkerung bei Laune zu halten, war der Tag hell und sonnig angebrochen. Auf dem Newskij-Prospekt flanierten die Menschen. Alle machten einen zufriedenen Eindruck, die Läden waren geöffnet. Zwar waren noch immer Kosaken zu sehen, die für Ruhe sorgen sollten, es schien aber, als herrsche Einverständnis zwischen ihnen und der Bevölkerung. Doch am Samstag, dem zehnten März, kam es unerwartet zu Plünderungen, und am Tag darauf gab es Tote bei neuerlichen Unruhen.

Das alles vermochte die Radziwills nicht abzuhalten, am Abend eine besonders festliche Gesellschaft zu veranstalten, fast als wolle man beweisen, daß alles in bester Ordnung wäre, obwohl es immer schwieriger wurde, die Berichte von offenem Aufruhr und Gewalt zu ignorieren.

An jenem Tag brachte Mr. Gibbes, Maries Englischlehrer, Zoya einen Brief, den sie freudig in Empfang nahm, um um so enttäuschter zu lesen, daß Marie sich ›schrecklich‹ fühlte und daß auch bei Tatjana Ohrenschmerzen aufgetreten waren. Wenigstens fühlte sich Baby etwas besser.

»Die arme Tante Alix muß am Ende ihrer Kräfte sein«, meinte Zoya nachmittags zu ihrer Großmutter, als sie mit Sawa auf dem

Schoß in deren Salon saß. »Ich kann es kaum erwarten, Marie wiederzusehen.« Seit Tagen hatte sie nur im Haus herumgelungert, da ihre Mutter ihr verboten hatte, wegen der Straßenunruhen zur Ballettstunde zu fahren. Diesmal hatte ihr Vater seine Frau unterstützt.

»Geduld, meine Liebe«, ermahnte ihre Großmutter sie. »Du wirst doch jetzt nicht auf der Straße sein wollen, wenn all die hungrigen und unglücklichen Menschen ihrem Unmut Luft machen.«

»Steht es denn wirklich so schlecht um sie, Großmama?« Inmitten des Luxus, der sie umgab, war eine solche Armut unvorstellbar. Wenn sie an die vielen Menschen, die bittere Not litten, dachte, empfand sie tiefes Mitgefühl. »Ich wünschte, wir könnten ihnen etwas von dem geben, was wir haben.« Ihr Leben verlief so angenehm und behaglich, daß ihr die Existenz der Heerscharen von Hungernden und Frierenden als Grausamkeit erschien.

»Das wünschen wir alle.« Die blitzenden alten Augen musterten sie eingehend. »Das Leben ist nicht immer gerecht. Es gibt viele, sehr viele Menschen, die niemals auch nur annähernd das haben werden, was wir als selbstverständlich ansehen ... warme Kleidung, weiche Betten, Speisen in Hülle und Fülle ... ganz zu schweigen von reinem Luxus wie Ferien, Gesellschaften und hübschen Kleidern.«

»Ist das alles denn schlecht?« Schon der Gedanke schien Zoya zu ängstigen.

»Gewiß nicht. Aber es sind Privilegien, und das sollte man nie vergessen.«

»Mama sagt, die gewöhnlichen Menschen könnten das alles gar nicht richtig genießen. Meinst du, daß das richtig ist?«

Eugenias Blick drückte Ärger und Ironie aus. Sie konnte sich nicht genug darüber wundern, daß ihre Schwiegertochter noch immer so blind und dumm war. »Zoya, mach dich nicht lächerlich. Glaubst du im Ernst, jemand hätte etwas gegen ein warmes Bett, einen vollen Magen oder ein hübsches Kleid einzuwenden?

Oder gegen eine elegante Troika? Da müßte er ja ganz schön dumm sein.« Zoya ließ unausgesprochen, daß ihre Mutter auch behauptet hatte, diese Menschen seien dumm, denn Zoya wußte, daß das nicht der Wahrheit entsprach.

»Großmama, es ist ein Jammer, daß die Menschen Onkel Nikolaus, Tante Alix, Baby und die Mädchen nicht kennen. Es sind so gute Menschen. Niemand kann ihnen böse sein.«

Das war gewiß richtig und vernünftig, zugleich aber wurde die ganze Problematik damit zu sehr vereinfacht.

»Nicht sie sind es, die verhaßt sind ... sondern die Dinge, die sie repräsentieren. Für Menschen außerhalb der Palastmauern ist es unvorstellbar, daß die Menschen im Inneren an Herzweh leiden und auch ihre Kümmernisse haben. Kein Mensch ahnt, wie sehr Nikolaus die allgemeine Lage am Herzen liegt, wie sehr ihn das Leiden des Volkes bekümmert und daß ihm Alexejs Krankheit fast das Herz bricht. Niemand wird je etwas davon erfahren oder sehen ... und das macht mich auch traurig. Der Ärmste trägt so viele große Lasten. Und jetzt ist er wieder an der Front. Für Alix muß es schrecklich sein. Ich wünschte, die Kinder würden bald gesund, damit ich sie besuchen kann.«

»Ich möchte auch bald nach Zarskoje Selo. Aber Papa läßt mich ja keinen Schritt vor die Tür tun. Es wird mich Monate kosten, bis ich bei Madame Nastowa alles eingeholt habe.«

»Wo denkst du hin!« Eugenia, die ihren Blick nicht von ihrer Enkelin losreißen konnte, hatte das Gefühl, daß Zoya mit jedem Tag, der sie ihrem achtzehnten Geburtstag näher brachte, schöner wurde. Anmutig und zierlich, mit rotem Haar und grünen Augen, langen wohlgeformten Beinen und einer schmalen, mit zwei Händen zu umfassenden Taille, war sie eine geradezu atemberaubende Schönheit.

»Großmama, es ist so langweilig.« Sie vollführte eine Pirouette auf einem Bein, und Eugenia lachte sie aus.

»Meine Liebe, eine Schmeichelei ist das nicht. Mich haben schon viele Menschen langweilig gefunden, ohne daß sie es mir unverblümt ins Gesicht sagten.«

»Entschuldigung.« Zoya lachte unbekümmert. »Dich meinte ich gar nicht, ich meinte vielmehr den Umstand, daß ich hier eingesperrt bin. Heute kommt nicht einmal der dumme Nikolaj auf Besuch.«

Gegen Abend sollten sie erfahren, warum Nikolaj ausgeblieben war. General Kabalow hatte überall in der Stadt Aufrufe anschlagen lassen, in denen alle öffentlichen Versammlungen und Zusammenrottungen verboten wurden. Die Streikenden wurden aufgefordert, am nächsten Tag an ihre Arbeitsplätze zurückzukehren. Zuwiderhandelnde würden an die Front versetzt. Kein Mensch schenkte diesen Ankündigungen Beachtung. Tausende von Demonstranten zogen von der Wyborger Seite her über die Newa-Brücken ins Stadtzentrum. Um halb fünf Uhr nachmittags wurden wieder Truppen eingesetzt, und auf dem Newskij-Prospekt gegenüber dem Anitschkow-Palais kam es zu einer Schießerei, bei der fünfzig Menschen ums Leben kamen. Nach wenigen Stunden gab es schon zweihundert Tote, und plötzlich meuterten die eingesetzten Truppen. Eine Kompanie der Pawlowskij-Leibgarde verweigerte den Gehorsam, als Schießbefehl gegeben wurde, und wandte sich statt dessen gegen ihre Offiziere und feuerte auf sie. Nun brach das totale Chaos aus. Die Preobraschenskij-Garde mußte eingreifen und die Meuterer entwaffnen.

Konstantin erfuhr am Abend davon und verließ das Haus. Er wollte sich einen Überblick über die Lage verschaffen und wurde daneben noch von dem Verlangen getrieben, sich zu vergewissern, daß Nikolaj nichts zugestoßen war. Er glaubte zu spüren, daß sein Sohn in Gefahr war. Er erfuhr aber nur, daß die Pawlowskij-Garde entwaffnet worden war und daß die Verluste nur sehr gering waren. ›Sehr gering‹ erschien ihm plötzlich als viel zuviel, und er kehrte nach Hause zurück, um weitere Nachrichten abzuwarten. Auf dem Rückweg sah er, daß das Palais der Radziwills festlich erleuchtet war, und er konnte sich nur wundern über die Tollheit einer Stadt, die im Tanz nicht innehielt, während ringsum Menschen starben. Und sofort drängte sich ihm die Frage auf, ob Nikolaj mit seinen düsteren Vorahnungen nicht recht behalten hatte. Konstantin konnte es jetzt kaum erwarten, mit dem französischen Gesandten Paléologue persönlich zu sprechen, und nahm sich vor, ihn sofort am nächsten Morgen um eine Unterredung zu bitten.

Als er zum Fontanka-Kanal abbog und die Pferde vor seinem Haus sah, blieb ihm fast das Herz stehen. Am liebsten hätte er kehrtgemacht und wäre auf und davon. Statt dessen gab er Feodor Anweisung schneller zu fahren, ungeachtet der Panik, die er empfand. Vor dem Haus drängte sich ein Dutzend Preobraschenskij-Gardisten, es gab Geschrei und Bewegung, etwas wurde getragen, als er vernahm, wie sich seinem eigenen Mund ein lauter Aufschrei entrang. Die Troika hatte kaum angehalten, als er auch schon heruntersprang. »O mein Gott«, rief er, »mein Gott ...«, und dann sah er ihn. Zwei Mann trugen ihn, im Schnee sah man Blutspuren. Es war Nikolaj. »O mein Gott ...« Konstantin strömten Tränen über die Wangen, als er auf die Männer zustürzte. »Ist er noch am Leben?«

Einer der Gardisten sah ihn an und nickte. »Kaum«, äußerte er leise. Nikolaj war von sieben Schüssen eines Pawlowskij-Leibgardisten getroffen worden – einer ihrer eigenen Leute ... einer der Männer des Zaren! Aber Nikolaj hatte keine Furcht gezeigt und den Mann niedergestreckt. »Bringt ihn hinein ... rasch ...« Er rief nach Feodor, der augenblicklich an seiner Seite war. »Hol sofort den Arzt meiner Frau!« brüllte er. Die jungen Gardisten starrten ihn hilflos an. Sie wußten, daß es hoffnungslos war. Deshalb hatten sie Nikolaj, der nun mit glasigem Blick zu seinem Vater aufsah, nach Hause gebracht. Nikolaj erkannte seinen Vater und lächelte. Und als Konstantin ihn in seine starken Arme nahm und ihn ins Haus trug, sah Nikolaj aus wie ein Kind. Konstantin legte den Verwundeten auf das Prunksofa in der großen Eingangshalle, und die Dienerschaft kam herbeigelaufen. »Bringt Verbandszeug ... Laken ... rasch ... heißes Wasser.«

Er hatte keine Ahnung, was er mit all den Sachen tun würde,

aber irgend etwas mußte er unternehmen. Etwas ... alles ... man mußte ihn retten. Es war sein kleiner Junge, den man ihm zum Sterben nach Hause gebracht hatte, und er würde nicht zulassen, daß er unter seinen Händen das Leben aushauchte. Konstantin mußte den Tod abwehren, ehe es zu spät war. Plötzlich wurde er von einer festen Hand beiseite geschoben. Seine eigene Mutter war es, die nun den Kopf des Jungen mit ihren Händen umfing und ihn sanft auf die Stirn küßte und ihm begütigend zuredete.

»Es ist alles gut, Nikolaj. Großmama ist da ... und Mama und Papa ...« Die drei Damen waren allein zu Tisch gegangen, ohne auf Konstantins Rückkehr zu warten. Eugenia hatte sofort begriffen, was passiert war, als sie die Männer ins Haus poltern hörte. Die Gardisten drückten sich nun verlegen in der Halle herum, und dann ertönte ein entsetzlicher Aufschrei, als Natalja ihren Sohn entdeckte und in der Tür zusammenbrach.

»Zoya!« rief Eugenia, und das junge Mädchen lief herbei, während Konstantin hilflos dastand und zusehen mußte, wie das Blut seines Sohnes auf den Marmorboden tropfte und im Teppich versickerte. Er beobachtete Zoya, die sich zitternd an der Seite ihres Bruders niederkniete. Mit kreidebleichem Gesicht faßte sie nach seiner Hand.

»Nikolaj«, flüsterte sie. »Ich habe dich sehr lieb ... ich bin's Zoya ...«

»Was machst du hier?« Nikolaj konnte nur mehr flüstern, und Eugenia merkte ihm an, daß er seine Schwester nicht mehr erkannte.

»Zoya«, befahl sie wie ein General, »reiß meinen Unterrock herunter, reiß ihn in Streifen ... rasch ... beeil dich ...«

Zunächst zaghaft, begann Zoya an dem Unterrock ihrer Großmutter zu ziehen, doch als diese sie wieder zurechtwies, zerrte sie heftiger, und schließlich fiel der Unterrock zu Boden, und Zoya riß ihn in Streifen und sah zu, wie ihre Großmutter nun Nikolajs Wunden damit verband, bemüht, die Blutung zum Stillstand zu bringen, doch dazu war es schon zu spät. Weinend kniete Konstantin nieder, um seinen Sohn zu küssen.

»Papa? ... bist du das, Papa ...?« Nikolajs Stimme klang ganz jung. »Papa ... ich habe dich lieb ... Zoya ... sei ein braves Mädchen ...« Und dann lächelte er ihnen noch einmal zu, bevor er starb. Ihre Bemühungen waren zu zaghaft gewesen und zu spät gekommen. Nikolaj tat in den Armen seines Vaters den letzten Atemzug. Konstantin drückte ihm die Augen sanft zu und hauchte Küsse auf die Lider seines toten Sohnes. Er schluchzte laut und hemmungslos, während er Nikolaj an sich drückte und das Blut seines geliebten Sohnes seine Jacke durchdrang. Zoya stand weinend neben ihm, während Eugenia den Toten mit zitternden Händen streichelte und sich dann ganz langsam umwandte und den Gardisten bedeutete, sie allein zu lassen. Inzwischen war der Arzt eingetroffen und versuchte Natalja, die noch immer bewußtlos in der Tür lag, wiederzubeleben. Schließlich wurde sie nach oben in ihre Gemächer gebracht. Feodor stand etwas abseits und war von Tränen geblendet. Plötzlich zog ein lautes Wehklagen durch die Halle. Alle Bediensteten waren gekommen ... zu spät ... alles war zu spät, keiner konnte Nikolaj mehr helfen.

»Komm, Konstantin. Man muß ihn nach oben tragen.« Behutsam zog die Gräfin ihren Sohn mit sich und führte den blicklos vor sich Hinstarrenden in die Bibliothek, wo sie ihn in einen Stuhl drückte und ihm einen Brandy einschenkte. Es gab keinen Trost, deswegen versuchte sie erst gar nicht, irgend etwas zu sagen. Sie bedeutete Zoya näher zu kommen, und als sie sah, wie blaß das Mädchen war, zwang sie es, einen Schluck Brandy zu trinken, den sie für sich selbst eingeschenkt hatte.

»Nein, Großmama ... nein ... bitte ...« Zoya würgte und hustete, aber ihre Großmutter bestand darauf, daß sie einen Schluck trank. Einige Augenblicke später wandte sie sich wieder an Konstantin, der stöhnte: »Er war so jung ... mein Gott ... mein Gott ... und jetzt ist er tot ...« Eugenia hielt Konstantin umschlungen, während er besinnungslos vor Schmerz und Trauer in seinem Sessel vor und zurück schwankte und seinen einzigen Sohn beklagte. Da warf sich unvermittelt Zoya in seine Arme und klammerte sich an ihn wie an den einzigen festen Halt auf dieser Welt. Ihr einziger Gedanke war, daß sie ihren Bruder noch am selben Nachmittag ›dummer Nikolaj‹ genannt hatte ... dummer Nikolaj ... und jetzt war er tot ... ihr Bruder war tot ... sie starrte ihren Vater voller Entsetzen an.

»Papa, was geht da vor?«

»Ich weiß es nicht, mein Kind. Man hat meinen kleinen Jungen getötet ...« Er preßte sie an sich, während sie in seinen Armen schluchzte. Nach einer Weile raffte er sich auf und überließ Zoya der Fürsorge ihrer Großmutter. »Mama, nimm sie mit dir nach Hause. Ich muß mich um Natalja kümmern.«

»Ihr geht es ganz gut.« Eugenias Sorge galt in erster Linie ihrem Sohn und nicht so sehr seiner törichten Frau. Sie befürchtete allen Ernstes, daß der Verlust Nikolajs ihn vernichten könnte. Sie legte ihre Hand auf die seine, und er sah ihr in die Augen, aus denen die Weisheit eines langen Lebens und unermeßlicher Kümmernis sprach.

»O Mama!« rief er unter Tränen aus und nahm sie in die Arme, während sie eine Hand nach Zoya ausstreckte und diese an sich zog. Langsam löste sich Konstantin von ihnen und ging zu seiner Frau. Zoya blieb in der Empfangshalle und blickte ihm nach. Nikolajs Blut war vom Boden aufgewischt und der Teppich war entfernt worden. Der Tote lag bereits stumm und kalt in dem Zimmer, das er seit seiner Knabenzeit bewohnt hatte. Er war in diesem Raum geboren worden und lag nun dort als Toter, dreiundzwanzig Jahre alt, und mit ihm war eine Welt, die sie alle kannten und liebten, dahingegangen. Alle litten unter dem Gefühl, sich nie wieder sicher fühlen zu können. Eugenia wußte es, als sie Zoya mit sich in ihr Haus nahm. Das Mädchen zitterte heftig unter ihrem Mantel, und in ihren Augen lagen Entsetzen und Angst.

»Du mußt jetzt stark sein, mein Kind«, mahnte ihre Großmutter. Als Sawa ihnen im Wohnzimmer entgegensprang, brach Zoya erneut in Tränen aus. »Dein Vater wird dich jetzt mehr denn je brauchen. Und vielleicht – vielleicht wird nichts wieder so wie früher – für keinen von uns. Doch was immer kommen mag« – Eugenias Stimme bebte bei dem Gedanken an ihren Enkelsohn, als sie Zoya mit zitternden Händen an sich zog und sie küßte –, »denk daran, wie sehr er dich liebhatte.«

4

Der nächste Tag war ein Alptraum. Nikolaj lag aufgebahrt in seinem Zimmer, in seiner Unform, umgeben von Kerzen. Das Volinskij-Regiment meuterte, kurze Zeit später das Semonowskij, das Ismailowskij, das Litowskij, das Oranienbaum und schließlich das stolzeste, nämlich Nikolajs Regiment, die Preobraschenskij-Garde. Alle liefen zu den Revolutionären über. Überall sah man rote Fahnen, und die Soldaten in ihren zerfetzten Uniformen waren nicht mehr dieselben, die sie vorher gewesen waren ... St. Petersburg war nicht mehr die Stadt von einst. Nichts war mehr wie früher, nachdem die Revolutionäre die Gerichtsgebäude in Brand gesetzt hatten. Es dauerte nicht lange, und auch das Arsenal an der Liteini stand in Flammen sowie das Ministerium des Inneren, das Gebäude der Militärregierung und das Hauptquartier der Ochrana, der Geheimpolizei des Zaren. Etliche Polizeistationen wurden zerstört. In den Gefängnissen waren die Häftlinge freigelassen worden, und zu Mittag fiel die Peter-Paul-Festung in die Hände der Revolutionäre. Nun galt es, Gegenmaßnahmen zu ergreifen. Der Zar mußte, so schnell es ging, in die Hauptstadt kommen, um eine provisorische Regierung zu ernennen, die die Lage wieder in den Griff bekäme, obwohl das von Stunde zu Stunde unwahrscheinlicher erschien. Als Großfürst Michael den Zaren in seinem Hauptquartier in Mogilew anrief, versprach dieser sofort zu kommen. Er konnte es nicht fassen, was in den wenigen Tagen, seitdem er St. Petersburg verlassen hatte, dort passiert war. Nun wollte er unbedingt zurück, um sich einen Eindruck von der Lage zu verschaffen, ehe er neue Minister ernannte, die die Unruhen niederschlagen sollten. Aber erst als der Vorsitzende der Duma Nikolaus an jenem Abend benachrichtigte, daß die Zaren-Familie in Lebensgefahr schwebte, wurde ihm klar, was eigentlich vor sich ging. Der Zarin war der Ernst der Lage nicht bewußt. Aber mittlerweile wäre ohnehin jede Hilfe zu spät gekommen.

Lili Dehn hatte der Zarin erst am Nachmittag einen Besuch abgestattet und diese bei ihren kranken Kindern angetroffen. Nach allem, was Lili ihr von den Aufständen berichtet hatte, war die Zarin der Meinung, es handle sich um die üblichen Unruhen. Daß eine blutige Revolution im Gange war, war ihr noch immer nicht klar.

Am nächsten Morgen sandte General Kabalow während eines Schneesturms eine Nachricht. Er bestand darauf, daß Zarin Alexandra und ihre Kinder sich unverzüglich in Sicherheit bringen sollten. Er selbst verteidigte mit fünfzehnhundert Getreuen das Winterpalais in St. Petersburg, bis Mittag aber waren seine Truppen zum größten Teil zur Gegenseite übergelaufen. Und noch immer verstand die Kaiserin nicht, wie bedrohlich die Lage war. Sie weigerte sich, Zarskoje Selo vor der Rückkehr ihres Gemahls zu verlassen, da sie sich unter dem Schutz der Garde Equipage sicher fühlte, außerdem waren die Kinder viel zu krank, um eine längere Reise zu überstehen. Inzwischen hatte auch Marie eine Lungenentzündung bekommen.

Am gleichen Tag wurden Gutshäuser in der Umgebung geplündert, und Konstantin veranlaßte, daß die Dienerschaft die Wertsachen im Garten vergrub. Zoya mußte mit dem weiblichen Hauspersonal im Haus ihrer Großmutter bleiben. In aller Eile wurden Juwelen in das Futter der schweren Wintermäntel eingenäht. Natalja lief indessen kreischend durch das Palais und stürmte immer wieder verzweifelt in Nikolajs Zimmer, in dem der Tote noch immer aufgebahrt war. Die Revolution hatte eine Bestattungszeremonie bis heute verhindert.

»Großmama«, flüsterte Zoya, als sie einen kleinen Diamantohrring unter einen Knopf schob, den sie an das Kleid nähen wollte. »Großmama ... was sollen wir jetzt tun?«

Trotz ihrer zitternden Hände versuchte Zoya mit dem Nähen schnell voranzukommen. Als man von ferne Schüsse hörte, riß sie die Augen vor Angst weit auf.

»Wir können gar nichts unternehmen, bevor wir dies nicht erledigt haben ... also beeil dich ... da ... näh die Perlen in meine blaue Jacke ein.« Die alte Frau war mit verzweifelter Entschlossenheit am Werk, zugleich aber von unheimlicher Ruhe erfüllt.

Konstantin war im Winterpalais bei Kabalow und den letzten loyalen Truppenteilen. Er hatte schon am frühen Morgen das Haus verlassen.

»Was machen wir mit ...« Zoya brachte den Namen ihres Bruders nicht über die Lippen. Es erschien ihr zu schrecklich, ihn einfach in seinem Zimmer liegenzulassen, während sie Juwelen in die Säume der Kleider ihrer Großmutter nähten.

»Wir werden uns rechtzeitig um alles kümmern, und jetzt sei still, Kind. Wir müssen auf Nachricht von deinem Vater warten.« Sawa lag winselnd zu Zoyas Füßen, als wüßte sie, daß auch ihr Leben in Gefahr war. Am Morgen hatte die alte Gräfin den Versuch unternommen, Natalja mit in ihr kleines Gartenhaus zu nehmen, diese aber hatte sich hartnäckig geweigert. Sie schien den Verstand verloren zu haben und redete auf ihren toten Sohn ein und beruhigte ihn, daß alles in Ordnung sei und sein Vater bald nach Hause käme. Eugenia überließ sie ihrem Schicksal und beorderte alle Dienstboten zu sich ins kleine Haus, damit man so viel Wertsachen wie möglich verstecken konnte, ehe die Plünderer eindrangen und alles mitnahmen. Angeblich war die Villa der Kschessinskaja bereits vom Mob ausgeraubt worden, und Eugenia war fest entschlossen, möglichst viel in Sicherheit zu bringen. Während sie dasaß und eifrig nähte, überlegte sie, ob sie es wohl schaffen konnten, nach Zarskoje Selo zu kommen.

In Zarskoje Selo hatte die Zarin alle Hände voll zu tun, denn die Kinder hatten noch immer Fieber. Marie war am ärgsten dran, und auch Anna Wyrubowa hatte sich noch nicht erholt. Am späten Nachmittag erreichten die meuternden Truppen das Dorf, gaben sich aber aus Angst vor der Palastgarde damit zufrieden, die Häuser der Dorfbewohner zu plündern und ziellos auf die Menschen zu schießen.

Auch im Krankenzimmer waren die Schüsse zu hören. Die Zarin versuchte ihren Kindern weiszumachen, daß es die eigenen Truppen wären, die ein Manöver abhielten. Doch am Abend schickte sie Nikolaus eine Nachricht und bat ihn nach Hause zu kommen. Der Zar, der den Ernst der Lage noch immer nicht durchschaute, entschied sich, auf einem Umweg heimzukehren, um die Wege der Truppentransporte nicht unnötig zu blockieren. Für ihn war es noch immer unvorstellbar, daß er keine ihm ergebene Armee mehr hatte. Sowohl die Garde Equipage wie die Kaiserliche Garde, beide angeblich besonders verläßlich und treu und deshalb mit dem Schutz der Zarenfamilie betraut, hatten ihre Posten verlassen. Sogar die Soldaten der Garnison von Zarskoje Selo waren desertiert und hatten die kaiserliche Familie im Stich gelassen. Und St. Petersburg war gefallen. Es war der vierzehnte März, ein Mittwoch. Eine ganze Welt hatte sich über Nacht verändert. Was dies alles nach sich ziehen würde, war unmöglich abzusehen.

Minister und Generäle drängten Nikolaus, zugunsten seines Sohnes abzudanken und Großfürst Michael als Regenten einzusetzen. Doch die verzweifelten Telegramme, mit denen man Nikolaus während seiner Rückfahrt von der Front bombardierte und in denen versucht wurde, ihm die Situation zu erklären, blieben unbeantwortet.

Inmitten dieses Stillschweigens waren Zoya und ihre Großmutter ebenfalls ohne Nachricht. Konstantin war seit zwei Tagen nicht mehr nach Hause gekommen. Eine Möglichkeit, ihn zu erreichen, gab es nicht. Erst als Feodor sich schließlich auf die Straße wagte und sich zum Winterpalais durchschlug, brachte er die schreckliche Nachricht nach Hause, die Eugenia schon lange gefürchtet hatte. Konstantin war tot. Er war im Winterpalais zusammen mit den letzten loyalen Soldaten von den eigenen Leuten getötet worden. Es gab nicht einmal einen Leichnam, den man nach Hause hätte schaffen können. Man hatte ihn mit zahllosen anderen Opfern irgendwohin gekarrt. Feodor kehrte benommen nach Hause zurück und berichtete Eugenia hemmungslos schluchzend, was sich zugetragen hatte. Zoya, die alles mitanhörte, starrte ihn fassungslos an. Ihre Großmutter aber drehte sich zu den Hausmädchen um und wies sie an, schneller zu nähen. Mittlerweile waren ihr gesamter Schmuck und auch der von Natalja versteckt, alles übrige würde zurückbleiben, denn jetzt galt es, rasch zu handeln. Nikolaj sollte in aller Eile im Garten beigesetzt werden. Eugenia, Feodor und drei jüngere Diener gingen zurück ins große Haus und nahmen schweigend in seinem Zimmer Aufstellung. Nikolaj war seit drei Tagen tot, man konnte nicht länger warten. Eugenia starrte ihn ernst und tränenlos an, in Gedanken war sie bei ihrem eigenen Sohn. Für Tränen war es zu spät, obwohl sie am liebsten um alles geweint hätte, aber jetzt mußte sie an Zoya und Konstantin zuliebe an Natalja denken.

Als man sich daranmachte, den toten Nikolaj hinauszutragen, erschien seine Mutter in einem langen weißen Gewand. Sie huschte wie ein Gespenst durch die Räume. »Wohin bringst du mein Baby?« Sie warf ihrer Schwiegermutter einen gebieterischen Blick zu. Es war klar, daß sie den Verstand verloren hatte. Sie schien nicht einmal Zoya zu erkennen. »Was machst du da, du alte Närrin?« Natalja hielt die Männer mit klauenähnlichen Händen auf, die alte Gräfin aber riß sie zurück und befahl ihr unmißverständlich: »Natalja, du mußt mit uns gehen!«

»Aber wohin bringt ihr meinen kleinen Jungen?«

Eugenia gab darauf keine Antwort, um die Arme nicht noch mehr zu verwirren oder einen hysterischen Anfall zu provozieren. Um Nataljas Gemütslage hatte es nie besonders gut gestanden, und ohne Konstantin, der auf sie einging und sie vor der grausamen Wirklichkeit abschirmte, hatte sie dem Leben nicht mehr standhalten können und war wahnsinnig geworden. Das war nun auch Zoya bewußt, die ihre Mutter schreckensstarr beobachtete.

»Natalja, zieh dich an. Wir fahren aus.«

»Wohin?«

»Nach Zarskoje Selo.« Zoya wollte ihren Ohren nicht trauen, als sie die Worte ihrer Großmutter hörte.

»Dorthin können wir nicht. Es ist Sommer, alle sind in Liwadia.«

»Dorthin fahren wir später, aber erst müssen wir nach Zarskoje Selo. Also, wir ziehen uns jetzt an.« Sie ergriff den Arm ihrer Schwiegertochter und gab Zoya ein Zeichen, sie solle den anderen Arm ergreifen.

»Wer bist du?« Natalja entzog dem verängstigten Mädchen ihren Arm. Nur der scharfe Blick ihrer Großmutter hinderte Zoya daran, die Flucht vor der Frau zu ergreifen, die ihre Mutter war. »Wer bist du?« fragte Natalja abermals, und sie fragte es immer wieder, bis die alte Dame ihr in aller Ruhe eine Antwort gab. Eugenia war erstaunlich gefaßt, obwohl sie innerhalb von vier Tagen Sohn und Enkel verloren hatte, im Verlauf einer Revolution, die keiner so richtig begriff. Doch für weitere Erklärungen blieb jetzt keine Zeit. Eugenia wußte, daß sie St. Petersburg rasch verlassen mußten, sonst war es zu spät. Und wenn sie nicht in Zarskoje Selo sicher waren, dann gab es für sie nirgends mehr Sicherheit. Aber Natalja wollte sich nicht fügen. Sie beharrte darauf, zu bleiben, da ihr Mann jederzeit nach Hause kommen könnte und überdies eine große Gesellschaft geplant hätte.

»Dein Mann erwartet dich in Zarskoje Selo«, log Eugenia, und Zoya schauderte vor Entsetzen über all das, was um sie herum geschah. Mit einer Energie, die Zoya ihr nicht zugetraut hätte, hüllte Eugenia Natalja in einen Mantel und führte sie die Treppe hinunter und sodann durch die Hintertür in den Garten, keine Sekunde zu früh, denn sie hörten bereits lautes Gepolter. Die Plünderer waren da und verschafften sich Eingang ins Palais. »Rasch«, flüsterte Eugenia dem Mädchen zu, das gestern noch ein Kind gewesen war. »Such Feodor ... er soll die Pferde vor meine alte Troika spannen.« Dann lief die Dame auf ihr Gartenhaus zu. Sie atmete schwer und umklammerte Nataljas Arm ganz fest. Sie rief den Hausmädchen zu, alle Kleidungsstücke, in die Juwelen eingenäht waren, in Säcke zu stopfen. Etwas anderes einzupacken, war unmöglich. Was sie mitnahmen, mußte in der Troika Platz haben. Während sie diese Anweisungen gab, behielt sie das Palais am anderen Ende der Gartenanlage ständig im Auge. Sie wußte, daß es nur eine Frage der Zeit war, bis die Plünderer das große Haus verlassen und sich das Haus im Garten vornehmen würden. Da merkte sie plötzlich, daß Natalja nicht mehr an ihrer Seite war, und als sie sich umdrehte, sah sie eine weiße Gestalt durch den Garten huschen. Sie wollte ihrer Schwiegertochter nachsetzen, aber es war zu spät. Natalja hatte das Palais schon erreicht. Fast gleichzeitig sah die alte Gräfin Flammen aus den Fenstern der oberen Stockwerke schlagen. Zoya, die hinter ihr stand, stöhnte.

»Großmama!« Beide sahen die weiße Gestalt von einem Fenster zum anderen laufen. Natalja sprang zwischen den Flammen hin und her, schrie und lachte, als wäre sie von lauter Freunden umgeben. Es war ein grauenhafter Anblick, und plötzlich stürzte Zoya zur Tür. Nur mit Mühe konnte ihre Großmutter sie zurückhalten.

»Nicht! Du kannst ihr nicht helfen! Im Palais sind Räuber. Sie würden dich töten, Zoya!«

»Ich kann nicht zulassen, daß man sie umbringt ... ich kann nicht ... Großmama ... bitte ...« Zoya schluchzte und kämpfte mit einer Kraft, der ihre Großmutter nichts entgegenzusetzen hatte. In diesem Moment stürmte Feodor ins Haus.

»Die Troika ist bereit ... hinter den Hecken ...« Er war so klug gewesen, das Gefährt in die Seitenstraße zu fahren, so daß es für die randalierende Horde im Palais unsichtbar blieb.

»Großmama!« Zoya rang noch immer mit der alten Frau, und plötzlich schlug diese ihr ins Gesicht.

»Hör auf! Sie ist so gut wie tot ... wir müssen fort, in diesem Moment, ganz rasch!« Es war keine Sekunde zu verlieren. Schon hatte sie bemerkt, daß einige Gesichter aus den unteren Fenstern des Palais in den Garten spähten.

»Ich kann sie nicht zurücklassen!« Zoya flehte ihre Großmutter an, sie gehen zu lassen, die alte Frau aber blieb eisern.

»Du mußt.« Eugenias Stimme wurde weich, als sie ihre Enkelin kurz an sich zog. In diesem Moment gab es ein gräßliches explosionsähnliches Geräusch. Der gesamte obere Stock des Haupthauses stand in Flammen, und als sie sich umwandten, sahen sie Natalja in ihrem brennenden weißen Gewand aus dem Fenster springen. Damit war alles entschieden. Sie konnte weder die Flammen noch den Sturz überleben. Nataljas Leben hatte ein Ende gefunden. Es war ein Segen für sie selbst. Nach dem doppelten Schicksalsschlag, dem Verlust von Sohn und Ehemann, hätte sie nie wieder zu einer normalen geistigen Verfassung zurückgefunden. Ihre ganze Welt war in Trümmer gegangen. »Kommen Sie schnell!« drängte Feodor. Mit einer raschen Bewegung hob die alte Gräfin Sawa vom Boden auf, drückte sie Zoya in die Arme und eilte mit ihr auf die Straße zur bereitstehenden Troika.

5

In der fahrenden Troika drehte Zoya sich noch einmal um und bemerkte die hohen Flammen hinter den Bäumen. Sie verschlangen ihr Elternhaus, das nur mehr als ausgebrannte Hülse ihres bisherigen Heims zurückblieb. Augenblicke später durchfuhren sie Nebenstraßen. Die Frauen hatten sich aneinandergedrückt, zu ihren Füßen befanden sich die Säcke mit den Kleidern, in deren Futter die Juwelen steckten. Zoya drückte die kleine Sawa, die erbärmlich in der Kälte zitterte, an sich. Sie begegneten Gruppen von Soldaten, aber niemand stellte sich ihnen in den Weg, so daß sie ungehindert die Außenbezirke erreichten. Es war Donnerstag, der fünfzehnte März, und im entfernten Pskow öffnete Zar Nikolaus die Telegramme seiner Generäle, die seine Abdankung forderten. Er war totenbleich, als ihm klar wurde, daß er von Verrätern umgeben war. Ebenso blaß war Zoya, die zusehen mußte, wie St. Petersburg hinter ihnen versank. Es hatte zwei Stunden gedauert, bis sie die Straße nach Zarskoje Selo erreicht hatten, und sie fuhren dann noch einige Zeit zum Dorf. Unterwegs waren sie von allen Nachrichten abgeschnitten, es fehlte ihnen daher auch der Überblick über die Ereignisse. Zoyas Gedanken kreisten einzig und allein um ihre Mutter, deren Kleid lichterloh gebrannt hatte, als sie in den Tod gesprungen war ... und um ihren toten Bruder, der von Flammen eingekreist in seinem Zimmer aufgebahrt lag, in dem sie ihn als Kind so oft besucht hatte ... Nikolaj ... ›dummer Nikolaj‹ hatte sie ihn genannt. Sie fragte sich, ob sie sich das jemals würde verzeihen können ... erst gestern, als alles noch in Ordnung war und das Leben in normalen Bahnen verlief ...

Den Kopf hatte sie in ein altes Tuch gehüllt, denn die Kälte bereitete ihr Ohrenschmerzen, ein Umstand, der sie an Olga und Tatjana denken ließ, die im Verlauf der Masern ebenfalls an Ohrenschmerzen gelitten hatten. Vor wenigen Tagen noch hatten diese kleinen Katastrophen ihr Leben bestimmt – kleine dumme Dinge wie Fieber, Ohrenschmerzen und Masern. Sie konnte kaum einen klaren Gedanken fassen, während ihre Großmutter ihre Hand umklammert hielt und beide nicht wußten, was sie in Zarskoje Selo erwartete. Am Nachmittag kam das Dorf in Sicht, dem Feodor in großem Bogen auswich. Marodierende Soldaten stellten sich ihnen zweimal in den Weg, und Feodor verwarf den Gedanken, mit der Troika einfach davonzupreschen, da er wußte, daß man in diesem Fall auf sie schießen würde. Deshalb verlangsamte er das Tempo und rief den Soldaten zu, daß er mit einer kranken alten Frau und ihrer schwachsinnigen Enkelin unterwegs sei. Beide Frauen starrten die Männer mit leeren Blicken an, als hätten sie nichts zu verbergen.

Die alte Gräfin war sehr erleichtert, daß Feodor so klug gewesen war, ihren ältesten Schlitten zu nehmen, von dem die Farbe abblätterte, dessen Kufen aber noch tauglich waren. Es war ein seit Jahren nicht mehr verwendetes Gefährt, dessen Zustand nichts von seiner einstigen Schönheit ahnen ließ. Nur die ungewöhnlich edlen Pferde waren ein Hinweis auf das Vermögen der Insassen. Die zweite Gruppe von Wegelagerern nahm ihnen zwei von Konstantins schönsten Rapphengsten ab. Mit einem einzigen Pferd gelangten sie schließlich vor die Tore des Zarenschlosses. Die Kosakengarde war nirgends zu sehen, man sah überhaupt keine Wachen. Nur ein paar Soldaten, denen das Unbehagen ins Gesicht geschrieben stand, lungerten herum.

»Halt, wer da?« rief einer laut, und Zoya wurde starr vor Schreck. Bevor Feodor seine Geschichte anfangen konnte, erhob sich Eugenia von ihrem Sitz, einfach gekleidet, um den Kopf ein altes wollenes Kopftuch. Mit einem gebieterischen Blick wies sie den Mann in seine Schranken und stellte sich schützend vor Zoya, die hinter ihren Röcken fast verschwand.

»Ich bin Eugenia Petrowna Ossupowa. Ich bin eine alte Frau und eine Kusine des Zaren. Wollt ihr mich erschießen?«

Man hatte ihren Enkel und ihren Sohn getötet, und wenn man sie jetzt umbringen wollte, bitte sehr. Aber sie war entschlossen, zuerst die Soldaten zu erschießen, falls sie Hand an Zoya legen sollten. Zoya hatte gar nicht bemerkt, daß sie eine kleine Pistole mit Perlmuttgriff in ihrem Ärmel versteckt hatte. Sie war entschlossen, sich ihrer zu bedienen, wenn ihrer Enkelin Gefahr drohte.

»Es gibt keinen Zaren mehr«, erklärte der Mann hitzig, dessen rote Armbinde plötzlich sehr bedrohlich wirkte. Der alten Frau schlug das Herz bis zum Hals, und Zoya war starr vor Entsetzen. Was hatte das zu bedeuten? Hatte man den Zaren umgebracht? Es war vier Uhr nachmittags ... vier Uhr, und die ganze Welt war untergegangen ... aber Nikolaus ... hatte man ihn auch getötet? So wie Konstantin und Nikolaj?

»Ich muß meine Kusine Alexandra besuchen.« Eugenia zeigte sich als Herrin der Lage, als sie in bestimmtem Ton ihr Anliegen äußerte. »Und deren Kinder.« Oder waren auch die Zarenkinder umgekommen? Zoyas Herz klopfte heftig, während sie sich hinter den Röcken ihrer Großmutter versteckte und Feodor angespannt die Szene im Auge behielt. Nun trat eine schier endlose Pause ein, als der Soldat sie genau in Augenschein nahm und plötzlich zurücktrat, um seinen Kameraden etwas zuzurufen.

»Laßt sie durch. Aber denk dran, Alte«, wandte er sich ihr

rüde zu, »es gibt keinen Zaren mehr. Er hat vor einer Stunde in Pskow abgedankt. Jetzt haben wir ein neues Rußland.«

Damit trat er beiseite, und Feodor sauste an ihm vorüber, in der Hoffnung, dem Rüpel über die Zehen zu fahren. Ein neues Rußland ... das Ende des alten Lebens ... das alte und das neue vermengten sich in fürchterlichem Durcheinander, während Eugenia totenblaß neben ihrer Enkelin saß. Zoya flüsterte ihr etwas zu, als sie an der Feodorowskij-Kirche vorüberfuhren.

»Großmama, glaubst du, daß es wahr ist?«

»Ja, vielleicht. Alix wird uns sagen, was geschehen ist.«

Das Portal des Alexander-Palastes wirkte sonderbar verlassen, keine Posten – niemand war zu sehen, und als Feodor laut anklopfte, erschienen zwei verängstigte Dienerinnen, um sie einzulassen. Die Empfangshalle war erschreckend verlassen.

»Wo sind alle?« fragte die alte Gräfin, und eine der beiden Bediensteten deutete auf den Zoya wohlbekannten Korridor, der zu den Privatgemächern führte. Die Frau wischte sich mit der Schürze die Tränen von den Wangen und antwortete schließlich: »Die Zarin befindet sich oben bei den Kindern.«

»Und der Zar?« Eugenias Augen schossen grüne Blitze auf die hilflos weinende Frau ab.

»Sie wissen es noch nicht?«

O Gott, nein ... betete Zoya ...

»Es heißt, daß er zugunsten seines Bruders abgedankt haben soll. Die Soldaten sind vor einer Stunde gekommen, um es uns zu melden. Ihre Majestät glaubt nicht, daß er das getan hat.«

»Er ist also noch am Leben?« Eugenia spürte, wie Erleichterung sie gleich neuem Leben durchflutete.

»Wir glauben es jedenfalls.«

»Gott sei Dank.« Sie raffte die Röcke und warf Zoya einen scharfen Blick zu. »Sag Feodor, daß er alles hereinschaffen soll.« Sie wollte vermeiden, daß die Soldaten ihre Sachen mit den eingenähten Juwelen in die Finger bekamen. Und als wenig später Zoya mit Feodor wieder zur Stelle war, wies ihre Großmutter die Bedienstete an, sie hinauf zur Zarin zu führen.

»Ich kenne den Weg, Großmama. Ich führe dich.« Leise ging sie ihr durch die Gänge voran, die sie so gut kannte, durch die Räume, in denen sie mit ihrer Freundin noch vor kurzem gewesen war.

Gespenstische Stille umfing sie, als sie ihre Großmutter hinaufführte und dann leise an Maries Tür klopfte. Es war niemand da. Marie war in einen der Salons ihrer Mutter verlegt worden. Leise ging Zoya den Gang entlang, klopfte an mehrere Türen, bis sie schließlich Stimmen hörte. Zoya wartete, bis jemand antwortete. Langsam wurde die Tür geöffnet, und sie sahen Alexandra im Zimmer stehen, groß und schmal. Die Zarin reichte ihren beiden jüngsten Töchtern Tee. Anastasia blickte überrascht auf, und Marie brach in Tränen aus, als sie Zoya erkannte.

Zoya brachte vor Erschütterung kein Wort heraus, als sie auf ihre Freundin zulief und die Arme um sie schlang. Eugenia umarmte indessen die erschöpft wirkende Zarin.

»Mein Gott, Kusine Eugenia, wie bist du nur hergekommen? Seid ihr unterwegs nicht aufgehalten und belästigt worden?«

Eugenia hatte Mühe, die richtigen Worte zu finden, als sie die schlanke, elegante Alexandra umarmte, die so mitleiderregend müde aussah, daß aus ihren hellgrauen Augen ein ganzes Leben voller Bitterkeit und Kümmernis zu sprechen schien. »Wir sind gekommen, um dir zu helfen, Alix. Wir hätten in St. Petersburg ohnehin nicht bleiben können. Heute wurde unser Haus in Brand gesetzt. Wir konnten gerade noch entfliehen ... unser Aufbruch war ziemlich überstürzt.«

»Ich kann es nicht glauben ...« Alexandra sank ermattet auf einen Stuhl. »Und Konstantin?«

Die alte Dame erbleichte. Sie spürte, daß ihr Herz heftig pochte. Plötzlich empfand sie das Gewicht der schweren Verluste und fürchtete schon, sie würde zu Füßen der um vieles jüngeren Zarin zusammenbrechen, doch angesichts der Last, die Alix zu tragen hatte, durfte sie sich nicht gehenlassen. »Er ist tot, Alix ...« Ihre Stimme klang brüchig, aber sie hielt die Tränen zurück. »Auch Nikolaj ist umgekommen ... am Sonntag.

Und Natalja ist heute im brennenden Haus ums Leben gekommen.« Daß ihre Schwiegertochter den Verstand verloren hatte, ehe sie brennend aus dem Fenster stürzte, verschwieg sie der Zarin. »Ist es wahr ... daß Nikolaus ...?« Sie hatte Angst, die Frage auszusprechen, aber sie mußte sie stellen. Sie wollte es wissen. Alles, was sich ereignet hatte, war so schwer zu begreifen.

»Ob er abgedankt hat? Nein, das ist ausgeschlossen. Das hat man uns nur gesagt, um uns Angst einzujagen ... aber heute habe ich von Nikolaus noch nichts gehört.« Sie betrachtete ihre Töchter, die Zoya umarmten. Alle drei Mädchen weinten. Zoya hatte ihnen eben von Nikolajs Tod berichtet und ließ nun ihren Tränen in Maries Armen freien Lauf. So elend sich Maschka fühlte, versuchte sie dennoch ihre Freundin zu trösten. Die beiden schienen die Gegenwart der älteren Frauen vergessen zu haben. »Alle unsere Soldaten haben uns im Stich gelassen ... sogar –« die Zarin brachte die Worte kaum über die Lippen »– sogar Derewenko hat Baby verlassen.« Gemeint war einer der beiden Matrosen, die seit der Geburt des Zarewitsch nicht von dessen Seite gewichen waren. Er war an diesem Tag in aller Herrgottsfrühe gegangen, ohne ein Wort, ohne einen einzigen Blick zurück. Der andere Matrose, mit Namen Nagorny, hatte geschworen, bis zu seinem Tod bei Alexej zu bleiben, und er war nun zusammen mit Dr. Fedorow nebenan bei ihm.

Dr. Botkin war mit Mr. Gibbes, einem der Hauslehrer, unterwegs, um Medikamente für die Mädchen aufzutreiben. »Es ist unbegreiflich ... unsere Matrosen ... ich kann es nicht glauben. Wenn nur Nikolaus da wäre ...«

»Alix, er wird bald kommen. Inzwischen heißt es, Ruhe bewahren. Wie geht es den Kindern?«

»Alle sind krank. Erst wollte ich ihnen nichts von dem Aufruhr sagen, aber jetzt wissen sie davon ... ich konnte es ihnen nicht länger verheimlichen.« Seufzend setzte sie hinzu: »Graf Benckendorff ist noch da. Er hat versprochen, uns zu beschützen. Gestern kam die Baronin Buxhoeveden zu uns. Und du, Eugenia Petrowna, wirst du bleiben?«

»Wenn wir dürfen. Wir können jetzt nicht mehr zurück nach St. Petersburg ...« Die Worte ›wenn überhaupt jemals wieder‹ sparte sie sich. Sicher würde sich die Welt bald wieder in alten Bahnen bewegen. Ganz gewiß, wenn Nikolaus eintraf – sicher war die Nachricht von seinem Thronverzicht nur eine von Revoluzzern und Verrätern verbreitete Lüge, um die dem Zaren treu Ergebenen zu entmutigen und in die Knie zu zwingen.

»Wenn du willst, kannst du Maschkas Zimmer haben. Und Zoya ...«

»Wir können zusammen schlafen. Was kann ich dir helfen, Alix? Wo sind die anderen?«

Die Zarin lächelte dankbar, als die ältere Kusine ihres Mannes ihren Mantel abstreifte und sorgsam die Manschetten ihres Kleides umschlug.

»Ruh dich aus, Eugenia. Zoya kann den Mädchen Gesellschaft leisten, während ich mich um die anderen kümmere«, meinte Alix.

»Ich komme mit dir.« Die alte Dame blieb ihr hartnäckig den ganzen Tag auf den Fersen, servierte Tee, kühlte fieberheiße Stirnen und half Alix beim Wechseln von Alexejs Laken, während der treue Nagorny dem Kleinen nicht von der Seite wich. Wie Alix so fand auch Eugenia Derewenkos Verrat ungeheuerlich.

Es war fast Mitternacht, als Zoya und ihre Großmutter in Maries und Anastasias Zimmer zu Bett gingen. Zoya lag noch stundenlang wach und lauschte den leisen Schnarchtönen ihrer Großmutter. Es erschien ihr unfaßbar, daß noch keine drei Wochen vergangen waren, seitdem sie Marie in diesem Zimmer besucht und Marie ihr ein Fläschchen ihres Lieblingsparfums geschenkt hatte. Das schien jetzt eine Ewigkeit zurückzuliegen. Alles um sie herum war in Scherben gegangen. Zoya war aufgefallen, daß keines der Mädchen richtig begriffen hatte, was tatsächlich passiert war. Sie war selbst gar nicht sicher, ob sie selbst es verstand, auch nicht nach allem, was sie in St. Petersburg erlebt hatte. Aber die Zarentöchter waren krank und den Straßenunruhen, den Demonstrationen, den Morden und Plünderungen total entrückt. Das Bild ihres in Flammen stehenden Hauses stand Zoya unverändert deutlich vor Augen ... ebenso der Anblick ihres Bruders, der in der Eingangshalle des Palais an der Fontanka verblutet war. Das alles lag erst vier Tage zurück ... Erst gegen Morgen konnte Zoya einschlafen, während draußen ein Schneesturm tobte und ihr als letztes die Frage durch den Kopf ging, wann der Zar endlich nach Hause käme und ob das Leben je wieder in gewohnten Bahnen verlaufen würde.

Um fünf Uhr nachmittags wurde diese Möglichkeit immer unwahrscheinlicher. Großfürst Paul, der Onkel des Zaren, traf in Zarskoje Selo ein, um Alexandra die Nachricht zu überbringen, daß Nikolaus am Tag zuvor abgedankt und die Regierungsgewalt seinem Bruder, Großfürst Michael, übertragen hatte, der völlig unvorbereitet war und wie benommen reagierte. Nur Alix und Dr. Fedorow wußten, warum Nikolaus nicht zugunsten seines Sohnes abgedankt und seinen Bruder zum Nachfolger gemacht hatte. Das Ausmaß von Alexejs Krankheit war ein gutgehütetes Geheimnis geblieben. Alexandra, die die Nachricht schweigend aufnahm, von dem verzweifelten Wunsch erfüllt, mit ihrem Mann sprechen zu können, ahnte nicht, daß in diesem Moment eine provisorische Regierung gebildet wurde.

Nikolaus traf am darauffolgenden Morgen im Hauptquartier in Mogilew ein, um sich von seinen Truppen zu verabschieden, und konnte von dort aus endlich die Zarin anrufen. Der Anruf kam, als Alexandra Dr. Botkin zur Hand ging, der eben Anastasia untersuchte. Sie stürzte aus dem Krankenzimmer und lief ans Telefon, verzweifelt darum betend, daß ihr Mann die Gerüchte dementieren würde. Doch sein Ton verriet ihr sofort, daß die Lage hoffnungslos war. Ihr gemeinsames Leben und ihre Träume waren zerstört, so wie die ganze Dynastie zerstört war. Er versprach ihr, bald zu kommen, und erkundigte sich wie immer liebevoll nach den Kindern. Und am darauffolgenden Abend, einem Sonntag, kam General Kornilow aus St. Petersburg, um anzufragen, ob etwas gebraucht würde, Medikamente oder Nahrungsmittel. Alexandra, deren erster Gedanke den Soldaten galt, bat den General, das Lazarett mit Medikamenten und Lebensmitteln zu versorgen. Nachdem sie die Verwundeten so lange und aufopfernd gepflegt hatte, konnte sie sie jetzt nicht vergessen, auch wenn es nicht mehr ›ihre‹ Soldaten waren. Kornilow versprach, sich darum zu kümmern. Sein Besuch war für die Zarin eine Warnung, daß noch Schlimmeres bevorstand. Deswegen beschwor sie Nagorny, die Nacht über nicht von Babys Seite zu weichen. Sie selbst blieb mit ihren Töchtern bis tief in die Nacht wach. Es war Mitternacht vorüber, als sie sich in ihr Zimmer zurückzog. Gräfin Eugenia klopfte leise an und brachte ihr ein Glas Tee. Als sie Tränen in den Augen der Zarin sah, tätschelte sie ihr beruhigend die Schulter. »Alix, kann ich etwas für dich tun?«

Alexandra schüttelte den Kopf, unverändert stolz und ernst, und dankte ihr mit einem Blick. »Ich wünschte nur, er würde nach Hause kommen. Plötzlich fürchte ich um die Sicherheit der Kinder.« Auch Eugenia hatte Angst, sie wollte ihre Gefühle aber vor der jüngeren Kusine verbergen.

»Wir alle stehen hinter dir.« Doch dieses ›alle‹ bezog sich auf einige wenige, eine Handvoll alter Damen und treuer Freunde. Alle anderen hatten sie im Stich gelassen – ein Schlag, der fast unerträglich war. Alexandra wußte, daß sie jetzt nicht zusammenbrechen durfte. Sie mußte für ihren Mann stark bleiben. »Alix, du mußt ein wenig schlafen«, ermahnte Eugenia sie.

Alexandra ließ nervös den Blick durch ihr berühmtes malvenfarbenes Boudoir wandern, um sodann die alte Gräfin traurig anzusehen. »Ich möchte noch ein paar Dinge erledigen, ich muß ...« Sie brachte die Worte kaum über die Lippen. »Ich muß heute noch meine Tagebücher verbrennen ... und meine Briefe ... wer weiß, ob man sie nicht gegen mich verwenden würde.«

»Großer Gott, man kann doch nicht ...« Aber wenn Eugenia es sich recht überlegte, mußte sie Alexandra beipflichten. »Soll ich bei dir bleiben?« Sie wollte sich nicht aufdrängen, aber die Zarin machte einen so niedergeschlagenen und einsamen Eindruck.

»Du wirst gewiß verstehen, daß ich allein sein möchte.«

»Ja, natürlich.« Leise ging Eugenia hinaus und überließ Alexandra ihrer traurigen Aufgabe. Bis zum Morgen saß die Zarin am Kamin, las Briefe und Tagebücher und verbrannte sogar die Briefe von Königin Viktoria, ihrer Großmutter. Sie verbrannte alles bis auf die Korrespondenz mit ihrem geliebten Mann, und sie hatte den Verlust der Erinnerungen noch nicht verschmerzt, als zwei Tage darauf, am Mittwoch, General Kornilow wiederkam und sie um ein Gespräch unter vier Augen bat. Sie empfing ihn in einem der Räume, die Nikolaus oft benutzte. Hochgewachsen und stolz stand sie da, entschlossen, Schock und Schmerz zu verbergen, die sich einstellten, als sie hörte, was er zu sagen hatte: Man verhängte über sie, ihre Familie und alle Dienstboten Hausarrest. Die Zarin wollte dem General nicht glauben und konnte sich zunächst in das Unausweichliche nicht fügen. Das Ende war gekommen, und sie alle mußten sich ihm stellen. Der General erklärte ihr, daß es dem Personal freigestellt würde, zu gehen oder zu bleiben. Wer sich jetzt zum Gehen entschlösse, würde nie wieder nach Zarskoje Selo zurückkehren dürfen. Es war eine niederschmetternde Nachricht, und es bedurfte Alexandras ganzer Kraft, daß sie nicht in eine gnädige Ohnmacht fiel.

»Und mein Mann, General?«

»Wir glauben, daß er morgen hier eintreffen wird.«

»Werden Sie ihn festnehmen?« Sie kämpfte gegen Übelkeit an, als sie diese Frage stellte, doch sie mußte es wissen. Sie mußte erfahren, was sie erwartete und welchem Ungemach sie sich gegenübersahen. Nach allem, was ihr in den letzten Tagen zu Ohren gekommen war, mußte sie noch dankbar sein, daß man sie am Leben ließ, doch angesichts der Ereignisse fiel es einem schwer, Dankbarkeit zu zeigen.

»Ihr Gemahl wird hier in Zarskoje Selo unter Hausarrest gestellt.«

»Und später?« Sie war totenbleich bei diesen Worten, aber die Auskunft war nicht so schrecklich, wie sie befürchtet hatte. Ihr einziger Gedanke galt ihrem Mann und ihren Kindern, deren Sicherheit und Leben. Dafür hätte Alexandra sich selbst bereitwillig geopfert. General Kornilow sah ihr an, wieviel Kraft sie das alles kostete, und konnte ihr seine Bewunderung nicht versagen.

»Die provisorische Regierung wird Sie, Ihren Gemahl und Ihre Familie nach Murmansk eskortieren. Von dort werden Sie per Schiff nach England zu König George fahren.«

»Ich verstehe. Und wann wird das der Fall sein?« Ihre Miene blieb unbeweglich wie Granit.

»Sobald es sich einrichten läßt, Madame.«

»Sehr gut. Meinen Kindern mache ich davon erst Mitteilung, wenn mein Mann hier ist.«

»Und den anderen?«

»Heute werde ich dem Personal sagen, daß es jedem freisteht zu gehen, daß die Möglichkeit einer Rückkehr aber ausgeschlossen ist. Ist das richtig, General?«

»Ja.«

»Und die wenigen Angehörigen und Freunde, die uns geblieben sind, werden nicht behelligt?«

»Darauf gebe ich Ihnen mein Wort, Madame.« Das Wort eines Verräters, hätte sie ihm am liebsten entgegengeschleudert, doch sie blieb hoheitsvoll und beherrscht bis zum Schluß. Kaum hatte sich der General empfohlen, als sie alle Angestellten zusammenrufen ließ. Sie eröffnete ihrem verbliebenen Hofstaat, daß es jedem freistünde zu gehen, und sie empfahl dem spärlichen Häuflein der Getreuen, von dieser Möglichkeit Gebrauch zu machen.

»Wir können nicht erwarten, daß Sie bleiben. Wir werden in wenigen Wochen nach England gebracht, deswegen ist es vielleicht sicherer, wenn Sie jetzt gehen ...« Womöglich noch vor Nikolaus' Rückkehr, denn sie konnte nicht glauben, daß der Hausarrest nur zu ihrem Schutz verhängt wurde.

Aber die Leute weigerten sich zu gehen. Am nächsten Tag kehrte Nikolaus endlich heim, abgespannt und blaß. Es war ein kalter trüber Morgen. Er betrat still das große Vestibül und verharrte dort stumm. Die Dienerschaft meldete der Zarin seine Ankunft, und sie ging hinunter und sah ihm durch die schier endlose Eingangshalle entgegen. Aus ihrem Blick sprachen die

Worte, die sie nicht auszusprechen vermochte. Ihr Herz brach fast vor Mitleid mit dem geliebten Mann. Wortlos ging er auf sie zu und drückte sie an sich. Beiden fehlten die Worte, als sie langsam hinaufgingen zu ihren Kindern.

6

Die auf die Rückkehr des Zaren folgenden Tage waren erfüllt von Angst und unterdrückter Spannung. Zugleich herrschte Erleichterung darüber, daß er endlich zu Hause und in Sicherheit war. Er hatte alles verloren, war aber wenigstens am Leben geblieben. Stundenlang saß Nikolaus nun am Bett des Zarewitsch, und Alexandra widmete sich voll und ganz ihren Töchtern. Marie, die eine Lungenentzündung bekommen hatte, war sehr krank. Sie wurde von heftigen Hustenkrämpfen geschüttelt, und das Fieber war sehr hoch.

Zoya wich nicht von ihrer Seite.

»Maschka ... so trink doch etwas ... nur mir zuliebe ...«

»Ich kann nicht ... meine Kehle schmerzt so ...« Sie konnte nur mühsam sprechen, und ihre Haut fühlte sich heiß und trocken an. Zoya benetzte ihr die Stirn und unterhielt sie leise, indem sie von den Tennisspielen des vergangenen Sommers sprach.

»Weißt du noch, wie dein Papa von allen ein albernes Foto machte ... mit dem Kopf nach unten. Ich habe es bei mir ... Maschka, möchtest du es sehen?«

»Später ... meine Augen tun weh ... ich fühle mich elend.«

»Pst. Versuch zu schlafen. Wenn du aufwachst, zeige ich dir das Bild.« Sie hatte sogar die kleine Sawa zur Aufmunterung hereingebracht, doch Marie zeigte für gar nichts Interesse. Zoya konnte nur hoffen, daß sie die Fahrt nach Murmansk und weiter nach England gesund antreten konnte. Bis dahin waren nur mehr drei Wochen Zeit, und Nikolaus hatte sie alle aufgefordert, bis dahin gesund zu werden. Er nannte das seinen letzten

Befehl als Kaiser, eine Äußerung, die alle in Tränen ausbrechen ließ. Er war sehr bemüht, die Familie bei Laune zu halten, besonders die Kinder, damit sie den Mut nicht sinken ließen. Er und Alix wirkten mit jedem Tag erschöpfter. Als Zoya ihn drei Tage später auf dem Korridor vor dem Boudoir der Zarin sah, war er noch blasser als sonst. Bald darauf erfuhr sie auch den Grund. Sein englischer Vetter hatte sich geweigert, ihn aufzunehmen, aus Gründen, die noch unklar waren. Die Zarenfamilie würde nicht nach England emigrieren, soviel stand fest. Ursprünglich hatte der Zar Zoya und die alte Gräfin aufgefordert mitzukommen, nun aber wußte niemand, wie es weitergehen würde.

»Großmama, was geschieht nun?« fragte Zoya am Abend mit angsterfülltem Blick. Was, wenn man sie hier in Zarskoje Selo festhielt und schließlich tötete?

»Ich weiß es nicht, mein Kind. Nikolaus wird es uns sagen, sobald eine Entscheidung getroffen wurde. Wahrscheinlich wird man die Familie nach Liwadia schicken.«

»Glaubst du, man wird uns umbringen?«

»Sei nicht albern.« Doch insgeheim hegte sie ähnliche Befürchtungen.

Einfache Antworten gab es jetzt nicht mehr, so wie es auch keine sichere Zuflucht mehr gab. Auch die Engländer hatten sie im Stich gelassen. Und die Strecke nach Liwadia war alles andere als sicher. Sie saßen in Zarskoje Selo fest wie in einer Falle. Nikolaus aber ließ sich nicht aus der Ruhe bringen und ermahnte alle, den Mut nicht zu verlieren, doch das war fast zuviel verlangt.

Als Zoya am nächsten Morgen auf Zehenspitzen aus dem Zimmer lief und einen Blick in den Garten warf, sah sie, wie der Zar mit ihrer Großmutter langsam durch den verschneiten Garten spazierte. Weit und breit war keine Menschenseele zu sehen, und während sie die beiden anstarrte, den breitschultrigen Nikolaus und ihre winzige Großmutter, die sich in ihrem schwarzen Mantel deutlich vom Schnee abhob, glaubte sie zu bemerken, daß ihre Großmutter weinte. Der Zar umarmte sie, und sie verschwanden um eine Ecke des Palais.

Zoya ging wieder in das gemeinsame Zimmer, und wenig später trat die alte Gräfin ein. Mit schwerem Herzen ließ sie sich in einen Sessel sinken und betrachtete ihre schöne Enkelin mit traurigem Blick. Noch vor wenigen Wochen war Zoya ein Kind gewesen, und jetzt kam sie ihr plötzlich viel gereifter vor. Sie war schmaler und äußerlich noch zarter geworden, ihre Großmutter aber wußte, daß die Schrecken der vergangenen Wochen sie stärker gemacht hatten. Und diese Kraft würde sie jetzt brauchen, wie sie alle.

»Zoya ...« Eugenia wußte nicht, wie sie ihr die Neuigkeit schonend beibringen sollte, doch sie wußte, daß Nikolaus recht hatte. Sie mußte in erster Linie an Zoyas Sicherheit denken. Das Mädchen war noch jung, und ihre Großmutter hätte mit Freuden ihr eigenes Leben gegeben, um das ihre zu retten.

»Großmutter, was ist geschehen?« In Anbetracht der Ereignisse der letzten zwei Wochen eine lächerliche Frage, doch Zoya ahnte, daß neues Unheil drohte.

»Zoya Konstantinowna, ich habe mich gerade mit dem Zaren unterhalten. Er möchte, daß wir abreisen – jetzt, solange es noch möglich ist.«

Tränen schossen Zoya in die Augen, erschrocken sprang sie auf. »Warum? Er hat doch gesagt, daß wir hierbleiben könnten, bis alle abreisen. Sie werden doch abreisen, nicht wahr, Großmama?« Die alte Dame schwieg. Sie wog Wahrheit und Lüge gegeneinander ab und entschied sich wie immer für die Wahrheit.

»Ich weiß es nicht. Da die Engländer sie nicht aufnehmen wollen, fürchtet Nikolaus, daß sich die Situation zuspitzen könnte. Er hält es für möglich, daß man ihn hier unter Arrest stellt, für längere Zeit womöglich, oder die ganze Familie an einen anderen Ort bringt. Man würde uns ohnehin trennen ... und er kann uns keinen Schutz bieten, da er keine Macht mehr hat. Ich kann dich hier vor dem rasenden Mob nicht schützen. Er hat recht, wir müssen weg – jetzt, solange es noch möglich ist.« Sie sah das Mädchen, das noch vor kurzem ein Kind gewesen war, sorgenvoll an. Das Ausmaß von Zoyas Zorn und Wut traf sie völlig überraschend.

»Ich werde nicht mit dir gehen! Niemals! Ich will sie nicht verlassen!«

»Du mußt! Sonst endest du mutterseelenallein irgendwo in Sibirien, du kleine Närrin ... ohne deine Kusinen! Wir müssen in den nächsten Tagen fort! Nikolaus befürchtet, daß sich die Situation verschärft. Die Revolutionäre wollen ihn aus dem Weg haben, und wenn die Engländer ihn nicht aufnehmen, wer dann? Die Lage ist sehr ernst!«

»Dann will ich mit ihnen sterben! Du kannst mich nicht zwingen, mit dir zu gehen!«

»Ich kann tun, was ich möchte, und du wirst mir gehorchen, Zoya. Zudem ist es auch der Wunsch des Zaren. Und seinen Anordnungen widersetzt man sich nicht.« Fast war sie zu matt, um sich durchzusetzen, aber sie wußte, daß sie ihr letztes Quentchen Kraft aufwenden mußte, um sie zu überzeugen.

»Großmama, ich verlasse Marie nicht, sie ist zu krank und außerdem alles, was mir geblieben ist ...« Zoya fing zu schluchzen an und legte wie ein kleines Mädchen den Kopf auf die vor ihr auf dem Tisch ausgestreckten Arme. Es war derselbe Tisch, an dem sie und Marie erst vor einem Monat gesessen hatten, und Marie hatte ihr Zöpfe geflochten, und sie hatten gekichert und geschwatzt. Wohin war jene Welt entschwunden? Was war ihnen allen widerfahren? Ihnen und Nikolaj? Und ihren Eltern?

»Du hast mich, Kleines.« Sanft strich ihre Großmutter ihr übers Haar, wie einst Marie. »Du mußt stark sein. Sie erwarten es von dir, Zoya, du mußt. Wir müssen uns fügen.«

»Aber wohin wollen wir denn gehen?«

»Das weiß ich noch nicht. Nikolaus sagt, er würde etwas arrangieren. Vielleicht können wir nach Finnland und von dort aus nach Frankreich oder in die Schweiz.«

»Aber dort kennen wir niemanden.« Die Angst stand Zoya ins Gesicht geschrieben, als sie sich tränenüberströmt Eugenia zuwandte.

»Nun, so geht es einem manchmal im Leben. Wir müssen auf Gott vertrauen und gehen, wenn Nikolaus es für richtig hält.«

»Großmama, ich kann nicht ...« jammerte Zoya, doch ihre Großmutter blieb fest. Sie war stahlhart und entschlossen. Zoya konnte nichts gegen sie ausrichten, das wußten beide.

»Du kannst es, und du wirst es tun, aber du darfst den Kindern nichts verraten. Die haben jetzt eigene Sorgen. Es wäre nicht fair, wenn wir sie zusätzlich belasten würden.«

»Was soll ich Maschka nur sagen?«

Tränen schossen der alten Gräfin in die Augen, als sie das Mädchen ansah, das sie so innig liebte. Und als sie sprach, war es ein heiseres Flüstern, aus dem die Trauer um jene klang, die sie verloren hatten, und um die anderen, die sie noch verlieren würden. »Sag ihr nur, wie lieb du sie hast.«

7

Zoya betrat auf Zehenspitzen das Zimmer, in dem Marie schlief, und blieb lange stehen, um sie zu betrachten. Sie wollte die Kranke nicht aufwecken, aber sie konnte nicht einfach ohne Abschied gehen. Der Gedanke, Marie verlassen zu müssen, war ihr unerträglich, es gab jedoch jetzt kein Zurück mehr. Unten wartete bereits ihre Großmutter. Nikolaus hatte alles für sie vorbereitet. Sie sollten durch Finnland und Schweden nach Dänemark fahren, wo sich Eugenia mit Freunden der Tante des Zaren, einer Dänin, in Verbindung setzen sollte. Feodor würde mitkommen und ihnen, so gut er konnte, Schutz bieten. Alles war entschieden. Blieb nur der Abschied von den geliebten Freunden. Zoya sah, daß sich Marie im Schlaf bewegte, und dann schlug sie die Augen auf und lächelte dem vertrauten Gesicht zu, während Zoya sich tapfer bemühte, ihre Tränen zurückzuhalten.

»Wie fühlst du dich?« durchdrang ihr Flüstern den stillen Raum. Anastasia schlief inzwischen schon mit den anderen zwei Schwestern in einem Zimmer, da es den anderen schon besserging. Nur Maries Zustand war unverändert ernst. Zoya wollte jetzt nicht daran denken. Sie konnte an gar nichts denken und durfte sich nicht erlauben, zurückzublicken oder gar nach vorne, denn es gab nichts mehr, worauf man sich freuen konnte. Es gab nur dies ... einen kleinwinzigen letzten Augenblick mit ihrer liebsten Freundin, als sie sanft deren Wange berührte. »Maschka.« Marie versuchte sich im Bett aufzusetzen und warf Zoya einen sonderbaren Blick zu.

»Was ist?«

»Nichts. Ich, ich fahre mit Großmama zurück nach St. Petersburg.« Sie hatte Alix versprechen müssen, nicht die Wahrheit zu sagen, da Marie noch zu schwach war. Aber Marie ließ sich nicht so einfach hinters Licht führen. Sie hatte, was ihre Freundin betraf, schon immer einen sechsten Sinn gehabt. Sie ergriff Zoyas Hand und hielt sie in ihrer viel zu heißen Hand ganz fest.

»Ist es gefährlich?«

»Nein, natürlich nicht«, log Zoya unbefangen und warf ihr rotes Haar zurück. »Dein Vater würde uns nicht fahren lassen, wenn es gefährlich wäre.« Bitte, lieber Gott, laß mich nicht weinen, bitte. Sie reichte Marie das Wasserglas, aber Marie schob es weg und hielt den Blick unverwandt auf die Freundin gerichtet.

»Irgend etwas ist im Gange. Ihr fahrt irgendwohin.«

»Für ein paar Tage nach Hause. Ich werde bald wieder zurück sein.« Sie beugte sich vor, nahm Marie in die Arme und hielt sie fest, während ihr Tränen in die Augen stiegen. »Du mußt gesund werden. Du warst schon viel zu lange krank.« Sie hielten einander umfangen, und Zoya lächelte strahlend, als sie sich losmachte, obwohl sie wußte, was ihr bevorstand.

»Wirst du mir schreiben?«

»Natürlich.« Sie brachte es nicht übers Herz zu gehen. Sie stand nur da und starrte Marie an, gewillt, alles in sich aufzunehmen, es festzuhalten, das Gefühl der Hand ihrer Freundin, die Glätte der Decken, der Blick der blauen Augen. »Maschka, ich habe dich lieb –« Ihre Worte waren ein sanftes Flüstern. »Sehr lieb.«

»Ich dich auch.« Marie ließ sich seufzend in die Kissen sinken. Sich aufzusetzen und zu sprechen, war viel zu anstrengend. Sie wurde von einem Hustenkrampf geschüttelt.

Zoya umschlang sie und beugte sich ein letztes Mal über sie, um ihr einen Kuß zu geben. »Bitte, sieh zu, daß du rasch gesund wirst.« Damit wandte sie sich ab und ging an die Tür, um sich zu einem letzten Lebewohl umzudrehen, aber Marie hatte die Augen schon wieder geschlossen. Langsam zog Zoya die Tür hinter sich zu. Es zerriß ihr fast das Herz, als sie den Kopf senkte und lautlos schluchzte. Sie hatte den anderen vor einer halben Stunde gute Nacht gesagt und blieb nun kurz vor dem Zimmer des kleinen Alexej stehen. Nagorny und Pierre Gilliard waren bei ihm, Dr. Fedorow wandte sich eben zum Gehen.

»Darf ich hinein?« Sie wischte sich die Tränen ab, und er berührte in stummem Mitgefühl ihren Arm.

»Er schläft.« Da nickte sie und lief die Treppe hinunter, wo ihre Großmutter und das Zarenpaar im Vestibül warteten. Feodor war schon draußen, bei der alten Troika, in der sie gekommen waren und die nun von einem der edelsten Gespanne aus dem Marstall des Zaren gezogen werden sollte. Als Zoya mit bleischweren Füßen auf die Wartenden zuging, hatte sie das Gefühl, diesen Abschied nicht ertragen zu können. Sie wollte die Uhr zurückdrehen und die Treppe zu ihrer Freundin hinauflaufen. Sie hatte das Gefühl, sie alle im Stich zu lassen, und doch wurde sie gegen ihren Willen von ihnen losgerissen.

»Geht es ihr gut?« Alexandra sah Zoya besorgt an, in der Hoffnung, daß Marie den unverhüllten Schmerz im Blick ihrer Freundin nicht bemerkt hatte.

»Ich habe ihr erzählt, daß wir zurück nach St. Petersburg fahren wollen.« Zoya tat sich nun keinen Zwang mehr an und weinte haltlos. Sogar ihre Großmutter kämpfte gegen die Tränen an, als Nikolaus sie auf beide Wangen küßte und ihre Hände fest in die seinen nahm. In seinem Blick lag unendliche Trauer, während seine Lippen noch immer ein würdevolles Lächeln zeigten.

Nur Eugenia hatte gehört, wie er in der Nacht nach seiner Rückkehr im Zimmer seiner Frau geweint hatte. Alle anderen hatten nicht das geringste Anzeichen von Kummer oder Bitterkeit an ihm wahrgenommen. Er sprach unverdrossen allen Mut zu und war immer liebenswürdig und gelassen, so wie auch jetzt, als er Zoya zum Abschied küßte.

»Gute Reise, Eugenia Petrowna. Wir freuen uns auf ein baldiges Wiedersehen.«

»Nikolaus, wir werden für euch alle beten.« Die alte Dame drückte ihm einen zärtlichen Kuß auf die Wange. »Gott schütze euch alle.« Und dann wandte sie sich an Alix, während Zoya tränenüberströmt danebenstand. »Meine Liebe, schone dich und spare deine Kräfte. Ich hoffe sehr, daß deine Kinder bald wieder wohlauf sind.«

»Schreib uns«, bat Alix traurig, wie Marie es vor wenigen Augenblicken zu Zoya gesagt hatte. »Wir werden begierig auf Nachrichten von euch warten.« Dann wandte sie sich an Zoya. Sie kannte sie seit ihrer Geburt, Marie und Zoya waren in einem Abstand von nur zwei Wochen zur Welt gekommen. Und ihr Leben lang waren die Mädchen eng befreundet gewesen. »Sei ein braves Mädchen, hör auf deine Großmutter und gib schön acht auf dich.« Wortlos drückte die Zarin Zoya an sich, als ob sie ein eigenes Kind verlieren würde.

»Ich habe dich lieb, Tante Alix ... ich habe euch alle lieb ... ich will nicht fort ...« Jedes Wort fiel ihr schwer, dann wandte sie sich an Nikolaus, und er drückte sie noch einmal an sich, wie ihr Vater es getan hätte, wäre er noch am Leben gewesen.

»Wir haben dich auch lieb, und das wird immer so sein. Eines Tages werden wir wieder zusammensein. Sei dessen gewiß. Gott segne dich bis dahin, mein Kind.« Er schob sie mit unmerklichem Lächeln von sich. »Du mußt jetzt gehen.« Er begleitete sie ernst hinaus, während seine Gemahlin Eugenias Arm nahm und ihr in den Schlitten half. Die noch verbliebenen Mitglieder des Hofstaates kamen, um sich zu verabschieden. Auch sie waren in Tränen aufgelöst. Sie kannten Zoya von Kindesbeinen an, und jetzt verließ sie das Land, und bald würden auch die anderen abreisen. Der Gedanke, nie wieder zurückzukehren, war erschreckend. Das war das einzige, woran Zoya denken konnte, während Feodor die Peitsche hob und die Pferde des Zaren antrieb. Die Troika setzte sich in Bewegung. In der grauen Dämmerung wurden Alexandra und Nikolaus, die ihnen nachwinkten, immer kleiner. Zoya drehte sich um, die kleine Sawa an sich gepreßt. Der junge Hund winselte, als wüßte er, daß sie die Heimat verließen, um nie wieder zurückzukehren, und plötzlich lehnte Zoya den Kopf an die Schulter ihrer Großmutter. Sie konnte es nicht ertragen, diese beiden Menschen vor dem Alexander-Palast stehen zu sehen. Plötzlich verschwand Zarskoje Selo im Schneetreiben, während Zoya in Gedanken bei Maschka, ihrer besten und liebsten Freundin, ihrem Bruder und ihren Eltern war. Alle hatte sie verloren.

Zoya weinte sich aus, während ihre Großmutter steif dasaß. Auch aus ihren geschlossenen Augen tropften Tränen. Sie ließ ein ganzes Leben hinter sich, alles, was ihr vertraut war, eine Welt, die sie geliebt hatte ... alles war dahin. Feodor trieb das Gespann an, und die Pferde des Zaren führten sie in die Ferne, fort von allem und allen, was ihnen lieb und teuer war.

»Adieu, chers amis ...« flüsterte Eugenia im Flockenwirbel ... Lebt wohl, teuerste Freunde. Jetzt hatten sie nur noch sich, eine uralte Frau und ein blutjunges Mädchen, die eine verlorene Welt und die Menschen, die sie dort geliebt hatten, verließen. Nikolaus und seine Familie gehörten jetzt der Vergangenheit an, unvergeßlich, immer geliebt. Ein Wiedersehen sollte es nicht geben.

Paris

8

Die Fahrt von Zarskoje Selo nach Beloostrow an der finnischen Grenze dauerte sieben Stunden, obwohl der Ort nicht weit entfernt von St. Petersburg war. Feodor benutzte aus Vorsicht nur Nebenstraßen. Nikolaus hatte ihnen dazu geraten, auch wenn die Fahrt sich dadurch in die Länge zog. Zu Eugenias großer Verwunderung gab es an der Grenze keinerlei Schwierigkeiten. Es mußten nur ein paar Fragen beantwortet werden, und plötzlich schrumpfte Eugenia zu einem alten Weib zusammen, in Tücher gehüllt und halb erfroren, und Zoya sah kindlicher aus als seit langem. Aber eigentlich war es Sawa, die sich als ihre Rettung erwies. Die Grenzposten zeigten sich entzückt von dem Hündchen und winkten die Reisenden nach einem Augenblick, in dem sie ungeheure Angst ausstanden, durch. Die drei Flüchtlinge atmeten erleichtert auf, als sich die Troika hinter Nikolaus' Pferden wieder in Bewegung setzte. Feodor hatte das alte Pferdegeschirr aus St. Petersburg genommen und mit Absicht vermieden, Sachen aus den Stallungen des Zaren zu verwenden, die mit dem kaiserlichen Doppeladler gekennzeichnet und leicht zu erkennen waren.

Die Fahrt von Beloostrow durch Finnland nach Turku dauerte zwei ganze Tage, und als sie spätabends in Turku eintrafen, hatte Zoya das Gefühl, sie würde für den Rest ihres Lebens steif bleiben. Ihr Körper schien in der Stellung festgefroren zu sein, die sie in der Troika eingenommen hatte. Auch ihre Großmutter war kaum imstande, einen Schritt zu gehen, und sogar Feodor war erschöpft. Sie fanden eine kleine Herberge, in der sie zwei Zimmer nahmen, und am Morgen verkaufte Feodor die Pferde für einen Pappenstiel, ehe sie zu dritt an Bord eines nach Stockholm auslaufenden Eisbrechers gingen. Wieder folgte ein endloser Tag, diesmal auf dem Schiff, das sich langsam durch das Eis zwischen Finnland und Schweden seinen Weg bahnte. Die drei Fluchtgefährten wechselten kaum ein Wort miteinander – jeder hing seinen Gedanken nach.

Am späten Nachmittag erreichten sie Stockholm, eben noch rechtzeitig für den Nachtzug nach Malmö. Von Malmö aus nahmen sie am nächsten Morgen die Eisenbahnfähre nach Kopenhagen. Dort stiegen sie in einem kleinen Hotel ab, und Eugenia rief die Freunde der Zarentante an, aber sie waren nicht zu erreichen. Am nächsten Tag nahmen sie ein britisches Schiff, das sie nach Frankreich bringen würde. Inzwischen hatte Zoya einen Zustand erreicht, der an Geistesabwesenheit erinnerte, dazu kam, daß sie gleich am ersten Tag seekrank wurde. Ihre Großmutter war der Meinung, sie hätte Fieber, aber es ließ sich schwer feststellen, ob es sich nicht nur um die Folgen der Erschöpfung handelte. Nach der sechstägigen Flucht waren sie alle am Ende ihrer Kräfte. Tag für Tag waren sie unterwegs gewesen, erst mit der Troika, dann per Schiff und Bahn. Sogar Feodor sah aus, als sei er in einer Woche um zehn Jahre gealtert. Dazu machte sich die tiefe Betroffenheit bemerkbar, die sie erfaßt hatte, weil sie ihre Heimat verlassen hatten. Gesprochen wurde nur wenig. Sie schliefen kaum und dachten auch nicht ans Essen, ganz so, als seien ihre Körper nicht mehr aufnahmefähig, da sie mit Kummer und Schmerz angefüllt waren. Alles hatten sie zurücklassen müssen, eine ganze Lebensart, tausend Jahre Geschichte, Menschen, die sie geliebt hatten und die nun für immer verloren waren.

Das alles war mehr, als ein Mensch ertragen konnte, und Zoya ertappte sich dabei, daß sie hoffte, das Schiff würde auf der Route nach Frankreich von deutschen U-Booten versenkt. Fern von Rußland war es der Große Krieg, vor dem sich die Menschen fürchteten, und nicht die Revolution. Zoya erschien es leichter, einen gewaltsamen Tod zu sterben, als sich einer neuen Welt zu stellen, die sie gar nicht kennenlernen wollte. Sie mußte daran denken, wie oft sie sich gemeinsam mit Marie ausgemalt hatte, nach Paris zu fahren. Damals war ihnen alles so romantisch vorgekommen, so aufregend, die vielen eleganten Damen, die sie sehen würden, die Kleider, die sie sich kaufen wollten. Und jetzt war alles so trostlos und traurig. Bis auf den kleinen Betrag, den ihre Großmutter sich vor der Abreise vom Zaren geborgt hatte, und den ins Kleiderfutter eingenähten Juwelen besaßen sie nichts. Eugenia war entschlossen, gleich nach der Ankunft in Paris möglichst viel Schmuck zu verkaufen. Außerdem war da noch Feodor. Er hatte versprochen, sich nach der Ankunft sofort nach Arbeit umzusehen, ja, er hatte geschworen, alles zu tun, um ihnen zu helfen, und er hatte sich standhaft geweigert, sie allein fahren zu lassen. In Rußland hatte er nichts mehr, und ein Leben, in dem er nicht den Ossupows diente, konnte er sich nicht vorstellen. Hätten sie ihn zurückgelassen, es hätte für ihn das Ende bedeutet. Auf der Seereise nach Frankreich litt er ebenso heftig an Seekrankheit wie Zoya. Er war noch nie zuvor auf einem Schiff gewesen und stand die ganze Zeit über verzweifelt an der Reling.

»Großmama, was werden wir tun?« Zoya saß mit ihrer Großmutter in der winzigen Kabine und sah sie fragend an. Dahin war die Pracht der kaiserlichen Yachten, der Paläste, der Fürsten, der noblen Gesellschaften – vergangen waren die Wärme und Liebe des Familienlebens, verlassen die Menschen, die sie gekannt hatten, ihre Lebensart, sogar die Sicherheit, am nächsten Tag satt zu werden. Es war ihnen nur das nackte Leben geblieben, und Zoya war gar nicht mehr sicher, ob sie ein solches Leben noch führen wollte. Sie wollte nach Hause zu Maschka, nach Rußland, in eine verlorene Welt zurückkehren, in der die Menschen noch lebten, die sie geliebt hatte – ihr Vater, ihr Bruder, ihre Mutter. Mit dem Vergehen der Tage fragte sie sich immer wieder, ob es Marie schon besserging.

»Wir werden uns eine kleine Wohnung suchen müssen«, antwortete ihre Großmutter, die seit vielen Jahren nicht mehr in Paris gewesen war, da sie seit dem Tod ihres Mannes nur noch wenige Reisen unternommen hatte. Doch jetzt galt es, an Zoya zu denken. Dem Mädchen zuliebe mußte sie stark sein. Sie mußte dafür sorgen, daß Zoya wieder ein Zuhause hatte, und Eugenia betete darum, daß sie lange genug lebte, um Zoya zu behüten, bis sie auf eigenen Fußen stehen konnte. Im Moment war Eugenia gesundheitlich nicht gefährdet, sondern Zoya. Sie sah krank aus, ihre Augen schimmerten und wirkten größer denn je in dem bleichen Gesicht. Als die alte Gräfin ihre Enkelin anfaßte, erkannte sie sofort, daß Zoya vor Fieber glühte. In der Nacht fing sie zu husten an, und Eugenia fürchtete schon, sie könnte sich eine Lungenentzündung zugezogen haben. Bis zum Morgen verschlimmerte sich der Husten, und als sie in Boulogne den Zug nach Paris bestiegen, war es klar, was ihr fehlte. Gesicht und Hände waren rot gesprenkelt, und als ihre Großmutter Zoya zwang, das Hemd hochzuziehen, waren die letzten Zweifel beseitigt. Zoya hatte die Masern. Eugenia, die darüber alles andere als entzückt war, hatte es jetzt noch eiliger, nach Paris zu kommen. Die Zugfahrt dauerte zehn Stunden, so daß sie erst kurz vor Mitternacht ankamen. Vor dem Gare du Nord stand ein Dutzend Taxis in einer Reihe, und Eugenia schickte Feodor los, um eines für sie zu sichern, während sie Zoya aus dem Zug half. Zoya konnte kaum gehen, und sie stützte sich schwer auf ihre Großmutter. Ihr Gesicht konnte es jetzt an Röte fast mit ihrem Haar aufnehmen. Sie hustete sehr stark und war vom Fieber so benommen, daß sie nicht klar denken konnte.

»Ich möchte nach Hause!« wimmerte sie und preßte ihren Hund an sich. Sawa war inzwischen schon so groß, daß Zoya kaum imstande war, sie zu tragen.

»Wir fahren nach Hause, mein Kind. Feodor besorgt uns ein Taxi.« Aber Zoya fing zu weinen an. Sie wirkte wie ein kleines Kind, als sie ihre Großmutter verängstigt ansah. »Ich möchte zurück nach Zarskoje Selo.«

»Schon gut, Zoya ... ist ja gut ...« Feodor winkte ihnen zu, beladen mit ihrem Gepäck, und Eugenia führte Zoya hinaus und half ihr in das uralte Taxi. Ihre Habseligkeiten wurden neben

Feodor und dem Fahrer aufgetürmt, und Zoya und ihre Großmutter ließen sich mit ermattetem Aufseufzen auf dem Rücksitz nieder. Sie hatten kein Hotelzimmer reserviert, Eugenia wußte auch nicht, wohin sie sich wenden sollten, und der Fahrer war schwerhörig und uralt. Alle jüngeren Männer waren längst zum Kriegsdienst eingezogen worden. In Paris sah man nur Alte und Kranke.

»Alors? ... On y va, mesdames?« Er drehte sich lächelnd zu ihnen um und schien erstaunt, als er Zoya weinen sah.

»Elle est malade?« Ist sie krank? Eugenia beeilte sich, ihm zu versichern, daß Zoya nur müde sei wie sie alle. »Woher kommen Sie?« erkundigte sich der Mann zuvorkommend, während Eugenia sich zu erinnern versuchte, wie das Hotel hieß, in dem sie vor Jahren mit ihrem Mann abgestiegen war, doch plötzlich wollte ihr nichts mehr einfallen. Sie war zweiundachtzig und am Ende ihrer Kräfte, und sie mußte Zoya schleunigst in ein Hotel schaffen und einen Arzt kommen lassen.

»Können Sie uns ein Hotel empfehlen? Ein kleines sauberes und nicht zu teures Haus?« Der Taxifahrer schürzte die Lippen, als müsse er überlegen, und Eugenia drückte instinktiv ihre Tasche an sich. Darin trug sie das letzte und wichtigste Geschenk der Zarin. Alix hatte ihr eines der kaiserlichen Ostereier mitgegeben, eines, das drei Jahre zuvor Carl Fabergé für sie angefertigt hatte. Es war ein ungewöhnlich schönes Exemplar aus violettem Emaille mit diamantbesetzten Bändern. Eugenia wußte, daß es ihr kostbarster Besitz war. Im äußersten Notfall konnte sie es verkaufen und vom Erlös leben.

»Spielt es eine Rolle, wo es ist, Madame? ... das Hotel ...?«

»Nein, wenn es nur in einer anständigen Gegend liegt.« Später konnte man sich immer noch nach etwas Besserem umsehen, heute aber brauchte sie nur zwei Zimmer, in denen sie die Nacht verbringen konnten. Die Annehmlichkeiten, falls sie noch erschwinglich waren, würden sie später genießen.

»Madame, ich wüßte ein kleines Hotel unweit der Champs-Élysées. Der Nachtportier ist mein Vetter.«

»Ist es teuer?« fragte sie scharf, worauf er die Stirn runzelte. Man sah ihnen an, daß sie nicht gut dran waren, ihre Kleidung war ärmlich, und der Alte sah aus wie ein Bauer. Wenigstens sprach die alte Frau Französisch, und er hatte den Eindruck, daß auch das Mädchen die Sprache beherrschte, obwohl sie die meiste Zeit heulte und stark hustete. Er konnte nur hoffen, daß sie nicht an Tuberkulose litt, wie so viele Menschen in Paris.

»Teuer ist es nicht. Ich werde dafür sorgen, daß mein Vetter mit dem Empfangschef spricht.«

»Sehr gut«, sagte Eugenia hoheitsvoll und lehnte sich in dem alten Taxi zurück. Die schrullige Art der Alten gefiel ihm irgendwie.

Das Hotel lag an der Rue Marbeuf. Es war ein ganz kleines Haus, das einen anständigen und sauberen Eindruck machte, das stellte Eugenia beim Betreten der kleinen Halle sofort fest. Es gab nur ein Dutzend Zimmer, zwei davon waren frei, wie sie am Empfang erfuhren. Sie mußten sich mit einem gemeinsamen Bad am Ende des Korridors begnügen, was für Eugenia einen kleinen Schock bedeutete, doch das alles spielte jetzt keine Rolle. Sie schlug die Decke des Bettes zurück, das sie mit Zoya teilen mußte. Das Bettzeug war sauber. Daraufhin half Eugenia ihrer Enkelin beim Ausziehen und versteckte ihre Tasche unter der Matratze. Feodor brachte das übrige Gepäck herauf. Er hatte angeboten, Sawa bei sich zu behalten. Kaum lag Zoya im Bett, als die Gräfin hinunterging und den Empfangschef bat, einen Arzt zu holen.

»Für Sie, Madame?« fragte er. Gewundert hätte es ihn nicht, denn die Dame hatte müde und bleich ausgesehen, und sie war noch dazu sehr betagt.

»Nein, für meine Enkelin.« Daß Zoya die Masern hatte, sagte sie nicht, doch als nach zwei Stunden der Arzt endlich kam, bestätigte er ihren Verdacht.

»Madame, das Kind ist sehr krank. Sie müssen für medizinische Pflege sorgen! Haben Sie eine Ahnung, wo sie sich angesteckt haben könnte?«

Es wäre lächerlich gewesen, ihm zu erklären, daß Zoya sich bei den Zarenkindern angesteckt hatte. »Bei Freunden, glaube ich. Wir haben ein weite Reise hinter uns.« Er las in ihrem Blick Kummer und Leid. Man sah ihr an, daß sie viel durchgemacht hatte. Doch nicht einmal er konnte ahnen, was diese Menschen in den letzten drei Wochen hatten mit ansehen müssen, wie wenig ihnen geblieben war und wie groß ihre Angst vor der Zukunft war.

»Wir kommen aus Rußland ... über Finnland, Schweden und Dänemark.« Verblüfft starrte er sie an und begriff plötzlich. Andere hatten auf der Flucht vor der Revolution in den letzten Wochen ähnlich lange Reisen hinter sich gebracht. Und es war anzunehmen, daß in den folgenden Monaten noch viel mehr Flüchtlinge eintreffen würden, falls es den Menschen überhaupt noch gelang zu fliehen. Die russischen Aristokraten oder vielmehr jene, die den Umsturz überlebt hatten, flohen in Scharen, und viele suchten Zuflucht in Paris.

»Es tut mir leid ... sehr leid, Madame.«

»Uns auch.« Sie lächelte betrübt. »Sie hat doch keine Lungenentzündung, oder?«

»Noch nicht.«

»Ihre Kusine litt wochenlang daran, und sie standen in sehr engem Kontakt.«

»Madame, ich werde mein Bestes tun. Morgen komme ich wieder und sehe nach ihr.« Doch als er kam, hatte sich Zoyas Zustand verschlechtert, und am Abend litt sie an Fieberphantasien.

Der Arzt verschrieb ihr ein Medikament und sagte, es sei ihre einzige Hoffnung. Als der Empfangschef Eugenia am nächsten Tag die Mitteilung machte, daß Amerika in den Krieg eingetreten sei, erschien ihr dieses Ereignis bedeutungslos, gemessen an allem, was geschehen war.

Eugenia nahm ihre Mahlzeiten in dem einfachen Zimmer ein, und Feodor besorgte Medikamente und Obst. Brot war rationiert, alles andere war schwer zu bekommen. Zum Glück entwickelte er große Erfindungsgabe, um das Benötigte aufzutreiben. Als er auf einen russisch sprechenden Taxifahrer stieß, war er sehr stolz auf seine Entdeckung. Wie die Ossupows war der Mann erst seit wenigen Tagen in Paris. Es war ein Aristokrat aus St. Petersburg, und Feodor glaubte, in ihm einen Bekannten Konstantin Ossupows zu erkennen. Eugenia aber hatte gar keine Zeit, ihm zuzuhören, da sie Zoyas wegen in großer Sorge war.

Es dauerte ein paar Tage, bis die Kranke wieder wußte, wo sie sich befanden. Zoya blickte sich in dem kleinen, spärlich möblierten Raum fragend um, sah ihrer Großmutter in die Augen, und dann kam ihr langsam die Erinnerung an die Reise und ihre Ankunft in Paris ins Gedächtnis.

»Wie lange war ich krank, Großmutter?« Sie wollte sich aufsetzen, war aber noch zu schwach dazu. Wenigstens der Husten hatte sich gebessert.

»Seit unserer Ankunft vor einer Woche, mein Kind. Du hast uns große Sorgen gemacht. Feodor ist in ganz Paris herumgerannt und hat versucht, Obst für dich aufzutreiben. Die Knappheit ist hier fast so schlimm wie in Rußland.«

Zoya nickte. Ihre Gedanken schienen in die Ferne zu schweifen, als sie aus dem einzigen Fenster blickte. »Jetzt weiß ich, wie Maschka sich fühlte ... und sie war noch viel kränker als ich. Ich möchte wissen, wie es ihr jetzt geht.« Sie war nicht imstande, an die Gegenwart zu denken.

»Du darfst dich jetzt nicht damit belasten«, ermahnte ihre Großmutter sie sanft, als sie den Kummer im Blick ihrer Enkelin las. »Sicher ist sie schon gesund. Wir sind vor zwei Wochen losgefahren.«

»Ach, vor so kurzer Zeit?« Seufzend sah sie ihre Großmutter an. »Mir kommt es vor wie ein ganzes Leben.« Das ging Eugenia ähnlich, und sie hatte kaum ein Auge zugetan, seit sie Rußland verlassen hatte. Tagelang hatte sie in einem Stuhl sitzend nur gedöst, aus Angst, Zoya in dem einzigen Bett zu stören oder nicht aufzuwachen, wenn sie etwas brauchte. Jetzt konnte sie gottlob in ihrer Wachsamkeit ein wenig nachlassen. In der Nacht wollte sie am Fuß des Bettes schlafen, denn sie brauchte jetzt den Schlaf fast so notwendig wie Zoya.

»Bald kannst du wieder aufstehen, aber erst mußt du dich ausruhen und essen und wieder zu Kräften kommen.« Sie strich ihrer Enkelin zärtlich über die Hand, und Zoya lächelte matt.

»Danke, Großmutter.« Tränen stiegen ihr in die Augen, als sie die einst anmutige, jetzt von Gichtknoten entstellte Hand an die Wange drückte. Sogar diese kleine Geste rief schmerzliche Erinnerungen an ihre Kindheit wach.

»Wofür, du dummes Ding? Wofür bedankst du dich?«

»Daß du mich hierhergebracht hast ... daß du so tapfer warst und soviel getan hast, um uns zu retten.« Jetzt erst dämmerte ihr langsam, was für ein langer Weg hinter ihnen lag und welche großartige Leistung ihre Großmutter vollbracht hatte. Ihre Mutter hätte das niemals durchgehalten, und Zoya hätte sie den ganzen Weg von Rußland mitschleppen müssen.

»Zoya, für uns beginnt hier ein neues Leben, du wirst schon sehen. Eines Tages werden wir ohne zu schmerzliche Gefühle zurückblicken können.«

»Das kann ich mir nicht vorstellen ... ich kann mir nicht denken, daß je eine Zeit kommen wird, in der diese Erinnerungen nicht mehr weh tun.« Sie fühlte sich sterbenselend.

»Die Zeit ist barmherzig, mein Kind. Sie wird auch zu uns barmherzig sein, das verspreche ich dir. Wir werden hier ein gutes Leben führen.« Aber bestimmt nicht das Leben, das sie von Rußland her gewöhnt waren. Zoya versuchte den Gedanken zu verdrängen. Spät in der Nacht, als ihre Großmutter schon schlief, stahl sie sich leise aus dem Bett, suchte ihre Tasche und holte das Bild hervor, das Nikolaus von ihnen gemacht hatte, als sie vergangenen Sommer in Liwadia allerlei Schabernack getrieben hatten. Sie, Anastasia, Marie, Olga und Tatjana lehnten sich so weit zurück, daß es aussah, als ließen sie die Köpfe nach unten hängen, dabei verzogen sie lachend die Gesichter. Das war im Anschluß an ein Tennismatch gewesen. Jetzt kam ihr das so albern vor – albern und doch so teuer. Auch aus diesem komischen Blickwinkel sahen sie schön aus, die Mädchen, mit denen sie aufgewachsen war und die sie liebhatte ... Tatjana, Anastasia, Olga und natürlich Maschka.

9

Hatten die Masern Zoya auch noch so geschwächt, so schien sie zur Erleichterung ihrer Großmutter inmitten der Schönheiten eines Aprils in Paris geradezu aufzublühen. Dennoch war an ihr nun eine Ernsthaftigkeit, die sie zuvor nie gezeigt hatte, und ein leichter Husten blieb hartnäckig zurück. Aber ab und zu blitzte wieder ein Lächeln in ihren Augen auf, fast so wie früher, und Eugenia wurde leichter ums Herz.

So einfach das Hotel an der Rue Marbeuf auch war, es wurde für sie allmählich zu teuer. Eugenia wußte, daß sie sehr bald eine Wohnung finden mußten. Das Geld, das Nikolaus ihnen mitgegeben hatte, war nahezu verbraucht, und sie scheute sich davor, ihre Reserven anzugreifen. Anfang Mai aber war ihr klar, daß sie sich von einigen Schmuckstücken trennen mußte.

An einem sonnigen Nachmittag ließ sie Zoya mit Feodor allein, um einen Juwelier an der Rue Cambon aufzusuchen, den man ihr empfohlen hatte. Zuerst aber hatte sie vorsichtig ein Rubinhalsband aus dem Futter eines ihrer schwarzen Kleider geschnitten. Sie steckte das Halsband in die Tasche und holte zwei passende Ohrgehänge aus ihrem Versteck. Dann ließ sie ein Taxi kommen, und als sie dem Fahrer die Adresse angab, drehte er sich langsam um und starrte sie an. Er war ein großer, distinguiert wirkender Mann mit Silberhaar und gepflegtem weißem Schnurrbart.

»Das ist doch nicht möglich! Gräfin, sind Sie es? Wirklich?« Sie musterte ihn daraufhin genauer, und plötzlich raste ihr Herz. Es war Fürst Wladimir Markowskij. Erstaunt erkannte sie einen der ältesten Freunde Konstantins, dessen ältester Sohn sich um die Hand der Großfürstin Tatjana beworben hatte und abgewiesen worden war, da er in Tatjanas Augen zu leichtlebig war. Er war ein Mann mit viel Charme gewesen, ähnlich wie sein Vater.

»Wie sind Sie nach Paris gekommen?«

Sie lachte und schüttelte den Kopf darüber, welch sonderbare Wege das Leben in letzter Zeit ging. Seit ihrer Ankunft hatte sie in Paris schon etliche bekannte Gesichter gesehen, und einige Male, wenn sie Taxis bestellte, hatte sie entdecken müssen, daß ihr die Fahrer bekannt waren. Russische Aristokraten schienen keine andere Möglichkeit zu kennen, sich ihren Lebensunterhalt zu verdienen. Sie verfügten über keinerlei Fertigkeiten, sahen aber gut aus, waren gebildet und überaus charmant. Das Taxifahren war einer der wenigen Berufe, die sie ausüben konnten, und auch Fürst Wladimir mußte sich auf diese Weise durchbringen. Bittersüße Erinnerungen an bessere Tage erwachten in Eugenia, und sie machte sich seufzend daran, ihm zu berichten, wie ihre Flucht verlaufen war. Fürst Wladimirs Geschichte hörte sich ganz ähnlich an, wenngleich er die Grenze unter viel gefahrvolleren Umständen überschritten hatte.

»Wollen Sie hierbleiben?« fragte er mit einem Blick auf das Hotel, als er losfuhr.

»Ja, fürs erste. Aber auf längere Sicht müssen wir uns eine Wohnung suchen, ich und Zoya.«

»Ach, Zoya ist mit Ihnen gekommen? Hm, sie kann kaum mehr als ein halbes Kind sein. Und Natalja?« Daß Konstantins Frau, in seinen Augen eine Schönheit, an hochgradiger Nervosität litt, wußte er. Von ihrem Tod während der Plünderung des Palais an der Fontanka hatte er nichts gehört.

»Sie kam ums Leben, kurz nach Konstantin und Nikolaj.« Eugenia sagte es ganz leise. Immer noch fiel es ihr schwer, die Namen auszusprechen, besonders ihm gegenüber, da er sie gekannt hatte.

Der Fürst nickte traurig. Nachdem er seine beiden Söhne verloren hatte, war er mit seiner unverheirateten Tochter nach Paris geflüchtet.

»Das tut mir leid«, murmelte er voller Mitgefühl.

»Uns allen tut es leid, Wladimir. Unser aller Mitleid sollte jetzt Nikolaus und Alexandra gelten. Haben Sie Nachrichten, die Zarenfamilie betreffend?«

»Nein. Sie sollen noch unter Hausarrest in Zarskoje Selo stehen. Dort wird man sie Gott weiß wie lange festhalten. Sie befinden sich, wenn auch nicht in Sicherheit, so doch in ihrer gewohnten Umgebung.« In Rußland gab es keinen Ort mehr, wo man sicher war. Zumindest nicht für die Menschen, die sie kannten. »Werden Sie in Paris bleiben, Gräfin Eugenia?« Sie wußte nicht, wohin sie sonst hätte gehen können, und Tag für Tag kamen mehr Russen. Man hörte von gefahrvollen Fluchten und von schrecklichen Verlusten. Eine bereits überlastete Metropole mußte eine ständig wachsende Zahl von Flüchtlingen aufnehmen.

»Ich denke schon«, sagte sie. »Es erschien mir als das Günstigste. Wenigstens sind wir hier in Sicherheit, und für Zoya ist es eine angenehme Umgebung.«

Er nickte zustimmend, während er sein Taxi geschickt durch den dichten Verkehr lenkte. »Soll ich auf Sie warten, Eugenia Petrowna?« Ihr Herz frohlockte, weil sie wieder Russisch sprechen konnte, noch dazu mit jemandem, der ihren Namen kannte. Das Taxi hatte eben vor dem Juweliergeschäft angehalten.

»Würde es Ihnen etwas ausmachen?« Es war für sie angenehm zu wissen, daß er warten und sie wieder ins Hotel bringen würde, denn die Aussicht, den großen Betrag, den sie sich vom Verkauf des Schmuckes erhoffte, allein ins Hotel schaffen zu müssen, war ihr nicht geheuer.

»Natürlich nicht, ich warte gern.« Er half ihr fürsorglich beim Aussteigen und begleitete sie an die Ladentür. Was sie hier vorhatte, war ihm klar. Es ging ihr nicht anders als allen Emigranten, die alles verkauften, alle Kostbarkeiten, die sie hatten mitnehmen können – Kostbarkeiten, die sie noch vor wenigen Wochen als selbstverständliches, angenehmes Zubehör ihres Lebens angesehen hatten.

Nach einer halben Stunde kam die Gräfin würdevoll und unnahbar wieder aus dem Juweliergeschäft. Fürst Markowskij stellte ihr auf der Rückfahrt keine Fragen. Sie machte einen niedergeschlagenen Eindruck, als er ihr vor dem Hotel aus dem Taxi half. Er konnte nur hoffen, daß sie den benötigten Betrag bekommen hatte, denn sie war schon zu alt, um in einem fremden Land ohne Hilfe zu überleben und dabei noch für ein junges Mädchen sorgen zu müssen. Wie alt Zoya war, wußte er nicht, aber er war sicher, daß sie viel jünger sein mußte als seine eigene, fast dreißigjährige Tochter.

»Ist alles in Ordnung?« fragte er besorgt, worauf sie sich mit schmerzlichem Blick umdrehte.

»Ich glaube schon. Wir machen schwere Zeiten durch.« Sie warf einen Blick zurück und sah ihm dann in die Augen. In seiner Jugend hatte er gut ausgesehen, und er war auch jetzt noch ein stattlicher Mann, doch wie sie selbst, hatte er sich in letzter Zeit verändert. Alle hatten sich verändert. Seit der Revolution war das Antlitz der Welt ein ganz anderes geworden. »Nicht wahr, Wladimir, es ist für uns alle nicht leicht?« Und wenn es dann keinen Schmuck mehr gibt, den wir verkaufen können, was bleibt uns dann noch? fragte sie sich im stillen. Weder sie noch Zoya konnten ein Taxi fahren, und Feodor sprach kein Wort Französisch und würde es auch nicht mehr lernen. Er war mehr eine Belastung als eine Hilfe, aber er hatte sich stets bewährt und war ihnen auf der Flucht getreulich zur Seite gestanden, so daß sie ihn jetzt nicht wegschicken konnte. Sie trug für ihn dieselbe Verantwortung wie für Zoya. Aber zwei Hotelzimmer kosteten doppelt soviel wie eines, und ihre Hoffnung, daß ihr Schmuck sie lange ernähren würde, war enttäuscht worden, denn sie hatte für ihr Rubinhalsband und die Ohrgehänge nur einen lächerlichen Betrag bekommen. Sie würden sich etwas einfallen lassen und sich irgendwie Geld beschaffen müssen. Vielleicht kann ich Näharbeiten übernehmen, überlegte sie, als sie sich zerstreut von Wladimir verabschiedete. Und auf einmal sah sie älter aus als vor einer Stunde, ehe sie zum Juwelier gefahren war. Fürst Markowskij küßte ihr die Hand und lehnte eine Bezahlung ab. Eugenia fragte sich, ob sie ihn je wieder zu Gesicht bekommen würde. Das fragte sie sich nun bei jedem. Als sie zwei Tage darauf mit Zoya und Feodor ins kleine Vestibül hinunterkam, erwartete sie Fürst Markowskij.

Er verbeugte sich und küßte ihr die Hand, wobei er Zoya mit einem freundlichen Blick bedachte. Er war offensichtlich verblüfft, wie hübsch und erwachsen sie war. Sie war zu einer richtigen Schönheit herangereift. »Eugenia Petrowna, ich muß mich für mein Eindringen entschuldigen, aber ich hörte gerade von einer freien Wohnung – sie ist winzig, aber unweit des Palais Royal. Für ein junges Mädchen nicht eben eine ideale Gegend, aber vielleicht könnte man darüber hinwegsehen. Sie erwähnten unlängst, daß Sie dringend ein Dach über dem Kopf suchten. Die Wohnung hat zwei Schlafräume.« Er sah an ihr vorüber den alten Feodor an. »Vielleicht ist sie zu klein für alle, aber ...«

»Keineswegs.« Eugenia blickte lächelnd zu ihm auf, als sei er immer ihr liebster Freund gewesen. Plötzlich bedeutete ein bekanntes Gesicht aus der noch nicht fernen Vergangenheit eine Erinnerung an die Heimat. Sie beeilte sich, ihn Zoya vorzustellen. »Zoya und ich teilen uns ein Zimmer. Das halten wir auch hier im Hotel so, und es scheint ihr nichts auszumachen.«

»Natürlich nicht, Großmama.« Sie lächelte ihr liebevoll zu und sah den hochgewachsenen, vornehmen Russen neugierig an.

»Wollen Sie die Wohnung besichtigen?« Wladimirs Interesse an Zoya war nicht zu übersehen, ein Umstand, der ihrer Großmutter nicht aufzufallen schien.

»Gleich jetzt? Wir wollten einen Spaziergang unternehmen«, antwortete die alte Dame. Es war ein schöner Mainachmittag, der es unglaublich erscheinen ließ, daß es irgendwo auf der Welt Unstimmigkeiten gab, und noch unglaublicher, daß sich ganz Europa in einem Krieg befand, an dem sich neuerdings auch Amerika beteiligte.

»Ich zeige Ihnen, wo die Wohnung liegt. Vielleicht läßt man Sie hinein.« Er fuhr sie rasch hin, wobei Feodor vorne neben ihm saß und Wladimir die Damen mit dem neuesten Klatsch unterhielt. Vor wenigen Tagen waren weitere Bekannte eingetroffen, aber niemand hatte Neues aus Zarskoje Selo zu berichten gewußt. Zoya hörte interessiert zu, als er die Namen aufzählte. Die meisten kannte sie, obschon keine engeren Freunde darunter waren. Er erwähnte auch, daß Diaghilew in Paris sei und eine Vorstellung des Russischen Balletts vorbereitete. Die Truppe wollte im Châtelet auftreten, und die Proben sollten in der folgenden Woche beginnen. Zoya hörte zu und bekam so heftiges Herzklopfen, daß sie kaum wahrnahm, wohin sie fuhren.

Die Wohnung war nur klein, bot aber Aussicht auf einen sehr hübschen Garten. Sie bestand aus zwei kleinen Schlafzimmern, einem winzigen Wohnzimmer, einer kleinen Küche und einem Bad, das sie sich mit vier anderen Mietern teilen mußten. Die anderen wohnten jedoch eine Etage über oder unter ihnen, so daß sie selbst noch am günstigsten dran waren. Die Wohnung war Welten entfernt von dem Palais am Fontanka-Kanal, und auch vom Hotel an der Rue Marbeuf, doch mehr konnten sie sich nicht leisten. Gräfin Eugenia hatte ihrer Enkelin gestanden, wie wenig sie für den Schmuck bekommen hatte. Sie besaßen zwar noch andere Schmuckstücke, die sie verkaufen konnten, der erste enttäuschende Verkauf ließ sie jedoch nicht allzu zuversichtlich in die Zukunft blicken.

»Vielleicht ist die Wohnung doch zu klein ...« Plötzlich schien Fürst Wladimir verlegen, andererseits mußte ihm die Angelegenheit nicht peinlicher sein als seine Existenz als Taxifahrer.

»Ich glaube, sie genügt uns«, entgegnete die Gräfin sachlich, obwohl ihr Zoyas enttäuschter Blick nicht entgangen war. Im Korridor roch es nach Urin und abgestandenen Speisen. Vielleicht nützte ein Hauch Parfum – die Fliederdüfte, die Zoya so liebte –, und dann konnte man die Fenster zum Garten hin öffnen. Man würde alles versuchen, und die Miete war genau das, was sie sich leisten konnten. Die Gräfin wandte sich mit liebenswürdigem Lächeln an Wladimir und dankte ihm überschwenglich.

»Ach, es ist selbstverständlich, daß man sich um Landsleute kümmert«, antwortete er, den Blick unverwandt auf Zoya gerichtet. »Ich bringe Sie jetzt zurück ins Hotel.« Sie vereinbarten, die Woche darauf einzuziehen, und bereits auf dem Rückweg machte Eugenia eine Aufstellung der Dinge, die sie brauchen würden. Sie wollte sowenig wie möglich kaufen. Gemeinsam mit Zoya wollte sie Gardinen und Bettüberwürfe nähen, damit nicht zuviel Geld verbraucht würde.

»Ich glaube, mit einem hübschen Teppich auf dem Boden wird das Zimmer größer wirken.« Sie versuchte aufmunternd zu wirken, um jede Erinnerung an die kostbaren Aubussons im Gartenhaus hinter dem Fontanka-Palais zu verdrängen. »Meinst du nicht auch, mein Kind?«

»Wie? Verzeih, Großmutter.« Zoya hatte mit gerunzelter Stirn aus dem Fenster gestarrt, als sie die Champs-Élysées entlang zur Rue Marbeuf fuhren. Sie beschäftigte etwas viel Wichtigeres. Sie mußte sich eine Verdienstmöglichkeit verschaffen, ein Einkommen, das ihnen erlauben würde, wieder ein anständiges Leben zu führen – nicht in einem Palais, aber in einer größeren und komfortableren Wohnung, und nicht in diesem übelriechenden Loch. Sie hatte es eilig, ins Hotel zu kommen und ihre Großmutter den Aufstellungen zu überlassen, die so energisch in die Tat umgesetzt wurden, daß Feodor sich unverzüglich auf die Suche nach Möbelstücken und einem hübschen Teppich machen mußte.

Sie bedankten sich herzlich bei Fürst Markowskij, als er sie vor dem Hotel absetzte, und Eugenia reagierte mit Erstaunen, als Zoya erklärte, daß sie noch spazierengehen wollte und Feodors Begleitung resolut ablehnte.

»Großmama, mir geht es schon gut. Ich verspreche dir, daß ich nicht weit gehen werde. Nur zur Champs-Élysées und zurück.«

»Soll ich nicht mitkommen?«

»Nein.« Sie lächelte ihrer Großmutter zu, die sie so liebte und der sie so viel zu verdanken hatte. »Du ruhst dich jetzt ein Weilchen aus. Wenn ich zurückkomme, trinken wir Tee.«

»Bist du sicher, daß du allein gehen kannst?«

»Ganz sicher.«

Widerstrebend ließ Gräfin Eugenia sie ziehen und stieg an Feodors Arm langsam die Treppe hinauf. Es war eine gute Vorübung für die vielen Stufen zu ihrer neuen Wohnung.

Kaum hatte Zoya das Hotel verlassen, als sie um eine Ecke bog und ein Taxi rief. Sie betete darum, daß der Fahrer das Ziel kannte. Außerdem hoffte sie inständig, daß sie, am Ziel angelangt, jemanden finden würde, der ihr weiterhelfen konnte. Es war nur ein winziger Hoffnungsschimmer, aber sie mußte es wenigstens versuchen.

»Zum Châtelet, bitte«, sagte sie hoheitsvoll, so als wüßte sie genau, wo ihr Ziel lag. Gleich darauf merkte sie, daß ihre Gebete erhört worden waren, denn der Taxifahrer stellte keine Fragen und fuhr los. Vor dem Châtelet angelangt, gab sie ihm ein nobles Trinkgeld, weil er sie hierhergebracht hatte und weil er zu ihrer großen Erleichterung kein Russe war. Es war niederschmetternd, Angehörige der großen Familien, die sie gekannt hatte, am Steuer von Taxis wiederzusehen und zu hören, wie sie bekümmert von der Zarenfamilie in Zarskoje Selo sprachen.

Sie lief ins Gebäude und blickte sich suchend um, wobei sie sich ihrer Drohung erinnerte, ins Marjinskij durchzubrennen. Damit verknüpft war die Erinnerung an Marie, und sie fragte sich, was diese zu all dem gesagt hätte. Der Gedanke entlockte Zoya ein Lächeln, obwohl sie jetzt dringend jemanden suchte, der ihre Fragen beantworten konnte. Schließlich stieß sie auf eine Frau im Tanztrikot, die allein und versunken an der Stange arbeitete. Zoya vermutete in ihr ganz richtig eine Lehrerin.

»Ich suche Monsieur Diaghilew«, begann sie zaghaft.

Die Frau lächelte.

»Ach? Darf ich fragen, warum?«

»Ich bin Tänzerin und würde ihm gern vortanzen.« Zoya, die sofort sämtliche Karten auf den Tisch legte, hatte nie jünger, hübscher und schüchterner ausgesehen.

»Ich verstehe. Kennt er Sie?« Eine grausame Frage, auf deren Beantwortung die Frau gar nicht wartete. »Wie ich sehe, haben Sie nichts mitgebracht, Mademoiselle. In Ihrer Aufmachung kann man wohl kaum vortanzen.« Zoya ließ den Blick an sich hinunterwandern – zu ihrem blauen Serge-Rock, der weißen Matrosenbluse und den schwarzen Straßenschuhen, die sie in Zarskoje Sebo täglich getragen hatte. Ihr Erröten entlockte der Frau ein Lächeln. Das Mädchen war so jung, so hübsch und unschuldig.

Daß sie erstklassig tanzen konnte, war kaum vorstellbar.

»Tut mir leid, vielleicht könnte ich morgen kommen und ihm vortanzen.« Und im Flüsterton setzte sie hinzu. »Wird er dasein?«

Die Frau lächelte. »Nein, aber er kommt bald. Am elften findet hier eine Probe statt.«

»Ich weiß. Deshalb wollte ich ihm ja vortanzen. Ich möchte in die Truppe aufgenommen werden und bei der Aufführung tanzen.« Das sagte sie, ohne Luft zu holen, und die Frau lachte laut.

»Ach? Und wo wurden sie ausgebildet?«

»In St. Petersburg, in Madame Nastowas Institut ... bis vor zwei Monaten.« Sie wünschte, sie hätte lügen und sagen können ›Im Marjinskij‹, aber Diaghilew hätte die Wahrheit sofort entdeckt. Und Madame Nastowas Institut war ohnehin eines der renommiertesten ganz Rußlands.

»Und wenn ich Ihnen ein Trikot und Schuhe gebe, würden Sie mir gleich jetzt vortanzen?« Die Frau schien angetan von ihr, und Zoya zögerte nur einen Sekundenbruchteil.

»Ja, gern.« Das Herz schlug ihr bis zum Hals. Sie mußte Arbeit finden, und Tanzen war das einzige, was sie konnte, und alles, was sie ersehnte. Es war das mindeste, was sie für ihre Großmutter tun mußte.

Die Schuhe, die sie nun bekam, drückten entsetzlich, und als die Frau ans Klavier ging, kam Zoya sich geradezu größenwahnsinnig vor, weil sie es überhaupt versuchte. Ganz allein machte man auf der Bühne eine schlechte Figur, und vielleicht hatte Madame Nastowa auch nur aus Liebenswürdigkeit behauptet, sie sei talentiert. Doch als die Musik einsetzte, fielen allmählich sämtliche Ängste von ihr ab. Langsam begann sie zu tanzen und beherzigte sämtliche Ratschläge, die ihre ehemalige Tanzlehrerin ihr gegeben hatte. Sie tanzte fast eine Stunde ununterbrochen, und die Ballettlehrerin beobachtete sie aus zusammengekniffenen Augen, die weder Spott noch Belustigung erkennen ließen. Als schließlich die Musik verstummte, war Zoya in Schweiß gebadet. Sie vollführte eine anmutige Verbeugung zum Klavier hin. In der nun eintretenden Stille begegneten sich die Blicke der beiden, und die Frau am Klavier nickte.

»Könnten Sie in zwei Tagen wiederkommen, Mademoiselle?« Zoyas Augen wurden groß. Sie lief eilig zum Klavier.

»Bekomme ich eine Rolle?«

Die Frau schüttelte den Kopf. »Nein, aber dann wird er dasein. Wir werden sehen, was er und die anderen Lehrer sagen.«

»Sehr gut. Dann besorge ich mir auch Schuhe.«

»Sie haben keine?« Die Frage klang erstaunt.

»Wir mußten alles in Rußland zurücklassen. Meine Eltern und mein Bruder kamen in den Revolutionswirren um, ich konnte vor einem Monat mit meiner Großmutter fliehen. Ich muß unbedingt Arbeit finden, da sie zu alt ist, um uns zu ernähren, und Geld haben wir nicht.« Es war eine simple Erklärung, die alles sagte und die Ballettmeisterin bis ins Innerste anrührte, wenngleich sie sich nichts anmerken ließ.

»Wie alt sind Sie?«

»Vor kurzem bin ich achtzehn geworden. Ich tanze seit zwölf Jahren.«

»Sie sind sehr gut, mag Diaghilew sagen, was er will ... oder die anderen. Lassen Sie sich ja keine Angst einjagen. Sie sind wirklich sehr gut.«

Zoya lachte glücklich. Das waren dieselben Worte, die sie an jenem Nachmittag in Zarskoje Selo zu Marie gesagt hatte.

»Danke! Haben Sie vielen Dank!« Am liebsten hätte sie die Arme um die Frau geschlungen und sie geküßt, doch sie hielt sich zurück, denn sie wollte sich nichts verscherzen. Um für Diaghilew zu tanzen, hätte sie alles getan, und diese Frau würde dafür sorgen, daß sie tanzen durfte. Das ging über alle ihre Träume hinaus. Vielleicht würde das Leben in Paris schließlich doch nicht so übel sein ... nicht, wenn es ihr glückte, Ballerina zu werden. »Wenn ich mich eintanze, bin ich noch viel besser. Seit zwei Monaten hatte ich keine Gelegenheit mehr zu tanzen, deshalb bin ich ein wenig eingerostet.«

»Nun, dann müssen Sie ja noch besser sein, als ich glaube.« Die Frau lächelte dem schönen rothaarigen Mädchen zu, das so anmutig und graziös neben dem Flügel stand, und plötzlich stieß Zoya einen kleinen Schrei aus. Sie hatte ihrer Großmutter versprochen, nur kurz auszubleiben, und jetzt waren fast zwei Stunden vergangen.

»Ich muß gehen! Meine Großmutter! Oh, es tut mir leid ...« Sie lief davon, um sich umzuziehen, und kam in ihrem dunkelblauen Rock und der Matrosenbluse wieder. Der Schwan hatte sich in ein Entlein zurückverwandelt. »Ich komme in zwei Tagen wieder. Und danke für die Schuhe.« Sie lief davon, um sich plötzlich noch einmal umzudrehen und der Frau zuzurufen: »Ach ... wie spät ist es?«

»Zwei Uhr!« rief die Frau ihr nach, der plötzlich etwas Wichtiges einfiel. »Wie heißen Sie?«

»Zoya Ossupowa!« rief sie zurück und war schon draußen, als die Frau am Klavier sich mit einem Lächeln setzte und an damals zurückdachte, als sie vor zwanzig Jahren Diaghilew vorgetanzt hatte. Das Mädchen war gut, das stand einwandfrei fest. Zoya, armes Kind. Ihre knappen Erklärungen hatten erkennen lassen, wieviel sie durchgemacht hatte. Es war schwer vorstellbar, wieder achtzehn zu sein und voll jugendlichen Überschwangs wie Zoya.

10

Am Freitag nachmittag um zwei fand Zoya sich mit einer kleinen Gobelintasche und einem Paar nagelneuer Ballettschuhe im Châtelet ein. Um sich die Schuhe leisten zu können, hatte sie ihre Uhr verkauft. Ihrer Großmutter hatte sie nicht verraten, wohin sie ging. Seit zwei Tagen dachte Zoya an nichts anderes als an die außergewöhnliche Gelegenheit, die sich ihr bot, und sie betete zu allen Schutzengeln und Heiligen, daß sie diese Chance nicht verdarb. Wenn sie ungraziös tanzte, wenn sie gar stürzte, wenn der Ballettmeister mit ihrem Stil nicht einverstanden war, wenn Madame Nastowa sie jahrelang belogen hatte ... Sie wurde von allen möglichen Angstvorstellungen geplagt, und als sie das Châtelet betrat, wäre sie am liebsten wieder davongelaufen, doch da sah sie die Frau, der sie vorgetanzt hatte, und plötzlich war es zu spät. Diaghilew trat ein, und Zoya wurde ihm vorgestellt. Und ehe sie wußte, wie ihr geschah, stand sie auf der Bühne und tanzte und vergaß die wenigen Zuschauer, die sich eingefunden hatten. Sie fühlte sich viel besser als zwei Tage zuvor, sehr zu ihrer eigenen Verwunderung. Die Musik schien sie geradezu emporzuheben und davonzutragen. Anschließend bat man sie, noch einmal zu tanzen, diesmal mit einem Partner, der sehr gut war, denn Zoya schien wie auf Engelsflügeln durch die Luft zu schweben. Alles in allem dauerte das Vortanzen eineinhalb Stunden, und Zoya war wieder in Schweiß gebadet. Die neuen Schuhe waren eine Qual, trotzdem hatte sie das Gefühl, sie könne zum Mond fliegen, als sie sich zu ihrem Publikum umdrehte. Sie sah Kopfnicken, hörte unverständliche Worte. Es folgte eine scheinbar endlose Beratung, dann aber wandte sich einer der Lehrer mit Entschiedenheit an sie und rief ihr über die Bühne zu, als sei es die alltäglichste Sache der Welt: »Am nächsten Freitag um vier, *répétition générale*, hier. Vielen Dank.« Und damit war die Sache erledigt. Zoya stand da, und die Tränen liefen ihr über die Wangen. Madame Nastowa hatte sie nicht angelogen, und die Götter waren ihr gewogen. Sie wußte zwar nicht, ob die Aufforderung, zur Probe zu kommen, automatisch bedeutete, daß sie nun Mitglied der Ballett-Truppe war, aber sie wagte nicht zu fragen. Sie wußte nur, daß sie bei der Probe am nächsten Freitag mittanzen durfte. Und vielleicht ... vielleicht, wenn sie sich bewährte ... sie traute sich gar nicht, daran zu denken, als sie sich umzog und aus dem Gebäude lief. Jetzt wünschte sie, sie hätte ihrer Großmutter von ihrem Vorhaben erzählen können. Doch das war unmöglich. Der Gedanke, Zoya würde als Tänzerin auftreten, hätte sie zur Verzweiflung gebracht. Es war besser, gar nichts zu sagen – im Moment wenigstens nicht. Vielleicht, wenn man sie wirklich beim *Ballet Russe* tanzen ließ ... dann vielleicht.

In der darauffolgenden Woche mußte sie mit der guten Nachricht herausrücken, nachdem sie die Rolle bekommen hatte und im Triumphgefühl schwelgte.

»Du hast ... was getan?« Ihre Großmutter war wie erwartet schockiert und fassungslos.

»Ich habe Serge Diaghilew vorgetanzt, und er läßt mich mit dem *Ballet Russe* auftreten. Die erste Vorstellung findet nächste Woche statt.« Sie sagte es mit Herzklopfen, und ihre Großmutter schien alles andere als erfreut zu sein.

»Bist du verrückt? Du als gewöhnliche Tänzerin auf der Bühne? Kannst du dir vorstellen, was dein Vater dazu gesagt hätte?«

Das war ein Schlag unter die Gürtellinie, der sehr schmerzte. Zoya sah ihre Großmutter mit waidwundem Blick an.

»Sprich nicht so von ihm! Er ist tot. Ihm würde nichts von all dem gefallen, was uns zugestoßen ist. Aber es ist nun einmal passiert, und wir müssen etwas tun. Wir können nicht einfach die Hände in den Schoß legen und verhungern.«

»Ach, das ist es also? Du hast Angst vor dem Verhungern? Ich werde dir heute eine zusätzliche Portion zum Abendessen bestellen, aber verlaß dich darauf, du wirst nicht auf einer Bühne auftreten.«

»Doch, das werde ich.« Zum erstenmal wagte sie, ihrer Großmutter ernsthaft zu widersprechen und ihr zu trotzen. In der Vergangenheit hatte sie sich nur mit ihrer Mutter in größere Streitigkeiten eingelassen, jetzt aber konnte sie nicht zulassen, daß ihre Großmutter sie an der Arbeit hinderte. Der Tanz bedeutete ihr sehr viel, er war ihr einziger Ausweg – der einzige zumindest, den sie im Moment sah. Sie wollte nicht in einem Laden arbeiten, Böden schrubben, winzige Knöpfe an Herrenhemden nähen, für eine Hutmacherin arbeiten oder Federn an einem Hut festmachen, und andere Arbeiten gab es für sie nicht. Es gab überhaupt nichts. Früher oder später hätte sie sich zu einer dieser Tätigkeiten bereitfinden müssen. Das wußte auch ihre Großmutter.

»Großmama, nimm doch Vernunft an! Für dein Rubinhalsband hast du so gut wie nichts bekommen. Und wieviel Schmuck können wir noch verkaufen? Alle Emigranten verkaufen Schmuck. Über kurz oder lang hätte eine von uns sich nach Arbeit umsehen müssen, und Tanzen ist das einzige, was ich kann.«

»Das ist lächerlich. Erstens sind wir noch nicht ganz mittellos, und selbst wenn es einmal dazu kommen sollte, dann können wir beide uns anständige Arbeit suchen. Wir können gut nähen, ich kann stricken, du kannst Russisch oder Französisch oder Deutsch oder sogar Englisch unterrichten, wenn du es nur versuchst.« Das alles hatte sie am Smolnyj-Institut gelernt und dazu noch viele andere Dinge, die jetzt unnütz waren. »Es gibt keinen Grund, warum du Tänzerin werden mußt wie ... wie ...« Sie war so außer sich, daß sie beinahe den Namen der Frau ausgesprochen hätte, mit der Nikolaus vor Jahren eine Affäre gehabt hatte. »Nun, einerlei. Ich werde es keinesfalls erlauben.«

»Großmama, es wird dir nichts anderes übrigbleiben.« Das sagte Zoya mit stiller Verzweiflung. Es war das erste Mal, daß ihre Großmutter sie so erlebte.

»Zoya, du mußt mir gehorchen.«

»Das werde ich nicht. Tanzen ist das einzige, das ich tun möchte. Und ich möchte etwas unternehmen, um dir zu helfen.« Die alte Dame sah ihre Enkelin aus tränenfeuchten Augen an. »So weit ist es also schon gekommen?« In ihren Augen war eine Tänzerin nicht viel besser als eine Prostituierte.

»Was ist denn so schrecklich daran? Schockiert es dich nicht, daß Fürst Wladimir ein Taxi fährt? Ist denn das anständig? Ist es so viel besser als das Ballett?«

»Es ist mitleiderregend.« Eugenia sah sie mit schmerzlichem Blick an. Fast brach Zoya dabei das Herz. »Noch vor einem Vierteljahr hatte er Rang und Bedeutung, und vor langer Zeit war sein Vater ein wahrhaft großer Mann. Und jetzt ist er nicht viel besser dran als ein Bettler ... aber es ist alles, was ihm bleibt, Zoya ... etwas anderes kann er nicht. Für ihn ist alles vorüber, wenn er auch sein Leben retten konnte. Du aber ruinierst dein ganzes Leben ...« Eugenia schlug die Hände vors Gesicht und weinte. »Und ich kann dir dann nicht mehr helfen.«

Zoya erschrak, als sie ihre Großmutter weinen sah. Es war das erste Mal, daß sie sie richtig verzagt sah, und es berührte sie zutiefst. Aber das alles änderte nichts mehr an der Tatsache, daß sie mit dem *Ballet Russe* tanzen mußte, komme, was da wolle. Sie würde nicht nähen oder stricken oder Russisch unterrichten.

Zoya zog ihre Großmutter liebevoll an sich. »Bitte, Großmama, weine nicht. Ich habe dich so lieb.«

»Dann versprich mir, daß du nicht tanzen wirst. Bitte, ich flehe dich an, du darfst es nicht.«

Zoya sah ihre Großmutter traurig an, weit über ihre Jahre gereift. In den vergangenen Monaten war sie viel zu rasch erwachsen geworden, und jetzt gab es kein Zurück mehr. Das wußten beide, mochte Eugenia sich auch noch so sehr dagegen auflehnen. »Mein Leben wird niemals so sein wie deines, Großmama, niemals. Daran können wir beide nichts ändern, wir müssen vielmehr versuchen, das Beste daraus zu machen. Es gibt kein Zurück mehr. Es ist wie bei Onkel Nikolaus und Tante Alix – sie müssen tun, was sie tun müssen. Ich tue das jetzt auch. Bitte, sei nicht böse ...«

Die winzige Gräfin setzte sich niedergeschlagen auf einen Sessel und blickte kummervoll zu Zoya auf. »Ich bin nicht böse, nur sehr traurig. Und ich komme mir hilflos vor.«

»Du hast mir das Leben gerettet. Du hast mich aus St. Petersburg gebracht und aus Rußland. Wärst du nicht gewesen, man hätte mich getötet, als das Haus brannte, oder schlimmer noch. Großmama, der Lauf der Geschichte läßt sich nicht ändern, wir können nur das Beste daraus machen. Und mein Bestes ist das Ballett. Laß mich tanzen, bitte, bitte, gib mir deinen Segen.«

Die alte Frau schloß die Augen in Gedanken an ihren einzigen Sohn. Dann sah sie Zoya und schüttelte bedächtig den Kopf. Das Kind hatte recht. Konstantin war tot. Alle waren sie tot. Was für eine Rolle spielte das alles noch? Was immer geschehen mochte, Eugenia wußte, daß ihre Enkelin tun würde, was sie wollte, und zum erstenmal im Leben fühlte sie sich zu alt und zu kraftlos, um mit ihr einen Streit auszufechten.

»Also, dann gebe ich dir meinen Segen. Aber du bist ein schlimmes, schlimmes Mädchen!« Sie drohte ihr mit dem Finger, bemüht, unter Tränen zu lächeln, und sie fragte sich plötzlich, warum Zoya beim Vortanzen so gut abgeschnitten hatte. »Woher hast du die Schuhe?« Seit ihrer Ankunft in Paris hatte Zoya sie nie um Geld gebeten.

»Gekauft.« Zoya lächelte spitzbübisch. Wenigstens war sie um Einfälle nicht verlegen. Das hätte ihrem Vater gefallen.

»Womit denn?«

»Ich habe meine Uhr versetzt. Sie hat mir nie gefallen. Ein Geschenk einer meiner Klassenkameradinnen zum Namenstag.« Jetzt war es an Eugenia, befreit aufzulachen. Ein bemerkenswertes Mädchen, und die alte Dame liebte sie noch mehr – trotz ihres Ungehorsams.

»Vermutlich muß ich noch froh sein, daß du nicht meine Uhr versetzt hast.«

»Großmama, wie kannst du so etwas sagen! Das würde ich nie tun!« Sie versuchte eine gekränkte Miene aufzusetzen, doch beide wußten, daß es nur ein Scherz war.

»Gott weiß, was du noch ausheckst.«

»Du sprichst wie Nikolaj ...« Zoya lächelte traurig, und ihre Blicke trafen sich. Für sie war dies alles eine neue Welt mit neuen Prinzipien, neuen Ideen, neuen Menschen ... und mit einem neuen Leben für Zoya.

11

Ihre erste Probe mit dem *Ballet Russe* am elften Mai war mit fast übermenschlichen Strapazen verbunden und dauerte bis zehn Uhr abends. Zoya kam hochgestimmt, wenn auch so erschöpft, daß sie sich kaum rühren konnte, nach Hause. Ihre Füße bluteten nach den unzähligen Wiederholungen des Pas des deux und der Tours jetés. Die Übungsstunden bei Madame Nastowa kamen ihr nun vor wie das reinste Kinderspiel.

Ihre Großmama saß in dem winzigen Wohnzimmer und wartete. Zwei Tage zuvor hatten sie die Wohnung bezogen. Sie hatten ein kleines Sofa gekauft, ein paar Tischchen, dazu Lampen mit häßlichen Fransen und einen grünen Teppich mit dunklen purpurroten Blumenmustern. Nichts war wie die Aubussons, die antiken Möbelstücke, die hübschen Dinge, die sie einst geliebt hatten. Alles in allem aber war die Wohnung einigermaßen behaglich, dank Feodor, der saubergemacht und die Sachen herangeschleppt hatte. Am Vortag war er mit Fürst Markowskij aufs Land gefahren und mit einem Taxi voller Brennholz wiedergekommen. Im Kamin knisterte ein Feuer, vor Eugenia stand eine heiße Teekanne.

»Nun, mein Kind, wie war es?« Sie betete noch immer, Zoya würde zur Vernunft kommen und das Ballett aufgeben, aber jetzt las sie in ihren Augen, daß sie sich keine Hoffnungen machen durfte. Seit vor zwei Monaten der Alptraum mit den Demonstrationen und Nikolajs Tod begonnen hatte, war das Kind nicht mehr so unbeschwert und gelöst gewesen. Nichts war vergessen, doch die Erinnerung war weniger schmerzlich, als sie sich auf einen der unbequemen Sessel fallen ließ und strahlend lächelte.

»Großmama, es war wundervoll ... einfach wundervoll ... aber ich bin so müde, daß ich mich kaum rühren kann.« Die langen Probenstunden waren unbeschreiblich anstrengend gewesen. Trotzdem hatte sich auf sonderbare Weise für sie ein Traum erfüllt. Die Vorstellung, die in zwei Wochen stattfinden sollte, nahm nun ihr ganzes Sinnen und Trachten in Anspruch. Ihre Großmutter hatte versprochen zu kommen, und auch Fürst Markowskij wollte sich mit seiner Tochter die Vorstellung ansehen.

»Du hast es dir also nicht anders überlegt, mein Kind?«

Zoya schüttelte den Kopf mit einem müden Lächeln und schenkte sich Tee ein. Man hatte ihr an jenem Abend eröffnet, daß sie in beiden Teilen der Vorstellung auftreten sollte, und sie platzte fast vor Stolz über das Geld, das sie bekommen hatte. Wortlos drückte sie es ihrer Großmutter in die Hand, und dieser stiegen die Tränen in die Augen. So weit war es also gekommen. Sie wurde durch die Tanzkunst des Kindes erhalten. Das war für sie fast unerträglich.

»Was soll das?«

»Großmama, für dich.«

»Wir brauchen es noch nicht.« Doch die kahlen Wände und der häßliche Teppich verrieten das Gegenteil. Was sie besaßen, war abgenutzt und abgetragen, und sie wußten, daß der Erlös aus dem Verkauf des Rubinschmucks bald aufgebraucht sein würde. Natürlich hatten sie noch Wertsachen, aber nicht so viel, daß sie ewig davon zehren konnten. »Ist es auch wirklich das, was du tun möchtest?« fragte Eugenia bekümmert, und Zoya strich ihr zärtlich über die Wange und küßte sie.

»Ja, Großmama. Der Tag heute war wunderschön.« Es war wie ihr Traum, mit den Schülern des Marjinskij-Instituts zu tanzen, und an jenem Abend schrieb sie an Maschka einen langen tapferen Brief, in dem sie ihr alles berichtete, alles, nur nicht von der kleinen schäbigen Wohnung. Noch lange nachdem ihre Großmutter zu Bett gegangen war, saß sie da und schrieb von den Menschen, denen sie begegnet war, wie es in Paris aussah und wie aufregend es war, mit dem *Ballet Russe* zu tanzen. Beim Schreiben vermeinte sie, Marie lächeln zu sehen. Sie adressierte ihren Brief an Dr. Botkin in Zarskoje Selo und hoffte, daß er in Maries Hände gelangen würde. Danach fühlte sie sich Marie wieder näher.

Am nächsten Tag hatte Zoya wieder Probe, und am Abend gab es einen Bombenangriff. Zu dritt liefen sie in den Keller, und als alles vorüber war, schleppten sie sich langsam die Stufen hinauf. Der Angriff rief ihnen in Erinnerung, daß um sie herum noch immer ein Krieg tobte, aber Zoya empfand keine Furcht. Alle ihre Gedanken galten dem Ballett.

Sehr oft, wenn sie nach Hause kam, war Fürst Markowskij bei ihrer Großmutter zu Besuch. Immer hatte er etwas zu erzählen, und sehr oft brachte er eßbare Kleinigkeiten mit, Kuchen oder Obst, wenn er etwas auftreiben konnte. Er schenkte ihnen sogar eine der spärlichen Kostbarkeiten, die er noch besaß, eine Ikone von unschätzbarem Wert. Eugenia wollte das Heiligenbild nicht annehmen, doch er bestand darauf. Eugenia wußte nur zu gut, wie dringend jeder Emigrant Dinge brauchte, die man verkaufen konnte, Markowskij tat alles mit einer lässigen Handbewegung ab und erklärte nur, daß er im Moment genug besäße. Seine Tochter hatte eine Stelle als Englischlehrerin gefunden.

Am Premierenabend waren alle da. Sie saßen in der dritten Reihe. Zoya hatte mit ihrer Gage die Karten gekauft. Nur Feodor war nicht gekommen. Er war zwar auch stolz auf sie, aber mit Ballett konnte er nicht viel anfangen. Dafür brachte Zoya ihm das Programm mit, in dem ganz unten kleingedruckt ihr Name stand. Sogar ihre Großmutter war stolz auf sie, obschon sie bittersüße Tränen vergossen hatte, als sie Zoya auf der Bühne sah. Ihr wäre alles lieber gewesen, als ihre Enkelin als gewöhnliche Tänzerin auftreten zu sehen.

»Sie waren wundervoll, Zoya Konstantinowna!« Der Fürst trank ihr mit dem Champagner zu, den er zu diesem Anlaß mitgebracht hatte. »Wir waren alle stolz auf Sie!« Er lächelte dem jungen Mädchen mit dem flammendroten Haar beglückt zu, ungeachtet des strengen, von Naserümpfen begleiteten Blickes seiner Tochter, die es schockierend fand, daß Zoya Tänzerin geworden war. Die beiden waren sich zuvor noch nicht begegnet. Die Tochter des Fürsten war ein großes hageres Mädchen, mit sämtlichen Merkmalen eines zur alten Jungfer bestimmten weiblichen Wesens ausgestattet! Das Leben in Paris war eine Qual für sie. Sie haßte ihre Schüler, denen sie Englisch beibringen sollte, und es war für sie unaussprechlich peinlich, ihren Vater als Taxifahrer zu sehen. Zoya hingegen teilte ihre engstirnigen Ansichten nicht. Aus ihren Augen funkelte schiere Lebensfreude, ihre Wangen waren sanft gerötet, und das rote Haar löste sich aus dem Knoten, den sie getragen hatte, und fiel ihr flammengleich auf die Schultern. Sie war ein wunderschönes Mädchen, das durch die Aufregung, die der Abend mit sich gebracht hatte, noch auffallender wirkte.

»Sie müssen sehr müde sein, Zoya«, meinte der Fürst mitfühlend, als er den Rest des Champagners ausschenkte.

»Aber gar nicht.« Zoya strahlte und lief im Raum auf und ab, auf Füßen, die am liebsten weitergetanzt hätten. Die Vorstellung war um so vieles einfacher gewesen als die Proben. Der Abend war all das gewesen, was sie sich immer erträumt hatte, dies und noch mehr. »Ich bin gar nicht müde.« Sie lächelte und trank gutgelaunt von dem Champagner, was ihr von Jelena, Wladimirs Tochter, einen mißbilligenden Blick einbrachte. Zoya wäre am liebsten die ganze Nacht aufgeblieben und hätte ihnen all die Histörchen erzählt, die man sich hinter der Bühne zuflüsterte. Sie wollte ihre Erlebnisse mit allen teilen, vor allem mit den Menschen, die sie liebte.

»Sie waren wundervoll!« sagte der Fürst abermals, und Zoya lächelte. Er kam ihr so ernst und alt vor, daran konnte auch der Umstand nichts ändern, daß sein Interesse an ihr mit jedem Tag zu wachsen schien. Irgendwie wünschte sie, ihr Vater könnte hier sein, obwohl es ihm das Herz gebrochen hätte, sie auf der Bühne zu sehen. Aber vielleicht, ganz im geheimen wäre er stolz auf sie gewesen ... und Nikolaj ... der Gedanke rührte sie zu Tränen, so daß sie das Glas absetzte und sich umdrehte und ans Fenster ging, um in den Garten hinunterzustarren. »Sie sehen heute abend zauberhaft aus«, hörte sie Wladimir hinter sich flüstern. Sie wandte sich um und blickte mit tränenfeuchten Augen zu ihm auf. Ihr geschmeidiger Körper war so jung und voller Kraft. Er spürte ein schmerzliches Verlangen, das aus seinem Blick brannte, und sie rückte von ihm ab, weil sie plötzlich gewahr wurde, was ihr bislang gar nicht aufgefallen war. Fürst Wladimir war noch älter als ihr Vater, und was sie in seinen Augen las, schockierte sie.

»Danke, Fürst Wladimir«, sagte sie leise. Mit einem Schlag ging ihr auf, wie verzweifelt sie allesamt waren, wie ausgehungert nach Liebe und nach einem Fetzen der Vergangenheit, die sie noch immer gemeinsam hatten. In St. Petersburg hätte er für sie keinen zweiten Blick übrig gehabt, sie wäre für ihn nicht mehr gewesen als ein hübsches Kind, hier aber ... hier klammerten sie sich alle an eine untergegangene Welt und an die Menschen, die sie miterlebt hatten. Zoya stellte im Grunde für Wladimir nicht mehr dar als eine Art Fortsetzung der Vergangenheit. Das wollte sie Jelena zu verstehen geben, als sie sich steif von Vater und Tochter verabschiedete.

In Gedanken war Zoya wieder bei Fürst Wladimir, als sie sich auszog und darauf wartete, daß ihre Großmutter aus dem Badezimmer am Ende des Korridors zurückkam.

»Wie nett von ihm, uns Champagner mitzubringen«, sagte Großmutter, während sie sich das Haar bürstete. Der Kragen des Spitzennachthemds umrahmte ihr Gesicht und ließ sie in dem trüben Licht jünger erscheinen. Eugenia war seinerzeit eine gefeierte Schönheit gewesen, mit Augen, die denen ihrer Enkelin glichen. Zoya fragte sich, ob ihre Großmutter ahnte, was Wladimir für sie empfand. Beim Abschied hatten sich ihre Hände berührt, und er hatte sie fest an sich gedrückt, als er sie auf die Wange küßte.

Zoya zögerte lange mit der Antwort. »Jelena wirkte so traurig, findest du nicht?«

Eugenia nickte und legte ernst ihre Bürste aus der Hand. »Soviel ich mich erinnere, war sie kein glückliches Kind. Ihre Brüder waren viel interessanter. Sie ähnelten Wladimir viel mehr.« Sie dachte an den Hübscheren der beiden, an den, der um Tatjanas Hand angehalten hatte. »Wladimir ist ein netter Mann, findest du nicht auch?«

Zoya wandte sich kurz ab, ehe sie ihre Großmutter offen ansah. »Großmama, ich glaube, er hat eine Zuneigung zu mir gefaßt ... zu sehr ...« Auf ihr Zögern hin runzelte Eugenia die Stirn.

»Was meinst du damit?«

»Ich meine, daß er ...«Ihr Erröten ließ sie sehr kindlich aussehen. »Daß er – heute abend hat er meine Hand berührt ...« Zu dumm, das alles erklären zu müssen, vielleicht hatte es ja auch nichts zu bedeuten.

»Du bist ein hübsches Mädchen und weckst in ihm möglicherweise alte Erinnerungen. Ich glaube, er hatte eine Schwäche für deine Mama, und ich weiß, daß er und Konstantin in der Jugend oft gemeinsam jagten. Also sei nicht überempfindlich, Zoya. Er meint es gut. Und es war sehr nett von ihm, heute zu kommen. Er will einfach nur freundlich sein.«

»Ja, vielleicht«, erwiderte Zoya beiläufig, als sie das Licht löschte und in das schmale Bett schlüpfte, das sie teilten. Im Finstern hörte Zoya Feodor nebenan schnarchen, während ihre letzten Gedanken der zauberhaften Vorstellung galten.

Doch am nächsten Morgen war sie sicher, daß Wladimirs Benehmen nicht nur seiner Freundlichkeit zuzuschreiben war. Als sie wieder zur Probe wollte, erwartete er sie am Fuße der Treppe.

»Soll ich Sie hinfahren?« Zoya war erstaunt, ihn zu sehen, noch erstaunter war sie über die Blumen, die er mitgebracht hatte.

»Ich möchte nicht, daß Sie meinetwegen einen Umweg machen ... wirklich.« Viel lieber wäre sie zum Châtelet zu Fuß gegangen. Plötzlich waren ihr seine Blicke unangenehm. »Ich laufe sehr gern.« Es war ein schöner Tag, und sie freute sich auf die Probe. Das *Ballet Russe* war in dieser Zeit die größte Freude in ihrem Leben, und die wollte sie mit niemandem teilen, nicht einmal mit dem stattlichen weißhaarigen Fürsten, der galant vor ihr stand und ihr einen Strauß weißer Rosen präsentierte. Der Anblick stimmte sie nur traurig. Früher hatte Marie ihr immer weiße Rosen geschenkt, aber das konnte er nicht wissen. Er wußte gar nichts von ihr, er war einer der Freunde ihrer Eltern gewesen, nicht ihr eigener Freund. Plötzlich bedrückte es sie, ihn hier stehen zu sehen, in einer abgetragenen Jacke, mit ausgefransten Kragenrändern. Wie alle Emigranten hatte er alles zurücklassen müssen und hatte nur das nackte Leben gerettet, ein paar Schmuckstücke und die Ikone, die er ihnen vor ein paar Tagen geschenkt hatte. »Vielleicht wäre es nett, wenn Sie Großmama besuchten.« Ihr Lächeln drückte Höflichkeit aus, und er schien gekränkt zu sein.

»Das also sehen Sie in mir? Den Bekannten Ihrer Großmutter?« Sie wollte nicht bejahen, aber es stimmte tatsächlich. Als er vor ihr stand und sie traurig ansah, kam er ihr uralt vor. »Komme ich Ihnen denn so alt vor?«

»Aber gar nicht! Es tut mir leid, ich muß jetzt gehen, sonst würde ich mich verspäten.«

»Dann gestatten Sie mir, daß ich Sie fahre. Wir können uns unterwegs unterhalten.«

Sie zögerte, andererseits war es wirklich spät. Widerstrebend ließ sie zu, daß er ihr die Wagentür öffnete und sie einsteigen ließ. Das weiße Rosenbouquet legte er zwischen sie auf den Sitz. Es war nett von ihm, sie zu beschenken, aber sie wußte genau, daß er sich Geschenke eigentlich nicht leisten konnte. Kein Wunder, daß Jelena so verärgert war.

»Wie geht es Jelena?« fragte sie, um ein Gespräch zu beginnen, und wich seinem Blick aus, indem sie anderen Autos nachsah. »Gestern kam sie mir so still vor.«

»Sie ist in Paris nicht glücklich.« Er seufzte. »Das sind die wenigsten von uns. Die Veränderung kam zu jäh. Und niemand war darauf vorbereitet ...« Er sagte es und legte unvermittelt seine Hand auf die ihre. Seine nächsten Worte jagten ihr einen tüchtigen Schrecken ein »Zoya, meine Liebe, glauben Sie, daß ich für Sie zu alt bin?«

Die Antwort blieb ihr fast im Hals stecken. Vorsichtig entzog sie ihm ihre Hand. »Sie sind der Freund meines Vaters.« Zoya sah ihn bekümmert an. »Es ist für uns alle sehr schwer, deswegen klammern wir uns an Dinge und Menschen aus der Vergangenheit. Vielleicht stelle ich diese für Sie dar.«

Er lächelte. »Das glauben Sie also? Wissen Sie nicht, daß Sie sehr schön sind?«

Sie spürte, wie sie errötete, und verwünschte insgeheim ihren hellen Teint. »Vielen Dank. Aber ich bin jünger als Jelena ... Sicher würde sie es nicht billigen ...« Etwas anderes wollte ihr nicht einfallen, während sie sich verzweifelt wünschte, bald vor dem Châtelet anzukommen, damit sie ihm endlich entfliehen konnte.

»Zoya, meine Tochter muß ihr eigenes Leben führen – und ich meines. Ich würde Sie gern gelegentlich zum Essen ausführen. Ins Maxim's vielleicht.« Es war reiner Wahnsinn ... der Champagner ... die Rosen ... ein Diner im Maxim's. Sie waren am Verhungern, er fuhr ein Taxi, sie tanzte beim *Ballet Russe,* und es hatte keinen Sinn, daß er das wenige, was er hatte, an sie verschwendete. Er war viel zu alt – aber unhöflich wollte sie auch nicht sein.

»Ich glaube nicht, daß Großmama ...« Sie sah ihn kläglich an, und er war gekränkt.

»Zoya Konstantinowna, Sie sind besser dran mit einem Mann, der Ihre Welt kennt, als mit einem jungen Narren.«

»Wladimir, ich habe weder für das eine noch für das andere Zeit. Wenn man mich beim Ballett behält, muß ich Tag und Nacht arbeiten, damit ich Erfolg habe.«

»Wir nehmen uns die Zeit. Ich kann Sie abends abholen.« Auf seinen hoffnungsvollen Blick hin schüttelte sie peinlich berührt den Kopf.

»Ich kann nicht – wirklich, es geht nicht.« Erleichtert sah sie, daß sie ihr Ziel erreicht hatten. Ein letztes Mal sah sie ihn an.

»Bitte, warten Sie nicht auf mich. Was einmal war, möchte ich vergessen. Wir können es nicht zurückholen. Es wäre nicht richtig, bitte ...« Wladimir schwieg, als sie ausstieg und davonlief. Der weiße Rosenstrauß blieb neben ihm liegen.

12

»Hat Wladimir dich nach Hause gebracht?« Ihre Großmutter empfing sie mit einem Lächeln, und Zoya bemerkte die weißen Rosen in einer Vase. Ihre Stimmung sank sofort.

»Nein. Ich wurde von jemandem anderen mitgenommen.« Sie setzte sich und massierte ihre schmerzenden Füße. »Heute war es besonders hart.« Aber das machte ihr nichts aus. Die Arbeit mit dem *Ballet Russe* bewirkte, daß sie sich wieder lebendig fühlte.

»Er sagte aber, daß er dich abholen wollte.« Eugenia runzelte die Stirn. Der Fürst hatte ihr frisches Brot und ein Glas Marmelade gebracht. Er war ein so fürsorglicher Mensch, und es war für Eugenia ein Trost zu wissen, daß er sich um Zoya kümmerte.

»Großmama ...« Zoya rang um die passenden Worte. »Ich möchte nicht, daß er mich abholt.«

»Warum nicht? Bei ihm bist du viel sicherer als bei einem anderen, den du nicht kennst.« Das hatte Wladimir gesagt – nachmittags, als er gekommen war, um Zoyas Rosen abzuliefern. Eugenia litt noch immer darunter, daß ihre Enkelin als Tänzerin arbeitete, gleichzeitig aber wußte sie, daß niemand sie davon abbringen würde. Sie mußte zugeben, daß einer von ihnen arbeiten mußte, und Zoya war die einzige, die dazu imstande war. Sie wünschte nur, sie würde etwas anderes finden, eine Anstellung als Lehrerin wie Jelena etwa. Wenn Wladimir sie unter die Fittiche nähme, würde sie vielleicht das Ballett aufgeben. Erst heute hatte er es vorgeschlagen, und seither sah Eugenia ihn in einem anderen Licht – als Helden und Retter.

»Großmama ... ich glaube, Fürst Wladimir ... nun, ich habe den Eindruck, daß mehr hinter seinen Freundlichkeiten steckt.«

»Er ist ein anständiger Mensch, wohlerzogen, aus guter Familie. Und er war mit Konstantin befreundet.« Eugenia wollte nicht zu rasch ihre Karten auf den Tisch legen, aber Wladimir hatte sie überzeugt.

»Genau das meine ich. Er war Papas Freund, nicht meiner. Er muß schon sechzig sein.«

»Er ist ein russischer Fürst und ein Vetter des Zaren.«

»Wird damit alles andere wettgemacht?« fragte Zoya aufgebracht und sprang auf. »Stört es dich nicht, daß er mein Großvater sein könnte?«

»Zoya, er meint es gut mit dir ... jemand muß sich schließlich um dich kümmern. Ich bin zweiundachtzig. Ich werde nicht ewig für dich da sein, das solltest du bedenken.« Insgeheim wäre sie unendlich erleichtert gewesen, Zoya unter Wladimirs Obhut zu wissen. Zumindest war er jemand, den sie kannte, jemand, der das Leben kannte, das sie einmal geführt hatten. In Paris konnten sie einzig und allein bei anderen Emigranten auf Verständnis hoffen. Sie sah Zoya flehentlich an. Zoyas Miene aber drückte Entsetzen und Ablehnung aus.

»Du möchtest also, daß ich ihn heirate? Das willst du?« Der Gedanke trieb ihr die Tränen in die Augen. »Er ist ein Greis.«

»Er würde sich um dich kümmern. Denk daran, wie nett er zu uns war, seit wir hier sind.«

»Hör endlich auf damit!« Zoya lief ins Schlafzimmer, schleuderte die Tür hinter sich zu und warf sich weinend aufs Bett. War das alles, was ihr geblieben war? Die Aussicht, einen Mann zu heiraten, der dreimal so alt war wie sie, nur weil er ein russischer Fürst war? Der Gedanke weckte Übelkeit in ihr und zugleich um so heftiger die Sehnsucht nach dem verlorenen Leben und den verlorenen Menschen.

»Zoya ... nicht, mein Liebes, bitte ...« Ihre Großmutter, die sich auf den Bettrand setzte, strich ihr sanft übers Haar. »Ich werde dich nicht zu etwas zwingen, das du nicht möchtest. Aber ich mache mir so große Sorgen um dich. Feodor und ich, wir sind so alt. Du brauchst jemanden, der sich deiner annimmt.«

»Ich bin achtzehn«, schluchzte Zoya ins Kissen. »Ich will niemanden heiraten und ihn schon gar nicht.« Nichts an ihm gefiel ihr, und Jelena haßte sie. Allein der Gedanke, mit diesen beiden zusammenleben zu müssen, brachte sie an den Rand eines hysterischen Anfalls. Sie wollte nichts als tanzen, und damit würde sie genug Geld verdienen, um sich, Großmutter und Feodor erhalten zu können. In diesem Augenblick schwor sie sich, daß sie alles tun würde, nur um nicht einen Mann heiraten zu müssen, den sie nicht liebte. Sie würde Tag und Nacht schuften.

»Schon gut, schon gut. Bitte weine nicht mehr.« Auch in Eugenias Augen standen Tränen, wenn sie daran dachte, wie grausam ihnen das Schicksal mitgespielt hatte. Vielleicht hatte das Kind recht. Es war ja auch nur eine Idee gewesen. Natürlich war Fürst Wladimir zu alt, aber er war einer von ihnen. Natürlich gab es auch andere, die jünger waren. Vielleicht würde Zoya einen davon kennenlernen und sich in ihn verlieben. Das war nun Eugenias größte Hoffnung, die einzige, die ihr geblieben war ... dies und die wenigen Schmuckstücke, die sie unter der Matratze ihres Bettes versteckt hatte. Mehr besaß sie nicht mehr ... nur ein paar Diamanten und Smaragde, eine lange, prächtige Perlenkette und das Fabergé-Ei von der Zarin. Außerdem ein ganzes Leben voller zerbrochener Träume. »Komm, Zoya, wisch deine Tränen ab. Gehen wir lieber spazieren.«

»Nein.« Zoya drückte ihr Gesicht schmollend ins Kissen. »Sicher wird er wieder unten warten.«

»Mach dich nicht lächerlich.« Eugenia lächelte, trotz ihrer Sorgen. Zoya war noch immer ein großes Kind, wenngleich sie in den letzten zwei Monaten sehr selbständig geworden war. »Seine Manieren sind ohne Fehl und Tadel. Er ist doch kein Mann, der einem in den Straßen auflauert. Sei nicht so töricht.«

Zoya drehte sich auf den Rücken und sah ihre Großmutter an. »Großmama, es tut mir leid. Ich möchte dich nicht unglücklich machen, und ich verspreche dir, daß ich für uns alle sorgen werde.«

»Kind, das wünsche ich mir nicht für dich. Ich möchte, daß

du jemanden findest, der dein Leben in die Hand nimmt, so wie es sich gehört.«

»Jetzt ist alles anders geworden. Nichts ist mehr so, wie es war.« Zoya setzte sich mit scheuem Lächeln auf. »Vielleicht wird aus mir eines Tages eine berühmte Tänzerin.« Sie lebte auf bei dem Gedanken, und Eugenia lachte.

»Gott steh mir bei, fast glaube ich, du genießt das alles auch noch.«

Jetzt lächelte Zoya ganz offen. »Großmama, ich liebe das *Ballet Russe.«*

»Das weiß ich. Und Talent hast du auch. Aber du darfst dir nicht vornehmen, dein ganzes Leben nur zu tanzen. Wenn es sein muß, dann tu es jetzt. Aber eines Tages wird sich alles wieder ändern.« Es war kein Versprechen, sondern ein Gebet. Als Zoya die Beine vom Bett schwang und ihren Mantel holte, war sie nicht sicher, ob sie sich eine Veränderung wünschte. Sie liebte ihre Arbeit ... weit mehr, als ihre Großmutter verstehen konnte.

Und als sie langsam auf das Palais Royal zugingen und die Schaufenster unter den Arkaden bewunderten, wurde Zoya von einer merkwürdigen Erregung erfaßt. Paris und seine Menschen waren wunderbar. Nein, das Leben hier war gar nicht so übel. Plötzlich fühlte sie sich glücklich und jung. Viel zu jung, um ihr Leben an Fürst Wladimir zu verschwenden. Niemals ...

13

Zoya, die den ganzen Juni über mit dem *Ballet Russe* tanzte, wurde von ihrer Arbeit so in Anspruch genommen, daß sie vom großen Weltgeschehen kaum etwas mitbekam. Der Einmarsch General Pershings und seiner Truppen am dreizehnten Juni stellte für sie daher eine große Überraschung dar. Die ganze Stadt geriet in einen Freudentaumel, als die Amerikaner zum Place de la Concorde marschierten und am Hotel Crillon vorüberzogen. Die Menschen jubelten und winkten, und die Frauen warfen den Soldaten Blumen zu und riefen *Vive l'Amérique!* Zoya schaffte es nur mit Mühe zurück zum Palais Royal, um ihrer Großmutter zu berichten, was sie gesehen hatte.

»Großmama, es sind Tausende von Amerikanern!«

»Dann werden sie den Krieg für uns vielleicht sehr rasch beenden.« Die nächtlichen Angriffe zehrten an ihren Kräften, und insgeheim hatte sie die Hoffnung nicht aufgegeben, daß sich nach Kriegsende in Rußland ein neuer Umsturz anbahnte und sie nach Hause konnten. Den meisten Emigranten aber war klar, daß darauf keine Aussicht bestand.

»Möchtest du einen Spaziergang machen und dir den Rummel ansehen?« Zoyas Augen glänzten. Die hoffnungsvollen Mienen der Pariser und die Soldaten mit den frischen Gesichtern in ihren Khaki-Uniformen begeisterten auch sie. Die jungen Männer wirkten so gesund und lebendig. Überall sah man neue Hoffnung. Ihre Großmutter schüttelte den Kopf.

»Nein, ich habe keine Lust, mir Soldaten auf den Straßen anzusehen, mein Kind.« Sie hatte schreckliche Erinnerungen an Straßen voller Soldaten, und da sie sich zu Hause am sichersten fühlte, drängte sie auch Zoya zu bleiben. »Halte dich fern von ihnen. Menschenmassen können schnell gefährlich werden.« In Paris aber gab es keine Anzeichen dafür. Es war ein glücklicher Tag für alle, und für den Rest der Woche wurden die Proben abgesagt. Zum erstenmal seit einem Monat hatte Zoya ein wenig Zeit für sich, um auszuschlafen, spazierenzugehen, am Feuer zu sitzen und zu lesen. Sie fühlte sich unbeschwert und jung und wußte jetzt die Zeit zu schätzen. An jenem Abend saß sie im Wohnzimmer und schrieb einen langen Brief an Marie, in dem sie ihr Pershings Einmarsch schilderte und ihr von der Arbeit beim Ballett erzählte. Jetzt gab es plötzlich viel zu berichten, obwohl sie Fürst Wladimir gar nicht erwähnte. Sie wußte, daß ihre Freundin empört reagieren würde, hätte sie erfahren, daß ihre Großmutter die Werbung des alten Herrn befürwortete, doch das spielte für sie jetzt keine Rolle mehr. Fürst Wladimir hatte verstanden. Zwar brachte er Gräfin Eugenia noch immer hin und wieder frisches Brot, während Zoya beim Ballett war, sie selbst aber hatte ihn seit Wochen nicht mehr zu Gesicht bekommen.

Während sie Marie schrieb, lag die kleine Sawa selig schnarchend auf ihrem Schoß. »... sie sieht aus wie Joy, so daß ich immer an dich denken muß, wenn sie ins Zimmer kommt. Obwohl es einer Erinnerung an dich gar nicht bedürfte. Es erscheint mir noch immer unglaublich, daß wir in Paris sind und du zu Hause ... und daß wir uns dieses Jahr im Sommer nicht in Liwadia treffen werden. Das komische Foto von uns allen hängt direkt neben meinem Bett ...« Allabendlich vor dem Einschlafen fiel Zoyas Blick auf das Bild. Sie besaß auch ein Foto von Olga mit Alexej auf dem Schoß, als dieser drei oder vier war, und ein schönes Bild von Nikolaus und Alexandra. Das alles waren jetzt nur mehr Erinnerungen, doch indem sie an ihre Freundin schrieb, hielt sie diese Erinnerungen am Leben. Erst vorige Woche hatte Dr. Botkin ihr einen Brief von Marie geschickt, in dem diese Zoya berichtete, daß es allen wieder gutginge, obwohl sie unter Hausarrest stünden. Man hatte ihnen mitgeteilt, daß man sie im Sommer nach Liwadia bringen würde. Und auch Marie selbst war wieder ganz gesund. Sie entschuldigte sich bei Zoya, daß sie sie mit Masern angesteckt hatte, und schrieb, daß sie sie zu gern mit den roten Punkten gesehen hätte. Die Lektüre des Briefes ließ Zoya unter Tränen lächeln.

Sie war eben dabei, ihn noch einmal zu lesen, als eine Nachricht für sie kam. Sie sollte für General Pershing und für seinen Stab in der Oper mit dem *Ballet Russe* in ›Petruschka‹ tanzen ... Wie immer war auch diesmal ihre Großmutter von der Nachricht alles andere als entzückt. Vor Soldaten aufzutreten, erschien ihr noch schlimmer als die Vorstellungen im Châtelet, aber diesmal unternahm sie erst gar nicht den Versuch, Zoya davon abzubringen, da sie wußte, daß es völlig hoffnungslos war.

Mittlerweile hatten sich Pershing und seine Offiziere in seinem Hauptquartier an der Rue Constantine, gegenüber dem Invalidendom, häuslich niedergelassen. Er selbst lebte am linken Seineufer, nahe der Rue de Varennes in einem schönen *hotel particulier,* das ihm Ogden Mills, ein Landsmann, zur Verfügung gestellt hatte, der bei der Infanterie diente.

»Ich möchte, daß Feodor dich heute begleitet«, sagte ihre Großmutter entschieden, als Zoya sich bereitmachte, in die Oper zu gehen.

»Großmama, sei nicht komisch, es wird mir sicher nichts zustoßen. Die amerikanischen Generäle können nicht viel anders sein als die russischen. Sie werden schon nicht die Bühne erstürmen und uns mitschleppen.« An jenem Abend sollte Nijinsky mit ihnen auftreten, so daß Zoya es kaum erwarten konnte. Allein der Gedanke, mit ihm zusammen auf einer Bühne zu stehen, war mehr, als sie sich je erträumt hatte. »Ich verspreche dir, daß mir nichts passieren wird.«

»Allein wirst du nicht gehen. Entweder mit Feodor oder mit Fürst Wladimir. Du kannst dich entscheiden.« Eugenia wußte genau, wie diese Entscheidung ausfallen würde, obwohl sie es insgeheim bedauerte, aber sie hatte Zoya nicht mehr zu einer Verbindung mit dem Fürsten gedrängt. Überdies mußte sie zugeben, daß Zoya recht hatte. Wladimir war wirklich viel zu alt für sie.

»Na schön.« Zoya nahm es von der heiteren Seite und lachte. »Ich nehme Feodor mit. Aber er wird sich hinter der Bühne schrecklich langweilen.«

»Nicht, wenn er auf dich wartet, mein Kind.« Der alte Mann diente ihnen mit einer an Fanatismus grenzenden Hingabe, und Eugenia wußte Zoya unter seiner Obhut in Sicherheit. Zoya jedoch war nur einverstanden, weil ihre Großmutter dann beruhigt war.

»Sag ihm wenigstens, daß er niemandem im Weg stehen darf.«

»Er würde nicht einmal daran denken, jemanden zu stören.«

Sie fuhren mit dem Taxi in die Oper, und gleich nach dem Betreten des Gebäudes geriet Zoya in das Getriebe der Vorbereitungen für die Gala-Vorstellung zu Ehren der Amerikaner. Sie wußte, daß daneben noch andere Festlichkeiten für die Militärs geplant waren, in der Opéra Comique, der Comédie Française und in vielen anderen Theatern. Paris empfing sie mit offenen Armen.

Und als sich der Vorhang an jenem Abend hob, tanzte sie wie nie zuvor. Allein das Bewußtsein, daß Nijinsky da war, spornte sie an. Am Ende des ersten Aktes sprach Diaghilew persönlich mit ihr ein paar Worte. Und danach hatte Zoya das Gefühl zu schweben, und sie tanzte noch hingebungsvoller. Als sich schließlich der Vorhang senkte, stellte sie überrascht fest, wie schnell die Aufführung vergangen war. Wenn es nach ihr gegangen wäre, hätte sie noch lange nicht aufgehört zu tanzen. Sie verbeugte sich mit der gesamten Truppe und zog sich darauf mit den anderen in die gemeinsame Garderobe zurück. Die Stars hatten natürlich eigene Garderoben, aber es würde noch Jahre dauern, bis sie selbst so weit war, und außerdem war es ihr gleichgültig. Zoya wollte nur tanzen, und das tat sie auch. Sie hatte gut getanzt und konnte sehr stolz auf sich sein, als sie langsam ihre Schuhe auszog. Ihre Zehen waren wund von den Stützeinlagen, doch auch das war jetzt unwichtig. Es war ein geringer Preis für so viel Freude. Beim Tanzen hatte sie sogar das Publikum vergessen, denn sie war in Gedanken in anderen Sphären, während sie tanzte und tanzte, immer nur tanzte ... und jetzt sah sie erstaunt auf, als eine der Ballettmeisterinnen den Raum betrat.

»Ihr seid alle zu einem Empfang beim General eingeladen«, kündigte sie an. »Zwei Militärlastwagen bringen euch hin.« In ihrem Blick lag Stolz. Alle hatten eine erstklassige Leistung erbracht – jeder einzelne. »Champagner für alle!« rief die Frau gutgelaunt, und sofort setzte allgemeines Stimmengewirr und Gelächter ein. Paris schien zu neuem Leben zu erwachen, jetzt, da die Amerikaner hier waren und unzählige Empfänge und Aufführungen für sie stattfanden. Plötzlich fiel Zoya ein, daß Feodor noch immer draußen wartete. Wie gern wäre sie mit den anderen mitgegangen und so gewesen wie alle anderen, ohne auf die Ängste ihrer Großmutter Rücksicht nehmen zu müssen. Unauffällig stahl sie sich hinaus, auf der Suche nach dem Alten, den sie nahe der Bühnentür inmitten von Mädchen in Trikots und Tüllröckchen und halbnackten Tänzern antraf. Feodor machte in dieser Umgebung – für ihn eine Welt der Unmoral, die ihn einschüchterte – einen kläglichen Eindruck.

»Nun, Mademoiselle?« Er schien erleichtert, sie zu sehen.

»Ich muß mit den anderen zu einem Empfang«, erklärte sie hastig. »Leider kann ich dich nicht mitnehmen. Du mußt nach Hause gehen und Großmama sagen, daß ich bald komme.«

»Nein.« Seine Weigerung war von einem ernsten Kopfschütteln begleitet. »Ich habe Eugenia Petrowna versprochen, daß ich Sie nach Hause bringe.«

»Aber du kannst unmöglich mitkommen. Ich versichere dir, daß mir nichts zustoßen wird.«

»Sie wird auf mich gar nicht gut zu sprechen sein.«

»Keine Angst, ich werde ihr nachher alles erklären.«

»Nein, ich warte auf Sie.« Er sah sie durchdringend an, und Zoya hätte ihn am liebsten angeschrien. Sie wollte keinen Aufpasser. Sie wollte wie die anderen sein. Schließlich war sie kein kleines Kind mehr. Sie war eine erwachsene Frau von achtzehn Jahren. Und vielleicht … wenn sie großes, ganz großes Glück hatte, würde Nijinsky sie ansprechen – oder wieder Diaghilew. Für die beiden interessierte sie sich viel mehr als für Pershings Offiziere. Aber erst mußte sie Feodor überzeugen, daß er nach Hause gehen mußte, und schließlich, nach einem schier endlosen Wortgefecht, war er bereit, sie gehen zu lassen, obwohl er auf eine geharnischte Gardinenpredigt von seiten ihrer Großmutter gefaßt sein mußte.

»Ich werde ihr alles erklären, das verspreche ich.«

»Sehr wohl, Mademoiselle.« Er tippte an seine Mütze, verbeugte sich und verschwand durch die Bühnentür. Zoya atmete auf.

»Wer war denn das?« fragte eine der anderen Tänzerinnen im Vorübergehen.

»Ach, nur ein Freund der Familie«, erwiderte Zoya. Kein Mensch wußte von ihrem Schicksal, niemanden kümmerte es.

Hier waren alle einzig und allein am Ballett interessiert und nicht daran, durch welche traurigen Umstände sie zur Truppe gestoßen war. Daß der alte Diener sie praktisch bewachte, war ihr peinlich. Um so erleichterter war sie, als er nun ging und sie sich in der Garderobe für den Empfang bei General Pershing umziehen konnte. Alle waren in Hochstimmung, jemand hatte bereits angefangen, Champagner auszuschenken.

Gutgelaunt drängten sie sich in das Militärauto, und als sie über die Pont Alexandre III fuhren, sangen sie laut alte russische Lieder und waren so ausgelassen, daß sie nach dem Eintreffen in General Pershings Hauptquartier des öfteren ermahnt werden mußten, sich zu benehmen. Der General hieß sie persönlich sehr liebenswürdig willkommen. In voller Uniform, groß und schlank, bewegte er sich in der eleganten Marmorhalle zwischen den einzelnen Gruppen hin und her. Einen Moment lang glaubte Zoya, ihr Herz bliebe stehen, als sie den Blick wandern ließ. Das Haus erinnerte sie, obschon es nicht so groß war, an ihr Palais in St. Petersburg. Der marmorne Boden, die Säulen und die geschwungene Treppe wirkten vertraut und gemahnten sie allzu sehr an jene Welt, die sie vor noch nicht langer Zeit unfreiwillig zurückgelassen hatte.

Man führte sie in einen großen Ballsaal, dessen Spiegelwände, vergoldete Säulen und marmorne Kamine Originale aus der Zeit Ludwigs XV. waren. Mit einem Mal fühlte Zoya sich wieder sehr jung, als um sie herum die Tänzerinnen und Tänzer, ihre Kollegen, lachten und alberten. Eine Militärkapelle spielte einen langsamen Walzer, es wurde Champagner getrunken. Die Walzerklänge rührten Zoya wider Willen zu Tränen, und um sich wieder zu fassen, trat sie atemlos und aufgewühlt in den Garten.

Reglos stand sie da, den Blick unverwandt auf eine Statue von Rodin gerichtet. Sie bereute schon, der Einladung gefolgt zu sein, als sie direkt hinter sich eine Stimme hörte, die sie ansprach.

»Mademoiselle, darf ich Ihnen etwas zu trinken bringen?« Der Sprecher war unüberhörbar Amerikaner, wenngleich sein Französisch perfekt war. Zoya wandte sich um und sah sich einem hochgewachsenen, gutaussehenden Mann mit graumeliertem Haar und blauen Augen gegenüber. Als erstes fiel ihr auf, daß er sehr freundlich und mitfühlend aussah. Er schien zu spüren, daß etwas mit ihr nicht stimmte. Sein Blick lag prüfend auf ihr, als sie den Kopf schüttelte. Tränen glänzten auf ihren Wangen. »Ist mit Ihnen alles in Ordnung?«

Wortlos nickte sie, ehe sie sich umdrehte, um sich verlegen die Tränen abzuwischen. Zoya trug ein einfaches weißes Kleid, ein Geschenk von Alix aus dem Vorjahr. Es war eines der wenigen hübschen Kleider, das sie aus St. Petersburg hatte retten können. Sie sah reizend aus, wie sie vor ihm stand und zu ihm aufblickte. »Sie müssen entschuldigen ... ich ...« Wie konnte sie ihm nur annähernd andeuten, was sie empfand?

Sie wünschte, er würde sie ihren Erinnerungen überlassen, aber er rührte sich nicht von der Stelle und ließ sie auch nicht aus den Augen. »Es ist so schön hier draußen.« Mehr brachte sie nicht über ihre Lippen, denn die Erinnerung an die armselige Wohnung unweit des Palais Royal führte ihr den Gegensatz zu dem herrlichen Garten noch deutlicher vor Augen und ließ sie den großen Bruch in ihrem Leben schmerzlicher spüren.

»Sind Sie beim *Ballet Russe?*«

»Ja.« Sie lächelte in der Hoffnung, er würde ihre Tränen übersehen, als von weitem die Klänge eines neuen Walzers an ihr Ohr drangen. Aus ihrer Bejahung war auch Stolz herauszuhören. Stolz über ihre Leistung und das Glück, das sie gehabt hatte. »War Nijinsky heute nicht fabelhaft?«

Der Mann lachte verlegen und trat näher. Wieder fiel ihr auf, wie gut er aussah. »Leider bin ich kein großer Ballettliebhaber. Für einige von uns war es heute eine reine Pflichtübung.«

»Ach?« Sie lachte hell. »Mußten Sie sehr leiden?«

»Ja.« Seine Augen erwiderten ihr Lachen. »Bis jetzt. Möchten Sie ein Glas Champagner?«

»Vielleicht ein wenig später. Hier draußen ist es so schön.« Der Garten lag friedlich da, während im Haus alles lachte, tanzte und sich amüsierte. »Wohnen Sie auch hier?«

Er schüttelte den Kopf. »Man hat uns in der Rue du Bac einquartiert. Das Haus ist nicht annähernd so luxuriös wie dieses hier, aber es ist sehr hübsch und ganz in der Nähe.« Ihm entging nicht, wie sie sich bewegte, zurückhaltend und elegant. Das Mädchen hatte etwas an sich, daß über tänzerische Anmut hinausging. Dies verrieten einem allein schon ihre geradezu königliche Kopfhaltung und der Blick voll unaussprechlicher Traurigkeit, der ihr Lächeln Lügen strafte.

»Gehören Sie zum Stab des Generals?«

»Ja.« Er war einer der Adjutanten Pershings, ein Detail, das er ihr verschwieg. »Sind Sie schon lange beim Ballett?« Sehr lange konnte es nicht sein, da sie blutjung war. Darüber konnte auch ihre Haltung nicht hinwegtäuschen und ebensowenig der Umstand, daß sie zwanglos vom Französischen ins Englische überging, eine Fertigkeit, die sie den Jahren am Smolnyj verdankte.

»Seit einem Monat bin ich dabei.« Sie lächelte ihm zu. »Sehr zum Bedauern meiner Großmutter.« Ihr spontanes Lachen ließ sie noch jünger erscheinen.

»Ihre Eltern sind gewiß sehr stolz auf Sie.« Er bereute seine Bemerkung augenblicklich, als er die Trauer in ihrem Blick sah.

»Meine Eltern sind in St. Petersburg ums Leben gekommen ... im März ...« Es war ein kaum hörbares Flüstern, und schlagartig wurde ihm alles klar. »Ich lebe mit meiner Großmutter zusammen.«

»Das tut mir leid – die Sache mit Ihren Eltern, meine ich ...« Das Funkeln in seinen blauen Augen brachte sie beinahe wieder zum Weinen. Es war das erste Mal, daß sie jemandem davon erzählt hatte. Ihre Kolleginnen beim Ballett wußten nur wenig von ihr, doch aus irgendeinem Grund hatte sie das Gefühl, ihm alles anvertrauen zu können. Er erinnerte sie irgendwie an ihren Vater – mit dem graumelierten Haar und den leuchtenden Augen. »Sie sind mit Ihrer Großmutter gekommen?« Er hätte nicht zu sagen gewußt, was ihn an ihr so faszinierte. Es war nicht nur ihre Jugend und Schönheit, auch nicht die großen grünen Augen, aus denen so viel Schmerz sprach.

»Ja, vor zwei Monaten sind wir angekommen, nach ...« Sie konnte nicht weitersprechen, und er kam auf sie zu und nahm sanft ihren Arm.

»Machen wir doch einen kleinen Spaziergang, Mademoiselle.« Sofort stellte sich bei ihr ein Gefühl der Sicherheit ein. »Und dann trinken wir ein Glas Champagner.« Sie schlenderten zur Rodin-Statue und wieder zurück, sprachen von Paris, vom Krieg, von Dingen, die für Zoya weniger schmerzlich waren, bis sie mit einem Lächeln zu ihm aufblickte und fragte: »Und woher kommen Sie?«

»Aus New York.« Die Vereinigten Staaten waren für sie ein vager Begriff. Eigentlich wußte sie nur, daß Amerika sehr weit weg war.

»Wie ist es dort?«

Er lachte. »Die Stadt ist riesig und voller Leben. Leider nicht so schön wie Paris. Aber es gefällt mir drüben.« Er wollte sie über St. Petersburg ausfragen, spürte aber, daß Zeitpunkt und Ort nicht geeignet waren. »Tanzen Sie täglich?«

»Ja, beinahe.« Und dann lachte sie wieder. »Vor der heutigen Vorführung hatte ich eine Woche frei.«

»Und was treiben Sie in Ihrer Freizeit?«

»Ich unternehme Spaziergänge mit meiner Großmutter, ich schreibe an Freundinnen, lese, schlafe, spiele mit meinem Hund.«

»Das hört sich an, als führten Sie ein angenehmes Leben. Was für einen Hund haben Sie?« Eine alberne Frage, aber er wollte in ihrer Nähe bleiben, ohne zu wissen warum. Das Mädchen war halb so alt wie er und so schön, daß es ihn im Innersten berührte.

»Einen Cockerspaniel.« Zoya lächelte versonnen. »Er ist ein Geschenk.«

»Von einem Herrn?« Das klang neugierig, und sie lachte.

»Nein, nein, von einer Freundin. Eigentlich von meiner Kusine.«

»Und Sie haben den Hund aus Rußland mitgebracht?« Er sah fasziniert, wie sie den Kopf neigte und eine rote Haarkaskade über ihre Augen fiel.

»Ja. Er hat die Fahrt besser überstanden als ich, denn ich kam in Paris mit Masern an.« Als sie nun wieder mit einem Lächeln zu ihm aufblickte, sah sie aus wie ein Kind. »Sehr dumm von mir, finden Sie nicht?« Doch ihm kam an ihr nichts dumm vor, und plötzlich fiel ihm ein, daß er nicht einmal ihren Namen kannte.

»Aber gar nicht. Ach ... finden Sie nicht, daß wir uns vorstellen sollten?«

»Zoya Ossupowa.« Sie knickste artig.

»Clayton Andrews. Captain Clayton Andrews vielmehr.«

»Auch mein Bruder war Captain ... bei der Preobraschenskij-Garde, von der Sie gewiß noch nie etwas gehört haben.« Erwartungsvoll blickte sie zu ihm auf, und wieder sah er, wie sich Traurigkeit in ihren Blick schlich. Ihre Stimmungen schienen sich mit atemberaubender Geschwindigkeit zu ändern. Seit er sie zum erstenmal angesehen hatte, war ihm klar, warum man Augen Fenster der Seele nannte. Ihre Augen schienen direkt in eine Zauberwelt voller Diamanten und Saphire und nicht zu vergossenen Tränen zu führen, und er verspürte den Wunsch, sie wieder glücklich zu machen. Er wollte, daß sie tanzte und lachte und immer unbeschwert war.

»Leider weiß ich nicht viel von Rußland, Miß Ossupowa.«

»Dann sind wir quitt.« Wieder lächelte sie. »Ich weiß auch nichts über New York.«

Er begleitete sie zurück in den Ballsaal und brachte ihr ein Glas Champagner, während um sie herum Walzer getanzt wurde.

»Möchten Sie tanzen?«

Erst zögerte sie, dann nickte sie zustimmend. Er setzte ihr Glas auf einen Tisch in der Nähe und führte sie zu einem langsamen und romantischen Walzer auf die Tanzfläche.

Sofort hatte Zoya das Gefühl, in den Armen ihres Vaters zu tanzen. Wenn sie die Augen schloß, fühlte sie sich nach St. Petersburg zurückversetzt – aber die Stimme des Captains unterbrach ihre Träume.

»Mademoiselle, tanzen Sie immer mit geschlossenen Augen?« Er sagte es scherzend, und sie schenkte ihm ein Lächeln. Es tat gut, mit einem großen, kraftvollen Mann zu tanzen – an einem zauberhaften Abend – in einem schönen Haus.

»Es ist wundervoll hier, finden Sie nicht?«

»Ja.« Aber er hatte auch das Gespräch mit ihr im Garten sehr genossen. Es war einfacher, sich draußen mit ihr zu unterhalten als bei Musik und inmitten der vielen Menschen. Kaum war der Walzer verklungen, winkte General Pershing ihn zu sich, und als er wiederkam, war Zoya verschwunden. Er suchte überall nach ihr – auch draußen im Garten –, aber sie war verschwunden. Auf seine Frage wurde ihm gesagt, daß der erste Wagen mit Gästen schon losgefahren sei. Nachdenklich ging er in sein Quartier, die Rue du Bac entlang, dachte an ihren Namen und an die großen grünen Augen. Er ertappte sich bei der Frage, wer sie wirklich sein mochte. Dieses Mädchen hatte etwas an sich, das ihm keine Ruhe ließ.

14

»Wenn ich nächstes Mal Feodor bitte, dich zu begleiten, Zoya Konstantinowna, dann wirst du gefälligst die Güte haben, ihn nicht nach Hause zu schicken.« Beim Frühstück am nächsten Morgen machte die alte Gräfin ihrem Ärger laut Luft. Feodor war mit schlechtem Gewissen nach Hause gekommen und hatte ihr erklärt, Soldaten hätten das Corps de Ballet irgendwohin eingeladen, und er sei von dieser Einladung ausgeschlossen gewesen. Eugenia hatte bis zu Zoyas Heimkehr gewartet, war aber zu ungehalten, um ein Wort zu sagen. Am Morgen war ihr Zorn noch nicht verraucht, und sie funkelte Zoya wütend an.

»Es tut mir leid, Großmama. Ich konnte Feodor nicht mitnehmen. Es war ein herrlicher Empfang im Hauptquartier von General Pershing.« Sofort fiel ihr wieder der Garten ein und der Captain, den sie kennengelernt hatte, doch davon erzählte sie ihrer Großmutter lieber nichts.

»Ach! So weit ist es also gekommen? Du betreibst Truppenbetreuung? Und was kommt als nächstes? Anständige, junge Damen laufen nicht davon und tanzen nicht Ballett. Es ist ungehörig, absolut ungehörig! Und ich werde es nicht länger dulden. Ich verlange, daß du das Ballett sofort aufgibst.«

»Großmama, bitte ... du weißt, daß das nicht geht!«

»Es muß gehen, wenn ich es verlange.«

»Großmama ... bitte ... nicht ...« Zoya war nicht in der Stimmung, sich zu streiten. Der Abend war so angenehm und der stattliche Captain so nett gewesen, oder zumindest hatte sie den Eindruck gehabt. Dennoch ließ sie ihn lieber unerwähnt. Es wäre ihr unpassend erschienen, und sie wußte ohnehin, daß sich ihre Wege niemals wieder kreuzen würden. »Es tut mir so leid. Es wird nie wieder vorkommen.« Eine ähnliche Gelegenheit würde es nicht mehr geben, da General Pershing gewiß nicht beabsichtigte, das *Ballet Russe* nach jeder Vorstellung einzuladen. Unter dem vernichtenden Blick ihrer Großmutter stand sie auf. »Wohin willst du?« fragte Eugenia streng.

»Zur Probe.«

»Wie satt ich das habe!« Die alte Dame raffte sich auf und fing an, im Zimmer auf und ab zu gehen, noch immer aufgebracht über Zoyas Verhalten. »Ballett, Ballett, immer nur Ballett. Ich ertrage das nicht!«

»Ja, Großmama.«

Eugenia nahm sich vor, wieder ein Kollier zu verkaufen, eines mit Smaragden diesmal. Vielleicht würde Zoya dann diesen Unsinn aufgeben, eine Zeitlang zumindest. Die Kleine hatte schon genug getanzt. Sie war keine Tänzerin. Sie war ein Kind.

»Wann gedenkst du, heute nach Hause zu kommen?«

»So um vier herum. Die Probe beginnt um neun, und Vorstellung haben wir heute nicht.«

»Ich möchte, daß du das Ballett aufgibst.« Aber Zoya tanzte leidenschaftlich gern, das wußten beide. Dazu kam, daß sie das Geld gut brauchen konnten, so ungern sich die Gräfin dieses eingestand. Zoya hatte ihrer Großmutter in der Woche zuvor ein hübsches Kleid und ein warmes Umschlagtuch gekauft. Ihr Verdienst half auch mit, sie zu ernähren, obwohl es für luxuriöse Extras natürlich nicht reichte. Nur die Kleinigkeiten, die Wladimir ihnen hin und wieder schenkte, in der Hoffnung, einen Blick auf Zoya zu erhaschen, waren ein wenig extravagant.

»Wenn ich nach Hause komme, machen wir nachmittags noch einen Spaziergang.«

»Wie kommst du darauf, daß ich mit dir spazierengehen möchte?« grollte ihre Großmutter.

Zoya lachte. »Weil du mich liebhast. Und ich dich auch.«

Sie drückte ihr einen Kuß auf die Wange und lief hinaus, als fürchte sie, zu spät in die Schule zu kommen.

Seufzend machte sich die alte Frau daran, den Tisch abzuräumen. Es war nicht einfach, mit Zoya in Paris zu sein. Hier war alles so anders. Aber die größte Schwierigkeit bestand darin, daß Zoya kein Kind mehr war und sich nichts mehr sagen ließ, so wenig Eugenia dies wahrhaben wollte.

An jenem Tag fand die Probe wieder in der Oper statt, als Vorbereitung auf eine Vorstellung am darauffolgenden Abend, und Zoya tanzte und probte stundenlang an der Stange. Als sie kurz vor vier Schluß machte, war sie erschöpft, auch weil es auf der Party am letzten Abend sehr spät geworden war. Es war ein sonniger Nachmittag in der letzten Juniwoche. Mit einem zufriedenen Aufatmen trat sie hinaus in die Sonne.

»Ihr Seufzen hört sich so müde an, Miß Ossupowa.« Erstaunt fuhr sie herum und sah Clayton Andrews neben einem der Dienstwagen von General Pershing stehen.

»Ach ... haben Sie mich erschreckt!«

»Ich warte schon seit zwei Stunden auf Sie.«

Sie sah mit großen Augen in sein lachendes Gesicht.

»So lange sind Sie schon hier?«

»Ja. Gestern hatte ich nicht mehr die Möglichkeit, mich von Ihnen zu verabschieden.«

»Und ich dachte, Sie seien beschäftigt gewesen, als ich ging.«

»Ich weiß. Sie müssen mit dem ersten Wagen gefahren sein.« Sie nickte, erstaunt, daß er sich die Mühe gemacht hatte, darüber nachzudenken. Nie hätte sie gedacht, ihn wiederzusehen, und jetzt war sie glücklich über die Begegnung. Er sah genauso gut aus, wie sie ihn in Erinnerung hatte, groß, schlank und elegant – wie gestern, als sie sich mit ihm im Walzertakt gedreht hatte. »Ich hoffte, sie würden mit mir essen gehen, aber jetzt ist es etwas spät geworden.«

»Ich muß ohnehin zurück zu meiner Großmutter.« Sie lächelte glücklich wie ein Schulmädchen, das den Unterricht hinter sich hat. »Sie ist wegen gestern noch sehr böse auf mich.«

Er war erstaunt. »Sind Sie zu spät nach Hause gekommen? Mir ist nicht aufgefallen, daß es spät war.« Sie mußte tatsächlich noch so jung sein, wie er auf den ersten Blick angenommen hatte. Aber obwohl sie aussah wie ein blutjunges Mädchen, lag in ihrem Blick ein Ausdruck, der auf schmerzliche Erfahrungen deutete.

Zoya lachte, als sie an Feodor dachte. »Meine Großmutter hatte mir einen Aufpasser mitgegeben, und ich habe ihn nach Hause geschickt. Ich vermute, er war darüber nicht unglücklich und ich auch nicht.« Der Amerikaner lachte.

»Mademoiselle, darf ich Ihnen meinen Schutz anbieten? Ich könnte Sie nach Hause bringen.« Sie zögerte, obwohl er so zweifelsfrei ein Gentleman war. Es war also nichts dabei, und wer würde schon davon erfahren? Sie mußte sich ja nicht ganz bis vor das Palais Royal bringen lassen und konnte früher aussteigen.

»Vielen Dank.« Er öffnete ihr die Wagentür, und Zoya stieg ein und nannte ihm ihre Adresse. Für ihn war es offenbar selbstverständlich, sie nach Hause zu bringen. Ein paar Häuser vor dem Ziel ließ sie ihn anhalten. Erstaunt blickte er sich um.

»Hier wohnen Sie?«

»Nicht ganz.« Sie lächelte und errötete abermals. »Ich wollte nur meiner Großmutter nicht wieder einen Grund geben, sich zu ärgern, nachdem sie sich gestern schon so aufregen mußte.«

Sein Lachen ließ das gutgeschnittene Gesicht trotz des Silberhaares sehr jung wirken. »Was für ein schlimmes Kind Sie sind!

Und was ist, wenn ich Sie heute zum Abendessen einlade, Mademoiselle? Was dann?«

Nachdenklich zog sie die Brauen zusammen und sah ihn an. »Hm ... ach, ich weiß nicht recht ... Großmutter weiß, daß ich heute keine Vorstellung habe.« Es wäre das erstemal, daß sie zu ihr unaufrichtig war, und sie selbst wußte nicht, warum sie das Gefühl hatte, in diesem Fall schwindeln zu dürfen. Aber sie wußte, was Eugenia von Soldaten hielt.

»Läßt sie Sie denn nicht ausgehen?« Er schien belustigt und verwundert zu sein.

»Das weiß ich nicht«, gestand Zoya. »Ich bin noch nie ausgegangen.«

»Ach, du liebe Güte ... darf ich fragen, wie alt Sie überhaupt sind?« Vielleicht war sie sogar noch jünger, als er glaubte, obwohl er es nicht hoffte.

»Achtzehn.« Es hörte sich fast trotzig an, und er lachte wieder.

»Kommt Ihnen das sehr alt vor?« fragte er amüsiert.

»Alt genug.« Wofür, das wagte er nicht zu fragen. »Vor kurzem wollte Großmutter mir einen Freund der Familie als Ehemann aufschwatzen.« Als sie das sagte, errötete sie. Wie dumm, ihm von Wladimir zu erzählen – aber er schien nichts dabei zu finden.

»Und wie alt ist dieser Freund? Einundzwanzig?«

»O nein!« Jetzt lachte Zoya. »Viel, viel älter. Mindestens sechzig.«

Wieder reagierte Clayton Andrews belustigt und erstaunt. »Ach? Und was hält Ihre Großmutter davon?«

»Das ist zu kompliziert, um es zu erklären, außerdem gefällt er mir ohnehin nicht ... er ist ein alter Mann.«

Da sah er sie ernst an. »Das bin ich auch, mit meinen fünfundvierzig Jahren.« Er wollte ihr von Anfang an reinen Wein einschenken.

»Sind Sie nicht verheiratet?« Ihr Erstaunen wurde von Zweifeln abgelöst, als ihr der Gedanke kam, daß er womöglich eine Frau hatte.

»Ich bin geschieden.« Seine Ehe mit einer Vanderbilt war vor zehn Jahren in die Brüche gegangen. In New York galt Clayton Andrews als blendende Partie, doch in dem Jahrzehnt seit seiner Scheidung war es keiner der vielen Frauen, mit denen er sich in Gesellschaft zeigte, gelungen, sein Herz zu erobern. »Sind Sie nun sehr schockiert?«

»Nein.« Sie dachte kurz nach und sah ihm dann in die Augen – mehr als je überzeugt, daß er ein anständiger Mensch war. »Warum sind Sie geschieden?«

»Unsere Liebe war wohl gestorben ... offen gesagt waren wir von allem Anfang an sehr verschieden. Meine Ex-Frau ist wieder verheiratet, wir stehen auf freundschaftlichem Fuß miteinander, obwohl wir uns nicht oft sehen. Sie lebt jetzt in Washington.«

»Wo ist das?« Für Zoya klang es exotisch und fern.

»Unweit von New York, aber doch nicht nahe genug. Etwa so weit entfernt wie Paris und Bordeaux. Oder Paris und London.« Sie nickte, denn darunter konnte sie sich etwas vorstellen. Clayton Andrews sah auf seine Uhr. Er hatte zwei Stunden mit Warten verbracht und hatte jetzt keine Zeit mehr. »Wie wär's heute abend mit einem Essen?«

»Ich glaube nicht, daß ich kommen kann.« Sie sah bedauernd zu ihm auf.

»Dann also morgen?«

»Morgen habe ich Vorstellung.«

»Und danach?« Er war hartnäckig, weil er nicht wollte, daß sie ihm wieder entwischte.

»Ich will's versuchen.«

»Sehr gut. Bis morgen also.« Damit sprang er aus dem Wagen, um ihr beim Aussteigen zu helfen. Sie bedankte sich höflich für seine Zuvorkommenheit, und er winkte ihr noch zu, als er schon die Rue Constantine entlangfuhr, mit einem Lied im Herzen, in Gedanken bei Zoya.

15

Zum erstenmal im Leben griff Zoya ihrer Großmutter gegenüber zu einer Lüge, bevor sie sich am nächsten Tag auf den Weg zur Oper machte. Ihre Gewissensbisse waren schon vergessen, als sie das Haus verließ, denn die Lüge war völlig harmlos. Sie konnte sich ihr schlechtes Gewissen getrost sparen, da es nichts gab, weswegen sie sich Sorgen machen mußte. Was war so schlimm daran, wenn sie mit einem netten Mann ausging? Sie hatte ihrer Großmutter gesagt, Diaghilew veranstaltete ein Essen, zu dem sich das gesamte Ensemble einfinden sollte.

»Warte nicht auf mich«, hatte sie ihr über die Schulter hinweg zugerufen, damit ihre Großmutter ihr nicht in die Augen sehen konnte.

»Bist du sicher, daß du hingehen mußt?«

»Absolut sicher!« Damit war sie aus der Tür gelaufen.

Nach der Vorstellung wartete Clayton, wieder in einem Auto von General Pershing. »Alles geregelt?« Er lächelte und setzte sich ans Steuer, ohne sie aus den Augen zu lassen. Zoyas Augen sprachen Bände – weit mehr, als es Worte vermochten. »Wie war es heute abend?«

»Wunderbar. Leider hat Nijinsky heute nicht getanzt. Er ist wirklich eine Ausnahmeerscheinung, finden Sie nicht?« Da fiel ihr ein, daß er vom Ballett nichts hielt. »Ach, ich habe ganz vergessen, daß Sie kein Ballettliebhaber sind.«

»Nun, vielleicht lasse ich mich eines Besseren belehren ...« Sie fuhren direkt zum Maxim's, und Zoya sah mit großen Augen um sich, als sie das Restaurant betraten. Das üppige Plüschdekor, die vielen eleganten Menschen in Uniform und Zivil boten ein Bild, das ihr ungewohnt war und sie atemlos zu ihm aufblicken ließ. Dies alles erschien ihr so extravagant und ein wenig beängstigend, und sie überlegte sofort, wie sie ihre Eindrücke in ihrem nächsten Brief an Marie wiedergeben sollte. Aber für Clayton Andrews ließ sich nur schwer eine Beschreibung finden, auch ihrer besten Freundin gegenüber. Sie selbst wußte gar nicht genau, warum sie mit ihm ausging. Vielleicht weil er so nett war und glücklich und gelassen wirkte. Sie wollte mit ihm plaudern, nur dieses eine Mal ... oder vielleicht noch einmal danach. Es war ja nichts Böses. Er war anständig und wohlerzogen, zudem war die Sache für sie irgendwie aufregend. Tapfer versuchte Zoya das aufgeregte Kind in sich zu unterdrücken, als sie an einem Tisch Platz nahmen. »Hungrig?« Er sah sie fragend an, als er Champagner bestellte, sie aber konnte ihre Blicke nicht von der ungewohnten Umgebung losreißen.

»Waren Sie schon einmal hier?«

Zoya schüttelte den Kopf. Sie sah die bescheidene Wohnung vor sich, das Hotel, in dem sie vorher gewohnt hatten. Seit ihrer Ankunft war sie in keinem Restaurant gewesen. Sie und ihre Großmutter bereiteten zu Hause notdürftig ganz einfache Mahlzeiten zu, die sie mit Feodor teilten.

»Nein.« Erklärungen lieferte sie nicht. Es wäre auch zu schwierig gewesen.

»Es ist hübsch hier, finden Sie nicht? Vor dem Krieg war ich öfter im Maxim's.«

»Reisen Sie viel? Als Zivilist, meine ich?«

»Ja, ziemlich viel. Waren Sie schon in Paris ... ich meine, bevor Sie vor einem Vierteljahr ankamen?« Zoya registrierte gerührt, daß er sich dies gemerkt hatte.

»Nein. Aber meine Eltern waren oft hier. Meine Mutter war eine Deutsche, sie hat aber den größten Teil ihres Lebens in St. Petersburg verbracht.« Plötzlich verspürte Clayton den Wunsch, sie zu fragen, was sie bei der Revolution erlebt hatte, aber er spürte, daß damit für sie schmerzliche Erinnerungen verknüpft waren, und unterließ es. Nur um das Gespräch nicht einschlafen zu lassen, stellte er ihr eine Frage, die sie unwillkürlich zum Lachen brachte.

»Zoya, haben Sie jemals den Zaren gesehen?« Und als er ihre amüsierte Miene sah, stimmte er in ihr Lachen ein. »Ist diese Frage so lustig?«

»Vielleicht.« Da sie sich in seiner Nähe glücklich und entspannt fühlte, konnte es nicht schaden, wenn sie ihn ein wenig ins Vertrauen zog. »Wir sind miteinander verwandt.« Die Erinnerung an den letzten Morgen in Zarskoje Selo ließ sie ernst werden. Clayton drückte ihre Hand und schenkte ihr Champagner ein.

»Schon gut ... wir können von anderen Dingen sprechen.« Aber als sie ihn ansah, senkte sich ihr Blick tief in seinen.

»Es ist schon gut ... nur ...« Sie kämpfte gegen ihre Tränen an. »Sie alle fehlen mir so sehr. Manchmal frage ich mich, ob wir sie je wiedersehen werden. Die Zarenfamilie steht in Zarskoje Selo noch immer unter Hausarrest.«

»Bekommen Sie noch Nachricht von ihnen?« Clayton schien erstaunt.

»Hin und wieder einen Brief von Großfürstin Marie ... sie ist meine beste Freundin. Als wir das Land verlassen haben, war sie sehr krank.« Die Erinnerung entlockte ihr ein bekümmertes Lächeln. »Ich habe mich bei ihr mit Masern angesteckt, bevor wir flüchteten.« Clayton fand dies alles unglaublich. Für ihn war der Zar eine Gestalt, wie sie in Geschichtsbüchern vorkam. Sich vorzustellen, daß dieses hübsche junge Mädchen eine Nichte des Zaren war, fiel ihm schwer.

»Und Sie sind mit den Zarenkindern aufgewachsen?«

Zoyas Nicken entlockte ihm ein Lächeln. Er hatte sich nicht geirrt. An dem Mädchen war mehr, als einen der erste Blick vermuten ließ. Sie war nicht nur eine hübsche kleine Ballettratte, sondern ein Mädchen aus erstklassiger Familie, ein Mädchen mit ungewöhnlichem Hintergrund. Und sie fing an, ihm zu erzählen, von ihrem Elternhaus, von Nikolaj und von dem Abend, als er erschossen worden war, und wie sie im Palais des Zaren Aufnahme gefunden hatten, ehe sie flüchten mußten.

»Ich besitze wunderbare Fotos, die ich Ihnen bei Gelegenheit zeigen muß. Jedes Jahr sind wir im August zusammen nach Livadia gefahren. Dieses Jahr wollten wir auch wieder hin. Marie hat mir in ihrem letzten Brief geschrieben, daß die Zarenfamilie vielleicht wieder dorthin gebracht wird. Dort oder auf der Yacht wurde immer der Geburtstag von Alexej gefeiert.«

Clayton sah sie mit wachsender Faszination an. Sie erzählte von einer entrückten, verzauberten Welt, von Ereignissen, die Geschichte machten, und doch war dies für sie ganz alltäglich – Kusinen und Freundinnen, Kinder, Tennis und Hunde. Und jetzt tanzte sie beim *Ballet Russe*. Kein Wunder, daß ihre Großmutter ihr einen Aufpasser mitgab. Zoya hatte ihm erklärt, welche Stellung Feodor hatte. Und als der Abend zu Ende war, glaubte er, alle zu kennen, und sein Herz erwärmte sich für das Leben, das sie in Rußland für immer zurückgelassen hatte.

»Und was für Pläne haben Sie in nächster Zukunft?«

»Ich weiß es nicht.« Zoya sagte es ganz offen. »Wenn unser gesamter Schmuck verkauft sein wird, werde ich weitertanzen, und wir werden von meiner Gage leben müssen. Großmama ist zu alt, um zu arbeiten, und Feodor spricht nicht genug Französisch, um Arbeit zu bekommen, außerdem ist er auch nicht mehr der Jüngste.« Und wenn die beiden Alten starben? Daran wagte er nicht zu denken. Sie war so offen, so unschuldig und frisch, obwohl sie schon viel hinter sich hatte.

»Ihr Vater scheint sehr nett gewesen zu sein, Zoya.«

»Ja, er war wunderbar.«

»Unglaublich, was Sie verloren haben! Noch unglaublicher aber ist es, daß Sie nie wieder zurückgehen können.«

»Großmama meint, daß sich die Lage nach dem Krieg wieder ändern könnte. Onkel Nikolaus dachte ähnlich.« Onkel Nikolaus – Zar Nikolaus; Clayton konnte es noch immer nicht fassen. »Nun, ich kann wenigstens tanzen. Ich wollte ohnehin immer ins Marjinskij-Institut durchbrennen, schon als Kind« – sie lachte herzlich, »also ist mein jetziges Leben gar nicht so schlimm. Ich tanze lieber, als Englischstunden zu geben oder Näharbeiten zu machen oder für eine Hutmacherin zu arbeiten.« Das Gesicht, das sie schnitt, als sie das sagte, brachte ihn zum Lachen.

»Ich muß gestehen, als Hutmacherin kann ich mir Sie nicht vorstellen.«

»Eher würde ich verhungern. Aber verhungern werden wir nicht. Beim *Ballet Russe* geht es mir sehr gut.« Sie schilderte ihm das erste Vortanzen, und er konnte über ihren Mut und ihren Einfallsreichtum nur staunen. Auch die Tatsache, daß sie mit ihm ausgegangen war, zeugte von Tapferkeit, auch wenn er nicht die Absicht hatte, die Situation auszunutzen. Er empfand Zuneigung für Zoya, die sichtlich den Kinderschuhen kaum entwachsen war. Aber er sah sie jetzt mit anderen Augen als am ersten Abend. Sie war nicht nur irgendein hübsches Gesicht aus dem Ballett, sondern ein Mädchen aus einer Familie, die womöglich noch vornehmer war als seine. Mochte sie auch mittellos sein, so verliehen ihr Herkunft und Erziehung eine Würde, die er nicht anzutasten gedachte. »Ich wünschte, Sie könnten Großmama kennenlernen«, sagte sie, als könne sie Gedanken lesen.

»Nun, das läßt sich vielleicht einrichten.«

»Sie wäre schockiert, daß man uns einander nicht förmlich vorgestellt hat. Ich weiß gar nicht, wie ich ihr dies erklären könnte.«

»Könnten wir nicht sagen, ich sei ein Freund von Diaghilew?« schlug er hoffnungsvoll vor, worauf sie hellauf lachte.

»Das wäre ja noch ärger! Sie haßt alles, was mit Ballett zu tun hat! Ihr wäre lieber, ich würde Fürst Markowskij heiraten, obwohl er auch nur Taxifahrer ist, nur damit ich das Ballett aufgebe.«

Wenn er sie so vor sich sah, konnte er diese Besorgnis verstehen. Es war beängstigend, sie in die Welt hinausgehen zu lassen, ungeschützt, hilflos, eine leichte Beute für alle – auch für ihn.

Clayton bezahlte die Rechnung, und sie verließen das Restaurant. Auf der Nachhausefahrt ließ Zoya den Kopf hängen. »Zoya, ich möchte Sie wiedersehen.« Banale Worte, doch plötzlich war es ihm unangenehm, sich heimlich mit ihr zu treffen. Sie war so jung, und er wollte vermeiden, daß sie sich verletzt fühlte. »Wie wär's, wenn ich einmal zum Tee zu Ihnen käme?«

Der Gedanke jagte Zoya Entsetzen ein. »Was sage ich nur Großmama?«

»Ich werde mir etwas ausdenken. Vielleicht wäre Samstag nachmittag recht?«

»Da machen wir meist einen Spaziergang im Bois de Boulogne.«

»Wir könnten ja eine Ausfahrt unternehmen. Um vier?«

Zoya nickte zaghaft. Sie hatte keine Ahnung, wie sie ihrer Großmutter das alles erklären konnte, aber sein Vorschlag war einfacher als alles, was sie sich selbst ausdenken konnte.

»Sie könnten ihr ja sagen, ich sei General Pershings Adjutant und wir hätten uns beim Empfang kennengelernt. Meist ist es einfacher, die Wahrheit zu sagen, als zu lügen.« Wieder hörte es sich an, als spräche ihr Vater – wie schon einige Male an diesem Abend. Sie lächelte beglückt.

»Mein Vater hätte etwas ganz ähnliches gesagt.« Und als sie vor ihrer Wohnung anhielten, sah sie ihn lange an. Seine Uniform ließ ihn stattlich und männlich aussehen. »Es war ein wunderbarer Abend.«

»Für mich auch, Zoya ...« Er berührte behutsam ihr langes rotes Haar, obwohl er sie am liebsten in die Arme genommen hätte. Aber diese Kühnheit wagte er nicht.

Er brachte sie zur Tür und wartete, bis sie im Haus war und die Treppe hinauflief, nachdem sie ihm ein letztes Mal zugewinkt hatte.

16

Claytons Besuch bei ihrer Großmutter verlief viel zwangloser, als beide zu hoffen gewagt hatten. Zoya erklärte beiläufig, sie hätte auf dem Empfang des Generals jemanden kennengelernt und ihn zum Tee eingeladen, worauf Eugenia zunächst mit Zurückhaltung reagierte. Es war etwas ganz anderes, Fürst Wladimir zu bewirten, dessen Umstände ebenso dürftig waren wie die ihren, aber einen Fremden ... Zoya besorgte ein halbes Dutzend kleiner Kuchen und einen Laib Brot, und ihre Großmutter kochte Tee. Etwas anderes hatten sie nicht anzubieten, kein Silbertablett, keine Spitzenservietten, keinen Samowar. Eugenia machte sich jedoch viel mehr Gedanken über den Grund des Besuchs als über die Vornehmheit dessen, was sie zu bieten hatte. Als Feodor dem Gast um Punkt vier öffnete, zerstreute Clayton Andrews schlagartig sämtliche Befürchtungen. Er brachte Blumen für beide Damen mit, dazu einen köstlichen Apfelkuchen, und er war jeder Zoll ein Gentleman, als er sie begrüßte, Zoya eher förmlich, ihre Großmutter hingegen mit viel Herzlichkeit. Die ganze Zeit über schien er Zoya kaum zu beachten, während sie angeregt über seine Reise, über seine geringen Kenntnisse der russischen Geschichte und von seiner Jugend in New York plauderten. Und wie Zoya so wurde auch Eugenia unwillkürlich an Konstantin erinnert. Clayton besaß ähnlich viel Herzlichkeit, Geist und Charme. Und als Eugenia Zoya schließlich hinausschickte, um frisches Teewasser aufzustellen, saß die alte Dame still da und sah ihren Besucher an, wohl wissend, warum er seine Aufwartung gemacht hatte. Er war zu alt, um sich mit dem Kind nur oberflächlich abzugeben, und doch konnte sie es nicht mißbilligen. Sie sah ihm an, daß er ein feiner und anständiger Mensch war.

»Was wollen Sie von ihr?« Die alte Dame fragte das leise und unerwartet, und er begegnete ihrem Blick mit Wärme und Offenheit.

»Da bin ich mir selbst nicht sicher. Ich hatte noch nie mit einem Mädchen ihres Alters zu tun, und Zoya ist in mancher Hinsicht sehr bemerkenswert. Vielleicht kann ich ihr ein Freund sein ... Ihnen beiden ...«

»Captain Andrews, spielen Sie nicht mit ihr. Zoya hat noch ihr ganzes Leben vor sich, und sie könnte durch Ihr Verhalten eine schlimme Enttäuschung erleiden. Das Kind scheint Sie sehr zu mögen. Vielleicht reicht Ihnen das.« Insgeheim glaubte dies keiner der beiden. Die alte Frau wußte besser als er, daß Zoyas Leben nie wieder so sein würde wie früher, wenn er sich ihr erst genähert hätte. »Sie ist noch sehr jung.«

Er nickte, von ihren weisen Worten sonderbar berührt. Wie oft in den letzten Tagen hatte er sich gesagt, daß es die reinste Tollheit war, sich einem so jungen Mädchen zu nähern. Und wenn er Paris verlassen mußte, was dann? Es wäre sehr unfair, jetzt die Situation auszunutzen und dann wieder zu verschwinden.

»In einer anderen Welt, in einem anderen Leben, wäre eine Freundschaft zwischen Ihnen unmöglich gewesen.«

»Gräfin, das ist mir klar. Aber andererseits« – er wollte einen Punkt für sich verbuchen – »haben sich die Zeiten geändert, meinen Sie nicht auch?«

»Doch, das haben sie.« In diesem Moment kam Zoya herein und schenkte Tee nach. Anschließend zeigte sie ihm die Fotos vom letzten Sommer in Liwadia – Joy, die um Zoyas Beine herumsprang, der Zarewitsch auf der Yacht und Olga mit Marie, Tatjana, Anastasia, Tante Alix und dem Zaren selbst. Fast war es wie eine Lektion in Zeitgeschichte, und immer wieder sah Zoya mit glücklichem Lächeln zu ihm auf und lieferte ihm die Erklärungen, während er wie gebannt zuhörte. Mit einemmal wußte er die Antwort auf alle Fragen von Eugenia. Was er für dieses Mädchen empfand, war mehr als Freundschaft. Auch wenn sie noch ein halbes Kind war, so ahnte er etwas Bemerkenswertes in ihrem Wesen, etwas, das ihn ergriff und bis ins Innerste berührte. Es war ein Gefühl, wie er es nie zuvor gekannt hatte. Und dennoch ... was konnte er ihr bieten? Er war fünfundvierzig, geschieden, und er war nach Frankreich gekommen, um Krieg zu führen. Im Moment konnte er ihr überhaupt nichts bieten, wenn überhaupt jemals ... Sie verdiente einen Jüngeren, jemanden, mit dem sie erwachsen werden konnte, mit dem sie lachen und alle ihre Erinnerungen teilen konnte. Und doch war da das Verlangen, sie in die Arme zu nehmen und ihr zu versprechen, daß ihr nie wieder etwas Schlimmes zustoßen würde.

Nachdem sie ihre Fotos wieder verstaut hatte, unternahm er eine Ausfahrt mit den beiden Frauen. Als sie anhielten und im Park ein Stück spazierengingen, beobachtete er, wie Zoya mit Sawa auf dem Rasen herumtollte und mit dem fröhlich kläffenden jungen Hund fast zusammenstieß. Unwillkürlich legte Clayton die Arme um sie und hielt sie fest, und sie blickte zu ihm auf, lachend wie das Kind, das er auf den Fotos gesehen hatte. Eugenia, die die beiden beobachtete, beschlich ein banges Gefühl, wenn sie an Zoyas Zukunft dachte.

Wieder zu Hause, bedankte sich Eugenia bei Clayton und sah ihn an, während Zoya ihren Hund Feodor übergab. »Überlegen Sie es sich gut, Captain. Was für Sie vielleicht nur eine Episode ist, könnte das ganze Leben meiner Enkelin ändern. Tun Sie nichts Unüberlegtes, darum bitte ich Sie. Und vor allem, seien Sie gut zu ihr.«

»Großmama, was hast du mit ihm besprochen?« fragte Zoya, nachdem Clayton gegangen war.

»Ich habe mich für den Apfelkuchen bedankt und ihn eingeladen, uns wieder zu besuchen«, sagte Eugenia gelassen, ehe sie sich daranmachte, das Geschirr abzuräumen.

»Das ist alles? Er wirkte so ernst, ganz so, als hättest du ihm etwas Wichtiges gesagt. Beim Abschied hat er nicht einmal gelächelt.«

»Nun, vielleicht denkt er über alles nach, mein Kind.« Behutsam setzte sie hinzu: »Er ist wirklich viel zu alt für dich.«

»Das spielt doch keine Rolle. Er ist so nett.«

»Ja, das ist er.« Eugenia nickte ergeben und hoffte insgeheim, er würde so nett sein und sich nicht mehr melden. Zoya war bei einem Mann wie Clayton Andrews allen möglichen Versuchungen ausgesetzt – und wenn sie sich in ihn verliebte, was dann? Es konnte zu einer Katastrophe führen.

17

Eugenias Gebete, Clayton Andrews würde sich nicht wieder melden, sollten nicht erhört werden. Er hatte eine Woche lang versucht, Abstand zu wahren. Aber dann ertappte er sich dabei, daß er ständig an sie dachte. Er war geradezu besessen von ihren

Augen, ihrem Haar und ihrem Lachen – von der Unbekümmertheit im Spiel mit dem Hund, und sogar die Fotos von der Zarenfamilie ließen ihn nicht mehr los. Sie hatte alle diese Menschen für ihn lebendig werden lassen. An die Stelle der tragikumwitterten, zeitgeschichtlichen Figur, die der Zar für ihn gewesen war, hatte sie ihm den Menschen gezeigt, einen Mann mit Frau und Kindern und drei Hunden. Clayton bedauerte das Schicksal des Zaren aus ganzem Herzen, vor allem aber den Umstand, daß er in seinem Palais in Zarskoje Selo gefangengehalten wurde und einem ungewissen Schicksal entgegensah.

Und während er unausgesetzt an Zoya dachte, war sie in Gedanken ununterbrochen bei Clayton.

Diesmal kam er zu ihr in die Wohnung und wartete nicht vor dem Theater. Er führte sie mit Erlaubnis ihrer Großmutter zu einer Aufführung der ›Lustigen Witwe‹. Ganz aufgeregt kam sie anschließend nach Hause und berichtete alles ganz genau und atemlos, während Clayton vergnügt lachend Champagner einschenkte. Er hatte eine Flasche Cristal mitgebracht, die er nun in Kristallgläser goß. Ständig verspürte er den Wunsch, den beiden Frauen das Leben zu erleichtern, ohne sie zu kränken. Er hatte vor, ihnen die kleinen Annehmlichkeiten zu bieten, die sie so vermißten, wie er wußte; warme Decken, von denen er behauptete, er hätte sie ›bekommen‹, Gläser, ein Spitzentischtuch und sogar einen Hundekorb für Sawa.

Daran merkte Eugenia, daß Clayton sich ebenso verliebt hatte wie Zoya. Sie unternahmen lange Spaziergänge in den Parks, saßen in kleinen Cafés, und Clayton erklärte Zoya die Uniformen, von denen es in Paris wimmelte, die Zuaven, die Briten und Amerikaner in Khaki, die ›Poilus‹ in ihren hellblauen Jacken, ja sogar einige Chasseurs d'Afrique waren zu sehen. Sie sprachen über alles mögliche, angefangen vom Ballett bis zu Babys. Zoya hatte immer noch die Vorstellung, eines Tages sechs Kinder zu haben, und das brachte ihn zum Lachen.

»Warum ausgerechnet sechs?«

»Ich weiß es nicht.« Lächelnd zog sie die Schultern hoch. »Ich mag gerade Zahlen.« Sie zeigte ihm den letzten Brief von Marie. Darin war von Tatjana die Rede, die wieder erkrankt war, wenn auch nicht so schwer, und von Nagorny, der Alexej treu diente und jetzt nicht mehr von der Seite des Jungen wich. »... und Papa ist zu uns allen so lieb. Er hält uns bei Laune und macht uns Mut ...« Das war nur schwer vorstellbar. Es zerriß Clayton fast das Herz, als er diese Worte hörte. Doch sie sprachen bei ihren Begegnungen nicht nur von der Zarenfamilie, sie unterhielten sich ebenso über ihre Leidenschaften, ihre Interessen und Träume.

Für Zoya war es ein zauberhafter und schöner Sommer. Immer wenn sie frei hatte, schien er zur Stelle zu sein, sorgte für Unterhaltung, führte sie aus und brachte ihnen kleine Geschenke und wohlüberlegte kleine Kostbarkeiten. Und im September fanden alle diese harmlosen kleinen Freuden ein viel zu rasches Ende. General Pershing eröffnete seinem Stab, daß das Hauptquartier nach Chaumont an der Marne verlegt werden solle. In wenigen Tagen würde Clayton Paris verlassen. Zur gleichen Zeit plante Diaghilew eine Tournee durch Spanien und Portugal, und Zoya sah sich einer schmerzlichen Entscheidung gegenüber. Sie konnte ihre Großmutter nicht allein lassen und mußte das Ballett vorübergehend aufgeben. Diese Entscheidung brach ihr fast das Herz.

»Du kannst doch mit einer anderen Ballett-Truppe hier tanzen, das ist doch kein Weltuntergang«, versuchte Clayton sie zu beruhigen, doch für sie kam es einer Katastrophe gleich. Keine andere Truppe konnte sich mit dem *Ballet Russe* messen. Sie war untröstlich, daß sie nicht mehr dazugehörte. Aber die schlimmste Nachricht kam zwei Tage nach Alexejs Geburtstag. Zoya erhielt einen Brief von Marie, der ihr wie immer durch Dr. Botkin zugeschickt wurde. Am vierzehnten August war die ganze Familie Romanow nach Tobolsk in Sibirien gebracht worden. Der Brief stammte vom Vorabend der Abreise. Zoya hatte keine Ahnung, wo sich ihre Freunde im Moment befanden. Sie wußte nur, daß sie unerreichbar waren. Ein fast unerträglicher Umstand. Sie hatte sich in der Hoffnung gewiegt, die Zarenfamilie würde in Kürze nach Liwadia gebracht werden und dort in Sicherheit sein. Und jetzt war alles anders gekommen. Als sie den Brief las, umklammerte Furcht mit kalter Faust ihr Herz. Sie zeigte Clayton das Schreiben, und dieser versuchte vergeblich, ihr Mut zuzusprechen.

»Du wirst bald wieder Nachricht von ihnen bekommen, davon bin ich überzeugt, Zoya. Hab keine Angst.«

Aber wie konnte sie ihre Ängste vergessen? fragte er sich selbst. Sie hatte vor wenigen Monaten alles verloren und die Schrecken der Revolution miterlebt. Daß ihre Freunde und Angehörigen in Gefahr schwebten, war nicht zu leugnen. Der Gedanke bereitete auch ihm Sorgen, aber es gab nichts, was er tun konnte, um ihnen zu helfen. Die Regierung der Vereinigten Staaten hatte die provisorische russische Regierung längst anerkannt, und alle Staaten hatten Bedenken, dem Zaren und seiner Familie Asyl zu gewähren. Es gab keinen Weg, die Romanows den Fängen der Revolutionäre zu entreißen. Man konnte nur beten und hoffen, daß die Zarenfamilie freikam. Das war die einzige Hoffnung, die er Zoya bieten konnte. Was noch schlimmer war – er mußte selbst fort.

»Es ist ja nicht weit. Wenn es sich einrichten läßt, komme ich nach Paris, das verspreche ich.« Sie sah mit tragikumwittertem Blick zu ihm auf – ihre Freundin Marie, das *Ballet Russe* und jetzt auch noch er, alle verließen sie. Fast drei Monate hatte er sich nun um sie bemüht, und sie war für ihn eine ständige Quelle des Entzückens und unschuldiger Freude. Eugenia vermutete ganz richtig, daß er Torheiten vermieden hatte, und die alte Dame war darüber sehr erleichtert. Er begnügte sich damit, Zoyas Gesellschaft zu genießen, und traf sich mit ihr, wann immer es sich einrichten ließ, zu Spaziergängen, führte sie ins Theater aus, zum Abendessen ins Maxim's oder in ein kleines Bistro. Sein liebevolles Interesse und der Schutz, den er ihr gewährte, ließ sie aufblühen. Fast hatte sie das Gefühl, wieder eine Familie zu haben, und jetzt stand sie im Begriff, auch ihn zu verlieren, gleichzeitig mußte sie Arbeit bei einem weniger renommierten Ballettensemble finden. So sehr ihr der Gedanke mißfiel, Eugenia wußte, daß sie mittlerweile von Zoyas Einkommen abhängig waren.

Am zehnten September hatte sie Arbeit gefunden, zu ihrem Leidwesen bei einem Ensemble, das sie verabscheute, da sie dort die gewohnte Präzision und den Stil vermißte – vor allem aber, weil dort die harte Disziplin fehlte, die sie vom *Ballet Russe* her gewöhnt war. Zudem war die Gage viel niedriger. Aber wenigstens hatten sie alle drei noch zu essen. Die Nachrichten von der Front waren nicht gut, und die Luftangriffe wollten kein Ende nehmen. Aber sie bekam einen Brief von Marie. Die Zarenfamilie lebte jetzt im Haus des Gouverneurs in Tobolsk, und Gibbes, der Hauslehrer, setzte den Unterricht fort. »... Papa liest uns fast täglich aus Geschichtsbüchern vor. Er hat uns auf dem Gewächshaus eine Plattform gebaut, so daß wir uns sonnen können, aber dafür wird es bald zu kalt sein. Angeblich sind die Winter hier endlos ...« Olga hatte ihren zweiundzwanzigsten Geburtstag gefeiert, und Pierre Gilliard war bei ihnen. »... er und Papa sägen täglich Holz. Wenn sie beschäftigt sind, fällt wenigstens der Unterricht aus. Mama sieht sehr müde aus, da Baby ihr große Sorgen macht. Nach der langen Fahrt hat sich der Kleine schlecht gefühlt, gottlob geht es ihm wieder viel besser. Wir schlafen hier zu viert in einem Raum, das Haus ist klein, aber sehr behaglich. Vielleicht so ähnlich wie deine Wohnung, die du mit Tante Eugenia bewohnst. Richte ihr von mir alles Liebe aus, meine Teuerste, und schreibe mir, wenn du kannst. Dein Engagement hört sich faszinierend an, aber Mama war schockiert, als ich ihr davon erzählt habe, dann aber lachte sie und meinte, es sähe dir ähnlich, den ganzen langen Weg nach Paris auf dich zu nehmen, um zum Ballett durchzubrennen! Wir senden Euch unsere Liebe, ganz besonders ich ...« Und diesmal unterschrieb sie wie schon lange nicht, ihren Brief mit ›Otma‹. Es war ein Code, der von allen vier Mädchen stammte und die Anfangsbuchstaben von Olga, Tatjana, Marie, Anastasia vereinte. Spontan erwachte Zoyas Sehnsucht nach den Freundinnen.

Ohne Clayton fühlte sie sich sehr einsam. Es gab nun nichts mehr für sie, außer Arbeit und nach jeder Vorstellung die Rückkehr zu ihrer Großmutter. Jetzt erst wurde ihr klar, wie sehr sie von Clayton verwöhnt worden war. Solange er sich in Paris aufgehalten hatte, hatte es ständig Ausgänge, Geschenke, Überraschungen und Pläne gegeben. Und jetzt erfreute sie auf einmal nichts mehr. Sie schrieb ihm noch eifriger, als sie Marie nach Tobolsk schrieb, aber seine Antworten waren nur kurz und eilig hingeworfen, weil er in Chaumont von General Pershing sehr beansprucht wurde.

Der Oktober wurde noch schlimmer. Feodor erkrankte an der Spanischen Grippe, und Zoya wechselte sich mit ihrer Großmutter wochenlang bei seiner Pflege ab. Schließlich aber ging es mit dem Alten, der nichts mehr zu sich nehmen und auch nichts mehr wahrnehmen konnte, zu Ende. Beide Frauen saßen in Tränen aufgelöst an Feodors Bett, der so treu und gut gewesen war. Fern der Heimat hatte ihn jedoch der Lebenswille im Stich gelassen. Ehe er die Augen für immer schloß, lächelte er ihnen zu und flüsterte leise: »... jetzt kann ich zurück nach Rußland ...«

Sie betteten ihn auf einem kleinen Friedhof außerhalb von Neuilly zur letzten Ruhe. Wladimir hatte sie hinausgebracht. Zoya konnte auf der Heimfahrt nicht aufhören zu weinen. Sie hatte das Gefühl, ihren letzten Freund verloren zu haben. Alles wirkte plötzlich noch trister und trauriger, sogar das Wetter. Ohne Feodor litten sie ständig Mangel an Brennholz, und sie brachten es nicht übers Herz, sein Zimmer zu benutzen.

Es war, als wollten Verluste und Tränen kein Ende nehmen. Clayton war nun schon seit zwei Monaten in Chaumont, und als Zoya eines Abends spät von der Arbeit nach Hause kam, erlebte sie einen gewaltigen Schock, nachdem sie die Tür öffnete. Sie sah einen Mann in Hemdsärmeln mitten im Zimmer stehen, und ihr Herz drohte auszusetzen, weil sie im ersten Moment glaubte, einen Arzt vor sich zu sehen.

»Ist etwas passiert?«

Gleichermaßen erstaunt sah er sie an. Zoyas Schönheit, die

für ihn als Überraschung kam, verschlug ihm die Sprache. »Es tut mir leid, Mademoiselle ... ich ... Ihre Großmutter ...«

»Ist ihr etwas zugestoßen?«

»Nein, natürlich nicht. Ich glaube, sie ist in ihrem Zimmer.«

»Und wer sind Sie?« Zoya konnte sich nicht vorstellen, was er in Hemdsärmeln hier zu suchen hatte. Seine Antwort war daher für sie der nächste Schock.

»Hat Sie es Ihnen nicht gesagt? Ich wohne hier. Heute morgen bin ich eingezogen.« Er war ein bleicher, schmaler junger Mann, Anfang Dreißig, mit schütterem Haar und verwundetem Bein. Als er in Feodors Zimmer verschwand und die Tür schloß, hinkte er stark.

Aufgebracht stürmte Zoya in Eugenias Zimmer. »Was hast du getan? Das finde ich unglaublich!« rief sie ungehalten. Ihre Großmutter saß auf dem einzigen Stuhl des Schlafzimmers. Jetzt erst fiel Zoya auf, daß Eugenia ein paar weitere Dinge zu ihrer Bequemlichkeit ins Zimmer gestellt hatte. »Wer ist dieser Mann?« fragte sie ohne Umschweife und noch immer fassungslos.

Eugenia blickte gelassen von ihrer Handarbeit auf. »Ich habe einen Untermieter genommen. Wir haben keine andere Wahl. Für meine Perlen hat mir der Juwelier einen lächerlichen Preis geboten, und ansonsten haben wir nicht mehr viel zu verkaufen. Früher oder später hätten wir vermieten müssen.« Ihre Miene drückte stille Resignation aus.

»Hättest du mich nicht wenigstens fragen oder mit mir darüber sprechen können? Ich bin kein Kind mehr, und ich wohne immerhin auch hier. Der Mann ist uns völlig fremd. Was ist, wenn er uns im Schlaf umbringt oder uns den letzten Schmuck stiehlt? Wenn er sich betrinkt oder schreckliche Frauen mitbringt?«

»Dann werden wir ihm sagen, daß er ausziehen muß, aber beruhige dich, mein Kind. Er ist sehr nett und ziemlich schüchtern. Letztes Jahr wurde er bei Verdun verwundet. Er ist Lehrer von Beruf.«

»Mir ist einerlei, was er ist. Die Wohnung ist zu klein für einen

Untermieter, und meine Gage ist ausreichend. Warum also?« Sie hatte das Gefühl, ihr Zuhause verloren zu haben. Am liebsten hätte sie sich hingesetzt und geheult, so erniedrigt fühlte sie sich. Für sie war es ein schwerer Schlag, buchstäblich das Allerletzte, für Eugenia aber war es der einzige Ausweg. Sie hatte Zoya nichts gesagt, weil sie ihre Reaktion vorausgesehen hatte. Und Zoyas Ausbruch bestätigte ihre Vermutung. »Ich kann nicht glauben, daß du so etwas getan hast.«

»Ich sagte schon, wir haben keine andere Wahl. Vielleicht können wir später etwas anderes unternehmen, im Moment aber nicht.«

»Jetzt kann ich mir nicht einmal mehr eine Tasse Tee im Nachthemd machen.« In Zoyas Augen schimmerten Tränen des Zorns und des Kummers.

»Denk an deine Kusinen und ihr Leben in Tobolsk. Könntest du nicht versuchen, ähnlich tapfer zu sein wie sie?« Sofort erwachten in Zoya Schuldgefühle. Sie ließ sich auf den Stuhl sinken, von dem ihre Großmutter aufgestanden war.

»Es tut mir leid, Großmama ... ich war nur ... so außer mir ...« Im nächsten Moment lächelte sie schon, und in ihre Miene stahl sich ein Anflug von Schalkhaftigkeit. »Ich glaube, ich habe den Ärmsten zu Tode erschreckt, als ich ihn ein wenig barsch anfuhr.«

»Er ist ein einwandfreier und netter junger Mann. Morgen solltest du dich bei ihm entschuldigen.« Aber Zoya, deren Gedanken schon wieder um ihre aussichtslose Lage kreisten, gab darauf keine Antwort. Alles schien von nicht zu überbietender Schäbigkeit und Tristesse. Auch Clayton, der versprochen hatte, nach Paris zu kommen, sobald es sich einrichten ließ, schien sich zurückgezogen zu haben.

Gleich am nächsten Tag schrieb sie ihm, verschwieg aber den Untermieter, weil es ihr zu peinlich war. Der junge Mann, Antoine Vallet mit Namen, reagierte völlig konfus, als er sie am Morgen sah. Unter tausend Entschuldigungen stieß er eine Lampe um, zerbrach beinahe eine Vase und stolperte bei dem Versuch, ihr in der Küche aus dem Weg zu gehen. Ihr fielen seine traurigen Augen auf, und sie empfand fast so etwas wie Mitleid – aber nur fast. Er war in die letzte Bastion eingedrungen, die ihnen geblieben war, und sie hatte keine Lust, diese mit ihm zu teilen.

»Guten Morgen, Mademoiselle. Möchten Sie Kaffee?« bot er ihr an. Trotz des angenehmen Aromas, das die Küche durchzog, schüttelte sie den Kopf.

»Nein, danke, ich trinke Tee«, sagte sie schroff.

»Entschuldigen Sie.« Erschrocken und zugleich bewundernd starrte er sie an und machte, daß er schleunigst aus der Küche kam. Kurz danach ging er zum Unterricht. Aber als sie nachmittags von der Probe zurückkam, war er auch wieder da, saß im Wohnzimmer am Schreibtisch und korrigierte Schularbeiten. Zoya verzog sich türenknallend in ihr Zimmer, wo sie nervös auf und ab ging und immer wieder einen Blick auf ihre Großmutter warf.

»Ich nehme an, daß ich den Schreibtisch nie wieder benutzen kann.« Sie hatte an Clayton schreiben wollen.

»Sicher wird er nicht den ganzen Abend im Wohnzimmer sitzen.« Aber auch ihre Großmutter war nun auf ihr Zimmer angewiesen. Es gab jetzt keine Möglichkeit mehr, sich zurückzuziehen, keine ruhige Ecke, wo man nachdenken oder sich von den anderen absondern konnte. Plötzlich erschien Zoya alles unerträglich, und sie bedauerte heftig, nicht mit dem *Ballet Russe* nach Portugal gefahren zu sein. Aber als sie sich unvermittelt umdrehte und Tränen in Eugenias Augen sah, durchschnitten Gewissensbisse messerscharf ihr Herz, und sie fiel auf die Knie und schlang die Arme um ihre Großmutter.

»Es tut mir so leid … ich weiß nicht, was mit mir los ist. Ich bin so erschöpft und nervös.«

Aber Eugenia wußte, was in Wahrheit an ihr nagte. Es war Clayton. Wie vorauszusehen gewesen war, war er auf und davon, um Krieg zu führen, und Zoya mußte sich mit einem Leben ohne ihn abfinden. Nur gut, daß er sich anständig verhalten hatte und nichts weiter passiert war – andernfalls wäre es für sie noch schwieriger gewesen. Eugenia fragte Zoya nicht, ob sie Nachricht von ihm hatte. Fast hoffte sie, er würde ihr nicht schreiben.

Zoya ging in die Küche und bereitete für sich und ihre Großmutter ein Abendessen zu, und als der junge Lehrer ständig in die Richtung blickte, aus der die köstlichen Düfte kamen, wurde Zoya weich und lud ihn ein, das Essen mit ihnen zu teilen.

»Was unterrichten Sie?« fragte sie ihn höflich, aber ohne echtes Interesse. Seine zitternden Hände, sein verängstigter Blick und seine Nervosität ließen vermuten, daß sein kaputtes Bein nicht die einzige Kriegsverletzung war, die er davongetragen hatte. Der Mann machte einen völlig zerrütteten Eindruck.

»Ich unterrichte Geschichte, Mademoiselle. Soviel ich weiß, sind Sie Tänzerin?«

»Ja«, erwiderte sie einsilbig. Sie war nicht sehr stolz auf das Ensemble, mit dem sie jetzt auftrat, nicht nach dem *Ballet Russe,* mochte ihre Mitwirkung dort auch nur kurz gewesen sein.

»Ich liebe das Ballett. Vielleicht könnte ich mir einmal eine Vorstellung ansehen.«

Sie wußte, daß er erwartete, daß sie sich darüber freute, doch von Freude ihrerseits konnte nicht die Rede sein.

»Das Zimmer gefällt mir sehr gut«, sagte er zu niemandem Bestimmten, und Eugenia lächelte freundlich.

»Wir sind froh, Sie zu haben.«

»Das Essen ist sehr gut.«

»Danke«, sagte Zoya und senkte den Blick. Er gab nun eine Reihe banaler Redensarten von sich, und Zoyas Abneigung gegen ihn wuchs. Er versuchte ihr trotz seines Beins beim Saubermachen der Küche zu helfen, und als er Feuer im Wohnzimmer machte, erregte er ihren Unwillen, weil er mit dem bißchen Brennholz, das sie besaßen, allzu verschwenderisch umging. Doch solange das Feuer brannte, blieb sie, um ihre Hände zu wärmen. In der kleinen Wohnung herrschte bittere Kälte.

»Ich war einmal in St. Petersburg.« Er sagte es leise vom Schreibtisch her, wobei er kaum wagte, den Blick zu ihr zu erheben, da sie so schön war und so voller Leben.

»Eine herrliche Stadt.« Zoya nickte und wandte ihm den Rücken zu. Mit feuchten Augen starrte sie ins Feuer, während er mit stiller Sehnsucht den Blick auf ihren schmalen Rücken heftete. Vor dem Krieg war er verheiratet gewesen, seine Frau war mit seinem besten Freund durchgebrannt, ihr einziges Kind war an Lungenentzündung gestorben. Auch er hatte Kummer und Sorgen, aber Zoya fragte ihn nicht danach. Für sie war er ein Mann, der den Krieg mitgemacht und ihn knapp überlebt hatte. Anstatt gestärkt aus den Gefahren hervorzugehen, war sein Geist gebrochen worden. Langsam wandte sie sich um, erneut von der Frage bewegt, warum ihre Großmutter ihn aufgenommen hatte. Der Gedanke, daß ihre Situation so verzweifelt war, erschien ihr unerträglich, und doch konnte es nicht anders sein, weil Eugenia es sonst nicht getan hätte.

»Hier ist es so kalt.« Es war nur eine Feststellung, aber er stand sofort auf und legte Holz nach.

»Morgen besorge ich Brennholz, Mademoiselle. Dann wird es hier auch wärmer. Möchten Sie noch ein Glas Tee? Ich könnte frischen Tee machen.«

»Nein, danke.« Zoya überlegte, wie alt er sein mochte. Sein Aussehen war das eines Mannes Mitte Dreißig. In Wahrheit war er einunddreißig, sein Leben aber war alles andere als leicht verlaufen.

»Habe ich womöglich Ihr Zimmer bekommen?« fragte er eingeschüchtert. Dies hätte ihre offensichtliche Mißbilligung seiner Anwesenheit erklärt.

Sie schüttelte seufzend den Kopf. »Einer unserer Diener, der mit uns aus Rußland gekommen ist, hat es vor Ihnen bewohnt. Leider starb er im Oktober.«

Der junge Mann nickte. »Das tut mir leid. Die Zeiten sind für uns alle sehr schwer. Seit wann sind Sie in Paris?«

»Seit April. Wir sind kurz nach Ausbruch der Revolution geflohen.«

Wieder nickte er. »Neuerdings trifft man hier viele Russen. Es sind tapfere, gute Menschen.« Und er wollte noch hinzufügen:

»So tapfer und gut wie Sie«, wagte es aber nicht. Ihre Augen waren groß und strahlend, und wenn sie den Kopf rasch zurückwarf, loderte ihr Haar flammengleich. »Könnte ich etwas für Sie tun? Ich würde Ihnen gern auf jede erdenkliche Weise helfen. Wenn es Ihnen recht ist, mache ich Besorgungen für Ihre Großmutter. Und ich koche sehr gern. Vielleicht könnten wir abwechselnd das Abendessen zubereiten.«

Zoya nickte in stummer Resignation. Vielleicht war er gar nicht so übel, wenn er sich auch gegen ihren Willen hier aufhielt. Der neue Mieter raffte seine Unterlagen an sich, ehe er sich in sein Zimmer zurückzog und die Tür schloß, während Zoya ins Feuer starrte und an Clayton dachte.

18

Mit dem Fortschreiten des Winters wirkten die Menschen immer hungriger und elender. Je trüber das Wetter wurde und je mehr Emigranten in Paris auftauchten, desto schäbigere Preise zahlten die Juweliere. Am ersten Dezember verkaufte Eugenia ihr letztes Paar Ohrringe, und sie war erschüttert, wie wenig sie dafür bekam. Von nun an waren sie völlig auf Zoyas Verdienst angewiesen, und der reichte kaum für das Essen und die Miete. Auch Fürst Markowskij hatte Schwierigkeiten. Sein Auto streikte oft, und er wurde immer dünner und ausgezehrter. Noch immer sprach er tapfer von besseren Zeiten und berichtete ihnen über alle neuangekommenen russischen Emigranten.

Angesichts ihrer finanziellen Lage, der bitteren Kälte und der Lebensmittelknappheit war Eugenia froh, daß sie einen Untermieter hatte. Sein eigenes karges Gehalt reichte zwar kaum für die Zimmermiete, dennoch schaffte er es immer wieder, zusätzlich etwas nach Hause zu bringen, einen halben Laib Brot, etwas Brennholz oder sogar ein paar Bücher für Eugenia. Es gelang ihm sogar, russische Bücher aufzutreiben. Verzweifelte Emigranten mußten ihre Bücher für einen armseligen Laib schimmliges

Brot verkauft haben. Ständig schien er an Zoya und an Eugenia zu denken und brachte für Zoya meist auch eine Kleinigkeit mit. Einmal hatte er sie sagen hören, wie sehr sie Schokolade liebte. Daraufhin brachte er das Kunststück fertig, eine winzige Tafel Schokolade zu ergattern.

Mit der Zeit änderte sich Zoyas Verhalten ihm gegenüber. Sie wurde freundlicher, weil sie ihm dankbar war, allerdings mehr für die Freundlichkeit, die er ihrer Großmutter erwies, bei der sich Rheumatismus in den Knien bemerkbar machte, was das Treppensteigen für sie zur Qual werden ließ. Zoya kam eines nachmittags von der Probe nach Hause und beobachtete ihn dabei, wie er ihre Großmutter die Treppe hinauftrug – trotz seiner Beinverletzung, über die er nie klagte. Er war stets darauf aus, sie zu unterstützen, und Eugenia hatte ihn deshalb sehr liebgewonnen. Natürlich war ihr nicht entgangen, daß er sich in Zoya verliebt hatte. Sie sprach mehrmals darüber mit Zoya, die behauptete, sie hätte nichts bemerkt.

»Ich weiß gar nicht, wie du seine Gefühle übersehen kannst, mein Kind.« Zoya aber machte sich viel mehr Gedanken über den schrecklichen Husten, der ihre Großmutter plagte. Schon seit Wochen litt sie an einer Erkältung, so daß Zoya schon befürchtete, sie hätte die Spanische Grippe wie Feodor oder die gefürchtete Tuberkulose, die in Paris so häufig vorkam. Sogar ihre eigene eiserne Konstitution hatte gelitten. Schlechte Ernährung und harte Arbeit hatten Zoya ganz dünn werden lassen, und ihr Gesicht wirkte plötzlich gealtert.

»Wie geht es Ihrer Großmutter heute?« fragte Antoine halblaut, als sie eines Abends gemeinsam in der Küche kochten. Die Zubereitung des Abendessens hatte sich zwischen den beiden zu einem allabendlichen Ritual entwickelt. Sie wechselten sich nicht mehr ab, sondern kochten gemeinsam, und wenn Zoya abends Vorstellung hatte, dann kochte er allein für Eugenia, wobei er sehr oft die Mahlzeit aus eigenen Mitteln bestritt und auf dem Heimweg von dem kleinen Gehalt einkaufte, das er für seine Lehrtätigkeit bezog. Seine kleinen Ersparnisse schmolzen rasch dahin wie bei vielen anderen. »Sie war heute so blaß.« Er blickte Zoya besorgt an, als sie zwei alte Karotten in drei Teile teilte. Sie haßte den Gemüseeintopf, der Abend für Abend auf den Tisch kam. Es war die einfachste Art, die mindere Qualität des Fleisches zu tarnen.

»Antoine, der Husten macht mir große Sorgen.« Zoya warf ihm über den Küchentisch hinweg einen Blick zu. »Ich habe den Eindruck, sie hustet jetzt viel stärker, meinen Sie nicht auch?«

Er nickte bekümmert, während er zwei Fleischstücke in den Topf tat, in dem Zoya die Karottenwürfel in einer wäßrigen Brühe kochte.

Heute hatten sie nicht einmal mehr Brot im Haus. Ein Glück, daß keiner von ihnen besonders hungrig war. »Ich glaube, morgen muß ich sie zum Arzt bringen.« Einen Arztbesuch konnten sie sich fast nicht mehr leisten, und zu verkaufen gab es nichts mehr, nur das Zigarettenetui ihres Vaters und drei silberne Geschenkschatullen, die ihrem Bruder gehört hatten. Eugenia hatte versprochen, sich wenn irgend möglich nicht davon zu trennen.

»Ich kenne einen Arzt an der Rue Godot-de-Mauroy. Er ist nicht teuer.« Es war ein Arzt, der bei Prostituierten Abtreibungen vornahm, aber er war besser als die meisten in diesem Milieu. Antoine war wegen seines Beines mehrmals bei ihm gewesen und hatte ihn für tüchtig und sympathisch befunden. Sein Bein machte ihm in der feuchten Winterkälte sehr zu schaffen. Zoya war aufgefallen, daß er stärker hinkte, aber er wirkte glücklicher als zu der Zeit, als er bei ihnen eingezogen war. Es schien ihm gutzutun, daß er abends zu anständigen Menschen heimkehren und sich um ihre Großmutter kümmern konnte. Nie wäre Zoya der Gedanke gekommen, daß seine Gefühle für sie ihn am Leben erhielten und daß er nachts im Bett lag und von ihr träumte, während sie nebenan an Eugenia geschmiegt schlummerte.

»Wie war's heute in der Schule?« fragte Zoya, während sie wartete, daß der Eintopf gar wurde. Sie sah ihn jetzt mit viel freundlicheren Blicken an. Hin und wieder erlaubte er sich sogar, sie harmlos zu necken, und diese kleinen Wortwechsel erinnerten sie ein wenig an ihren Bruder. Antoines Aussehen war bestenfalls als unauffällig zu bezeichnen, dafür war er intelligent und belesen und hatte vor allem Humor, was während der Luftangriffe in den kalten Nächten eine große Hilfe war. Humor und Freundlichkeit waren es auch, die sie über Wasser hielten, als es ihnen an Nahrung, an Wärme und an allen kleinen Annehmlichkeiten des Lebens fehlte.

»Ach, ganz gut, aber ich freue mich schon auf die Ferien, weil ich mich dann wieder meiner Lektüre widmen kann. Möchten Sie vielleicht einmal ins Theater gehen? Ich kenne jemanden, der uns in die Opéra Comique einläßt, falls Sie es versuchen wollen.« Seine Einladung erinnerte sie an Clayton und an die schöne Sommerzeit. Zoya hatte schon seit geraumer Zeit keine Nachricht von Clayton bekommen und nahm an, daß General Pershing, dem die gesamte Planung der Kriegführung in Frankreich oblag, ihn gehörig in Trab hielt. Zoya wußte, daß all dies unter strengste Geheimhaltung fiel. Es war ungewiß, wann sie Clayton wiedersehen würde – wenn überhaupt jemals. Doch daran hatte sie sich längst gewöhnt. Sie hatte schon so viele Menschen verloren, die sie mochte, daß es für sie fast unvorstellbar war, einen geliebten Menschen in ihrer Nähe zu haben. Deshalb verdrängte sie alle Gedanken an Clayton und dachte lieber an Antoine und sein Angebot, sie ins Theater auszuführen.

»Ich würde gern einmal in ein Museum gehen.« Er war ein angenehmer Gesprächspartner, ein sehr gebildeter zudem, wenn auch nicht so feinsinnig und charmant, wie sie es von ihrem Freundeskreis in Rußland gewohnt war. In seiner stillen Art zeigte er viel eigene Persönlichkeit.

»Sobald die Ferien beginnen, gehen wir aus. Na, wie wird der Eintopf?« fragte er, was sie zum Lachen brachte.

»So schrecklich wie immer.«

»Ich wünschte, wir hätten wenigstens Gewürze.«

»Ich wünschte, wir hätten richtiges Gemüse und Obst. Wenn ich noch eine alte Karotte sehe, dann bekomme ich einen Schreikrampf. Und wenn ich an das Essen denke, das wir zu Hause hatten, dann möchte ich heulen. Damals habe ich keinen einzigen Gedanken daran verschwendet, aber letzte Nacht habe ich vom Essen geträumt.«

Antoine hatte von seiner Frau geträumt, doch das erzählte er ihr nicht. Er nickte nur und half ihr, den Tisch zu decken.

»Was ist mit Ihrem Bein?« Sie wußte, daß er nicht gern davon sprach, obwohl sie schon einige Male eine heiße Wärmeflasche für ihn zurechtgemacht hatte, die er mit ins Bett nahm und die seine Beschwerden linderte.

»Nun, die Kälte tut mir nicht gerade gut. Seien Sie froh, daß Sie jung sind. Ihre Großmutter und ich sind nicht so gut dran.«

Lächelnd sah er ihr zu, wie sie den Eintopf auf drei abgestoßene Teller verteilte, die Risse aufwiesen. Die Erinnerung an das schöne Porzellan, von dem sie allabendlich in ihrem Palais an der Fontanka gespeist hatten, trieb Zoya die Tränen in die Augen. Es gab so vieles, das für sie selbstverständlich gewesen war und das sie nun nie mehr sehen würde. Es war schrecklich, daran zu denken, als Antoine an die Schlafzimmertür ging und anklopfte, um Eugenia ihr Essen zu bringen. Als er wiederkam, sprach Besorgnis aus seinem Blick, mit dem er Zoya über den kleinen Küchentisch hinweg ansah. »Sie sagt, sie hätte keinen Hunger. Glauben Sie, ich sollte heute noch den Arzt holen?« Zoya überlegte und wog die Entscheidung ab. Ein Hausbesuch am Abend war noch teurer als ein Besuch in der Praxis.

»Warten wir ab, wie sie sich später fühlt. Vielleicht ist sie nur müde. In einer Weile bringe ich ihr Tee. Ist sie im Bett?«

Er schüttelte den Kopf. »Sie döst mit ihrer Handarbeit in der Hand im Sessel.« Seit Monaten schon arbeitete sie an demselben kleinen Wollquadrat, aus dem eine Jacke für Zoya werden sollte.

Zu zweit setzten sie sich zu Tisch und ließen in stillschweigendem Einverständnis den dritten Teller unberührt, mochte der Hunger sie auch noch so quälen. Es bestand immer noch die Möglichkeit, daß Eugenia später etwas zu sich nehmen wollte.

»Wie war die Probe?« Antoine zeigte stets Interesse für Zoyas Arbeit, und als er ihr diese Frage stellte, lag in seinem Blick etwas Jungenhaftes, das ihn fast hübsch aussehen ließ. Das schüttere blonde Haar war in der Mitte exakt gescheitelt, seine Hände waren wohlgeformt – das war Zoya nicht entgangen. Das ständige Zittern der Hände hatte ebenso wie seine Nervosität nachgelassen, obwohl sein Bein unausgesetzt schmerzte.

»Ach, wie immer. Ich wünschte, das *Ballet Russe* würde wiederkommen. Mir fehlt die Arbeit mit Diaghilew sehr. In meinem gegenwärtigen Ensemble haben die Leute keine Ahnung, was Ballett sein kann.« Das Engagement bewahrte sie wenigstens vor dem Verhungern. Wer im Winter 1917 in Paris Arbeit hatte, gab sie nicht leichtsinnig auf.

»Heute habe ich im Café ein paar Leute getroffen, und es entspann sich eine Debatte über den Umsturz in Rußland, über Trotzki, Lenin und die Bolschewiken. Zwei Pazifisten gerieten so außer sich, daß es fast zu einer Prügelei gekommen wäre.« Er grinste spitzbübisch. »Pazifismus in Reinkultur, wie mir schien. Ich habe die Diskussion sehr genossen.« Die Bolschewiken wurden immer heftiger angegriffen, und Antoine war wie so viele Kriegsteilnehmer einer Meinung mit den Pazifisten.

»Ich frage mich, welche Auswirkungen das für die Romanows mit sich bringen wird«, sagte Zoya ganz leise. »Seit langem schon habe ich keinen Brief mehr aus Sibirien bekommen.« Das bereitete ihr große Sorgen, aber vielleicht hatte Dr. Botkin ihre Briefe an Maschka nicht weiterleiten können, angesichts der chaotischen Zustände, die in der alten Heimat herrschten. Man mußte Geduld haben, bei allem – alle warteten auf bessere Zeiten. Sie konnte nur hoffen, daß sie diese besseren Zeiten erleben würden. Man sprach sogar von der Möglichkeit eines deutschen Angriffs auf Paris – eine Bedrohung, die dank der Briten und Amerikaner bislang vereitelt worden war. Nach allem, was Zoya vor nur neun Monaten in Rußland erlebt hatte, wußte sie aber, daß alles möglich war.

Sie stand auf und ging mit dem dritten Teller ins Zimmer zu ihrer Großmutter, um sogleich wiederzukommen. »Sie schläft«, sagte sie in gedämpftem Ton zu Antoine. »Vielleicht sollten wir sie schlafen lassen. Ich habe sie zugedeckt, damit sie nicht friert.« Es war eine der Decken, die Clayton ihnen im Sommer geschenkt hatte. »Vergessen Sie nicht, mir den Namen des Arztes zu geben, bevor Sie morgen zur Schule gehen.«

Er nickte und sah sie fragend an. »Soll ich mitkommen?« Zoya schüttelte den Kopf. Ihren Drang nach Unabhängigkeit hatte sie nicht verloren. Hinter ihr lag ein langer Weg, den sie nicht zurückgelegt hatte, nur um sich wieder auf andere zu verlassen, und sei es auch ein so anspruchsloser, netter Mensch wie ihr Mieter.

Sie spülte das Geschirr und setzte sich im Wohnzimmer ganz dicht ans Feuer, um sich die Hände zu wärmen. Antoine ließ sie nicht aus den Augen. Das Feuer zauberte goldene Lichter in ihr Haar, und ihre grünen Augen schienen Funken zu sprühen. Er war nicht mehr imstande, sich ihrem Zauber zu entziehen, und kam an den Kamin, teils der Wärme wegen, teils weil er ihre Nähe suchte.

»Sie haben so schönes Haar ...« Die Worte entfuhren ihm unwillkürlich. Er errötete, als sie erstaunt zu ihm aufsah.

»Sie auch«, neckte sie ihn eingedenk der Plänkeleien mit Nikolaj, die sie so geliebt hatte. »Entschuldigen Sie, ich wollte nicht unhöflich sein ... ich dachte an meinen Bruder.« Sie starrte nachdenklich ins Feuer, unablässig beobachtet von Antoine.

»Wie war Ihr Bruder?« Seine Stimme war sanft, und sein Herz strömte fast über vor Verlangen, sie zu berühren.

»Er war wunderbar. Tiefsinnig und zugleich lustig, tapfer und tollkühn und sehr, sehr hübsch. Er hatte wie mein Vater dunkles Haar und grüne Augen.« Und dann ließ die Erinnerung sie auflachen. »Und er hatte eine große Schwäche für Tänzerinnen.« Diese Schwäche teilte er mit vielen Mitgliedern der kaiserlichen Familie. Zar Nikolaus eingeschlossen. »Aber jetzt wäre er mir sehr böse.« Sie sah mit betrübtem Lächeln zu Antoine auf. »Er würde mir sehr verübeln, daß ich als Tänzerin mein Brot verdiene ...« Wieder schweiften ihre Gedanken ab, doch Antoine wandte nicht den Blick von ihr.

»Sicher hätte er Verständnis dafür. Wir alle müssen uns irgendwie durchschlagen. Und viele Möglichkeiten, seinen Unterhalt zu verdienen, gibt es nicht.«

»Hm, das stimmt.« Und dann sagte sie ganz zusammenhanglos: »Meine Mutter verlor den Verstand, als er starb.« Ihr kamen die Tränen, als sie daran dachte, wie er in der großen Eingangshalle verblutet war und sie in dem vergeblichen Versuch, ihn zu retten, die Unterröcke ihrer Großmutter in Streifen gerissen und ihn damit verbunden hatte. Es war eine schier unerträgliche Erinnerung. Als Sawa sich ihr lautlos näherte und ihr die Hand leckte, zwang sie ihre Gedanken zurück in die Gegenwart.

Lange saßen sie still da. Antoine hatte den einzigen zusätzlichen Stuhl des Raumes herangezogen und saß nun auch in Gedanken versunken vor dem Feuer, bis er sich ein Herz zu einem kleinen Vorstoß faßte. »Und wie wollen Sie jetzt Ihr Leben gestalten? Haben Sie sich das schon überlegt?«

Die Frage schien Zoya zu erstaunen. »Ich werde tanzen, nehme ich an.«

»Und danach?« Seine Neugierde kannte keine Grenzen, und eine Gelegenheit, allein mit ihr zu sprechen, ergab sich nur selten.

»Früher habe ich mir einen Mann und Kinder gewünscht.«

»Und jetzt? Jetzt wünschen Sie sich keine Familie mehr?«

»Eigentlich nicht. Die meisten Tänzerinnen sind unverheiratet. Sie tanzen bis zum Umfallen, oder sie geben Unterricht, wenn sie älter sind.« Die meisten großen Tänzer und Tänzerinnen lebten ungebunden, und Zoya war nicht mehr sicher, ob sie eine Bindung wollte. Es gab niemanden, mit dem sie sich eine Ehe vorstellen konnte. Clayton war nur ein Freund, und Fürst Markowskij war zu alt. Die Kollegen vom Ballett waren hoffnungslose Fälle, und eine Ehe mit Antoine konnte sie sich schon gar nicht vorstellen. Andere Männer gab es nicht in ihrem Leben. Außerdem mußte sie sich um ihre Großmutter kümmern.

»Sie würden eine wundervolle Ehefrau abgeben.« Das sagte er so ernsthaft, daß sie lachte.

»Mein Bruder hätte darauf geantwortet, daß Sie verrückt sein müssen. Ich bin eine schlechte Köchin, und ich hasse Näharbeiten. Ich kann weder Aquarelle malen noch stricken. Ich bin gar nicht sicher, ob ich ein Haus führen könnte, obwohl das jetzt keine Rolle mehr spielt ...« Der Gedanke ließ sie lächeln.

»In einer Ehe geht es um mehr als nur um Kochen und Nähen.«

»Tja, ob ich darin gut bin, das kann ich nun wirklich nicht wissen.« Sie lachte errötend, und auch er lief rot an. Antoine war leicht in Verlegenheit zu bringen.

»Zoya!«

»Entschuldigen Sie.« Doch sie wirkte eher belustigt als zerknirscht, als sie sich bückte und die kleine Sawa streichelte. Auch der Hund war abgemagert, da die Speisereste von ihrem Tisch immer spärlicher ausfielen.

»Vielleicht wird eines Tages jemand kommen, der es schafft, Sie das Ballett vergessen zu machen.« Er hatte sie mißverstanden. Es ging nicht darum, daß ihre Leidenschaft für das Ballett ihr Leben beherrschte. Sie tanzte, weil sie sich und Eugenia erhalten mußte und weil das Ballett ihre einzige Chance war. Es war besser als nichts.

»Ich bringe jetzt lieber Großmama zu Bett, sonst tun ihre Knie morgen entsetzlich weh.« Sie stand auf, streckte sich und verschwand, gefolgt von Sawa, im Schlafzimmer. Eugenia war inzwischen aufgewacht und schlüpfte in ihr Nachthemd. »Möchtest du jetzt dein Abendessen, Großmama?« Es wartete noch immer draußen in der Küche, aber die alte Dame schüttelte matt den Kopf. »Nein, mein Kind. Ich bin zum Essen zu müde. Spar dir die Mahlzeit für morgen.« Da ganz Paris hungerte, wäre es ein Verbrechen gewesen, Speisereste wegzuwerfen. »Was hast du nebenan gemacht?«

»Mich mit Antoine unterhalten.«

»Er ist ein guter Mensch.« Das sagte Eugenia mit Nachdruck und ohne den Blick von Zoyas Gesicht zu wenden, die das aber nicht zu bemerken schien.

»Er gab mir die Adresse eines Arztes in der Rue Godot-de-Mauroy. Morgen möchte ich dich hinbringen.«

»Ich brauche keinen Arzt.« Eugenia flocht ihr Haar zu Zöpfen und schleppte sich ins Bett. Der Raum war kalt, ihre Knieschmerzen quälend.

»Dein Husten hört sich nicht gut an.«

»In meinem Alter freut man sich sogar über Husten. Wenigstens ist er ein Zeichen dafür, daß ich noch lebe.«

»So darfst du nicht reden.« Erst seit Feodors Tod gab Eugenia Sprüche dieser Art von sich. Sein Tod hatte sie tief getroffen – dies und die Tatsache, daß ihre Mittel nahezu aufgebraucht waren.

Zoya zog sich ebenfalls aus, löschte das Licht und schmiegte sich eng an ihre Großmutter, um sie in dieser kalten Dezembernacht warmzuhalten.

19

Der Arzt, zu dem Zoya ihre Großmutter brachte, konnte sie beruhigen. Eugenia litt an Husten und nicht an Schwindsucht. Diese gute Nachricht war das Honorar wert, obwohl es fast Zoyas gesamte Barschaft verschlang. Auch dieser relativ bescheidene Betrag war für ihre leeren Taschen zu hoch. Natürlich hütete sie sich davor, ihrer Großmutter etwas zu sagen, als Fürst Markowskij sie zurück zu ihrer Wohnung fuhr und Zoya unterwegs einige vielsagende Blicke zuwarf, die sie geflissentlich ignorierte. Wladimir blieb bei ihrer Großmutter und leistete ihr Gesellschaft, während Zoya Probe hatte. Und als sie abends zurückkam, hatte sie den Eindruck, ihre Großmutter sähe eine Spur besser aus. Der Arzt hatte ihr Hustensaft mitgegeben, der ihr Leiden milderte.

Antoine stand bereits in der Küche und kochte. Er hatte ein Huhn mitgebracht – ein wahres Festessen für sie. Das bedeutete, daß es heute nicht nur Fleisch für den Abend, sondern auch eine Suppe für den nächsten Tag gab. Und während Zoya den Tisch für drei Personen deckte, dachte sie daran, ob Maschka nun ähnliche Überlegungen anstellen mußte. Vielleicht bedeutete in ihrer gegenwärtigen Situation ein Huhn für sie auch schieren Luxus.

Wären sie zusammen gewesen, hätten sie darüber lachen können. Hier aber war niemand, mit dem man lachen konnte.

»Hallo, Antoine.« Sie lächelte ihm zu und bedankte sich bei ihm für die Adresse des Arztes.

»Du hättest das Geld lieber sparen sollen«, tadelte Eugenia sie von einem Stuhl am Feuer aus. Wladimir hatte ihnen Brennholz gebracht. Es war ein Tag unerwarteter Reichtümer.

»Großmama, sei nicht töricht.«

Zu dritt taten sie sich an dem Huhn gütlich, das Antoine im eigenen Saft gebraten hatte, und danach trank Zoya ihren Tee am Feuer. Als ihre Großmutter zu Bett ging, blieb Antoine noch bei Zoya und plauderte mit ihr. Es war ihr zur Gewohnheit geworden, sich lange mit ihm zu unterhalten, da sie in ihm einen anregenden Gesprächspartner gefunden hatte. Er sprach mit glänzenden Augen von den Weihnachtsferien seiner Kindheit. Antoine blühte in ihrer Nähe sichtlich auf.

»Unsere Weihnachten sind später. Wir feiern erst am sechsten Januar.«

»Am Dreikönigstag.«

»In ganz Rußland finden feierliche Prozessionen statt. Oder vielmehr, sie haben stattgefunden. Ich nehme an, wir werden hier in Paris in die russische Kirche gehen können.« Einerseits freute sie sich darauf, andererseits aber wußte sie, daß es sehr deprimierend sein würde, alle Emigranten zu sehen, eng aneinandergedrängt, im Schein der Kerzen in Erinnerungen an eine untergegangene Welt schweigend. Zoya war nicht sicher, ob sie dies ertragen konnte, zugleich aber wußte sie, daß ihre Großmutter darauf bestehen würde, daß sie hingingen. In diesem Jahr würde es mit Sicherheit keine Geschenke geben. Sie hatten nicht einen Sou übrig, um etwas zu kaufen.

Doch als das Weihnachtsfest kam, hatte Antoine Überraschungen für sie parat. Er hatte Zoya einen warmen Schal und warme Handschuhe gekauft und eine ganz winzige Flasche des Parfums, dessen Namen sie ihm gegenüber einmal erwähnt hatte. Dieses Geschenk rührte ihr Herz und trieb ihr Tränen in die Augen. Es war ›Lilas‹, das auch Maschka so geliebt und ihr als Geschenk überreicht hatte. Kaum schraubte sie den Verschluß auf, brachte der süße Duft die Erinnerung an all das zurück, was ihr teuer gewesen war, so daß sie ihre Tränen nicht zurückhalten konnte. Spontan schlang sie in kindhafter Anmut die Arme um Antoines Hals und küßte ihn. Es war ein schwesterlicher Kuß, nicht mehr, doch ihre Nähe ließ Antoine erbeben. Eugenia beobachtete die Szene aus tränenfeuchten Augen. Antoine war nicht das, was sie sich noch vor einiger Zeit für Zoya gewünscht hatte, aber er war ein anständiger Mensch, bei dem Zoya in guten Händen wäre. Erst am Tag zuvor hatte er sich der alten Dame anvertraut, und sie hatte ihm ihren Segen gegeben. Von Tag zu Tag ging es mit ihr bergab, und der Gedanke, daß Zoya nach ihrem Tod allein im Leben stehen würde, quälte sie. Sie konnte in Frieden sterben, wenn Zoya ihn heiratete – möglichst bald. Aber Zoya hatte keine Ahnung von den Plänen der beiden, als sie sich so überschwenglich bedankte. Ihre Großmutter hatte Antoine mit einem bestickten Tuch und mit einem russischen Gedichtband beschenkt. Zoya war es sehr peinlich, daß sie ihm nur einen neuen Notizkalender und ein Buch über Rußland gekauft hatte.

Sie hatte es bei einem Antiquar am Quai d'Orsay entdeckt, an einem häßlichen kleinen Stand, aber es war in französischer Sprache geschrieben, und sie hoffte, er würde Gefallen daran finden. Jedoch ganz gewiß nicht so viel wie sie an dem Parfum.

Ihre Großmutter zog sich unauffällig mit ihren Geschenken zurück und schloß die Tür, nicht ohne Antoine insgeheim die Daumen zu drücken und zu hoffen, daß Zoya so vernünftig sein und seinen Antrag annehmen würde.

»Sie müssen ja Ihr ganzes Geld ausgegeben haben«, schalt Zoya ihn, während sie mit einem langen Schürhaken im Feuer stocherte. »Das war leichtsinnig, aber sehr lieb, Antoine. Haben Sie vielen Dank. Ich will das Parfum für besondere Anlässe aufheben.« Sie war entschlossen, es in zwei Wochen am russischen Weihnachtsfest zu verwenden. Vorher wollte sie es lieber nicht vergeuden.

Antoine setzte sich ihr gegenüber und atmete tief durch, um seinen ganzen Mut zu sammeln. Trotz der dreizehn Jahre, die er älter war als Zoya, hatte er sich noch nie im Leben so beklommen gefühlt. Nicht einmal vor Verdun hatte er solche Ängste ausgestanden wie jetzt, als er sich Zoya gegenübersah.

»Zoya, ich wollte mit Ihnen von etwas Besonderem sprechen ...« Er spürte, wie seine Hände feucht wurden, während sie ihn sonderbar ansah.

»Was soll das heißen?«

»Es heißt ...« Sein Herz schlug ihm bis zum Hals. »Es heißt ... daß ich Sie liebe.«

Sie nahm die Worte kaum wahr, so verdutzt war sie.

»Wie bitte?« Sie starrte ihn an.

»Ich liebe Sie seit dem Tag, an dem ich hier eingezogen bin. Irgendwie habe ich gehofft, Sie würden es merken.«

»Woran hätte ich es merken sollen?« Sie wirkte erschrocken und unwillig. Er hatte alles verdorben. Wie konnten sie noch Freunde sein, wenn er sich solche Dummheiten in den Kopf setzte? »Sie kennen mich ja gar nicht.«

»Wir wohnen seit zwei Monaten unter einem Dach. Das ist lange genug. Es wird sich auch in Zukunft nicht viel ändern. Wir könnten hier bleiben, nur würden Sie bei mir im Zimmer schlafen.«

»Wie verlockend.« Zoya stand auf und ging auf und ab. »Ich beziehe ein anderes Zimmer, und wir machen weiter wie bisher. Wie können Sie so etwas auch nur vorschlagen? Wir sind alle am Verhungern, keiner von uns besitzt einen Sou, und Sie wollen heiraten? Warum? Ich liebe Sie nicht, ich kenne Sie eigentlich gar nicht, und Sie wissen nichts von mir ... Antoine, wir sind uns fremd!«

»Nein, wir sind Freunde. Und Freundschaft ist die Grundlage der besten Ehen.«

»Das glaube ich nicht. Ich möchte in den Mann, den ich heirate, verliebt sein, wahnsinnig, leidenschaftlich, bis über beide Ohren. Ich möchte, daß alles wundervoll und romantisch ist.«

Antoine machte ein trauriges Gesicht, als sie ihm diese Worte laut entgegenschleuderte, aber sie grollte mehr dem Schicksal, daß sie hier zusammengeführt hatte, als dem Mann, der ihr das Lieblingsparfum geschenkt hatte.

»Ihre Großmutter war auch der Meinung, daß wir sehr glücklich miteinander werden könnten.« Etwas Ärgeres hätte er gar nicht sagen können.

»Dann heiraten Sie doch meine Großmutter! Ich möchte nicht heiraten! Nicht jetzt jedenfalls! Alle Menschen sind krank, frieren und sterben, alle Welt hungert und ist arm und elend. Was für ein Beginn für ein neues Leben!«

»Damit wollen Sie nur sagen, daß Sie mich nicht lieben.« Wortlos setzte er sich, gewillt, auch dies zu akzeptieren. Und plötzlich beruhigte seine Gefaßtheit sie. Zoya setzte sich ihm gegenüber und nahm seine Hände in die ihren.

»Nein, das will ich nicht. Ich liebe Sie nicht, aber ich mag Sie. Ich dachte, Sie wären mein Freund. Nie hätte ich gedacht, daß hinter Ihrem Verhalten mehr stecken könnte. Nicht ernsthaft jedenfalls. Sie haben nie gesagt ...« Ihre Augen füllten sich mit Tränen.

»Ich hatte Angst davor. Zoya, wollen Sie es sich nicht überlegen?«

Sie schüttelte bekümmert den Kopf. »Antoine, ich könnte es nicht. Es wäre nicht fair, für uns beide nicht. Wir beide verdienen mehr als das.« Sie blickte um sich und sah ihm dann wieder in die Augen. »Wenn wir uns lieben könnten, würde auch die Armut keine Rolle spielen. Aber sie spielt eine. Ich liebe Sie nicht.«

»Sie könnten es wenigstens versuchen.« Er sah trotz seiner Verwundung und seiner Verluste sehr jung aus.

»Nein, das kann ich nicht, es tut mir leid ...« Damit ging sie hinaus und schloß leise die Tür hinter sich. Parfum und Schal blieben zurück. Resigniert blickte er um sich, löschte das Licht und zog sich ebenfalls in sein Zimmer zurück. Vielleicht würde sie ihre Ansicht doch noch ändern. Möglicherweise gelang es ihrer Großmutter, sie umzustimmen. Die alte Dame hatte eine Verbindung für sehr vernünftig gehalten. Antoine war klar, daß ihre Zustimmung nicht der Sympathie, sondern der Verzweiflung entsprang.

»Zoya?« Eugenia sah ihr vom Bett aus zu, als sie sich auszog und dabei hinunter in den Garten blickte. Eugenia konnte das Gesicht ihrer Enkelin nicht sehen, vermutete aber instinktiv, daß sie weinte. Und als Zoya sich im Nachthemd umdrehte, loderte es in ihren Augen. »Großmama, warum hast du das getan? Warum hast du ihn ermutigt? Es war grausam für uns beide.« Wenn sie an den Schmerz in Antoines Blick dachte, fühlte sie sich noch schrecklicher. Aber nicht schrecklich genug, um ihn aus Mitleid zu heiraten. Sie mußte auch an sich denken. Daß sie ihn nicht liebte, stand unumstößlich fest.

»Es ist nicht grausam, sondern vernünftig, denn du mußt heiraten, und Antoine wird sich rührend um dich kümmern. Er ist Lehrer, er ist anständig, und er liebt dich.«

»Ich aber liebe ihn nicht.«

»Du bist ein Kind und weißt nicht, was du willst.« Sie argwöhnte, daß Zoya noch immer von Clayton träumte, von einem Mann, der doppelt so alt wie sie war und von dem sie seit Wochen nichts mehr gehört hatte.

»Ich möchte den Mann lieben, den ich heirate. Ist das zuviel verlangt?« Tränenüberströmt sank sie, Sawa an sich gepreßt, auf den einzigen Stuhl des Schlafzimmers nieder.

»Im Normalfall ist es nicht zuviel verlangt, unter den gegebenen Umständen schon. Du mußt vernünftig sein. Ich bin alt und krank. Was soll aus dir werden, wenn ich einmal nicht mehr bin? Willst du allein bleiben und weiterhin tanzen? Du wirst alt werden, alt, hart und verbittert. Hör jetzt mit diesem Unsinn auf. Nimm Antoines Antrag an und lerne, ihn zu lieben.«

»Großmama, wie kannst du so etwas sagen?«

»Ich sage es, weil ein langes Leben hinter mir liegt. Ich weiß, wann man kämpfen und wann man sich fügen muß, und vor allem, wann man in Herzensdingen zu Kompromissen bereit sein muß. Du darfst nicht glauben, daß ich dich nicht lieber mit einem gutaussehenden Mann aus angesehener Familie, einem Grafen oder einem Fürsten, verheiratet sehen würde – in St. Petersburg, in einem Haus wie dem unsrigen. Aber es gibt keine Aristokratie mehr. Sie leben als Taxifahrer, unser Palais ist abgebrannt, Rußland gibt es nicht mehr. So ist es nun einmal, und daran wird sich vielleicht nie mehr etwas ändern. Man muß sich den Zeiten anpassen. Ich will dich nicht allein zurücklassen, mein Kind. Ich möchte die Gewißheit haben, daß du versorgt bist.«

»Und daß ich ihn nicht liebe, macht dir nichts aus?«

Eugenia schüttelte traurig den Kopf. »Zoya, das ist nicht so wichtig. Jetzt nicht jedenfalls. Heirate ihn. Du wirst es nicht bereuen.« Aber er ist häßlich, wollte Zoya laut herausschreien, er ist verkrüppelt und hinkt! Doch im Innersten ihres Herzens wußte sie, daß dies alles nichts ausgemacht hätte, wenn sie ihn geliebt hätte. Das Leben mit Antoine würde immer deprimierend und armselig sein. Es würde nie ihren Ambitionen entsprechen. Und der Gedanke, mit ihm Kinder zu haben, brachte sie schier zur Verzweiflung. Sie wollte ihn und seine Kinder nicht. Sie konnte sich nicht so weit überwinden.

»Ich kann nicht.« Sie hatte das Gefühl, ersticken zu müssen.

»Doch, du kannst. Und du mußt. Mir zuliebe, Zoya ... tu es für mich, ehe ich sterbe. Laß mir die Gewißheit, daß du mit einem Mann lebst, der dich beschützt.«

»Wovor denn? Vor dem Verhungern? Wir werden hier gemeinsam Not leiden. Daran kann er nichts ändern. Und es kümmert mich nicht. Lieber verhungere ich mutterseelenallein, als mit einem Mann verheiratet zu sein, den ich nicht liebe.«

»Hüte dich vor übereilten Entschlüssen, mein Kind. Überleg dir lieber alles in Ruhe. Laß dir Zeit. Bitte, mir zuliebe ...« Eugenias Augen flehten sie an, und Zoya weinte ungehemmt, als wäre sie todunglücklich. Doch am nächsten Morgen waren die Tränen versiegt. Gleich als erstes sprach sie mit Antoine und schenkte ihm reinen Wein ein.

»Antoine, Sie sollen wissen, und zwar zweifelsfrei, daß ich Sie nicht heiraten werde. Am liebsten möchte ich all das vergessen.«

»Ich kann es nicht vergessen. Ich kann nicht neben Ihnen leben, wenn ich Sie so begehre.«

»Sie haben es zuvor gekonnt.« Plötzlich mußte sie befürchten, daß sie ihren Mieter verloren.

»Das war anders. Sie wußten noch nicht, daß ich Sie liebe.«

»Ich werde tun, als hätten Sie nie etwas gesagt.« Wieder wirkte sie kindlich und verängstigt, und er lächelte traurig.

»Das wird nicht gehen. Zoya, sind Sie ganz sicher, daß Sie sich entschieden haben? Möchten Sie es sich nicht noch einmal überlegen?«

»Nein, machen Sie sich keine falschen Hoffnungen. Ich kann Sie nicht heiraten, und ich werde es nicht tun. Niemals.«

»Gibt es einen anderen?« Er wußte, daß sie mit einem Amerikaner befreundet war, aber er hatte dieser Sache nicht allzuviel Bedeutung beigemessen.

»Nein, nicht so. Es gibt nur einen Traum. Wenn ich jetzt meine Träume aufgebe, dann bleibt mir gar nichts. Sie sind alles, was mir geblieben ist.«

»Vielleicht wird nach dem Krieg alles besser. Vielleicht bekommen wir dann eine eigene Wohnung.« Seine Hoffnungen waren so bescheiden, viel bescheidener als die ihren. Doch sie schüttelte den Kopf, und diesmal glaubte er ihr.

»Antoine, es geht nicht. Das müssen Sie mir glauben.«

»Dann muß ich gehen.«

»Nicht, bitte – ich schwöre, daß ich Ihnen aus dem Weg gehen werde. Großmama wird das Herz brechen, wenn Sie gehen.«

»Und Ihnen, Zoya?« Sie sah ihn wortlos an. »Werde ich Ihnen fehlen?«

»Ich dachte, Sie wären mein Freund, Antoine«, sagte sie bekümmert.

»Das bin ich. Und ich werde es immer sein. Aber ich kann nicht mehr hier wohnen.« Das ließ sein Stolz nicht zu. Als er nachmittags seine Sachen zu packen anfing, geriet Zoya in Panik. Sie bat ihn zu bleiben, versprach ihm alles, nur nicht die Ehe. Ohne seinen Beitrag zur Miete und zum Essen würde ihre Lage noch verzweifelter. »Ich kann nicht anders«, lautete seine einzige Antwort. Eugenia versprach ihm, sie würde versuchen, Zoya zur Vernunft zu bringen. Doch er wußte es besser. Er hatte Zoyas Blick gesehen und ihre Worte gehört. Und sie hatte recht. Sie konnte keinen Mann heiraten, den sie nicht liebte. Dieser Typ war sie nicht. »Es ist besser, wenn ich gehe. Morgen suche ich mir ein anderes Zimmer.«

»Sie ist ein dummes Ding.« Dasselbe sagte Eugenia am Abend zu Zoya. Sie schalt sie, weil sie ihre einzige Chance vertan hatte.

»Und wenn ich niemals heirate, soll es mir auch recht sein«, gab Zoya unter Tränen zurück. Und als sie am Morgen aufstand, fand sie einen Brief von Antoine vor, der mit seinen Habseligkeiten verschwunden war. Auf dem Tisch lagen drei Geldscheine, und im Brief wünschte er ihr alles Gute für den weiteren Lebensweg. Als Briefbeschwerer lag das Fläschchen Parfum darauf, das er ihr als Weihnachtsgeschenk überreicht hatte.

Eugenia brach in Tränen aus. Zoya nahm die drei Geldscheine an sich.

20

In den darauffolgenden zwei Wochen gestaltete sich das Leben in der Wohnung unweit des Palais Royal sehr kümmerlich. Das Ballett machte drei Wochen Pause, und ein neuer Mieter war nicht in Sicht – trotz Wladimirs eifrigen Bemühungen. Aus Kummer über Zoyas Hartnäckigkeit schien Eugenia über Nacht um Jahre gealtert zu sein, und sie verfiel zusehends, obwohl sich ihr Husten gebessert hatte. Sie hörte nicht auf, Zoya Vorwürfe Antoines wegen zu machen. Ihre finanzielle Lage wurde schließlich so verzweifelt, daß Eugenia sich kurz nach Neujahr entschlossen die Treppe hinunterkämpfte und sich von Wladimir in die Rue Cambon zu einem Juwelier bringen ließ.

Die Fahrt lohnte sich kaum, es war aber ihr letzter Ausweg. Sorgsam wickelte sie das Päckchen aus und zeigte dem Mann

Konstantins goldenes Zigarettenetui, und drei von Nikolajs silbernen Geschenkschatullen. Sie waren mit Emailleabbildungen seiner militärischen Rangabzeichen geschmückt, lustige Sprüche und die Namen seiner Freunde waren eingraviert. Eine Schatulle zeigte einen winzigen Frosch, die andere eine Kolonne weißer Emailleelefanten. Jedes Stück war das Geschenk eines Freundes. Eugenia hatte sich fest vorgenommen, diese Schatullen nie zu verkaufen. Sie hatte es Zoya sogar versprechen müssen.

Der Juwelier erkannte die Stücke sofort als Arbeiten von Fabergé. Leider wurden sie ihm in letzter Zeit dutzendfach angeboten.

»Sehr viel kann ich Ihnen nicht dafür geben«, sagte er in mitleidigem Ton. Der Betrag, den er nannte, trieb der Gräfin die Tränen in die Augen, aber sie konnten ja nicht verhungern. »Tut mir leid, Madame«, hörte sie ihn sagen. Den Kopf in stummer Würde gebeugt und schweigend nahm sie die kleine Summe in Empfang. Das Geld würde knapp eine Woche reichen, wenn sie sich nichts Außergewöhnliches leisteten.

Fürst Wladimir fiel die Blässe der alten Dame auf, als sie zu ihm ins Taxi stieg, aber wie immer stellte er keine vertraulichen Fragen. Er fuhr sie einfach nach Hause, nachdem sie einen Laib Brot und ein ganz kleines Huhn gekauft hatte. Zoya erwartete sie schon ungeduldig. Ihre niedergeschlagene Stimmung tat ihrer Schönheit keinen Abbruch.

»Wo warst du?« fragte sie, nachdem sie ihre Großmutter in einen Sessel gesetzt hatte und Wladimir hinuntergegangen war, um Brennholz zu holen.

»Wladimir hat mit mir einen Ausflug gemacht.« Aber Zoya vermutete mehr dahinter.

»Ist das alles?«

Eugenia wollte bejahen, da schossen ihr die Tränen in die Augen, und sie fing zu weinen an. Sie fühlte sich verbraucht und alt, als hätte das Leben sie zu guter Letzt um alles betrogen. Jetzt durfte sie sich nicht einmal erlauben zu sterben. Sie mußte an Zoya denken.

»Großmama, was hast du getan?« Zoya bekam es mit der Angst zu tun, aber Eugenia putzte sich die Nase mit dem Spitzentaschentuch, das sie noch immer bei sich hatte.

»Nichts, mein Kind, Wladimir war so liebenswürdig, uns anzubieten, daß er uns heute in die St.-Alexander-Newskij-Kirche bringt.« Für die Russen war es der Heilige Abend, und Zoya wußte, daß jeder in Paris lebende Emigrant dort sein würde. Sie selbst war nicht sicher, ob ihre Großmutter die Mitternachtsmesse besuchen sollte. Vielleicht war es vernünftiger, wenn sie zu Hause blieben, zumal sie selbst nicht in der richtigen Stimmung war. Eugenia aber richtete sich mit strenger Miene auf und lächelte Wladimir zu, als er mit dem Brennholz wiederkam.

»Bist du sicher, daß du dazu imstande bist, Großmama?«

»Natürlich.« Und welche Rolle spielte es schon? »Noch nie im Leben habe ich die Weihnachtsmette versäumt.« Daß das neue Jahr für sie sehr schwierig werden würde, wußten sie. Nach ihren zahllosen Verlusten würde der Gottesdienst sie schmerzlich an die Vergangenheit erinnern, als sie Weihnachten noch im Kreise ihrer Lieben hatten feiern können. Den ganzen Tag über war Zoya in Gedanken bei Maschka und den anderen, die Weihnachten in Tobolsk verbringen mußten.

»Ich komme um elf wieder«, versprach Wladimir, bevor er sie verließ. Zoya wollte ihr schönstes Kleid anziehen, und ihre Großmutter hatte ihren einzigen weißen Spitzenkragen gewaschen und gebügelt, damit sie ihn zu dem schwarzen Kleid tragen konnte, das Zoya ihr gekauft hatte.

Es wurde ein einsamer Weihnachtsabend in der stillen Wohnung, in der Antoines leeres Zimmer ihnen vorwurfsvoll entgegengähnte – Eugenia hatte es vor einigen Tagen Zoya angeboten, diese aber hatte festgestellt, daß sie es nicht übers Herz brachte einzuziehen. Nach Feodor und Antoine wollte sie das Zimmer nicht und zog es vor, lieber weiterhin bei ihrer Großmutter zu schlafen.

Am Abend briet Zoya das Hähnchen in ihrem kleinen Herd. Es war ein Luxus, es zu braten und damit auf die Suppe zu verzichten, aber es war das einzige Weihnachtsgeschenk, das sie sich leisteten. Beide versuchten verzweifelt, nicht an die vergangenen Jahre voller Luxus und Prunk zu denken. Sie hatten den Weihnachtsabend immer zu Hause verbracht und waren um Mitternacht mit der Familie zur Kirche gegangen, und am nächsten Tag wurde in Zarskoje Selo mit Nikolaus und den anderen gefeiert. Um sich abzulenken, sprachen sie von allem möglichen, vom Huhn, vom Krieg, von Wladimir, verzweifelt bemüht, den Erinnerungen auszuweichen. Als Zoya ein leises Pochen an der Tür vernahm, stand sie auf und schob Sawa beiseite, die auf Essensreste wartete.

»Ja?« Zoya war gespannt, ob als Erhörung ihrer Gebete und dank Wladimirs Hilfe oder der Vermittlung eines ihrer Bekannten endlich ein neuer Mieter gekommen war. Wenn es ein Mieter war, dann hatte er sich einen merkwürdigen Zeitpunkt ausgesucht. Zoya wollte ihren Ohren nicht trauen, als sie eine bekannte Stimme hörte – es war unmöglich ... Sie öffnete die Tür und starrte ihn an, wie er in voller Uniform vor ihr stand. Auf Epauletten und Mütze schimmerten die Rangabzeichen, seine Miene war ernst, seine blauen Augen voller Wärme.

»Fröhliche Weihnachten, Zoya.« Es war Clayton, der vor der Tür stand. Seit vier Monaten hatte sie ihn nicht mehr gesehen. Er wußte, welche Bedeutung das heutige Datum für sie hatte, und er hatte Himmel und Hölle in Bewegung gesetzt, um aus Chaumont rechtzeitig fortzukommen und mit ihnen feiern zu können. Vier Tage Urlaub waren ihm bewilligt worden, die er mit Zoya verbringen wollte. »Darf ich hereinkommen?« Sie stand da wie betäubt, nicht imstande etwas zu sagen, während sie ihn in stummer Verwunderung anstarrte.

»Ich ... mein Gott ... bist du es wirklich?«

»Ich glaube schon.« Er lächelte und beugte sich vor, um sie auf die Wange zu küssen. Ihr Flirt vom vorangegangenen Sommer war darüber nicht hinausgegangen, jetzt aber spürte er das Verlangen, sie fest in die Arme zu nehmen. Fast hatte er schon vergessen, wie schön sie war.

Sie ließ ihn eintreten und folgte ihm ins Wohnzimmer, den Blick überglücklich auf seine straffen Schultern und den geraden Rücken gerichtet, ihr Herz strömte über vor Freude, als er ihre Großmutter begrüßte. Clayton hatte eine Tasche bei sich, aus der er nun Dinge holte, die für sie unglaubliche Schätze darstellten. Frischgebackene Plätzchen aus dem Hauptquartier, eine Tafel Schokolade, drei dicke Würste, frischen Kopfsalat, ein paar Äpfel und eine Flasche Wein aus General Pershings Beständen. Es waren Reichtümer, die sie sprachlos machten. Seit Monaten hatten sie derartige Dinge nicht mehr gesehen. Aber Zoya hatte nur Augen für Clayton, den sie mit einem Ausdruck grenzenloser Bewunderung ansah.

»Fröhliche Weihnachten, Gräfin«, sagte er verhalten. »Sie beide haben mir gefehlt.« Aber nicht halb soviel, wie er Zoya gefehlt hatte. Als er vor ihr stand, wurde es Zoya um so mehr bewußt.

»Danke, Captain. Nun, wie steht es um den Krieg?« fragte Eugenia leise, wobei sie ihre Enkelin ansah. Was sie sah, wärmte ihr Herz und hob ihre Stimmung. Dies war der Mann, den Zoya wollte, ob sie es wußte oder nicht. Es war nicht zu übersehen.

Er bot einen stattlichen Anblick, als er stolz in ihrem winzigen Wohnzimmer stand und alles um ihn herum noch kleiner wirken ließ. »Leider ist der Krieg noch nicht beendet, wir tun aber alles, um dieses Ziel zu erreichen. In ein paar Monaten müßte es soweit sein.«

Die kargen Überreste ihres Abendessens standen noch auf dem Tisch, und Zoya betrachtete die Süßigkeiten mit sehnsüchtigem Blick. Sie bot ihrer Großmutter davon an, ehe sie wie ein hungriges Kind zwei Plätzchen naschte. Clayton lachte vergnügt. Er war überglücklich, sie wiederzusehen.

»Ich muß mir merken, daß dir diese Sorte schmeckt«, zog er sie auf und faßte nach ihrer Hand.

»Hm? Wunderbar ... vielen Dank ...« Auch Eugenia strahlte, als sie sah, wie jung und unbeschwert Zoya mit einem Schlag wieder geworden war. Unwillkürlich traf sich ihr Blick mit dem des Captain über Zoyas Kopf hinweg. In den vergangenen vier Monaten war Eugenia sehr gealtert, und beide Frauen kamen ihm schmäler vor, abgemagert, müde und verbraucht, dennoch war Zoya in seinen Augen unverändert schön. Er sehnte sich, sie endlich in die Arme nehmen und festhalten zu dürfen.

»Bitte, setzen Sie sich, Captain«, lud Eugenia ihn ein. Ihr hohes Alter, ihre großen Schmerzen und die ständigen Opfer, die sie brachte, hatten ihrer Haltung und ihrem Stolz nichts anhaben können.

»Danke. Gehen die Damen heute zur Kirche?« Er wußte, welch bedeutsames Ritual der weihnachtliche Kirchgang für sie darstellte. Zoya hatte ihm so begeistert von den Kerzenprozessionen des Heiligen Abends erzählt, daß er sie unbedingt begleiten wollte. Er hatte alles Menschenmögliche getan, um diesen Abend mit ihnen verbringen zu können. Zoya, die lebhaft nickte, signalisierte ihrer Großmutter mit den Augen eine Frage.

»Möchten Sie mitkommen?« fragte Eugenia ihn daraufhin.

»Ja, sehr gern.« Er entkorkte die Weinflasche, und Zoya holte die Gläser hervor, die er ihnen im Sommer geschenkt hatte. Wortlos sah sie zu, wie er einschenkte. Es war wie ein Traum, ihn in seiner Uniform dastehen zu sehen, und plötzlich fiel ihr ein, was sie zu Antoine gesagt hatte. Sie konnte keinen Mann heiraten, den sie nicht liebte. Und diesen Mann liebte sie, das wußte sie in diesem Augenblick genau. Sie hätte Clayton heiraten können, ohne Rücksicht auf sein Alter, auf sein bisheriges Schicksal oder das vor ihnen liegende Leben ... doch das waren törichte Überlegungen. Zwei Monate lang hatte sie kein Wort von ihm gehört. Sie hatte keine Ahnung, wie er für sie empfand, ja, ob sie ihm überhaupt etwas bedeutete. Sie wußte nur, daß er großzügig und gütig war, und er war gerade am Weihnachtsabend wieder in ihr Leben getreten. Mehr wußte sie nicht. Aber Eugenia, die sie beobachtete, wußte mehr, sie wußte sogar mehr als Clayton.

Kurz nach elf erschien Wladimir. Er hatte versprochen, sie zur

Kirche zu fahren, und er stutzte, als er Clayton sah. Die Gräfin machte die beiden miteinander bekannt, während Wladimir versuchte, Claytons Miene zu deuten. Er fragte sich, wer er war und welche Absichten er hatte, doch Zoyas leuchtende Augen sagten alles. Es war, als hätte sie die vergangenen Monate nur für diesen Augenblick überstanden.

Clayton folgte ihr kurz in die Küche, als Eugenia dem Fürsten ein Glas Wein einschenkte. Er berührte ihren Arm und zog sie an sich. Seine Lippen streiften leicht ihr Haar, und er schloß die Augen, als er sie in den Armen hielt.

»Du hast mir so gefehlt, Kleines ... ich wollte dir schreiben, aber es war unmöglich. Alles fällt unter strenge Geheimhaltung. Es ist ein wahres Wunder, daß man mich überhaupt nach Paris gelassen hat.« Clayton gehörte zu General Pershings innerstem Kreis, der mit der Entwicklung der verschiedenen Strategien für das amerikanische Korps befaßt war. »Habe ich dir gefehlt?« fragte er, nachdem er sie losgelassen hatte und einen Schritt zurückgetreten war.

Zoya brachte kein Wort heraus, Tränen blendeten sie. Alles war so unendlich schwierig gewesen, ihre Armut, der Hunger, der kalte Winter, der Krieg. Es war ein Alptraum gewesen, und jetzt war er plötzlich da, mit Plätzchen, Wein und seinen starken Armen, die sie umfangen hielten. »Du hast mir sehr gefehlt.« Ihre Worte kamen als heiseres Flüstern, und sie wandte den Blick dabei ab. Sie hatte Angst, ihn anzusehen, weil er in ihrem Blick alles erkannt hätte. Doch sie fühlte sich so sicher bei ihm, als hätte sie ein ganzes Leben auf ihn gewartet. Von der Küchentür war ein diskretes Hüsteln zu hören, und beide drehten sich um. Fürst Wladimir beobachtete sie in stiller Eifersucht.

»Wir müßten bald losfahren, Zoya Konstantinowna.« Er sprach Russisch, und einen Moment begegnete er Claytons Blick. »Kommen Sie mit, Mr. Andrews? Die Damen fahren zur Christmette.«

»Ja, sehr gern.« Er sah auf Zoya hinunter. »Bist du sicher, daß es deiner Großmutter nichts ausmacht?«

»Natürlich nicht.« Zoya sprach für sie beide, aber in erster Linie für sich, und gleichzeitig fragte sie sich, wo er Quartier genommen hatte. Sie erwog, ihm Antoines Zimmer anzubieten, vermutete aber ganz richtig, daß ihre Großmutter dies unschicklich finden würde. Nicht, daß es eine Rolle gespielt hätte – was bedeutete Anständigkeit schon, wenn man kein Essen, kein Geld, keine Wärme hatte und wenn die Welt, die einem vertraut war, in Trümmern lag? Wer war denn noch da, der sich darum kümmerte, ob etwas anständig war oder nicht? Das alles kam ihr jetzt ziemlich töricht vor, als Clayton sie an der Hand nahm und aus der Küche führte. Sawa folgte ihnen ganz dicht, den Blick erhoben, voller Hoffnung auf einen Happen. Unauffällig fütterte Zoya den Hund mit einem Plätzchen.

Ihre Großmutter holte Mantel und Hut, und Zoya nahm ihren eigenen abgetragenen Mantel vom Haken neben der Tür, während die zwei wartenden Männer vom Krieg sprachen, vom Wetter und von den Aussichten auf einen Frieden in den kommenden Monaten. Wladimir nahm den Gast kritisch unter die Lupe und mußte sich widerwillig eingestehen, daß er ihn nicht unsympathisch finden konnte. Natürlich war der Amerikaner für Zoya zu alt, und Eugenia würde sicher nicht so dumm sein und zulassen, daß sich zwischen den beiden etwas entspann. Nach dem Krieg mußte der Bursche nach New York zurückkehren und das hübsche Mädchen, mit dem er in Paris angebändelt hatte, vergessen. Andererseits konnte man es ihm nicht verübeln, daß er sie anziehend fand. Er selbst hatte seine Liebe zu ihr noch nicht überwunden, auch wenn er schon mehr als einem Monat einer der Freundinnen seiner Tochter den Hof machte. Sie war ein nettes russisches Mädchen aus guter Familie, das wie alle anderen im letzten Frühjahr in Paris gelandet war und sich mit Näharbeiten über Wasser hielt. Sie und seine Tochter erwarteten ihn in der Kirche.

Clayton half der greisen Gräfin die Treppe hinunter, während Zoya hinterherging und Wladimir zu seinem Taxi eilte. Langsam fuhren sie durch stille Straßen, während Clayton um sich blickte und immer wieder Zoya betrachtete. Sie sah aus, als hätte sie ein bißchen Lebensfreude bitter nötig, vor allem aber eine bessere Ernährung. Außerdem brauchte sie dringend einen neuen Mantel, ihr alter war abgetragen und fadenscheinig, wie er bemerkte, als sie vor der Kirche St. Alexander Newskij ausstiegen und der Wind heftig blies.

Es war eine schöne alte Kirche, in der schon die Menschen dichtgedrängt standen, als sie eintraten. Auf den Eingangsstufen hörten sie Orgelklänge, und dann umfing sie leises Stimmengewirr. Weihrauchduft stieg ihnen in die Nasen, und die Wärme im Inneren tat wohl. Plötzlich bekam Zoya feuchte Augen, als sie die Gesichter sah und ringsum Russisch gesprochen wurde. Es war fast wie eine Heimkehr. Die Menschen um sie herum wirkten lebendig und voller Freude, mit ihren langen Kerzen in den Händen. Wladimir reichte Eugenia und auch Clayton je eine Kerze, und Zoya nahm eine von einem kleinen Jungen in Empfang. Der Kleine sah mit scheuem Lächeln zu ihr auf und wünschte ihr frohe Weihnachten. Sie aber konnte an nichts anderes denken als an andere Weihnachtsfeste, andere Tage ... Maschka und Olga, Tatjana und Anastasia, Tante Alix und Onkel Nikolaus und den kleinen Alexej. Alljährlich hatten sie gemeinsam die Ostergottesdienste besucht, die so ähnlich waren wie diese Messe ... Clayton nahm sanft ihre Hand und hielt sie fest, als könne er Gedanken lesen und wußte, was sie empfand. Er legte den Arm um sie, als sie das erste Lied anstimmten, überwältigt von der Schönheit der gewaltigen Stimmen, die auf russisch sangen. Männern und Frauen liefen Tränen über die Wangen. Sie weinten in der Erinnerung an ein anderes Leben, in einem anderen Land, das sie nie vergessen würden. Für Zoya war es fast unerträglich, Gebräuche, Geräusche und Gefühle waren von schmerzlicher Vertrautheit. Mit geschlossenen Augen sah sie Nikolaj vor sich stehen, ihre Mutter und ihren Vater. Fast fühlte sie sich wieder wie ein Kind, als sie neben Clayton stand und zu tun versuchte, als wären sie noch immer in der Heimat.

Nach der Mette kamen viele Menschen, die sie kannten, auf sie zu. Die Männer begrüßten Eugenia mit Verbeugung und Handkuß, andere, meist der Dienerschaft bekannter Familien angehörig, knieten kurz vor ihr nieder.

Die Menschen weinten ungehemmt und umarmten einander, während Clayton danebenstand und alles aufmerksam registrierte. Zoya machte ihn mit allen ihren Freunden bekannt. Es waren so viele vertraute Gesichter da, aber sie kannte nicht alle. Sie und Eugenia hingegen schienen alle zu kennen. Großfürst Cyril war anwesend, und auch andere Mitglieder der Familie Romanow. Alle trugen alte Kleider, abgetragene Schuhe, und ihre Mienen waren sorgenvoll. Es war schmerzlich, hier zu sein, zugleich aber war es herzerwärmend – wie eine kurze Reise in eine Vergangenheit, die sie zurückgewinnen wollten und die wiederzubeleben sie ihr Leben lang versuchen würden.

Eugenia, die neben Wladimir stand, wirkte erschöpft. Groß und aufrecht stand sie da und begrüßte alle, die sich zu ihr drängten. Dann kam ein schrecklicher Moment, als Großfürst Cyril weinend wie ein Kind auf sie zuging. Keiner der beiden brachte ein Wort heraus, und Eugenia streckte die Hand aus und gab ihm ihren Segen. Dann nahm Zoya ihren Arm und führte sie mit einem Blick zu Wladimir hinaus zum Taxi. Es war für alle ein schwerer Abend gewesen, aber der Kirchenbesuch bedeutete ihnen sehr viel. Mit einem matten Aufseufzen lehnte Eugenia sich zurück. Ihr Blick sagte alles.

»Es war ein wundervoller Gottesdienst«, sagte Clayton, der unaussprechlich gerührt war, leise. Man spürte die Liebe, den Stolz, den Glauben und die Kümmernisse dieser Menschen. Und es war, als hätten sie alle in stillschweigender Übereinstimmung für ihren Zaren, für dessen Frau und Kinder gebetet. Clayton hätte zu gern gewußt, ob Zoya wieder Nachricht von Marie hatte, wollte sie aber vor Eugenia nicht danach fragen. Es war zu schmerzlich. »Vielen Dank, daß ich mitkommen durfte.«

Clayton begleitete sie zur Wohnung hinauf, und Wladimir schenkte den Rest des Weins ein. Eugenias traurige Augen und ihre abgespannten Züge ließen Clayton bedauern, daß er keinen Brandy mitgebracht hatte. Er legte Brennholz nach und streichelte geistesabwesend Sawa, während Zoya wortlos nach einem Plätzchen griff und es in den Mund steckte.

»Großmama, du solltest zu Bett gehen.«

»Gleich, Zoya.« Einen Moment noch wollte sie dasitzen und sich ihren Erinnerungen hingeben. Liebevoll sah sie die beiden an. »Frohe Weihnachten, Kinder. Gott segne uns alle.« Sie trank einen Schluck Wein und stand auf. »Jetzt lasse ich euch allein, ich bin sehr müde.« Clayton bemerkte, daß sie kaum gehen konnte, als Zoya ihr ins Schlafzimmer half. Ein paar Minuten später war das junge Mädchen wieder da. Wladimir trat kurz darauf mit einem letzten neiderfüllten Blick, der von einem Lächeln begleitet war, auf Clayton zu. Dieser Amerikaner hatte Glück ... von Zoya mit solcher Herzlichkeit bedacht zu werden. Sie war ein so junges, lebensvolles und hübsches Ding. »Frohe Weihnachten, Zoya.« Aus Wladimirs Miene sprach noch immer die besinnlich-traurige Stimmung der Christmette.

»Frohe Weihnachten auch Ihnen, Fürst Wladimir.« Er küßte sie auf beide Wangen, ehe er zu seinem Taxi lief. Seine Tochter und deren Freundin erwarteten ihn zu Hause. Und als sich die Tür hinter ihm schloß, wandte sich Zoya an Clayton. Alles war bittersüß, das Alte und das Neue, das Glückliche und das Traurige. Die Erinnerungen und die Wirklichkeit ... Konstantin, Nikolaj, Wladimir, Feodor, Antoine und jetzt Clayton. Sein Anblick löste die Erinnerung an alle anderen aus. Ihr Haar schimmerte golden im Feuerschein. Er ging auf sie zu, faßte nach ihren Händen und nahm sie wortlos in die Arme, um sie zu küssen.

»Fröhliche Weihnachten.« Er sagte es auf russisch, wie er es immer wieder in der Alexander-Newskij-Kirche gehört hatte.

Sie erwiderte seinen Weihnachtswunsch, und so standen sie eine Zeitlang umschlungen da. Er strich ihr übers Haar, und sie lauschten dem Knistern des Feuers, während Sawa neben ihnen schlief.

»Ich liebe dich ... Zoya ...« Eigentlich hatte er es ihr nicht sagen wollen, ehe er nicht Gewißheit hatte, und doch hatte er es jetzt ausgesprochen. Seit er sie im September verlassen hatte, wußte er es.

»Ich liebe dich auch.« Sie flüsterte diese Worte, die ihr völlig zwanglos über die Lippen kamen. »O, Clayton, ich liebe dich ...« Aber was nützte das schon? Es war Krieg, und Clayton würde, wenn alles vorüber war, Paris verlassen und zurück nach New York gehen. Daran wollte sie nicht denken. Es war unerträglich.

Sanft zog er sie aufs Sofa, und da saßen sie nun, hielten sich an den Händen wie zwei glückliche Kinder. »Deinetwegen habe ich große Sorgen ausgestanden. Ich wünschte, ich hätte die letzten Monate hier sein können.« Und jetzt hatten sie kurze vier Tage, eine winzige Insel von Momenten in einer rauhen See, die sie jeden Augenblick verschlingen konnte.

»Ich wußte, du würdest zurückkommen.« Sie lächelte. »Wenigstens hoffte ich es.« Jetzt war sie um so glücklicher, weil sie sich von ihrer Großmutter nicht in die Ehe mit Antoine hatte zwingen lassen. Hätte sie auf sie gehört, dann wäre sie bei Claytons Rückkehr mit Antoine oder vielleicht sogar Wladimir verheiratet gewesen.

»Ich habe versucht, dagegen anzukämpfen.« Seufzend streckte er die langen Beine auf dem häßlichen dunkelroten Teppich aus, der in den letzten Monaten noch unansehnlicher geworden war. Alles in der Wohnung wirkte abgenutzt, alt und schäbig, alles mit Ausnahme des schönen Mädchens an seiner Seite, mit seinen roten Haaren und grünen Augen und dem gemmenhaft fein geschnittenen Gesicht, von dem er monatelang geträumt hatte, trotz aller Gründe, mit denen er versucht hatte, sie aus seinem Gedächtnis zu verbannen. »Ich bin für dich zu alt, Zoya. Du brauchst einen Jüngeren, der mit dir gemeinsam das Leben entdeckt und dich glücklich macht.« Aber wer hätte das sein können? Der Sohn eines russischen Aristokraten, ein junger Mann, der so wenig besaß wie sie selbst? In Wahrheit brauchte sie jemanden, der sich ihrer annehmen konnte, und dieser Jemand wollte er sein.

»Clayton, du machst mich glücklich. Glücklicher als ich es je gewesen war ...« Ihr Lächeln war ohne Arg, »glücklicher jedenfalls als seit langem.« Sie sah ihn ernst an. »Ich will keinen Jüngeren. Es ist mir egal, wie alt oder wie jung du bist. Nur unsere Gefühle sind wichtig. Mir ist es einerlei, ob du reich oder arm bist, ob hundert Jahre alt oder zehn. Wenn man jemanden liebt, dann sollten diese Dinge keine Rolle spielen.«

»Aber gelegenflich tun sie es doch.« Er war reifer und besaß mehr Lebenserfahrung. »Es ist ein merkwürdiger Zeitpunkt. Du hast alles verloren und sitzt praktisch hier in der Falle, im Krieg, in einem fremden Land. Wir beide sind hier fremd. Später, wenn sich alles beruhigt hat, dann wirst du mich vielleicht ansehen und dich fragen, was habe ich mit dem zu schaffen!« Er lächelte, innerlich von der Furcht erfüllt, es könnte eintreffen, was er vorausgesagt hatte. »Der Krieg bewirkt sonderbare Dinge.« Er hatte es bei anderen miterlebt.

»Für mich wird der Krieg nie zu Ende sein. Ich kann nie wieder zurück in die Heimat. Einige glauben zwar, daß wir eines Tages zurückkehren können – trotz der Revolution. Aber alles hat sich für immer geändert. Und wir sind hier. Das ist jetzt unser Leben, das ist die Wirklichkeit ...« Sie sah ihn ernst an und war auf einmal kein Kind mehr, mochte sie an Jahren auch noch sehr jung sein. »Ich weiß nur, daß ich dich liebe.«

»Du machst mich jung, Zoya.« Clayton drückte sie an sich. Sie spürte seine Wärme und seine Kraft, all die guten Dinge, die sie vor langer Zeit empfunden hatte, wenn ihr Vater sie in die Arme nahm. »Du machst mich so glücklich.« Diesmal war sie es, die ihn küßte, und plötzlich zog er sie noch enger an sich, von heftiger Leidenschaft erfaßt. Er träumte schon zu lange von ihr, begehrte sie, brauchte sie, und jetzt konnte er seine Gefühle und seine Sehnsüchte nicht mehr verdrängen. Er stand auf, um ans Fenster zu gehen und in den Garten zu sehen. Dann drehte er sich langsam um, von der Frage bewegt, welche Richtung ihr Leben nun nehmen würde. Er war nach Paris gekommen, um Zoya zu sehen, und hatte nun Angst vor der Zukunft. Nur Zoya schien ruhig, gelassen und überzeugt zu sein, daß es richtig war, hier mit ihm zusammenzusitzen. Aus ihren Augen sprach unerschütterliches Vertrauen. »Ich möchte nichts tun, was du bereuen könntest, Kleines.« Und dann fragte er: »Mußt du diese Woche tanzen?« Als sie den Kopf schüttelte, lächelte er. »Gut, dann bleibt uns viel Zeit, ehe ich zurück nach Chaumont muß. Ich glaube, ich muß jetzt gehen.« Es war drei Uhr morgens. Zoya war noch nicht müde, als sie ihn, gefolgt von Sawa, an die Tür brachte.

»Wo wohnst du?«

»Der General hat mir freundlicherweise erlaubt, Ogden Mills' Haus zu benutzen.« Dort waren sie sich zum erstenmal begegnet, in dem prächtigen Hôtel particulier an der Rue de Varennes am linken Seine-Ufer. »Darf ich dich morgen in der Früh abholen?«

Sie nickte selig. »Ich freue mich schon.«

»Ich komme um zehn.« Er küßte sie noch einmal in der Tür, unsicher, wie sich alles gestalten würde, aber tief im Inneren überzeugt, daß es kein Zurück mehr gab.

»Gute Nacht, Captain, mein Geliebter«, rief sie ihm leise nach, als er die Treppe hinunterlief, lächelnd und so beschwingt, als wollte er tanzen. Noch nie im Leben war er so glücklich gewesen.

21

»Gestern mußt du sehr spät zu Bett gegangen sein.« Ihre Großmutter sagte es leise am Frühstückstisch. Zoya hatte einen Apfel in Stücke geschnitten und toastete ein Stück von dem Brot, das Clayton mitgebracht hatte.

»Nein, nicht sehr spät.« Mit abgewandtem Blick trank sie einen Schluck Tee und steckte heimlich ein Stück Schokolade in den Mund.

»Du bist noch ein Kind, vergiß das nicht.« Ihre Großmutter sagte das fast ein wenig traurig. Sie wußte, was kommen würde, und sie bangte um Zoya. Clayton war ein guter Mensch, aber die Situation war alles andere als wünschenswert. Wladimir hatte sich am Abend ähnlich zu ihr geäußert, und sie mußte ihm recht geben, zugleich aber wußte sie, daß sie Zoya nicht davon abbringen konnte. Vielleicht war wenigstens der Amerikaner vernünftiger als das Kind, da er aber den ganzen Weg von Chaumont hierher nicht gescheut hatte, um sie zu sehen, hatte sie ihre Zweifel. Ein Blinder konnte sehen, daß er Zoya verzweifelt liebte.

»Großmama, ich bin achtzehn.«

»Und was heißt das schon?« Die Greisin lächelte versonnen.

»Es heißt, daß ich nicht so dumm bin, wie du glaubst.«

»Du bist dumm genug, dich in einen Mann zu verlieben, der dein Vater sein könnte. Ein Mann, der als Soldat in einem fremden Land ist, ein Mann, der eines Tages in seine Heimat zurückkehren und dich hier lassen wird. Ehe du dich auf eine Dummheit einläßt, mußt du dir das vor Augen halten.«

»Ich werde keine Dummheit machen.«

»Gib gut acht auf dich.« Es genügte, daß sie in ihn verliebt war. Das reichte, um ihr Schmerz zu bereiten, wenn der Augenblick des Abschieds kam. Und einen Abschied würde es spätestens nach Kriegsende geben, wenn nicht früher. »Er wird dich nicht heiraten. Das mußt du dir vor Augen halten.«

»Ich möchte ihn gar nicht heiraten.« Das war gelogen, wie beide wußten.

Als Clayton kurz nach dem Frühstück kam, entging ihm der wachsame Ausdruck in den Augen der alten Frau keineswegs. Diesmal brachte er ihr Blumen, drei frische Eier und wieder einen Laib Brot.

»Ich werde ja noch zunehmen, wenn Sie uns öfter besuchen, Captain.« Eugenia lächelte. Der Amerikaner war ein charmanter Mann, was aber ihre Angst um Zoya nicht minderte.

»Diese Gefahr besteht nicht, Madame. Möchten Sie mit uns in den Tuilerien spazierengehen?«

»Gern.« Fast fühlte sie sich wieder jung. Clayton Andrews schien mit seinen nützlichen Geschenken und seiner netten Art Sonne und Glück zu bringen und ähnelte mit seinen freundlichen Augen und dem bereitwilligen Lachen sehr ihrem eigenen

Sohn. »Leider machen meine Knie nicht mehr mit. Mir scheint, ich leide in diesem Winter an einem Anfall von Rheumatismus.« Der ›Anfall‹, wie sie es nannte, hätte eine weniger tapfere Frau völlig gehunfähig gemacht. Nur Zoya ahnte, wieviel Schmerzen sie erdulden mußte.

»Gestatten Sie mir, daß Zoya mich begleitet?« Er war anständig und wohlerzogen – Eigenschaften, die ihm Eugenias Sympathien sicherten.

»Junger Mann, Sie sind sehr nett, daß Sie mich fragen. Ich glaube nicht, daß Zoya sich durch irgend etwas aufhalten ließe.« Beide lachten, während Zoya ihre Sachen holte. Das Glück, das aus ihr leuchtete, überstrahlte ihre abgetragenen und fadenscheinigen Kleider. Zum erstenmal seit Monaten sehnte sie sich nach einem hübschen Stück zum Anziehen. In St. Petersburg hatte sie so viele hübsche Kleider besessen, die nun alle verbrannt waren, wenn auch nicht vergessen.

Zoya küßte ihre Großmutter zum Abschied, und Eugenia blickte ihnen gedankenvoll nach. Sie gönnte den beiden ihr Glück, als sie sah, wie Clayton Zoyas Hand nahm. Man konnte nicht anders, als mit ihnen fühlen und ihnen nur das Beste wünschen. Zoyas freudige Erregung schien den ganzen Raum zu erhellen. Angeregt plaudernd verließen sie die Wohnung, und Eugenia hörte das Paar die Treppe hinunterlaufen. Clayton war in dem ihm zur Verfügung stehenden Armeewagen gekommen.

»Nun, wohin möchtest du gehen?« Er lächelte Zoya zu. »Ich stehe ganz zu deinen Diensten.« Auch Zoya war frei. Es gab keine Vorstellungen und keine Proben, an die sie denken mußte. Sie konnte jede Minute mit Clayton verbringen.

»Gehen wir ins Faubourg St. Honoré. Ich möchte die Schaufenster ansehen. Dazu war nie Zeit.« Während der Fahrt erzählte sie ihm, wie sie und Maschka früher von schönen Kleidern geschwärmt hatten und wie wunderbar die Roben von Tante Alix gewesen waren. »Auch meine Mutter war elegant gekleidet, aber dieser Luxus konnte nicht verhindern, daß sie nie sehr glücklich war.« Sonderbar, dieses Eingeständnis, doch es kam ihr natürlich vor, ihm alles zu erzählen und jeden Gedanken mit ihm zu teilen, jeden Wunsch, jeden Traum, jede Erinnerung, damit er sie besser kennenlernen konnte. »Mama war immer übernervös. Großmama behauptet, Papa hätte sie zu sehr verwöhnt.« Zoya fühlte sich ganz in die Kindheit zurückversetzt und lachte.

»Du solltest auch verwöhnt werden. Vielleicht wird man dich eines Tages wie deine Mutter verwöhnen.«

Sie kicherte, als sie den Wagen parkten und sich zu Fuß auf den Weg machten. »Ich glaube nicht, daß es mich nervös machen würde.«

Er erwiderte ihr Lachen. Arm in Arm schlenderten sie dahin, und die Stunden vergingen wie Sekunden.

Zu Mittag nahmen sie im Café de Flore eine Kleinigkeit zu sich, und Zoya wirkte glücklicher als im Sommer. Damals hatte sie noch unter Schockeinwirkung gestanden, während jetzt der Schmerz schon ein wenig verblaßt war. Neun Monate waren seit ihrer Ankunft in Paris vergangen. Es erschien ihr noch immer unglaublich, daß sie noch vor einem Jahr in St. Petersburg ein normales Leben geführt hatte. »Hast du in letzter Zeit Nachricht von Marie bekommen?«

»Ja, endlich. Es scheint ihr in Tobolsk zu gefallen, aber sie findet sich in ihrer unkomplizierten Art mit allem ab. Ihr würde es überall gefallen. Das Haus, das sie nun bewohnen, soll winzig sein, so daß sie und ihre Schwestern zu viert ein Zimmer bewohnen. Onkel Nikolaus liest ihnen oft aus Geschichtsbüchern vor. Sogar in Sibirien bekommen sie Unterricht, schreibt sie. Sie glauben daran, daß sie bald aus Rußland herauskommen. Der Zar meint, daß die Revolutionäre ihnen nichts antun. Sie wollten sie nur für eine Zeitlang festhalten. Mir erscheint es so grausam und so dumm.« Zoya war noch immer wütend auf die Engländer, die der Zarenfamilie im März kein Asyl geboten hatten. Wäre es anders gewesen, sie hätten schon längst wieder zusammensein können. »Sicher wäre Großmama nach London gegangen, wenn die Zarenfamilie dort Zuflucht gefunden hätte.«

»Dann hätte ich dich aber nie kennengelernt, oder? Und das

wäre schrecklich. Vielleicht ist es gut, daß du in Paris bist, während du darauf wartest, daß der Zar und seine Familie ausreisen können.« Er wollte sie nicht beunruhigen, aber er hatte nie die Zuversicht so vieler geteilt, die glaubten, daß der Zar in Rußland in Sicherheit war. Doch es war nur ein vages Gefühl, das er nicht erwähnte, als sie nach dem Essen den Boulevard St. Germain in der Wintersonne entlangbummelten. Das Essen im Café de Flore war in angenehmer Atmosphäre verlaufen, und Zoya fühlte sich, als gäbe es für sie nur freie Zeit, ohne Vorstellungen und Proben. Nach längerem ziellosen Herumschlendern landeten sie in der Rue de Varennes und merkten, daß sie zufällig unweit des Hauses waren, in dem er wohnte.

»Möchtest du auf einen Sprung ins Haus kommen?«

Sie hatte von ihrer ersten Begegnung her noch glückliche Erinnerungen daran und nickte. Er erzählte ihr von New York, seiner Kindheit und von seinen Jahren in Princeton. Er bewohnte ein Haus an der Fifth Avenue – dieser Straßenname klang hübsch, wie Zoya fand.

»Warum hast du keine Kinder? Habt ihr keine gewollt?« Sie besaß noch die Unschuld der Jugend und betrat furchtlos heiklen Boden, eine Eigenschaft, die man in vorgerückten Jahren ablegte. Nie wäre sie auf den Gedanken gekommen, daß er vielleicht keine Kinder in die Welt setzen konnte.

»Ich hätte gern Kinder gehabt, aber meine Frau wollte keine. Sie war sehr schön und egoistisch und interessierte sich in erster Linie für ihre Pferde. Jetzt besitzt sie eine herrliche Farm in Virginia, auf der sie oft Jagden veranstaltet. Bist du in Rußland viel geritten?«

»Ja«, erwiderte sie mit versonnenem Lächeln. »Im Sommer in Liwadia und gelegentlich auch in Zarskoje Selo. Mein Bruder hat mir das Reiten beigebracht, als ich vier war. Er war gemein und behauptete immer, ich sei dumm und ungeschickt, wenn ich vom Pferd gefallen bin.« Aber Clayton merkte allein an der Art, in der sie von ihm sprach, wie sehr sie ihn geliebt hatte.

Sie hatten Ogden Mills' Haus erreicht, und Clayton steckte

den Schlüssel ins Schloß. Im Moment war er der einzige, der das Haus bewohnte. Der gesamte Stab des Generals war nach Chaumont versetzt worden. »Möchtest du eine Tasse Tee?« fragte er, als sie mit hallenden Schritten durch das Vestibül gingen.

»Ja, gern.« Draußen war es kalt, und sie hatte ihre Handschuhe zu Hause vergessen. Und plötzlich fiel ihr aus einem unerfindlichen Grund die Zobelmütze ein, die sie in Rußland zurückgelassen hatte. Auf der Flucht hatten sie dicke Kopftücher getragen, denn ihre Großmutter hatte befürchtet, daß kostbare Pelzmützen zu viel Aufmerksamkeit erregen könnten.

Sie folgte Clayton in die Küche, und kurz darauf dampfte der Teekessel. Er goß zwei Tassen voll, und sie saßen und plauderten, während die Sonne friedlich über dem Garten unterging. Zoya hatte das Gefühl, stundenlang mit ihm zusammensitzen und plaudern zu können, aber plötzlich wurde es still zwischen ihnen, und sie merkte, daß Clayton sie sonderbar ansah.

»Ich sollte dich nach Hause bringen. Deine Großmutter wird sich schon Sorgen machen.« Es war vier Uhr vorbei. Sie waren den ganzen Tag zusammengewesen, und Zoya hatte ihrer Großmutter gesagt, daß sie zum Abendessen vielleicht nicht zu Hause sein würde. Da Clayton nur vier Tage Urlaub hatte, wollten sie jeden Augenblick zusammen verbringen.

»Ich habe ihr ja gesagt, daß es spät werden könnte.« Und dann hatte Zoya einen Einfall. »Soll ich hier etwas kochen?« Eine Idee, die Behaglichkeit versprach – sie brauchten nicht auszugehen und konnten noch stundenlang dasitzen und miteinander reden wie den ganzen Tag über. »Sind Lebensmittel im Haus?«

»Ich habe keine Ahnung«, mußte er gestehen. Zoya war so jung und schön, wie sie vor ihm saß. »Ich sollte dich irgendwohin ausführen. Vielleicht ins Maxim's. Hättest du Lust?«

»Mir ist es einerlei«, sagte sie aufrichtig. Das Beisammensein mit ihm war für sie das Wichtigste.

»Ach, Zoya ...« Clayton ging um den Küchentisch herum, um sie an sich zu drücken. Er wollte sie aus dem Haus haben, ehe etwas passierte, was sie dann bereuen würde. Zoya übte eine so große Anziehungskraft auf ihn aus, daß sie fast schmerzte. »Ich glaube nicht, daß wir länger hierbleiben sollten«, flüsterte er leise. Seine größere Lebenserfahrung ließ ihn diesen Satz äußern.

»Wäre es dem General nicht recht, wenn er wüßte, daß ich hier bin?« Ihre Unschuld rührte an sein Herz. Leise lachend sah er sie an.

»Nein, meine Liebe, der General hätte nichts dagegen. Aber ich bin nicht sicher, ob ich meine Beherrschung noch lange aufrechterhalten kann. Du bist viel zu schön, als daß man mich mit dir lange allein lassen könnte. Du kannst von Glück reden, daß ich nicht schon längst einen Satz über den Tisch gemacht und dich an mich gerissen habe.« Das Bild, das er entwarf, brachte Zoya zum Lachen. Benommen vor Glück lehnte sie ihren Kopf an ihn.

»Ach, das also hatten Sie im Sinn, Captain?«

»Nein, aber ich täte es gern.« Beide waren unbefangen und locker, als er ihr über ihr langes rotes Haar strich. »Ich möchte gern so vieles mit dir machen: nach dem Krieg in den Süden fahren, an die Côte d'Azur, nach Italien – warst du schon einmal dort?« Sie schüttelte den Kopf und schloß die Augen. Schon das Zusammensein mit ihm war wie ein Traum.

»Ich glaube, wir sollten jetzt gehen«, wiederholte er leise, und der Raum kam ihr um so stiller vor. »Ich ziehe mich rasch um und bin gleich wieder da.«

Clayton schien aber eine Ewigkeit zu brauchen, die sie nützte, um leise die eleganten Zimmerfluchten des Erdgeschosses zu durchwandern. Ganz plötzlich hatte sie eine Idee ... ihr saß der Schalk im Nacken, als sie sich entschloß, die Marmortreppe hinaufzugehen und nach ihm zu suchen.

Im ersten Stock befanden sich weitere Salons, eine reichhaltige Bibliothek mit Büchern in Englisch und Französisch. Zoya sah etliche geschlossene Türen, und dann hörte sie Clayton aus einiger Entfernung singen. Sie lächelte, nicht nur über ihn, sondern über sich, weil es ihr unerträglich war, von ihm getrennt zu sein, auch nicht für wenige Augenblicke.

»Hallo?« rief sie, aber er hörte sie nicht, da das Wasser im Bad lief. Und als er ins Schlafzimmer kam, stand sie da, reglos und gebannt wie ein scheues Reh. Clayton war nur mit seiner Hose bekleidet, sein Oberkörper war bloß. Er hatte sich noch einmal rasiert, bevor er sie ausführte. In der Hand hielt er ein Handtuch, sein Gesicht war noch feucht, als er ihre Anwesenheit mit Erstaunen registrierte.

»Was machst du hier?« Fast schien er sich vor sich selbst mehr zu fürchten als die schöne Zoya.

»Unten fühlte ich mich ohne dich einsam.« Langsam bewegte sie sich auf ihn zu, von einer magnetischen Kraft angezogen, die sie nie zuvor gespürt hatte, so daß sie das Gefühl hatte, völlig willenlos zu sein. Sein Handtuch fiel zu Boden, er zog sie an sich, küßte sie auf Augen und Lippen, kostete die Süße ihrer Haut, bis ihm fast die Sinne schwanden.

»Zoya, geh wieder hinunter ...« Seine Stimme klang belegt, er wollte sie wegschieben, schaffte es aber nicht. »Bitte ...« Sie sah so traurig zu ihm auf, beinahe gekränkt, aber nicht ängstlich.

»Ich möchte nicht.«

»Zoya, bitte.« Doch er küßte sie in einem fort und spürte ihr Herz an seiner Brust heftig schlagen.

»Clayton, ich liebe dich.«

»Ich dich auch.« Endlich löste er sich widerstrebend von ihr.

»Du hättest nicht heraufkommen sollen, du törichtes Kind.« Er versuchte, die Sache leichthin abzutun, und trat zurück, um ein Hemd aus dem Schrank zu nehmen. Als er sich umdrehte, stand sie noch immer da, und das Hemd entglitt ihm. Wieder ging er auf sie zu. »Das halte ich nicht mehr lange aus.« Zoyas Jugend und sinnliche Schönheit trieben ihn in den Wahnsinn. »Zoya, ich würde mir das nie verzeihen, wenn ...«

»Wenn was?« Verschwunden war das scheue Mädchen, vor ihm stand eine junge Frau. »Wenn du mich liebtest? Was macht es schon aus, Clayton? Es gibt keine Zukunft mehr ... es gibt nur das Heute. Ein Morgen existiert nicht.« Es war die schwierigste Lektion, die sie im vergangenen Jahr gelernt hatte. Und sie wußte, wie sehr sie ihn liebte. »Ich liebe dich.« Wie sie so vor ihm stand, klein, stolz und stark, zerschnitt es ihm das Herz, denn ihr Blick sagte ihm, daß sie ihn nicht fürchtete, sondern liebte.

»Du weißt nicht, was du tust.« Wieder nahm er sie in die Arme und wiegte sie wie ein Kind. »Ich möchte dir nicht weh tun.«

»Das könntest du nie ... ich liebe dich zu sehr ...«

Und dann fand er keine Worte mehr, um sie zum Gehen zu überreden. Er begehrte sie zu heftig und sehnte sich schon zu lange nach ihr. Sein Mund ergriff von ihr Besitz, spontan machte er sich daran, ihr die Kleider vom Leib zu streifen. Dann trug er sie zum Bett und hielt sie fest und streichelte sie, während sie ihn unter Tränen küßte. Seiner eigenen Sachen entledigte er sich schnell, und sie versanken in dem riesigen Bett, dessen Himmel gleichsam segnend über ihnen schwebte. Es brannte keine Lampe im Zimmer, als sie sich liebten, doch in dem spärlichen vom Bad her einfallenden Licht konnte er ihr Gesicht sehen, während er sie liebte, wie er noch nie eine Frau geliebt hatte.

Stunden schienen zu vergehen, ehe sie still Seite an Seite lagen. Mit einem seligen Aufseufzen schmiegte sie sich an ihn und wirkte dabei sehr schutzbedürftig. In seinem Blick lag Ernst, denn er dachte an das, was geschehen war, und betete darum, daß sie nicht schwanger würde. Auf einen Ellbogen gestützt, sah er auf sie hinunter.

»Ich weiß nicht recht, ob ich auf mich wütend sein oder ob ich mich meinem Glücksgefühl hingeben soll. Zoya, Liebling, tut es dir leid?« Es war eine Vorstellung, die ihn entsetzte, aber sie lächelte sehr fraulich und streckte die Arme nach ihm aus, während er spürte, wie sein Begehren sich von neuem meldete. Es war schon fast Mitternacht, und die ganze Zeit über lagen sie im Bett, sprachen miteinander und liebten sich. Plötzlich warf er einen Blick auf die Uhr auf dem Nachttisch.

»Um Himmels willen, Zoya. Deine Großmutter wird mich verfluchen!« rief er entsetzt aus. Zoya lachte, als er aus dem Bett sprang und sie mit sich zog. »Zieh dich an ... du hast bei mir ja nicht mal was zu essen bekommen.«

»Das ist mir gar nicht aufgefallen.« Sie kicherte wie ein Schulmädchen. Da drehte er sich unvermittelt um und legte die Arme um sie.

»Ich liebe dich, du verrücktes Ding. Weißt du das? Ich bete dich an – und das in meinem Alter.«

»Sehr gut. Weil ich dich nämlich auch liebe. Und alt bist du nicht, dafür bist du mein!« Sie zupfte sacht an seinem Silberhaar und zog sein Gesicht zu sich. »Denk daran, egal, was uns widerfahren mag, denk daran, wie sehr ich dich liebe!« Es war eine Lektion, die sie das Leben sehr früh gelehrt hatte. Niemand wußte, welcher Schicksalsschlag einen am nächsten Tag treffen konnte. Es war ein Gedanke, der ihn zutiefst berührte, und er hielt sie fest an sich gedrückt.

»Nichts wird uns widerfahren, Kleines, du bist jetzt in Sicherheit.«

Er ließ für sie Wasser in die riesige Wanne einlaufen, ein für sie geradezu überwältigender Luxus. Für einen Moment glaubte sie sich zurückversetzt in das elterliche Palais in St. Petersburg, aber als sie wieder ihr häßliches graues Wollkleid anzog und ihre abgetretenen schwarzen Schuhe, wußte sie, daß es nur ein Traum gewesen war. Sie trug schwarze wollene Strümpfe gegen die Kälte. Als sie in den Spiegel blickte, vermeinte sie ein Waisenkind vor sich zu sehen.

»Mein Gott! Clayton, ich sehe schrecklich aus. Wie kannst du mich nur lieben?«

»Dummerchen, du bist eine Schönheit. Jeder Zoll, alles an dir ist schön«, flüsterte er in ihr Haar und hatte das Gefühl, Sommerblumen zu atmen. »Ich bete dich an.«

Fast brachten sie es nicht fertig, aus dem Haus zu gehen, aber er wußte, daß er sie nach Hause bringen mußte. Es war ausgeschlossen, daß sie die ganze Nacht bei ihm verbrachte, und als er ihr die schmale Treppe zu ihrer Wohnung in den vierten Stock hinauffolgte, küßte er sie ein letztes Mal im stickigen, dunklen Treppenhaus. Dann schloß sie auf, und sie sahen Eugenia, die in einem Sessel eingeschlafen war und auf sie wartete. Ihre Blicke trafen ein letztes Mal aufeinander, ehe Zoya sich niederbeugte und ihre Großmutter sanft auf die Wange küßte.

»Großmama ... tut mir leid, daß ich so spät komme. Du hättest nicht warten sollen.«

Die alte Frau fuhr jäh auf, um sie sodann lächelnd anzusehen. Trotz ihrer Schlaftrunkenheit konnte sie erkennen, wie glücklich die beiden waren. Es war, als wäre ein Hauch des Frühlings in den häßlichen Raum gedrungen. Da konnte sie ihnen nicht böse sein.

»Ich wollte sicher sein, daß dir nichts passiert ist. Nun, habt ihr einen schönen Tag verbracht?« Sie sah beide an und suchte Claytons Blick, doch sie las darin nur Güte und seine Liebe für Zoya.

»Es war wunderbar«, antwortete Zoya ohne die Spur eines Schuldgefühls. Jetzt gehörte sie ihm, daran konnte nichts und niemand etwas ändern. »Hast du zu Abend gegessen?«

»Ja, etwas vom Huhn von gestern und eines der Eier, die der Captain uns mitgebracht hat. Danke«, wandte sie sich im Aufstehen an ihn. »Es war köstlich.« Es war ihm unangenehm, daß er nicht mehr Lebensmittel hatte kaufen können, da er am Morgen sehr in Eile gewesen war. Und wieder fiel ihm ein, daß Zoya nichts zu Abend gegessen hatte. Sie mußte sehr hungrig sein. Die langen glücklichen Stunden hatten sie abgelenkt, aber jetzt war auch er halbverhungert. Als könne sie Gedanken lesen, sah sie ihn mit kaum verhohlenem Lächeln an und reichte ihm die Schokolade. Er biß schuldbewußt von einem Riegel ab und schob ihr den anderen in den Mund, ehe er ihr half, ihre Großmutter zur Schlafzimmertür zu stützen.

Wenig später kam Zoya wieder ins Wohnzimmer, und sie küßten sich. Er verließ sie nur höchst widerstrebend, aber er konnte nicht bei ihr bleiben. »Ich liebe dich«, flüsterte sie selig, ehe er ging.

»Nur halb soviel, wie ich dich liebe«, flüsterte er zurück.

»Wie kannst du das sagen?«

»Weil ich älter und klüger bin«, neckte er sie und schloß leise die Tür hinter sich, während Zoya die Lichter in der Wohnung löschte.

22

Am nächsten Morgen erschien Clayton, elegant und frisch wie immer, mit einem riesigen Korb voller Köstlichkeiten. Diesmal hatte er sich Zeit genommen und eingekauft.

»Guten Morgen, meine Damen!« Er schien außergewöhnlich gutgelaunt, wie Eugenia mit besorgtem Blick feststellte, aber sie wußte, daß sie keine Handhabe hatte, den beiden Hindernisse in den Weg zu legen. Er hatte Fleisch und Obst mitgebracht, dazu zwei Käsesorten und Plätzchen und Schokolade für Zoya. Er küßte sie leicht auf die Wange, drückte liebevoll ihre Hand und beharrte darauf, daß die Gräfin mit ihnen eine Ausfahrt unternahm. In bester Stimmung fuhren sie durch den Bois de Boulogne, lachend und plaudernd, so daß sich sogar Eugenia in dieser Gesellschaft wieder jung fühlte.

Clayton führte die beiden Frauen zu Mittag zum Essen aus, diesmal in die Closerie des Lilas, anschließend brachte er sie nach Hause. Eugenia war so müde, daß sie es kaum die Treppe hinaufschaffte. Clayton mußte sie halb tragen und halb stützen. Sie lächelte dankbar, denn es lag ein herrlicher Tag hinter ihr, an dem sie ihre Armut, den Krieg und alle Sorgen eine Zeitlang hatte vergessen können.

Lange saßen sie im Wohnzimmer beim Tee, ehe Zoya erneut mit Clayton ausging. Sie fuhren wieder zum Haus an der Rue de Varennes und liebten sich stundenlang leidenschaftlich. Diesmal bestand er darauf, sie zum Abendessen auszuführen. Sie gingen ins Maxim's und anschließend widerwillig nach Hause, wo sie Eugenia schlafend antrafen. Die zwei Liebenden schlichen auf Zehenspitzen durchs Wohnzimmer, naschten Schokolade, flüsterten miteinander, küßten sich beim Schein des Kaminfeuers und teilten ihre Träume miteinander. Zoya wünschte, er hätte die ganze Nacht mit ihr verbringen können, aber das war unmöglich. Als er ging, von überschäumenden Glücksgefühlen erfüllt wie ein kleiner Junge, versprach er, am Morgen wiederzukommen.

Am nächsten Tag ließ er sich mehr Zeit, so daß es elf Uhr wurde und Zoya sich schon Sorgen machte. Da sie kein Telefon hatten, konnte sie nicht anrufen. Um halb zwölf kam er dann, mit einem riesigen, in braunes Papier gewickelten Paket. Er stellte das gewichtige Ding auf den Küchentisch, wobei er seine eigene Freude nicht verhehlen konnte. Das Geschenk sei für ihre Großmutter bestimmt, erklärte er Zoya. Da kam die alte Gräfin auch schon, und er sah ihr zu, wie sie das Geschenk auspackte und ein ungewöhnlich schöner silberner Samowar zum Vorschein kam, auf dem das Wappen einer russischen Familie prangte, die ihn nach Paris gebracht hatte und gezwungen gewesen war, ihn zu verkaufen. Er konnte sich gar nicht vorstellen, wie sie es geschafft hatten, den Samowar mitzuschleppen, doch als er ihn an diesem Morgen in einem Laden am linken Seine-Ufer gesehen hatte, war ihm auf der Stelle klargewesen, daß er ihn für Eugenia kaufen mußte.

Mit angehaltenem Atem trat die alte Dame zurück und starrte den kostbaren Samowar überrascht und überwältigt an. Sie wußte, wie teuer ihr die eigenen Wertsachen gewesen waren und wie sehr es sie geschmerzt hatte, sie verkaufen zu müssen. Noch immer trauerte sie den Zigarettenetuis nach, die sie vor Weihnachten veräußert hatte. Und jetzt stand sie da und sah unverwandt den Samowar und den freundlichen Wohltäter, der ihn gebracht hatte, an.

»Captain ... Sie sind viel zu gut zu uns ...« Tränen stiegen ihr in die Augen. Sie küßte ihn voller Dankbarkeit und drückte ihre welke Wange an sein straffes Gesicht. Er erinnerte sie an ihren Sohn und ihren Mann. »Sie sind sehr gütig.«

»Ich wünschte nur, ich könnte mehr tun.« Er hatte für Zoya ein weißes Seidenkleid erstanden, das sie entzückt bestaunte, nachdem er es von seiner Umhüllung befreit hatte. Es stammte aus einer kleinen Schneiderwerkstatt am linken Seine-Ufer. Die Schneiderin hieß Gabrielle Chanel und besaß großes Talent, das sie in ihren kleinen Modesalon investierte. Das Kleid hatte sie ihm persönlich vorgeführt, und er hatte in ihr eine geistreiche und amüsante Person kennengelernt – unter den kriegsmüden und verhärmten Parisern eine Ausnahmeerscheinung.

»Gefällt es dir?« Zoya lief in ihr Zimmer, um es anzuprobieren, und als sie wiederkam, sah er, daß es für sie wie erschaffen war – schlicht und doch raffiniert. Das gebrochene Weiß kontrastierte eindrucksvoll mit ihrem roten Haar. Zoya wünschte nur, sie hätte dazupassende Schuhe besessen. Die Perlenkette, die Papa ihr geschenkt hatte und die mit ihrem Elternhaus verbrannt war, hätte die ideale Ergänzung gebildet.

»Clayton, ich finde es phantastisch!« Sie zog es zum Lunch mit ihm an, und am Nachmittag landete es auf dem Boden seines Schlafzimmers.

Der nächste Tag war sein letzter, Clayton sollte um vier Uhr nachmittags abreisen. Das war für Zoya eine unerträgliche Vorstellung. Sie liebten sich zum letzten Mal, und Zoya klammerte sich wie eine Ertrinkende an ihn. Er küßte sie immer wieder. Als er sie nach Hause brachte, war auch Eugenia traurig, daß er weg mußte. Die zahlreichen Abschiede in ihrem Leben waren zu schmerzlich gewesen.

»Geben Sie acht auf sich, Captain ... wir werden täglich für Sie beten«, so wie sie jetzt für so viele betete. Sie bedankte sich noch einmal für seine Güte und Großzügigkeit. Clayton schien sich nicht trennen zu können, er konnte Zoya keinen Augenblick, geschweige denn Monate, allein lassen. Wann er wieder nach Paris kommen würde, war nicht absehbar.

Eugenia ließ die beiden diskret allein, als Zoya ihn aus tränenblinden Augen ansah. Der silberne Samowar war nun das beherrschende Stück in dem winzigen Wohnzimmer und ließ alles andere noch kleiner erscheinen, aber Zoya hatte dafür keine Augen. Sie sah nur Clayton. Schluchzend warf sie sich ihm in die Arme, und er drückte sie an sich.

»Ich liebe dich so sehr, Kleines ... bitte, paß auf dich auf.« Er wußte, welche Gefahren ihr in Paris drohten. Es bestand immer noch die Möglichkeit eines massiven Angriffs auf die Hauptstadt, und er betete um ihre Sicherheit, als er sie in den Armen hielt. »Sobald es sich einrichten läßt, komme ich.«

»Schwöre mir, daß du heil und gesund wiederkommst! Schwöre es mir!« verlangte sie. Sie hätte es nicht ertragen, abermals einen Menschen zu verlieren, zumal einen Menschen, den sie so liebte wie ihn.

»Versprich mir, daß du nicht bereuen wirst, was zwischen uns geschehen ist.« In diesem Punkt machte er sich immer noch Sorgen. Er befürchtete vor allem, daß sie beim erstenmal schwanger geworden war. Nachher war er zwar sehr vorsichtig gewesen, aber nicht beim ersten Mal. Sie hatte ihn praktisch überrumpelt, und er hatte sich nicht zurückhalten können.

»Ich werde nie etwas bereuen. Dazu liebe ich dich zu sehr.« Sie folgte ihm die Treppe hinunter zum Auto. Dann stand sie da und winkte ihm nach, bis er außer Sicht war. Tränen liefen ihr über die Wangen, als sie ihn verschwinden sah – womöglich für immer.

23

Trotz seiner Versprechungen hörte sie von ihm nichts mehr, da der Stab in Chaumont, wo alles unter strengster Geheimhaltung stand, von der Außenwelt praktisch abgeschnitten war. Die Alliierten bezogen an der Marne Stellung, und im März setzte die letzte große deutsche Offensive ein. Der Feind lag praktisch vor Paris in Stellung, um zum großen Schlag auszuholen. In den Straßen schlugen immer wieder Granaten ein, so daß Eugenia sich kaum aus dem Haus wagte.

An der Madeleine wurde die Statue des heiligen Lukas geköpft. Und überall hungerten, froren und ängstigten sich die Menschen. Diaghilew bot Zoya eine zweite Chance. Am dritten März begann das Ballett eine neue Spanientournee. Zoya aber sagte ab. Sie konnte ihre Großmutter in Paris nicht allein lassen, deshalb blieb sie bei ihr, obwohl die meisten Vorstellungen abgesagt werden mußten, da es zu gefährlich war, sich auf die Straße zu wagen. Es war ein wahres Wunder, daß Zoya am Karfreitag die Zerstörung der Kirche St. Gervais, unweit des Rathauses überlebte. Sie hatte sich entschlossen, dort den Gottesdienst zu besuchen, anstatt in die russische Kirche zu gehen. Sie verließ das Kircheninnere, Sekunden ehe Granaten ins Dach einschlugen, so daß es einstürzte und fünfundsiebzig Menschen unter sich begrub. An die hundert Kirchenbesucher wurden verletzt.

Sämtliche Züge nach Lyon und in den Süden waren zum Bersten überfüllt, wer konnte, verließ Paris. Doch als Zoya ihrer Großmutter den Vorschlag machte, ebenfalls zu flüchten, geriet diese in Zorn.

»Was glaubst du, wie oft ich noch davonlaufen werde? Nein, Zoya, sollen sie mich hier töten! Das sollen sie nur wagen! Hinter mir liegt der ganze lange Weg von Rußland hierher, und ich werde nicht noch einmal fliehen!« Es war das erste Mal, daß Zoya sie vor hilflosem Zorn weinen sah. Nun war es fast genau ein Jahr her, seitdem sie alles hinter sich gelassen hatten und geflohen waren. Und diesmal stand ihnen kein Feodor bei, sie hatten auch nichts mehr zu verkaufen und hatten nirgends eine Zuflucht. Es hätte nicht hoffnungsloser sein können.

Die französische Regierung richtete sich darauf ein, nötigenfalls die Hauptstadt zu verlassen. Es bestanden Pläne, nach Bordeaux zu übersiedeln, obwohl Marschall Foch geschworen hatte, Paris bis zum bitteren Ende zu verteidigen, auch in Straßenkämpfen von den Dächern aus. Im Mai wurden sämtliche Aufführungen und Proben abgesagt. Zu dieser Zeit mußten die Alliierten schwere Verluste an der Marne hinnehmen. Zoya war nun in Gedanken ständig bei Clayton, da sie wußte, daß Pershings Hauptquartier in Chaumont war. Seitdem er Paris verlassen hatte, war sie ohne Nachricht von ihm und deshalb in großer Sorge.

Die einzige Nachricht, die sie bekommen hatte, stammte von

Marie und war über Dr. Botkin zu Zoya gelangt. Zoya entnahm dem Schreiben, daß man die Zarenfamilie im Vormonat nach Jekaterinenburg im Ural gebracht hatte. Außerdem schrieb Marie, daß alles viel härter geworden war. Man erlaubte ihnen nicht mehr, die Türen abzuschließen, die Soldaten gingen ihnen sogar bis ins Badezimmer nach. Zoya schauderte, als sie diese Worte las. Sie bedauerte ihre Freundin, besonders leid tat ihr jedoch Tatjana, die sehr zurückhaltend und schüchtern war. Der Gedanke, daß sie unter unwürdigen Bedingungen leben mußten, war fast unerträglich.

»... es bleibt uns nichts übrig, als uns zu fügen. Mama fordert uns immer wieder auf, Kirchenlieder zu singen, wenn die Soldaten ihre gräßlichen Lieder grölen. Sie springen mit uns jetzt überhaupt sehr grob um. Papa sagt, wir dürften nichts tun, was ihren Unwillen erregt. Nachmittags können wir kurz hinaus, die übrige Zeit lesen wir oder machen Handarbeiten ...« Zoya brach in Tränen aus, als sie die nächsten Worte las. »Und Du weißt, wie sehr ich Handarbeiten hasse, liebste Zoya. Um mir die Zeit zu vertreiben, habe ich angefangen, Gedichte zu schreiben. Wenn wir uns wiedersehen, will ich sie Dir zeigen. Es erscheint mir unglaublich, daß wir beide jetzt neunzehn sind. Immer dachte ich, neunzehn wäre alt, und jetzt kommt es mir viel zu jung zum Sterben vor. Nur zu Dir, geliebte Kusine, kann ich so etwas sagen. Ich bete darum, daß Du in Paris glücklich und in Sicherheit bist. Ich muß jetzt zu unseren Übungen gehen. Wir alle senden Dir unsere Liebe. Richte bitte unsere Grüße an Tante Eugenia aus.« Sie hatte nicht mit OTMA unterschrieben, sondern einfach »Deine Dich liebende Maschka«. Lange saß Zoya in ihrem Zimmer und weinte, während sie den Brief immer wieder las und ihn ans Gesicht drückte, als bringe die Berührung mit dem Papier den Kontakt mit ihrer Freundin wieder, von der sie nun wußte, daß sie ständig bedroht war. Alles schien überall nur schlimmer zu werden, aber wenigstens sollte das Ballett im Juni wieder arbeiten. Sie brauchte ganz dringend Geld, da sie bislang keinen neuen Mieter gefunden hatten. Anstatt nach Paris zu strömen, flohen die Menschen aus der Stadt. Auch etliche der russischen Emigranten hatten Zuflucht im Süden gesucht. Eugenia aber weigerte sich standhaft, da die hinter ihr liegende Flucht sie zuviel Kraft gekostet hatte.

Mitte Juli war es schon sehr warm, mit dem Hunger aber wurde es immer ärger. Zoya hörte mit Entsetzen, daß Wladimir und Jelena im Park Tauben gejagt und sie verzehrt hatten. Er verkündete auch noch, sie wären erstaunlich wohlschmeckend, und bot ihnen an, ihnen eine Taube zu bringen. Zoya, der allein bei dem Gedanken übel wurde, lehnte ab. Und zwei Tage später, als sie schon glaubte, der Krieg würde nie zu Ende gehen, erschien Clayton wie eine Traumvision. Zoya fiel fast in Ohnmacht, als sie ihn am Vortag des Nationalfeiertages wiedersah. Gemeinsam sahen sie sich die Parade zwischen dem Arc de Triomphe und der Place de la Concorde an. Der strahlende Sonnenschein ließ die Uniformen noch farbenprächtiger aussehen – Chasséur Alpins, British Life Guards, italienische Bersaglieri, so gar eine antibolschewistische Kosakeneinheit. Zoya aber hatte nur Augen für Clayton. Als sie in das Haus an der Rue de Varennes gingen, verliebt wie eh und je, wurde um Mitternacht heftig gegen die Tür geklopft. Die Militärpolizei trommelte alle Fronturlauber zusammen, sämtliche Urlaube waren ab sofort gestrichen, die deutsche Offensive hatte begonnen. Die deutschen Truppen waren bis auf fünfzig Meilen an Paris herangekommen. Die Alliierten mußten sie mit Einsatz aller Kräfte aufhalten.

»Aber du kannst jetzt nicht fort ...« schluchzte Zoya. Vergebens bemühte sie sich, tapfer zu sein. »Du bist gerade erst gekommen.« Er war erst am Morgen eingetroffen. Nach einem halben Jahr ohne Clayton war es sehr schmerzlich, ihn schon wieder gehen zu sehen. Doch was hätte sie tun sollen? In einer halben Stunde mußte er sich im Hauptquartier der Militärpolizei an der Rue St. Anne melden. Es blieb ihm kaum noch Zeit, sie nach Hause zu bringen, ehe er zurück zu General Pershing eskortiert wurde. Zoya erschien es als Gipfel der Unmenschlichkeit, daß er nach so kurzer gemeinsamer Zeit wieder an der Front sein Leben aufs Spiel setzen sollte. Wie ein verlassenes Kind saß sie im Wohnzimmer und weinte bis spät in die Nacht. Ihre Großmutter, der fast das Herz brach, als sie Zoyas Tränen sah, brachte ihr eine Tasse Tee, um sie abzulenken.

Doch die um Clayton vergossenen Tränen waren nichts im Vergleich zu denen, die sie wenige Tage später weinen sollte. Am zwanzigsten Juli erschien Wladimir mit ernster Miene bei ihnen. Er hatte eine Nummer der ›Iswestija‹ in der Hand. Zoya schwante schon beim Öffnen der Tür nichts Gutes. Sie wußte, daß etwas Schreckliches passiert sein mußte, und bat den Fürsten mit einem flauen Gefühl einzutreten. Dann half sie ihrer Großmutter aus dem Schlafzimmer.

Wladimir brach in Tränen aus, als er Zoya die Zeitung reichte. Er schien untröstlich, sein Gesicht war weiß wie die Wand, während er die Worte hervorstieß: »Sie haben ihn getötet ... mein Gott ... sie haben ihn getötet ... sie ...« Er war unverzüglich zu ihnen gekommen, da sie ein Recht hatten, es zu erfahren, sie waren nahe Verwandte der Romanows.

»Was meinen Sie?« Eugenia starrte ihn erschrocken an und erhob sich halb von ihrem Stuhl, als er ihr den Artikel in der Zeitung zeigte. Zar Nikolaus war am sechzehnten Juli hingerichtet worden, stand da. Man hatte ihn erschossen. Weiterhin war zu lesen, daß seine Familie in Sicherheit gebracht worden sei. Wohin? Zoya hätte am liebsten laut geschrien: Wo ist meine geliebte Maschka? Wo sind die anderen? ... Fast so, als wüßte sie Bescheid, fing Sawa leise zu winseln an, als die drei sich hinsetzten und um den Mann weinten, der ihr Väterchen gewesen war, ihr Zar ... und der geliebte Vetter und Onkel von Eugenia und Zoya.

Lange Zeit war im Raum nur Schluchzen zu hören. Schließlich stand Wladimir auf und trat gebeugten Hauptes ans Fenster. Sein Herz lastete schwer in seiner Brust. Auf der ganzen Welt würden nun Russen um den Zaren trauern, auch die armen Bauern, in deren Namen die grausame Revolution begonnen worden war, würden um ihn Tränen vergießen.

»Was für ein schrecklicher Tag«, sagte er leise. »Gott sei seiner Seele gnädig«, flüsterte er und wandte sich wieder zu den Frauen um. Eugenia sah aus wie eine Hundertjährige, Zoya war totenblaß, ihre grünen Augen rotgerändert. Sie konnte an nichts anderes denken als an den letzten Morgen in Zarskoje Selo, als der Zar ihr zum Abschied einen Kuß gegeben hatte mit der Mahnung, brav zu sein ... ›Ich habe euch alle lieb, Onkel Nikolaus‹, ihre eigenen Worte klangen in ihrem Gedächtnis nach ... und dann hatte er ihr gesagt, wie lieb er sie hätte. Und jetzt war er tot. Für immer dahin ... Und die anderen? Wieder las sie den Bericht in der Iswestija. »Die Familie wurde in Sicherheit gebracht.«

24

Der Juli schleppte sich dahin wie ein Alptraum. Die Tatsache, daß Zar Nikolaus tot war, drückte sie alle wie eine schwere Bürde nieder, und diese deprimierte Stimmung schien nicht enden zu wollen. In ganz Paris trauerten Russen um den Zaren, während ringsum der Krieg tobte.

Zoya wurde zur Hochzeitsfeier einer der Ballerinen eingeladen. Sie hieß Olga Chochlowa, und sie hatte einige Wochen zuvor Pablo Picasso in der russischen Kirche geheiratet, aber Zoya hatte keine Lust, irgendwohin zu gehen. Sie trug noch immer Schwarz als Zeichen ihrer Trauer für ihren Onkel.

Im August bekam sie wieder ein Telegramm von Diaghilew, diesmal mit dem Angebot, sich seiner Truppe in London anzuschließen, doch an ihrer Situation hatte sich nichts geändert, sie konnte ihre Großmutter nicht allein lassen, zudem wollte sie niemanden sehen. Zoya schaffte es kaum, ihren Verpflichtungen beim Ballett nachzukommen, und mußte doch täglich tanzen, nur damit sie etwas auf den Tisch bekamen.

Im September gingen die Alliierten zur Offensive über, und nach ein paar Wochen zeigten sich die Deutschen endlich zu Friedensverhandlungen bereit. Von Clayton kam noch immer keine

Nachricht. Zoya wagte gar nicht mehr an ihn zu denken. Wenn auch ihm etwas zustieß, konnte sie das Leben nicht mehr ertragen. Es war alles zu schwer, man hatte an zu viele zu denken, und vieles war unverständlich. Onkel Nikolaus war tot. Diese Worte hallten ständig in ihrem Bewußtsein wider. Seit sie von seinem schrecklichen Ende erfahren hatte, hatte sie drei Briefe an Marie geschrieben, ohne eine Antwort zu bekommen. Sie wußte auch nicht, wo Dr. Botkin sich nun befand. Falls die Familie wirklich an einen anderen Ort gebracht worden war, konnte man unmöglich abschätzen, wie lange es dauerte, bis der Brief Marie erreichte.

Aber schließlich kam nach einem endlosen Oktober des Schweigens von seiten jener, die sie liebte, der Frieden.

Sie saßen im Wohnzimmer, als sie das Geschrei auf der Straße hörten, die Jubelrufe, die Kirchenglocken, den Kanonendonner. Endlich war alles vorüber. Die ganze Welt war unter diesem Schlag ins Beben geraten, jetzt aber war der Große Krieg überstanden.

Stumm schenkte Zoya ihrer Großmutter eine Tasse Tee ein, schweigend beobachtete sie vom Fenster aus, wie auf der Straße gefeiert wurde. Überall sah man die Soldaten der Alliierten – Amerikaner, Briten, Italiener, Franzosen, und Zoya wußte nicht einmal, ob Clayton noch am Leben war. Sie wagte es kaum zu hoffen. Sie sah Eugenia an, die alt und sehr gebrechlich geworden war. Der Husten, der sie schon im letzten Winter geplagt hatte, war wieder aufgeflammt, und ihre Knie schmerzten so stark, daß sie die Wohnung nicht mehr verlassen konnte.

»Jetzt wird alles besser, kleine Zoya«, sagte sie matt, vom Husten geschüttelt. Sie wußte, wo das Mädchen in Gedanken war. Seit Clayton am Nationalfeiertag Paris so überstürzt hatte verlassen müssen, hatten sie nichts mehr von ihm gehört. »Er wird zu dir zurückkommen, mein Kind. Du mußt nur Vertrauen haben. Und du mußt Glauben haben.« Eugenia lächelte ihrer Enkelin zu, doch in Zoyas Blick zeigte sich weder Freude noch Erleichterung. Sie hatte zu viel verloren, und sie hatte zu viele Sorgen.

»Wie kannst du so etwas sagen, nachdem so viele Menschen gestorben sind. Wie kannst du noch glauben, daß jemand nach Hause heimkehrt?«

»Die Welt nimmt ihren Lauf. Menschen werden geboren und sterben, und andere werden nach ihnen geboren. Unsere Trauer ist es, die so schmerzlich ist. Nikolaus kennt jetzt keinen Schmerz mehr. Er hat seinen Frieden.«

»Und die anderen?« Sie hatte so viele Briefe an Marie geschrieben, und alle waren unbeantwortet geblieben.

»Wir können nur um ihre Sicherheit beten.« Zoya nickte. Das alles hatte sie schon so oft gehört. Sie grollte dem Schicksal, das ihr so viel genommen hatte.

In den ersten Tagen nach dem Waffenstillstand war es fast unmöglich, auf der Straße voranzukommen. Zoya ging deshalb nur aus, um das Nötigste einzukaufen. Wieder einmal waren ihre Vorräte auf ein Nichts zusammengeschrumpft. Es gab keine Ballettvorstellungen, so daß sie von der winzigen Summe leben mußten, die sie mühsam gespart hatte. Alles erschien ihr so kraftraubend und mühsam.

»Darf ich Ihnen tragen helfen, Mademoiselle?« Sie spürte, wie jemand an der Baguette unter ihrem Arm zog, und wollte sich wütend umdrehen, gewillt, mit spitzen Worten um das Brot zu kämpfen oder sich eines liebestollen Soldaten zu erwehren. Nicht jede Pariserin wollte von einem ausgelassenen jungen Mann in Uniform geküßt werden. Mit geballten Fäusten drehte sie sich um. Fast blieb ihr die Luft weg, und das kostbare Brot fiel zu Boden, als er sie an sich zog.

»Oh ....« Tränen schossen ihr in die Augen, als sie sich erleichtert in seine Arme schmiegte. Er war am Leben ... o Gott ... er war am Leben. Es war, als seien sie die zwei einzigen Menschen auf der Welt – die einzigen Überlebenden einer untergegangenen Welt, als sie sich leidenschaftlich an Clayton klammerte.

»Na, das ist schon viel besser.« Er sah von seiner Höhe auf sie hinunter. Seine Kampfuniform war fleckig und zerknittert, sein Gesicht rauh von dem viele Tage alten Bart. Er war eben erst angekommen und sofort zu ihr geeilt. Bei Eugenia war er schon gewesen, von ihr hatte er erfahren, daß Zoya Einkäufe machte. Daraufhin war er rasch hinuntergelaufen, um sie zu suchen.

»Bist du unversehrt?« Sie lachte und weinte gleichzeitig, und er küßte sie immer wieder, erleichtert wie sie, daß sie alles überlebt hatten.

Angesichts der Umstände erschien es ihnen wie das reinste Wunder. Daß er mehr als einmal an der Marne in großer Gefahr geschwebt hatte, verschwieg er ihr. Es war auch nicht mehr von Bedeutung. Er war am Leben, und sie war in Sicherheit. Insgeheim sendete er ein Dankgebet an alle Schutzengel, als sie sich ihren Weg durch die Menge bahnten.

Er war diesmal in einem kleinen Hotel am linken Seine-Ufer einquartiert, mit Dutzenden anderen Offizieren. Pershing bewohnte das Mills-Haus selbst. Es war deshalb schwierig für sie, irgendwo allein zu sein, aber sie stahlen sich immer wieder ein paar Augenblicke des Glücks, und eines Nachts liebten sie sich sogar in Antoines Zimmer, lange nachdem Eugenia zu Bett gegangen war. Sie war immer sehr müde und schlief die meiste Zeit. Zoya stand seit Monaten große Angst um sie aus, aber auch diese Ängste schienen im Licht des Wiedersehens zu verblassen.

Einmal sprachen sie spät in der Nacht von Zar Nikolaus, und Clayton gestand ihr, er hätte immer schon befürchtet, daß es so weit kommen würde. Er teilte Zoyas Ängste um den Rest der Familie.

»In der Zeitung steht, man hätte sie in Sicherheit gebracht. Aber wohin? Ich habe Maschka fünfmal geschrieben und keine Antwort bekommen.«

»Möglicherweise kann Botkin die Briefe nicht mehr weiterleiten. Das hat vermutlich nichts zu bedeuten. Du mußt nur Geduld haben«, sagte er leise und unterdrückte seine eigenen Befürchtungen.

»Du sprichst wie Großmama«, flüsterte sie ihm zu, als sie in der Dunkelheit aneinandergeschmiegt dalagen.

»Manchmal fühle ich mich auch so alt.« Ihm war nicht entgangen, wie gebrechlich die alte Frau seit Juli geworden war. Sie sah gar nicht gut aus, und ihm war klar, daß Zoya dies wußte. Eugenia war vierundachtzig, die letzten zwei Jahre waren für alle sehr hart gewesen. Es war ein Wunder, daß sie die Strapazen überhaupt überstanden hatte. Doch sie vergaßen ihre Sorgen um die alte Frau, als ihre Körper verschmolzen und sie sich liebten, bis Clayton sich vor Tagesanbruch verstohlen auf Zehenspitzen davonmachte.

In den nächsten Wochen verbrachten sie so viel Zeit wie nur möglich miteinander. Am zehnten Dezember kam Clayton schweren Herzens zu ihr. Ende der Woche sollte er zurück in die Staaten, noch wichtiger aber war die schmerzliche Entscheidung, die er getroffen hatte.

Wie im Traum hörte Zoya, daß Clayton sie verlassen würde. Sie konnte es nicht glauben. Es war unmöglich. Der Augenblick, dem sie stets ausgewichen war, der Tag, von dem sie gedacht hatte, er würde nie kommen, war nun da.

»Wann?« fragte sie. Ihr Herz lag ihr wie ein Mühlstein in der Brust.

»In zwei Tagen.« Seine Augen ließen sie nicht los, denn es gab noch mehr zu sagen. Und er wußte noch immer nicht, ob er den Mut aufbrachte, sie damit zu konfrontieren.

»Nun, viel Zeit zum Abschiednehmen läßt man uns nicht, findest du nicht?« gab Zoya niedergeschlagen zurück. Sie saßen in ihrem kleinen, spartanisch möblierten Wohnzimmer. Der Tag war verhangen und grau. Eugenia schlief friedlich, wie nun fast immer. Daß Zoya, die wieder Vorstellungen hatte, aus dem Haus ging, schien ihre Großmutter gar nicht richtig wahrzunehmen.

»Wirst du wieder nach Paris kommen?« fragte Zoya Clayton wie einen Fremden. Schon fühlte sie sich von ihm getrennt – als Vorbereitung auf das Kommende. Es hatte zu viele Abschiede in ihrem Leben gegeben, und sie war nicht sicher, ob sie diesen überleben würde.

»Ich weiß es nicht.«

»Du verschweigst mir etwas.« Vielleicht warteten in New York doch eine Ehefrau samt Kinderschar auf ihn. Sie hielt nach allem, was ihr im Leben widerfahren war, alles für möglich, wenn auch Clayton nie treulos gewesen war. Dennoch zürnte sie ihm jetzt.

»Zoya ... ich weiß, daß es dir nicht sehr sinnvoll erscheint, aber ich habe viel darüber nachgedacht – über uns.« Von Schmerz wie geblendet, wartete sie auf seine nächsten Worte. Es war erstaunlich, daß es immer noch mehr Schmerzen gab, auch wenn man glaubte, es sei unmöglich. »Ich möchte, daß du hier frei bist und dein eigenes Leben führst. Erst habe ich erwogen, dich mit nach New York zu nehmen ... ich habe mir sehnlichst gewünscht, dich bei mir zu haben. Aber Gräfin Eugenia würde die Reise wohl nicht überstehen ... und, Zoya«, er schien an den Worten zu ersticken, obwohl er sie sich seit Tagen gut überlegt hatte, »Zoya, ich bin für dich zu alt. Das habe ich dir schon einmal gesagt. Es wäre nicht fair. Wenn du dreißig bist, werde ich fast sechzig sein.«

»Was macht das schon aus?« Sie hatte seine Befürchtungen wegen des Altersunterschiedes nie geteilt und sah ihn nun bestürzt an. Ihr Schmerz machte sie noch verletzlicher. »Du willst damit nur sagen, daß du mich nicht liebst.«

»Ich will damit sagen, daß ich dich zu sehr liebe, um dich mit einem alten Mann zu belasten. Ich bin sechsundvierzig, und du bist neunzehn. Das wäre nicht fair. Du verdienst einen jungen und lebenslustigen Mann. Wenn hier alles in geordneten Bahnen verläuft, wirst du einen anderen finden, den du lieben kannst. Du hattest ja nie die Möglichkeit dazu. Bevor du aus Rußland flüchten mußtest, warst du noch ein Kind und hast ein behütetes Leben geführt. Und als du im Krieg nach Paris kamst, hast du nur dein Leben gerettet. Du wirst sehen, eines Tages wird sich alles normalisieren, und du wirst jemandem begegnen, der zu dir paßt.« Er hörte sich so entschlossen an wie einst ihr Vater. »Es wäre falsch, dich nach New York mitzunehmen, ja, es wäre selbstsüchtig von mir. Ich denke jetzt nur an dich.«

Das war Zoya unbegreiflich, als sie ihn aus funkelnden Augen anstarrte. »Für dich war alles nur ein Spiel, so war es doch?« Sie war mit Absicht grausam. Sie wollte ihn verletzen, so wie er sie verletzte. »Mehr war es nicht. Eine Kriegsromanze. Du hast dich mit einer kleinen Tänzerin in Paris gut amüsiert.«

Am liebsten hätte er sie geohrfeigt, zügelte sich jedoch. »Hör gut zu. So war ich nie, Zoya. Bitte, nimm Vernunft an. Ich bin mehr als doppelt so alt. Du verdienst etwas Besseres.«

»Ach, ich verstehe – so etwas wie das glückliche Leben, das ich bislang führte. Den halben Krieg habe ich auf dich gewartet, habe um dich gezittert, und jetzt besteigst du ein Schiff und machst dich aus dem Staub. Für dich ist es ganz einfach.«

»Nein, das ist es nicht.« Er drehte sich um, damit sie seine Tränen nicht sehen konnte. Vielleicht war es besser so. Vielleicht war es besser, daß sie wütend auf ihn war. Dann würde sie sich wenigstens nicht nach ihm verzehren so wie er nach ihr. »Ich liebe dich sehr.« Er sah sie an, während sie an die Tür ging und diese weit aufriß.

»Geh bitte.« Er hörte die Aufforderung und war wie betäubt. »Warum noch zwei Tage warten? Warum machen wir nicht auf der Stelle Schluß?«

»Ich möchte mich von deiner Großmutter verabschieden.«

»Sie schläft, und ich bezweifle, ob sie dir Lebewohl sagen möchte. Sie hat dich ohnehin nie akzeptiert.« Sie wollte Clayton praktisch hinauswerfen und sich anschließend ausweinen.

»Zoya, bitte ...« Er wollte sie wieder in die Arme nehmen, aber er wußte, daß das nicht fair gewesen wäre. Es war besser, sie in dem Glauben zu lassen, daß er der Sache ein Ende gemacht hatte. Auf diese Weise konnte sie ihren Stolz behalten. Besser wenn er derjenige war, der mit gebrochenem Herzen weiterlebte. Er haßte sich selbst, als er langsam die Treppe hinunterging. Die Tür fiel ins Schloß, und das Geräusch hallte in seinen Ohren wider. Er haßte sich, weil er überhaupt eine Affäre mit Zoya angefangen hatte, obwohl er immer gewußt hatte, daß sie leiden würde. Aber er hatte nicht ahnen können wie sehr. Dennoch war er sicher, das Richtige zu tun. Es gab kein Zurück. Er war zu alt für sie, und auch wenn sie jetzt enttäuscht war, war sie auf lange Sicht ohne ihn besser dran. Sie konnte einen passenden Mann finden und ein neues Leben beginnen. Die folgenden beiden Tage war ihm das Herz schwer, und am Tag vor seiner Abreise hob er fünftausend Dollar von der Bank ab. Er legte sie einem Brief an Zoyas Großmutter bei und bat sie, das Geld zu behalten und ihn wissen zu lassen, ob er irgend etwas für sie tun konnte. Er versicherte ihr, daß er immer ihr Freund sein und Zoya für den Rest seines Lebens lieben würde.

»Ich habe zu Zoyas Bestem gehandelt, das kann ich Ihnen versichern. Ich denke, daß es auch in Ihrem Sinn ist, Gräfin Ossupowa. Zoya ist viel jünger als ich. Sie wird sich wieder verlieben, davon bin ich überzeugt. Und jetzt sage ich Ihnen mit schwerem, aber liebevollem Herzen Adieu.« Er hatte den Brief unterschrieben und ihn am Tag der Abreise von einem Korporal aus Pershings Stab überbringen lassen. Er fuhr an dem Tag ab, als Präsident Wilson in Begleitung seiner Frau in Paris eintraf. Auf den Champs-Élysées fand eine Parade zu Ehren der hohen Gäste statt, während Claytons Schiff langsam aus dem Hafen von Le Havre dampfte und er in Gedanken bei Zoya war.

25

Noch Wochen nach Claytons Abschied saß Zoya in Antoines ehemaligem Zimmer und weinte. Sie glaubte, an gebrochenem Herzen sterben zu müssen. Nichts war ihr mehr wichtig. Es kümmerte sie auch nicht, wenn sie verhungerte. Sie kochte Suppe für ihre Großmutter und staunte immer wieder, daß noch Geld da war, um etwas zu kaufen. Eugenia hatte kurz vor Claytons Abschied Fürst Markowskij einmal zur Bank geschickt und nachher Zoya ein paar Geldscheine in die Hand gedrückt.

»Das habe ich gespart. Kauf damit, was du brauchst.« Doch es gab nichts mehr, was sie brauchte oder wollte. Clayton war fort. Es erschien ihr wie das Ende ihres Lebens. Doch das Geld, das ihre Großmutter offenbar gespart hatte, gestattete ihr, das Tanzen aufzugeben und zu Hause zu bleiben. Sie redete sich damit heraus, daß sie krank sei. Daß man sie deswegen vielleicht hinauswerfen würde, kümmerte sie nicht. Das *Ballet Russe* war wieder in Paris, und wenn sie wollte, konnte sie wieder bei Diaghilew anfragen. Aber nicht einmal das stellte für sie einen Anreiz dar. Sie wollte nichts mehr, kein Essen, keine Freundinnen, keine Arbeit und ganz sicher keinen Mann. Clayton war dumm genug gewesen, ihr einreden zu wollen, daß sie einen jüngeren Mann brauchte, aber sie brauchte niemanden. Sie brauchte nur einen Arzt für Eugenia, die am Weihnachtsabend Grippe bekam. Dennoch hatte die alte Dame darauf bestanden, zur Mette zu gehen, obwohl sie sogar zum Sitzen zu schwach war. Als Fürst Wladimir kam, bat Zoya ihn, sofort einen Arzt zu holen, aber es dauerte Stunden, bis dieser endlich kam.

Es war ein freundlicher alter Herr, der als Kind Russisch gelernt hatte und sich mit Eugenia in deren Muttersprache unterhielt. Ihr fehlerloses Französisch schien sie vergessen zu haben.

»Sie ist sehr krank, Mademoiselle«, vertraute der Arzt Zoya flüsternd an. »Es besteht die Gefahr, daß sie die Nacht nicht überlebt.«

»Aber das ist doch lächerlich! Sie war heute ganz munter.« So munter, wie sie jetzt immer war. Er mußte sich irren. Zoya wußte, daß sie einen weiteren Verlust nicht verkraften würde. Sie hielt es nicht mehr aus.

»Ich werde alles tun, was in meiner Macht steht. Sie müssen mich sofort rufen lassen, wenn sich ihr Zustand verschlechtert. Monsieur wird mich zu Hause antreffen.« Der Arzt war erst seit kurzem von der Front zurück und hatte seine Praxis bei sich im Haus. Er musterte Fürst Wladimir, der bedrückt nickte und dann zu Zoya sagte: »Ich bleibe bei Ihnen.«

Auch Zoya nickte. Daß sie nichts von ihm zu befürchten hatte, wußte sie. Er wohnte jetzt schon fast seit einem Jahr mit einer Frau zusammen. Seine Tochter war darüber so erbittert, daß sie ausgezogen war und in einem Kloster am linken Seine-Ufer lebte.

»Danke, Wladimir.« Sie ging, um ihrer Großmutter eine Tasse Tee zu kochen, und als sie Eugenias Zimmer betrat, fand sie sie nahezu im Delirium vor. Ihr Gesicht war glühendheiß, der ganze Körper schien in wenigen Stunden geschrumpft zu sein. Zoya merkte plötzlich, wieviel Gewicht die alte Frau in letzter Zeit verloren hatte. Angekleidet war es nicht so auffallend, im Bett aber wirkte sie schrecklich hinfällig. Als Eugenia die Augen aufschlug, hatte sie Mühe zu erkennen, daß Zoya vor ihr stand.

»Ich bin es, Großmama ... pst ... sprich nicht.« Sie versuchte ihr beim Teetrinken behilflich zu sein, aber Eugenia schob die Tasse weg, murmelte etwas und schlief gleich wieder ein. Erst im Morgengrauen rührte sie sich wieder und sagte etwas. Zoya hatte die Nacht über im Sessel gewacht und sie beobachtet. Sie eilte nun an ihre Seite, um zu hören, was sie zu sagen hatte. Ihre Großmutter hatte mit der Hand gewinkt, und Zoya kam leise näher, flößte ihr einen Schluck Wasser ein, da ihre Lippen ausgetrocknet waren, und dazu etwas von der Medizin, die der Arzt ihr dagelassen hatte. Es war nicht zu übersehen, daß Eugenias Zustand sich sehr verschlechtert hatte.

»... du mußt ...«

»Großmama ... nicht sprechen ... es strengt zu sehr an.«

Die alte Frau schüttelte den Kopf. Sie wußte es besser. Es spielte keine Rolle mehr. »... du mußt dich für mich beim Amerikaner bedanken, sag ihm, daß ich ihm sehr dankbar bin ... ich wollte es ihm zurückzahlen ...«

»Was denn?« Zoya war verwirrt. Warum war ihre Großmutter Clayton dankbar? Weil er sie verlassen hatte? Weil er sie im Stich gelassen hatte und zurück nach New York gegangen war? Aber Eugenia deutete matt auf den kleinen Schreibtisch in der Ecke.

»Sieh nach ... in meinem roten Tuch ...«

Zoya zog die Lade auf und fand das Tuch. Sie legte es auf den Tisch, band es auf und schnappte buchstäblich nach Luft. Vor ihr lag ein Vermögen. Fast fünftausend Dollar zählte sie. »Mein Gott ... Großmama, wann hat er dir das gegeben?« Sie war wie vor den Kopf geschlagen. Warum hatte er das getan?

»Er hat es mir geschickt, ehe er fortfuhr ... ich wollte es ihm zurückschicken ... aber dann bekam ich es mit der Angst zu tun ... falls du es gebraucht hättest ... ich wußte, daß er es gut meinte. Wir werden es ihm zurückgeben, sobald es uns möglich ist.« Dabei tastete sie hinter ihrem Bett herum, als suche sie etwas, das dort versteckt war. Zoya sah ihr an, wie sie sich aufregte, und sie fürchtete schon, es könnte ihr schaden.

»Großmama, leg dich hin, bitte ...« Sie konnte es nicht fassen, daß Clayton ihr ein kleines Vermögen überlassen hatte. Eine überaus großzügige Geste, die dennoch ihren Zorn erregte. Sie waren auf seine Barmherzigkeit nicht angewiesen. Er machte es sich zu einfach, wenn er sie einfach ausbezahlte ... und zu welchem Preis! Dann fiel ihr das alte Wolltuch auf, das ihre Großmutter in den zitternden Händen hielt und das sie hinter ihrem Kissen hervorgezogen hatte. Es war das Tuch, das sie am Tag der Flucht aus St. Petersburg getragen hatte. Jetzt streckte Eugenia es ihr mit einem matten Lächeln auf den bleichen Lippen entgegen.

»Nikolaus ...« Sie brachte die Worte kaum über die Lippen, da die Bewegung sie zu übermannen drohte. »Du mußt es gut aufbewahren, Zoya ... gib gut acht darauf ... wenn nichts anderes mehr da ist, dann verkaufe es ... aber nur im äußersten Notfall ... eher nicht ... etwas anderes haben wir nicht mehr.«

»Und Papas und Nikolajs Etuis?« fragte Zoya.

Die alte Frau schüttelte den Kopf. »Die habe ich schon vor einem Jahr verkaufen müssen ... es ist mir nichts anderes übriggeblieben.« Diese Worte trafen Zoya wie ein Messerstich. Jetzt hatten sie von den beiden Toten nichts mehr. Keine Andenken, nichts Persönliches, nur Erinnerungen und das, was ihre Großmutter jetzt in den Händen hielt. Zoya nahm es vorsichtig in Empfang und wickelte es auf, und im nächsten Moment starrte sie es sprachlos an. Ja, sie konnte sich erinnern – es war das Osterei, das Nikolaus Alix geschenkt hatte, als Zoya sieben war. Es war ein unglaublich schönes Stück, von Fabergé, ein wahres Kunstwerk. Das Osterei selbst war aus lila Emaille, um das sich diamantbesetzte Bänder kunstvoll schlangen. Drückte man auf einen winzigen Verschluß, zeigte sich ein kleiner goldener Schwan, auf einem Aquamarinsee schwimmend. Unter Tränen berührte sie die Feder, die sich unter dem Flügel befand, wie sie noch genau wußte. Der Schwan breitete daraufhin seine winzigen goldenen Schwingen aus und spazierte langsam über ihre Handfläche. »Bewahre es gut auf, mein Liebes«, flüsterte ihre Großmutter und schloß die Augen, als Zoya das Ei wieder ins Tuch wickelte. Zärtlich faßte sie nach Eugenias Hand.

»Großmama ...« Eugenia schlug mit friedvollem Lächeln die Augen auf. »Bleib bei mir ... bitte, geh nicht ...« Zoya spürte, daß die alte Frau sich besser fühlte. Ihr Atem kam nun regelmäßig und leichter.

»Sei ein braves Mädchen ... ich war immer so stolz auf dich ...« Wieder lächelte sie, als Zoya in Tränen ausbrach.

»Nein, Großmama ...« Die Worte waren ein Abschied, aber sie wollte sie nicht sterben lassen. »Laß mich nicht allein, Großmama ... bitte ...« Doch die alte Frau lächelte nur und schloß die Augen für immer. Sie hatte dem Kind, das sie so liebte, das letzte Geschenk gegeben. Sie hatte Zoya in ein neues Leben geführt, und es war ihr vergönnt gewesen, noch eine Zeitlang über sie zu wachen, und jetzt war ihre Zeit abgelaufen.

»Großmama ...« Zoya flüsterte es in dem stillen Raum, aber Eugenias Augen blieben geschlossen. Sie hatte ihren Frieden gefunden und war dahin wie alle andern auch. Eugenia Petrowna Ossupowa hatte heimgefunden.

26

Sie betteten sie auf dem russischen Friedhof außerhalb von Paris zur letzten Ruhe. Zoya stand stumm neben Fürst Wladimir und einer Handvoll von Trauergästen aus ihrem Pariser Bekanntenkreis. Kein einziger guter Freund war darunter. Eugenia hatte die Zeit in Paris zurückgezogen verbracht. Für das Gejammer und die deprimierenden Erinnerungen der anderen Emigranten hatte sie wenig Geduld gehabt, da die Gegenwart sie stark in Anspruch genommen hatte und sie nicht besessen von der Vergangenheit gewesen war wie die anderen.

Sie war am sechsten Januar 1919 in der kleinen Wohnung gestorben. Es war der Tag, an dem auch Theodore Roosevelt verschied. Zoya starrte aus dem Fenster und streichelte Sawa geistesabwesend. Sie war unfähig, die Ereignisse der letzten Tage zu verstehen, noch unmöglicher war es, sich ein Leben ohne ihre Großmutter vorzustellen. Noch immer war Zoya überwältigt von dem kostbaren Osterei, das ihre Großmutter fast zwei Jahre lang versteckt gehalten hatte, und von dem Geld, das Clayton ihr vor seiner Abreise hatte zukommen lassen. Es würde für ein ganzes Jahr reichen, wenn sie nicht auf zu großem Fuß lebte. Zum erstenmal seit Jahren verspürte sie keine Sehnsucht nach dem Ballett. Sie wollte mit dem Ballett nichts zu tun haben, ja sie wollte überhaupt nichts mehr tun. Sie wollte nur mit ihrem Hund dasitzen und bald sterben. Sofort meldete sich ihr schlechtes Gewissen, da sie wußte, wie wütend ihre Großmutter auf solche Gedanken reagiert hätte. Ihre Großmutter war dem Leben verhaftet gewesen und nicht dem Tod.

Zoya lebte eine Woche, ohne irgend jemanden wahrzunehmen. Als Wladimir, der sich Sorgen machte, bei ihr anklopfte, war sie bleich und abgespannt. Sie erschrak, als sie hinter ihm im Treppenhaus eine Gestalt bemerkte. Womöglich hatte er den Arzt mitgebracht, damit dieser sie untersuchte. Sie wollte niemanden sehen, den Arzt am allerwenigsten. Wie immer in letzter Zeit trug sie schwarze Wollstrümpfe und ein schwarzes Kleid. Das rote Haar war straff zurückgekämmt und bildete einen leuchtenden Gegensatz zu ihrem Elfenbeinteint.

»Ja, was ist?« Wladimir zögerte. Fast hatte er Angst gehabt, den Überraschungsgast mitzubringen, weil der Schock für Zoya vielleicht zuviel sein würde, andererseits wußte er, daß er unvermeidlich war. »Hallo, Wladimir.« Wortlos trat der Fürst beiseite, und Zoya stockte fast der Atem, als sie Pierre Gilliard hinter ihm erkannte.

Mit tränenumflortem Blick sah Pierre sie an. Der Tag, an dem sie Zarskoje Selo verlassen hatte, schien ein Menschenalter zurückzuliegen. Er trat einen Schritt auf sie zu, und sie sank in seine Arme. Dann blickte sie zu ihm auf und fragte, von Schluchzen geschüttelt: »Sind sie endlich da?« Gilliard war der Hauslehrer, der die Zarentöchter jahrelang unterrichtet hatte. Zoya wußte, daß er sie nach Sibirien begleitet hatte.

Wortlos schüttelte er den Kopf, da er zunächst kein Wort herausbrachte.

»Nein ...«, stieß er schließlich hervor. »Nein, sie sind nicht gekommen ...« In der Erwartung, durch ihn Nachricht von den Romanows zu bekommen, ging sie ihm in das karge Wohnzimmer voraus. Sie fühlte sich, als sei ihr Körper zu Stein erstarrt. Gilliard war schmal, verhärmt und sehr bleich. Wladimir wollte sie allein lassen. Nachdem er leise die Tür geschlossen hatte, ging er mit gesenktem Kopf zu seinem Taxi hinunter.

»Geht es ihnen gut?« fragte sie mit aufgeregt pochendem Herzen, gespannt auf Pierre Gilliards Antwort. Sie hatten sich einander gegenübergesetzt, und er nahm ihre Hände in die seinen. Ihre Hände waren eiskalt, als Gilliard seinen stockenden Bericht begann.

»Ich komme direkt aus Sibirien ... ich mußte ganz sicher sein, ehe ich kam ... Wir ließen sie in Jekaterinenburg im Juni zurück. Man sagte uns, daß wir gehen müßten.« Das hörte sich nach einer Entschuldigung an, aber Zoya wollte ja nur hören, daß Maschka und die anderen wohlauf waren. Wortlos und starr saß sie da, völlig verwirrt von seinem unerwarteten Kommen.

»Sie waren nicht da, als man Nikolaus ...« Sie brachte es nicht über sich, die Worte auszusprechen, er aber hatte verstanden und schüttelte bekümmert den Kopf.

»Gibbes und ich wurden fortgeschickt. Aber im August fuhren wir wieder zurück. Man ließ uns ins Haus, aber es war niemand mehr da.« Er brachte es noch nicht über sich, ihr zu sagen, was sie vorgefunden hatten, die Einschußstellen und die verwaschenen Blutspuren. »Man sagte uns, daß die Familie an einen anderen Ort geschafft worden sei, aber Gibbes und ich befürchteten das Schlimmste.« Beklommenen Herzens wartete sie auf den Rest der Geschichte. Zoya war noch immer überzeugt, daß sie ein gutes Ende hatte. Nach dieser langen Zeit des Bangens mußte alles gut ausgegangen sein. Das Leben konnte nicht so grausam sein und zulassen, daß die Bolschewiken die Menschen getötet hatten, die sie so sehr liebte: einen kranken kleinen Jungen und vier Mädchen, ihre Kusinen und Freundinnen, und deren Mutter. Schlimm genug, daß der Vater hatte sterben müssen. Schlimmer konnte es ja fast nicht kommen. Ihr Blick ruhte unverwandt auf ihm, als er weitersprach. Gilliard lieferte seinen Bericht mit geschlossenen Augen und kämpfte gegen die Tränen an. Er war noch immer erschöpft von der langen Fahrt. Erst am Abend zuvor war er in Paris angekommen, entschlossen, Zoya Ossupowa aufzusuchen.

»An Alexejs Geburtstag sind wir wieder in Jekaterinenburg eingetroffen, doch sie waren nicht mehr da«, berichtete er. »Wir sind dort geblieben, denn obwohl ich die Einschußlöcher gesehen habe, war ich noch sicher, daß sie am Leben sind«, jetzt erzählte er alles.

Ihr Herz drohte auszusetzen. »Einschüsse ... hat man Nikolaus vor den Augen der Kinder erschossen?«

»Drei Tage zuvor wurde Nagorny erschossen. Er versuchte, einen der Soldaten daran zu hindern, Alexejs Orden wegzunehmen. Dem Zarewitsch muß das Herz gebrochen sein, er kannte Nagorny sein ganzes Leben lang.« Der treue Nagorny, der sich geweigert hatte, seinen Schutzbefohlenen zu verlassen. Wollten denn die Schreckensnachrichten kein Ende nehmen?

»Mitte Juli sagten ihnen die Bolschewiken, daß Verwandte aus dem Ausland einen Rettungsversuch planten, deshalb würde man sie an einen anderen Ort bringen, ehe ihr Aufenthalt bekannt würde.« Zoya dachte an Maschkas Briefe, in denen gestanden hatte, wo sie sich befand. Aber wer hatte versucht, die Familie zu retten? »Die blutige Revolution war seit Juni im Gange, es war fast unmöglich, überhaupt irgendwohin zu gelangen. Man weckte die ganze Familie um Mitternacht und gab Anweisung, sie sollten sich anziehen.« Pierres Stimme versagte, und Zoya umklammerte seine Hand so heftig, daß es schmerzte. Er betrachtete sie traurig – zwei Menschen auf einer einsamen Insel, verlassen von allen, die von ihnen gegangen waren ... aber wohin? Wortlos wartete sie darauf, was er noch zu sagen hatte. Sicher würde er jetzt erzählen, daß sich die Familie auf der Fahrt nach Paris befände. »Sie sind hinuntergegangen, die Zarin, Nikolaus und die Kinder ... Anastasia hatte Jimmy bei sich.« Das war Alexejs kleiner Spaniel. Die Erinnerung ließ Pierre Gilliard in Tränen ausbrechen. »... und Joy.« Sawa winselte, als hätte sie den Namen ihrer Mutter verstanden, und er fuhr fort: »... der Zarewitsch konnte nicht ohne Hilfe gehen, da er sehr krank gewesen war ... man brachte sie in den Keller, wo sie auf den Abtransport warten sollten. Nikolaus ließ für die Zarin und Alexei Stühle bringen, und er ...« Gilliard sprach nur mit Mühe weiter, »... er hielt den Kleinen auf dem Schoß, als sie hereinkamen ... er hielt ihn fest, als sie das Feuer eröffneten.«

Zoya spürte, daß ihr Herz stillzustehen drohte. Das mußte der Augenblick gewesen sein, in dem man Nikolaus erschossen hatte, aber Gilliard fuhr unter Tränen fort: »Man hat sie alle erschossen, Zoya Konstantinowna ... das Feuer wurde auf die gesamte Familie eröffnet. Nur der kleine Alexej lebte ein paar Augenblicke länger, sie schlugen ihm den Schädel mit Gewehrkolben ein, als er sich an seinen toten Vater klammerte ... und dann brachten sie den kleinen Jimmy um. Anastasia hatte das Bewußtsein verloren, und als sie aufschrie, wurde sie mit Bajonettstichen getötet, und dann«, berichtete er widerstrebend, während Zoya leise weinte. Sie konnte nicht glauben, was sie hörte. »Dann warf man sie alle in einen Bergwerkschacht und überschüttete sie mit Säure ... Zoya, sie sind tot ... alle ... sogar der arme liebe Junge.«

Da nahm Zoya ihn in die Arme und hielt ihn fest, während er sich seinen Tränen hingab. Auch jetzt noch, Monate später, konnte er die Tragödie nicht fassen. »Wir konnten Joy finden. Einer der Soldaten hatte die Hündin zu sich genommen. Die Ärmste war halbverhungert, als man sie unweit des Schachtes fand ... sie winselte und trauerte um die Kinder, an denen sie hing. Ach, Zoya, kein Mensch wird je erfahren, wie gut sie alle waren und wie sehr wir sie geliebt haben.«

»O Gott ... o Gott ... meine arme kleine Maschka ... mit Gewehren und Bajonetten getötet ... welche Angst sie ausgestanden haben muß ...«

»Nikolaus hat sich den Soldaten entgegengestellt ... er konnte nichts gegen sie ausrichten ... Wenn man uns erlaubt hätte, zu bleiben ... aber was hätte das genützt?« Er verschwieg ihr, daß acht Tage darauf Jekaterinenburg von der Armee der Weißen befreit worden war. Nur acht Tage später. Ebensogut hätte es acht Menschenleben später sein können.

Zoya blickte ihn aus leeren Augen an. Jetzt war alles gleichgültig. Nichts würde jemals wieder Bedeutung für sie haben ... für sie nicht ... oder für die anderen ... sie schlug die Hände vors Gesicht und schluchzte hemmungslos.

»Ich mußte es Ihnen selbst sagen ... es tut mir so leid ... so unendlich leid ...« Unzulängliche Worte, um den Verlust so außergewöhnlicher Menschen zu beklagen. Wie wenig hatte man damals am letzten Tag in Zarskoje Selo von den Vorgängen begriffen. Jetzt wußte Zoya, daß sie bei ihnen hätte bleiben sollen. Die Bolschewiken hätten sie gemeinsam mit ihnen töten sollen. Mit Bajonetten oder Kugeln, so wie man Maschka und die anderen umgebracht hatte.

Gilliard verabschiedete sich nicht ohne zu versprechen, daß er am nächsten Tag, nachdem er sich ausgeschlafen hatte, wiederkommen würde. Er brachte es nicht über sich, Zoya anzusehen – ihren gebrochenen Blick, das leere Gesicht. Als Zoya wieder allein war, drückte sie Sawa an sich und wiegte sie in den Armen, während sie sich ihren Tränen überließ und ins Nichts rief: »O Großmama, sie sind tot. Man hat sie alle getötet ...« Und am Ende blieb nur ein Flüstern in dem stillen Raum, als sie den Namen der Freundin ein letztes Mal aussprach ... sie würde ihn nie wieder über die Lippen bringen. Leise flüsterte sie: »Meine Maschka ...«

27

Nach dem Besuch von Pierre Gilliard verharrte Zoya tagelang in einem schockähnlichen Zustand. Zu dem Schmerz um den Tod der Großmutter gesellte sich nun die Qual des Wissens um die Exekution der Zarenfamilie. Dr. Botkin war mit der Familie in den Tod gegangen. Das hatte Pierre ihr am nächsten Tag gesagt. Damit war erklärt, warum keiner ihrer Briefe durchgekommen war, aber es hatte ohnehin niemanden mehr gegeben, der sie hätte beantworten können. Und sie wußte auch, daß man Großfürst Michael erschossen hatte, eine Woche vor der Erschießung der Zarenfamilie. Danach waren vier weitere Großfürsten exekutiert worden. Die Liste schien endlos. Es war, als wolle man ein ganzes Geschlecht auslöschen, ein ganzes Kapitel der Geschichte. Die Einzelheiten waren von unbeschreiblicher Brutalität.

Angesichts dieser Schreckensmeldung war es nur zu verständlich, daß Zoya für die Friedensverhandlungen von Versailles kein Interesse aufbrachte. Für sie hatte der Krieg keinerlei Bedeutung mehr. Sie hatte ihre Eltern verloren, ihren Bruder, ihre Großmutter, ihre Freundinnen und ihre Heimat. Sogar der Mann, den sie liebte, hatte sie verlassen. Während sie Tag für Tag in der winzigen Wohnung saß und aus dem Fenster starrte, schien ihr das Leben wie eine öde Insel. Pierre Gilliard besuchte sie noch einige Male, ehe er nach Hause in die Schweiz fuhr, um sich dort zu erholen. Er wollte nach Sibirien zurückkehren, um Genaueres über das Ende der Zarenfamilie herauszufinden. Doch auch dies war für Zoya bedeutungslos geworden. Nichts war mehr wichtig. Für Zoya war alles zu Ende.

Ende Januar herrschte in Paris erneut Hochstimmung, auf den

Straßen wimmelte es vor Amerikanern. Es gab Gesellschaften, Theateraufführungen und Paraden, alles zu Ehren der Staatsmänner, die in Versailles verhandelten und das Kriegsende feierten, das eine neue Ära des Friedens einleiten sollte.

Für Zoya gab es keine Festlichkeiten. Einige Male kam Wladimir zu Besuch, nachdem Gilliard zu seiner Frau nach Bern gefahren war, aber Zoya wechselte kaum ein Wort mit ihm. Wladimir saß neben ihr und beobachtete sie, besorgt um ihre seelische Stabilität und um ihre Sicherheit. Die Greuelgeschichten hatten unter den Emigranten die Runde gemacht. Viele Tränen wurden vergossen, und es gab viel stille Trauer. Das Ende der Romanows stellte einen großen Verlust dar. Wer sie persönlich gekannt hatte, würde diese Menschen nie vergessen.

»Zoya, kommen Sie, wir fahren irgendwo hinaus. Es würde Ihnen guttun.«

»Wladimir, ich habe hier alles, was ich brauche.« Traurig blickte sie ihn an und streichelte die kleine Sawa. Er brachte ihr Lebensmittel wie anfangs nach ihrer Ankunft in Paris. In seiner Verzweiflung kaufte er sogar Wodka für sie. Vielleicht schaffte sie es, ihre Sorgen zu ertränken. Aber die Flasche blieb unberührt wie die Lebensmittel. Zoya schien dahinzuvegetieren, beinahe so, als wolle sie den Tod herbeizwingen, damit sie bei ihren Lieben sein konnte.

Einige Frauen ihres Bekanntenkreises besuchten sie ebenfalls, meist aber reagierte sie gar nicht, wenn an ihre Tür geklopft wurde. Sie saß dann nur da und wartete, bis die Besucher wieder gingen und sie allein in der dunklen Wohnung sitzen und grübeln konnte.

Ende Januar bekam Wladimir es mit der Angst zu tun und zog sogar einen Arzt zu Rate. Aber man konnte nichts tun als abwarten, bis die Zeiten sich besserten. Es stand jedoch zu befürchten, daß Zoya sich vorher etwas antun würde.

In Gedanken war Wladimir bei Zoya, als er eines Nachmittags sein Taxi zum Crillon fuhr. Er hoffte, ein paar reiche Amerikaner als Fahrgäste aufzugabeln. Ihm war, als seien seine Gebete erhört worden, als er zufällig einen Blick zur anderen Straßenseite warf und ihn sah. Verzweifelt fing Wladimir zu hupen und heftig zu winken an, doch der hochgewachsene Uniformierte verschwand in einem Hotel. Wladimir sprang aus dem Taxi und betete inbrünstig, daß es sich um keinen Irrtum handeln möge. Er rannte auf die andere Straßenseite und durch den Hoteleingang und holte ihn gerade noch ein, ehe er in einem Lift verschwand. Clayton Andrews drehte sich mit erstaunter Miene um, als Wladimir seinen Namen rief. Langsam trat er einen Schritt auf ihn zu und musterte ihn. Er befürchtete sofort, daß etwas Schreckliches passiert war.

»Gott sei Dank, Sie sind es wirklich.« Wladimir atmete erleichtert auf. Er hoffte inständig, daß der Amerikaner einwilligte, Zoya zu besuchen. Was zwischen den beiden vorgefallen war, das wußte er nicht mit Bestimmtheit, aber er hatte begriffen, daß sie sich getrennt hatten, bevor Clayton Paris verlassen hatte.

»Ist Zoya etwas zugestoßen?« Das war das erste, was Clayton beim Anblick von Wladimirs Miene einfallen wollte. Er war am Tag zuvor angekommen und hatte sich mit Gewalt zurückhalten müssen, nicht sofort zu Zoya zu fahren. Zugleich war ihm klar, daß es keinen Sinn hatte, sich und Zoya zu quälen. Eine Trennung war die beste Lösung. Er wollte, daß sie ein neues Leben begann. Wenn er sich weiterhin an sie klammerte, würde sie es nie schaffen. Daß sie ihm entsetzlich fehlte, durfte ihn nicht beeinflussen. Kurz nach seinem Eintreffen in New York war man an ihn herangetreten, in Paris bei den Friedensverhandlungen mitzuwirken, ehe er um seinen endgültigen Abschied von der Armee ansuchte. Seine Rückkehr nach Europa war für ihn mit großen Befürchtungen belastet, denn er wußte nicht, ob er die Kraft aufbringen würde, in Paris zu sein, ohne Zoya zu besuchen. »Geht es um Zoya?« fragte er den Fürsten atemlos. Die Miene des alten Mannes sprach Bände.

»Können wir irgendwo ungestört reden?« Wladimir ließ den Blick durch die belebte Halle wandern, ehe er Clayton wieder ansah. Es gab so vieles, was er ihm sagen mußte. Clayton stellte nach einem Blick auf die Uhr fest, daß er zwei Stunden Zeit bis zum nächsten Termin hatte. Er nickte und folgte Wladimir vor das Hotel zu dem wartenden Taxi.

»Nun sagen Sie schon, ob sie wohlauf ist. Oder ist ihr womöglich etwas zugestoßen?«

Der Fürst startete den Wagen. Clayton fand, daß er abgehärmt und niedergeschlagen wirkte. Seine ausgefransten Manschetten und die abgetragene Jacke waren noch schäbiger als im Jahr zuvor, aber der gestutzte Schnurrbart war untadelig gepflegt – ebenso wie das schneeweiße Haar. Alles an ihm verriet die aristokratische Erziehung. In Paris wimmelte es von Menschen seines Typs – Grafen, Fürsten, Herzöge und die Nachkommen angesehener bürgerlicher Familien, die Taxis fuhren, als Straßenfeger arbeiteten oder in Restaurants als Kellner Gäste bedienten.

»Zoya ist nichts zugestoßen, Captain«, sagte der Fürst, worauf Clayton hörbar aufatmete. »Zumindest nicht direkt.« Sie fuhren zum Deux-Magot, wählten einen Tisch im Hintergrund, und Clayton bestellte zwei Tassen Kaffee. »Ihre Großmutter ist vor drei Wochen gestorben.«

»Das hatte ich befürchtet.« Bei seinem Abschied vor über einem Monat hatte sie schon sehr kränklich und hinfällig gewirkt.

»Aber es gibt noch schlimmere Nachrichten. Pierre Gilliard ist aus Sibirien zurückgekommen und hat sie besucht. Die Neuigkeiten, die er brachte, waren schrecklich. Seither ist Zoya nicht mehr aus dem Haus gegangen. Ich muß um ihren Verstand fürchten, solange sie mit ihrer Trauer so allein ist. Das alles war zuviel für sie.« In Wladimirs Augen standen Tränen. Er bedauerte, daß Clayton nicht ein stärkeres Getränk bestellt hatte. Jetzt hätte er einen Wodka gut vertragen können ... Allein der Gedanke an Zoya drohte ihm das Herz zu brechen. Es war zuviel, was ihnen allen widerfahren war, aber ganz besonders Zoya war hart von den Verlusten getroffen.

»War Gilliard anwesend, als man den Zaren getötet hat?« Claytons Herz wurde schwer, wenn er an Nikolaus dachte, obwohl er ihn nie kennengelernt hatte. Aber Zoya hatte den Zaren für ihn zum Leben erweckt mit ihren Erzählungen von Liwadia, von der Yacht und von Zarskoje Selo, so daß er fast das Gefühl hatte, ihn zu kennen.

»Die Sowjets haben ihn und den englischen Hauslehrer kurz vor der Exekution außer Landes gebracht. Zwei Monate später kehrten die beiden zurück und sprachen mit den Soldaten, mit den Bewachern und mit den Bauern in Jekaterinenburg, und sie halfen der weißen Armee monatelang bei deren Nachforschungen. Jetzt weiß man schon einigermaßen Bescheid über die Vorgänge. Er möchte dennoch wieder zurück und auf eigene Faust noch mehr in Erfahrung bringen, obwohl es ja keine Rolle mehr spielt.« Er sah Clayton Andrews mit seinen traurigen Augen an. »Alle sind tot ... die ganze Familie. Sie wurden gemeinsam mit dem Zaren erschossen ... sogar die Kinder.« Wladimir schämte sich seiner Tränen nicht. Immer wenn er an sie dachte, mußte er weinen. Er hatte so viele gute Freunde verloren. Clayton Andrews sah ihn entsetzt und schockiert an. Er konnte sich vorstellen, wie Zoya litt.

»Auch Marie?« Es war eine letzte Hoffnung für Zoya ... doch Wladimir schüttelte nur den Kopf.

»Alle sind tot.« Er berichtete Andrews nun die Einzelheiten, die Gilliard Zoya verschwiegen hatte ... von Säure, von Verstümmelungen und vom Verbrennen der Toten. Was Zoya wußte, war schlimm genug. Man hatte die Zarenfamilie vom Angesicht der Erde tilgen wollen. Aber Schönheit, Würde, Anmut, Güte und Mitgefühl lassen sich nicht so einfach auslöschen, Menschen, die durch und durch gut und liebevoll waren, werden lange nicht vergessen. Es war den Revolutionären nicht gelungen zu zerstören, was diese Menschen repräsentierten. Ihre Körper waren vernichtet, ihr Geist aber war unzerstörbar.

»Wie hat Zoya darauf reagiert?«

»Ich weiß nicht, ob sie es überleben wird. Sie wird von Tag zu Tag schmäler. Sie ißt nicht, sie spricht nicht, sie lächelt nicht. Allein ihr Anblick bricht mir das Herz. Werden Sie zu ihr gehen?«

Wenn nötig, würde Wladimir Clayton auf Knien darum bitten. Zoya mußte weiterleben. Ihre Großmutter war schon alt gewesen, Zoya aber war jung und lebendig. Mit neunzehn stand sie erst am Anfang ihres Lebens. Er konnte es nicht ertragen mitanzusehen, wie sie verkümmerte. Sie mußte weiterleben, mußte ihre Schönheit in ein neues Dasein hinüberretten und durfte nicht mit der alten Welt untergehen.

Clayton Andrews seufzte schwer. Nachdenklich rührte er seinen Kaffee um. Was Wladimir ihm erzählt hatte, war unglaublich schockierend, mehr noch, die Grausamkeiten zerrissen ihm das Herz: Sogar den kleinen Jungen hatten sie erschlagen. Es war genau das, was Pierre Gilliard auch ausgerufen hatte, als ihn die Nachricht erreichte. »Die Kinder ... doch nicht die Kinder ...« Clayton sah den Fürsten bekümmert an. »Ich weiß nicht, ob sie mich überhaupt sehen möchte.«

»Sie müssen es versuchen.« Er wagte nicht, ihn zu fragen, ob er sie noch liebte. Immer war er der Meinung gewesen, daß der Amerikaner zu alt für das Mädchen sei. Dies hatte er Eugenia auch offen gesagt. Aber jetzt war Clayton die einzige Hoffnung für Zoya. Wladimir hatte das Leuchten in Claytons Augen gesehen, als sie zusammen bei der Weihnachtsmette gewesen waren. Damals war Clayton Andrews' Liebe zu dem Mädchen entbrannt. »Sie reagiert gar nicht, wenn an der Tür geklopft wird. Manchmal stelle ich ihr einfach ein paar Lebensmittel vor die Tür, die sie dann auch hereinholt, obwohl ich nicht sicher bin, ob sie sie verwendet.« Er tat es ihrer Großmutter zuliebe. Und er hätte sich auch gewünscht, jemand würde im Falle seines Todes etwas ähnliches für Jelena tun. Jetzt bat er Clayton Andrews, zu Zoya zu gehen. Er hätte alles getan, um ihr zu helfen. Fast bedauerte er, daß Gilliard gekommen war, aber andererseits war es richtig gewesen, daß sie die Wahrheit erfahren hatten. Sie konnten nicht ewig hoffen.

»Ich werde mein Bestes tun.« Clayton sah auf die Uhr. Jetzt mußte er ins Hotel zu einer der endlosen Sitzungen der Friedenskonferenz. Er stand auf und bezahlte. Auf dem Rückweg ins

Hotel bedankte er sich herzlich bei Wladimir. Er dachte unaufhörlich darüber nach, ob Zoya ihn überhaupt einlassen würde. Schließlich glaubte sie, daß er sie verlassen hatte. Er wußte, daß sie seine Rechtfertigungen nicht verstanden hatte, und fürchtete, daß sie ihn haßte. Und genau das war seiner Meinung nach das Beste für sie gewesen. Andererseits konnte er sie nicht einfach ohne Hilfe lassen. Das Bild, das Wladimir entworfen hatte, war ein Alptraum.

An jenem Abend konnte er bei der Konferenz seine Ungeduld kaum zügeln. Um zehn Uhr konnte er sich endlich davonstehlen, und er rief sofort ein Taxi.

Der Anblick des Hauses rief schmerzliche Erinnerungen in ihm wach. Er zögerte einen Augenblick, bevor er langsam die Treppe hinaufstieg. Was er sagen sollte, wußte er nicht. Vielleicht gab es auch gar nichts zu sagen. Vielleicht genügte es, wenn er einfach da war. Der Aufstieg in den vierten Stock war endlos, und das Treppenhaus erschien ihm noch kälter, dunkler und muffiger, als er es in Erinnerung hatte. Vor sechs Wochen hatte er Zoya verlassen, aber in dieser kurzen Zeit war vieles anders geworden und soviel passiert. Lange stand er vor der Tür, lauschte und fragte sich, ob sie schon schlief. Als er Schritte hörte, zuckte er zusammen.

Er klopfte leise, und die Schritte hielten inne. Sie hielten sehr lange inne. Als Zoya der Meinung war, der Besucher hätte sich wieder entfernt, hörte Clayton die Schritte von neuem. Plötzlich bellte Sawa. Allein Zoyas Nähe bewirkte, daß Claytons Herz schneller schlug, doch er durfte jetzt nicht an sich denken. Er war gekommen, um ihr zu helfen, nicht um seine Sehnsucht zu stillen. Daran zwang er sich zu denken, als er von neuem anklopfte und ganz laut rief: »Telegramme!« Es war ein übler, aber notwendiger Trick, weil Zoya sonst bestimmt nicht geöffnet hätte. Die Schritte kamen näher, und die Tür wurde einen Spaltbreit geöffnet, doch Clayton stand so da, daß sie ihn nicht sehen konnte. Mit einem einzigen Schritt und leichtem Druck schob er die Tür auf und drückte Zoya beiseite.

»Mademoiselle, Sie sollten vorsichtiger sein«, sagte er leise. Sie schnappte buchstäblich nach Luft. Ihre Blässe jagte Clayton Angst ein. Der Fürst hatte recht gehabt. Sie sah wirklich entsetzlich aus, wie sie dastand und ihn aus großen Augen erschrocken ansah.

»Was machst du hier?« fragte sie fast unhörbar.

»Ich bin aus New York gekommen, um zu sehen, wie es dir geht.« Er war um Munterkeit bemüht, trotz ihrer verheerenden Erscheinung. Ihr war nicht nach Heiterkeit zumute, nicht nach Lachen, nicht nach Liebe ... nach gar nichts war ihr zumute.

»Warum bist du gekommen?« Ihr Anblick brach ihm fast das Herz. Er wollte sie in die Arme nehmen, wagte es aber nicht, aus Angst, er könnte sie zerbrechen.

»Ich wollte dich sehen. Ich nehme an den Friedensverhandlungen in Versailles teil.« Sie standen noch immer in der Tür, und Clayton sah Zoya fragend an, als Sawa auf ihn zustürmte und ihm die Hand leckte. Der Hund hatte ihn nicht vergessen – anders als Zoya, die auf Erinnerungen keinen Wert zu legen schien. »Darf ich kurz hereinkommen?«

»Warum?« Ihre großen und traurigen Augen waren schöner als je zuvor.

Er brachte es nicht mehr fertig zu lügen. »Weil ich dich noch immer liebe, deswegen.« Es war nicht das, was er hatte sagen wollen, aber er hatte die Worte nicht zurückhalten können. »Aber das ist nicht mehr wichtig. Ich dachte, ich hätte das Richtige getan, weil du ein Recht auf mehr hast als auf das, was ich zu bieten habe.« Er war zwar vermögend, aber er konnte ihr nicht die Jugend und die Jahre bieten, die er vergeudet hatte, bevor er sie kennengelernt hatte. Und das war ihm damals als wichtig erschienen. Angesichts der Dinge, die er von Wladimir erfahren hatte, war er seiner Sache jetzt jedoch nicht mehr so sicher. »Ich habe dich verlassen, weil ich dich liebte, und nicht weil ich dich nicht mehr wollte.« Er wußte aber, daß sie das nicht verstanden hatte. »Ich wollte dich nicht verlassen. Und ich hatte keine Ahnung, daß so viel Schreckliches passieren würde.«

»Was meinst du damit?« Kummervoll blickte sie zu ihm auf. Sie ahnte, daß er von ihrem Leid wußte, war aber nicht sicher.

»Ich bin heute mit Wladimir zusammengetroffen.«

»Was hat er gesagt?« Sie rückte steif von ihm ab, ohne ihn aus den Augen zu lassen. Sein Herz floß über vor Mitleid. Sie hatte so viel gelitten, und das war nicht gerecht. Das alles hätte jemand anderem passieren müssen. Nicht ihr oder Eugenia oder den Romanows oder Wladimir. Sie alle taten ihm unendlich leid. Aber seine Liebe übertraf sein Mitleid.

»Er hat mir alles erzählt, mein Liebling.« Er trat einen Schritt auf sie zu und zog sie sanft in die Arme. Zu seiner Verwunderung ließ sie es geschehen. »Er hat mir von deiner Großmutter«, er zögerte kurz, »... und von deinen Kusinen ... und von der armen kleinen Maschka erzählt.« Sie unterdrückte ein Schluchzen und wandte ihr Gesicht ab, während er sie festhielt. Und dann war plötzlich der Damm gebrochen, und sie fing in seinen Armen zu weinen an. Vorsichtig stieß er mit dem Fuß die Tür zu, trug sie wie ein kleines Kind in die Wohnung und setzte sie auf das Sofa. Er hielt sie fest, während sie sich ausweinte ... Zoya weinte sehr lange, und ihr Körper wurde vom Schluchzen geschüttelt. Dann wiederholte sie alles, was sie von Gilliard gehört hatte, immer wieder unterbrochen von krampfhaftem Weinen. Schließlich kehrte Stille ein, und es war nur mehr ein gelegentliches tiefes Seufzen zu hören. Zoya sah Clayton aus glanzlosen grünen Augen an, und er küßte sie sanft, so wie er es sich ersehnt hatte, seitdem er sie verlassen hatte.

»Ich wünschte, ich wäre hier gewesen, als Gilliard dich besucht hat.«

»Ich auch«, gestand sie und fing wieder zu weinen an. »Seit du weggegangen bist, war alles so schrecklich ... alles war gräßlich ... und Maschka ... ach Gott! Die arme Maschka ... Pierre meint, die Kugeln hätten sie wenigstens rasch getötet. Aber die anderen ...«

»Denk nicht mehr daran. Du mußt das alles hinter dir lassen.«

»Wie könnte ich das?« Noch immer saß sie auf seinem Schoß.

Das erinnerte sie an lange zurückliegende Gespräche mit ihrem Vater.

»Du mußt, Zoya. Denk an deine Großmutter, denk daran, wie tapfer sie war. Sie hat dich in einer Troika aus Rußland in die Freiheit, in Sicherheit geführt. Sie hat dich nicht hierhergebracht, damit du die Hoffnung aufgibst, hier in der Wohnung sitzt und dich zu Tode hungerst. Sie hoffte auf ein besseres Leben für dich. Du darfst dein Leben niemals wegwerfen. Es wäre ein Affront gegen deine Großmutter, gegen ihr Andenken, gegen alles, was sie für dich zu tun versucht hat. Du mußt ihr die Ehre erweisen und dich bemühen, ein schönes erfülltes Leben zu führen.«

»Vermutlich hast du recht, aber im Moment ist alles so schwer.« Plötzlich fiel ihr etwas ein, und sie sah scheu zu ihm auf. »Vor ihrem Tod erzählte sie mir von dem Geld. Ich wollte es dir zurückschicken, aber es ist nicht mehr alles da.« Als sie errötete, sah sie wieder aus wie früher.

»Das hoffe ich sehr.« Er freute sich. Wenigstens hatte er etwas für sie tun können. »Wladimir sagt, du seiest seit Monaten nicht mehr zum Ballett gegangen.«

»Nicht seit Großmama krank wurde und seit Pierre hier war ... ich brachte es nicht über mich, wieder zu tanzen.«

»Das war ganz richtig.« Clayton warf einen Blick über ihre Schulter und bemerkte den Samowar. Er lächelte wehmütig.

»Was meinst du damit? Diaghilew hat mich gefragt, ob ich mit ihm auf Tournee gehen würde. Wenn ich wollte, wäre es jetzt möglich.« Wieder schnüffelte sie.

Diesmal lächelte er sie an. »Nein, es ist unmöglich.«

»Warum?«

»Weil du nach New York fährst.«

»Ich?« Sie war verwirrt. »Wieso?« Ihr Erstaunen ließ sie noch kindlicher aussehen.

»Um mich zu heiraten, das ist doch klar. Du hast genau zwei Wochen Zeit, um hier alles zu regeln, dann reisen wir ab«, erklärte er ihr lächelnd. »Na, wie hört sich das an?« Sie sah mit aufgerissenen Augen zu ihm auf.

»Ist das dein Ernst?«

»Ja, falls du mich haben willst.« Ihm fiel ein, daß sie jetzt Gräfin war, aber nicht für lange. Er würde sie heiraten, noch ehe sie Paris verließen. Und dann würde sie für den Rest ihres Lebens Mrs. Clayton Andrews sein. »Wenn du dumm genug bist, dir einen alten Mann aufzuhalsen, dann ist das dein Problem, Miß Ossupowa. Ich denke nicht daran, dich auf die Nachteile hinzuweisen.«

»Sehr gut.« Sie klammerte sich an ihn wie ein verlorenes Kind und brach von neuem in Tränen aus. Diesmal waren es Freudentränen.

»Und jetzt pack sofort ein paar Sachen ein«, forderte er, stellte sie sanft auf die Füße und stand auf. »Ich werde für dich ein Hotelzimmer nehmen, denn ich möchte dich im Auge behalten. Glaubst du, ich möchte immer an diese Tür hämmern müssen und mich als Telegrammbote ausgeben?«

Mit einemmal lachte sie und wischte ihre Tränen ab. »Das war sehr ungezogen von dir.«

»Ich war immerhin nicht so ungezogen wie du, als du so getan hast, als wärst du nicht zu Hause. Nun, einerlei, hol das Nötigste. Wir könnten in einigen Tagen wiederkommen und dann alles andere abholen, was du mitnehmen möchtest.«

»Ich besitze nicht viel.« Sie sah sich um. In dem Zimmer gab es fast nichts, was sie mitnehmen wollte, bis auf den Samowar und einige Sachen, die ihrer Großmutter gehört hatten. Sie wollte die Vergangenheit hinter sich lassen und ein neues Leben mit dem geliebten Mann beginnen. Plötzlich sah sie erschrocken zu ihm auf. »Ist es dir wirklich ernst?« Wenn er nun seine Absicht änderte? Wenn er sie wieder verließ oder sich in New York von ihr trennte? Er las die Angst in ihrem Blick und wurde von Mitgefühl überwältigt.

»Natürlich, mein Schatz, ich hätte dich schon vor ein paar Wochen mitnehmen sollen.« Beide wußten, das ihre Großmutter eine Reise nicht überstanden hätte und Zoya niemals ohne sie abgereist wäre. »Ich werde dir beim Packen helfen.«

Sie packte eine mitleiderregend kleine Tasche. Dann fiel ihr der Hund ein. Sie konnte Sawa nicht zurücklassen, der Hund war der einzige Freund, den sie hatte, von Clayton abgesehen. »Kann ich Sawa ins Hotel mitnehmen?«

»Aber sicher.« Er hob den kleinen Hund hoch, der ihm das Kinn abzulecken begann, und dann nahm er Zoyas kleine Tasche, während er die Lichter löschte. Es war Zeit, nach Hause zu gehen. Sie schloß die Tür, ohne sich umzublicken, und folgte Clayton die Treppe hinunter in ein neues Leben.

28

Es dauerte nicht lange, bis sie ihre Habseligkeiten beisammen hatte. Zoya nahm nur den Samowar, ihre Bücher, die Handarbeitssachen ihrer Großmutter, deren Tücher und Schals, ihre eigenen Kleider und das Spitzentischtuch mit. Sonst war nicht mehr viel da. Den Rest überließ sie Wladimir, ein paar Bekannten und dem Priester von St. Alexander Newskij.

Sie verabschiedeten sich von Wladimir, und Zoya versprach, ihm zu schreiben. Ein paar Tage später stand sie neben Clayton auf dem Standesamt und wurde seine Frau. Es war wie ein Traum, als sie zu ihm aufblickte und ihr Tränen über die Wangen liefen. Sie hatte alles verloren und jetzt auch noch ihren Namen aufgegeben. Aber sie klammerte sich an Clayton, als hinge ihr Leben davon ab, während sie zurück ins Hotel fuhren. Fast war es, als fürchtete sie, daß er seine Absichten ändern würde.

Sie verbrachten noch zwei Tage in Paris und bestiegen dann den Zug in die Schweiz. Dort wollten sie die Flitterwochen verbringen. Zoya gestand Clayton, daß sie noch einmal Pierre Gilliard sehen wollte, ehe sie Europa den Rücken kehrte.

Es dauerte zwei Tage, bis sie Bern erreichten, da der Zug an allen Stationen anhielt. Als Zoya am zweiten Tag erwachte, setzte fast ihr Herzschlag aus. Schneebedeckte Gipfel begrüßten sie, und einen Augenblick lang glaubte sie in Rußland zu sein.

Gilliard erwartete sie am Bahnhof, brachte sie zu sich nach Hause, wo sie mit ihm und seiner Frau zu Mittag aßen. Madame Gilliard, die das Kindermädchen der Zarenkinder gewesen war, umarmte Zoya unter Tränen, und Clayton hörte interessiert zu, als sie bei Tisch Erinnerungen austauschten. Alles war so schmerzlich, und doch teilten sie so viel zärtliche und glückliche Erinnerungen.

»Wann werden Sie zurückfahren?« fragte Clayton Pierre leise, als Zoya mit Gilliards Frau Fotos ansah.

»Sobald wir wieder bei Kräften sind. Das Leben in Sibirien war für meine Frau sehr hart. Ich möchte sie diesmal nicht mitnehmen. Gibbes und ich wollen uns dort treffen und versuchen, ob wir noch mehr über das Ende der Romanows erfahren können.«

»Ist das denn noch wichtig?« Clayton wollte ehrlich sein. Es war alles vorbei, und es hatte keinen Sinn, sich an die schmerzliche Vergangenheit zu klammern. Das hatte er auch Zoya gesagt, aber Gilliard schien geradezu besessen von seinem Plan. Für ihn war alles viel realer. Das war verständlich, wenn man bedachte, daß er zwanzig Jahre lang mit der Zarenfamilie zusammengelebt hatte. Sie waren sein Lebensinhalt gewesen.

»Für mich ist es wichtig. Ich werde nicht rasten noch ruhen, ehe ich nicht einen der Überlebenden finde.« Das war ein ganz neuer Gedanke.

»Besteht diese Chance überhaupt?«

»Ich glaube es eigentlich nicht. Aber ich muß absolute Gewißheit haben, sonst finde ich niemals Ruhe.«

»Sie haben Ihre Schützlinge wohl sehr geliebt?«

»Wir alle hatten sie sehr gern. Es war eine ganz außergewöhnliche Familie. Sogar die Bewacher in Sibirien haben sie ins Herz geschlossen, nachdem sie sie näher kennengelernt hatten. Man mußte die Soldaten ständig auswechseln, weil sie nicht streng genug waren. Das erregte das Mißfallen der Bolschewiken ganz besonders. Nikolaus war gütig zu allen, auch zu denen, die sein Reich zerstörten. Ich glaube, er hat sich selbst nie verziehen, daß er der Gewalt gewichen war und abgedankt hatte. Ständig studierte er Geschichtsbücher, und er sagte mir einmal, daß ihn die Welt als Versager ansehen würde, weil er aufgegeben hatte. Ich glaube, dies hat ihm das Herz gebrochen.« Das waren Einblicke in das Wesen dieses Menschen, die anderen versagt bleiben mußten – ein Blick zurück in einen ganz bestimmten Zeitabschnitt, der niemals wiederkommen würde, für keinen von ihnen. Die Größe all dessen, was sie gekannt hatten, ließ das, was Clayton Zoya in New York zu bieten hatte, geringfügig erscheinen. Dennoch wußte er, daß sie dort glücklich werden konnte. Zoya würde nie wieder hungern oder frieren müssen. Das wenigstens konnte er ihr bieten. Er hatte bereits mit dem Gedanken gespielt, ein neues Haus für sie zu kaufen. Sein eigenes Backsteinhaus an der unteren Fifth Avenue erschien ihm plötzlich viel zu klein.

Nach drei Tagen in Bern fuhren sie nach Genf und Lausanne. Ende Februar trafen sie wieder in Paris ein und gingen an Bord der ›Paris‹, um nach New York zu fahren. Das Schiff lief bei herrlichem Wetter von Le Havre aus. Mit seinen vier hochaufragenden Schornsteinen war die ›Paris‹ ein herrliches Schiff, der Stolz der French Line. Drei Jahre hatte sie nutzlos im Hafen gelegen, weil sie mitten im Krieg vom Stapel gelassen worden war.

Auf der Überfahrt benahm Zoya sich wie ein aufgeregtes Kind. Sie hatte etwas zugenommen, und ihre Augen zeigten die alte Lebhaftigkeit. Einige Male aßen sie am Tisch des Kapitäns, und sie tanzten immer bis spät in die Nacht. Fast hatte Zoya Gewissensbisse, weil sie sich so herrlich amüsierte. Sie hatte so viele Menschen verloren, Clayton aber wollte nicht, daß sie an die Vergangenheit dachte. Er wollte, daß sie dem neuen Leben, das sie erwartete, zuversichtlich entgegensah, und er sprach oft von dem Haus, das sie bauen wollten, und von den Menschen, die Zoya kennenlernen würde. Das ganze Leben lag vor ihr. Sie war noch nicht zwanzig, alles hatte für sie eben erst begonnen.

Am Abend vor der Ankunft in New York überreichte sie ihm das Hochzeitsgeschenk, das sie für ihn aufgespart hatte. Es war noch immer in das Tuch ihrer Großmutter gehüllt. Clayton war fassungslos, als er das Osterei sah, das er auf den ersten Blick als kleines Meisterwerk erkannte. Zoya setzte den kleinen goldenen Schwan auf den Tisch, nachdem Clayton das Ei geöffnet hatte, und zeigte ihm, wie der Mechanismus funktionierte.

»Etwas so Schönes habe ich noch nie gesehen ... nein, es ist das Zweitschönste«, sagte er und lächelte ihr zu.

Enttäuscht blickte sie ihn an, weil sie sich gewünscht hatte, daß er das Kunstwerk so ins Herz schließen würde, wie sie es getan hatte. Es bedeutete ihr so viel, da es das einzige war, was ihr aus der Vergangenheit geblieben war.

»Und was war das Schönste?«

»Du, mein Schatz. Du bist das Schönste und das Beste.«

»Du Dummer, du.« Sie lachte, und er liebte sie die ganze Nacht über. Beide waren noch wach, als die Freiheitsstatue in Sicht kam und sie am nächsten Morgen im Hafen von New York einliefen.

New York

29

Zoya stand an Deck und beobachtete staunend, wie die ›Paris‹ am Pier der French Line am Hudson festmachte. Die Linie brüstete sich damit, über die längste Landungsbrücke der Welt zu verfügen. Zoya trug bei der Ankunft ein schwarzes Chanel-Kostüm, das Clayton ihr vor der Abreise in Paris gekauft hatte. Madame Chanel war inzwischen in die Rue Cambon übergesiedelt, ihre Modelle galten als viel aufregender als jene von Poiret, obwohl ihr Name noch längst nicht so bekannt war. Auf Zoyas Kopf saß eine modische Cloche, unter der sie das Haar zu einem straffen Knoten zusammengefaßt hatte. Sie war sich todschick vorgekommen, als sie den Hut gekauft hatte, doch als sie sich jetzt umsah, fühlte sie sich plötzlich ganz unsicher. Die Frauen um sie herum trugen kostbare Kleider und Pelze und so viele Juwelen, wie sie Zoya seit der Flucht aus St. Petersburg nicht mehr gesehen hatte. Sie hingegen besaß nur den schmalen Ehering, den Clayton ihr bei der Trauung an den Finger gesteckt hatte.

Hier in New York gab es zum Empfang keinen Champagner, denn alle Schiffe waren gezwungen, das neue amerikanische Alkoholverbot einzuhalten. Jeder Tropfen Alkohol mußte verschwinden, sobald man die Drei-Meilen-Zone passierte. Drinks durften nur in internationalen Gewässern angeboten werden, während auf amerikanischen Schiffen überhaupt kein Alkohol ausgeschenkt wurde. Das verhalf den unter französischer oder britischer Flagge fahrenden Schiffen zu großer Beliebtheit.

Die Skyline von New York übertraf alles, was Zoya je gesehen hatte. Nichts erinnerte an die Kirchen, Kuppeln, Türme oder die ganze alte Pracht und Eleganz des alten Rußland oder die Anmut von Paris. New York war modern, voller Leben und Energie.

Zoya fühlte sich sehr jung, als Clayton sie zu seinem Hispano-Suiza geleitete und der Chauffeur ihr Gepäck holte und die Zollformalitäten erledigte.

»Nun, mein Schatz, was hältst du von Amerika?« Clayton sah sie mit glücklichen Augen an, als sie durch die Fifth Avenue zu dem eleganten Stadthaus fuhren, das er einst mit seiner Frau bewohnt hatte. Es war ein schickes, nicht sehr großes Haus, das seinerzeit von Elsie de Wolfe, einer Freundin seiner Frau, eingerichtet worden war. Elsie hatte die Häuser der Astors und Vanderbilts in New York eingerichtet sowie viele Häuser in Boston, die Freunden dieser tonangebenden Familien gehörten.

»Clayton, das ist ja wundervoll!« Die schneebedeckten Straßen nach Zarskoje Selo, die sie in der Troika befahren hatte, waren Welten entfernt. Hier sah man Pferde und Autos nebeneinander, Frauen in farbigen, pelzgefütterten Mänteln, begleitet von elegant gekleideten Herren. Alle sahen glücklich und erwartungsvoll aus, und Zoyas Augen glänzten, als sie aus dem Wagen stieg und die Fassade des Backsteinhauses betrachtete. Gewiß, es war kleiner als das Palais an der Fontanka, für amerikanische Verhältnisse aber war es groß. Als sie im marmornen Vestibül stand, nahmen ihr zwei Hausmädchen in grauen Kleidern mit adretten Schürzen und Häubchen ihren Mantel ab. Sie bedachte die beiden mit einem schüchternen Lächeln.

»Das ist Mrs. Andrews«, kündigte Clayton wie selbstverständlich an und stellte ihr die beiden sowie die ältliche Köchin und weitere Mädchen aus der Küche vor. Der überaus distinguiert und ernst wirkende Butler war Brite. Das ganze Haus wies sämtliche Kennzeichen auf, die Mrs. de Wolfe so liebte – französische Antiquitäten, stilvoll gemischt mit der ›Moderne‹, wie sie es zu nennen pflegte. Clayton hatte Zoya bereits eröffnet, daß sie nach Belieben Veränderungen vornehmen konnte. Er wollte, daß sie sich hier rasch zu Hause fühlte. Aber Zoya gefiel alles, was sie sah. Hohe französische Fenster überblickten einen verschneiten Garten. Wie ein Kind klatschte sie in die Hände und lachte vergnügt. Clayton führte sie in ihr Schlafzimmer, in dem sie Überdecken und Vorhänge aus rosa Seidendamast und ein prachtvoller Luster erwarteten. An das Schlafzimmer schloß sich ein Ankleidezimmer an, dessen Wände mit rosa Seide bespannt waren. Die Wandschränke erinnerten Zoya an die ihrer Mutter. Der Anblick ihrer wenigen Kleider, die darin hingen, nachdem das Mädchen ihre Sachen ausgepackt hatte, brachte sie zum Lachen.

»Ich fürchte, das Personal wird ziemlich enttäuscht sein«, erklärte sie gutgelaunt, als sie vor dem Dinner nackt in ihrem Ankleidezimmer stand. Sie hatte gerade ein Bad in der riesigen Marmorwanne genommen. Vorbei waren die Schrecken der winzigen Wanne in dem Bad am Ende des Treppenhauses der Pariser Wohnung. Nie wieder würde sie ihr Bad mit Nachbarn teilen müssen. Sie glaubte zu träumen, als sie um sich blickte und dann den Mann ansah, der sie von der Qual des Lebens in Paris erlöst hatte. Sie hatte nicht geahnt, wie reich er war und welche Stellung er in der New Yorker Gesellschaft einnahm. Seine Uniform und sein bescheidenes Auftreten hatten nichts dergleichen ahnen lassen. »Warum hast du mir von all dem nichts erzählt?«

»Ach, was hätte das schon geändert?« Er wußte ja, daß sie ihn nicht wegen seines Vermögens liebte, und darüber freute er sich natürlich. Zudem war es für ihn eine Erleichterung, nicht mehr auf der Abschußliste in die Jahre gekommener Debütantinnen und geschiedener oder verwitweter Töchter der Freundinnen seiner verstorbenen Mutter zu stehen, die es allesamt auf einen reichen Mann aus angesehener Familie abgesehen hatten – eine Beschreibung, die perfekt auf ihn zutraf. Für Zoya war viel wichtiger, daß er liebevoll und gütig war und sie gerettet hatte. »Es war mir immer so unangenehm, wenn ich vom Leben in St. Petersburg gesprochen habe ... ich hatte schon Angst, du würdest es übertrieben und zu luxuriös finden.«

»Das war es auch«, sagte er lachend, »aber es erschien mir auch als überaus charmant – wie meine hübsche junge Frau.« Er beobachtete sie, wie sie ihre neue Seidenunterwäsche anzog, und entschloß sich überraschend, sie ihr wieder auszuziehen.

»Clayton!« tadelte sie, wehrte sich aber nicht, als er sie zum

Bett trug. Jeden Abend kamen sie verspätet zum Dinner hinunter, so daß Zoya die nicht zu übersehende Mißbilligung des Butlers allmählich peinlich wurde.

Das Personal ließ es an Wärme und Herzlichkeit fehlen, und Zoya spürte, daß hinter ihrem Rücken getuschelt wurde, wenn sie durchs Haus ging. Man folgte, wenn auch widerwillig, ihren Anweisungen, und immer wieder wurde Zoya mit Claytons erster Frau verglichen. Die ehemalige Mrs. Andrews hatte offenbar den Gipfel der Vollkommenheit dargestellt. Zoyas Zofe ging sogar so weit, eine Ausgabe von ›Vogue‹ im Ankleidezimmer liegenzulassen – aufgeschlagen auf der Seite, auf der Cecil Beaton sich in Lobeshymnen über ihr neuestes Kleid und eine Party erging, die sie für ihre Freunde in Virginia gegeben hatte.

»Sie war sehr hübsch, nicht wahr?« fragte Zoya Clayton eines Abends leise, als sie am Kamin ihres Schlafzimmers saßen. Hier war der Kamin nur eine Zierde und Ergänzung des übrigen Dekors. Das Feuer stellte keine Notwendigkeit zum Überleben dar. Unzählige Male dachte Zoya voller Bedauern an Wladimir in seiner kalten Behausung und an die anderen Bekannten, die in Paris buchstäblich verhungerten. Fast hatte sie Gewissensbisse, weil Clayton sie so verwöhnte.

»Wer soll hübsch gewesen sein?« Clayton sah seine Frau verständnislos an.

»Deine Frau.« Sie hieß Margaret.

»Sie verstand es, sich elegant zu kleiden, wenn sie es darauf anlegte, aber das kannst du auch, kleine Zoya. Wir haben mit den Einkäufen noch nicht einmal begonnen.«

»Du verwöhnst mich zu sehr.« Zoya lächelte schüchtern und errötete. Clayton war gerührt und zog sie an sich.

»Du verdienst viel mehr, als ich dir je geben könnte.«

Er wollte alles wettmachen, was sie verloren hatte, und sie alles, was sie nach der Flucht hatte erleiden müssen, vergessen lassen. Das kaiserliche Osterei fand seinen Platz auf dem Kaminsims im Schlafzimmer, neben den silbergerahmten Fotos seiner Eltern und drei exquisiten vergoldeten Skulpturen.

»Bist du glücklich, mein Liebes?«

Sie strahlte ihn an. »Wie könnte ich nicht glücklich sein?«

Er stellte sie seinen Freunden vor und nahm sie überallhin mit, aber beide spürten die unausgesprochene Ablehnung der anderen Frauen. Zoya war hübsch, sie war jung, und sie sah in den teuren Kleidern, die er ihr geschenkt hatte, fabelhaft aus.

»Warum mögen sie mich nicht?« Es kränkte Zoya, daß die Frauen verstummten, wenn sie einen Raum betrat, und sie wortlos schnitten.

»Ach was, sie sind eifersüchtig.«

Das stimmte. Ende Mai jedoch geriet Clayton richtig in Wut, als ihm bestimmte Gerüchte zu Ohren kamen. Jemand hatte herumerzählt, daß Clayton Andrews eine billige Tänzerin aus Paris geheiratet hatte, und es fiel der Name Folies-Bergère. Ein Betrunkener hatte ihm im Klub sogar die Frage gestellt, ob Zoya auch Cancan tanze, und Clayton mußte sich zurückhalten, um ihn nicht zu ohrfeigen.

Auf einer Party fragte eine Frau eine andere, während sie Zoya tanzen sahen, ob es stimmte, daß sie in Paris eine Nutte gewesen sei.

»Es muß wohl stimmen ... sieh mal, wie sie tanzt.«

Unter Claytons sorgsamer Anleitung hatte sie die Schritte des neuen Modetanzes Foxtrott bis zur Perfektion gemeistert. Stattlich und stolz wirbelte er sie übers Tanzparkett, so offensichtlich verliebt in seine schöne junge Frau, daß alle sie verabscheuen mußten. Zwanzig Jahre, ausgestattet mit einer Taille, die Clayton mit den Händen umfassen konnte, mit wohlgeformten Beinen und einem Engelsgesicht. Als Walzerklänge den Raum durchfluteten, brannten Tränen in Zoyas Augen, während sie langsam die Tanzfläche umkreisten. Sie blickte zu ihrem Mann auf und dachte an den Abend ihrer ersten Begegnung und erinnerte sich an Rußland. Wenn sie die Augen schloß, glaubte sie wieder in St. Petersburg zu sein und sich im Tanz mit ihrem Vater zu drehen – oder mit dem hübschen jungen Nikolaj in seiner Gardeuniform oder sogar mit Zar Nikolaus im Winterpalais. Sie dachte an ihr geplantes Debüt, das nie stattgefunden hatte, und alles erschien ihr längst nicht mehr so schmerzlich. Clayton hatte alles wieder wettgemacht, so daß sie mittlerweile imstande war, Fotos von Maschka anzusehen, traurig zwar, aber ohne Tränen. Sie würde ihre Freundinnen und ihre Angehörigen ewig im Herzen tragen.

»Ich liebe dich so sehr, Zoya ...« flüsterte Clayton, als sie im Juni auf dem Ball der Astors tanzten, und dann plötzlich blieb sie stehen und starrte einen der Gäste an, als hätte sie ein Gespenst gesehen. Wie angewurzelt stand sie da, die Farbe war aus ihrem Gesicht gewichen. »Was ist?« flüsterte Clayton ihr zu.

»Das kann nicht sein ...« Zoya sah aus, als sei ihr übel geworden, und er spürte, wie ihre Hand ganz kalt wurde. Ein großer gutaussehender Mann in Begleitung einer schönen Frau in einem schimmernden blauen Abendkleid war eben eingetreten.

»Kennst du die beiden?«

Zoya brachte kein Wort heraus. Entweder war es Fürst Obolenski oder jemand, der ihm zum Verwechseln ähnlich sah. Die Frau an seinem Arm mußte Großfürstin Olga sein, die Tante der Zarentöchter, die die Kinder an Sonntagen zum Lunch zu ihrer Großmutter nach St. Petersburg mitgenommen hatte, ehe sie zum Tee mit Zoya in das Palais an der Fontanka kamen.

»Zoya ...!« Clayton befürchtete schon, sie würde in Ohnmacht fallen, als die Frau auf sie aufmerksam wurde und mit einem halblauten erstaunten Ausruf auf sie zulief. Zoya schluchzte wie ein Kind und warf sich ihr in die Arme.

»Liebste ... bist du es ... meine kleine Zoya ...« Die schöne Olga umschlang sie innig, überflutet von zärtlichen Erinnerungen an geliebte Menschen, während Clayton und Fürst Obolenski sie beobachteten. »Aber was machst du hier?«

Nach einem tiefen Knicks stellte Zoya ihren stattlichen Ehemann vor. »Olga Alexandrowna, darf ich dir meinen Mann, Clayton Andrews, vorstellen.« Er verbeugte sich und küßte der Großfürstin die Hand. Hinterher erklärte Zoya ihm, daß Olga die jüngste Schwester des Zaren war.

»Wo hast du nur gesteckt, seit ...« Olga brachte die Worte

nicht über die Lippen, als ihre Blicke aufeinandertrafen. Seit sie beide Zarskoje Selo verlassen hatten, waren sie einander nicht mehr begegnet.

»Ich war mit Großmama in Paris ... sie starb kurz nach Weihnachten.«

Wieder umarmte die Großfürstin das Mädchen, unter den Blicken aller Anwesenden, und in wenigen Stunden wußte alle Welt, daß Clayton Andrews Frau eine richtige russische Gräfin war. Das Gerücht von den Folies-Bergère verschwand für immer in der Versenkung, verdrängt von Fürst Obolenskis Schilderungen der prächtigen und exotischen Bälle im Palais an der Fontanka.

»Ihre Mutter war die schönste Frau, die mir je begegnet ist, natürlich ein wenig kühl wie viele Deutsche und von nervöser Wesensart, aber dafür bildschön. Und ihr Vater war ein Mann mit viel Charme. Schrecklich, daß er getötet wurde. So viele der Besten sind nicht mehr am Leben.« Er sagte das mit großem Bedauern bei einem Glas Champagner, aber mit weniger Gefühl als die Frauen. Den ganzen Abend wich Zoya nicht mehr von Olgas Seite. Olga, die in London lebte, war nach New York gekommen, um Freunde zu besuchen. Sie wohnte bei Fürst Obolenski und seiner Frau, Alice Astor.

Die Nachricht von Zoyas Herkunft, von ihrer gräflichen Familie, von der Verwandtschaft mit dem Zaren, verbreitete sich in New York wie ein Lauffeuer. Schlagartig stieg sie zum Liebling der Gesellschaft auf. Cecil Beaton hielt jeden ihrer Schritte fest, es regnete plötzlich Einladungen. Die Menschen, die über sie die Nase gerümpft hatten, entdeckten plötzlich ihre Sympathie für sie.

Elsie de Wolfe wollte unbedingt das Haus total renovieren, um kurze Zeit später mit einem bemerkenswerten Vorschlag herauszurücken. Sie hatte zusammen mit Freunden eine Gruppe alter Farmhäuser an der Sutton Place erworben. Die Gegend war noch nicht in Mode, das würde sich aber nach den Umbauarbeiten und Renovierungen rasch ändern.

»Warum lassen Sie mich nicht eines der Häuser für Sie und Clayton herrichten?« Eines der Häuser war für William May Wright, den Börsenmakler, und seine Frau Cobina bestimmt. Aber Zoya war der Meinung, daß es sich in dem komfortablen Backsteinhaus an der Fifth Avenue sehr gut leben ließ.

Ihre erste Dinnerparty gab sie für Großfürstin Olga vor deren Rückkehr nach London, und im Anschluß daran war ihr Schicksal besiegelt. Sie war endgültig zum Liebling der New Yorker Gesellschaft aufgestiegen, sehr zur Freude ihres Mannes, der ihr alle Wünsche von den Augen ablas und Elsie de Wolfe heimlich den Auftrag gab, eines der Häuser am Sutton Place für Zoya einzurichten. Es war ein wahres Kleinod, und als Zoya es sah, machte sie große Augen. Es war zwar nicht so luxuriös ausgestattet wie das Haus der Wrights, in dem sie am Abend zuvor zu Gast gewesen waren und Fred Astaire und Tallulah Bankhead kennengelernt hatten. Zoya war der Aufwand, insbesondere das mit Nerz tapezierte Bad, geschmacklos und übertrieben erschienen. Das neue Haus der Andrews hingegen war von unaufdringlicher Eleganz mit seinen Marmorböden, schönen Ausblicken und den großen luftigen Räumen, die mit Kostbarkeiten gefüllt waren, von denen Elsie de Wolfe angenommen hatte, sie würden der jungen russischen Gräfin zusagen. Die Leute sprachen sie unentwegt mit diesem Titel an, auch wenn Zoya darauf bestand, Mrs. Andrews genannt zu werden. Den Titel zu benutzen erschien ihr lächerlich, obwohl die Amerikaner es mit dem größten Vergnügen taten.

Inzwischen waren Scharen von Emigranten in New York eingetroffen – aus Paris und London, aber einige kamen auch direkt aus Rußland und wußten Schreckliches zu berichten, von ihrer Flucht und vom Bürgerkrieg zwischen den Armeen der Roten und der Weißen, die um die Vorherrschaft in dem geschundenen Land kämpften. Doch die Anhänger der Weißen waren nicht von der Art, wie Zoya sie schätzte. Natürlich gab es darunter viele echte Aristokraten, die sie kannte, daneben aber Dutzende andere, die sich Adelsprädikate zugelegt hatten, die sie im alten Rußland nie besessen hatten. Überall wimmelte es von Großfürsten, Großfürstinnen und Gräfinnen. Zoya staunte nicht schlecht, als sie eines Abends einer Großfürstin vorgestellt wurde, in der sie auf den ersten Blick die Modistin ihrer Mutter erkannte. Sie verkniff sich jedes Wort, um die Frau nicht in Verlegenheit zu bringen, die Zoya später unter vier Augen beschwor, sie vor den ständig in melancholischen Erinnerungen schwelgenden Landsleuten nicht bloßzustellen.

Zoya selbst lud viele Aristokraten ein, die zum Freundeskreis ihrer Eltern gehört hatten. Aber die Vergangenheit war dahin, und kein noch so großer Aufwand an Gefühlen, Worten und schmerzlichen Erinnerungen konnte sie wieder zum Leben erwecken. Zoya wollte nach vorn blicken und sich voll in das Leben integrieren, das sie nun führte. Erst zu Weihnachten erlaubte sie sich den Luxus der Erinnerung mit frischen Tränen, als sie neben Clayton stand und die alten russischen Kirchenlieder sang, in der Hand eine Kerze, die hell zum Angedenken derer brannte, die sie geliebt und verloren hatte. Weihnachten war für sie sehr traurig, aber sie lebte inzwischen neun Monate in New York und hatte für Clayton aufregende Neuigkeiten.

Sie wartete, bis sie nach der Kirche wieder zu Hause waren, und als sie in dem großen Himmelbett am Sutton Place lagen, umarmte sie ihren Mann und war besonders zärtlich, ehe sie damit herausrückte.

»Du bist was?« Clayton konnte es nicht fassen und bekam es sofort mit der Angst zu tun, daß er sie verletzt haben könnte. »Warum hast du es mir nicht gesagt?« Freudentränen schimmerten in seinen Augen.

»Ich weiß es selbst erst seit zwei Tagen.« Zoya lachte frohlokkend, von dem Gefühl erfüllt, die Hüterin des wichtigsten Geheimnisses der Welt zu sein. Man sah zwar noch nichts, aber sie hatte es gefühlt, und seitdem der Arzt es ihr bestätigt hatte, schwelgte sie in dem Gefühl, die wahre Bedeutung des Lebens erkannt zu haben. Sie hatte sich Claytons Kind mehr als alles auf der Welt gewünscht, und sie küßte ihn überglücklich, während er sie voll Staunen und Anbetung ansah. Sie war noch nicht einundzwanzig, und jetzt würden sie ein Kind bekommen.

»Wann ist es soweit?«

»Ach, noch lange nicht, Clayton. Erst im August.«

Er bot ihr an, ein anderes Zimmer zu beziehen, um sie nicht zu stören, sie aber lachte ihn wegen seiner Besorgtheit aus. »Wage es ja nicht! Wenn du ausziehst, dann komme ich mit!«

»Das wäre schön!« Clayton nahm es von der heiteren Seite. Elsie de Wolfe hatte genügend Schlafzimmer eingeplant, so daß sie die Wahl hatten. Zoya beauftragte Elsie im Frühjahr mit der Einrichtung eines Kinderzimmers, ganz in Hellblau, mit schönen Wandmalereien und kostbaren Spitzengardinen. Das waren neue Aspekte für Mrs. de Wolfe, die sich über den Miniatur-Rolls von Cobina Wrights Söhnchen amüsierte, sich aber um so williger Zoyas strikteren Ansichten über das, was für Kinder passend war, fügte. Zoya bewies stets Stilgefühl und guten Geschmack, indem sie die Ausstattung des Hauses am Sutton Place, dessen unaufdringliche Eleganz gerühmt wurde, mit eigenen Ideen ergänzte. Das Backsteinhaus an der Fifth Avenue hatten sie schon längst verkauft und das Personal größtenteils ausgewechselt.

An dem Tag, an dem Alexej Romanow siebzehn geworden wäre, kam Zoyas erstes Kind zur Welt. Die Geburt verlief leicht und komplikationslos. Das Neugeborene, ein strammer, acht Pfund schwerer Junge, begrüßte laut brüllend die Welt, während sein Vater nervös vor dem Schlafzimmer auf und ab lief.

Zoya dämmerte mit dem kleinen engelsgleichen Baby in den Armen im Halbschlaf dahin, als Clayton zu ihr hereinkam. Das Baby hatte das rote Haar seiner Mutter, dazu ein süßes rundes Gesichtchen. Der Anblick seines in spitzengesäumte Decken gewickelten Söhnchens, trieb Clayton Tränen in die Augen.

»Wie schön er ist ... er sieht dir ähnlich ...«

»Nur das Haar«, flüsterte Zoya schläfrig. Der Arzt hatte ihr ein Beruhigungsmittel gegeben. Verträumt sah sie zu ihrem Mann auf. »Er hat deine Nase.« Das Näschen wirkte wie eine winzige Rosenblüte in dem Engelsgesichtchen, und Clayton strich seinem

Sohn lächelnd über das seidige rote Haar. Zoya sah bittend zu ihm auf. »Wäre es dir recht, wenn wir ihn Nicholas taufen?«

»Wenn du willst.« Ihm gefiel der Name, und er wußte, wieviel er ihr bedeutete. Es war der Name des Zaren und der ihres toten Bruders.

»Nicholas Konstantin ...« flüsterte sie mit einem glücklichen Blick auf das Kind. Dann schlief sie ein, unter den Augen ihres überwältigten Mannes, der sich auf Zehenspitzen hinausstahl. Er war dankbar für alles, was das Leben ihm geschenkt hatte. Nach all den Jahren hatte er einen Sohn ... einen Sohn! Nicholas Konstantin Andrews. Das klang sehr hübsch, wie er sich eingestand, als er hinunterlief, um sich ein Glas Champagner einzuschenken.

»Auf Nicholas!« sagte er im Salon vor sich hin, um sodann lächelnd hinzuzusetzen: »... und auf Zoya!«

30

Die nächsten Jahre vergingen wie im Flug, voller Menschen, Trubel und Partys. Zoya ließ sich zu Claytons Entsetzen die Haare kurz schneiden, sie entdeckte das Rauchen, entschied dann aber, daß es albern wirkte. Cecil Beaton berichtete ständig über sie und über ihre berühmten Partys in dem Sommerhaus, das sie sich auf Long Island zugelegt hatten.

Sie sahen Nijinskys letzte Vorstellung in London, und Zoya war untröstlich, als bekannt wurde, daß er, in geistige Umnachtung verfallen, in einer Wiener Anstalt untergebracht werden mußte. Doch das Ballett war längst nicht mehr Teil ihres Lebens, wenn sie auch gelegentlich in Gesellschaft der Vanderbilts oder Astors Ballettaufführungen besuchte. Ebenso sah man sie bei Polo-Turnieren, auf Empfängen und Bällen. Die Andrews gaben selbst viele Einladungen, und die einzige Ruhepause, die sie sich gönnte, war 1924, als sie wieder schwanger wurde. Der Prince of Wales hatte sie im Anschluß an ein Polo-Turnier auf Long Island besucht. Diesmal fühlte sie sich ziemlich elend, was

Clayton hoffen ließ, sie erwarte ein Mädchen. Mit seinen zweiundfünfzig Jahren wäre er zu gern Vater einer Tochter geworden.

Das Baby kam im Frühjahr 1925 zur Welt, im selben Jahr, als Josephine Baker in Paris Begeisterungsstürme ausgelöst hatte.

Claytons Herz war voller Freude, als er seine Tochter zum erstenmal sah. Sie hatte dasselbe feuerrote Haar wie ihre Mutter und ihr Bruder Nicholas und machte vom ersten Augenblick an klar, was sie sich von ihrer Umgebung erwartete. Kam niemand ihren Wünschen nach, war lautes Gebrüll die Folge. Sie war von Anfang an der Augapfel ihres Vaters. Alexandra Marie Andrews wurde in dem aus Frankreich stammenden Kleidchen zur Taufe getragen, das seit vier Generationen in Claytons Familie weitervererbt wurde. Sie sah darin wie eine kleine Prinzessin aus.

Die Haarfarbe hatte sie von ihrer Mutter mitbekommen, ihre Augen waren die von Clayton, aber sie hatte eine völlig eigenständige Persönlichkeit.

Im Alter von zwei Jahren hatte sie sich bereits ihren Bruder untertan gemacht. Nicky, wie er gerufen wurde, hatte das ruhige Wesen seines Vaters und den Humor von Zoyas Bruder geerbt. Er war ein von allen angebetetes und geliebtes Kind, das seiner Mutter besonders ans Herz gewachsen war.

Mit vier verstand es Sascha bereits, ihren Vater um den sprichwörtlichen kleinen Finger zu wickeln. Vor ihrem Zorn flüchtete sogar die hochbetagte Sawa. Der Hund war nun schon zwölf Jahre alt und noch immer ihr Hausgenosse, ständig Zoya oder dem kleinen Nicky auf den Fersen, den die alte Hündin praktisch an Kindes Statt angenommen hatte.

»Sascha!« Zoya rief den Namen verzweifelt, wenn sie nach Hause kam und die Kleine dabei ertappte, wie sie ihre schönsten Perlen anprobierte oder eine ganze Flasche ›Lilas‹ verschüttete – jenes Parfum, das Zoya noch immer verwendete und das Clayton ihr immer wieder schenkte. »Das darfst du doch nicht!« Auch das Kindermädchen, eine Französin, die sie aus Paris mitgebracht hatten, wurde mit der Kleinen nicht fertig. Kein Tadel und keine Strafe konnten die eigenwillige Sascha beeindrucken.

»Mama, sie kann nicht anders«, entschuldigte Nicholas sein Schwesterchen. Er war acht, ein hübscher Junge, seinem Vater wie aus dem Gesicht geschnitten. »Sie ist ein Mädchen, und Mädchen tragen gern hübsche Sachen.« Sein Blick suchte Zoya, und sie lächelte. Er war so lieb und gut, ganz ähnlich wie Clayton. Sie liebte ihre beiden Kinder sehr, aber Alexandra, genannt Sascha, stellte ihre Geduld auf eine harte Probe.

Abends waren sie sehr häufig Gäste im Cotton Club und tanzten in Harlem die Nächte durch. Condé Nasts spektakuläre Party in seinem unwahrscheinlich luxuriösen Apartment an der Fifth Avenue lag erst einige Monate zurück. Dort waren sie Cole Porter und Elsie de Wolfe begegnet, die für Zoya unbedingt ein Haus in Palm Beach einrichten wollte. Zoya aber mied ihres Teints wegen die Sonne und begnügte sich mit jährlichen Kurzbesuchen in Palm Beach, während denen sie bei den Whitneys wohnten.

In jenem Jahr kaufte Zoya Kleider bei Lelong, mit dessen charmanter Frau Natalie, einer Tochter des Großfürsten Paul, sie sich sehr gut verstand, anders als mit Tallulah Bankhead, die Zoya mehrmals rügte, weil sie mit ihrem Lippenstift so sparsam umging.

Kostümfeste waren der Schlager der Saison, und Clayton zeigte eine besondere Vorliebe für gesellschaftliche Anlässe dieser Art. Er war siebenundfünfzig und noch immer leidenschaftlich in seine Frau verliebt, die er gern mit der Behauptung neckte, sie sei mit ihren dreißig Jahren endlich im passenden Alter für ihn.

Hoover gewann die Präsidentschaftswahlen gegen Gouverneur Al Smith aus New York, nachdem Calvin Coolidge auf eine neuerliche Kandidatur verzichtet hatte. Gouverneur von New York wurde Franklin Roosevelt, ein interessanter Mann, an dessen intelligenter, wenn auch nicht sonderlich attraktiven Frau Eleanor Zoya auf Anhieb Gefallen fand, da sie eine anregende Gesprächspartnerin war. So war es immer eine Freude für sie, von den Roosevelts eingeladen zu werden. Gemeinsam sahen sie das Theaterstück ›Caprice‹, das Clayton langweilig fand, von dem Zoya und Eleanor jedoch begeistert waren. Als nächstes sahen sie ›Street Scene‹, ein Stück, das mit dem Pulitzer-Preis ausgezeichnet wurde. Clayton mußte gestehen, daß er das Kino bevorzugte, wobei er Colleen Moore und Clara Bow am liebsten sah, während Zoya für Greta Garbo schwärmte.

»Immer diese Ausländer«, neckte er sie, Zoya aber wurde von niemandem mehr als Ausländerin angesehen. Nach zehn Jahren war Zoya in New York völlig integriert und nahm intensiv am kulturellen Leben teil. Sie ging oft ins Theater, ins Ballett und in die Oper. Im Januar hatte sie mit Nicky eine Aufführung des ›Rosenkavalier‹ besucht, in deren Verlauf der Junge ziemlich schockiert registrierte, daß eine Frau in einer Hosenrolle auf der Bühne stand.

»Das ist ja ein Mädchen!« hatte er laut geflüstert und damit zur Erheiterung der Zuschauer in der Nachbarloge beigetragen. Zoya, die seine Hand hielt, erklärte im Flüsterton, daß das etwas mit der Stimmlage zu tun hätte. »Wie widerlich«, äußerte er sich darauf und lehnte sich entrüstet zurück. Clayton, der ähnliche Ansichten hegte, schmunzelte befriedigt.

Lindbergh und dessen fliegerische Leistungen kamen da Nicholas' Interessen weit mehr entgegen. Im Juni, kurz vor ihrem Umzug in ihr Sommerhaus auf Long Island, wohnten Clayton und Zoya der Hochzeit Lindberghs mit Anne, der Tochter von Botschafter Morrow, bei.

Auf Long Island waren die Kinder immer sehr glücklich, und Zoya hatten es vor allem die langen Strandspaziergänge angetan, auf denen sie mit Clayton oder mit Bekannten plauderte. Oft ging sie aber auch allein spazieren und dachte an ihre Jugend und die Sommer in Liwadia auf der Halbinsel Krim.

Noch immer wanderten ihre Gedanken manchmal zurück zu den Toten. Die Gestalten aus der Vergangenheit lebten in ihrem Herzen weiter, aber die Erinnerung war nicht mehr so intensiv, und zuweilen kostete es sie einige Mühe, sich die Gesichter ihrer Freunde ins Gedächtnis zu rufen. Auf dem Kaminsims in ihrem Schlafzimmer standen noch immer die Fotos von Marie und den anderen Mädchen in Fabergé-Rahmen. Das Bild, auf dem sie alle mit nach unten hängenden Köpfen abgebildet waren, war nach wie vor ihr liebstes. Sogar der kleine Nicholas kannte schon die Namen und Gesichter. Er ließ sich gern erzählen, wie sie damals gewesen waren, was sie gesagt und getan und welchen Schabernack sie als Kinder getrieben hatten. Besonders gefiel ihm die Tatsache, daß er und der Zarewitsch am gleichen Tag Geburtstag hatten. Ebensogern aber hörte er auch die ›traurigen Teile‹, wie er sie nannte. Die Geschichten von Großvater, der sehr lieb gewesen sein mußte, und vom lustigen Nikolaj, nach dem er benannt worden war. Zoya erzählte von ihren Streitigkeiten, von ihren Streichen und ihren Enttäuschungen, und sie tröstete ihren Sohn, daß sie und Nikolaj fast so heftig gestritten hatten wie er und Sascha. Mit ihren vier Jahren war sein Schwesterchen in seinen Augen schon eine richtige Plage. Er war im Haus nicht der einzige, der dieser Meinung war. Sascha wurde von ihrem Vater nach allen Regeln der Kunst verwöhnt, so daß es Zoya richtig unangenehm war, aber man durfte das Kind in Claytons Gegenwart nicht schelten.

»Sie ist noch ein Baby, Liebling. Sie soll sich nicht aufregen.«

»Clayton, wenn wir ihr jetzt nicht Disziplin beibringen, wird sie mit zwölf ein wahres Ungeheuer sein.«

»Disziplin ist etwas für Jungen«, belehrte Clayton seine Frau, obwohl er auch nie das Herz hatte, Nicholas zurechtzuweisen. Er war zu seinen beiden Kindern gleich lieb und gut und spielte mit ihnen in jenem Sommer stundenlang am Strand.

Inzwischen war König George von England wieder genesen. Sah Zoya Bilder von ihm in der Zeitung, bekam sie unweigerlich feuchte Augen, denn er sah seinem Vetter, dem Zaren, so ähnlich, daß es für sie stets einen Schock bedeutete, ihn abgebildet zu sehen. Seine kleine Enkelin Elizabeth war nur ein Jahr jünger als Sascha.

Ein Auftritt Yehudi Menuhins machte dem kleinen Nicholas in jenem Sommer den größten Eindruck. Menuhin war als Violinvirtuose ein Wunderkind, drei Jahre älter als Nicholas, der sich vom Spiel des Jungen fasziniert zeigte. Noch wochenlang war der Violinabend zu Zoyas Freude sein liebstes Gesprächsthema.

Clayton, der am Strand ›Im Westen nichts Neues‹ las, betätigte sich eifrig an der Börse, deren ständiges Auf und Ab er amüsant fand. Seit März waren die Aktien ständig in Bewegung, und mit Spekulationen konnte man ein Vermögen machen. Clayton hatte Zoya in den letzten zwei Monaten zwei Diamantkolliers kaufen können und dafür nur einen Bruchteil seines Spekulationsgewinnes aufgewendet. Zoya wurde im August durch die traurige Nachricht von Diaghilews Tod in Venedig abgelenkt. Damit war für sie ein weiteres Kapitel der Geschichte endgültig geschlossen.

Nachdem sie von seinem Tod erfahren hatte, sprach sie auf einem Strandspaziergang mit Clayton über Diaghilew. »Wenn er mich nicht engagiert hätte, hätten wir glatt verhungern müssen. Ich hatte ja sonst nichts gelernt.« Bekümmert blickte sie zu Clayton auf, der ihre Hand nahm. Sie dachte an das schwere Leben, das sie damals geführt hatte, an die häßliche Wohnung nahe dem Palais Royal, an die spärlichen Mahlzeiten während des Krieges ... eine schwere Zeit, die glücklicherweise weit zurücklag. Der Gedanke ließ sie lächeln. »Und dann kamst du, mein Lieber ...« Sie würde nie vergessen, wie er sie gerettet hatte.

»Ach, es hätte ebensogut ein anderer kommen können.«

»Aber niemand, den ich so lieben könnte, wie ich dich liebe.«

Sie sagte es ganz leise. Da beugte er sich über sie und küßte sie.

Sie standen lange umschlungen im glühenden Sonnenuntergang des Sommers da. Für den nächsten Tag war die Rückkehr nach New York geplant. Nicholas mußte in die Schule, und Sascha sollte mit dem Kindergarten anfangen. Zoya hoffte, daß ihr das Zusammensein mit anderen Kindern guttat. Clayton war da nicht so sicher. Doch eine Entscheidung in diesen Dingen überließ er immer Zoya.

Sie waren erst kurz in New York, als sie wieder mit den Roosevelts speisten, die ebenfalls vor kurzem von ihrem Sommersitz in Campobello zurückgekehrt waren. In der Woche darauf gaben die Andrews zur Eröffnung der neuen Saison eine Party. Fürst

Obolenski war natürlich wie immer zugegen, dazu an die hundert illustre Gäste.

Die Wochen schienen mit einer Vielzahl von Einladungen, Theaterbesuchen und Bällen zu verfliegen, und ehe sie es sich versahen, war der Oktober gekommen. Clayton war ein wenig besorgt, weil seine Aktien gefallen waren. Er rief John Rockefeller an, um sich mit ihm zum Essen zu treffen, dieser aber war für einige Tage in Chikago, deswegen mußte das Treffen warten. Und zwei Wochen später verlor Clayton derart die Fassung, daß er mit niemandem mehr essen wollte. Seine Papiere waren praktisch wertlos geworden – eine Tatsache, die er Zoya verschwieg, um sie nicht aufzuregen, denn er hatte schon vor Monaten sämtliche Vermögenswerte in Aktien angelegt. Anfangs hatten die Aktien so viel Profit gebracht, daß er überzeugt war, das Familienvermögen verdreifachen zu können.

Am Donnerstag, dem vierundzwanzigsten Oktober, verkaufte alle Welt Aktien, und alle Bekannten von Clayton gerieten in Panik, er ebenso, als er diesmal selbst zur Börse ging. Nachmittags kam er völlig deprimiert nach Hause, doch am nächsten Tag kam alles noch schlimmer. Und der Montag war ein Tag neuer Katastrophen. Über sechzehn Millionen Aktien wurden auf den Markt geworfen. Am Abend war Clayton klar, daß er ruiniert war. Um ein Uhr schloß die Börse in dem vergeblichen Bemühen, den Panikverkäufen ein Ende zu machen. Für Clayton kam die Maßnahme zu spät. Es nützte ihm auch nichts, daß die Börse für den Rest der Woche geschlossen blieb, da er ohnehin schon seinen gesamten Besitz verloren hatte. Bis auf die Häuser und Einrichtungen war ihm nichts geblieben. Alles andere war verloren. Als Clayton zu Fuß nach Hause ging, hatte er das Gefühl, daß auf seiner Brust ein Felsbrocken lastete. Er brachte es kaum fertig, Zoya anzusehen, als er ins Schlafzimmer kam.

»Liebling, was ist passiert?« Clayton war aschfahl, wie sie auf den ersten Blick sah, als sie sich zu ihm umdrehte. Sie hatte ihr Haar gebürstet, das wieder lang war, da Clayton den modischen Bubikopf verabscheute. Aber er schien sie kaum zu bemerken und starrte in den Kamin. Schließlich drehte er sich um. »Was ist los?« fragte sie noch einmal. Sie ließ ihre Bürste fallen und lief an seine Seite. »Clayton ... Clayton, was ist?«

Er sah ihr tief in die Augen, ähnlich wie ihr Vater in dem Augenblick, als Nikolaj gestorben war. »Wir haben alles verloren, alles. Ich war ein Dummkopf ...« Er versuchte ihr alles zu erklären, und sie hörte mit weitaufgerissenen Augen zu, um sodann die Arme um ihn zu legen und ihn festzuhalten, als er in Tränen ausbrach. »Mein Gott, warum war ich nur so unglaublich dumm? Was sollen wir jetzt tun?«

Fast stockte ihr Herz. Alles war wie seinerzeit bei der Revolution. Aber sie hatte es einmal überlebt, und diesmal hatten sie einander. »Wir werden alles verkaufen. Wir werden arbeiten. Wir werden überleben, Clayton. Das alles ist nicht so wichtig.« Er befreite sich aus ihrer Umarmung und fing an, ruhelos auf und ab zu gehen. Er stand vor dem Ruin, und seine Welt war zusammengebrochen.

»Bist du verrückt? Ich bin siebenundfünfzig. Was kann ich da noch machen? Ein Taxi fahren wie Fürst Wladimir? Und du, willst du am Ende wieder zum Ballett? Zoya, mach dir nichts vor ... wir sind ruiniert! Ruiniert! Die Kinder werden verhungern ...« Unter Tränen faßte er nach ihr, und sie spürte, daß seine Hände eiskalt waren.

»Die werden schon nicht verhungern. Ich kann arbeiten und du auch. Wenn wir verkaufen, was uns noch geblieben ist, können wir jahrelang von dem Erlös leben.« Allein ihre Diamantkolliers würden ihnen so viel einbringen, daß sie sehr lange davon zehren konnten. Clayton aber schüttelte niedergeschlagen den Kopf, da er die Lage viel besser durchschaute als sie. Er hatte bereits miterlebt, wie ein Mann aus dem Fenster seines Büros gesprungen war. Zoya hatte keine Ahnung von den Schulden, die er gemacht hatte, überzeugt, sie jederzeit mit links zurückzahlen zu können.

»Und wem willst du das alles verkaufen? Denen, die ihr letztes Hemd verloren haben? Zoya, alles ist wertlos geworden ...«

»Nein, das ist es nicht«, beharrte sie. »Wir haben uns und die Kinder. Als ich Rußland verließ, hatten wir nur eine Troika, drei Pferde und ein paar Juwelen, die wir ins Futter unserer Kleider genäht hatten. Und wir haben überlebt.« Beide dachten gleichzeitig an das Elend in ihrer Pariser Wohnung, doch es war überstanden, und jetzt hatte sie ihn und die Kinder. »Denk daran, was die anderen verloren haben. Denk an Nikolaus und Alexandra, Clayton ... wenn sie sich ihrem Schicksal aufrecht stellen konnten, dann können wir es auch ... nicht wahr, mein Liebling ...« Clayton hörte nicht auf, in ihren Armen zu weinen. Er konnte diesen Schicksalsschlag nicht ertragen.

An jenem Abend fiel beim Dinner kaum ein Wort. Zoya versuchte nüchtern zu überlegen, Pläne zu machen, zu entscheiden, was verkauft werden sollte und an wen. Sie besaßen immerhin zwei Häuser, dazu viele Antiquitäten, die Elsie de Wolfe, die nunmehrige Lady Mendl, für sie ausgesucht hatte, und ihren Schmuck, Gemälde und Kunstgegenstände ... es war eine endlose Liste an Kostbarkeiten. Als sie Clayton Vorschläge machte und versuchte, ihn zu trösten, klang es wie ein Fluchtplan. Clayton ging schweren Schrittes hinaus, und als sie beim Ausziehen von ihrem Ankleidezimmer aus mit ihm sprach, blieb er ihr die Antwort schuldig. Zoyas Sorge um Clayton wuchs. Für ihn war es ein schrecklicher Schlag, sie aber wollte sich nach allem, was sie im Leben durchgestanden hatte, auch jetzt nicht geschlagen geben. Sie würde ihm helfen, zu kämpfen und zu überleben. Wenn es sein mußte, würde sie Böden schrubben, denn sie wußte, daß sie alles überstehen würde. Sie lauschte, weil sie nicht sicher war, ob Clayton nicht den Raum verlassen hatte. Seit Minuten hatte er ihr schon keine Antwort gegeben.

»Clayton?« Sie kam in einem der Spitzennachthemden, die er ihr im Jahr zuvor in Paris gekauft hatte, ins Schlafzimmer. Zoya stockte der Atem ... Clayton lag reglos auf dem Boden. Sie lief an seine Seite und drehte ihn vorsichtig auf den Rücken. Er starrte sie blicklos an. »Clayton! Clayton!« Schluchzend rief sie seinen Namen. Sie schlug ihm ins Gesicht, versuchte, ihn über den Boden zu ziehen, als könne sie ihn wiederbeleben. Aber er rührte sich nicht und sah und hörte sie nicht. Clayton Andrews war einem Herzanfall erlegen. Der Schock des Börsenkrachs und die Aussicht, alles zu verlieren, hatten ihn umgebracht. Und als Zoya auf die Knie sank und seinen Kopf in ihren Schoß bettete, blickte sie fassungslos auf ihn nieder. Der Mann, den sie geliebt hatte, war tot. Er hatte sie verlassen. Untröstlich, allein und wieder verarmt ... der Traum, zu dem ihr Leben sich entwickelt hatte, war ganz plötzlich zum Alptraum geworden.

31

»Mama, warum ist Papa gestorben?« Sascha sah mit großen blauen Augen zu Zoya hoch, als sie im Hispano-Suiza von der Beerdigung nach Hause fuhren. Ganz New York war gekommen, Zoya aber hatte kaum jemanden wahrgenommen, da sie sich noch immer in einem Zustand der Benommenheit befand. Stumm betrachtete sie ihr Kind. Ein schwarzer Schleier verhüllte ihr Gesicht, ihre Hände steckten in schwarzen Handschuhen. Die Kinder waren so eingeschüchtert, daß sie sich kaum zu rühren wagten.

Nicholas hatte während der Beerdigung neben ihr gestanden wie ein kleiner Beschützer. Er hatte ihre Hand gehalten und geweint, als der Chor das unerträglich süßliche ›Ave Maria‹ anstimmte. Es gab viele, die in der letzten Woche der Tod ereilt hatte. Die meisten hatten selbst Hand an sich gelegt, etliche aber waren wie Clayton von dem unerträglichen Schlag gefällt worden. Der Kummer hatte ihn getötet. Sie hatte ihn verloren.

»Ich weiß es nicht, mein Schatz. Ich weiß nicht warum. Er hat einen schrecklichen Schock erlitten ... und er ist jetzt im Himmel beim lieben Gott.« Fast erstickte sie an den Worten.

Nicholas hatte sie nicht aus den Augen gelassen. »Wird er jetzt bei Onkel Nikolaus und Tante Alix sein?« fragte der Junge leise. Sie sah ihn an. Sie hatte diese Toten um seinetwillen am Leben erhalten, aber warum? Was machte das jetzt schon aus? Alle, die sie geliebt hatte, waren nicht mehr … bis auf ihre Kinder. Sie zog sie an sich, als sie ausstieg, und lief vor dem Chauffeur ins Haus. Sie hatte niemanden eingeladen, weil sie niemanden sehen wollte. Sie wollte keine Erklärungen abgeben. Es würde schon schlimm genug sein, wenn sie den Kindern alles erzählen mußte. Aber damit wollte sie noch ein paar Tage warten, während sie dem Personal bereits freigestellt hatte zu gehen. Nur ein Mädchen und das Kindermädchen sollten bleiben, kochen würde sie selbst. Und der Chauffeur würde gehen, sobald sie die Autos verkauft hatte. Er hatte ihr versprochen, ihr nach besten Kräften zu helfen. Er kannte einige Interessenten für Claytons Alfa Romeo und für den Mercedes, den sie benutzte. Um seinen Hispano-Suiza war Clayton allgemein sehr beneidet worden. Zoya hatte im Moment allerdings Zweifel, ob es noch Leute gab, die sich solche Autos leisten konnten.

Die alte Sawa kam zu ihr getappt und leckte ihr die Hand, als wüßte sie alles, als Zoya sich an den Kamin im Schlafzimmer setzte und zu der Stelle hinstarrte, wo Clayton vor wenigen Tagen gestorben war. Es erschien ihr unglaublich, daß er tot war … daß Clayton nicht mehr bei ihr war. Jetzt mußte sie so viel erledigen. Am Tag nach seinem Ableben hatte sie seine Anwälte angerufen, die ihr versprachen, ihr in alles Einblick zu gewähren.

Die Besprechung mit ihnen war schrecklich. Es stand so schlimm, wenn nicht sogar schlimmer, als Clayton befürchtet hatte. Seine Schulden waren geradezu astronomisch hoch, und Geld war nicht mehr vorhanden. Die Anwälte rieten Zoya, das Haus auf Long Island zu verkaufen – samt Einrichtung. Sie willigte ein, und die Anwaltsfirma machte sich auf die Suche nach einem Käufer. Zoya fuhr gar nicht mehr hinaus, um ihre Sachen zu holen. Sie wußte, daß sie das nicht ertragen hätte. Ähnlich wie ihr erging es seit dem Börsenkrach vielen. Alle mußten ihren Besitz verkaufen, die nicht Selbstmord begingen oder bei Nacht und Nebel verschwanden, um den Rechnungen und Hypotheken zu entgehen.

Erst am Samstag brachte sie es über sich, den Kindern reinen Wein einzuschenken. Sie hatte zwar immer mit ihnen die Mahlzeiten eingenommen und wie eine Maschine funktioniert, die sich von einem Raum zum anderen bewegte und nur gesprochen, wenn es unvermeidlich war. Sie war noch immer kaum imstande, einen klaren Gedanken zu fassen. Es gab so viel zu tun, so viel zu packen und zu verkaufen, und sie wußte nicht, wohin sie sich wenden sollte, wenn erst das Haus verkauft war. Sie wußte nur, daß sie sich Arbeit suchen mußte, doch auch daran konnte sie noch nicht denken. Sie konnte überhaupt nicht denken, als sie ihre Kinder verzweifelt ansah. Sascha war zu klein, um etwas zu begreifen, aber Nicholas mußte von ihrer Lage erfahren, obwohl ihr der Schmerz in seinem Blick unerträglich war, als sie versuchte, ihm alles zu erklären. Schließlich konnte sie nicht mehr tun, als ihn im Arm zu halten, während sie beide um den Mann und Vater weinten, den sie geliebt hatten. Sie wußte, daß sie stark sein mußte, so stark, wie es ihre Großmutter ihr zuliebe gewesen war. Damals war es ihnen sogar noch schlechter gegangen. Zoya erwog, mit den Kindern nach Paris zu gehen, da das Leben dort vielleicht billiger war, aber auch dort hatten die Menschen ihre Sorge. Von Serge Obolenski wußte sie, daß es mittlerweile in Paris viertausend russische Taxifahrer gab. Zudem wäre es den Kindern zu fremd gewesen. Nein, sie mußten in New York bleiben, entschied Zoya.

»Nicholas … mein Schatz … wir werden aus diesem Haus ausziehen müssen.« Die Worte klangen hölzern und fremd, und er sah sie verwirrt an.

»Weil Papa gestorben ist?«

»Ja … nein … nun ja, eigentlich, weil … weil wir arm sind und wir uns das Leben hier nicht mehr leisten können. Im Moment sind die Zeiten für uns schwer. Wir können nicht hier bleiben.« Daraufhin sah er sie ernst an, sehr bemüht, tapfer zu bleiben, während Sascha mit dem Hund spielte und das Kindermädchen lautlos und mit feuchten Augen hinausging. Sie wußte, daß auch sie das Haus verlassen mußte, und es brach ihr das Herz, von den Kindern, die sie seit der Geburt betreut hatte, Abschied nehmen zu müssen, aber Zoya hatte ihr am Tag zuvor die Kündigung ausgesprochen. Es gab keine andere Möglichkeit.

»Mama, sind wir jetzt richtig arm?«

»Ja.« Sie war immer aufrichtig zu Nicholas gewesen. »Arm in dem Sinn, daß wir kein großes Haus mehr haben und keine Autos. Aber alles Wichtige ist uns geblieben – bis auf Papa.« Sie spürte, wie ihre Kehle eng wurde. »Wir haben ja noch uns, mein Liebling. Daran wird sich nichts ändern. Weißt du noch, was ich dir von Onkel Nikolaus und Tante Alix und den Kindern erzählt habe, die man nach Sibirien gebracht hat? Sie waren sehr tapfer und haben alles als eine Art Spiel aufgefaßt. Sie haben sich stets vor Augen gehalten, daß sie zusammen waren, was das Wichtigste war und daß sie sich liebhatten. Deshalb waren sie sehr stark und mutig ... und genauso müssen wir jetzt denken.« Zoya konnte nicht verhindern, daß ihr Tränen über die Wangen liefen.

Nicholas sah sie ernst an und war verzweifelt bemüht, alles zu begreifen. »Gehen wir auch nach Sibirien?«

Zoya lächelte unter Tränen. »Nein, das nicht. Wir bleiben in New York.«

»Wo werden wir wohnen?« Wie alle Kinder interessierte er sich vor allem für die nackten Tatsachen.

»In einer Wohnung. Ich werde eine suchen müssen.«

»Wird sie hübsch sein?«

Sofort fielen ihr Maschkas Briefe aus Tobolsk und Jekaterinenburg ein. »Wir werden sie hübsch einrichten, das verspreche ich dir.«

Da blickte er sie wieder mit traurigen Augen an. »Könnten wir den Hund mitnehmen?«

Wieder den Tränen nahe, betrachtete sie Sawa, die sich mit Sascha auf dem Boden balgte. »Natürlich. Sie ist den ganzen langen Weg von St. Petersburg bei mir gewesen.« Fast brachte sie die Worte nicht über die Lippen, sah Nicholas dabei aber beruhigend an. »Wir werden sie jetzt nicht allein lassen.«

»Kann ich meine Spielsachen mitnehmen?«

»Ein paar ... soviel wie in der Wohnung Platz haben. Das verspreche ich.«

Er lächelte schon ein wenig besänftigt. »Gut.« Seine Augen wurden wieder traurig, als er an seinen Vater dachte, den er nie mehr wiedersehen würde. »Werden wir bald gehen?«

»Ja, ich glaube schon, Nicholas.« Er nickte und ging nach einer letzten Umarmung mit Sascha und dem Hund hinaus, während Zoya ihm auf dem Boden sitzend nachsah und darum betete, daß sie so viel Kraft aufbringen konnte wie seinerzeit Eugenia. Da kam Nicholas auf Zehenspitzen zurück und blickte auf sie nieder.

»Mama, ich habe dich lieb.«

Sie schlang die Arme um ihn und versuchte, ihre Tränen zurückzuhalten. »Ich habe dich auch lieb ... so lieb ...«

Da schmiegte er sich fest an sie und drückte ihr etwas in die Hand.

»Was ist das?«

Es war eine Goldmünze, sein ganzer Stolz, wie sie wußte, Clayton hatte sie ihm erst vor wenigen Monaten geschenkt, und Nicholas hatte sie wochenlang herumgezeigt. »Wenn du willst, kannst du sie verkaufen. Dann werden wir vielleicht nicht mehr so arm sein.«

»Nein, sie gehört dir. Papa hat sie dir geschenkt.«

Da richtete er sich zu seiner ganzen Größe auf. »Papa würde wollen, daß ich dich beschütze.« Zoya schüttelte sprachlos den Kopf, als sie ihm die Münze wieder zurückgab und ihn ins Kinderzimmer brachte.

32

Auch die Wrights hatten ihr Vermögen verloren. Cobina und ihre Tochter hatten einen Nachtklub eröffnet, in dem sie in Wildwestkostümen und komischen Hüten sangen und tanzten.

Sie und Bill lebten in Scheidung, das Haus am Sutton Place war um einen Spottpreis verkauft worden. Es gab neuerdings Frauen, die ihre Pelze in Hotelhallen verhökerten, Poloponies wurden gegen Bargeld verkauft. Überall nahm Zoya eine Verzweiflung wahr wie zwölf Jahre zuvor in St. Petersburg, es fehlte jedoch die tödliche Bedrohung.

Für ihr Haus auf Long Island wurde ihr kaum mehr geboten, als die Autos wert waren, die dort standen. Claytons Anwälte rieten ihr jedoch, den Vertrag zu unterzeichnen. Cholly Knickerbocker, dessen Kolumne eigentlich der Feder eines Mannes namens Maury Paul entstammte, wußte fast täglich von neuen Ungeheuerlichkeiten zu schreiben. Die Schicksale, von denen er berichtete, waren unglaublich. Damen der Gesellschaft mußten sich als Kellnerinnen und Verkäuferinnen durchschlagen. Daneben gab es immer noch Leute, die von den Folgen des Börsenkrachs nicht betroffen waren, aber wenn Zoya sich am Sutton Place umsah, wirkte die Gegend ziemlich verlassen. Ihr Personal war bis auf das Kindermädchen fort. Sascha schien noch immer nicht zu verstehen, warum Clayton nicht mehr bei ihnen war, Nicholas jedoch war ernst und nachdenklich geworden. Immer wieder fragte er Zoya, wo sie wohnen würden und wann das Haus verkauft werden sollte. Zoya trieben die vielen Fragen zur Verzweiflung, andererseits tat ihr der Junge leid. Sie wurde an ihre eigenen Ängste während der Revolution in Rußland erinnert. Seine Augen waren grüne Abgrunde des Schmerzes und der Angst. Wie ein trauriger kleiner Mann stand er da, während er ihr zusah, wie sie die nötigsten Sachen einpackte. Es hatte keinen Sinn, die kostbaren Abendkleider mitzunehmen, all die Modelle von Poiret, Chanel, Lanvin und Schiaparelli. Diese Kleider packte sie zu Bündeln und gab sie dem Kindermädchen, das sie in der Halle des Plaza verkaufen sollte. Für Zoya war das eine große Demütigung, aber sie hatte zu viele Sorgen, als daß sie Rücksicht nehmen konnte. Sie brauchte jeden Cent, um sich in der nächsten Zeit durchzuschlagen.

Und schließlich verkaufte sie das Haus samt der Einrichtung, die Elsie de Wolfe für sie ausgesucht hatte, mit allen Bildern, Orientteppichen, Porzellan und Kristall. Damit waren Claytons Schulden abgedeckt, und es blieb noch so viel übrig, daß sie sich ein paar Monate über Wasser halten konnten.

»Behalten wir denn gar nichts, Mama?« Nicholas ließ bekümmert den Blick durch den Raum wandern.

»Nur das, was wir in der neuen Wohnung brauchen.« Sie lief sich die Absätze platt in Gegenden, die sie nie zuvor gesehen hatte, und schließlich fand sie zwei kleine Zimmer an der West Seventeenth Street, in einem Haus ohne Lift, eine winzige Wohnung mit zwei Fenstern, die auf die Rückseite eines anderen Hauses hinausblickten. In der engen und dunklen Wohnung hing ekelerregend miefiger Abfallgeruch. Drei Tage lang schleppte Zoya eigenhändig Sachen heran. Nur das Kindermädchen und ein alter Farbiger, den sie um einen Dollar angeheuert hatte, halfen ihr. Sie brachten zwei Betten mit, einen Schreibtisch, das Sofa aus ihrem Boudoir, einen kleinen Teppich und ein paar Lampen. Zoya hängte das Gemälde von Nattier an die Wand, das Elsie de Wolfe ihnen vor gar nicht langer Zeit aus Paris mitgebracht hatte. Sie fürchtete sich davor, die Kinder hierherzubringen, doch Ende November mußte sie das Haus am Sutton Place übergeben, und zwei Tage darauf küßten sie unter Tränen das Kindermädchen zum Abschied. Alle weinten, als sie in der Marmorhalle standen und sich verabschiedeten.

»Mama, werden wir jemals zurückkommen?« Nicholas sah sie an, um Tapferkeit bemüht, während sein Kinn bebte und es in seinen Augen verdächtig schimmerte. Er ließ den Blick ein letztes Mal durch die Halle wandern.

Wie gern hätte Zoya ihm diesen Schmerz erspart. Sie faßte nach seiner Hand, zog den warmen Mantel enger um sich und sagte: »Nein, Liebling, niemals.« Sie hatte fast alle Spielsachen eingepackt, dazu eine Kiste Bücher für sich, obwohl sie sich im Moment auf nichts konzentrieren konnte. Sie konnte kaum denken, geschweige denn lesen, und sie würde auch in Zukunft nicht viel Zeit haben, da sie sich Arbeit suchen mußte. Ihr Geld würde mit etwas Glück ein paar Monate reichen. Die Preise stürzten ins Bodenlose, da viele Häuser, Pelze und Antiquitäten auf den Markt geworfen wurden. Alle diese Dinge waren nur soviel wert, wie ein anderer dafür bezahlen konnte. Einst kostbare Objekte waren nun fast werflos. Um so bemerkenswerter war es, daß es Leute gab, die vom Börsenkrach unberührt geblieben waren. Cholly Knickerbocker hörte nicht auf, über deren Hochzeiten, Partys und Tanzvergnügen zu berichten. Es gab noch immer Menschen, die allabendlich im Embassy Club oder im Central Park Casino zur Musik von Eddy Duchin tanzten. Zoya hatte das Gefühl, sie würde nie wieder tanzen, als sie und die Kinder ein letztes Mal die Vordertreppe hinuntergingen, ihre Koffer in der Hand, Saschas schönste Puppe unter den Arm geklemmt. Als wäre es erst gestern geschehen, konnte sie an nichts anderes denken als an das brennende Palais ihrer Eltern ... das in Flammen stehende Gewand ihrer Mutter, als sie aus dem Fenster sprang, und Eugenia, die Zoya durch die Hintertür des Gartenhauses zu Feodor und der wartenden Troika hinausdrängte.

»Mama?« Sascha hatte auf sie eingeredet, als sie ins Taxi stiegen, und Nicholas winkte dem Kindermädchen zu, das weinend auf dem Gehsteig stand. Zunächst wollte es bei Freunden bleiben und dann das Angebot der Van Alens in Newport annehmen. »Mama, antworte mir ...« Beharrlich zupfte Sascha sie am Ärmel, als Zoya dem Fahrer mit ausdrucksloser Miene ihre neue Adresse angab. Sie hatte das Gefühl, Clayton noch einmal zu verlassen ... das gemeinsame Haus ... das Leben, das für sie hier so unbeschwert gewesen war. Zehn Jahre waren wie ein Wimpernschlag vergangen. Zoya wurde ihrer Sehnsucht nach Clayton kaum Herr. Sie lehnte sich mit geschlossenen Augen zurück und versuchte sich auf die Kinder zu konzentrieren.

»Entschuldige, Sascha, was hast du gesagt?« Ihre Stimme war nur ein Flüstern, als sie ein letztes Mal vom Sutton Place losfuhren. Vergangen war die Schönheit und das leichte Leben, das so abrupt an jenem verhängnisvollen Oktobertag geendet hatte.

»Ich möchte wissen, wer sich um uns kümmern wird.« Mochte der Abschied vom Kindermädchen auch schwer sein, die Neugierde der Kinder ließ sich nicht unterdrücken. Alles war neu und verwirrend, auch für den älteren Nicholas.

»Ich, mein Schatz.«

»Du?« Sascha machte ein erstauntes Gesicht, während Nicholas seine Mutter mit jenem zärtlichen Lächeln ansah, das sie stets an Clayton erinnerte. Nun war es fast schmerzlich, es an ihm zu sehen. Alles war eine ständige Erinnerung an die erlittenen Verluste wie seinerzeit kurz nach der Flucht aus Rußland.

»Mama, ich werde dir helfen«, kündigte Nicholas stolz an, faßte nach der Hand seiner Mutter und unterdrückte die Tränen. »Ich werde dich und Sascha beschützen.« Er wußte, daß sein Vater genau das von ihm erwartet hätte, und er wollte ihn nicht enttäuschen. Plötzlich war er der Mann in der Familie. In einem einzigen kurzen Moment war sein ganzes Leben, seine ganze glückliche Welt aus den Fugen geraten, aber er war entschlossen, sich der neuen Situation zu stellen wie Zoya auch. Sie weigerte sich, eine Niederlage hinzunehmen, sie würde für die Kinder kämpfen, sie würde arbeiten. Und eines Tages ... eines Tages ... würden sie wieder Geborgenheit und Wärme haben. Sie konnte nicht zulassen, daß ihr Leben wie bei so vielen anderen in einer Niederlage endete.

»Mama, wirst du für uns kochen?« fragte Sascha, die ihrer Mutter die Annabelle genannte Puppe abnahm und deren Haar glättete. Man sah Annabelle an, daß sie heiß geliebt wurde. Alle anderen Puppen warteten bereits in der neuen Wohnung. Zoya hatte alles getan, um die Räume behaglich und vertraut aussehen zu lassen, aber leider war nichts Vertrautes an der häßlichen Gegend, als das Taxi an der West Seventeenth Street anhielt. Schaudernd blickte sich Zoya um, betroffen über den Grad der Verwahrlosung. Auch Nicholas' Miene drückte sein Entsetzen aus, als er seiner Mutter die Treppe hinauffolgte und gegen die von den abscheulichen Gerüchen hervorgerufene Übelkeit ankämpfte.

»Huuch … das riecht ja schlimm«, bemerkte Sascha angewidert. Der Taxifahrer trug ihr Gepäck hinauf, und Zoya bezahlte ihn aus ihren mageren Beständen. Sie schwor sich, in Zukunft auf Taxis zu verzichten. Sie würden mit dem Bus fahren oder laufen. Nein, keine Taxis mehr und keine Autos. Den Hispano-Suiza hatte sie den Astors verkaufen können.

Zoya führte die Kinder in den einzigen Schlafraum der Wohnung, in dem ihre beiden Betten standen. Neben den Betten waren säuberlich die Spielsachen aufgereiht, die Bilder aus Saschas Kinderzimmer hinten an den Wänden. Für Nicholas hatte sie ein Foto von Clayton aufgehängt, das ihn in Uniform während des Krieges zeigte. Sie hatte einen Koffer mit Fotos mitgebracht – von Clayton und den Kindern, daneben auch die aus Rußland, die schon vergilbt und abgegriffen waren. Das kostbare kaiserliche Osterei hatte sie sorgsam in ein Paar von Claytons Socken gewickelt. Noch dazu hatte sie ein Etui mit Claytons Manschettenknöpfen gerettet. Ihr eigener Schmuck würde auf einer Auktion landen. Wer noch Geld zur Verfügung hatte, dem boten sich überall phantastische Möglichkeiten – Diamantkolliers, Diademe und prachtvolle Ohrgehänge, die auf Versteigerungen oder bei Privatverkäufen um einen Pappenstiel zu haben waren. Was für die eine Familie eine Katastrophe bedeutete, war für eine andere ein Glückstreffer.

»Mama, wo wirst du schlafen?« fragte Nicholas voller Besorgnis, als er die Wohnung durchstreifte und sah, daß es nur ein Schlafzimmer gab. Noch nie hatte er so kleine Zimmer gesehen, am Sutton Place war sogar das Personal besser untergebracht. Die ganze Wohnung hätte nicht kleiner und weniger anheimelnd sein können.

»Liebling, ich werde hier auf dem Sofa schlafen. Das ist sehr bequem.« Zoya lächelte und gab ihm einen Kuß, als sie sah, daß ihm Tränen in die Augen stiegen. Es war nicht fair, daß sie den Kindern dies alles antun mußte, und sie unterdrückte eine Aufwallung von Zorn, wie schon öfter in letzter Zeit, Zorn, weil Clayton sich verspekuliert hatte. Andere waren klüger gewesen, weniger risikofreudig und nicht so waghalsig wie er, der seinen gesamten Besitz aufs Spiel gesetzt hatte. Wenn er noch gelebt hätte, wäre vielleicht alles anders geworden. Zu zweit hätten sie dem Schicksal zu trotzen vermocht, Seite an Seite, aber jetzt war sie allein wie noch nie im Leben. Nun lastete alle Verantwortung auf ihren Schultern, so wie seinerzeit auf denen von Eugenia. Und wieviel Tapferkeit und Stärke hatte ihre Großmutter bewiesen! Sie war jetzt Zoyas Vorbild, als sie ihren Sohn mit liebevollem Lächeln ansah, denn er hatte ihr sein Bett in dem Zimmer angeboten, das er mit seiner Schwester teilen sollte.

»Mama, du kannst mein Bett haben. Ich schlafe auf dem Sofa.«

»Nein, mein Schatz, hier schlafe ich.« Mit einem tapferen Lächeln setzte sie hinzu. »Wir werden es hier gut haben, und du mußt jetzt Sascha beaufsichtigen, während ich koche.«

Sie hängten ihre Mäntel auf, und Zoya war froh, daß sie warme Sachen mitgebracht hatten. Die Wohnung war kalt, und hier gab es nicht einmal einen Kamin wie seinerzeit in der Wohnung in Paris.

»Warum führst du Sawa nicht spazieren?« Die alte Hündin saß trübsinnig an der Tür, als erwarte sie, nach Hause gebracht zu werden.

Nicholas nahm sie an die Leine und ermahnte Sascha, brav zu sein, während er mit dem Hund hinunterging und Zoya das Huhn zubereitete, das sie mitgebracht hatte. Sie wußte leider zu gut, daß die vorhandenen Vorräte sowie das Geld nicht lange reichen würden.

Weihnachten war ein Tag wie alle anderen, bis auf die Puppe, die sie Sascha gekauft hatte, und die Taschenuhr, die sie aus Claytons Nachlaß gerettet hatte, um sie Nicholas zu schenken. Aneinandergeschmiegt, versuchten sie tapfer zu sein und nicht zu weinen. Diesen einen Abend wollten sie nicht an ihren Verlust denken. Die Wohnung war eiskalt, die Küchenschränke leer, und Zoyas Schmuck hatte einen lächerlichen Erlös erbracht. Dennoch war sie entschlossen, das kaiserliche Osterei zu behalten. Es war das letzte Stück von Wert, das ihr geblieben war. Sie wußte, daß sie ganz schnell Arbeit finden mußte. Wo und wie, waren die Fragen, die sie Tag und Nacht verfolgten. Zoya erwog, einen Job als Verkäuferin zu suchen, aber sie wollte die Kinder nicht den ganzen Tag unbeaufsichtigt lassen. Sascha ging noch nicht zur Schule und konnte nicht allein bleiben, während Nicholas die nahe gelegene öffentliche Schule gemeinsam mit den Kindern aus der Umgebung besuchte, von denen die meisten zerlumpt waren und viele in Wellblechsiedlungen am Hudson River hausten. Diese notdürftigen Unterkünfte sah man jetzt überall. Ganze Stadtteile waren voll davon, und sie wurden von Menschen bewohnt, die einst als Börsenmakler, Geschäftsleute und Anwälte ihr Geld verdient hatten. Jetzt kochten sie ihre Mahlzeiten in Kesseln über dem offenen Feuer und durchstöberten nachts die Umgebung nach Essensresten und brauchbarem Müll. Zoya brach fast das Herz, als sie die Kinder mit ihren großen hungrigen Augen und den schmalen Gesichtern sah. Mit Wangen rot vor Kalte drängten sie sich um offene Feuer, um sich außerhalb ihrer Hütten warmzuhalten. Im Vergleich dazu war ihre Wohnung ein echtes Zuhause. Zoya ermahnte die Kinder fast täglich, dankbar zu sein. Doch auch ihr fiel es zuweilen schwer, Dankbarkeit zu empfinden, wenn sie zusehen mußte, wie ihr Geld rasch dahinschmolz. Nun machte sie sich ernsthaft daran, Arbeit zu suchen. Es mußte eine Tätigkeit sein, die sie abends ausüben konnte, wenn die Kinder schliefen oder zumindest sicher zu Hause waren. Sie wußte, daß Nicholas sich verläßlich um Sascha kümmern würde, sobald er von der Schule nach Hause kam. Er besaß ein ausgeprägtes Verantwortungsgefühl und ging immer sehr liebevoll mit seiner Schwester um. Er spielte geduldig mit Sascha, reparierte ihre Spielsachen und redete endlos mit ihr über ihren Vater. Für Zoya war das Thema immer noch zu schmerzlich. Sie ging dann immer ins Wohnzimmer, um heimlich zu weinen und die alte Sawa zu streicheln. Die halbblinde Hündin mußte von Nicholas die Treppe hinuntergetragen werden, wenn er in der bitteren Kälte mit ihr spazierenging.

Es war Januar, als Zoya von der West Seventeenth Street den

ganzen Weg zur Sixth Avenue bis zur Höhe der Forty-ninth Street ging und im Kopf einen ziemlich verrückten Plan entwickelte. Sie wußte, daß es reiner Wahnsinn war, doch etwas anderes wollte ihr nicht einfallen. Sie hatte es schon in mehreren Restaurants versucht, aber deren Besitzer hatten schon zu viele Frauen wie sie gesehen. »Was wissen Sie schon von der Arbeit einer Kellnerin?« wurde sie unweigerlich gefragt. Sie würde Tabletts fallen lassen, Teller zerbrechen und wäre überhaupt zu verwöhnt, um lange Stunden für geringen Lohn zu arbeiten. Sie hatte fest behauptet, sie wäre dazu imstande, dennoch hatte man sie abgewiesen. Etwas anderes konnte sie nicht – außer tanzen, aber nicht im Ballett wie seinerzeit in Paris.

Mehr als einmal hatte sie in ihrer Verzweiflung sogar an Prostitution gedacht, da auch andere diesen Weg eingeschlagen hatten, aber sie wußte, daß sie dazu nie imstande war. Die Erinnerung an Clayton war zu deutlich und zu ungetrübt, er war der einzige Mann, den sie je geliebt hatte. Zoya war der Gedanke unerträglich, ein anderer könnte sie berühren, auch wenn sie damit ihre Kinder ernährt hätte. Tanzen war das einzige, was sie beherrschte, aber sie wußte, daß sie mit ihren dreißig Jahren und nach einer Pause von über elf Jahren für das Ballett nicht in Frage kam. Sie war noch immer schlank und rank, aber sie war zu alt, und sie fühlte sich sogar uralt, als sie das Theater betrat, von dem sie gehört hatte. Bei Ziegfeld hatte sie bereits vorgesprochen und war abgelehnt worden, weil sie zu klein war. Also blieb ihr nichts übrig, als es in einem drittklassigen Revuetheater zu versuchen. Es lag fünf Blocks südlich des Ziegfeld-Theater. Es erstaunte sie auch nicht weiter, als sie, nachdem sie durch die Bühnentür eingetreten war, halbnackte Mädchen sah. Sie versuchte, sie nicht anzustarren, als sie nach jemandem Ausschau hielt, an den sie sich mit ihrem Anliegen wenden konnte.

»Na?« fragte eine Frau, die hier offenbar etwas zu sagen hatte. »Sind Sie Tänzerin?«

»Ich war es.«

»Bei wem?«

Zoya schluckte. Sie wußte, daß sie in ihrem einfachen schwarzen Chanelkleid zu dezent wirkte. Sie hätte etwas Grelleres und Gewagteres anziehen sollen, aber sie hatte all ihre Abendkleider längst verkauft und besaß nur mehr warme Kleider in gedeckten Farben.

»Ich habe beim *Ballet Russe* in Paris getanzt. Vorher bin ich in Rußland ausgebildet worden.«

»Ach, eine Ballerina?« Eine Vorstellung, die diese Person über alle Maßen zu belustigen schien, während Zoya wortlos dastand, das rote Haar straff zurückgekämmt, ohne einen Hauch von Make-up. »Hören Sie, Lady, wir haben hier kein Altersheim für Ballerinas. Das hier ist Fitzhughs Dance Hall!« sagte die Frau mit einem so trotzigen Stolz, daß Zoya zornig wurde.

»Ich bin fünfundzwanzig«, log sie, »und ich war sehr gut.«

»Ach? Gut in was? So was haben Sie nie gemacht, möchte ich wetten.« Das stimmte, aber Zoya war gewillt, alles zu tun, um ihre Kinder über Wasser zu halten. Plötzlich fiel ihr ein, wie sie für das *Ballet Russe* vor dreizehn Jahren in Paris vorgetanzt hatte.

»Lassen Sie es mich versuchen ... ich kann dazulernen ...«

Sie war den Tränen nahe, als ein kleiner dicklicher Mann mit Zigarre sich vorüberdrängte und sie eines kurzen Blickes würdigte, ehe er zwei Bühnenarbeiter, die Kulissen schleppten, anbrüllte.

»Ihr Idioten, ihr werdet das Ding noch kaputtmachen!« Offensichtlich verärgert schwenkte er die Zigarre in Richtung der Frau, mit der Zoya im Gespräch war. »Die verdammten Mädchen haben alle die Masern ... kann man sich so was vorstellen? Da habe ich einen Schwarm ausgewachsener Hupfdohlen engagiert, und prompt werden sie krank wie kleine Kinder – letzte Woche drei und jetzt sieben. Mist, was soll ich den Leuten sagen, die gutes Geld zahlen, damit sie die Show sehen? Daß sie Weibsbilder zu sehen kriegen, die mit rotgepunkteten Hintern wackeln? Ich würd's sogar tun, wenn die Mädels zur Arbeit kämen.« Er deutete mit der Zigarre auf Zoya und dann hinter sie, als existiere sie gar nicht, und für ihn existierte sie wirklich nicht.

Ohne darauf zu warten, von ihm direkt angesprochen zu werden, sagte Zoya: »Ich möchte mich um einen Job als Tänzerin bewerben.« Ihr Akzent war kaum wahrnehmbar, und schon gar nicht als russisch zu erkennen. Die Frau hatte sie für eine Französin gehalten, ihres exklusiv geschnittenen schwarzen Kleides wegen und weil ihr Auftreten so elegant war. Etwas, das in Fitzhughs Dance Hall gänzlich fehl am Platze war.

»Sind Sie Tänzerin?« Er wandte sich ihr zu und sah sie abschätzend an, ohne sich besonders beeindruckt zu zeigen.

»Ja.« Sie sparte sich eine weitere Erklärung.

»Eine Ballerina«, meldete sich die Frau mit unüberhörbarer Geringschätzung zu Wort.

»Hatten Sie schon die Masern?« fragte er. Das war für ihn viel interessanter, da zehn seiner Tänzerinnen erkrankt waren und sich Gott weiß wie viele angesteckt hatten und womöglich in den nächsten Wochen ausfallen würden.

»Ja«, murmelte sie und betete darum, daß sie noch tanzen konnte. Vielleicht hatte sie alles vergessen, vielleicht ...

Er zog die Schultern hoch und steckte sich die kalte Zigarre ins Gesicht. »Maggie, dann sieh dir an, was sie kann. Wenn sie es nur schafft, geradezustehen und ein paar Schritte zu hüpfen, kann sie meinetwegen bleiben, bis die anderen wieder fit sind.« Er ließ die beiden stehen, und die Frau namens Maggie zog eine verdrießliche Grimasse. Eine aufgeblasene bleichsüchtige Person, die sich für eine Revue zu fein dünkte, war das Allerletzte, was sie gebrauchen konnte. Daß sie wegen der zahlreichen Ausfälle tief in der Klemme steckten, war jedoch nicht zu leugnen. »Also gut«, sagte sie widerstrebend und rief hinter die Bühne:

»Jimmy! Beweg deinen Allerwertesten und spiel uns was vor.« Ein Schwarzer mit breitem Lächeln kam nach vorn und sah Zoya an. »Na, Baby, was soll ich spielen?« fragte er sie, nachdem er sich ans Klavier gesetzt hatte. Fast hätte sie vor Nervosität aufgelacht. Was sollte sie sagen? Chopin? Debussy? Strawinsky?

»Was spielen Sie gewöhnlich zum Vortanzen?« fragte sie, worauf er ihr lächelnd in die Augen sah. Man merkte ihr an, daß sie eine feine Dame war, die momentan schlechte Zeiten durchmachte. Sie tat ihm leid, und ihre großen grünen Augen und das zurückhaltende Lächeln gefielen ihm. Wie ein Kind sah sie aus, als sie so vor ihm stand, und er bezweifelte, ob sie je zuvor schon getanzt hatte. Man hörte jetzt oft, daß feine Damen wie sie in Nachtklubs arbeiteten und dort mit selbsterfundenen Szenen auftraten wie Cobina Wright und Cobina Junior.

»Woher kommen Sie?« fragte er, als Maggie einen Moment abgelenkt war und von jemandem in ein Gespräch verwickelt wurde. Jimmy gefiel die Neue.

Da lächelte Zoya, insgeheim betete sie, daß sie sich nicht blamierte, aber auch dieses Risiko mußte sie eingehen. »Aus Rußland, aber das ist schon lange her. Ich bin nach dem Krieg in die Staaten übersiedelt.«

Nach einem hastigen Blick über die Schulter sagte er in gedämpftem Ton: »Schon mal getanzt, Baby? Sagen Sie mir die Wahrheit – Maggie hört gerade nicht her. Jimmy können Sie ruhig alles gestehen. Ich kann Ihnen nicht helfen, wenn ich nicht weiß, ob Sie tanzen können.«

»Ich war mal beim Ballett. Getanzt habe ich seit elf Jahren nicht mehr«, flüsterte sie, dankbar für seine Unterstützung.

»Du liebes bißchen ...« Er schüttelte enttäuscht den Kopf. »Bei Fitzhugh gibt's kein Ballett ...« Diese Feststellung wirkte wie die Untertreibung des Jahres, weil zufällig gerade zwei halbnackte Tanzgirls vorüberstelzten. »Hören Sie«, raunte er im Verschwörerton, »ich spiel' was ganz Langsames, klar? Sie verdrehen ein bißchen die Augen, lächeln dabei, hüpfen rum, wackeln mit dem Po, zeigen Ihre Beine, und das reicht dann schon. Haben Sie ein Kostüm dabei?« Er las in ihrem Blick, daß sie daran nicht gedacht hatte.

»Tut mir leid, ich ...«

»Schon gut.«

In diesem Moment war Maggie wieder ganz bei der Sache. »Jimmy, willst du den ganzen Tag auf deinem fetten Hintern versitzen, oder wird hier vorgetanzt? Mir persönlich ist es egal, aber

Charlie möchte, daß ich mir ansehe, was sie draufhat.« Sie warf der Fremden einen bösen Blick zu, und Zoya schickte ein Stoßgebet zum Himmel, daß sie nicht kläglich versagte. Doch als Jimmy zu spielen anfing, befolgte sie seine Ratschläge, und Charlie, der Boß des Etablissements, schlenderte wieder vorbei und brummte etwas vor sich hin, während er ihr zusah. Er wollte, daß sie sich beeilte, damit er sich noch zwei neue Komiker und eine neue Stripperin ansehen konnte.

»Mist, sie ist genau das, was ich hier nicht brauche – eine Lady«, stieß er wie eine Beleidigung hervor. »Wackeln Sie mit dem Hintern ... so ... genau ... und zeigen Sie Ihre Beine, Mädchen ... mehr ...« Sie raffte den Rock errötend hoch und tanzte weiter, während Jimmy auf die Tasten hieb. Zoya hatte schöne Beine, und auch die Anmut, die ihr dreizehn Jahre Ballett verliehen hatten, ließ sie nicht im Stich. »Was sind Sie, zum Donnerwetter?« kläffte der Dicke sie an, und Zoya wurde puterrot. »Eine prüde Jungfrau? Die Leute kommen nicht zum Beten her. Sie kommen, weil sie Mädels tanzen sehen wollen. Glauben Sie, man kann tanzen, wenn man ein Gesicht macht wie nach einer Vergewaltigung?«

»Ich werd's versuchen. Ich werde mein Bestes tun.«

»Sehr gut. Dann seien Sie heute um acht hier.«

Maggie stolzierte angewidert mit ihm davon, Jimmy stieß einen Freudenschrei aus, sprang auf und umarmte Zoya.

»He, Mama! Wir haben's geschafft!«

»Ich kann Ihnen nicht genug danken.« Sie schüttelte ihm dankbar die Hand. »Ich habe zwei Kinder, ich ... ich wir ...« Plötzlich mußte sie gegen einen Weinkrampf ankämpfen. Der alte Schwarze sah sie mitfühlend an. »Ich brauche den Job dringend ...« Jetzt weinte sie hemmungslos. Nach einer Weile wischte sie sich die Tränen ab, erleichtert und verlegen. Sie brachte kein Wort mehr heraus.

»Keine Bange. Sie werden alles tadellos hinkriegen. Also, bis später.« Lächelnd kehrte er zu der Kartenpartie zurück, bei der er gerade verloren hatte, als Maggie ihn gerufen hatte.

Zoya lief den ganzen Weg zurück zu ihrer Wohnung, in Gedanken bei dem, was sie getan hatte. Anders als bei ihrem Vortanzen beim *Ballet Russe* war sie jetzt nicht siegessicher und triumphierte auch nicht. Sie empfand nur Erleichterung darüber, daß sie Arbeit hatte, aber sie war auch peinlich berührt und fühlte sich erniedrigt, doch es blieb ihr nichts anderes übrig, zumal sie abends arbeiten konnte und Sascha nicht fremden Leuten überlassen mußte. Im Moment erschien es ihr fast ideal – abgesehen davon, daß diese Revue schrecklich war.

Abends erklärte sie Nicholas, daß sie ausgehen müßte. Warum und wohin sie ging, sagte sie nicht. Daß sie als Revuegirl arbeitete, brauchte er nicht zu wissen. Noch immer klang ihr in den Ohren, was Charlie ihr zugerufen hatte. »Wackeln Sie mit dem Hintern ... zeigen Sie Ihre Beine ... was sind Sie? Eine prüde Jungfrau?« Für diese Menschen und ihre Denkweise war sie es. Mit dreißig und trotz aller Härten ihres Lebens war sie vor dieser Sorte Menschen und jenen Typen, vor denen sie tanzen sollte, stets behütet worden.

»Wohin gehst du, Mama?«

»Ich gehe aus.« Sascha war bereits im Bett. »Bleib nicht zu lange auf«, ermahnte sie und küßte Nicholas. Ihre Umarmung fiel so innig aus, als stünde ihr die eigene Hinrichtung bevor. »In einer halben Stunde gehst du zu Bett.«

»Wann kommst du zurück?« Von der Tür zu seinem Zimmer aus beäugte er sie argwöhnisch.

»Später.«

»Mama, ist etwas geschehen?« Er war ein Kind mit ausgeprägtem Spürsinn, und er hatte früh begriffen, daß grausame Schicksalswendungen in einem einzigen kurzen Augenblick ein ganzes Leben verändern konnten.

»Gar nichts ist los, mein Schatz.« Sie lächelte ihm zu. Nun würden sie wenigstens etwas Geld zur Verfügung haben.

Wie es wirklich war, darauf war sie in keiner Weise vorbereitet. Nicht auf die groben Witze, die vulgären Mädchen, die aufreizenden Kostüme und die auftretenden Komiker, die ihr im

Vorübergehen in die Kehrseite kniffen. Kaum aber setzte die Musik ein, und der Vorhang ging hoch, tat sie ihr Bestes für die grölende, lachende, aufgeregte Menge, und keiner beklagte sich, wenn sie auch oft aus dem Rhythmus geriet. Anders als vor langer Zeit beim *Ballet Russe* fiel es hier niemandem auf. Hier wollte man eine schmissige Revue sehen, vor allem aber hübsche, fast unbekleidete Mädchen. Die Kostüme beschränkten sich auf Perlen und Straß, knappe Satinshorts, passende Hüte, zahllose Federboas und einen gewaltigen Kopfputz. Es war eine billige Imitation der Aufmachung der Ziegfeld-Girls. Zoya beklagte des öfteren insgeheim ihr Schicksal, zu klein geraten zu sein, so daß der an sich sehr gutmütige Florenz Ziegfeld sie nie engagieren würde. Zoya gab die Kostüme dem Mädchen zurück, das sie ihr geborgt hatte, und ging langsam nach Hause, im Gesicht noch immer ihr Bühnen-Make-up. Es bedeutete für sie einen Schock, als ein Mann ihr im Vorübergehen einen Nickel anbot, wenn sie ihm im nächsten Eingang ›einen Gefallen täte‹. Den Rest des Weges legte sie im Laufschritt zurück und dachte unter Tränen an die schreckliche Zukunft, die sie in Fitzhughs Dance Hall erwartete.

Nicholas schlief fest, als sie nach Hause kam, und sie küßte ihn sanft und verschmierte dabei Lippenstift auf seiner Wange. Ihr kamen die Tränen, weil er im Schlaf so süß aussah und seinem Vater so sehr ähnelte. Es war unfaßbar, daß Clayton nicht mehr war und er sie diesem Schicksal überlassen hatte ... wenn er nur gewußt hätte ... wenn nur ... doch dafür war es zu spät. Auf Zehenspitzen ging sie zurück ins Wohnzimmer, wo ihr Sofa stand, schminkte sich ab und zog ihr Nachthemd an. Nun gab es keine Seide, Satinstoffe und Spitzen mehr. Zum Schutz gegen die bittere Kälte des kaum beheizbaren Wohnraumes mußte sie dicke Flanellnachthemden tragen.

Am Morgen machte sie für Nicholas das Frühstück zurecht, ehe er zur Schule ging. Ein Glas Milch, eine Schnitte Brot und eine einzige Orange, aber er beklagte sich nicht. Er lächelte nur und strich ihr über die Hand. Er ging zu Fuß zur Schule, nachdem er Sascha noch einen Kuß gegeben hatte.

Und abends ging Zoya wieder ins Theater – diesen Abend und die nächsten Wochen, bis die Masernkranken wieder tanzen konnten, und als sie wieder einsatzfähig waren, erklärte Charlie ihr brummig, daß er sie behalten wollte, weil sie gute Beine hätte und ihm keine Schwierigkeiten machte. Zur Feier des Tages spendierte Jimmy ihr ein Bier, das er in seiner Lieblingsflüsterkneipe besorgt hatte. Sie bedankte sich und trank einen Schluck, um ihn nicht zu kränken. Daß es ihr einunddreißigster Geburtstag war, verriet sie ihm nicht.

Er war immer nett zu ihr, der einzige Freund, den sie dort hatte. Die anderen hatten von Anfang an instinktiv gespürt, daß sie ›anders‹ war. Man vermied es, vor ihr die üblichen Witze zu reißen, ja, es wurde kaum jemals ein Wort gewechselt mit ihr. Die Mädchen klatschten ständig über Männerbekanntschaften oder die Gäste, die bis hinter die Bühne kamen. Mehr als einmal kam es vor, daß ein Mädchen mit einem Mann durchbrannte, der ihr etwas Geld geboten hatte. Charlie spürte, daß Zoya so etwas nie tun würde. Sie war zwar nicht so ausgelassen wie die andern, dafür aber ruhig und verläßlich. Nach dem ersten Jahr wurde ihre Gage erhöht. Zoya konnte es selbst nicht glauben, daß sie es so lange bei der Revue ausgehalten hatte, aber sie hatte noch immer keine andere Möglichkeit, Geld zu verdienen, und kannte niemanden, der ihr Arbeit geben konnte. Nicholas sagte sie, daß sie bei einem kleinen Ballett-Ensemble engagiert sei, und hinterließ ihm auch für alle Fälle die Nummer des Theaters. Dennoch dankte sie Gott, daß er sie nie anrief. Er spürte, daß sie sich für das schämte, was sie tat, und bat sie deshalb nie, sich eine Vorstellung ansehen zu dürfen. Dafür und für alle anderen kleinen Rücksichtnahmen war sie ihm sehr dankbar. Eines Nachts war Sascha mit Husten und Fieber aufgewacht, und Nicholas war aufgestanden und hatte sich um sie gekümmert. Er hatte sich nicht bei Zoya im Theater gemeldet, um sie nicht zu beunruhigen. Der Junge war ihr in jeder Hinsicht eine Hilfe und ein großer Trost.

»Werden wir jemals unsere alten Bekannten wiedersehen?«

fragte er sie eines Tages, während sie ihm das Haar schnitt und Sascha mit Sawa spielte.

»Ich weiß es nicht, Schätzchen.« Vor Monaten hatte sie einen Brief ihres ehemaligen Kindermädchens erhalten. Sie war bei den Van Alens sehr zufrieden und wußte einiges über das Debüt von Barbara Hutton und Doris Duke im Sommer zuvor zu berichten. Es war eine Ironie des Schicksals, daß das Mädchen noch Teil dieser Welt war, Zoya aber nicht mehr. So wie man sie in ihrer ersten Zeit in New York geschnitten hatte, weil alle glaubten, sie sei Tänzerin in den Folies Bergère gewesen, so ging sie ihren ehemaligen Freunden jetzt aus dem Weg, in dem Wissen, daß sie schließlich doch das geworden war, was man seinerzeit vermutet hatte – ein Revue-Girl. Zudem wußte sie, daß sie für die anderen nicht mehr interessant war, weil sie wie so viele andere alles verloren hatte. Die Gräfin von einst, die auf alle so großen Eindruck gemacht hatte, gab es nicht mehr. Es gab nur mehr eine ganz gewöhnliche Tänzerin. Der Strudel des Schicksals hatte sie verschluckt. Sie existierte nicht mehr – wie Clayton und so viele andere. Als einziger fehlte ihr zuweilen Serge Obolenski und sein Kreis vornehmer Russen. Diese aber hätten sicher kein Verständnis dafür gehabt, wie ihr Leben jetzt verlief und warum sie das tat, was sie tun mußte.

Inzwischen verfaßte Elsa Maxwell eine Gesellschaftskolumne, und wenn Zoya gelegentlich Zeitungen las, dann erfuhr sie auch aus Cholly Knickerbockers ironischen Glossen etwas über die Menschen, die sie gekannt hatte. Jetzt erschienen sie ihr alle völlig unwirklich, fast so, als wäre sie ihnen nie begegnet. Immer wieder las man von finanziellem Ruin, Selbstmorden, Heiraten, Scheidungen. Zoya war nur dankbar, daß sie selbst in diesen Geschichten nicht vorkam. Sie las auch vom Tod der Pawlowa in Den Haag, wo die Primaballerina den Folgen einer Rippenfellentzündung erlegen war. Und im Mai 1931 wohnte sie mit den Kindern der Eröffnung des Empire State Building bei. Nicholas bestaunte ehrfürchtig das imponierende Bauwerk. Sie fuhren mit dem Lift hinauf und traten auf die im hundertzweiten Stock gelegene Aussichtsplattform. Zoya hatte in dieser Höhe das Gefühl, fliegen zu können. Es war für sie seit langem der glücklichste Tag. Sie legten den ganzen Heimweg zu Fuß zurück und genossen die herrliche Frühlingsluft, während Sascha lachend und hüpfend vorauslief. Sie war jetzt sechs, hatte wunderschöne rotgoldene Löckchen und Claytons Gesichtszüge.

Die Verkäuferinnen an den zahlreichen Obstständen, an denen sie vorüberkamen, bewunderten die beiden bildhübschen Kinder ausgiebig. Nicholas würde seinen zehnten Geburtstag im August feiern, vorher aber wurde die Stadt von einer unerträglichen Hitzewelle heimgesucht. Der zweite Juli ging als bislang heißester Tag in die Annalen der Stadt ein. Beide Kinder waren noch wach, als Zoya sich auf den Weg zum Theater machte, in einem weißen Baumwollkleid mit aufgestickten blauen Blümchen. Nicholas, der wohl wußte, daß sie zur Arbeit ging, ahnte noch immer nicht, was sie eigentlich machte, und irgendwie war es ihm auch nicht so wichtig.

Sie bereitete einen Krug Limonade für die Kinder vor und ermahnte Nicholas, gut auf Sascha achtzugeben. Die Fenster standen weit offen. Zoya hoffte, durch die backofenheiße Wohnung würde ein Luftzug wehen.

»Gib acht, daß sie nicht zu nahe am Fenster sitzt«, bat Zoya den Jungen. Sie sah noch, wie Nicholas das goldhaarige Kind zurück ins Kinderzimmer brachte. Die Kleine hatte nur ein Höschen an und war barfuß, als sie wie ein Engel ihrer Mutter nachwinkte. »Werdet ihr zurechtkommen?« fragte Zoya wie immer vor dem Weggehen. Es tat ihr weh, sie allein lassen zu müssen, so daß sie schweren Herzens den Weg ins Theater antrat. In der schrecklichen Hitze war sie kaum imstande, einen Schritt vor den anderen zu setzen, denn auch noch am Abend schien das Pflaster unter ihren Füßen zu dampfen, und die Löcher in den Schuhen erschwerten das Gehen ungemein. Mitunter fragte sie sich, wohin das alles führen mochte, wie sie überleben würden und wie lange sie noch in Federschmuck und lächerlichen Kostümen auf der Bühne herumhüpfen konnte.

An jenem Abend war die Vorstellung sehr schlecht besucht. Es war zu heiß, als daß jemand ausgehen wollte. Wer es sich noch leisten konnte, hatte sich längst nach Newport oder Long Island zurückgezogen, die anderen litten in ihren Wohnungen unter der Hitze oder hockten auf den Vordertreppen und warteten auf Abkühlung. Zoya war total erschöpft, als sie nach der Vorstellung schließlich nach Hause gehen konnte. Sie dachte sich nichts dabei, als sie schon von weitem Sirenen hörte. Erst als sie in unmittelbarer Nähe des Hauses war, roch sie beißenden Qualm. Sie fing am ganzen Leib zu zittern an, als sie die Fahrzeuge der Feuerwehr bemerkte. Dann bog sie um die Ecke und sah, daß der ganze Block in Flammen stand. Der Qualm war nahezu undurchdringlich, und sie rang nach Luft, als sie sich durchdrängte und an ihrer Haustür von Feuerwehrmännern aufgehalten wurde.

»Hier können Sie nicht rein, Lady ...« Sie verständigten sich untereinander brüllend, inmitten des lauten Geprassels, das mit gräßlichen krachenden Geräuschen durchsetzt war. Überall hörte man Glas splittern, und Zoya hatte plötzlich eine Schnittwunde am Arm und blutete so heftig, daß ihr Kleid fleckig wurde. Einer der Feuerwehrleute hielt sie mit Gewalt zurück. »Ich sagte schon, da können Sie nicht rein!«

»Meine Kinder!« stieß sie hervor. »Meine kleinen Kinder ...« Sie rang mit ihm und entwickelte dabei ungeheure Kräfte. Für einen Augenblick gelang es ihr, sich aus seinem Griff zu befreien, gleich darauf aber hatte er sie wieder eingefangen, als sie versuchte, an ihm vorbeizukommen. »Lassen Sie mich los!« Sie holte aus, und er hielt ihre Hände mit aller Kraft fest. »Da drinnen sind meine Kinder ... o Gott ... bitte ...« Sie schluchzte haltlos, vom Qualm, der ihr in den Augen und in der Kehle brannte, fast besinnungslos, während der Feuerwehrmann zwei seiner Leute rief, die sich wieder in die Flammen stürzen wollten. Sie hatten bereits ein paar alte Frauen herausgebracht. Ein junger Mann lag bewußtlos auf der Straße, zwei Feuerwehrleute waren bemüht, ihn wiederzubeleben.

»He, Joe!« rief der Feuerwehrmann den beiden anderen zu, um

Zoya hastig zu fragen: »Wo sind die Kinder, Lady? In welcher Wohnung?«

»Im obersten Stock ... ein Junge und ein Mädchen ...« Sie keuchte in der raucherfüllten Luft. Daß die Leitern über den dritten Stock nicht hinausreichten, hatte sie bereits gesehen. »Lassen Sie mich gehen, bitte ... bitte«, flehte sie ihn an, während er den anderen Anweisungen gab. Die Männer liefen ins Haus und blieben stundenlang, wie es Zoya schien. Sie wußte, daß ihr Leben vorbei war, wenn sie die Kinder nicht lebend wiedersah. Die beiden waren alles, was ihr geblieben war, ihr einziger Lebensinhalt, nur ihnen galt ihre Liebe. Doch die Feuerwehrmänner kamen nicht wieder, worauf drei weitere mit Äxten im Haus verschwanden. Ein gräßliches Krachen ertönte, Funken sprühten und Flammen loderten, als ein Teil des Daches einstürzte – ein Anblick, der Zoya fast den Verstand raubte. Mit entsetztem Blick stürzte sie vor, entschlossen, die Kinder zu finden oder mit ihnen zu sterben. Diesmal war sie zu schnell, als daß man sie hätte aufhalten können, und im Treppenhaus sah sie, daß ihre Gebete erhört worden waren. Durch dichte Rauchschwaden kamen die Feuerwehrleute auf sie zu, zwei trugen Bündel in den Armen, und trotz der tobenden Feuersbrunst hörte sie ein Weinen. Sie sah, daß Nicholas ihr zuwinkte und dabei etwas rief, als der dritte Feuerwehrmann sie wie ein Kind umfing und die drei Feuerwehrleute mit ihren kostbaren Lasten aus dem Haus stürzten, kurz bevor das Flammenmeer hinter ihnen zusammenschlug. Kaum waren sie draußen auf der Straße, ertönte ein entsetzliches Geräusch. Hinter ihnen schnellte eine Flammenwand empor. Nicholas klammerte sich an Zoya, von Husten geschüttelt, Zoya küßte unaufhörlich sein Gesichtchen. Dann erst sah sie, daß Sascha bewußtlos war. Sie kniete auf dem Gehsteig neben dem Kind nieder und rief unter Schluchzen und Stöhnen den Namen des Kindes, während die Feuerwehrleute verzweifelt Wiederbelebungsversuche unternahmen. Nach einiger Zeit bewegte sich die Kleine und stieß einen leisen Schrei aus. Zoya beugte sich über sie, strich ihr unter Tränen über die Locken und drückte sie an sich.

»Mein Baby ...« Sie hatte das Gefühl, diese Katastrophe sei ihre Strafe dafür, daß sie die Kinder Abend für Abend allein gelassen hatte. Wenn sie erst später nach Hause gekommen wäre ... dieser Gedanke ließ sie nicht los und lastete schier unerträglich auf ihr. Sie kauerte auf der Straße, hielt ihre Kinder an sich gedrückt und sah, wie das Haus brannte, und mit dem Haus verbrannte alles, was sie noch besaßen.

»Hauptsache, euch ist nichts passiert«, sagte sie unzählige Male, in Gedanken bei jenem Tag, als ihre Mutter im brennenden Palais umgekommen war.

Die Feuerwehrleute blieben bis zum Morgengrauen. Sie behaupteten, es würde Tage dauern, bevor sich jemand ins Innere des Hauses wagen könnte. Zoya mußte sich um eine andere Bleibe umsehen, und zwar rasch. Sie konnte ohnehin erst später in der Asche nach Resten ihrer Habe suchen. Sie dachte an die Fotos von Clayton, die verloren sein würden ... die kleinen Andenken, die sie behalten hatte ... die Fotos ihrer Eltern, ihrer Großeltern, des Zaren ... sie dachte an das Osterei, das sie gehütet hatte für den alleräußersten Notfall, aber darum konnte sie sich jetzt keine Gedanken machen. Hauptsache, daß Nicholas und Sascha am Leben und gesund waren. Da fiel ihr plötzlich Sawa ein, und der Kummer drohte sie zu überwältigen. Der Hund, den sie vor so vielen Jahren aus St. Petersburg mitgenommen hatte, war im Feuer umgekommen.

»Mama, ich konnte sie nicht dazu bewegen, mitzukommen ... sie hat sich unter dem Sofa versteckt, als die Männer kamen«, heulte Nicholas. »Ich wollte sie mitnehmen ... ich wollte sie herauslocken, aber die Männer ließen es nicht zu ...«

»Schon gut, Liebling, nicht weinen ...« Ihr langes rotes Haar hatte sich aus dem Knoten gelöst, als sie mit den Feuerwehrleuten gekämpft hatte, und hing ihr nun über das weiße Kleid mit den blauen Blümchen. Ihr Gesicht war mit Ruß verschmiert, und das Nachthemd von Nicholas roch nach Rauch. Dieser Geruch war allgegenwärtig, doch er war ihr noch nie so angenehm erschienen und hatte noch nie so große Bedeutung für sie gehabt.

»Ich habe euch so lieb ... Sawa war schon so alt, Nicky ... pst, mein Kleiner, nicht weinen ...« Sawa hatte mit ihr einen weiten Weg zurückgelegt, aber das einzige, woran Zoya jetzt denken konnte, waren ihre Kinder.

Eine Frau aus dem Nachbarblock nahm sie fürs erste bei sich auf. Zoya und beide Kinder schliefen in Decken gehüllt auf dem Wohnzimmerboden. So oft sie sich auch badeten oder das Haar wuschen, sie rochen immer noch nach Rauch, jedesmal aber wenn Zoya hinausblickte und die rußgeschwärzten Mauern auf der anderen Straßenseite sah, wußte sie, welch großes Glück sie gehabt hatten. Allein der Anblick der Ruine ließ sie schaudern.

Am nächsten Tag rief sie im Theater an und sagte, daß sie nicht zur Arbeit kommen könnte. Abends ging sie hin und holte ihren letzten Scheck ab. Mochten sie auch verhungern, sie würde die Kinder nie wieder allein lassen ... niemals.

Der Scheck reichte gerade aus, um etwas Kleidung und Lebensmittel zu kaufen. Es blieb die Frage der Unterkunft ... sie hatten kein Dach über dem Kopf. Mit einem Ausdruck totaler Mutlosigkeit ging sie zu Jimmy, um ihm Lebwohl zu sagen.

»Ach, Sie verlassen uns?« Es tat ihm leid, sie gehen zu sehen, aber er konnte sie gut verstehen, nachdem sie ihm erzählt hatte, was ihr zugestoßen war.

»Ich kann nicht mehr hier arbeiten. Wenn etwas passiert wäre ...« Und es bestand immer die Möglichkeit, daß sich etwas ähnliches wiederholte. Es war eine Sünde, die Kinder allein zu lassen. Sie mußte eine andere Arbeit finden.

Jimmy nickte. Es wunderte ihn nicht, und eigentlich hielt er es für das beste.

»Sie gehören nicht hierher, Mama. Haben nie dazugehört.« Seine Worte waren von einem Lächeln begleitet. Ihre Herkunft und Erziehung zeigte sich allein schon an ihren Bewegungen – er wußte es, obwohl sie nie ein Wort über ihre Vergangenheit gesprochen hatte. Es hatte ihm weh getan, wenn er zusehen mußte, wie sie mit den anderen die Beine hochschleuderte. »Suchen Sie sich 'ne neue Arbeit. Einen guten Job bei Leuten Ihrer Sorte. Das hier ist nichts für Sie.« Und doch hatte sie eineinhalb Jahre hier getanzt und davon ihr Leben bestritten. »Haben Sie keine Familie oder Freunde, an die Sie sich wenden können?« Zoya schüttelte den Kopf. Sie konnte von Glück reden, daß ihr die Kinder geblieben waren. »Können Sie denn nirgendwo hingehen? Nach Rußland oder so?« Sie lächelte, weil er keine Ahnung hatte, welcher Verwüstung sie entflohen waren.

»Mir wird schon was einfallen«, sagte sie, ohne zu wissen, was sie wirklich tun würde.

»Und wo wohnen Sie jetzt?«

»Bei Nachbarn.« Er hätte sie zu sich nach Harlem eingeladen, wußte aber, daß es für sie nicht richtig war. Leute wie sie besuchten zwar den Cotton Club, um zu tanzen und sich toll zu amüsieren, sie zogen aber nicht mit einem alten Klavierspieler aus einem Tingeltangel nach Harlem.

»Lassen Sie mal wieder was von sich hören, ja?« Sie beugte sich vor und gab ihm einen Kuß auf die Wange, und er strahlte, als sie davonlief, um ihren Scheck zu holen. Als sie dann endgültig ging, drückte er ihr herzlich die Hand, erleichtert über ihren Entschluß. Erst spät am Abend machte sie in ihrer Handtasche eine Entdeckung. Fünf nagelneue Zwanzigdollarscheine, die er ihr in die Tasche gesteckt hatte. Er hatte das Geld erst am Nachmittag bei einer wilden Pokerpartie gewonnen und war froh, daß er es ihr geben konnte. Zoya wußte, daß es nur von Jimmy stammen konnte. Ihr erster Impuls war, es ihm zurückzugeben, aber andererseits war nicht zu leugnen, daß sie es dringend brauchte. Sie schrieb ihm einen Dankesbrief und versprach, ihm alles zurückzuzahlen, sobald es ihr irgend möglich wäre. Sie wußte, daß jetzt Eile nottat. Sie brauchte Arbeit, und sie mußte eine Wohnung finden.

Ende der Woche hatte sich das ausgebrannte Haus so weit abgekühlt, daß die ehemaligen Bewohner hineingehen konnten. Es gab herzlich wenig zu retten, und zwei Wohnungen waren völlig ausgebrannt. Als Zoya vorsichtig die wackelige Treppe hinaufstieg, hielt sie den Atem an. Sie war gespannt, was sie vorfinden würde. Zaghaft öffnete sie die Tür und prüfte vorsichtig den Boden mit einer Schaufel, ehe sie Fuß vor Fuß setzte und durch die Räume ging. Noch immer hing schwerer Rauchgeruch in der Luft, das Wohnzimmer war völlig ausgebrannt. Die Spielsachen und die Kleider der Kinder sowie ihre eigenen waren größtenteils vernichtet, und was noch vorhanden war, würde vermutlich den Rauchgeruch nie verlieren. Sie verpackte das Geschirr in einen angesengten Karton und entdeckte voll freudiger Überraschung, daß der Koffer mit den Fotos unversehrt war. Das war wenigstens etwas. Mit angehaltenem Atem fing sie in dem verkohlten Ding, das einmal eine Kommode gewesen war, zu suchen an, und plötzlich sah sie es ... das Emaille war zwar zersprungen, ansonsten aber war es unbeschädigt. Das Osterei hatte den Brand überstanden. In stummem Staunen sah sie es an, zu Tränen gerührt ... Überbleibsel eines verlorenen Lebens, das seit Menschenaltern vergangen war. Ansonsten gab es nichts zu retten. Die Überreste der Kindersachen packte sie in einen Karton, dazu ihr schwarzes Chanelkleid, zwei Kostüme, ein pinkfarbenes Leinenkleid und ihr einziges Paar Reserveschuhe. In knappen zehn Minuten hatte sie alles hinuntergeschafft, und als sie dann zum letzten Mal hinaufging, um Umschau zu halten, sah sie Sawa unter dem Sofa liegen ... reglos und still, als schliefe sie. Zoya betrachtete den Hund eine Weile. Dann schloß sie leise die Tür und lief hinunter, um mit den Kartons zu den Kindern zu gehen, die auf der anderen Straßenseite warteten.

33

Nachdem sie sich bei den Nachbarn überschwenglich für ihre Güte bedankt hatte, mietete Zoya mit einem Teil von Jimmys Geld ein kleines Hotelzimmer. Mehr als die Hälfte der Summe war für Kinderkleidung und für ein Kleid für sie selbst draufgegangen, denn sie brauchte etwas, das nicht nach Rauch roch.

Und jeden Abend mußten sie in einem Restaurant zu Abend essen. Ständig schmiedeten sie Zukunftspläne, und Nicholas war voller Erwartung, als Zoya eines Abends die Zeitung nach Stellenangeboten durchsah und plötzlich eine Idee hatte. Es war zwar nicht das, was sie getan hätte, wenn sie die Wahl gehabt hätte, aber sie mußte das wenige nutzen, was ihr zur Verfügung stand, auch wenn es ihr unangenehm war. Am nächsten Tag zog sie ihr neues Kleid an und machte ihr Haar mit großer Sorgfalt zurecht. Wie gern hätte sie wenigstens ein einziges Schmuckstück gehabt, doch ihr war nur der schlichte Ehering geblieben – dieser und ihre königliche Haltung.

»Mama, wohin gehst du?« fragte Nicky, der sie beobachtet hatte.

»Ich suche mir Arbeit.« Diesmal war es ihr nicht peinlich, als beide Kinder sie anstarrten.

»Kannst du denn etwas?« fragte Sascha in aller Unschuld, und Zoya lachte auf.

»Nicht viel, leider.« Aber sie hatte ein Gespür für Kleider, sie hatte in den vergangenen zehn Jahren die teuersten Modelle besessen und schon als Kind gemeinsam mit Marie alles genau begutachtet und kritisch unter die Lupe genommen, was ihre Mütter und andere Verwandte getragen hatten. Sie verstand es, sich mit viel Geschmack zu kleiden, und konnte dies vielleicht auch andere lehren. Immer noch gab es genügend Frauen, die sich alles leisten konnten. Sie fuhr mit dem Bus ins Zentrum von Manhattan, nachdem sie Sascha in der Obhut ihres Bruders zurückgelassen hatte. Dennoch war sie nervös, weil die beiden allein waren. An der Fifty-first Street nahe der Fifth Avenue stieg sie aus. Vor dem Eingangsportal des Geschäftes angekommen, sah sie, daß es so teuer und elegant war, wie sie erhofft hatte. Ein livrierter Türsteher half den Damen beim Aussteigen aus ihren Limousinen, und im Inneren erspähte sie elegante Frauen und ein paar Männer, die die exklusive Ware des Geschäftes begutachteten: Kleider und Hüte, Handtaschen und Mäntel und eine Kollektion unglaublich schöner handgefertigter Schuhe. Die Verkäuferinnen waren gut gekleidet, viele trugen ein aristokratisches Gebaren zur Schau. Genau das, was ich von Anfang an hätte machen sollen, schalt sie sich. Aber jetzt durfte sie nicht an die Brandkatastrophe denken. Sie sandte ein Stoßgebet zum Himmel, daß den Kindern nichts zustieß. Seit dem Feuer war es das erstemal, daß sie die beiden allein ließ. Sie würde nie wieder sicher sein, daß sie nicht gefährdet waren, wenn sie sie aus den Augen ließ. Zugleich war ihr klar, daß sie diesen Versuch unbedingt wagen mußte.

»Was kann ich für Sie tun, Mademoiselle?« fragte eine grauhaarige, schwarzgekleidete Frau sie in gedämpftem Ton, als sie bemerkte, daß Zoya sich suchend umblickte. »Möchten Sie etwas Bestimmtes sehen?« Ihr Akzent war unverwechselbar französisch, und Zoya wandte sich ihr mit liebenswürdigem Lächeln zu. Innerlich betete sie darum, daß man ihr nichts anmerkte, als sie in einwandfreiem Französisch, das sie seit ihrer Kindheit beherrschte, antwortete.

»Könnte ich wohl die Direktrice sprechen?«

»Ach ... wie schön, Französisch zu hören.« Die weißhaarige Dame, die aussah wie die gutgekleidete Lehrerin einer vornehmen Mädchenschule, lächelte. »Ich bin es selbst. Womit kann ich dienen?«

Leise, damit niemand es hören konnte, sagte Zoya: »Ich bin Gräfin Ossupowa und suche dringend Arbeit.« Eine kleine Pause trat ein, als die Blicke der beiden sich trafen, und nach einer schier unendlichen Pause nickte die Französin.

»Ich verstehe.« Sie fragte sich, ob die Person eine Hochstaplerin war, aber ihr dezentes und zugleich hoheitsvolles Auftreten deutete an, daß sie das war, wofür sie sich ausgab. Die Französin wies diskret auf eine geschlossene Tür. »Mademoiselle, würden Sie mir wohl in mein Büro folgen?« Für sie war der Titel nicht von Bedeutung, doch sie wußte sehr wohl, daß es für ihre Kundinnen, unter denen sich Barbara Hutton, Eleanor Carson, Doris Duke und deren Freundinnen befanden, eine nicht geringe Rolle spielte. Ihre Kundinnen waren vom Allerfeinsten, und die meisten flogen auf Adelstitel. Viele gingen Ehen mit Fürsten und Grafen ein, damit sie sich mit einem Titel schmücken konnten.

Zoya folgte ihr in einen wunderschön in Schwarz-Weiß ausgestatteten Salon. Es war der Raum, in dem die kostbarsten Roben vorgeführt wurden. Ihre einzige Konkurrenz war die Chanel, die neuerdings ihre Modelle auch in die Vereinigten Staaten exportierte. New York bot Platz für beide. Die Französin hieß Axelle Dupuis. Sie war vor Jahren aus Paris gekommen und hatte einen eleganten Modesalon eröffnet, der unter dem Namen ›Axelle‹ bekannt war. Seit einigen Jahren schon hielt sie in New York die Stellung als Nummer eins. Zoya hatte selbst vor einiger Zeit ein Kleid hier gekauft, damals aber hatte sie nicht ihren Mädchennamen benutzt, und Madame Dupuis hatte so viel Anstand, sich nicht an sie zu erinnern.

»Haben Sie Erfahrungen in dieser Branche?« Madame Dupuis unterzog Zoya einer genauen Prüfung. Das Kleid war billig, die Schuhe abgetreten, doch die Hände waren wohlgeformt und anmutig. Ihre Bewegungen, ihr Haar, das alles deutete an, daß sie bessere Zeiten gesehen hatte. Sie konnte sich gut ausdrücken und sprach Französisch, obwohl das in New York keine große Rolle spielte. Und sie schien über angeborenes Fingerspitzengefühl für Stil und Mode zu verfügen, das sah man trotz des billigen Fähnchens. Axelles Neugierde war erwacht. »Haben Sie schon mit Mode zu tun gehabt?«

»Nein.« Zoya blieb bei der Wahrheit und schüttelte den Kopf. »Das habe ich nicht. Ich bin nach der Revolution aus St. Petersburg nach Paris geflohen.« Sie brachte die Worte jetzt ohne Schwierigkeiten über die Lippen, denn seither waren viel schlimmere Dinge passiert, und sie mußte an ihre Kinder denken. Ihretwegen wäre sie auf allen Vieren gekrochen, um die Stelle zu bekommen. Die Miene der Direktrice verriet nichts, als sie sich und Zoya eine Tasse Tee eingoß. Die Silbergarnitur war von ausgesuchter Schönheit, das Porzellan eine französische Marke. Sie benahm sich äußerst damenhaft und beobachtete Zoya genau, als diese einen Schluck Tee trank.

Auch diese Dinge zählten, denn ihre Kundinnen gehörten zu den elegantesten, verwöhntesten und anspruchsvollsten Frauen der Welt. Sie konnte sich keine Verkäuferinnen leisten, die schlechte Umgangsformen hatten und sich linkisch benahmen. Als sie Zoya aus scharfen grauen Augen musterte, war sie angenehm berührt.

»Und in Paris … haben Sie dort in einem Salon gearbeitet?« Axelles Neugierde ließ sich nicht bremsen. Jede Bewegung dieser jungen Frau verriet Aristokratie.

Zoya begegnete gelassen dem prüfenden Blick. »Ich habe beim *Ballet Russe* getanzt. Tanzen war das einzige, was ich konnte, und wir waren sehr arm.« Sie hatte sich entschieden, ehrlich zu sein – bis zu einem gewissen Grad jedenfalls.

»Und dann?«

Zoya lächelte wehmütig. »Ich habe einen Amerikaner geheiratet und bin 1919 nach New York gezogen.« Vor zwölf Jahren – unglaublich! Zwölf Jahre … »Mein Mann starb vor zwei Jahren, er war viel älter als ich.« Daß sie alles verloren hatten, ließ sie lieber unerwähnt. Das zählte jetzt nicht mehr, und sie wollte Clayton nicht die Würde rauben, auch nicht nach seinem Tod. »Ich muß zwei Kinder ernähren, und wir haben unlängst erst unsere ganze Habe bei einem Brand verloren … viel war es ohnehin nicht …« Die letzten Worte kamen sehr nachdenklich, denn sie dachte an die kleine Wohnung, in der Sawa elend ums Leben gekommen war. Dann sah sie wieder in die Augen von Axelle Dupuis. »Ich brauche Arbeit. Zum Tanzen bin ich zu alt.« Sie dachte an die Revue und fuhr rasch fort: »Ich verstehe etwas von Kleidern und Mode. Vor dem Krieg …« Sie zögerte unmerklich und zwang sich dann weiterzusprechen. Wenn sie ihren Titel nützen wollte, mußte sie davon sprechen. »In St. Petersburg gab es seinerzeit viele elegante und schöne Frauen … « Sie lächelte unter Axelles prüfenden Blicken.

»Sind Sie mit den Romanows irgendwie verwandt?« So viele völlig unbedeutende Russen hatten dies behauptet, aber diese Frau hatte etwas Gewisses an sich, so daß ihr diese Möglichkeit nicht ausgeschlossen schien. Axelle war bereit, alles zu glauben, als Zoyas grüne Augen ihrem Blick begegneten und sie, die Teetasse sehr damenhaft in der Hand, leise sagte:

»Madame, ich bin eine Nichte des letzten Zaren.« Mehr sagte sie nicht. Nun folgte eine längere Pause, denn Axelle überlegte. Diese Frau war einen Versuch wert. Sie war vielleicht genau das, was ihre Kundinnen wollten, denn die waren geradezu verrückt nach Aristokratie. Die Aussicht, von einer echten Gräfin bedient zu werden, würde sie in helle Begeisterung versetzen, das wußte Axelle im voraus.

»Ich könnte mit Ihnen einen Versuch wagen, Mademoiselle ... vielmehr Gräfin. Hier müssen Sie Ihren Titel benutzen.«

»Ja, natürlich.« Zoya, die am liebsten wie ein Kind gejubelt hätte, zwang sich zur Ruhe ... Sie bekam die Stelle! Bei Axelle! Es war ideal. Beide Kinder würden im Herbst zur Schule gehen, und sie konnte jeden Abend um sechs zu Hause sein. Es war eine ehrbare Arbeit – ganz und gar. Sie konnte sich ein erleichtertes Lächeln nicht verkneifen, als Axelle ihr zunickte. »Danke, Madame, vielen Dank.«

»Nun, wir werden sehen, wie Sie sich bewähren.« Axelle stand auf – ein Zeichen, daß das Gespräch beendet war. Zoya beeilte sich, es ihr gleichzutun, nachdem sie mit großer Sorgsamkeit die Teetasse aufs Tablett gestellt hatte. Axelle sah es erfreut.

»Wann möchten Sie anfangen?«

»Würde Ihnen nächste Woche recht sein?«

»Sehr gut. Neun Uhr. Punkt neun Uhr. Und noch etwas, Gräfin«, sagte sie mit einem Blick auf Zoyas Kleid. »Vielleicht wäre es ratsam, wenn Sie sich hier ein Kleid aussuchen, ehe Sie gehen ... etwas in Schwarz oder Marine ...«

Zoya dachte an ihr geliebtes schwarzes Kleid von Chanel, das sich vom Brand nicht mehr erholt hatte. Es roch noch immer verqualmt, ungeachtet all ihrer Bemühungen.

»Vielen Dank, Madame.«

»Keine Ursache.« Axelle neigte anmutig den Kopf und durchschritt die Tür in den großen Verkaufsraum des Salons, wo eine

Frau mit wagenradgroßem Hut lautstark ihre Meinung über die Schuhe äußerte. Zoya dachte daran, daß sie sich mit ihrer geringen noch vorhandenen Barschaft noch neue Schuhe kaufen mußte. Zugleich fiel ihr ein, daß sie ganz vergessen hatte, sich nach dem Gehalt zu erkundigen, doch war das nicht so wichtig. Sie hatte eine Stelle gefunden, und sie war viel besser, als auf der Straße Äpfel zu verkaufen.

Zu Hause angekommen, verkündete sie ihren Kindern die gute Neuigkeit, und sie gingen gemeinsam in den Park spazieren. Sie kehrten ziemlich bald ins Hotel zurück, um der Hitze zu entgehen. Nicholas war so aufgeregt wie seine Mutter, und Sascha fragte, ob es in dem Laden auch Kleider für kleine Mädchen gäbe.

»Nein, mein Schatz, die werden dort nicht geführt. Aber ich kaufe dir etwas Hübsches, sobald es sich einrichten läßt.« Nach dem Brand hatte sie nur das Allernotwendigste angeschafft, auch für sich selbst, aber jetzt dämmerte ein neuer Tag herauf. Sie hatte eine anständige Anstellung und würde hoffentlich ausreichend verdienen. Nie wieder mußte sie tanzen. In ihrem Leben ging es bergauf. Plötzlich fiel ihr ein, ob sie bei Axelle einigen ihrer alten Bekannten begegnen würde. Die Vorstellung ließ sie lächeln. Sie dachte daran, wie man auf sie herabgesehen hatte, als sie aus Frankreich gekommen war, um sie nachher um so inniger ins Herz zu schließen. Nach Claytons Tod war sie völlig in Vergessenheit geraten. Man hatte sie nach dem Verlust des Vermögens vollends aus dem Gedächtnis gestrichen. Wie wankelmütig die Menschen doch waren! Nun, es konnte ihr einerlei sein. Sie hatte ihre Kinder, und das war für sie die Hauptsache. Alle übrigen waren gekommen und wieder gegangen … wiedergekommen und wieder gegangen. Es war für sie nicht mehr wichtig. Sie hatten überlebt … das Leben erschien ihr plötzlich unendlich kostbar.

34

Die Tage im Modesalon waren lang und ermüdend und die Damen, die Zoya beriet, ungeheuer anspruchsvoll. Es waren befehlsgewohnte und verwöhnte Frauen, was nicht verhindern konnte, daß es sehr viel Unentschlossene darunter gab. Zoya aber verlor nie die Geduld und stellte bald fest, daß sie einen guten Blick dafür hatte, was zu den Kundinnen paßte. Sie nahm ein Kleid, zupfte hier, hob es dort an, und auf einmal schien die Frau, die sich im Spiegel betrachtete, aufzublühen. Zoya war imstande, den passenden Hut zum Kostüm zu finden, ein Ansteckstäußchen, eine kleine Pelzgarnitur, besonders schicke Schuhe. Sie schuf Bilder, die von geradezu poetischem Reiz waren, so daß ihre Chefin mit ihr mehr als zufrieden sein konnte. Als Weihnachten kam, hatte Zoya sich bei Axelle praktisch unentbehrlich gemacht. Sie übertraf alle anderen Verkäuferinnen, und alle Welt verlangte, von der Gräfin beraten zu werden, wenn es darum ging, etwas auszusuchen. Es hieß Gräfin hier und Gräfin da ... glauben Sie nicht auch, Gräfin ... ach, Gräfin, bitte ... Axelle beobachtete Zoya im Umgang mit der Kundschaft und sah, daß sie immer diskret blieb und Haltung bewahrte, selbst mit dezenter Eleganz gekleidet, mit makellos weißen Handschuhen, wenn sie zur Arbeit kam, tadellos frisiert. Ihr unmerklicher Akzent steigerte ihren geheimnisvollen Reiz nicht wenig. Und Axelle machte von Anfang an kein Geheimnis daraus, daß ihre neue Mitarbeiterin mit dem Zaren verwandt war. Zoya war genau das, was Axelle für ihren Salon brauchte, und als Serge Obolenski einmal kam, um die ›Gräfin‹, von der alle Welt sprach, kennenzulernen, sah er Zoya betroffen an, während ihr die Tränen in die Augen stiegen.

»Zoya, was machst du hier?«

»Ich amüsiere mich.« Kein Wort über die harten zwei Jahre, die sie überstanden hatte.

»Schön dumm von dir! Aber vielleicht auch ganz spaßig. Du mußt unbedingt zum Dinner zu uns kommen.« Sie lehnte sämtliche Einladungen ab, da sie weder über die Garderobe noch über die Zeit und Energie verfügte, sich von neuem dieser Clique anzuschließen. Das lag für immer hinter ihr. Allabendlich ging sie heim zu ihren Kindern, die sie in der Wohnung an der Thirtyninth Street in der Nähe des East River erwarteten. Sie hatte noch rechtzeitig vor Weihnachten dort einziehen können. Ihre Kinder besuchten gute Schulen. Die regelmäßigen Gehaltserhöhungen und Prämien, die sie Axelle verdankte, ließen zwar keinen Raum für Luxus, doch das Geld reichte, daß sie angenehm leben konnten – ein gewaltiger Fortschritt angesichts der zwei Jahre, die sie sich in Fitzhughs Dance Hall durchgeschlagen hatte.

Sie war schon bei Axelle, als das Lindbergh-Baby im Mai 1932 tot aufgefunden wurde, und sie reagierte mit Bedauern auf den Tod Florenz Ziegfelds im Juli desselben Jahres. Noch immer fragte sie sich, wie sich ihr Leben gestaltet hätte, wenn sie in seiner Revue und nicht in einem Tingeltangel aufgetreten wäre. Auch hätte es sie interessiert, was unterdessen aus Jimmy geworden war. Die hundert Dollar, die er ihr in die Tasche gesteckt hatte, als sie sich in einer verzweifelten Lage befand, hatte sie ihm längst geschickt. Sie hatte niemals wieder etwas von ihm gehört. Er war Teil eines anderen Lebens, eines Kapitels, das abgeschlossen war, als sie als ›Gräfin‹ bei Axelle zu arbeiten anfing. Zoya war sehr gerührt, als Eleanor Roosevelt kam, um sich von ihr ein paar Sachen für den Wahlkampf aussuchen zu lassen. Sie hatte Claytons alte Freunde in guter Erinnerung und schickte ihnen ein Telegramm, als Roosevelt die Wahlen gewann. Seiner Frau ließ sie eine todschicke Pelzmütze zukommen, die diese bei der Amtseinführung im Januar zu tragen versprach. Axelle war entzückt über Zoyas Einfallsreichtum.

»Sie haben eine Art, mit den Leuten umzugehen, ma chère.« Die elegante Französin lächelte gewinnend. Sie mochte Zoya, und sie war bezaubert von Nicholas, der sich wie ein kleiner Prinz benahm. Was Serge Obolenski ihr bei Gelegenheit von Zoya und den Zarentöchtern erzählte, hatte sie sehr beeindruckt. Zoya war eine außergewöhnliche Frau, in einer außergewöhnlichen Zeit geboren. Hätte die Weltgeschichte einen anderen Verlauf genommen, dann wäre sie vermutlich die Gemahlin eines Aristokraten geworden und hätte ihr Leben in einem jener Palais verbracht, wie sie sie aus ihrer Kindheit kannte. Es war schlimm, was ihr widerfahren war, ebenso schlimm war die große Wirtschaftskrise, die kein Ende nehmen wollte. Von Axelles Kundinnen abgesehen, schien in jenem Jahr alles zu hungern.

Zu Weihnachten führte Zoya Nicholas in den Film ›Tarzan‹, der ihn begeisterte. Anschließend gingen sie zum Tee. Er besuchte jetzt die Trinity School und war ein eifriger und intelligenter Schüler, der schon mit elf verkündete, daß er eines Tages wie sein Vater Geschäftsmann werden wollte. Sascha wollte Filmstar werden. Zoya hatte ihr eine Shirley-Temple-Puppe gekauft, die sie ständig mit sich schleppte, zusammen mit Annabelle, die den Brand überstanden hatte. Trotz der schweren Zeiten, die sie durchgemacht hatten, waren es glückliche Kinder. Im Frühjahr rückte Zoya zur Direktrice in Axelles Salon auf. Das bedeutete mehr Geld und mehr Prestige und gestattete Axelle selbst etwas mehr Muße. Zoya überredete Axelle, den Salon von Elsie de Wolfe neu ausstatten zu lassen, und von da an schnellten die Umsätze in ungeahnte Höhen.

»Gesegnet der Tag, an dem du zur Tür hereinkamst!« Axelle lächelte ihr über die Köpfe der aufgeregten Kundinnen hinweg zu. Es war der Tag der Geschäftseröffnung nach der Renovierung. Sogar Fiorello La Guardia, der Bürgermeister, war gekommen, und das Geschäft ging besser als je zuvor. Axelle schenkte Zoya als Anerkennung einen Nerzmantel, der so schön war, daß es Zoya die Rede verschlug. Er war aus Zuchtnerzen, sehr raffiniert geschnitten und ließ Zoya noch eleganter aussehen, was sie aber nicht daran hinderte, abends mit dem Bus zu ihren Kindern nach Hause zu fahren. Im Jahr darauf konnte sie sich unweit des Modesalons eine neue Wohnung leisten – das war für sie eine große Erleichterung. Jedes der Kinder hatte jetzt ein eigenes Zimmer. Nicholas war fast dreizehn und sehr erleichtert, jetzt Sascha nicht mehr ständig um sich zu haben.

Zwei Jahre später, an Saschas elftem Geburtstag, lud Axelle Zoya ein, sie nach Paris auf eine Einkaufsreise zu begleiten.

Nicholas würde unterdessen bei einem Freund bleiben, für Sascha wurde für drei Wochen ein Kindermädchen engagiert. In einem aufgeregten Durcheinander traten sie auf der Queen Mary die Überfahrt an. Als Zoya an der Reling stehend zur Freiheitsstatue hinüberblickte, dachte sie daran, wie weit sie es in den Jahren seit Claytons Tod gebracht hatte, und sie hatte das Gefühl, schon mehrere Menschenleben durchlebt zu haben.

»Zoya, woran denkst du?« Axelle hatte sie seit dem Auslaufen beobachtet, mittlerweile befanden sie sich auf dem offenen Meer. Zoya sah hinreißend aus in ihrem smaragdgrünen Kostüm, das genau der Farbe ihrer Augen entsprach. Ihre kleine schicke Pelzkappe saß ein wenig schräg auf dem Kopf. Als sie sich Axelle zuwandte, hatten ihre Augen das Grau der See angenommen.

»Ich dachte an die Vergangenheit.«

»Ich glaube, das tust du zu oft«, erwiderte Axelle leise. Sie schätzte Zoya sehr und stellte sich häufig die Frage, warum sie so zurückgezogen lebte. Chancen hätte sie mehr als genug gehabt. Ihre Kundinnen waren verrückt nach ihr, und auf Zoyas Schreibtisch stapelten sich die Einladungen, die einfach an ›Gräfin Zoya‹ adressiert waren. Dennoch ging sie kaum aus und begründete dies damit, daß sie das alles schon hinter sich habe. »Nun, vielleicht bringt Paris ein wenig Aufregung in dein Leben.« Zoya lachte nur und schüttelte den Kopf über Axelles Worte.

»Vielen Dank, Aufregung hatte ich schon genug im Leben.« Revolutionen, Kriege und eine Ehe mit einem Mann, den sie angebetet hatte. Nach all den Jahren liebte sie Clayton immer noch. Ohne ihn würde das Wiedersehen mit Paris sehr schmerzlich sein. Er war der einzige Mann, den sie je geliebt hatte, und sie wußte, daß es nie wieder einen wie ihn geben würde ... nur ihren Sohn – dieser Gedanke ließ sie lächeln. Tief sog sie die Seeluft ein. »Ich gehe nach Paris, um zu arbeiten«, sagte sie sachlich, wobei ein Lächeln ihre Lippen umspielte.

»Da wäre ich nicht so sicher, meine Liebe.«

Danach zogen sie sich in ihre Kabinen zurück, Zoya packte aus und stellte die Fotos ihrer Kinder neben ihr Bett. Mehr brauchte sie nicht, und sie würde auch in Zukunft nicht mehr brauchen. An jenem Abend stellte sie eine Liste jener Artikel zusammen, die sie in Paris bestellen wollten.

35

Axelle hatte Zimmer im Ritz reservieren lassen, da das Hotel sehr günstig an der Place Vendôme lag. Das Haus bot einen Luxus, den Zoya nahezu vergessen hatte. Viele Jahre waren vergangen, seitdem sie ein Bad in einer tiefen Marmorwanne genommen hatte, die jener glich, die sie im Haus am Sutton Place gehabt hatte. Mit geschlossenen Augen lag sie im warmen Wasser und genoß die tiefe Wanne. Am nächsten Morgen stand ihnen die erste Einkaufstour bevor, aber an jenem ersten Nachmittag ging Zoya heimlich allein aus. Als sie das Hotel verließ, wurde sie sofort von Erinnerungen überwältigt. Diese Straßen und Boulevards war sie einst mit Clayton gemeinsam entlanggeschlendert. Sie ging auf einen Drink ins Café de Flore und fuhr dann, einem unwiderstehlichen Drang folgend, mit dem Taxi zum Palais Royal. Still stand sie vor dem Haus, in dem sie mit Eugenia gewohnt hatte. Seit dem Tod der Großmutter waren siebzehn Jahre vergangen. Sie hatten ihr Glück, harte Arbeit und ihre geliebten Kinder beschert. Tränen liefen ihr über die Wangen, als die Erinnerungen an ihre Großmutter und an ihren Mann sie überfielen. Fast war es, als warte sie darauf, daß er sie ansprach, so wie am Abend ihrer ersten Begegnung. Noch immer vermeinte sie, seine Stimme zu hören, als hätte er erst vor wenigen Stunden mit ihr gesprochen. Es waren Erinnerungen, die sie zu überwältigen drohten. Dann aber drehte sie sich langsam um und ging zu den Tuilerien, ließ sich gedankenverloren auf einer Bank nieder und sah den Kindern beim Spielen zu. Dabei konnte sie nicht umhin, sich zu fragen, wie alles gekommen wäre, wenn sie die Kinder hier hätte aufwachsen lassen. In gewisser Weise wäre es einfacher als in New York gewesen, denn dort herrschte eine andere, viel hektischere Gangart, andererseits hatte sie dort bei Axelle Arbeit gefunden, die ihrem Leben neuen Sinn gegeben hatte. Mittlerweile war sie schon das fünfte Jahr bei ihr und fand es viel aufregender, die Einkäufe zu machen, anstatt endlose Scharen verwöhnter und anspruchsvoller reicher Frauen zu bedienen. Sie kannte diese Frauen. Es waren Frauen, die sie gut zu nehmen wußte, Frauen, in die sie sich hineindenken konnte, da sie ihr Leben lang mit ihnen zu tun gehabt hatte. Es passierte sehr häufig, daß sie dabei an ihre eigene Mutter erinnert wurde. Und auch die Männer waren von Zoya begeistert, da sie es ebensogut verstand, ihre Frauen anzuziehen wie ihre Geliebten, die sie diskret zu Axelle brachten. Nie kam Klatsch über ihre Lippen, nie eine herbe Kritik, immer nur hatte sie interessante Vorschläge parat und beriet ihre Kundinnen mit unfehlbarem Geschmack. Axelle wußte, daß ihr Salon ohne Zoya nicht so großartig laufen würde. Die ›Gräfin‹, wie sie allgemein genannt wurde, würzte das Leben der reichen New Yorkerinnen mit einer Prise von unverkennbar aristokratischem Flair. Plötzlich aber fühlte sich Zoya weit, sehr weit von all dem entfernt. Sie fühlte sich wieder jung und war zugleich wehmütig, wenn sie an das neue Leben dachte, das für sie begonnen hatte, seitdem sie zuletzt in Paris gewesen war.

Als sie für die Fahrt ins Hotel ein Taxi rief, tat ihr Herz einen kleinen Sprung, denn es fiel ihr ein, daß sie vielleicht Wladimir Markowskij begegnen könnte. Im Hotel suchte sie vergeblich seinen Namen im Telefonbuch. Wahrscheinlich war er längst gestorben. Er mußte fast achtzig sein.

Axelle lud sie an jenem Abend ins Maxim's ein, Zoya aber lehnte mit wehmütigem Blick und der Ausrede, daß sie müde sei und sich ausruhen wollte, ab. Daß die Erinnerung an Clayton, der sie ins Maxim's ausgeführt hatte, zu schmerzlich war, verschwieg sie. Hier in Paris mußte sie ständig Türen zur Vergangenheit zuschlagen. Sie fühlte sich hier nur einen Katzensprung von

St. Petersburg entfernt. Alles war ganz nahe, zwischen ihr und der alten Heimat lag nicht mehr der halbe Erdumfang. Hier waren die Plätze, die sie mit Eugenia und Wladimir entdeckt hatte, die Lokale, in die Clayton sie ausgeführt hatte. Es war fast zu schmerzlich für sie, deswegen sehnte sie sich nach Arbeit. Sie wollte die Vergangenheit vergessen und in die Gegenwart eintauchen.

Am Abend rief sie Nicholas bei seinem Freund an, berichtete ihm alles Wissenswerte über Paris und versprach, eines Tages mit ihm hierherzukommen. Es war eine herrliche Stadt, die in ihrem Leben eine wichtige Rolle gespielt hatte. Er bat sie, auf sich aufzupassen, und versicherte ihr, daß er sie liebhatte. Mit seinen fast fünfzehn Jahren scheute er sich nicht, Gefühle zu zeigen. »Das ist dein russisches Erbteil«, neckte Zoya ihn, besonders wenn sie hörte, wie er Sascha aufzog. In letzter Zeit fiel ihr die Ähnlichkeit mit Nikolaj immer öfter auf. Der Anruf bei ihrer Tochter war ähnlich. Sascha hatte ihr eine Einkaufsliste mit einer Reihe von Wünschen mitgegeben, ein rotes Kleid und mehrere Paare französische Schuhe eingeschlossen. Auf ihre Art war sie so verwöhnt wie Natalja seinerzeit und fast so anspruchsvoll. Zoya fragte sich, was Maschka von den beiden gehalten hätte oder wie deren Kinder geraten wären, wenn sie am Leben geblieben wäre und geheiratet hätte.

An jenem Abend war es für sie eine Erleichterung, zu Bett zu gehen und ihren Erinnerungen zu entfliehen. Der Aufenthalt in Paris gestaltete sich viel schwieriger, als sie geahnt hatte, und in der Nacht träumte sie von Alexej, von Marie, Tatjana und den anderen. Schon um vier Uhr morgens wachte sie auf und konnte erst um sechs wieder einschlafen, so daß sie am nächsten Morgen noch ziemlich erschöpft war, als sie Croissants und schwarzen Kaffee bestellte.

»Alors, kann es losgehen?« fragte Axelle, die in einem schicken roten Chanelkostüm in der Tür stand, das weiße Haar perfekt frisiert, die Hermès-Tasche über der Schulter. Plötzlich wirkte sie wieder sehr französisch.

Zoya entschied sich für ein blaues Seidenkleid mit passendem Mantel von Lanvin. Ihr rotes Haar faßte sie in einem schlichten Knoten zusammen. Die beiden Frauen sahen sehr pariserisch aus, als der Türsteher ihnen ins Taxi half. Der Akzent des Fahrers entlockte Zoya ein Lächeln. Er gehörte zu den unzähligen Russen älteren Semesters, die noch immer in Paris Taxi fuhren, doch als sie ihn fragte, ob er Wladimir kannte, schüttelte er nur den Kopf. Er konnte sich nicht an den Namen erinnern und war ihm offenbar nie begegnet. Es war das erste Mal seit Jahren, daß Zoya Russisch sprach, denn auch mit Serge Obolenski sprach sie Französisch. Axelle lauschte angenehm berührt der fremdartigen Sprachmelodie, bis sie vor dem Salon der Schiaparelli an der Rue de la Paix vorfuhren. Sie waren übereingekommen, dort anzufangen, und Zoya und Axelle gerieten dort rasch in einen wahren Begeisterungstaumel. Sie bestellten Dutzende verschiedener Pullover und führten ein langes Gespräch mit der Modeschöpferin, der sie die Bedürfnisse und Vorlieben ihrer Kundschaft darlegten. Elsa Schiaparelli, eine interessante Frau, die nur drei Jahre älter war als Zoya, wie sie voller Interesse feststellten, erfreute sich in der laufenden Saison eines bemerkenswerten Erfolges und konnte es fast mit Gabrielle Chanel aufnehmen, die noch immer an der Rue Cambon residierte. Die Chanel war ihre nächste Station, und anschließend fuhren sie zu Balenciaga, bei dem Zoya einige Abendkleider auswählte und unter Axelles kritischen Blicken selbst anprobierte, um festzustellen, wie man sich in ihnen bewegte und wie man sich darin fühlte.

»Du hättest selbst Kollektionen entwerfen sollen«, meinte Axelle anerkennend. »Du hast ein ungewöhnliches Gespür für Kleider.«

»Ja, hübsche Kleider habe ich immer geliebt«, gestand Zoya, die in der raffiniert geschnittenen Kreation des spanischen Couturiers eine schwungvolle Pirouette vollführte. »Schon als Kinder haben Marie und ich die Kleider unserer Mütter und deren Freundinnen sehr kritisch betrachtet.« Die Erinnerung ließ sie auflachen. »Wenn wir der Meinung waren, daß jemand einen schlechten Geschmack hatte, waren unsere Bemerkungen sehr boshaft.«

Axelle hatte Zoyas entrückten Blick bemerkt und fragte nun leise: »War Marie deine Schwester?«

»Nein.« Zoya wandte sich abrupt ab. Es kam nur selten vor, daß sie die Tore zur Vergangenheit für jemanden öffnete, am allerwenigsten für Axelle, mit der sie fast ausschließlich vom Geschäft sprach, doch dies hier war alles der Heimat so nahe, daß sie es fast bedrückend fand. »Sie war meine Kusine.«

»Eine der Großfürstinnen?« Axelle war sehr beeindruckt, als Zoya nickte. »Schrecklich, was mit ihnen passiert ist.«

Anschließend ging es wieder ums Geschäft. Nachdem sie den Abend auf ihren Zimmern verbracht, dort zu Abend gegessen und über den Bestellisten gesessen hatten, um für den nächsten Tag gewappnet zu sein, fuhren sie am Morgen zu Dior, um sich dessen Entwürfe anzusehen. Axelle war nicht gewillt, alles zu kaufen, was man ihr zeigte, sie wollte es nur sehen, so daß sie selbst Skizzen für die Schneiderin anfertigen konnte, die gelegentlich für sie fremde Entwürfe kopierte. Es war eine sehr geschickte Schneiderin, mit deren Hilfe Axelle größere Profite machte.

Sie trafen Christian Dior, einen überaus charmanten Herrn, persönlich an, und Axelle stellte Zoya mit deren Titel vor. Zugleich mit ihnen war auch Lady Mendl, die ehemalige Elsie de Wolfe, da, und nachdem Axelle und Zoya sich verabschiedet hatten, erzählte sie Dior sämtliche Einzelheiten von Zoyas Leben mit Clayton.

»Ein Jammer, daß sie beim Börsenkrach alles verloren haben«, sagte sie eben, als Wally Simpson hereinkam. Dior war ein großer Verehrer von Wally, die in Begleitung ihrer zwei Möpse seinen Salon betrat.

Am Nachmittag fuhren Zoya und Axelle noch einmal zu Elsa Schiaparelli, diesmal zu ihren luxuriösen Schauräumen, die zwei Jahre zuvor an der Place Vendôme eingerichtet worden waren, und Zoya bewunderte gebührend die amüsante Couch, die Salvador Dalí in Form eines Lippenpaares entworfen hatte. Wieder wurde über Pullover gesprochen und über Mäntel, die Axelle bestellen wollte. Es war abzusehen, daß sie sehr bald an die Grenzen ihres Budgets stoßen würden. Alles ginge zu schnell, klagte Axelle, und alles war so verlockend und schick. Es war für die Pariser Mode eine sehr interessante Zeit.

Die Schiaparelli konnte sich ihnen nicht lange widmen, da sie einen Termin mit einem amerikanischen Mantelhersteller hatte. Wie Axelle gehörte er zu ihren besseren ausländischen Kunden, wie sie ihnen erklärte, als eine Assistentin ihr auf italienisch etwas ins Ohr flüsterte.

»Würden Sie mich wohl entschuldigen, meine Damen? Meine Assistentin wird Ihnen die Stoffe vorlegen, in denen Sie die Mäntel bestellen können. Mr. Hirsch erwartet mich in meinem Büro.« Sie verabschiedete sich auch von Zoya, und die zwei Frauen bestellten die Mäntel nach längerer Beratung mit der Assistentin in Rot, Schwarz und in einem Taubengrau, das Zoya besonders liebte. Sie bevorzugte stets die gedämpfteren Farben, auch bei ihrer eigenen Garderobe. Für diesen Tag hatte sie ein Kleid von Madame Grès in einem Lilaton gewählt, das sie auf Axelles Rechnung und mit einem günstigen Rabatt gekauft hatte.

Als sie eine Stunde später den Salon verließen, folgte ihnen ein hochgewachsener, schlaksiger Mann mit dunklem Haarschopf und einem Gesicht, das aussah wie von einem Künstler in Marmor gemeißelt. Im Lift ihres Hotels begegneten sie ihm wieder.

»Ich bin Ihnen nicht gefolgt, ich wohne hier«, sagte er und lächelte Zoya mit jungenhafter Unbeschwertheit zu. Dann streckte er Axelle die Hand entgegen. »Ich glaube, Sie haben einige meiner Modelle gekauft. Ich bin Simon Hirsch.«

»Ach, natürlich«, erwiderte sie lächelnd und sehr französisch. »Ich bin Axelle Dupuis«, fuhr sie fort und schaltete schnell: »Darf ich Ihnen die Gräfin Ossupowa, meine Assistentin, vorstellen.« Es war seit langem das erste Mal, daß Zoya sich ihres Titels schämte. Der Mann machte einen so unkomplizierten, lockeren Eindruck, daß es ihr töricht vorkam, die Aristokratin hervorzukehren. Sein fester Händedruck war der eines Menschen, der ein eigenes Imperium beherrschte, der Blick seiner Augen wirkte sehr sanft.

»Sie sind Russin?« fragte er, als der Lift auf ihrem Stockwerk anhielt, und sie nickte leicht errötend, eine Schwäche, die sie wohl ihr Leben lang verfolgen würde.

»Ja«, sagte sie leise. Als sie zu ihren Zimmern gingen, fiel ihr sein vor jugendlicher Spannkraft federnder Gang auf. Dieser und seine ausladenden Schultern, die an einen Footballspieler erinnerten, ließen den Riesenkorridor schmal erscheinen.

»Meine Familie kommt auch aus Rußland«, erklärte er. »Ich selbst bin jedoch gebürtiger New Yorker.« Die zwei Frauen blieben vor Zoyas Zimmer stehen. »Viel Spaß bei den Einkäufen. Bonne chance!« Die letzten Worte sagte er in unbeholfenem Französisch, ehe er in seinem Zimmer verschwand.

Als die beiden Zoyas Zimmer betraten und die Schuhe abstreiften, stöhnte Axelle: »O Gott, wie meine Füße schmerzen ... ich bin froh, daß wir ihm begegnet sind. Er bringt eine gute Kollektion heraus, und ich wollte sie mir ohnehin noch mal ansehen. Wir brauchen mehr Mäntel für den nächsten Herbst, und wenn wir hier nicht alles bekommen, dann können wir direkt bei ihm kaufen, falls er uns einen anständigen Preis macht.« Sie lächelte, und Zoya bestellte Tee, bevor sie noch einmal die Bestellungen des Tages besprachen. Sie hatten nur noch vier Tage in Paris, ehe es an Bord der Queen Mary wieder zurück nach New York ging.

»Wir sollten uns mehr den Hüten und Schuhen widmen«, meinte Zoya nachdenklich und überlegte mit geschlossenen Augen. »Wir müssen den Kunden mehr bieten als nur Kleider, Abendroben und Kostüme ... unsere Stärke war immer der harmonische Gesamteindruck. Darauf fliegen die Kundinnen.«

»Ja, weil du diesen Eindruck so gut zu schaffen verstehst.«

Und aus heiterem Himmel, während ihr Blick die hübsche Frau in dem lila Kleid umfaßte, die ihr Haar aus dem Knoten gelöst hatte, so daß es ihr lose über den Rücken fiel: »Gut sieht er aus, findest du nicht?«

»Wer?« Zoya riß offensichtlich verwirrt die Augen auf. Sie hatte gerade darüber nachgedacht, ob sie die Hüte bei Chanel bestellen sollten, damit sie zu den Kostümen paßten, und ob sie eine bestimmte Menge von dem fabelhaften Modeschmuck kaufen sollten. Ihre Kundinnen besaßen so viel echten Schmuck, daß zu bezweifeln war, ob sie für den besonderen Schick des Modeschmuckes der Chanel einen Blick besaßen.

»Der Mantelhersteller aus New York, natürlich. Wäre ich zwanzig Jahre jünger, ich hätte ihn mir geschnappt.« Zoya brachte die Vorstellung, die damenhafte Axelle könne sich jemanden schnappen, zum Lachen. Fast sah Zoya den Mann vor sich, wie er von Axelle in den Raum gezerrt wurde, und sie hörte nicht auf zu lachen.

»Das würde ich zu gern mit eigenen Augen sehen.«

»Er wirkt so urwüchsig und energisch und hat ein nettes Gesicht. Mir gefallen solche Männer.« Er war fast so groß wie Clayton, aber viel breiter, doch Zoya hatte keine Gedanken an ihn verschwendet, seit sie sich getrennt hatten. »Ich werde dich mitnehmen, wenn ich mir seine Kollektion ansehe. Vielleicht lädt er dich zum Dinner ein. Schließlich ist er auch Russe.« Sie meinte es im Spaß, besser gesagt, halb im Spaß, denn ihr war nicht entgangen, wie er Zoya angesehen hatte. Auch war ihr sein Interesse nicht entgangen, das er an den Tag gelegt hatte, als er Zoyas Titel gehört hatte.

»Sei nicht albern, Axelle. Der Ärmste wollte nur höflich sein.«

Axelle drohte Zoya mit dem Zeigefinger. »Du bist viel zu jung für dieses Nonnenleben. Gehst du denn überhaupt nie unter Menschen?« Es war das erstemal, daß sie zu fragen wagte, aber sie waren weit weg von New York, und hier fiel es einem leichter, persönliche Fragen zu stellen, fern vom Geschäft und den Kundinnen.

»Nein, niemals.« Zoya lächelte. Sie wirkte merkwürdig abgeklärt. »Nicht seit dem Tod meines Mannes.«

»Wie schrecklich! Wie alt bist du?« Axelle hatte es vergessen.

»Siebenunddreißig. Das ist zu alt, um sich wie eine Debütantin aufzuführen. Diese Typen sehen wir im Laden zur Genüge.« Sie lachte beiläufig, und Axelle kniff die Augen in freundlicher Mißbilligung zusammen, als Zoya ihr Tee aus der silbernen Kanne nachschenkte. Der Luxus, den das Ritz bot, konnte einem zur angenehmen Gewohnheit werden.

»Mach dich nicht lächerlich!« schalt sie. »In deinem Alter hatte ich zwei Liebhaber.« Sie warf ihrer jungen Mitarbeiterin einen spitzbübischen Blick zu. »Leider waren beide verheiratet.« Der eine hatte ihr den Salon eingerichtet. Es war ein Gerücht, das Zoya schon zu Ohren gekommen war, aber sie hatte es als Gerede abgetan. Nun, vielleicht war etwas Wahres dran. »Um ehrlich zu sein«, fuhr Axelle fort, »treffe ich mich auch jetzt noch hin und wieder in New York mit einem sehr netten Mann. Du kannst doch nicht den Rest deines Lebens nur der Arbeit und den Kindern widmen. Eines Tages werden sie erwachsen sein, und was dann?«

Zoya lachte. Sie wußte Axelles Besorgnis zu schätzen. »Dann werde ich noch mehr arbeiten, Axelle. In meinem Leben ist kein Platz für einen Mann. Täglich stehe ich bis sechs im Geschäft, bis neun oder zehn Uhr widme ich mich den Kindern. Bis ich gebadet, die Zeitungen und gelegentlich ein paar Seiten eines Buches gelesen habe, ist der Tag vorbei. Wenn ich anfangen würde auszugehen, würde ich am nächsten Tag nicht die Augen offenhalten können.« Axelle wußte, wie hart Zoya arbeitete. Sie tat ihr leid, deswegen und weil ihr Leben eine schmerzende Leere aufwies. Axelle war gar nicht sicher, ob Zoya sich dessen bewußt war.

»Vielleicht sollte ich dich zu deinem eigenen Besten entlassen«, zog sie Zoya auf. Beide wußten, daß davon keine Rede sein konnte, denn Zoya war unentbehrlich für Axelle. Endlich war sie in einen sicheren Hafen eingelaufen.

Am nächsten Tag fuhren sie doch wieder zu Dior, diesmal, um über Schuhe zu sprechen. Dort stießen sie abermals mit Simon Hirsch zusammen, der eben aus einem Taxi stieg.

»Ach, wir treffen uns also wieder! Ich muß mich vorsehen, damit wir nicht dieselbe Ware anbieten.« Seine Miene aber verriet keine Spur von Besorgnis. Er faßte nun Zoya genauer ins Auge, die in ihrem hellrosa Leinenkostüm geradezu mädchenhaft wirkte.

»Mr. Hirsch, diese Gefahr besteht nicht«, beruhigte Axelle ihn. »Wir wollen uns Schuhe ansehen.«

»Dem Himmel sei Dank!« Er folgte ihnen hinein, und als sie den Salon verließen, stießen sie wieder zusammen – ein Anlaß zur Heiterkeit für alle drei. »Vielleicht sollten wir unsere Pläne koordinieren, damit wir Zeit sparen und das Geld für Taxis.« Er lächelte Zoya an und sah auf die Uhr. Bei Simon Hirsch war alles vom Feinsten – englische Maßschuhe, ein gutgeschnittener Anzug und eine Armbanduhr, die er kürzlich bei Cartier gekauft hatte. »Hätten die Damen Zeit für einen Lunch, oder sind Sie zu beschäftigt?«

Zoya wollte ablehnen, als Axelle sie nicht wenig in Erstaunen versetzte, indem sie die Einladung annahm. Ohne auch nur eine Sekunde zu zögern, rief Simon Hirsch ein Taxi und gab dem Fahrer die Adresse des neuen George V an.

»Dort bekommt man einen wirklich anständigen Lunch. Bei meinem letzten Paris-Aufenthalt vor einem Jahr habe ich im George V gewohnt.« Als sie sich dem unweit den Champs-Élysées gelegenen Hotel näherten, fuhr er ernster werdend fort: »Damals war ich auch in Deutschland und mußte dort unangenehme Erfahrungen machen. Deshalb verzichte ich diesmal auf einen Besuch.« Er ließ sich nicht weiter über dieses Thema aus, denn sie waren am Ziel angekommen. Im Speisesaal wurden sie vom Ober sofort zu einem Tisch geführt. Sie gaben ihre Bestellung auf, und Simon fragte Axelle, ob sie noch andere Ziele in Europa besuchen wolle. Sie erklärte, daß sie nur Zeit für Paris habe.

»In England und Schottland konnte ich erstklassige Materialien für meine Herrenkollektion ordern«, sagte er, nachdem er Wein bestellt hatte. Zoya lehnte sich gelassen zurück und beobachtete ihn. »Aber nach Deutschland werde ich nie wieder einen Fuß setzen«, griff er das Thema wieder auf. »Nicht, solange Hitler dort an der Macht ist.«

»Glauben Sie, daß er seine Drohungen ernst meint?« Zoya hatte von den in Deutschland herrschenden antisemitischen Strömungen gehört, wußte aber nicht, was davon zu halten war.

»Daran kann meiner Meinung nach kein Zweifel bestehen. Die Nazis haben eine antisemitische Stimmung geschaffen, die alle Bereiche erfaßt. Das geht sogar so weit, daß sich die Menschen scheuen, mit einem zu sprechen. Ich bin überzeugt, daß dies alles katastrophale Folgen haben wird.« Hinter seiner Gelassenheit war Empörung erkennbar.

Zoya nickte nachdenklich. »Kaum zu glauben.« Ebenso unglaublich war allen seinerzeit auch die russische Oktoberrevolution erschienen.

»Das ist diese Art von Wahnsinn immer. Meine Familie verließ Rußland der ständigen Pogrome wegen. Und jetzt fängt es hier auch an, etwas subtiler, versteht sich, aber nicht viel. An Judenhaß ist nun mal nichts Subtiles.« In seinen Augen loderte ein stilles Feuer, während die beiden Frauen ihm zuhörten. Wie um das Thema zu wechseln, wandte er sich lächelnd und interessiert an Zoya. »Gräfin, wann haben Sie Rußland verlassen?«

»Bitte, nennen Sie mich Zoya«, bat sie errötend. »Im ›wirklichen‹ Leben heiße ich Zoya Andrews.« Ihre Augen trafen aufeinander, und sie wich seinem Blick kurz aus, ehe sie zur Antwort gab: »Wir sind 1917, kurz nach Beginn der Revolution, aus Rußland geflohen.«

»Es muß für Sie eine schreckliche Zeit gewesen sein. Konnte die Familie mitkommen?«

»Nur meine Großmutter.« Mittlerweile war sie imstande, darüber zu sprechen. Fast zwanzig Jahre hatte sie dazu gebraucht. »Einige kamen vor der Flucht um, der Rest später.« Es war ihm nicht bewußt, daß sie auf die Zarenfamilie anspielte. Nie wäre er auf den Gedanken verfallen, daß sie so hochgestellte Verwandte gehabt hatte.

»Sind Sie sofort nach New York gekommen?«

»Nein.« Sie lächelte unbeschwert, als der Kellner Wein einschenkte. Simon hatte einen edlen Tropfen, einen Jahrgang 1926, bestellt. »Wir lebten zuerst in Paris, ehe ich heiratete und meinem Mann nach New York folgte.« Sein Blick suchte den Ehering. Enttäuscht stellte er fest, daß sie ihn immer noch trug. Axelle war sein Blick sehr wohl aufgefallen. Sie kannte Zoya gut genug, um zu wissen, daß diese keine weiteren Erklärungen mehr liefern würde.

»Die Gräfin ist verwitwet«, kam sie Simon zu Hilfe, was ihr einen unwilligen Blick von Zoya eintrug.

»Das tut mir leid«, sagte er mit wohlerzogener Zurückhaltung, die dennoch sein Interesse erkennen ließ. »Haben Sie Kinder?«

»Zwei, einen Sohn und eine Tochter«, erklärte sie voller Stolz. Simon lächelte. »Und Sie, Mr. Hirsch?« Zoya wollte nur höflich sein und die Zeit überbrücken, bis das Essen kam, aber Axelle schien den Verlauf des Tischgespräches höchst befriedigend zu finden. Mr. Hirsch gefiel ihr, zugleich war ihr klar, daß er von Zoya sehr eingenommen war. »Haben Sie auch Kinder?« fragte Zoya weiter.

»Nein.« Er schüttelte bedauernd den Kopf. »Ich war nie verheiratet, aus Zeitmangel. Die letzten zwanzig Jahre verbrachte ich damit, ein Firmenimperium aufzubauen – mit Hilfe meiner Familie. Mein Vater hat sich letztes Jahr zur Ruhe gesetzt. Meine Mutter hat sich mit meinem Junggesellenleben längst abgefunden. Wenn einer mit vierzig noch zu haben ist, dann besteht ihrer Meinung nach nicht mehr viel Hoffnung. Früher trieb sie mich fast in den Wahnsinn. Ich bin ihr einziges Kind, von dem sie mindestens zehn Enkel erwartete.« Zoya lächelte wehmütig in Erinnerung an ihre Gespräche mit Maschka. Sie selbst hatte sich sechs Kinder gewünscht und Maschka vier oder fünf. Das Schicksal hatte es bei beiden anders bestimmt.

»Nun, Sie können ja in ein paar Jahren immer noch heiraten und sie mit Fünflingen überraschen.«

Simon Hirsch tat, als hätte er sich an seinem Wein verschluckt, und schnitt eine Grimasse. »Das muß ich meiner Mutter sagen. Vielleicht fängt sie dann mit frischer Kraft zu bohren an.« Nun wurde ihr Essen serviert, köstliche Quenelles für Axelle und

Wachteln für Zoya. Simon, der ein Steak bestellt hatte, entschuldigte sich für seinen amerikanischen Geschmack. »Darf ich die Damen nach ihren Einkäufen fragen, oder ist das alles höchster Geheimhaltung unterworfen?« fragte er als nächstes.

Lächelnd warf Zoya der sehr entspannt wirkenden Axelle einen Blick zu, und diese antwortete an ihrer Stelle: »Mr. Hirsch, ich glaube, wir brauchen vor Ihnen keine großen Geheimnisse zu haben, von unseren Mänteln mal abgesehen.« Alle lachten, und Zoya berichtete ihm, was sie gekauft hatten. Die Stricksachen der Schiaparelli hatten es ihr besonders angetan.

»Sie sind einfach sensationell«, stellte Zoya sehr befriedigt fest. »Und die Schuhe, die wir heute bei Dior bestellt haben, sind eine Klasse für sich.«

»Wenn die Sachen kommen, muß ich mal bei Ihnen im Salon vorbeischauen. Haben Sie etwas von Elsas Modellen in Shocking Pink geordert?« Ihm hatte die Farbe so gefallen, daß er sogar erwog, sie in seiner Kollektion aufzugreifen, deshalb wollte er Zoyas Meinung dazu hören.

»Ich weiß nicht, was ich davon halten soll. Für viele unserer Kundinnen ist die Farbe sicher zu grell.«

»Ich finde sie großartig.«

Zoya lächelte. Es kam ihr merkwürdig vor, sich mit diesem athletisch gebauten Mann, den man eher für einen Sportler gehalten hätte, über das neue Shocking Pink von Elsa Schiaparelli zu unterhalten, doch es stand fest, daß seine Mäntel in den Vereinigten Staaten konkurrenzlos waren, daß er ein Auge für Schnitte und Farben hatte und genau wußte, was er tat. »Mein Vater war Schneider«, erklärte er, »und sein Vater vor ihm ebenfalls. Mit seinen zwei Brüdern gründete er an der Lower East Side die Firma Hirsch & Co, in der Kleider und Mäntel für Besteller aus dem Bekanntenkreis genäht wurden, bis jemand an der Seventh Avenue von dem Unternehmen hörte und die Firma Hirsch & Co als Zulieferer einspannen wollte. Mein Vater dachte sich, hol's der Teufel –« Simons entschuldigender Blick traf Zoya, die aber zu gespannt zuhörte, um sich an seiner Ausdrucksweise zu stoßen »– und zog selbst an die Seventh Avenue, wo er eine neue Werkstätte eröffnete. Als ich dann in die Firma einstieg, habe ich sofort alles umgekrempelt, indem ich etwas fabriziert habe, das man Mode nannte. Es gab gewaltige Streitereien deswegen, und als meine Onkel sich zurückzogen, stieg ich richtig ein, mit feinen englischen Wollstoffen und mit Farben, die meinen Vater in Tränen ausbrechen ließen. Wir fingen mit Damenmänteln an und ... na ja, in den letzten zehn Jahren lief es so gut, wie es meiner Meinung nach von Anfang an hätte laufen sollen. Wir haben gute Kollektionen gemacht, besonders seitdem mein alter Herr sich aus dem Geschäft zurückgezogen hat und ich neue Modelle aus Paris importiert habe.«

»Eine interessante Geschichte, Mr. Hirsch«, meinte Axelle darauf. Es war eine Erfolgsstory, wie man sie tausendfach in ihrer Wahlheimat hörte. »Ihre Mäntel sind wirklich sehr schön. Wir konnten sie sehr gut verkaufen.«

»Das freut mich zu hören.« Aus seinem Lächeln sprach das Selbstbewußtsein eines Menschen, der sich in seiner Haut wohl fühlte. Simon Hirsch war ungewöhnlich erfolgreich und hatte diesen Erfolg fast ausschließlich sich selbst zuzuschreiben. »Mein Vater behauptete seinerzeit steif und fest, ich würde die Firma ruinieren. Als er sich letztes Jahr zurückzog, war es ein großer Vertrauensbeweis von seiner Seite, und jetzt tut er so, als hätte er kein Interesse mehr an der Firma. Aber immer wenn ich nicht da bin, schleicht er sich ein und macht seine Runde in den Arbeitsräumen. Ich erfahre es hinterher immer von meinen Schneidern und Schnittzeichnern.« Zoya lachte über das Bild, das er entwarf. Simon wandte sich ihr wieder zu. »Und Sie, Gräfin ... tut mir leid, Zoya ... wie sind Sie zu Axelle gekommen?«

»Ach, das war ein weiter Weg«, erwiderte sie leichthin und lächelte Axelle zu. Simons ungezwungener Plauderton machte einem das Erzählen leicht. »Beim Börsenkrach verlor mein Mann alles«, sagte sie ernst. Axelle kannte ihre Geschichte in groben Zügen. »Über Nacht standen wir völlig mittellos da, unsere zwei Häuser mußten verkauft werden, unsere Möbel, meine Kleider und Pelze, sogar unser Porzellan.« Es war das erste Mal, daß sie vor Axelle von diesen Einzelheiten sprach, und es tat ihr wohl. »Ich mußte zwei Kinder ernähren und hatte praktisch keinerlei spezielle Fähigkeiten. Hier in Paris habe ich während des Krieges beim *Ballet Russe* getanzt – später mit einem anderen Ensemble, aber 1929 war ich schon dreißig und somit für das Ballett zu alt.« Zoya warf den beiden einen vielsagenden Blick zu, und was sie als nächstes sagte, traf Axelle völlig unvorbereitet. »Ich habe mich bei den Ziegfeld Folies vorgestellt, vergeblich, weil ich zu klein war. Deshalb mußte ich als Girl in einer Tingeltangel-Revue auftreten.« Axelle verschlug es buchstäblich die Rede, während Simon Hirsch Zoya mit wachsendem Respekt ansah. »Axelle, sicher wundert dich das sehr. Kein Mensch weiß davon, nicht einmal meine Kinder. Es war schrecklich. Eineinhalb Jahre habe ich in dem Schuppen getanzt und jeden einzelnen Augenblick gehaßt. Eines Abends –« die Erinnerung trieb ihr die Tränen in die Augen, »da brach in dem Haus, in dem ich wohnte, ein Brand aus, und ich hätte beinahe meine Kinder verloren. Sie sind mein ganzer Lebensinhalt, und ich wußte sofort, daß ich sie an den Abenden nie wieder allein lassen konnte. Deshalb packte ich meine gesamte übriggebliebene Habe in zwei Kartons, zog in ein Hotel, borgte mir hundert Dollar von einem Freund und klopfte an Axelles Tür. Ich glaube, sie ahnte nicht, wie verzweifelt ich war«, sagte sie mit einem dankbaren Blick zu ihrer Freundin hin, die noch immer nicht fassen konnte, was sie gehört hatte. »Ich hatte großes Glück, weil sie mir eine Chance gegeben hat. Und seither bin ich dort und werde es hoffentlich immer sein.« Sie lächelte ihnen zu, ohne sich bewußt zu sein, welchen Eindruck ihr Bericht auf die beiden gemacht hatte, besonders auf Simon. »Und damit endet meine Geschichte.«

»Eine Geschichte, die es in sich hat.« Er starrte sie an, während Axelle ihre Augen mit einem Spitzentuch abtupfte.

»Warum hast du mir damals nichts davon erzählt?«

»Ich hatte Angst, daß du mich nicht nehmen könntest. Um den Job zu bekommen, hätte ich buchstäblich alles getan. Ich habe damals sogar vor dir mit meinem Titel angegeben, was ich sonst immer peinlich vermieden habe.« Sie lachte. »Sonst wäre ich bei der Revue, sobald ich hüftenschwenkend auf die Bühne kam, als ›Unsere echte Gräfin!‹ angekündigt worden.« Alle drei lachten, aber nur Zoyas Lachen klang echt. Axelle und Simon standen noch zu stark unter dem Eindruck ihrer Geschichte, um leichten Herzens mitzulachen. Axelle konnte sich annähernd vorstellen, wie die Kundinnen mit Zoya umgesprungen wären, hätten sie geahnt, daß die Gräfin Ossupowa in einer drittklassigen Revue aufgetreten war. »Man muß im Leben mit gewissen Zwängen leben. Während des Krieges fingen Freunde von uns hier in Paris Tauben im Park, um etwas zu essen zu haben.« Simon fragte sich, was sie sonst noch erlebt haben mochte. Die Revolution mußte der ärgste Schlag für sie gewesen sein, da sie damals ihre Eltern und ihren Bruder verloren hatte. An Zoya war mehr, als man ahnte, wenn man sie in ihrem rosa Kostüm vor sich sah. Viel mehr. Und er wollte alles wissen. Deshalb sah er mit Bedauern, daß die Lunch-Pause zu Ende ging. Er setzte die Damen vor dem Ritz ab, ehe er weiterfuhr, um sich mit dem Vertreter einer französischen Tuchfabrik zu treffen, von der er Material ordern wollte.

Er schüttelte Zoya die Hand und sah sie lange und eindringlich an, ehe er wieder einstieg. Eine unglaubliche Person. Jetzt wollte er alles von ihr wissen ... wie sie geflohen war, wie sie überlebt hatte, was ihre Lieblingsfarbe war, den Namen ihres Hundes, ihre Kindheitsängste, einfach alles. Es war der reinste Wahnsinn, aber er wußte, daß er sich im Verlauf eines kurzen Nachmittags in diese zauberhafte Frau verliebt hatte. Vierzig Jahre hatte er gebraucht, doch an einem Nachmittag in Paris, dreitausend Meilen von der Heimat entfernt, hatte er die Frau seiner Träume endlich gefunden.

36

Zoya bedauerte, daß die Tage in Paris sich dem Ende zuneigten. Es waren schöne Tage gewesen, und an ihrem letzten Abend aßen sie im Cordon Bleu und schlenderten anschließend gemächlich zurück zum Hotel. Axelle wünschte ihr noch gute Nacht und bedankte sich für ihre Hilfe bei der Auswahl der Herbstkollektion. Die Geschichte, die Zoya vor einigen Tagen beim Lunch im George V erzählt hatte, wollte ihr nicht aus dem Sinn. Zoyas Mut flößte ihr unendlichen Respekt ein.

Simon Hirsch waren sie nicht wieder begegnet, und Zoya fragte sich schon, ob er noch in Paris war. Sie hatte sich bei ihm mit ein paar Zeilen für den Lunch bedankt und ihm Glück für den Rest des Aufenthalts gewünscht. In den letzten Tagen waren sie unentwegt unterwegs gewesen. Sie hatten Hüte bestellt, ein wenig Modeschmuck bei Chanel, und am letzten Tag hatte Zoya endlich ihre Einkäufe für die Kinder tätigen können. Es war ihr sogar geglückt, das von Sascha ersehnte rote Kleid zu finden. Für Nicholas besorgte sie ein schönes Jackett, einen Mantel, ein paar Bücher in Französisch, das er fehlerlos und akzentfrei sprach. Als besondere Überraschung kaufte sie für ihn bei Cartier eine kleine goldene Uhr, die sie an Claytons Uhr erinnerte. Für Sascha fand sie noch eine niedliche französische Puppe sowie ein hübsches kleines Goldarmband. Ihre Koffer waren schließlich zum Bersten voll mit Geschenken und standen schon für die Fahrt nach Le Havre am nächsten Morgen bereit. Für den Abend hatte sie noch etwas vor, ganz allein, ohne Axelle.

Das russische Osterfest fiel auf den nächsten Tag, und sie hatte sich nach einem heftigen inneren Kampf entschlossen, die Auferstehungsmesse in der russischen Kathedrale St. Alexander Newskij zu besuchen. Es war ein schmerzlicher Entschluß. Dereinst war sie mit Clayton, Wladimir und Eugenia in dieser Kirche gewesen. Sie wußte, daß sie Paris nicht den Rücken kehren konnte, ohne noch einmal in die Kirche zu gehen. Sie hatte das Gefühl, ein Teil ihres Lebens sei dort zurückgeblieben – ein Gefühl, von dem sie sich nur befreien konnte, wenn sie hinging und sich ihm stellte. In ihre russische Heimat konnte sie nie wieder zurück. St. Petersburg war für sie längst verloren, doch dieses letzte Stückchen dessen, was ihr Leben einst gewesen war, mußte sie anfassen, es festhalten und ein letztes Mal fühlen, ehe sie nach New York und zu ihren Kindern zurückkehrte.

Sie wünschte Axelle eine gute Nacht, und um halb zwölf stand sie unten vor dem Hotel und wartete auf das Taxi. Sie gab dem Fahrer die Adresse an der Rue Daru an, und als die Kirche in Sicht kam, hielt sie den Atem an. Alles sah noch immer aus wie früher, nichts hatte sich seit jenem längstvergangenem Weihnachtsabend verändert, als sie mit ihrer Großmutter und Clayton der Mette beigewohnt hatte.

Die Messe war so schön und feierlich, wie sie sie in Erinnerung hatte. Andächtig stand sie inmitten der anderen Russen, sang die Lieder und nahm an der Liturgie teil, die Kerze hoch erhoben, während sie still weinte, weil ihr ihre Lieben so sehr fehlten, obwohl sie sich ihnen nahe fühlte. In ihr war Wehmut, aber auch innerer Frieden, als sie anschließend die anderen beobachtete, wie sie draußen standen und sich leise unterhielten – und dann sah sie plötzlich ein bekanntes Gesicht, sehr gealtert und stark verändert, doch sie war sicher, daß es Wladimirs Tochter Jelena war. Sie sprach sie nicht an, als sie ging, sondern schritt gelassen die Stufen hinunter, um danach lächelnd zum Himmel zu blicken und ihnen alles Gute zu wünschen, den Seelen, die einst Teil ihres Lebens gewesen waren. Zoya rief ein Taxi und fuhr zurück zum Hotel. Sie fühlte sich älter als seit langem und vergoß Tränen, als sie ins Bett ging, aber es waren die lauteren Tränen des Kummers, den die Zeit geheilt hatte und der jetzt nur mehr Erinnerung war.

Am Morgen erzählte sie Axelle kein Wort von ihrem Ausflug. Sie fuhren mit dem Zug nach Le Havre und gingen an Bord der Queen Mary, auf der sie wieder dieselben Kabinen bewohnten.

Zoya stand an Deck, als sie ausliefen, in Gedanken an ihre allererste Überfahrt, die sie mit Clayton auf der ›Paris‹ gemacht hatte.

»Sie machen einen so betrübten Eindruck ...« Erschrocken zuckte sie zusammen, als sie neben sich die Stimme hörte, und drehte sich um. Simon stand da und blickte mit seinen sanften Augen auf sie nieder. Axelle war in der Kabine geblieben, um auszupacken, während Zoya an Deck gegangen war. Mit scheuem Lächeln blickte sie zu ihm auf. Sein vom Wind zerzaustes Haar ließ ihn noch markanter und energischer aussehen.

»Ich bin nicht betrübt, nur in Gedanken versunken.«

»Sie müssen ein interessantes Leben hinter sich haben. Vermutlich noch viel interessanter, als Sie damals beim Lunch angedeutet haben.«

»Ach, das spielt jetzt keine Rolle mehr.« Sie blickte aufs Wasser, und er sehnte sich danach, ihre Hand zu berühren, sie zum Lächeln zu bringen, zu bewirken, daß sie sich wieder glücklich und jung fühlte. Sie war so ernst, ja in diesem Augenblick fast feierlich. »Die Bedeutung der Vergangenheit ist danach zu bemessen, was sie aus uns macht, Mr. Hirsch. Es war nicht leicht zurückzukommen, aber jetzt bin ich froh. Paris bleibt für mich eine Stadt voller Erinnerungen.«

Er nickte, von dem Wunsch erfüllt, mehr über sie zu erfahren als das, was sie ihm erzählt hatte.

»Während des Krieges muß es hier drunter und drüber gegangen sein. Ich wollte mich damals auch zur Armee melden, aber mein Vater ließ es nicht zu. Schließlich setzte ich mich durch, leider zu spät. Ich kam aus den Staaten nicht hinaus und landete in einer Fabrik in Georgia. In einer Textilfabrik, versteht sich.« Er lächelte wehmütig. »Sieht aus, als gelänge es mir nie, dem Lumpenhandel zu entgehen.« Dann wurde er wieder ernst. »Für Sie muß das Leben hier sehr schwer gewesen sein.«

»Ja, das war es. Aber unser Schicksal war immerhin leichter als das derjenigen, die in Rußland geblieben sind.« Sie dachte an die Zarenfamilie. Das konnte Simon nicht wissen, und in sie dringen wollte er nicht, um sie nicht einzuschüchtern. Zoya sah so bildschön aus, als sie gedankenverloren dastand und ihn dann wieder anlächelte. »Das alles ist nicht mehr so wichtig. Nun, war Ihre Geschäftsreise erfolgreich?«

»Ja. Und Ihre?«

»Hervorragend. Ich glaube, Axelle kann mit den Bestellungen zufrieden sein.« Sie wandte sich zum Gehen, was in ihm den Wunsch erweckte, sie festzuhalten, ehe sie ihm entfliehen konnte.

»Möchten Sie morgen mit mir zu Abend essen?«

»Da müßte ich erst Axelle fragen, ob sie etwas vorhat. Aber trotzdem vielen Dank, ich werde Ihre Einladung gegebenenfalls auf Axelle ausdehnen.« Sie wollte Simon von vornherein klarmachen, daß sie nicht zu haben war. Er gefiel ihr sehr gut, dennoch wurde sie ein Gefühl des Unbehagens nicht los. In seinem Blick lag eine Intensität, sein Händedruck war so fest, sogar der Arm, mit dem er sie führte, als das Schiff zu stampfen anfing, schien zu stark, um Widerstand zu dulden, und sie hatte die feste Absicht, ihm zu widerstehen. Fast tat es ihr leid, daß sie auf demselben Schiff waren, denn sie war nicht sicher, ob sie ihn häufig sehen wollte. Doch als sie seine Einladung vor Axelle erwähnte, war diese begeistert.

»Nimm auf jeden Fall an. Ich werde ihm selbst eine Nachricht hinterlassen.« Das tat sie auch und entsetzte Zoya in letzter Minute mit der Eröffnung, daß ihr vom heftigen Schlingern des Schiffes übel sei. Sie ließ Zoya mit Simon bei Tisch allein, und genau das hätte Zoya gern vermieden. Nach wenigen Augenblicken aber vergaß sie ihre Vorbehalte und genoß seine Gesellschaft. Er erzählte von seinem Jahr in der Textilfabrik in Georgia und behauptete, daß er kaum etwas vom Südstaatendialekt verstanden hätte und sich seinerseits an den Südstaatlern mit Jiddisch gerächt hätte. Das kam ihr unbeschreiblich komisch vor. Was er von seiner Familie berichtete, fand ihr besonderes Interesse, denn seine Mutter schien nicht weniger herrschsüchtig zu sein, als ihre eigene gewesen war, obwohl Welten sie trennten, was ihre Herkunft betraf.

»Nun, vielleicht sind alle Russinnen gleich«, sagte sie im Scherz, »obwohl meine Mutter eigentlich Deutsche war. Gottlob war meine Großmutter ganz anders. Sie war unglaublich lieb und großzügig und dabei sehr stark. In vieler Hinsicht verdanke ich ihr mein Leben. Ich glaube, Sie hätten sie sehr gemocht.«

»Kann ich mir denken.« Nicht imstande, sich zurückzuhalten, platzte er heraus: »Sie sind eine erstaunliche Person. Ich wünschte, ich wäre Ihnen viel früher begegnet.«

Die Vorstellung brachte sie zum Lachen. »Vielleicht hätte ich Ihnen dann weniger gefallen. Die Widrigkeiten des Lebens schleifen einen ab. Vielleicht war ich früher zu verwöhnt.« Sie dachte an die unbeschwerte Zeit am Sutton Place. »Die letzten sieben Jahre haben mich viel gelehrt. Während des Krieges dachte ich immer, daß ich das schöne Leben, sollte es je wieder eines geben, nie als gegeben hinnehmen würde, und doch tat ich es dann wieder. Jetzt aber weiß ich alles zu schätzen: den Salon, meine Arbeit, meine Kinder ... alles.« Er lächelte und verliebte sich immer mehr in sie.

»Ich möchte mehr von Ihrem Leben erfahren, vor allem von Ihrem Leben in Rußland.« Sie schlenderten das Deck entlang. Die leichten Schwankungen des Schiffes empfand Zoya nicht als störend, aber die Nachtluft war kühl, so daß sie ihre Pelzjacke enger um sich zog. Ihr graues Satinabendkleid war als Kopie eines Modells von Madame Grés von Axelles kleiner Schneiderin angefertigt worden. Zoya trug dazu eine aus Axelles Salon entlehnte Silberfuchsjacke. Geborgt oder nicht, sie sah bildschön aus, wie Simon bewundernd registrierte.

»Warum wollen Sie das wissen?« fragte Zoya ihn entgeistert. Was für eine Rolle spielte es für ihn? War es müßige Neugierde oder mehr? Sie konnte sich nicht denken, was er von ihr wollte, dies konnte aber merkwürdigerweise nicht verhindern, daß sie sich bei ihm geborgen fühlte.

»Ich möchte alles über Sie wissen. Sie sind so schön, so stark und rätselhaft.« Trotz seines Lächelns wirkte er ernst. Noch nie hatte jemand so etwas zu ihr gesagt, nicht einmal Clayton, aber damals war sie viel jünger gewesen, kaum den Kinderschuhen entwachsen. Jetzt war sie reifer und lebenserfahrener als das junge Mädchen von ehedem.

»Sie wissen ohnehin schon mehr als alle anderen«, erwiderte sie. »Noch nie habe ich einer Menschenseele erzählt, daß ich in einer Revue aufgetreten bin.« Sie lachte und fühlte sich jung und unbeschwert. »Die arme Axelle ist fast in Ohnmacht gefallen.«

Er lachte. »Mir ging es nicht viel anders. Sie sind das erste Revue-Girl, das mir über den Weg gelaufen ist.«

Zoya mußte gegen einen Lachkrampf ankämpfen. »Denken Sie, wie Ihre Mutter sich freuen würde!« Er lachte ebenfalls, aber Zoya wurde rasch wieder ernst. »Ich kann mir nicht denken, daß sie mich sympathisch finden könnte. Wenn Ihre Familie aus Rußland geflohen ist, um den Pogromen zu entgehen, kann sie den Russen keine freundlichen Gefühle entgegenbringen.«

»Kannten Sie die Zarenfamilie?« Er wollte sie nicht in Verlegenheit bringen, indem er zustimmte, aber sie hatte die Situation erfaßt. Seine Mutter sprach mitunter vom Zaren wie von einer verhaßten Person, der sie die Verantwortung für alle ihre Leiden zuschrieb. Die Ansichten seines Vaters waren ähnlich, wenn auch nicht so verhärtet. Simon fiel auf, daß Zoya ihn nachdenklich ansah und etwas in Gedanken abwog.

Sie nickte fast unmerklich. »Ja.« Und nach kurzem Zögern fuhr sie fort: »Der Zar und mein Vater waren Vettern. Ich bin mit seinen Kindern aufgewachsen.« Dann erzählte sie ihm von Maschka, von den Sommern in Liwadia, von den Wintern im Alexander-Palais. »Sie war für mich wie eine Schwester. Als ich von ihrem Tod hörte, war ich selbst dem Tod nahe und dann ... dann kam Clayton, und wir heirateten.« Tränen stiegen ihr in die Augen. Er faßte nach ihrer Hand, voller Verwunderung darüber, wieviel Kraft sie aufgebracht hatte. Es war, als begegne man einem Wesen aus einer anderen Welt, aus einer Welt, die ihn immer schon fasziniert und angezogen hatte.

Zum Ärger seiner Mutter hatte er schon als junger Mensch Bücher über den Zaren gelesen, getrieben von dem Wunsch, mehr über den Menschen zu erfahren, der dieser Monarch gewesen war. Und nun erweckte Zoya Nikolaus für ihn zum Leben, mit all seiner Sanftheit und seinem Charme. Simon konnte sich endlich ein Bild von der anderen, der menschlichen Seite des Zaren machen. »Glauben Sie, es kommt wieder ein Krieg?« Es erschien ihr ungeheuerlich, daß sie in ihrem Leben zwei große Kriege erleben sollte, aber eine innere Stimme sagte ihr, daß es nicht ausgeschlossen war.

Simon bestätigte ihre Befürchtungen. »Möglich ist es. Ich hoffe allerdings, daß es nicht dazu kommt.« Seine Miene war ernst.

»Ich auch. Der letzte Krieg war grauenhaft, so viele junge Männer sind gefallen. Paris war damals vor zwanzig Jahren so gut wie verlassen. Alle waren an der Front. Der Gedanke ist mir unerträglich.« Besonders jetzt, da sie einen Sohn hatte, und das sagte sie auch.

»Ich möchte Ihre Kinder bei Gelegenheit kennenlernen.«

Sie lächelte. »Sie sind nett. Nicholas ist sehr ernst und Sascha sehr verwöhnt. Sie war das Herzblatt ihres Vaters.«

»Sieht sie Ihnen ähnlich?« Simon war auf alles neugierig. Sie schüttelte den Kopf. »Eigentlich nicht, sie sieht eher Clayton ähnlich.« Aber sie lud ihn nicht ein, sie in New York zu besuchen, denn sie beabsichtigte, eine gewisse Distanz zu wahren. Er war so natürlich und so nett, doch das Ausmaß ihres Wohlgefühls in seiner Gesellschaft erschreckte sie. Sie wollte mit ihm nichts anfangen.

Simon brachte sie zu ihrer Kabine, die neben jener von Axelle lag, und verließ sie nach einem sehnsüchtigen Blick, den sie glattweg ignorierte. Am nächsten Tag, als sie mit Axelle an Deck spazierenging, schien er sie schon zu erwarten. Er forderte Zoya auf, mit ihm Shuffleboard zu spielen, lud beide zum Lunch ein – Axelle nahm an, ehe Zoya auch nur ein Wort sagen konnte, und der Nachmittag verging wie im Fluge. Gemeinsam aßen sie zu Abend, und Simon führte sie zum Tanzen aus, doch er spürte instinktiv, daß sie zurückhaltender war. Er fragte sie nach dem Grund, als sie anschließend wieder auf dem Deck promenierten.

Sie sah in der Dunkelheit zu ihm auf, betrachtete sein sympathisches Gesicht und entschied sich für Aufrichtigkeit. »Vielleicht habe ich Angst.«

»Wovor?« Er war sichtlich gekränkt. Er wollte ihr doch nichts Böses tun, im Gegenteil.

»Vor Ihnen.« Ein Lächeln umspielte ihre Lippen. »Hoffentlich hört sich das nicht zu unhöflich an.«

»Nein, unhöflich nicht, aber ich werde nicht klug aus Ihren Worten. Wieso ängstige ich Sie?« Das hatte ihm noch nie jemand gesagt.

»Vielleicht habe ich aber mehr Angst vor mir als vor Ihnen. Es ist lange her, seit ich mit einem Mann ausgegangen bin, ganz zu schweigen von Lunch, Dinner und Tanz auf einem Überseedampfer.« Sie erinnerte sich wieder an ihre erste Überfahrt mit Clayton. »Seit meinem Mann hat es niemanden mehr gegeben. Und ich will nicht, daß sich das ändert.«

Er war wie vor den Kopf geschlagen. »Warum nicht?«

»Ach ...« Sie schien zu überlegen. »Weil ich zu alt bin, weil ich an meine Kinder denken muß, weil ich meinen Mann so sehr geliebt habe – das alles zusammen, glaube ich.«

»Gegen die Liebe zu Ihrem Mann kann ich nichts einwenden, aber es ist lächerlich, daß Sie glauben, Sie seien zu alt. Wie alt müßte ich mir dann vorkommen – ich bin drei älter.«

Sie lachte. »Na, das ist etwas anderes. Sie waren noch nie verheiratet. Ich schon. Und das alles liegt jetzt hinter mir.« Sie schien ihrer Sache ganz sicher, und das ärgerte ihn.

»Lächerlich! Wie können Sie das in Ihrem Alter sagen? Menschen verlieben sich und heiraten alle Tage, Menschen, die verwitwet und geschieden sind ... und viele sind doppelt so alt wie Sie!«

»Vielleicht bin ich nicht so interessant wie die«, meinte sie mit einem bedauernden Kopfschütteln.

»Ich muß Sie warnen. Ich denke nicht daran, mich damit abzufinden. Sie gefallen mir zu gut.« Dabei sah er sie mit seinen warmherzigen braunen Augen an, und Zoya spürte Regungen wie schon seit langem nicht mehr. »Ich habe nicht die Absicht, jetzt aufzugeben. Wissen Sie denn nicht, was einen Mann wie mich im Leben erwartet? Kichernde Zwanzigjährige, hysterische Fünfundzwanzigjährige, die es nicht erwarten können, unter die Haube zu kommen, geschiedene Dreißigerinnen, die jemanden suchen, der ihre Miete bezahlt, Vierzigerinnen, die sich so verzweifelt gebärden, daß ich erschrocken Reißaus nehme. In den hinter mir liegenden zwanzig Jahren bin ich niemandem begegnet, der mich ernsthaft interessiert hat, deshalb habe ich nicht die Absicht dazusitzen und mir anzuhören, daß Sie zu alt sind, ist das klar, Gräfin Ossupowa?« Seine Worte entlockten ihr ein Lächeln, das zum Lachen wurde, als er fortfuhr: »Außerdem muß ich Sie darauf aufmerksam machen, daß ich sehr hartnäckig sein kann. Ich denke nicht daran, lockerzulassen, und wenn ich vor Axelles Salon ein Zelt aufschlagen muß. Hört sich das vernünftig an?«

»Nicht im mindesten, Mr. Hirsch. Es klingt völlig absurd.«

»Sehr gut. Dann bestelle ich das Zelt, sobald wir in New York angekommen sind. Es sei denn, Sie gehen mit mir gleich am ersten Abend zum Dinner aus.«

»Ich habe meine Kinder drei Wochen nicht gesehen.« Wieder lachte sie. Doch sie mußte zugeben, daß er ihr ausnehmend gut gefiel. Vielleicht würde er sich mit einer Freundschaft zufriedengeben.

»Na schön«, zeigte er sich kompromißbereit, »dann eben am Tag darauf. Außerdem können Sie die Kinder mitbringen. Vielleicht sind sie vernünftiger als Sie.« Er hob ihr Kinn an und sah ihr in die grünen Augen, die sein Herz erobert hatten, als er sie bei Elsa Schiaparelli zum erstenmal gesehen hatte.

»Seien Sie da nicht so sicher«, sagte Zoya. »Sie halten die Erinnerung an ihren Vater sehr hoch.«

»Das ist ein schöner Zug«, erwiderte er leise, »du aber hast im Leben ein Recht auf viel mehr, und die Kinder ebenso. Du kannst ihnen nicht alles sein. Dein Sohn braucht einen Mann im Haus, bei deiner Tochter mag es ähnlich sein.«

»Vielleicht.« Sie war nicht gewillt, Zugeständnisse zu machen, als er sie zu ihrer Tür brachte, aber er überrumpelte sie einfach, als er sie sanft auf die Lippen küßte. »Bitte, tu das nicht wieder«, flüsterte sie nicht sehr überzeugend.

»Ich will's mir merken«, sagte er und küßte sie wieder.

»Danke.« Verträumt lächelte sie zu ihm auf und schloß ihm gleich darauf die Tür vor der Nase, so daß ihm nichts übrigblieb, als hinaufzugehen – spitzbübisch lächelnd wie ein Schuljunge.

37

Trotz Zoyas Zurückhaltung blühte und gedieh die Romanze, während sie sich unaufhaltsam New York näherten. Sie aßen zusammen, sie tanzten, sie küßten sich und plauderten. Zoya bekam allmählich das Gefühl, Simon schon ein Leben lang zu kennen. Sie hatten ähnliche Interessen, ähnliche Vorlieben, litten unter ähnlichen Ängsten. Axelle ließ das Paar allein und spielte von weitem die amüsierte Beobachterin. Am letzten Abend standen sie an Deck, und Simon sah betrübt auf Zoya nieder.

»Zoya, du wirst mir sehr fehlen.«

»Du mir auch«, gestand sie, »aber das ist gut so.« Sie fühlte sich mit ihm viel zu wohl, und sie wußte, daß es ein Ende haben mußte, obwohl ihr eigentlich nicht mehr klar war, warum. Der Grund war ihr bis vor kurzem sehr vernünftig erschienen, jetzt aber nicht mehr. Sie wollte mit ihm zusammensein, so wie er es wollte, und doch würde jeder in New York wieder ein eigenes Leben führen. »Simon, wir hätten das gar nicht erst anfangen sollen.«

»Zoya Ossupowa, ich bin verliebt in dich.« Ihm gefiel der Klang ihres russischen Namens, und er zog sie hin und wieder mit ihrem Titel auf, den sie so ungern benutzte, obwohl er für ihren Beruf so große Bedeutung hatte.

»Simon, sag das nicht. Damit wird alles nur schwieriger.«

»Ich möchte dich heiraten.« Er sagte es halblaut, ohne auch nur den geringsten Anflug von Unsicherheit. Sie sah unglücklich zu ihm auf.

»Das ist unmöglich.«

»Nein, ist es nicht. Am besten sagen wir den Kindern sofort, daß wir verliebt sind.«

»Das ist doch Wahnsinn. Wir haben uns erst vor kurzem kennengelernt.« Und sie hatte nicht zugelassen, daß sie intim wurden, weil sie Angst hatte und sich noch zu stark an ihren verstorbenen Mann gebunden fühlte.

»Na schön. Dann wollen wir eine Woche warten.«

Sie lachte ihn aus, und er küßte sie.

»Wirst du mich heiraten?«

»Nein.«

»Warum nicht?«

»Weil du verrückt bist«, stöhnte sie zwischen den Küssen. »Vielleicht bist du gefährlich ... ich kenne dich ja kaum.«

»Gefährlich werde ich, wenn du mich nicht heiratest. Hast du je einen russischen Juden erlebt, der auf einem englischen Schiff Amok läuft? Es könnte einen internationalen Zwischenfall geben. Denk an die vielen Menschen, die in Mitleidenschaft gezogen werden. Es ist besser, du willigst ein ...« Es folgte der nächste Kuß.

»Simon, bitte ... nimm endlich Vernunft an. Vielleicht wirst du mich hassen, wenn wir uns in New York wiedersehen.«

»Morgen abend werde ich es dich wissen lassen. Wenn nicht, wirst du mich dann heiraten?«

»Nein.« Manchmal war es unmöglich, mit ihm ernst zu bleiben, dann wieder gab es Augenblicke, in denen er bis in die Tiefen ihrer Seele zu blicken schien.

Er faßte nach ihren Händen und sah ihr in die Augen. »Noch nie im Leben habe ich eine Frau gebeten, mich zu heiraten. Ich liebe dich, Zoya. Ich bin ein Mensch mit viel Verantwortungsgefühl. Ich habe ein Unternehmen. Meine Familie hält mich für intelligent. Ich bitte dich, Zoya ... bitte ... heirate mich.«

»Simon, ich kann nicht.« Sie sah ihn unglücklich an. »Was sollen meine Kinder denken? Sie sind von mir abhängig. Sie sind nicht darauf vorbereitet, daß jemand in ihr Leben eindringt, und ich bin es ebensowenig. Ich habe zu lange allein gelebt.«

»Ja, das hast du. Viel zu lange. Aber so muß es nicht bleiben. Wirst du es dir überlegen?«

Sie zögerte und schmolz dann nach einem Blick in seine Augen dahin. »Ja. Aber das heißt nicht, daß dabei etwas herauskommen muß.« Aber es reichte ihm. Stundenlang saßen sie beisammen und führten Gespräche an Deck, und am nächsten Morgen klopfte er um sieben Uhr an ihre Kabine.

»Komm und sieh dir mit mir die Freiheitsstatue an.«

»Um diese Zeit?« Sie war noch im Nachthemd, als sie ihm die Tür öffnete. Ihr Haar hing als langer Zopf über ihren Rücken. »Wie spät ist es?«

Er lächelte, als er Nachthemd und Zopf sah. »Höchste Zeit, aufzustehen, du Schlafmütze. Anziehen kannst du dich nachher. Jetzt brauchst du nur einen Morgenmantel und Schuhe.« Sie schlüpfte rasch in den Nerz, den Axelle ihr vor einiger Zeit geschenkt hatte, und zog Schuhe mit hohen Absätzen an. In diesem merkwürdigen Aufzug folgte sie ihm an Deck.

»Sollte mich eine meiner Kundinnen sehen, wird kein Mensch mehr etwas auf meinen Geschmack geben.«

»Sehr gut. Dann wird Axelle dich hinauswerfen, und ich kann dich vor einem schrecklichen Schicksal bewahren.« Wortlos sahen sie, wie die Skyline von New York aus dem Wasser wuchs und die Freiheitsstatue vorüberglitt, als das Schiff in den Hafen einlief. »Schön, nicht?«

»Ja.« Sie nickte beglückt. Sie hatte der Vergangenheit ihre Reverenz erwiesen und stellte sich jetzt frohgemut der Zukunft. Hier schien alles neu und so voller Leben, daß allein der Anblick der Stadt in ihr ein gutes Gefühl weckte. Da drehte Simon sich zu ihr um und nahm sie in die Arme, während das Schiff festmachte. Zoya lief unter Deck, um sich anzuziehen und die Koffer zu schließen. Erst als sie von Bord gingen, sah sie ihn wieder. Er bot ihr an, sie im Auto mitzunehmen, sie lehnte jedoch ab, da Axelle einen Wagen bestellt hatte. Simon folgte ihnen mit ihrem Handgepäck den Laufsteg hinunter. Plötzlich stieß Zoya einen Schrei aus und lief los, denn am Pier wartete Nicholas, der in der Menge der Passagiere seine Mutter suchte. Wie jung und hübsch er war! Sie rief seinen Namen, und er warf sich ihr in die Arme und hielt sie umfangen. Er war ganz allein gekommen, nachdem er Sascha zur Schule gebracht hatte. Es war nicht zu übersehen, wie sehr sie den Jungen liebte. Simon beobachtete die Szene neiderfüllt, bevor er sich wieder um Axelle kümmerte. Dann ging er auf Zoya zu, schüttelte ihr ernst die Hand und lächelte den Jungen an. Wie gern hätte er einen Jungen wie diesen gehabt, zumal er jetzt sah, wie sehr Nicholas Zoya ähnelte.

»Hallo, ich bin Simon Hirsch.« Er stellte sich dem erstaunt aufblickenden Jungen selbst vor. »Du mußt Nicholas sein.« Nicky lächelte schüchtern, um sodann laut aufzulachen.

»Woher wissen Sie das?«

»Deine Mutter redet in einem fort von dir.«

»Ich rede auch viel über sie«, sagte der Junge und legte den Arm um sie. Zoya versicherte ihm, daß er sehr gewachsen sei. Mit seinen fünfzehn Jahren hatte er bereits Claytons Größe erreicht. »Hast du dich gut amüsiert?« fragte er, während sie auf das Gepäck warteten, das noch durch den Zoll mußte.

»Ja, aber ihr habt mir sehr gefehlt.« Dann sagte sie zu ihm etwas auf russisch, und er lachte. Simon lachte auch, und Zoya war klar, daß er sie verstanden hatte. »Das ist nicht fair!« Sie hatte Nicholas gesagt, mit seinem viel zu langen Haar sähe er aus wie ein großer, liebenswerter zottiger Hund. Nicholas' Interesse an Simon war erwacht.

»Ach, Sie sprechen Russisch?«

»Ein wenig. Meine Eltern stammen aus Wladiwostok. Meine Mutter hat früher ähnliche Dinge zu mir auf russisch gesagt und tut es heute hin und wieder noch.« Alle lachten über Simons Bemerkung, gleich darauf wurden die Koffer überprüft, und Axelle und Zoya durften den Zoll passieren. Als sie losfuhren, stand Simon da und winkte ihnen nach, während Nicholas seine Mutter auf russisch fragte: »Wer war das?«

»Ein Freund von Axelle. Er war zufällig an Bord.«

»Hm, er scheint nett zu sein.« Nicholas schien nicht weiter beeindruckt.

»Ja«, sagte Zoya und erkundigte sich nach Sascha.

»Ach, die ist unmöglich, wie immer. Jetzt will sie unbedingt einen Hund. Einen Wolfshund ... ausgerechnet. Sie behauptet, Wolfshunde seien ›einfach toll‹. Sie wird dir zusetzen, bis sie einen bekommt. Ich finde die Biester schrecklich. Wenn wir uns einen zulegen, dann einen Mops oder einen Boxer.«

»Wer sagt denn, daß wir uns überhaupt einen zulegen?«

»Sascha sagt es. Und was Sascha will, das kriegt sie.«

Axelle lächelte. Die beiden waren vom Russischen zum Französischen übergegangen, aus Rücksicht auf sie.

»Ach, ist das so?«

»Genauso ist es«, behauptete Nicholas grinsend.

»Nicht immer«, sagte Zoya mit verlegenem Erröten. Er hatte recht. Sascha war ein eigensinniges Kind. Manchmal war es einfacher, um des Friedens willen nachzugeben. »Und abgesehen davon, hat sie sich anständig benommen?« Zoya wußte, daß er seine Schwester täglich besucht hatte, obwohl er bei einem Freund wohnte und Sascha von einem Kindermädchen betreut wurde.

Nicholas stöhnte auf. »Gestern hat sie fast einen Anfall bekommen, als ich sagte, daß sie nicht mit einer Freundin ins Kino gehen könnte. Sie hatte ihre Hausaufgaben noch nicht gemacht, außerdem war es ohnehin zu spät. Sicher wird sie sich bei dir beklagen, sobald du zur Tür hereinkommst.«

»Willkommen daheim«, meinte Axelle lächelnd, und Zoya quittierte die Worte mit einem Lachen. Die Kinder hatten ihr sehr gefehlt, aber sie wußte gleichzeitig, daß ihr jetzt auch Simon fehlen würde. Daß er zu Nicholas bei der ersten Begegnung so nett gewesen war, rührte sie irgendwie.

»Dein Freund kam mir sehr nett vor«, sagte er während der Fahrt höflich zu Axelle.

»Finde ich auch.« Sie warf Zoya einen bedeutsamen Blick zu, während der Junge weiter plauderte. Axelle hoffte insgeheim, daß sich Zoya weiterhin mit Simon treffen würde.

Kurz nach ihrer Ankunft wurde ein riesiger Rosenstrauß für Zoya abgegeben. Auf der Karte stand nur ›Vergiß nicht alles, Liebes‹. Errötend versteckte sie die Karte im Schreibtisch und wandte ihre Aufmerksamkeit ihrer Tochter zu, die vehement Klage über ihren Bruder führte.

»Ich bin doch eben erst gekommen, laß mir eine Minute Zeit, mich wieder zurechtzufinden«, bat Zoya atemlos.

»Könnten wir uns nicht einen Hund anschaffen?« Nicholas hatte recht gehabt. Die Forderungen sollten in den ersten zwei Stunden kein Ende nehmen. Sascha ließ sich auch mit dem neuen roten Kleid kaum besänftigen, während Nicholas begeistert von der Uhr und den anderen Geschenken war. Er schlang die Arme um Zoyas Hals und gab ihr einen Kuß auf die Wange.

»Willkommen daheim, Mama.«

»Ich habe dich lieb, mein Schatz ... und dich auch«, bezog sie Sascha in die Umarmung ein.

»Was ist mit dem Hund?« bohrte Sascha weiter.

»Mal sehen, Sascha ... warte ...« Das Telefon enthob sie einer weiteren Antwort, sie ging hin und hob ab. Es war Simon, bei dem sie sich für die Rosen bedankte, während sie Nicholas zulächelte.

»Fehle ich dir schon?« fragte Simon.

»Ja, sehr. Ich glaube, ich brauche hier einen Schiedsrichter.«

»Ausgezeichnet. Ich bewerbe mich um den Job. Wie wär's morgen mit einem gemeinsamen Dinner?«

»Wie wär's mit einem Hund?« gab sie scheinbar zusammenhanglos zurück. Simon reagierte verwirrt, als er die Aufregung am anderen Ende merkte.

»Du willst einen Hund verspeisen?«

»Eine anregende Idee.« Sie lachte. Plötzlich fehlte er ihr sehr viel mehr, als sie befürchtet hatte.

»Ich hole dich um acht ab.« Zoya wurde von Panik erfaßt.

Was würden die Kinder sagen? Was würde Nicholas glauben? Am liebsten hätte sie zurückgerufen und ihm gesagt, daß sie es sich anders überlegt hätte, aber sie brachte es nicht übers Herz, auch nicht, als die Kinder zu Bett gegangen waren.

Pünktlich um acht war er am nächsten Abend zur Stelle und klingelte, als Zoya eben aus ihrem Zimmer kam. Die Wohnung war nur klein, aber von unaufdringlicher Eleganz – ein Eindruck, der von den wenigen, dafür aber erstklassigen Möbelstücken herrührte. Als Simon in der Tür stand, wirkte er noch größer als sonst. Zoya, die ihn einzutreten bat, bemerkte sofort, daß Sascha ihn unverschämt anstarrte.

»Wer ist das?« fragte das Mädchen. Zoya unterdrückte ihren Ärger. Nicholas hatte seine Schwester ganz richtig eingeschätzt.

»Das ist Mr. Hirsch. Darf ich dir meine Tochter Alexandra vorstellen?«

»Wie geht's?« Er schüttelte Sascha die Hand, als Nicholas hereinkam.

»Ach, hallo.« Der Junge lächelte offen und sagte Sascha klar und deutlich, wie scheußlich sie sich benommen hatte, nachdem Zoya und Simon gegangen waren. Zoya ging die Szene auch nicht aus dem Sinn, während sie auf den Lift warteten. Der Blick, den sie vorhin an Sascha gesehen hatte, machte ihr Sorgen. Es war, als wüßte das Mädchen, warum er gekommen war, aber Simon sagte, daß er nichts anderes erwartet hatte und ein dickes Fell besäße. Sie solle unbesorgt sein.

Er führte sie ins ›21‹ aus, und sie unterhielten sich wie auf dem Schiff stundenlang. Und dann begleitete er sie langsam nach Hause und küßte sie vor ihrer Tür.

»Ich halte es kaum aus, dich nicht zu sehen. Den ganzen Tag habe ich mich wie ein Kind auf Weihnachten gefreut. Warum unternehmen wir nicht morgen etwas mit den Kindern?« Der nächste Tag war ein Sonntag, und sie hatte frei. An sich hätte ihr die Idee zugesagt, zugleich aber war sie nervös, was Sascha und sogar der gutmütige Nicholas sagen würden.

»Was werden sich die Kinder denken?«

»Sie werden denken, daß sie einen neuen Freund haben. Ist das so schrecklich?«

»Womöglich benehmen sie sich schrecklich.«

»Damit werde ich fertig, Zoya, ich glaube, du verstehst noch immer nicht. Es ist genau das, was ich möchte. Was ich auf der Überfahrt sagte, war mir ernst. Ich liebe dich.«

»Woher willst du das wissen? Wie kannst du so sicher sein?« Sie hatte noch immer Angst vor ihren eigenen Gefühlen, obwohl sie zugeben mußte, daß auch sie ihn den ganzen Tag über sehr vermißt hatte. Und sie trennte sich jetzt höchst ungern von ihm, auch wenn es nur bis zum nächsten Tag war. Wie war das nur möglich? Wie hatte ihr das nach all den Jahren passieren können? Sie wußte zwar, daß sie in ihn verliebt war, hatte aber keine Ahnung, was sie machen sollte. Am liebsten wäre sie einfach davongelaufen. Leider war sie nicht mehr sicher, ob sie dazu noch imstande war.

»Gib mir eine Chance.« Er küßte sie wieder. »Ich komme zu Mittag und hole euch ab.«

»Du hast Mut.«

Aus seinem Lächeln sprach Liebe. »Nicht so viel Mut wie du, meine Liebe. Also, bis morgen. Vielleicht können wir einen Ausflug machen.«

»Ja, die Kinder würden sich sehr freuen.«

Am nächsten Tag fuhren sie trotz Saschas Protesten, die lieber mit ihren Puppen gespielt hätte, hinaus nach Long Island und waren guter Dinge. Nicholas war sprachlos, als er Simons Wagen sah – einen nagelneuen Cadillac in noblem Dunkelgrün mit Weißwandreifen und den neuesten technischen Raffinessen. Ein so herrliches Auto hatte er noch nie gesehen, und Simon erlaubte ihm sogar, vorne neben ihm zu sitzen.

»Na, möchtest du die Karre fahren, Junge?« Er wartete, bis sie auf einer Nebenstraße dahinrollten, und überließ dort tatsächlich Nicholas auf einer kurzen Strecke das Steuer. Der Junge fühlte sich wie im siebten Himmel. Zoya, die mit Sascha im Fond saß, merkte es ihm deutlich an. Simon hatte recht. Nicholas brauchte männliche Gesellschaft. Er brauchte einen Freund. Sogar Sascha benahm sich besser als seit Monaten, aber sie flirtete auf der Rückfahrt unverschämt mit Simon, der sie in einem kleinen Restaurant zum Lunch einlud. Sie aßen Austern und Garnelen und zum Nachtisch Eiscreme.

»Na, Gräfin Ossupowa«, neckte Simon sie, als die Kinder zu Bett gegangen waren und er mit ihr im Wohnzimmer saß. »Wie habe ich mich gehalten? Habe ich es geschafft, oder bin ich durchgefallen?«

»Was glaubst du denn? Nicholas war noch nie im Leben so glücklich, und Sascha hat sich in dich verliebt.«

»Und ihre Mutter?« Er sah ihr ernst in die Augen, und sie wich seinem Blick sekundenlang aus. »Was sagst du nun, Zoya … wirst du mich heiraten?«

Das Herz schlug ihr bis zum Hals, als sie die Hand ausstreckte. »Ja … ja. Simon, ich werde dich heiraten.« Er machte ein Gesicht, als sei er einer Ohnmacht nahe, und sie fragte sich schon, ob er verrückt geworden war. Das alles war ja wirklich wahnsinnig, sie kannte Simon kaum, und dennoch wußte sie, daß sie ohne ihn nicht mehr leben konnte.

»Ist das dein Ernst?« fragte er so ungläubig, als wolle er seinen Ohren nicht trauen. Dann nahm er sie in die Arme, und Zoya sah zaghaft lächelnd zu ihm auf.

»Ja, Simon, es ist mein Ernst.«

38

Axelle fiel aus allen Wolken, als Zoya ihr am nächsten Tag ihre Heiratsabsichten gestand. Sie hatte zwar gehofft, daß die Beziehung weitergehen würde, auf eine so überraschende Wendung war sie jedoch nicht gefaßt.

»Und was halten die Kinder davon?« fragte sie, während Zoya sie ansah, selbst noch immer verdutzt über ihre plötzliche Entscheidung und besorgt wegen der Verpflichtung, die sie eingegangen war. Sie waren übereingekommen, eine Zeitlang zu warten, damit die Kinder sich an ihn gewöhnen konnten. Und auch Zoya war zu einer überstürzten Heirat nicht bereit. Nach all den Jahren des Alleinseins brauchte sie Zeit, und Simon war bereit, ihr diese Zeit in vernünftigem Ausmaß zu lassen.

»Sie wissen es noch nicht, aber sie scheinen ihn zu mögen.« Sie erzählte Axelle von dem Ausflug nach Long Island. Es war eine Romanze im Eiltempo sie kannten sich erst ein paar Wochen, und doch wußte Zoya genau, daß er ein guter Mensch war, und sie wußte auch, daß sie ihn liebte.

Am Nachmittag besuchte er sie im Salon und brachte ihr und Axelle Blumen. Axelle war gerührt, daß er sie nicht vergessen hatte, und Simon bedankte sich bei ihr, weil sie die Romanze begünstigt hatte.

»Mr. Hirsch, lassen Sie sich nur nicht einfallen, mir Zoya wegzunehmen.« Es war eine Aussicht, die ihr überhaupt nicht gefallen wollte, aber beide beruhigten sie. Alles würde ganz langsam über die Bühne gehen. Zudem mußte er Zoya ohnehin erst seinen Eltern vorstellen. Aber es gab noch mehr, was der sorgsamen Überlegung bedurfte. An einem Wochenende, von dem er wußte, daß beide Kinder bei Freunden übernachteten, kreuzte er ohne Vorwarnung am Samstagmorgen in Zoyas Wohnung auf, mit einem großen weißen Fliederstrauß. Sein geheimnisvolles Lächeln übersah Zoya geflissentlich.

»Mr. Hirsch, Sie sehen ja sehr selbstzufrieden aus.«

»Warum auch nicht? Zufällig bin ich mit einer schönen wundervollen Frau verlobt.« Er küßte sie, und sie trug die Fliederzweige in die Küche, um sie zu ordnen. Er ging ihr nach und beobachtete sie, wie sie eben eine Vase aus schwerem geschliffenen Bleikristall hervorsuchte. Sie hatte das Stück gekauft, da es sie an eine Vase erinnerte, die ihre Mutter immer für Blumen aus dem Garten des Palais benutzte.

»Der Flieder ist wunderbar, nicht?« Sie trat einen Schritt zurück, um den Strauß zu bewundern, und landete direkt in Simons Armen. Er drehte sie sanft zu sich um und küßte sie.

»Nicht so wunderbar wie du.« Sie schmiegte sich wortlos an ihn und genoß seine Sanftheit und Wärme. Simon strich ihr übers Haar und murmelte: »Fahren wir doch irgendwohin, der Tag ist so schön.« Er wußte, daß sie sich mit der Heimkehr nicht beeilen mußten, da die Kinder außer Haus waren.

»Eine gute Idee.« Ihr Lächeln sagte ihm, wie glücklich sie war. Er ging zurück ins Wohnzimmer, während sie sich umzog. Als sie zu ihm kam, trug sie eine weiße Hose und einen weißen Kaschmirpullover. Er hatte sich indessen die silbergerahmten Fotos angesehen und hielt erstaunt vor einem Bild der Romanow-Kinder inne, auf dem sie mit den Köpfen nach unten abgebildet waren und komische Grimassen schnitten. Und als er es einer eingehenderen Betrachtung unterzog, wurde ihm klar, daß das eine der jungen Mädchen in Tenniskleidung Zoya in ganz jungen Jahren war. Noch immer fand er es unglaublich, daß Zoya praktisch ein Stück lebendige Geschichte darstellte. Doch das alles lag in weiter Vergangenheit, das Foto war schon verblaßt und an den Rändern abgegriffen. Es gab auch andere Bilder, von Sascha und Nicholas sowie einige von dem sehr distinguiert wirkenden Clayton, an dessen Seite Zoya sehr glücklich wirkte.

»Was treibst du hier drinnen so still und klammheimlich?« Lächelnd trat sie ein. Sie war wunderschön in der weißen Hose und dem weißen Pullover. Mitunter erinnerte sie ihn ein wenig an Katherine Hepburn.

»Ich habe mir die Fotos angesehen. Nicholas ähnelt seinem Vater wohl sehr?«

»Ja, gelegentlich schon. Ein wenig ist er aber auch meinem Vater nachgeraten.« Sie faßte nach einem schweren Silberrahmen, in dem das Bild ihrer Eltern steckte, und reichte es Simon. »Und auch meinem Bruder.« Sie wies auf ein anderes Bild, das auf dem Tisch stand, und Simon nickte.

»Eine sehr vornehm wirkende Familie.« Wie immer war er von ihrer aristokratischen Abstammung beeindruckt. Zoya lächelte traurig.

»Das alles liegt schon so lange zurück.« Es war kaum zu glauben, daß zwanzig Jahre vergangen waren, seitdem sie ihre Eltern verloren hatte. »Manchmal glaube ich, man sollte ausschließlich in der Gegenwart leben. Die Vergangenheit ist nur eine schwere Bürde, die man mit sich schleppt. Und doch ...« Sie sah ihn mit weisem Blick an, »es ist so schwer, sich von ihr zu trennen, zu vergessen, weiterzumachen ...« Das war auch der Grund, warum sie mit einer Heirat noch ein wenig warten wollte. Sie mußte sich noch von einigem lösen und einen Riesenschritt tun – von der Vergangenheit in die Gegenwart. Simon hatte Verständnis dafür und drängte sie nicht. Er wußte, daß sie Zeit brauchte, und war gewillt, Geduld zu zeigen. Besonders jetzt, nachdem sie prinzipiell mit einer Ehe einverstanden war. Mit diesem Versprechen als Unterpfand konnte er warten und ihr helfen, den Übergang zu schaffen.

»Ich glaube, wir lösen uns erst von der Vergangenheit, wenn wir bereit dazu sind. So, bist du nun soweit? Zum Gehen meine ich.«

»Ja, Sir.« Sie war in einen dunkelblauen Flanellblazer geschlüpft, und wenige Minuten darauf saßen sie in seinem Wagen und fuhren seinem ›geheimen Ziel‹ entgegen, wie er es nannte.

»Soll das heißen, daß ich entführt werde, Mr. Hirsch?« fragte sie lachend. Sie fühlte sich ganz jung, als sie im strahlenden Sonnenschein dahinfuhren. Es war ein wunderbar unbekümmertes Gefühl, sich der Kinder wegen keine Sorgen machen zu müssen. Immer wenn sie an die beiden denken mußte, fühlte sie sich anders, viel ernster und weniger romantisch. Jetzt aber galten ihre Gedanken nur Simon und dem Zusammensein mit ihm.

Er lachte über ihren Vorschlag. »Eine Entführung ist die beste Idee, die du gehabt hast, seitdem wir uns begegneten. Wenn ich es recht bedenke, hätte ich es bereits in Paris tun sollen.« Aber er gab sich mit Connecticut zufrieden und fuhr den Merritt Parkway entlang. Dabei sprach er von seinem Unternehmen und von seinen Plänen für die Herbstkollektion. Er unterhielt sich gern mit ihr – über alles, vor allem über seine Hoffnung, eines Tages kostbare Gemälde zu importieren. Besonders die Impressionisten hatten es ihm angetan, worauf Zoya ihm von der Sammlung ihrer Eltern in Rußland erzählte.

»Ich bin nicht so sicher, ob ›Dinge‹ für mich noch so wichtig sind. Komisch, ich glaube, seinerzeit habe ich die schönen Dinge, von denen ich umgeben war, als selbstverständlich hingenommen. Aber nachdem ich einmal alles verloren hatte und dann alles, was ich gemeinsam mit Clayton besaß, verkaufen mußte, bedeutet mir Besitz nicht mehr so viel.« Sie lächelte versonnen. »Die Menschen in meinem Leben sind mir nun viel wichtiger.« Er streckte die Hand über den Tisch und umfaßte ihre Finger. Sie waren zum Lunch eingekehrt. Wenig später fuhren sie weiter und plauderten auf der Fahrt. Es war nun später am Nachmittag, und Zoya lehnte sich entspannt und locker an ihn.

»Müde?«

Sie unterdrückte ein Gähnen und schüttelte lachend den Kopf. »Nein, nur glücklich.«

»Wir fahren gleich wieder zurück. Aber erst möchte ich dir ein besonderes Plätzchen zeigen.«

»Wo denn?« Sie war mit niemandem so gern zusammen wie mit Simon. Alles an ihm erweckte in ihr das Gefühl, behütet, geliebt und glücklich zu sein.

»Das ist ein Geheimnis.«

Sie kicherte, um eine halbe Stunde später nicht schlecht zu staunen, als sie es sah. Es war ein kleines Landhaus im englischen Stil an einer Nebenstraße gelegen. Das Haus war von einem Staketenzaun umgeben und von hohen Bäumen beschattet. Dichte Rosensträucher, deren schwerer Duft sie empfing, als sie ausstiegen und sich umsahen, wuchsen am Eingang.

»Simon, wem gehört das Haus?«

»Ich wünschte, ich könnte sagen, es gehörte mir. Leider gehört es einer Engländerin, einer wundervollen Frau, die eine Pension daraus gemacht hat, um es zu erhalten. Vor Jahren habe ich es zufällig gefunden. Seither komme ich ab und zu her, wenn mir New York und seine Hektik auf die Nerven gehen. Komm, ich möchte dich mit ihr bekannt machen.« Er verschwieg Zoya, daß er Mrs.

Whitman am Morgen angerufen und sie von seinem Kommen in Kenntnis gesetzt hatte. Und als sie den anheimelnden, ganz in geblümtem Chintz gehaltenen Wohnsalon betraten, wartete bereits ein richtiger englischer Tee auf sie. Eine silberne Teekanne schimmerte einladend, daneben standen Platten mit köstlichen Sandwiches und kleinen Bäckereien, unter denen die von Mrs. Whitman selbstgebackenen Kekse die besten waren. Sie war eine große, schmale Frau mit weißem Haar und englischem Akzent, mit munterem Blick und schmalen, anmutigen Händen, denen man die Gartenarbeit ansah. Daß Simon und Zoya nicht unerwartet kamen, war klar.

»Wie schön, Sie wiederzusehen, Mr. Hirsch.« Sie wechselte mit ihm einen herzlichen Händedruck und bedachte Zoya mit einem erwartungsvollen Blick. Als Simon sie als seine Verlobte vorstellte, strahlte Mrs. Whitman. »Was für eine gute Nachricht! Ist die Verlobung neueren Datums?«

»Ja.« Diese Antwort kam einstimmig, worauf beide lachten, während die Dame des Hauses ihnen Tee einschenkte und sie einlud, in dem kleinen Salon Platz zu nehmen, in dem ein hübscher Kamin und die wundervollen englischen Möbel, die sie vor fünfzig Jahren mit herübergebracht hatte, für Atmosphäre sorgten. Sie stammte aus London, hatte später in New York gelebt und sich nach dem Tode ihres Mannes aufs Land zurückgezogen. Zoyas Akzent erkannte sie sofort und sah auf den ersten Blick, daß in ihr mehr steckte, als ihr Äußeres vermuten ließ. Sie freute sich, daß Simon eine kluge und interessante Wahl getroffen hatte, und dieser Meinung gab sie zu Zoyas Belustigung auch Ausdruck. Zur Feier der Verlobung holte sie eine Flasche ihres besten Sherry hervor.

Die Sonne ging über dem Garten unter, als sie einen Toast auf das Paar ausbrachte, um wenig später unauffällig ihr Glas zu nehmen und mit einem diskreten Blick zu Simon hin zu verschwinden. Ihre Privaträume lagen im rückwärtigen Teil des Hauses, und wenn sie wichtige Gäste hatte, dann überließ sie ihnen den Salon ebenso wie die oben gelegenen Schlafzimmer. Es gab zwei

Schlafräume mit herrlichen Himmelbetten, die sie sich aus England hatte kommen lassen.

»Komm und sieh dir alles an.« Simon schilderte Zoya voller Begeisterung die Räume, aber sie zögerte.

»Simon, wird Mrs. Whitman nichts dagegen haben?« Sie rätselte noch immer, wohin die Frau des Hauses verschwunden sein mochte. Sie war schon vor Ewigkeiten weggegangen. Aber in dem Wohnsalon war es behaglich, und es ließ sich beim Sherry so gut plaudern, daß Zoya jedes Zeitgefühl verloren hatte. Aber es wäre ihr sonderbar vorgekommen, ohne Einladung den Oberstock aufzusuchen.

»Sei nicht komisch, ich kenne das Haus wie mein eigenes.« Er faßte sie an der Hand und führte sie zu den bezaubernden Schlafzimmern. Zoya lächelte, als sie die Räume sah. Die Beleuchtung war eingeschaltet, die Decken zurückgeschlagen, als würden jeden Moment Gäste erwartet. Aber die Zimmer waren sichtlich unbewohnt, und als Zoya sich umwenden und hinuntergehen wollte, nahm Simon sie mit kehligem Auflachen in die Arme und küßte sie auf den Mund. Zoya war atemlos, als er sie wieder losließ. Dann zog er sie mit einem leidenschaftlichen Blick zum Bett. Sie unternahm einen Versuch, sich seinen Liebkosungen zu entziehen.

»Simon! Was wird Mrs. Whitman denken! Laß das! ... wir bringen das Bett in Unordnung ... Simon! ...«

Aber er lachte nur, als er sich unter dem Betthimmel zurücklehnte. »Das hoffe ich.«

»Simon! Wirst du wohl aufstehen?« Jetzt lachte auch sie. Er saß ganz selbstverständlich voll angezogen auf dem Bett in einem von Mrs. Whitmans Gästezimmern.

»Nein, das tue ich nicht.«

»Du bist betrunken!« Aber sie hatten den ganzen Tag kaum etwas getrunken, bis auf den kleinen Sherry, und der reichte nicht, um Simon betrunken zu machen. Dennoch war nicht mißzuverstehen, daß er sich sehr amüsierte. Er streckte einen Arm aus und zog Zoya an sich.

»Nein, ich bin nicht betrunken. Aber du hattest heute recht, als du sagtest, ich würde dich entführen. Ich dachte, ein oder zwei Tage Tapetenwechsel könnten dir guttun. Also, da wären wir – wir sind in meinem kleinen Versteck untergetaucht.« Er drückte ihr einen Kuß auf die geöffneten Lippen. Ihre Fassungslosigkeit amüsierte ihn. »Betrachte dich als entführt.« Er wirkte ungemein selbstzufrieden. Zoya sah ihn erstaunt an.

»Ist das dein Ernst? Wir sollen hierbleiben?«

»Ja, wir bleiben. Ehrlich gesagt«, jetzt machten sich zum erstenmal Anzeichen von Verlegenheit bei ihm bemerkbar, »war ich so frei, ein paar Sachen für dich mitzubringen. Ich dachte, du könntest sie brauchen.« Er wirkte ein wenig hilflos, und Zoya wußte nicht, wie ihr geschah.

»Simon, du bist wirklich ungewöhnlich!« Sie ließ sich wie ein Kind auf das Bett neben ihn fallen, schlang die Arme um seinen Hals und küßte ihn. Etwas später stellte sie fest, daß er eine Garnitur, bestehend aus einem zauberhaften Satinnachthemd, Morgenmantel und Pantoffeln, mitgebracht hatte sowie alle möglichen Toilettensachen, von denen er annahm, sie würden ihr Freude bereiten, zwei Lippenstifte, eine Zahnbürste und jene Sorte Zahncreme, die er bei ihr im Bad gesehen hatte. Das alles hatte er in ein Köfferchen gepackt, das er ihr wenig später hinaufbrachte und es im Zimmer neben dem seinen abstellte. Nachdem sie es mit kleinen Entzückensschreien durchstöbert hatte, wandte sie sich plötzlich um. »Simon, was wird Mrs. Whitman über uns denken? Sie weiß doch, daß wir nicht verheiratet sind.« Die Dame hatte einen so ehrbaren Eindruck gemacht. Simon aber wußte, daß sie viel weniger steif war, als es den Anschein hatte, und daß sie sehr viel Humor besaß. Außerdem konnte man zwei Menschen nicht böse sein, die so verliebt waren wie sie.

»Zoya, was wird sie schon denken? Wir haben immerhin getrennte Schlafzimmer.« Zoya nickte und fuhr fort, die Schätze auszupacken, die Simon für sie besorgt hatte. Sie war gerührt, als sie einen Riesenflakon ihres Lieblingsparfums entdeckte.

»Simon, hast du denn an alles gedacht?«

»Hoffentlich.« Nachdem er sie wieder in die Arme genommen hatte, ging er hinunter, um die übrigen Sandwiches und den Sherry nach oben zu holen. Simon hatte ihr angeboten, zum Essen irgendwohin zu fahren, Zoya aber hatte behauptet, sie sei nicht hungrig.

»Das gefällt mir sehr.« Er machte Feuer in seinem Zimmer, und sie saßen gemütlich vor dem Kamin, aßen Kressesandwiches und Mrs. Whitmans kleine Plätzchen, von denen Zoya behauptete, sie seien ähnlich köstlich wie jene, mit denen ihre Großmutter sie seinerzeit in Rußland bewirtet hatte. »Hier ist es einfach ideal, mein Schatz, findest du nicht?« Sie beugte sich zu ihm und küßte ihn wieder, und er sah sie beglückt an. Sie war alles, was er sich je gewünscht hatte.

Zoya ließ ihn am späteren Abend allein und zog sich in ihr Zimmer zurück, um sich für die Nacht zurechtzumachen. Beide waren müde, und Simon spürte, daß sie nervös war. Er hörte, wie sie nebenan Badewasser einlaufen ließ, und es dauerte geraume Zeit, bis er wieder Geräusche aus ihrem Zimmer vernahm. Dabei regte sich in ihm Neugierde, wie sie in dem elfenbeinfarbenen Nachthemd aussehen mochte. Es war wie geschaffen für eine Hochzeitsnacht, und als solche hatte er ihr heimliches Wochenende geplant. Er ging an die Tür und klopfte leise an. Als Zoya die Tür öffnete, stockte ihm bei ihrem Anblick der Atem. Das Satinnachthemd schmiegte sich seidenweich an ihren Körper, und das rote Haar flutete ihr über die Schultern.

»Mein Gott, du bist zauberhaft ...«

»Simon, dies ist so schön. Danke ...« Sie wirkte sehr scheu, als sie einen Schritt zurücktrat und ihn ansah. Noch nie war ihm jemand reizvoller erschienen. Sie brachte es fertig, zugleich hoheitsvoll und verlockend auszusehen, und er mußte sich mit Gewalt zurückhalten, um sie nicht einfach in seine Arme zu reißen. Er wagte es nicht, denn sie wirkte zart wie feines Porzellan.

Ihr Lächeln kam zaghaft, nicht mehr das Lächeln eines Mädchens, sondern das einer Frau, die ihn zutiefst liebte und von all seiner Sanftheit, seinen wohlbedachten Gesten und seiner Güte zu ihr überwältigt war. Als sie ihn ansah, wußte sie, daß der Tag ihrer ersten Begegnung ein Segen für sie gewesen war.

»Komm doch eine Weile herein«, forderte sie ihn mit belegter Stimme auf und trat beiseite.

Er fühlte sich beim Überschreiten der Schwelle wie ein Schuljunge, dann aber verdrängte seine Leidenschaft alle Bedenken, er nahm sie in die Arme, und das Nachthemd glitt langsam über ihre Schultern herunter. Im nächsten Moment stand sie nackt vor ihm.

»Ich liebe dich so sehr.« Seine Worte kamen stockend, als er ihre Lippen und ihren Hals küßte. Einen Augenblick später ließ er seine Lippen über ihren ganzen Körper wandern. Mit einer einzigen kraftvollen Bewegung hob er sie hoch und trug sie zum Bett und legte sich neben sie. Sie liebten sich, wie er es sich seit dem Tag ihrer ersten Begegnung ersehnt hatte, und es herrschte Stille im Raum, als sie schließlich Seite an Seite lagen, befriedigt, glücklich und für ein ganzes Leben aneinander gebunden. Zoya gab ihm alles, was er wollte, sie war die Erfüllung seiner Träume.

»Simon, ich liebe dich.« Als sie diese Worte aussprach, wußte sie, daß sie ihn so liebte wie keinen Mann vor ihm. Sie war jetzt eine Frau, seine Frau, für immer. Die Gegenwart und die Zukunft gehörten ihnen, die Vergangenheit war nur mehr eine undeutliche Erinnerung, als sie zurück in sein Zimmer gingen, die Lichter löschten und in seinem Bett liegend beobachteten, wie das Feuer zur Glut wurde. Nachdem sie sich noch einmal geliebt hatten, schliefen sie engumschlungen ein. Ihre Träume hatten sich erfüllt, ihre Körper waren eins, ihr Leben zusammengefügt, als hätten sie in jener Nacht in Mrs. Whitmas Haus die Ehe geschlossen. Es war eine vollkommene Hochzeitsnacht. Am nächsten Morgen stand ihr Frühstück wie durch Zauberhand im Salon bereit.

Zoya schlüpfte nackt in ihren neuen Morgenmantel und folgte Simon in bester Stimmung hinunter.

»Ein herrlich sündiges Gefühl, findest du nicht?« flüsterte sie ihm zu. Sie reichte Simon eines der Heidelbeerkuchenstückchen und schenkte ihm Kaffee ein. Es war, als hätte sie nie einem anderen gehört. Es war viel Zeit vergangen, seit sie Claytons Frau gewesen war, und jetzt war sie ein anderer Mensch.

Simon sah sie kopfschüttelnd an. »Ich fühle mich überhaupt nicht sündig, sondern verheiratet.«

»Ich auch.« Sie sagte es leise, und ihr Blick drückte alles aus, was sie empfand. Wortlos führte er sie wieder hinauf, das Frühstück blieb unberührt.

39

In den nächsten zwei Wochen schien buchstäblich alles zwischen ihnen anders zu werden. Sie wußten, daß sie zueinander gehörten. Das einzige Hindernis war noch die Tatsache, daß Zoya seine Eltern noch nicht kennengelernt hatte. Dieses unvermeidliche Zusammentreffen sorgte bei Zoya für einige Nervosität, Simon aber beruhigte sie, so gut es ging, nachdem er sie an einem Freitagabend praktisch damit überrumpelt hatte, daß er sie bei seiner Mutter zum Abendessen angekündigt hatte.

»Was hat sie gesagt?« Zoya, die ein neues schwarzes Kleid trug, sah ihn besorgt an. Er hatte ihr vorher nichts davon erzählt, um sie nicht nervös zu machen. Sie würden ausgehen, hatte es geheißen. Und jetzt fühlte sich Zoya plötzlich wieder wie ein junges Mädchen, trotz allem, was vor zwei Wochen auf dem Land zwischen ihnen gewesen war. Und das alles nur, weil die Aussicht, seine Mutter kennenzulernen, sie einschüchterte.

»Möchtest du das wirklich wissen?« Er lachte. »Sie hat mich gefragt, ob du jüdisch bist.«

»O nein ... warte, bis sie meinen Akzent hört. Wenn sie merkt, daß ich Russin bin, wird es für sie sicher schrecklich sein.«

»Sei nicht komisch.«

Zoya sollte recht behalten. Simon hatte sie kaum miteinander bekannt gemacht, als seine Mutter sie aus argwöhnisch zusammengekniffenen Augen musterte.

»Zoya Andrews? Was für ein Name ist denn das? Stammen Ihre Vorfahren aus Rußland?« Mrs. Hirsch nahm an, das Zoya nach einer Großmutter oder entfernten Verwandten benannt worden war. Da Mrs. Hirsch fast so groß wie Simon war, blickte sie auf Zoya herunter.

Zoya sah sie aus ihren großen grünen Augen an, insgeheim betend, daß sich der Sturm bald verzog. »Ich bin selbst Russin.«

»Sie sind Russin?« Mrs. Hirsch stellte die Frage in ihrer Muttersprache, in einem Dialekt, der Zoya fast ein Lächeln entlockt hätte. Es war die Sprache der Bauern ihrer Jugend, und einen Moment wurde sie an Feodor und seine gutmütige Ludmilla erinnert.

»Ich bin Russin«, wiederholte Zoya im eleganten Russisch der Oberschicht. Sie wußte, daß die alte Frau die Klangfarbe sofort erkennen und sie wahrscheinlich dafür hassen würde.

»Woher?« Das Verhör ging weiter, während Simon seinem Vater einen hilflosen Blick zuwarf, aber auch Mr. Hirsch hatte Zoya genau unter die Lupe genommen. Was er sah, gefiel ihm. Sie war eine schöne Frau, kultiviert und gebildet. Simon hatte gut gewählt, aber er wußte auch, daß Sofia, Simons Mutter, nicht zu bremsen war.

»Aus St. Petersburg«, gab Zoya mit stillem Lächeln zurück.

»Aus St. Petersburg?« Mrs. Hirsch war ungemein beeindruckt, wäre aber lieber tot umgefallen, als dies zuzugeben. »Wie hieß Ihre Familie?«

Zum ersten Mal im Leben war Zoya froh, daß sie nicht Romanow hieß, doch auch ihr eigener Name war nicht viel besser. Fast hätte sie aufgelacht, als sie sich der Riesin in dem bedruckten Hauskleid gegenübersah. Die Frau hatte Arme wie ein Mann, so daß Zoya sich neben ihr noch kleiner fühlte. »Zoya Konstantinowna Ossupowa.«

»Warum setzen wir uns nicht, während wir uns unterhalten?« schlug Simon verlegen vor, da seine Mutter keine Anzeichen von Milde erkennen ließ und keinen Schritt auf die steillehnigen Stühle zuging.

»Wann sind Sie nach New York gekommen?« fragte sie Zoya unumwunden, während Simon insgeheim aufstöhnte. Er ahnte, was nun kommen würde.

»Nach dem Krieg, Madame. 1917, nach der Revolution, bin ich nach Paris emigriert.« Es hatte keinen Sinn, mit ihrer Herkunft hinter dem Berg zu halten. Nur Simon tat Zoya leid. Er sah ziemlich zaghaft aus, während er den Wortwechsel zwischen seiner Mutter und der Frau, die er heiraten wollte, mitanhörte. Doch nach dem Band, das ihre Liebe zwischen ihnen geknüpft hatte, und der Nähe, die daraus erwachsen war, wußten beide, daß nichts sie mehr zu trennen vermochte.

»Man hat Sie also nach der Revolution hinausgeworfen?«

Zoya lächelte. »Ja, so könnte man es sagen. Ich bin mit meiner Großmutter geflohen.« Und dann setzte sie ernst hinzu: »Nachdem meine übrige Familie umkam.«

»Meine auch«, lautete die schroffe Antwort von Sofia Hirsch. Früher hatten sie Hirschow geheißen, aber der Beamte der Einwanderungsbehörde auf Ellis Island war zu bequem gewesen, den Namen auszuschreiben, und hatte ihnen ohne viel Federlesens den Namen Hirsch verpaßt. »Meine Familie ist von zaristischen Kosaken umgebracht worden.« Zoya hatte als Kind von den Pogromen gehört. Nie hätte sie sich träumen lassen, eines Tages damit konfrontiert zu werden und Rede und Antwort stehen zu müssen.

»Das tut mir leid.«

»Hmmm ...« Simons Mutter warf ihr einen finsteren Blick zu, ehe sie in die Küche marschierte, um letzte Hand ans Abendessen anzulegen. Und als alles fertig war, entzündete sie die Kerzen und stimmte das Sabbatgebet an. Simons Mutter führte ein koscheres Haus und hatte die traditionelle Schalla zubereitet, die mit dem zeremoniellen Wein serviert wurde. Das alles war für Zoya ganz neu. »Wissen Sie, was koscher ist?« fragte die Hausfrau sie mitten beim Essen.

»Nein ... ich ... ja, nun nicht wirklich.« Sie sprachen immer noch Russisch, und Zoya war ihre Unkenntnis peinlich.

»Man trinkt Milch nicht zu Fleisch.« Etwas Besseres wollte ihr nicht einfallen. Mrs. Hirsch warf Simon, den sie ständig ›Shimon‹ nannte und auf jiddisch ansprach, einen finsteren Blick zu.

»Alles muß getrennt sein. Milchprodukte dürfen nie mit Fleisch in Berührung kommen.« Sie benutzte streng getrenntes Geschirr, und ihr neuer Wohlstand gestattete ihr sogar zwei Herde. Das alles klang in Zoyas Ohren äußerst kompliziert, Simons Mutter aber war stolz darauf, daß sie am Gesetz des Talmud festhielt. Stolz sah sie auch ihren Sohn an, und Zoya registrierte es mit einem Lächeln. »Er ist ja so klug, er hätte Rabbi werden können. Aber was macht er? Er geht in die Seventh Avenue und drängt seine Familie aus dem Geschäft.«

»Mama, das stimmt doch nicht«, setzte Simon sich lächelnd zur Wehr. »Papa ist in den Ruhestand gegangen wie Onkel Joe und Onkel Issac.«

Während sie das alles hörte, wurde Zoya klar, daß sie diesen Aspekt seines Lebens nie richtig verstanden hatte. Es war eine Sache, ihn davon reden zu hören, eine ganz andere aber, seine Eltern wirklich kennenzulernen. Plötzlich fürchtete sie, sie würden sie nie für ganz voll nehmen. Sie wußte nichts von seiner Religion, auch nicht, ob er gläubig war, obwohl sie irgendwie argwöhnte, daß er nicht fromm war. Ihre eigene Religion war ihr nicht sonderlich wichtig, obwohl sie an Gott glaubte. In die Kirche ging sie jedoch nur zu Ostern und Weihnachten.

»Was war Ihr Vater?« Sofia Hirsch feuerte die Frage auf sie ab, nachdem Zoya ihr geholfen hatte, den Tisch abzuräumen. Sie wußte bereits, daß Zoya in einem Modesalon arbeitete und daß Simon sie in Paris kennengelernt hatte.

»Mein Vater war in der Armee.« Zoyas Antwort entlockte der alten Frau fast einen Aufschrei.

»Er war doch kein Kosake?«

»Nein, Mama, natürlich nicht«, antwortete Simon an Zoyas Stelle. Er hatte es plötzlich sehr eilig, wieder wegzukommen, und plötzlich kam Zoya das alles sehr merkwürdig vor. Ihrer beider

Leben, die unter so verschiedenen Aspekten begonnen hatten, hatten sich irgendwo in der Mitte getroffen, und nach all den Jahren, in denen sie mit ihrem Titel bei der Kundschaft Eindruck gemacht hatte, mußte sie nun dieser Frau versichern, daß ihr Vater kein Kosake gewesen war. Gleichzeitig bemerkte sie aus dem Augenwinkel, daß auch Simon die Situation komisch fand. Es war, als wüßte er genau, was ihr durch den Kopf ging. Und er entschloß sich, seine Mutter ein wenig auf den Arm zu nehmen, denn er wußte, daß sie sehr beeindruckt war, auch wenn sie so tat, als sei sie entsetzt. Daß sein Vater mit seiner Wahl einverstanden war, ahnte er, doch auch wenn Zoya Gnade vor den Augen seiner Mutter gefunden hätte, hätte diese es nie zugegeben. »Zoya ist eine Gräfin, Mama. Sie ist nur zu bescheiden, um ihren Titel zu benutzen.«

»Eine Gräfin ... wovon?« fragte seine Mutter, und diesmal lachte Zoya ohne Hemmungen.

»Von gar nichts. Sie haben ganz recht, Mrs. Hirsch. Das alles ist aus und vorbei.« Die Revolution lag neunzehn Jahre zurück. War sie auch nicht vergessen, so schien sie ein Teil eines anderen Lebens zu sein.

Nun trat eine längere Pause ein. Simon überlegte, wie er sich mit Zoya einen eleganten Abgang verschaffen konnte, während seine Mutter mit Trauermiene und in einem Ton, als gälte es, den Himmel davon in Kenntnis zu setzen, von sich gab: »Ein Jammer, daß sie nicht jüdisch ist.« Simon lächelte. Das bedeutete, daß ihr Zoya gefiel. »Wird sie konvertieren?« Sie stellte Simon diese Frage, als wäre Zoya gar nicht anwesend. Zoya erschrak so heftig, daß Simon für sie antwortete.

»Natürlich nicht, Mama. Warum auch?«

Sein Vater bot ihr noch ein Glas Wein an, während Simon ihre Hand tätschelte und Mrs. Hirsch Zoya mit anhaltendem Interesse ansah.

»Simon sagte, Sie hätten zwei Kinder.« Das klang mehr anklagend als fragend, aber Zoya, die stolz auf ihre Kinder war, lächelte.

»Ja, ich habe zwei Kinder.«

»Sind Sie geschieden?«

Simon stöhnte innerlich auf, aber Zoya lächelte unbeirrt. »Nein, ich bin verwitwet. Mein Mann starb vor sieben Jahren nach einem Herzanfall.« Das sagte sie nur, damit Mrs. Hirsch nicht glaubte, sie hätte ihn umgebracht.

»Wie schrecklich. Wie alt sind die Kinder?«

»Nicholas ist fast fünfzehn und Alexandra elf.« Sofia schien zur Abwechslung befriedigt und nickte. Diese Gelegenheit nutzte Simon, um aufzustehen und anzukündigen, daß sie gehen müßten. Auch Zoya stand auf und bedankte sich für das Essen.

»Es war nett, Sie kennenzulernen«, gab Sofia grollend von sich. Ihr Mann, der den ganzen Abend über kaum etwas gesagt und sich nur ab und zu leise mit Simon unterhalten hatte, lächelte. Er war ein zurückhaltender Mensch, der ein halbes Jahrhundert im Schatten der viel wortgewaltigeren Sofia gelebt hatte. »Besuchen Sie uns bei Gelegenheit wieder«, sagte diese höflich, als Zoya ihr die Hand schüttelte und sich in ihrem vornehmen Russisch noch einmal bedankte. Simon wußte, daß seine Mutter ihn am nächsten Tag anrufen und ihm eine tüchtige Gardinenpredigt halten würde.

Er brachte Zoya zu seinem Cadillac und setzte sich aufatmend ans Steuer. Dann richtete er einen gequälten Blick auf die Frau, die er liebte.

»Es tut mir leid, ich hätte dich nicht herbringen sollen.«

Zoya reizte seine Miene zum Lachen. »Sei nicht albern.« Sie gab ihm einen Kuß. »Meine Mutter wäre viel ärger gewesen. Sei froh, daß du ihr nicht unter die Augen treten mußt.«

»Einfach unglaublich, welche Fragen sie stellt, und dann wundert sie sich noch, warum ich niemanden nach Hause bringe. Ich müßte ja wahnsinnig sein. Total meschugge!« fügte er auf jiddisch hinzu und tippte sich an die Stirn. Zoya lachte. Langsam fuhren sie nach Hause.

»Warte nur, bis Sascha dir das Leben schwermacht. Bis jetzt war sie der reinste Engel.«

»Na, dann wären wir ja quitt. Ich schwöre, das werde ich dir nie wieder antun.«

»Doch, das wirst du, und es macht mir gar nichts. Ich habe nur Angst davor, daß sie mir Fragen über den Zaren stellt. Lügen wollte ich nicht, andererseits lege ich keinen Wert darauf, mit der ganzen Wahrheit herauszurücken.« Sie lächelte. »Jetzt bin ich froh, daß wir keine Romanows sind. Dann wäre sie beim Essen zusammengeklappt.«

Nun mußte Simon lachen. Er führte Zoya kurz ins Copacabana aus, wo sie sich bei Champagner herrlich entspannten. Für Simon war es ein harter Abend gewesen, während Zoya sich wunderte, daß alles so glatt gegangen war. Sie hatte sich alles viel schlimmer vorgestellt. Darüber war Simon entsetzt.

»Was hätte denn noch schlimmer sein können?«

»Sie hätte mich zum Verlassen der Wohnung auffordern können. Einmal dachte ich schon, sie würde es tun.«

»Das würde sie nicht wagen. Sie ist längst nicht so unmöglich, wie es den Anschein hat.« Er lächelte verlegen. »Und sie kocht eine hervorragende Hühnersuppe.«

»Ich werde sie bitten, daß sie es mir beibringt«, und dann fiel ihr etwas ein: »Muß bei uns koscher gekocht werden?« Da fing er schallend zu lachen an, so daß sie noch einmal fragte: »Nun, wie ist es?«

»Meine Mutter wäre entzückt, ich aber würde nicht mehr zu Hause essen wollen. Also, zerbrich dir nicht den Kopf darüber. Ja? Ehrenwort?« Er beugte sich über den Tisch und küßte sie, als die Band sein Lieblingslied ›I've got You under my Skin‹ von Cole Porter anstimmte. »Möchten Sie tanzen, Mrs. Andrews, oder soll ich Sie Gräfin Ossupowa nennen?«

»Wie wär's mit Zoya?« Lachend folgte sie ihm auf die Tanzfläche. »Wie wär's mit Zoya Hirsch? Na, wie hört sich das an?«

Sie lächelte ihm beim Tanzen zu, und beide lachten, weil sie dasselbe dachten. Es war ein seltsamer Name für eine Nichte des Zaren.

40

Bis zum Juni glückte es ihnen, ihre Beziehung vor den Kindern geheimzuhalten. Dann aber wurden sie von Sascha ertappt, als sie sich in der Küche leidenschaftlich küßten. In stummem Entsetzen starrte das Mädchen sie an, marschierte hinaus, schloß sich in ihrem Zimmer ein und kam erst nach dem Abendessen wieder zum Vorschein, nachdem Nicholas ihr angedroht hatte, die Tür aufzubrechen, falls sie nicht herauskäme und sich benähme wie ein menschliches Wesen. Das Verhalten seiner Schwester machte dem Jungen sehr zu schaffen. Er mochte Simon und hoffte, daß er ernste Absichten mit seiner Mutter hatte. Simon war unverändert nett zu ihnen, machte an den Sonntagen Ausflüge mit ihnen und lud sie zum Dinner ein, wann immer es möglich war. Und zusätzlich brachte er ihnen immer wohlüberlegte kleine Geschenke mit. Einige Male hatte er Nicholas mit seinem Cadillac von der Schule abgeholt. Das Radio, das er den Kindern schenkte, war für die Kinder eine große Freude.

»Benimm dich!« drohte Nicholas Sascha. »Und entschuldige dich bei Mama!«

»Niemals! Sie hat ihn in der Küche geküßt.«

»Na und? Sie hat ihn gern.«

»Aber doch nicht so. Das ist widerlich.«

»Widerlich bist du! Und jetzt geh und entschuldige dich bei ihnen.«

Sascha trollte sich mißmutig ins Wohnzimmer, aber sie vermied es, Simon anzusehen. An jenem Abend gestand Zoya, nachdem Simon gegangen war, ihren Kindern, was sie empfand.

»Sascha, ich bin sehr in ihn verliebt.« Das Mädchen fing zu weinen an. Nicholas hörte von der Tür her zu.

»Und Papa? Hast du ihn nicht liebgehabt?«

»Doch, aber er ist schon lange tot. Er ist schon so lange nicht mehr bei uns. Vielleicht wäre es nett, wenn wir jemanden hätten, der uns liebt. Simon hat dich und Nicholas sehr gern.«

»Und ich habe ihn auch gern«, ließ sich Nicholas zu Simons Verteidigung vernehmen. Zoya hörte es und war gerührt.

»Werdet ihr heiraten?« fragte er behutsam, und sie nickte. Sascha brach darauf von neuem in Tränen aus.

»Ich hasse dich! Du machst mein Leben kaputt!«

»Wieso denn?« Die Reaktion ihrer Tochter berührte sie tief. »Magst du ihn nicht? Er ist so nett und wird gut zu uns sein.« Sie versuchte, Sascha in die Arme zu nehmen, aber das überreizte Kind ließ es nicht zu.

»Ich hasse euch alle beide!« heulte Sascha, ohne zu wissen, warum sie es sagte. Vielleicht, weil sie ihre Mutter aus der Fassung bringen wollte. Aber Nicholas wurde wütend und stürmte auf das Bett zu, auf dem die schluchzende Sascha lag.

»Entschuldige dich, oder es setzt was!«

»Hört auf, ihr beiden! So kann man kein neues Leben anfangen.«

»Wann wollt ihr heiraten?« fragte Sascha zwischen zwei Schluchzern.

»Das wissen wir noch nicht. Wir wollten uns noch etwas Zeit lassen.«

»Warum nicht im Sommer, damit wir alle zusammen wegfahren können?« schlug Nicholas vor, und Zoya lächelte wider Willen. Die Idee schien ihr vernünftig. Sie wußte, daß Simon sich freuen würde. Bei Sascha allerdings konnte von Freude keine Rede sein.

»Ich fahre nicht mit.«

»Ach was, wir stopfen dich einfach in einen Koffer und nehmen dich mit. Dann brauchen wir uns dein Gezeter wenigstens nicht anzuhören.«

Nun kehrte sich Saschas Zorn gegen ihren Bruder. »Ich hasse dich! Ich fahre mit denen nicht weg«, schnüffelte sie und warf ihrer Mutter einen finsteren Blick zu.

Nicholas traf den Nagel auf den Kopf, als er mit anklagendem Blick ausrief: »Weißt du, was du bist? Eifersüchtig bist du! Du bist eifersüchtig auf Mama und Simon.«

»Bin ich nicht!«

»Doch, das bist du!« In diesem Ton ging es weiter, und Zoya glaubte in ihrer Verzweiflung, sie würde nie wieder ihren Frieden haben. Aber am nächsten Tag, als sie Simon von der Auseinandersetzung berichtete, hatte Sascha sich beruhigt, wenngleich sie mit ihrem Bruder kein Wort wechselte.

»Mir gefällt Nickys Idee«, sagte er mitfühlend. Er wußte, wie schwer Zoya es manchmal mit Sascha hatte. Er selbst kam mit dem Mädchen ganz gut zurecht, denn Sascha plagte mit ihren Launen in erster Linie ihre Mutter. Sie forderte Aufmerksamkeit, Zeit, neue Kleider, neue Spielsachen, und sie probierte ständig, wie weit sie gehen konnte. »Warum heiraten wir nicht im Juli und fahren mit den Kindern nach Sun Valley?«

»Dich würde es nicht stören, die beiden mit in die Flitterwochen zu nehmen?« Seine Großzügigkeit war für sie immer wieder Grund zum Staunen, und daß er bereit war, ihre Kinder als die seinen anzusehen, berührte sie zutiefst.

»Natürlich nicht. Wärest du damit einverstanden?«

»Und wie!«

»Abgemacht«, sagte er und gab ihr einen Kuß, ehe er seinen Kalender zu Rate zog. »Also, was hältst du vom zwölften Juli als Hochzeitstag?« Er strahlte sie an, als sie einen Arm um seine Taille legte. So glücklich war sie schon seit langem nicht mehr gewesen. Und das Warten auf die Ehe war ihr in letzter Zeit sehr schwergefallen. Sie wollte ihm gehören, ein ganzes Leben lang.

»Was wird deine Mutter sagen?«

Er überlegte, ehe er lächelnd antwortete: »Wir werden es so einrichten, daß sie mit Sascha zusammentrifft. Die beiden sind füreinander wie geschaffen.« Jetzt mußte Zoya lachen, und er küßte sie.

41

Am zwölften Juli 1936 wurden Simon Ismael Hirsch und Zoya Alexandra Eugenia Ossupowa Andrews von einem Standesbeamten im Garten von Axelles reizendem kleinen Backsteinhaus an der East Forty-ninth Street getraut.

Die Braut trug ein cremefarbenes Kleid von Norell, dazu ein Hütchen mit einem Hauch von Schleier. Sie sah ihrem Mann lächelnd in die Augen, als dieser sie küßte. Mrs. Hirsch hatte sich entschlossen, nicht zu erscheinen, um das Paar wissen zu lassen, daß sie ihm grollte, weil Zoya keine Jüdin war. Aber Simons Vater war anwesend, zwei Mädchen aus Axelles Salon sowie Freunde und Zoyas Kinder. Nicholas fungierte als Trauzeuge, und Sascha stand mit verdrossenem Gesicht daneben. Wenn ihr danach zumute gewesen wäre, hätte Zoya natürlich eine größere Feier arrangieren können, und ihre wichtigsten Kundinnen, wie Barbara Hutton und Doris Duke, wären mit Freuden gekommen. Zoya aber, die sie zwar gut kannte, stand nicht auf so vertrautem Fuß mit ihnen. Diese Frauen waren Teil eines anderen Lebens, und sie zog eine stille Hochzeit vor.

Axelles Butler schenkte Champagner ein, und um vier Uhr fuhren sie in Simons Cadillac zu Zoyas Wohnung. Sie hatten sich entschieden, zunächst dort zu wohnen. Erst nach den Flitterwochen wollten sie sich nach einer größeren Wohnung umsehen. Zuvor aber hatten sie vor, drei Wochen in Sun Valley, einem ganz neuen Ferienort, zu verbringen. Von der Pennsylvania Station aus nahmen sie den Zug nach Idaho. Simon hatte vorsorglich Spiele für die Kinder gekauft, und als sie in Chikago ankamen, hatte sich sogar Saschas Laune gebessert. Die Nacht verbrachten sie in Blackstone und fuhren erst am nächsten Tag weiter. Bei der Ankunft in Ketcham befanden sich alle in Hochstimmung, besonders Zoya und Simon, die eine Nacht voller Leidenschaft hinter sich hatten. Ihre sexuelle Beziehung war für beide etwas Einmaliges und brachte sie einander noch näher.

Sie waren sich erst vor einem Vierteljahr begegnet, und doch hatte Zoya das Gefühl, Simon schon ein Leben lang zu kennen. Er brachte Nicholas das Angeln bei, täglich gingen sie schwimmen. Ende des Monats kehrten sie alle braungebrannt, erholt und glücklich in Zoyas Wohnung zurück. Und dort war es auch, wo die Realität all dessen Zoya erst richtig bewußt wurde. Sie saß da und beobachtete Simon am ersten Tag nach der Rückkehr beim Rasieren. Eine Woge der Glückseligkeit erfaßte sie, als sie ihm zusah, wie er sein Gesicht einseifte. Mit einem beglückten Auflachen strich sie ihm über die Wange und küßte ihn.

»Was ist denn so komisch?« Lächelnd drehte er sich zu ihr um, und sie schüttelte den Kopf.

»Gar nichts, aber ich komme mir jetzt erst so richtig verheiratet vor.«

»Stimmt.« Er küßte sie und schmierte sie dabei mit Seife voll, während sie lachte und er sie wieder küßte. Im nächsten Moment versperrten sie die Schlafzimmertür.

Zoya hatte Axelle versprochen, bis Ende September im Geschäft zu bleiben. Und die Tage schienen zu verfliegen. Drei Wochen nach ihrer Rückkehr fanden sie an der Park Avenue, Ecke Sixty-eight Street eine Wohnung, die ihnen zusagte. Sie hatte große, helle Räume, das Schlafzimmer lag den Zimmern der Kinder völlig entgegengesetzt. Nicholas würde ein großes, schönes eigenes Zimmer bekommen, und Sascha wünschte sich, daß ihres in zartem Violett ausgemalt werden sollte.

»Ich hatte ein malvenfarbenes Zimmer als Mädchen. Damals war ich etwa in deinem Alter.« Und Zoya erzählte ihr von dem wunderschönen malvenfarbenen Boudoir, das Alix gehabt hatte. Zärtliche Erinnerungen wurden wach, während sie es beschrieb, und Sascha war hingerissen und hörte fasziniert zu.

In Nicholas' Zimmer stand ein Foto von Clayton, neben das er nun ein Foto von Simon stellte. Die zwei Männer machten es sich zur Gewohnheit, am Spätnachmittag, wenn Simon heimkam, ausgedehnte Spaziergänge zu unternehmen. In der Woche nach ihrem Einzug brachte Simon einen kleinen Cockerspaniel mit.

»Sieh mal, Mama!« rief Nicholas aufgeregt. »Er sieht genauso aus wie Sawa.« Zoya staunte, daß er sich noch an die Hündin erinnern konnte. Nur Sascha schmollte einen Tag lang, weil es kein russischer Wolfshund war. Diese Rasse war groß in Mode. Der niedliche junge Hund wurde Jamie genannt. Das Leben war wie eine Idylle, während sie sich in der neuen Wohnung gut einlebten, in der es an die Bibliothek anschließend sogar ein Gästezimmer gab. Simon neckte Zoya mit der Behauptung, es sei für ihr erstes Baby bestimmt.

Zoya lachte ihn nur aus. »Simon, ich habe meine Kinder vor langer Zeit bekommen. Dafür bin ich jetzt zu alt.« Mit siebenunddreißig war sie über das Alter hinaus, in dem man sich Kinder wünschte. »Ich werde sicher bald Großmutter«, sagte sie im Spaß.

Simon schüttelte den Kopf. »Wirst du auch bald am Krückstock gehen, Oma?« Er legte den Arm um ihre Schultern, während sie in ihrem Schlafzimmer saßen und bis spät in die Nacht miteinander redeten, so wie sie es vor Jahren mit Clayton getan hatte. Aber das Leben mit Simon war ganz anders. Sie hatten gemeinsame Interessen, gemeinsame Freunde, sie waren erwachsene Menschen, die sich in voller Kraft und nicht in Schwäche gefunden hatten. Als Clayton sie aus den Schrecken des Lebens im Paris von 1919 erlöst und sie nach New York gebracht hatte, war sie den Kinderschuhen kaum entwachsen. Dies hier ist ganz anders, dachte Zoya, als sie zum Salon fuhr und voller Wehmut ihren letzten Tag bei Axelle genoß.

»Was werde ich jetzt anfangen?« Niedergeschlagen saß sie an ihrem Louis-XV-Schreibtisch und blickte Axelle über eine Teetasse hinweg an. »Was soll ich nur Tag für Tag mit mir anfangen?«

Axelle lachte. »Warum gehst du nicht nach Hause und bekommst ein Kind?«

Zoya schüttelte den Kopf. Sie wäre viel lieber im Geschäft geblieben, aber Simon wollte, daß sie nun die Freiheit genoß, die sie jahrelang entbehrt hatte. Sieben Jahre hatte sie hart gearbeitet. Jetzt hatte sie es nicht mehr nötig. Sie konnte sich ihren Kindern, ihrem Mann und ihrer Wohnung widmen, ganz nach Lust und Laune, aber Zoya fand dies alles ziemlich öde und langweilig. Sie wäre lieber täglich weiter zu Axelle gegangen. »Du redest schon wie mein Mann.«

»Recht hat er.«

»Ohne Aufgabe werde ich mich langweilen.«

»Das bezweifle ich sehr, meine Liebe.« Doch auch Axelle hatte feuchte Augen, als Simon Zoya am Nachmittag abholte. Die beiden Frauen trennten sich mit einer Umarmung. Zoya versprach, am nächsten Tag zu kommen und sie zum Lunch auszuführen.

Simon lachte und warnte Axelle, die von Anfang an ihre Romanze begünstigt hatte. »Sie werden die Türen zusperren müssen, um Zoya fernzuhalten. Und dabei predige ich ihr ständig vor, es gebe da draußen für sie eine ganze Welt zu entdecken.«

Bereits im Oktober mußte sie feststellen, daß sie mit ihrer vielen freien Zeit nichts anzufangen wußte. Sie besuchte Axelle fast täglich, ging in Museen, holte Sascha von der Schule ab. Sie machte es sich sogar zur Gewohnheit, Simon regelmäßig in seinem Büro zu besuchen und mit ihm sehr fachkundig über das Geschäft zu reden. Er hatte sich entschlossen, auch eine Mantelkollektion für Kinder herzustellen und bat sie um ihren Rat, den sie ihm mit Freuden gab. Ihr unfehlbarer Geschmack half ihm, interessante Entscheidungen zu treffen, auf die er von selbst nicht verfallen wäre.

»Simon, mir fehlt die Arbeit sehr«, gestand sie ihm im Dezember, als sie nach einer Theateraufführung mit dem Taxi nach Hause fuhren. Er hatte sie zur Premiere von ›You can't take it with You‹ mit Frank Conlang und Josephine Hall im Booth Theatre ausgeführt. Es war ein vergnügter Abend geworden, der sie jedoch nicht aus ihrer inneren Unruhe und Langeweile reißen konnte. Sie hatte entdeckt, daß sie zu lange gearbeitet hatte, um jetzt zu Hause zu bleiben und die Hände in den Schoß zu legen. »Was wäre schon dabei, wenn ich zu Axelle zurückginge, für eine Zeitlang wenigstens?«

Simon ließ sich die Sache durch den Kopf gehen. Erst in der Wohnung kam er wieder darauf zu sprechen. »Mitunter ist es sehr schwierig, einen Strich unter die Vergangenheit zu machen. Warum fängst du nicht etwas ganz Neues an?« Was denn? fragte sie sich insgeheim. Vom Tanzen und der Mode abgesehen, hatte sie keine Talente, und Tanzen kam nicht mehr in Frage. Fast hätte sie deswegen laut gelacht, als sie die Wohnung betraten und er sich zu ihr umdrehte. Sie war so schön mit ihrer hellen Haut, den strahlenden Augen und dem leuchtendroten Haar. Zoya sah noch immer aus wie ein junges Mädchen, ihr Anblick erweckte unweigerlich seine Leidenschaft. Kein Mensch hätte ihr den fünfzehnjährigen Sohn angesehen, als sie sich niederließ und lachend zu ihm aufblickte. Er trug ein elegantes Dinnerjackett, das er sich in London hatte machen lassen und mit dem er das Mißfallen seiner Mutter erregt hatte. »Dein Vater hätte dir ein viel besseres geschneidert«, hatte sie ihn gerügt.

»Was ist so komisch?« fragte er Zoya.

»Ach, ein verrückter Gedanke ... ich dachte an die Zeit, als ich bei Fitzhugh tanzte. Es war schrecklich – ich haßte meine Arbeit.«

»Irgendwie kann ich mir dich nicht vorstellen ... Hüften schwenkend und mit baumelnden Perlen.« Er stimmte in ihr Lachen ein, empfand dabei aber heftiges Mitgefühl. Sie hatte alles so tapfer ertragen. Er bedauerte, daß er sie damals nicht gekannt hatte. Er hätte sie geheiratet und ihr alles erspart. Jetzt brauchte sie seine Hilfe nicht mehr, sie war selbständig und stark. Fast war er versucht, sie in seinem Unternehmen zu beschäftigen, er wußte aber, daß seine Familie darauf mit Entsetzen reagieren würde. Sie gehörte nicht in die Seventh Avenue, sondern in eine gehobenere Sphäre, und plötzlich hatte er eine Idee. Er schenkte sich ein Glas Brandy ein und öffnete für Zoya eine Flasche Champagner, ehe sie sich vor dem Kamin niederließen.

»Warum machst du nicht ein eigenes Geschäft auf?«

»Einen Salon wie Axelle?« Aus ihrer Miene sprachen Zweifel, obwohl ihr die Idee gefiel. Dann dachte sie daran, wie ihre Freundin reagieren würde, und sie schüttelte den Kopf. »Das wäre Axelle gegenüber nicht fair. Ich möchte ihr nicht Konkurrenz machen.« Axelle war zu gut zu ihr gewesen. Sie konnte ihr das nicht antun, aber Simon hatte ganz andere Vorstellungen.

»Dann mach doch etwas anderes.«

»Was stellst du dir vor?«

»Du solltest alles anbieten ... Damenbekleidung, Herrenbekleidung, vielleicht sogar Kindersachen, von allem nur das Beste ... dein modisches Gespür ist schon der halbe Erfolg. Die gesamte Aufmachung ... Schuhe, Taschen, Hüte. Du sollst den Leuten beibringen, wie man sich anzieht, nicht nur den reichen Frauen, die bei Axelle kaufen, sondern auch den anderen, die zwar Geld haben, aber nicht wissen, wie man sich geschmackvoll kleidet.« Die Frauen, die sie bei Axelle beraten hatte, zählten zu den elegantesten von New York, viele davon kauften daneben auch in Paris ein wie Lady Mendl, Doris Duke und Wallis Simpson. »Du könntest klein anfangen und den Laden mit der Zeit erweitern. Du könntest sogar meine Mäntel verkaufen.« Er lachte, und sie blickte nachdenklich zu ihm auf. Die Idee war gar nicht übel. Plötzlich fiel ihr etwas ein, und sie wurde ernst.

»Könnten wir uns das überhaupt leisten?« Sie wußte zwar, daß er ein erfolgreiches Unternehmen führte, hatte aber keine Ahnung, wieviel Kapital ihm zur Verfügung stand. Das war ein Thema, das sie nie besprochen hatten. Für das Leben, das sie führten, besaßen sie genug, aber seine Eltern wohnten noch immer an der Houston Street, und sie wußte, daß er sie und alle Brüder seines Vaters unterstützte.

Mit einem liebevollen Blick setzte er sich neben sie. »Ich glaube, es wird Zeit, daß wir uns darüber ernsthaft unterhalten.«

Zoya stieg die Röte in die Wangen. Sie schüttelte den Kopf. Sie wollte es nicht wissen. Aber wenn sie ein eigenes Geschäft aufmachte, dann war es vielleicht unumgänglich. »Simon, ich will nicht in dich dringen. Dein Unternehmen ist deine Sache.«

»Nein, meine Liebe, es gehört jetzt auch dir, und es läuft gut.

Nein, es läuft ausgezeichnet.« Er nannte ihr Zahlen, und sie starrte ihn erstaunt an.

»Ist das dein Ernst?«

»Nun ja«, gab er nun in entschuldigendem Ton von sich, da er ihren schockierten Blick mißverstanden hatte. »Wir hätten mehr machen können, wenn ich mich bei den Kaschmir-Bestellungen in England nicht so zurückgehalten hätte. Ich weiß gar nicht, warum ich nicht mehr bestellt habe. Nächste Saison wird mir das nicht mehr passieren«, erklärte er, als sie schallend loslachte.

»Bist du verrückt? Ich kann mir nicht denken, daß die Bank von England letztes Jahr mit solchen großen Beträgen zu tun hatte. Simon, das ist ja unglaublich. Und ich dachte immer ... ich meine ... deine Eltern ...«

Diesmal war er es, der lachte. »Meine Mutter würde nie aus der Houston Street wegziehen – auch nicht, wenn man ihr die Pistole vorhält. Sie liebt die Gegend.« Sämtliche Versuche von Simon, seine Eltern zu einem Umzug in eine bessere Gegend zu bewegen, waren gescheitert. Seine Mutter brauchte ihren Bekanntenkreis, die Läden, in denen sie einkaufte, die ganze Gegend. Seit sie nach New York gekommen war, hatte sie an der Lower East Side gelebt und würde dort auch sterben. »Ich glaube, meinem Vater würde es gefallen, wenn er komfortabler wohnen könnte. Aber meine Mutter ließe das nie zu.« Sie war eine Frau, die noch immer Kittelschürzen trug und stolz darauf war, daß sie nur einen ›guten‹ Mantel besaß. Wenn sie gewollt hätte, hätte sie sich jeden Mantel bei Axelle leisten können.

»Was machst du mit dem vielen Geld? Legst du es an?« Sie dachte ein wenig beklommen an Clayton und seine Börsenspekulationen, aber Simon war in diesem Punkt viel vorausblickender. Er hatte einen untrüglichen Instinkt für das, was Profit brachte.

»Einiges habe ich investiert, meist in Bonds, und einen Großteil habe ich wieder ins Unternehmen gesteckt. Außerdem habe ich letztes Jahr zwei Textilfabriken gekauft. Ich glaube, wenn wir unsere Stoffe selbst herstellen, sind wir besser dran als mit importierter Ware. Zudem habe ich die Möglichkeit der Qualitätskontrolle. Beide Fabriken liegen in Georgia, wo es billige Arbeitskräfte gibt. Ein paar Jahre wird es dauern, aber ich glaube, mit der Zeit wird sich die Produktion auf unseren Profit sehr günstig auswirken.« Daran wagte sie gar nicht zu denken, denn die Summen, die er ihr als Gewinn genannt hatte, waren für sie jetzt schon schwindelerregend. In zwanzig Jahren hatte er das Unternehmen praktisch aus dem Nichts aufgebaut und war mit vierzig Jahren im Besitz eines Riesenvermögens. »Also, mein Liebling, wenn du ein eigenes Geschäft aufmachen willst – nur zu. Du nimmst niemandem etwas weg.« Er überlegte, während Zoya seine Eröffnung erst verarbeiten mußte. »Ich glaube, es wird sogar eine verdammt gute Investition«, sagte er schließlich.

»Simon, wirst du mir dabei helfen?«

»Schätzchen, du brauchst meine Hilfe nicht, außer vielleicht beim Ausstellen der Schecks.« Er küßte sie. »Du verstehst von dieser Branche mehr als alle anderen. Du hast ein untrügliches Gefühl für Stil und Mode. In Paris hätte ich schon deinen Rat befolgen und kein Shocking Pink herstellen sollen.« Er lachte gutmütig. Auf seinen pinkfarbenen Stoffen war er sitzengeblieben. Die New Yorkerinnen waren noch nicht reif dafür, von den wenigen abgesehen, die nach Paris fuhren und direkt im Haus Schiaparelli kauften. »Womit soll ich anfangen?« Ihre Gedanken überstürzten sich vor Erregung.

»Du könntest die nächsten Monate damit verbringen, einen geeigneten Standort zu suchen. Und im Frühjahr könnten wir nach Paris fahren und ein paar Sachen für den Herbst ordern. Wenn du jetzt anfängst«, er stellte mit zusammengekniffenen Augen eine Berechnung an, »könntest du im September eröffnen.«

»Das ist zu früh.« Bis dahin waren es nur mehr neun Monate, und es würde viel Arbeit geben. »Elise könnte den Salon für mich einrichten. Sie weiß genau, was die Leute haben wollen, auch wenn die es selbst nicht wissen.«

Er lächelte über seine vor Begeisterung sprühende Frau. »Du könntest die Einrichtung auch selbst aussuchen.«

»Nein, könnte ich nicht.«

»Wie du willst. Du wirst vielleicht gar nicht die Zeit dazu haben. Wenn du einen Standort suchst, Personal einstellst und Bestellungen machst, wirst du ohnehin alle Hände voll zu tun haben und kannst dich nicht noch um die Ladenausstattung kümmern. Laß mich mal überlegen ... ich werde mit ein paar Leuten wegen der Räume Kontakt aufnehmen.«

»Dir ist es also ernst?« In ihren Augen leuchtete grünes Feuer. »Du meinst tatsächlich, daß ich ein Geschäft aufmachen soll?«

»Aber sicher. Stürzen wir uns hinein. Wenn es nicht klappt, dann machen wir den Laden dicht und buchen ein Jahr als Verlust ab. Das tut nicht weiter weh.« Und jetzt wußte sie, daß sie es sich wirklich leisten konnten.

In den nächsten drei Wochen wurde von nichts anderem mehr gesprochen, und als Zoya ihren Mann zum russischen Weihnachtsfest mit in die Mette nahm, hatte sie ihm ständig etwas zuzuflüstern. Einer seiner Gewährsleute in der Immobilienbranche hatte einen geradezu idealen Standort an der Hand. Sie konnte es kaum erwarten, sich die Räume anzusehen.

»Deine Mutter würde in Ohnmacht fallen, wenn sie dich hier in der Kirche sähe«, sagte sie, den Blick auf ihn gerichtet. Diesmal hatte der Gottesdienst sie nicht wehmütig gestimmt, sie war viel zu aufgeregt über die Verwirklichung ihrer Pläne.

In der Kirche war sie Serge Obolenski seit vielen Monaten erstmals wieder begegnet. Er hatte sich höflich verbeugt, als sie ihn Simon zuliebe auf englisch vorstellte.

»Mich wundert nur, daß du ihn nicht geheiratet hast«, bemerkte Simon hinterher leise, vergeblich bemüht, seine Eifersucht zu verbergen, aber Zoya lachte nur.

»Liebling, Serge hat nie das geringste Interesse für mich gezeigt. Er ist viel zu klug, um eine verarmte russische Adlige zu heiraten. Da sagen ihm die amerikanischen Erbinnen mehr zu.«

Simon zog sie an sich und küßte sie im Auto. »Er weiß nicht, was ihm entgeht.«

Am nächsten Tag ging Zoya mit Axelle essen und erzählte ihr ganz aufgeregt von ihren Plänen. Sie hatte Axelle von Anfang an reinen Wein eingeschenkt und sie beruhigt, daß sie ihr nicht direkt Konkurrenz machen wollte.

»Warum nicht?« Die Freundin sah sie erstaunt an. »Macht Chanel nicht Dior Konkurrenz? Und Elsa allen beiden? Sei nicht dumm. Konkurrenz belebt das Geschäft!« So hatte Zoya es nicht gesehen, aber sie war erleichtert, daß sie Axelles Segen hatte.

Und als sie den Laden sah, den Simons Freund in petto hatte, verliebte sie sich auf der Stelle. Die Lage war ideal. Es war ein ehemaliges Restaurant an der Ecke Fifty-fourth und Fifth Avenue, nur drei Blocks von Axelle entfernt. Das Haus war in einem erbärmlichen Zustand, aber als sie prüfend die Augen zusammenkniff und ihre Phantasie spielen ließ, wußte sie sofort, was sie wollte und was das beste war, das gesamte obere Geschoß war ebenfalls frei.

»Dann nimm doch beides«, riet Simon ihr.

»Meinst du nicht, daß es zu groß wird?« Die Fläche war riesig – ein Grund für die Pleite des Restaurants, das für den kleinen Kundenkreis zu groß gewesen war, aber Simon schüttelte den Kopf. Seine untrügliche Nase fürs Geschäft verließ ihn auch diesmal nicht.

»Die Damenbekleidung machst du unten, die Herrensachen oben, und wenn es klappt«, meinte er augenzwinkernd zu seinem Freund, »dann kaufen wir das ganze Gebäude. Vielleicht sollten wir jetzt gleich zugreifen, ehe jemand Lunte riecht und die Miete hochtreibt.« Simon kritzelte ein paar Berechnungen auf einen Zettel und nickte. »Los, Zoya, kaufe das ganze Haus.«

»Das Haus? Kaufen?« Fast blieben ihr die Worte im Hals stecken. »Und was mache ich mit den anderen drei Etagen?«

»Vermiete sie mit jährlicher Kündigungsfrist. Wird dein Laden ein Erfolg, dann kannst du Jahr für Jahr ein Stockwerk dazunehmen. Eines schönen Tages wirst du vielleicht heilfroh sein, fünf Etagen zu haben.«

»Simon, das ist ja Wahnsinn!« Sie war so aufgeregt, daß sie es kaum aushielt. Nie hatte sie von einem eigenen Geschäft geträumt, und plötzlich sollte sie eines haben. Sie beauftragten einige Architekten und zogen Elsie de Wolfe zu Rate, und binnen weniger Wochen war sie umgeben von Bauplänen, Skizzen, Zeichnungen und Entwürfen. Die Bibliothek war mit Marmormustern, mit Stoffen und mit Holzmustern für Täfelungen übersät. Das ganze Haus stand kopf, während Zoya sich mit Elan um den Umbau kümmerte, so daß Simon ihr schließlich einen Schreibtisch in seinem Büro überließ und dazu eine eigene Sekretärin, die ihr den Kleinkram abnahm ... sogar Cholly Knickerbocker fand es wert, über Zoyas Pläne in seiner Kolumne zu berichten, und in der New York Times erschien ein Artikel unter der Überschrift »Achtung, New York!«, in dem es unter anderem hieß: »Als sich Zoya Ossupowa, ehemalige Assistentin von Axelle, und Simon Hirsch mit einem Imperium an der Seventh Street vergangenen Juli zusammentaten, wurde vielleicht der Grundstein für etwas ganz Großes gelegt!« Es waren prophetische Worte.

Im März machten sie auf der ›Normandie‹ die Überfahrt nach Frankreich, um für Simons Kollektionen einzukaufen und den Grundstock für Zoyas Geschäft zusammenzustellen ... Und diesmal kaufte sie nach Herzenslust und eigenem Geschmack ein, ohne sich Axelle fügen zu müssen. Noch nie im Leben hatte Zoya so viel Spaß gehabt wie bei den Einkäufen mit Simon, der ihr ein unbegrenztes Budget zur Verfügung gestellt hatte. Sie stiegen im George V ab und genossen dort Augenblicke der Zweisamkeit, die für sie wie zweite Flitterwochen waren. Einen Monat später trafen sie wieder in New York ein, glücklich, voller Ideen und verliebter als zuvor. Ihre Heimkehr wurde nur durch die Nachricht getrübt, daß Sascha von der Schule geflogen war. Mit ihren zwölf Jahren hatte sie sich zu einer wahren Plage entwickelt.

»Sascha, wie konnte es nur dazu kommen?« Gleich am ersten Abend daheim suchte Zoya das Gespräch mit ihrer Tochter. Wie im Jahr zuvor hatte Nicholas sie vom Schiff abgeholt, diesmal aber in dem neuen Düsenberg, den Simon noch rasch bestellt hatte, ehe die Produktion im Vorjahr eingestellt worden war. Nicholas hatte sich sehr gefreut, seine Mutter wiederzusehen, obwohl er ihr die Neuigkeit beibringen mußte. Sascha war mit Lippenstift und Nagellack zur Schule gegangen und dabei ertappt worden, wie sie einen der Lehrer küßte. Dem Lehrer wurde sofort gekündigt, und Sascha mußte die Schule verlassen.

»Warum?« fragte Zoya zum wiederholten Mal. »Warum hast du das getan?«

»Aus Langeweile«, sagte Sascha und zog die Schultern hoch. »Außerdem ist es blöd, wenn man auf eine reine Mädchenschule geht.« Simon hatte das Schulgeld für Marymount bezahlt, und Zoya hatte sich so gefreut, daß Sascha eine bessere Schule besuchen konnte als die, die sie ihr hatte bieten können. Nicholas war am Trinity geblieben, weil es ihm dort sehr gut gefiel. Er hatte noch zwei Jahre vor sich, ehe er nach Princeton wechseln würde, wie schon vor ihm sein Vater. Sascha hatte es nur ein halbes Jahr auf der Marymount-Schule ausgehalten und stand jetzt auf der Straße. Das schlimmste war, daß sie nicht einmal den Anstand besaß, auch nur eine Spur von Reue zu zeigen. An der gesamten Schule hatte es nur zwei männliche Lehrkräfte gegeben, den Musiklehrer und den Tanzlehrer, sonst unterrichteten dort nur Nonnen. Auch an einer Schule dieses Typs gelang es Sascha, Unfug zu machen. Zoya fragte sich, ob dies Saschas Rache dafür war, daß sie sie so lange allein gelassen hatte und sich so sehr in das neue Unternehmen hineingekniet hatte. Zum erstenmal hatte Zoya eine Anwandlung von Gewissensbissen – zu spät allerdings. Vor der Europareise hatte sie ihre gesamte amerikanische Kollektion bestellt, und jetzt war der Rest in Paris geordert und bezahlt worden. Sie mußte das Geschäft eröffnen, koste es, was es wolle. Sascha hatte sich den denkbar ungünstigsten Zeitpunkt ausgesucht, um Ärger zu machen, denn Zoya war im Moment so beschäftigt wie nie zuvor.

»Ist dir die ganze Sache denn gar nicht unangenehm?« fragte Zoya. »Denk doch, wie lieb es von Simon war, dich in diese Schule zu schicken.« Das Mädchen reagierte wieder mit einem Achselzucken, und Zoya wurde das Gefühl nicht los, sich jeden

Zugang zu ihrer Tochter verbaut zu haben. Als sie ins Schlafzimmer ging, traf sie Simon beim Auspacken an. »Es tut mir leid, Simon, daß Sascha so undankbar ist.«

»Was hat sie denn gesagt?« Simon sah seine Frau besorgt an. Sascha hatte ihm schon in den vergangenen Monaten Kummer gemacht. Mehr als einmal hatte er bemerkt, daß sie ihn schmachtend ansah. Ein weniger prinzipientreuer Mann hätte dies zum Anlaß genommen, sie als Frau und nicht mehr als Kind anzusehen, aber er hatte Zoya gegenüber nichts davon erwähnt. Er behandelte Sascha einfach weiter wie ein Kind, aber das reizte sie noch mehr. Aber schließlich war sie erst zwölf und unglaublich hübsch. Sie hatte die unterkühlte Schönheit ihrer deutschen Großmutter geerbt und das russische Temperament ihrer Mutter – eine gefährliche Kombination. »Ist sie sehr deprimiert?« fragte er noch.

Zoya schüttelte betroffen den Kopf. »Wenn sie es nur wäre.« Sascha hatte keine Spur von Zerknirschung erkennen lassen.

»Und was wirst du jetzt tun?«

»Tja, ich werde wohl eine andere Schule suchen müssen.« Es war Mitte April. »Ich könnte bis zum Herbst einen Hauslehrer nehmen, weiß allerdings nicht, ob ihr dies guttäte.«

Simon gefiel die Idee. »Vielleicht solltest du es als Übergangslösung versuchen. Damit wäre der Druck von ihr genommen.« Wenn der Hauslehrer weiblich war. Doch der einzige, den Zoya auftreiben konnte, war ein nervöser Jüngling, der ihr versicherte, er würde mit Sascha spielend fertig. Nach einem knappen Monat ergriff er entsetzt die Flucht, ohne Zoya zu sagen, daß seine Schülerin ihn am Vortag in einem Nachthemd empfangen, das offensichtlich ihrer Mutter gehörte, und ihn aufgefordert hatte, sie zu küssen.

»Du bist ein richtiges Ekel«, schalt Nicholas seine Schwester. Mit seinen fast sechzehn Jahren durchschaute er sie viel besser als seine eigene Mutter. Und Sascha raufte mit Nicholas wie eine Katze und zerkratzte ihm im Zorn das Gesicht. Sogar Simon machte sich Sorgen um das Kind, aber immer wenn er nahezu jede Hoffnung aufgegeben hatte, benahm sie sich gehorsam und erstaunlich liebenswert.

Der Umbau des neuen Geschäftslokals ging mit unglaublichem Tempo voran, und schon im Juli sah es aus, als sei eine Eröffnung im September möglich. Sie feierten ihren Hochzeitstag in einem gemieteten Haus auf Long Island, zwei Tage nachdem Amelia Earhart über dem Pazifik als vermißt gemeldet wurde. Nicholas war fasziniert von dieser Frau und gestand Simon, daß er eines Tages den Flugschein machen wollte, denn Charles Lindbergh war noch immer sein großes Ideal. Nicht weniger fasziniert hatte ihn die ›Hindenburg‹, der Zeppelin, der Anfang Mai über New Jersey in Flammen aufgegangen war. Zum Glück waren Zoya und Simon nicht auf die Idee gekommen, mit dem Zeppelin nach Europa zu fliegen. Zoya flog nicht gern, und sie hatte eine Schiffsreise zur Erinnerung an ihre erste gemeinsame Überfahrt auf der ›Queen Mary‹ im Jahr zuvor machen wollen.

»Nun, Mrs. Hirsch, was halten Sie davon?« Simon stand in der Schuhabteilung in ihrem neuen Laden. Es war Anfang September. »Ist alles so, wie du dir es vorgestellt hast?«

Gerührt ließ sie den Blick durch den Raum wandern. Elsie de Wolfe hatte mit viel Geschick eine Atmosphäre von Schönheit und erlesener Eleganz geschaffen, indem sie die hellgraue Seide der Wandbespannung mit rosa Marmorböden kombiniert, für gedämpfte Beleuchtung gesorgt und riesige Seidenblumenarrangements auf zierlichen Louis-XV-Tischen verteilt hatte. »Ich fühle mich wie in einem Palast!«

»Du verdienst nichts Geringeres, mein Liebling.« Simon küßte sie, und am Abend feierten sie mit Champagner. Das Haus sollte in der darauffolgenden Woche mit einer glänzenden Party eröffnet werden, zu der die gesamte Crème der New Yorker Gesellschaft erwartet wurde.

Zoya hatte das Kleid, das sie zu diesem Anlaß tragen wollte, bei Axelle gekauft. »Das wird dem Geschäft guttun! In meiner nächsten Anzeige werde ich verkünden, daß Gräfin Zoya meine Kundin ist!« Die beiden Frauen waren im Lauf der Jahre enge

Freundinnen geworden, und das würde sich auch in Zukunft nicht ändern.

Zoya und Simon hatten lange gemeinsam über den Namen des neuen Geschäfts gegrübelt, bis schließlich Simon eine Lösung eingefallen war. »Ich hab's!« hatte er mit blitzenden Augen ausgerufen.

»Ich auch«, meinte Zoya mit stolzem Lächeln. »Hirsch & Co.«

»Nein.« Der unromantische Name entlockte ihm ein Stöhnen. »Ich weiß gar nicht, warum mir das nicht eher eingefallen ist. ›Gräfin Zoya‹!« Zoya hielt das für billige Effekthascherei, aber schließlich konnte er sie überzeugen. Genau so etwas wollten die Leute. Sie wollten an dem Geheimnis der Aristokratie Anteil haben, sie gierten nach Adelsprädikaten, selbst wenn dies bedeutete, daß man sich einen Titel kaufen mußte oder daß man Kleider kaufen mußte, die eine Gräfin ausgewählt hatte. Die Klatschspalten überschlugen sich mit Berichten über ›Gräfin Zoya‹, und zum erstenmal seit Jahren ging Zoya auf die Partys, zu denen sie eingeladen wurde. Überall wurde sie als Gräfin Zoya vorgestellt und ihr Mann als Mr. Hirsch, und überall war sie es, die von den Damen der Gesellschaft und den Debütantinnen umringt wurde. Und immer sah sie erlesen aus in ihren schlicht geschnittenen Roben, die von Chanel, Madame Grés oder Lanvin stammten. Alles wartete gespannt auf die Eröffnung ihres Geschäfts, und die Frauen hofften insgeheim, mit Zoyas Kleidern auch etwas von ihrer Schönheit mitzubekommen.

»Du hast es geschafft, Liebling«, flüsterte Simon ihr am Abend der Eröffnung ins Ohr. Die Räumlichkeiten waren gedrängt voll, alles, was in New York Rang und Namen hatte, war da. Axelle hatte ihr ein Riesenarrangement weißer Orchideenblüten geschickt. Auf der beiliegenden Karte stand ›Bonne chance, mon amie, Axelle‹. Zoya las es mit feuchten Augen und sah Simon an.

»Es war deine Idee.«

»Es ist unser Traum.« Er lächelte. In gewissem Sinn war

es ihr Baby. Auch die Kinder waren gekommen, Sascha in einem reizenden weißen Spitzenkleid, ähnlich jenen Kleidern, die seinerzeit die Zarentöchter oder Zoya selbst getragen hatten. Deswegen hatte Zoya es aus Paris mitgebracht. Nicholas wirkte unglaublich männlich in seinem ersten Dinnerjacket. Simon hatte ihm dazu Manschettenknöpfe geschenkt, winzige goldgefaßte Saphire, von einem Diamantenkranz umgeben. Alles in allem eine hübsche Familie, die von den Fotografen umlagert wurde. Zoya mußte immer wieder mit den Berühmtheiten posieren, die sie als Kundinnen zu gewinnen hoffte.

Von jenem Tag an sollte das Geschäft nie leer sein. Die Frauen kamen in Cadillacs, in Pierce-Arrows und Rolls-Royces. Hin und wieder sah man auch einen Packard oder Lincoln vor der Tür. Henry Ford erschien persönlich, um einen Pelzmantel für seine Frau zu kaufen. Zoya hatte nur wenig Pelze eingeplant, da sie an Mänteln in erster Linie Simons Modelle verkaufen wollte. Aber Barbara Hutton bestellte ein Hermelincape und Mrs. Astor einen bodenlangen Zobel. Ende des Jahres stand das Schicksal von ›Gräfin Zoya‹ fest, denn die Weihnachtsumsätze waren atemberaubend gewesen. Sogar die Herrenabteilung im vornehm ausgestatteten Obergeschoß lief prächtig. Die Herren trafen ihre Auswahl in Räumen, deren Holztäfelung und prachtvolle Kamine an exklusive Klubs erinnerten, während ihre Ehefrauen ihr Geld eine Etage tiefer ausgaben. Es war alles, was Zoya sich je erträumt hatte, ja noch mehr. Zoya und Simon hoben in der Wohnung an der Park Avenue am Silvesterabend gutgelaunt die Gläser.

»Auf uns!« Zoya, die ein schwarzes Samtabendkleid von Dior trug, prostete ihrem Mann zu, worauf Simon mit einem Lächeln den Toast erwiderte: »Auf Gräfin Zoya!«

42

Gegen Ende des darauffolgenden Jahres mußte Zoya noch eine Etage dazunehmen, und Simons Idee, das ganze Haus zu kaufen, machte sich bezahlt. Die Herrenabteilung wurde eine Etage nach oben verlegt, und im ersten Stock wurden Pelze und die Exklusivmodelle angeboten. Daneben gab es jetzt auch eine kleine Boutique für die Kinder ihrer Kunden. Kleine Mädchen durften sich hier Partykleider und ihre ersten Abendkleider aussuchen. Zoya verkaufte sogar Taufkleidchen, meistens französischer Provenienz, und alle waren sie schön wie jene, die sie aus ihrer Kindheit im zaristischen Rußland kannte.

Ihre eigene Tochter tat nichts lieber, als sich im Geschäft neue Kleider auszusuchen, bis Zoya sie bremsen mußte. Saschas Appetit auf teure Sachen schien unstillbar, so daß man sie in ihre Schranken weisen mußte.

»Warum nicht?« schmollte Sascha, als Zoya ihr klarmachte, daß sie nicht einfach nach Laune einkaufen konnte.

»Weil du schon jede Menge hübscher Sachen in deinem Schrank hängen hast und du herausgewachsen sein wirst, ehe du sie alle tragen kannst.« Mit dreizehn war sie groß und schlank wie einst ihre Großmutter Natalja, um einen Kopf größer als ihre Mutter, und Nicholas überragte mit siebzehn beide. Es war sein letztes Schuljahr vor Princeton.

»Ich wünschte, ich könnte wie du gleich ins Geschäft einsteigen«, hatte er des öfteren voller Bewunderung zu Simon gesagt, der die Güte selbst war, so daß Nicholas großes Zutrauen gefaßt hatte.

»Eines Tages wirst du das auch, mein Junge. Laß dir Zeit damit. Hätte ich die Chance gehabt, auf ein College zu gehen, ich hätte mit beiden Händen zugegriffen.«

»Eigentlich kommt es mir wie reine Zeitverschwendung vor«, gestand Nicholas, obwohl er wußte, daß seine Mutter sehr enttäuscht gewesen wäre, wenn er nicht in Princeton studiert hätte.

Gottlob war es nicht weit, und er konnte möglichst oft nach Hause kommen. Er führte ein sehr geselliges Leben, schaffte aber auch gute Zensuren in der Schule – anders als seine Schwester. Sascha war mit dreizehn schon eine richtige Schönheit, die aussah wie eine Achtzehnjährige, als sie in den Sachen, die Zoya ihr ausgesucht hatte, im Raum hin und her lief.

»Das ist zu babyhaft!« klagte sie, mit einem Blick auf die ausgestellten Abendkleider. Sie konnte kaum erwarten, bis sie alt genug war, um sie zu tragen.

Und als Simon ihr anbot, sie in den neuen Disney-Film Schneewittchen und die sieben Zwerge auszuführen, lehnte sie empört ab.

»Ich bin doch kein Kleinkind mehr!«

»Dann benimm dich auch nicht wie ein Kleinkind!« zog Nicholas sie auf. Sascha wollte Samba und Conga tanzen, so wie Simon und Zoya, wenn sie ins El Morocco gingen. Auch Nicholas wäre gern mitgegangen, aber Zoya behauptete, er sei noch zu jung. Statt dessen führte Simon sie alle ins ›21‹ aus, und im Verlauf des Abends kam ausführlich zur Sprache, was im Moment mit den Juden in Europa passierte. Simon zeigte sich Ende 1938 äußerst besorgt über Hitlers Vorgehen. Er war überzeugt, daß es wieder zu einem Krieg kommen würde. Niemand sonst in New York schien sich deswegen große Sorgen zu machen. Die Leute gingen auf Partys, auf Empfänge und Bälle, und die Kleider schienen aus Zoyas Salon nur so hinauszufliegen. Sie erwog bereits, noch ein Stockwerk dazuzunehmen, aber dann erschien ihr dieser Schritt doch voreilig, weil sie Angst hatte, das Geschäft würde nachlassen. Simon lachte sie wegen ihrer Befürchtungen aus.

»Finde dich damit ab, mein Schatz, daß du ein durchschlagender Erfolg bist! Das Geschäft wird nie nachlassen. Wenn man es einmal geschafft hat wie du, dann läßt einen der Erfolg nicht mehr im Stich. Du hast dein Renommee mit Qualität und Stil abgesichert. Und solange du diese Eigenschaften verkaufst, werden die Kundinnen den Laden stürmen.«

Zoya gestand sich widerwillig ein, daß er recht hatte, und sie stürzte sich noch mehr in die Arbeit, so sehr, daß man sie nur im Geschäft erreichen konnte, als Sascha kurz vor den Weihnachtsferien wieder von der Schule flog. Sie hatten sie im Lycée Française untergebracht, einer kleinen, von einem soignierten Franzosen geleiteten Schule, der keinen Unfug duldete. Er rief Zoya höchstpersönlich an, um sich über Mademoiselle Sascha zu beklagen. In aller Eile nahm Zoya ein Taxi in die Ninety-fifth Street, um ihn anzuflehen, das Kind in seinem Institut zu behalten. Offenbar hatte Sascha häufig geschwänzt, vor allem aber hatte sie in dem wunderhübschen Ballsaal der Schule eine Zigarette geraucht.

»Madame, sie muß bestraft werden. Und man muß sie strikter Disziplin unterwerfen – andernfalls, Madame, werden wir es eines Tages sehr bereuen, fürchte ich.« Doch nach einem längeren Gespräch mit Zoya zeigte er sich einverstanden, Sascha bleiben zu lassen, sozusagen auf Bewährung. Und Simon versprach, sie allmorgendlich persönlich zur Schule zu fahren, damit gewährleistet war, daß sie nicht wieder schwänzte.

»Meinst du nicht, ich sollte zu Hause sein, wenn sie nach der Schule heimkommt?« fragte Zoya Simon an jenem Abend. Sie wurde von heftigen Gewissensbissen geplagt, weil sie so viel Zeit im Geschäft verbrachte.

»Nein, das glaube ich nicht«, sagte Simon aufrichtig. Er war zum erstenmal richtig zornig auf Sascha. »Mit vierzehn Jahren sollte sie sich bis sechs Uhr, bis wir beide nach Hause kommen, anständig aufführen können.« Dabei wußte er sehr wohl, daß Zoya oft erst nach sieben nach Hause kam. Es gab immer so viel zu tun, sie wollte Änderungen überwachen und bestimmte Bestellungen selbst erledigen, damit es keine Fehler gab. Und ein Teil ihres Erfolges war ihre ständige Verfügbarkeit für Kundinnen, die sie persönlich verlangten. »Du kannst nicht alles allein machen«, hatte Simon ihr oft vorgehalten, doch insgeheim war sie überzeugt, daß sie für alles verantwortlich war, ebenso wie sie überzeugt war, sie sollte eigentlich zu Hause bei den Kindern sein. Aber Nicholas war fast achtzehn, und Sascha war nur vier Jahre jünger, sie waren Halbwüchsige und keine Kinder mehr. »Sie muß sich einfach zusammennehmen.« Und als Simon Sascha abends die Leviten las, stürmte sie aus der Bibliothek und knallte ihre Zimmertür zu. Zoya vergoß wieder Tränen.

»Manchmal glaube ich, sie bezahlt den Preis für das Leben, das ich früher führte«, sagte sie, als sie sich die Nase in Simons Taschentuch putzte und ihn dann unglücklich ansah. Sascha machte Zoya schon seit geraumer Zeit große Sorgen, und Simon war deshalb wütend auf das Mädchen. »Als sie klein war, mußte ich arbeiten, und jetzt ... vielleicht ist es zu spät, daß man alles wettmachen kann.«

»Zoya, du hast nichts wettzumachen. Sie hat alles, was sie will, und dazu eine Mutter, die sie über alles liebt.« Das Problem bestand darin, daß Sascha ein verzogener Fratz war, aber er wollte nicht derjenige sein, der dies offen aussprach. Ihr Vater hatte ihr immer nachgegeben, und Nicholas und Zoya hatten es in den Jahren nach seinem Tod nicht viel besser gemacht. Zoya hatte sich zwar auch Nicholas gegenüber immer sehr nachsichtig gezeigt, er aber hatte es ihr mit immer mehr Liebe und Vernunft gedankt, und er wußte durchaus zu schätzen, was Simon für ihn tat. Sascha hingegen forderte immer nur und hatte fast täglich Tobsuchtsanfälle. Wenn sie kein neues Kleid wollte, waren es neue Schuhe oder eine Reise, oder sie jammerte, weil sie nicht nach St. Moritz fuhren oder kein Haus auf dem Lande besaßen. Trotz des Vermögens, das Simon erarbeitet hatte, zeigten er und Zoya keinerlei Neigung zu einem verschwenderischen Luxusleben. Zoya hatte ein solches Leben schon einmal geführt, im Moment aber war ihr die Gemeinsamkeit mit Simon viel wichtiger.

Die Sorgen wegen Sascha verdarben ihnen fast die Weihnachtsferien, und nach dem russischen Weihnachtsfest sah Zoya richtig krank aus. Sie war bleich und arbeitete unentwegt, fast als könne sie ihre Sorgen im Geschäft begraben. Um sie aufzuheitern, kündigte Simon an, daß er mit ihr, ohne Kinder, zum Skifahren nach Sun Valley fahren wollte. Damit brachte er Sascha noch mehr gegen sich auf. Sie wollte mitkommen, und Simon erklärte ihr barsch, daß das ausgeschlossen sei. Sie mußte in New York bleiben und zur Schule gehen. Daraufhin unternahm Sascha alles, um ihnen den Urlaub zu verderben. Sie rief in Sun Valley an und erzählte, daß der Hund krank sei. Nicholas stellte am darauffolgenden Tag klar, daß das eine Lüge gewesen war. Sascha verschüttete Tinte auf dem Teppich in ihrem Zimmer und schwänzte wieder die Schule. Zoya wollte nichts wie nach Hause, um ihre Tochter wieder unter Kontrolle zu bekommen. Ihre Sorgen beschäftigten sie so, daß sie auf der Rückfahrt unter starker Übelkeit litt. In New York bestand Simon darauf, daß sie sofort einen Arzt konsultierte.

»Simon, sei nicht albern. Ich bin nur müde«, fuhr sie ihn in einem Ton an, wie er ihn von ihr nicht gewöhnt war.

»Mir egal. Du siehst schrecklich aus. Sogar meine Mutter sagte, daß sie sich Sorgen um dich macht, seit sie dich das letztemal gesehen hat.« Zoya lachte nur. Sofia Hirschs Sorge galt ansonsten nur ihrer Religion und nicht ihrer gesundheitlichen Verfassung. Schließlich gab sie nach und vereinbarte für die kommende Woche einen Termin beim Arzt, obwohl sie sich sehr töricht vorkam. Sie wußte, daß sie überarbeitet war und daß die Sorgen um Sascha an ihr zehrten, obwohl das Mädchen sich gefügiger zeigte, nachdem sie aus Sun Valley zurück waren.

Zoya war nicht annähernd auf das vorbereitet, was der Arzt ihr nach der Untersuchung zu sagen hatte. »Sie sind schwanger, Mrs. Hirsch«, eröffnete er ihr mit wohlwollendem Lächeln. »Oder soll ich Sie Gräfin Zoya nennen?«

»Ich bin ... was?« Ungläubig starrte sie den Mann an. Sie war vierzig, und das allerletzte, was sie sich wünschte, war ein Kind, auch nicht, wenn es Simons Kind war. Sie hatten sich vor eineinhalb Jahren bei der Heirat darauf geeinigt, daß Kinder nicht in Frage kämen. Zwar wußte sie, daß Simon dies bedauerte, aber da sie nun ihr Geschäft hatte, war nicht daran zu denken. Es darf nicht sein, dachte sie, während sie den Arzt noch immer fassungslos ansah. »Das ist unmöglich!«

»Doch, es stimmt.« Er stellte ihr noch ein paar Fragen und rechnete dann aus, daß das Baby um den ersten September zur Welt kommen mußte. »Wird Ihr Mann sich nicht freuen?«

»Ich ... er ...« Zoya brachte kaum ein Wort heraus. In ihren Augen standen Tränen, als sie versprach, in einem Monat wieder zur Untersuchung zu kommen, und rasch hinauslief.

An jenem Abend zeigte sie sich beim Abendessen sehr wortkarg und trug eine richtige Trauermiene zur Schau. Simon beobachtete sie voller Besorgnis. Doch er hielt sich zurück, bis sie allein in der Bibliothek saßen. Dann erst fragte er, was der Arzt gesagt hatte. »Stimmt etwas nicht?« Er wußte, daß er es nicht überleben würde, wenn ihr etwas zustieße, und er las in ihrem Blick, daß sie sich sehr aufgeregt hatte.

»Simon ...« Sie schaute verängstigt zu ihm auf. »Ich bin schwanger.« Zunächst starrte er sie an, um eine Sekunde später auf sie zuzustürzen und sie mit einem Freudenschrei in die Arme zu nehmen. »O mein Liebling ... mein Liebling ... es ist nicht zu fassen ...« Als sie ihn wieder ansah, lachte und weinte er gleichzeitig. Sie hatte nicht das Herz, ihm zu gestehen, daß sie den ganzen Nachmittag über eine Abtreibung nachgedacht hatte. Sie wußte, daß ein solcher Eingriff gefährlich war, aber einige ihrer Kundinnen hatten ihn gewagt und überlebt. Sie war viel zu alt für ein Kind. Mit vierzig wurde man nicht mehr Mutter. Zumindest nicht in ihrem Bekanntenkreis, nein, kein Mensch, der seine fünf Sinne beisammen hatte ... Tränen stiegen ihr in die Augen. Verzweifelt sah sie ihren Mann an.

»Wie kannst du darüber nur so glücklich sein? Ich bin vierzig, zu alt für ein Kind.«

Besorgt sah er sie an. »Hat das der Arzt gesagt?«

»Nein«, stieß sie hervor und putzte sich die Nase. »Er hat mir gratuliert.« Simon lachte nur, als sie anfing, wütend auf und ab zu laufen. »Und was wird aus dem Geschäft? Simon, überleg doch ... und was soll aus den Kindern werden?«

»Es wird ihnen guttun.« Er setzte sich mit einer Miene, als hätte er die Welt erobert. »Nicholas kommt nächstes Jahr aufs

College, und er wird sich sicher riesig freuen. Und Sascha kann es nicht schaden, wenn sie nicht mehr das Nesthäkchen ist. Sie wird sich jedenfalls daran gewöhnen müssen. Und der Laden wird von allein laufen. Du kannst täglich ein paar Stunden hingehen, und mit der Zeit wirst du ein Kindermädchen nehmen …« Er hatte alles schon geplant. Zoya drehte sich um. Sie arbeitete viel, und Saschas Launen waren ohnehin immer ein Unsicherheitsfaktor. Ein kleines Kind würde ihr Leben noch mehr belasten und aus dem Gleichgewicht bringen.

»Ein paar Stunden? Meinst du, ich könnte das Unternehmen mit ein paar Stunden Arbeit führen? Du mußt verrückt sein!«

»Nein.« Er lächelte gelassen. »Aber ich bin verrückt nach meiner Frau …« Er lächelte strahlend wie ein Junge. Mit dreiundvierzig würde er endlich Vater werden! »Ich werde Vater!« Er war so hingerissen, daß ihr der Wind aus den Segeln genommen wurde. Sie ließ sich aufs Sofa sinken und weinte noch heftiger.

»Simon … wie konnte das nur passieren?«

»Komm«, er rückte näher und legte den Arm um sie. »Ich werde es dir erklären …«

»Simon, hör auf!«

»Warum? Schwanger kannst du nun nicht mehr werden.« Es amüsierte ihn um so mehr, weil sie immer so vorsichtig gewesen war, aber das Schicksal teilte zuweilen die Karten ganz anders aus, und er würde nicht zulassen, daß Zoya daran etwas änderte. Sie hatte bereits dunkel angedeutet, daß man ›etwas machen‹ könnte, und er wußte, was sie meinte, aber das kam für ihn nicht in Frage. Er würde nicht zulassen, daß sie ihr Leben aufs Spiel setzte, indem sie das Kind abtrieb, das er sich immer gewünscht hatte. »Zoya … Liebling … beruhige dich erst mal und denke in aller Ruhe nach. Du kannst so lange arbeiten, wie es geht. Wahrscheinlich kannst du täglich ins Büro gehen, bis das Kind geboren wird, wenn du nicht zu viel auf den Beinen bist. Und nachher kannst du wieder ins Geschäft, und es wird sich nicht viel verändern – aber wir werden ein wunderhübsches kleines Baby haben, das wir unser Leben lang lieben. Ist das so schlimm?« Es hörte sich nicht schlimm an, wenn er es ihr so plausibel machte, und Simon war zu ihren Kindern so gut gewesen, daß sie ihm ein eigenes Kind schwerlich verweigern konnte. Seufzend schneuzte sie sich wieder.

»Unser Kind wird mich auslachen, wenn es erwachsen ist. Es wird glauben, ich wäre seine Großmutter und nicht seine Mutter.«

»Nicht, wenn du annähernd so aussiehst wie jetzt, und warum sollte sich das ändern?« Sie war noch immer schön und wirkte trotz ihrer vierzig Jahre sehr mädchenhaft. Nur der Umstand, daß sie einen fast erwachsenen Sohn hatte, ließ auf ihr wahres Alter schließen, und sie war auf Nicholas so stolz, daß sie ständig von ihm erzählte. Andernfalls hätte man sie nicht älter als Ende Zwanzig, höchstens dreißig geschätzt. »Ich liebe dich so sehr«, beteuerte Simon. Zoya aber wurde wieder übel, als sie an Sascha dachte.

»Was sollen wir ihr sagen?«

»Wir teilen ihr die gute Nachricht mit, daß wir ein Kind bekommen«, empfahl er mit liebevollem Lächeln.

»Ich glaube, sie wird außer sich sein.« Es zeigte sich, daß dies die Untertreibung des Jahrhunderts war. Niemand war auf den Wirbelsturm gefaßt, der die Park Avenue heimsuchte, als Zoya ihrer Tochter die Neuigkeit anvertraute.

»Du bist ... was? Das ist doch das Widerlichste, was ich je gehört habe! Was, um Himmels willen, soll ich meinen Freundinnen sagen? Die werden sich totlachen über mich. Ich kann mich in der Schule nicht mehr zeigen, und das ist alles deine Schuld!« Sie tobte, während Zoya sie unglücklich ansah.

»Liebling, das ändert doch nichts daran, daß ich dich liebe. Weißt du das nicht?« schloß sie hilflos.

»Mir doch egal! Und ich will hier mit dir nicht mehr leben, wenn du ein Baby hast!« Sie hatte die Tür zugeknallt und verschwand nach der Schule spurlos. Zwei volle Tage hatte es gedauert, bis sie dahinterkamen, daß sie bei einer Freundin untergekrochen war. Inzwischen hatten Zoya und Simon die Polizei benachrichtigt. Sascha trat ihnen im Wohnzimmer der Freundin mit trotziger Miene entgegen, während sie selbst vor Kummer außer sich waren. Zoya bat sie leise, mit ihnen nach Hause zu kommen. Als Sascha sich weigerte, wurde Simon wütend.

»Hol deine Sachen, und zwar sofort! Hast du verstanden?« Er ergriff Saschas Arm und schüttelte sie, ungeachtet ihres fassungslosen Blickes. So hatte er sie noch nie behandelt, und Sascha hatte schon geglaubt, daß ihn nichts aus der Ruhe bringen konnte. Doch jetzt war Simons Geduld am Ende. »Hol Hut und Mantel und alles, was du mitgebracht hast. Du kommst mit uns, ob du willst oder nicht. Und wenn du dich nicht benimmst, Sascha, dann sperre ich dich in ein Kloster.« Einen Moment lang glaubte sie ihm. Simon aber wollte nur verhindern, daß seine Frau wegen ihrer verzogenen Tochter eine Fehlgeburt erlitt. Gleich darauf kam Sascha mit ihren Sachen wieder. Sie wirkte etwas nachdenklicher und zeigte etwas mehr Respekt vor Simon. Zoya entschuldigte sich wortreich bei der Mutter von Saschas Freundin, und dann gingen sie mit ihr hinunter und fuhren nach Hause. Simon ließ eine geharnischte Gardinenpredigt vom Stapel, kaum daß sie ihren Fuß in die Wohnung gesetzt hatten. »Solltest du es jemals wieder wagen, deiner Mutter auch nur andeutungsweise Ärger zu machen, Sascha Andrews, dann bekommst du von mir eine Tracht Prügel, daß du dich nicht mehr rühren kannst, verstanden?« brüllte er, und Zoya lächelte insgeheim. Sie wußte, daß er das Kind nie angefaßt hätte, auch jetzt nicht, im größten Zorn. Und plötzlich wurde sie von der Angst erfaßt, er könne wie Clayton einen Herzanfall bekommen.

»Geh auf dein Zimmer, Sascha«, sagte sie kühl, und diesmal gehorchte das Mädchen, verdutzt über ihre Reaktion. In diesem Augenblick kam Nicholas herein und bedachte seine Schwester mit einem vielsagenden Blick.

»Das war längst fällig. Ich glaube, genau das braucht sie, einen tüchtigen Tritt in die Kehrseite.« Mit lausbübischem Auflachen sagte er dann, nachdem Simon sich wieder beruhigt hatte: »Diese Aufgabe übernehme ich mit Freuden.« Dann wandte er sich mit jenem Lächeln an seine Mutter, das sie so oft an ihren Bruder erinnerte. »Du sollst wissen, daß ich es wunderbar finde ... das Baby, meine ich.«

»Danke, mein Schatz.« Sie ging zu ihm und legte einen Arm um ihren großen, gutaussehenden Sohn, den sie geradezu lächerlich stolz betrachtete.

»Es wird dir nicht peinlich sein, daß deine alte Mutter ein Kind kriegt?«

»Wenn ich eine alte Mutter hätte, wäre es mir vielleicht peinlich.« Er lächelte ihr zu, und gleich darauf begegnete er Simons liebevollem Blick. Er ging auf ihn zu und umarmte ihn.

»Meine Glückwünsche, Dad.« Nicholas sagte es leise und hielt ihn fest, während Simon Tränen in die Augen schossen. Es war das erste Mal, daß der Junge ihn so nannte. Ein neues Leben hatte begonnen – für alle, nicht nur für Zoya und Simon.

43

Im April 1938 wurde in Flushing Meadows die Weltausstellung eröffnet, und Zoya wäre liebend gern hingegangen. Simon aber war der Meinung, daß sie sich schonen sollte, und dort herrschte großes Gedränge. Sie war im vierten Monat und arbeitete noch immer den ganzen Tag im Geschäft, wenn sie sich jetzt auch etwas mehr vorsah als zuvor. Statt dessen sah sich Simon die Weltausstellung mit den Kindern an, die begeistert waren. Sogar Sascha nahm sich zusammen, wie überhaupt nach Simons mittlerweile berühmt gewordener Explosion. Zoya gegenüber war sie noch immer unausstehlich, weil sie bei ihr leider viel zu oft ungeschoren davonkam.

Im Juni nahm PanAm regelmäßig Passagierflüge über den Atlantik auf, und Nicholas hätte alles dafür gegeben, mit der ›Dixie Clipper‹ nach Europa zu fliegen. Simon erlaubte es ihm nicht. Er hielt es für zu gefährlich, zumal er die Vorgänge in Europa für besorgniserregend hielt. Als er mit Zoya im Frühjahr auf der ›Normandie‹ in Europa gewesen war, um Modelle für das Geschäft und Stoffe für seine Mantelkollektion zu kaufen, hatte er die gespannte Atmosphäre bemerkt und war sich der antisemitischen Haltung noch deutlicher bewußt geworden als in den Jahren davor. Simon war überzeugt, daß es zum Krieg kommen würde. Statt der Europareise schenkte er Nicholas zum Schulabschluß eine Reise nach Kalifornien, die dieser mit Freuden antrat. Nicholas flog nach San Franzisko und verliebte sich in die Westküste und alles, was sie zu bieten hatte. Bei der Rückkehr machte er sich gehörig über den Leibesumfang seiner Mutter lustig. Im August blieb Zoya dann endgültig zu Hause und rief statt dessen jede Stunde im Geschäft an, weil sie mit sich nichts anzufangen wußte, wenn sie nicht arbeitete. Simon brachte ihr Näschereien, Bücher und Zeitschriften, die ihr gefielen, aber Ende August drehten sich ihre Gedanken ausschließlich um das Kinderzimmer, zu dem sie das Gästezimmer neben der Bibliothek umgewandelt hatte. Täglich traf er sie dort an, wie sie winzige Babysachen zusammenlegte und aufräumte. Es war eine Seite an ihr, die er nie kennengelernt hatte. Sie räumte sogar seine Schränke um und verschob die Möbel in ihrem Schlafzimmer.

»Nicht so hastig, Zoya«, zog er sie auf. »Ich bekomme ja Angst, abends nach Hause zu kommen. Vielleicht setze ich mich auf einen Sessel, der nicht mehr vorhanden ist.«

Sie errötete schuldbewußt. »Ich weiß gar nicht, was mit mir los ist. Ständig drängt es mich, das Haus in Ordnung zu bringen.« Auch Saschas Zimmer hatte sie ganz neu eingerichtet, während ihre Tochter in einem Ferienlager in den Adirondacks untergebracht war. Für Simon war es eine Erleichterung, Sascha nicht mehr um sich zu haben. Und im Ferienlager schien gottlob alles glattzugehen, sie war den Betreuern nur einmal entwischt, um mit ihren Freundinnen ins nächste Dorf tanzen zu gehen. Man hatte sie an der Spitze einer Conga-Reihe erwischt und sie wieder ins Lager befördert, aber wenigstens war nicht damit gedroht worden, sie nach Hause zu schicken. Simon wollte, daß Zoya vor der Entbindung absolute Ruhe hatte.

Ende August wurde die Weltöffentlichkeit durch die Unterzeichnung eines Nichtangriffspaktes zwischen Deutschland und der Sowjetunion überrascht, aber Zoya brachte für Nachrichten dieser Art kein Interesse mehr auf. Sie war viel zu beschäftigt, dauernd in ihrem Laden anzurufen und die Einrichtung in der Wohnung zu verändern. Am ersten September kam Simon nach Hause und lud sie ins Kino ein. Sascha sollte am Abend des nächsten Tages zurückkommen, und Nicholas wollte in der nächsten Woche nach Princeton, doch an jenem Abend war er mit Freunden aus, weil er mit dem Wagen angeben wollte, den Simon ihm fürs College geschenkt hatte. Es war ein nagelneues Ford-Coupé, direkt vom Fließband in Detroit, und mit allen nur möglichen Extras ausgestattet.

»Du bist viel zu großzügig«, hatte Zoya ihn gerügt, dankbar für alles, was er für sie und ihre Kinder tat. Simon war sogar an diesem Nachmittag in ihrem Geschäft gewesen und hatte ihr über alles Bericht erstattet. Da fiel ihm auf, daß sie noch schlechter aussah als am Morgen.

»Geht's dir gut, Schatz?«

»Wunderbar.« Doch fürs Kino war sie zu müde. Sie gingen statt dessen um zehn Uhr ins Bett, und eine Stunde darauf spürte er, wie sie sich neben ihm rührte. Dann vernahm er ein leises Stöhnen und machte Licht. Sie lag mit geschlossenen Augen neben ihm und umfaßte mit den Händen ihren Bauch.

»Zoya?« Er war ratlos, als er aus dem Bett sprang und hastig nach seinen Sachen tastete, die er in der Eile nicht finden konnte. »Rühr dich nicht. Ich rufe einen Arzt.« Er konnte sich nicht mehr erinnern, wo das Telefon stand. Zoya lachte.

»Ich glaube, es sind Verdauungsbeschwerden.« Diese Beschwerden verschlimmerten sich in den nächsten zwei Stunden, und um drei Uhr morgens ließ er ein Taxi rufen. Er half Zoya beim Anziehen und ins bereitstehende Taxi. Inzwischen war sie kaum mehr imstande, ein Wort herauszubringen, und als sich zeigte, daß sie kaum mehr gehen konnte, wurde er von Panik erfaßt. In diesem Moment dachte er nicht an das Baby, er wollte nur, daß ihr nichts geschah. Als sie dann im Krankenhaus auf einer Liege davongerollt wurde, verzweifelte er beinahe und lief auf dem Korridor auf und ab, bis die Sonne aufging. Als ihm eine Stunde später eine Schwester auf die Schulter tippte, zuckte er vor Schreck zusammen.

»Geht es ihr gut?«

»Ja.« Die Schwester lächelte beruhigend. »Sie haben einen entzückenden kleinen Jungen, Mr. Hirsch.« Simon starrte sie an und brach in Tränen aus, als sie ihn allein ließ. Nach einer weiteren halben Stunde ließ man ihn zu Zoya, die mit dem Baby in den Armen benommen dahindämmerte, als er auf Zehenspitzen hereinkam. Er hielt wie gebannt inne, den Blick unverwandt auf seinen Sohn gerichtet, der seinen dunklen Haarschopf geerbt hatte und mit winzigen Händchen die Finger seiner Mutter umklammerte.

»Zoya?« flüsterte er in dem großen sonnendurchfluteten Zimmer im Doctos Hospital. »Wie hübsch er ist!« Zoya schlug die Augen auf und lächelte. Es war eine schwere Geburt gewesen, da das Kind sehr groß war, aber es hatte sich gelohnt, dieses Gefühl erfüllte sie in diesem Moment.

»Es sieht dir ähnlich«, sagte sie. Ihre Stimme war noch belegt nach der Narkose.

»Armes Kind.« Wieder kamen ihm die Tränen, und er beugte sich über seine Frau, um sie zu küssen. Nie im Leben war er glücklicher gewesen, und auch Zoya sah glücklich und stolz aus, als sie zärtlich über das seidenweiche schwarze Haar des Neugeborenen strich. »Wie sollen wir ihn nennen?«

»Wie wär's mit Matthew?« flüsterte sie, während Simon den Blick nicht von seinem Sohn losreißen konnte.

»Matthew Hirsch.«

»Matthew Simon Hirsch«, sagte sie und nickte wieder ein, in den Armen ihr Söhnchen, unter den Blicken ihres Mannes, dessen Freudentränen ihr rotes Haar benetzten, als er sie küßte.

44

Matthew Simon Hirsch befand sich noch im Krankenhaus und war genau einen Tag alt, als in Europa der Krieg ausbrach. England und Frankreich erklärten Deutschland den Krieg, nachdem deutsche Truppen Polen überfallen hatten. Simon kam mit ernstem Blick zu Zoya und teilte ihr die Neuigkeit mit, die er gleich darauf fast vergaß, als er Matthew in den Armen hielt.

Als Zoya aus dem Krankenhaus kam, war Sascha zu Hause. Es sollte sich zeigen, daß sie sich dem Zauber des Kleinen nicht entziehen konnte, der seinem Vater ungemein ähnlich sah.

»Von Mama hat er das Näschen«, verkündete Sascha mit belustigtem Entzücken, fasziniert von der Winzigkeit und Vollkommenheit des Neugeborenen, als sie ihn zum erstenmal halten durfte. Mit vierzehn war sie noch zu jung für Krankenhausbesuche, während Nicholas seinen Bruder bewundert hatte, bevor er nach Princeton gefahren war. »Und er hat meine Ohren«, kicherte Sascha. »Alles andere ist wie bei Simon.«

Am siebenundzwanzigsten September ergab sich Warschau nach schweren Angriffen und großen Verlusten. Simon brach fast das Herz, als er die Nachricht hörte. Er und Zoya unterhielten sich bis tief in die Nacht. In Zoya wurden unwillkürlich Erinnerungen an die Revolution wach. Die neuesten Ereignisse waren ähnlich schrecklich. Simons Besorgnis galt vor allem den Juden, die nun nicht nur in Deutschland, sondern in ganz Osteuropa verfolgt wurden. Er tat alles, was in seinen Kräften stand, um denen zu helfen, die entkommen konnten. Er hatte einen Hilfsfonds gegründet und beschaffte Einwanderungspapiere für Verwandte, von denen er noch nie etwas gehört hatte. Es gab Leute, die anhand von Telefonbüchern Namensvettern in New York ausfindig machten und um Hilfe baten, die Simon nie verweigerte. Doch die, denen er helfen konnte, bildeten eine winzige Minderheit. Der Großteil wurde in Konzentrationslagern ermordet oder in den Straßen von Warschau dahingemetzelt.

Als Matthew ein Vierteljahr alt war, ging Zoya wieder täglich in ihr Geschäft, genau an dem Tag, als die Sowjets in Finnland einfielen. Simon verfolgte die Nachrichten aus Europa, besonders die Radiosendungen Edward R. Murrows aus London.

Inzwischen war es Anfang Dezember, und Zoya sah mit Wohlgefallen, daß sich die Kundschaft in ›Gräfin Zoya‹ drängelte. Gemeinsam mit der Familie sahen sie sich den ›Hexer von Oz‹ im Kino an, als Sascha Ferien hatte. Nicholas war ebenfalls gekommen und genoß das Zuhause sehr, obwohl er viel Zeit damit verbrachte, mit Simon über den Krieg zu diskutieren.

Das zweite Collegejahr sagte ihm noch mehr zu, aber ehe er zurück nach Princeton ging, verbrachte er die Sommerferien in Kalifornien. In diesem Jahr hatte Zoya nicht in Paris einkaufen können und hatte sich mit amerikanischen Designern begnügen müssen, von denen sie besonders Norman Norell und Tony Traina schätzte. Es war September 1941, und Simon war überzeugt, die Vereinigten Staaten würden in den Krieg eintreten, aber Roosevelt versicherte immer noch, daß es dazu nicht kommen würde. Der Krieg hatte dem Geschäftsgang keinen Abbruch getan, es war sogar Zoyas bestes Jahr. Vier Jahre nach der Eröffnung hatte sie nun alle fünf Stockwerke des Gebäudes belegt, das Simon seinerzeit gekauft hatte. Er hatte sich vier weitere Textilfabriken im Süden zugelegt, und sein eigenes Unternehmen lief ausgezeichnet. Zoya führte eine ganze Abteilung nur mit seinen Mänteln und nannte ihn im Scherz ihren Lieblingslieferanten.

Der zweijährige Matthew war der Augapfel der ganzen Familie. Sogar Sascha hatte ihn ins Herz geschlossen. Sie war sechzehn Jahre alt und galt allgemein als hinreißende Schönheit. Groß und schlank wie Zoyas Mutter, fehlte ihr zwar deren königliche Haltung, dafür besaß sie eine sinnliche Ausstrahlung, die Männer anzog wie Honig die Bienen. Zoya war heilfroh, daß sie noch zur Schule ging und fast ein ganzes Jahr lang nichts angestellt hatte. Als Belohnung hatte Simon versprochen, mit der ganzen Familie im Winter zum Skilaufen nach Sun Valley zu fahren, und Nicholas hatte freudig zugesagt.

Am siebten Dezember saßen sie in der Bibliothek und schmiedeten Pläne, als Simon das Radio einschaltete, da er gerne Nachrichten hörte, wenn er daheim war. Er hielt Matthew auf den Knien, als seine Miene erstarrte. Rasch drückte er den Kleinen Sascha in die Arme und lief nach nebenan, um Zoya zu suchen. Er war wachsbleich, als er sie im Schlafzimmer antraf.

»Die Japaner haben Pearl Harbor bombardiert ... es liegt auf Hawaii!«

»Mein Gott ...« Er zog sie in die Bibliothek, damit sie die Nachrichten hören konnte. Der Sprecher berichtete in abgehacktem Ton, was sich ereignet hatte. Sie standen wie angewurzelt da, als Matthew Zoya am Rock zog, um sich ihre Aufmerksamkeit zu sichern. Sie hob ihn geistesabwesend hoch und drückte ihn an sich. Ihr einziger Gedanke drehte sich um die Tatsache, daß Nicholas zwanzig war. Sie wollte nicht, daß er starb wie ihr Bruder. »Simon ... was wird jetzt passieren?« Doch sie wußte es ohnehin. Simons Voraussagen hatten sich bewahrheitet. Die Vereinigten Staaten würden in den Krieg eintreten. Sie hörten Präsident Roosevelts Rede, in der er in tieftraurigem Ton den Kriegseintritt bekanntgab. Zoya aber war noch viel trauriger zumute, denn gleich am nächsten Tag meldete sich Simon freiwillig. Er war fünfundvierzig, und Zoya flehte ihn an, nicht zu gehen.

»Zoya, es muß sein«, sagte er mit kummervollem Blick. »Ich könnte nicht mehr in den Spiegel sehen, wenn ich hier sitzen würde und nichts täte, um mein Land zu verteidigen.« Er tat es nicht nur für sein Land, sondern auch für die Juden in Europa. Wenn auf der ganzen Welt die Freiheit bedroht war, konnte er nicht tatenlos zusehen.

»Bitte ...« flehte Zoya. »Bitte, Simon ...« Sie wußte vor Verzweiflung nicht aus noch ein. »Ich könnte ohne dich nicht leben.« Sie hatte schon einmal einen geliebten Mann verloren. Sie hatte schon so viele Menschen sterben sehen, und sie wußte, daß sie es nie wieder überleben würde ... nicht, wenn sie Simon verlor, der so lieb und gut war. »Ich liebe dich zu sehr. Geh nicht, bitte ...«

Die Angst drohte sie zu überwältigen, aber er ließ sich nicht umstimmen. »Zoya, ich muß gehen.« In jener Nacht lagen sie Seite an Seite im Bett, und er liebkoste sie zärtlich mit seinen großen Händen, die seinen Sohn so liebevoll halten konnten, dieselben Hände, die sie jetzt berührten und sie an sich drückten, während sie Tränen vergoß, voller Angst, den Mann zu verlieren, den sie liebte. »Es wird mir nichts passieren«, beruhigte er sie.

»Das kann man nie wissen. Wir brauchen dich so sehr. Denk an Matthew.« Nicht einmal dieses Argument konnte ihn umstimmen.

»Ich denke sehr wohl an ihn. Das Leben wäre später für ihn nicht mehr lebenswert, wenn wir jetzt nicht Festigkeit beweisen und für Anstand und Recht kämpfen.« Er hatte noch nicht verwunden, was zwei Jahre zuvor in Polen passiert war. Nun aber war sein Land direkt angegriffen worden, und damit stand für ihn die Entscheidung fest. Auch Zoyas Leidenschaft, die sie ihm in der Nacht bewies, und ihre flehentlichen Bitten konnten ihn nicht von seinem Vorhaben abbringen. So groß seine Liebe auch war, er wußte, daß er gehen mußte, sein Pflichtgefühl forderte es.

Die Ausbildung absolvierte er in Fort Benning, Georgia, und nach drei Monaten bekam er zwei Tage Urlaub und durfte nach Hause, ehe er nach San Franzisko mußte. Zoya wünschte sich, die zwei Tage mit ihm in Mrs. Whitmans kleiner Pension in Connecticut zu verbringen, aber Simon wollte seine letzten Tage zu Hause bei den Kindern bleiben. Nicholas kam eigens von Princeton, um sich zu verabschieden. Die beiden Männer wechselten an der Grand Central Station ernst einen Händedruck.

»Kümmere dich an meiner Stelle um deine Mutter«, bat Simon leise in dem sie umgebenden Getöse, unerschütterlich sanft und ruhig. Sogar Sascha war in Tränen ausgebrochen, und Matthew heulte, ohne zu begreifen, was um ihn herum vorging. Er wußte nur, daß sein Daddy fortging, daß Mutter und Schwester weinten und sein großer Bruder sehr traurig war.

Nicholas umarmte den Mann, der in den vergangenen fünf Jahren für ihn Vater gewesen war. In seinen Augen standen Tränen, als er Simon sagen hörte: »Gib gut acht auf dich, Sohn.«

»Ich will mich auch melden.« Nicholas sagte es so leise, daß seine Mutter es nicht hören konnte.

»Noch nicht«, gab Simon zurück. »Versuch erst, deine Schule zu beenden. Man wird dich vielleicht ohnehin einziehen.« Nicholas wollte nicht eingezogen werden, er wollte nach England gehen und von dort mit den Briten Einsätze fliegen. Dieser Plan ließ ihm schon seit Monaten keine Ruhe, und im März hielt er es nicht mehr aus. Simon war unterdessen im Pazifischen Ozean stationiert, und am Tag nach Saschas siebzehntem Geburtstag weihte Nicholas seine Familie ein. Zoya wollte nichts davon hören, sie tobte und weinte und machte ihm Vorhaltungen.

»Reicht es nicht, daß dein Vater fort ist?« Sie hatte es sich angewöhnt, von Simon so zu sprechen, und Nicholas hatte nichts dagegen, denn er liebte Simon wie einen Vater.

»Mama, ich muß. Verstehst du das denn nicht?«

»Nein. Warum kannst du nicht bleiben, wo du bist, solange du noch nicht einberufen wirst?« Sie versuchte verzweifelt, ihn umzustimmen, spürte dabei aber genau, als sie tränenüberströmt mit ihm im Wohnzimmer saß, daß er unnachgiebig bleiben würde. Simon fehlte ihr schrecklich, und die Aussicht, auch auf Nicholas verzichten zu müssen, war mehr, als sie verkraften konnte.

»Nach dem Krieg kann ich wieder zurück nach Princeton.« Schon seit langem war er der Meinung, daß er dort nur seine Zeit verschwendete. So gern er in Princeton war, so ungeduldig erwartete er den Eintritt in die Geschäftswelt. Er wollte arbeiten wie Simon, und jetzt wollte er auch kämpfen wie dieser. Simon schrieb ihnen, sooft es sich einrichten ließ, und berichtete von den Vorgängen so viel, wie die Vorschriften zuließen. Zoya wünschte sich sehnlichst, ihn bei sich zu haben, damit er Nicholas überredete, sein Studium nicht abzubrechen. Nach zwei Tagen voller Debatten wußte sie, daß sie verloren hatte. Und drei

Wochen später befand sich Nicholas bereits zur Ausbildung in England. Sie saß allein in der Wohnung, verbittert, wenn sie an all das dachte, was sie verloren hatte, erfüllt von der Angst, ihr stünden wieder Verluste bevor … Vater, Bruder, Heimat, und jetzt waren Mann und Sohn in Gefahr. Sascha war ausgegangen, und Zoya saß da und starrte ins Leere. Sie überhörte sogar die Türglocke. Es klingelte wieder und wieder. Erst erwog sie, überhaupt nicht zu öffnen, dann raffte sie sich langsam auf. Sie wollte nicmanden sehen. Sie wünschte sich nur, daß ihre Lieben nach Hause kämen, bevor ihnen etwas zustoßen konnte. Sie wußte, daß sie es nicht überleben würde, falls ihnen etwas passierte.

»Ja?« Vor einer Stunde erst war sie aus dem Geschäft gekommen, aber auch die Arbeit erfüllte sie neuerdings nicht mehr. Es gab nichts, was sie ablenkte. Ständig war sie besessen von Gedanken an Simon, und jetzt mußte sie sich auch um Nicholas Sorgen machen, der Einsätze über Europa flog.

Vor der Tür stand nervös ein Junge in Uniform. In den letzten Monaten hatte er seinen Job hassen gelernt. Und als er Zoya sah, wünschte er, man hätte einen anderen Boten geschickt. Sie sah nett aus mit ihrem roten Haar, das zu einem Knoten zusammengefaßt war, und sie lächelte, weil sie noch nicht wußte, warum er gekommen war.

»Ein Telegramm für Sie, Madam«, schmetterte er, um mit traurigen Kinderaugen leiser hinzuzusetzen: »Mein Beileid.« Er wandte sich ab, weil er ihre Augen nicht sehen wollte, wenn sie es öffnete und las. Doch der schwarze Rand sagte ihr ohnehin alles. Mit angehaltenem Atem und zitternden Händen riß sie das Telegramm auf. Der Lift kam und erlöste den Boten. Er war schon fort, als sie die Worte las: »Wir bedauern, Ihnen mitteilen zu müssen, daß Ihr Ehemann Simon Ismael Hirsch gestern gefallen ist …« Alles übrige verschwamm vor ihren Augen, als sie in der Diele auf die Knie fiel und schluchzend Simons Namen rief. Plötzlich fiel ihr Nikolaj ein, wie er in der Empfangshalle des Palais an der Fontanka verblutet war.

Da lag sie und schluchzte, stundenlang, so kam es ihr vor, voller Sehnsucht nach seiner sanften Berührung, nach seinem Anblick, dem Duft des Rasierwassers, das er benutzte ... er würde nie wieder kommen. Simon war tot wie die anderen.

45

Als Sascha nach Hause kam, traf sie ihre Mutter im dunklen Raum sitzend an. Und als sie den Grund erfuhr, tat sie zum ersten Mal im Leben das Richtige. Sie rief Axelle an, die eilends kam, sich zu Zoya setzte und den Gedächtnisgottesdienst plante. Am nächsten Tag blieb ›Gräfin Zoya‹ geschlossen, die Türen wurden mit schwarzem Crêpe dekoriert. Und Axelle blieb bei Zoya, die hölzern dasaß, keinen klaren Gedanken fassen konnte und nur nickte, wenn Axelle Vorschläge für die Feier machte. Zoya war nicht imstande, auch nur eine einzige Entscheidung zu treffen – ein für sie sehr untypischer Zustand.

Ihre letzte Kraft hatte sie verbraucht, als sie am Abend zuvor Simons Eltern an der Houston Street aufsuchte. Seine Mutter hatte in den Armen ihres Mannes geschrien und geheult. Zoya hatte sich still wieder empfohlen und war, Saschas Arm umklammernd, hinausgestolpert, blind vor Kummer und Schmerz, weil sie ihren Mann verloren hatte – die große Liebe ihres Lebens.

Die Feier selbst wurde durch die für Zoya fremde Liturgie und das Wehklagen von Simons Mutter zur Qual. Zoya hielt dabei die ganze Zeit die Hände von Axelle und Sascha umklammert. Anschließend brachte man sie zurück in die Wohnung, und sie konnte sich endlich ausweinen.

»Du mußt wieder arbeiten, so rasch wie möglich«, riet Axelle fast schroff. Sie wußte, wie leicht man sich aufgab, ja sogar alles aufgab. Sie selbst war nach dem Tod ihres Mannes nahe daran gewesen. Und Zoya konnte sich diesen Luxus nicht erlauben. Sie mußte an drei Kinder und an sich selbst denken. Und sie hatte gelernt, wie man Tragödien überlebt. Jetzt mußte sie es noch einmal schaffen. Aber Zoya schüttelte nur den Kopf und sah Axelle ausdruckslos an. Es gab nichts, wofür es sich zu leben lohnte.

»Daran kann ich jetzt nicht denken. Das Geschäft ist mir einerlei. Mir ist alles egal. Simon ist das einzige, was zählt.«

»Du mußt dich zusammennehmen. Du trägst Verantwortung für die Kinder, für dich, für die Kundschaft ... und für Simon. Du mußt seinem Gedächtnis zuliebe weitermachen und fortsetzen, wozu er den Grundstein gelegt hat. Jetzt kannst du nicht aufgeben, das Geschäft war ein Geschenk für dich, Zoya.«

Das stimmte, aber ihr erschien das alles so trivial, so lächerlich unbedeutend. Ohne Simon, mit dem sie alles teilen konnte, war dies alles nicht mehr wichtig.

»Du mußt stark sein.« Axelle reichte Zoya ein Glas Brandy und drängte sie, einen Schluck zu trinken. »Komm, trink das. Es wird dir guttun.« Axelle entpuppte sich plötzlich als unerbittlich, und Zoya lächelte ihrer Freundin unter Tränen zu, um sogleich noch kläglicher zu weinen. »Zoya Hirsch, du hast nicht die Revolution und alles, was nachher kam, überlebt, um jetzt aufzugeben.« Doch sein Name an den ihren gefügt, gab ihren Tränen neue Nahrung. Axelle kam täglich wieder, bis sie Zoya soweit gebracht hatte, daß sie wieder ins Geschäft ging. Es war ein wahres Wunder, daß sie sich endlich dazu bereit erklärte, wenn auch nur ganz kurz. Sie erschien in Trauerkleidung mit schwarzen Strümpfen, aber immerhin, sie war wenigstens wieder in ihrem Büro. Und nach ein paar Tagen wurden aus wenigen Augenblicken Stunden. Und schließlich ging sie hin und saß den ganzen Tag am Schreibtisch, starrte ins Leere und dachte an Simon. Wie ein Roboter ging sie zur Arbeit, obwohl Sascha ihr wieder Schwierigkeiten machte. Zoya wußte, daß ihre Tochter ihr vollends entglitt, war aber nicht imstande, etwas dagegen zu unternehmen. Sie schaffte es gerade noch, die Tage zu überstehen, Stunde um Stunde, in ihrem Büro versteckt. Anschließend ging sie nach Hause, um von Simon zu träumen. Auch der kleine Matthew war ihr kein Trost, da er seinem Vater so ähnlich war und sie ständig an Simon erinnerte.

Wochenlang versuchten Simons Anwälte sie telefonisch zu erreichen, aber Zoya wich Gesprächen und Terminen aus. Simon hatte zwei bewährten Mitarbeitern die Leitung der Textilfabriken und des Konfektionsbetriebes, in dem seine Mäntel hergestellt wurden, übertragen. Sie wußte, daß alles sehr gut lief, und hatte ohnehin mit ihrem eigenen Unternehmen genug zu tun. Ein Gespräch mit den Anwälten hätte bedeutet, daß sie sich der Tatsache von Simons Tod stellen mußte, und dazu war sie nicht imstande. Sie war in Gedanken bei Simon und ihren gemeinsamen Wochenenden in Connecticut, als eine ihrer Assistentinnen leise anklopfte.

»Gräfin Zoya?« Die Frau sagte es durch die Tür, und Zoya trocknete ihre Tränen. Sie hatte an ihrem Schreibtisch gesessen und ein Foto von Simon angestarrt. Am Abend zuvor hatte es wieder eine Auseinandersetzung mit Sascha gegeben, doch auch dies kam ihr jetzt unwichtig vor.

»Ich komme schon.« Sie putzte sich die Nase und warf einen Blick in den Spiegel, um ihr Make-up aufzufrischen.

»Jemand möchte Sie sprechen.«

»Ich möchte niemanden sehen«, sagte sie leise durch den Türspalt. »Sagen Sie, ich sei nicht da.« Nach kurzer Überlegung ließ sie die Frage folgen: »Wer ist es denn?«

»Ein Mr. Paul Kelly. Er sagt, es sei wichtig.«

»Christine, ich kenne den Mann nicht. Sagen Sie, daß ich nicht im Haus bin.« Das Mädchen wirkte nervös. Es war für alle zermürbend, Zoya seit dem Tod ihres Mannes so deprimiert zu sehen. Wenngleich man es verstehen konnte. Alle Welt bangte um Männer, Brüder, Freunde und fürchtete ein schwarzgerändertes Telegramm, wie Zoya es erhalten hatte.

Zoya schloß die Tür. Sie hoffte inständig, daß heute kein wichtiger Besucher mehr kam. Sie konnte die mitfühlenden Blicke und freundlichen Worte nicht mehr ertragen. Sie machten alles nur noch schlimmer. Da ertönte wieder ein Pochen. Wieder war es Christine, noch nervöser und sichtlich außer Fassung.

»Er sagt, daß er wartet. Was soll ich jetzt tun?«

Zoya seufzte tief. Sie konnte sich nicht vorstellen, wer dieser Paul Kelly sein mochte. Womöglich der Ehemann einer Kundin, der befürchtete, sie würde seine Geliebte zufällig vor seiner Frau erwähnen. Hin und wieder kamen Männer mit solchen Sorgen zu ihr. Sie begegnete ihnen stets mit höflicher Zurückhaltung. Seit Simons Tod allerdings war niemand mehr mit einem solchen Anliegen bei ihr gewesen. Sie ging an die Tür und öffnete. In ihrer Trauerkleidung wirkte sie schmal und zerbrechlich. Und aus ihren Augen sprach unaussprechlicher Schmerz. »Also gut, führen Sie ihn herein.« Sie hatte ohnehin nichts anderes zu tun. Hier nicht und zu Hause auch nicht. Sie war jetzt zu nichts mehr nütze. Reglos stand sie da, als Christine einen hochgewachsenen distinguierten Mann in korrektem dunkelblauen Anzug einzutreten bat. Er war weißhaarig und hatte blaue Augen. Ihr Besucher war sichtlich betroffen von ihrer Schönheit, der auch die Trauerkleidung und ihr kummervoller Ausdruck nichts anhaben konnten. Ihre Augen schienen direkt durch ihn hindurchzusehen.

»Mrs. Hirsch?« Es war ungewöhnlich, daß man sie mit diesem Namen ansprach. Zoya nickte und fragte sich, wer er sein mochte, ohne daß es sie sonderlich interessiert hätte.

»Ja?«

»Ich bin Paul Kelly. Unsere Firma regelt den ... hm ... Nachlaß Ihres Mannes.« Sie schüttelte ihm ernst die Hand und bot ihm einen Platz vor ihrem Schreibtisch an. »Uns liegt sehr daran, endlich mit Ihnen Kontakt aufnehmen zu können.« Als er sie mit sanftem Tadel ansah, fiel ihr auf, daß er interessante Augen hatte. Sein Gesichtsschnitt verriet den Iren, und sie vermutete ganz richtig, daß sein weißes Haar einmal tiefschwarz gewesen sein mußte. »Unsere Anrufe haben Sie nicht beantwortet.« Jetzt verstand er, warum. Diese Frau war am Boden zerstört, und sie tat ihm unendlich leid.

»Ich weiß.« Sie wich seinem Blick aus. Dann sah sie ihm aufseufzend in die Augen. »Ehrlich gesagt, ich wollte nichts von Ihnen wissen. Ein Gespräch hätte für mich alles zur Realität werden lassen. Es ...« Ihre Stimme sank zu einem Flüstern herab, und wieder wendete sie den Blick ab. »... es war für mich sehr schwierig.«

Er nickte wortlos. Man konnte ihr ansehen, was sie mitgemacht hatte, und dennoch spürte er hinter dem Schmerz Kraft, eine Kraft, die sie selbst schon vergessen hatte. »Ich verstehe vollkommen«, sagte er nach einer längeren Pause. »Aber wir brauchen in einigen Angelegenheiten Ihre Unterschrift. Eigentlich wollten wir eine formelle Testamentseröffnung vorschlagen, aber unter den gegenwärtigen Voraussetzungen ...« Er ließ den Satz unvollendet, als sie langsam wieder den Blick auf ihn richtete. »Vielleicht genügt es, wenn Sie jetzt wissen, daß Mr. Hirsch nahezu seinen gesamten Besitz Ihnen und seinem Sohn vermacht hat. Seinen Eltern und seinen beiden Onkeln hinterließ er großzügige Legate, ebenso wie Ihren beiden Kindern, Mrs. Hirsch.« Und dann fuhr er in sachlichem Ton fort: »Es sind sehr ansehnliche Erbteile, wie ich ergänzen darf, jeder einzelne erhält eine Million Dollar, die in einem Treuhandfonds festgelegt sind. Vor dem einundzwanzigsten Lebensjahr können Ihre Kinder an das Geld nicht heran, zudem sind da noch einige Bedingungen daran geknüpft, sehr vernünftige, wie ich finde. Unsere Treuhänder-Abteilung hat ihn beraten« – er hielt inne, als er sah, daß sie ihn anstarrte – »Ist etwas?« Plötzlich bedauerte er, daß er gekommen war. Sie war zu einem ernsthaften Gespräch über diese Angelegenheiten noch nicht bereit.

»Jedem eine Million?« Das überstieg ihre kühnsten Vorstellungen. Und noch dazu waren es ihre Kinder und nicht seine. Zoya war fassungslos. Typisch Simon. Ihre Liebe zu ihm durchschnitt sie wie ein Messerstich.

»Ja, richtig, noch etwas ... zusätzlich beabsichtigte er, Ihrem Sohn Nicholas eine Position im Unternehmen anzubieten, sobald er alt genug ist. Es ist ein Riesenunternehmen – die Konfektion und sechs Textilfabriken –, besonders jetzt, nachdem die Verträge mit dem Verteidigungsministerium unter Dach und Fach sind ...« In diesem Ton ging es weiter, und Zoya hatte Mühe, ihm zu folgen. Das sah Simon ähnlich, alle zu versorgen und Nicholas sogar am Unternehmen zu beteiligen. Typisch Simon ... Wenn er nur am Leben geblieben wäre, anstatt ihnen ein Vermögen zu hinterlassen!

»Welche Verträge?« Langsam nahm ihr Verstand wieder seine Arbeit auf. Es gab so viel zu überlegen, so viel, was Simon aufgebaut hatte, aus dem Nichts. Sie war es ihm schuldig, sich wenigstens versuchsweise in die Materie einzuarbeiten. »Mir hat er nichts von Verträgen mit dem Pentagon erzählt.«

»Als er fortging, waren sie noch nicht perfekt. Unsere Textilfabriken liefern das Uniformtuch für unsere Truppen – für die gesamte Dauer des Krieges.« Er sah sie an, beeindruckt von ihrer Schönheit und Eleganz.

»Mein Gott ... was heißt das in Zahlen?« In diesem Augenblick war es, als sei Simon wieder da. Sie wußte, wie sehr er sich gefreut hätte, und als der Anwalt ihr eine ungefähre Ziffer nannte, starrte sie ihn ungläubig an. »Das ist nicht möglich ... oder?« Sie ließ die Andeutung eines Lächelns erkennen und sah plötzlich viel jünger aus – jedenfalls nicht wie eine Frau von dreiundvierzig Jahren. Wie alt sie war, hatten ihm die Dokumente verraten, die ihm vorlagen, und er konnte es kaum glauben.

»Es ist möglich. Lassen Sie es mich offen aussprechen, Mrs. Hirsch. Sie und Ihr Sohn werden nach dem Krieg sehr reich sein. Und falls Nicholas für das Unternehmen tätig wird, hat Mr. Hirsch für ihn eine stattliche Beteiligung vorgesehen.«

Er hatte buchstäblich an alles gedacht. In ihrer momentanen Lage war das aber nur ein schwacher Trost, denn was würden sie ohne Simon mit allem anfangen? Doch während sie Paul Kelly weiter Gehör schenkte, wurde ihr klar, daß Axelle recht gehabt hatte. Sie war es Simon schuldig, fortzusetzen, was er geschaffen hatte. Sie mußte für ihn und die Kinder tapfer bleiben.

»Ist das Management der einzelnen Firmen der Aufgabe gewachsen?« Sie sah ihren Besucher aus zusammengekniffenen Augen an, als nähme sie ihn jetzt erst richtig wahr, und er lächelte. Sie war sehr schön, wenn sie lächelte, schöner noch als er zunächst angenommen hatte.

»Ja, ich denke schon. Natürlich sind die Firmenleitungen uns«, er sah sie offen an, »und Ihnen untergeordnet. Mr. Hirsch hat Sie mit der obersten Leitung seiner sämtlichen Unternehmen betraut. Er hatte von Ihrem Geschäftssinn eine hohe Meinung.« Er wandte den Blick ab, als er sah, daß ihr die Tränen kamen.

Ihre Stimme klang heiser. Simon hatte ihr mehr bedeutet als alle seine Unternehmen, aber das würde dieser Mann vermutlich nie begreifen.

»Ich habe ihn sehr geliebt.« Sie stand auf und trat ans Fenster, das auf die Fifth Avenue hinaussah. Sie konnte jetzt nicht aufgeben. Sie mußte weitermachen ... der Kinder wegen ... und seinetwegen. Langsam drehte sie sich wieder zu Paul Kelly um. »Ich danke Ihnen für Ihr Kommen«, sagte sie unter Tränen und raubte ihm mit ihrer Schönheit fast den Atem. »Mit Anrufen wären Sie zu mir nicht durchgedrungen.« Sie hatte sich dagegen gewehrt, weil sie sich dem Verlust nicht hatte stellen wollen. Jetzt wußte sie, daß sie es tun mußte.

In seinem leisen Lachen lag Bedauern. »Das habe ich befürchtet. Deswegen bin ich persönlich hier. Hoffentlich verzeihen Sie mir den Überfall.« Und dann sagte er noch: »Ihr Salon ist ganz zauberhaft. Meine Frau kauft hier ein, wann immer es sich machen läßt.« Zoya nickte, in Gedanken bei all den geschätzten Kundinnen, die sie vernachlässigt und fast vergessen hatte.

»Bitte sagen Sie ihr, Sie soll nach mir fragen, wenn sie wieder einmal hier einkauft. Wir können ihr vorführen, was sie möchte, gleich hier in meinem Büro.«

»Vielleicht wäre es für mich vorteilhafter, Sie würden die Türen vor ihr versperren.« Zoya erwiderte matt sein Lächeln. Dann stellte er ihr ein paar Fragen über Nicholas. Sie erklärte, daß ihr Sohn in England stationiert sei und Bombeneinsätze mit den der RAF angegliederten amerikanischen Verbänden flöge. »Nun, da haben Sie noch einen Grund zur Sorge, Mrs. Hirsch«, sagte er darauf anerkennend. Sie nickte bekümmert, und er war gerührt, wie verletzlich sie war. Diese Frau, die sich, wenn auch mit Hilfe ihres Mannes, ein eigenes kleines Imperium geschaffen hatte, wirkte so zart wie ein Schmetterling, als sie ihn über den Schreibtisch hinweg ansah. »Bitte, lassen Sie es mich wissen, wenn ich Ihnen irgendwie behilflich sein kann.« Aber was konnte er schon tun? Niemand konnte ihr Simon zurückbringen, und mehr wollte sie nicht.

»Ich werde in Zukunft einige Zeit im Büro meines Mannes verbringen müssen«, sagte sie mit leichtem Stirnrunzeln. »Wenn ich seine Unternehmen leiten soll, muß ich mich mit den Einzelheiten vertraut machen.« Vielleicht würde sie in der Arbeit das ersehnte Vergessen finden.

»Das wäre sehr vernünftig.« Er war in jeder Hinsicht von ihr beeindruckt. »Ich wollte mich selbst ein wenig einarbeiten und teile gern sämtliche Informationen mit Ihnen.« Er war Teilhaber einer der bedeutendsten Anwaltsfirmen der Wall Street. Sie schätzte, daß er etwa zehn Jahre älter sein mußte als sie, doch der Schimmer in seinen Augen, wenn er lachte, ließ ihn jünger erscheinen. Tatsächlich war er dreiundfünfzig. Sie unterhielten sich noch eine Weile, bis er sich voller Bedauern erhob. »Können wir uns nächste Woche in Simons Büro an der Seventh Avenue treffen, oder soll ich die Unterlagen lieber zu Ihnen bringen?«

»Ich komme hin. Sollen die Leute ruhig merken, daß sie beobachtet werden ... von uns beiden.« Sie schüttelte ihm lächelnd die Hand: »Danke, Mr. Kelly. Danke für Ihr Kommen.«

Er erwiderte ihr Lächeln, und sein irischer Charme blitzte aus seinen blauen Augen. »Ich freue mich auf die Zusammenarbeit.« Sie bedankte sich noch einmal und setzte sich an den Schreibtisch, um wieder vor sich hin zu starren, nachdem er gegangen war. Die Gewinne, die ihr aus den Armeelieferungen zufließen würden, waren geradezu umwerfend. Für den Sohn eines Schneiders von der Lower East Side hatte Simon es sehr weit gebracht. Er hatte ein ganzes Firmenimperium aufgebaut. Wieder lächelte sie seinem Foto zu und verließ darauf leise das Büro. Zum erstenmal seit Simons Tod sah sie wieder normal aus. Sogar den eifrig um die Kundinnen bemühten Verkäuferinnen fiel es auf. Zoya nahm an jenem Nachmittag den Lift und hielt auf jeder Etage, um nachzuschauen, was in ihrem Geschäft vor sich ging. Es war Zeit, daß sie sich wieder bemerkbar machte. Höchste Zeit für Gräfin Zoya aufzuwachen ... mit der Erinnerung an Simon und die anderen, die sie geliebt hatte. Doch im Moment konnte sie nicht an sie denken. Es gab so viel zu tun. Für Simon.

46

Ende 1942 verbrachte Zoya regelmäßig wöchentlich einen vollen Tag in Simons Büros an der Seventh Avenue, meist in Gesellschaft von Paul Kelly. Sie hatten sich anfangs ganz förmlich als Mr. Kelly und Mrs. Hirsch angesprochen. Sie war in schlichten schwarzen Kostümen, er in Nadelstreifen oder Dunkelblau erschienen. Nach einigen Monaten hatte sich allmählich ein Hauch von Lockerheit eingeschlichen. Er erzählte ihr dumme Witze, und sie brachte ihn mit Histörchen von ›Gräfin Zoya‹ zum Lachen. Mit der Zeit erschien sie weniger förmlich und lässiger zur Arbeit, und er wagte es, hin und wieder die Jacke abzulegen und die Ärmel hochzukrempeln. Zoyas Geschäftstüchtigkeit erregte immer wieder seine Bewunderung. Simon hatte mit seiner Einschätzung recht gehabt. Zuerst hatte Paul es für reine Tollheit gehalten, sie an die Spitze der Unternehmen zu stellen, aber es hatte sich als goldrichtig erwiesen. Simon war tollkühn und dazu mit der Spürnase eines Fuchses ausgestattet gewesen und seine Frau ebenso. Sie schaffte es trotz ihres Elans, ganz Frau zu bleiben, wurde nie laut und rechthaberisch, ohne daß jemand ihre Autorität angezweifelt hätte. Und sie behielt ständig die Bücher im Auge. Unentwegt und wachsam.

»Wie sind Sie zu all dem gekommen?« fragte er sie eines Tages beim Lunch, den sie an Simons Schreibtisch einnahmen. Sie hatten Sandwiches bestellt und gönnten sich eine Pause. Die Anwaltsfirma Atherton, Kelly und Schwartz hatte am Vortag einen von Simons Spitzenmanagern ausgewechselt, und es gab jede Menge Unterlagen zu sichten und zu ordnen.

»Durch einen Irrtum«, sagte sie lachend und erzählte ihm von ihren Tagen am Revuetheater, von ihrer Tätigkeit für Axelle und ihrer Zeit beim *Ballet Russe.* Von ihrem Modesalon brauchte sie nichts zu erzählen, den kannte ohnehin jedes Kind. Er selbst war Yale-Absolvent und hatte Allison O'Keefe, eine Bostoner Debütantin, geheiratet. Sie hatten drei Kinder in nur vier Jahren bekommen, und wenn er von seiner Frau sprach, tat er es mit großer Hochachtung, doch ohne Wärme und Heiterkeit. So war es für sie keine Überraschung, als er ihr eines Nachmittags nach einem schweren Arbeitstag gestand, wie ungern er nach Hause ging.

»Allison und ich sind uns seit Jahren fremd.« Der Ärmste war nicht zu beneiden. Sie und Simon waren die besten Freunde gewesen, abgesehen von der körperlichen Leidenschaft, die sie verbunden und an die sie noch immer voller Sehnsucht zurückdachte.

»Warum sind Sie dann noch verheiratet?« Alle Welt lebte in Scheidung. Aber ehe er antworten konnte, fiel es ihr ein, und sie sah ihn mitleidig an.

»Zoya, wir sind beide katholisch. Sie würde nie in eine Scheidung einwilligen. Vor zehn Jahren habe ich es versucht, sie bekam einen Nervenzusammenbruch – zumindest behauptete sie es –, und seither ist sie nicht mehr dieselbe. Ich kann sie nicht verlassen. Und jetzt ...« Er zögerte und entschloß sich dann, aufrichtig zu sein. Zoya war eine vertrauenswürdige Person, im vergangenen Jahr hatte sich zwischen ihnen so etwas wie eine Freundschaft entwickelt. »Ehrlich gesagt, sie trinkt. Ich könnte es mir nie verzeihen, wenn ihr etwas zustieße und ich schuld daran wäre.«

»Das klingt ziemlich schrecklich.« Eine eiskalte Bostoner Debütantin, die trank und in keine Scheidung einwilligen wollte. Der Gedanke ließ Zoya schaudern, doch Frauen dieser Art begegnete sie häufig im Salon. Sie machten Einkäufe, weil sie sich langweilten, und zogen nie das an, was sie nach Hause brachten, weil ihnen ihr Aussehen im Grunde gleichgültig war. »Sie müssen sehr einsam sein.« Sie musterte ihn mit einem sanften Blick, und er mußte sich zurückhalten, um nicht zuviel zu sagen. Sie mußten jede Woche zusammen arbeiten, und er hatte seine Lektion schon vor geraumer Zeit gelernt. Gewiß, es hatte andere Frauen in seinem Leben gegeben, von denen ihm keine viel bedeutet hatte, Frauen, mit denen man hin und wieder ein Gespräch führen oder zärtlich sein konnte. Einer Frau wie Zoya aber war er noch nie begegnet, und er hatte auch seit Jahren nicht so für eine Frau empfunden – vielleicht niemals.

»Ich habe meine Arbeit, die mich in Schwung hält«, lächelte er. »Es geht mir ähnlich wie Ihnen.« Er wußte, wie intensiv sie arbeitete. Sie lebte für die Arbeit und für ihre Kinder, die sie aus ganzem Herzen liebte.

1943 gingen sie jeden Montag gemeinsam zum Abendessen, wenn sie mit ihrer Arbeit fertig waren. Dabei ergab sich die Gelegenheit, ausführlicher über alles zu sprechen. Für gewöhnlich aßen sie in kleinen Restaurants nahe der Seventh Avenue.

»Wie geht es Matt?« fragte er sie eines Abends im Frühjahr.

»Matthew? Ach, dem geht es gut.« Ihr Söhnchen war dreieinhalb und die große Freude ihres Lebens. »Er macht mich wieder jung.« Es war eine Ironie des Schicksals, daß sie vor seiner Geburt geglaubt hatte, sie sei zu alt, und jetzt war er ihr ein und alles. Sascha war sooft außer Haus, daß sie das Gefühl hatte, sie sei überhaupt ausgezogen. Paul hatte ihre Tochter einmal gesehen und war von der Schönheit der Achtzehnjährigen bezaubert gewesen. Er konnte sich vorstellen, welche Schwierigkeiten sie Zoya bereitete. Mehrfach hatte Zoya angedeutet, daß sie ihre Tochter kaum mehr dazu bringen konnte, weiter zur Schule zu gehen. Nicholas war noch immer in England. Sie betete Tag und Nacht inbrünstig für seine sichere Heimkehr.

»Und wie geht es Ihren Kindern, Paul?« Er sprach nicht viel von ihnen. Seine beiden Töchter waren verheiratet. Eine in Chikago, die andere an der Westküste, und sein Sohn war irgendwo im Gebiet von Guam stationiert. Seine zwei Enkelkinder bekam er nur selten zu Gesicht, da seine Frau Kalifornien haßte und er Angst hatte, sie allein zu Hause zu lassen.

»Ich denke, daß es ihnen gutgeht«, sagte er lächelnd. »Sie sind schon so lange flügge, daß wir nicht mehr viel von ihnen hören. Ihre Kindheit war ja nicht ganz einfach wegen Allisons Trunksucht. So etwas verändert alles.« Mit einem Lachen fragte er sie: »Na, was gibt es Neues im Geschäft?«

»Nicht viel. Ich habe eine neue Abteilung eröffnet, diesmal für Herren. Wir wollen es dort mit ein paar neuen Kollektionen versuchen. Es wäre wunderbar, wieder nach Europa fahren zu können und neue Sachen einzukaufen.« Ein Ende des Krieges auf dem alten Kontinent war nicht abzusehen.

»Ich würde auch gern wieder mal nach Europa. Allein«, sagte er ganz offen. Es war wahrlich kein Vergnügen, Kindermädchen für eine Frau zu spielen, die von Bar zu Bar zog oder sich in ihrem Zimmer versteckte und so tat, als sei sie müde und nicht betrunken. Zoya fragte sich, warum er dies alles auf sich nahm. Es schien ihn sehr zu belasten, und das deutete sie ihm auch an, als er sie nach Hause brachte und sie ihn noch auf einen Drink zu sich hinaufbat. Er war zuvor nur einmal in ihrer Wohnung gewesen. Als Eindruck hatte er nur behalten, daß sie anheimelnd und warm war – wie Zoya, wenn sie ihn ansah. Gutgelaunt fuhr er mit ihr im Lift hinauf und ließ sich auf der Couch in der Bibliothek nieder, während sie ihm einen Drink mixte. Sie hatte beim Eintreten nach Sascha gerufen – vergebens, das Mädchen war noch nicht zu Hause. Das Hausmädchen war auch weg. Nur Matthew war in seinem Zimmer und schlief, behütet von seiner Nanny.

»Paul, Sie sollten irgendwo Urlaub machen. Fahren Sie nach Kalifornien, und besuchen Sie Ihre Kinder, allein. Warum lassen Sie sich das Leben durch die Trunksucht Ihrer Frau ruinieren?«

»Sie haben recht, aber allein macht es keinen Spaß.« Er war zu ihr immer aufrichtig und ganz unbefangen so wie jetzt, als er sich seinen Drink zu Gemüte führte und Zoya betrachtete, die ein weißes Kleid anhatte und mit ihrem streng nach hinten gekämmten Haar aussah wie ein junges Mädchen.

»Nein, allein ist es wirklich nicht sehr amüsant.« Sie lächelte.

»Aber ich gewöhne mich daran.« Anfangs war es sie sehr hart angekommen, ein Leben ohne Simon führen zu müssen.

»Zoya, daran sollten Sie sich nicht gewöhnen. Es ist lausig.« Das sagte er mit einer Heftigkeit, die Zoya erschreckte. »Sie verdienen mehr.« Er hatte sein Leben einsam verbringen müssen und wollte nicht, daß es ihr ähnlich erging. Sie war lebenslustig, schön und temperamentvoll, und sie verdiente etwas Besseres als die Einsamkeit, die er selbst so gut kannte.

Sie lachte nur und schüttelte den Kopf. »Ich bin zu alt für einen Neubeginn.« Zudem wußte sie, daß in ihren Augen – nach Simon – niemand bestehen konnte.

»Unsinn, ich bin fast fünfundfünfzig, und wenn sich mir die Chance eines Neubeginns böte, würde ich mit beiden Händen zugreifen.« Es war das erste Mal, daß er so etwas zu ihr sagte. Er hatte die langen Beine ausgestreckt, sein weißer Haarschopf war sorgfältig gekämmt, und die Augen waren voller Vitalität auf sie gerichtet. Ihm gefiel das Zusammensein mit ihr. Die ganze Woche freute er sich auf die arbeitsreichen Montage mit ihr. Diese Montage waren es, die ihn aufrechthielten.

»Ich bin glücklich mit allem, so wie es ist.« Dabei machte sie mehr sich als ihm etwas vor. Sie war nicht wirklich glücklich, aber das ließ sich nicht ändern. »Nein, das sind Sie nicht. Wie könnten Sie auch glücklich sein?«

»Weil ich mich mit dem begnügen muß, was ich habe«, sie sagte es leise. Zoya war klug genug, sich mit ihrem Leben abzufinden und sich nicht nach einer für immer entschwundenen Vergangenheit zu verzehren. Das hatte sie schon einmal getan, noch einmal würde sie diesen Fehler nicht begehen. Sie mußte sich mit dem abfinden, was das Leben ihr gelassen hatte, mit ihren Kindern und ihrer Arbeit und mit dem wöchentlichen Plauderstündchen mit Paul Kelly.

Er warf ihr einen eindringlichen Blick zu und setzte wortlos sein Glas ab, um sich neben sie zu setzen. Der Blick seiner blauen Augen schien sie zu durchdringen. »Ich möchte, daß Sie eines wissen, ich kann nichts dafür, und ich kann Ihnen im Moment nichts bieten, Zoya ... aber ich liebe Sie. Seit dem Tag unserer ersten Begegnung. Sie sind das Beste, was mir je begegnet ist.« Sie schien betroffen und überrascht zu sein, als er sie ohne ein weiteres Wort in die Arme nahm, sie auf den Mund küßte. Sein Herz raste, und sein ganzer Körper war voller Sehnsucht. »Du bist so schön ... und so stark ...«

Sag das nicht, Paul ... nicht ...« Sie wollte ihn wegschieben, brachte es aber nicht über sich. Ihr Gewissen plagte sie, weil ihr Paul gefiel und sie das Gefühl hatte, untreu zu sein, und doch konnte sie sich nicht zurückhalten, als sie seinen Kuß erwiderte und sich wie eine Ertrinkende an ihn klammerte.

»Ich liebe dich so sehr«, flüsterte er, küßte sie wieder und drückte sie an sich, so daß er ihr Herz an seiner Brust schlagen spürte. Dann sah er sie an und lächelte. »Wir sollten irgendwohin fahren ... einfach fort ... es würde uns beiden guttun.«

»Ich kann nicht.«

»Doch, du kannst ... wir können.« Er hielt ihre Hand fest und spürte, wie er wieder zum Leben erwachte. Als er sie ansah, schienen die Jahre von ihm abzufallen. Er war wieder jung, und er würde nicht zulassen, daß sie sich ihm entzog. Auch wenn er den Rest seines Lebens mit Allison verbringen mußte, würde Zoya vielleicht einen strahlenden Augenblick lang ihm gehören.

»Paul, das ist reiner Wahnsinn.« Sie entzog sich ihm und ging im Raum auf und ab, hin und her, sah Simons Gesicht auf den Fotos, sah seine Kunstschätze und seine Bücher. »Wir haben kein Recht darauf.«

Er war nicht gewillt, sich mit einer Zurückweisung zufriedenzugeben. Hätte sie ihn auf seine Eröffnung hin geohrfeigt, wäre er nach einer Entschuldigung gegangen. Aber er spürte, daß sie ihn ebenso begehrte wie er sie. »Warum nicht? Wer stellt diese Regeln auf? Du bist nicht verheiratet. Ich bin es zwar, aber nicht so, daß es mir oder meiner Frau etwas bedeutet. Seit Jahren nicht mehr. Ich bin in einer nur auf dem Papier bestehenden Ehe an eine Frau gekettet, die nicht einmal weiß, daß ich noch lebe, und die mich seit Jahren nicht mehr liebt, falls sie mich überhaupt je geliebt hat. Habe ich denn kein Recht auf mehr? Ich liebe dich.« Mit seinem Blick kämpfte er um das, was er sich sehnlichst wünschte.

»Warum? Warum liebst du mich, Paul?«

»Weil du genau das bist, was ich immer wollte.«

»Ich kann dir nicht viel geben.« Sie war zu ihm ebenso aufrichtig wie zu Clayton und Simon. »Mir reicht auch das wenige.« Und dann küßte er sie wieder, zurückhaltender diesmal, und zu ihrer eigenen Verwunderung ließ sie es geschehen. Noch Stunden nachher saßen sie da und sprachen miteinander, küßten sich und hielten sich an den Händen. Erst lange nach Mitternacht ging er mit dem Versprechen, sie am nächsten Tag anzurufen, und sie saß in der stillen Wohnung und kämpfte gegen die Gewissensbisse an. Es war schlecht, es mußte schlecht sein ... oder nicht? Was mochte Simon denken? Simon dachte gar nichts, er war tot, und sie lebte, und Paul Kelly bedeutete ihr etwas, sie schätzte seine Freundschaft, und zudem hatte er in ihr etwas zum Leben erweckt, was sie schon fast vergessen hatte. Sie saß noch immer da und dachte an ihn, als Sascha hereinkam und in ihr Zimmer ging. Sie trug ein grellrotes Kleid, ihr Make-up war verschmiert. Zoya gefiel ihr Gesichtsausdruck nicht. Sie argwöhnte, daß sie betrunken war. Deswegen hatte es schon manche Auseinandersetzungen gegeben. Zoya sah ihre Tochter mit mattem Blick an. Die ständigen Streitereien gingen an die Substanz.

»Wo warst du?« fragte sie ruhig, in Gedanken noch immer bei Paul, während sie ihre Tochter musterte.

»Aus.« Sascha wandte ihrer Mutter den Rücken zu, damit diese ihr Gesicht nicht sehen konnte. Zoya hatte richtig getippt. Sie war betrunken, was ihrer Schönheit aber keinen Abbruch tat.

»Und was hast du getrieben?«

»Ich war mit einem Freund essen.«

»Sascha, du bist erst achtzehn, du kannst nicht einfach überall nach Belieben herumlaufen. Wie steht es mit der Schule?«

»In zwei Monaten habe ich meinen Abschluß, also, was macht das schon aus?«

»Für mich sehr viel. Du sollst dich anständig benehmen. Die Leute werden über dich klatschen, wenn du dich zu wild aufführst. Man weiß, wer du bist und wer ich bin. Sascha, das kannst du nicht wollen. Bitte, sei vernünftig.« Aber Zoya hatte die Hoffnung schon längst aufgegeben ... seit Simons Tod und Nicholas' Abreise spielte Sascha verrückt ... Zoya wußte, daß sie Sascha nicht zur Vernunft bringen konnte. Sie hatte vielmehr Angst, sie ganz zu verlieren. Nicht nur einmal hatte ihre Tochter gedroht auszuziehen, was noch schlimmer gewesen wäre. Solange sie zu Hause wohnte, hatte Zoya wenigstens eine leise Ahnung, was sie trieb.

»Das ist altmodischer Humbug«, erklärte Sascha, die ihr Kleid auf den Boden gleiten ließ und in ihrem Slip auf und ab lief. »Heutzutage nimmt kein Mensch diesen Unsinn ernst.«

»Die Menschen nehmen ernst, was sie schon immer ernst genommen haben. Du hast in diesem Jahr dein Debüt. Du wirst sicher nicht wollen, daß man häßlich über dich spricht, mein Liebling.« Sascha blieb ihr achselzuckend die Antwort schuldig, und Zoya gab ihr einen Gutenachtkuß, wobei sie ihren alkoholschweren Atem spürte und den Rauch im Haar wahrnahm. Sie sah ihre Tochter unglücklich an. »Ich möchte nicht, daß du trinkst.«

»Warum nicht? Ich bin großjährig.«

»Das ist nicht der Punkt.«

Wieder zog Sascha die Schultern hoch und wandte Zoya den Rücken zu, bis diese ging. Es war sogar zwecklos, mit ihr ein Gespräch zu suchen. Zoya konnte es kaum erwarten, bis Nicholas nach Hause kam, vielleicht gelang es ihm, noch einigen Einfluß geltend zu machen. Dazu war niemand sonst mehr imstande. Langsam machte Zoya sich Gedanken darüber, was passieren würde, wenn Sascha über das Geld, das ihr Simon hinterlassen hatte, verfügen konnte. Dann würde sie womöglich total ausflippen, wenn niemand sie davon abhielt. Sie dachte noch immer an Sascha, als um ein Uhr das Telefon schrillte. Einen Moment drohte ihr Herz auszusetzen, weil sie schlechte Nachrichten fürchtete. Es war Paul. Er war bei sich zu Hause und wollte noch einmal ihre Stimme hören. Allison hatte sich in ihrem Zimmer eingeschlossen und schlief. Nachdem er Zoya verlassen hatte, fühlte er sich doppelt einsam.

»Ich wollte dir nur sagen, wieviel mir der heutige Abend bedeutet. Du hast mir etwas ganz Besonderes gegeben.«

»Ich wüßte nicht wie, Paul«, sagte sie leise und sanft. Ihrer Meinung nach hatte sie ihm nur wenig geben können. Ein paar Küsse und die Wärme des Augenblicks.

»Du gibst mir einen neuen Lebensimpuls. Allein unsere Montagabende machen mein Leben lebenswert.«

Da wurde ihr klar, wie sehr sie sich selbst immer auf diese Abende freute, denn Paul war intelligent, er war nett und amüsant.

»Du wirst mir die ganze Woche über fehlen.« Lächelnd fragte er: »Glaubst du, der Blitz würde uns treffen, wenn wir uns am Dienstag träfen?«

»Meinst du, wir sollten es versuchen?« Sie kam sich sehr kühn vor. Beide lachten wie glückliche Kinder.

»Laß uns morgen zusammen essen und es darauf ankommen lassen.« Er war guter Dinge wie schon seit Jahren nicht mehr. Zoya bewirkte, daß er sich wie ein Junge fühlte, und sie wiederum empfand in seiner Nähe Glück und Zufriedenheit.

»Glaubst du, wir sollten es tun?« Sie wollte sich schuldig fühlen, schaffte es aber zu ihrer eigenen Verwunderung nicht, weil sie zugleich das merkwürdige Gefühl hatte, daß Simon nichts dagegen hätte.

»Morgen um eins?«

»Sagen wir um zwölf.« Mit zitternder Hand legte sie auf. Verrückt ... und doch wollte sie nicht, daß es zu Ende ging. Sie dachte an die Berührung seiner Lippen. Irgendwie war es süß und unschuldig gewesen. Er war ihr Freund, egal, was jetzt passierte. Er war jemand, mit dem sie zusammenarbeiten und reden konnte, mit dem sie Zeit verbringen, über das Geschäft und die Kinder sprechen wollte. Er hörte ihr zu, und sein Interesse war ungeheuchelt. Zoya fragte sich allen Ernstes, ob sie unrecht tat, doch in der Nacht träumte sie von Simon, wie er lächelnd an Paul Kellys Seite stand.

47

Am nächsten Tag erschien Paul kurz vor zwölf in der Firma. Er traf sie bei der Arbeit in ihrem Büro an. Leise klopfte er an, öffnete die Tür und sah sie mit ernster Miene am Schreibtisch sitzen.

»Ein vertrautes Bild«, sagte er, als sie aufblickte. »Bist du zu beschäftigt? Soll ich lieber später kommen?«

»Nein. Das hier hat Zeit.« Sie lächelte, weil sie froh war, daß er hier war. Paul hatte sich den ganzen Morgen über auf das Wiedersehen gefreut und registrierte wieder voller Bewunderung, wie schön sie war, als sie aufstand und ihre Handtasche holte. Zoya war noch immer eine bemerkenswerte Erscheinung.

»Na, war der Vormittag sehr schwer?« fragte er mit seinem warmen irischen Lächeln.

»Nicht besonders.« Es war einfacher, sich hier mit ihm zu treffen als in Simons Büro. Dies hier war ihr Revier, nicht das seine, und es gestattete Paul, mehr sie selbst und nicht ihre Vergangenheit zu genießen. Die Gegenwart war ihr plötzlich viel wichtiger.

Sie aßen im ›21‹ zu Mittag, und um drei Uhr saßen sie noch immer beisammen und plauderten und lachten. Am Nachbartisch saß Spencer Tracy in weiblicher Begleitung. Die Frau trug einen großen Hut und eine dunkle Brille. Zoya hätte zu gern gewußt, wer das war, aber Paul war das einerlei, er konnte seine Augen ohnehin nicht von Zoya wenden.

»Warum tust du das?« fragte sie schließlich, seinen Blick suchend. Beruhigt las sie darin Kraft und Güte und alle guten Gefühle, die er für Zoya empfand.

»Weil ich dich liebe«, sagte er ganz leise. »Ich wollte mich nicht in dich verlieben, und doch ist es passiert. Ist das so schlimm?« Nein, das wollte sie nicht sagen, nach allem was sie von seinem Leben mit Allison wußte.

»Es ist nicht schlimm. Aber, Paul ...« Sie zögerte, um dann fortzufahren: »... was haben wir denn, wenn wir unseren Gefühlen nachgeben? Ab und zu ein paar gestohlene Augenblicke. Möchtest du das?«

»Wenn wir nicht mehr haben können, dann begnüge ich mich dankbar damit. Die Stunden mit dir sind für mich kostbar ... Alles übrige ist ... nun, was es eben sein muß.« Instinktiv wußte er, daß sie von ihm nicht mehr wollte. Sie hatte ihre Kinder, das Geschäft, die Erinnerungen an Simon. »Mehr werde ich von dir nie verlangen. Dazu habe ich kein Recht. Ich werde dich nie belügen. Niemals. Du weißt, daß ich Allison nicht verlassen kann, und wenn das, was ich dir geben kann, dir nicht genügt, habe ich Verständnis dafür.« Er griff unter dem Tisch liebevoll nach ihrer Hand. »Vielleicht werde ich allmählich selbstsüchtig.« Zoya schüttelte den Kopf, als sie am Nachbartisch Spencer Tracy lachen sah. Wieder fragte sie sich, wer die Frau sein mochte und warum der Filmstar so glücklich wirkte.

»Ich bin gar nicht sicher, ob ich für mehr bereit wäre. Vielleicht werde ich es nie sein. Ich habe Simon sehr geliebt.«

»Das weiß ich.«

Und dann sagte sie ganz leise: »Aber ich glaube, dich liebe ich auch.« Es war sonderbar ... sie hatte es nie erwartet, und doch war sie so gern mit ihm zusammen. Sie war jeden Montag mit ihm zusammen, verließ sich schon seit langem auf ihn und respektierte sein Urteil.

»Ich werde nie mehr verlangen, als du geben willst. Ich respektiere deine Gefühle.« Mehr konnte sie von ihm nicht verlangen. Er schien für alle ihre Empfindungen Verständnis zu haben. Schon etwas kühner lächelte er ihr zu. »Wirst du eines Tages mit mir verreisen, wenn du dazu bereit bist?«

Lange sah sie ihn an, um dann nachdenklich zu nicken. »Ich weiß nicht, wann das sein wird. Noch ist es nicht soweit.« Obwohl seine Küsse am Abend zuvor sie aufgewühlt hatten. Dennoch war sie noch nicht bereit, dem Gedächtnis an ihren Mann untreu zu werden.

»Ich dränge dich nicht. Ich kann warten ... vielleicht ein Leben lang.« Beide lächelten. Paul war so anders als Simon mit seiner drängenden Ungeduld und seiner Energie, anders auch als Clayton mit seiner sanften, noblen Wesensart. Paul Kelly war ein eigener Mensch mit eigenem Stil und eigener Lebenssituation.

»Danke, Paul.« Dankbar blickte sie zu ihm auf, worauf er sich wortlos zu ihr beugte und sie küßte.

»Wir wollen zusammen essen gehen, wann immer es sich einrichten läßt.« Er wirkte glücklich und hoffnungsvoll.

»Wird Allison nichts dagegen haben?«

Seine Miene wurde traurig. »Ihr wird es gar nicht auffallen.«

Diesmal war es Zoya, die ihn küßte, um den Schmerz der jahrelangen Einsamkeit zu lindern. Beide waren einsam, doch die gemeinsame Zeit war voller Leben und Glück. Die Entscheidungen, die sie in Simons Unternehmen trafen, waren sehr bedeutsam, und sie erzählte ihm gern von ihrer eigenen Firma. Hin und wieder lachte er Tränen, wenn sie ihm ihre verrücktesten Kundinnen beschrieb oder vom kleinen Matthew erzählte.

Anschließend brachte er sie zurück ins Geschäft, und beide stellten erschrocken fest, daß es kurz vor vier war. Er wollte sie trotzdem noch nicht allein lassen.

»Könnten wir uns Freitag abend zum Dinner treffen, oder sollen wir es bei Montag belassen?« Er wollte sie nicht drängen. Sie wußte, daß Sascha übers Wochenende fortfuhr, und plötzlich verspürte sie das Verlangen, ihn eher zu sehen als erst am Montag in Simons Büro.

»Ja, wir essen zusammen.« Ihre Augen sprühten grünes Feuer.

»Ich muß wohl im Leben etwas richtig gemacht haben, weil das Glück mich jetzt so begünstigt.«

»Sei nicht albern.« Lachend gab sie ihm einen Kuß auf die Wange, als er versprach, sie anzurufen. Sie wußte, daß er Wort halten würde, und auch sie würde ihn anrufen, auch wenn dazu ein geschäftlicher Vorwand herhalten mußte ...

Die Rosen, die ihr am Nachmittag gebracht wurden, waren alles andere als geschäftlich. Es waren zwei Dutzend weiße Rosen – sie hatte ihm einmal erzählt, wie sehr sie diese Blumen liebte. Und sie wußte schon seit langem, daß er selten etwas vergaß. Auf der Karte stand: ›Keine gestohlenen Augenblicke, liebste Zoya, nur geborgte. Danke für jeden kostbaren Augenblick. In Liebe, P.‹ Sie las es und lächelte, als sie das Billett in ihrer Handtasche verstaute und aus ihrem Büro ging, um sich um ihre Kundinnen zu kümmern. Paul hatte neuen Glanz in ihr Leben eingebracht. Etwas sehr Kostbares, etwas, das sie fast schon vergessen hatte ... die Berührung einer Hand, den Blick eines Mannes, der sie liebte und für sie dasein wollte. Wohin das Leben sie führen würde, war nicht vorauszusehen. Vielleicht nirgendwohin. Doch in der Zwischenzeit wußte sie, daß sie ihn brauchte, so wie Paul sie brauchte. Als sie zurück an die Arbeit ging, tat sie es mit beschwingterem Schritt. Und hatte deswegen nicht einmal Gewissensbisse.

»Na, wem sind Sie denn beim Lunch begegnet?« fragte ihre Assistentin neugierig, als sie sich daranmachten, den Laden zu schließen. Es kam ganz selten vor, daß Zoya zu Mittag auswärts aß. Jetzt lachte sie, und in ihren Augen tanzten Funken wie schon lange nicht mehr.

»Spencer Tracy«, gab sie in verschwörerischem Ton zurück.

»Klar«, antwortete das Mädchen augenzwinkernd. Und doch war es die Wahrheit. Sie war Spencer Tracy begegnet ... und Paul Kelly.

48

Fortan trafen sich Paul und Zoya weiterhin jeden Montagnachmittag in Simons Büroräumen. Sie arbeiteten intensiv und gingen spät zum Dinner, und wenn es sich bei beiden einrichten ließ, verbrachten sie ein gemeinsames, ein stilles Wochenende miteinander, mit Strandspaziergängen, mit Gesprächen und mit

Liebe. Ihre Freundschaft war ihnen jedoch immer wichtiger als die Liebe. Dann kehrten sie nach New York zurück, in ihr wirkliches Leben und zu den Menschen, zu denen sie gehörten. Zoya ließ nicht zu, daß diese Beziehung ihr anderes Leben berührte. Sie hatten beide zu viel zu tun. Und sie verschwendete nie einen Gedanken an Heirat … denn das war hoffnungslos. Paul war ihr Freund, ein ganz besonderer Freund, und nachdem sie Jahr um Jahr gemeinsam an Vorstandssitzungen teilgenommen hatten, konnten sie stolz auf die Tatsache sein, daß niemand ahnte, was sie einander privat bedeuteten, nicht einmal die Kinder. Matthew mochte Paul, und Sascha tolerierte ihn. Sie hatte mit ihrem eigenen Leben zuviel zu tun, um sich um das Tun und Lassen ihrer Mutter zu kümmern. Nicholas war noch Soldat und flog mit der RAF Einsätze über Europa.

Präsident Roosevelt starb am zwölften April 1945. Drei Wochen später war der Krieg in Europa zu Ende, und Zoya ließ erleichtert ihren Tränen freien Lauf. Ihr Sohn hatte den Krieg überlebt. Er kam am Tag seines vierundzwanzigsten Geburtstages nach Hause, und zwei Tage später endete der Krieg im pazifischen Raum. Nun folgten endlose Feiern und Paraden, die über die Fifth Avenue zogen. Zoya schloß ihr Geschäft und ging nach Hause, um Nicholas zu treffen. Vom Wohnzimmerfenster aus sah er mit Tränen in den Augen den auf der Straße tanzenden Menschen zu.

»Wenn Dad diesen Tag erlebt hätte«, flüsterte er ihr zu, den Blick hinunter auf die jubelnde Menge gerichtet. Zoya sah ihren stattlichen Sohn voller Zärtlichkeit an. Mehr denn je sah er Nikolaj ähnlich, besonders in seiner Uniform. In den Jahren, in denen er Soldat gewesen war, war er ein richtiger Mann geworden. Deshalb war sie nicht erstaunt, als er ihr erklärte, daß er nicht mehr zurück nach Princeton gehen wollte. Er wollte endlich das lernen, was er zur Leitung des Firmenimperiums brauchte, das Simon ihm hinterlassen hatte. Und Paul brachte ihm im Laufe der Zeit alles bei, was er wissen mußte.

Als Nicholas erfuhr, wieviel Geld er geerbt hatte, war er wie vom Donner gerührt. Sascha wußte bereits, daß sie viel Geld bekommen würde, wieviel, das ahnte sie noch nicht. Nicholas war entsetzt, als er bei einem kurzen Besuch zu Hause sah, wie sie sich benahm. Jede Nacht ging sie bis zum Morgengrauen aus und kam meist angetrunken wieder. Stellte man sie zur Rede, reagierte sie mit Frechheiten. Nicholas war außer sich, als er einmal spätabends mit seiner Mutter darüber debattierte. Sascha war früher nach Hause gekommen und schlief ihren Rausch aus. Ein junger Mann in Uniform hatte sie nach Hause gebracht, selbst so betrunken, daß er kaum gehen konnte. Nicholas warf ihn praktisch hinaus.

»Mama, kannst du denn nichts dagegen unternehmen? Sie ist ja völlig außer Rand und Band geraten.«

»Für eine Tracht Prügel ist sie zu alt, und einsperren kann ich sie nicht.«

»Ich würde es gern versuchen.« Nicholas machte ein finsteres Gesicht, aber als er Sascha am nächsten Tag zur Rede stellte, zeigte es sich, daß auch er nichts ausrichten konnte. Abends war sie schon wieder unterwegs und kam erst nach vier Uhr morgens nach Hause.

Sascha war noch schöner geworden, denn sie war noch zu jung, als daß ihre Exzesse ihrem Aussehen hatten schaden können, aber Zoya wußte, daß es bald der Fall sein würde, wenn sie unter dieses Leben nicht einen Schlußstrich zog. Zoya war entsetzt, als ihre Tochter im Dezember durchbrannte und einen Jungen heiratete, den sie keine drei Wochen kannte. Die Tatsache, daß er der Sohn eines Polospielers aus Palm Beach war, stellte für Zoya keinen Trost dar. Sein Lebensstil war ähnlich zügellos wie der von Sascha, sie tranken, tanzten und feierten jede Nacht durch. Die nächste Aufregung kam, als Sascha bei einem Besuch in New York ihrer Mutter unverfroren erklärte, daß sie im September ein Baby erwartete.

»An Matthews Geburtstag, glaube ich.« Sie gab sich mit Absicht sehr vage, als ihr kleiner Bruder hereinkam. Er war jetzt sechseinhalb und hatte Simons braune Augen und sein sanftes

Wesen. Nicholas bewunderte er über alle Maßen, seiner Schwester ging er lieber aus dem Weg – seit langem schon. Sie trank zuviel und war entweder unfreundlich oder völlig gleichgültig. Inzwischen war Sascha einundzwanzig, und das Erbe, das Simon ihr vermacht hatte, trieb sie mit noch größerer Geschwindigkeit in ihr Verderben.

Im Juni kam sie wieder nach Hause und eröffnete ihrer Mutter, daß Freddy sie betrog. Sie rächte sich auf der Stelle, indem sie einen neuen Wagen und zwei Diamantarmbänder kaufte und trotz ihrer Schwangerschaft mit einem seiner Freunde schlief. Dann kehrte sie nach Palm Beach zurück und nahm das wilde Leben mit ihrem Mann wieder auf. Zoya wußte, daß sie nichts unternehmen konnte. Sogar Nicholas war dieses Themas überdrüssig. Sascha war nun mal so, und es war für alle Beteiligten im höchsten Maße unerquicklich. Zoya sprach sich mit Paul des öfteren darüber aus, und seine Güte und Klugheit waren ihr ein echter Trost.

An den Wochenenden fuhr Nicholas mit Matthew zum Angeln und spielte mit ihm Ball im Park, wann immer es sich einrichten ließ. Nicholas steckte bis über beide Ohren in Arbeit, fand aber daneben immer noch Zeit für seinen kleinen Bruder und entlastete damit Zoya, die sich dann ein paar ruhige Momente mit Paul Kelly gönnte. Ihre Affäre lief in aller Stille weiter, so daß nicht einmal Nicholas etwas ahnte, was für Zoyas und Pauls Diskretion sprach.

Ende August wurde Saschas Baby geboren, ein winziges Mädchen mit hellem, rotem Haar. Zoya fuhr nach Florida, um das Kleine zu sehen, und stand voller Andacht vor dem Baby, das klein und süß war und von seiner Mutter so gut wie ignoriert wurde. Kaum war das Kind auf der Welt, als Sascha wieder in ihren teuren Autos herumraste, mit oder ohne den ebenso genußsüchtigen Freddy. Zoya wußte nie, wo die beiden steckten. Das Kind wurde in der Obhut eines Kindermädchens zurückgelassen, sehr zu Zoyas Mißfallen. Während der seltenen Telefongespräche versuchte sie Sascha ihren Lebensstil auszureden. Ihre Tochter hörte aber nicht auf sie – was vorauszusehen gewesen war. Und Nicholas hatte selten Kontakt mit ihr. Fast war es, als sei Sascha aus ihrem Leben geschwunden. Zoya war sehr traurig darüber, weil sie Saschas Baby, die kleine Marina, kaum zu sehen bekam. Und als am Weihnachtsabend das Telefon klingelte, hoffte Zoya inständig, daß Sascha anriefe. Nicholas war zum Dinner gekommen, und Matthew war nach dem Schmücken des Weihnachtsbaumes zu Bett gegangen. Er war sieben und glaubte noch immer an den Weihnachtsmann, fast jedenfalls, obwohl Zoya argwöhnte, daß es das letzte Jahr sein würde. Er war noch immer der Mittelpunkt ihres Lebens, und sie lächelte versonnen, als sie nach dem Hörer griff.

»Hallo?« Der Anruf kam von der Polizei in Florida. Zoyas Herz drohte auszusetzen, denn sie wurde sofort von bösen Ahnungen überfallen. Man teilte ihr mit, daß Sascha und Freddy auf der Heimfahrt von einer Party einen Unfall gehabt hatten. Während Zoya mit angehaltenem Atem zuhörte, wurden ihre schlimmsten Befürchtungen bestätigt. Sie legte den Hörer auf und starrte Nicholas wortlos an. Gleich darauf kam ein Anruf von Marinas Kindermädchen, die einem hysterischen Anfall nahe war, weil man sie mit dem Kind allein gelassen hatte. Nicholas redete begütigend auf sie ein und versprach, am nächsten Morgen nach Florida zu fliegen und das Kind abzuholen. Das Kindermädchen erklärte ihm nun alles, während er seine Mutter schreckstarr ansah. Zoya brach von Schuldgefühlen geplagt in Tränen aus. Sie hätte immer alles falsch gemacht, behauptete sie, und jetzt sei es zu spät. Sie hätte bei Sascha versagt, und jetzt war ihre Tochter tot. »Sie war so süß, als sie noch klein war …« schluchzte Zoya. Nicholas hatte ganz andere Erinnerungen. Seine Schwester war verwöhnt, egoistisch und abscheulich zu ihrer Mutter gewesen. Aber Zoya kam das alles so unfair vor. Sascha war erst einundzwanzig, und jetzt war sie wie eine helle Sternschnuppe in einer dunklen Sommernacht erloschen.

Am nächsten Tag flog Nicholas nach Florida und kam mit der sterblichen Hülle seiner Schwester und mit dem Baby Marina wieder. Es wurden traurige Weihnachtsfeiertage für Zoya. Sie packte mit Matthew unter Tränen die Geschenke aus und fragte sich ständig, wie sie ihrer Tochter hätte helfen können. Vielleicht, wenn sie nie gearbeitet hätte, wenn alles leichter gewesen wäre, wenn Clayton nicht gestorben wäre oder Simon, oder vielleicht, wenn ... so rasten ihre Gedanken, während sie sich bemühte, sich auf Matthew zu konzentrieren. Er war nach Zoyas Gefühl viel zu still, und ihr wurde klar, daß er alles viel zu gut verstand, als er seine großen braunen Augen auf sie richtete und leise fragte: »War sie wieder betrunken, Mom?«

Matthews Worte schockierten Zoya. Aber er hatte recht. Sascha war betrunken gewesen. Zoya mußte es sich eingestehen, als sie Saschas Baby in den Armen hielt. Spätabends noch saß sie da und blickte auf das Kleine nieder, das die Augen aufschlug und schläfrig gähnte. Marina war vier Monate alt und hatte jetzt nur noch Zoya und ihre beiden Onkel Matthew und Nicholas.

»Ich bin zu alt dafür«, meinte Zoya seufzend, als Paul sie wie immer anrief.

»Nein, das bist du nicht. Sie ist bei dir besser aufgehoben, als sie es bei ihren Eltern gewesen wäre. Das Kind hat großes Glück.« Und er hatte großes Glück, daß er sein Leben mit Zoya teilen durfte. Zoya machte alle Mitmenschen glücklich – mit Ausnahme von Sascha, und wieder quälte sie sich mit Vorwürfen, weil sie bei ihrer Tochter versagt hatte. Aber was hätte sie tun sollen? Eine Antwort darauf würde es nie geben, das wurde ihr schmerzlich klar. Sie konnte alles nur gutmachen, indem sie Marina soviel Liebe schenkte wie einem eigenen Kind. Sie stellte das Bettchen neben ihr Bett und saß stundenlang da, in die Betrachtung des schlafenden Babys versunken. Seine Haut war rosig, und es hatte weiches rotes Haar. Zoya schwor sich, daß sie das Kind behüten und diesmal ihr Bestes tun würde. Und das Schluchzen blieb ihr im Hals stecken, als sie an die Nacht dachte, in der Sascha und Nicholas fast verbrannt wären ... die kleine Sascha hatte auf dem Straßenpflaster gelegen, die Feuerwehrleute hatten Wiederbelebungsversuche unternommen, und dann war das Kind endlich zu sich gekommen. Zoya hatte sie unter Tränen an sich gedrückt, so wie sie das Baby an sich drückte. Wie hatte alles nur so kommen können ...? Am Ende hatte sie ihre Tochter trotz aller Bemühungen mit einundzwanzig Jahren verloren.

Zwei Tage später fand die Beerdigung statt, an der einige Schulfreundinnen und ein paar Leute aus Saschas New Yorker Bekanntenkreis teilnahmen. Die Mienen der Trauergäste drückten stumme Trauer aus, als Zoya an Nicholas' Arm aus der Kirche ging, mit Matthew an der Hand. Sie sah Paul ernst in der hintersten Reihe stehen. Sein weißes Haar leuchtete aus der Menge heraus, aus seinem Blick sprach, was er für sie empfand. Sie sah ihn nur einen Augenblick an und ging weiter, zwischen ihren Söhnen, während die kleine Marina, die das Leben noch vor sich hatte, zu Hause in ihrem Bettchen in Zoyas Zimmer wartete.

49

1947 war das Jahr, in dem Dior den New Look kreierte, und als Zoya nach Paris fuhr, um sich die neuen Kollektionen anzusehen, nahm sie Matthew und Marina mit. Matthew war fast acht und Marina noch ein Baby. Mit dem Jungen fuhr sie auf den Eiffelturm, unternahm mit ihm Spaziergänge an der Seine und in die Tuilerien wie vor langer Zeit mit Eugenia.

»Erzähl mir doch von deiner Großmutter.« Wie gern sie ihm nun alles erzählte, von den Troikas im Rußland ihrer Kindheit, von den Spielen, die sie gespielt, von den Menschen, die sie gekannt hatte. Auf diese Weise teilte sie ihre und somit auch seine eigene Geschichte mit ihm. Sie fuhren anschließend nach Südfrankreich, und im darauffolgenden Jahr, als Zoya wieder mit beiden Kindern nach Europa kam, besuchte sie mit ihnen Rom. Sie nahm Marina überallhin mit, als könne sie damit wettmachen, daß das Kind keine Mutter mehr hatte. Marina war für sie wie ihre eigene Tochter, und die Kleine sah Zoya auch sehr ähnlich. Als sie auf der Heimfahrt auf dem Schiff umhertollte, nahmen alle Leute ganz selbstverständlich an, sie sei Zoyas Kind. Mit neunundvierzig war Zoya noch immer von einer Aura der Jugendlichkeit umgeben, so daß es niemanden wunderte, daß sie kleine Kinder um sich hatte.

»Vermutlich hält es mich jung«, sagte sie mehr als einmal zu Paul. Und er mußte ihr recht geben. Sie sah noch reizvoller aus als früher. Nicholas hatte indessen die Leitung von Simons Konfektionsbetrieb übernommen, und im Frühjahr 1951 waren auch die Textilfabriken in seiner Hand. Er war fast dreißig, und als Zoya mit den Kindern aus Europa zurückkam, besuchte er sie, um ihrem Reisebericht zuzuhören. Matthew war elf und Marina viereinhalb. Sie hatte schimmerndes rotes Haar und große grüne Augen. Wenn Nicholas sie kitzelte, kreischte sie vor Wonne. Er brachte Marina selbst zu Bett und ging dann zurück ins Wohnzimmer, um Zoya von seinen Plänen zu erzählen.

»Also, Mama ...« er zögerte, mit einem Lächeln auf den Lippen, und sie spürte, daß etwas Wichtiges bevorstand.

»Nun, Nicholas? Soll ich eine ernste Miene aufsetzen, oder willst du mir nur Angst machen?« Sie hatte es schon eine ganze Weile erwartet. Seit geraumer Zeit traf er sich mit einer bezaubernden Schönheit aus den Südstaaten, die er in South Carolina anläßlich der Besichtigung einer Fabrik kennengelernt hatte. Sie war ein sehr reizvolles, wenn auch etwas verwöhntes Mädchen. Zoya hatte darüber nie ein Wort verloren. Nicholas war ein erwachsener Mensch und konnte sein Leben nach Belieben gestalten. Paul hatte sie anvertraut, daß sie seine Entscheidung akzeptierte. Nicholas war ein vernünftiger junger Mann mit gütigem Herzen und einem Verstand, der durch die Führung von Simons Unternehmen geschärft worden war.

»Würdest du dich sehr wundern, wenn ich dir jetzt sage, daß ich im Herbst heiraten möchte?« Sein Blick traf sie voll, und sie lachte.

»Sollte ich jetzt überrascht tun, mein Lieber?«

»Elizabeth und ich – wir wollen heiraten«, kündigte er stolz an.

»Das freut mich für dich.« Sie sah ihn lächelnd an. Er war ein guter Mensch, beide Väter wären stolz auf ihn gewesen. »Hoffentlich macht sie dich glücklich.«

»Das tut sie jetzt schon.« Zoya hätte sich nicht mehr wünschen können. Sie bot Elizabeth bei nächster Gelegenheit liebenswürdig an, ihr bei der Wahl eines Brautkleides behilflich zu sein. Das nun viele Jahre zurückliegende Verhör durch Simons Mutter stand ihr dabei deutlich vor Augen. Simons Eltern waren gestorben, seine Onkel ebenfalls. Sie hatte mit ihnen nie ein enges Verhältnis gehabt, was sie jedoch nicht gehindert hatte, dafür zu sorgen, daß Matthew seine Großeltern oft besuchte. Die alten Leute waren ihr dankbar dafür.

Als Elizabeth in den Salon kam und alle Angestellten schroff behandelte, hielt Zoya sich zurück und ließ sie gewähren. Das Brautkleid war noch die geringste Schwierigkeit, wie sich bald zeigen sollte. Elizabeth war offenbar der Meinung, daß Zoya für ihre gesamte Ausstattung aufkommen und ihnen auch noch eine Wohnung kaufen mußte. Zoya überlief ein ahnungsvolles Schaudern, als sie bei der Hochzeit zusah, wie Matthew vorsichtig den Ring auf einem Kissen balancierte, während Marina ein Körbchen mit Rosenblättern schwenkte und ihrer Großmutter in der ersten Reihe zuwinkte. Trotz ihrer unguten Vorahnungen brachte Zoya ein stolzes Lächeln zustande.

Nicholas war sehr tapfer, erfüllte seiner Frau jeden Wunsch, kam jeder Forderung nach, ging auf alle Launen ein, bis er nicht mehr konnte. Fast genau vier Jahre nach dem Tag, an dem Marina das junge Paar mit Rosenblättern beworfen hatte, schickte Nicholas Elizabeth wieder nach Hause zu ihren Eltern.

Marina war nun neun und wurde von Zoya täglich in den Ballettunterricht gebracht. Der Tanz war seit ihrem fünften Lebensjahr ihre einzige und größte Leidenschaft. Und Zoya war entschlossen, alles nur mögliche für das Kind zu tun, weil sie immer noch das Gefühl hatte, Sascha einiges schuldig geblieben zu sein.

Täglich ging sie um drei Uhr aus dem Geschäft, holte Marina von Miß Nightingales Schule ab und brachte sie zum Ballettunterricht, wo das Kind dieselben *tours jetés,* dieselben *pliés* machen mußte, die Zoya selbst vor mehr als einem Menschenalter in St. Petersburg bei Madame Nastowa geübt hatte.

Sonderbar, wie die Dinge sich wiederholten. Zoya erzählte ihrer Enkelin vom Marjinskij-Institut, von seinen Wundern und Freuden und von Madame Nastowas hohen Ansprüchen. Und als sie und Nicholas zu einer Schüleraufführung gingen, saß sie reglos da und weinte. Nicholas faßte nach ihrer Hand, und Zoya lächelte unter Tränen.

»Marina ist so süß und unschuldig.« Das Leben lag noch vor ihr. Marina war ein gutes und braves Kind, das jede Arbeit mit großem Ernst tat. Matthew war für sie wie ein Bruder – ähnlich wie Nikolaj seinerzeit für Zoya. Ja, sonderbar, wie sich alles immer wiederholte, Generation um Generation, und wie ihre eigene Ballettleidenschaft mit Marina wiedergeboren wurde.

An jenem Abend überreichte Paul der jungen Ballerina ein winziges Sträußchen, und nachdem Marina noch ganz durcheinander von ihrem Auftritt, den sie unentwegt kommentierte, zu Bett gegangen war, stellte er Zoya die Frage, vor der sie sich seit Jahren fürchtete. Seine Frau war vor einigen Monaten an Leberzirrhose gestorben, und nachdem Nicholas gegangen war und sie allein in der stillen Bibliothek saßen, sah er Zoya an.

»Zoya ... nach zwölf Jahren kann ich dich endlich fragen: Willst du mich heiraten?« Er faßte nach ihrer Hand, und sie sah ihm in die Augen, mit einem Lächeln, das langjähriger Liebe entsprang. Einer Liebe, die nie ganz Erfüllung gefunden hatte. Zwölf Jahre waren sie nun zusammen, und sie liebte ihn und schätzte seine Freundschaft, aber eine Ehe kam nicht in Frage. Nach Simon hatte sie nie wieder heiraten wollen. Sie fand ihr Glück darin, Matthew aufwachsen zu sehen und Marinas Talent zu fördern. Und noch immer machte sie sich in ihrem Salon zu schaffen und bewies dabei dieselbe Energie wie seit eh und je. Mit sechsundfünfzig hatte ihre Spannkraft kaum nachgelassen.

Aber eine Ehe wollte sie nicht mehr eingehen. Sie streifte sanft seine Finger mit den Lippen und schüttelte den Kopf.

»Paul, Liebster, ich kann nicht.«

Er war gekränkt, als er das hörte, und sie versuchte, die richtigen Worte zu finden.

»Ich bin darüber hinaus. Ich bin zu alt, um zu heiraten.«

»Zoya, sag das nicht. Sieh dich an. Du hast dich seit unserer ersten Begegnung nicht verändert.«

»Doch, innerlich.« Sie lächelte liebevoll. »Ich möchte in Ruhe alt werden, ich möchte sehen, was aus Matthew wird, und ich möchte, daß Marina das erreicht, was sie sich wünscht. Sie soll den Luxus erleben, das zu tun, was sie will, und die zu sein, die sie sein muß ... und dasselbe gilt für mich selbst.«

Das hatte er befürchtet, schon ehe er die Frage gestellt hatte. Seit Jahren hatte er sie heiraten wollen und konnte es nicht. Und jetzt war er frei, und die Zeit war für sie vorüber. Er fragte sich, ob alles anders gekommen wäre, wenn Allison früher gestorben wäre. Seine Wochenenden mit Zoya fanden nun nicht mehr so regelmäßig statt, aber sie fuhren noch immer ab und zu in sein Haus in Connecticut. In der letzten Zeit waren die Wochenenden für Zoya nicht mehr so wichtig. Es war Pauls Freundschaft, auf die es ihr in erster Linie ankam, aber von einer Ehe hätte sie sich mehr erwartet, nämlich Leidenschaft. Aber nun waren die Kinder ihre einzige Leidenschaft. Die Kinder und immer noch ihre Firma – schon dem Gedächtnis Simons zuliebe.

»Ich kann niemandem mehr eine Ehefrau sein. Das weiß ich jetzt. Alles, was ich zu geben hatte, hab' ich vor langer Zeit Clayton und Simon geschenkt. Und jetzt bin ich zu alt. Die Kinder, meine Arbeit und du, wenn wir füreinander Zeit haben, sind mein Lebensinhalt. Ich könnte dir von mir nicht so viel geben, daß eine Ehe gerechtfertigt wäre, so schrecklich sich das anhören mag. Aber vielleicht darf ich jetzt egoistisch sein. Ich möchte Reisen machen, wenn die Kinder alt genug sind, ich möchte wieder frei sein. Vielleicht besuche ich eines Tages Rußland ... St. Petersburg ... oder Liwadia ...« Sie wußte, daß es schmerzlich sein würde, aber es war ein Traum, den sie in den letzten Jahren öfter träumte, und mit jedem Jahr wurde er wahrscheinlicher. Sie brauchte nur Zeit und den Mut zurückzugehen. Sie wußte, daß sie das alles nicht mit Paul machen konnte, er hatte sein Leben, sein Haus, seinen Tagesablauf, seinen Garten und seine Freunde. Sein Leben verlief seit einigen Jahren in viel gemächlicherem Rhythmus. »Ich glaube, ich bin endlich erwachsen geworden.« Mit einemmal wirkte er sehr alt, aber das sagte Zoya ihm nicht. »Viele Jahre war ich nur mit Überleben beschäftigt. Schließlich habe ich entdeckt, daß es noch viel mehr gibt. Wenn ich das eher erkannt hätte ... vielleicht wäre für Sascha alles anders gelaufen.« Sie fühlte sich noch immer schuldig am Tod ihrer Tochter. Es war sehr schwierig, zurückzublicken und zu sehen, was sie anders hätte machen können. Für Sascha war es ohnehin viel zu spät, nicht aber für Matthew oder Marina oder für sie selbst. Sie hatte Leben nachzuholen und war entschlossen, es auf eigene Faust zu tun, mochte sie Paul Kelly auch noch so lieben.

»Heißt das, daß es zwischen uns aus ist?« Er sah sie aus bekümmerten, müden Augen an. Sie beugte sich zu ihm und küßte ihn auf den Mund. Und er spürte dasselbe Feuer, das seit ihrer ersten Begegnung in ihm brannte.

»Nein, es sei denn, du möchtest es. Wenn du mich so akzeptieren kannst, werde ich noch sehr lange dasein, um dich zu lieben.« So wie sie in den Jahren für ihn dagewesen war, als seine Frau noch gelebt hatte.

Er lachte verhalten auf. »Es ist mein Pech, daß die Menschheit endlich erwachsen wird und die Leute Dinge tun, die vor zwanzig Jahren noch alle Welt schockiert hätten ... sie schlafen offen miteinander, leben in Sünde – und was passiert? Ich biete dir die Legitimität und komme damit ein Dutzend Jahre zu spät.« Beide lachten. Sie saßen noch immer gemütlich in ihrer Bibliothek. »Zoya, du bist zu jung für mich.«

»Danke, Paul.« Wieder küßten sie sich, und wenig später ging er nach Hause. Zoya hatte versprochen, übers Wochenende zu ihm nach Connecticut zu kommen, so daß er etwas besänftigt war, als er sich verabschiedete. Anschließend ging sie auf Zehenspitzen in Marinas Zimmer und betrachtete das schlafende Kind. Zoya lächelte. Eines Tages würde Marina die ganze Welt gehören. Mit feuchten Augen beugte sie sich über ihre Enkelin und gab ihr einen Kuß. Marina regte sich im Schlaf unter der liebevollen Hand ihrer Großmutter.

»Tanz weiter, Kleines ... kleine Ballerina ... tanz weiter ...«

50

Die Kennedy-Jahre wurden für Zoya in geschäftlicher Hinsicht sehr aufregend. Die junge Frau des Senators setzte neue modische Akzente, und alle Welt bemühte sich, ihr nachzueifern. Zoya bewunderte sie sehr. Zoya wurde zur großen Freude von Nicholas sogar zum Dinner ins Weiße Haus eingeladen und kam in Begleitung ihres Sohnes der Einladung nach, noch immer schön und elegant wie seinerzeit. Mit ihren einundsechzig Jahren erregte sie allgemeines Aufsehen, wenn sie in stolzer Haltung ihren Salon betrat, einen Hut zurechtrückte, stirnrunzelnd etwas registrierte, was ihr mißfiel, oder mit geübter Hand Blumen wechselte. Axelle war längst tot, und deren Modesalon nur mehr Erinnerung, aber Zoya hatte dort ihre Lektion gut gelernt.

Mittlerweile besuchte Marina die Juilliard-Akademie und trat gelegentlich auch schon auf, und immer wenn Zoya sie sah, spürte sie, daß ihr Herz wieder so schlug wie damals, als sie vor über vierzig Jahren Diaghilew vorgetanzt hatte. Matthew machte im Juni 1962 seinen Abschluß in Harvard, und Zoya saß mit Nicholas in der ersten Reihe und klatschte ihm Beifall. Ihr Sohn war ein ansehnlicher junger Mann, auf den sie sehr stolz sein konnte. Er beabsichtigte, Wirtschaftswissenschaften zu studieren, und wollte dann bei ihr im Geschäft arbeiten. Nicholas hätte es zwar lieber gesehen, wenn er bei ihm angefangen hätte, aber Matthews Interesse galt in erster Linie dem

Einzelhandel. Zoya hatte versprochen, ihren Salon so lange zu führen, bis er sein Studium beendet hatte – ein Versprechen, daß beide Söhne mit lautem Lachen quittierten.

»Du würdest nicht mal zumachen, wenn das Haus bis auf die Grundmauern abbrennt«, zog Matthew sie auf, und jetzt lachte Zoya. Sie kannte ihre Jungen gut und liebte sie sehr. Auf dem Rückflug von Washington nach New York sprach sie mit Nicholas zunächst über Belangloses, ehe sie sich ihm zuwandte und ihn prüfend anblickte. Es war nicht zu übersehen, daß er etwas auf dem Herzen hatte.

»Also, was ist los, Nicholas? Ich halte die Spannung nicht mehr aus.« Ihre Augen sprühten Funken, als er nervös auflachte.

»Du kennst mich zu gut.« Er rückte seinen Schlips zurecht und räusperte sich.

»Nun, das ist nach all den Jahren kein Wunder.« Nicholas war neununddreißig. »Was verbirgst du vor mir?« Plötzlich fiel ihr ein, wie ihr Bruder sie vor langer Zeit zu einer Ausfahrt mitgenommen hatte und sie ihn unterwegs über seine Tänzerin ausgefragt hatte. Ohne daß er ein Wort sagen mußte, wußte sie, daß hinter der Verlegenheit ihres Sohnes eine Frau steckte.

»Ich werde wieder heiraten.«

»Soll ich Beifall klatschen oder weinen?« Sie lachte. »Wird mir deine Neue besser gefallen als die erste?«

Er sah sie ruhig und gelassen an. Seinen scharfen Blick hatte er von ihr geerbt. »Sie ist Anwältin und wird in Paul Kellys Firma eintreten. Im Moment ist sie in Washington und arbeitet für Kennedy. Sie ist lustig und gescheit und eine entsetzliche Köchin.« Er lachte. »Und ich bin verrückt nach ihr. Eigentlich«, wieder wurde er verlegen, »hatte ich gehofft, du würdest heute mit uns zu Abend essen. Falls du nicht zu müde bist.« Über ein ganzes Jahr waren er und seine Freundin schon zwischen New York und Washington D. C. hin- und hergependelt.

Zoya sah ihn ernst an. Sie hoffte inständig, daß er diesmal eine bessere Wahl getroffen hatte. »Ich wollte zwar noch im Geschäft arbeiten, aber ... ich lasse mich auch gern ablenken.«

Auf dem Weg zu seiner Wohnung setzte er Zoya vor der ihren ab. Julie wartete bereits auf ihn, und er eröffnete ihr, daß er seine Mutter zum Dinner eingeladen hatte.

Entsetzt starrte sie ihn an. »O nein! Und was ist, wenn sie mich unmöglich findet? Sieh dir das Kleid an! Ich habe aus Washington nichts Anständiges mitgebracht.«

»Du siehst wundervoll aus. So was kümmert sie überhaupt nicht.«

»Na und ob!« Julie kannte Fotos von Zoya. Nicholas' Mutter war immer topmodisch gekleidet und sah fabelhaft aus.

Zoya unterzog Julie einer unauffälligen, nichtsdestoweniger gründlichen Musterung, als sie zum Dinner ins La Côte Basque gingen. Das Restaurant lag unweit ihres Salons und war ihr Lieblingslokal. Julie war genau so, wie Nicholas sie beschrieben hatte, amüsant, intelligent, lebensfroh, beruflich sehr engagiert, ohne die schönen Dinge des Lebens zu vernachlässigen. Sie war zehn Jahre jünger als Nicholas, und Zoya war überzeugt, daß sie ihm eine gute Ehefrau sein würde. Sie war sich dessen so sicher, daß sie an jenem Abend eine wichtige Entscheidung traf. Sie wollte den beiden das kaiserliche Osterei zur Hochzeit schenken. Es wurde Zeit, daß sie es an ihre Kinder weitervererbte.

Nach dem Dinner ging sie mutterseelenallein zu ihrem Geschäft und sperrte es auf. Der Mann vom Sicherheitsdienst war nicht weiter erstaunt, als er den Lichtstreifen unter ihrer Tür sah. Zoya kam oft spätabends noch ins Büro, um etwas zu überprüfen oder um sich Papiere zu holen. Und als sie wieder ging, dachte sie daran, wie schön es wäre, eines Tages mit Matthew zusammenzuarbeiten. Er war die Sonne ihres Lebens und war doch einst das Kind gewesen, für das sie sich zu alt gefühlt hatte. Simon hatte recht gehabt. Matthew hatte sie jung erhalten, so daß sie auch jetzt mit zweiundsechzig jung war, als sie elastischen Schrittes nach Hause ging zu Marina, die ihre Großmutter ungeduldig erwartete.

Um Mitternacht kam sie in ihrer Wohnung an und hörte, wie ihre Enkelin aus ihrem Zimmer nach ihr rief.

»Großmama, bist du es?«

»Das will ich hoffen.« Sie trat ein, nahm den Hut ab, den sie zum Dinner mit Nicholas und Julie getragen hatte, und lächelte dem jungen Mädchen zu, das ihr so ähnlich war. Marinas rote Haare, die ihr offen übers Nachthemd fielen, waren ebenso lang wie die von Zoya, die längst weiß geworden waren. »Rate mal, was los ist? Man hat mir angeboten, im Lincoln Center zu tanzen.«

»Das nenne ich ein Angebot! Los, erzähl!« Sie setzte sich auf den Bettrand und hörte sich beglückt an, was Marina zu berichten hatte ... Das Mädchen lebte nur für den Tanz und hatte enormes Talent. Dies stand eindeutig fest und war nicht nur die fixe Idee ihrer stolzen Großmutter. »Sag schon, wann.«

»In sechs Wochen! Nicht zu fassen, das schaffe ich nie!«

»Doch, du schaffst es.« Im letzten Jahr hatten ihre Leistungen in der Schule ein wenig gelitten, aber das störte Marina nicht, und Zoya fragte sich immer öfter, ob die Musen sich bei ihrer Enkelin geneigter zeigen würden als bei ihr. Sie hatte Marina natürlich von ihrem Engagement beim *Ballet Russe* erzählt und von ihrem gemeinsamen Auftritt mit Nijinsky, und viel später hatte sie auch gestanden, daß sie in Fitzhughs Dance Hall aufgetreten war. Marina erzählte diese Geschichte zu gern weiter, denn sie verlieh ihrer ehrbaren Großmutter einen Hauch von Verruchtheit.

Sechs Wochen später ging die Vorstellung glatt über die Bühne, und Marina bekam ihre ersten Kritiken. Mit fünfzehn Jahren stand sie im Begriff, Karriere zu machen. Aus Marina war eine echte Ballerina geworden.

51

Nicholas' erstes Kind, eine Tochter, kam 1963 zur Welt, in dem Jahr, als Kennedy erschossen wurde und Matthew bei ›Gräfin Zoya‹ zu arbeiten anfing. Zoya war sehr geschmeichelt, als

Nicholas und Julie ihr Kind Zoe nannten. Es war die amerikanische Form ihres Namens, die ihr viel besser gefiel.

Die mittlerweile siebzehnjährige Marina hatte den Tanz zu ihrem Beruf gemacht und Zoyas russischen Namen angenommen. Sie nannte sich Marina Ossupow, arbeitete intensiv und bereiste die ganze Welt. Nicholas war der Meinung, sie sollte noch aufs College gehen, aber Zoya widersprach energisch.

»Nicholas, dafür ist nicht jeder geschaffen. Sie hat bereits eine Lebensaufgabe. Du bist jetzt selbst Vater und solltest mehr Verständnis zeigen.« Zoya zeigte sich neuen Ideen gegenüber stets offen, ihre Lebenslust war ungebrochen, und ihr war nie langweilig. Der noch immer in sie verliebte Paul war schon seit einigen Jahren im Ruhestand und lebte nun ganz in Connecticut. Wann immer es sich einrichten ließ, besuchte sie ihn, und er beklagte ständig, daß sie viel zuviel arbeite, doch ihr Salon schien zu neuem Leben erwacht zu sein. Sie führte jetzt Cardin, Saint Laurent und Courrèges, und Matthew begleitete sie auf ihren Einkaufsreisen nach Paris, wo er hinter sämtlichen Models herjagte und das luxuriöse Leben im Ritz nach Herzenslust genoß. Mit vierundzwanzig platzte er vor Lebensfreude und Tatkraft, seiner Mutter nicht unähnlich. Anstatt nun wie versprochen kürzerzutreten, da sie ihn zur Seite hatte, schien sie sich noch tiefer in die Arbeit hineinzuknien.

»Deine Mutter ist ein echtes Wunder«, sagte Julie zu Nicholas und meinte es, im Gegensatz zu vielen Schwiegertöchtern, ehrlich. Von Zeit zu Zeit gingen die beiden Frauen zusammen essen, und als die kleine Zoe fünf wurde, kaufte Zoya ihr das erste Tutu und Ballettschuhe. Marina hatte es mit einundzwanzig schon zu beachtlichem Starruhm gebracht. Sie hatte auf der ganzen Welt getanzt, hatte begeisterte Kritiken geerntet und war zum Liebling der Ballettfans aufgerückt. Im Jahr zuvor war sie sogar in Rußland aufgetreten, um sodann ihrer Großmutter aufgeregt von ihrem Besuch in Leningrad, dem ehemaligen St. Petersburg, zu berichten. Sie hatte das Winterpalais besichtigt und sogar das Marjinksij-Institut. Zoya hörte es mit Tränen in den Augen. Es war wie ein wahrgewordener Traum ... alle die Orte, die sie vor über fünfzig Jahren verlassen hatte und wo ein Stück von ihr zurückgeblieben war ... und jetzt war Marina dort gewesen. Sie sprach noch immer davon, selbst einmal in die alte Heimat zu fahren, wollte sich dies aber fürs Alter aufsparen.

»Und wann wird das sein, Mom?« neckte Nicholas sie an ihrem siebzigsten Geburtstag. »Ich altere schneller als du. Jetzt bin ich fast fünfzig, und man sieht es mir, anders als dir, leider an.«

»Nicholas, sei nicht albern. Ich sehe uralt aus!« Doch das Erstaunliche daran war, daß sie nicht alt wirkte. Zoya war noch immer reizvoll, ihr weißgewordenes Haar trug sie stets tadellos frisiert, ihre adretten Kostüme und eleganten Kleider betonten ihre gute Figur. Noch immer wurde sie von allen beneidet und war für alle, die sie kannten, eine unerschöpfliche Quelle der Inspiration. Und noch immer kamen die Kunden und wollten von ihr persönlich beraten werden. Matthew wußte ungezählte komische Geschichten von den Leuten zu erzählen, die darauf bestanden, die Gräfin zu sehen.

»Ja, so wie den Louvre«, meinte Zoya trocken. »Nur bin ich nicht so groß.«

»Mutter, keine falsche Bescheidenheit. Ohne dich wäre der ganze Laden nichts wert.«

Das traf nicht mehr zu. Matthew wandte die erlernten Grundsätze nun in der Praxis an und hatte in seinen ersten fünf Jahren den Umsatz verdoppelt, zumal er ein Parfum auf den Markt brachte, das er ›Gräfin Zoya‹ nannte und das die Umsätze in den nächsten Jahren noch mehr in die Höhe schnellen ließ. 1974 war Gräfin Zoya, die Frau und die Firma, eine Legende.

Doch mit der Legendenbildung waren Angebote verbunden, die Matthew sehr interessierten, seine Mutter aber entsetzten. Einige große Einzelhandelsketten, darunter auch eine Alkoholfirma, wollten das Unternehmen aufkaufen und die Angebotspalette vergrößern. Matthew suchte Nicholas auf, um die Angelegenheit mit ihm zu besprechen. Die beiden Brüder berieten tagelang. Nicholas konnte sich nur wundern, daß die Kaufangebote nicht eher gekommen waren.

»Das verdanken wir dir«, sagte Nicholas leise, mit einem zärtlichen Blick zu seinem Bruder hin. Dieser schüttelte nur den Kopf, ohne in seinem Lauf innezuhalten, mit dem er den Raum durchmaß, weil er ständig in Bewegung sein mußte. Er faßte nach den Unterlagen, warf einen Blick in den Bücherschrank seines Bruders und wandte sich dann kopfschüttelnd zu diesem um.

»Nein, Nick, das verdanken wir Mutter. Ich habe nur das Parfum auf den Markt gebracht.«

»Das stimmt nicht ganz. Ich habe mir schließlich die Umsatzzahlen angesehen.«

»Nicht so wichtig. Aber was werden wir Mama sagen? Ich weiß, was sie glauben wird. Ich bin fünfunddreißig und kann andere Jobs finden. Mama ist fünfundsiebzig, für sie ist dann alles vorbei.«

»Da wäre ich nicht so sicher.« Nicholas überlegte. Vom geschäftlichen Standpunkt aus waren die Angebote zu gut, als daß man sie hätte ablehnen können, besonders das eine, das ihnen beiden zusagte, Matthew noch für fünf Jahre einen Sitz im Vorstand sicherte und ihnen allen unglaublich viel Geld einbringen würde. Beide aber wußten, daß Geld ihre Mutter nicht interessierte. Es war die Firma an sich, die sie liebte, die Menschen, die ständige Aufregung, die der Umgang mit den Kunden mit sich brachte.

»Ich glaube, sie wird den Wert des Angebotes erkennen.« Nicholas hoffte es sehr, aber Matthew lachte nur und ließ sich urplötzlich in einen Ledersessel fallen.

»Dann kennst du unsere Mutter schlecht. Sie wird einen Anfall kriegen. Wir müssen uns etwas ausdenken, was sie nachher machen könnte. Ich möchte nicht, daß sie Depressionen bekommt. In ihrem Alter könnte das lebensgefährlich sein.«

»Ja, das wäre noch so ein Punkt«, setzte Nicholas nachdenklich hinzu, »wir können nicht erwarten, daß sie uns ewig erhalten bleibt. Und wenn sie nicht mehr ist, wird es Veränderungen geben, auch wenn du noch in der Firma bleiben solltest. Mutter ist im Geschäft das Salz in der Suppe, das spürt man schon, wenn sie den Salon betritt.«

Zoya kam noch immer täglich in die Firma, ging aber pünktlich um fünf und ließ sich nach Hause fahren. Nicholas hatte dies schon vor einigen Jahren durchgesetzt, und sie hatte schließlich nachgegeben. Doch jeden Morgen war sie um neun zur Stelle, ob Regen oder Sonnenschein.

»Wir müssen mit ihr sprechen«, entschied Matthew schließlich. Doch als es dann soweit war, bekam sie tatsächlich den vorausgesagten Anfall. »Mom, bitte«, bat er. »Sieh dir doch an, was man uns dafür bietet.«

Da sah sie ihn mit Augen an, die so eisig waren wie einst die ihrer eigenen Mutter. »Wird mir hier etwas verschwiegen?« Sie warf ihrem Sohn einen vielsagenden Blick zu, und Matthew lachte. Sie war unmöglich, und doch liebte er sie heiß und innig. Seit fünf Jahren lebte er jetzt mit einer Frau zusammen, und er war überzeugt, daß er sie liebte, weil sie russischer Herkunft war, rotes Haar hatte und Zoya entfernt ähnelte. Freud hätte seine reine Freude gehabt, das hatte Matthew selbst schon oft zugegeben. Aber das Mädchen war wirklich toll. Sie war klug und auch sehr sexy – wie seine Mutter.

»Willst du es dir nicht wenigstens durch den Kopf gehen lassen?« fragte Nicholas.

»Meinetwegen. Aber erwarte ja nicht, daß ich darauf eingehe. Ich denke nicht daran, meine Firma an einen Hundefutterhersteller zu verhökern, nur weil ihr beide euch langweilt.« Sie wandte sich an Matthew. »Warum denkst du dir nicht ein neues Parfum aus?«

»Mom, so ein Angebot kommt niemals wieder.«

»Wollen wir überhaupt Angebote?« Doch als sie ihre beiden Söhne ansah, ging ihr ein Licht auf. »Ihr glaubt wohl, daß ich schon zu alt bin, so ist es doch, oder?« Sie sah von Nicholas zu Matthew und war gerührt von der Achtung und der Liebe, die aus ihren Mienen sprach. »Ja, ich bin zu alt. Das leugne ich gar nicht. Aber ich erfreue mich guter Gesundheit und dachte, daß mit«, sie kniff die Augen nachdenklich zusammen, »daß mit achtzig auch noch Zeit ist, sich zur Ruhe zu setzen.« Sie lachten erleichtert. Zoya stand auf und versprach, sich alles zu überlegen.

In den nächsten vier Monaten tobte der Kampf unentwegt, da neue Angebote hereinkamen, noch günstigere als die ersten. Es ging aber nicht um die Höhe des Verkaufspreises, sondern darum, ob sie überhaupt verkaufen wollten. Und im Frühjahr 1975, als Paul mit sechsundachtzig friedlich im Schlaf verschied, wurde Zoya klar, daß auch sie nicht ewig leben würde. Es war unfair, wenn sie ihre Söhne ständig gängelte und ihnen kein Recht auf eigene Entscheidungen zugestand. Sie hatte ihr Leben gelebt, und sie hatte viel Spaß gehabt. Jetzt hatte sie kein Recht, so in das Leben ihrer Kinder einzugreifen. So erbittert sie sich gegen die beiden zur Wehr gesetzt hatte, so taktvoll kapitulierte sie eines schönen Nachmittags nach einer Vorstandssitzung und bewirkte damit überraschtes Schweigen.

»Ist das dein Ernst?« Nicholas starrte sie verblüfft an. Er hatte sich mittlerweile fast damit abgefunden, die Firma zu behalten, wenn auch nur seiner Mutter zuliebe.

»Ja, Nicky, es ist mein Ernst.« Das sagte sie ganz leise. Seit Jahren schon hatte sie ihn nicht mehr so genannt. »Ich glaube, es ist höchste Zeit.«

»Bist du sicher?« Es machte ihn nervös, daß sie bedingungslos nachgab. Vielleicht fühlte sie sich nicht wohl oder litt an Depressionen. Aber als er in ihre funkelnden grünen Augen sah, verschwand dieser Eindruck wieder.

»Ihr wollt es beide. Ich finde schon etwas anderes. Ich möchte noch ein wenig herumreisen.« Erst vor kurzem hatte sie Zoe versprochen, mit ihr nach Paris zu fahren.

Sie erhob sich gemessen und ließ den Blick über die Runde wandern. »Danke, meine Herren. Für Ihren Vorausblick, Ihre Geduld und für die Freude, die Sie mir gemacht haben.« Sie hatte das Unternehmen vor vierzig Jahren gegründet, als einige von ihnen noch gar nicht auf der Welt gewesen waren. Jetzt ging sie um den Tisch, drückte jedem die Hand und verschwand dann. Matthew wischte sich heimlich über die Augen. Es war ein außergewöhnlicher Augenblick.

»Nun, das war's wohl.« Nicholas sah ihn bekümmert an, als sie wieder unter sich waren. »Wie lange wird es dauern, bis wir die Verhandlungen über die Bühne bringen?«

Sie waren bereits übereingekommen, an wen sie verkaufen wollten.

»Ein paar Monate. Im Sommer müßte alles erledigt sein.« Matthew war gerührt und aufgewühlt.

Nicholas nickte ernst. »Mama möchte mit Zoe nach Europa fahren. Ich wollte es ihr eigentlich ausreden, aber das lasse ich jetzt wohl lieber.«

»Richtig. Es wird beiden guttun.«

Nicholas nickte und ging zurück in sein Büro.

52

Der Tag dämmerte hell und sonnig herauf, als Zoya zum allerletztenmal an ihrem Schreibtisch Platz nahm. Am Tag zuvor hatte sie ihre Sachen gepackt, und Matthew hatte für sie eine fabelhafte Party gegeben. In den Räumlichkeiten des Salons hatten sich illustre Gäste gedrängt, die Spitzen der Gesellschaft, und sogar zwei zu Besuch weilende Mitglieder eines Königshauses. Alle hatten Zoya geküßt und umarmt und in Erinnerungen geschwelgt. Jetzt saß sie da und ließ die vergangenen Jahre Revue passieren, während sie sich darauf vorbereitete, das Büro endgültig zu verlassen.

Der Fahrer wartete bereits, aber sie hatte es nicht eilig. Sie stand am Fenster und beobachtete den Verkehr auf der Fifth Avenue. So viel hatte sich in den vierzig Jahren verändert, so viele Träume waren in Erfüllung gegangen, während andere unerfüllt geblieben waren. Sie dachte daran, wie Simon ihr anfangs geholfen hatte, wieviel Freude es ihm bereitet hatte und wie glücklich sie auf ihrem ersten Einkaufstrip in Europa gewesen waren. Es kam ihr vor, als würde ein einziger Augenblick jetzt ein ganzes Menschenleben zunichte machen.

»Gräfin?« hörte sie eine leise Stimme von der Tür her und drehte sich zu ihrer neuesten Assistentin um, einem Mädchen, das jünger war als ihre älteste Enkelin.

»Ja?«

»Unten wartet der Wagen, läßt der Fahrer Ihnen ausrichten, falls Sie es eilig haben.«

»Danke.« Sie lächelte, kerzengerade aufgerichtet, mit stolzem Blick. »Sagen Sie ihm, daß ich sofort komme.« Redeweise und Auftreten kündeten von Noblesse – viel mehr noch als ihr Titel. Niemand, der jemals für sie gearbeitet hatte, würde sie je vergessen.

Die Tür schloß sich leise, und Zoya sah sich ein letztes Mal im Büro um. Sie wußte, daß sie wiederkommen und Matthew besuchen konnte, doch es würde nie wieder so sein wie früher. Die Firma gehörte jetzt ihren Söhnen. Sie hatte ihnen das Unternehmen übergeben, und sie waren entschlossen, es zu verkaufen. Sie vermutete allerdings, daß Simon ihnen recht gegeben hätte. Er war ein geschäftstüchtiger Mann gewesen, und Matthew war ihm nachgeraten.

Nach einem letzten Blick über die Schulter schloß sie die Tür. Sie hielt sich aufrecht in ihrem dunkelblauen Chanelkostüm, das Haar in einem Knoten am Hinterkopf zusammengefaßt. Beim Hinausgehen stieß sie beinahe mit Zoe zusammen.

»Großmama! Ich habe schon befürchtet, daß ich dich nicht mehr antreffe. Sieh mal, was ich habe!« Nicholas hatte schon längst seinen Segen zu der Paris-Reise gegeben, und sie wollten in zwei Wochen fahren, aber nicht per Schiff. Sie wollten fliegen. Denn es gab keine Schiffe mehr, auf denen Zoya fahren wollte, und Zoe machte das Fliegen nichts aus. Mit ihren zwölf Jahren strotzte sie vor Überschwang und Lebensfreude und hielt ihrer Großmutter aufgeregt hüpfend ein paar Prospekte entgegen.

»Was hast du denn da?« fragte Zoya lachend.

Das Mädchen blickte sich um, als würde sie verfolgt, und flüsterte im Verschwörerton: »Sag Daddy bloß nichts. Und wenn wir erst drüben sind, ist es ohnehin zu spät.« Es waren keine Paris-Prospekte, die sie ihrer Großmutter unter die Nase hielt, sondem Prospekte von Rußland. Die Türme des Winter-Palais grüßten von den Bildern, das Katharinen-Palais, das Alexander-Palais ... das Anitschkow ... Zoya begegnete verwundert dem Blick ihrer Enkelin. »Großmama, laß uns nach Rußland fahren!« Zoya hatte es sich seit Jahren vorgenommen. Ja, vielleicht war jetzt der Zeitpunkt gekommen, gemeinsam mit der kleinen Zoe hinzufahren.

»Na, ich weiß nicht. Dein Vater könnte etwas dagegen haben ...« Doch nach kurzer Überlegung lächelte sie zustimmend. Sie selbst hatte mit ihrer Großmutter vor mehr als einem halben Jahrhundert die Heimat verlassen und durfte jetzt mit ihrem eigenen Enkelkind wieder zurückkehren. »Weißt du, eigentlich gefällt mir deine Idee sehr gut«, fuhr sie strahlend fort, und legte den Arm um die Kinderschultern. Sie betraten den Lift, und während sie den Blick auf die Prospekte gerichtet hielt, schossen ihr tausend Gedanken durch den Kopf.

Im Erdgeschoß angekommen, schrak sie zusammen, als sie sah, daß ihre Angestellten, von denen viele sich ihrer Tränen nicht schämten, sie erwarteten. Sie schüttelte Hände, lächelte, tauschte ein paar Küsse, und dann war alles vorüber. Sie stand mit Zoe auf der Fifth Avenue, den Wagen schickte sie fort. Sie wollte nicht gefahren werden. Sie wollte zu Fuß gehen, ausgiebig laufen, während Zoe neben ihr aufgeregt plapperte.

»Und wir könnten auch nach Moskau ...« In ihren Augen tanzte ein Feuer, ebenso lebhaft wie in Zoyas Augen.

»Nein, Moskau war immer fad. St. Petersburg ... und vielleicht ... du mußt wissen, daß ich als Kind die Sommer in einem Palais in Liwadia auf der Krim verbracht habe.« Hand in Hand bummelten sie dahin, als Nicholas mit seiner Limousine langsam an sie heranfuhr. Ihm war der Gedanke unerträglich, daß

Zoya ganz allein von ihrem Salon Abschied nahm, und plötzlich hatte er sie erspäht, kerzengerade, in ihrem Chanelkostüm, neben ihr seine Tochter, deren dunkles Haar flog, während sie sich angeregt unterhielten. Das Alte und das Neue, Vergangenheit und Zukunft, die Hand in Hand nach Hause gingen. Er entschloß sich, die beiden nicht zu stören, und besuchte statt dessen Matthew im Geschäft.

»Glaubst du, wir könnten wirklich hinfahren, Großmama? ... Nach Liwadia, meine ich ...« Mit Augen voller Liebe blickte die Kleine zu ihr auf.

»Nun, es wäre immerhin einen Versuch wert, oder?« erwiderte Zoya mit erwartungsvollem Lächeln.